LE MISTERE

DE

SAINT QUENTIN

suivi des

INVENCIONS DU CORPS DE SAINT QUENTIN

PAR EUSEBE ET PAR ELOI

———

ÉDITION CRITIQUE

publiée avec introduction, glossaire et notes

PAR

HENRI CHATELAIN

———

(Deux planches hors texte)

———

SAINT-QUENTIN

Imprimerie Générale, 2, Petite Place Saint Quentin

—

1909

DU MÊME AUTEUR :

Remarques sur le roman réaliste au XVIIᵉ siècle, *(Revue Universitaire,* 15 mai 1902).

Les Critiques d' « Atala » et les Corrections de Châteaubriand *(Revue d'Histoire Littéraire de la France,* juillet 1902).

Le Vers libre de Molière dans « Amphitryon » *(Mélanges de Philologie offerts à M. F. Brunot,* Paris, Société nouvelle d'imprimerie et de librairie, 1904. in-8°).

Notes sur l'accent Saint-Quentinois *(Mémoires de la Société Académique de Saint-Quentin,* 1907, in-8°).

Recherches sur le vers français au XVᵉ siècle, rimes mètres et strophes, Paris, H. Champion, 1908, in-8, XXXIV, 276 pages *(Bibliothèque du XVᵉ siècle,* t. IV).

EN PRÉPARATION :

V. Hugo. Les Contemplations, édition critique.

PRÉFACE

La Société académique de Saint-Quentin a saisi l'occasion d'éditer le *Mistere de saint Quentin* qui continue la série de ses grandes publications : *Le Livre rouge, Les Archives anciennes, La Guerre de 1557* (1). Précisément, un de ses membres, M. Henri Chatelain, ancien élève de l'École des hautes études, agrégé de l'Université, déjà connu par des essais d'histoire littéraire et de philologie française, avait manifesté l'intention de présenter comme thèse complémentaire au doctorat ès lettres une édition critique, mais partielle, de notre *Mistere*. Nous l'encourageâmes à donner à ce travail les compléments nécessaires pour qu'il devînt une édition intégrale et, autant que faire se peut,

---

(1) *Le Livre rouge de l'Hôtel-de-ville de Saint-Quentin*, publié avec une préface de M. Henri Martin, de l'Académie française, par Henri Bouchot, archiviste, attaché à la Bibliothèque nationale, ancien élève de l'École des chartes, et Emmanuel Lemaire, juge suppléant au tribunal civil de Saint-Quentin, secrétaire-archiviste de la Société académique de la même ville. Saint-Quentin, 1881.

Archives anciennes de la ville de Saint-Quentin, publiées par Emmanuel Lemaire et précédées d'une étude sur les origines de la commune de Saint-Quentin, par A. Giry, professeur à l'École nationale des Chartes (plans et gravures), Tome I, 1076-1328. Saint-Quentin, 1888. Un deuxième volume, 1328-1400, va paraître incessamment.— *Procès-verbaux des séances de la Chambre du Conseil* des maire, échevins et jurés de Saint-Quentin, de 1560 à la Révolution, publiés par E. Lemaire. Le tome I (1560-1564) a paru en 1902.

La guerre de 1557 en Picardie, bataille de Saint-Laurent, siège de Saint-Quentin, prises du Câtelet, de Ham, de Chauny et de Noyon, par Emmanuel Lemaire, Henri Courtault, Elie Fleury, le lieutenant-colonel Edouard Theillier, Edouard Eude, Léon Dejardin, Henri Tausin, Abel Patoux, membres de la Société académique de Saint-Quentin, avec le concours de divers savants étrangers (nombreuses reproductions documentaires), Saint-Quentin, 1896.

définitive. M. Henri Chatelain, quoique la charge fût assez lourde, voulut bien l'accepter par curiosité d'esprit, par le désir louable de se perfectionner dans la spécialité qu'il avait choisie, et par piété envers la ville natale.

La préparation et la mise au jour du présent volume ont duré quatre années. L'imprimeur a montré un désintéressement qu'il serait injuste de ne pas reconnaître, et l'auteur n'a jamais cessé de surveiller la réalisation typographique de l'œuvre reproduite, ni d'amasser des matériaux et de colliger des textes en vue de l'introduction qui la précède et du glossaire qui la suit. Au point de vue de la philologie et de l'histoire littéraire, la période qui va de la fin du moyen-âge aux débuts de la renaissance a été longtemps délaissée ; aussi le monde savant, nous l'espérons du moins, ne manquera pas de voir dans la publication de ce vaste document, une contribution importante à l'étude de la langue et à l'histoire de l'art littéraire et dramatique en France au quinzième siècle.

A la vérité, cela est d'une singulière dramaturgie, et ce conte en actions, cet immense récit mimé est très différent de ce qui l'a précédé sur le proscénium et de ce qui l'a suivi sur les planches. Et j'ajouterai que nous n'y prendrions qu'un plaisir mitigé : nous ne sommes plus assez naïfs pour nous y intéresser autrement que comme lettrés ; notre esprit, à la simple lecture, doit déjà faire un grand effort de transposition et d'adaptation pour procurer à notre imagination un léger agrément.

Il n'est point au surplus indifférent ni frivole de connaître ce qui a diverti nos pères, ni de savoir dans quelle forme alambiquée, précieuse et pédante, les rhétoriqueurs ont expliqué et exposé à quatre ou cinq générations successives des événements dont le fond seul leur importait. En dépit du caractère archaïque et savant de la langue, les spectateurs comprenaient, car ils étaient tous imprégnés des circonstances du drame et aucun de ses ressorts n'était mystérieux pour le plus humble d'entre eux.

La bibliotbèque de la ville de Saint-Quentin possède deux copies du *Mistere*, toutes deux provenant de la librairie de la Collégiale. La plus ancienne, la plus soignée et aussi la plus lisible est du quinzième siècle. En 1719, un chanoine nommé Quentin Brabant en fit hommage au Chapitre qui la mit dans le trésor de l'église à côté d'une autre plus récente — elle est du seizième siècle — qu'il avait déjà et qui lui avait été offerte également, mais en 1673, par un certain Hélie Gobaille. Ce Gobaille, après avoir exercé sa profession de maître écrivain juré — et cela explique son goût pour les manuscrits — à Saint-Quentin, son pays d'origine où il avait été proclamé roi de la jeunesse pour avoir remporté en 1662, la couronne d'argent dans l'antique course équestre rétablie au milieu du dix-septième siècle par le chanoine Thomas Rozé, s'en fut à Poissy d'où Colbert l'enleva pour le pourvoir à Paris... On peut s'étonner de l'enthousiasme du grand ministre devant « l'exactitude et l'élégance avec lesquelles Gobaille traçait des caractères », car l'échantillon qu'il donne de son savoir-faire sur la page de dédicace qu'il a rajoutée au manuscrit du seizième siècle est d'un style médiocre et ne rappelle même pas de loin les chefs-d'œuvre de calligraphie exécutés dans le même temps par Jarry pour Louis XIV, ni les beaux modèles de coulée tracés plus tard par Paillasson.

Quoiqu'il en soit, il est heureux pour M. Henri Chatelain que deux manuscrits du même texte aient été conservés, en ce sens que ce que l'injure du temps avait fait souffrir à l'un ou ce qui y restait douteux par suite de l'inintelligence du copiste, s'est trouvé le plus souvent rétabli ou élucidé par l'autre, et ainsi avons-nous la bonne et entière leçon du *Mistere de saint Quentin*.

ELIE FLEURY,
Président de la Société Académique.

Décembre 1908.

Consolant par benignite
en foy de cest peuple truuerez
le corroborant par tes verz
affin quil croie nostre sire
ihucrist que ton cueur desire
et se soient sanctifians
de saint baptesme & confians
par tamps de deliurance approche
leurs anemis feisans reproche
aux cristiens comme esperdus
seront punois & confondus
auec le faulz victonaire
leur prost & lam de mal affaire
         Quentin

Langle le desfloie / & met hors de / prison & le maine / au millieu de martirs

Pere puissant plain primeur
la moy des autres le mineur
enuoyes consolation   *Respond*
Tu es mon vray illumineur
en tenebreuse mansion
         Raphael
Tiens moy ie seray ton meneur   *verz*
ta garde & ta deffension
         Quentin
Tu es mon vray illumineur
en tenebreuse mansion
         Raphael
Gloire a dieu loenge & honneur   *nota*
tu es hors de turbacion
         Quentin
Tu es mon vray illumineur
en tenebreuse mansion
         Cluguet

Langle retourne / en paradis

Quentin plain de perfection
va faire predication
ie le cuidoye clos & pris   *Respond*
cest oeuure dampnation
quant on le voit en ce pourpris

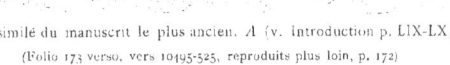

Fac-similé du manuscrit le plus ancien. A (v. Introduction p. LIX-LX)
(Folio 173 verso, vers 10495-525, reproduits plus loin, p. 172)

INTRODUCTION

Le Mistere de saint Quentin, dont le présent volume donne la première édition complète, semble n'avoir été lu ou parcouru jusqu'ici que par un très petit nombre de personnes. Les manuscrits ont été décrits dans le *Catalogue général des manuscrits des bibliothèques publiques de France* (1) et dans l'ouvrage que Petit de Julleville consacra aux *Mystères* (2) ; l'analyse la plus détaillée qui ait été donnée de cette composition dramatique a pour auteur Edouard Fleury ; elle a paru en 1856 ; c'est à elle qu'ont eu recours ceux qui, depuis, ont parlé du *Mistere*, et c'est pourquoi il conviendra d'en parler avec quelque détail. Cependant nous savons que plus récemment on est allé, à deux reprises, se reporter aux manuscrits mêmes. Georges Lecocq a lu et copié, avant d'en donner quelques extraits, la dernière partie du *Mistere* que Fleury avait laissée de côté (3). En 1893, M. Ern. Langlois, après avoir fait prendre des extraits de l'un des manuscrits de Saint-Quentin, publia une note où il émettait la conjecture que l'auteur du *Mistere* était Jean Molinet (4). Il exprimait en même temps le souhait, déjà fait par d'autres, que cette longue composition dramatique, intéressante pour l'histoire du théâtre, et particulièrement pour l'histoire de la langue et des formes de versification, fût éditée en entier. C'est grâce au concours de la Société Académique de Saint-Quentin que ce vœu trouve aujourd'hui sa réalisation.

Le travail de Fleury, qui a été longtemps utile, et qui nous a servi à nous-même aux débuts du nôtre, ne pouvait être que provisoire. Nous avons dit ce qui devait y être ajouté ; nous devons dire ce qui en a vieilli.

---

(1) *Départements*, t. III. Plon, 1885. p. 243-4.
(2) *Les Mystères*, Paris, Hachette, 1880, 2 vol. in-8°.
(3) G. Lecocq, *Histoire du Théâtre de Saint-Quentin*, Paris, libr. Raphaël Simon, 1878, in-8°, 183 p. On y lit, p. 10 : « Nous donnons la fin de la 3ᵉ partie dont nous avons copié, avec un de nos anciens condisciples, M. Bosquette, les 2700 vers. » ; il s'agit d'une analyse où sont cités une trentaine de vers (désignés ici d'après la numérotation de notre édition : 23749-56, 23783-4, 23813, 23817-36) — Les citations des premières parties du *Mistere* sont faites d'après la lecture de Fleury. — L'avant-dernière partie (*Invention du corps de S. Q. par Eusebe*) n'a été analysée ni par Fleury, ni par Lecocq.
(4) *Romania*, t. XXII. 1893. p. 552.

Le MISTÈRE DE SAINT QUENTIN *d'après Édouard Fleury.* L'étude intitulée : *Les Jeux de Dieu, Mystère de la Passion de Monsieur saint Quentin* (1) se compose d'une analyse, coupée de nombreuses citations, des quatre premières parties de la *Passion* et non pas du *Mistere* entier. « Entre la dissertation abstraite et la publication intégrale et textuelle, disait l'auteur de l'étude, il y avait place pour le récit et les extraits : les extraits qui, faits avec ampleur, suffisent à donner une idée du style, de l'idiome, de la variété de tons et des types agissants, le récit qui résume l'action, la dégage des digressions gourmandes, lui donne plus de promptitude et d'allure » (p. 6-7). — Ce récit, en effet, minutieux et détaillé pour la première partie, de plus en plus sommaire et rapide pour la suite (2), se lit avec agrément d'un bout à l'autre. Les imperfections que les progrès des méthodes historiques et philologiques permettent d'y relever sont de deux sortes : hypothèses erronées sur la date de la composition et sur le lieu de la représentation, — et fautes de lecture.

Fleury affirme que le *Mistere* « fut représenté dans l'enceinte de l'église collégiale de Saint-Quentin » (p. 8). Petit de Julleville, dans son ouvrage sur les *Mystères* (t.II, p. 549-50) a déjà fait justice de cette assertion et expliqué comment l'erreur avait pu être commise : « Le titre du second manuscrit (*Hymnodia manuscripta olim in choro San-Quintinae ecclesiae decantata*) est évidemment apocryphe et récent ; aussi ne saurait-on accueillir sans défiance le témoignage singulier qu'il renferme, et d'après lequel ce mystère aurait été représenté dans une église. Rien n'est moins probable que la représentation dans une église, au XVᵉ siècle, d'un mystère de 24.000 vers dont la mise en scène extraordinairement compliquée n'aurait pu s'accommoder avec les exigences du culte.

» Cette tradition erronée était née probablement d'un fait exact, mais mal compris. Des bas-reliefs sculptés autour du chœur de l'église de Saint-Quentin représentaient les miracles du saint, patron de cette ville. Au-dessous de ces bas-reliefs on lisait des vers qui étaient tirés de notre mystère, ou, comme dit un historien de la ville, « d'un long poème qui servait à nos compatriotes de Saint-Quentin pour les représentations du saint, qui avaient lieu sur des théâtres élevés dans les places publiques (*in compitis erecta theatra*), en trois ou même en quatre journées (3). »

Cette première affirmation amenait Fleury à une autre conclusion, aussi hasardeuse, sur la date de la composition. Comme « les plus vieux Mystères sont ceux qui furent joués dans les églises », disait-il, le nôtre « peut avec certitude, être attribué à la seconde

(1) Paris, chez Didron, éditeur des *Annales archéologiques*, in-4°, 96 p. Le texte en a été reproduit (sans changement, ni addition que celle d'un court postscriptum sur une édition du *Mystère de saint Crépin et saint Crépinien*) aux pages 273-384 des *Origines et Développements de l'art théâtral dans la province ecclésiastique de Reims*, par E. FLEURY, Laon, Imprimerie Cortilliot, 1881, in-8°, 393 p.

(2) L'analyse des 3490 premiers vers occupe 36 pages ; la quatrième partie, de dimensions presque doubles (6550 vers), est résumée en 14 pages seulement.

(3) *Augusta Viromanduorom... illustrata*, par Claude ENMBÉ, chanoine de Saint-Quentin et docteur en Sorbonne, Paris, 1643, in-4°, p. 194.

moitié du XIVᵉ siècle » ; c'était selon lui, une première preuve ; il en tirait une seconde
de l'écriture des manuscrits ; mais elle est sans force aussi ; le « type d'écriture que la
paléographie attribue en toute sécurité au XIVᵉ siècle », selon Fleury, doit être daté d'au
moins un siècle plus tard, comme nous le verrons plus loin, lorsque nous examinerons
la question des manuscrits ; celui des deux que Fleury déclarait « avec les paléographes »
l'aîné « de soixante à quatre-vingts ans » est en réalité le plus jeune.

Fautes de lecture. — Le manque de documents paléographiques authentiquement
datés ne permettait pas facilement alors de se prononcer — sans crainte d'être démenti
plus tard — sur l'âge précis d'une écriture ; le manque d'exercice dans la lecture des
textes du XVᵉ siècle amenait à des méprises dont nous pouvons donner ci-dessous
quelques exemples (1).

Notre propre travail ne saurait prétendre lui-même à l'honneur d'être jugé définitif.
Il laisse entiers des problèmes de détails dont de plus expérimentés que nous, consultés,
n'ont pu donner la solution. Tout au moins donne-t-il au complet les documents sur
lesquels peuvent s'exercer la sagacité et l'érudition des historiens de la littérature et des
philologues.

---

(1) P. 13 (v. 133) Je vay assembler mes fos, *pour je vay; desroiés* vous (v. 155). lire : *desloiés* : cornus *et lunarches*, p. 14
(v. 156), *lire : cornus que limaches*; nos *rotondus* (v. 158), *lire : retondus*; p. 16 (v. 285-6) *police, milice, lire : policie, milicie* ;
p. 17 (v. 200) *ora* ce grand bien, *lire : ara* ; p. 17 (v. 453) *soudiers*, lire : *londiers*, (v. 456) *des larroncicaux, lire : sus, larronceaux*; p. 18 (v. 484) du *hot* est expliqué par Fleury comme étant l'équivalent de *ost*, armée : c'est un mot différent (v. le glossaire) ;
(v. 498) *hoguast, lire : hoquast* ; p. 19, *assemilliés* (v. 568) est un autre mot que le mot *assemblés* ; le nom d'un des tyrans n'est
pas *Layant*, mais *Layant*, car *layans* rime ailleurs avec *èrans* et avec *rayans*; les *menestriers* cornent, il fallait lire : *menestrés*,
qui est le pluriel de *ménestrel* ; p. 20 (v.611) *Si* nature, lire : *Ou* nature ; (v. 617) *j'ay porté* ton enfiance, lire : *Ma portee, mon
enfiance*; p. 21 (v. 628) *mamillette, lire : mamelette* ; (v. 629) que son *cry solaise*, lire : *se taise*; (v.634) qui me rit et *si souriette,
lire : si oeillette* ; (v. 638) *tres tendre* et belle *flourette, lire : tres jonne* ; p. 21-2 (v. 838 à 840) *accouchiee, relevice, lire : accouchie,
reslecie* : (v. 841) *si veoir*, lire : *Oy voir*, (v.859) mains propres *et de* cire, lire : *que de* cire, c'est-à-dire : comme si elles étaient de
cire : (v. 884) *consignier, lire : insignier* ; p. 23 (v. 906) *sourdinette, lire : courdinette* ; (v. 910-21) *fallans, formis, tondis, touffus,
lire : sallans, sornus, tondis, toussus* ; (v.926) plus tost que *vint souicil, lire : plus tost que vent soubtil* ; p. 24 (v. 990) *Tremble
qui oye, lire : Tramble qui hoce* ; (v. 995) *paines impossibles, lire : impassibles* ; (v. 1004) *touillis, lire : bouillis* ; (v. 1007) justice
secrette, lire : ferrette ; p. 27 (v. 1199) *Nous emploierons nos allumetles, lire : Pour emploier nos aleuuelles* ; (v. 1500) *sandars,
lire : taudars*; (v. 1506) *Feront grant bruit, lire : Seront en bruit* ; p. 28 (v. 1651) *Sans esparguer veste ne barbe*, lire : *Sans
esparguier Berte ne Barbe* ; (v. 1655-82) *valesteaux, escutons, fondelles, beugleres, cuenvrines, lire : balesteaux, escucons, fondefles,
uengleres, culenvrines* ; p. 30 *croquenpois, lire : croquenpois* ; p. 32 *estorfian, lire : escorfaulx* ; p. 36 (2571) *tout vestus, lire :
serés* : (v. 2579) sans que plus ne multiplie, *lire : en* ; p. 41 (v. 3050) *S'acset, lire : La siet* ; (v. 3162) tout croire sans *tout
percevoir, lire : sans rien...* ; p. 42 (3299) leus *ravis, lire : rabis* ; *coulombeaux, lire : coulonceaux, dogabe, lire : degabe* ; p. 43
(v. 3397) *Bien avant pulente lente, lire : Vien* ; (v. 3408) *sout drap de soie*, lire : *sans* ; p. 44 (v. 3426) *guongues j'avoie, lire :
quanques* ; (v. 3428) *Combatu, lire : Embatu* ; p. 45 (v.3451) a Paris, lire : *a Rains* ; p. 46 (v. 3466) *une predication, lire : ma* ;
(v. 3485) *Victorin, lire : Victorice* ; p. 49 (v. 3519) *De tonnoire et de bruyne, lire : Et tonnoire et bruyne* ; p. 52 (v. 4136) Or
pour, lire : *Car* pour ; (v. 4163) *Lisca*, lire : *Lisia* ; (v. 4167) *Tir*, lire : *Tire* ; (v. 4187) toujours *vengaigne*, lire : toujours
s'engaigne ; le nom de bourreau *Rayal* (p. 52) devrait être lu *Riagal*, nom de poison (*realgar*, v. au glossaire) au même titre
qu'*Arsenicq* ; p. 53 (v. 4257) *estiommes, lire : estiennnes* (= *étions*) ; (v. 4261) on *peut trame* et escorche, lire : *peut, traine* et
escorche ; (v. 4404) a tout mal faire *affceaux*, lire : *affreaus* (pour effrayants) ; p. 54 (v. 5035) *Escervelle, Peudaut, Portchauli,
lire : Escervelé, Peudant, Briffault* ; (v. 5039-40) *Estoufflaut, Angoullé, Mortier, lire : Esconfflan, Eugoulle-Mortier* ; *Vassitu-
pent, lire : Vasetepent* ; p. 56 (v. 5504-6) Tirons *les* de leur *cathoire*, lire : Tirons *les jus* ; *prestelé, quaquatoire, lire : pestelé,
quaquatoire* ; p. 58 (v. 6288) *Cy*, lire : *Oy* ; p. 60 (v. 7595) Nous *avons, lire : arons* ; p. 68 (v. 9326) sans *long* traire, lire : *loing* ;
p. 73 (v. 10724) *Mon cuenr a bien* fort *mollifié, lire : Mon cuer mabrin* (de marbre) fort *mollifié* ; p. 74 (v. 10756-7), trop plus,
quar Les Diables, *lire :* trop plus *que ars Mass les...* ; (v. 10776) *Très cil*, lire : *Crés* ; (v. 10780) la terre *quumpasse, lire : qu'on
passe* ; p. 77 (v. 11249) *J'aime trop qu'on* me delivre, lire : *trop mieulx* ; (v. 11251) malheureux ou plus (que Fleury traduit par
parjure). lire : *ivre* (la rime est *delivre*) ; p. 78 (v. 11255) *me* font vie, lire : *sont* ; p. 80 (v. 11900) la *poudrette d'orbhus* est à
tort traduite par : *poudre d'or* ; (v. 11970) il a *bien cruouse* tonne, lire : a *une cruense...* ; (v. 11978-9), *qua doulz* sont en ma
bouche ! *Je suis plein de benignité, lire : quan* (= combien) *doulz* sont en ma bouche *Tes ines plains* de benignité ; p. 83
(v. 13222) *ressuiscier, lire : ressincier* ; p. 88 (v. 14619) que *tu aye*, lire : *tu n'aye* ; p. 91 (v. 15306) *Vint, lire : Vault*.

I

Histoire extérieure du Mistere. — On sait que la *Passion* composée par Arnoul Greban fut représentée à Abbeville en 1452. Nous avons recherché à notre tour où le *Mistere de Saint Quentin* avait pu être représenté. A Saint-Quentin même, les cahiers des *Comptes d'argenterie de la ville*, pour l'ensemble du XV° siècle et le commencement du XVI°, n'ont été conservés qu'en très petite partie ; les lacunes sont multiples. Toutefois un cahier intact des comptes d'une année (du 24 juin 1459 au 24 juin 1460), — il sera reproduit dans le volume des *Archives Modernes de la Ville de Saint-Quentin*, que publie M. Emmanuel Lemaire, — fait mention d'une représentation dramatique, restée ignorée jusqu'à ce jour, et que la gracieuse obligeance de M. Lemaire nous permet de faire connaître d'après le texte du manuscrit (1) :

Pour don et courtoisie faicte aux compagnons joueurs le Mistere de la Creation, Nativité, passion et resurrection de Dieu, nostre createur, ce qui a esté par le feste de Pentecoustes, l'an de ce compte, comme par cedule cy rendue appert . . . . XXIIII livres'.

Il y eut donc à Saint-Quentin, en 1460, une représentation de la *Passion* pendant les fêtes de la Pentecôte, c'est-à-dire le 1er juin et jours suivants. De quelle *Passion* s'agit-il ici ? Apparemment, de celle de Gréban qui avait été achetée (dix écus d'or) par la ville d'Abbeville en 1452, et encore représentée en cette ville en 1455. Il est assez vraisemblable que le succès de cette composition dramatique, qui fut grand et à Paris et dans les provinces, n'était pas encore épuisé cinq ans après, dans une ville de Picardie assez éloignée d'Abbeville, comme Saint-Quentin. Nos compatriotes du quinzième siècle auront pu dépenser une somme d'argent relativement modeste pour jouir d'un spectacle d'amples dimensions et intéressant.

N'y eut-il pas d'autre représentation dramatique sur quelque place de la ville, entre 1460 et 1500, soit de la Passion du Christ, soit de l'histoire du patron de la cité ? S'il y en eut, toute trace officielle en a disparu, et nous en sommes sur ce point réduits à une ignorance définitive, à moins que l'avenir ne nous réserve la découverte d'un livre de raison où tel bourgeois picard de la fin du XV° siècle aurait consigné ses souvenirs : la chance est mince.

En 1501, le 14 novembre, Philippe, archiduc d'Autriche, fit son entrée dans la ville et à cette occasion des fêtes furent célébrées. Nous savons depuis longtemps qu'une composition dramatique sur le martyre de saint Quentin eut alors les honneurs de la scène : « *In compitis quoque theatra erecta de quibus exhibitae historiae de legenda Patroni* », (2) et rien ne nous interdit de supposer que le texte joué cette année-là soit

(1) *Comptes d'argenterie de la Ville de Saint-Quentin*, du 24 juin 1459 au 24 juin 1460. Liasse 69, n° 30.

(2) Claude Hemeré, *Augusta Viromanduorum... illustrata*, Paris, chez Jean Bessin, près du collège de Reims, in-4°, 1643, p. 340 ; citation déjà donnée par dom Grenier, *Introduction à l'histoire générale de la Picardie*, p. 406.

celui-là même qui nous a été conservé par les deux manuscrits de Saint-Quentin et que nous publions aujourd'hui.

Parmi les autres villes de Picardie, nous n'avons de mention d'un « jeu de saint Quentin » qu'à Abbeville, et pour l'année 1451. Le document a été publié par dom Grenier, et reproduit dans une étude récente de M. Paul de Caïeu sur *Le théâtre à Abbeville avant 1770* (1).

... A Abbeville, le 28ᵉ jour de juing, l'an 1451, a été conclud que la somme de 6 livres qui a esté despensee par plusieurs eschevins, conseillers, procureurs, clers de la ville et plusieurs sergens qui ont tenu compagnie au dit sieur Jehan de Limeu, maïeur, a garder par trois jours les jus de monseigneur saint Quentin, mystere de plusieurs autres sains... sera baillée cedule adressant aux argentiers pour ce faire, et pour delivrer cent sols parisis aux joueurs...

Un *Mistere de saint Quentin* fut donc joué à Abbeville cinquante ans avant la représentation que nous savons avoir eu lieu dans la ville du Vermandois qui porte le nom du martyr. Mais nous avons de fortes raisons de croire que le *Mistere* joué en 1451 n'était pas celui dont le texte est parvenu jusqu'à nous. Il était déjà de dimensions assez amples, puisque la représentation en durait trois jours ; peut-être servit-il de matière première au *rifacimento* qu'on peut dater d'une vingtaine d'années après ; il fut en tout cas, par plusieurs de ses parties, différent du *Mistere* représenté en 1501.

Comment se répartissaient pendant les trois et quatre jours de la représentation (*triduo quatriduoque*, dit Cl. Enmeré), les six parties du *Mistere de saint Quentin* ? Les paroles mêmes des personnages nous rendent possibles quelques précisions. A la fin de la troisième partie, Rictiovaire, n'ayant pu venir à bout de la fidélité de Quentin à la foi chrétienne, se promet d'accabler le jeune Romain de nouveaux supplices les jours suivants : « Il sera demain despieciet » (v. 12300), mais, en attendant, ajoute-t-il en s'adressant à ses acolytes : « Nous irons ensamble soupper » (v. 12302). Il y avait donc l'intervalle d'une nuit entre la troisième et la quatrième partie.

A la fin de la seconde partie, Rictiovaire dit à Agricolan, l'envoyé impérial : « S'il vous plaist, vous venrés disner Avecq moy et puis tous ensemble Revenrons icy matiner Ce Quentin pour qui on s'assamble » (v. 9280-3). La seconde partie et la troisième devaient donc être jouées le même jour, l'une, la plus longue (5793 vers) pendant la matinée, l'autre (3022 vers) pendant l'après-midi. Nous savons en effet, par d'autres représentations dramatiques, que lorsque deux parties d'un *Mistere* étaient données au public le même jour, la seconde séance était plus courte que la première (2). Les 3490 premiers vers de la *Passion* du saint, à ce compte, n'auraient pas été un spectacle démesurément long pour l'après-midi de la veille, dans le temps qui reste disponible en une journée de juin après l'office des vêpres. Le troisième jour, pendant la matinée, les spectateurs

(1) *Mémoires de la Société d'émulation d'Abbeville*, tome 20ᵉ de la collection, 4ᵉ série, t. IV, 2ᵉ partie, p. 485.

(2) V. *Mistere du Viel Testament*, t. II, p. LIII, note.

seraient venus voir les multiples incidents de la quatrième partie, la plus longue de toutes (6550 vers), et le quatrième jour, les deux *Invencions*. Peut-être même ces deux dernières parties qui ne font ensemble qu'un total de 5265 vers pouvaient-elles trouver place dans l'après-midi du même troisième jour ? — En résumé, si notre *Mistere* est bien celui qui fut représenté en 1501 à Saint-Quentin, le programme des réjouissances, de l'ordre dramatique a pu s'être distribué ainsi :

Le dimanche de Pentecôte, après vêpres, première partie de la *Passion de saint Quentin* ;

Le lundi de la Pentecôte, matin et soir, deuxième et troisième parties ;

Le mardi, quatrième partie ; l'après-midi, ou plus probablement, le lendemain mercredi, les deux *Invencions du corps de saint Quentin*.

II

Quand et par qui fut composé le Mistere. — Voici comment M. Ern. Langlois a été amené à conjecturer (1) que l'auteur du *Mistere* était le rhétoriqueur Jean Molinet. *L'Art de rhétorique* de Molinet (on l'avait attribué longtemps à Henry de Croy) que M. Langlois a publié dans son *Recueil d'Arts de seconde rhétorique* (2) contient une ballade fatrisée tirée de l'*Istoire de Monsieur saint Quentin* — c'est ainsi que l'auteur dudit traité désigne notre *Mistere* — ; comme souvent les spécimens de formes lyriques donnés par le théoricien sont pris à ses propres œuvres poétiques, il a paru légitime de présumer que toute la composition dramatique, ·où se trouve cette ballade de forme spéciale, était aussi de lui. — Cette conjecture a été le point de départ d'une série de travaux dont les résultats ont été donnés dans nos *Recherches sur le vers français au quinzième siècle* (3). Nous nous contenterons de renvoyer à ce livre pour le détail de la discussion (p. 180, 263-6). Qu'il nous suffise de rappeler ici que :

1° Pour certaines formes lyriques, en particulier la ballade fatrisée (4), toutes nos lectures des œuvres poétiques du quinzième siècle ne nous en ont fait rencontrer que dans trois ouvrages : *Les Faictz et Les Dictz* de Molinet, le *Mistere de saint Quentin*, et le *Mistere de saint Didier* dont l'auteur (Guillaume Flameng) et la date de composition nous sont connus ;

2° Pour la combinaison de strophes doubles que nous avons appelée *groupe lyrique*, les trois auteurs qui la présentent, en dehors de notre *Mistere*, sont tous de la seconde moitié du siècle, Molinet, Flameng et Cretin ;

---

(1) *Romania*, t. XXII, 1983, p. 522.
(2) Paris, Imprimerie Nationale, in-4°, 1902 (*Collection des Documents inédits pour servir à l'Histoire de France*).
(3) Paris, Champion, 1908, in-8°, XXXIV-176 p , *Bibliothèque du quinzième siècle*, t. IV.
(4) C'est-à-dire à deux refrains, l'un au commencement de la strophe, l'autre à la fin, et inversement d'une strophe à l'autre, voir le *Mistere*, v. 5981-6031, 6577-630, 16933-80.

3° Pour le fatras, deux écrivains de théâtre contemporains de Molinet le présentent ; ce sont Greban et Flameng. Mais l'analyse technique des spécimens de fatras de ces auteurs et la comparaison qu'on peut en faire avec les spécimens rencontrés dans le *saint Quentin* (1), font voir que ceux-ci sont des formes nouvelles, postérieures à celles qu'imagina l'auteur de la *Passion* du Christ ; ces formes nouvelles, coïncidence plus curieuse et vraiment démonstrative, ne se rencontrent ailleurs que dans le traité de *rhétorique* composé par Molinet.

Ainsi le *Mistere de saint Quentin* est certainement postérieur à la *Passion de Jesus-Christ* composée en 1451 par Greban qui avait alors trente et un ans (il était né en 1420), d'une part ; d'autre part, le *Mistere* sous sa forme actuelle a passé par les mains de Jean Molinet qui l'a ou refait en entier ou refaçonné par parties ; or Molinet, étant né en 1438, n'atteignait que treize ans lorsqu'en 1451 des *Jus de monseigneur saint Quentin* furent donnés à Abbeville. Ces *Jus* sont donc d'un autre auteur ; et le *Mistere* que nous éditons, œuvre de Molinet, ne peut être raisonnablement antérieur à 1460 ou 1465. D'autre part il ne peut être postérieur à 1492, date de composition de l'*Art de rhetorique* où il est parlé de l'*Istoire de monsieur saint Quentin*.

Quand les œuvres imprimées et manuscrites de Molinet auront fait l'objet d'une étude approfondie et quand des recherches auront été faites pour compléter ce que nous savons de la vie du rhétoriqueur né à Desvres, (Pas-de-Calais) et mort à Valenciennes, il deviendra peut-être moins malaisé de situer plus précisément, dans cet intervalle de trente années, la composition du *Mistere de saint Quentin*.

III

Analyse du Mistere. — Trois titres se succèdent au cours du *Mistere*, la *Passion de monsieur saint Quentin*, l'*Invencion du corps... par Eusebe*, et l'*Invencion... par Eloy*. — Fleury, Lecocq et d'autres y ont vu une sorte de trilogie ; mais l'assimilation est spécieuse ; les deux *Invencions* ne sont que des compléments à la *Passion* ; mises bout à bout elles forment un total inférieur d'un millier de vers à la quatrième et dernière partie de cette *Passion* ; il faut cependant les envisager séparément et considérer alors cette composition dramatique de 24.000 vers comme un ensemble de six parties dont l'objet est l'Histoire de la vie, de la mort, et des reliques du corps de saint Quentin ; voilà comment il faut entendre l'*unité d'action* pour une œuvre théâtrale de ce genre ; nos règles sur la construction d'une pièce, classique, romantique ou moderne, ne valent point ici où le dénouement d'une action n'est pas nécessairement la fin d'un spectacle ; pour en donner un exemple : la décapitation de Quentin ne termine pas la *Passion* de

---

(1) *Recherches.* p. 224.

ce saint ; la séance continue et se poursuit pendant 2500 vers environ, par la représentation d'un autre martyre, celui de Crépin et de Crépinien. Cette série supplémentaire de scènes de tortures, avec la mimique, la gesticulation rythmée et les jeux de mots des bourreaux était bien faite pour amuser le public du quinzième siècle.

On ne sera donc pas étonné de voir, au cours de l'analyse qui suit, s'engrener dans l'histoire du martyr Quentin, avec plus ou moins d'aisance ou d'artifice, un certain nombre d'histoires particulières.

La première partie pourrait s'intituler : *De la naissance de Quentin à sa conversion et à son départ de Rome pour la Gaule ;* deux épisodes dans cette partie : Dioclétien associe Maximien au trône impérial, et une armée romaine fait une expédition contre les chrétiens de Dardanie.

La deuxième partie raconte *La prédication de Quentin à Amiens, son incarcération par Rictiovare et ses premiers supplices ;* deux épisodes : la mise à mort des chrétiens de la « légion thébée », d'une part, de l'autre, l'apostasie du pape Marcellin, sa déposition par le conseil des chrétiens et son repentir. Enfin un épisode qui sera largement développé dans les parties suivantes est annoncé dans celle-ci ; les personnages de Crépin et Crépinien, futurs martyrs, nous y sont représentés besognant chez un cordonnier de Soissons.

La troisième partie est consacrée d'abord à la fin de l'*épisode de Marcellin.* Quant à Quentin, il continue sa *Prédication aux bourgeois d'Amiens* et prouve sa *Persévérance au milieu de nouveaux supplices.*

Dans la quatrième partie de la *Passion* nous est exposée l'histoire des *Derniers Jours de Quentin jusqu'à sa mort à Aouste.* On pourrait y compter comme un épisode le miracle du lépreux Bayon ; mais il se rattache aussi directement à l'histoire du saint, que le miracle de Véronique à la montée du Golgotha. Le martyre de Crépin et de Crépinien est au contraire, nous l'avons dit plus haut, comme une rallonge de plus de deux mille vers au martyre de Quentin.

« *L'Invention par Eusebe* » compte une anecdote : la scène où saint Martin donne à un pauvre la moitié de son manteau et un épisode qui est à la fois un épilogue : la bataille livrée par Julien l'apostat au cours de laquelle la chapelle d'Eusebe est brûlée.

« *L'Invention par Eloi* » est aussi dénuée d'incidents. A peine peut-on retenir celui de Maurin, chantre du roi Dagobert, qui, pour avoir eu la présomptueuse prétention de retrouver le tombeau de saint Quentin, devient subitement possédé du démon.

Telle est dans ses grands traits la division de l'ouvrage. Si l'on en vient au détail, l'analyse devient d'autant plus difficile que les diverses actions se développant presque conjointement sur une scène à plusieurs décors simultanés, ce qui se rapporte à chacune d'elle se trouve à tout instant interrompu, entrecoupé par le dialogue de l'action voisine, à moins que ce ne soit par les personnages du ciel, de l'enfer, ou les monologues drôlatiques du fol.

PREMIÈRE PARTIE

La première partie (3490 vers), que M. Fleury divise en quarante scènes, compte au moins cinquante-cinq changements de dialogues et de personnages. Pour en faire apercevoir plus clairement l'économie, notons d'abord que ces scènes multiples s'y partagent en trois groupes : à Rome, c'est-à-dire à la cour de Dioclétien, et chez le sénateur Zénon, ensuite en Dardanie, enfin et de nouveau à Rome, devant les « mansions » que nous venons de dire, et deux nouvelles autres, l'école de Cathon et l'église où le pape réunit les chrétiens.

A Rome.— Dioclétien est au milieu de sa cour; il tient conseil; près de lui se tiennent les deux Césars, Constant (Constance-Chlore) et Galérien (Galerius), puis les fils et beau-fils de Constant (Constantin et Lucinien), enfin deux chevaliers (Maximinus et Severe); l'ensemble fait un groupe symétrique et imposant; il n'est pas impossible d'ailleurs que des figurants muets, soldats de la garde impériale, fissent galerie sur les côtés de la scène. L'empereur parle le premier et prononce une sorte de dithyrambe en l'honneur de Rome et de l'Empire :

> Gloire immortelle au grand roi Romulus
> Et a Remus par qui Rome est fondee... *etc.*

Ces huitains pesants en vers de dix syllabes, suivis chacun d'un autre huitain en vers de moitié plus courts, constituent une forme lyrique dont la solennité convient bien au début des larges compositions dramatiques. (1)

Dioclétien veut s'associer Maximien, pour soutenir le « pesant fait quotidien » [c'est-à-dire *faix*] de l'empire ; les dignitaires présents approuvent ; il ne reste donc plus qu'à prendre l'avis du sénat. Orient, « poursievant a Diocletien », c'est-à-dire messager et appariteur, est chargé de ramener les sénateurs de leur domicile.

Pendant la durée du trajet, le fol occupe le devant de la scène et monologue (v. 153-67), intermède court, tissu de plaisanteries qui ont perdu de leur saveur après quatre siècles ; mais en ce temps là, la mimique et les pitreries que l'acteur avait la liberté d'ajouter au texte pouvaient le rendre drôle. (2)

---

(1) On retrouve des types de couplets similaires au commencement de la troisième, de la quatrième partie, de la première et de la seconde « invention » : Monologues de Dioclétien, v. 9284, du pape Marcellin, 12306, prière d'Eusèbe en son oratoire, 18867, discours du roi Dagobert, 21408. Les couplets de Dagobert pour célébrer la France sont exactement symétriques de ceux que l'auteur a mis dans la bouche de Dioclétien à la louange de Rome. On en trouverait d'autres exemples dans des compositions dramatiques contemporaines, par exemple le *Mistere de Saint Didier*, par Guillaume Flameng (pour les « groupes lyriques », v. nos *Recherches sur le vers français au XVᵉ siècle*, p. 104-5, 139, 150, 160), ou dans des œuvres non destinées au théâtre comme *Les Faictz et les Dictz* de Jean Molinet. Il s'agit là d'un procédé qui s'est propagé parmi un groupe de rhétoriqueurs de la seconde moitié du XVᵉ siècle ; nous ne nous y sommes arrêté un instant que pour noter, à la louange de l'auteur de notre *Mistere*, une variété de disposition métrique assez curieuse, dans la régularité de ce procédé. Par exemple, le début de la seconde partie (Lamentation de la mère de Quentin, v. 3491) se présente bien comme une scène lyrique, mais c'est sous la forme d'une chaîne de strophes en vers coupés.

(2) Le fol ne revient pas moins de neuf fois en scène dans la première partie du *Mistere*, et il lui arrive une fois ou l'autre d'interpeller un des personnages de l'action.

La première porte où frappe Orient est celle du sénateur Zénon. Il est chez lui avec quatre personnes : sa femme qui n'est jamais appelée autrement que la « mere Saint Quentin », Pauline, une parente, Flourette, la chambrière, et Zenet, le serviteur. La « mere Saint Quentin » dit à son mari partant pour le sénat : «Faictes le court.. car je suis ensainte..; Se vous me trouvés acouchie Au retour, vous serés marry S'a joie ne suis despechie » (1).

Orient, après quelques pas sur la scène, arrive à la porte de Quintus Fabius, autre sénateur ; Faustinien, « pere saint Fermin », et Eustorgie, « pere saint Panthaleon » répondent à l'appel d'Orient aussitôt après Fabius ; apparemment ils sortent de la même mansion que lui, et, par une convention assez acceptable, on a admis que les sénateurs autres que Zénon pouvaient se présenter toujours ensemble chaque fois qu'il y avait lieu de réunir le sénat. Voilà donc le bataillon des quatre sénateurs se rendant à la cour, précédé par Orient (v. 240); Dioclétien leur communique l'ordre du jour, le sujet de la délibération :

> Nous voullons avoir adjutoire,
> S'il plait a nostre concitoire,
> D'ung fort champion qui s'aplicque
> A soustenir le bien publicque
> Tant en guerre ou en milicie
> Comme en civille policie (v. 281-6).

Les sénateurs alors délibèrent à part ; Zénon parle le premier ; il fait l'éloge de Dioclétien ; les trois autres sénateurs font celui de Maximien : et Zénon s'en vient rapporter à l'empereur les conclusions des sénateurs délibérant. Maximien est désigné comme second empereur. Les chevaliers Maximinus et Severe sont dépêchés pour lui annoncer cette heureuse nouvelle (v. 449).

Mais c'est assez de personnages graves et de sujets sérieux ; voici que paraissent, conduits par Severe, des sergents, « loudiers », « larronceaux de pute affaire », dont les noms disent ce qu'ils valent : Esclistre, Tonnoire, Fourdre et Tempeste ; les vers qu'ils ont à dire laissent supposer qu'ils les accompagnent de gambades et de grimaces ; et le Fol salue leur départ de quolibets et d'épithètes crues : « A sainte sang bieu, quel merdaille ! » (v. 487).

Sur un autre point, mais tout proche, de la scène, se trouve Maximien, entouré de son fils Maxence, de Prophire, « chevalier a Maxence », et d'Ejulasius, « senateur a Maximien », ce qui fait un nouveau groupe de quatre personnages ; non loin d'eux, les autorités de la ville de Rome vont se joindre au cortège de Maximien partant pour le palais impérial, ce sont : le « duc de Romme Gallicanus », le « prevost de Romme, Cromacus », et son vicaire, Agricolanus. Après eux vient un second groupe de sergents ; leurs noms ne sont plus empruntés aux désordres de l'atmosphère, mais à la catégorie des

---

(1) C'est-à-dire : si je ne suis pas délivrée sans accident.

animaux malfaisants : Serpent, Dragon, Layant et Escorpion. Ils sont quatre, et pour parfaire la symétrie, ils récitent chacun un quatrain.

Le cortége est prêt à partir sous la conduite d'Occident, « chevaucheur a Maxence », lequel fait pendant, par son nom, et par son office, à Orient, «poursievant a Diocletien ».

Tandis que se succédaient ces dernières scènes, la femme du sénateur Zénon accouchait, dissimulée derrière la courtine. Quand la mère et l'enfant deviennent présentables, la courtine est « destendue » et nous assistons à la scène touchante d'une mère célébrant sur le mode lyrique la joie de sa maternité : « O tres doulce geniture, Deyfique pourtraicture, Ou nature N'a mis quelque defaillance... » (1)

La mère, la parente et la servante s'extasient en attendant que le chef de famille rentre et donne un nom à l' « enffançon ». Mais le père est toujours à la cour où nous assistons à la séance solennelle de l'avènement de Maximien. Quand la cérémonie a pris fin (v. 825), les sénateurs accompagnent Zénon chez lui, et on leur montre l'enfant. Comme la mère ne parle pas et que Zénon lui-même ne prend de ses nouvelles que par l'intermédiaire de Pauline, il y a tout lieu de supposer que l'accouchée reste dissimulée derrière la courtine tendue ; le poupon seul est présenté à la curiosité des sénateurs.

Quel prénom lui donner ? On ne cherche pas longtemps : « Quintus, c'est le plus renommé » ; Zénon n'y contredit pas : « Quintus, jadis fustes issant De fors et vaillans Torquatus, Vostre nom est resplendissant Tant en honneur comme en vertus ». Mais Quintus est un nom bien grand, pour un bébé qui « est josne et ne scet aller », « Il faut Quintus diminuer », ce qui donne Quintinus ou Quentin. Tout le monde s'accorde à trouver la solution élégante et simple. Zénon propose alors à ses collègues, pour fêter l'évènement, d'entrer chez lui et d'y prendre quelque nourriture, à savoir « bon quart d'ypocras, Vin et espices d'avantaige Et mouton qui est ung peu cras », mais ils s'excusent et s'en retournent chacun chez soi. Cette scène intime terminée (v. 917), nous ne reverrons plus la petite famille, que lorsque Quentin sera en âge de commencer ses études (v. 2098).

Un bruit de « tonnoire » avertit les spectateurs de se tourner vers une autre partie de la scène où apparaissent ensemble six diables et leur souverain Lucifer. Le maître des damnés ordonne à Sathan d'aller avec Astaroth tenter Maximien et de lui inspirer des projets de persécution (2).

Sans plus tarder, car l'intermède du fou ne dure que quelques instants, Maximien siège

---

(1) Edouard Fleury avait déjà cité en entier ce petit poème de l'amour maternel, d'une grâce naïve et aimable : « Filz, il faut que je te baise, Que je t'embrace a mon aise, Et appaise De ma doulce mamelette.. » (v. 615-8) ; mais il faut se souvenir, en le lisant, qu'il s'agit non pas seulement d'un lieu commun ancien, mais d'un exercice « de seconde rhetorique », dont notre auteur a pu avoir dix ou vingt modèles sous les yeux ; le mérite de son originalité en est d'autant diminué ; songe-t-on, chez les modernes, à vanter un romancier ou un auteur dramatique pour une scène de déclaration d'amour bien menée ? Trop de réminiscences soutiennent l'écrivain sans effort au-dessus du médiocre en pareil cas. Les strophes consacrées à la naissance de Quentin ne doivent pas être lues avec moins de plaisir, mais en louant le rhétoriqueur, associons à notre éloge tous ceux de ses prédécesseurs qui ont fait parler la Vierge tenant dans ses bras Jésus nouveau-né...

(2) Cette scene est en un sens un tour de force littéraire ; l'auteur a réussi à ramener le mot *diable* ou un de ses dérivés à chaque vers ; on le prononce soixante fois en une cinquantaine de vers (918-70).

à la cour à côté de Dioclétien, il prononce un discours d'une forme aussi solennelle qu'était le premier discours de Dioclétien. Tous les assistants reconnaissent avec lui qu'il faut persécuter les chrétiens, et le greffier est chargé de rédiger un « mandement pour conferer A ceulx qui veullent differer De faire aux dieux obeissance » (v. 1070-2).

Le temps qu'il faudra pour l'écrire, voici qu'un nouveau groupe de personnages s'agite ailleurs sur la scène : c'est le duc de Dardanie, Polidamas, avec ses deux chevaliers, tous chrétiens ; le « portier de Dardanie », Bruhier, vient annoncer au duc les nouvelles dont il a eu un écho : *la veille* à Rome (les distances sont vite parcourues), les empereurs ont projeté une persécution ; Bruhier reçoit la consigne provisoire de faire bonne garde.

Le mandement scellé à Rome, Occident va le porter « par tout le monde, en toutes marches ». Il se dirige donc vers Dardanie, escorté quelques instants par le fol, avec qui s'échangent railleries et calembours (v. 1183-1222).

Cette fois nous allons rester écartés assez longtemps des mansions de Zénon et du palais impérial. Jusqu'à la fin de l'expédition contre les chrétiens de Dardanie, ce sera en quelque façon un second groupe de scènes dans la première partie.

En Dardanie, le duc Polidamas ne veut prendre connaissance du mandement que devant le conseil assemblé, et c'est le messager Esprivier — le nom d'*épervier* est propre à désigner cet emploi, comme celui d'*Aigle d'Or* ou de *Trotemenu* — qui va convoquer les citoyens, à la manière d'Orient convoquant les sénateurs romains ; quatre citoyens arrivent et après eux, l'évêque de Dardanie, avec son chapelain et son clerc (v. 1345-63). C'est le clerc Ganimedes qui est chargé de lire tout haut le mandement rédigé en cette prose compliquée des écrivains du XVe siècle, dont Christian de Pisan, Molinet, Crétin donnent tant d'exemples d'apparence aujourd'hui ridicule (1).

Mais Dardanie restera fidèle à sa foi : « Nous tenrons la loy Jhesucrist Sans servir aux fausses ydolles. » Occident n'a plus qu'à repartir, le mandement en poche, des menaces de guerre à la bouche (v. 1463-8), tandis que les Dardaniens se préparent eux-mêmes à prendre les armes (1481-1510).

Occident d'un bond est arrivé au pied des trônes impériaux, et raconte l'insuccès de sa mission : « Par le sceptre que je maisnie Il trouveront a qui parler » s'écrie Maximien furieux, devant toute sa cour réunie ; Maxence, avec Constantin et Lucinien, conduira les troupes ; et, dans un couplet de parade, il dénombre les engins dont il faut se munir ; c'est proprement un catalogue technique des instruments de guerre employés au quinzième siècle (v. 1657-87).

Tout aussitôt nous apercevons Ursin, simple paysan de Dardanie, et sa femme, avertis et effrayés de l'approche des ennemis, réunissant leurs bestiaux et leurs meubles pour les mettre en sûreté à l'intérieur des remparts. L'endroit qu'ils occupaient sur la scène était apparemment situé entre la mansion des empereurs romains et la cité de

---

(1) Les énumérations et les synonymes accumulés font une armature compliquée aux pensées les plus simples. Il ne s'agissait que de dire : salut à nos bons sujets et malédiction aux autres ; que ceux qui désobéissent à nos dieux se rétractent, sinon ils encourront des châtiments terribles. Molinet en a fait une indigeste lettre encyclique, bourrée d'anathèmes.

Dardanie ; car Ursin et Galatée ne se sont pas plus tôt enfuis que les Romains arrivent devant leur maison et y « boutent les feux » (v. 1744). A partir de ce moment, il y a trois groupes de personnages juxtaposés, simultanément présents, et à qui la parole est alternativement donnée : le groupe des Romains assiégeants, les combattants de Dardanie sur les remparts, enfin le duc et ses chevaliers à l'intérieur de la forteresse ; finalement, les « Dardanois » sont vaincus, tués, la ville prise et livrée au pillage.

Ici, intermède musical, le « *Silete* » (v. 1985) ; il est l'annonce, comme la pose du tonnoire pour l'apparition des diables, de l'entrée en scène d'une nouvelle catégorie de personnages : ce sont Notre-Dame, Dieu, Michel et deux anges ; fréquemment le groupe céleste et le groupe diabolique ont des parties de dialogue symétriquement alternées ; c'est le cas ici. Puisque des combattants sont morts, il s'agit de savoir si leurs âmes seront damnées ou élues. Les Dardaniens ont sacrifié leur vie à leur foi, ils doivent être récompensés, et la Vierge intercède, obtient de Dieu que leurs âmes aillent droit du champ de bataille au paradis. Les diables à leur tour sortant de leur enfer les revendiquent : « Car, disent-ils, une seulle patenotre N'ont dit en leur profession Et sont morts sans confession » ; mais Michel les chasse et emmenant les nouveaux élus les remet entre les mains de Dieu ; Astaroth et Sathan, cependant, vont conter leur insuccès à Lucifer qui pour les en punir ordonne qu'on les pende et qu'on leur arrache la langue. Les diables disparaissent avec « grant tempeste » et « grant noise ». (1).

La partie de la scène qui représente Dardanie se vide définitivement ; les vainqueurs, seuls survivants (c'est la coutume de tout tuer), s'en retournent vers Rome (v. 2097). L'action se passe désormais devant les mansions romaines.

Dans la maison de Zénon, Quentin, que nous avons vu le jour même de sa naissance, a eu, pendant les incidents qui précèdent, le temps de grandir ; il a dépassé l'âge où l'on apprend à lire ; il sait déjà « tenir papier ou rolle » ; mais il doit parfaire son instruction, devenir « grant homme et sachant, Plain de meurs et de flouriture ». Ses parents décident donc de faire venir Cathon, le maître d'école.

Pendant que Zenet va le chercher, (v. 2157), les Romains vainqueurs de Dardanie font leur entrée dans Rome et des réjouissances sont décidées pour célébrer leur succès.

Cinquième « pose », c'est-à-dire, court arrêt (v. 2253) (2), et nous portons les yeux vers une autre partie de la scène où se voit l'école de Cathon. Le valet de Zénon entendu, le maître d'école consent à quitter aussitôt sa classe qu'il confie au plus âgé de ses élèves, Crispin ; il emmène avec lui un autre élève, Lucien.

La mansion de Zénon était probablement toute proche, sur la scène, de celle de Cathon (peut-être entre celle de Cathon et celle des autres sénateurs), car le dialogue se poursuit sans aucun arrêt de la classe à la maison paternelle. Zénon tient le discours

---

(1) Scène type que nous résumons avec quelque détail parce que c'est la première, du genre, que nous rencontrons. Les autres seront seulement signalées ; au surplus, l'auteur lui-même procède par la suite plus rapidement dans les circonstances similaires.

(2) Les poses précédentes se placent après les vers 598, 918, 1336, 1985.

— partout et toujours pareil — du père de famille confiant sa progéniture à un chef d'institution, et lui donnant le droit d'user de châtiments, si besoin est : « Et s'il offence, il soit repris De vergettes et de cions ». Sa femme, mère tendre, intercède d'un mot touchant pour obtenir de l'indulgence : « Il est tendre et fresle que voirre [comme verre], S'il est batus des corions, Il moura [mourra] tantost ». Mais, dit le père, « Se vous voullés sa mere croire, Il sera sans correction ». Enfin l'enfant quitte ses parents, et les adieux s'expriment sous la forme d'un rondeau dont les vers ou parties de vers se répondent symétriquement et se prêtent ainsi à une mimique symétrique et rythmée : « Adieu, mon fils. — Adieu, ma mere. — Adieu, mon tres doulx enffancon. — Adieu, Quentin. — Adieu, mon pere. — Adieu, ma doulce nourecon » (1).

Quelques secondes de bouffonnerie pour égayer l'auditoire avant une longue séance sérieuse et nous entrons en classe avec Cathon et son nouvel élève. Le programme du jour porte une leçon de morale sur le texte de la maxime : « *Infantem nudum cum te natura creavit, paupertatis onus pacienter ferre memento* » (2).

Quentin, sans nul apprentissage, éclipse dès son coup d'essai tous ses condisciples dans l'art de présenter au maître commentaires et objections : la patience, où se tient-elle ? (3) — Mais « nos dieux n'ont ne sens ne memoire, Dont s'ensieut que nos dieux presens N'ont vertu ? » — « Comment n'ont-ils point de repos ? C'est grant traveil d'aller tousjours. » — « Et de la cause manifeste Qui les regit et les apointe ? » — « Respondés a cest argument, Maistre Cathon : je ne puis croire Qu'ilz soient pluseurs dieux. » — A toutes ces questions, le maître essaie bien de répondre, mais enfin, lassé, il donne congé à ses élèves (v. 2750).

Qui ne songerait, en lisant cette scène, à Jésus enfant au milieu des docteurs du temple ?

Les enfants vont alors « regarder autour de l'église de Rome », qui doit être toute voisine sur la scène, et où prêche le pape, entouré de ses dignitaires, comme doit l'être tout prince, temporel ou spirituel.

Le texte du sermon, texte choisi à dessein pour servir de parallèle au texte de Cathon, est pris de saint Luc (VI, 20) : *Beati pauperes* (v. 2809). Quentin est délégué par ses condisciples pour demander au prédicateur, quand il a fini, des explications sur le Dieu nouveau qu'ils voient mettre au-dessus de tous ceux dont parlait Cathon. Marcellin reprend alors, avec une remarquable sobriété, et une allure vive, l'exposé de la création, de la chute des premiers parents, des mystères de l'incarnation et de la rédemption

---

(1) Cette scène d'adieux, avec des variantes de détail se reproduit un grand nombre de fois dans notre *Mistere*, entre toutes sortes de personnages. — Chez Guillaume Flameng, chez Arnoul Greban et chez vingt autres on en trouverait des exemples similaires ; c'est une scène de style.

(2) Tu es venu au monde tout nu, souviens-toi donc de supporter patiemment le fardeau de la pauvreté.

(3) Il faut qu'elle « soit en l'ame posee » dit Cathon. Le maître expose alors la théorie aristotélicienne de la nature humaine, de l'âme et de ses puissances, naturelles et nutritives, d'abord, cognitives, ensuite, c'est-à-dire sensitives et intellectives. Par les dernières, l'âme peut se revêtir de vertus et parvenir ainsi à la félicité (v. 2560). Quentin demande quelles sont ces vertus morales. Elles sont douze, répond Cathon. « Dont vous douze, sans que j'en soie, Serés mieulx vestus que de soie » ; Ce sont « prudence, justice, force, Attemprance (qui sont « cardinales »), affabilité, Mansuetude, verité, Largesse, magnanimité, Magnificence et amisté D'honneur, avec eutrapelie », qui « sont despendantes Des quatre, a leurs branches pendantes ».

(v. 3006-3054). Il arrive bien à Quentin d'avoir des doutes : « Mais qu'une femme corpo-relle Peult estre vierge et mere ensemble, Cela m'est trop fort, ce me samble », de s'ex-pliquer mal la résurrection. Il n'hésite pas davantage, cependant, à « tout croire sans rien percevoir ». Et voilà une conversion faite ; le baptême peut être administré aux douze jeunes gens. Le pape leur récite une proposition abrégée des dogmes contenus dans le Symbole des Apôtres (v. 3177-98) ; le sacrement administré, il reprend ses exhortations et envoie en Gaule les nouveaux convertis. Comme il y avait douze apôtres, douze vertus morales, douze articles de croyance, il y aura aussi douze propagateurs de la foi : « Adieu enffans, Soiés humbles et paciens ». (v. 3340). Comme la scène des adieux, la scène du baptême trouvera ses répliques au cours du *Mistere*.

Mais voilà Cathon sans élèves. Que faire ? Escorté du fol, il court cher Zénon : « Se n'en revient ne trois ne quatre J'ay perdu tout a une fois. » — Allez le chercher et ramenez-le moi, lui dit la mère de Quentin, qui se lamente en une pièce lyrique (1) et laisse échapper un pressentiment : « Le cuer me dit et si est vray Que jamais je ne le verray. »

Quentin et ses compagnons, au sortir de l'église de Rome, se sont dirigés vers la Gaule, et c'est en Gaule que nous les retrouvons ; ils vont enfin se séparer pour aller évangéliser diverses provinces de ce pays (v. 3435-90).

Telle est cette première partie du Mistere, d'une composition assez habilement équilibrée, où les divers groupes de personnages ont des parties de rôle porportionnées, de telle sorte que la personnalité de Quentin n'arrive que par degrés à faire converger sur elle les regards. Les incidents n'y manquent pas de variété, le triste et le gai s'y balancent. Le rhétoriqueur a cherché manifestement à compasser et à polir les couplets des personnages graves, d'une part, et d'autre part, à rendre avec grâce les senti-ments touchants de la mère joyeuse au début d'avoir enfanté, et bientôt après affligée d'avoir perdu son enfant.

DEUXIÈME PARTIE

La scène s'élargit. A la fin de la première partie, nous avons vu Quentin et ses compagnons arriver en Gaule, et il était permis de supposer qu'ils se trouvaient, à ce moment du dialogue, à la limite des mansions romaines ; à côté d'elles doivent trouver place, pour les nécessités de cette seconde partie, les mansions de Gaule, au nombre de trois au moins : Amiens, Soissons et Champagne.

---

(1) M. Ed. Fleury, qui a cité cette pièce, n'en avait pas reconnu le dessin ; elle est du genre qui se dénommait au XVe siècle « le double fatras » ; les deux vers de refrain en sont : « Helas, qu'es tu devenu, Mon enfant que tant j'amoie ? »

Dès le début reprennent — elles seront souvent reprises — les lamentations de la mère de Quentin. (1)

Zénon est bien chagriné aussi, mais il prend vite une décision ; il fait appeler Cathon pour la seconde fois (v. 3622) ; les sénateurs voisins viennent à ce moment essayer de « raisonner » les parents affligés, en leur racontant leurs propres infortunes : l'un, Eustorgie, a perdu son fils Panthaléon, converti à la nouvelle religion en Nicomédie, l'autre, son fils Firmin, pour la même cause : ils ont su s'en consoler, ou supporter ce deuil « tousjours tellement quellement » (v. 3711). Ce n'est tout de même pas une solution pour les parents de Quentin. D'accord avec Cathon présent, on décide d'aller en groupe conter l'affaire aux empereurs (v. 3785). Quelques gambades et plaisanteries du fol (v. 3786-803), et nous voilà à la cour.

Même appareil, même nombre de personnages que lors de la scène où Maximien fut intronisé ; à côté de Maximien est assis Dioclétien, reconnaissable à sa « barbe blanche et flourie ». Cathon raconte la fuite des douze jeunes Romains et dénonce le pape Marcellin. « Il sera pugny », dit Dioclétien, et comme lui, les chrétiens de tout l'empire ; Maximien partira pour la Gaule ; mais parce que « Francois sont fors sans mercy », il faut y conduire « Chevaliers hardis, courageux, Fors, puissans et avantageux » ; Constantin propose pour ce faire la légion thébaine que Lucinien et Maximinien devront ramener d'Orient. Ainsi pourra s'insérer dans l' « Istoire de Monsieur Saint Quentin », l'épisode du martyre de saint Maurice et de ses compagnons. Comme il faut en pareil cas une « missive de credence », le greffier est chargé de la rédiger. Il y a bien une objection ; ces Thébains sont « vrais cristiens trestoux » (v. 4018). On les fera donc venir à Rome sans leur dire tout d'abord le but réel de l'expédition. Zénon et Cathon quittent la cour. Paraissent alors — tel est le « divertissement » coutumier des scènes solennelles du drame —, les sergents qui accompagneront les officiers romains en Orient. En attendant le retour de la légion thébaine, on décide de choisir dans Rome même des auxiliaires à Maximien. Le personnage qui va être introduit maintenant et dont Maximien fait au préalable le portrait, est celui qui, pendant les quatorze mille vers qui suivent, occupera le plus souvent la scène, après Quentin, bien entendu. C'est le Préfet « Rictiovaire » (2) qu'Occident est chargé d'aller chercher en son hôtel. Il s'avance avec ses six « loudiers », « putiers » qui se présentent respectivement au public en couplets symétriques de deux vers. Puis ils se rangent ; le fol jette au vent quelques gamineries, et la petite cour de Rictiovare s'étale (conseiller, lieutenant, chevalier et messages). Rictiovare amène toute sa troupe aux empereurs ; c'est l'occasion d'une nouvelle parade ; les six sergents, chacun à son tour, sur le devant de la scène, viennent clamer un couplet d'une sorte de ballade redoublée où sont accumulées les énumérations de tourments

---

(1) C'est cette fois un long monologue (v. 3491-579) de strophes lyriques où s'énumèrent en foule les dieux de la mythologie. les noms d'oiseaux et les instruments de musique. Ed. Fleury l'a cité tout entier (p. 48-9).

(2) Le nom est invariablement *Rictiovaire* dans les manuscrits et non pas *Rictiovare* ; de même *Eusébie* est toujours *Eusrbe*.

(environ cent vingt) promis aux chrétiens, avec, dans les notes, des effets d'allitération curieux (v. 4408-71).

Nous sommes maintenant à l'autre bout de l'empire ; les trois envoyés de Rome viennent demander à Thebeus, « duc de Thebe, pere Saint Morice » « une legion six mille six cens et soissante » (v. 4600).

Même rite qu'à la cour romaine : les ambassadeurs se retirent « ung peu a part » pendant que le conseil du duc (composé de six membres, outre lui) va délibérer. On décide de consentir l'envoi des troupes, pourvu qu'il soit établi qu'elles n'auront pas à marcher contre des chrétiens. Lucinien, consulté, répond par un mensonge délibéré, selon la consigne qu'il a reçue des empereurs : « Je vous promés en leauté Que ja cristien n'en moura » (v. 4700-1). Formules classiques des exhortations et des adieux, sonneries de « trompettes et clarons », — et le fol est l'intermédiaire qui nous conduit près d'Amiens.

Quentin prie ; les stances de sa prière ont des analogies avec celles de Polyeucte ; elles en diffèrent aussi ; qu'on en juge par ces quatre vers seulement : « Seul esgaré de tout mondain plaisir... J'ai tout laissié pour ung seul Dieu amer, Toute gentillesse lesse, Toute ma richesse cesse ». etc. (1)

La prière de Quentin a laissé le temps à « la legion thebee » d'arriver à Rome, de se présenter d'abord aux empereurs (v. 4828), ensuite, dans l'église des chrétiens (v. 4865), à Marcellin qui les exhorte à ne pas trahir la cause sacrée. A la cour, le départ pour la Gaule s'organise : les autorités de Rome sont là (Cromacus, Agricolanus, etc.), Rictiovare et ses suppôts, enfin les deux quadrilles de sergents ; Maxence est chargé d'une partie de l'armée, Rictiovare « ara l'autre eschelle de l'ost » (v. 5022), et la cérémonie des adieux reproduit la rythme et la mimique, qui, cent cinquante vers plus haut, ont marqué les adieux des compagnons de Maurice et des gens du pape.

Il ne sera plus désormais question de Thèbes. Les personnages de nous connus n'évolueront que de Rome aux divers points de la Gaule (Amiens, Soissons, la résidence de l'évêque de Champagne). A Amiens, deux infirmes, Clugnet, aveugle, et Mathiolet, boiteux, implorent sur les marches du temple la charité des passants. Passe Quentin qui les interroge et qui a vite fait de leur enseigner les dogmes indispensables de la nouvelle religion pour les guérir ensuite en faisant le signe de la croix (v.5194 et s.). Auprès du temple est une maison de citadins ; trois bourgeois en sortent, et le serviteur de l'un d'eux les accompagne. Ce groupe de quatre est une miniature de collectivité, comme les quatre sénateurs de Rome ; ils viennent considérer les deux miraculés ; enfin arrive sur la place une femme, Natalie, dont le mari, « emfflé », est resté au logis. Ayant appris où se tient le guérisseur, elle vient chercher son mari (v. 5286) pour le conduire « au temple amiennois ».

Ces guérisons, disons-le tout de suite, paraissent être entièrement de l'invention du

---

(1) Ce retour de mots « unisonants », pour prendre un terme des traités didactiques du temps, n'était pas un mince merite, alors, dans une scène où des modernes ne chercheraient que l'expression éloquente d'un sentiment vécu.

fatiste, invention facile que celle d'un boiteux et d'un aveugle à guérir, pour qui connaît l'aveugle et le paralytique de l'Evangile. L'auteur a eu un mérite plus réel, quoique encore mince, à imaginer les incidents qui préparent la troisième guérison, celle de l'enflé Ysembart.

Quentin est au temple amiennois et commence sa prédication : « Reveille toy, Amiens sus Somme, Tu és de pechiés assommee » (v. 5314). Les spectateurs ne sont pas déçus s'ils attendent de lui une réplique de l'homélie de Marcellin aux douze élèves des Cathon. Il s'agit toujours de l'unité et de la trinité de Dieu, des mystères de l'Incarnation et de la Rédemption, mais l'exposé a su se renouveler par des artifices de forme. (1)

— Bref, les six bourgeois et les deux mendiants reçoivent le baptême aussitôt que l'infirme Ysembart a recouvré la santé, et au sortir de la cérémonie, Clugnet et Mathiolet, avec l'enthousiasme des néophytes, et selon le geste connu, courent briser les idoles (v. 5504-15).

On se doute que cet attentat contre les statues des faux dieux doit consterner les diables ; il y a grand remue-ménage chez eux. Lucifer charge alors Sathan et Berith de rejoindre Maximien en route vers la Gaule et présentement près de Lausanne, afin de lui suggérer l'envoi de Rictiovare à Amiens (v. 5585-8).

Maximien se présente en effet avec son escorte. Il a passé « les mons Des Alpes, sans perte et domaige, Pour quoy y convient faire homaige A tous nos dieux reveramment ». Un sacrifice de réjouissance et d'actions de grâces est décidé. — Ainsi se trouve amenée, préparée, la scène du martyr des soldats thébains. Tandis qu'Occident est à la recherche d'un prêtre indigène pour le célébrer (v. 5627-30), Maurice et ses compagnons de la légion thébaine se proposent d'aller à « Aganon sus le Rone » (Agaune sur Rhône) afin de n'y pas assister (v. 5670). Départ vite dénoncé ; on va par deux fois les chercher, et sans retard sont décapités, par la main des sergents, les chrétiens soumis et tendant le cou, « simples comme moutons... Innocens que (c'est-à-dire comme) simples brebis » (v. 5822). — « Les aulcuns sont rués par terre et les aultres en l'eaue ». Même jeu de scène à Aganon qu'en Dardanie : Michel vient recueillir les âmes en dépit des résistances infernales.

Auprès de l'empereur, Neptanabus offre aux dieux de Rome le sacrifice promis. C'est l'occasion pour le fatiste de trousser un couplet où sont salués les dieux, et leurs attributs, énumérés sous la forme de diminutifs, forme à laquelle les écrivains du moyen-âge français et jusqu'à la fin du XVIᵉ siècle ont trouvé tant de grâce : « Serés, dame de plantelettes, Belzebus, le dieu des mouchettes, Bachus, dieu des nobles vignettes, Nothus, conducteur des ondes, Vulcain, duc des blanches pierrettes, Venus, deesse d'amourettes, Flora, deesse des florettes, Aurora, dame des rousees » etc., etc.

C'est alors qu'Emerillon, compagnon de Morice, debout près du cadavre du martyr,

---

(1) Il se partage en quatre couplets de dix-neuf vers chacun, dont dix-huit rappellent la même rime (v. 5326-401). Mais il n'est guère, à travers cette accumulation de substantifs abstraits en té et en tion, comprehensible qu'à des esprits déjà instruits de sa teneur. Il est donc fait plutôt pour l'auditoire qui a déjà entendu Marcellin, que pour les personnages du drame, païens d'Amiens.

récite la complainte (ballade fatrisée), que Molinet a reproduite dans l'*Art de Rhetorique* et qui a permis d'attribuer à ce rhétoriqueur la paternité du *Mistere de Saint Quentin*, (v. plus haut, § II, p. VI).

Dans un instant, Emerillon ira conter au duc de Thèbes la mort de son fils Maurice (v. 6160-99), mais auparavant des personnages se présentent devant la mansion de Soissons. Ce sont Crispin et Crispinien qui viennent demander à Grignart et à Yoline, sa femme, de les héberger ; mais dès qu'il apprend leur qualité de chrétiens, l' « hostelain » les refuse : « Arriere, vieux chiens, Arriere de mon estre, arriere » (v. 6056-7), et ils s'en vont : « Nous ne savons ou revertir. — Chier frere, aprenons a souffrir. »

A Soissons aussi siègent des représentants du pouvoir impérial : le prévost, Valois, entouré d'un conseiller, d'un clerc, Saget, et d'un sergent. Maximien y arrive à son tour, et renseigné sur les chrétiens de Gaule et leurs agissements, envoie à Amiens Rictiovare comme proconsul.

A Amiens, les autorités sont plus nombreuses qu'à Soissons ; autour du mayeur, deux échevins, deux jurés, un clerc et un sergent. On leur a appris l'arrivée de Rictiovare ; l'avis d'un des jurés est que : « Puisqu'il est si crueux qu'on dit, Il luy fault le vin presenter » et le mayeur n'y contredit pas : « Pour sa bonne amour conquester, Brisebarre [un sergent], va luy porter Du vin de la ville deux stiers » (v. 6297-9).

Le préfet présent et le mandement lu (1), un juré raconte les « mauveistés » du jouvenceau chrétien que Rictiovare ordonne de jeter en prison (v. 6432). C'est chose vite faite : Quentin qui prêche n'est pas loin, la geôle que tient le « chepier » Matagot, non plus.

Joie en enfer : incarcération du catéchiste, reniement prochain et prévu du pape Marcellinus, c'est un double succès pour Sathan ; mais Berith annonce l'entrée au ciel de Maurice et de ses compagnons. Il lui arrive de prononcer le nom de Jésus, d'où scandale et menaces de coups : « Il soit batus et fessiés... Il ara le cul ramonné », etc.

A Rome, Zénon et sa femme se complaignent, comme Emerillon auprès de « Maurice le beau chevalier », en une ballade à deux refrains : « Tu és eslongiet de mes yeulx, Quentin, le desir de mon cuer ».

Zénon et les autres sénateurs vont à la cour — troisième déplacement identique aux deux autres — demander le châtiment de Marcellin. La scène (v. 6733-826) n'a rien d'intéressant en elle-même. On prévoit la suite : deux sergents vont se saisir de Marcellin et l'amener enchaîné auprès des idoles ; le pape ne tergiversera pas longtemps, et cèdera en disant ces mots : « Il me vault mieux adventurer Deux grains d'encens, au dire voir, Que vilaine mort endurer ». Ses compagnons sont stupéfaits d'une apostasie si promptement commise et « ils le regardent comme tous dolans ». Dioclétien les presse à leur tour de sacrifier, mais Marcellus, l'évêque, parlant au nom de tous, dialogue avec lui, vers contre vers, sans rien abandonner de ses croyances.

---

(1) Il est en vers, mais plus court et plus simple que le premier qui était en prose.

Nouvel accès d'allégresse en enfer ; pour ajouter à ce succès, Lucifer pense à envoyer Belzébus auprès de Crispin et Crispinien « qui meurent de faim et de froit » (v. 7123), et qui seraient peut-être une proie facile au tentateur.

Zénon qui s'est tenu silencieux pendant la cérémonie du sacrifice aux idoles, remercie l'empereur, et nous le voyons se retirer, pour laisser la parole à Crispin et Crispinien.

Les deux frères examinent, et leurs propos sont des couplets de ballade d'un type assez curieux, quels métiers ils pourront bien exercer afin d'y gagner leur vie ; tous ceux qu'ils énumèrent d'abord leur font conclure à plusieurs reprises : « S'aprendons ung aultre mestier ». Au contraire, « sur tous aultres mestiers (leur) plait L'estat de la cordonnerie », et les divers avantages qu'il a ne font que ressortir mieux le premier de tous : « Tousjours solers sont en saison ». Ils s'embauchent alors (v. 7301-35) chez le cordonnier Crepy, dont le varlet Wautrequin, petit brabançon, parle un jargon qui devait passer pour comique, parce qu'incompréhensible.

Nouvelle série de scènes à Amiens. Rictiovare, en un monologue lyrique, se demande auprès de ses conseillers quel châtiment sera le plus efficace pour réduire la secte des chrétiens ; Quentin est amené de sa geôle, et son interrogatoire qui fait pendant et contraste avec celui de Marcellin se termine par un premier tourment. Entouré des loudiers qui mettent son corps à nu : « Il est ainsy comme une poulle Qui se tienne entre six regnards ». Après une brève querelle où ils se disputent les vêtements à coups d'injures, ces bourreaux saisissent des bâtons pour le frapper. Ces préparatifs donnent le temps aux quatre bourgeois d'Amiens, aux trois miraculés et à la femme du troisième, Nathalie, d'accourir pour être témoins du spectacle. Il commence aussitôt, selon une cadence que l'on retrouve dans vingt compositions dramatiques et qui rappelle celle que nous avons déjà eu l'occasion de noter lors d'une scène d'adieux. Les bourreaux se tiennent en nombre égal de chaque côté du patient, et ils assènent leurs coups, symétriquement, avec chaque moitié de vers : « Tieng, sus ton col. — Tieng, sus ton nés. — Tieng, sus ton dos. — Tieng, sus ta teste ». (v. 7675-6). Ils y mettent tant d'ardeur que bientôt ils n'en peuvent plus. Pendant qu'ils enlèvent alors leurs propres vêtements pour frapper plus à l'aise, un « silete » est joué, et les personnages du Ciel s'animent ; Notre-Dame demande à « (son) Dieu, (son) enffant et (son) pere », de réconforter le martyr. C'est Raphaël qui accomplit cette mission, quand les bourreaux ont recommencé à « batre dru et menu » ; dès qu'il a parlé, « les quatre tirans doivent choir a revers soubitement » (v. 7782-3). Et Quentin discute vers contre vers avec le préfet, comme précédemment l'évêque Marcellus en face de l'empereur (1). Les autres personnages d'Amiens se mettent en mouvement à cette occasion. Les uns, le mayeur et ses officiers, qui ont entendu du bruit dans la ville, vont se diriger vers le lieu du supplice ; les autres, c'est à dire les bourgeois, qui ont assisté au

---

(1) Mais pour donner plus de sel à ce procédé reproduit, le rhétoriqueur y a ajouté des effets de mots : chaque commencement de vers y reprend la fin du précédent : « Le cuer trop m'esjoye. — Ta joye m'est pleur. — Ton pleur m'est valeur », etc. C'est ce qu'au XVᵉ siècle on appelait la rhétorique enchaînée. Ce dialogue se termine par un couplet lyrique (placé dans la bouche de Rictiovare), que les rhétoriqueurs désignaient sous le nom de fatras, et dont les deux vers de refrain sont : « Je vouldroie estre mors, Je suis tout forcené ».

premier tourment, s'en retournent « jusques a demain Ung chascun en son tabernacle »
(v. 8010-1). Quant le mayeur est arrivé auprès de Rictiovare, le récit est fait, pour les
nouveaux arrivants, de ce que les spectateurs viennent de voir s'accomplir ; redites ?
dirons-nous : pour les contemporains de Molinet, assistance souvent bruyante et distraite,
les demi-répétitions de ce genre n'étaient pas superfluités ; la scène de la seconde conduite en prison se prolonge aussi sans plus d'utilité ; enfin, une « pose d'instrument »
permet à l'auditoire de souffler quelques instants avant d'entendre les dernières scènes de
cette seconde partie.

A Rome, l'apostasie de Marcellin réclame une sanction ; le criminel est déjà en état
de repentir, mais Marcellus, qui a hérité des pouvoirs de Marcellin, décide que la sentence
à porter sur ce cas grave sera demandée à « Ilerasmus qui est en Champaigne » (v. 8335).

Tandis que Maximien s'étonne à Soissons de ne recevoir pas de nouvelles du préfet
d'Amiens (v. 8373-403), Ilerasmus apprend des envoyés romains l'infamie de Marcellin et
des « mille et cincq cens » qui l'imitèrent. Il n'ira pas à Rome : « Je suis foible et debilité,
Vuidier ne puis mon domicile ». Mais avec le secours de son chapelain et du clerc, il en-
verra à l'apostat « Ung mot de lettre bien couchet Pour le reduire a sauvenent » (v. 8480-1).
Plaisanteries en latin de cuisine, du chapelain au clerc, et gambades du fol.

La mansion de Grignart (l'hôtelier que nous avons vu refuser de loger Crispin et son
frère), devait se trouver entre les mansions d'Amiens et celle de Soissons où se tient Maximien, car Diamant, messager envoyé par Rictiovare, s'y arrête pour raconter ce que les
spectateurs ont déjà vu, les premiers tourments infligés à Quentin (v. 8586-617). L'échec
de Rictiovare détermine Maximien à envoyer à Amiens du renfort, savoir : Agricolan
avec deux autres bourreaux qui remplaceront Escorfault et Ragenteste, épuisés dès la première exécution de supplices.

Grignart, à qui son métier d'hôtelier laisse sans doute des loisirs, est venu accompagner Diamant jusque chez l'empereur. Il ne serait pas fâché maintenant de le suivre
encore jusqu'à Amiens, mais comme il est pour le moment « tres mal empieté » (v. 8776),
sa femme Yoline va lui commander des chaussures chez Crepy. Crispin et Crispinien,
par cette visite, apprennent des nouvelles du sort de Quentin, leur ancien condisciple.
Ainsi s'enchaîne et reste régulièrement présent dans la trame, l'épisode des deux
futurs martyrs du Soissonnais.

L'épisode de Marcellin s'achemine en même temps vers sa solution. Ciriacus est
arrivé à Rome et lit à l'apostat le mandement qu'il a reçu de l'évêque Herasmus. C'est
des deux épîtres de prose que renferme le *Mistere* la plus longue. L'idée qui y est déve-
loppée, avec beaucoup d'artifice, est celle-ci : De ton nom de *Marcellin*, tu as cassé les
quatre lettres du milieu, « dont R signifie romaine papalité, C cristienté, E esglise et L
leauté ». Les lettres qui restent forment le mot *Malin*. N'est-ce pas ingénieux ? convain-
cant ? Marcellin est bien contrit, le mandement l'a ému, (il était prêt à détester ses fautes,
quelle qu'eût été la rédaction du message épiscopal) mais son sort n'est pas encore réglé
de ce fait ; il ne le sera qu'après réunion des autorités de l'église, auprès d'Herasmus,

que les précédents personnages auront eu le temps de rejoindre pendant la « pose d'instruments », la dernière de cette seconde partie (v. 9017-8). Marcellin sort de ce « consil et senne » (conseil et sénat) ayant désigné lui-même son châtiment : il restera enfermé « en chambre ou en tour » ; il s'écrie : « Que je puisse vestir la haire Et que le chief de mon viaire Soit chergié de pouldre et de cendre » (v. 9073-5).

Les diables à cette mauvaise nouvelle sont précipités par Cerberus et Lucifer dans le « noir trau d'enfer » et « ramonés » « a l'entrer ens » (v. 9129). Et les chrétiens quittant l'évêque de Champagne s'en retournent à Rome avec Marcellin repentant.

Pour terminer cette partie, Rictiovare, qui a reçu de Maximien du renfort, invite les envoyés de Rome à dîner, à boire, à « galler » (v. 9279) avant d'aller de nouveau tourmenter les chrétiens. Les spectateurs en font naturellement autant avant que s'ouvre la

---

TROISIÈME PARTIE

Deux fois plus courte que la seconde, elle est peu chargée d'évènements et les scènes se divisent en deux séries successives plutôt qu'entremêlées. A Rome se termine l'épisode de Marcellin ; à Amiens se continuent les épreuves infligées au confesseur de la foi chrétienne. Les personnages de Soissons ne font qu'une courte apparition, afin de ne pas se laisser oublier.

Même entrée en scène que dans la première partie ; Dioclétien est au milieu de sa cour ; Marcellin, convoqué pour sacrifier, refuse brièvement ; sans s'attarder à des commentaires, Dioclétien ordonne que le sénat soit assemblé, et les jeux de scènes déjà vus trois fois se reproduisent : mêmes déplacements et mêmes propos chez Zénon et chez les autres sénateurs. Le cas examiné en conseil, la conclusion est uniforme : « Je dis qu'il est digne de mort », répète en refrain de ballade (v. 9638-63) chacun des sénateurs consultés. Quirinus et Claudien subiront le même châtiment, lequel sera exécuté en public pour servir de leçon salutaire au reste des habitants de Rome : chrétiens et tyrans vont en troupe « au champ de Floure ». Marcellin y prononce une profession de foi lyrique, fait ses adieux à ses frères de Rome, et les trois martyrs reçoivent le coup mortel après avoir récité une courte prière à refrain (v. 9928-63). Pendant ces derniers instants, et après l'exécution, commentaires symétriques et opposés des puissances célestes et des démons infernaux.

Mais le corps reste provisoirement sans sépulture, parce que Marcellin avant de mourir a défendu, sous peine d'anathème, qu'on y touchât. Il faut qu'un pape soit élu : l'évêque Marcellin est désigné à l'unanimité ; l'autre évêque Melciades lui remet aussitôt la tiare (v. 10299).

La mort de Marcellin a aussi ses conséquences chez les païens : félicitations de Dioclétien à Sévère qui a mené à bien sa mission, remerciements de Zénon à l'Empereur pour la vengeance tirée du pape endoctrineur, réjouissance de sa femme pour la même raison — et nous quittons décidément Rome pour la Gaule (v. 10379).

A Soissons, les deux ouvriers du cordonnier Crépi ont terminé la paire de chaussures que Grignart, l'« hostelain », a commandées au cours de la deuxième partie ; Grignart les chausse et il emmène le cordonnier lui-même vers Amiens (v. 10467) ; ce leur sera un voyage d'agrément.

A Amiens, Quentin est toujours enfermé en prison ; mais Dieu lui envoie l'ange Raphaël qui le délivre ; il peut donc reprendre sa prédication à l'étonnement des bourgeois, du mayeur, de Ragenteste et d'Escorfault qui, les uns et les autres, vont écouter le prêche. (1)

Les bourreaux et les gens du mayeur se sentent déjà ébranlés ; une seconde homélie qui veut être plus persuasive, qui se présente sous une forme artificiellement plus lyrique : (2) « Amiens, Amiens, peuple d'Amiens, Amiens, quant sera tu des miens ? » (v. 10735-6) décide de leur conversion ; Quentin les baptise eux et leurs pareils. en grand nombre : « Six cens hommes ont surplanté (c-à-d. *supplanté*) La loy de Mercure et Minerve » (v. 16889-90), à ce que nous dit Mathiolet.

Les deux bourreaux convertis, Ragenteste et Escorfault, viennent rapporter le fait à Rictiovare qui, furieux, les renvoie, mais, — détail significatif — ne les menace d'aucun supplice : « Si que tousjours soiés absens Et que jamais plus ne vous voie » (v. 11011-2) ; sans doute ils ne valent pas la corde pour les pendre — ou le temps qu'on s'occupe d'eux.

Puisque la contrainte par corps est sans effet sur Quentin, Rictiovare va essayer de la douceur, et au lieu de se servir de Riagal et de Claquedent, « plains de noise et de vent », il aura recours à Torquatus, « un droit mignon Courtisien, qui beaux mos forge » — et Pantheon, son compagnon, qui « Parole aux dames face a face » (v. 11082-6).

— « Tres amples et grans dignités, Robe de pourpre.... Riche coler d'or et chainture » (v. 11182-6), ne tentent point Quentin ; il est homme, pour Dieu, à tout braver : « Suis prest, non pas a paine dure, Mais a la mort, s'il le commande ». La réponse a de la fermeté et de l'entrain. Les six bourreaux s'embesognent alors à une deuxième série de tourments ; on tord les bras du martyr, on lui griffe la chair, « d'aucuns rasteaulx gros ou menus » (v. 11324), et on lui verse sur les plaies « huyle, crasse *(graisse)* et poie » ; à plusieurs reprises les tirans se remettent à la tâche jusqu'à harassement ; en enfer, on surveille dépité, les efforts du prévôt Rictiovare : « Sus, compaignons, qu'il soit touchiet De ces brandons de feu tous rouges », dit celui-ci ; on fait boire au patient une « boutillette Plaine d'ordure empoisonnee » et dont la recette, donnée en style de sorcière par Riagal, ne manque pas de comique dans les formules (v. 11890).

---

(1) Ce nouveau sermon se compose de huit huitains de vers de huit syllabes (v. 10639-702) ; c'est l'exposition des vérités chrétiennes essentielles.

(2) Huit stances de neuf vers, dont le dernier, plus court, fait chute.

Le saint reste paisible, d'une sérénité suave, ce qui met Rictiovare hors de lui : « Je pers ame, sens et raison, Si tost qu'il fault que je le voie » (v. 12004-5). Et Quentin est reconduit à la prison de Matagot. Agricolan et ses deux acolytes, n'ayant pas réussi à réduire le martyr, s'en retournent auprès de Maximien. En enfer, on s'apprête à voir Sathan ramener Quentin, mais lorsqu'il annonce son échec, c'est une nouvelle scène de coups et de tourments qui trouve place ici (v. 12106-48).

Pour finir cette partie, Agricolan et ses loudiers, armés de râteaux, viennent faire à Maximien un court récit de ce qui vient de se passer sur la scène. Ainsi, pendant ces trois milliers de vers, l'action n'a pour ainsi dire pas avancé ; mais les spectateurs ont eu bonne mesure de tortures et aussi de pitreries, car le fol ne cesse pas les siennes, même lorsque le premier personnage souffre des traitements pires que la mort.

QUATRIÈME PARTIE

Les rôles laissés aux personnages de Rome sont très courts en cette partie qui est la plus longue de toutes (plus de six mille cinq cents vers). L'histoire de Marcellin y reçoit son épilogue, et les parents de Quentin se rappellent encore à notre souvenir à trois reprises. Mais l'intérêt de l'action se porte tout entier d'abord sur les pays de Picardie où séjourne ou que traverse Quentin jusqu'à la fin de ses tourments, ensuite sur Soissons, où les deux cordonniers Crispin et Crispinien doivent trouver le martyre.

C'est grâce à l'intercession de saint Pierre auprès de Dieu (v. 12372-95) que le pape Marcellin peut sans anathème ensevelir le cadavre de son prédécesseur Marcellin (v. 12494).

En enfer, Lucifer interroge un à un les diables sur leurs occupations du moment ; ils ont tourmenté de diverses manières les damnés ? bonne occasion de rappeler à l'auditoire quelles fautes principales entraînent les peines éternelles : avoir « par son quaquet, Deshonoré les jones filles », avoir été amené après le jeu, à « renoyer » Dieu, à se pendre et à se noyer, s'être débauchée étant nonne d'une « abye », s'être « bouté avec bringans » étant ermite.— Deux autres diables, Astaroth et Cerberus, seront envoyés contre l'intraitable Quentin.

L'empereur Maximien, auprès de qui sont revenus, bredouilles, les renforts qu'il avait envoyés à Rictiovare, reprend sa route avec tous ses gens (v. 12601). Rictiovare réconforté (il a dîné pendant le troisième entr'acte) fait sortir de prison Quentin une fois de plus. Mêmes gestes, mêmes réponses, même insuccès des menaces : bref, Quentin sera emmené chargé de chaînes à Rome. Adieux lyriques et touchants du confesseur de la foi au mayeur et aux bourgeois d'Amiens qu'il a convertis (v. 12991-13049).

En même temps que lui, les Soissonnais Crepi et Grignart quittent la ville chargés de nouvelles récentes qu'ils pourront porter dans leur pays, et notamment à Crépin et à Crépinien. Voici donc trois groupes de personnages en cours de déplacement : Maximien qui fait halte de temps à autre, Quentin qu'on renvoie d'Amiens à Rome, et les Soissonnais qui regagnent leur logis.

C'est bien entendu le voyage de Quentin qui accapare le plus l'attention ; la première halte sera à Villers en Picardie. Le seigneur de ce lieu est le chevalier Bayon, atteint de « meselerie ». Il se lamente en longues strophes, comme le rhétoriqueur n'en prête qu'aux personnages qui prennent une part assez sérieuse à l'action. Son entourage est de quatre serviteurs.

La maladie de Bayon l'obligeant à des soins de propreté minutieux, ses deux servantes s'en vont faire la « buee », c'est-à-dire la lessive, à la « fontainette » d'où elles verront passer le cortège de Quentin. La « meschine » est une jeune personne qui ne fait qu'à regret son métier : « Il vouldrait (*vaudrait*) mieulx faire houppeaulx Pour donner a son amoureulx ». La chambrière l'en gourmande : « Laissons languir les langoureux Et amer amant et amie » (v. 13263-4). Et un instant après, comme Quentin lui demande « Plus doulcement qu'une pucelle » un linge pour essuyer la sueur de son visage, « elle luy baille la chemise Bayon », qui lui est rendue non pas « soullie », mais « sans ordure ».

De Villers, le cortège arrive bientôt chez le « chastelain de Vermans », chez qui il loge.

Rictiovare, à Amiens, a regret maintenant d'avoir été si « furibondeux » et de s'être tant hâté de renvoyer Quentin à Rome. Il dépêche son messager Diamant pour arrêter les voyageurs jusqu'à ce que lui-même les ait rejoints.

A Villers, les linges portés « sur la hayette » sont maintenant séchés, les femmes de charge vont retrouver leur maître : « on luy vest sa chemise et doit choir sa meselerie ». Surprise, allégresse, bénédictions, et vœu de Bayon, qui ne dormira ni ne se couchera qu'il n'ait parlé à son bienfaiteur. Et, comme Diamant, il se prépare à partir dans la direction de Vermans, avec son écuyer et son serviteur. Mais Quentin et ses geôliers ont déjà pris congé du seigneur de ce bourg, quand Bayon les rejoint entre Vermand et Aouste. Il raconte à Tarquin et à Pantheon le miracle dont il veut remercier le saint en rachetant celui-ci à ceux qui l'emmènent. Le refus est assez brusque : « Pour promesse ne pour avoir, Vous ne l'arés, et nous desplait Qu'il le fault tant ramentevoir » (v. 13722-4). Au moins, peut-il s'excuser devant le saint de ne pouvoir marquer autrement qu'en paroles sa reconnaissance : « Tu as delivré ma grevance, Mais je ne te puis delivrer ».

Le temps est trop court pour prêcher Bayon et consacrer sa conversion par le baptême ; toutefois Quentin l'a amené à mettre en Dieu son espérance, et il peut le saluer déjà comme un frère : « Adieu, mon voisin a venir » (v. 13800). Et Bayon s'en retourne chez lui, à Villers.

Diamant qui a eu plus de chemin à faire, étant parti d'Amiens, arrive aussitôt après ce départ, et transmet le contre-ordre de Rictiovaire à Tarquin, lequel ne manque pas de le commenter avec quelque ironie : « Nous le ferons ; conseil de court, Se me samble, est tost changiet » ; et nous arrivons en Aouste. Le châtelain s'y nomme Saladin, il n'a qu'un serviteur et un « chepier », lequel introduit sans retard Quentin dans la prison dont il a la garde.

Il y a quelque temps que nous n'avons entendu parler d'autres voyageurs partis aussi d'Amiens : ce sont Grignart et Crepi, qui arrivent à Soissons ; le cordonnier y revient « d'argent tout nud... sans ung denier menu, Mais cras comme ung pourcel en cave » (v. 13931-3), et le mari d'Yoline confesse à sa femme qu'il n'est pas plus riche.

Ils vont avoir à raconter les évènements d'Amiens à Valois, en même temps qu'à Crispin et Crispinien, lesquels se lamentent sur le sort de la ville où ils habitent, comme Quentin avait fait à Amiens : « Soissons, Soissons, povre Soissons » (v. 14032); les assistants sont déjà ébranlés dans leur incrédulité ; cette scène va précipiter leur conversion. Par les soins de Valois (v. 14205-9), Maximien va être averti, et, envoyant partie de son escorte à Rome, revenir lui-même à Soissons pour y châtier les chrétiens.

Rictiovare, arrivé à Aouste, s'enquiert sans retard d'un forgeron ; le « fevre de Marteville » est choisi et chargé de fabriquer « deux taringes grandes et fortes » pour supplicier Quentin.

Nouvelle grande réunion du sénat de Rome, selon les rites habituels. Les nouvelles apportées par Maxence ne sont pas pour réjouir Zénon. On ne craint pas de lui montrer les instruments de supplice : « Le sang mon filz il (y) tient encore » s'écrie le père affligé en quittant la cour (v. 15001). La mère elle-même a vu en songe douze dards lui percer le cœur ; ce songe figure le dernier supplice qui sera infligé à Quentin. Aussitôt après en effet le corps du saint va être transpercé de clous.

Quentin, que rien n'émeut, se livre à une amplification sur le nombre douze : douze clous, douze enfans de Rome, douze membres, douze vertus enseignées par Cathon, douze articles du Credo enseignés par Marcellin, douze apôtres qui confessèrent leur foi en douze endroits (v. 15351-70). Puis, on le pent sur des « chaines ardans », et l'on est encore réduit à le reconduire en prison. Lucifer, mécontent, châtie une fois de plus tous ses diables.

Zénon et sa femme même arrivent devant Dioclétien pour obtenir de lui qu'on leur ramène leur fils. Lucinien, Severe et Maximien seront chargés de cette mission (v. 15793-800) ; mais ils arriveront trop tard. Rictiovare aura fait décapiter Quentin (v. 16362-75), devant Garin et Hulin, deux bourgeois envoyés aux nouvelles par le mayeur d'Amiens, et devant tout le « menu peuple » assemblé au son du clairon. Avant de recevoir le coup mortel, Quentin a prié une dernière fois, pour ses compagnons de Rome, pour ses convertis d'Amiens, pour Bayon, pour Aouste, enfin pour ses bourreaux, et il s'est remis entre les mains de la Vierge. Et la Vierge a fait envoyer Michel pour recueillir l'âme du martyr.

Garin et Hulin, en retournant vers Amiens, pour renseigner leurs compatriotes, s'arrêteront chez Bayon, lequel voudra réclamer — mais sans succès — à Aouste le corps du saint qui l'a guéri.

Maximien, arrivé à Soissons, fait appeler Rictiovare, lequel a fait jeter à la Somme le corps alourdi d'une pierre, et lui confie le soin d'en finir avec Crispin et Crispinien. Saisis dans l'échoppe du cordonnier, ils comparaissent successivement devant Rictiovare et devant Maximien. Les supplices choisis pour les réduire sont d'abord la bastonnade, assénée de la manière que nous avons déjà vue, puis on leur enfonce des alènes entre la chair et les ongles, on leur taille « larges couroyes de leurs dos ». Deux bourreaux, Layant Escorpion, en tombent morts, — qui seront portés par Astaroth et Sathan en enfer (v. 17615). Mais les martyrs restent égaux à eux-mêmes, et il faut que Rictiovare envoie chercher des « bouchiers » (v. 17602), qu'on demande à Maximien ; par Esclitre, Tonnoire, Fourdre et Tempeste, les deux frères sont « rués en la riviere d'Enne » (v. 17770), avec « moeulles de molins » pendues au col, mais ils se relèvent sains et saufs, libres d'entraves, sur l'autre rive. On les plonge alors dans une chaudière de plomb fondu ; une goutte de ce plomb saute dans l'œil de Rictiovare : « Je suis borgne et ma veue vaire Est perdue » (v. 18092-3), crie-t-il dans sa douleur. Cependant l'archange Michel vient réconforter les patients, comme Raphaël est venu consoler Quentin. Rictiovare, torturé par la souffrance et furieux, se jette lui-même dans la fournaise, non sans avoir d'abord fait ses adieux à la vie, en futur damné (1) ; et c'est une nouvelle dépouille pour Astaroth et Sathan ; les diables dansent en enfer et Astaroth compose en forme de ballade l'épitaphe du proconsul (v. 18394-421).

Enfin on décapite, sur l'ordre de Tarquin, fondé de pouvoirs de Maximien, Crispin et Crispinien, bientôt reçus en paradis.

C'en est fini avec les mansions de Gaule. Tarquin a rejoint Maximien ; ensemble ils reprennent le chemin de Rome. A la cour de Dioclétien, Maximien est déjà arrivé pour raconter la décapitation de Quentin devant Zénon ; quand le père affligé rentre chez lui, « la mere Quentin chiet (tombe) comme pasmee », puis elle se relève pour réciter une dernière complainte où les artifices de rhétorique et de versification rappellent assez ceux du dernier discours de Rictiovare.

La quatrième partie se termine avec l'arrivée de Maximien, vainqueur du « meschant nom de Jhesus et des ypocrites » (v. 18840-1).

L'INVENCION DU CORPS DE MONSIEUR SAINT QUENTIN

PAR EUSEBE

Les deux dernières parties du *Mistere* n'ont pas été analysées par Ed. Fleury. Le dessin en est simple, et les procédés y employés sont les mêmes que dans les précédentes.

---

(1) La pièce lyrique n'est pas moins remarquable que les précédentes pour la virtuosité dans l'accumulation des mêmes rimes.

Le paradis et l'enfer, la maison d'Eusebe, femme chrétienne, à Rome : en Gaule, Aouste, Amiens et le château du comte de Vermandois, voilà les mansions qui occupent la scène.

La conversion de Martin, voilà l'épisode.

La persécution des chrétiens par Julien, voilà le cadre historique.

Dieu a accordé à saint Quentin (v. 18926) la sépulture qu'il réclame pour son corps encore plongé, depuis cinquante ans, au fond des eaux de la Somme. L'archange Gabriel — c'est, nous l'avons vu, celui des trois archanges qui est le moins intervenu — parle à la pieuse aveugle Eusebe pendant son sommeil et lui ordonne de partir pour la Gaule. Les chambrières et le maître d'hôtel ne se rendent à l'évidence de la révélation qu'après une seconde intervention de Gabriel. Le serviteur Lucquet va donc conduire sa maîtresse auprès du pape Julius. Toutes permissions et bénédictions accordées (v. 19296), la sainte femme s'en va en Gaule avec ses gens, conduite par le cocher Hurtebise.

Les diables ont bien comploté de tout entreprendre pour empêcher que le corps du saint ne soit découvert. Un passant, Eracle, conduit les étrangers à la Somme, et le navieur Mathelot prête sa nef ; le corps est bientôt trouvé et mis au chariot (v. 19880-1). L'intention d'Eusebe est de conduire le corps à Vermans. On rencontre le seigneur d'Aouste, ses deux écuyers et ses deux serviteurs ; bientôt des envoyés du ciel, Gabriel et Raphaël, arrêtent le char, et après surprise générale et tergiversation, on se décide à ne pas chercher plus loin une sépulture. Le charpentier Taillant et le « masson » Brisepierre se mettent au travail (v. 20208).

Les diables ayant échoué dans leur premier projet, en élaborent un second : ils vont persuader à l'empereur de Rome de diriger une expédition contre les chrétiens. Constancius, « fils de Constantin, le grant empereur de Rome », charge son cousin Julien, « apostat », de cette mission ; Aigle d'Or, messager, va le chercher (v. 20363). C'est ainsi que pourra s'enchaîner à la trame de l'histoire d'Eusèbe l'épisode de Martin. Julien, en effet, a trois chevaliers, Galican, Therencien, Rubis et un « militant », Martin, flanqués de quatre serviteurs. Le corps expéditionnaire n'est pas encore au complet ainsi. Romarin, messager de Julien, amène comme renforts le duc de la Morée, Morillon, et ses cinq Moriens (v. 20538).

Il ne se peut pas que la mise au tombeau de Quentin se fasse sans miracle : Grosset et Maigret, malades de la ville de Saint-Quentin, sont guéris comme l'avaient été Clugnet et Mathiolet dès l'arrivée de Quentin à Amiens (v. 20648).

Pendant ce temps, Julien, ses subordonnés, et Martin dont on n'oublie pas de nous dire qu'il a revêtu son « mantel Contre la pluie et la froidure », sont arrivés en Gaule. Le comte de Vermandois, ses deux chevaliers, ses quatre écuyers se préparent à résister à l'invasion des Romains, avec le secours des gens d'Aouste, que le messager Mouchet ira avertir (v. 20843).

En arrivant devant Amiens, Martin, qui sera bientôt prêt à se convertir, donne une moitié de son manteau à Povret, « nud mendiant a la porte », et il voit en songe Dieu recevoir au ciel cette partie de son manteau. A l'intérieur de la ville, le mayeur, avec ses deux échevins et ses six bourgeois, décide de se joindre au comte de Vermans. Enfin Julien ordonne la bataille, privé de Martin, qui a refusé sans détour d'y prendre part. Les Romains ne tardent pas à passer la rivière de Somme, à tuer ou à noyer les gens du comte de Vermandois, et à « bouter le fu en la chapelle que fit faire Eusebe », ce qui réjouit tout l'enfer. Les âmes des chrétiens sont reçues au ciel, et parmi elles le seigneur d'Aouste, qui, « couchié entre les mors », prononce la complainte du départ vers l'éternelle félicité (v. 21341-79).

Cette guerre de Julien contre les chrétiens de Vermandois, et cette destruction de la chapelle bâtie par les soins d'Eusèbe préparent de loin le sujet de la seconde *Invencion*.

L'INVENCION DU CORPS DE SAINT QUENTIN

PAR ELOI

La trame de la dernière partie du *Mistere* est plus simple que celle d'aucune autre. On pourrait intituler cette partie : Histoire de saint Eloi jusqu'à la découverte du tombeau de saint Quentin.

Eloi n'est d'abord qu'un forgeron, à qui le roi Dagobert, après en avoir délibéré avec son sénéchal, son « marissal », le « souverain du palais », et son trésorier Bobbon, confie le soin de fabriquer « casses (châsses), fiertres et sains vaisseaulx », pour y conserver les reliques des saints ; Eloi s'y occupe avec Vandericq, son serviteur, et Thillion, son « familier ». Cependant les trois chantres du roi (v. 21546-7), s'offrent à aller découvrir la dépouille du martyr du Vermandois ; arrivés à Aouste, devant le portier, l'abbé, le prieur, le trésorier, le « souprieur » et le clerc d'Aouste, ils laissent à Maurin le soin de creuser la terre ; mais dès le premier coup de hoyau, celui-ci est possédé des démons qui ont reçu du « grant maistre de la hault » permission de s'emparer de quiconque rechercherait ce saint corps : « Je meurs, je brule, je suis poins De forcenerie eternelle » (v. 21908-9). Miracle aussi significatif que la guérison des deux malades de la première *Invencion*.

A Noyon, le Doyen, entouré de ses deux Chanoines, de « maistre Alphonse », et du notaire Zelandrin, décide de demander au roi Dagobert un évêque pour remplacer « Acquarie » (Acquaire), le pasteur mort il y a un mois, et Dagobert, après délibération avec ses conseillers, désigne Eloi pour remplir cette charge, après qu'il aura reçu « ensaignement de la messe » auprès de l'évêque de Paris. (v. 22184).

Il faut que le choix du roi soit consacré par le pape, et Dadon « refferendaire du Roy, qui depuis fut saint Avain », avec Adon et Radon, ses frères, escortés des deux messagers royaux, Monjoye et Fleur de lis, se dirigent vers Rome. (v. 22360).

A Rome, nouvelle séance de cour impériale : Eracle est l'empereur. On prévoit que la fin de l'empire de Rome est proche. Eracle reçoit de Dagobert par les mains d'Adon un présent que le trésorier et les écuyers vont ranger, en attendant de partir eux-mêmes avec Mirmidon en Gaule pour reconduire l'ambassade (v. 22624).

Le pape qui n'a auprès de lui que le cardinal Eugene, et son secrétaire Ysore, a remis la bulle demandée.

A la cour de Dagobert, les écuyers de l'empereur de Rome annoncent la grande nouvelle : la naissance en Orient d'une nouvelle religion ennemie de la seule vraie, religion fondée par Machomet, dont on nous retrace l'histoire sous des couleurs odieuses (v. 22729).

Eloi qui a déjà été ordonné prêtre, va être sacré évêque, par les soins de l'arche-vêque de Reims, amené à Paris avec son secrétaire et son clerc (v. 23000). Et Taillevent, le « charton », conduira le nouvel évêque à son siège épiscopal. Eloi ne tardera pas à faire son entrée à Saint-Quentin où les autorités civiles, mayeur, échevin, et deux sergents, le recevront avec l'abbé et ses subordonnés. Le clerc d'Eloi et Radon après lui, (v. 23576), sur l'ordre d'Eloi, fouillent le sol, mais sans succès ; ce n'est qu'après prière dans son oratoire, et vision de l'ange Gabriel, qu'Eloy prenant en main le « hoel » trouve et brise le sarcus, d'où « doit issir globel de feu et fumee d'encens », tandis que le coq chante. Procession solennelle des reliques pour terminer le spectacle (v. 23836).

IV

LA MISE EN SCÈNE

Le lieu de la scène. — Le *Mistere de saint Quentin* fut-il représenté dans l'église, sur le parvis, ou ailleurs ? Le titre d'un des manuscrits porte bien : *Hymnodia manus-cripta olim in choro San Quintine ecclesiae decantata ;* mais ce titre est tellement postérieur à la date et des représentations et de la copie conservée jusqu'aujourd'hui, qu'on ne saurait affirmer avec Ed. Fleury que le *Mistere* « fut représenté dans l'enceinte de l'église collégiale de Saint Quentin » (1). Il eût été extrêmement difficile de faire tenir dans l'intérieur du monument, quelle qu'en soit la largeur, un si grand nombre de décors juxtaposés.

Nous savons déjà par dom Grenier, (2) et par Louandre, dans son *Histoire d'Abbe-ville*, que des *Jeux de Monsieur Saint Quentin* furent représentés à Abbeville « le 28ᵉ jour de juing l'an 1451 » (3), et que cette année-là le lieu du spectacle fut le *Camp Colart Pertris*, derrière l'église Saint-Gilles (4) ; les *Histoires* de saint Adrien, de saint Roch,

(1) *Les jeux de Dieu*, p. 8.
(2) *Introduction à l'Histoire générale de la Picardie*, p. 401 et s.
(3) Paul de Caieu, *Le théâtre à Abbeville avant 1770*, Mém. de la Soc. d'émulation d'Abbeville, 4ᵉ série, t. IV, 2ᵉ p., p. 485.
(4) *Ibid.*, p. 559.

de saint Quentin, y furent aussi mises à la scène, respectivement, en 1458, 1493 et 1499 (1) ; nous ne manquons pas d'autres documents attestant que les mystères furent représentés en plein air au XVᵉ siècle ; nous n'avons voulu citer ici que des références complémentaires de celles que donne M. G. Cohen, dans sa récente et si documentée *Histoire de la mise en scène dans le théâtre religieux du moyen-âge* (2). Si c'est bien notre texte du *Mistere de saint Quentin* qui fut représenté à Saint-Quentin quand l'archiduc d'Autriche y fit son entrée en 1501, il y a tout lieu de croire qu'on ne trouva que sur quelque place de la ville, l'espace nécessaire à tant d'échafauds et de décors.

Échafauds et décors.— Les Mansions.— Pour représenter des tableaux divers, « le « moyen-âge a trouvé deux solutions différentes, le chariot et le décor simultané. Le « chariot est une espèce particulière de décor successif, le spectateur reste immobile, « tandis que le décor change, en ce sens que chaque chariot affecté à un tableau déter- « miné passe successivement devant lui, constituant ainsi une véritable procession « dramatique...» (3). Quant au décor simultané, on peut s'en faire une idée très satisfaisante d'après une miniature du manuscrit de la Passion représentée à Valenciennes en 1547 ; cette miniature est reproduite dans l'*Histoire de la Langue et de la Littérature française* de Petit de Julleville (4). On y voit juxtaposés : « *Une salle* » — et au-dessus d'elle le paradis, *Naʒarette, Le Temple, Hierusalem, Le palais, La Maison des evesques, La porte dorée*, et devant elle un bassin carré où flotte un bateau et dénommé « *La mer* », enfin *l'Enfer*.

Certains *mysteres*, ceux de *saint Vincent* et de *saint Laurent* (5), en particulier, commencent par une scène où le meneur du jeu montre au spectateur les différentes mansions devant lesquelles les personnages vont évoluer. Pareille précaution n'a pas été prise par l'auteur du *saint Quentin* ; il ne sera donc pas inutile d'énumérer celles qui meublent la scène de notre *Mistere*, dans chacune de ses six parties.

Première partie.— 1. (Au centre du théâtre sans doute), Le palais impérial ;

2. La maison du prévôt de Rome, et des autres autorités ;

3. La maison de Zénon ;

4. La maison de Quintus Fabius et des autres sénateurs ;

5. La maison d'école de Cathon ;

6. L'église de Rome ;

7. Le pays de Gaule (où arrivent Quentin et ses compagnons après être sortis baptisés de l'église de Rome) ;

---

(1) En 1452, à Abbeville aussi, *La Purification de N. D.* fut représentée dans le cimetière Saint Jacques ; en 1488, le *Mystere de Jonas* et le *Mystere du Viel et Nouveau Testament*, furent représentés sur la place du Marché (*ibid.*, p. 560).
(2) Paris, Champion, 1906, in-8ᵉ, 304 p.
(3) *Ibid.*, p. 68.
(4) Tome II, chap. VIII ; M. G. Cohen a reproduit la même planche dans son *Histoire de la mise en scène*, p. 70 ; le manuscrit français conservé à la Bibliothèque Nationale porte le nᵒ 12536.
(5) G. Cohen, p. 76.

8. (De l'autre côté du palais impérial), Le pays de Dardanie ;

9. Le Paradis ;

10. L'Enfer.

L'échafaud qui représentait le pays de Dardanie devait être assez large, puisque l'on devait y voir : 1° le champ où travaillent les paysans avant d'être forcés, à l'approche des ennemis, de se réfugier dans la cité ; 2° la porte de la ville, les remparts et la tour ; 3° la salle de conseil du duc de Dardanie.

Deuxième partie.— Toutes les mansions précédentes sont de nouveau utilisées à l'exception de l'échafaud de Dardanie ; il n'est plus question de ce pays, mais la cité de Thèbes va jouer un rôle analogue à celui-là, et il n'y a pas d'invraisemblance à conjecturer qu'elle occupait sur la scène, un emplacement identique, ou voisin.

Le pays de Gaule (que nous avons désigné sous le n° 7) n'était, dans la première partie, qu'un espace assez vague, conventionnellement accepté comme étant intermédiaire entre le pays de Picardie et Rome ; c'est ce côté de la scène qui va désormais voir se dérouler les parties les plus importantes de l'action, en trois localités différentes.

11-15. Amiens (Le temple, la maison de ville pour le mayeur et les échevins, une maison de bourgeois, le siège du proconsul Rictiovare, la prison).

16-18. Soissons (la maison du prévôt, la maison de Crepi, cordonnier, l'hôtellerie de Grignart) ;

19. La résidence de l'évêque Herasmus en Champagne.

20. Enfin il faut faire une place aussi à une localité de Suisse où la légion thébaine, envoyée de Rome vers la Gaule, est mise à mort par les soins des soldats de Maximien : « Aganon sus la Rone » (Agaune, sur le Rhône) ; la scène doit représenter une plaine et une rivière où une partie des combattants sera précipitée.

Troisième Partie. — C'est la moins chargée d'événements ; les mansions d'Amiens, de Soissons et de Rome sont seules occupées : à Rome, on doit voir près de l'église une petite salle où le pape Marcellin après ses repentirs d'apostat fait pénitence ; et quand il est mort, son cadavre doit rester exposé sur la scène à côté des sièges impériaux devant lesquels il a subi le dernier supplice.

Quatrième Partie. — Quatre nouvelles mansions, toujours en Picardie :

21. Le château de Bayon, seigneur de Villers (et la fontainette, bordée d'une haie, où ses servantes font la lessive) ;

22. Le château de Vermans ;

23. Plus loin, Aouste en Vermandois ; le château et la prison ;

25. La maison du forgeron de Marteville.

« Invencion Eusebe ». — Il n'est plus question de Zénon ni d'aucun de ses collègues du sénat, car cinquante ans se sont déjà passés depuis que Quentin est mort. Peut-être l'oratoire d'Eusèbe occupe-t-il la place de la maison où le saint est né et a grandi ? La demeure d'Eusèbe doit être assez large, pour que puisse y stationner le chariot qui conduira l'aveugle en Gaule.

La cour du pape Julius, celle de l'empereur doivent légitimement occuper la place de l'ancienne église de Rome et du palais de Dioclétien ; la résidence de Julien, celle de la mansion du prévôt et des autres autorités de Rome.

« En Aouste », les bords de la Somme, la résidence du seigneur d'Aouste, les petites maisons du charpentier et du masson, lesquels doivent bâtir une « chapellette ». — La ville d'Amiens, et le château du comte du Vermandois sont aussi garnis de personnages parlants.

« Invencion Eloy ». De nouvelles mansions sont nécessaires pour la dernière de ces six parties :

26-7. La cour du roi Dagobert, à Paris (peut-être sur l'emplacement de la ville d'Amiens, dont il n'est plus question) ; et auprès du palais royal, la maison de l'évêque de Paris ;

28. La résidence du doyen de Noyon (le décor de Noyon a peut-être pris la place du décor de Soissons qui n'est plus utile).

Enfin la résidence de l'archevêque de Reims (il doit se tenir vraisemblablement où se tenait, dans les deuxième et troisième parties, l'évêque de Champagne, Herasmus).

En Aouste, on n'a à voir que l'emplacement de la chapelette d'Eusebe, maintenant détruite, où sera creusée une fosse, — et un oratoire où Eloi se recueille.

A Rome, les deux palais, d'Eracle, empereur de Rome, et du pape Martin.

On voit ainsi que, même en admettant des substitutions de décors ou de désignations écrites sur placards au-dessus d'un même décor immobile, il faut admettre sur la scène plus d'une vingtaine de mansions juxtaposées. (1)

Les gradins. — On a longtemps discuté sur la question de savoir si la scène comprenait plusieurs étages. L'auteur de la plus récente étude traitant de ce sujet conclut ainsi : « La scène se pliait aux exigences du milieu. Disposait-on d'une large place, « comme c'était le cas la plupart du temps, on alignait les décors les uns à côté des « autres, dussent-ils atteindre un développement de 100 mètres. Les gradins du paradis « occupaient un second étage, en retrait, monté sur piliers assez hauts au-dessus de « certaines mansions, telles celles du Cénacle et du mont des Olivets. Des escaliers « ou des praticables, cachés ou à découvert, y conduisaient. » (2). Voici ce que les indications marginales des manuscrits, d'une part, et ce que certaines allusions du texte nous permettent de reconstituer pour la scène qui servit à la représentation du *Mistere de saint Quentin*. L'enfer, ou du moins la place de l'enfer où siégeait le roi des démons Lucifer, devait être surélevée, car il nous est dit en deux endroits (v. 15555, 18305) que Lucifer descend pour châtier ceux de ses diables qui n'ont pas réussi à ébranler les chrétiens dans leur foi, et pour les jeter dans le « noir trau d'enfer ». On peut donc se représenter la mansion infernale, pour ainsi parler, à la manière qu'on voit sur la miniature du manuscrit de la *Passion* de Valenciennes : une large gueule

(1) Le *Mystère de l'Incarnation* représenté à Rouen, en 1474, en exigeait vingt-deux.
(2) G. Cohen. *ouvr. cité*, p. 85-86.

où entrent les damnés, et au-dessus d'elle, le trône de Lucifer ; derrière devait être dissimulée la plaque métallique qu'on faisait résonner (pose de tonnoire) chaque fois que
les diables ont à intervenir.

Il n'est pas douteux que Dieu et les anges fussent aussi au-dessus du niveau de la
scène ; les indications scéniques ne le disent pas, mais les propos des diables le font
assez entendre : « le grant maistre de la hault », etc.

La cité de Dardanie devait être aussi sur une éminence. Tandis que Bruhier garde
la porte, Butor est « sur la tour » (v. 1223) (1), faisant le guet, capable de voir de plus
loin la marche des ennemis ; les remparts sont hauts, afin que tous les combattants voient
bien le signe chrétien : « on dit : Bouter sur les murs ung estandart ou il y ait une
croix blanche » (v. 1816) ; il y a assaut, et probablement escalade ; quand la ville est prise,
« se doivent esconser (cacher) les citoyens par dessoulz le hourt » (l'échafaud) (v. 1961).

Les trônes et sièges des empereurs, des papes, du roi Dagobert, des ducs, seigneurs,
proconsuls et prévôts devaient être surélevés pour rendre plus reconnaissables aux
spectateurs, les personnages importants ou puissants.

L'Eglise de Rome, le Temple d'Amiens, etc., étaient sans doute « composés d'un
petit échafaud surmonté de quatre colonnes supportant une coupole » (2), ou un toit
quelconque. Une indication scénique porte que Quentin et ses compagnons, au sortir de
de l'école de Cathon, vont « regarder autour de l'esglise de Rome » (v. 2764) ; les ora-
toires et « salettes », où prient Marcellin, Eusebe, Eloi, les prisons, se laissent représenter
facilement.

La maison de Zénon a son arrangement particulier : la « mere Saint Quentin », après
s'être présentée sur la scène avec ses femmes, se retire : « Icy doivent esconser elles trois
ensamble et doit on tendre une gourdine en laquelle sera ung lit paré » (v. 219). C'est la
chambre de l'accouchée. Quelques cents vers plus loin, un jeu de scène inverse est indiqué : « Ici doit on destendre une courtine affin qu'on voit la mere gisant et l'enfant
nouveau-né. » (v. 598).

Enfin, il devait se trouver entre les mansions des espaces libres qui figuraient par
convention les grandes routes pour les longs voyages. L'empereur Maximien, avant de
rejoindre Soissons ou Rome, doit s'arrêter sous un pavillon « pour rompre de faim l'a-
guillon » : « Maximien demeure grant tamps au pavillon, jusque ce que Valois le
mande » (v. 13109, 13144).

La musique. — Il y en a de plusieurs sortes. En quelques endroits, le dialogue
s'interrompt, et les personnages prennent un peu de repos, le temps que dure la « pose
d'instrumens » (v. 9017). Cet orchestre était-il dissimulé derrière les mansions ou visible
aux spectateurs ? Rien ne permet de trancher la difficulté pour notre Mistere. Une musique de « Silete » est jouée quand les personnages du Paradis reprennent le dialogue (3) ;

---

(1) Ce rôle de veilleur se retrouve dans le Mistere des Trois Doms et dans le Mistere de Saint Christophe, par Chevalet.
(2) G. Cohen, ouvr. cité, p. 100.
(3) V. 7738, 9981, 10479, 12403, 23524.

il est possible que les musiciens fussent dans les coulisses, tandis que « les anges tiennent les instrumens et font maniere de jouer ». Une seule fois on entend les anges chanter « quelque motet » (v. 10490). Les diables entonnent aussi une courte chanson (v. 7084-7). Mais d'ordinaire, le bruit qui se fait en enfer n'a rien de musical. C'est la « pose de tonnoire » (v. 917), ou bien une danse de diables, tandis que l'un d'eux, Cerberus, « fiert sus un bassin » (v. 18383) ; le plus souvent on se borne à nous avertir qu'ils font « grant tempeste et grant noise » (1).

Ce sont les personnages humains qui font entendre le plus fréquemment des sons de fanfare ; l'avènement de Maximien au trône impérial est l'occasion pour les « menestrés » de corner, après qu'on a crié : « Vive Maximien » (v. 809) ; tout évènement joyeux à la cour de Dioclétien est souligné de même (v. 7046) ; et quand Maximien s'arrête de cheminer pour se mettre à table, l'auteur nous avertit qu' « on cornera le premier més » (v. 13114). Les « clarons » se mêlent au bruit des « canons », dans un combat (v. 5896). A l'ordinaire, les trompettes, clarons, « tubes » et « busines » annoncent le départ d'une troupe, d'un cortège. (2)

Enfin quand le « sarcus » de Saint Quentin est découvert par l'évêque Eloi, on entend le coq chanter « une fois ou deux » (v. 23768, 23924).

La machinerie et les jeux de scène. — Nous avons déjà vu comment se tendait et se détendait la courtine devant les appartements privés de Zénon, mais nous voulons traiter ici de gestes et de mouvements faits par les personnages eux-mêmes.

Exécutions et tortures. — On a vingt fois fait remarquer que le principe des auteurs de spectacles au moyen-âge et jusqu'au seizième siècle était de ne jamais dissimuler derrière les coulisses les scènes de tourments ou de décapitation ; au contraire ils prolongeaient à plaisir les dialogues et les mimiques qui accompagnent ces incidents de l'action pour nous pénibles. Afin d'éprouver Quentin dans sa foi, successivement on usera de la bastonnade (v. 7578), on le mettra au « traveil » pour lui tordre les bras, pour lui griffer la chair à coups de râteaux (v. 11524), pour verser sur ses plaies de l'huile bouillante, on l'étendra sur « des chaines ardans » (v. 15428) ; Crépin et Crépinien après avoir été battus de verges, sont condamnés à souffrir que des alènes leur soient enfoncées entre la chair et les ongles (v. 17485), que de larges « courroies » soient tirées de leur dos (v. 17504) ; enfin on prépare sur la scène une chaudière dans laquelle ils sont précipités (v. 17986), et d'où une goutte de plomb fondu saute jusque dans l'œil de Rictiovare, en attendant qu'il s'y jette lui-même. Auprès de ces supplices, les exécutions et décapitations (chrétiens de la légion thébaine, Marcellin et ses compagnons, les trois saints, Quentin, Crépin et Crépinien) des « charnières », c'est-à-dire des mannequins destinés à recevoir les coups, sont des jeux de scène brefs et de moindre intérêt.

---

(1) V. 2077, 9173, 10030, 13101, 16361.
(2) V. 684, 1735, 1763, 2173, 12661, 14604, 16014, 16118, 16848, 18679, 18832, 20357, 20701, 23128.

Combats. — Les combats donnaient lieu à des évolutions assez compliquées, pour lesquelles les auteurs ne ménageaient pas les indications scéniques. La persécution des chrétiens de Dardanie est la première occasion de bataille dans le *Mistere de saint Quentin*. Dès que les Romains approchent de la cité, le ménage de paysans qui travaillait dans la campagne se hâte de rentrer dans la ville : « Nous serons la mieulx qu'au vilaige » (v. 1736) : « Icy sauvent leurs bagaiges dedens la cité et quant ils sont dedens, Romains boutent les feux en leur maison et sans parler. » Bientôt « les trompettes et les clarons sonnent » (v. 1763), on entend « ung canon de dehors » (v. 1786) ; on plante sur les murs l'étandart à la croix blanche, « ceulx de la ville font grant effroy et gettent canons » (v. 1832), « On assault la cité d'ung costé et d'aultre et rue on canons et y a grant assault » (v. 1861) ; un second assaut est annoncé à son de clairon, « et doit on getter de dehors et dedens canons » (v. 1949). Le dialogue même s'interrompt pour laisser toute liberté aux mouvements des acteurs : « Pose tant qu'ilz montent sus la muraille et qu'i sont en la ville » (v. 1953). Les assiégeants font fuir les assiégés qui se cachent sous le « hourt », et ils « boutent le feu en la ville » ; bientôt après ils « doivent prendre aulcuns biens de meubles et lors les reporter a Rome » (v. 1977).

A Agaune, la scène est moins animée, parce qu'un des deux partis adversaires est seul à distribuer les coups : « Icy les Romains tuent Maurice et les siens et [les compagnons de Maurice] ne se deffendent poinct ; les aulcuns sont rués par terre et les aultres en l'eaue » (v. 5896).

La bataille que Julien doit livrer aux chrétiens de Vermandois sur les bords de la Somme est plus brève que celle dont nous avons été témoins en Dardanie ; mais elle ne reproduit pas sans variété les gestes de la première : « Trompettes sonnent et vont sus le rivage garder le passaige » (v. 21167), puis « combatent les ungz a ung lés de l'eaue et les aultres a l'aultre a la volenté du wainceur sans adommagier l'un a l'autre » (v. 21214) ; après une brève reprise de dialogue « combatent de rechief, les Romains passent l'eaue et ruent aulcuns des cristiens dedens et les aultres sont reversés par terre » (v. 21222) ; finalement « doibvent bouter le fu en la chapelle que fit faire Eusebe » (v. 21270).

Voleries. — Dans un certain nombre de *misteres*, on voit des anges, des colombes ou des âmes délivrées des limbes s'élever dans les airs, par l'artifice d'un contrepoids (1). Nous ne saurions dire comment, dans notre *Mistere*, les anges ou saint Pierre descendent du ciel sur terre, afin que l'un « desloie (Quentin) et le maine au marché » (v. 10507), ou que les autres arrêtent le chariot d'Eusebe au lieu prédestiné pour la sépulture du martyr (v. 19978). On nous rappelle que « Gabriel s'en reva en paradis » (2), sans nous indiquer si c'est par un escalier ou par quelque autre engin. Mais d'autres ascensions nous sont données en spectacle. Lorsque Quentin a reçu le coup mortel, « il doit issir ung blanc coulon [pigeon] de son corps et Michel le prent » (v. 16387). De même, quand Eloy a

---

(1) Cf. G. Cohen, *ouvr. cité*, p. 152-4.
(2) V. 23612 ; v. de même 7848, 10520, 17443.

brisé le « sarcus » qui contient les reliques du martyr, il « doit issir globel de feu et fumee d'encens » (v. 23836). Enfin le même Eloy ayant pris dans ses mains la tête du saint et voulant en séparer les dens, « pour garir de peril mortel Ceulx qui aront durs accidens » (v. 24022-3). « lors sault sang par le trou du dent » (v. 24027), et l'artifice qui produit ce prodige doit être le même que celui qui a fait saillir de la chaudière de Crépin et de Crépinien une goutte de plomb « en l'œil Rictiovaire ».

Eau et feu. — Dans le *Mistere du Viel Testament*, la scène comportait un bassin pour représenter toutes les circonstances du déluge (1). Dans notre *Mistere*, le Rhône est représenté (dans la deuxième partie) et des Thébains y sont précipités. Au cours de la quatrième partie, le même bassin pouvait-il servir à représenter successivement la Somme où sont plongés le corps et le chef de l'apôtre du Vermandois, et l'Aisne où sont précipités, une meule de moulin au cou, les deux apôtres du Soissonnais ? Peut-être. Le cours d'eau serait redevenu de nouveau la Somme pour l'*Invencion Eusebe* : « lors se doit fort mouvoir l'eaue ou le corps est » (v. 19643) ; « a l'aide de Mathelot, elle (Eusebe) met le corps en la nacelle » (v. 19669) qui flotte sur ces eaux. A la fin de la même partie, une bataille se livre sur les deux rives, comme nous avons eu l'occasion de le rappeler plus haut. La « fontainette », bordée d'une haie où les servantes du seigneur de Villers font la lessive (v. 13255), devait être aisément figurée par une simple rigole.

Il y a deux incendies en scène, au cours du *saint Quentin*, celui de la cité de Dardanie et celui de la chapelle d'Aouste construite par les soins d'Eusebe.

Jeux de scène divers. — Il y avait une promenade en chariot sur la scène ; le véhicule n'était pas très large, sans doute, car Eusebe n'y fait pas entrer avec elle ses servantes, ni son maître d'hôtel, ni le « prothonotaire » Felix, qui font le voyage « de piet », « a sueur de face et de bras » (v. 19382-3), mais il est traîné par deux chevaux dont les noms nous sont donnés (Moreau et Grison) ; le charton Taillevent n'a qu'un cheval qui se nomme « Trenchemontaigne » (v. 23074) ; les messagers n'en ont qu'un aussi.

En dehors des cortèges profanes, dont nous avons parlé à propos des sonneries de clairons et de trompettes, les cérémonies de prédication, de baptême, d'ordination et de sacre ne manquaient pas ; sacrifice aux ydolles, à Rome ou en expédition (v. 5949, 6982) ; départ d'un évêque avec tous ses accessoires (v. 8915) ; préparatifs de tous les membres du clergé : « L'abbé prent croce et mittre et les moisnes chascun une chappe » (v. 23902), « Eloi se met en abit pontificque » (v. 23916), et c'est une nouvelle procession : ils « portent la fiertre et les reliques emprés l'autel » (v. 24059). L'habillage et le déshabillage sur la scène occupent souvent les yeux des spectateurs : une chemise est prêtée à Quentin pour qu'il s'en essuie le visage, puis Bayon l'endosse et « se vest de tout point » (v. 13572) ; ailleurs, on despouille Quentin (plus loin Crépin et Crépinien

---

(1) D'après G. Cohen. *ouvr. cité*, p. 135.

aussi), de leurs vêtements, ou les bourreaux se dévêtent eux-mêmes pour frapper plus à l'aise sur leurs victimes (1). Saint Martin endosse son manteau au départ pour la Gaule, puis veut le partager avec Povret, mendiant, « et luy baille a le tenir pour le copper » (v. 20881), et l'on voit Dieu quelques instants après, revêtir la partie du manteau qu'avait reçue le pauvre (v. 21301) ; enfin Quentin, pour la cérémonie du couronnement en paradis est figuré « in spiritu et in albis » (v. 16431).

En dehors des bourreaux, paraissent sur la scène des professionnels de plusieurs sortes ; spectacles de la vie familière qui ne plaisaient pas moins au public que les parades solennelles : le maître d'école faisant sa classe, le cordonnier et ses aides dans son échoppe (v. 7283), les servantes faisant la lessive et « estendant la buee » (v. 13310), le geôlier et ses accessoires, le fèvre et son varlet qui « font maniere de forger » (v. 14624), ainsi qu'Eloy (v. 21498), le « carpentier » et le « masson » qui travaillent à édifier une petite chapelle (v. 20208) ; on procède à une mise en sépulture (v. 20196), puis à des besognes de terrassier pour découvrir le corps enseveli (« Icy hoe sus la terre et le fer du hoeau doit sallir contre terre », v. 21895), tant qu'enfin Eloy après les autres « se devale en la caverne » (v. 23820), pour y « brisier le sarcus ».

Beaucoup des moindres gestes à faire sont indiqués : « Le fol luy oste son baston [au messager Fleur de Lis] et luy met sa marotte en sa main » (v. 23146) ; ailleurs « il fait maniere de conter les gens tout bas » (v. 9017) ; on nous dit quand un personnage doit « se tirer arriere », « s'en aller tout dolant », choir « comme pasmé », s'endormir, faire semblant de penser, etc. (2). Mais ces indications ne sont minutieuses que par intermittences. Une grande liberté était laissée au comédien pour ajouter au texte à réciter les gestes et les grimaces qui pouvaient le rendre plus intelligible, plus pathétique ou plus drôle.

V

LES PERSONNAGES

Nombre. — Edouard Fleury avait, en donnant une analyse de la *Passion de saint Quentin*, compté 82 personnages dans la première partie, et 47 nouveaux dans la seconde ; la troisième partie ne fait paraître aucun rôle que nous ne connaissions déjà ; les nouvelles figures qui se présentent au cours de la quatrième partie n'ont pas été cataloguées par Fleury. En réalité, l'ensemble de la *Passion* se partage en 150 rôles parlants. Les personnages humains de l'*Invencion par Eusebe* sont tous de nouvelles figures ; ceux de l'*Invencion par Eloy*, de même ; ces deux actions se passent en effet, l'une environ cinquante ans, l'autre plusieurs siècles après la mort du martyr ; seuls, Dieu et ses anges,

---

(1) De même Maurin au moment de creuser la terre pour rechercher les restes de Quentin (v. 21873).

(2) V. 11012 et 18524, 15004, 18753, 16469, 18914, 20928, 23136, 11468.

Lucifer et ses démons réapparaissent les mêmes, puisqu'ils sont éternels les uns et les autres; en dehors d'eux, la première *Invencion* se distribue en 69, la seconde en 48 rôles; le nombre total des rôles parlants, pour l'ensemble de cette composition dramatique, s'élève à 267. Il ne faut pas conclure que le nombre des *acteurs* ait été celui-là; car les rôles des deux *Invencions* étaient fort probablement dévolus à des gens qui avaient déjà joué dans la Passion; le chiffre de 150 acteurs suffirait donc; mais il est encore probable que ce chiffre n'était pas atteint : ceux qui ont mimé la scène de Dardanie peuvent, costumes changés, devenir les soldats de la légion thébaine, et ainsi de suite. Nous savons (1) que pour les *Actes des Apôtres*, le nombre des acteurs était inférieur à 300, représentant 494 personnages; quand le *Mistere des trois Doms* fut joué à Romans en 1505, 71 acteurs suffirent pour les 96 rôles différents; peut-être le *Mistere de saint Quentin* ne requérait-il pas plus de 130 ou 140 acteurs parlants pour les 267 rôles distribués.

Groupement. — Quand le *Mistere de saint Quentin* reçut de son dernier auteur la forme sous laquelle il nous a été conservé, les modèles, les traditions à suivre ne manquaient pas; il y avait une technique, un ensemble de procédés connus à apprendre; d'une composition dramatique à l'autre, on peut bien saisir çà et là une particularité où se trahit le souci d'apporter du nouveau; mais la personnalité de l'auteur restant généralement dans l'ombre, d'une part, et de l'autre, la foule aimant à n'être pas déroutée dans ses habitudes de spectacle, les innovations n'avaient pas grande occasion de se multiplier; les cadres se transmettaient les mêmes, et l'ordonnance des personnages présentait une régularité, à laquelle pouvaient se plier sans effort et où trouvaient mieux leur compte, des acteurs improvisés.

Une première règle du groupement des personnages consiste à grossir l'entourage de chacun des hauts personnages en proportion de l'importance, sociale, d'abord, dramatique ensuite, dudit personnage.

L'empereur païen qui dispose de la toute-puissance temporelle, du droit de vie et de mort sur tous les citoyens de l'empire, sera plus entouré que le pape : dans la *Passion*, les autorités profanes et leur suppôts forment un groupe de 28 rôles parlants, les autorités chrétiennes ne sont qu'au nombre de huit (2). Rictovare, ses acolytes et ses « loudiers » qui représentent en Gaule le pouvoir impérial, forment un groupe d'une quinzaine de rôles.

Importance dramatique : Dans la seconde *Invencion*, le roi Dagobert est dans le monde — encore que la fin de l'empire soit annoncée par prophétie — un souverain moins puissant que l'empereur de Rome; mais parce que le dénouement de tout le *Mistere* dépend davantage de lui, sa cour compte 14 personnages parlants, tandis que la cour romaine se réduit à 8 rôles. De même Amiens, où se déroule la « mission » de Quentin, est un plus grand centre d'action que Soissons, lieu du séjour et du martyre de Crépin et

---

(1) Cf. G. Cohen, *ouv. cité*, p. 214.
(2) Dans les *Invencions*, les differences sont analogues : 11 et 5, 8 et 3.

de Crépinien ; seize personnages sont fonctionnaires ou habitants d'Amiens, contre huit à Soissons, et ainsi de suite ; pour les mansions de petite importance et qui ne sont intéressées à l'action qu'à une ou deux reprises, le nombre des personnages qui s'y tiennent va de deux à six, sans dépasser ce dernier chiffre.

La seconde règle, celle qui caractérise le plus spécifiquement les compositions dramatiques de la seconde moitié du XVe siècle, est la règle de distribution par éléments pairs à l'intérieur des groupes. Sans doute le chiffre trois a longtemps été considéré comme un chiffre sacré, et nous ne manquerions pas d'exemples à citer où les personnages allégoriques par exemple se présentent en trinités. Mais dans le *Mistere de Saint Quentin,* les groupes de trois personnages sont rares ; à peine peut-on signaler les trois chantres du roi Dagobert, Morant, Maurin et Amouret, et ses trois referendaires, Dadon, Radon et Adon ; au surplus, ce ne sont pas des personnages *créés.* D'ordinaire, les personnages subalternes vont par deux, par quatre ou par dix, encadrant symétriquement le personnage principal. Pour mieux satisfaire à ce besoin de symétrie, notre auteur a prêté à saint Pierre le rôle d'un archange, pour ramener à la forme carrée le trio de Gabriel, Raphaël et Michel. Avec deux anges, dont les noms ne nous sont pas donnés, les messagers célestes sont au nombre de six ; les diables que Lucifer charge de diverses missions sont au même nombre. Vont encore par six, les bourreaux préposés par Rictiovare aux nombreux tourments infligés aux chrétiens, les guerriers de Morée (y compris le duc) que s'adjoindra Julien pour son expédition en Gaule, enfin, les bourgeois d'Amiens dans l'*Invencion Eusebe.*

Doublez ce chiffre, vous aurez le nombre des élèves de Cathon, apôtres de l'Evangile en Gaule, et celui des personnages de Dardanie. Nous avons signalé, au cours de l'analyse du *Mistere,* l'amplification de rhétorique que l'auteur a mise dans la bouche de Quentin au jour de son dernier supplice, pour célébrer le nombre douze.

Vont par huit, les plus hauts fonctionnaires de la cour de Dioclétien — hormis, cela s'entend, les deux empereurs lesquels siègent sur des trônes surélevés —, les chevaliers de Thèbes, (y compris Maurice, le fils du duc), qui trouveront les palmes du martyr à Agaune.

Par quatre, une multitude d'escortes diverses : sénateurs du conseil impérial, sergents de l'empereur, sergents du prévôt de Rome, citoyens de Dardanie, bourgeois d'Amiens (1), gens de maison du seigneur de Villers ou de la pieuse Eusebe, acolytes du pape Julius, écuyers du comte de Vermandois, chevaliers de Julien, ou de Constancius, ministres du roi Dagobert et subordonnés du prieur d'Aouste, etc.

Par deux, les évêques, les prêtres et les diacres du pape Marcellin, les chevaliers de Dardanie, les échevins et jurés d'Amiens, les écuyers du seigneur d'Aouste, les chevaliers du comte de Vermandois, les serviteurs et messagers de Julien l'apostat, de Dagobert, les sergents d'Aouste et les chanoines de Noyon. Les pauvres et malades, qu'ils soient

---

(1) En réalité Fromiondin n'est que le serviteur de l'un des trois autres bourgeois : mais sa part dans le dialogue est égale à chacune des leurs.

d'Amiens, d'Aouste ou de Rome se présentent à deux, l'hôtelier, le paysan ou l'infirme sont flanqués de leur femme, les artisans, de leur varlet.

Ainsi les rôles s'apprenaient et se retenaient mieux. Le mode de disposition des rimes contribuait au même résultat ; en effet les quatrains à rimes croisées et suivies, par exemple : *mise, souprieur, submise, prieur, mediateur, valoir, pesanteur, voloir*, qu'on peut figurer sous le schème *abab bcbc*, peuvent se couper après le 2ᵉ, le 3ᵉ, le 4ᵉ, le 6ᵉ ou le 7ᵉ vers ; l'interlocuteur trouve à reprendre la rime ; la rime à lancer en écho assure en sa mémoire le souvenir du vers entier. Molinet est, avec Guillaume Flameng, un des auteurs de théâtre qui ont le plus pratiqué les modes symétriques dans le groupement des personnages, et, subsidiairement, dans la distribution des couplets en huitains, quatrains et tercets, et jusque dans le détail des reparties.

L'onomastique. — Il a déjà paru des études de détail sur les noms de certaines catégories de personnages dans les *Miracles* et les *Misteres*. Nous n'entreprendrons pas de comparer l'auteur du *saint Quentin* avec ses prédécesseurs ou ses contemporains pour mesurer ce qu'il a d'emprunté et ce qu'il a d'original en ce point ; il y faudrait plus de place que nous n'en avons ici. Mais nous pouvons au moins énumérer quelques-uns des procédés les plus fréquemment employés dans la présente composition dramatique.

L'auteur du *Mistere de saint Quentin* n'était pas dépourvu de facilité ; il le prouve par les dimensions même de sa composition dramatique, par la variété d'incidents introduits dans l'action, par ses trouvailles de versificateur ; il le prouve encore par la richesse de son vocabulaire et de son onomastique. Les pièces de théâtre au moyen âge et au XVᵉ siècle ne manquent pas où les rôles sont simplement désignés par les fonctions, « premier, deuxieme, tiers, quart tirant », ou ange, ou bourgeois, ou mendiant, etc. Notre auteur s'est ingénié à trouver des noms individuels, différents pour les rôles les plus courts, les plus effacés. A peine peut-on relever sur la liste des personnages deux anges anonymes, les seigneurs d'Aouste, de Vermandois, les évêques et archevêques de Paris ou de Reims, abbé, prieur, souprieur, etc., d'Aouste, et le doyen de Noyon, qui ne sont désignés que par le nom de leur fonction ; les deux anges mis à part, on remarquera que tous ces personnages appartiennent aux deux *Invencions*, c'est-à-dire aux deux dernières parties, les plus courtes, celles qui semblent avoir été achevées avec le plus de rapidité, le moins de soin.

L'antiquité latine est la source où Molinet semble avoir le plus puisé : en particulier pour la cour des empereurs, l'entourage des papes (Claudien, Quirinus, Ovidianus, etc.) ; mais à mesure qu'on avance dans le *Mistere*, la collection de noms latins semble s'épuiser, et dans la première *Invencion*, des chevaliers de Constancius se nomment à la française, Hectorin, Pariset, Leonet et Lupardin. Les noms à consonance latine habillent décemment, dignement, les hauts fonctionnaires et les personnages graves.

L'antiquité grecque sert aux mêmes besoins, les Heraclanas, Helenon, Mirmidon, Polidamas, Ylion, Bucifal, etc., sont princes, ducs, chevaliers ou écuyers; cependant il arrive à un simple clerc de s'appeler Ganimedes, et Galathee est le nom d'une pauvre femme de paysan.

L'histoire sainte est d'un moindre secours ; Sanson, Emanuel, Moyset et Pharon, sont, de préférence, clercs, secrétaires d'archevêque, ou chanoines.

Les noms français, de composition récente ou pris au moyen âge, s'appliquent tout naturellement aux personnages de l'action qui habitent en Gaule ; cependant Perceval est un écuyer de Thèbes, Brunehault, un combattant de la Morée, et Ysengrin, un bourreau de Rictiovare. Les Florembert, Renouart, Archembaut, Artus, Hardemtin, Florimond, Garin, Hulin, Audemer, Bertrandon, Clarentin, sont, d'ordinaire, des bourgeois, échevins ou jurés, plus rarement des chevaliers ou châtelains ; Ysoré est le secrétaire du pape Martin.

Des noms terminés en *bert* sont applicables à des personnages français comme les noms en *in* que nous venons de citer, et auxquels nous aurions pu en ajouter d'autres (1) ; on les trouve à la cour du roi Dagobert : ce sont Erembert, Conebert et Sigebert.

Un autre groupe de noms spécifiquement français est celui des diminutifs en *et*. Les personnages qui les reçoivent sont en majorité des serviteurs, messagers ou varlets : Zenet et Baiette, qui tirent leurs noms de ceux de leurs maîtres, Zénon et Bayon, Sadinette, Gosset, Lucquet, Mouchet, Martelet ; des pauvres ou infirmes au nom transparent, pour ainsi dire, Clugnet (2), Mathiolet, Droguet, Minchet, Grosset, Maigret, Povret, des clercs, dont le nom dit l'habileté, Saget, Soutillet (3), enfin quelques chevaliers ou écuyers, Gorguet, Leonet, Noiroulet, Pariset.

Les noms de villes ou de pays donnés à des personnages ne sont pas nombreux : Limoges, Valois, Crepy, Arragon, Orengois, désignent un juré, un prévôt, un cordonnier, un chapelain et un simple serviteur. On reconnaîtra sans effort le duc de Thèbes dans Thebeus, un citoyen de Dardanie dans Dardan, le Duc de la Morée dans Morillon.

Les noms de choses sont toujours appliqués à des personnages subalternes : Canon et Salpetre, serviteurs à la cour de Julien ; Arsenicq et Riagal (4), sont des poisons, propres à désigner des êtres malfaisants comme les bourreaux ; d'autres bourreaux s'appellent Esclistre, Fourdre, Tempeste et Tonnoire, fléaux atmosphériques.

Diamant est le nom d'un messager ; Rubis, par exception, le nom d'un chevalier de Julien l'apostat.

Des noms de fleurs sont donnés à des serviteurs ou messagers : Muguet, Romarin, Fleur de Lis.

Entre les animaux, il y a un choix à faire, selon le caractère sympathique, indifférent ou antipathique des fonctions que doivent remplir les personnages : Esprivier (épervier), Aigle d'Or, Mouchet sont appropriés à des messagers, Bruhier (buse) et Buto à un guetteur et à un portier, Lyon, Luppart (léopard), Emerillon, à des chevaliers ;

---

(1) Aubertin, chanoine, Florentin, citoyen de Dardanie, Ricardin, écuyer, Zelandrin, notaire, Malaquin et Maillotin, serviteurs, Wautrequin, varlet du cordonnier.

(2) Aveugle : *clugnier, cligner, fermer les yeux.*

(3) *Soutil,* aujourd'hui *subtil,* a conservé dans un certain nombre de pays picards le sens d'*adroit.*

(4) Pour *realgar*.

Griffon et Ursin sont quelconques pour désigner de simples citoyens ou paysans, mais Dragon, Escorfault (faucon), Escorpion, Ysengrin (loup) et Serpent ne peuvent légitimement être infligés qu'à des gens « de pute enge, pute progenie ».

Nous avons vu, parmi les diminutifs, des noms qui étaient déjà des qualificatifs : Sadinette désigne une servante accorte, gracieuse, Saget, un clerc expert, avisé ; de même, Plaisant est un nom d'écuyer de Bayon, Despert (vif, terrible), d'un écuyer de Thèbes ; Maubué (mal lavé) désigne aussi bien que Noiroulet un guerrier de Morée au teint basané ; un maçon s'appellera Brisepierre, un forgeron, Maillefer (1), un charpentier, Taillant, son varlet, Watebos (c'est-à-dire Gâte-bois), un « navieur » ou passeur, Mathelot, des cochers ou « chartons », Hurtebise et Taillevent, des sergents, Brisebarre et Hurtebucque, un clerc qui ne quitte jamais d'une semelle son prélat, Venimecum, des geôliers, mauvais drôles, Mausongneux ou Mathagot (terme d'injure), des bourreaux bons à tout faire, Claquedent et Ragenteste.

Enfin, quand on a épuisé tous les procédés ci-dessus énumérés, on peut encore forger des mots en juxtaposant des syllabes quelconques, pour aboutir à un effet de comique purement verbal et acoustique : Caramara et Huruburu sont des acolytes du duc de la Moree ; mais nous devons ajouter tout de suite que ces dernières désignations données dans le manuscrit au-dessus de deux courtes répliques ne se rencontrent pas dans le texte du dialogue ; les acteurs n'ont pas à les prononcer sur le théâtre ; si le metteur en scène les connaît par le livret, le spectateur les ignore.

Caractéristiques personnelles.— Les personnages sont reconnaissables individuellement par leurs noms, ils ne le sont guère ou pas du tout par leurs mentalités ou leurs caractères. Ils ont les paroles et les sentiments que commandent leurs situations respectives ; mais il serait superflu de rechercher un trait distinctif entre saint Maurice et saint Martin, par exemple, et je ne dis pas bien entendu entre deux sergents, deux écuyers, deux chevaliers, etc., mais entre deux sénateurs, deux empereurs, etc. Les personnages élevés ont le sérieux et la majesté, les petites gens ont la résignation et l'humilité, et en même temps quelque gaieté de propos. Les Romains sont les uns et les autres d'une colère également cruelle vis-à-vis des chrétiens ; les chrétiens, symétriquement, sont tous d'une douceur également angélique dans les épreuves supportées ; le père tient à la bonne formation de l'esprit et du caractère de son fils, la mère veille plus tendrement aux soins du corps, les serviteurs ou varlets sont empressés à servir leurs maîtres ou leurs patrons, les messagers, à boire, soit en route, soit à l'arrivée, tous les hommes vivant de peu, à faire bonne chère, les artisans, à dépenser leur argent hors de chez eux, les chambrières, à deviser avec leur amoureux, enfin le fol, à parler de sa panse, de son derrière et de ses « genitoires ».

---

(1) On retrouve le nom de Maillefer dans *Les Faictz et les Dictz* de Molinet, où se rencontrent aussi des « Platenarine » et des « Courttalon ».

MM. Gaston Paris et G. Raynaud faisaient remarquer à propos de la *Passion* d'Arnoul Gréban (1), que Jésus lui-même, rôle central de l'action, était dépourvu de tout caractère personnel ; à plus forte raison, les personnages accessoires ; seule, la Vierge est traitée avec une prédilection particulière ; elle est la figure la plus pure et la plus vivante de l'œuvre entière. La lecture du *Mistere de saint Quentin* amène à des remarques analogues. La femme de Zénon est le personnage à qui son rôle de mère prête le plus de vie ; en tant qu'épouse, son rôle est effacé : elle est soumise et respectueuse, sans plus ; la tendresse maternelle en revanche est un trait de caractère accusé avec complaisance et rappelé à fréquentes reprises.

En résumé, il n'y a pas trace d'effort personnel, de la part de l'auteur, pour faire, dans l'art de camper des personnages (je ne dis pas des *caractères*), mieux ou autrement que ses devanciers. Il suit leurs habitudes, docilement : à chaque personnage une fonction simple et par conséquent des gestes simples, constants, et un sentiment unique, afférents à cette fonction ; à fonctions pareilles, attributs pareils de propos et de conduite ; et les tons ne diffèrent que selon les degrés de la dignité sociale ou morale, et de l'importance dramatique ; le titre ou le métier d'un personnage indiqué, on sait à coup sûr quel sera son langage : aucune variété, aucun imprévu : le mécanisme mental, volitif et verbal de toutes ces marionnettes est rudimentaire. Les deux seules figures qu'on regarde avec un peu plus d'intérêt, sont celles de Quentin et de sa mère : mais ce qui les sauve de l'attitude unique et figée que l'on voit à tous les personnages accessoires a été pris à l'histoire du Christ (2) et à la représentation qu'ont donnée de la Vierge tous les faiseurs de miracles ou de mistères des générations précédentes.

Où sont donc les mérites d'invention, de création personnelle, chez notre fatiste ? Aurait-il ajouté à la matière qu'on lui confiait le soin de mettre en œuvre, aurait-il intercalé dans le tissu de la légende traditionnelle, des incidents nouveaux ?

VI

LA MISE EN ŒUVRE DE LA LÉGENDE

Si l'histoire de la *Passion* du Christ au théâtre s'est, du XIIIᵉ au XVᵉ siècles, continuellement grossie d'épisodes et de scènes adventices, pour devenir, chez Gréban, et après lui, chez Jean Michel, une composition cyclique de dimensions considérables, c'est que les auteurs ont eu recours à quantité d'évangiles apocryphes, de recueils anonymes ou d'auteurs authentiques, répertoires d'anecdotes plus abondantes et variées que vraies.

(1) *La Passion de J. C.*, par Gréban, éd. G. Paris et G. Raynaud, in-4ᵉ, 1878 ; *Introduction*, p. XVI et s.
(2) Quentin à l'école, nous l'avons dit, rappelle Jésus enfant au milieu des docteurs ; Quentin devant Rictiovare est dans une attitude analogue à celle de Jésus accusé.

Les énumérer n'est pas de notre propos et nous renverrons le lecteur, s'il veut se renseigner sur ce point, au récent ouvrage si important et si estimé de M. Emile Roy : *La Passion en France du XIVᵉ au XVIᵉ siècle* (1). Il serait souhaitable que l'on pût, pour la *Passion* de saint Quentin, dire ce qu'elle est devenue de siècle en siècle, entre les mains des fatistes. Mais les pièces du procès nous font défaut. La lacune est trop grande entre la *Vie de Saint Quentin* en vers français, du treizième siècle (2), et notre *Mistere* qui date de la seconde moitié du quinzième. Nous pouvons du moins comparer la mise en œuvre de la légende — chez notre poète —, avec le texte latin des diverses *Passions* en prose que tout clerc du moyen-âge pouvait déjà connaître — et auquel nous pouvons nous reporter facilement, grâce aux *Actes des Saints*, publiés par les Pères Bollandistes. Pour ne donner de ces recherches que la conclusion, on peut affirmer qu'entre les quatre textes principaux de la « *Passio sancti Quintini* », qu'énumère Potthast, c'est le troisième : *Passio III et Inventio ex authentico Vitæ sancti Quintini* (3), que notre arrangeur a suivi presque continûment, et d'ordinaire de près, Il ne s'agit ici que de la *Passion* et de la première *Invencion ;* pour la seconde, c'est à la vie de saint Eloi par saint Ouen et à la *Chronique* de Sigebert que notre auteur a demandé le *canevas* de sa composition. Quand nous disons « notre auteur », nous ne prétendons pas, en ce passage, désigner expressément et exclusivement Molinet ; on le comprend de reste. Nous ne pouvons, en effet, juger la mise en œuvre de la légende de saint Quentin et les libertés prises avec l'histoire que d'après le texte que nous publions ici ; Molinet peut n'être pas personnellement responsable de ces additions ou de ces entorses faites à la série historique des faits. Elles se trouvaient peut-être déjà dans le *Mistere de saint Quentin*, représenté à Abbeville en 1451, qui a pu servir de base au nôtre, mais qui n'est pas le nôtre.

Le pape Marcellin est un personnage assez important dans les trois premières parties de la *Passion* du martyr du Vermandois ; son histoire et sa mort sont un gros épisode de l'action. L'auteur n'a pas voulu ou su en retarder le dénouement jusqu'après la décapitation de Quentin, comme il a fait pour Crépin et Crépinien. Il est certain que Marcellin, le pape, est mort en 303 ; l'auteur du *mistere* a donc reculé la date du martyre de Quen-

(1) Paris et Dijon, 1903, in-8°. Les revues spéciales de philologie romane et d'histoire littéraire en ont donné des notices et comptes-rendus critiques en France et en Allemagne. Des compléments ont déjà été apportés aux résultats de ces recherches ; en particulier par M. Alf. Jeanroy, dans la Revue *Romania*. Voir le détail des références dans nos *Recherches*, p. XXIX-XXX.

(2) Publiée par M. Söderhjelm dans les *Mémoires de la Société néophilologique d'Helsingfors*, t. III, 1901, p. 445 et s.

(3) Voici les indications bibliographiques essentielles sur les quatre textes dont nous parlons :
Passio I et Inventio prima sancti Quintini Martyris Augustæ Viromanduorum in Gallia ; ex cod. Parisiensi 5299, *Acta sanctorum Boll.*, à la date du 31 octobre, tome XIII, p. 781-7.
Passio II et Inventio prima : Surius, *Vitæ sanctorum*, au 31 octobre. V, p. 402-7 ; ex cod. monast. Aquicinct., *Acta Sanct. Boll.*, XIII, p. 787-93.
Passio III et Inventio ex Authentico vitæ sancti Quintini, ibidem, p. 794-801.
Passio IV (ex cod. Namurc., 15, n° 25), dans L. P. COLLIETTE, *Mémoires pour servir à l'histoire ecclésiastique, civile et militaire du Vermandois*, I, Cambrai, 1771, in-4°, p. 144-9.

tin jusqu'à cette année (1). Il n'est pas également certain qu'il ait été martyr de sa foi. (Voir aux notes qui suivent le glossaire, v. 6955).

La *Passion* de saint Maurice et de ses compagnons Exupère et Candide est incorporée aussi dans la *Passion* de Quentin. L'auteur prête gratuitement à Maurice un père qu'il appelle Thebeus ; et il prolonge, pour les besoins de son drame, la vie de Maurice, lequel périt, massacré avec toute sa légion, en 286 (2).

Nous avons signalé, au cours de l'Analyse du *Mistere*, que les guérisons de Clugnet, de Mathiolet et d'Ysembart, dès l'arrivée de Quentin à Amiens, paraissent être entièrement de l'invention du fatiste. Tout au moins l' « Authentique » ne fait-il allusion qu'en termes très généraux à des miracles opérés par Quentin pendant sa vie apostolique (3).

Marcellin peut, avons-nous dit, n'avoir pas commis le crime d'apostasie ; mais il y avait bien des siècles que les Donatistes ou d'autres hérétiques ennemis de l'Eglise romaine avaient attribué à ce pape la faute de ses deux diacres qu'on sait avoir commis, durant la persécution de Dioclétien, le crime de « tradition » (c'est-à-dire qu'ils avaient livré aux persécuteurs les livres sacrés). Les mêmes auteurs lointains avaient, du fait que Marcellin mourut martyr et fut honoré à Rome comme un saint, conclu à sa repentance. Le concile où Herasmus évêque de Champagne, prend la parole, doit être une invention du même temps ; la persécution de Dioclétien n'était pas un régime qui permît de tenir de telles assemblées. Par contre, le fatiste, ayant représenté la cérémonie du concile, simplifie tout ce qui doit le suivre : selon lui, Marcellin, repentant, redevient pape, sans plus de formalités ; et nulle mention n'est faite de la nouvelle investiture, canoniquement indispensable pour restituer à l'ancien apostat ses prérogatives et son pouvoir suprême.

Les notes qui suivent le Glossaire montrent, par de multiples exemples, que l' « Authentique » pour la *Passion* de Quentin et la première *Invencion*, la vie de saint Eloi par saint Ouen, la chronique de Sigebert, pour la seconde *Invencion*, se trouvent concorder avec le texte de notre *Mistere*. Qu'au temps où Martin fut pape (649-654), l'empereur ne fût plus Héraclius — « Eracle » (mort en 641), mais Constance, que le roi de France ne fût plus Dagobert, mais Clovis II, c'est une erreur de détail. Il y a des anachronismes plus graves — et qui ne sont cependant pas, eux non plus, sans excuse. Au surplus le défaut de couleur locale n'est pas exclusivement propre aux auteurs du quinzième siècle d'une part, et aux genres littéraires de l'autre ; les arrangeurs de mistères ne doivent donc pas être plus raillés que les peintres comtemporains, qui ont représenté des scènes bibliques.

On ne s'étonnera pas de voir les Romains du temps de Dioclétien faire l'assaut d'une ville à coups de canons, de couleuvrines, de mortiers et de bombardes. Tous les miracles, tout ce qui, à la scène, est adaptation d'un sujet ancien se soumet à cet usage ; pour repré-

---

(1) *Acta Sanctorum Bollandiana*, octobris, t. XIII, n° 19, p. 730.

(2) Sur le synchronisme de tous ces évènements, sur les dates de l'expédition contre les Bagaudes, de la promulgation de l'édit de Dioclétien contre les chrétiens, du martyre de Maurice, de Crépinien, de Quentin, on trouvera des détails dans la dissertation des *Acta Sanctorum Bollandiana*, octobre, tome XIII, p. 730 : *De tempore quo S. Quintinus obiit*. Voir aussi les notes qui suivent le *Glossaire* dans la présente édition.

(3) ... *Fama beati Quintini audita, quod et prædicationibus et signis ac virtutibus clarus habebatur, statim comprehensum et catenatum in carcerem jussit retrudi (Boll., t. XIII, oct., p. 794 E).*

senter un siège, une bataille, il fallait user d'accessoires et de propos qui ne pussent dérouter des Français vivant sous le règne de Charles VII et de Louis XI. C'était une condition de succès pour l'auteur que de savoir mettre en valeur une belle matière, une ample action, avec le plus grand nombre de moyens et de détails familiers.

Ces remarques sur la mise en œuvre d'une légende, l'accommodation d'un sujet aux nécessités de la scène et du public nous amènent à cette autre question plus générale : par quels traits l'œuvre que nous éditons est-elle expressive, représentative du quinzième siècle?

VII

LES REFLETS DE LA VIE DU TEMPS

Au cours de l'analyse du *Mistere*, l'occasion s'est présentée plusieurs fois de signaler quelle large part était faite dans cette composition dramatique, aux scènes de coups et de tortures ; le goût grossier des spectateurs des *Miracles* du XIVᵉ siècle pour ces sortes de spectacles, ne s'était aucunement affiné au XVᵉ siècle ; bien au contraire, il semble que le public en réclame davantage à chaque génération ; on peut suivre la gradation de la *Passion d'Arras* à celle de Gréban et de celle de Gréban à celle de Jean Michel. Nous n'y insistons pas ; le fait a été relevé maintes fois. En parallèle avec ce goût enfantin pour les gestes violents et le pugilat (1), pourrait être mise la conception assez grossière de la morale et de la foi religieuse : une conversion à la vérité chrétienne s'achète, ou si le le mot est trop fort, elle se prépare par une combinaison avantageuse pour la « partie prenante » ; les païens qui viennent à l'église écouter le pape demandent quel profit ils auraient à quitter la vieille religion pour la nouvelle : Quel bien, « Quel don pouroit on recevoir Qui seroit de vostre sequelle ? » — Quentin lui-même ne promet une aumône qu'à condition qu'on adhère à sa doctrine : l'aumône devient une prime d'engagement :

> J'ay monnoye toute propette [proprette]
> De riche touche et bon aloy
> Et qui vous seroit tantost preste,
> Se vous vouliez croire en ma loy (v. 5110-3).

---

(1) En enfer, où tout se fait à l'inverse du ciel, les récompenses elles-mêmes consistent en coups et horions ; ainsi, que les diables envoyés sur terre par Lucifer aient bien ou mal accompli leur mission, ils ne reçoivent au retour que de mauvais traitements. Par exemple, Sathan amène en enfer l'âme noire de Rictiovare ; Lucifer lui dit :

> S'en aras pour toutes saudees (solde, récompense),
> Le cul et fesses echaudees, etc. (v. 18340).

Astaroth compose pour Rictiovare une épitaphe ; Lucifer proclame :

> Et tous deables qui en passant
> Luy donront en lieu de salut
> Ung cop de canon dissolut,
> Ils aront en lieu de pardon
> Fievres quartaines en pur don,
> Le mal des yeux, la main crochue
> Et cinquante cop de machue (v. 18426-32).

Les quatre vers suivants de Mathiolet indiquent bien à quel motif pressant d'intérêt personnel obéit un paralytique pour abandonner sa religion :

Biau filz ne me laisse derriere,
Prens pité du povre impotent,
Aller ne puis n'avant n'arriere,
Je croy ung Dieu omnipotent (v. 5178-81).

Petit de Julleville, — il n'était pas le premier —, a déjà mentionné certaines bizarreries de la morale des Miracles et des Mistères (1). Nous savons du reste par divers documents contemporains quel était l'état des mœurs, quel était le niveau de la moralité dans les diverses classes du pays, pendant et après la Guerre de Cent ans ; il ne faut pas croire que les compositions de théâtre en donnent une image fort précise ; elles ne traduisent pas particulièrement, adéquatement, la physionomie morale de nos aïeux du XVe siècle, comparée à celle de leurs ancêtres du XIVe siècle et des siècles précédents ; on y voit une morale très rudimentaire — qui rappelle et continue la morale des chansons de geste et des romans du moyen âge —, morale où manquent toutes fins idéales et désintéressées, où toute bonne action est un placement dont le revenu, accessible en ce monde ou en l'autre, est strictement de profit individuel. On s'accommode, en apparence et sans effort, des différents préceptes évangéliques formulés sur la scène par Jésus, la Vierge et les saints, on les répète à satiété, on ne prend guère le souci, par contre, de s'y conformer intérieurement. La médiocrité de la moralité va de pair avec l'insignifiance, l'uniformité des caractères que nous avons notées, en parlant des personnages ; il y a là des gestes, des fonctions différentes ; il n'y a pas d'âmes plus complexes que d'autres, supérieures à d'autres en noblesse : les figures à qui la légende prête des vertus éminentes sont sereines, mais pâles, extérieures à l'humanité vivante.

En résumé, réduction à une formule convenue de tout ce qui est étranger à la vie familière d'un public ignorant, goût pour la parade et les spectacles brutaux, analyse psychologique absente ou pauvre, morale médiocre, voilà les traits caractéristiques de notre *Mistere* et de beaucoup de compositions dramatiques contemporaines. Il nous reste à examiner de quelle sorte d'art littéraire le *Mistere de Saint Quentin* est l'expression.

VIII

L'ART LITTÉRAIRE DU QUINZIÈME SIÈCLE DANS LE MISTERE

L'art d'écrire pour le théâtre, au quinzième siècle, est fait de traditions, de procédés, soit de rhétorique, soit de versification. Le fatiste qui travaille à mettre en vers l'histoire d'un *Miracle*, la *Passion* du Christ ou d'un saint ne cherche pas une gloire personnelle :

---

(1) Tome I, p. 130 et suivantes.

il est artisan et non artiste ; il livre ce qu'il produit par métier ; sa propriété littéraire cesse dès qu'il a été une fois rémunéré ; aussi voyons-nous dans cet art, comme dans plusieurs autres, assez peu d'œuvres signées. Celles qui le sont appartiennent au milieu ou à la seconde moitié du siècle. Pour les compositions anonymes, qui sont légion, l'éditeur moderne et l'historien de la littérature se considèrent comme ayant réussi leur tâche quand ils ont, par le moyen des allusions historiques rencontrées, par l'examen des faits de langue et de versification, circonscrit étroitement le champ des hypothèses plausibles sur le temps où vivait l'auteur inconnu, sur la région dont il était originaire. Des identifications plus précises, individuelles, comme celle qui nous paraît acquise pour le *Mistere de saint Quentin* sont de rares occasions. Nous avons déjà dit par quelle conjecture nous avions été guidé au début de notre travail, de quelle méthode nous avons usé pour le poursuivre, et quels résultats en sont apparus.

Les côtés par où un Gréban, un Guillaume Flameng, un Jacques Milet, un Molinet essaient de faire œuvre personnelle, d'ajouter à ce que leurs prédécesseurs leur ont appris, sont quelque chose de bien mince dans l'ensemble de leurs productions ; mais cette contribution a sa valeur cependant, si l'on songe aux conditions de la vie des auteurs d'alors, à l'influence, ou pour mieux dire à la pression presque inéluctable des œuvres antérieures, goûtées du public, et dont le public ne se lassait pas, pourvu qu'on les agrémentât, à chaque nouveau spectacle, d'un divertissement de détail, d'un incident interpolé. Passons en revue, brièvement, quelques-uns des procédés, fort anciens, auxquels notre auteur n'a pas voulu renoncer.

Voici la *lamentation* : la « mere saint Quentin », chaque fois qu'elle reparaît, depuis la fin de la première partie, jusqu'au milieu de la quatrième, se lamente sur son fils perdu, comme la Vierge sur Jésus (1) ; Quentin se lamente sur Amiens, qui est « de pechiés assommee » (v. 5314), puis sur Soissons, « Soissons, povre Soissons » (v. 14032)(2) ; Rictiovare se lamente à son tour, et parfois rugit un couplet de véritable désespoir (v. 15907, et ailleurs) ; Lucifer prend aussi le même ton (v. 12112) (3).

On pourrait faire toute une étude sur le genre de la lamentation et de la complainte chez les auteurs du quinzième siècle, comparés à ceux du siècle précédent, au théâtre et dans la poésie lyrique libre ; cette étude dépasse notre cadre.

Le procédé du *songe* est un procédé aussi ancien : Guillaume de Lorris nous renvoie au songe de Scipion, type des visions au moyen-âge, et au commentaire de Macrobe. Postérieurement au *Roman de la Rose*, Guillaume de Deguilleville imite ses devanciers en faisant de son *Pelerinage* un songe (4). Voici quelques exemples de songes relevés dans le *Mistere de Saint Quentin*. Notre auteur voit là un moyen dramatique de présenter

(1) On pourrait rapprocher ces doléances de celles qu'on lit dans la *Passion d'Arras*, éd. Richard. in-4°, 1890. v, 5905, 15200, 18438, dans celle de Gréban, v. 27057, dans la *Passion de Semur*, éd. E. Roy, in-8°, 1903, v. 7787 ; Priam, dans la *Destruction de Troye la Grant*, de Jacques Milet, tient un langage assez voisin : « C'est celle qui tant j'amoye, Que j'avoye... » etc.. v. 413-4.

(2) Voir les Lamentations de saint Jehau, dans la *Passion d'Arras*, v. 16776.

(3) Voir Lucifer dans le *Mystère de saint Didier*, édit. Carnandet, in-8°, 1855, p. 149.

(4) Voir Arthur Piaget, *Martin Le Franc*, in-18, 1888, p. 24-5.

ce que nous appelons des faits de télépathie, de sensation à distance, impressionnants pour l'auditoire. La mère de saint Quentin est rendue inquiète par un songe qu'elle raconte à ses femmes et que sa parente, Pauline, interprète (v. 14788). C'est un avis secret, rapide comme la foudre, des douloureuses tribulations de son fils, en attendant le message officiel. Le pape Marcellus, à son tour, a vu en rêve un agnelet dans une tanière de loups (v. 15835) ; c'est une figure noble (1), dont l'exorciste Pierre n'a pas de peine à donner le sens. Enfin les personnages les moins graves reçoivent aussi des avertissements et des ordres — qui ne viennent pas de Dieu — au milieu de leur sommeil. Hurteburque, païen, explique à Rictiovare pourquoi il peut livrer sans retard les instruments de torture qu'on lui demande : « Il me vint ore en vision D'en faire grant provision » (v. 17176-7). Voilà trois exemples de songe ajoutés par l'auteur à la légende traditionnelle. Le songe d'Eusebe pendant lequel un archange vient lui révéler sa mission, fait partie intégrante, au contraire, du récit traditionnel de l'invention du corps de saint Quentin. D'ailleurs, il ne s'agit plus d'un songe simple, puisqu'il y a, visible pour le spectateur, intervention concrète d'un personnage céleste. Autant pourrions-nous en dire de toutes les occasions où un réconfort est envoyé d'en haut aux croyants de l'Eglise militante qui souffrent pour leur foi. Et par ce biais nous reviendrions à la question des jeux de scène que nous avons traitée plus haut.

L'analyse du *Mistere* a noté en quelles circonstances des sermons, ou, pour prendre un terme plus général des allocutions sérieuses, politiques ou religieuses (édits, mandements, etc.) étaient données par les principaux personnages, les empereurs, le pape, le martyr Quentin en plusieurs circonstances. Tout ce qui est exposé didactique plaît aux écrivains rhétoriqueurs ; ils s'y exercent et en prose et en vers. Les deux passages de prose que contient le *Mistere de saint Quentin* sont, le premier, un édit de persécution contre les chrétiens, le second, un mandement de l'évêque de Champagne sur le cas de Marcellin, pape apostat. A eux seuls, ils prouveraient que le dernier fatiste qui travailla à arranger l'*Istoire de monsieur saint Quentin* est de l'école de Molinet, tout au moins, sinon Molinet lui-même ; ils rappellent en effet les lettres de prose mêlées de vers qu'échangeaient Molinet et Crétin, selon une mode qui datait d'Alain Chartier (qu'ils reconnaissent comme un des meilleurs maîtres d'autrefois) et qui fut continuée par Pierre Michaut, Martin Le Franc, Guillaume Alexis, etc (2) ; on peut encore rapprocher de ces passages de prose, celui que G. Flameng, contemporain de Molinet, a inséré dans le *Mystère de saint Didier* (p. 284-5).

Le second des morceaux de prose de notre *Mistere* est un morceau à effet, préparé dans le cabinet par un rhétoriqueur appliqué : le sermon se divise en sept longues phrases dont chacune se termine par un mot latin, et ces mots latins mis bout à bout

---

(1) Les sergents usent d'une comparaison plus familière que nous avons signalée : ils raillent Quentin, qui est comme une poule entre six renards.

(2) Alain Chartier, *L'Espérance*, Pierre Michaut, *La Danse aux aveugles*, le roi René, *L'Abusé en Court*, Martin Le Franc, *L'Estrif de Fortune et de Vertu*, G. Alexis, *Le Martyrologue des faulses langues*; cf. *Œuvres de G. Alexis*. éd. A. Piaget et Em. Picot, *Société des anciens textes français*, tome II, 1899, p. 294.

forment une phrase latine qui peut être prise pour texte d'une homélie (1). C'est le renouvellement d'un procédé qu'on voit appliqué déjà dans la *Passion d'Arras* où les mots du texte *Surrexit Dominus vere.*. etc. sont développés chacun à part (2). Molinet a usé de refrains latins en plusieurs endroits de ses *Faictz et Dictz* (3).

Le latin était si familier à quiconque était « de lettres » au quinzième siècle qu'il se fait une place même dans des compositions destinées à un auditoire profane et ignorant. Que Charles d'Orléans (4) dans ses Ballades et ses Chansons, que Georges Chastellain, dans des pièces comme *Le Concile de Basle*, mêlent des mots latins à leurs vers français, la fantaisie s'en conçoit : ils s'adressaient à un public capable de les comprendre. Mais, écrivant pour le théâtre, Molinet ne renonce pas à ses procédés d'érudit (5). Mais il en tire au moins en plusieurs endroits des effets de comique, quand il met en scène, soit un clerc d'évêque, soit le fol: *Baillare michi machuas Ego donavit lancias Cum gladiorum fustibus* (6). Molinet n'est ni le seul ni le premier qui ait, dans le théâtre sérieux, essayé d'égayer l'auditoire comme devait le faire, dans la comédie, deux siècles après lui, Molière.

La question du latin dans le *Mistere* nous amène à celle des souvenirs de l'antiquité : noms mythologiques, de l'histoire grecque ou de l'histoire romaine. Dès la première scène nous sont cités les dieux grecs et latins, et les héros ou personnages fameux, Médée, Énée, Romulus, Rémus, etc ; cette érudition est compréhensible chez l'empereur Dioclétien ; qu'ailleurs, Neptanabus, offrant un sacrifice (7), procède à une revue d'appel de tous les personnages de l'Olympe latin, nous ne nous en étonnons pas non plus, c'est de son métier. Mais la femme de Zénon en sait autant que lui sur les dieux du ciel, et plus que lui sur les vieilles légendes : Dido, Hecuba, Priant, Troylus, Thetis, Caloppe, etc (8). Il n'est pas jusqu'à la simple chambrière de Bayon, seigneur de Villers en Picardie, qui ne connaisse Hector « qui fut des preux » (v. 13509). Tenons-nous en à ces quelques exemples, notre auteur ne se faisant. à ce point de vue, aucune place à part entre ses contemporains ou si on le compare à ses devanciers. Depuis Eustache Deschamps jusqu'à Jean Bouchet et jusqu'à Ronsard, l'abus de la mythologie et de la nomenclature d'érudition

(1) Tibi soli — peccavi — et malum — coram te — feci — ut justificeris — et vincas cum judicaris, v. p. 145.

(2) V. 18014 et suivants : dans la même *Passion d'Arras*, saint Jean Baptiste fait un sermon où revient un refrain latin, v. 6425 et s. — Les insertions des mots et des phrases latines, dans les sermons et discours des *Misteres* sont multiples ; v. en particulier les discours de *Misericorde* et de *Justice* dans la *Nativité de Rouen*, t. I, p. 117, 129-32.

(3) Par exemple, le refrain : *Cor meum conturbatum est*, etc., éd. 1531, f° 85 et s.. éd. 1540, f° 164 et s.

(4) Ed. Ch. d'Héricault, tome I, p. 174 à 176, II, p. 42, 69-70.

(5) Un exemple entre beaucoup d'autres qu'on pourrait relever : « Mais s'il vient par devers *nobis*, Fay qu'il apporte bonne offrande » (v. 3681-2) peut être rapproché de ces vers des *Faictz et Dictz*: « Comme a Phebo Phebe lumen capit, Soulas, respit, force et jucundité » (éd. 1531, f° 80 v°, éd. 1540, f° 153 v°) ; ailleurs : « Jamais n'aura rude confundantur,... Il est æscript... A ce propos multiplicabitur Sicut cedrus Libani justus vir, Illec peut-on... » (ib., 1531, 124, 1540, 255).

(6) V. 23170-2. Un des couplets les plus drôles en ce genre est celui de *Venimecum*: *Ego metam consuimum* [vers défectif] *Hautelicham et bancquibus, Pro reposare genoullum, Gambillare cum fessibus; Vos deffulare mitribus, De testam et cabochare, Ego tenabo crocibus, Dominus episcopare* (v. 8915-22). Autres passages, 8504-9, 9086, 9089, 9093-5, 9100-2, etc.

(7) V. 7953 et suivants.

(8) V. 3496 et s., 13599 et s.

est général et constant (1). Dans le dernier quart du quinzième siècle, les fatistes pouvaient même puiser à loisir dans des recueils comme le *Livre qui traicte de poesie* de Jean Thenaud (2).

Cependant il y a jusque dans le procédé des références et mentions mythologiques, pour ainsi parler, une particularité qui caractérise Molinet, entre auteurs de son espèce. S'il cite tant de dieux, de héros légendaires, ou même de noms historiques, c'est moins par amour de la mythologie prise en elle-même que par manie de l'énumération.

Elle sévit chez lui à propos de tout ; il y a six diables qui ont des rôles actifs dans notre *Mistere ;* mais ce n'est pas assez pour meubler l'enfer ; en voici quelques autres : Bal, Bel, Baratron, Minos, Eacus, Lethés, Acheron, Flegeton, Stix, Cochitus, Noiron, Pluton, Proserpine, Danaydes, Ceyx, Ysion, Sisiphus, Ydra, Megera, Thicius, Thisophoné, Roth, Tantalus, Burgibus, Crocquet, Rocquet (3).

Les rôles de sergents et bourreaux sont des rôles assez chargés, et nombreux ; on en compte quatorze chargés d'exécuter Maurice et ses compagnons, Marcellin et ses acolytes, Quentin, enfin Crépin et Crépinien ; ce n'est pas encore assez : à côté de Fourdre, Esclistre, Tonnoire et Tempeste, il nous faut faire la connaissance de Bruyne, Gresil, Gelee, Orage, Tourbillon, Vent et Behistre ; à côté d'Arsenicq, de Riagal et des autres, nommés plus haut, Nasart, Grognart, Escervelé, Pendant, Briffault, Cracquart, Rifflandoulle, Rabajoye, Canon, Boulet, Errachecuer, Croquepoulet, Escoufflan, Engoullemortier, Vasetepent, Brisemoustier et Tramblebeffroy (4).

Les auteurs qui ont écrit pour le théâtre au quinzième siècle et qui ont eu à présenter sur la scène des gens de guerre n'ont pas manqué de dresser une liste majestueuse des diverses armes employées dans le siècle qui a suivi celui de l'invention de l'artillerie. Eustache Deschamps avait déjà donné un spécimen du genre au chapitre XXIII de son *Miroir de mariage*. On en trouve des répliques dans la *Passion d'Arras*, dans le *Mystère de saint Didier* (5), par G. Flameng, et dans bien d'autres. Pour ce qui est de notre *Mistere*, le couplet de bravoure débité dans la première partie par Maxence avant de livrer bataille aux chrétiens de Dardanie, ressemble d'une façon frappante à une tirade que l'on lit dans les *Faictz et Dictz* (6). Même ressemblance frappante pour les énumérations

---

(1) Voir, pour Eustache Deschamps, la liste des sources de son érudition dressée par M. G. Raynaud, au tome XI des œuvres de ce poète *(Société des anciens textes français)* ; la thèse de M. Hamon sur Jean Bouchet, p. 241 et s. ; Groban, *La Passion de J.-C.*, v. 7494 et s., *La Vengeance*, manuscrit d'Arras, f° 371 (d'après la copie de M. Richard appartenant à M. E. Picot) ; *la Nativité de Rouen* de 1474, t. II, p. 228-30 ; *Le Contreblason des faulces amours*, dans les œuvres de G. Alexis, t. 1, p. 287-8, 292-3, 306 et s., 326-7, 334, etc. etc.; dans les *Faictz et Dictz*, éd. 1531, 62, 63 v°, 73-4, 101, 104 v° — 105 ; éd. 1540, 105, 113, 134-5, 201, 210-1.

(2) Adressé au comte d'Angoulème. *Bib. Nationale*, ms. f. fr. n° 2081.

(3) V. 18177, 18216, 21938 ; énumération des catégories d'élus, v. 1634, 16413.

(4) V. 9764, 5033. Dans les *Faictz et Dictz*, noms militaires de l'antiquité, noms de peuples, noms de villes d'Italie, de Picardie ou de Hainaut, noms de planettes, et même noms d'hôtels contemporains se présentent en longues listes, éd. 1531, 62 et 63 v°, 130 v°, 69 v°, 122, 77 v°, 46 v°, etc, sans compter la *Letanie des saints*, f° 101 et s.

(5) Cf. pour Eust. Deschamps, le tome XI de ses œuvres, p. 173 ; *Passion d'Arras*, éd. J.-M. Richard, v. 11214 et s.; *saint Didier*, p. 134-5, 187.

(6) Ed. 1531, 51 v°, 1540, 84 ; *M. de S. Q.*, v. 1657 et s.

d'instruments de musique : les *Faictz et Dictz* et le *Mistere* peuvent être mis en parallèle,
l'un reproduit l'autre presque intégralement ; il faut dire que sur le second point la
tradition est plus ancienne et par conséquent plus riche : il faut remonter au-delà de
Deschamps et de Guillaume de Machaut, jusqu'au treizième siècle (1). Molinet aime les
catalogues autant que Deschamps ; dans les *Faictz et Dictz*, ce sont les espèces de
bateaux, d'agrès, de pierres fines ; dans le *Mistere*, ce sont les articles qu'un « hostelain »
peut offrir aux clients, les différents métiers qu'on peut exercer, les outils qu'un cordonnier a à manier, les ingrédients dont une sorcière épice ses brouets, etc. (2).

On se doute bien que cette manie collectionneuse de mots trouvera à se satisfaire
ailleurs que dans les matières techniques ; les termes de la langue courante, qu'il s'agisse
d'épithètes, de mots abstraits ou de verbes, se présentent en bataillons serrés ; cette
accumulation de synonymes est d'un effet parfois étourdissant ; quiconque a lu l'histoire
de *Gargantua* est tenté de croire que Rabelais est l'inventeur du procédé. Rabelais en
a usé avec génie, mais il ne l'a pas découvert ; la tradition en est vieille : au quinzième
siècle, et plus particulièrement à partir de Gréban, les rhétoriqueurs en ont tiré parti ;
parmi eux, Guillaume Alexis et Molinet, semblent en faire leurs délices (3). Dans notre
Mistere, les accumulations de noms servent aux litanies d'injures, les accumulations de
verbes sont comme un catalogue encyclopédique de tous les supplices que l'imagination
humaine peut inventer (4). On pourrait mettre en parallèle, non pas une fois, mais dix fois,
des couplets pris respectivement aux *Faictz et Dictz* et au *Mistere de Saint Quentin* :

Povres gens sont puis sa mort exillez
Royez, taillez, assommez, affoiblis,
Crocquez, chocquez, despouillez, desbillez,
Adommagez, affamez, accueillis,
Enfenouillez, essourdez, assaillis,
Honteux, honnis, passionnez, pugnis,
Matz, desconfitz, et meurdris bien souvent,
Les maulx vestus assiet on doz au vent.

(*F. et D.*, éd. 1531, 51 v°, 1540, 84).

Ilz seront pourfendus,
Patibulés, pourbondis, pourboulis,
Matés, murdris, martelés, morfondus,
Boutés, baignés, broquiés, brules, bruhis,
Bien bersandés, bertaudés, forbanis,
Fronciés, fichés, fourdroiés, fatrouillés,
Croquiés, huchiés, courbetés, coustilliés,
Crucifiés, craventés, escrolés,
Esservelés, et bien dur castilliés,
Galins galans, Gaulois seront seront galés.

(*M. S. Q.*, v. 4438-47).

_____

(1) E. Deschamps, ballade n° 1178 ; G. de Machaut, choix de poésies de l'édition Tarbé, 1841, 8°, p. 87 ; *Recueil de motets français du XII° et XIII° siècle*, p. p. M. G. Raynaud, t. II, p. 320-1 ; le tableau des instruments de musique connus au treizième siècle a été dressé par M. H. Lavoix : E. Deschamps ne connaît, outre ceux-là, que l'*escheguier*, le *tambourin*, la *turelure* et la *turelurette* (G. Raynaud, t. XI de l'édition des œuvres de Deschamps, p. 321-2 ; dans G. Chastellain, *Œuvres*, t. VI, 163 ; M. S. Quentin, v. 3539 et s.. *Faictz et Dictz*, éd. 1531, 130, éd. 1540, 269.

(2) *Faictz et Dictz*, éd. 1531, 127, 86 ; M. S. Q., 8522, 7236, 7332 et 8786, 11890. E. Deschamps, les noms de jeux, t. XI, p. 318-20, les objets nécessaires à un ménage, n° 1451, 340 et 1407 de ses œuvres, et le chap. XV du *Miroir de Mariage* ; pour l'*Oustillement au vilain*, le *Dit des outils de l'hostel*, le *Dit de menage*, v. *Romania*, XXVIII (1899), 40 ; la *Passion d'Arras* énumère différents crus de vins, v. 23173 ; Petit de Julleville a cité d'autres exemples d'énumérations encyclopédiques, dans *Les Mystères*, I, 249.

(3) Par ex. G. Alexis, *Œuvres*, t. II p. 258 : « Les hommes n'ont point d'equité Mais sont tous pleins d'iniquité... etc., suivent 58 epithetes *Le passe temps de tout homme et de toute femme*, v. 4385-441) ; v. dans la même édition, (mais non pas du même auteur), *Le Contreblason des faulses amours*, t. I, 310, 316, 318-9.

(4) Voir pour les termes d'injure en *aille* et en *eaux*, v. 4273 ; entre autres énumérations. 4408-71, 8698, 10082-8, 12639, 13066, 14240-9, 14273, 14680-95, 16274-94, 18140, 18207, 18234, 18358, 21690, etc. ; *Faictz et Dictz*, éd. 1531, f°° 51 v°, 57, 127, éd. 1540, f°° 84, 95, 263.

De ces deux couplets, l'un, celui du *Mistere*, est terminé par un refrain de ballade, l'autre est terminé par un proverbe, autre point de ressemblance entre les deux œuvres de Molinet. Avant lui, au quatorzième et au quinzième siècle, depuis Charles d'Orléans jusqu'à G. Alexis et Coquillart, en passant par Alexis Chartier, Michaut Taillevent, Pierre Chastelain, Robert Gaguin, Meschinot, Gréban, Crétin, on a fréquemment cultivé le strophe de sept vers terminée par un proverbe (1). Mais Molinet paraît avoir plus complaisamment terminé par des proverbes des sixains ou des huitains, soit dans les *Faictz et Dictz*, soit dans le *Mistere*. Un groupe de strophes terminées chacune par un proverbe prend figure d'une pièce lyrique ; aussi Molinet y est-il revenu souvent dans les quatre parties de la *Passion* (2). Une fois de plus nous rencontrons chez le célèbre rhétoriqueur, émule de Crétin, un procédé qu'il n'a pas lui-même créé, mais dont il a cherché à renouveler l'intérêt en variant la forme dans le détail ; il trouvait moyen de satisfaire, en citant des proverbes et des maximes, à sa manière de paraître copieusement, surabondamment plein de savoir.

Le procédé de la répétition est voisin du procédé de l'énumération ; il était en vogue égale et depuis aussi longtemps. Répétition d'un ou de plusieurs vers, dans le rondeau, la ballade et ses dérivés, le fatras, les divers chants à refrain : quelles furent les fortunes de ces divers genres du XIVe jusqu'au seuil du XVIe siècle, nous l'avons exposé ailleurs et nous n'y reviendrons pas ici (3). Un mot répété à intervalles réguliers fait refrain, mais d'une manière incomplète, réduite, office de refrain. Dans les *Misteres*, on ne manque pas d'user de cette répétition cadencée, chaque fois que des personnages se séparent : la scène des « adieux » est une scène de style ; elle se reproduit identiquement chez plusieurs contemporains de Molinet qui pouvaient n'avoir pas lu Christine de Pisan mais qui ne pouvaient pas ignorer une pratique que les poètes se sont transmise de génération en génération depuis le temps d'Eustache Deschamps (4). Chez ces fatistes qui écrivaient pour le théâtre, les adieux se présentent sous la forme de rondeaux, dont les vers de refrain sont partagés par le milieu. Quand on en vient aux coups, même répétition, même symétrie rythmée pour les « Ça, mon maillet, Ça mon baston » ; Gréban et Molinet vont de pair ici (5). Nous n'en finirions pas si nous voulions noter tous

---

(1) Voir l'histoire de cette strophe de sept vers dans nos *Recherches sur le vers français au XVe siècle*, p. 144-5, 244, 250, 257-9, 261-2.

(2) Voir 6995-7018, 7873-92, 11609-28, sixains de vers de cinq syllabes, (8215 est un exemple isolé), 8896-61, 12098-104, 13388-420, (huitains d'octosyllabes), 18481-5, vers de huit syllabes. On ne retrouve guère d'effets similaires dans les deux *Inventions*, qui, nous l'avons déjà fait remarquer, paraissent avoir été composées plus hâtivement, avec moins de soin.

(3) *Recherches sur le v. fr. au XVe s.*, chapitres X à XV, et les conclusions générales.

(4) Voir la ballade dont les 25 vers commencent par les mots *Adieu*, Christ. de Pisan, t. III, p. 106-7 (éd. Maur. Roy, Soc. des Anc. Textes fr.) ; cf. *Mist. de s. Didier*, p. 267, *Passion d'Arras*, v. 3282 etc., Pass. de Gréban, 4019, 5642, etc. ; *Mist. de S. Clement*, p. 47, etc., Molinet, *Faictz et Dictz*, éd. 1531, 7, 1540, 9 vᵒ ; M. S. Q., 2374, 3333, 3481, 4764, 5076, 9916, 13793, 16135, 23014, etc. etc. ; *adieu*, 27 fois en 32 vers, Martial d'Auvergne, t. II, p. 31-2.

(5) Gréban, v. 7600, M. S. Q., v. 1688, etc. Dans le M. S. Q., le refrain: *Or va, de par le deable, va*, se rencontre plusieurs fois, (cf. Gréban, 3758); voir aussi la répétition de *va*, avec une collection d'épithètes variées, v. 7549 et s., cf. *sus, deables, sus*, dans Gréban, 22130; *soufflés, prendés*, M. S. Q., 11589; cf. *Or ca...*, *Pass. d'Arras*, 4911, 5534; *Or allons...*, S. Didier, p. 132, *Or allez, ib.*, p. 213.

les exemples où Molinet a réussi à ramener le même mot à chaque vers dans un couplet, une tirade (1); en cela il ne se distingue pas particulièrement des autres poètes du XVe siècle.

L'allitération n'est qu'une espèce dans le genre de la répétition, puisqu'elle consiste à rapprocher des syllabes semblables (par la consonne ou par la voyelle). Cicéron nous atteste qu'elle était chère aux vieux poètes latins. Pendant les deux siècles sur lesquels ont porté nos recherches, elle a été beaucoup choyée ; nous pourrions citer des exemples pris à Guillaume de Machaut, et nous pourrions en citer qui datent du premier quart du XVIIe siècle (2).

Quand Deschamps s'avisa de composer une ballade entière de mots commençant par la lettre *a* (3), il ne se doutait sans doute pas qu'il trouverait des imitateurs virtuoses pendant au moins cent cinquante ans ; quelle vanité il en eût pu tirer ! Molinet et Crétin n'ont pas voulu qu'on pût dire qu'ils furent moins habiles que lui ; mais ils ne se livraient pas à ces exercices pour la gloire seulement ; ils y trouvaient à coup sûr une satisfaction esthétique, on ne s'expliquerait pas, autrement, qu'un Molinet les eût multipliés dans une composition dramatique dont il ne s'est jamais affiché l'auteur. Il n'y a qu'une sorte d'effets de ce genre qu'il n'ait pas également utilisés dans le *Mistere de saint Quentin* et dans les *Faictz et Dictz* ; c'est l'acrostiche ; cette particularité se comprend de reste ; le mérite de l'acrostiche n'est appréciable que dans des poésies qui ne sont pas exclusivement destinées à la récitation, et qui peuvent être lues (4). Au moins, et c'est là qu'on peut encore reconnaître la griffe de Molinet, a-t-il essayé de transporter dans le genre dramatique un succédané de l'acrostiche, en faisant faire à l'évêque de Champagne, Herasmus, lequel doit sermonner par mandement le pape de Rome apostat (v. p. 145), un exercice de ratiocination verbale sur les lettres du nom de *Marcellinus*. On en retire les

---

(1) Par exemple. *diable* ou ses dérivés se représentant soixante fois en cinquante vers (v. 918-70) ; chez les autres poètes, voir entre autres spécimens, G. Chastellain, t. VI. 64-5. 162-4. 214, 437, VII, 437-63, VIII, 277 ; il répète le mot *benoite* 24 fois en 28 vers, t. VIII, 282-3 ; Meschinot, les *Lunettes des Princes*, p. 11, *Rondeaux du XV siècle* (*Soc. des Anc. Textes fr.*), p. 107-8, Villon, éd. Longnon, p. 134-9, G. Alexis, t. I, p. 81-119, II, 142-3, *Le Contrebl. des f. an.. ib.*, t. I, 301, 310 ; Roger de Collerye, la ballade sur les *trop*. 171-2, *l'un... l'autre*, p. 76-7 (*Biblioth. Elzévirienne*) ; *M. S. Didier*, p. 144, 380 ; *M.S.Q.*, 5336, 11057. 11629, 1270-85, 13801, 13988, 15915 (*plus et mains*), 15931, 15947, 16905, 16965, 17881.

(2) Cf. le rondel de Machaut (Colette, colet, colie), cité dans les œuvres de G. Alexis, éd. Piaget et Picot, t. I, p. 21, le poème de *La Guerre de Metz en 1324*, Paris, 1875 (*folie* et *foulées* à la rime, cf. Bellanger. *Etudes hist. et philol. sur la rime fr.*, 1876, in-8°, p. 6, note ; Meschinot, *Les Lunettes des princes*, p. 12 (*ocque* et *acque*), G. Alexis, t. I, p. 20 et 21 ; parmi les compositions dramatiques, cf. Petit de Julleville, *Les Mystères*, t. I. p. 202 ; en outre, *M. S. Didier*, p. 380 (la lettre *f*) ; *La Vengence*, ms. d'Arras. f°s 329 (*dire*), 346 (*don / donner*), 430 (*donner, garder*) ; *M S. Q.*, 4400-3, 4413-71, 6911 (*pai-pap*), 7343, 8935 (*pape pasmé*), 9492-3 (*f, f*), 10733 (*amiens, aime*), 10781, 11589-604 (*l, ra, ri, ru*), 11785, 13130 (*mort et vie*), 13166 (*cor-eur*), 13184 (*son-sau*). 15351 (*part-parti*). 17513-20 (*brocg*), 18796-9 (*mort au commencement et à la fin du vers*), 18884 (*dire*), à rapprocher des effets suivants, relevés dans les *Faictz et Dictz* de Molinet, éd. 1531, 13 v° (*faict*). 15 v° (composés de *re, ure et us*), 16 v° (*messou*), 17 (*ar. cour. coute*). 49 v° (*Masse*), 127 (*f, m*) ; dans l'édition de 1540 : 19, 21 v°, 23, 81, 263 ; pour Jean Bouchet, *L'Amoureux transy* (allitération avec *f*). pour le *Pugna porcorum* (cité par G. Colletet), tous les mots commencent par *p*, la *Harangue aux Cordeliers* de Jean Cécile Frey (1619), tous les mots commencent par *c*, v. Francisque Thibaut, *Marguerite d'Autriche et Jean Lem. de Belges*, p. 233. Une étude récente, de M. C.-M. Savarit, sur l'*Allitération et l'assonance* a paru dans le *Mercure de France*, 1er fév. 1908, p. 430-9.

(3) Ballade n° 460, t. III, cf. t. XI, p. 121.

(4) Types d'acrostiches : chez Eust. Deschamps, ballades 540 et 947, rondeau 655, virelai 743 (références données par G. Raynaud, t. XI) ; G. Chastellain, t. VII, p. 284 (Phelippe) ; Molinet, *Faictz et Dictz*, la pièce intitulée *Le Throsne d'honneur* (Phelippus) ; cf. aussi, f° 15 v° (éd. 1540, 21 v°) (Ipolitus).

lettres, *R, C, E, L*, lesquelles signifient respectivement *romaine, papalité, cristienté, esglise* et *leauté* (loyauté). Marcellinus ayant perdu, par son reniement, ces quatre qualités, avec les quatre lettres, il n'est plus que *Malinus*. Des « récréations et devinettes » de ce genre se rencontrent aussi dans les *Faictz et Dictz* (1).

Il nous suffira, pour en finir avec cette analyse des procédés d'ordre littéraire employés dans notre *Mistere*, de mentionner brièvement divers artifices de versification, auxquels Molinet a recours presque à chaque page, mais que d'autres auteurs, en particulier après lui (Jean Bouchet, les deux Marot, etc.), ont rendus célèbres.

Au surplus, qui voudrait traiter de ces jeux de rime devrait remonter jusqu'au XIIIᵉ siècle ; arrivé au XIVᵉ siècle, il devrait s'arrêter longuement sur le cas d'Eustache Deschamps, et de ses contemporains, Froissart et Christine de Pisan.

Ou bien on double l'effet de la rime dans les vers, par une consonance ménagée à la syllabe qui fait césure ; cette syllabe rime soit avec la fin du même vers, soit avec une des deux rimes (intérieure ou finale) du vers précédent. Ce procédé de *batelage*, car c'est le nom que Molinet lui donnait, se rencontre de préférence dans les vers de dix syllabes et nous le trouvons appliqué dans les deux couplets que nous avons cités plus haut, en parallèle, des *Faictz et Dictz* et du *Mistere de Saint Quentin ;* mais Molinet en est tellement amateur qu'il l'introduit même dans des vers plus courts : Dieu qui créa ciel *univers*, Les arbres *vers* ou fruit converse, Tu vois comment par gens *parvers*, Les bras *ouvers*, vers le *revers* (2), etc.

Ou bien on double la rime, en reproduisant le son d'une rime dans le premier mot du vers suivant :

> Las que doi je *dire*
> D'*ire* qui m'*enflame* ?
> L'*ame* qu'on *martire*
> *Tire* au bas *empire*, etc. (3).

En reprenant deux syllabes au lieu d'une :

> Que volés vous que je m'*avance* ?
> — *Avance* toy à la *chevance*.
> — *Chevance* ne quiers je n'*avoir*.
> — *Avoir* fait acquerir *savance*, etc. (4).

---

(1) Par exemple, cinq lettres, cinq fleurons, cinq vertus, cinq couleurs composent le nom de *Marie ;* pour chacune de ces lettres, Molinet cite cinq personnages fameux (ex. pour *r :* Rose de Viterbe, Rebecca, Rachel, Raab, Ruth, éd. 1531, 29 vᵉ, 1540, 41 vᵉ) ; de même il trouve dans *Anne* quatre quartiers, quatre lettres, quatre vertus (*ib.*, 20, 1540, 13 vᵉ). Sur le nombre *sept, Faictz et Dictz*, éd. 1531, 105, éd. 1540, 111 vᵉ ; sur le nombre *douze*, M. S. Q., v. 15341 et s.

(2) M. S. Q., v. 11417-24 ; v. aussi v. 918-23 : v. A. Tobler, *Le vers français*, 4ᵉ édit. (allemande), p. 160, trad. fr., p. 179 ; M. T. y traite la question de la rime intérieure dans la littérature du moyen âge ; mais il ne cite pas d'exemple entre Rutebeuf et le *roman de la Rose*, d'une part, et Cl. Marot de l'autre ; pour la théorie du batelage dans les *Arts de rhétorique*, cf. E. Langlois, *Recueil des Arts de sec. rhét.*, traité II, p. 24 ; cf. p. 97, et le traité V, de Molinet, qui en parle à maintes reprises.

(3) V. 8256-63, 8272-9.

(4) V. 11134-44 ; cf. 7893-904, 18806-15. V. les références de rhétorique enchaînée pour E. Deschamps, t. XI de ses Œuvres, p. 121 ; des exemples d'autres poètes du XIVᵉ au XVIᵉ siècle, dans *La poétique française au moyen-âge et à la Renaissance*, par Gaëtan Hecq et Louis Paris, Paris et Bruxelles, in-8º, 1896, p. 38-9, 46, 138-9, 148-9, 156, 165, 224 ; Th. de Banville, dans son *Traité de poésie française* est revenu sur ces distinctions entre rime *enchaînée, fraternisée, annexée, équivoque*, etc ; dans la *Passion de Semur*, v. 4844-63, quelques exemples ; dans la *Vengence*, ms. d'Arras, fº 464.

Jusqu'ici, rien qui distingue Molinet de ses contemporains, de ses devanciers ou de ses imitateurs; mais voici en quoi il essaie d'innover, de se distinguer des autres : dans le *Mistere*, il lui arrive de faire commencer un couplet par le dernier mot répété du couplet de l'interlocuteur précédent (1); c'est une atténuation du procédé; par contre nous en trouvons une exagération dans ces lignes de prose des *Faictz et Dictz* :

> Mais communaulté tenant pied ferme, ferma ses entrees, entra en ses tentes, tendit ses voylles, veilla sur les bailles, bailla les assaulx, assaillit les bataillans et batailla les assaillans. (Ed. 1531, 132, éd. 1540, 273 v°).

Enfin on pratiquait la « rhetorique a double queue », que d'autres théoriciens appellent rime *emperiere* ou *couronee*, et qui consiste à finir le vers en doublant la même syllabe ou le même groupe de deux syllabes :

> Pour tirer de *tripaille paille*
> Sus sa teste *pelee lee*, etc. (2).

Molinet est homme à accumuler ces effets de rime dans une suite de six huitains, sans discontinuité. On ne peut ni le louer, ni le blâmer de s'être amusé à ce qui avait déjà tenté Adam de le Hale au XIII° siècle, à ce qui devait tenter encore Victor Hugo au dix-neuvième (3). Sa rime en écho a eu un assez grand succès au XVI° siècle, et du Bellay ne l'a pas tout à fait dédaignée.

A la fin du quinzième siècle, « la rime devient quelque chose de plus que le terme de la ligne rythmée, elle devient une résonnance cultivée pour elle-même, à des places inattendues : dans une pièce de vers, c'est la virtuosité du jeu des articulations et des timbres qui va donner le plus grand plaisir aux poètes (4) ». Beaucoup de procédés peuvent se ramener au culte de la rime, s'expliquer par lui. La manie de l'énumération (mythologique, érudite, technique, de fantaisie, etc.) qui est plus ancienne en reçoit un regain de vie. Il contribue d'autre part à l'enrichissement du vocabulaire, en particulier par la multiplication des suffixes ; l'élasticité des désinences de dérivés est telle que les noms propres eux-mêmes ont plusieurs formes (5) : ce n'est pas là une invention de Molinet, mais il n'a pas manqué de tirer parti d'une liberté assez rarement prise jusqu'à lui et qui servait son goût de l'allitération et des rimes redoublées.

Pareille remarque pourrait être faite enfin à propos des formes lyriques de poésies

---

(1) Couplets de Crispin et Crispinien. v. 14039-40, 14047-8, etc., jusqu'à 14072.

(2) Voir dans le *Mistere*, v. 3396-403, 11293, 11340, 11581, 11646 (un vers sur deux).

(3) Voir *Ad. de la Hale*, par H. Goy, p. 286 ; V. Hugo, *Odes et Ballades* : Hecq, ouvr. cité, p. 152, 155 (la triple queue, ou rime emperiere de Thomas Sibilet), 153 (la rime couronnée annexee) etc. ; le *Mystere de saint Didier*, éd. Carnandet, p. 217-8.

(4) *Recherches sur le vers français au XV° siècle*, p. 269.

(5) Par exemple, *Claquedent* devient *Clacquart* pour rimer avec *gascart* ou avec *quart* (v. 12948. 16594) ; *Orengois* devient *Orengier*, pour rimer avec *prolongier* ou avec *arsengier* (v. 20076, 20937). Quant aux suffixes variés, tous les mots de forme curieuse ont été relevés au glossaire ; ne citons ici qu'un exemple : les dérivés de *Rome* sont *romain*, *romant*, *romenicque*, *romien*, *romion*, etc. Pour les formes doubles de noms propres dans Froissart, v. Blume (Franz), *Metrik Froissarts*, dissertation de Greifswald, 1889 in-8°. p. 51.

que Molinet a semées çà et là au cours du *Mistere*, Rondeaux, Ballades, Fatras et autres Chants à refrain.

Il n'y a pas, à ma connaissance, de composition dramatique, soit du quatorzième, soit du quinzième siècle, qui compte autant de prières lyriques que le *Mistere de saint Quentin* ; il n'y en a pas non plus qui compte, parmi elles, autant de variétés et de nouveautés qui soient exclusivement propres à son auteur ; Molinet a plus ajouté aux inventions de Gréban qu'aucun de ses contemporains (Guillaume Flameng, le chanoine Pra, Jacques Milet, Coquillart, etc.). Cette comparaison de Molinet avec les poètes de sa génération et avec ses devanciers a été faite ailleurs en détail et nous ne saurions y revenir ici. Nous nous contentons, dans la présente édition, d'indiquer aux *Notes* qui suivent le *Glossaire* quels sont les types de poèmes à formes fixes que le lecteur aura rencontrés au cours du texte ; pour l'histoire de chacun de ces genres, la place qu'y tient notre fatiste, c'est aux *Recherches sur le vers français au XVᵉ siècle* qu'il faut les demander (1).

IX

LES MANUSCRITS — LES COPISTES — L'ÉDITION

Nous ne connaissons du *Mistere de Saint Quentin* que deux manuscrits, conservés aujourd'hui à la bibliothèque communale de Saint-Quentin. Le *Catalogue général des manuscrits des bibliothèques publiques de France* (Départements. — Tome III, Plon, 1885, p. 243-4) en donne la description suivante :

99 (88). — XVᵉ siècle. Papier. 400 feuillets. 268 sur 196 millimètres. Quelques feuillets ont été refaits. Donné à la bibliothèque de la Collégiale en 1719 par L. Quentin Brabant. Rel. parchemin. — (Collégiale).

100 (89). — XVIᵉ siècle. Papier. 386 feuillets. 252 sur 163 millimètres. Donné en 1673 à la bibliothèque de la Collégiale par Hélie-Alexandre Gobaille, maître d'écriture à Saint-Quentin. A la fin, copie, faite au XVIᵉ siècle, d'une charte de Louis IX pour la translation du corps de saint Quentin (1257, 2 septembre). Rel. parchemin. — Collégiale).

Petit de Julleville (*Les Mystères*, Hachette, 1880, II, p. 549-50) donne pour chacun des manuscrits des titres plus complets : 1° *Mystere de la Passion de Monsieur Sainct Quentin, suivi du mystere de l'Invencion du pretieulx corps de Monsieur Sainct Quentin par Saint Eloi* ; 2° *Hymnodia manuscripta olim in choro San-Quintinae ecclesiae decantata* (2).

---

(1) Voir aux *Conclusions Générales*, *Traditions et Innovations*, *Écoles et Personnalités*, ce que nous disons de Molinet et du *Mistere de saint Quentin* ; on y trouvera des références à toutes les parties du volume où il est traité des divers genres, *Rondeau, Ballade, Chant Royal, Fatras, Chants à refrain*, etc.

(2) Cette dernière indication est celle qui figure sur le dos de la reliure du manuscrit le plus ancien que nous appelons A. Les majuscules sont teintées de rouge dans ce manuscrit. Un trait de la même couleur départage à l'ordinaire les strophes

Nous pouvons ajouter aux extraits de ces deux notices quelques indications complémentaires.

Les deux manuscrits sont relativement bien conservés, grâce à une solide reliure ; on peut reprocher aux relieurs un excès de zèle ; le couteau qui assurait une tranche nette a entamé en beaucoup d'endroits le texte d'indications scéniques ; sans doute on a cherché le plus souvent à restituer alors sur la même page, d'une écriture naturellement plus récente, ce qui manquait de l'écriture ancienne : on n'y a pas songé toujours ; par bonheur la mutilation ne touche d'ordinaire pas les mêmes endroits dans les deux manuscrits. D'autre part, pour protéger un feuillet contre une déchirure imminente ou déjà commencée, on a quelquefois recouvert d'un papier opaque une partie du texte et nous ne pouvons certifier en ce cas que la seconde transcription, au moins au point de vue de la graphie, est rigoureusement identique à la première. C'est enfin à un accident de reliure qu'il faut attribuer l'absence, dans le manuscrit le plus ancien, que nous désignons par la lettre A, des vers 1 à 70, 600 à 802 et 24047 à 24115 ; un copiste plus moderne a comblé la première et la dernière de ces trois lacunes en reportant sur ce manuscrit le texte et la graphie du manuscrit B.

Nous avons eu plus haut (v. p. II) l'occasion de rappeler quelles avaient été les conjectures de dom Grenier et d'Edouard Fleury sur l'âge de ces manuscrits ; ils ne sont ni du XIIIe, ni du XIVe siècle. Les études de paléographie ont fait depuis un demi-siècle assez de progrès pour qu'on puisse, par la comparaison de ces écritures avec d'autres authentiquement datées, aboutir à des conclusions plus précises sans avoir à craindre d'être démenti plus tard.

L'écriture du manuscrit A est à rapprocher de deux de celles dont M. Prou a donné des spécimens dans son *Manuel de Paléographie* (planches XVIII et XX, 2) : elles sont

lyriques. Les majuscules commençant chacune des parties sont en rouge et bleu. Au commencement des vers et pour les noms propres l'emploi des majuscules n'est pas constant.

Il y a eu, en reliant l'ouvrage, interversion dans les feuillets 2 et 9, qui sont placés les 4e et 10e. Ailleurs, deux feuillets consécutifs portent le même chiffre.

Le second manuscrit porte au dos : l'*Histoire de Saint Quentin en vers antiques, manuscrit*. Au f° 304, on a copié, d'une écriture plus récente que celle du reste du manuscrit, une oraison latine, dont voici le texte :

ORATIO AD SANCTUM QUINTINUM

Salve, sancte Dei martir Quintine, beata
    Cujus sacra domus corporis ossa tenet.
Salve, tuque michi precibus placato parentem,
    Martirii ut misero gloria proficiat,
Gloria proficiat penarum digna tuarum
    Parsque mea tua sit, pugna salutis atrox ;
Te duce supplicii patiens conserver et ira
    Sit mea vindicte signis ad arma manus ;
Te duce peccatum fugiam, virtutis amator,
    Et nitidi scandem regna benigna poli.

Ad Lectorem
Quisquis in hoc carmen placidos intendis ocellos
Cælesti domino tu michi funde preces.

datées respectivement de 1448 et de 1461 ; celle de 1448 se rapproche plus que l'autre de
l'écriture de notre manuscrit, mais nous ne nous croyons pas en droit de conclure de
cette ressemblance à une date très voisine de 1450 pour la transcription la plus ancienne
que nous connaissions du *Mistere de Saint Quentin*. Au XV° siècle, un type donné
d'écriture ni n'existait uniformément employé à la fois dans toutes les provinces, ni ne
devait être remplacé brusquement et universellement par un autre ; le copiste de 1448,
s'il a vécu et écrit jusqu'en 1475, ne devait pas à cette date avoir beaucoup changé sa
façon d'écrire (1). L'écriture du manuscrit *B* présente de grandes analogies avec celle
d'un manuscrit, daté de 1499, reproduit par M. Prou (2). La graphie d'autre part, et
divers modes de rajeunissement du texte corroborent, comme nous le verrons plus loin,
l'hypothèse que cette seconde copie est bien du seizième siècle.

Rapport entre les manuscrits. — Les deux manuscrits appartiennent à la même
famille ; ils présentent les même fautes, les mêmes lacunes aux mêmes passages ; entre
beaucoup d'exemples, on pourrait choisir ceux des vers 2473, 2663, 2664, ou feuilleter tout
le volume pour y retrouver les endroits où la disposition des rimes nous a fait conclure
à une omission d'un ou de plusieurs vers ; on se rendrait compte qu'aucun des deux
copistes n'a songé à corriger l'erreur ou à signaler la lacune du modèle commun déjà
fautif.

Mais le copiste de *B* a connu le modèle commun directement et non par l'intermédiaire
de *A* ; en d'autres termes, les deux manuscrits sont indépendants l'un de l'autre. Le manuscrit *A* a été établi avec plus de soin ; le copiste a, du premier mouvement, reproduit
uniment les graphies du modèle, mais il a relu, revu, biffé ou corrigé cette première
transcription souvent fautive, qui reste visible sous la biffure ou la correction ; le copiste
du second manuscrit, après avoir transcrit couramment le texte proposé, n'est jamais
revenu en arrière, pour comparer la copie au modèle à copier, pour vérifier si le texte
pris en lui-même se présentait cohérent, complet, intelligible et correct (3).

Il arrive presque à chaque page que ce copiste saute ou ajoute un jambage, une lettre,
omette une syllabe, un mot, et jusqu'à des vers entiers ; ces dernières omissions sont
toujours relevées en note dans notre édition ; voici un aperçu des premières : *terne* pour
terme, 1406, *umg* pour *ung*, 1410, *plachon* pour *planchon*, 1695, *complise* pour *complaise*, 2250, *prendre* pour *prende*, 2337. Il lit sommairement les mots à copier, se les
prononce mentalement et n'en garde qu'un souvenir visuel grossier, au moins pour les
lettres de la fin ; les substitutions, omissions, additions d'une lettre y sont fréquentes ;

---

(1) On peut voir dans *Le Cabinet des Manuscrits de la Bibliothèque Nationale*, par M. Léop. Delisle, Planches d'écritures
anciennes, Paris, Imprimerie Nationale, in-f° 1881, aux planches XLVIII, XLIX, divers spécimens d'écritures du XV° siècle.
(2) *Nouveau recueil de fac-similés d'écritures du XII° au XVII° siècle*, Paris, A. Picard, 1896, in-4°, planche VII, quittance.
(3) Par exemple, v. 1629-30 : *Il nous plait bien, il n'est saudart Plus fier en toute la brigade* : *A* avait d'abord écrit
s'il n'est, puis *s* de *s'il* a été biffé ; *B* n'a rien corrigé ; v. 1682 : *A* transcrit d'abord *culuveurine* et *B* *cullenrurines*, prouve
que le modèle commun était fautif en cet endroit ; mais *A* a revu sa copie et de lui-même a exponctué plusieurs lettres pour
ne garder que *culevrine*. Faits analogues aux vers 1726, 2366, 2656, 2841, 2948, pour ne prendre d'exemples que dans la
première partie.

les distinctions graphiques de nombre pour les substantifs et adjectifs, de nombre et de personnes pour les verbes disparaissent (1); en main endroit il lit et écrit *t* pour *c* ou *c* pour *t*, alors qu'une seconde de réflexion sur le sens de la phrase eût pu l'avertir de son erreur (2).

La graphie. — Volontaires ou involontaires, les rajeunissements et enjolivements de graphie qu'un même texte du XV° siècle subit dans des transcriptions successives trahissent les dates approximatives de ces diverses transcriptions. Pour nos deux manuscrits, il est indubitable que les copistes ont modifié la graphie du modèle commun ; le premier l'a surchargée de lettres phonétiquement inutiles, là où parfois le second a transcrit naïvement, sans songer à lui donner la figure à la mode, la façon d'écrire simple du modèle commun. Mais à l'ordinaire, la complication graphique — que ce soit préoccupation étymologique ou souci d'embellir l'écriture — est plus grande en *B* qu'en *A*.

Nous n'avons pas relevé au bas de chaque page de notre édition les variantes de pure graphie ; il suffit que nous résumions ici les principales habitudes graphiques du second copiste par rapport au premier (3). Il ajoute ou redouble les lettres *c, d, l, m, n, t*, mais

---

(1) Par exemple, *meschan* pour *meschant*, 2129, *bault* pour *hault*, 1048, *mandemeu* pour *mandemens*, 1108, *envoies* pour *envoiet*, 600, *serou* pour *seront*, 985, *fais* pour *fait*, 2357 et *fait* pour *fois*, 2657, *peult* pour *peulx*, 1170 et *peulx* pour *peult*, 2818, *regarder* pour *regardes*, 855, *dicter* pour *dictes*, 892, *discord* pour *discorde*, 116, *richesse* pour *richesses*, 535, *diable* pour *diables*, 963, *n'eu* pour *n'eux*, 532, *quel* pour *quelx*, 140, *beau* pour *biaux*, 1342, *visaiges* pour *visaige*, 1185, *quathes* pour *quattre*, 294, *pari* pour *pas*, 316, 2898, *vieut* pour *vieu*, 1357, *sont* pour *son*, 1809, *mande* pour *mandent*, 1286, 1289, *pase* pour *passent*, 1597, etc. etc.

(2) Par exemple, *se te vieut a lances baissier*, v. 1448.

(3) Dans les exemples que nous rapportons ci-dessous, le premier mot représente la graphie de *A*, le second, celle de *B*.

C redoublé : *acroisse, accroisse*, 169 ; ajouté : *bruit, bruict*, 59, 128, etc, *fait, faict*, 64, *doint, doinct*, 250, *septre, sceptre*, 1055, *publique, publicque*, 71, inversement *B* est plus simple que *A* en certains cas, d'ailleurs rares : *acquerre, aquerre*, 1925, *excede, exede*, 2504 ; *c* remplace *s* : *despense, despence*, 245, *président, precident*, 391. *se, ce*, 2737 ; *ct* remplace *tt* : *ditte, dicte*, 1307, *litture, lecture*, 2556, *mettre, mecttre*, 4327 ;

D redoublé : *rade, raddes*, 3260 (très fréquent) ; remplace *t* final : *graut, graud*, 255. inversement *B* est parfois plus fidèle que *A* à l'ancien usage : *command, commant*, 818 ;

Il ajoute : *bianlx, bieaulx*, 266, ailleurs, *biau, beau*, 103, 369. *aignaux, aigneaux*, 1703, *attemprauce, attemperance*, 2574 ; *pry, prie*, 1928, intéresse la morphologie ;

F est beaucoup plus souvent lettre double en *A* qu'en *B* : *enffant, enfant*. 93. 348, 891, etc., *rescoufforte, rescouforte*, 849, 1222, *aiaffois, a la fois*, 1181, *affaire, a faire*, 1207 ;

H ajouté : *ostel, hotel*, 1298, *timpanes, timphones*, 3529 ; *B* écrit quelquefois *Jhesus*, 3029, 3130, mais plus souvent *Jesus*, 989, 1053, 3030. etc. : *A* présente constamment l'orthographe *Jhesus* ;

L redoublée : *Palas, Pallas*, 185, *chastelaine, chastellaine*, 366 ; ajoutée : *biaux, bieaulx*, 266, *officiaux, officiaulx*, 1042, *title, tiltre*, 1017, *n'i* (n'y), *n'il*, 7235, inversement : *chasteaulx, chasteaux*, 1496, 1601, *chaulx, chaux*, 1591, *eulx, eux*, 2978, 3374, *haulte, haute*, 2708. *s'il plaist, s'i plaist*, 282 ;

M redoublée : *Rome, Romme*, 1375, *femes, femmes*, 980, inversement : *paciamment, pacianment*, 1883 ;

N redoublée : *anee, annee*, 5498. *raisonable, raisonnable*, 856 ; ajouté devant *gn* : *cognoissie, congnoistie*, 62, (ailleurs *A* l'a déjà, 136, *congnoissant*) ; au lieu de *m*, à la finale : *nom, non*, 853, 1931, devant gutturale : *attremquilliés, attrenquilliés*, 381, devant labiale : *combatre, conbatre*, 570, *compaignie, conpaigne*, 3571, 1956, *complainte, conplainte*, 3571, *complaire, conplaire*, 291, *commandes, conmandes*, 804, *emprendre, enprendre*, 2987, *membres, menbres*, 2857, *rescomfort, resconfort*, 1906, les exemples inverses : *gingembre, gimgembre*, 489, sont exceptionnels ;

O ; *eu, ue*, sont remplacés par *oeu* : *cheu, choeur*, 1362, *peult, poeult*, 1113, *seur, soeur*, 368 ; *cuer, coeur*, 97, etc., la nouvelle graphie est constante en *B* ;

P redoublé : *chaperon, chapperon*, 1164. inversement, *pappier, papier*, 1302 ; ajouté : *acheter, achepter*, 5108 ;

Q ajouté : *clerc, clercq*, 1366 ; pour les adverbes, *avec, avecque*, 355. *donc, doncque*, 1297 ;

R redoublé : *ariere, arriere*, 1189, *eurent, eurrent*, 120, *furent, furrent*, 122, *larons, larrons*, 1197, *nourice, nourrice*, 270, les exemples inverses, *barrette, barette*, 210, *tonnoirre, tonnoire*, 985, sont la minorité ;

S redoublé : *plaisans, plaissans*, 3602, les exemples inverses sont plus nombreux : *ainssy, ainsi*, 895, *angoisse, angoise*, 3589, *desservi, deservi*, 2915, *tressaiges, tresaiges*, 132, *vaisselles, vaiselles*, 1979, ajoutée : *fut, fust*, 394, les exemples inverses

il est plus ménager que le copiste de *A* de *ff*, de *s* redoublée ou adventice ; il écrit presque toujours par *oeu* le son *eu*, par *gu* le *g* guttural, et le nom de *Jesus* sans *h*. Plusieurs de ces particularités annoncent déjà les habitudes graphiques du seizième siècle.

Graphie et phonétique. — Nous avons étudié dans nos *Recherches sur le vers français au XVe siècle*, en même temps que les rimes de la plupart des poètes de ce siècle, celles du *Mistere de Saint Quentin* ; nous nous bornerons à compléter (le plus souvent en note) ici, au point de vue de la graphie, les observations de phonétique que nous avons eues à faire là, d'une façon générale (1).

Au est une graphie qui représente exactement dans le parler de l'auteur du *Mistere* le son correspondant au français *ou* : *mauue* (moue) : *eaue*, 16650, *Poitau : Watau*, 17122 ; les copistes ont fort bien fait d'écrire *trau*, 1144, et *verraulx*, 14567 ; ils altèrent le texte original (eux ou leur modèle commun) en écrivant *troux*, 15077, comme ils l'altèrent en écrivant *flaeau*, 17032, après avoir écrit, 22, *flayau*, qui est la bonne forme régionale (2).

Les formes *metteroye, prendera*, sont bien des formes picardes, mais notre auteur ne s'y tient pas constamment ; la mesure du vers veut *attemprance*, 2574, comme l'écrit *A*, alors que *B* écrit *attemperance*, mais elle veut la forme *chauderon*, 19459 (« Ou ung chauderon plain de raige »), leçon que donnent les deux manuscrits.

Le manuscrit original portait sans aucun doute la graphie *deable*, que *A* ne rajeunit que quelquefois et que *B* rajeunit toujours en *diable*, quand ce mot rime avec des adjectifs en *able* (cf. *Rech.*, p. 49) : quand *deaules* rime avec *Gaules, maules, espaules* (5585, 12892, 15083), les deux copistes en respectent la graphie.

sont de beaucoup plus nombreux : *brustes, brutes*, 2507, *constraint, contraint*, 2699, *embusche, embuche*, 1143, *eslevé, elevé*, 343, *eslire, elire*, 2616 ;

T redoublé : *quatre, quatire*, 455, inversement : *meritte, merite*, 3160 : ajouté : *drap, drapt*, 1179, *bennap, bennapt*, 1388, *avangarde, avantgarde*, 1758 ; remplace *c* devant *ie* : *gracieux, gratieux*, 1588 ; .

U ajouté après *g* : *gaires, guaires*, 197. *orgeul, orgueul*, 1219 ; *B* simplifie la graphie de *A* : *hannués* en : *bronés*, 5307 ;

X substitué à *ç* : *voulx, voulx*, 2736, *doulx, doulx*, 3666 ; à *s* : *vos, vox*, 5126 ;

Y pour *i*, passim, soit en *B* : *boit, boyt*, 79, *oine, oyne*, 106, soit en *A* : *inilyté, inililé*, 49, *joyeux, joieux*, 80 ;

Z ajouté : *avec, avecz*, 1721 ; remplace *s* : *vos, voz*, 48, *nos, noz*, 52.

(1) *An* et *eu* se confondent plus souvent par le son que par la graphie (*Rech.*, p. 1, 2) ; le copiste de *B* écrit quelquefois *tamps* comme *A*, 5475, mais il donne aussi la graphie moderne *temps*, 92 ; il remplace *ceens*, graphie conforme à la phonétique picarde, par *ceans* ; *Diane* rimant avec *terrienne* (17287, cf. *Rech.*, p. 28-9), on n'est pas surpris de le voir écrit *Dienne* (: *cotidienne*, 11201) ; *Lausanne* qui rime avec *asne* est écrit *Losenne*, 5509.

Ai dans *Espaigne* n'empêche pas le mot de rimer avec *esporgne*, 8336 (cf. *ib.*, p. 28-9) ; de même pour *oraige*, 410, *saige*, 142, etc. ; il faut sans doute voir dans cet *i* un indice graphique de la chuintante douce et de l'*n* mouillée ; par une sorte d'assimilation illégitime, il se trouve aussi dans *naicelle*, 19503. L'assimilation si fréquente au XVe siècle des deux sons *ar* et *er* expliquerait les graphies *hylaire* (qui rime avec *desplaire*, 13458), *tyaire*, 99, de *A* (*B* a *tyarre*), *lairons*, 1035, de *B* (*A* a *larons*) ; ailleurs *A* écrit *chergié*, 517, *deschergiés*, 805, *pervers*, 9492, *char*, 420, là où *B* écrit *chargié, deschargiés, pervers, chair*. D'une façon générale, *ai* ne représente pas pour le copiste une prononciation sensiblement différente de celle de *e* : *Helaine* (: *chastelaine*, 367), *parfet* : *fet*, 5472-4, *besoie*, 3411, de *B* (*A* a *baisnie*) : *perne*, *B*, *paine*, *A*, 1420.

(2) En plusieurs endroits *B* modifie *saudart* de *A* en *soudart*, 563, 2088. *Au* se rencontre enfin devant une labiale, là où l'on attendrait l'*a* simple : *Auffricque*, 383, 765. *B* écrit *damoiseaux*, 1588 et *rationale*, 2556, où *A* écrit *demoiseaux*, *rationele* : *ele* (aile).

En face des différentes graphies, *nourrreçou* 2379, *nourreture*, 15710, *crucefis*, 1851, *seulement*, 2547, en *A*, *nourricon*, *nourriture, crucifis, sentiment* en *B*, d'une part, et *cristiens*, 412, *benivolence*, 1936, *morigiener*, 2417, *Crispin*, 2284, *trinité*, 3184 en *A*, *crestiens, benevolence, morigener, Crespin, trenité* en *B*, d'autre part, on ne peut restituer avec certitude la forme des mots du manuscrit original, ni affirmer que chaque mot y fût écrit d'une seule façon, toujours la même.

Real, 238, 330, 22155, 23311, *realme*, 23321, *creons*, 2975, 3179, etc., sont incontesta-
blement les graphies originales ; *royal*, 256, *royame*, 24, 1929, 3243 (où *B* a *royaume*),
3598, *royaulme* 23321, 24101, *croiés*, 10846, sont-ils de nouvelles formes dont seuls les
copistes soient comptables ? L'existence des formes encore intactes, *pourveance*, 60,
vecy, 236, 1716, *leal*, 230, *messon*, 10795, *teliers*, *telans*, 11601-2, tend à le faire croire (1).

Quant à *o* protonique, les deux manuscrits sont d'accord aux mêmes passages pour
écrire *vollons*, 69, *tormens*, 991, et d'autre part, *voullons*, 281, *voullés*, 292, — *oy*, 478,
proesse, 1622, 4842, et d'autre part, *ouy*, 15404, *prouese*, 4728, indices qui permettent de
conjecturer que chez le modèle commun la graphie n'était pas uniforme (2).

B substitue régulièrement *coup* ou *coupt*, 300, 327, 1741, etc., et *soudart*, 563, 2088,
aux graphies plus nettement picardes de *A*, *cop*, *saudart* (3).

B rajeunit *josne*, 881, et *jonnesse*, 1597, en *jeune* et *jeunesse*.

Il faut ranger à part les graphies de *juer* (: *ruer*, 2746), *escarmuche* (: *cussuche*, 1748),
cuignies (cognées) : *pugnies* (poignées, 20162-3), *burre* (beurre, 8532,), *juner* (jeûner,
23464), et même *umaige*, 24676, car elles représentent ici une prononciation dialectale ;
de même *feu* peut être écrit de deux façons ; mais il rime en *u* : *feus* : *conffus*, 2225-6 (4).

Consonnes. — Nous avons noté ailleurs (*Recherches*, chap. XIII, p. 67 et s.), que
l'auteur du *saint Quentin*, comme beaucoup d'autres du quinzième siècle, fait rimer avec
le son *ch*, des mots qui en français présentent le son de *s* dure, comme par exemple
grimace : *Terache* (Thiérache, 15318). Il ne faut donc pas s'étonner de voir ici des variantes
de graphies ; le démonstratif « ça » est écrit *cha*, 2266, et *ca*, 18566 ; de même *chaint* pour
ceint, 20043, *pinchons* pour *pinsons*, etc (5).

<hr>

(1) *B* seul rajeunit quelquefois *solers* en *soliers* (7255, etc. ; il garde *solers*, 7294), *amisté* en *amitié*, 2577. 1548, *pité* en
pitié, 934, 2800, *matere* en *matiere*, 299, 1417 ; il garde *coler* pour *colier* (: *accoler*, 13910).

Il remplace assez régulièrement *volenté* par *volunté*, 98, 454, etc. ; *oroeson*, 1921, et *orison* : *garison*, 19198, par *oraison* ;
au lieu des formes *acompignie*, 3000, *empigne*, 7263, *millieure*, 21002, il présente *acompaignie*, *empaigne*, *meilleure*, mais il
garde *difinie*, 1945. *bontillerie*, 246. *orguillense*, 7116, *mervoilleux*, *foirilleux*, 7296-7, qui sont du dialecte picard de l'auteur du
Mistere.

B substitue assez régulièrement *si*, *sinon*, à *se*, *senon*, 1380, 2154, 2838, 2900, 3017, 3102, etc. Il change rarement la forme
picarde des participes passés féminins *changies*, *trenchies*, 5766-8, contre la forme française : *changees*, *trenchees* ; d'ordinaire il
respecte : *gaignie* : *acouchie*, 837-8, *exillie* : *pillie*, 1754-5, *commenciе*, 9556, *prisie* : *controversie*, 9702, *intronisie* : *lisseneie*, 10346-8.

B écrit *beau*, 103, et *bieau*, 1165, *chasteau*, 1334, là où *A* écrit constamment *biau* et *chastiau* ; mais il respecte *serviau*,
1158, et *buriau*, 2447 ; il remplace *destoille*, 20082, par *destelle*, *maugroiant* par *maugriant*, 21964, *poissant* par *puissant*, mais
il garde *desloics*, 153, *benoitier*, 21859, *poise*, 379.

(2) Nous devons ajouter qu'en *B* la graphie par *ou* est plus fréquente qu'en *A*, lequel garde la graphie plus ancienne *o* :
doleur, 1458. *noveau*, 869, 3760, *jouvencelle*, 5550, *morut*, 1886, en *A*, *douleur*, *nouveau*, *jouvencelle*, *mourut*, en *B*.

(3) Les graphies *informera*, 2920, *porroit*, 2737, de *B*, alors que *A* écrit *infourmera*, *pouroit*, sont exceptionnelles.

(4) Les deux copistes s'accordent à écrire *souffissant*, 871, *soubtil*, 926, *sourcroix*, 1812, *souffragant*, 22477, et tantôt *soup-*
prendent, 1935, tantôt *suppris*, 3062, mais sans se distinguer l'un de l'autre. Au contraire, pour *furnir*, *B* substitue assez régulièrement la graphie avec *ou*, 2088, 3292, 8523, etc.

B latinise la graphie du mot *corrompure* (*corrumpure*, 3069), comme il fait régulièrement pour le mot *volenté*, qu'il écrit
volunté, tandis que *A* écrit *volenté*.

(5) Sur ce point, on ne peut dire que l'un des deux copistes soit plus près que l'autre de la graphie des Français de Paris ;
là où *A* écrit *prinche*, 1452, *escharbote*, 1673, *chevauce*, 598, *escucons*, 1637, *place*, 3128, *avancier*, 3216, *recoi*, 1990, *B* écrit *prince*, *escarbote*,
chevauche, *escuchons*, *plache*, *avancher*, *recbois* ; *B* corrige *carité* de *A* en *charité*, 5345, mais il respecte *carbon*, 6548, *cardonés*, 3539, etc.,
et de même *brach*, *inoncach*, *penach*, *poitronnach*, 4793-8, formes nettement picardes.

Mêmes remarques à propos des consonnes douces de même ordre : *doagon*, 1135. *esturguades*, 1677, *fangue* (fange) : *langue*,
12512 ; *A* présente *j'y* là où *B* écrit *g'y*, 551.

L n'est pas vocalisé partout dans la graphie : *maldite*, 6983, *maumené*, 1253. Mais *B* substitue quelquefois à *royame* et à *malvais* de *A*, *royaume*, 3243, et *maulvais*, 1029.

A est seul à garder les graphies archaïsantes : *apostle*, *chapitle*, *epistle*, *title* ; *B* rectifie constamment selon la prononciation du temps : *apostre*, *chapitre*, *espistre*, *tiltre*, 1407, 1049, 8900.

Autre différence constante, relative à *l* mouillée : *A* écrit *feuille*, *veuille*, *veuil*, *deuil*, *B*, *foeulle*, 1064, *voeulle*, 861, *voeul*, 870, *doeul*, 3496.

La rime de *n* simple avec *n* mouillée est régulière chez notre auteur comme chez beaucoup d'autres poètes du XVᵉ siècle (v. *Recherch.*, p. 60 et s.) ; les graphies *linage*, 747, *regnars*, 7536, sont fréquentes (1).

On trouve la préposition *sur* écrite *sus* dans *B*, 469, alors que *A* corrige en *sur*. Mais le plus souvent c'est l'inverse (1106, 1134). Le manuscrit original devait apparemment orthographier *sus*. *Fourdre* est souvent commun aux deux copistes ; mais *B* écrit quelquefois *foudre* (461). La métathèse picarde de l'*r* est, d'ordinaire, respectée par les deux copistes : *bregerie*, 2792, *berbis*, 5117, *proveue*, 18957, *herbegie*, 12435 (2).

Morphologie. — *A* garde dans sa graphie quelques traces de la déclinaison que *B* fait disparaître : *il fut... fil*, 337 (*B*, *filz*).

Il est resté assez longtemps, dans quelques expressions, des traces de l'ancien génitif non exprimé à l'aide de *de* (ex. *Les Quatre fils Aymon*). Au temps de notre auteur, on ne rencontre plus cette omission de *de* qu'en de rares cas, facilement explicables : *par la vertu Dame Diane*, 17287, ou dans les qualifications de personnages : *la mere Saint Quentin*, 183, *Faustinien..., pere Saint Fermin*, 232 ; parfois *A*, seul en face de *B*, ajoute la préposition : *Zenon, pere de Saint Quentin*, 170 ; ces qualifications et locutions traditionnelles ne permettent pas d'affirmer que le dernier auteur du *Mistere* lui-même, restait pour les constructions ordinaires, fidèle à l'ancien usage ; comme il a travaillé sur une rédaction (qui pouvait être du quatorzième siècle, par exemple), il n'a pas jugé utile de rajeunir toutes les rubriques, ni même maints endroits du texte.

B substitue *au* à *ou*, 3207, 5494, 14315 (*A* a aussi *au*, 2218) etc., la forme française *la* à la forme picarde *le* de l'article féminin, 1343, mais le plus souvent *A* et *B* respectent la forme du manuscrit original (5543, 5686, 5928, 6730, 7070, 7118, 8202, 8517, 8792, etc.) ; parfois *A* présente aussi la forme française, 12112, 12163, 12171, 12255, etc. ; les deux copistes ont modifié beaucoup plus souvent qu'ils n'ont respecté la graphie picarde ; ils n'étaient pas originaires de la même région que l'auteur.

La forme ancienne et la forme moderne du féminin de *grand* existent concurrem-

---

(1) *B* a une prédilection pour l'écriture compliquée, *gn* où *n* suffit, *ngn* où *gn* suffit : *begnois* (*benois*, *A*, 1991). *crenguequins* (*crennequins*, *A*, 1676), *congnoissiés* (*cognoissiés*, *A*, 62), mais *A* emploie aussi quelquefois le groupe *ngn* : *rengne*, 14764, *rengnant*, 20018.

(2) Mais *B* présente quelquefois *hesbergier* là où *A* porte *hesbregier*, 1047, et le plus souvent *porveté*, là où *A* porte *poverté*, 2840, 2864 (cependant *A* écrit aussi *poureté*, 2814).

ment : *abaissiés ces grandes clameurs*, 6639, où la mesure du vers exige la forme *grande* (1).

Le mot *image* est de deux genres : *nos sainꝗ images*, 139, *ung image*, 605, *image doulcette*, 855 ; les copistes écrivent *la noble image*, 22616 : le manuscrit original devait porter *le*, forme unique pour les deux genres de l'article (2).

On rencontre parmi les comparatifs, *pieur*, 577, 6222, 7398, 7966, et *pires*, 2057, *mendre*, 3832, 4527, et *mineur*, 10589, sans que des différences de cas puissent être invoquées ; les copistes respectent aussi la graphie de *majeur* (d'un raisonnement), 2687, et celle de *majour* quand il s'agit de l'*Inde la majour : jour*, 3974.

Pronoms. — *B* corrige quelquefois *ly* en *lui* : *parleꝝ a ly* (*A*) : *joly*, 1280 ; il respecte bien les usages syntaxiques du temps, *lui* pour *le* ou *les* de la langue moderne, 3136, 11712, 1553, etc., *le* pour le pronom *la*, 3124, 3611, *me* pour *ma*, 167, *se* pour *sa*, 1246, formes picardes dont nous avons déjà eu l'occasion de parler plus haut à propos de l'article ; mais il corrige régulièrement les formes picardes *no*, *vo*, du possessif singulier, en *nostre*, *vostre* : *vostre chemise*, 1209, *vostre neꝝ*, 1214, *nostre pasteur*, 21985, ou bien il corrige.par le pluriel *noꝝ proie*, 2036 (3) ; *A* garde ces formes picardes. Quand *A* porte *men sermon*, 2848, *B* écrit *mon* (4).

Cil ou *celle* sont indifféremment adjectifs ou pronoms, 7478, 7690, 12099, 3173, *Celuy* est également adjectif, *celuy : (nulluy Pilate qui le pruvosta*, 7691, et pronom, 7484 ; aussi fréquent que *celuy* est *cieux : Roy des cieulx*, 5166 (cf. 5426, etc.) ; l'accord entre les deux copistes est général pour toutes ces formes (5).

Verbes. — *Je pri* devient *je prie* en *B*, 221, et pareillement *je croy — crois*, 3070, *recoy* (impératif) — *rechois*, 199, *doy — dois*, 21837.

Le copiste de *B* réduit des alternances encore vivantes pour le copiste de *A* : *labeure — laboure*, 3024, *treuve — trouve*, 328, 1211, *amé — aimé*, 515, *ceurs — cours*, 7121 (non corrigé, 7887), *honneure — honnore*, quoique à la rime : *pleure*, 6649, *menguent*, (3 syllabes) — *mengent*, 7245 ; (*mengue* reste intact, 6687).

Formes picardes ou irrégulières ramenées aux formes françaises : *peulent — peuvent*, 2508, 8737, 17598 (*peulent* subsiste, 8217), *ensieut — ensuit*, 2665, *ensiewés — ensuivés*, 1721 (*je sieux* reste intact quand il rime avec *yeulx*, 6607) (6).

---

(1) De même pour *quels : Quelꝝ nouvelles ? — Sire Zenon*, 171, et : *quelle sont mes legacions ?*, 140 ; la forme féminine est toutefois rare, elle provient peut-être d'une correction dont le scribe du modèle commun serait l'auteur ; je ne la rencontre pas pour le mot *tel B* corrige *demy doussaine* en *demye douzaine*, 4210.

(2) Pour le mot *teneur*, il y a doute : *cest teneur*, 73, *son teneur*, 1300 ; *la teneur : bonneur*, 16779, peut être un rajeunissement de graphie pour *le teneur* qu'on rencontre ailleurs, 1343 ; mais il est difficile de ne pas considérer comme un féminin *la teneure : heure*, 5547 ; on peut prononcer *tenure*, mais le contexte commande d'y voir le même sens qu'au mot *teneur*.

(3) *B* habitué à corriger *no* en *nostre* en arrive à corriger *nos* en *nostres*, ce qui rend le vers faux : *de vostres sens et nostre raisons : maisons*, 4077. Le texte *nostres sens* prouve que l'auteur pratiquait lui-même les formes françaises à côté des formes picardes (à moins que le premier copiste n'ait changé un mot).

(4) Mais *A* donne lui-même souvent la forme française *mon*, *ma*, 1689 et s., alors qu'il arrive quelquefois à *B* de garder *me*, 1695.

(5) Au pluriel, *B* corrige *cieulx* en *ceulx*, 5922, mais la graphie *ceulx* n'est pas inconnue à *A* : *Ceulx nouveaux ne congnoy je point*, 8790.

(6) *Crés — creés* (croyez), 3204 (mais *incree* pour « *incréée* » : *se recree*, 4878), *assés* (asseyez) — *asseés*, 4854.

Au futur, *secourai*, 204, *mouront*, 1949, *dura*, 6111, avec un seul *r* au lieux de deux, sont des formes très fréquentes, à côté de *durra*, 1428 ; *B* corrige quelquefois *moura* en *mourra*, 3936, mais d'une façon générale, les deux copistes doublent ou ne doublent pas les lettres indifféremment (1). *Feran* pour *ferons* reste intact en *A* et en *B*, 11352, 18350.

La forme *convendra*, 12915, est rare à côté de *venra*, 240, *devenront*, 1062, *maintenray*, 2465 ; on rencontre quelquefois *meinterréȝ*, 729, *verront* (viendront), 1880 ; *B* corrige *convenra* en *converra*, 1423.

A l'imparfait et au conditionnel, *B* garde intactes les formes picardes *pensiesmes*, 2190, *sariesmes*, 7279, *voriesmes*, 3005, 3643, *estiemmes*, 4257 (2).

Au prétérit, même accord pour *conduirent*, 125, *prendismes*, 1932, *presismes*, 2224, *veñismes*, 16218, *venistes*, 2427, *vault* (voulut), 2940 ; mais *B* écrit *voullurent* pour *vouldrent* de *A*, 21114, *print* pour *prist* de *A*, 3018, *puis* pour *pos* de *A*, 9164.

Au subjonctif, il est assez fréquent de lire en *B* *puissions* quand *A* porte *puissons*, 819, 1928, 3480 ; *B* respecte *doions*, 4614, mais le corrige ailleurs en *debvons*, 13024, preuve que les formes analogiques en *ions*, *ieȝ*, n'ont pas encore évincé les anciennes formes en *ons*, *és* dans tous les cas (3).

Les formes de l'imparfait du subjonctif sont dans les deux manuscrits sans aucune divergence : *eusist*, 4957, *fusist*, 13965, *fusissent*, 4685, *deusist*, 20892, *feist*, 3043, et *fesist*, 12467, *pleusist*, 13964, *pendesist*, 15434, *peusist* (pût), 4178.

Pour les participes passés, pas de divergences pour *sentu*, 51, *consentu* : *vertu*, 4687, *queru*, 16872, *jut*, 12360, *cremu*, 21231, *hontes butes*, 16529, *esmutes*, 4135, *dechupte*, *conchupte*, 19057-8 ; *beneye* (graphié par erreur *beneyt* en *B*) est de trois syllabes, 16934 ; quelquefois de deux seulement, 19182 (4).

Vocabulaire. — Nous avons déjà noté que *B* donne par la graphie aux mots un aspect plus latin : *volunté*, 98, *voluntiers*, 454, *crucefis* de *A* est chez lui *crucifis*, 1851, *sentement*, *sentiment*, 2547 ; *B* respecte moins que *A* les formes archaïques ou dialectales : *espeux* — *espoux* : *repeus*, 2098, *mains* — *matins*, 41 (correction très fréquente), *assemilliés* — *assemblés*, 580, *accoison* — *occasion* : *quoy son*, 2393, *poverté* — *povreté*, 2840, *rainceaux* — *rameaux*, 2733. Ailleurs, c'est *A* qui présente *espoante*, 3523, alors que *B* a *espante*, seul possible pour la mesure du vers ; à 3044, *A* écrit *crucificié*, *B*, *crucifié*.

---

(1) Cf. *angoise*, 3589, *deservi*, 2915, *vaiselles*, 1979, etc. *B* ne modifie pas les formes picardes du futur : *prenreȝ*, 427, et d'autre part, *responderons*, 1299, *plainderons*, 4003, *vivrerons*, 9436, *percevcrons*, 17247, *conserons*, 19834, *meterai*, 19821, *dvveroit*, 11632 ; il change cependant *douray* en *donneray*, 8131.

(2) Il porte par exception *metteroye*, quand *A* porte *metroye*, 1049, qu'exige la mesure du vers.

(3) *Facés* reste intact, 21839, ainsi que *puist*, 92, *depart*, 297 ; *veille*, de *A*, devient *veuille* en *B*, 5272 ; *veuille* en *A* et *B*, 5169. On a vu plus haut que *B* notait par *oeuille* ce qui se trouve en *A* écrit *euille* ; *voeullons* pour *veuillant*, 2970, n'intéresse donc pas proprement la morphologie.

(4) *B* porte *merité* au lieu de *meri* en *A*, 18631, *esraillés* au lieu de *esraillés*, 159, *fuit* au lieu de *finé*, 2821.

Dans des constructions comme *fresle que vairre*, *A*, 2351, *B* écrit *comme* au lieu de *que* (cf. 1103, 3079, etc.), rajeunissement de syntaxe à ajouter à tous ceux qui intéressent la phonétique, la morphologie ou le vocabulaire.

L'édition. — Nous avons choisi de conserver le plus possible aux mots la physionomie que les manuscrits leur donnent, afin que notre édition pût être utilisée comme un document de graphies de la fin du XVe siècle et du commencement du XVIe. A la vérité, nous avons bien séparé les mots les uns des autres quand plusieurs se trouvent écrits d'un même trait de plume, ajouté des apostrophes et des signes de ponctuation, pour rendre plus vite les mots reconnaissables et les phrases compréhensibles ; la graphie originale d'un mot a aussi été rejetée en note, quand elle pouvait amener chez le lecteur une méprise.

Quant aux accents, on ne trouvera ici que l'accent aigu sur les *e* fermés de la fin des mots : *amés, irés*, formes verbales, se distinguent ainsi des substantifs *ames, ires ;* la présence d'un *z* à la fin du mot ne dispense pas le mot de porter l'accent, puisque pour nos copistes, *z* n'a pas plus de valeur que *s* simple ; exemple, *vous dictez* pour *vous dites*. Parmi les monosyllabes, *ses* est le possessif, *sés*, une forme du verbe savoir ; *pres, es*, prépositions, restent sans accent. Les participes, substantifs ou adjectifs féminins en *ee : donnee, lee* n'ont pas besoin d'accent pour être prononcés comme ils doivent l'être ; mais *creé*, participe du verbe « *créer* », portera un accent, s'il est dissyllabe.

Nous modifions encore l'aspect des manuscrits en mettant une majuscule au commencement de chaque vers, selon une ancienne tradition de l'imprimerie française, aux noms propres, au nom de Dieu quand il est prononcé par les personnages chrétiens du *Mistere*. Nous n'usons pas du *ç* ; ce que les modernes écrivent « ça » est écrit dans notre édition *ca* et *cha*. Nous n'usons pas non plus du tréma ; notre auteur compte un même mot *veu* tantôt comme monosyllabe, tantôt comme dissyllabe ; la lecture du vers indique assez par elle-même laquelle de ces deux valeurs il faut donner au mot.

Qu'il s'agisse du texte lui-même, des indications scéniques, des noms de personnages, c'est toujours le manuscrit *A* que nous suivons dans tous les détails de sa graphie ; là où le manuscrit *A* fait défaut, ou commet une erreur évidente, c'est le texte de *B* qui lui est substitué, et le lecteur en est averti aux variantes. Toute variante qui n'est suivie d'aucun signe est une variante de *B* ; toute leçon commune aux deux manuscrits, et qu'il a fallu rejeter en note, est suivie de l'indication *ms*. Les notes en bas des pages ne relèvent que les variantes, les lacunes, enfin les corrections, additions ou suppressions proposées ; les éclaircissements de vocabulaire ont leur place dans le Glossaire.

Après le Glossaire, les *Notes* donnent des indications soit sur les formes lyriques, soit sur la question des sources ; elles mentionnent en outre les erreurs typographiques et les fautes de lecture que nous avons pu surprendre encore après que le texte eût été imprimé et tiré ; ces erreurs sont déjà relevées au glossaire, et je n'ai pas cru que ce fût trop de signaler moi-même souvent en deux endroits et l'imperfection, et le remède ; le lecteur y gagne.

En terminant, j'adresse mes remerciements cordiaux à tous les romanistes, à tous les maîtres de la Faculté des Lettres de Paris et de l'Ecole des Hautes-Etudes MM. Bédier, Brunot, Lanson, P. Meyer, E. Picot, Roques, Thomas, etc., qui m'ont, les uns, formé par leurs leçons, et tous, par leurs témoignages d'estime, encouragé à poursuivre jusqu'au bout cet assez long travail. Je dois en particulier un souvenir reconnaissant à ceux qui m'ont aidé matériellement : M. Antoine Thomas, membre de l'Institut, directeur-adjoint à l'Ecole pratique des Hautes-Etudes, m'a donné la solution de certaines des difficultés de lexicologie que j'avais soumises à sa sagacité et à son érudition incomparable, M. Alfred Jeanroy, professeur à la Faculté des Lettres de Toulouse, m'a fait bénéficier de sa grande expérience dans la lecture des anciens textes, il m'a suggéré, pour la première partie partie qu'il a pu lire en bonnes feuilles, quelques interprétations ou corrections de la plupart desquelles j'ai tenu compte (1), M. Émile Mâle, de la Faculté des Lettres de Paris, enfin M. Jean Chatelain, licencié ès lettres et en théologie, plus compétent que moi en matière d'histoire ecclésiastique et de science religieuse, s'est chargé de la partie hagiographique ; les renseignements communiqués par lui ont pris place dans les *Notes* qui suivent le *Glossaire*.

Henri CHATELAIN.

Saint-Quentin, novembre 1908.

---

(1) Toutes ces remarques de M. Thomas et de M. Jeanroy ont été, une par une, accompagnées des initiales de leurs couleurs, dans les *Notes*; quelques-unes aussi sont dues à M. Em. Mâle, membre du jury auquel a été présentée, comme thèse complémentaire, pour le doctorat ès lettres, la première partie de la présente édition critique.

LE MISTERE DE SAINT QUENTIN

COMPRENANT

LA PASSION DE SAINT QUENTIN

EN QUATRE PARTIES

L'INVENCION DU CORPS PAR EUSEBE

ET

L'INVENCION DU CORPS PAR ELOI

LISTE DES PERSONNAGES

(Le chiffre, placé à côté du nom, indique le vers où commence le rôle du personnage)

PASSION DE SAINT QUENTIN

PREMIÈRE PARTIE

EN ENFER

1 LUCIFER (1), 918, 19404, 21690.
2 SATHAN, 927, 19420, 21711.
3 ASTAROTH, 933, 19424, 21723.
4 BELZEBUS, 963, 19426, 21731.
5 CERBERUS, 965, 19470, 21735.
6 LEVIATHAN, 949, 19432, 21733.
7 BERICH, 967, 19434, 21729.

AU CIEL

8 DIEU, 1994, 18859, 23533.
9 NOSTREDAME, 1986, 18915.
10 MICHEL, 2002, 21335.
11 RAPHAEL, 7753, 19903.
12 GABRIEL, 16319, 18937, 23545.
13 SAINT PIERRE, 12372.
14 LE PREMIER ANGLE, 2006, 21037.
15 LE SECOND ANGLE, 2008, 21337.

A ROME
La Cour impériale

16 DIOCLESIEN, empereur de Rome, 1.
17 MAXIMIEN, 501.
18 CONSTANT CESAIRE, 33.
19 GALERIEN, filz Cesaire, 39.

20 CONSTANTIN, filz de Constant, 99.
21 LUCINIEN (dit aussi Lucinius), biau filz de Constant, 105.
22 MAXIMINUS, chevalier de Galerien, 111.
23 SEVERE, chevalier de Constantin, 114.
24 ORIENT, poursievant a Dioclesien, 138.
25 MAXENCE, filz de Maximien, 543.
26 PROPHIRE, chevalier a Maxence, 551.
27 EJULASIUS, senateur de Maximien, 589.
28 OCCIDENT, chevaucheur a Maxence, 595.

29 GALLICANUS, duc de Romme, 555.
30 CROMACUS, prevost de Romme, 559.
31 AGRICOLANUS, vicaire du prevost, 563.
32 LE GREFFIER DU PALAIS, 1075.

La Maison de Zenon

33 ZENON, senateur, pere de saint Quentin, 170.
34 LA MERE SAINT QUENTIN, 183.
35 PAULINE, de la famille Zenon, 203.
36 ZENET, serviteur de Zenon, 209.
37 FLOURETTE, chambriere, 216.
   Pour QUENTIN, voir plus loin.

38 QUINTUS FABIUS, senateur, 228.
39 FAUSTINIEN, senateur, pere saint Fermin, 233.
40 EUSTORGIE, senateur, pere saint Panthaleon, 236.

41 LE FOL, 153.

---

(1) Les personnages du ciel et de l'enfer sont, avec Quentin, les seuls qui soient communs aux six parties du *Mistere*, les second et troisième chiffres indiquent les vers où commencent les rôles dans les deux *Inventions*.

DEUXIÈME INVENCION

A LA COUR DE FRANCE

Fac-similé du manuscrit le plus récent, *B* (v. Introduction, p. LIX-LX)

(Folio 174 verso, vers 10505-31, reproduits plus loin, p. 173-5)

LA PASSION

DE

MONSIEUR SAINT QUENTIN

PREMIÈRE PARTIE

DIOCLECIEN, *empereur de Rome*

Gloire immortelle au grand roi Romulus
Et a Remus par qui Rome est fondee,
Gloire a Minerve, a Castor, a Polus,
A Neptunus, a Mars et Saturnus,
5 Et a Venus d'amours recommandee ;
Gloire a Medee, et au vaillant Enee,
Par qui fut nee et mise en flourissance
La fleur du monde et de toute naissance.

Noblesse troyenne,
10 Vaillance hectorine,
Force herculienne,
Gloire alexandrine,
Glave achilienne,
Gregoize doctrine,
15 Et tout hault bien d'homme
Reposent en Rome.

Rome est des dieux le divin oratoire,
Repositoire ou toute grace habonde,
Rome est le chief de ce bas territoire,

20 Le repertoire a croniquier histoire,
Dont la victoire au hautain ciel redonde,
Rome est la fonde et le flayau du monde,
La pome ronde et le septre doré
De tout royame et pais adoré.

25 Grace augurienne,
Bonté celestine,
Loy mercurienne,
Joye terrienne,
Richesse argentine,
30 Honneur palatine
De bruyt et de los
Sont en Rome enclos.

CONSTANT CESAIRE

* Noble Imperateur des Romains,
Rome est paradis aux humains,
35 Tant est de tous biens opulente.
** Puis que l'empire est en vos mains,
Son nom croit, qui n'en vault pas mains,
Mais triumphe en gloire excellente.

1 roi *mq ms. — Une partie de chacun des huit premiers*
vers est cachée par une bande de papier recollée. A.

36 Puisque l'em *mq A.*

* *F° 7 v° B.* — ** *F° 1 v° A.*

GALERIEN, *filɀ Césaire*

    Sire, vous estes nostre attente,
40 Car nostre esperance et entente
    Est de vous servir soir et mains ;
    Soubz vostre imperialle tente
    Je m'ombroye et si me contente ;
    La je me repose et remains.

DIOCLECIEN, *empereur*

45 Vous estes les deux souverains,
    De ce palais les primerains
    Aux tres haulx honneurs salutaires ;
    Vous avés par vos fais haultains
    Milyté es pais lointains
50 A force de bras sagitaires,
    Et sentu les dars traversaires
    De nos ennemis adversaires
    Dont vous estes chargiés et plains.
    Si vous avons creés Cesaires
55 Et paraulx en cas necessaires
    A nous, soit es champs ou es plains,
    Tousjours procurés vostre avance,
    Vostre honneur et vostre chevance.
    Tout nostre bruit et vostre bien
60 Ne reste qu'a la pourveance
    D'ung chevalier sans retenance
    Lequel vous cognoissiés tres bien,
    Seigneurs, c'est de Maximien.
    Le pesant fait cotidien
65 * Dont il a fait la soustenance
    Nous contraint sans quelque moien
    De l'attraire a nostre loyen
    Et d'avoir de luy souvenance.
    Nous vollons qu'i soit empereur,
70 Cesar auguste et prepareur
  ** Ainsi que nous du bien publique ;
    S'il est digne de cest honneur,
    Respondés moy sus cest teneur
    Au vray sans y faire replique.

CONSTANT

75 Maximien tres bien s'aplique
    Aux armes, il est angelique
    De sens et fort entrepreneur,
    Et si hait la foy catholique
    Plus que venin de basilique ;

80 Je suis tres joyeux de son eur.

DIOCLECIEN

Et vous, Galerien ?

GALERIEN

          Chier sire,
    J'aime son honneur et desire
    Qu'il regne et prospere a jamais,
    Car s'il embrace vostre empire
85 Je ne cuide pas qu'il empire,
    Mais triumphera desormais ;
    Vous avés en vostre palais
    Plaisans chevaliers non pas lais,
    Demandés qu'ils en voront dire,
90 Affin que debas ou tors fais
    En tamps futur n'en soient fais,
    Et qu'ame n'y puist contredire.

DIOCLECIEN

    Constantin, vous estes enffant
    De Constant Cesar triumphant,
95 Bien ydoine en tamps avenir
 * D'avoir cest hault empire grant,
    Si vous avés le cuer engrant
    Et volenté d'y parvenir.

CONSTANTIN, *filɀ de Constant*

    Noble empereur, vostre plaisir
100 Soit fait, on ne peult mieulx choisir,
    Car s'il y est la main tenant,
 ** Ne m'en peult que bien advenir ;
    C'est mon biau pere au parfurnir,
    Je m'y consens des maintenant.

DIOCLECIEN

Lucinien ?

LUCINIEN, *biau filɀ de Constant*

105   Je m'y acorde,
    Car il aime paix et concorde
    En l'ordre de chevalerie,
    Et si het sans misericorde
    Tous ceux qui pendent a la corde
110 De ce Jhesus de Nazarie.

DIOCLECIEN

Maximinus ?

---

44 et mains. — 59 vostre bruict. — 86 treumphera.

* Fᵒ 8 B. — ** Fᵒ 5 A, *par erreur de pagination du copiste ou du relieur.*

88 pais lais. — 95 ung temps.

* Fᵒ 8ᵒ B. — ** Fᵒ 5ᵒ A.

MAXIMINUS, *chevalier de Galerien*

La seignourie
D'empereur est toute nourrie
En son cuer, qui bien en recorde.

DIOCLECIEN

Severe ?

SEVERE, *chevalier de Constantin*

Sa phisonomie,
115 Noble Cesar, ne porte mie
Qu'il soit plain de mille discorde.
Mais sauve meilleure sentence,
Il en fault donner advertence
Aux bons et saiges senateurs :
120 Jadis eurent la preference
Du monde et sa circonference,
Et en furent gubernateurs.
Jule Cesar, ses anchiseurs
Et nos vaillans predicesseurs
125 Se conduirent par leur science,
Et quant ils furent desdaigneurs
Du senat et des enseigneurs,
Ils n'eurent ne bruyt n'audience.

CONSTANT

Ainchois que riens nous innovons,
130 Conduisons nous, se nous povons,
Par les philosophes tres saiges :
Ilz ont les introductions
De telles renovations
Dont nous ne scavons les usaiges.

DYOCLECIEN

135 Nous envoirons certains messaiges
Congnoissans rues et passaiges.
Ou sont leurs habitations,
Orient ?

ORIENT, *poursievant a Dyoclecien*

Triumphes, hommaiges
Vous ottroyent vos sains ymages.
140 Quelle sont mes legacions ?

DYOCLECIEN

Tu nous feras venir ceens
Les saiges et les anciens
Du senat, qui sont nos suppos ;
Sire Zenon, Faustiniens,
145 Eustorgie, Quintus, Fabiens
Viengnent oyr nostre propos.

ORIENT

Noble Cesar, sans prendre repos
Et sans vuidier tasses ne pos,
S'il plait a nos dieux pasciens,
150 Doulx aux pecheurs, begnins et molz,
Je m'en vois tout notant ces mos
Assambler saiges et sciens.

LE FOL

Et je voy assambler mes fos
Et tous mes philofoliens
155 Desloiés vous de vos liens,
Sos rabis cornus que limaches,
Sos de court qui faictes grimaces,
Sos retondus, sos bertaudés,
Sos esraillés, sos eschaudés,
160 Sos de bemol, sos de nature,
Sos de bequarre a teste dure,
Salés hors de vostre cathoire,
Nous tenrons nostre concitoire
Sus le couplet du mon de Lan.
165 Dieu vous mette tous en mal an
Autant de fois que je vorroie
Avoir X soulz de me coroie.

ORIENT

Cupido, le filz de Venus,
Vous acroisse honneur et renon.

ZENON, *senateur, pere saint Quentin*

170 Orient, bien soies venus,
Quelz nouvelles ?

ORIENT

Sire Zenon,
Je ne scay riens qui soit, si non
Que Dyoclecien vous mande

113-115 *mq* — 116 discord. — 126 daisdigneurs. —
129 *une bande de papier recollée cache* que riens nous
innovons, *et au vers* 130 avons *A,* innoions, *de première
main,* inguoions *en surcharge,* innovons *en marge,
d'écriture moderne B.* — 138 Dyoclecien *A.* — 140 quel.

* F° 3 *A,* 9 *B.*

143 Eustorging *A,* Eustoring *B.* — 150 veignens. —
151 tous notans. — 156 *sqq. corr :* fos ? — 158 vertau-
des. — 160 fos de bemol. — 171 pere de *A.*

* 3° *A,* 9° *B.*

Que vous, tres hault seigneur de nom,
175 Venés respondre a sa demande.

ZENON

Va tousjours, si me recommande
Aux aultres senateurs cy prés ,
Pour faire ce qu'i me commande,
Je te sievray tantost aprés.
180 Mon espouse, par mes exprés,
L'empereur me mande a sa court ;
Je vous laisse maisons et prés
Et tout en main.

LA MERE SAINT QUENTIN

Faictes le court,
Se Jupiter ne me secourt
185 Et Palas la deesse sainte,
J'aray mestier au jour qui court
D'ayde, car je suis ensainte,
* Pesante de corps, pale et tainte,
Plus ne conte jour ne demy,
190 "De doleur suis au vif attainte ;
Pour tant, mon tres amé mari,
Pensés de moy, car, mon amy,
Se vous me trouvés acouchie
Au retour, vous serés marry
195 S'a joie ne suis despechie.

ZENON

Mon espouse et tres chiere amye,
Je ne puis gaires arester ;
Pauline ne vous fauldra mie
Se ce vient a vostre enfanter,
200 Elle est femme pour supporter
Tout vostre fait, s'il est besoing,
Pour vous aidier et conforter ;
Se la vient.

PAULINE, de la famille Zenon

N'en soiés en soing,
Je le secouray pres et loing ;
205 S'il convient que je la visette,
Mieulx ameroie a perdre ung poing
Qu'elle eust ne faulte ne disette.

ZENON

Zenet viens avant et t'apreste.

ZENET, serviteur de Zenon

De moy serés acompaigniés,
210 Il ne me fault que ma barrette,
Mes pas ne seront espargniés.

ZENON

Sœur, a dieu vous commant.

LA MERE SAINT QUENTIN

Flourette,
Je ne puis plus estre sur piés :
Va en ma secrette chambrette
215 Mettre lit, coussins et trepiés.

FLOURETTE, chambriere

Madame, ilz sont tous appointiés ;
Couchiés vous quant le mal vous prent.

LA MERE

* Venés, Pauline, et si m'aidiés.

PAULINE

A vous servir mon cuer se rent.

*Icy doivent esconser elles
trois ensamble et doit on
tendre une gourdine,
en laquelle sera ung lit
paré.*

ORIENT

220 Gloire eternelle au firmament
Vous ottroit mon dieu Neptunus.

Par l'extreme commandement
Du haut Dyoclesianus,
Je suis jusques cy parvenus ;
225 Il vous mande que tous ensamble
Soyés, sans en excepter nulz,
A court ou le senat s'asamble.

QUINTUS FABIUS, senateur

Dyoclecien, ce me samble,
Est le plus puissant des puissans,
230 Il n'a pareil qui luy resamble,
A luy serons obeissans.

FAUSTINIEN, senateur, pere saint Fermin

Point ne serons contredisans

— 177 apres. — 189 jour d ne. — 190 suis mg. —
203 Paulaine.

* 10 B. — " 4 A.

210 mie mg. — 219-220 indie. scén : Icy — trois — tend
— en la — pare mg A ; Icy — elles — doibt — gour —
ung mg B. — 231-232 secundum aliquos en marge ms.

* 4° A, 10° B.

A son command imperial ;
Jupiter nous soit conduisans
235 Et le grant dieu mercurial.

EUSTORGIE, *senateur, pere saint Panthaleon*

Vecy ce bon seigneur leal
Zenon qui nous compagnera.

ZENON

Alons jusque au palais real
Scavoir qu'on nous demandera.

ORIENT

240 Noble empereur, tantost venra
Du grant senat la seignourie.

DYOCLECIEN

* Tu es vaillant, on te menra
Boire à nostre sansonnerie ;
Va toy raffrechir, je te prie,
245 Du meilleur de nostre despense.

ORIENT

** Je voy a la boutillerie
Nul ne vault qui de luy ne pense.

ZENON

Honneur, gloire et magnificence
Soit a vous, empereur terrestre.

QUINTUS

250 Mars vous doint par son influence
Honneur, gloire et magnificence.

DYOCLECIEN

Levés vous.

FAUSTINIEN

Sauf vostre licence.

DYOCLECIEN

Levés vous, sans plus a terre estre ;
Honneur, gloire et magnificence
Soit a vous.

EUSTORGIE

255   Empereur terrestre,

Nous sommes en ce royal estre,
Ce plentureux palais romant,
Parvenus a vostre command.
Ouvrés de votre huis pectoral
260 Le point soit divin ou moral
Pourquoy nous somme cy presens ;
S'on le veult disputer par sens
Demonstratif ou sophisticque,
Nous savons l'art dyaleticque,
265 Il ne nous fault nulz advocas.

DYOCLECIEN

Biaux seigneurs entendés le cas.
Il a pleust aux dieux et aux sacres,
* Dont nous avons les simulacres,
Nous essourdre au precieulx trosne
270 De nostre nourice et matrone,
Rome la cité salutaire
A qui tout aultre est tributaire.
Mercy a dieu, la monarchie
** Du monde et de sa jherarcie
275 Ploye dessoubz nostre couronne
Qui resplend, flamboye et flouronne.
Et pour ce que mondain fabricque
Est pesant et de dure brique
A porter a seul corps humain,
280 Comme a nous qui l'avons en main,
Nous voullons avoir adjutoire,
S'il plait a nostre concitoire,
D'ung fort champion qui s'aplicque
A soustenir le bien publicque
285 Tant en guerre ou en milicie
Comme en civille policie.
S'avons tous ensemble opiné
Et conclud et determiné
Que Maximien nostre affin
290 Ara ce grant bien, mais affin
De vous complaire et de sçavoir
Se plus noble voullés avoir,
Vous, nos tres amés senateurs,
En serés les quatre electeurs ;
295 Sentenciés sus ce decret
Et nous imfformés du secret
Ains que nulz de vous se depart.

244 raffechir A. — 247 mul A.

* 11 B. — ** 6 A.

264 dyal *le reste a été retranché par le relieur.* —
272 est *mq.* — 274 et *mq.* — 282 si. — 294 quattres.

* 11° B. — ** 6° A.

FAUSTINIEN

Nous nous tirons ensemble a part
Pour disputer ceste matere.

DYOCLECIEN

300 A cop, sans faire long mistere,
Ne tenir termes seignoureux.

QUINTUS

* Ce fait cy est tres dangereux
A conduire, et de tres grant poix ;
S'en faut parler par contrepoix,
305 Affin que faulte n'y appere ;
Qu'en dictes vous, Zenon biau pere,
A quel bout faut il qu'on en viengne ?

ZENON

** Ha, Quintus, jamais ne m'aviengne
D'entamer ung si riche més
Devant vous.

QUINTUS

310   Devant moy ! ja més
Vous estes nostre endoctrineur,
Nostre pere en sens et honneur,
Obtenant la premiere voix
De nostre senat.

ZENON

Touteffois
315 C'est soubz humble correction,
Se par trop avant je m'ingere
A parler du fait armigere,
Car j'aime paix et union.

FAUSTINIEN

Declarés vostre oppinion.

ZENON

320 Qui lit les saintes epitaphes,
Les vers des historiographes,
Les comedies, les capitles
Des romains aux immorteulx titles,
Il treuve que la dignité

325 De romaine felicité
Est plus augmentee en vaillance
Par hault sens que par cop de lance,
Car on treuve que gens de bas
Par meurs, par guerres, par debas
330 Ont plus joy du real siege
Que ceux qui sont de noble piege.

Pour ce je dis que nostre chief
Dyoclecien vint a chief
* Romain plus par ingromancie
335 Que noble genealogie.
Car il fut natif de Dalmace
Fil d'ung scribe de celle place,
Ne desplaise a son haultain eur.
** Son pere aussi fut jardineur
340 Et luy meismes planta cholés
Et sa mere fut Dyoclés.
Mais fortune qui les siens dore,
L'a tant eslevé qu'on l'adore
Il a grace et gloire happee
345 Au poing, a l'ongle et a l'espec,
Du pais de Tholomeus
Conquist l'effort Achileus ;
Il a alyet ses enffans
Aux haulx cesaires triumphans.
350 Il prist a femme Serena
Et a Galerien donna
Valerie, sa fille chiere,
Pour lui moustrer faveur et chiere,
Se le fist Cesaire appeller
355 Avec Constant son bacheler.
Ce Galerien fit traverse
A Narcisus, le roi de Perse ;
Mais Constant le pere est plus noble
De tous, et de meilleur vignoble ;
360 Il est neveu de Glaudien
L'empereur. Et Quintilien
Fut son oncle empereur aussy ;
Son filz est noble sans mercy.
Il se nomme Constantinus,
365 Il est d'Engleterre venus.
Filz d'une belle chastelaine
Laquelle se nommait Heleine.
Sa seur est la belle Constance

---

298 Fustinian ms. — 306 qu'em. — 316 part. — 302
historiograhes. — 322 mq B — comedie A.

' 12 B. — '' 7 A.

336 Dalmare, biffé, d'Almaigne en marge, autre encre,
écriture semblable. — 348 lyet. — 356 fut.

' 12 vº B — '' 7 vº A.

De biau port, de doulce acointance,
370 Espeuse de Lucinien ;
Jassoit ce que Maximien
* Ait fait armes et grans hutins,
Ne scay nulz des deux Constantins
Quil ne soit plus habilité,
375 Touchant cas de nobilité,
** Pour sceptre imperial avoir,
Que Maximien.

FAUSTINIEN

Il dit voir,
Mais pour choisir ung bon restor
En armes ?

QUINTUS

Il poise ung Hector :
380 Tant qu'est a Maximianus,
Sans nulz blasmer, je n'en scay nulz
Plus prompt aux armes ne plus fricque ;
Il concquit jadis en Auffricque
Le V genciens fors et raddes
385 Et si a fait plusieurs viraddes
En Gaule et au pais romant.
N'a gaires qu'il vainqui Amant,
Helymandus et ses villains
Et rembarra jusques es plains
390 De la grande mer d'occident
Casancius son president.
Pour parler de sa nation,
Pas n'est de haulte extraction,
Mais il fut nourri sa jonnesse
395 De fer en guerre felonnesse
Et fut frere d'arme jadis
A Dyoclecien.

EUSTORGIE

Se dis,
Puisque le diademe d'or
De l'empire et de son ador
400 Se resigne aux enffans de Mars,
Sans faveur d'argent ne de mars
Ne de quelque don qui nous blesse,
J'ordonne : l'extreme noblesse
A Maximien tout conclut.

FAUSTINIEN
405 * A cela suis je resolut
** Pour les raisons antecedentes.

ZENON

Si suis je pour les consequentes ;
Mais je vous advertis d'ung point,
Se Maximien n'estoit point
410 Homme de port ne de couraige
Pour esmouvoir fourdre et oraige
Contre cristiens ypocrites,
Les raisons si dessus descriptes.
Ne vauroient le pié d'ung bancq.

QUINTUS
415 Il est homme a char et a sang,
Ne nous soussiés de cela :
Sy vous certifie qu'il a
Ung sien filz appellé Maxence,
Le plus cruel en son absence
420 Pour mutiler char de cristien
Qui soit sur la terre, et si tien
Que volentiers s'i habandonne.

ZENON

Puisqu'il est ainsy je luy donne
Ma voix, c'est ma conclusion.

EUSTORGIE
425 Qui fera la relation
Du demaine de nostre fait ?

QUINTUS

Vous en prenréz commission,
Sire Zenon.

ZENON

Il sera fait.

Hault empereur, pour le parfait
430 De la grande promotion
Maximien, sans motion
Favourable qui nous incite,
Mais pour bien publicque et licite,
Par sentence diffinitive,
435 Aprés longue disputative,
*** Avons deliberé ensamble
Qu'il regnera ou bon vous samble
Cesar auguste comme vous.

---

374 habilete. — 389 dembarra. — 397 Estorgie. —
401 mq. — 403 extrime

* 13° B. — ** 8 A.

* 13° B. — ** 8° A. — *** 9 A.

DYOCLESIEN

* C'est tres bien dit : or sommes nous
440 D'ung accord avec le senat ;
Il serait bon qu'on l'amenat
A court, nous le couronnerons
Et son estat ordonnerons,
Presens consules necessaires,
445 Centurions, tribuns, cesaires,
Senateurs, preteurs, legions,
Ducz et prefectz de regions.
Qui esse qui l'ira querir ?

MAXIMINUS

Pour sa bonne grace acquerir
450 Et faire son proficiat,
Ains que ung aultre luy nonciat,
Je m'offre a faire l'ambassade.

SEVERE

Si fay je pour une passade
G'iray tout juant volenticrs.
455 Si menray quatre ou V loudiers
Fors et raddes, appers et grans,
Qui sont comme ribaux recrans,
Nourris en cave sans riens faire.
Sus, larronceaux de pute affaire,
460 Esclistre, Tonnoire, Tempeste
Et Fourdre, que senglante feste
Ait on de vous, salés avant.

ECLISTRE

Me vecy aussi remouvant
Qu'ung estœuf sus une maison ;
465 Sy tost que j'ai oy le son
De vo voix, je me fais valloir.

TONNOIRE

Et je dormoie comme ung loir,
** Mais quant j'ay entendu les chans
Qu'il nous fault aller sur les champs,
470 Plus legiers suis q'une arondelle.

FOURDRE

S'il y fault cagnon ne cordelle,
Copper testes, ou enfouyr,
*** Je suis prest et pour m'enfuyr

En paiant l'oste des talons.

DYOCLESSIEN

Abregiés vous tost.

MAXIMINUS

475   Nous alons,
Noble empereur, sans nulz arestz.

SEVERE

Or sus, sergans, este vous prestz ?

ESCLISTRE

Oy, plus abilles que lievres.

TEMPESTE

Vous estes vos senglantes fievres,
480 Attendés que je soie en point :
Je n'ay qu'a lassier mon pourpoint
Et a tirer une laniere.
Quoquins, me laissiés vous derriere ?
Et si suis le pire du hot :
485 Non plus que d'ung paillart wihot,
Ne vous chault il de moy, pendaille ?

LE FOL

A sainte sang bieu, quel merdaille !
Regardés la quelz escorfaulx,
Quel vert gingembre de cornaille,
490 Quel entremés pour les corbaux,
Quelz fliches de lart pour ces baux
De ces gibés qui sont tous nudz,
Quelz belistres, quelz gros ribaux,
Quelz vieux truans, paillars chenus.
495 Crees que s'il estoient tenus
Du grant pruvost des marisseaulx,
* Jamais n'en eschapperoit nulz,
Qu'on ne hoquast par les museaulx.

MAXIMINUS

Cesar auguste et chief d'empire,
500 Tres humblement je vous salue.

MAXIMIEN

** Ce n'est pas a moy qu'on doit dire
Cesar auguste et bruit d'empire.

---

443 tribunus — 447 de mq. — 461 foudre.— 466 voz.
— 470 suis comme. —

* 14 B. — ** 9° A. — *** 14° B.

475 Alons alons. — 481 laissier — 485 huhot ms ;
corr : wihot ? Cf. 6562. — 486 hault ms.— 488 estorfualx
A. — 492 nulz A. d sur I. — 496 gart A, grand B.

* 11 A. — ** 15 B.

MAXIMINUS

Si est.

MAXIMIEN

Non est.

MAXIMINUS

Sans que j'empire
Vostre magesté impolue,
505 Cesar auguste et bruit d'empire,
Tres humblement je vous salue.

MAXIMIEN

Comment cela ?

MAXIMINUS

Sans contredire,
Le monde et toute sa value,
Sans que rien on en revalue,
510 Gist en votre poing seignoural ;
Le senat expert et moral,
Dyoclessien, les seigneurs,
De ce siecle les enseigneurs
Vous ont empereur proclamé
515 Comme champion bien amé
Mieux que nulz de cité romaine
Et nous ont chergié qu'on vous maine
En triumphes vous couronner,
Se sommes pretz pour honnourer
520 Vostre hault bruyt qui se resveille.

MAXIMIEN

Seigneurs, vous me dites merveille ;
* Est-il vray ?

SEVERE

Oy, sus ma foy,
Sus ma gentillesse, créz moy,
Sus mon honneur, la chose est telle.

MAXIMIEN

525 *Pour ceste joieuse nouvelle,
Mes feaulx et amés voisins,
Je vous donne deux beaulx roucins,
Les meilleurs de nostre sejour.

MAXIMINUS

Grant mercis, seigneur, de ce jour
530 En avant suis vostre servant.

MAXIMIEN

Onques nul jour de mon vivant
Je n'eux ossy parfaicte joye ;
Seigneurs, mettés vous au devant
Pour bien gorgyer qu'on vous voye ;
535 Qui de richesses a monjoye
Si les desploie plainement,
Car il convient qu'on me convoye
Bien en bruyt et triumphamment

Maxence, mon filz et mon cuer,
540 Soiés en bruyt ceste journee,
Se je suis du monde vainqueur,
Gloire vous sera ce jour nee.

MAXENCE, filz de Maximien

Ma gent sera bien atournee
D'armes et de harnas entier,
545 Puisque la chose est la tournee,
Nous avons bruyt en ce quartier.

Prophire, mon biau chevalier,
Mon gorgyas et mon mignon,
Pensés de vous bien abillier.
550 Se serés gentilz compaignon.

PROPHIRE, chevalier a Maxence

Sire, g'y vois mettre les mains,
J'en ai tres bonne souvenance.

Galicanus, duc des Romains,
* Metés vos gens en ordonnance.

GALLICANUS, duc de Romme

555 Pour concquerre honneur et chevance
Je seray tantost atinté.
Cromacus, tamps est qu'on s'avance,
Ordonnés vostre pruvosté.

CROMACUS, prevost de Romme

** Ad ce faire sommes tenus
560 Pour servir nostre champion,
Mon vicaire Agricolanus,
Moustrés vous estre ung Scipion.

AGRICOLANUS, vicaire du prevost

Je n'ay ne saudart ne pion
Qui ne sache ou son harnas pent :
565 Vien avant, maistre Escorpion,
· Dragon, Layant et toy, Serpent.

---

520 resvelle A.

* 11º A — ** 15º B.

532 n'eu. — 535 richesse. — 536 desploier.

* 10 A. — * 16 B.

SERPENT

Soit pour raillier, pillier ou batre,
Nous sommes tous assemilliés
Et si sommes atrenquilliés
570 De tout ce qui fauit a combatre.

DRAGON

Pour bouter sus, pour tout abattre,
Pour faire gens esmerveillier,
Soit pour pillier ou pour combattre,
Nous sommes tous assemilliés.

LAYANT

575 Nous sommes gens pour nous esbattre
Es bois comme larrons veilliés :
Pieurs que diables resveilliéz,
Sommes nous, il n'en fault debatre.

ESCORPION

Soit pour raillier, pillier ou batre
580 Nous sommes tous assemilliés
Et si sommes attrenquilliés
De tout ce qui fauit a combatre.

MAXIMIEN

Este vous en point pour aller
Au palais de l'imperateur ?

CROMACUS

585 Oy, sire, sans plus parler,
Ne nous fault que bon conducteur.

MAXIMIEN

Mon conseillier et serviteur,
Vous verrés veoir nostre arroy.

EJULASIUS, senateur de Maximien

Pour veoir vostre grant haulteur,
590 Je vous serviray comme ung roy.

MAXIMIEN

Or monte sus ton paleffroy,
Occident, va signifier
Nostre venue a grant effroy
Pour nostre fait glorifficr.

OCCIDENT, chevauchevr a Maxence

595 Sire, il ne me fault que picquier,
Je suis monté sur mon cheval.

MAXIMIEN

Abrege toy sans plus jocquier
Et chevauce a mont et a val.

Pose

*Icy doit on destendre
une courtine affin
qu'on voit la mere
gisant et l'enffant
nouveau né.*

PAULINE

Madame, merciés les dieux
600 Qui nous ont ung fils envoiet,
Net et propre de corps et d'ieux
Sans rien avoir de desvoiet.

FLOURETTE

Il est gent et bien adreciet,
Doulz, riant et de bel acoeuil :
605 Ce samble ung ymage dreciet,
Tant est droit et plaisant à l'oeuil.

LA MERE

Or le me bailliés, car je veuil
Veoir sa tres belle figure.

O tres doulce geniture,
610 Deyfique pourtraiture
Ou nature
N'a mis quelque defaillance !

Tu es mon filz, ma figure,
Mon sang et ma nourriture,
615 Creature
Faicte a divinne samblance.

Ma portee, mon enffance,
Mon amour, mon acointance,
Ma sustance,
620 O tres doulce geniture.

Tu es mon cœur, ma plaisance,
Mon soulas et mon aisance,
En naissance,
Deifique pourtraiture.

---

567 taillier *B* — 569 atrenquilles *A*, atrenquiles *B*.
— 577 resvillicz *A*. — 580 tous assemillies sommes *A*,
tous assemblez sommes *B*.

10° *A*. — 16° *B*.

598-599. *Indic. scén.* Icy do — une c — quon — gisa
— nonv *mq A* ; Icy — un — quo — gisa — non *mq B*
— 600 envoiez — 606 tout. — 611-802 texte de *B* ;
lacune de trois feuillets en A.

17 *B*.

625 Filz, il fault que je te baise,
Que je t'embrace à mon aise
Et appaise
De ma doulce mamelette.

Il faut que ton cry se taise,
630 Que je te baigne et solaise
Et complaise,
Que je te porte et alaitte.

En ta bouche vermillette,
Qui me rit et si ocullette,
635 Tant doulcette,
Filz, il fault que je te baise.

Je te prie par amourette,
Tres jonne et belle flourette,
Trop tenrette,
640 Que je t'embrace a mon aise.

PAULINE

S'i pœult parvenir a fleur d'aige
Sans corporelle infection,
Sa face porte tesmoingnage
De venir a perfection.

LA MERE

645 Pauline, nostre extraction
Est si noble et si plantureuse
Que nostre generation
Ne peult estre que vertueuse.

FLOURETTE

Zenon fera chiere joieuse,
650 Mais qu'i voie son enffancon :
N'est face tant soit amoureuse
Qui ne rie a voir son facon.

LA MERE

Mais que son bon pere Zenon
Soit retourné de son affaire,
655 Il luy imposera tel non
Qu'il voudra, c'est a luy a faire.

ORIENT

* Le dieu Phebus qui nous esclaire
Vous doinct sa gloire delectable.

Maximien pour vous complaire
660 Vient a grant triumphe notable.

DYOCLESIEN

Boute ton cheval en l'estable,
Il a bien gaigné son avaine.
Constantin tres noble et estable,
Yssu d'imperialle vaine,
665 Sievéz la noblesse romaine
Au devant de luy : si prenéz
Luciniens, qui vous y maine
Et tout ce grant bruyt amenés.

CONSTANTIN

Cesar, puis que vous le voullés,
670 Nous irons a grant seignorie,
Les senateurs yront d'ung lés
Et nous menrons chevalerie.

LUCINIEN

Sergeant venans de pillerie,
Soiés en bruyct en ces estours,
675 Faictes tendre tapisserie
Par les chambres et par les tours,
Faictes joustes, faictes behours,
Faictes cler feu jusqu'au charbon,
Parés rues, montés sur hours,
680 Moutrés les historiens des bons ;
Il est tamps que nous esclarons
Noz faictz par richesse et puissance ;
Sonnés, menestrés et clarons,
Au partir pour resiouyssance.

Icy vont au devant
et sonnent trompette
et clarons, et rencontre
l'ung l'autre, semblant
vntre saluer l'ung
l'autre, sans parler.

MAXIMIEN

685 Pheton qui conduit le soleil
A vous et a vostre conseil
Doinct son royaulme celitoire.

DIOCLESIEN

* Bien venant en bel appareil,
Nostre compaignon et pareil,
690 Le second chief imperatoire.

---

626 embrase.
* 17° B.

652 tant.
* 18 B.

MAXIMIEN

Je n'ay en moy hault fait notoire
De triumphe ne de victoire
Pour estre si hault incité.

DYOCLESIEN

Riens ne vous vault excusatoire,
695 Car vous serés nostre adiutoire
De l'empire et de la cité.

MAXIMIEN

Se n'est poinct grant divinité,
L'imperiale dignité
Ne doibt a moy appartenir.

DYOCLESIEN

700 Nostre ancienne fraternité
Provient cest solempnité,
Dieu vous y veuille maintenir.

CONSTANT

Seigneurs, veuillés la main tenir
A la tourner pour maintenir
705 Nostre coustume curialle.

GALERIEN

Il le fault du tout advertir
Et premierement luy vestir
Robe de pourpre imperialle.

CONSTANTIN

Vecy tunicque especialle,
710 Tres singuliere et parcialle
Pour la tourner habillement.

LUCINIUS

Ne scay personne princialle
En contree provincialle
Qui ayt si riche habillement.

DYOCLESIEN

715 Faicte luy faire le serment
Devant l'imaige et sacrement
D'une glorieuse statue.

ZENON

* Il le fera publicquement
Devant le senat plainement

720 Ains qne plus hault on le situe.

QUINTUS

A genoux et a teste nue
Devant Jupim qui fit la nue
Vous mettés, et mieulx en vaurés.

MAXIMIEN

Tel cerimonie menue
725 Sera par moy entretenue
Je feray ce que vous vorréz.

Maximilien a genoulx

QUINTUS

Tout premierement vous juréz
Devant ce precieux ymaige.
Que la loy des dieux mainterrés,
730 Ne jamais autres ne tenrés
Pour traveil de corps ne dommaige ;
Aut senat, qui vous doibt hommaige
Ferés honneur comme j'espoir.

MAXIMIEN

Je le feray a mon povoir.

QUINTUS

735 Le droict de Romme entretenrés,
Les previleges et l'usaige,
Le bien publicque exaucerés,
Et les rebelles pugnirés
Par armes et aultre haussaige :
740 Au riche, au povre, au fol, au saige,
Vous ferés justice apparoir.

MAXIMIEN

Je le feray a mon povoir.

QUINTUS

La loy de Jesus destruirés,
Ses temples et son personnaige,
745 Tous crestiens tourmenterés
Et nul vous n'en excepterés,
Tant soit grant et de hault linage,
En feu, en flambe, en charbonnage
Les ferés bruler et ardoir.

MAXIMIEN

750 *Je le feray a mon povoir.

---

701 *corr* : ceste ? — 712 provincialle *ms* ; *corr* :
princialle ?

* *18° B.*

738 los *ms* ; *corr* : et los ? — 740 a riche *et* au *biffé*
devant a. — 741 feray.

* *19 B.*

QUINTUS

Prince, a tout vostre bernaige
Tenrés paix sans guerre esmouvoir.

MAXIMIEN

Je le feray a mon povoir.

DYOCLESIEN

Beau frere, tout nostre voloir,
755 Apres Dieu et son sacrifice,
N'est que d'exaucer en valoir
Nostre non par haultaine office ;
Pour vostre agreable service
Remunerer et vous complaire,
760 Nous vous donrons hault benefice,
Si serés a tous exemplaire.
Combien que le monde univers
Soit en vostre poincg gent et fricque
Et tout son triangle divers,
765 C'est Europe, Asie et Auffrique,
Pour l'avance du bien publicque
Et resister a l'accident
Qui nous vient par foy catholique,
Je vous donne tout occident.

770 Prenés possession pleiniere
En cité metropolitaine,
Sees vous dedens ceste chayere
Triumphante, riche et haultaine.
Espaigne, Bertaigne, Acquitaine,
775 Gaule, l'outrepasse des belles
Et mainte region loingtaine
Reposent dessoubz noz scabelles.
De ceste aureine couronne,
Present toute la barronie,
780 Je vous glorifie et corone
Vray empereur de Romenie ;
Du monde la riche partie
Est vostre et a voz sourvenans,
Car vous estes sans departie
785 Roy des rois, regnant des regnans.
Portés ce sainct ceptre royal,
En la main dextre le vous charge,
Soiés humble, doulx et loyal
Aux romains et a leurs concherge,
790 Et si convient prendre la verge

Contre rihoteux appetis,
Sans espargner ne vieulx ne vierge,
Corriger les grans et petis,
Porter en vostre main senestre
795 La pomme d'or qui represente
Le monde entier et tout son estre
Qui lors devant voz yeux s'absente.
Il n'est climat, isle ne sente
De More ne de Tartarin,
800 Qui ne tramble a force et ne sente
Nostre povoir oultremarin.

Vivés, triumphés, prosperés,
Acquerés gloire sempiterne,
Regnés, conmandés, imperés,
805 Comme empereur prince paterne ;
Tout aultre seigneur subalterne
S'esioye au palais romien
Et crie en sa lange materne :
Vive le bon Maximien.

Ils crient tous ensamble :
Vive Maximien ;
menestrés cornent.

ZENON

810 Tres hault empereur redoubtés,
S'il vous plaist nous liscencier,
Nous retournons en nos hostelz
Pour nous ung peu solacier.

MAXIMIEN

Bien vous devons remercier,
815 Senateurs, et vous estre amant ;
Par vous et vostre alicier,
Tenons nous l'empire romant.

QUINTUS

Nous sommes en vostre command,
S'il est chose que nous puissons.

MAXIMIEN

820 Grant mercis, je vous recommand
Rome en chief dont nous joyssons.

FAUSTINIEN

Allons et nous resioissons
Du grant bien que nous avons fait ;

777 reposes ms.

19ª B.

803 *Reprise du texte de A.* — 809-810 *Indic. scén :* samble - nt mq A.— Ils commencent tous — minestres B.— 810 redoubtc.

12 A. — 20 B.

A bruyt et honneur en yssons,
825   Se sommes deschergiés du fait.

                    EUSTORGIE
Zenon, nous yrons, s'il vous plait,
Tous trois jusque vostre manoir,
Se riens y a qui nous desplait,
Nous sommes pretz pour y manoir.

                    ZENON
830   Venés et vous verrés mon hoir :
Espoir que ma femme est a jutte,
Puis hersoir qu'i faisoit moult noir,
Son terme estoit venu tout juste.

                    FLOURETTE
* En nostre joieuse bigute
835   Vient Zenon a grant compaignie.

                    PAULINE
Il ont fait ung Cesar Auguste,
S'ont honneur et gloire gaignie.

                    ZENON
Comment se porte l'acouchie ?

                    PAULINE
Tres bien pour une josne mere.

                    ZENON
840   Est elle saine et reslecie ?

                    PAULINE
Oy voir, sans doleur amere,
Toute joye luy est prospere,
Elle est delivré d'ung biau filz
Dont je croy que vous estes pere,
845   Oncques plus bel enfant ne vis.

                    FLOURETTE
** Il est gent de corps et de vis,
Vous en devés avoir grant joye,
Car tous cuers qui sont desconfis,
Il les resconfforte et resjoie.

                    QUINTUS
850   S'on le peult veoir qu'on le voie,
Moustrés le au senat venerable,
Avant que nul de nous s'en voie,
Nous lui donrons nom convenable.

_____

849 resvoie A. — 850 sa on.

* 12° A. — ** 20° B.

                    PAULINE
Regardés, seigneur honorable,
855   Regardés l'image doulcette.

                    QUINTUS
Pour creature raisonable,
Vela une propre chosette.

                    FAUSTINIEN
Il a les yeulx et la bouchette,
Dois et mains proprez que de cire
860   Et au menton une fossette,
Il samble qu'i nous veuille rire.

                    PAULINE
* Qu'en dictes vous, Zenon, biau sire ?

                    ZENON
Ses membres sont bien ardresciés,
C'est tout le bien que je desire ;
865   Les dieux en soient merciés.
Biaux seigneurs que vous le sachiés,
Je vous ay icy amené
Affin tel que vous exauciés
La feste de ce noveau né :
870   Je veuil que par vous soit nommé
De nom propre à luy souffissant.

                    EUSTORGIE
Quintus, c'est le plus renommé,
Son nom lui sera bien duisant.

                    ZENON
** Quintus, jadis fustes issant
875   De fors et vaillans Torquatus,
Vostre nom est resplendissant
Tant en honneur comme en vertus,
S'on appelle mon filz Quintus.
Le nom est grant pour en parler,
880   Car il n'est encore vestus,
Il est josne et ne scet aller.

                    QUINTUS
Il faut Quintus diminuer :
Ce sera pour humble tenus
Et aultrement insignuer
885   Pour ce qu'il est petis et nudz.
De Quintus faisons Quintinus,

_____

854 seigneurs ; s biffé A. — 855 regardor. — 862
qu'em.— 872 il est.— 873 bien mg.— 882 dminuer ms.

* 13 A. — ** 21 B.

Le nom est assez celestin
Et qui plus est, je n'en scay nulz.

ZENON

Se le fault appeller Quentin.

FLOURETTE

890 Affin que je huche au matin
Vostre enffant quant je l'entrapelle,
Dictez en romant ou latin
Comment vous vollés qu'on l'apelle.

QUINTUS

* Quentin, tres belle jovencelle,
895 Ainssy appellon son enffant.

FAUSTINIEN

Il n'est ja besoing qu'on le cele,
Quentin est ung nom triumphant.

QUINTUS

Seigneurs, il est tamps maintenant
De retourner en nostre estaige.

ZENON

900 Moy, ma famille et mon tenant,
Sommes vostres sans racointaige ;
Entrés dedens mon heritaige,
Vous arés bon quart d'ypocras,
Vin et espices davantaige
905 Et mouton qni est ung peu cras :
Soubz courdinette et plaisans dras.
** L'acouchie compaigncrés,
Sans vous faire tirer a bras,
Entrés ens et si mengcrés.

QUINTUS

910 Pour ceste fois nous pardonrés,
Chacun retourne en son maisnaige,
Une aultreffois le nous donrés.

ZENON

Volentiers et de bon couraige.

FAUSTINIEN

Adieu.

ZENON

Ca, vous reconvoiray je ?

QUINTUS

915 Demourés en la maison vostre,
Sans y perdre plus de langaige
Nous alons a la caze nostre.

Pose de tonnoire

LUCIFER

Dyables courans, diables cornus,
Diables sallans, diables sornus,
920 Diables tondus, diables toudis,
* Diables toussus, diables maudis,
Diables farcis, diables senglos,
Diables, diablesses et diablos,
Dyaboliques poulleries,
925 Sallés hors de vos diableries,
Diables, plus tost que vent soubtil.

SATHAN

Quelz tous les diables vous fault-il,
Qui vous diabliés en ce point,
Dictes quel grand diable vous point
930 Et quel grant diable vous avés.

LUCIFER

Senglans diables, vous ne scavéz
Quelz tous les diables j'ay au corps.

ASTAROTH

Se diables sont misericors,
Diables arons pité de vous.

LUCIFER

935 **Diables, entendés cy trestous,
Tous les grans diables de ceens,
Diables josnes, diables moiens,
Sours diables arousant leurs lippes,
Diables qui se tiennent a trippes,
940 Diables qui n'ont cuer de bien faire
Et diables plains de pute affaire.

Diables, vous scavéz que le monde
Est plains de diablerie immonde,
Diables, mettés vous sus les champs,
945 Diables, vous estes tous mechans,
Diables, exauciés nos reliques,
Tant qu'en nos troux dyaboliques
Viengnent ames noires que diables.

892 dicter. — 894 Quintin. — 914 Fustinien A.

* 13° A — ** 27° B.

921 coussus. — 927 Satham. — 943 immnde.

* 14 A. — ** 22 B.

LEVIATHAN

Diable, ordonnés deux connestables
950 Qui voient en cité diablesse,
Diauliant et temptant noblesse,
Pour faire guerre diabolique.

LUCIFER

* Sathan, tu es diable autentique,
Va a Rome et tout en diaulois
955 Tempte, diable, par tes explois
Ce diable de Maximien,
Plain de diable qui est tout mien,
Souffle en ces dyablesse d'oreilles
Grans diableries non pareilles,
960 Maisne ce diable d'Astaroth
Avec toy.

SATHAN

Diable, je m'en trotte
A tous les grans diables d'enfer.

BELZEBUS

Diables s'en vont qui feront fer,
Se le diable ne les emporte.

CERBERUS

965 ** Diables d'enfer, cloons la porte ;
Diables feront de grans hutins.

BERITII

Gardons de dyables les patins
Que de tous diables deschainés.
En diauliant soir et matins,
970 Soient ils conduis et menés.

LE FOL

Petits enffans, mouchés vos nés,
Diables sont hors de leur taniere ;
Regardés la les dominés,
Comment ils ont noire paupiere ;
975 Je vorroye qu'i fut maniere
Que vielles qui se remarient
Trouvassent dedens leur litiere
Telz geulz, quant elles s'apairient,
Et que tous hommes qui hairient
980 Leurs femes par mordre ou griffer

Fussent portés quant elles crient
Au trou du cul de Lucifer.

MAXIMIEN

* Puis qu'en hault trosne et tribunal pupitre
Sommes arbitre, et juge colloquiet,
985 Doubtés serons que tonnoire et esclistre
Ou que behistre, aux dieux sommes me-
[nistre
Par vray registre a ce faire evoquiet,
Dont suffoquiet, perdu, derelinquiet
Et defalquiet le nom Jhesus sera ;
990 Tramble qui hoce, et fuye qui porra.
Tormens tres horribles,
Horreurs invisibles,
A voir impossibles
Aux terrestiens,
995 Paines impassibles,
Passions penibles,
Penances terribles
Aront cristiens.
Traynés seront comme chiens erragiés,
1000 ** Hachiés, lanciés, escorchiés, enfouys,
Rachiés, railliés, rasachiés, racachiés,
Tailliés, mailliés, escailliés, coustilliés,
Loyés, soiés, ars, noiés et bruhis,
Fendus, boullis, pourfendus, pourboulis,
1005 Battus, rostis, en pot et en chaudiere ;
Garde chacun d'entrer en la ratiere.
Justice fierette,
Fierté tres durette,
Durté tres surette,
1010 Sure mort amere,
Amer et souffrette
Souffrira la creste
Dure qui s'areste
A crist n'a sa mere.

DYOCLESSIEN

1015 Maximien, nostre beau frere,
Puis qu'empereur este creé,
Nostre parsonnier et confrere,
Et que vous estes recreé,
*** Tenés tout ce qu'avés juré,

1020 C'est d'extirper la loy infecte
     De Jhesus a mort conjuré,
     Il est bien tamps qu'on s'y affecte.

               MAXIMIEN

     Nous en avons le cuer plus chault
     Que metal boulant en fournaise
1025 Et d'aultre chose ne nous chault
     Que d'abolir tel loy punaise :
     Nos dieux n'en sont point a leur aise,
     S'en endurent calamité.
     O fausse loy, o loy malvaise,
1030 O tres cruelle enormité.

               DYOCLESSIEN

     Biau frere, avant que nulz s'en melle
     Et que si tost les rembarrons,
     Sans fourbir glave n'alemelle,
     Prendons conseil a nos barons.

               MAXIMIEN

1035 * Nous sommes content et larons,
     Mais se ce vient au conceder
     Nous pugnirons sy fais larrons.

               DYOCLECIEN

     Comment il fault il' proceder,
     Constant Cesar ?

               CONSTANT

               Sans exceder
1040 Les termes juridiciaux,
     Il sera bon d'anteceder
     Aux fais de telz officiaux :
     Par les pays provinciaux
     Envoyroie lettres patentes
1045 Et mandemens especiaulx
     Pour mieux cognoistre leur entente.
     Premier descriproie le title
     De vos haulx noms tres redoubtés
     Et metroye en front de chapitle
1050 ** Comment tous ceulx seront domptés,
     Patibulés et reboutés,
     Par feu bouter ou sang espandre,
     Qui en Jhesus se sont boutés,
     S'il ne relavent ceste esclandre.

               MAXIMIEN

1055 Par le septre que nous tenons
     Volentiers vous avons oy.

               DYOCLECIEN

     Galerius, nous soustenons
     Qu'il dit bien, est-il voir ?

               GALERIEN

                         Oy,
     Le peuple sera resjoy
1060 D'oir vos noms ensamble mis ;
     Telz n'ont de vos terres joy
     Qui devenront vos bons amis :
     Se trambleront vos anemis
     Que feuille au vent.

               MAXIMIEN

                    N'en faictes doubte,
1065 Tous seront confus et remis,
     Car chacun nous craint et redoubte.

               DIOCLECIEN

     * Sus, greffier, entens et escoute
     Ce que nous volons profferer.
     Il te fault faire, quoy qui couste.
1070 Ung mandement pour conferer
     A ceulx qui veullent differer
     De faire aux dieux obeissance.
     Escrips, et veuilles inferer
     Que chacun leur donne audience.

               LE GREFFIER DU PALAIS

1075 Haulx empereurs, sans advertance,
     Telz fais me sont tous resolus,
     J'escripray en briefve sentence
     Deux argumens tant insolus
     ** Que les cristiens dissolus
1080 Venront par voie et par chemin
     Faire hommaige aux dieux absolus ;
     Je voy poncier mon parchemin.

          *Lors fait semblant d'es
          cripre et sans parler
          le moustre aux seigneurs.*

1024 metail. — 1034 prendrons. — 1035 lairons. — 1036 ce se.

* 23° B. — ** 16 A.

1062 demouront. — 1079 sur les. — 1081 mq.

* 24 B. — ** 16° A.

MAXIMIEN

Nous l'envoirons jusqu'en la fin
De la terre par ce valet.
1085 Occident, tu es asséz fin,
Va tost brider ton chevalet.

OCCIDENT

Noble empereur, mon cheval est
Bien en point, il a faim souvent ;
Par ce mont et par ce vallet
1090 M'en iray soubz pluye et soubz vent.

BRUCHIER, *portier de Dardanie*

Noble duc, rice estorement,
En qui honneur se renouvelle.
Jhesus qui fist le firmament
Vous doint sa grace supernelle.

POLIDAMAS, *duc Dardanie*

1095 Bien vegnant Bruchier, quel nouvelle
Qui vous amaine en ce quartier ?

BRUHIER

De ceste cité solennelle
Vous m'avés estably portier.
Et pour ce que c'est mon mestier
1100 D'arraisonner gens en passant,
Je vous diray le grand mestier
Qui m'achasse en moy respassant.
J'oys dire avant hier qu'a Rome
On a fait depuis une espasse
1105 Ung empereur du plus felle homme
Qui soit sus la terre qu'on passe
Et qu'il fait escripre et compasse
Grans mandemens pour envoyer
Par tout le monde ou on trespasse
1110 Pour les cristiens desvoyer.

POLIDAMAS

C'est chose pour nous anoyer,
Seigneurs, car ce malvais tirant
Nous fera, s'i peut, renoyer
La creance ou je suis tirant.
1115 C'est bon de viser tout errant
S'il nous envoye ses messaiges,

Se nous prenrons sentier errant
Ou le bon chemin de mes sages.

YLION DE TROYES, *chevalier*

Faictes faire guet aux passaiges
1120 Que nul n'entre en nostre cité
Pour menaces ne pour haussages
Se premier n'est a vous cité :
Car comme on vous a recité,
Chevaucheurs courront comme dains
1125 Et chacun sera incité
Pour honnourer leurs dieux mondains.

MELIADES DE CHIPREZ, *chevalier*

Combien que nous soions lointains
De la cité de Romenie,
Se serons nous tantost attains
1130 De leur haultaine baronie,
Car quelque chose qu'on en die
Des armes scevent il les tours :
S'est besoing qu'on y remedie
Et qu'on face guet sus les tours.

POLIDAMAS

1135 Butor, en attendant secours,
Fay le guet en nostre dongon
Et resveilles les basses tours,
Se tu vois arch, flesche ne boujon.

BUTOR

A mains de cause se boujon.
1140 J'affulleray ma capeluche
Et vestiray mon haubregon
Qui vault mieux qu'une coqueluche ;
S'il y a espie ou embusche
Qui vienne avant, je sçay ung trau
1145 Pour monter se je ne tresbuche
Et pour crier le grant harau.

POLIDAMAS

Bruhier, tu es ung fin oiseau
Pour congnoistre gens a la face,
S'il vient herault ne demoiseau
1150 Dedens ma cité, qu'on le sache.

BRUHIER, *au guet*

Arriere, arriere de ma hache,

1082-1083 *indic. scén.* ant — (san) s — x seigneurs
mq B. — 1088 fain forment. — 1089 par *mq.* après et
B. — val est *ms.* — 1102 que. — 1108 mandement.

* 24° B. — ' 17 A.

1119 gues au. — 1122 ce *ms.* — 1126 leus. — 1136
li *biffé devant* donjon A ; li dongon B. — 1138 *corr :*
ou boujon ? — 1139 Butoir A. — 1140 capetuche. —
1150 face.

* 25 B. — '' 17'' A.

N'y a jusques en Antioche
Si terrible, car quant je hache,
Chacun tramble de peur et hoche,
1155 Et n'y a homme s'il approche
Qui se fourre droy cy dedens
Que ne luy fende la caboche
Depuis le serviau jusqu'au dent.

LE GREFFIER

Roy des rois, regens des regens,
1160 Vostre mandement est scelé ;
Vos chanceliers et saiges gens
L'ont veu du long et du lé.

MAXIMIEN

Tu es digne d'estre affulé
D'ung chaperon fourré de gris.

DYOCLECIEN

1165 Il est bien et biau compilé
Sans raser de dois ne de gris.

MAXIMIEN

* Occident, porte nos escrips
Par tout le monde en toutes marches,
Et sy fay faire bans et cris
1170 Par toutes villes ou tu marches.

OCCIDENT

Je tenray les sentiers et traces
De Troye la cité sans per,
J'ay cheval, harnas et cuiraces
Bien en point, pour y galoper.

DYOCLECIEN

1175** Or pense de desvoleper
Ton mandement quant il est point.

SEVERE

Se tu peulx quelque don happer
En passant, ne l'oublye point.
Ung drap de soie, ung vieux pourpoint,
1180 Ung petit cheval, ung mulet
Viennent a la fois bien appoint

1178 t'oublye — 1181 a laffois A.
* 25° B. — ** 18 A.

A sy fais gallans comme il est.

LE FOL

Dictes hau, l'omme au chevalet,
Retournés ca vostre visiere
1185 Laissiés moy monter, s'il vous plet,
Sus ce cul illecque derriere ;
Mon gros visaige a la paupiere
De son museau toute esrallie,
Aller ne puis avant n'ariere,
1190 Pour ce qu'elle est trop escallie.

OCCIDENT

Arriere, ne m'aproche mye,
Mon cheval est trop catilleux.

LE FOL

Sainte lanterne de ma mie,
Et comment est-il morvilleux ?

OCCIDENT

1195 Scéz tu nulz chemins dangereux
Cy aval de gens ne de bestes ?

LE FOL

* Sy fais, les larons malereux
Sont sus les champs quant vous y estes.

OCCIDENT

Dy moy, sans aller hors des mettes,
1200 Ou va ce chemin droitement ?

LE FOL

Ou il va ? il n'a piés ne teste,
Il ne se bouge nullement.

OCCIDENT

** Tu es ung venimeux serpent
Respons a droit, ou sommes-nous ?

LE FOL

1205 Vous estes la, s'on ne vous pent,
Et je suis droit sur mes genoux ;
Se j'avoie affaire de vous,
Par mon ame, je vous querroie
En vo chemise avec vos poux
1210 Au plus pres de vostre coroye.

1182 galand. — 1185 moy mq. — 1187 visaiges.
— 1193 laterne. — 1196 cy mal.
* 26 B. — ** 18ᵇ A.

OCCIDENT

Je me treuve au bout de ma roye,
Dieux met en mal an le loudier.

LE FOL

Par dieu, biau sire, je vorroie
Que vo nés fut en mon broudier.

OCCIDENT

1215 Je cuide et croy que ce sentier
Me menra vers soleil levant :
Adieu, lourdin.

LE FOL

Adieu, wautier,
Allés tousjours le nés devant.

OCCIDENT

Je m'en iray tout chevauchant
1220 Jusques a ceste cité forte,
Tant plus pres le suis approchant
Et tant plus je me resconfforte.

BUTOR, sur la tour

Bruhier, Bruhier, garde la porte,
Il vient ung chevaucheur batant,
1225 Demande luy qu'i nous apporte
Et dont il se vient esbatant.

BRUHIER

Tés toy, Butor, s'il vient avant,
Je parleray a son visaige.

OCCIDENT

Sa, pour moustrer mon grant lettraige
1230 Aux ducz et aux seigneurs presens,
En ceste cité enteray-je,
On m'y donra riches presens.

BRUHIER

Comment, ribaux, entrés vous ens
Sans congié, et sans ordonnance ?
1235 Je ne scay qui me tient le sens
Que je ne vous perce la pance.
Recullés, que malle meschance
Vous doint dieu, recullés l'aval,
Ou je jeuray si forte chance

1240 Que je turay maistre et cheval.

OCCIDENT

Tu es ung rude official,
Mal apprins et mal acointable,
Je suis messaige especial
De Rome, la cité notable.

BRUHIER

1245 Par dieu, quant vous seriez le diable
Et se noire mere enfumee,
Se ne seriés vous pas creable
Puis que j'ay la teste alumee.
La porte vous sera fermee
1250 Devant vostre trogne a vos lés :
Au duc voy noncier ceste armee,
Demourés la se vous voléz.

LE FOL

Cousin, vous estes mau menés,
On vous fait visaige de bos,
1255 Vous estes plus camus de nés
Q'une singesse a trois singos :
Je croy que vous serés tantos
Moisne a Cloquans ou a Corbie,
Vous gaignerés foire et vatos
1260 A chanter par dehors l'abye.

BRUHIER

Hault duc, souffrés que je vous die
Qu'il est venu ung poursievant
Qui voloit de teste estordie
Entrer cy dedens, moy sievant :
1265 Je l'ay rembarré du fendant
De ma hache comme ung mouton,
Il est a la porte attendant,
Que je luy ay close au menton.

POLIDAMAS

Tu es ung gentil valeton,
1270 Va le querir et si l'amaine.

BRUHIER

Vous en orréz tantost le ton
Du cheval en vostre demaine.

1223, Bruhier. Bruchier A. — 1229 moutrer avoir grant.

* 26" B. — " 19 A.

1247 seres A. — 1256 singes. — 1158 moisnes ms.

* 27 B. — " 19" A.

OCCIDENT

Dieu mette en tres malle sepmaine
Qui m'a servy de ceste touche
1275 Et qui si tres mal me pourmaine
Qu'on me clot l'uys devant ma bouche.

BRUHIER

Entrés ens, entrés, maistre mouche,
Vela le chastelet joly
Ou nostre duc repose et couche.
1280 Je m'en revois parler a ly.

OCCIDENT

Venus, qui ottroye mercy
A ses bons loyaux serviteurs,
Vous doint gloire et honneur ossy
Et a tous vos coadiuteurs.
1285 Les romions imperateurs
Par moy vous saluent et mandent
Que de cestes soyés capteurs
Et faictes ce qu'elles commandent.

POLIDAMAS

* Ne scay quel chose ilz nous demandent
1290 Maintenant si estroitement,
Ne pour quoy ilz se recommandent
A nous si singulierement.

OCCIDENT

** Le contenu du mandement
Mieulx seelé qu'en soye n'en plouc
1295 Vous en donront l'entendement
Se vous le lisiés tout au long.

POLIDAMAS

Nous verrons que c'est : va toy doncq
Raffrechir en l'ostel d'honneur,
Nous te responderons seloncq
1300 Le contenu de son teneur.

OCCIDENT

Je m'en voy boire du meilleur :
Estudiés en ce pappier
S'il vient de l'ostel d'ung broulleur,
Je le scaray au papier.

POLIDAMAS

1305 Ylion, mon amy tres chier,

Vous, Meliades, son pareil,
Qu'en ditte vous ?

YLION

Tant fault cherchier
Qu'on ait assamblé le conseil.

MELIADES

J'entens le cry et le resveil,
1310 Ilz trouveront fins et moiens
Pour nous faire assés de traveil
Et nous attraire a leurs loyens.

YLION

Esprivier cognoit tous doiens
Des mestiers et tous habitans :
1315 Il fault qu'i boute le doit ens
Tant qu'ilz vous soient acoutans.

POLIDAMAS

Esprivier, pour passer le tamps,
Assamble nous les trois estas.

ESPRIVIER, messager

* Noble duc, n'en soiés doubtans,
1320 Tantost seront venus par tas.

** — Or, oés, oés, hault et bas,
De par le duc de Dardanie,
Laissiés l'ouvrer, cessés esbas,
Citoyens, et vostre maisnie :
1325 Venés devers sa baronie,
Sans quelque personne absenter,
Sus paine d'estre forbanie
Et en fin de decapiter.

FLORENTIN, citoyen

Griffon, ne veuillés contester
1330 A ce qu'on a la publié.

GRIFFON, cytoien

Alons y sans plus arester,
Tel cry ne doit estre oublié.

DARDAN, citoyen

De moy ne sera devoyé,
Je voy au chastiau dardanois.

1275 se. — 1286 mande. — 1289 demande. — 1295
corr : donroit? — 1299 resderons.

* 27° B. — ** 20 A.

1329 contrester A.

* 28 B. — ** 20'' A.

BASENTIN

1335 Affin que ne soie anoyé
J'yray prendre mes esbanois.

Pose

FLOURENTIN

Jhesus qui morut en la croix,
Noble duc, vous acroisse honneur.

GRIFFON

Dieu eternel en qui je crois
1340 De vos pechiés soit pardonneur.

POLIDAMAS

Dieu soit vostre guerredonneur,
Biaux citoyens, se je m'avoye :
Tantost desploiray le teneur
D'ung mandement qu'on nous envoye.

ESPRIVIER

1345 Pere en Dieu, mettés vous en voie
Pour nostre hault duc conseillier,
Ung seul herault romain desvoye
Maint baron, et maint chevalier.

URBAIN. *evesque de Dardanie*

* Va devant pour toy abregier,
1350 Je scay tres bien ou il demeure

ESPIVIER

Venés dont sans plus prolongier,
Je m'en retourne en sa demeure.

URBAIN. *evesque*

Sire Mansart, est il bonne heure
Pour partir ?

SIRE MANSART. *chapelain*

Il est tamps humais :
1355 Jhesucrist qui les siens bienheure
Soit nostre guide desormais.

Vien avant, vien, Ganimedés,
Il fault pour l'onneur de l'esglise
Entre ducz seigneurs et cadés
Soy contenir en bonne guise.

GANIMEDES, *clerc*

1360 S'il est besoing qu'on chante ou lise
En temple, en cheur ou en paroche,
Prestz suis sans que je me desguise
Et aussy a porter la croche.

ESPRIVIER

1365 Tres noble duc, l'esveque aproche,
Mansart et son clerc qui est fin.

URBAIN. *evesque*

Dieu qui mist la pierre en la roche
Vous doint sa pardurable fin.

POLIDAMAS

Bien vegnant, nostre chier affin,
Sees vous cy.

URBAIN. *evesque*

1370 Non feray sans faulte.

POLIDAMAS

Si ferés, par ma foy, affin
D'oyr ceste besongne haulte :
Ung poursievant faisant la vaulte
De son cheval s'est transporté
1375 * De Rome, cité fiere et caulte,
** Jusques icy, s'a apporté
Cest escript, il soit visité,
Regardés la quelz besongnettes.

URBAIN. *evesque*

Je suis viel et debilité,
1380 Je n'y voy se non a lunettes,
Mais pour lire telles chosettes
Ganimedés en est ouvrier :
Pour chartres obscures et nettes,
C'est le pere et le recouvrier.

POLIDAMAS

1385 Tien la, puis que c'est ton mestier,
Lis hault, a trot cler et a plain.

GANIMEDES

Sire quant je faulx, mon mestier
Est de boire a hennap tout plain.

Il prent le mandement et le lit tout hault.

1341 guerdonneur *ms.* — 1342 beau — manoie.— 1346
conseiller *A.* — 1348 mains barons. — 1357 vient
avant — gnimedes.
* 21 *A,* 28ⁿ *B.*

1374 cest *ms.* —: 1388 *indic. scén.* dement — hault
mq B.
* 21ⁿ *A.* — ** 29 *B.*

a Dyoclecien et Maximien, par celestial influence
Cesaires, Augustes, imperateurs, Roy des Rois,
Regnans sus regnans, seigneurs de l'air, de
la terre et de la mer, a tous nos feaulx et bien
amés subgéz, immitateurs des saintes loix des
dieux auxquelz nous sacrifions, salut, honneur,
joye, santé, bruyt, felicité et gloire sempiterne.
Et a tous desleaux cristiens, misere, povreté,
honte, dommaige, vilonie, maladie, mendicité,
indigence, meschance, tritresse, adversité, do-
b leur, desconfort, desespoir, paine, tribulacion,
torment, malediction, mort detestable, et perdicion de corps et d'ame. Car il est parvenu a la
cognoissance de nostre maiesté imperial, que
vous, mechans ypocrites, robeurs du sacrifice des
dieux, enffans de tenebres, invoqueurs de deables, enchanteurs de gens, seducteurs de peuples
et espandeurs de zizanie, par oultrecuidee * presumption vous efforciés de abolir le divin obseque de nos tres glorieux dieux **inmortelz, pour
c exaucier nouvelle loy d'ung prophete crucifié.
Pour quoy expressement vous commandons
que, ces patentes veues, desvollepés les folles
erreurs de vos cuers, les tenebres caligineuses
de vos yeulx, et recognoissiés la vraie splendeur
de nos dieux par sacrifice deu. Ou aultrement,
famine, guerre, pestilence, tirannie, inhumanité,
crudelité et molicion, defloracion, combustion
et effusion de sang encourront sus vous sy
terribles, que vous serés abhominable specta-
d cle et espoantement hideux aux complixes de
vostre secte, et a tout cuer humain. Si donnés
credence a ces presentes, seelees de nos saulx
autentiques, donneez en nostre palais romain,
presens Cesaires, consules et barons, de joing,
ce premier an de nostre empire et de la fonda-
tion de Rome mil quarante quatre.

POLIDAMAS, duc

Seigneurs, vela le contenu
1390 De ce hault mandement publique
Qui est pour contraire tenu
A la sainte foy catholique ;

Chacun de vous pense et aplique
Son engin pour determiner
1395 Quelle voie ou sentier oblique
Nous tenrons pour droit cheminer.

URBAIN, evesque

Qui veult la lettre examiner,
On treuve qu'empereurs romains
Veullent nostre loy aminer
1400 Pour servir leurs dieux soirs et mains,
Qui sont fais de piés et de mains,
Comme on fait aultres marmousaiges,
Et n'on de vie plus ne mains
Que paintures de faulx visaiges.
1405 * Nostre creance en tous usaiges
Tient terme de foy plus decent ;
** Sains apostles, prophetes saiges,
Martirs et couffés plus de cent,
Nostre sacrifice decent
1410 Ont confermé par grant miracle,
Et meismes l'aignel innocent
De son sang en a fait signacle.
Que vault Venus en tabernacle,
Qui folle femme est computee?
1415 Que vault Pluton demoniacle
En enfer avec sa putee?
La matere bien disputee,
Nostre loy est la droite sente,
De moy ne sera reputee
1420 Pour paine ou doleur que j'en sente.

YLION

Sil, n'est ame qui se consente
A l'effet de ceste lecture.

URBAIN

Il convenra qu'elle s'absente
Ou qu'elle attende l'aventure
1425 De guerre ou de descomffiture,
Ainsi que le cas la donra;
C'est pour gaigner haulte estature
Au regne qui tousjours durra.

---

a honte etc...., mendicite mq, — meschante. — b
des deables — oultrecuider. — c dung — inhumanie.
d vous ses. — credenses. — 1891 est peut

' 22 A. — '' 29° B.

1400 sores. — 1406 terme. — 1413 platon. — 1423
converra.

' 22° A. — '' 30 B.

POLIDAMAS

Mes citoyens, il vous faura
1430 Deliberer sus cest edit,
Ne scay se nostre loy faura
A ceste fois, s'on ne le dit.

FLOURENTIN

Nous tenrons la loy Jhesucrist
Sans servir aux fausses ydolles.

GRIFFON

1435 Quelque chose qu'on ait escript,
Nous tenrons la loy Jhesucrist.

DARDAN

* Pieurs serons qu'ung antecrist.
Se nous creons en leurs frivolles.

BASENTIN

**Nous tenrons la loy Jhesucrist
1440 Sans servir aux fausses ydolles.

POLIDAMAS

Seigneurs, aprés toutes parolles
Et quant j'ay tres bien pensé sus,
Je conclus par lettre et par rolle
Que nous tenrons la loy Jhesus;
1445 Nous sommes gens fors et peuplus
Pour guerre ouvrir, ou paix baisier,
Autant qu'i sont et ung peu plus,
Se ce vient a lances baissier:
Appelles nous ce messagier.

ESPRIVIER

1450 Monseigneur, le vecy monté
Sus son cheval comme ung Ogier.

OCCIDENT

Que vous plait, prinche redoubté?

POLIDAMAS

Nos empereurs nous ont mandé
Que nous aions leurs dieux pour gloire,
1455 Mais quoy qu'ilz aient commandé
Des dieux ne de leur mandegloire,
Pas ne lairons la receptoire
De la sainte foy catholique

Qui n'est folle ne deceptoire,
1460 Frivolle ne deabolique.

GANIMEDES

Prens ton mandement autentique,
Jamais ne nous sera plus préz.

OCCIDENT

*Icy prent son mandement
et dit en allant.*

Par Juno, ma dame angelique,
Vous obeirés cy aprés.
1465 Si vous jeure par mos exprés
Qu'i ne sera duc ne regent,
* Cité, chasteau, mares ni prés,
Qui ne soit pillet de no gent.

BRUHIER

** Menassiés vous a la lerent?
1470 Que malle froidure vous tiengne.
On me pende s'il ne se rent,
Mais qu'a mon grant coustel j'aviengne.

OCCIDENT

Voire, Bruhier, or t'en souviengne
Que tu m'as fait une haultaine :
1475 S'il est besoing que je reviengne.
Tu aras une quinquandaine.

BRUHIER

Or va a ta fievre quartaine,
Quoquin, feras tu escarmuche?
Se j'estoie le capitaine
1480 Tu en saurois en la cussuche.

POLIDAMAS. *duc*

Puis qu'i fault que guerre trebuche
Sus nostre cité valeureuse,
Moustrés sans y faire aultre embuche
Vostre force chevalereuse.

YLION

1485 Nostre ame sera bien heureuse
Se nous mettons la main aux armes.

Armons nous aussi blans que carmes
Pour resister aux infidelles.

1437 quon A. — 1444 nous mq. — 1448 se te.—1456
de mq.

* 23 A. — ' 30 v° B.

1465 je. — 1483 nostres.

' 27° A. — '' 31 B.

MELIADES

Pour resister a tous wacarmes,
1490 Armons nous aussi blans que carmes.

YLION

Citoyens, prendés vos guisarmes
Et vos espees telles quelles.

MELIADES

Armons nous aussi blans que carmes
Pour resister aux infidelles.

FLOURENTIN

1495 * Nous garderons tours et tournelles,
Murs et mures, cours et chasteaulx ;
Se prenrons canons, canonceaux,
Dars, estandars, corde et cordelles.

GRIFFON

** Pour emploier nos alemelles,
1500 Ars et saudars et bons courtaux,
Nous garderons tours et tournelles,
Murs et mures, cours et chasteaulx.

DARDAN

Sans espargner fieux ne femelles,
Boutons, montons sus les cresteaux,
1505 Maillés de plong, telz balesteaux
Seront en bruit sus leurs cervelles.

BASENTIN

Nous garderons tours et tournelles,
Murs et mures, cours et chasteaux :
Se prenrons canons, canonceaux,
1510 Dars, estandars, corde et cordelles.

OCCIDENT. *a Rome*

Dieux et deesses supernelles
Vous octroient gloire et guerdon.

MAXIMIEN

Nostre chevaucheur, quelz nouvelles ?
Que nous aportés vous de bon ?
1515 Vous avés en main riche don
De Roix, de prinches et de ducz.

OCCIDENT

Voire suple, sus mon cruppon,
Horions de bastons tortus.

MAXIMIEN

Comment ?

OCCIDENT

J'ay esté pres batus,
1520 Oncques ne souffry tel language,
Se plus hault me fusse embatus,
J'eusse receupt le deschergaige.

DIOCLESIEN

* Quoy, Occident ? tu nous dis raige ;
Qui sont les faulx villains garssons
1525 Qui ont forfait ce grant oultraige ?
Il fault bien que nous le sachons.

OCCIDENT

** Ainsi que mons et vaulx trassons,
Mon cheval et moy franc et lige,
Nous trouvasmes tours et fassons
1530 D'estre au bon province de Frige :
La nous advint ung tel prodige
Qu'apres vos lettres reffusees
Nous fusmes pres battus, vous di ge,
De gros bastons et de fusees.

MAXIMIEN

1535 Qui sont les testes si osees
De nous faire tel vilonie ?

OCCIDENT

Cristiens sont testes rusees
De la cité de Dardanie.

MAXIMIEN

Ha, la fausse et pute maisnie,
1540 Conmencent il a rebeller ?
Par la sceptre que je maisnie
Il trouveront a qui parler.

DYOCLESIEN

Occident, va toy reposer,
Pour meshuy tu es traveillés,
1545 Laisse nous ung peu proposer
Comment ilz seront reveillés.

1495 tourelles.

* 24 A. — ** 31° B.

* 24' A. — ** 32 B.

OCCIDENT

Ilz soient prins et exillés,
Brulés comme cendre en fouyer;
S'a cella estes conseillés,
1550 Se vous souviengne de Bruhier.

MAXIMIEN

Seigneurs, vecy pour renoyer
Nos dieux, nos sains et nos prophetes,
* Pour luy pendre, pour luy noyer
Et pour rompre cerveaulx et testes ;
1555 Sommes nous folz, sommes nous bestes
De vieux quoquins crouppans es estres,
Qu'on ne fait compte de nos gestes,
De nos edis ne de nos lettres ?
Sommes nous pas seigneurs et mestres
1560 De tout le monde entierement ?
Fault-il que si paillars cavestres
** Nous reboutent si durement ?
Nous sommes plus qu'humainement
De grace et dons perlifiés,
1565 Pour estres aourés dignement
Comme nos dieux glorifiés.
Fault-il que telz chiens esragiés
Nous sillonnent, qu'esse cy dia ?
Ne serons nous jamais vengiés
1570 De telz folz ou nul bien n'y a ?
Par celuy qui dieu renya
S'il vivent, ilz seront escoux ;
Onques hons ne les mania
Plus durement a leurs chiers coustz.

DYOCLECIEN

1575 Constant Cesar, qu'en dicte vous ?
Desploirons nous nostre baniere,
Les yrons nous decopper tous,
Comme on decoppe une laniere ?

CONSTANT CESAIRES

Je ne prise pas la maniere
1580 Que deux imperateurs puissans,
Pour une meschante taniere
De cristiens desobeissans,
Se mettent tous deux sus les chumps ;
Il n'en y a que pour vos paiges ;

1585 Ils sont foibles, folz et meschans,
Plains de malice et de trompaiges.

GALERIEN

* Vous avés en vos patronaiges
Tant de gracieux demoiseaux,
De chevaliers, de personnaiges,
1590 D'escuiers et de jovenceaux,
Qui sont hardis, boullans et chaulx,
Plains de sang et de gentillesse,
Faictes les approcher le caupz
Pour supporter vostre viellesse.

DYOCLESIEN

1595 Par Venus, la belle deesse,
Ilz les faura mettre aux estours ;
Il passent leur force et jonnesse
En oyseuse et en faulx atours.

MAXIMIEN

** Il vous faura scavoir les tours,
1600 Des armes, Maxence, mon filz,
Pour assaillir chasteaulx et tours.
Sans aller ainsy au perfilz.
Vous estes josne, fors et subtilz,
Pour vous conduire en tous endrois,
1605 Se poriés par telz fais gentilz
L'empire avoir, ce sont vos drois.

MAXENCE

Nous irons sus les Dardanois
Nous esprouver a grant meschief
Et la prenrons nos esbanois
1610 Se de ce fait venons a chief.

MAXIMIEN

Vous serés conducteur et chief
De ceste glorieuse emprise
Et si ordonnons de rechief
Que Constantin que chacun prise
1615 Comme chevalier sans reprise
Soit vostre compaignon et per,
S'il plait a ceulx de la pourprise
Et qu'a ce se veuille occupper.

CONSTANT

*** Noble empereur qu'on doit amer,

1556 du ms. — 1561 se. — 1571 inq. — 1573 lyons.
1579 Cesar. — 1584 les paiges.

* 25 A. — ** 32" B.

1593 approchiers — campz. — 1597 passe.

* 25" A. — ** 33 B. — *** 26 A.

1620 Il me plait bien comme son pere.

CONSTANTIN

Je vorray ce fait entamer
Affin qu'en moy proesse appere
Et Lucinien, mon biau frere,
Qui moult scet de science et d'art,
1625 S'il vous plait, sera mon confrere,
Il scet bien branloier ung dart.

LUCINIEN

Je porteray vostre estandart,
Monseigneur, je suis fort et rade.

DIOCLESIEN

Il nous plait bien, il n'est saudart
1630 Plus fier en toute la brigade.

MAXIMINUS

* Biaux seigneurs, il fault qu'on regarde
D'avoir deux legions d'archiers,
Qui seront a nostre avangarde
Pour percier harnas et arcz chiers.

SEVERE

1635 Maximinus, j'ay les plus fiers
Qui soient jusques en Poulenne,
Ils s'aguisent quant je les fiers,
Aussi poindans que fer d'alenne.

ESCLISTRE

Quand je metz barbe a barbaquenne,
1640 Je requenne et si me rebarbe.

TONOIRE

Je tresperceroye ung grant quenne,
Quant je metz barbe a barbaquenne.

FOURDRE

Et je suis plus rond qu'une quenne
De boire friant vin de jarbe.

TEMPESTE

1645 Quant je metz barbe a barbaquenne.
Je requenne et si me rebarbe.

GALICAN

Nous combaterons barbe a barbe

Barbus cristiens desloiaux.

PROPHIRE

Barbarins plus vert que ioinbarbe,
1650 Nons combaterons barbe a barbe.

CROMACUS

Sans espargnier Berte ne Barbe,
Percerons trippes et boiaux.

AGRICOLANUS

Nous combaterons barbe a barbe
Barbus cristiens desloyaulx.

EIULASIUS

1655 Il fault porter tous balesteaux
D'artillerie et de canons.

MAXENCE

* Armer se fault d'escucons,
De jacques, de haubregons,
De fondefies, de plancons,
1660 De cuiraches, de juppons,
D'ars, de fleches, de bouyons,
De bracquemars, de pouchons,
De picqz, de becqs, de fauquons,
De paffus et de lancettes,
1665 De hachettes,
De houlettes,
De hunettes,
De jacquettes,
De daguettes
1670 A coublettes,
Et de coustilles lombardes,
De vengleres, de bombardes,
De ribaudequins, de bardes,
D'arcigayes, de taillardes,
1675 De mortiers. de bastonnades,
De crennequins, d'espringades,
Courtaux, coullars, esturguades,
Et cagrues seront dignes,
** Gaillardines,
1680 Bringandines,
Crapaudines,
Culevrines,
Serpentines,

1629 sil nest, s biffé A, s non biffé B. — 1630 brigarde. — 1640 barbe. — 1641 chenne quenne. — 1645
plus mq.

* 33ᵛ B. — ** 26ᵛ A.

1661 bouyons A v ou x. — 1682 culurceurine, urc
exponctués A — culleururines B.

* 34 B. — ** 27 A.

Gouges fines,
1685 Abalestres et espees,
A deux mains seront happees
Sans espargnier gorgueton.

SERPENT

Ca mon maillet.

DRAGON

Ca mon baston.

LAYANT

Ca mon plancon.

ESCORPION

Ca me vireulle,

SERPENT

1690 *Qu'on vous puist hocquier le menton,
Ca mon maillet.

DRAGON

Ca mon baston,
Que senglante joye en ait on.

SERPENT

Qu'on vous puist pendre par le geule,
Ca mon maillet.

DRAGON

Ca mon baton.

LAYANT

Ca mon planchon.

ESCORPION

Ca me vireule.

SERPENT

1695 Ne nous fault une locque seulle,
De harnas nous sommes en point.

MAXENCE

Biau Constantin, n'oubliés point
De conduire l'artillerie,
1700 Mettés vostre chevalerie
En avantgarde de bataille.

CONSTANTIN

** Pour ferir d'estocq et de taille,

Ilz sont assés bien atintés :
Archiers devant a tous costés,
1705 Courés pays, prenés aignaux,
Boutés fus, mengiés bons homeaux,
Pillés robes, happés despoulles
Et si n'espargniés cocqz ne poulles,
Riens n'y vault port ne sauvegarde.

MAXENCE

1710 Pensés de nostre arrieregarde,
Galicanus, je vous supplie.

GALICAN

Vostre baniere est desploye,
Tout va bien selonc ma samblance,
Il ne fault que brisier la lance
1715 Et fourrer ens sans plus attendre.

MAXENCE

* Seigneurs, vecy au congié prendre.

DYOCLECIEN

Aux dieux soiés beaux heritiers.

MAXIMIEN

Adieu, mon fils, pensés d'apprendre
Des armes les gentilz mestiers,
1720 Vous avés de tres bons routiers
Avec vous, ensiewés leurs signes.

Sonnés clarons, sonnés busines,
Resjoyssiés le departir,
Faicte ciel et terre partir
1725 De joye et de bruyt triumphant.

*Les trompetes et
clarons sonnent.*

MAXENCE

Adieu, pere.

MAXIMIEN

Adieu, mon enffant.

URSIN, *passant de la cité Dardanie*

Galathee, j'ay oy dire
Que les Romains font grant armee
Pour grever et pour contredire

1695 plachon — ma A.

* 34ᵛ B — ** 27ᵛ A.

1704 arches. — 1717 *mq.* — 1725-1726 *ind. scén.* es
— et — nt *mq.* — 1726 mon *biffé devant* pere A — mon
pere B — 1726-1727 rdanie *mq.*

* 35 B.

1730 'A nostre loy de dieu amee :
Ceste province renommee
Ara a souffrir grandement.

GALATHEE, *femme de Ursin*

Retirons nous habillement
Dedens la cité dardanoise,
1735 Car s'il en vient debat ou noise
Nous serons la mieulx qu'au vilaige.

URSIN

Portons y tout nostre bagaige,
Lys, calis, payelles, pochons,
Cœuvre, essain, petis enffanchons
1740 Et ce que Dieu nous a presté.
A cop, a cop.

GALATHEE

A sauvetté.
Les vecy au bout de ces haies.

URSIN

Oncques ne fus si pres hasté.
A cop, a cop.

GALATHEE

A sauvetté.

Icy sauvent leurs bagaiges
dedens la cité et quant
ilz sont dedens, Romains
boutent les feux en leur
maison et sans parler.

URSIN

1745 **Faite que tout soit aporté
N'oublyés chemises ne brayes,
A cop, a cop.

GALATHEE

A sauveté.
Les vecy au bout de ces hayes ;
Aportés hestaux, bans et laies,
1750 J'ay oy l'armee du prince.

CONSTANTIN

Seigneurs, nous sommes ou province
De Frige, vela la cité
Dardan, ou nous sommes cité :
Il fault qu'elle soit exillie,
1755 Prinse, perdue, arse, pillie
Et mise en cendre noire et ville.

MAXENCE

'Tournoiés autour de la ville
Vostre avangarde, et regardés
Les lieux qui sont les mains gardés
1760 Affin que le siege s'i mette ;
Soufflés ung cop en la trompette
Pour resjouyr nos bons amis
Et espoanter nos anemis.

Les trompettes et
les clarons sonnent.

BUTOR

A l'arme, a tours et a crestiaux,
1765 Que de lances, que de cousteaux ;
Vecy nos ennemis venus :
Chacun prende ses balesteaux,
A l'arme.

BRUHIER

A tours et a cresteaux,
Que de lancez, que de cousteaux ;
1770 Benedicite Dominus.
A l'arme.

BUTOR

A tours et a cresteaux ;
Vecy nos anemis venus.

BRUHIER

Sont-ilz grant gens ?

BUTOR

'' Ilz sont si drus
Que nommer je ne les scaroie ;
1775 Il y a mains gentilz gadrus
Qui pour nous assieger s'arroient ;
Chacun est au bout de sa roye
Pour perdre cuir et corions.

1742 des hayes — 1744-1745 *ind. scén.* gaiges —
ant — ains — en leur — arler — *mq* A — leurs —
ns la — z sont — tent — arler *mq* B. — 1748 ses.

' 28 A. — '' 35° B.

1767 prendre.— 1771 A l'arme *mq. ms* — cousteaux.

' 28° A. — '' 36 B.

J'ay si grant peur des horions
1780 Que le pance me debourbette,
Se dis mes borbotorions
Plus drus qu'ung singe qui barbette.

Ferme la porte et la barriere,
Je voy main dart et main penon
1785 Et mainte bonbarde en quarriere,
Ferme la porte et la barriere.

Ung canon de dehors.
Saint George.

BRUHIER

*Sainte Barbe, arriere :
Acoute quel cop de canon.

BUTOR

Ferme la porte et la barriere.

BRUHIER

1790 Je voy maint dart et main penon
Et maint escuyer de renon
Qui demoura le cul dehors :
La porte est close.

BUTOR

A l'arme ahors :
A l'assault, chevaliers bruyans,
1795 Escoutés quelz malos ruyans,
Comment il vont en l'air volant,
C'est pour saluer ung galant
Et pour emporter piés et mains.

POLIDAMAS, *duc*

Seigneurs, vecy l'ost des Romains
1800 Devant nostre cité famee,
Affin qu'el ne soit diffamee
Des proterves maudis payens,
Chevaliers et vous citoyens.
Ylion, Griffon, Florentin,
1805 Meliades et Basentin,
Dardan, Bruhier et Esprivier,
Soiés fors comme ung olivier,
Vostre querelle est juste et bonne.

URBAIN, *evesque*

** C'est pour l'adresse et vraie bone

1810. De la sainte foy catholique.

POLIDAMAS

Chacun se traveille et applique
Aux fais d'armes, et de sourcroyx,
Boutés le signe de la croix
Sus les murs, en plain estandart.

1815 Urbain, et vous, sire Mansart,
Priés pour nous a ce besoing.

*On dit : bouter sus les murs
ung estandart ou il y ait
une croix blanche.*

MANSART

* Noble duc, n'en soiés en soing,
Nous prirons pour vostre salut ;
Oncques guerre autant ne valut,
1820 C'est pour avoir baultains merites.

YLION

Montons sus tours et sus garittes,
Fournissons nos murs bas et hault.

A l'arme.

MELIADES

A l'assault, a l'assault,
Rués canons.

FLORENTIN

Rués bombardes,
1825 Batés le fer quant il est chault,
A l'arme.

GRIFFON

A l'assaut, à l'assaut,
Gardés vos yeulx, le feu en sault,
Tués chevaulx, abatés bardes,
A l'arme.

DARDAN

A l'assault, à l'assault,
Rués canons.

BASENTIN

1830   Rués bombardes,
Fourdriés ces testes lombardes

1781 borborions. — 1786, 1789 baniere *ms.* — 1809
corr : vraie et ?

*29 A. — ** 36* B.

1817 *ind. scén.* urs — it *mq A.*

* 29* A.

Sans espargnier chevaux ne mulles.

Ceulx de la ville
font grant effroy
et gettent canons.

MAXENCE

˙ Princes, centurions, consules,
Ducz et prefectz de regions,
1835 Faictes que de vos legions
La cité soit avironnee,
Ne laissiés creature nee
Issir hors qu'el ne soit ocise,
Tant soit notable ne precise,
1840 Il fault tout a l'espee mettre.

CONSTANTIN

˙˙ Seroit il point bon d'y transmettre
Une ambassade, pour scavoir
Se leur volenté et scavoir
Ne sont en bon propos changiés ?

MAXENCE

1845 Il fault qu'ilz soient assiegiés
Et assaillis et hutinés :
Je voy bien qu'i sont obstinés
En leur fiere raige subitte,
Encore que plus nous despitte,
1850 Ilz nous font moustrer par leur filz
L'imaige de leur crucefis
En banieres et pavillons.

CONSTANTIN

Se fault que nous les assaillons,
Ilz sont courageux et despis,
1855 Garnis de mailés et de picqz,
Ne craindent nos engens de poix
Non plus que semence de poix.
Sus, saudars et tous mes sequelles,
Dressiés engins, dressiés eschielles,
1860 Moustrés vos fais sans faire pompes,
Sonnés a l'assault en vos trompes.

On assault la cité d'ung
costé et d'aultre et rue on
canons et y a grant assault.

Retirés a vostre estandart,

Seigneurs, et tout aultre saudart ;
Ilz ont esté bien assaillis,
1865 Vous estes matz et affoiblis,
Reposés vous pour ceste fois.

ESCLISTRE

˙ On m'a donné ung croquepois
Sus le couplet de la cervelle.

TONNOIRE

D'ung gros maillet a contrepois,
1870 On m'a donné ung croquepois.

FOURDRE

Et on m'a pres coppé les dois
Tous jus, d'une grande alemelle.

TEMPESTE

˙˙ On m'a donné un croquepoix
Sus le couplet de la cervelle.

URSIN

1875 Las, vecy piteuse nouvelle,
Galathee, ma chiere amie,
Pour doubte de gent ennemye
Sommes nous cy dedens retrais :
S'avons trop failly a nos trais,
1880 Nous et nos biens sommes enclos,
Se nous fault morir en ce clos,
Et definer piteusement.

GALATHEE

Prenons en gré paciamment,
Mourons pour nostre createur
1885 Qui pour nous comme redempteur
Morut en crois de paine amere.

URSIN

Dieu et sa glorieuse mere
Nous mette au regne des parfais.

BUTOR

Hellas, mes yeulx, je suis deffais,
1890 On m'a crevé une paupiere ;
Je suis borgnes et contreffais,

1845 assiegeuis *A* — assieges *B.* — 1851 l'imaiges.
1861-1862 ung — [ruo] ns — sault *mq A.* — t la —
costé — et [ruons — [can] ous — assault *mq B corr :*
rue on.
˙ 37 *B.* — ˙˙ 30 *A.*

1881 fault *mq.*

˙ 37° *B* — ˙˙ 30° *A.*

Helas, mes yeulx, je suis deffais.

LE FOL

Et pais, de par le diable pais,
Que tu manie une orde chiere.

BUTOR

1895 Helas, mes yeulx, je suis deffais,
On m'a crevé une paupiere.

LE FOL

Saint Jan, je fusse alé arriere
Telles denrees y vent on.
* Qui n'a son arc et son baton,
1900 Je voy tres bien qu'i n'y fay nulz.
Juons des trotignons menus,
Marotte, vuidons le quiller,
** J'ay plus chier aller batiller
De mes dens et de mes deux lippes
1905 A une platelee de trippes.

POLIDAMAS

Urbain, pour donner rescomfort
En Dieu a tous nos habitans,
Que chacun se tiengne plus fort
Aux tres durs assaulx labitans,
1910 Faictes pour ces bons militans
D'une priere emission,
Sicque de tous maulx delitans
Ayent briefve remission.

URBAIN

Polidamas, c'est bien raison
1915 Que j'en face priere a Dieu,
Mansart, soies en oroison
Pour tout le peuple maladieu.

MANSART

Reverend pere, vecy le lieu
Tres devot, a ce convenable :
1920 Soions a genoulx au millieu
Pour faire orayson raisonnable.

URBAIN

O mon createur pardurable,
A ce besoing te fault requerre,

En ce bas monde peu durable
1925 Nous as mis pour ta gloire acquerre.
Tu vois la mort, tu vois la guerre
Qui s'apreste devant nos yeulx.
Je te pry que puissons conquerre
Enfin le Royame des cieulx.
1930 Pour exaucer nostre creance
Et ton nom mettre en excellence
Prendismes nostre recreance
En cité de paix et silence :
Mais guerre et dure pestilence
1935 Nous soupprendent l'ame et le corps.
* Mon Dieu, par ta benivolence,
Soie de nous misericors.

LUCINIEN

Maxence, nostre prince et guide,
Nos gens sont assés rafrechis
1940 Pour assaillir comme je cuide
Cristiens fors et agregis.

MAXENCE

Sus, a l'assault, grans et petis,
Chergiés engins a tous costés.
Moustrés vos vaillans appetis,
1945 Vous qui estes les mieulx montés,
Quant vous les avés surmontés,
Brulés moy tout, hommes et fames,
Et enffans nouveaulx enfantés,
Ilz mouront de mors tres infames.

Les trompettes et clarons
sonnent a l'assault
et doit on getter de de-
hors et dedens canons.

BUTOR

1950 A l'arme, a l'arme, sauvons nous,
La ville est prise et emfforcie.

BRUHIER

Bonnes gens, que devenrés vous ?
Il vous convient perdre la vie.

Pose tant qu'ilz
montent sus la muraille
et qu'i sont en la ville.

1897 jehan. — 1899 sont.

* 38 B. — ** 31 A.

1923 as amis. — 1949-1950 *indie. scéu.* Les — clai
— ssault — de de — ·cano *mq B.* — 1951 prince

*31ª A. — ** 38ª B.*

SERPENT

A mort, a mort.

DRAGON

Ville gaignie,
1955 Tuons tout, malles et femelles.

LAYANT

Tuons toute la compaignie,
A mort, a mort.

ESCORPION

Ville gaignie.
Tuons mere gisant, bagnie,
Et enffans pendans a mamelles.

SERPENT

A mort, a mort.

DRAGON

1960   * Ville gaignie,
Tuons tout, males et femelles.

*Ici se doivent esconser les
citoyens par dessoulz
le hourt.*

SERPENT

** Ca du feu.

DRAGON

Ca des estincelles.

LAYANT

Ca le soufflet.

ESCORPION

Ca la lanterne.

*Icy boutent le feu
en la ville.*

SERPENT

Pour bruler rues et ruelles,
Ca du feu.

DRAGON

1965   Ca des estincelles,
Ardons prestres, ardons pucelles,
N'espargnons pere ne paterne.
Ca du feu.

DRAGON

Ca des estincelles.

LAYANT

Ca le soufflet.

ESCORPION

Ca la lanterne.

CONSTANTIN

1970 Sus, enffans de malle gouverne,
N'espargniés duc ne hault lignage,
Moustier, hospital ne taverne,
Vous avés richesse et gaignaige.

ESCLISTRE

Ilz nous fault penser du pillaige,
1975 Prendons les biens des cytoyens
Et des aultres gens de villaige,
Tant de prestres que de doiens.

*Icy doivent prendre aulcuns
biens de meubles et lors les
reporter a Rome.*

TONNOIRE

Tay toy, puis que j'ay le doit ens,
* Nous arons joyaulx et vaisselles,
1980 Cainture d'or et telz loyens,
Estain, cœuvre, pos et paielles.

FOURDRE

Rotissons trippes et boyelles
De ces cristiens boursoufflés.

TEMPESTE

** Nous les taillerons par rouelles
1985 Ainsi que gros boudins enfflés.

Silete.

NOSTRE DAME

Mon dieu, mon pere, mon enffant,
Seul createur du firmament,
Pardurablement triumphant,
Sans fin et sans commencement,
1990 Recoy les ames en present
Des benois martirs glorieux
Qui de leur sang te font present
Pour avoir guerdon precieux.

1963-1964 *indic. scén.* nt — ville *mq B.*

* 32 *A.* — ** 39 *B.*

1977-1978 *indic. scén.* [aulcu] ns — rs les *mq A* —
rendre — ens — lors — les — ome *mq B.* — 1978 plus
ms — le *mq.*

* 32" *A.* — ** 34° *B.*

DIEU

Mere, ils seront guerredonnés
1995 De joye qui sera sans fin ;
Leurs loyers leur seront donnés
En eternel trosne divin.

Michel, mon archange begnin,
Allés querir leurs sainctes ames.
2000 Acompignié d'enge, affin
Qu'ilz voient nos haultains royames.

MICHEL

Dieu puissant, essence immortelle,
Je feray vostre volenté,
Se menray compagnie telle
2005 Qu'il plait a vostre magesté.

LE PREMIER ANGE

Departons par joyeuseté,
Michel, je vous compaigneray.

LE SECOND ANGE

Si feray je d'aultre costé,
Espoir que joye y gaigneray.

MICHEL

2010 ' Anges, prenons les esperis
Des martirs constans et estables,
Si les portons pour les perilz,
En joie sans fin delictables.

SATHAN

Mettés jus, de par tous les diables,
2015 Mettés les jus, nous les arons.

ASTHAROTH

'' Mettés les jus, senglans larrons,
Vous emportés ce qui est nostre,
Car une seulle patenostre
N'ont dit en leur profession
2020 Et sont mort sans confession,
Se venront en paine eternelle.

SATHAN

Avoir nous en fault piet ou elle,
Ilz n'iront point en paradis.

MICHEL

Departés vous, diables maudis,
2025 Ilz sont sans vice et sans esclandre ;
S'on deservi par sang espandre
D'estre lassus aureolés.

ASTAROTH

Comment il ont esté brulés,
Ils n'ont espandus sang ne trippes,
2030 Il fault bien que je les agrippe
En nostre infer, de mon houstieu.

SATHAN

J'appelle de vous devant Dieu
Se vous les apportés en gloire.

MICHEL

Alés vous en courant que loire,
2035 En lieux tenebreux qui umbroie.

SATHAN

Astaroth, nous perdons no proie,
Michel est trop fin espicier,
Il nous fault aler espluchier
' En la cendre et en la brasiere,
2040 S'il n'ont ame laissié derriere,
Se penserons de nous rescourre.

ASTAROTH

Il n'y a riens, pensons de courre
Devant nostre roy Lucifer,
Se nous venons en nostre infer,
2045 Nous arons no pastes restraintes.

MICHEL

'' Vray Dieu, vecy les ames saintes
Qui pour vous ont paine souffert.

DIEU

Couronnes leur seront attaintes
Pour guerdon, leur corps s'est offert
2050 A martire, comme il appert,
S'en aront ma gloire a tousjours :
Qui bien me sert, jamais ne pert
Son louyer en fin de ses jours.

ASTAROTH

Diables dampnés, puans et lours,
2055 Assommés nous de grandes meulles,

Tués nous, coppés nous les geulles,
Oncques pires on ne couva.

LUCIFER

Comment va, diables, comment va,
Rapportés vous riens de costé ?

SATHAN

2060 Ses angles nous ont tout osté
Et n'ont laissié ny os n'arecques,
N'y a que cendres et flamecques
Ou nous avons tappé nos grifz,
Le grand bon homme au mateau gris
2065 A tout fait ravir en son trosne.

LUCIFER

Deables, filz de pute matrosne,
Pendés ces quoquins par le col,
Se vous avés hart ou licol,
* Et leur enrachiés de vos pates
2070 Les langues hors de leurs gargates ;
Il ont desservi l'estrangler,
En tant qu'ilz ont lassié aller
Nos ames au hault lieu saintisme.
Traisnés les au parfont abisme
2075 De chaudieres et de fournaises,
Que senglante fievre punaises
Puissent gouverner l'atelee.

*Ilz font grant tempeste
en enfer et grant noise.*

MAXENCE

** Seigneurs, la cité est brulee,
On n'y voit vivant creature
2080 Qui ne soit toute anichilee
En pourre, en cendre et en ordure.

CONSTANTIN

C'est la plus grant descomfiture
Qui oncques avint au pais :
De ceste nouvelle adventure
2085 Seront cristiens tous esbahis.

MAXENCE

Ne vous chaille, ilz sont bien pugnis ;
Nous avons acquis bruyt et los,

Et nos saudars sont bien furnis
De butin, de pos et de los.
2090 Retournons, seigneurs, menons l'ostz
En la noble cité romaine,
Je me resjouys quand je l'os
En bruit et que je le remaine :
Chantés comme doulce seraine,
2095 Sonnés clarons au deslogier,
Puis que la journee est seraine,
Departons nous sans prolongier.

LA MERE SAINT QUENTIN

Zenon, mon seigneur et espeux,
Veci Quentin, nostre enffant chier,
2100 Bien nourri, pensé et repeux,
Et droit en point pour avanchier,
* Il est plaisant, droit et entier,
De vif sens et biau personnaige,
Ne scay enffant en ce quartier
2105 Qui soit aussi grant de son aige.
Il est humble, atempré et saige,
Tant de fait comme de parolle,
Tout son deduit, tout son usaige
Est de tenir papier ou rolle ;
2110 Je ne cuide pas, s'on l'escole,
Qu'il ne soit enffant pour apprendre
Et croy, s'il aloit a l'escole,
Qu'il a engien pour tost comprendre.

ZENON

Aux dieux devons les mains estendre,
2115 Qui tel enffant nous ont donné,
Il est, selon son aige tendre,
** Bien nourri et bien ordonné,
Et de vertus moriginé,
Sans orgeul n'aultre elacion :
2120 A cela l'ont originé
Les dieux par constellacion.
Puis qu'il a inclinacion
Aux livres et a l'escripture,
Ou qu'il soit n'en quel nation,
2125 Il amera meurs et lecture ;
Sa face moustre par nature
Qu'il sera grant homme et sachant,
Plain de meurs et de flouriture,

2076 mq.

* 34 A. — ** 41 B.

2095-2096 mq. — 2106 atrempe. — 2120 celon.

* 34° A. — ** 41° B.

Sans avoir nul vice meschant.

2130 Quentin, que dis tu, mon enffant ?
Veulx tu apprendre pour scavoir
Toy conduire en bruit triumphant
Par vertu et science avoir ?

QUENTIN

Mon chier pere, a vostre voloir,
2135 Je feray ce qu'il vous plaira :
Mais que j'en puisse mieulx valoir,
Tout mon engien s'i emploira.

ZENON

*Quentin mon filz, on te querra
Maistre pour toy endoctriner,
2140 Qui tres bon salaire acquerra,
S'il te veult bien discipliner.

LA MÈRE

Pour telz enffans illuminer,
Sans querir Sortes ne Platon,
Vous ne pouriés ymaginer
2145 Meilleur docteur que de Cathon.

ZENON

Cathon est saige, ce dit on,
Pour moriginer jovenceaulx,
J'y envoiray mon valeton
Qui scet maisons, bours et ruisseaulx.

2150 Zenet, enteng a mes consaulx,
Fay nous maistre Cathon venir
Abillement, va, cours et saulx,
Et pense de tost revenir.

ZENET, varlet de Zenon

**Sire, se g'y scay advenir,
2155 Il venra, vous ne povés mieulx :
Leissiés moy faire et convenir,
Je m'emploiray de corps et d'ieulx.

*Il s'en va a Cathon ;
Lucinien qui vient
de la guerre parle.*

LUCINIEN

Je voy les sains templos des dieux,
Les tres haulx palais romenicques,

2160 Le capitolle et les sains lieux
Dont Valere fait ses cronicques.

CONSTANTIN

Desploiés joiaulx et afficques,
Vous, les gorgias, faictez fer,
Car pour nos haulx fais manificques
2165 Sommes dignes de triumpher.

MAXENCE

De gemmes se fault estoffer,
Toute richesse soit moustree,
Tout attrait, sans luy eschoffer,
*Entrons en romaine contree,
2170 Car pour nostre prouesse oultree
Arons haultain bruyt.

CONSTANTIN

C'est raison.
Sonnés trompettes a l'entree
Pour faire armonieux son.

*Ilz sonnent trompettes
et clarons en entrant
a Rome.*

MAXIMIEN

Ho, nous avons oy le son
2175 D'une trompille armonieuse
Ou d'une tube de leton
Qui n'estoit point trop anuyeuse.

DIOCLESIEN

C'est quelque nouvelle joieuse
De victoire qu'on nous raporte.

2180 Orient, pour passer oyseuse,
Va tout jeuant jusqu'a la porte
Et voy que c'est.

ORIENT

Je me transporte
Jusque la fleur de gentillesse,
Il faura bien qu'on se deporte,
2185 Se c'est matiere qui nous blesse.
Haulx seigneurs, c'est vostre noblesse,
**Vos enffans, vos gendres humains
Qui reviénnent, a grant leesse,
En triomphe l'os des Romains.

2129 mescham. — 2143 corr : Socrate ou ? — 2157-
2158 indic. scén. [vie] nt mq A — Cathon — ient —
et parle mq B — va querir au lieu de va a.

* 35 A. — ** 42 B.

2168 suis. — 2172-2174 indic. scén. cttes — en
[entrant] — ome mq B. — 2177 anueuse. — 2188
corr : remennent ? — 2189 de.

* 35° A. — ** 42° B.

DYOCLESIEN

2190 Aussi n'en pensiesmes nous mains,
Toutes joyes nous sont prospere.

MAXENCE

Loons nos dieux, tendons nos mains
Aulx dieux et aulx haultaines speres.

MAXENCE

Biaux princes, biaux pers et biaux
                                    [peres,
Dieux vous y sachent.

MAXIMIEN

2195   *Bien vegnans
Biaux enffans, biaux cousins, biaux freres,
Biaux prinches, biaux pers et biaux
                                    [peres.

DYOCLESIEN

Benois soient peres et meres,
Qui tels enffans furent gaignans.

CONSTANTIN

2200 Biaux prinches, biaux pers et biaux
                                    [peres,
Dieux vous y sachent.

CONSTANT

                        Bien vegnant ;
Nul de vous ne s'est complaignant
De plaies ne de horions ?

LUCINIEN

Nennil, tous nos centurions,
2205 Nos tribuns, nos gens, nos saudars,
Nos pavillons, nos estandars,
Nos salades et nos grenieres
Sont tous sains, n'avons licz ne bieres
De malades ne d'escloppés,
2210 Et tous furent desvoleppés,
Quant ce vint a lances baissier.

DIOCLESIEN

Enffans, il vous convient aisier ;
Sceez vous icy et si nous dictes
Comment ces maudis ypocrites
2215 Ont esté mis a sacquemans.

MAXENCE

* Par la vertu de vos commans
Qui l'unyvers monde corrige,
Avons au province de Frige
Assegiet une cité grande,
2220 Plaines de cristiens, engrande
De vous faire du mal assés ;
Combien que fussiesmes lassés
A porter leur trait et leur sault,
En fin le presismes d'assault
2225** Et puis y boutasmes les feus,
Dont pour les faire plus conffus
Et affin de s'en despechier,
Sans les copper ne despechier,
Nous les brulasmes la dedens
2230 Tous ensemble malgré leurs dens,
Sans espargnier filles ne fieulx,
Grans et petis, josnes et vieulx,
De tout sexe et de tous estas ;
La gisent par mons et par tas,
2235 En charbons et en cendre noire.

DIOCLESIEN

Par Vulcan, qui fait la tonnoirre,
C'est bien esprouvé sa jonesse.
Contre ceste gent felonnesse,
Chacun face feste par tout,
2240 Dressiés tonneaulx sus le biau bout,
Criés pour la haulte victoire
Largesse a plenté, car l'istoire
Est mieulx digne pour lors avoir
Ung triumphe d'or et d'avoir
2245 Que les affricquans Scipions.

MAXIMIEN

Reposés vous, biaux champions,
Reposés vous tout a vostre aise,
Consules, prevostz et pions,
Vous estes dignes qu'on vous baise,
2250 Qu'on vous serve et qu'on vous complaise,
Et qu'on vous adore en ce monde,
Car la gent que plus nous desplaise
Avés mené a mort immonde.

2192 Louons ms. — 2194 Biaux princes, beaux pers,
et beaux constamment jusqu'au vers 2200 inclus A.
— 2197 et mq. — 2208 liez. —

* 35 bis A.

2220 et engrande. — 2233 sexte ms. — 2243 lors
r biffé. — 2250 complise.

* 43 H. — ** 35° bis A.

Pose

ZENET

   * Flora, deesse tres feconde
2255 Des fleurs et des beaux violiers,
   Vous octroit sa gloire feconde
   Et a tous ces beaux escolliers.

CATHON, *maistre d'escole*

  ** De besans cent mille milliers
   Te doint Mars, mon gubernateur ;
2260 Es tu pas l'ung des familliers
   Zenon, le saige senateur ?

ZENET

Oy, maistre, son serviteur.

CATHON

Comment se porte il le bon sire ?

ZENET

   Tres bien, Cathon, tout bruyt, tout heur
2265 Luy survient comme il le desire.

CATHON

Or cha, Zenet, que veulz tu dire ?

ZENET

   Zenon, dont j'ay fait mention.
   Vous prie que sans contredire
   Venes jusque sa mansion.

CATHON

2270 Tu vois mon occuppassion,
   Mes escolliers sont tous venus,
   Lire me fault la passion
   De Jupiter et de Venus.

ZENET

   Maistre Cathon, n'atendes plus,
2275 Il vous mande pour ung grant bien,
   Laissiés convenir le surplus,
   Car tousjours en ferés vous bien.

CATHON

   Zenon est un grand terrien
   Bien amé au pais romant,
2280 Quant jamais ne m'en verroit rien,
   S'obeyray je a son conmant.

   Sus, Zenet, chemine devant,
   Tantost seray la resident.

   Crispin, tu es d'or en avant
2285 De tous aultres le plus prudent,
   Soies icy leur president
   Et leur moustre jusqu'au retour.

CRISPIN

  * S'il y avient quelque accident,
   G'y remediray a mon tour.

CATHON

2290 Enffans, soiés en paix ce jour,
   Se vous faites noise ou tensson
   Et je reviengne a mon sejour,
   Je vous escourray le plisson.

CRISPINIEN

   Je recorderay ma lecon
2295 Pour le scavoir au revenir.

CATHON

   Lucien, mon doux enffancon,
   Il te fault avec moy venir.

LUCIEN

   Maistre, je suis prest d'obeir
   A vostre bonne volenté
2300 Et d'escouter et de veir
   Toute chose d'honnesteté.

ZENET

   Chier sire, j'ay tant enquesté
   Que Cathon, philozophe saige.
   Vient ceens et s'est fort hasté
2305 Pour vous complaire en tout usaige.

ZENON

   Tu as si bien fait ton messaige
   Que nul ne t'en saroit remettre.

CATHON

   Janus, qui garde le passaige
   Des cieulx, vous veuille en gloire mettre.

ZENON

2310 Bien soiés venus, nostre mestre,
   Mettés sus, couvrés vostre chief,
   Je ne me saroie entremettre

2258 pesans. — 2260 familliers A. — 2280 *corr :* venroit ?

' *43° B.* — '' *36 A.*

2294 regarderay. — 2303 philophe.

' *36ᵃ A, 44 B.*

De tant d'onneur.

CATHON

Venons a chief
De matiere.

ZENON

* Je vous dis brief
2315 Que j'ay ung mien enffant ceens,
Qui tousjours tient ou livre ou brief
** Et est desja saige et sciens ;
Vous estes des plus anciens
Philosophes de Romenie,
2320 Qui scavés plus que Egiptiens
De science, d'astronomie.
Regardés, sa phisonomie
Est tant de grace engourdinee
Que certes il ne pouroit mie
2325 Avoir malvaise destinee ;
Vous estes sans tache obstinee,
Plain de meurs et de divin don,
Se veuil que soir et matinee
Mon fils soit en vostre habandon.

CATHON

2330 Pour gaignier honneur et renon
Et hault meritte celestin,
Je le prenray, mais de son nom
Comment le nommés vous?

ZENON

Quentin.

CATHON   .

en le prenant par la main

Quentin, serés vous mon affin?
2335 Vous menray je en nostre maison?

QUENTIN

Oy, si vous plaist, maistre, affin
Que j' apprende en toute saison.

CATHON

Vecy vostre per et socon,
C'est Lucien, vous deux serés
2340 Tout d'ung lit, tout d'une lecon,
Et ensamble converserés.

LUCIEN

Quentin, mon amy, vous venrés
Demourer en notre pourpris.

QUENTIN

* Lucien, quant vous m'y verrés,
2345 Nous apprenrons vertus et pris.

ZENON

Je vous requiers qu'i soit apris
En meurs et en condicions,
Et s'il offence. il soit repris
De vergettes et de cions.

LA MERE

2350 ** Donnés luy petis horions,
Il est tendre et fresle que voirre,
S'il est batus des corions,
Il moura tantost.

ZENON

Voire, voire,
Se vous voullés sa mere croire,
2355 Il sera sans correction,
N'espargnés verges ne cassoire,
Quant il fait quelque extorcion ;
Moustrés luy demonstracion,
Sophime dialetical,
2360 Elence, persuasion
Et tout terme rethorical.

CATHON

Selonc mon povre sens rural,
Autant qu'il se poura estendre,
Tant les ars que le sens moral
2365 Luy feray scavoir et entendre ;
Onze enffans me convient apprendre
De noble sang, de lieu, de bien,
Et se Quentin s'i peult comprendre
Douze en aray, se seray bien.

ZENON

2370 Moustrés luy selonc son engien,
Cathon, nostre amy et confrere.

CATHON

Aussi feray je tout a gien,
Il n'ara point pis que mon frere.

2213 Benons *A*. — 2319 romanie. — 2337 japren-
dre. — 2338 pere.

* *37 A*. — ** *44° B*.

2351 vairre *A*. — comme ung voirre.— 2357 fais.—
2366 d *biffé A* — douze *B*.

* *37° A*. — ** *45 B*.

LA MERE

' Adieu, mon filz.

QUENTIN

Adieu, ma mere.

LA MERE

2375 Adieu, mon tres doulz enffancon.

ZENOX

Adieu, Quentin.

QUENTIN

Adieu, mon pere.

LA MERE

'' Adieu, mon fils.

QUENTIN

Adieu, ma mere.

LA MERE

La departie m'est amere.

ZENON

Adieu, ma doulce nourecon.

LA MERE

Adieu, mon fils.

QUENTIN

2380   Adieu, ma mere.

LA MERE

Adieu, mon tres doulz enffancon.

Ilz s'en vont.

LE FOL

Respondés cy, maistre cauchon,
Vous estes le bruyt de la feste,
Que dirés vous d'ung limechon
2385 Qui a les cornes en la teste ?
Esse point une forte beste ?
Sa maison porte sus son dos.

Or vecy d'ung aultre propos.
On dit hier en nostre maison,
2390 Dieu mette en mal an tous les fos
Qui machent du sens sans raison.

CATHON

Enffans, faictes paix et quoy son,
Affin que je n'aye accoison
' De batre ou de verges cœullier :
2395 Vecy un nouvel escolier,
De noble sang et geniture,
Qui sera de vostre lecture.

LUCIEN

Entendés les dis de Cathon,
Quentin.

CATHON

Enffans, que vous doit on
2400 Exposer, s'aray audivit ?

PIAT

On doit lire infantem nudum
Cum te natura creavit.

CATHON

'' Entendés a ce qu'il a dit,
Tous ensembles, grant et moien,
2405 Piat, Crispin, Crispinien,
Rieule, Victorice, Ruffin,
Marcel, Valere, Fuscien,
Luciam, Eugene et Quentin :
Je vous construiray en latin
2410 Du mettre qu'il a raconté
C'est infantem nudum cum te
Natura creavit pauper
Tatis onus pacienter
Ferre memento. Quant nature
2415 Vous a creés nudz sans vesture,
Souviengne vous aulcunement
De soustenir pasciamment
Le grant fardeau de povreté.
Nature vous a enffanté
2420 Tous nudz comme mere et nourrice,
Tant le noble comme le riche,
Et tous nudz vous recepvera
Nature, quant la mort venra.
Se vous avés adversités,
2425 Dommaiges ne mendicités,

' 38 A. — '' 45° B.

2400 seray ; corr : s'aroz ? — 2401-2402 non souligués
2420 et suy.
' 38ᵛ A. — '' 46 B.

* Souviengne vous qu'au monde advers
Venistes aussi nudz que vers
Et n'aportastes que la peau,
Sans avoir robe ne chapeau ;
2430 Se vous avés, comme on entasse,
Or, argent, en bource ou en tasse,
Fortune par sa decepvance
Vous a estoffés de chevance,
Mais en fin reprenra ses pieces,
2435 Ce qu'on ne cuideroit a pieces.
Example, Dioclesien
Riche empereur, bien sus le sien,
N'est il mye pellifyés
Comme ung hault dieu gloriffiés,
2440 Il a premier trouvé le tour
D'enserrer en son noble atour
** Pierres precieuses et gemmes,
Tant sus toques et sus achemmes.
Jassoit ce qu'il soit adoré
2445 Comme l'ung de nos dieux dorés,
Se fault il qu'il viengne a son compte,
Que fortune a son buriau conte
Et qu'il s'en voit povres et nudz
En terre dont il est venus.
2450 Il fera comme l'irechon,
Qui se cherge en toute fasson
De grosses pommes sur son dos,
Et puis quant il vient au ridos
Pour soy bouter en sa taniere,
2455 Ses pommes demeurent derriere.
Ainsi laira toute richesse
Au bort de fosse ou tout ris cesse :
Puis dont qu'on vient tout nud au monde
Et que tout nud on y redonde,
2460 Nous debvons bien porter le fais
De povreté et de tors fais.

Quentin, a tu bien retenu?

QUENTIN

*** Ouy, maistre, je vins tout nud
Au monde, et tout nud m'en riray,
2465 Dont pacience maintenray
Contre povreté sans deffault.

CATHON

Par la loy que tenir me fault,
Tu as un engin angelique.

QUENTIN

Maistre, souffrés que je replicque
2470 Sus vostre declaracion,
Mais c'est sauve correction,
Quoy que je die.

CATHON

Hardiment.

EUGENE

Quentin a bon entendement,
C'est ung escolier tres notable.

QUENTIN

2475 * Je vous concede ce notable
Que nous venons au mondain centre
Trestous nudz, du maternel ventre,
Plourans, gemissans tendrement,
Sans avoir quelque habillement.
2480 Mais bestes brutes, cerfz, lyons
Et cent aultres par milions
Naissent au monde revestues,
Grandes et grosses et patues,
Et se mettent aux paturaiges
2485 D'elles meismes sans avantaiges.
Puis que nature nous deffault
En ceste qualité, il fault
Qu'aucun aultre nous veste ou cœuvre.

CATHON

Fortune est celle ou on recœuvre
2490 De robe soit laide ou vilaine.

QUENTIN

Voir tissue de la laine
** De brute generation,
Mais c'est grant malediction,
Que genrre humain, pour ses abis,
2495 Porte le veaurre de berbis,
Cela ne peult en mon decret.

CATHON

Je te diray tout le secret,
Quentin, entens et si escoute.

2427 venisces. — 2449 comme il. — 2450 sera B —
lirchon ms. — 2455 demeurront. — 2456 Ains.

* 39 A. — ** 46° B. — *** 39° A.

2473 Cathon a ms. — 2481 cens. — 2489 telle.

* 47 B. — ** 40 A.

Le gendre humain qui tant chier couste
2500 Est composé d'ame et de corps ;
Fortune, dont j'ay fait recorps,
Revest le corps d'abis mondains,
Pourissans, passans comme dains.
Mais l'ame, qui est immortelle,
2505 Fait sa chemise et sa cotelle
De meurs et de vertus morales
Que bestes brustes et rurales
Ne peulent vestir en nulle heure,
Car ceste vesture est meilleure
2510 Que nulles robes ou juppeaux
De lins, de laines ne de peaux.
'Pour ce que l'ame est raisonnable
Et celeste, il est convenable
Qu'elle soit mieulx habituee
2515 Que la char en bas situee,
Pour a haultain bien parvenir.'

QUENTIN

La esse que je veuil venir:
Puis que nous naissons les corps nudz,
Sans estre velus ne cornus,
2520 Ce nous seroit confusion
Se nos dieux, par infusion,
Ne nous donnoient tres grant sommes
De vertus, veu que nous sommes
Par creation plus parfais
2525 Que bœufz ou moutons contrefais ;
Et comme la litture couche,
'' Povreté est d'estrange touche
Car il faut prendre pacience
Contre elle, seloncq ma science.
2530 Et ceste pacience la
Ne se tient de ca ne de la,
Sus teste, sus main ne sus doit;
Se convient, et raison le doit,
Qu'elle soit en l'ame posee.

CATHON

2535 Nature humaine est composee,
Comme j'ai dit, de corps et d'ame,
Qui du corps est maistresse et dame,
Et celle ame a pluseurs puissances,
Ou vertus prendent leurs naissances ;
2540 Les aulcunes sont naturelles

Et nutritives, par lesquelles
Avons participacion
En tant qu'a generation,
Croissance et telles besongnettes,
2545 Avec plantes de racinettes,
Vivans vegetativement,
Sans engien et sans sentement.
Aultres puissances cognitives
Sont celles qui sont sensitives,
2550 'Comme quant boutons ou sacquons,
Et par elles communicons
Avec lyons et bestes mues
Et les oyseaux qu'on tient es mues.
Une aultre est la supellative,
2555 C'est la puissance intellective
Et volenté racionele
Qui nourrit vertus soubz son ele.
Telle aux bestes pas n'appartient,
Mais l'ome en possesse et la tient
2560 Pour venir a felicité.

QUENTIN

Comme vous avés recité,
'' Il nous fault nostre ame vestir
De vertus, pour le convertir
A felicité qui excede
2565 Tout bien qui du monde procede.
Puis que si avant nous boutons,
Dictes nous quelz fleurs, quelz boutons,
Et quels branches ces vertus ont ?

CATHON

Douze vertus morales sont,
2570 Dont vous douze, sans que j'en soie,
Serés mieulx vestus que de soie ;
De moy oir chacun s'efforce.
C'est prudence, justice, force,
Attemprance, affabilité,
2575 Mansuetude, verité,
Largesse, magnanimité,
Magnificence et amisté
D'honneur, avec eutrapelie.
Sans que plus on en multiplie,
2580 Des douze, quatre originales

Sont, qui se nomment cardinales :
C'est prudence, force, justice
Et attrempance en aulcun vice.
Des quatre, l'espirituelle
2585 Est prudence intellectuele,
Saige de vertus directive
Et providence perceptive
Du present et futur temppire
* Et du tamps preterit memoire.
2590 Puis justice est d'aultre costé,
Qui repose en la volenté,
Et est de rendre a toute gent
Ce qui est sien, soit povre ou gent,
Aux dieux encens, au maistre honneur,
2595 Et estre au serf guerredonneur.
L'autre vertus est force dite,
Quant aulcun specule ou medite
** De trouver fruit de collaudace
Entre couardise et audace.
2600 Et l'autre est nommee atrempance,
Dont continence est une brance,
Et est quant le frain est donné
A l'appetit désordonné
Et qu'on restraint par ferme point
2605 L'aguillon de la char qui point.
Les autres VIII sont despendantes
Des quatre a leurs branches pendantes ;
Liberalité se doit prendre
Entre avarice et trop despendre ;
2610 Magnificence est entendue
Quant la chose est haulte et ardue ;
C'est amisté d'onneur et geste
Quant elle est moienne et honneste,
Et magnanimité loisible
2615 Quant elle est en terme irascible.
Mansuetude est a eslire
Entre mitidité et l'ire.
Verité est chose fermee,
Chose voire en droit confermee.
2620 Effabilité curiale
Est sans faulseté furiale,
Et eutrapelie se treuve
Qu nt on se jue et qu'on s'espreuve
En jeux honnestes sans perilz,

2625 Pour recreer les esperis.

Vela douze nobles vertus
* Dont vous XII serés vestus
A cause que dame nature
Vous met au monde sans vesture :
2630 Qui fault a l'une, il fault a toutes,
Il les fault amasser par routes.
Pour tant, mon chier enffant Quentin,
Que ton engin est celestin,
Penetrant et speculatif,
2635 ** Il te fault estre perspectif
De ces XII vertus concquerre.

QUENTIN

S'on les peult avoir par enquerre,
Je porteray mendicité,
Pacience en advercité
2640 Et pluseurs aultres fais menus.

CATHON

Doncques paupertatis onus
Pacienter ferre memento.

VICTORICE

Dictes nous, au nom d'Appolo,
Comment ces vertus glorieuses
2645 Viennent es ames precieuses :
Sont ce dons de dieux ou de fees,
De phantosmes ou de morphees,
Ou d'aulcune nimphe horreade ?

CATHON

Cela vous dirai je tout rade ;
2650 Leur droit fondement radical
En l'ome qui est rudical
Vient de nature, et cuer humain
Le parfait, non pas a la main,
Mais par raisonnable habitude.

QUENTIN

2655 Souffrés que mon sens gros et rude
Demande ung petit quolibet :
Nos dieux, qui sont fais au courbet,
A qui nous ruons nos encens,
Ont ilz ces vertus cy ?

2606 despendances ms. — 2609 et et.— 2612 amistie A, amitie, B. — 2617 midite.

* 48º B. — ** 41º A.

2622 trapelie. — 2631 et les. — 2632 effant. — 2641 Docques A. — 2641-2642 mots latins non soulignés. — 2646 sont et. — 2636 colibet quolibet B — colibet exponctué A.

* 49 B. — ** 42 A.

CATHON

Je sens
2660 Qu'ilz ont grant vertu meritoire

QUENTIN

Je preuve qu'ilz en sont exens
* Par argument contradictoire.
** Tous ceulx qui ont vertus ou sens
. . . .
Nos dieux n'ont ne sens ne memoire ;
2665 Dont s'ensieut que nos dieux presens
N'ont vertu ne qu'un mandegloire ;
La maiour est assés notoire.

CATHON

La maieur est, quant au divin,
Fausse assés et non pas a croire.

QUENTIN

2670 Soit mayeur ou soit eschevin,
Il est aussi cler que le vin
Que ce qu'on charpente ou rabote
A mains de sens qu'une escharbote ;
Et vertu n'est pas convenable
2675 Sinon en chose raisonnable ;
Pour quoy je conclus qu'i n'ont point
Vertu en eulx.

CATHON

Tant qu'a ce point,
Se les ymaiges de nos dieux
Ne se bougent de mains ne d'ieux,
2680 Se ne s'ensieut il pas pour tant
Que ceulx qu'i sont representant
Ne soient lasus translatés,
Bien vestus et bien preslatés
De toute bonté vertueuse
2685 Ou felicité sumptueuse :
Car par leurs constellacions
Et incessables motions
Gouvernent tout humain suppos.

QUENTIN

Comment n'ont il point de repos?
2690 C'est grant travoil d'aller tousjours ;
Phebus, qui esclare les jours,
Est il contraint de cheminer

A jamais sans point retourner?
Ce luy est ung grant purgatoire.

CATHON

2695 * Nature, dont on lisoit oire,
On une aultre cause premiere,
Principe et essence sommiere,
Luy baille son cours plainement.

QUENTIN

** Voire, et le constraint tellement
2700 Qu'il ne peult aller a l'encontre.
Si tost q'ung de nos dieux rencontre
Une nuee trop obscure.
Il n'y a Phebé ne Mercure
Qui ne perde son luminaire
2705 Et si sont tous de si bon aire
Qu'il ne respondent mot ne son.
Je ne scay pour quelle raison
Nous en faisons si haulte feste :
Et de la cause manifeste
2710 Qui les regit et les apointe
Et nous baille vertus en pointe,
On n'en fait quelque sacrifice ;
Se j'avoie a faire l'office.
J'en chanteroie a haulte notte.

CATHON

2715 Dia, Quentin, quand bien je te notte,
Tu enquiers trop avant des choses :
Je n'ay les textes et les gloses
Pour ton soubtil entendement.

QUENTIN

Respondés a cest argument,
2720 Maistre Cathon : je ne puis croire
Qu'ilz soient pluseurs dieux.

CATHON

Encoire ;
Biau sire, ne me temptés plus,
Il vous souffice du surplus
Sans plus de disputacion.

2725 Ruffin, fay moy resumption
De ce qne tu m'as oy lire.

RUFFIN

   * Maistre, je ne saroie eslire
    Plus noble vertu ne plus gente
    Que prudence, c'est la regente
2730 De toutes branches et rainceaux.
    Mais pour entre nous, jovenceaux
    Qui estudions a l'escolle,
    N'est vertu qui tant me consolle
    Qu'eutrapelie, elle recree
2735 Toute personne humaine cree ;
    A cela veulz je bien entendre.

VALERE

   ** Ung arcq se foulle a tousjours tendre ;
    Nous avons long temps disputé,
    Lut et relut et escouté
2740 Sans prendre recreation :
    Faisons fin d'operacion
    Sans estudier longuement,
    Et au joieux advennement
    De Quentin, nostre bien amé,
2745 Vous prions, maistre renommé,
    Que nous puissons aller juer.

CATHON

    J'en suis content, mais de ruer
    Et de faire les malvais gars
    Avant la ville, en champz n'en gars,
2750 Gardés vous bien chacun sus l'œil.

FUSCIEN

    Si ferons nous, maistre.

CATHON

            Je veuil
    Que vous en allés paire a paire,
    Pas a pas, et en ce repaire
    Soiés ains que le jour anuyte.

MARCEL

2755 Nous irons par bonne conduite,
    Mon maistre, il n'en fault plus parler.

FUSCIEN

   *** Enffans, ou pouroit on aller
    Veoir je ne scay quoy d'estrange ?

VICTORICE

    Veci le temple, en une grange,
2760 Des cristiens qui sont noveaux ;
    Ilz ne tuent vaches ne veaulx
    Pour sacriffier a leurs dieux.

RIEULE

    Puis qu'ilz ont estranges hostieux,
    Regardons quel chose on y brasse.

    Lors les XII vont regarder autour de
    l'esglise de Rome.

PIERRE, *exorciste*

2765 Pere saint, Dieu vous doint sa grace
    De porter la dure nouvelle
    Qui se devolle et renouvelle
    Par tout le bas siecle univers.

MARCELLIN, *pape de Rome*

    Comment, Pierre ?

PIERRE

          * Les faulx pervers
2770 Imperateurs, nos anemis,
    Ont en feu et en flambe mis
    Une cité, n'a pas long temps,
    Et brulé tous les habitans
    Cristiens qui la se tenoient.

MARCELLIN

2775 Helas, biau filz, ou sejournoient
    Ces cristiens tant desolés?

PIERRE

    En Frige on esté tous brulés
    Sans y laissier fleur ne semence.

MARCELLIN

    Dieu, par sa divine clemence,
2780 Les mette en lieu celestien.

MARCELLUS, *evesque*

    Puis que le fier Maximien
    Est eslevé au hault empire,
    Nous arons finé, c'est le pire
    Qui puist sus la terre marchier.

2730 rameaux.— 2732 que.— 2736 je *mq.* — 2737 co.
— 2742 longuement. — 2750 nen champ *ms.* — 2751
Fustian *A*, Fussian *B*.

* *43° A.* — ** *50° B.* — *** *44 A.*

2759 peuple.— 2761 tient.— 2764-2765 *indic. scén.*
cgarder — de Rome *mq A.* — 2768 fache univers. —
2769 Macellin *A*, Macellain *B.* — 2781 fiet.

* *41 B.*

MELCIADES, *evesque*

2785 * Frere, il ne nous fault desmarchier
De sainte foy pour ses tors fais.

CLAUDIEN, *prestre*

Hellas, nous serons tous deffais.
Du faulx tirant qui est plain d'ire,
Car de meffaire et de mesdire
2790 C'est trestout son estudier.

QUIRINUS, *prestre*

Il est tamps d'y remedier
Et d'assambler aux bregeries
Les oeilles qui sont peries,
Ains que la chose soit plus griefve.

MARCELLIN, *pape*

2795 Je feray collacion briefve,
Se chacun impose silence.
Pour abaissier la pestilence
Qui se nourit en recelee.

CYRIACUS, *diacre*

** Nostre foy est anichilee,
2800 Se dieu par pité n'y pourvoie.

Pere saint, mettés vous en voie
De preschier et nous vous orrons
Si longuement que nous pourons,
A grant crainte et dure destresse.

SICINIUS, *diacre*

2805 Je prie a Dieu qu'il nous adresse
Si bons et vaillans champions
Que les tirans escorpions
Soient rembarrés en leurs trés
Et prins.

MARCELLIN, *pape*

Beati pauperés.
2810 Saint Mahieu ces beaux mos escript
Et nostre sanveur Jhesucrist
De sa bouche les prononca :
On voit comment il exauca
Le simple estat de povreté.
2815 *** On voit la haulte auctorité

Et la clere beatitude
De ceulx qui en ont habitude,
Car nous sommes tous asseurés
Que povres gens sont bienheurés.
2820 Povres aront de biens monjoye,
Povres aront parfaite joie,
Povres aront gloire a toudis,
Povres aront hault paradis,
Povres aront richesse enfin,
2825 Povres aront tout. Mais affin
Que je vous puisse reciter
Chose qui vous puist proffiter
Pour grace avoir sans tache amere,
Nous salurons la vierge mere.
2830 Qui a Joseph se maria,
En disant Ave Maria.

QUENTIN

Mes freres, avés vous oy
Ce que cil la sermone ?

LUCIEN

* Oy,
Nous y avons tendu l'oreille
2835 C'est une chose nompareille
Que d'oyr ce qu'i veult retraire.

QUENTIN

Il nous moustre tout le contraire
De la lechon qu'on nous nommoit,
Car maistre Cathon nous armoit
2840 Contre poverté blasme et honte.
Et cil qui ore sermonnoit
Dist qu'on en doit faire grant compte.

CRISPIN

Oyons tout ce qu'il nous raconte,
Ses paroles me vont au cuer
2845 Et m'enflambent de telle vigeur
Que j'oublie Mars et Serés,
Et tout.

MARCELLIN, *pape.*

** Beati pauperés.
Men sermon se devisera
En deux poins, le premier sera

2801 vous *mq.* — 2805 Sisinius.

* 44° A. — ** 52° B. — *** 45 A.

2822 gloira a. — 2825 mais en afin. — 2839 armais — 2841 sil *corrigé en* cil A. — sil que B.

* 52 B. — ** 45° A.

2850 De povreté, qu'aucunes gens
     Attribuent aux indigens :
     Le second sera salutaire
     C'est de povreté voluntaire.
     Le premier poins de mes recors
2855 Est povreté qui vient au corps
     Et est quant on pert sanité,
     Vigeur de membres ou beauté,
     Ou quant on n'a point de potaige,
     Or n'argent, robe n'avantaige
2860 D'en avoir par art ou science :
     Et malgré soy, sans pacience,
     On endure ceste souffrete,
     C'est indigence toute preste,
     Non pas poverté vertueuse.
2865 Contre tel rigeur digiteuse
     Fault il prendre, ce dit Cathon,
     De pascience le baston,
     Pour ce fault il aux enffans nudz
     Porter paupertatis onus.
2870 *Le second point qui ne perit
     Est de povreté d'esperit
     Et est quant la personne endure
     Faim ou soif, traveil ou froidure,
     Et qu'il relemquist bien mondains,
2875 Offices et honneurs soudains,
     Et que volentier, sans contrainte,
     Il endure ceste restrainte
     Pour l'amour de Dieu qui s'offry
     En croix pour nous quant mort souffry.
2880 Ceste povreté est honneste,
     Tres pure, vertueuse et nette,
     Et de celle parle David
     Quant il dit dispersit, dedit,
     ** Pauperibus, iusticia
2885 Eius manet et cetera.
     De telz povres sera Jhesus,
     Son royalme en gloire lassus :
     Et ceulx qui d'hommes ou de femmes
     Porteront oprobes, blaphemes,
2890 Haynes, persecucions,
     Et de mort executions,
     Pour sa foy avancier et croistre,
     Aront son pardurable cloistre.

     Que vault servir ydoles sourdes,
2895 Sans soing, sans sens, laides et lourdes,
     Qui n'ont ne bras ne main ne face
     Ne membre en corps qui bien leur face,
     Ne langue es dens qui parle ou chante,
     Se les diables ne les enchante ?
2900 Et se lassus sont translatés
     Stellifiés et planetés,
     Sont il esclipse et grant decours ;
     Encore n'ont ilz point de cours
     Se plus grant d'eux ne les avance,
2905 Qui est vray Dieu sans decepvance.
     Immobile et seul createur
     Et de sa gloire largiteur
     Au povre qui le sert a point,
     Comme son vray retributeur ;
2910 Et vela quant au second point.

                QUENTIN
     *Enffans, ne vous disoy je point,
     Devant Cathon, en plaine escole,
     Que cil qui remeut et escole
     Mars ou Venus, es haultain cieulx,
2915 A mieulx desservi qu'on l'acolle
     Et qu'on le serve, que nos dieux ?

                PIAT
     Oy, Quentin, je vous ensieux ;
     Ce precheur l'a determiné.

                CRISPIN
     ** Depuis l'eure que je fus né,
2920 N'oys ainsy preschier personne ;
     Il dit que raison si consone
     Qu'il est ung seul dieu tout puissant,
     Qui les aultres va conduissant,
     Sans fin et sans commencement.

                QUENTIN
2925 S'il a finé son preschement,
     Il nous infourmera du fait :
     J'ay grant desir qu'il ait parfait,
     Affin que luy livre castille.

                RIEULE
     Sa raison est vive et subtille
2930 Et vraie demonstration.

2850 quaucuns. — 2878 souffrit. — 2882 telle.

* 42° B. — ** 46 A.

2897 menbres. — 2914 mais. — 2918 se A. — 2919
mq. — 2921 se. — 2929 Rieula A.

* 53 B. — ** 46° A.

MARCELLIN, *pape*

Pour finable conclusion,
Soiés povres es qualités
De toutes temporalités,
Car ung cameau rude et pesant
2935 Seroit bien cop plus tost passant
Par le trou d'une aguille fine
Qu'ung riche homme en gloire divine.
Prenés example au Dieu des dieux
Qui povre et nudz de corps et d'ieux
2940 Vault naistre, mourir et finer
Pour ceste vertu affiner.
Soiés humbles sans fiction :
S'arés la benediction
De Dieu en celeste demaine,
2945 A laquelle celuy vous maine
Qui regnat sine macula
In seculorum secula.

RUFFIN

Vela ce sermon terminé :
Le prescheur soit examiné
2950 De ce dieu qu'il a tant preschié.

MARCEL

** Il sera tantost despechié
Soit en romant soit en latin.

VALERE

Qui en prendra le fait ?

MARCEL

                  Quentin :
Il est subtil, plain d'eloquence
2955 Pour nier une consequence
Et venir a solucion.

QUENTIN

Pour toute resolucion,
Estes vous a cela concludz ?

FUSCIAN

Nous y sommes tous resolus.
2960 Tu entremenras la matere :
Quoy qu'il aviengne du mistere,

Nous demourons avecque toy
Tant en regime qu'en castoy
Et tout ce qu'il sera loisible.

QUENTIN

2965 Biau pere, s'il vous est possible,
Prestés moy deux mos d'audience.

MARCELLIN, *pape*

Volentiers.

QUENTIN

                  La grant sapience
Dont vous estes plains, ce nous samble,
Nous amaine tous XII ensamble
2970 Veuillans au souverain bien tendre.
Vous avés donné a entendre
Qu'il est ung seul dieu inmobile,
Mouvant par sa maniere abile
Nos dieux et le hault firmament.
2975 Nous creons assés fermement
* Que nos dieux n'ont quelque puissance,
En mort n'en vie n'en naissance,
D'eulx mouvoir, se n'est par plus grant ;
** Pour quoy je suis assés engrant
2980 De cognoistre ce dieu saintisme,
Tout son estat, tout son regime
Et tous ses fais haulx et entiers.

MARCELLIN, *pape*

Je le vous diray volentiers,
Mais se vous n'avés meilleurs sens
2985 Que n'ont pluseurs adolescens,
Vous n'y pouriés gaire comprendre :
La matere est de hault emprendre
Et obscure, je vous affie.

EUGENE

En morale, philozophie,
2990 Sommes imbuis tant seullement :
Cathon nous a fait vestement
De XII tres nobles vertus.

MARCELLIN

Vous XII aussi serés vestus
De XII articles, par lesquelles,

2995 Se vous devenés mes sequelles,
     Vous arés joie sempiterne.

QUENTIN

     Le plus gros en langue materne
     Contés nous de dieu d'excellence ;
     De nostre josne corpulence
3000 Ne nous chault, nous sommes subtis.

MARCELLUS, *evesque*

     Beaux enffans, soiés ententis
     D'oir ce qu'il proposera :
     S'il vous plait, il vous posera
     En joie de pardurable estre.

QUENTIN

3005 Desia y voriemmes nous estre.

MARCELLIN, *pape*

   * Dieu premier crea ciel et terre,
     Adam fourma, pour gloire acquere,
     Et Eve d'une sienne coste.
   ** Se furent mis tous nudz sans cote
3010 Au beau paradis de delices.

     Le diable, plains de tous malices,
     Expulsé de celeste trosne,
     Tempta la premiere matrosne
     De mengier du fruyt de science ;
3015 Lors briserent obedience,
     Car Dieu leur avoit deffendu
     D'en mengier, se fut despendu ;
     Eve en prist, Adam en menga,
     Chacun en eust, Dieu s'en venga ;
3020 Ilz furent pugnis et maudis
     Et forbanis de paradis
     Et d'eternelle mansion,
     Eulx et leur generation.

     Au monde sont, Adam labeure,
3025 Adam en sue, et Eve en pleure,
     Gloire ont perdu, grant paine acquierent,
     Le ciel les fuit, imfers les quierent,
     Dieu prist pité. Dieu envoia
     Jhesus son filz, tout ranoia,
3030 Il vint en terre, il fut rechupt,

     D'esperit saint fut il concheut
     En vierge mere, en mere sainte,
     En sainte celle, en noble enchainte,
     Prist char humaine et nacion
3035 Sans charnelle corruption.

     Jhesus parcrut, Jhesus prescha,
     Jhesus les diables despecha ;
     Il garissoit, il luminoit,
     Il suscitoit, il reprenoit,
3040 Il fut trahy, il fut vendu,
     Il fut loié, il fut batu,
     Il fut gabé, il fut moquié,
     Il fut jugié, il fut pendu,
     Il fut en fin crucificié.
3045 * Son corps fut pris et deffichié,
   ** Il fut en sepulture mis,
     D'enfer retira ses amis,
     Au tiers jour il ressuscita
     Et puis en sa gloire monta ;
3050 La siet a la dextre du pere :
     De son ciel, de sa haulte spere
     Venra jugier bons et mauvais,
     Affin tel que sa gloire appere
     A ceulx qui croient en ses fais.

QUENTIN

3055 A ce cop sommes nous reffais,
     C'est ce que je voloie oir,
     Nous nous prenons a resjoir
     Quant nous oyons ce grant merveille.

CRISPIN

     Mon cuer de joie s'en reveille,
3060 Tant est suppris d'ardant desir ;
     Il m'a fait aussi grant plaisir
     Que c'il m'eust donné X contés.

QUENTIN

     S'il est vray ce que vous contés,
     C'est une merveilleuse histoire.

MELCIADES

3065 Il est vray, ne vous en doubtés,
     C'est chose prouvee et notoire.

3005 nous *mq.* — 3006 Dieu crea premier. — 3024 laboure.

* 54° B. — ** 48 A.

3044 crucifie. — 3059 merveille. — 3068 q'ume.

* 55 B. — ** 48° A.

QUENTIN

Toutefois est il fort a croire
Q'une femme fut vierge et mere
Sans corrompure ou tache amere.
3070 Je croy assés que les ydoles
De nos dieux ne sont que frivoles
Et qu'il n'ont d'esperit vital
Non plus que le piet d'ung hetal,
Et qu'il soit ung dieu souverain
3075 Sans aultre premier ne desrain,
Qui crea monde et element,
Combien qu'on le treuve aultrement,
' Selonc phisique naturele;
'' Mais qu'une femme corporelle
3080 Peult estre vierge et mere ensamble,
Cela m'est trop fort, ce me samble,
Sans corrompre l'integrité.

MARCELLIN, pape

Pour en avoir auctorité
Romaine, sans aultre ewangile,
3085 Lis les beaux metres de Virgile :
Pour sebile nous escripvi,
Disant ultima cunei
Venit jam carminis etas.
Si tu en veulx example a tas,
3090 Sans partir de ceste cité,
, Quiers le temple de casteté
Qui se nommoit perpetuel,
Tu verras a l'œuil sensuel
Comment il chut et demonta,
3095 Lors que vierge enffant enffanta,
Et encore en chut quantité,
La nuit de sa nativité.
Ou prie a ton pere Zenon
Qu'il te maine au palais de nom
3100 Ou Octovien demouroit,
Quant enffant de vierge adoroit.
Se tu en veulx experience,
Voy du soleil la relusence
Qui passe parmy la verriere
3105 Et si remaint saine et entiere :
Et ainsi la vierge Marie
Ne fut frustree n'amenrie,
Quant le soleil s'i esconsa,
Qui nos grans pechiés absconsa.

MARCELLUS, evesque

3110 Beaux enffans, n'y variés point,
Il est ainsy.

QUENTIN

' Tant qu'a ce point,
J'en suis asseuré maintenant,
Mais je doubte du remenant :
Comment povoit ung corps mortel
3115 Susciter et estre vivant ?
Il est incredible.

MARCELLIN

'' Il est tel,
Il fut enclos en ung tombel
Duquel il se fut relevant
En corps et en ame, tout tel
3120 Et ossy puissant que devant.

QUENTIN

Comment peut-il estre passant
Par ce tombeau clos, sans le rompre ?

MARCELLIN

Ainsy qu'il se fut esconssant
En la vierge, sans le corrompre.
3125 Se tu croix que soleil s'aombre
En la tres clere et vive glace,
Sans y faire tache n'encombre,
Croy cecy et luy donne place.

QUENTIN

Il est possible qu'il se face ;
3130 Mais dolent suis du dieu Jhesum
Que la samblance de sa face
N'est mise en nostre pantheon
Avec Mercure et Orpheon
Et tout aultre dieu terrien.

MARCELLIN

3135 Maint bon vaillant home ancien
Luy vault mettre en riche pierrie
Des l'eure que Vaspasien
Fut gary de meselerie,
Mais le senat ne le vault mie
3140 Pour ce qu'il prescha povreté

3072 deperit A. — 3078 naturel. — 3079 mais comme.
— 3085 vergile. — 3086 escripvi souligné. — 3087 mq.
— 3100 octoviem. A. — 3108 se.

' 49 A. — '' 55° B.

3119 tout bel A. — 3132 mist. — 3136 pierre.

' 49° A. — '' 56 B.

Qui alors estoit anemie
A romaine communaulté.

QUENTIN

* Tout veu et tout escouté,
Vostre dieu est sus tous parfais.

MARCELLIN

3145 Croy dont en luy et en ses fais
Et si soie bon cristiens.

QUENTIN

Menés me au lieu celestien
Ou vostre dieu prend son recoil
Et le me moustrés droit a l'œil ;
3150 Se je treuve qu'i soit ainsy
Que vous me dictes, sans nul sy
Je croiray en luy fermement.

MARCELLUS

** Il fault qu'il se face aultrement ;
S'on te moustroit comme tu dis
3155 Nostre Dieu en son paradis,
Tu n'arois guerredon ne gloire
A le servir ny a le croire ;
Car, ou humaine experience
Moustre la chose en apparence,
3160 N'a foy ne meritte quelconques.

QUENTIN

Pour conclusion, il faut doncques
Tout croire sans rien percevoir ?

CRISPINIEN

Quel don pouroit on recepvoir,
Qui seroit de vostre sequelle ?

MELCIADES

3165 Vous ariés en gloire eternelle
De tout hault bien fruyssion,
Joye sans fin et vision
De Dieu createur pardurable,
Ce que l'ome bien peu durable
3170 Ne saroit dire ne comprendre.

QUENTIN

Mes freres, volés vous empprendre
Ceste sainte foy catholicque ?

RIEULE

* Celle est divine ou angelique,
Se respons pour mes compaignons
3175 Que trestous vous accompaignons,
Car resolus y sommes nous.

MARCELLIN

Beaux jovenceaux, disposés vous
A recepvoir le saint baptesme,
Sans lequel n'est home ne femme
3180 Qui de gloire puist avoir chois.
Mais vous renoncerés aincois
Aux dieux, aux fausses diableries,
A toutes ydolateries,
Et crerés en la trenité,
3185 Trois personnes en unité,
Ung seul Dieu qui tous nous crea,
Et que le fils se recrea
** En la vierge qui le conchut
D'esperit saint qu'elle rechut,
3190 Qu'il morut, qu'il ressuscita,
Qu'il fut es enffers, qu'il monta
Es cieulx, et qu'il venra jugier
Mors et vifz, sans nul calengier,
Sainte esglise, communion
3195 Des sains, vraye remission
De pechiés, et vie eternele,
Et toute article solennelle
Faut croire, ains que vous recreons.
Dictes le mot.

QUENTIN et ses compaignons ensemble

Nous y creons.

MARCELLIN

3200 Affin que grace vous appere
Et que mieulx nous vous agreons,
Dictes le mot.

QUENTIN et ses compaignons

Nous y creons.

MARCELLIN

*** De baptisier.

QUENTIN et ses compaignons

Nous le volons.

3156 guerdon ms.

* 50 A — ** 56° B.

3173 on peut entendre aussi c'elle u s'elle. — 3182
au fausses A. — 3183 et a ms. — ydolatreries. — 3184
trinité A. — 3199-3200 et tous sos. — 3203 voulons ms.

* 50⁶ A — ** 57 B. — *** 51 A.

MARCELLIN

Crés vous ung seul Dieu qui prospere ?
Dictes le mot.

QUENTIN *et ses compaignons*

3205   Nous y creons.

MARCELLIN

Affin que gloire vous appere,
Je vous baptise ou nom du Pere
Et du Fils et du Saint Esprit.

PIERRE, *exorciste*

Freres, a la bonne heure emprit
3210 Marcellin a ce sermon faire,
Car douze enffans de noble affaire
Sont convertis a nostre loy.

CLAUDIEN

* Il sont reduis en tres bon ploy ;
Dieu les y veuille entretenir.

QUIRINUS

3215 Ce seront gens pour soustenir
Nostre loy et pour l'avancier,
Pour convertir et pour preschier
Ungz et aultres, soir et matin.

CIRIACUS

Entre les aultres, ce Quentin
3220 Resplend comme le cler soleil.

SISINIUS

Je ne vis oncque le pareil ;
Il vous parle comme ung bel ange
Et ne se mue, ne se change,
Pour enquerir la verité.

MARCELLIN

3225 Mes enffans, par l'auctorité
De ce glorieux sacrement
Qui est principe et fondement
** De la sainte foy cristienne,
Gloire excelse, celestienne,
3230 Vous est apparente et ouverte ;
La tache vous est recouverte
De vos pechiés impetueux.
Soiés bons, soiés vertueux,

Humbles, larges, doulz, paciens,
3235 Sobres, castes et diligens.
Soiés armés, soiés vestus,
De trois excellentes vertus,
Foy, charité et esperance :
Faictes de foy nostre creance
3240 Ung tres fin et cler haubregon,
De charité ung escusson
Et d'esperance ung fort healme,
Pour conquerre eternel royame
Par vos baulx chevalereux fais.
3245 Se vous volés estre parfais,
Renonciés aux biens temporeux,
* Parens et amis corporeux,
Ensievés du tout Jhesucrist
Et portés, comme il est escript,
3250 Vostre propre croix avec vous.

QUENTIN

Pere tres saint, envoyés nous
En tout tel lieu que bon vous samble,
Soit paire a paire, ou tout ensamble,
Nous sommes prestz pour cheminer,
3255 Pour fouyr, picquier ou miner
Pour l'onneur du Dieu triumphant.

MARCELLIN

Quentin, c'est bien dit, mon enffant,
Tu as ung vertueux voloir.

MARCELLUS

Ilz sont pour eulx faire valoir
3260 Josnes, rades, obeissans,
Tres vertueux et tres puissans,
** Pour porter la croix sus l'espaule :
Vous scavés qu'au pais de Gaule
Nostre foy est fort anientie,
3265 Depuis qu'elle fut convertie
Par saint Denis et ses sochons.
Je les envoiroye a Soissons,
Tournay, Rains, Beauvais et Amiens,
Et certes s'il estoient miens,
3270 Ilz labourroient en la vigne
Et iroient de droite ligne
Es pais nommés cy dessus.

3207 au.

* 57° B. — ** 51° A.

3207 envoiray. — 3271 troicte.

* 58 B. — ** 52 A.

MARCELLIN

Enffans, quant nostre Dieu Jhesus
Reduit le monde et l'avoia,
3275 Ses XII apostres envoia
Par les pais convertir gens;
Vous estes XII, fors et gens,
Que j'envoiray pareillement
En Gaule, pour totalement
3280 Destruire les faulx ydolatres
Qui la font temples et enclastres,
Pour les reduire en droite voie.

PIAT

* Pere saint, s'il fault qu'on y voie,
Nous sommes en vostre habandon.

MARCELLIN

3285 Baillés leur malette et bourdon,
Sisinien et Cyriacque.

SISINIEN

Je cuidoie aller a Saint Jacques,
S'estoie sorty de bagaige,
Tel qu'il fault pour pelerinaige,
3290 Mais il sera mieulx employé.

CIRIACUS

Il fault qu'il soit tout desployé,
A ce cop s'en seront furnis.

SISINIEN

** Tenés, enffans, ilz sont benis,
Prendés chapeaux, manteaux, malettes,
3295 Bourdons et grises cotelettes ;
Vela tout, chacun se pourvoie.

MARCELLIN

Mes beaux enffans, je vous envoie
Comme brebis entre les leux
Rabis, dentus et familleux.
3300 Soiés simples que coulonceaux,
Saiges que serpens sus rainceaux,
Portés le gorreau sus la cele,
S'on vous fiert en une matele,
Offrés l'autre et prenés le buffe,
3305 S'on vous degabe ou s'on vous truffe
Par martire ou aultre desrois,

Souffrés tout, car le roy des rois
Souffrit mort, quant en croix fu mis ;
Si priés pour vos anemis,
3310 Vous acquerrés felicité.

QUENTIN

S'il plait a vostre saintité,
Pere saint, et s'il vous agree,
De vostre main digne et sacree
Serons benedictionés,
3315 Que ne soions passionés
De vilaine temptation.

MARCELLIN

* La meisme benediction
Que Dieu aux apostles donna
Au jour de son ascension
3320 Et de celle qu'il ordonna
A saint Pierre et que saint Paul a,
Soiés benis pour vous deffendre
Contre tous perilz ca et la,
Si qu'en riens ne puissiés offendre.

QUENTIN

3325 Pere saint, c'est au congié prendre,
** Puis que c'est au departement ;
Dieu en gloire vous veuille rendre
Vostre tres bon enseignement.
Nous vous supplions humblement
3330 Que vous et vos beaux servans
Priés pour nous devotement
Et Dieu le vous soit desservans.
Adieu, saint pere.

MARCELLIN

Adieu, enffans,
Soiés humbles et pascions.

VICTORICE

3335 Nous serons fors comme elephans,
Adieu, saint pere.

MARCELLIN

Adieu, enffans.

RUFFIN

Nous laissons tous biens triumphans,

3285 maleste. — 3302 gorreaux. — 3303 taiffe.

*58° B. — ** 52° A.

3308 fus. — 3324 riens re.

* 59 B. — ** 53 A.

Peres, meres, et anciens.
Adieu, biau pere.

MARCELLIN

Adieu, enffans,
3340 Soiés humbles et paciens.

Ilz s'en vont.

CATHON

Les bons escolliers de ceens
Ont oublié ou je demeure,
Il est la nonne toute meure
Et si ne vont ne pres ne loing.
3345 Je prenray ma verge en mon poing,
Mais se je les treuve en ces rues,
* Beans aux singes ou aux grues,
Je parleray a leur marmouse.

Vieng ca, vieng di, hé, tartemouse,
3350 As tu veu quelque escolier ?

LE FOL

Parlés vous de gens escoullier ?
Ce sont terribles horions,
** Je n'ay garde de vous baillier
Mes povres genitorions.

CATHON

3355 Je fay sire deux porions,
Je te parle d'enffans d'escole.

LE FOL

Pour mengier cuir et quorions
De ces petaudes qu'on decole,
Il n'est fin brouet que de cole
3360 Avec pourette d'oribus.

CATHON

Tu es ung maistre quoquibus,
Je te cognoy d'œil et de nom.
Se voy a l'ostel de Zenon.

LE FOL

No, sire, en vo commandement,
3365 Les deux penniers sans le jument,
Chacun a besoing de sa beste.

CATHON

Jupiter de qui on fait feste
Vous doint honneur.

ZENON

Maistre Cathon,
Quentin, mon petit valeton,
Apprent il fort ?

CATHON

3370 Il n'apprent point.

ZENON

Comment ?

CATHON

Je n'en suis en nul point :
* Je donnay des orcs au matin
A onze enffans et a Quentin
Liscence d'eulx aller esbatre :
3375 Se n'en revient ne trois ne quatre.
J'ay perdu tout a une fois,
Si ne leur ay fait touteffois
Quelque desplaisir ou rudesse.

ZENON

** Par Venus, dame de haultesse,
3380 Vous en avés tres mal songnié :
Se vous n'estes embesongnié,
Allés veoir tout avant Rome
Pour le trouver.

*Cy se part Cathon sans
parler comme tout dolant.*

LA MERE QUENTIN

Ha, mauvais homme,
Avés vous perdu nostre enffant,
3385 Nostre plus chier bien triumphant,
Nostre confort, nostre leesse,
Le baston de nostre viellesse ?
Helas, Palas, ma chiere dame,
Quel desplaisir de corps et d'ame,
3390 Quelle perte, quel grief oultraige,
Que ferons nous, que devenrai ge ?
Mon enffant, ma doulce portee,
Tu es perdue et transportee,

3344 si *mq.* — 3357 mogier.

' 59ᵒ *B.* — '' 53ᵒ *A.*

3381 vous *mq.* — 3383 *indic. scén.* ans — dolant
mq. A. 'Catho| n — |connu, e — *mq B.*

' 60 *B.* — '' 54 *A.*

Pleure mon cuer et te defferme,
3395 O mon œil, avance la lerme.

Pour deuil qui me remort, mort,
Vien avant, pulente lente,
Donne mon descomfort fort,
En ceste presente sente,
3400 Joye qui s'absente sente,
Ton dart et perde son son,
Amour, ma regente gente,
Et estaint son charbon bon.

Helas, qu'es tu devenu,
3405 Mon enffant que tant j'amoie?

Helas, qu'es tu devenu ?
* Quanteffois t'ay je tenu
Nu a nu, sans drap de soie,
Trop souvent dru et menu,
3410 Ton vis, ton menton fourchu
Sans argu, je te baisoie,
Je veoye, je notoye,
Je pensoye ta vertu,
** Je chantoye, je disoie,
3415 Tu soies tres bien venu,
Mon effant que tant j'amoie.

Mon enffant que tant j'amoie,
Helas, qu'es tu devenu ?

Mon enffant que tant j'amoie.
3420 Mon povre cuer, qui se larmoie,
Qui se noye, est pourfendu :
Las, tu estois la monjoie,
De ma joie vraie appoye,
Dont mon bien fut soustenu.
3425 Las, or est il esperdu :
J'ay perdu quanques j'avoie ;
O Quentinet, ou es tu
Embatu n'en quelle voie ?
Helas, qu'es tu devenu ?

ZENON

3430 Il est peult estre revenu ;
En est vostre cuer si marry ?

LA MERE

Ha Zenon, Zenon, mon mari,
Le cuer me dit et si est vray
Que jamais je ne le verray.

QUENTIN

3435 Moiennant la grace de Dieu,
En Gaule sommes arrivés,
Sans quelque dangier maladieu
Ne que nous soions desrivés.
Dittes moy, mes amis privés,
3440 Ou vous irés n'en quel partie,
Car vous serés de moy privés,
Vecy la dure departie.

LUCIAN

* Par mon fait sera convertie
La belle cité de Beauvais.

PIAT

3445 Tournay de moy sera sortie,
G'y convertirai les malvais.

CRISPIN

** A Soissons, plaine de meffais,
Sera mon estre et mon repaire.

CRISPINIEN

Avec vous porteray le fais,
3450 Car nous deux sommes une paire.

RUFFIN

A Rains, cité de noble affaire,
Feray plenière residence.

VALERE

Avec vous iray pour y faire
Des ydolatres decadence.

VICTORICE

3455 A Terewane diligence
Feray pour y foy anoncier.

FUSCIEN

En meismes cité d'excellence
Avec vous m'en iray preschier.

RIEULE

G'iray nostre foy avanchier
3460 Dedens la cité d'Aureliens.

EUGENE

Et a Toulette iray ploier
A nostre foy plusours paiens.

MARCEL

Je choisis Othum pour les miens,
En acquerant salvation.

QUENTIN

465 Et dedans la cité d'Amiens
Feray ma predicacion :
Chacun voit vers sa nacion
Pour convertir ses anemis.
Mes compaignons. mes bons amis,
3470 Mes freres, ma doulce acointance,
Adieu vous dy, je fay doubtance
Qu'au monde plus ne vous verray,
Car g'yray souvent et venray
Entre felons tirans pervers.
3475 "Dieu qui fit le monde univers
Vous doint faire œuvre qui luy plaise,
Je vous requiers que je vous baise
A ce douloureux partement,
Et jamais plus.

PIAT

Au firmament,
3480 Vous puissons voir apprés la fin.

QUENTIN

Adieu, Piat.

PIAT

Adieu, Quentin,
Valere, Eugene et Lucien.

CRISPIN

Adieu, Victorice et Ruffin.

CRISPINIEN

Adieu, Piat, adieu, Quentin.

QUENTIN

3485 Adieu, Crispinien, Crespin.
Rieule, Marcel et Fuscien,
Adieu, Piat.

PIAT

Adieu, Quentin,
Valere, Eugene et Lucien:
Dieu, mon pere celestien,
3490 Vous mette en son trosne divin.
Pro prima parte.

3459 anonchier *A.* — 3463 otheum.

' 61ᵗ *B.* — '' 55ᵗ *A.*

3488 eugeie. — 3490 *indic. margin. pr d' pro mq B.*

LA PASSION DE MONSIEUR SAINT QUENTIN

DEUXIEME PARTIE

* LA MERE QUENTIN

Dieux puissans dessus nature,
Faictes des cieulx ouverture,
Venés voir la grant ardure
    Que j'endure
3495   En plourant ma destinee.

Dido de deuil fourcenee,
Ne pleure plus pour Enee
    Ceste anee,
Pleure au deuil que mon cuer a.

3500   Ne pleure plus, Aurora,
** Ton filz Cignus qui tomba ;
    Hecuba,
Ne plourés Priant ne Hector,

Ne Troylus son restor,
3505   Ne perte de ton tresor,
    Mes tres or
Pleure mes doleurs grevaines.

Tirés nerfz et rompés vaines,
Vens marins de vos alaines
3510   Vos balaines
Soient de mon corps emfflees.

Neptunus, prens tes galees,
Donne moy larmes sallees
    Par palees,
3515   Rue les par my mes yeulx.

Vulcan, fourdroieur des cieulx,
Broulle oraige, esmeux les dieux
    Maladieux
Et tonnoire et bruyne.

3520   Thetis, deesse marine,
Se tu as monstre moryne
    Barbarine,
Si m'espante et le desploye.

Calioppe, romps et ploie
3525   Ta muse et plus ne l'emploie
    Qu'on ne l'oye
Jamais en places ceraines.

* Nimphes de mer et seraines,
Timpanes, fleutes, douchaines.
3530   Vois humaines,
Orgues, manicordions,

Cimbales, psalterions,
Tubes, tamburins, clarons,
    Leux, bedons,
3535   Harpes, guisternes rebelles,

Simphonies, chalemelles,
Cors essecquiers, doucemelles,
    Et vielles,
** Alouettes, cardonnés,

3499 a doeul. — 3507 grevances. — 3512 Neptuns *A*.

* F° 62 *B*. — ** F° 56 *A*.

3523 si m'espoante *A*. — 3533 tambourins. — 3535
guitternes. — 3536 chatemelles. — 3537-3538 *intervertis ms.* — 3537 essecquices.

* 62° *B*. — ** 56° *A*.

3540 Frions, tarins, sansonnés,
Papegaulx, rosignolés,
        Oyselés
Du ciel, du bois et des champs,

Changiés vos chans et deschans
3545 En plaintes et cris trenchans,
        Tres mechans,
Et en larmes telles quelles.

Plourés, toutes mes sequelles,
Nobles vierges et pucelles,
3550   Jovencelles,
Pour Quentin dont je m'efface.

Plourés sa tres doulce face,
Sa bonté que Dieu parface,
        Quoy qu'on face,
3555 Plourés ma doulce portee

Qui m'est prise et emportee,
Dont je suis desconfortee,
        Tormentee,
De tout plaisir deboutee,
3560   Tempestee,
        Despitee,
        Maleuree,
        Emplouree
        Et navree
3565 A mort par desesperance.

        * Doleance,
        Mescheance,
        Desplaisance,
        Malaisance
3570   Et souffrance
Me font faire ma complainte.

        Plainte a plainte,
        Fainte a fainte,
        Plus de mainte,
3575   Tainte, estainte
        ** Et ratainte
De doleur desordonnee,

Car je maudis la journee
Qu'en ce monde je fus nee.

FLOURETTE
3580 Dame, vous estes adonnee
A trop crueulx gemissement,
Appaisiés vostre grief tourment
Sans vous desconfforter ainsy.

PAULINE
Vous avés cuer et corps transy
3585 De pleurs et de crueulx anoy,
Prendés en vous quelque esbanoy
Contre cette doleur maline.

LA MERE
O Pauline, belle Pauline,
Se vous sentiés la grant angoisse
3590 Que je sens qui le cuer me froisse,
  Certes vous n'en feriés pas mains.
Tirer cheveulx et tordre mains
Sont mes esbatemens joyeulx ;
Mon cuer fent, tant est anoieulx
3595 Pour Quentin mon filz que j'amoie,
Toujours je souspire et larmoye
En regretant sa dure perte.

PAULINE
Encore estes vous jeusne, aperte
Et en point pour enffans porter ;
3600 Se povés pour vous supporter
Pluseurs enffans males avoir,
Aussi beaux et plaisans avoir,
  * Qu'estoit Quentin.

LA MERE
        Jamais, jamais,
Ne maintenant ne desormais,
3605 Jamais je n'aray son samblable,
Il estoit doulz, begnin, affable,
Plus que nulz qui jamais puist estre.

FLOURETTE
** Zenon, mon seigneur et mon maistre,
Resconffortés ma chiere dame,

3544 deschamps. — 3556 prist. — 3564 en navree.
— 3567 meschance ms.

63 B. — ** 57 A.

3579 quem. — 3594 sent. — 3595 javoie. — 3598
aporter. — 3603 samblabe A.

* 63° B. — ** 57° A.

3610 Tant dolente est de corps et d'ame
Que la mort l'assault et le point.

ZENON

Comment vous est-il ?

LA MERE

En nul point.
Tousjours de Quentin me souvient,
Tousjours Quentin va et revient
3615 En mon cuer et en ma pensee,
J'en suis de deuil tant agressee
Que vivre ne puis nullement.

ZENON

Ainsy m'est il pareillement.
Toute doleur m'en renouvelle,
3620 Mais tantost en sarons nouvelle ;
Vien ça, Zenet.

ZENET

Que vous plait, sire ?

ZENON

Quiers Cathon, car je desire
Avoir nouvelle de Quentin :
Sache s'il est puis le matin
3625 Comme il estoit hier desheuré.

ZENET

Se Cathon n'est bien asseuré
De sauf alant et sauf venant,
Je croy seloncq mon souvenant
Que pour quelque riens qu'il aviengne
* Il ne venra.

ZENON

3630 Je veuil qu'i viengne,
Car s'il me jue de la fuitte,
Rome luy sera trop petite
Et l'empereur Maximien.

QUINTUS FABIUS

** Eustorgie et Fustinien,
3635 Alons veoir sire Zenon
Et sa femme, dame de nom ;
Ilz sont tristes et descomffis

Qu'ilz ont perdu Quentin leur filz,
Enffant de tres noble valoir.

FAUSTINIEN

3640 Pour les complaindre et condoloir,
Allons jusques a son hostel.

EUSTORGIE

Alons, beaux seigneurs, car otel
Voriesmes nous qu'on nous feist.

ZENET

Venus qui Cupido assist
3645 En son geron comme son gendre,
Pour mercy aux amoureux rendre
Vous delivre de ce grant soing.

CATHON

Zenet, il m'en est bien besoing,
Car je ne reposay anuit :
3650 Le pere Quentin tant me nuit
Que je pers mon repos et veille.

ZENET

Zenon se donne grant merveille
Qu'il ne va ne vient.

CATHON

Tu le vois,
Mais j'ay oy dire une vois
3655 Qu'il est hors de ceste cité.

ZENET

Ce qu'on vous en a recité,
Venés le tost a Zenon dire,
Il en a le cuer si plain d'ire
Que conter ne le vous scaroie.

CATHON

3660 * Par Hercules, je n'oseroie ;
S'il est de courroux abatu,
** Je seray plaiés et batu ;
Se n'ay voloir de m'y embatre.

ZENET

Bien saray vostre cas debatre,
3665 On me puist soier d'une soie,

S'il vous fait ja signe de batre
N'en lieu n'en place ou que je soie.

CATHON

Par tous nos dieux qu'on vest de soie,
Je m'aventuray sus ton mot.

ZENET

3670 Hardiment, s'il me voit et m'ot
Avec vous, il sera bien aise.

QUINTUS

Mulciber, qui fist la fournaise
Des dieux pour leur harnas forgier,
Veuille deffermer le forgier
3675 De deuil ou vous estes enclos.

ZENON

Bien vegnant en porge et en clos,
Beaux senateurs, je ne vous puis
Bien festoier, je suis au puis
De deuil et de crueulx amer.
3680 Quentin mon filz que doy amer
Sur toute creature humaine
Est perdu, on le guide ou maine
Ne scay ou, il nous en est pis
Que s'on nous tiroit hors du pis
3685 Le cuer tout parmy la fourcelle.

LA MÈRE

Il n'est besoing que je le celle,
Nous en avons si grans despis
Que s'on nous assommoit de picqz.

EUSTORGIE

Madame, ce n'est pas science ;
3690 Il faut porter la pacience,
Car ne grant cri ne grant ahors
* De ce deuil ne vous boutra hors ;
Je me congnois bien en telz fais,
C'est ung pesant fardel et fais,
3695 A soustenir quoy qu'on en die.

Nagaires qu'en Nichomedie
La bonne cité demouroie,
Mais de desplaisir je moroie,
Panthaleon, mon filz tres chier

3700 Vault l'onneur de nos dieux trassier
Pour prendre la loy de Jhesus,
Mais quant j'eux bien cop songié sus,
Posé que forment je l'amasse,
Je deschargay de deuil la masse,
3705 Oncques il ne m'en sourdy raige.

FAUSTINIEN

Pareillement oy dire ay je
Que Firmins, mon enffant tres gent,
A relenqui par fausse gent
Nostre loy, mais je ne m'en mue,
3710 Je murdris, mon anoy en mue
Tousjours tellement quellement.

CATHON

Phebé, plus clere que element,
Doint joie au tres noble senat.

ZENON

Il seroit tamps qu'on m'assenat
3715 Quentin, mon filz ; mechant Cathon,
S'il est seduit, ne tient qu'a ton
Povre soing et malvais chatoy,
Et si n'en demande qu'a toy,
Car en ta main est il perdu.

CATHON

3720 J'en ay le ceur tout esperdu.
Mais s'il est ravy ou seduit,
Il estoit sage et assés duit
Pour soy cognoistre a tout endroit ;
Dont c'est contre raison et droit
3725 * Qu'on m'en demande aulcunement.
Quoy qu'on die, s'aucun ne ment,
Je l'ay tant instruyt et apris
** En sens moral dont il a pris
Qu'il m'a mis au bout de mon sens
3730 Par grant argu, dont je me sens ;
Tant savoit de lectre et d'escript,
De premiere cause et de crist
Et pour respondre a son sophisme
J'estoy ung asne.

ZENON

Or assouffis me

3675 eustes A. — 3677 beau. — 3683 ne cest —
3686 fourcelle ms. — 3688 picque.

* 59 A, 65 B.

3704 descharge le. — 3706 r de sourdy en surcharge
A, soudy B. — 3708 relinquy. — 3725 demande-
mande A. — 3728 morel.

* 59° A. — ** 65° B.

3735 De ma demande, est il en voye ?

CATHON

J'entens que Marcellin l'envoie
En Gaule, avec aultrez onze gars
Natifz de Rome, et de ses gars
Qui vont preschier selonc leur dit
3740 La loy, contre vous ne soit dit,
De Jhesus, le filz de Marie.

LA MERE

Oncque mais ne fut si marrie ;
Beaux seigneurs, qu'esse qu'i nous conte ?
Est il prince ne duc ne conte
3745 Qui ad ce les peult prevenir ?
On face mon filz pres venir
Affin ce que je me resjoye.

ZENON

Par Apolin qui me rent joye,
Nous le rarons quoy qu'il nous couste ;
3750 S'il me devoit couster ung couste,
Marcellin en sera retraint.

QUINTUS

Cathon a la matere ataint
Droit au vif, se la chose est voire.

CATHON

Il est aussi cler que le voirre
3755 ' Que tous douzes se sont espars
Au pays de Gaule et es pars
D'occident, pres jusqu'a la mer.

FAUSTINIEN

Il les convenra reclamer,
Et pendre a gibet ou a baille
Marcellin, qui tel conseil baille
3760 A vostre enffant.

ZENON

'' Quant nous l'arons,
On me puist occir, s'il n'en baille
Au vent, ainsy que font larrons.
Jamais ne mengerons n'irons
3765 Aux imperateurs du palais,
Et cestuy fait point ne nyerons,
Nous leur dirons.

EUSTORGIE

Il n'est pas lais ;
Ce sera tout le premier més
Dont tous quatres les servirons,
3770 Si menrons Cathon aussi, mais
A proposer l'aservirons.

CATHON

Vous et moy comme serf irons
Au palais romain.

QUINTUS

S'il vous plait,
Vous y venrés conter vo plait
3775 Et s'il fault quelque ame deffaire
Nous aprenrons qu'il est de faire,
De ce ne nous fault plus sognier.

LA MERE

Seigneurs, pensés de besongnier
Que je puisse mon filz avoir,
3780 Si n'espargniés tresor n'avoir
Ainchois que n'en venés a chief.

ZENON

' Vien ca, Zenet, fay ton devoir
De nous sievir.

ZENET

Si fay je brief,
S'il y faut porter lettre ou brief
3785 Encore le vous porteray je.

LE FOL

Qu'esse que cieux la porte raige
En ses dens, il est bien taillié
De faire ung secret macrelaige
Pour ung geux bien anitallié ;
3790 '' Comme tout nouvel escallié,
Je viens d'ung nyd d'une chuyne,
Ou j'ay veu par une bruyne
Singes de nege, en chaude place,
Faisans du feu de froide glace
3795 Pour ardoir la mer sans rivaige :
Et s'ay veu ung home sauvaige
Qui lassoit a chascune fois,

Sans grant plenté d'aultre potaige,
Disesept rasieres de poix.
3800 Sachiés ossy que quant je pois,
Ung molin a vent du soufflaige
Tourne tout juste a contrepois ;
N'esse point ung beau flagolaige ?

ZENON

Salut, honneur, gloire et homaige
3805 Vous doint la deesse Minerve.

DIOCLESIEN

Joye sans fin, bruyt sans domaige
Vous doint dieux affin qu'on nous serve.

QUINTUS

Licaon mué en leuserve
Vous doint pardurable demaine.

MAXIMIEN

3810 Noble senat, qui vous amaine
Maintenant sans ce qu'on vous mande ?

ZENON

 ' C'est ung fait que je recommande
A vostre humble et benigne grace.
Combien qu'il n'y ait point grant grace,
3815 S'il plaist vostre noble excellence.
Cathon prenra la precellence
De le proposer tout au long,
Car il luy touche.

DIOCLESIEN

         Or sees vous doncq,
Aultrement n'arés audience.

CATHON

3820 ''Soubz le manteau d'obedience,
Simple, craintif et peu lettré,
Puis que si avant suis entré
En ce hault palais curial,
Par le command imperial
3825 Qui sus moy trait son influence,
Sans que j'aye mellifluence
De couleur precise en mon coffre,
Implorant silence, je m'offre

3812 qui.

 ' 61 A. — '' 67 B.

Verifier mon advertence
3830 Sus decapitale sentence.

Prumier, més avant et desploie
Que moy mendre de tous qui ploie
Soubz vos haulx sceptres triumphans
Avoie environ XII enffans
3835 Soubz ma verge et correction
Issus de noble extraction
Et tous de romain origine,
Qui toutes terres morigine.
Entre lesquelz estoit Quentin,
3840 Filz de Zenon, tant celestin,
Tant inspiré, tant perspectif,
Tant sage et tant speculatif,
Que par son engin trop agu
Me reboutoit en mon argu.

3845 Advint pour recreation
 ' Qu'aprés grant disputacion
Mes escoliers prinrent licence
D'aller juer, en mon absence
Ils trouverent, comme je tiens,
3850 Marcellin, pape des cristiens,
Qui leur fist pour nous anoyer
La loy de nos dieux renoier
Et les renova du lavacre
Du catholique simulacre.
3855 En aprés les a destinés
 '' Et envoyés tous obstinés
En Gaule preschier jus et sus
La loy de leur crucifixus.
C'est ainsi que sire Zenon
3860 Ne demande son filz sinon
A moy qui le tenoye en garde,
Et moy simplet, quant j'y regarde,
N'en demande qu'a Mercellin
Qui avec mauvais harcellin
3865 A ravi mes povres oeilles
Et tant soufflé en leurs oreilles
Qu'il s'en vont a perdicion :
Sy prie que juridiction,
La matere bien discutee,
3870 Soit ouverte et executee
Tant que j'aie mon escollier

3861 tenoit.

 ' 61° A. — '' 67° B.

Et Zenon, son filz famillier
Seduit par fausse deablerie.

DIOCLESIEN

Par ma barbe blanche et flourie,
3875 Vecy ung cas qui moult nous griefve.

MAXIMIEN

C'est une plaie, la plus griefve
Qui oncquez advint de mon tamps.

CONSTANT

Seigneurs, soiés le bien notans,
C'est ung horrible malefice ;
3880 Se n'est pas le seul prejudice
De vostre imperant dignité,
Il blesse la divinité
Des dieux et des sains tabernacles.

MAXIMIEN

Comment dea ces demoniacles
3885 Maudis cristiens papelars
Juent ilz de tours si paillars
Qu'ilz dechoivent comme enchanteurs
Les enffans de nos senateurs
Principaument de nostre amé
3890 Zenon au monde renommé ?
Par la couronne que je porte,
Ainchois n'arons ne tour ne porte
En Rome, en bourg, n'en champ n'en
                                    [plain
Que ne soions vengiés a plain
3895 De ceste criminele offence.

DIOCLESIEN

Comment pourrain mettre deffence
A ceste venimeuse touche ?
Sire Zenon, le fait vous touche,
Dictes nous vostre opinion.

ZENON

3900 Pour tost reduire a union
La loy des dieux qui se depert,
S'anientit, se perit et pert,
Comme il pert, s'on ne le recœuvre,
Premierement, avant toute œuvre,
3905 J'envoiroye en Gaule requerre

Nos XII enffans qui vont conquerre
Cristiens par leurs preschemens ;
Ilz ont subtilz entendemens,
Se pourront nos lois reprochier
3910 Et tant le prophete avancier
Que Gaulois qui sont fiers et fors
Rebelleront par leurs effors
Et nous ruront le fer en barbe ;
Dont s'il convient qu'on se rebarbe
3915 Il coustera cent milles testes.
Aultreffois ont par leurs tempestes,
Avant que Rome eust apostole,
Mis en cendre le capitole,
Par quoy nostre bruyt fut estaint.

MAXIMIEN

3920 Zenon, vous avés tout ataint,
C'est le principal, ce me samble,
De ravoir nos enffans ensamble ;
S'ilz convertissent les Gaulois
A Jhesucrist ou a ses lois,
3925 Avec ce que la lippe tent
Passé long tamps, soiés content
Que nous serons deshiretés
De franchise, d'auctorité
Et de la cense tributaire
3930 Dont Gaule pais salutaire
Est la fleur de nostre panier ;
Se nous pouroient manier
Au tamps futur bien rudement.

CATHON

Ne pugnirés vous aultrement
3935 Marcellin de son grief oultraige ?

DIOCLESIEN

Il moura de maloite raige,
Ne vous soussiés de cela ;
Par Palas qui ne chancela,
Il sera pugny.

MAXIMIEN

            C'est du mains,
3940 S'il devoit mourir par mes mains,
Se le ferons nous decopper.

3881 imperieux ? — 3882 et blesse.— 3885 maudes.
— 3887 descliuent. — 3889 principaumes.

' 62 A. — '' 68 B.

3922 mq. — 3924 bois. — 3927 desherites. — 3931
le. — 3932 pourrons.

' 62ᵇ A. — '' 68ᵇ B.

DIOCLESIEN

Jamais ne nous peult eschapper,
Contés le mort, il vault autant.

GALERIEN

* Penssés pour le plus prouffitant,
3945 Estaindés premier le grant feu,
Oncque si grant pité ne fu
Qu'il sera, s'on le lesse esprendre.

DIOCLESIEN

Il vous convient le fait emprendre,
Maximien, car vous avés
3950 Gaule en main, comme vous scavés ;
C'est vostre part et porcion,
Prendés justes proporcion
** De gens d'armes et de saudars
Et desploiés vos estandars
3955 Sus les maudis Gaulois rebelles
Qui delaissent les sains scabelles
De nos dieux pour servir Jhesus,
Et se vous mettés au dessus
Des enffans dont le bruyt resone.

MAXIMIEN

3960 Nous irons mesmes en personne
Par Phebus, le chault et le secq,
Si ferons si crueulx eschecq
Soit par armes ou par tourment
Que l'effroy et tombissement
3965 En parvenra jusques icy ;
Mais Francois sont fors sans mercy,
Moult experimentés de guerre ;
Se nous fault quelque part enquerre
Chevaliers hardis, courageux,
3970 Fors, puissans et avantageux,
Pour nous secourir et aidier.

DIOCLESIEN

Il ne les fault que souhaidier,
S'on les devoit querir ung jour
Jusques en Inde le majour,
3975 En Noirewegne ou Tartarie,
S'arés vous, puis qu'on nous tarie
La fleur du monde, ne doubtés.

MAXIMIEN

* Qui congnoit gens moult redoubtés,
Affin que brief on m'en estoffe ?

CONSTANTIN

3980 Je me cognoy en ceste estofle,
Je scay une secte de gens,
Les plus vaillans et les plus gens
Pour vous sortir droit a l'amy,
Que s'on songoit jour et demy
On ne pouroit mieulx adrecier.

DIOCLESIEN

3985 ** Sont ilz gens de fer et d'acier
Pour bien deffendre leur baston ?

CONSTANTIN

Oy, tout oultre.

CONSTANT

Ou pouroit-on
Recouvrer de si bonnes plebes ?

CONSTANTIN

3990 Chier pere, en la cité de Thebes.
Deux cités sont Thebes nommees,
En ce monde tres renommees.
L'une en Grece, l'autre jadis
Fonda Cadmus, dont je vous dis
3995 Que Thebes, region haultaine,
Est en orient plus loingtaine
Que n'est Arabe, et en cest estre
Descent de paradis terrestre
Nil, dont elle est arousee ;
4000 Ceste cité est composee
De murailles et de tours tant fortes
Qu'il y a tout du mains cent portes
Et ceulx qui la sont habitans
Sont chevalereux militans,
4005 Nobles saiges par excellence,
Grans de cuer et de corpulence,
Tres victorieux en bataille.

MAXIMIEN

*** Par Mulciber, qui ret et taille,
Se sera bien nostre besongne.

3946 ne grant. — 3948 convient faire enprendre. —
* 63 A. — ** 69 B.

3979 que de brief. — escosse B. estosse A. — 3981
scet. — 3986 boston. — 4002 qu'il luy a du. —
4007 bictorieux.

* 63° A. — ** 69° B. — *** 64 A.

4010 Quoy qu'il couste, il est tamps qu'on songne
De les avoir, puis qu'il nous point.

DIOCLESIEN

Nous venront il tres bien a point ?
Galerien, les prenrons nous ?

GALERIEN

Je n'y scay a dire q'un point
4015 Dont on ne nous advertit point.

DIOCLESIEN

Quel point ?

GALERIEN

' Il ne desplaise a vous
En cuer, en corps et en pourpoint,
Ilz sont vrais cristiens trestoux.

DIOCLESIEN

Se va nostre fait a reboux,
4020 Vela nostre emprise faillie.

MAXIMIEN

Cela, ce n'est q'une follie,
S'ilz sont puissans et corporeux
Pour conquerre ung monde apareux,
Ne deffaisons point nostre feste :
4025 Pour tant, s'il tiennent du prophete,
Ilz seront tantost redresciés.

CONSTANT

Ilz en sont treffort entechiés
Et si tiens tant de leur coraige,
S'ilz se doubtoient de l'oraige
4030 Que nous vollons brasser errant
Sus ceulx que Jhesus vont orant,
Jamais ne se deslogeroient,
Mais du tout nous contrariroient
Pour aidier telle quoquinaille.

DIOCLESIEN

4035 Quoy qu'il soit ne comment qu'il aille,
** Il ne les fault pas advertir
Qu'on veuille cristins convertir,
Ne fault que noter seullement
Qu'on les mande tout radement

4040 Pour pugnir envieux rebelles
Denoyans tribus et gabelles
A nostre glorieux empire.

MAXIMIEN

Par ainsi, se le fait empire,
Seront il de nostre cordelle.

DIOCLESIEN

4045 Servés les de ceste cauteIle,
Ilz venront a nostre secours.

MAXIMIEN

* Il convient plus tost que le cours
Envoier deux bons chevaliers
Qui soient de vos familiers,
4050 A cause de ceste partie
D'orient vous est departie.
Envoiés aux gens dessus dis
Deux prudens en fais et en dis
Pour celer le neu de la queste,
4055 S'on les tate et s'on les encqueste,
Et pour en respondre tout rade.

DIOCLESIEN

Pour faire une telle embassade
N'est homme que Lucinius
Avec le bon Maximinus ;
4060 Ilz ont plus de science ensamble
Que tous ceulx d'ung ost, se me samble
Qu'ilz feront bien ce personnaige.

LUCINIEN

Nous ne plainderons point langaige,
S'a cela estes conseilliés

MAXIMINUS

4065 A cela sommes nous veilliés,
Ne scay home qui nous en passe.

DIOCLESIEN

** Greffier, fay leur en briefve espace
Une missive de credence,
Affin tel qu'on donne advertence
4070 De ce qu'ilz profferont de bouche.

4015 advertir. — 4026 redesies. — 4027 font. —
4034 quoqunaille.

' 70 B. — '' 64° A.

4047 ccurs. — 4058 Luciniens. — 4061 senne. —
4064 se. — 4068 messive.

' 70° B. — ''65 A.

LE GREFFIER

Ains que jamais soleil se couche,
La lettre sera despechie,
J'ay plume en main tres bien trenchie
Pour l'avoir tantost despechiet.

ZENON

4075 Haulx seigneurs, par vostre congiet
Nous retournons en nos maisons ;
* De nostre sens et nos raisons
N'avés mes huy gaires affaires.

MAXIMIEN

Zenon, tant qu'il touche au parfaire
4080 De Quentin, vostre enffant tres chier,
Nous ne cesserons de trassier,
Tant qu'il sera en vostre hostel,
Mitiguiés vostre deuil mortel
Et faictes chiere sans arest,
4085 Car il vous est tout aussi prest
Que se vous le teniés a poing.

ZENON

Ainchois que vous allés plus loing,
Je vous reconmande le fait.

MAXIMIEN

Nons le ferons s'il est besoing,
4090 Ainchois que vous allés plus loing.

CATHON

Pugnissiés par vos aigres soingz
Marcellinus de son meffait.
. . . . , ...
. . . .

DIOCLESIEN

Ne vous doubtés, il sera fait ;
Retournés tout paisiblement
4095 En vos hostés joyeusement,
Et nous laissiés proceder oultre.

LE GREFFIER

** Noble imperateur, je vous moustre
Que j'ay escript vostre missive,
Sans y faire chose excessive
4100 En langaige intellectuel

Et de mon signe manuel
Porte signature propice.

DIOCLESIEN

Tu aras la premiere office
Qui jamais sera cy vacqant.

4105 Lucinien, nostre elegant
Vassal, et vous, Maximinus,
* Vous scavés les honneurs menus
Qu'on fait en toute region.
Amenés une legion
4110 De ceulx de Thebe pour nostre ost,
Se vous sentés qu'il ont dur trot,
Abattés les de beau langaige,
Prenés lettre de tesmoignaige
Pour moustrer foy de vostre sorte,
4115 Et menés en vostre consorte
Orient qui scet les pais.

ORIENT

Je ne suis gaires esbahis
De cheminer jusques a la :
Oncques dromedaire n'ala
4120 Plus fort de moy, qui suis devin
Quant j'ay bonnes jambes de vin,
Lors dieu scet comment je m'avoye.

LUCINIEN

Va devant, se froisse la voie,
Nous te sievrons sans plus attendre.

MAXIMIEN

4125 Affin qu'on ne veuille contendre
A vous faire quelque finesse,
Severe et sa gent felonnesse
Vous compaignent sus les sentiers.

SEVERE

** Je le feray tres volentiers.
4130 Sallés sus, Esclistre, Tonnoire,
Fourdre, Tempeste toute noire,
Prenés trestoutes vos bahutes.

ESCLITRE

Prendons nos ars et nos bahutes,
Compaignons, honoré qui sue.

4074 despechic. — 4075 vostre comment. — 4090
plus plus loins. — 4092-4093 *Le couplet de Zénon*.
4087-4088 *devait être répété ici, pour compléter le
rondeau.* — 4097 nobles imperateurs *ms.*

* 71 B. — ** 65° A.

4133 hatutes *ms.*

* 71° B. — ** 66 A.

TONOIRE

4135 Soions plus legiers que flehutes,
Prendons nos ars et nos bahutes.

FOURDRE

Puis que nos testes sont esmutes,
En lieu d'une grosse massue
Prendons nos ars et nos bahutes.

TEMPESTE

4140 * Compaignons, honoré qui sue.

LUCINIEN

Tant a l'entrer comme a l'issue,
Tous nos dieux nous veuillent conduire.

MAXIMIEN

Affin que mieulx puissons reduire
Ceulx de la francoise pourprise,
4145 Il nous fault un homme d'emprise
Fier et hardy comme ung lyon
Pour mettre a mort ung milion
De gens en une matinee,
Qui ait la face estartinee,
4150 Plus camuse q'une singesse.

DIOCLESIEN

Par Palas, dame de sagesse,
Je scay bien que vous demandés :
Pour l'eure somme mal hourdés
D'ung tres criminel escorfault
4155 Lait et noir, tel comme il nous fault.
Car pour donner coupz et soufflasses
Aux cristiens en plusieurs places,
Nous avons envoyé tirans
** Qui les sont boutans et tirans.
4160 Valerien est en Licie,
Pirus au pais de Sicie,
Lisia preside en Egec,
Dacien est en Cesaree,
Brinca ou regne maritine,
4165 Pasquier en Siracuse est digne,
Priscus en Calcedone habite,
Urbain en Tire les labite,
Matroculus se tient à Lan,
Valere a Beauvais pour cel an,
4170 Et Marcien en Anthioche ;

La terre tramble et le ciel hoche
Des crueulx tempeste qu'i font,
C'est merveilles que tout ne font
Dessoubz leurs piés, tant sont pervers.
4175 * Ainsi est le monde univers
Avironné de rabis chiens
Et n'en ay plus ung seul cheens,
Qui peusist sortir vostre effecq.

MAXIMIEN

Il nous fault prendre mon prefect ;
4180 Encore n'avés vous nommé
Homme plus chault, ne plus fumé,
Ne plus convenable à l'office.

DIOCLESIEN

Vous est-il droitement propice,
Selonc vostre fait ?

MAXIMIEN

Oy voir,
4185 De pire ne peult on avoir :
Il est venimeux qu'une araigne,
Tousjours se fiert, tousjours s'engaigne,
Tousjours tempeste soir et main.
Jamais ne rit s'il ne se baigne
4190 Jusques au col en sang humain ;
S'est le plus hardy de la main
** Qui jamais puist porter espec ;
Il porte une veue cappee
Qui fait dens en bouche croler ;
4195 Si tost qu'elle est desvolepee,
On commence a fievres trambler.
Soit pour pendre, pour estrangler,
Pour rostir, boulir ou mal faire,
N'est nul qui le puist resambler,
4200 Tant ait veue ague ou moult vaire.

DIOCLESIEN

Et de son nom ?

MAXIMIEN

Rictiovaire.

DIOCLESIEN

Vous nous en dictes tant de bien
Que le nom sortit assés bien

4139 hahtutes A. — 4154 estorfault A. — 4156 ou
pour — 4158 mg. — 4162 gree. — Dacia.

* 72 B. — ** 66° A.

4173 qui. — 4181 fame. — 4192 que. — 4195-4196
intervertis.

* 72° B. — ** 67 A.

    * A son fait que je recommans,
4205 Mais s'il n'a de fors saquemans
    Avec luy nous ne faisons rien ;
    Gaulois sont gent que moult je crien,
    Se convient qu'ilz soient pugnis.

MAXIMIEN

    Je croy qu'il n'est pas deffurnis
4210 Qu'il n'ait une demy dousaine
    De malvais gars aussi mal, saine
    Qui soit jusques en Barbarie,
    Pour tenir une estabarie
    De gens decoppés par monceaux,
4215 Plus dur que n'est char de maiseaux,
    Ce sont fins espicier tout oultre.

DIOCLESIEN

    Au mains qu'on en envoie le moustre,
    Envoiés les querir batant,
    Se verrons s'ilz valent autant
4220 Que vous les prisiés en derriere.

MAXIMIEN

    Occident, treuve nous maniere
** Que Rictiovaire, nostre homme,
    Viengne en nostre palais de Rome,
    Quelque chose qu'il ait affaire.

OCCIDENT

4225 Noble empereur de noble affaire,
    Brief venra a la cour romaine,
    Volés vous ossi qu'il amaine,
    Ung tas de ses malvais loudiers?

MAXIMIEN

    Ne viengne point sans ses putiers,
4230 Car nous avons affaire d'eux,
    Les plus lais et les plus hideux
    Qu'on puist trouver en la brigade.

OCCIDENT

***Je les feray venir tout rade,
    Vecy son hostel cy devant.

4235 Phebus, le cler soleil levant,
    Vous face en son ciel resident.

RICTIOVAIRE

    Bien soies venu, Occident,
    Qui t'amaine en nostre quartier ?
    Quelz nouvelles, quel accident ?
4240 Scéz tu riens dessoubz le mortier ?

OCCIDENT

    Nos empereurs ont grant mestier
    De vous et de vostre famille,
    Pour recorder vostre mestier
    Faictes que chacun s'assemille,
4245 Hars, licolz, cordelles de tille
    Rencheriront, se le temps dure.
    On ne quiert que voie subtille
    Pour mettre cristiens a laidure,

RICTIOVAIRE

    Par Jupin qui fit la froidure,
4250 Tu me dis tres bonnes nouvelles,
    Tu baignes mon cuer en ardure
    Et tout le sang me renouvelles,
* Nous aviesmes mis nos vielles
    Pour reposer dessoubz le bancq,
4255 Mais on fourbira alemelles
    Pour faire effusion de sang,

RIAGAL

    Trop estiemmes en cel estang
    Sans faire ne murdre ne force.

ARSENICQ

    Nous avons beau tirer au blanc,
4260 Puis que tirannie s'efforce,

YSENGRIN

    Puisqu'on pent, traine et escorche,
    Nous sommes tous ressuscités.

CLAQUEDENT

** Bruler peaux jusques a l'escorche
    Nous sont doubles solempnités.

RAGENTESTE

4265 Sans brasser inhumanités,
    Trop avons dormy en l'escaille.

4213 estavarie. — 4231 et mg. — 4232 brigarde.

* 73 B. — ** 67° A. — *** 73° B.

4246 rencherront. — 4253 aleumelles. — 4258 murde.

* 68 A. — ** 74 B.

ESCORFAULT

Nous serons tantost atintés
Pour en faire assés, ne te chaille.

RICTIOVAIRE

Fourbissiés vostre feraille,
4270 Aguisiés vos grans couteaux.

Fourbissiés vostre feraille,
Quoquinaille, quetinaille,
Quoquardaille. friandeaux
Garsonaille, ribaudaille,
4275 Larenaille, bringandaille,
Crapaudaille, leisardeaux,
Cavestraille, goulardeaux,
Villenaille, bonhomaille,
Fallourdaille, paillardeaux,
4280 Truandaille et lopinaille,
Aguisiés vos grans couteaux.

LE FOL

* Que de gens, que de balesteaux,
Que de noms terminés en aille,
Pendaille, merdaille, sotaille,
4285 Hardaille, happaille, petriaux,
Ne vallent point tous une maille,
Pour faire manches à friaux.
Il n'est baston pour ces cuidriaux.
Que d'armer sa cruppe dosiere
4290 Et de soir entre deux hestaux
Dos et cul, au feu sans dossiere,
Chanter et faire bonne chiere,
Combatre aux pos et aux hanas
Et estre avec sa dame chiere,
4295 Au monde n'est si beau harnas.

RICTIOVAIRE

** Me servirés vous en ce cas,
Que dictes vous, maistre Honoré ?

HONORÉ, *conseiller*

S'il fault conseilliers n'avocas.
Vous serés de moy honoré,
4300 On a maint home devouré

Du sens que j'ai volu baillier
Et maint cristien acouré
Qu'on a puis mis au vent baillier.

RICTIOVAIRE

S'en arés ung tres bon loyer,
4305 Encore ferés, se dieu plait,
Maint cristien pendre et loyer,
Nous n'avons point perdu le plait.

Tarquinus, avés vous le hait
De nous compaignier ?

TARQUIN, *lieutenant de Rictiovaire*

Volentiers,
4310 Nous arons le tamps a souhait,
Se nous ruons sus les gautiers
Ces ypocrites pautonniers
Qui vont mengant ces crucifis
* Je leur desromperay les nerfz
4315 Du corps, mieulx q'onque je ne fis.

TORQUATUS, *chevalier apostat*

Je soloie croire en ce filz
Qui fut par le pere envoyé
Et si m'enfiloye en leur filz,
Mais j'en suis du tout desvoyé,
4320 J'ay despité et renoyé
Leurs crucifis et leurs maroles,
Et si me suis esbanoyé
A danser des dieux les caroles.
Pour rompre tetes et canoles,
4325 Pour faire mere Dieu suer,
Pour leur donner des croquignoles,
Pour les mettre au vent essuer
** Et pour les tous esvertuer,
Je me metray a l'abandon.

PANTHEON

4330 Se je les povoie tuer,
J'aroie cent jour de pardon.

RICTIOVAIRE

Cheminés avec Pantheon,
Dyamant.

4275 laronnaille, brigandaille. — 4276 loisardeaux.

* 68° A. — ** 74° B.

4309 tarquinius. — 4316 croie A. — 4319 desonye
ms — 4322 ne. — 4326 croquingoles.

* 69 A. — ** 75 B.

DIAMANT, *messager de Rictiovaire*

Sire, a tous costés,
S'il plait a mon dieu Orpheon,
4335 De nous deux serés acostés.

RICTIOVAIRE

Sergans, estes vous estoffés
De trestoutes vos agoubilles ?

RIAGAL

Oy, sire, ossi eschoffés
Que sont quoquins au jeu de billes.

ARSENICQ

4340 Nos espees et nos coustilles
Ne demandent que les charognes,
Nous avons doustieux et doustilles
* Assés pour bien galer leurs rongnes.

RICTIOVAIRE

Occident, il faut que tu songnes
4345 Que ce depart soit manifeste,
Mes gens ont toutes leurs besongnes

OCCIDENT

Venés, on vous fera gramt feste,
Se vous tenés guerre au prophete
Qui se tenoit en Nazaret ;
4350 Je ne cuide point qu'on ne feste
Nostre venue sans arest.

Seigneurs, Rictiovaire est prest,
Sa personne n'est point loingtaine,
Il a fait trestout son apprest.

MAXIMIEN

Fais le ontrer en salle hautaine.

RICTIOVAIRE

4355 Gloire a vous, noblesse romaine.

MAXIMIEN

** Bien vegnant, prevost.

DIOCLESIEN

Faictes place.

RICTIOVAIRE

Bien me soufft basse demaine,
Gloire a vous.

DIOCLESIEN

Noblesse romaine,
Reculés, il fault qu'on l'amaine
Emprés vous.

MAXIMIEN

4360 Il fault qu'il se face.

RICTIOVAIRE

Gloire a vous, noblesse romaine.

MAXIMIEN

Bien vegnant, prevost.

DIOCLESIEN

Faictes place.
* Nous le volons veoir en face,
4365 Il est digne de hault monter,
Nous avons tant oy conter
De son bien et de sa vaillance
Et que c'est une franche lance
Pour rembarrer ces ypocrites,
4370 Que desirons pour ses merites
Bien cop a voir son personaïge.

MAXIMIEN

Il est bien home de son aige
Pour leur ruer de grosses busques,
Et pour faire des hurtebusques
4375 Plus grandes qu'ilz n'eurent jamais.

RICTIOVAIRE

Par tous nos dieux, se je m'y mais,
Ilz venront a obeissance
Ou servis seront de telz més
Que de bien n'aront joyssance.

DIOCLECIEN

4380 ** Dieu vous doint autant de puissance
Que vous avés de volenté ;
Se vous destruisiés la naissance
De maudite cristienté,
Vous serés une fois enté
4385 Dedens l'imperial pupitre
Et requerés en majesté
Comme empereur, juge et arbitre.

MAXIMIEN

Pour commencier ung gros behitre·

4337 trestous.

* 69° A. — ** 75° B.

4378 servir. — 4386 renqueres. — 4388 bihitre.

* 70 A. — ** 76 B.

Entrebuchant sus ces galos,
4390 Avés vous gens de bon belistre
Pour copper testes et chifflos ?

RICTIOVAIRE

Oy, plus cremus que diablos,
Regardés la quel progenie,
L'ung renacque, l'autre renie,
4395 L'ung respant, l'autre dit antrognes.

DIOCLESIEN

* Ilz portent asséz bien les trognes
De faire du meschief assés,
Mais qu'ilz ne deviennent lassés
D'esmouchier levres et talons.

RICTIOVAIRE

4400 Ce sont flayaux falans, felons,
Fins, fars, fors, fiers, frecz et frians,
Grans gars, gros, gras, gris, lés et longz,
Couvans, clouppans, clappans, crians,
Et a tous mal faire affreans.

DIOCLESIEN

4405 Beau sire, huchés les appart,
Se nous diront ains le depart
Comment Gaulois seront batus.

RECTIOVAIRE

Sus, Riagal.

RIAGAL

Ilz regnoiront Jhesus,
Sa foy, sa loy, ses dis et ses escrips,
4410 **Ou nous ferons le grand deable tous sus,
De copper nés, bras, mains, pates et gris,
Car il seront comme sorés soris,
Enbanfumés, gratinés, graffilliés,
Rassanetés, retornés, rossilliés,
4415 Refrinchonnés, ratelés, ravalés,
Ratrippelés et racrocquebillés,
Galins, galans, Gaulois seront galés.

RICTIOVAIRE

Sus, Arsenicq.

ARSENICQ

Ilz seront retondus,
Rogniés, rongiés, comme vieux chiens
|rabis,
4420 Droit rés à rés, et plus que Rasibus,
Ravis, railliés, rentrongnés et rostis,
Plus roux que ras, barbus rebarbatifz,
Requipolés, rembarrés, recoeuilliés,
Ratrumelés, ratisiés, regrilliés,
4425 * Ramonselés, repinchés, resalés,
En rouge raige assis et retoulliés,
Galins, galans, Gaulois seront galés.

RICTIOVAIRE

Sus, Ysengrin.

YSENGRIN

Ilz seront ars en fus,
Esquartelés, mutilés, departis,
4430 Honteux, hideux come cornars confus,
Enfflés, soufflés, bourssoufflés, aboutis,
Frotés, frappés, flagellés, fort fourbis,
Trainés, tués, tourmentés, traveilliés,
Escoriés, escorchiés, esrailliés,
4435 Envenimés, espautrés, esboulés,
En riagal, souilliés et patrouillés,
Galins, galans, Gaulois seront galés.

RICTIOVAIRE

Sus, Clacquedent.

CLACQUEDENT

** Ilz seront pourfendus,
Patibulés, pourboudis, pourboulis,
4440 Matés, murdris, martelés, morfondus,
Boutés, baignés, broquiés, brulés, bruhis,
Bien bersandés, bertaudés, forbanis.
Fronciés, fichés, fourdroiés, fatrouillés,
Croquiés, huchiés, courbetés, coustilliés,
4445 Grucifiés, craventés, escrobés,
Esservelés, et bien dur castilliés,
Galins, galans, Gaulois serontga lés.

RICTIOVAIRE

Sus, Ragenteste.

4401 fors et fiers et frians. — 4406-4413 en A
recouverts d'une feuille collée, où le même texte est écrit
d'une écriture du XVIe siècle : on a ainsi dissimulé
une déchirure dont la trace cependant reste visible de
l'autre coté du feuillet. — 4408 recognoiront A, re-
gnirons B. — 1409 dict A, escript A.
* 70° A — ** 76° B.

4420 Rabibus. — 4421 corr : renfrongnés ? — 4423
recœuilliers. — 4424 ratrumolcs — 4433 ratifiés. — 4433
soffles. — 4439 et pourboulis. — 4444 coustellics. —
4445 cscrotes.
* 71 A. — ** 77 B.

RAGENTESTE

Ilz seront attendus,
Avironnés, assiégés, assaillis,
4450 Aguillonnés, assommés, abatus,
Anichilés, agressés, appalis,
Acouvettés, affamés, assourdis,
* Decapités, decoppés, detailliés,
Desbringandés, desrobés, despoulliés,
4455 Desbuissonnés, desmontés, devalés,
Tous dehechiés et tous esparpilliés,
Galins, galans, Gaulois seront galés.

RICTIOVAIRE

Sus, Escorfault.

ESCORFAULT

Ilz seront estendus,
Esgarguetés, estranglés, enfouys,
4460 Ensorcelés, enfforciés, esperdus,
Enffenoulliés, escrotés, esbaudis,
Esbourbelés, embrassés, estourdis,
Escornifflés, esrifflés, escailliés,
Espoinilliés, esbranlés, embroulliés,
4465 Espoitronnés, eschaudés, espaulés,
Escarbouilliés, roulliés et escoulliés,
Galins, galans, Gaulois seront galés.

RICTIOVAIRE

" Princes Romains, sont ils bien hostilliés,
Droit pour passer a monstres a tous lés ?

DIOCLESIEN

4470 S'ilz sont toujours ossi bien conseilliés,
Galins, galans, Gaulois seront galés.

ORIENT

Nobles chevaliers, regardés,
Vela Tebe, cité de pris,
Nos dieux nous ont si bien gardés,
4475 Que nous y venons sains d'espris.

LUCINIEN

C'est ung delicieux pourpris,
Juno en soit dame et concherge.

MAXIMINUS

Faisons que ne soions repris,
De ce que nous avons de cherge.

4480 Orient, tu es soubz ma verge,
Preng nostre lettre de credence,
* Et de Palas ou d'aultre vierge,
Salue la magnificence
Du duc, et luy donne advertence,
4485 Que nous sommes icy venus.

SEVERE

N'alons plus avant sans licence,
Que nous n'aions des coupz cornus.

ORIENT

En faisant mes honneurs menus,
Je voy tater le fons premier.

4490 Tres haut duc, la dame Venus
Vous doint gloire ou regne sommier
A vous, comme noble princhier,
Dessoulz qui Thebe dissimule ;
Les empereus qui vous ont chier
4495 Vous envoyent ceste cedulle,
Vous prians que sans faulte nulle
Y prestés escout en ceste estre.

THEBENS, duc de Thebe, pere Saint Morice

" Or lieve toy et si t'affule,
Nous viserons que ce veult estre.
4500 Emerillon, prens ceste lettre
Et si le nous lis hault et cler.

EMERILLON, escuyer

Si bien que nul homme terrestre
N'y sara que requipoler.

A nostre chier et bien amé,
4505 Thebeus le bien renommé,
Dioclés et Maximien,
Seigneurs du monde terrien,
Salut a ton noble vassal
Des dieux qui ne sont desvoyés,
4510 Maximin, nostre seneschal.
Lucinin, nostre marissal,
Sont a toy par nous envoyés
Affin que toy et tous croyés
Ce qu'il exposeron sans robes
4515 '''Aux entendeurs bien arroiés,
Il n'y fault riens que deux parolles.

4450 guillonnes ms. — 4459 esgargutes. — 4478
que nous.

* 71° A. — " 77° B.

4494 on. — 4498 lieuve. — 4497-4498 aint morice
mq. — 4501 mq. — 4501-4502 dict escuyer. — 4511
Lucinien. — 4516 ne.

* 72 A. — " 78 B. — ''' 72° A.

THEBEUS, *duc*

Nous avons les lettres oy
Des redoubtés imperateurs
Qui m'ont tout le cuer resjouy ;
4520 Sy ont elles mes serviteurs :
Ou sont ces bons ambassadeurs
Dont la lettre fait mencion ?

ORIENT

Ilz sont en la ville attendeurs
Sus ce fait ma relacion.

THEBEUS

4525 Sire Luppart, et vous, Lyon,
Prenés Perceval et Despert.
Pour mendre cas su milion
Chacun de vous est bien appert :
Allés au lieu ou il appert
4530 Que ces seignèurs sont expectans :
* Amenés les, le jour se pert,
Revenés ensamble esbatans.

LYON, *chevalier de Thebes*

Joyeusement pour passer tamps
Yrons briefment, joyeusement.

LUPPART, *chevalier de Thebes*

4535 Soudainement serons partans,
Joyeusement pour passer tamps.

DESPERT, *escuier*

Pareillement serons sentans
Et redoubtans son mandement.

PERCHEVAL

Joyeusement pour passer tamps
4540 Yrons briefment, joyeusement.

ORIENT

Venés doncques legierement,
Vecy le lieu ou ilz m'atendent
Et ne demandent seullement
Qu'estre oy du cas ou ilz tendent.

4545 **Nobles Romains, a vous se rendent
Ces chevaliers d'auctorité
Qui moult desirent et contendent
A concquester vostre amisté.

LYON

Bien vegnant en nostre cité,
4550 Tres noble haultesse romaine.

LUCINIEN

Sans que vous y soiés cité,
Bien vegnant.

LUPPART

En nostre cité,
Cy dit en benedicité,
Nous est chargié qu'on vous amaine.

LYON

4555 Bien vegnant en nostre cité,
Tres noble haultesse romaine.
Venés voir la noble demaine
Du duc et de ses familliers.

* Hault duc, nobilité humaine,
4560 Vecy les romains chevaliers,
Francz de cuer, loyaux et entiers,
Tant en vertus comme en vaillance,
Qui desirent moult volentiers
D'acquerir vostre bienveullance.

LUCINIEN

4565 Les tous vostres sans decepvance,
Maximin et Lucinien.

THEBEUS, *duc*

Et moy vostre, tant de chevance
Que de corps et de tout le mien ;
Dioclés et Maximien.
4570 Comme il appert par leur missive,
Nous mandent que sans nul moien
Prestons tous oreille ententive
A quelque matere doubtive
Que vous nous devés exposer,
4575 **Soit dangereuse ou excessive :
Veuillés nous le cas proposer.

LUCINIEN

Le glorieux bruyt et renon
De vous et des vostres de nom
Est parvenu jusqu'au palais
4580 Du hault empire romion,

Sicque aprés ce bruit larmion,
Comme on fait aprés Herculés,

Chevaliers, saudars, chevalés,
Escuiers, pages, gros valés
4585 Sont du tout en vostre habandon,
Dont nos empereurs sont deffés,
Se de vos gens qui sont reffés
Ne leur envoyés quelque don.

Car leurs affaires sont moult grans
4590 Pour le present, se sont engrans
D'avoir maint gentil champion
Pour combattre les rebellans
Qui contre droit se sont mellans,
Contre Rome et son fort pion.

4595 Envoiés quelque scipion
Pour conquerre ung grant sapion
D'onneur sus ceste gent meschante ;
Ceste cité et region
Ne peult mains d'une legion
4600 Six mille six cens et soissante.

THEBEUS

* Nostre proposicion chante
D'avoir gens a grant quantité,
S'il vous plait, par humilité,
Vous retirés ung peu a part,
4605 Et ainchois que nul se depart
Arés responce tout au long.

MAXIMINUS

Tres volentiers.

THEBEUS

** Avisons doncq.
Beaux seigneurs, que nous volons faire ;
Qui bien veult noter ceste affaire,
4610 Le cas est hault et triumphant,
Maurice, mon tres chier enffant,
Que dictes vous sus cestuy point ?

MAURICE, filz du duc

Mon chier pere, je ne dis point
Que ne doions estre pareurs
4615 Du hault honneur des empereurs ;

Nous leur debvons foy et homaige,
Tribus et cens, dont grief domaige
Nous venra, se ne le servons.
Ossi, se nous nous asservons
4620 A leur comp'aire a tout endroit,
Ce sera contre veu et droit,
Car ilz sont plains d'idolatries,
De deables et d'affamenteries,
Pour quoy nous serons reculés
4625 Et de nostre foy reculés.
Saint Jacques, qu'on dit le mineur
Et frere de nostre seigneur,
En ceste cité opulente
Planta la vignette excellente
4630 De tres sainte foy catholique,
De qui la doulceur angelique
Est en ceste maison fermee.
Encore est elle confermee
Par le bon Zabda, puis ung an
4635 Evesque de Jherusalan.

* O tres douce liqueur divine,
Basme odorant ou Dieu s'avine,
Seras tu mis en nonchaloir
Pour quelque guerre tant soit fine
4640 Qu'il aviengne, se je ne fine,
Ne te metray en nonvaloir.

THEBEUS, duc

** Ossi n'ai je point le voloir
De delaissier nostre creance,
S'on donne quelque recreance
4645 A l'imperial estature.
Faisons selonc sainte escripture.
Rendons a Dieu son leal cens,
A Cesar six mille six cens
Et soissante six personnaiges,
4650 Par tel si, que telz vasselaiges
N'adommaigent cristienté.

EXUPERE, chevalier du duc

Par tel sy, j'ay grant volenté
De les servir a mon povoir
Pour conquerre honneur, sus espoir
4655 De veoir Rome et les sains lieux,
Ou saint Pierre, portier des cieulx,

4586 empreurs A. — 4587 mq. — 4600 cest.

* 79° B. — ** 74 A.

4618 les. — 4622 didolatreics. — 4623 des — diffa-
menteries — corr : supprimer et ? — 4624 corr :
accules ?

* 80 B. — ** 74° A.

Ordonna son siege papal ;
C'est des deux poins le principal,
Pour quoy plus tost je m'y consente.

CANDIDE, *chevalier*

4660 Pareillement je m'y presente.

EXUPERE

Je m'offre a porter a mon tour
Vostre baniere sus la sente,
S'il n'y a plus fort en l'estour.

CANDIDE

Mes matines et mon retour
4665 Sont en Dieu, c'est tout mon desir.
S'on nous jeuoit d'estrange tour,
Il nous venroit a desplaisir.

VICTOR, *chevalier*

Pour proesse et honneur querir
Sans brisier de foy l'union,
4670 Je suis prest de bruit acquerir.

INNOCENT, *chevalier*

* Je suis de vostre opinion.

VITAL, *chevalier*

** Noble duc, par correction,
Appellés ces vassaux romains
Pour savoir leur intencion
4675 Ou il faura mettre les mains.

THEBEUS

Appellés ces seigneurs lointains,
Emerillon.

EMERILLON

Il sera fait.

Tres nobles chevaliers haultains,
Oés le tu autem du fait.

THEBEUS, *duc*

4680 Seigneurs, pour venir au parffait,
Nous voullons en toute saison
Complaire a Cesar en raison,
Jassoit ce que mes nobles gens,
Mes frans chevaliers beaux et gens

4685 Me fusissent tres bien duisans
Pour contrarier nos nuisans,
Touteffois me suis consentu,
Querant nourir pais et vertu,
Que de ceste cité et ville
4690 Enmeriés environ six mille
Six cens et soissante six hommes.
Si vous advertis que nous sommes
Arestés sus ung point de note :
C'est, qui bien le glose et le note,
4695 Que ceste glorieuse emprise
Qu'on fait en romaine pourprise
Est pour cas licite et honneste
Et ne porte quelque moleste
A la foy de cristienté.

LUCINIEN

4700 Je vous promés en leauté
Que ja cristien n'en moura.

MAXIMINUS

Crés le, il vous dit tout verité,
Je vous prometz en leauté.

MAURICE

* Se vous y pensés faulceté,
4705 Le diable vous emportera.

LUCINIEN

Je vous promés en leauté
Que ja cristien n'en moura,
Mais ainchois on les secoura
A despence de bien commun.

THEBUS

4710 Aultrement n'en ariés vous ung,
Se j'en avoye cent milliers.

Filz, regardés quelz chevaliers
Vous menés en ceste bataille :
Il fault gens d'estocq et de taille
4715 Pour honnourer nostre naissance ;
Je vous donne plaine puissance
De prendre la fleur et le fruit.

MAURICE

Exupere est homme de bruyt
Qui ne craint ne flesche ne dart.

4661 tout. — 4666 sont. — tenoit.

* 80° B. — ** 75° A.

4692 advertirs. — 4702 tout *mg.* — 4710 Thebeus.

* 74° A, 81 B.

4720 Se portera nostre estandart
Et l'ensaingne de nostre armoy.

EXUPERE

S'on ne treuve plus fort de moy,
Je le porteray franchement.

MAURICE

Candidus est pareillement
4725 Homme de tres grant renommee.

CANDIDE

Je vous secouray plainement,
Comme l'ung des chief de l'armee.

MAURICE

Prouesse est moult recommandee.
En Victor, le fort combatant.

VICTOR

4730 Sans avoir gaige ne saudee,
Avec vous m'en iray batant.

MAURICE

* Innocent est rade et vaillant
Pour conduire ung ost tout entier.

INNOCENT

** Crés que s'on me vient assaillant,
4735 Je garderay bien mon quartier.

MAURICE

Vital est ung tres bon routier,
Qui cognoit le tour de la guerre.

VITAL

Je suis fais et assés ratier
Pour ville assieger et conquerre.

MAURICE

4740 Emerillon, pour bruit acquerre,
Venra visiter le pais.

EMERILLON

G'iray pour garder et encquerre
Qu'en la fin ne soions trahis.

THEBEUS

Mes chevaliers, mes bons amis,
4745 Je vous baille mon filz es mains ;

Gardés le de ses anemis,
Car je n'en ay ne plus ne mains,
Je cognoy bien tant des Romains
Qu'ilz sont cauteleux et parvers,
4750 Et aux cristiens inhumains,
Quant le bruyt retourne au revers :
Soiés saiges, soyés expers
Pour quelque dangier qu'il adviengne,
Ne soiés de la loy dispers,
4755 Tousjours de Jhesus vous souviengne.

Maurice, qui qui m'apartiengne,
Tu es mon seul filz et ma garde,
Je n'ay baston qui me soustiengne
Si non toy qui es l'avangarde :
4760 Ton depart, quant bien g'y regarde,
Me cause au cuer deleur amere ;
Pour doubte de l'arrieregarde,
* Dieu te garde et sa vierge mere.
Adieu, mon filz.

MAURICE

Adieu, mon pere.

THEBEUS

4765 **Adieu, Candide et Innocent,
Vital, Victor et Exupere,
Adieu, mon filz.

MAURICE

Adieu, mon pere,
S'il fault que la mort nous appere,
Adieu, pour mile an et pour cent.

THEBEUS

Adieu, mon filz.

MAURICE

4770 Adieu, mon pere.

THEBEUS

Adieu, Candide et Innocent.

MAURICE

Metés vous en aroy decent,
Sans faire pompes ne grandeurs.
Messeigneurs les ambassadeurs,

4722 que moy. — 4739 assiegier.

* 76 A. — **81° B.

4761 doleur.

* 76° A — ** 82 B.

4775 Soiés mes ducteurs desormais,
Car je ne me trouvay jamais
En ce pais occidentel.

LUCINIEN

Sans doubte de peril mortel
Nous vous conduirons saigement,
4780 Ce n'est qu'ung jour d'esbatement
De cy jusques en Lombardie.
Orient, prens ton estudie
A dressier chemins et passaiges.

ORIENT

Je scay la langue et les usaiges
4785 D'Arabe et de son tenement,
Et si congnois tous les usaiges
Qu'il faut gouverner rudement :
* Sieuvés moy tousjours hardiment,
On n'y voit bringans ne larons.

MAXIMINUS

4790 Au departir joieusement
Sonnés trompettes et clarons.

LE FOL

** Allons chassier aux pouillons,
Marotte, par ce beau moncach,
Arriere de ces pavillons,
4795 On nous pouroit copper le brach.
Tout parlant latin poitronnach,
Il nous convient aller jesir
En une botte de pesach,
Le cul dehors pour mieulx vessir.

QUENTIN, pres Amiens

4800 Seul, esgaré de tout mondain plaisir,
De fol desir, de triumphant demaine,
De hault choisir, d'onneur prest a saisir,
De souvenir, d'espoir de parvenir
Et d'avenir a dignité romaine,
4805 D'amour humaine et parenté germaine,
Sans qu'on me maine, en terre, en ciel n'en
[mer,
J'ay tout laissié, pour ung seul Dieu amer,

Toute gentillesse lesse,
Toute ma richesse cesse,
4810 De quoy trop l'ardure dure,
Pour ce que noblesse blesse
Dieu, ma vraie adresse, dresse
Mon cuer hors d'ardure dure.

O mon vray Dieu, divine sapience,
4815 Voy ma presence, pour lors, car il est heure
* Que je commence a semer la semence
Que ta clemence a mis par providence
En mon essence, affin que je labeure ;
La vigne est meure et fault, ains que je
[meure,
4820 Que je demeure et abaisse la noise
** D'idolatrie en cité amiennoise.
La pute vermine mine,
Tant que ta loy fine fine,
S'emprenray l'obscure cure,
4825 Dont pour medecine signe
Mon corps de ton signe, sy ne
Me laisse en morsure sure.

ORIENT

Noble sang, royal geniture,
Vecy la romaine ambassade
4830 Qui amaine de sa parture
Chevalerie gente et sade ;
Regardés la belle brigade,
Ilz sont pres une legion
D'ung pais trop plus loing qu'une gade,
4835 C'est de Thebee region.

MAURICE

Honneur, gloire et salvacion
Vous doint ung dieu qui tout crea.

DIOCLESIEN

Vecy haultaine nation :
Par le dieu qui nous recrea,
4840 Piessa tant ne nous agrea
Compaignie chevalereuse.

LUCINIEN

Par ma proesse valereuse,
*** Acompaigné de Maximin,

4784 passaiges en corrigé en usaiges A ; passaiges
B. — 4787 guilduer. — 4793 montach. — 4794 ses.—
4806 nonmer.

* 77 A. — ** 82° B.

4808 loesse ms. — 4820 deveure A. — 4835 Thebe.

* 77° A. — ** 83 B. — *** 78 A.

Se sont ilz tous mis a chemin.

MAXIMIEN

4845 La chevalerie est moult riche.

MAXIMINUS

* Vecy le noble duc Maurice,
Le bon chevalier et le fort,
Qui ne redoubte nul effort.
Tant soit estrange ne cremu.

DIOCLESIEN

4850 Maurice, bien soiés venu,
Et vostre belle compaignie

. . . .

D'onneur et de bruit d'excellence,
Aprochiés nostre corpulence
Et vous assés auprés de nous.

MAURICE

4855 Noble Cesar, mercy a vous,
S'il vous plait a nous congier,
Nous irons pour nous spacier
Veoir les haultains edifices,
Les palais et les artifices
4860 De ceste cité de renom.

MAXIMIEN

Or ne demourés ce peu non,
Car tantost serons sus les champs
Contre vos anemis blessans
Qui ont le cuer plus dur que pierre.

Ilz s'en vont.

MAURICE

4865 Querons l'esglise de saint Pierre.

EXUPERE

Querons le pape Marcellin.

CANDIDE

A cela suis je plus enclin
Qu'a nul autre honneur terrien.

VICTOR

Sire Innocent, voiés vous rien ?

INNOCENT

4870 **Je n'y saroie que espluchier.

VITAL

Je ne vois moustier ne clochier,
Temple d'abye ne paroche.

EMERILLON

* Seigneurs, chacun de vous s'apróche,
Je croy que vecy l'oratoire
4875 Et le divin repositoire
De Dieu et des glorieux sains.

MAURICE

Prions Dieu, s'en serons plus sains.

Glorieuse essence incree,
Ou toute ame se recree,
4880 Vivant en contemplacion,
Tu vois la legion thebee
Es mains des empereurs tombee,
Pour gens mettre a destruction ;
Tu cognois nostre intencion,
4885 Tu scés a quel occasion
Nous avons empris ceste armee ;
Soyes nostre protection,
Que ne perdons salvacion
Par prendre aultre gent diffamee.

MARCELLIN

4890 Bien vegnant, noblesse famee,
En l'esglise de Dieu amee,
Bien vegnant, notables seigneurs.

MAURICE

Sainte papalité loee,
De saint Pierre et saint Pol doee,
4895 Pour Dieu soiés nostre enseigneur.

MARCELLIN

Noble chevalier, noble fleur,
Gardés que le mondain souffleur
N'empeche vostre meurison.

MAURICE

Il nous tourneroit a doleur,
4900 **Se les empereurs de valeur
Pourchassent nostre desraison.

MARCELLIN

On ne quiert vostre garnison

4851 *devrait, il semble, être suivi d'un vers rimant avec* compaignie. — 4858 veoir Icy haultains.

* 83° B. — ** 78° A.

4886 cest. — 4899 tournerons.

* 84 B. — ** 79 A.

Sinon pour tollir garison
A la foy de cristienté.

MAURICE

4905 'Se j'eusse sceu la trayson,
Leur faulce et maudite occoison,
Jamais ne m'y fusse planté.

MARCELLIN

S'a cela estes incité,
Supportés la mendicité
4910 Des cristiens sans decepvance.

MAURICE

Cy dit en benedicité,
Moy ne tous ceulx de ma cité
Ne leur feront quelque grevance.

MARCELLIN

Prenés pité et doleance
4915 De cristiens et de leur creance
Et de ceulx que Dieu veult choisir.

MAURICE

Tenés ma volenté pour france,
Que pour paine ne pour souffrance,
Ne leur feray nul desplaisir.

MARCELLIN

4920 Proposés de les secourir.

MAURICE

Je le feray jusqu'au morir.

MARCELLIN

Prenés ma benediction.

MAURICE

Dieu le vous veuille remerir.

MARCELLIN

Cela ne vous peult amenrir.

MAURICE

4925 ''Il vault contre temptacion.

MARCELLIN

Adieu, Maurice de renon.

MAURICE

Adieu, Marcel, pape de nom.

MARCELLIN

Adieu, noble chevalerie.

MAURICE

' Adieu, papale region.

MARCELLIN

4930 Adieu, thebee legion.

MAURICE

Adieu, toute la seignourie.

Ilz s'en revont.

DIOCLESIEN

Partés vous sans dilacion,
Le tamps est tres bien disposé
Pour mettre a execussion
4935 Ce que nous avons proposé ;
Le nom de nos dieux soit posé
En Gaule et es pais dessus,
Qu'il ne soit tel ne si osé
Qui ose parler de Jhesus.

MAXIMIEN

4940 Nous leur jurons de si fort jus,
S'il nous y fault mettre la main,
Que les rivieres sus et jus
Seront taintes de sang humain,
Car sans sejourner soir et main,
4945 La sentence en est diffinie
Et ainchois anuit que demain
Y menrons puissance infinie.

Cha, qui nous tenra compaignie,
Maxence, venrés vous avant ?

MAXENCE

4950 Ma main sera tainte et baignie
En sang humain d'or en avant.

GALICANUS

'' Je voroie orc estre devant,·
Tant ay grant desir d'y descendre.

EJULASIUS

Et je voroie estre debvant

4920 proposer. — 4927 renon.

'84° B. — '' 79° A.

4931-4932 *indic. scen.* nt *mq B.* — 4932 delacion.
— 4941 si nous il. — 4946 la nuict. — 4947 mourons.

' 85 B. — '' 80 A.

4955 Cent deniers et tout fut en cendre.

PROPHIRE

Je suis prest pour le mien despendre,
Ainchois qu'il y eusist deffault.

CROMACUS

' Et moy prest pour pendre et despendre
Et pour tuer tout s'il le fault.

AGRICOLANUS

4960 Serpent, Dragon, Leant, crapaut,
Escorpions de venin plains,
Chascun soit d'œil et de ris baut,
Nous alons courir sus les plains.

SERPENT

Ou sont ilz, les fieulx de putains,
4965 Qu'on ne les peult tenir a graux ?

DRAGON

Ne seront ilz donc jamais ratains,
Ou sont ilz, les fieulx de putains ?

LAYANT

Que ne sont ilz mors ou estains,
Que ne coppons leurs hateriaux ?

ESCORPION

4970 Ou sont ilz, les fieulx de putains,
Qu'on ne les peult tenir a graux ?

RICTIOVAIRE

Maistre Honoré, par mes consaulx
Vous venrés en ce beau voiaige.

HONORE

J'acompaigneray vos vassaux
4975 Qui seront mon seur apoiaige.

TARQUIN

Ains que je ne fusse aux assaulx,
J'engageroye mon terraige.

TORQUATUS

'' Je yroie ainssois a piés deschaux,
Que je ne fusse au chergaige.

PANTHALEON

4980 Pres des pos, arriere des caux,

4974-4975 *mq.* — 4979 *corr :* deschergaige ?.

' 85° B. — '' 80° A.

Tant que je pouray me tenray je.

RIAGAL

Que ne nous metton a l'ouvraige,
Affin qu'il soient confondus ?

ARSENICQ

J'ay si tres grant fain que j'esraige
4985 Qu'ilz soient tous prins et pendus.

CLAQUEDENT

' Affin qu'ilz soient conffondus,
Que ne leur fait on grief oultraige ?

RAIGENTESTE

Je renacque, dieu, vecy raige,
Ne seront ilz point pourfendus ?

ESTORFAULT

4990 Que ne nous mettons a l'ouvraige,
Affin qu'ilz soient confondus ?

MAXIMIEN

Ceulx de Thebes sont ilz venus ?
Fourbissent ilz leurs alemelles ?

RICTIOVAIRE

Ilz sont leur sanctus dominus
4995 A leurs saintz et a leurs chapelles,
Ilz ont desservi copz de pelles,
Puis que nostre loy ont fourfette.

MAXIMIEN

Nous leur renderons aussi belles,
Avant que la danse soit fette ;
5000 Soufflés ung cop en la trompette
Pour assambler nos grans effors.

MAURICE

Vela les trompes et les cors
Des empereurs, comme je croix,
Seignons nos ames et nos corps
5005 Du noble signe de la croix.

EXUPERE

'' Nous y alons mattes et frois,
Ne scay qu'il nous en advenra :
Dieu conduie nos paleffrois
Et nos armes, quant la venra.

4988 Ragenteste. — 4989 point *mq.* — pourfondus.
— 4994 *corr :* ont ? — 4996 deservir. — 4997 foursctte.
— 5001 nous. — 5006 mettes. — 5008 Dieu nous
conduie.

' 86 B. — '' 81 A.

MAXIMIEN

5010 Duc Maurice, il vous convenra
Conduire la premiere eschelle
De ceste bataille, en laquelle
Vous menrés vostre gent d'eslitte,
Maint archier et maint satellite
5015 Qui sont hardis pour aprouchier.

Maxence, mon enffant tres chier,
Eiulasse, Galicanus,
Cromacus, Agricolanus,
Prophire avec main bon saudart,
5020 Yront dessoubz nostre estandart.
Rictiovaire, nostre prevost,
Ara l'autre eschelle de l'ost
A gouverner en sa commande :
Il fault ossi on luy commande
5025 Qu'il face tout du pis qu'i peult,
De bouter feus, quant il s'esmeult
Soit en Gaule, en Tours ou en Fois.

RICTIOVAIRE

Je feray pis quatorze fois
Qu'on ne me sara commander,
5030 Car de bruler et d'eschauder
C'est le mendre mestier qu'on face.
Sus, ribaux, moustrés vous en face,
Riagal, Arsenicq, Nasart,
Ysengrin, Clacquedent, Grognart,
5035 Escervelé, Pendant, Briffault,
Cracquart, Rifflandoulle, Estorfault,
Rabajoye, Canon, Boulet,
Errachecuer, Crocquepoulet,
Escoufflan, Engoullemortier,
5040 Vasetepent, Brisemoustier,
Tramblebeffroy et Ragenteste.

ESCLISTRE

Male joye ait on de la feste.
Nous lairont ilz ainsi derriere ?

TONNOIRE

Se nous n'alons a ce tempeste,
5045 Male joye ait on de la feste.

FOURDRE

Nous brulons cy et cul et teste
A crouppir en la charbonniere.

TEMPESTE

Male joye ait on de la feste,
Nous lairont ilz ainsi derriere ?

ESCLISTRE

5050 Sainte lanterne de Ioudiere,
N'yray je point a cel estour ?

DIOCLESIEN

Cy aprés arés vostre tour,
Ne vous chault, leissiés les gaignier,
Nous vous donrons a besongnier
5055 Trop mieulx qu'ilz n'ont en briefve espace.

MAXIMIEN

Occident, marche avant et passe,
Ains que plus avant nous frappons,
Fais ouvrir passaiges et pons
Par tout nostre pais romant,
5060 Et maine avec toy Diamant,
Qui cognoit chasteaux et logis.

OCCIDENT

Nous y alons tous agregis,
Plus remouvans q'une toupie.

DYAMANT

Comment? nous croquerons la pie,
5065 Mais que nous soions sus les champs.

OCCIDENT

Si ferons nous mainte roupie,
Car les vens y sont bien trenchans.

MAXIMIEN

Roy des roys, puissant des puissans,
Seigneur du monde entierement,
5070 Pour pugnir desobeissans,
Faisons nostre departement.

DIOCLESIEN

Frere, en vostre commandement,
S'il est rien qui vous soit duisant,
Sy le mandés hastivement,
5075 On le vous sera conduisant.

MAXIMIEN

Adieu, empereur triumphant.

5035 eschervelé. — 5036 Iaiflandoulle. — 5037 Ra-
baroye. — 5038 Crocqueboulet.

86° B. — 81° A.

5061 congnois. — 5063 topie. — 5074 je mendes. —
5075 fera.

87 B. — 82 A.

DIOCLESIEN

Adieu, mon frere et mon enffant.

MAXIMIEN

Adieu, fleur de la terre ronde.

DIOCLESIEN

Adieu, fleur d'onneur flourissant.

MAXIMIEN

5080 *Adieu, soleil resplendissant.

DIOCLESIEN

Adieu, le bruit de tout le monde.

MAXIMIEN

Chevaliers, courés comme l'onde,
Portés nos armes et nos signes,
Affin que nostre bruit redonde,
5085 Sonnés trompettes et busines.

LE FOL

Dames, estouppés vos narines,
Marotte a vecy en vos dens,
Cloés vos culz, douces marines,
Que les mouches ne fierent ens :
5090 Regardés cy quelz garnemens,
Qu'ilz ont les brayes avalees,
Ce sont trop beaux estoremens,
Pour mettre sus bancz de galees.

CLUGNET, *aveugle au temple d'Amiens*

Arestés vous, gens valereux,
5095 Arestés vous en ceste place.

** MATHIOLET, *boiteux*

Mirés vous cy, chevalereux,
De povreté sommes la glace.

CLUGNET

Donnés l'aumosne au digiteux
Qui n'a fourme d'œil en sa face.

MATHIOLET

5100 Donnés a ce povre boiteux
Qui n'a jambe qui bien luy face.

QUENTIN

Mes amis, il fault que je sache
Pour quoy vous criés en ce point.

CLUGNET

Nous tendons a tous la besache,
5105 Pour ce qu'on ne nous donne point ;
Se vous avés monnoye a point,
Se rués en celle esculette,
Pour acheter ung vieux pourpoint
Et reffaire une cotelette.

QUENTIN

5110 *J'ay monnoye toute propette
De riche touche et bon aloy
Et qui vous seroit tantost preste,
Se vous volliés croire en ma loy.

MATHIOLET

Au monde n'est si bel employ
5115 Qu'a cil qui ne peult besongnier,
Nous sommes en si piteux ploy,
Que nous ne povons pain gaignier.

CLUGNET

Je ne vois berbis ne bergier,
Ne chose dont le monde s'emple,
5120 Aveugle suis pour abregier,
Aux clers voians piteuse example.

MATHIOLET

Nous deux seons a l'uis du temple,
Querans l'aumosne a tous venans ;
** Je suis sains de chief et de temple,
5125 Mais des piés suis mal advenans.

QUENTIN

Vos dieux ne sont ilz point puissans
Pour vous garir ?

CLUGNET

A mon advis,
Je ne scay s'ilz sont souffisans
Pour ce faire, oncque ne les vis.

MATHIOLET

5130 Devant ce temple avons assis
Nos corps passé plus de X ans,

5100 faulx. — 5110 *corr* : proprette ?. — 5112 et *mq.*
— 5123 querans lamosne. — 5128 son suffisans. —
5131 passe *mq.*

* 87° B. — ** 82° A.

* 88 A. — ** 83 B.

Mais qu'ilz donnent a V n'a VI
Garison, nul ne l'est disans.

QUENTIN

Leissiés la loy des dieux meschans
5135 Qui n'ont puissance de ce faire
Et si entendés a mes chans,
Je pourverray a vostre affaire.

CLUGNET

Mon tres chier amy debonnaire,
J'entenderay toute raison
5140 Pour recouvrer mon luminaire
Dont ne puis avoir garison.

QUENTIN

* Croy donc ung seul Dieu de regnon,
Qui crea ciel et terre et mer
Et n'est aultre dieu, celuy non,
5145 Qu'on doit servir, craindre et amer,
Celuy qui l'ome vault former
Et qui d'enffer le racheta
Et en croix pour le reformer
Souffrit mort et es cieulx monta.

CLUGNET

5150 Je ne scay qu'i m'en avenra,
Mais ton sermon me fiert au cuer,
Qui comme tu dis le crera
Sus espoir de ravoir vigeur.

QUENTIN

** O mon souverain redempteur,
5155 Qui creas humaine nature,
Affin d'avoir gloire et splendeur
En plaisant lieu, sans corrumpure,
Preng pité de ta creature,
Aveugle de corps et de l'ame,
5160 Et luy donne lumiere pure
Qu'il ne trebuche en basse lame.

CLUGNET

Je te pry, mon amy, reclame
Le nom de ton dieu sus mes yeulx,
Car ta parole tant m'enflame
5165 Que j'ay espoir d'en valoir mieulx.

QUENTIN, *faisant le signe de la croix*

Jhesus, souverain Roy des cieulx,
Qui l'enffant vault illuminer
Aveugle en naissance, soit cieulx
Qui clarté te veuille donner.

CLUGNET

5170 O puissant Dieu, qu'on doit loer,
O noble roy esjouyssant,
O jonne homme qu'on doit loer,
De triumphe, de gloire issant,
Par vertu que tu vas puissant,
5175 O clere fontaine sommiere,
Ton dieu sur tous aultres puissant
M'a donné santé et lumiere.

MATHIOLET

* Biau filz, ne me lesse derriere,
Prens pité du povre impotent,
5180 Aller ne puis n'avant n'arriere,
Je croy ung Dieu omnipotent.

QUENTIN, *faisant la croix*

Mon vray Dieu, qui divinement
Garis le povre languissant
A la piscine, en ce moment
5185 Te veuille estre regarissant.

MATHIOLET

** O Dieu des dieux, hault triumphant,
Certaine foy, seure creance,
O noble gendre, o noble enffant,
Tu as garis ma doleance ;
5190 Benoit soit le chief, la semblance
Et le ventre qui te porta,
Le lait et la mamelle blanche
Et la mere qui t'alaita.

CLUGNET

Matheolet, regarde ca,
5195 Mes yeulx sont tous illuminés.

MATHIOLET

Voy comment il me redresca
Mes piés qui estoient minés.

5132 donnes. — 5139 jenteray, *en marge* jentenderay. — 5149 os *my*.

' 88ᵒ B. — '' 83ᵒ A.

5174 *corr :* tu as ?, *à moins d'entendre :* tu vas puissant ?

' 89 B. — '' 84 A.

CLUGNET

Moustrons que nous soions sanés
Avant la cité, en maint lieu.

MATHIOLET

5200 Se je devoie estre sans nés,
Se me planteray je au millieu.

CLUGNET

Venés vers le temple, venés,
Venés veoir l'ome de Dieu.

MATHIOLET

Tous maladifz et ensannés,
5205 Venés vers le temple, venés.

CLUGNET

* Meschans gens qui estes dampnés
Par fol erreur trop maladieu,
Venés vers le temple, venés,
Venés veoir l'ome de Dieu.

FLOUREMBERT, *bourgeois d'Amiens*

5210 Fromiondin, soiés ententieu
De scavoir qui fait tel ruchon.

FROMIONDIN, *serviteur*

C'est Clugnet, l'aveugle gentieu,
Et Matheolet, son sochon.
** Ilz ont, ne scay par quel fachon,
5215 Recouvré santé de leurs corps.

FLOUREMBERT

Non n'ont.

FROMIONDIN

Si ont.

FLOREMBERT

Tu mens, garchon,
Ce sont impossibles recors.

FROMIONDIN

Se je ne suis berbis ou tors,
C'est Matheolet et Clugnet ;
5220 L'un va droit qui estoit tous tors,
Et l'autre voit qui fut borgnet.

5213 mathiolet. — 5216 Tu nous.

*89° B. — *84° A.

FLOREMBERT

Enffans, je n'entens point ce fait,
Qui vous a santé recouverte ?

CLUGNET

Ung josne home, le plus parfait
5225 Qui soit sus terre descouverte.

FLOREMBERT

Quel penance avés vous soufferte ?
Quelz herbees, quel lavemen,
Quel racine vous a offerte
Pour recouvrer ce sauvement ?

CLUGNET

5230 Il n'avoit boiste n'oignement.
Pour Dieu prier s'umilia
Et fist ung signe seullement
De sa main qui nous ralia.

FLOREMBERT

* Tu dis fer ?

RENOUUART

Qu'esse qu'il y a ?
5235 Je ne vis oncque tel farie,
Par le dieu qui ne folia.

MATHIOLET

** Regardés, ma jambe est garie,
Qui estoit perdue et pourie,
Je marche a mon aise et se voy.

CLUGNET

5240 Ma veue qui estoit perie
Est si tres clere que j'en voy.

RENOUUART

Par tous nos dieux que servir doy,
Qui me gardent quant je someille,
Elle est plus nette que mon doy,
5245 Gente comme rose vermeille.

ARCHEMBAUT

Comment va, seigneurs, quel merveille ?
Qu'est il advenu au pais ?

5234 *corr :* ver, voir ? — 5243 garde — somielle *ms.*

* 90 B. — ** 85 A.

RENOUUART

Clugnet l'aveugle se resveille,
Oncques ne fus si esbahis.

ARCHEMBAUT

5250 Clugnet, comment va, beaux amis ?

CLUGNET

Ne me fault meneur ne valet,
Je suis en ma santé remis,
Je voy cler comme ung oiselet.

NATALIE, *femme d'Ysembart*

N'esse point la Matheolet,
5255 Le boiteux et debilité ?

ARCHEMBAUT

Vous voiés en quel point il est,
Il est tout rehabilité.

NATALIE

* Mathiolet, dis verité,
Qui garit ton deuil maleureux ?

MATHEOLET

5260 Ung jouvenceau d'auctorité,
Qui de son dieu fut amoureux.

NATALIE

Gariroit il mon douloureux
** Mari, qui est gros et emfflé ?

CLUGNET

Oy, tout povre langoureux,
5265 Tant soit il gros ou boursoufflé.

NATALIE

Ou se tient il ?

MATHIOLET

Il est alé
Au temple des dieux pour atendre
Tout ydolatre mesalé
Qui a son Dieu voura entendre.

NATALIE

5270 Par Mars, ou je doy la main tendre,
G'y menray mon mari, affin
Que sa grace lui veille estendre

Et qu'il soit gari en la fin.

CLUGNET

Venés veoir l'ome divin,
5275 Ne scay pareil jusques a Rome.

MATHIOLET

Il est plus saige q'ung devin,
Venés veoir le bon preudome.

FLOREMBERT

Alons veoir ce nouvel home,
Puis qu'il scet gerir toute gent.

FROMIONDIN

5280 Pour savoir comment on le nomme,
Alons veoir ce nouvel home.

RENOUART

* Il vault d'or une grosse pome,
Mais qu'il n'en prende point d'argent.

ARCHEMBAUT

Alons veoir ce nouvel home,
5285 Puis qu'il scet gerir toute gent.

NATALYE

Ysembart, soiés diligent
De recouvrer santé et joye,
** Ung josne home tout indigent
Garit et de cuer le resjoie.

YSEMBART, *emfflé*

5290 Las, j'ay despendu grant monjoye
D'argent en medecins expers,
Si n'est quelque bon vent que j'oye,
Ce que g'y ay mis, je le pers ;
Que valent herbes de desers,
5295 Quant medecins et marissaux,
Comme moy qui en suis desers,
Tuent les gens et les chevaulx ?

NATALIE

Ce n'est point de ces broulleriaux
Qui forgent ciropz et cristelles
5300 Et tuent trop mieulx que bouriaux
Les gens de pocions mortelles :

5268 mesalt.

* 90° B. — ** 85° A.

5286 Ysembert. — 5300 trop *inq.* — 5301 de *mq.*

* 91 B. — ** 86 A.

Ses manieres ne sont point telles,
Il fait tout seulement ung signe
D'un grant dieu de ses menotelles
5305 Et ne donne aultre medecine.

YSEMBART

S'il fault mengier herbe ou racine
De ces brouués sarasinois,
Qui sentent tant la sauvegine,
Je renonce a ces esbanois.

NATALYE

5310 Vous n'arés pourette de nois
Ne chose dont viengne dangier.

YSENBART

* Alons au temple amiennoys
Voir s'il me pouroit alegier.

QUENTIN

Reveille toy, Amiens sus Somme,
5315 Tu es de pechiés assommee,
Tu as dormy trop pesant somme,
Reveille toy, Amiens sus Somme.
Se tu ne descherge ta somme,
** Tu seras en brief consommee.
5320 Resveille toy, Amiens sus Somme,
Tu es de pechiés assommee.

CLUGNET

Vecy par qui est confermee
La cure de ma sanité.

MATHEOLET

Vecy par qui est deffermee
5325 La clef de ma captivité.

QUENTIN

O peuple d'Amiens la cité,
Privé de bien, a mal cité,
Peuple a fausse loy incité,
Sans vertu, sans felicité,
5330 Aveugly par mendicité,
Du diable benedicité,
Qui ces ars vous a limité,
Et vous tient en calamité,
En pechié, en enormité,

5335 En dangereuse extremité,
Sans honneur, sans sublimité,
Sans loenge, sans amisté,
Sans espoir, sans securité,
Sans lumiere, sans verité,
5340 Sans vigeur, sans integrité,
Sans prudence, sans purité,
Sans engin, sans auctorité,
Sans justice, sans carité,
Sans fruit et sans regnation.

5345 Laissiés ceste crudelité,
Cognoissiés vostre qualité,
* Corrigiés sensualité,
Ployés vous par humilité,
Prendés aultre nobilité
5350 D'ung seul Dieu d'immortalité,
La glorieuse trinité,
Lassus regnant en unité,
** En gloire et en divinité,
Dont le filz prist humanité,
5355 Au monde plain de vanité,
En la fleur de virginité,
Sans touche de virilité,
A cause d'imbecilité,
Qu'Adam, par inutilité,
5360 Forfist, brisant fidelité,
Durant sa temporalité,
Dont il fut a mort alité,
Et bouté en dampnacion.

Dieu, dont je fais narracion,
5365 Par divine operacion,
Luy donna restauration,
Voiant sa generacion
Aller a povre extraction,
Par œuvre d'amiracion,
5370 De son filz fit emission,
Qui vint preschier enmy Syon
Et vault prendre commission
De luy faire dimission
De sa faulte et obmission.
5375 S'obtint en fin remission.
Il revint par prefection
Du lieu de putrefaction.

5307 broues. — 5329 vertu et sans. — 5330 aveugle.
— 5334 et ennormite.

* 91ᵘ B. — 86ᵒ A.

5337 amite. — 5354 donc. — 5357 couche. — 5364
je suis. — 5368 extracion. — 5371 enim.— 5373 dimi-
nussion. — 5375 soubtint.

* 92 B. — ** 87 A.

Il a haulte prefection,
Il est privé d'infection,
5380 Il a toute aultre affection,
Car il prent sa refection,
Es cieulx en grant solennité.

Mais ains sa consolacion,
Le filz eust desolacion,
5385 Mortele tribulacion,
Crueuse violacion
Et piteuse relacion,
* Car par cavilacion,
L'orgeul, la fraudulacion,
5390 **L'envie, l'adulacion,
Le courroux, la sufflacion,
Le grant despit, l'inflacion
Et la faulce emulacion
Des juifz plains d'elacion,
5395 Il morut sans dilacion,
Pour nous fit immolacion,
Dont terre fit crolacion
Et puis fit relevacion,
Et aux siens revelacion,
5400 Et regne en jubilacion,
En glorieuse eternité.

FLOREMBERT

Filz, tu as quelque deité
En toy, qui sermonne et parole.

RENOUART

Depuis que j'eux nativité,
5405 Je n'oys si doulce parolle.

FROMIONDIN

Son doulz parler tant me consolle,
Que tout bruyt mondain en delesse.

ARCHEMBAUT

Plus escoute et mains je me solle,
Oncques n'eux si haulte leesse.

NATALYE

5410 Nous n'avons ne dieu ne deesse,
Qui nous die autant de bonté.

YSEMBART

Helas, mon amy, quel dieu esse
Qui fut en ce point de bonté ?

QUENTIN

Celuy qui nous a racheté,
5415 Qui paia la redemption
Du monde qui estoit gasté
Et livré a perdicion.

YSEMBART

* Ce fut grant procuracion.

FLOREMBERT

** Ce dieu qui tel salut procure,
5420 Procur il mieulx curacion
Que Mercurius qu'on procure ?

QUENTIN

Cuide tu que Mercure cure ?
Nennil, n'es qung cochevieux vieux,
Curer ne peult obscure cure :
5425 Si ne font vos maladieux dieux.

RENOUART

Mon enffant, dis nous qui est cieux
Qui la puissance a si terrible.

QUENTIN

C'est le seul createur des cieulx,
Du monde et de l'infer horrible.

YSEMBART

5430 Puis que toute chose est possible
Au dieu qui souffry passion,
De ma grant penance passible
Prens pité et compassion,
J'ay despendu grant porcion
5435 D'argent et d'infini avoir
Pour ravoir par proporcion
Sancté, et ne le puis avoir.

NATALYE

Mon chier amy, fais ton devoir
De prier Dieu pour mon mari ;
5440 S'il est gary, sache de voir
Que maint cuer en sera marri.

5399 mq.

* 92° B. — ** 87° A.

5419 que. — 5425 maledieux. — 5431 souffrir. —
5435 dinfine. — 5436 proposion.

* 88 A. — ** 93 B.

QUENTIN

Crois tu que Jhesus s'estendi
En croix, pour nous, en griefz destrois ?

YSEMBART

Oy,.sire, et qu'il y pendi
5445 Et qu'il fut mort deux jours ou trois.

QUENTIN

* Trestout ainsi comme tu crois
Qu'il est de mort resuscité,
Par la vertu de ceste croix
Puisse tu avoir sanité.

NATALIE

5450 ** O digne preciosité,
Puissant Dieu, puissant excellence,
Angelique formosité
D'enffant de josne corpulence,
Tu as sans quelque violence
5455 Restauré la santé pristine
Mon mari, par grace et valence
Du Dieu de l'esglise cristine.

YSEMBART

Loenge ait en gloire divine
Le Dieu qui prent de moy pité,
5460 Je suis par sa grace benigne
De mon grant dangier respité.

FLOREMBERT

Veci point grant nouveleté,
Ysembart est sain et haitié.

FROMIONDIN

Il est tout rehabilité,
5465 Mieulx c'oncque mais je l'ay wetié.

RENOUART

Jamais je n'eusisse cuidié
Qu'il eusist gari en ce point.

NATALIE

Laissons a cop, laissons a point
Nostre grant erreur sans arest.

YSEMBART

5470 Dieu nous semont, le cuer nous point
De croire au Dieu de Nazaret.

FLOREMBERT

Mon enflant, ton dieu tres parfet
Nous a le cuer amolié,
Nous cognoissons d'euvre de fet
5475 Que long tamps avons folié.

QUENTIN

* Puis que vous avés acœuillié
La loy de mon Dieu bien heuré,
Il fault que chacun soit moulié,
Baptisié et regeneré.

RENOUART

5480 ** D'humble voloir, de nostre gré
Attendons grace tous ensamble,
Metés nous en vostre degré
Et faites ce que bon vous samble.

QUENTIN

De bon cuer, de volenté ample
5485 Aux ydoles renoncerés,
De les aurer en quelque example
Jamais ne vous avancerés ;
Ung seul Dieu vous confesserés
Qui tout crea par grant mistere
5490 Et en la loy profés serés,
Sans errer en quelque matere.
Affin que grace vous apere
De cil que sa loy nous apprit,
Je vous baptise ou nom du Pere
5495 Et du Fil et du Saint Esprit ;
Amés et servés Jhesucrist
En tenant son commandement
Et faictes ce qu'il est escript,
Vous arés riche paiement.

CLUGNET

5500 Aprés ce benoit sacrement,
Par nous recheu pour avoir gloire,
Allons tirer jus plainement
Tout ydole et tout mandegloire.

MATHIOLET

Tirons les jus de leur cathoire,
5505 Que tout soit a piés pestelé.

5459 en moy. — 5463 a ms.

* 88° A. — ** 93° B. —

5478 molié. — 5481 trois. — 5494 du mq. — 5499
aires. — 5503 mang de gloire.

* 80 A — ** 94 B.

CLUGNET

Ca, passés avant, quaquetoire,
Vous arés le dos martelé.

* MATHEOLET

Ca, maistre Appolo, l'engelé,
Vous arés ung cop de bourlette.

CLUGNET

5510 Ca, maistre Mars, l'esbourbelé,
Je passeray sus vo malette.

MATHIOLET

Il n'y a Jupin ne Juppette
Qui ne soient esgratinés ;
** Se jamais ydole barbette,
5515 Je veuil qu'on me coppe le nés.

LUCIFER

Deables dampnés, dragons dardans,
Crappaux, layans, serpens ardans,
Berith, Baruth, Bel, Belzebus,
Bellial, Beleth, Cherberus,
5520 Leviathan, Ruch, Barathron,
Sathan, Astaroth, Bruch, Noiron,
Corbadas, Frenago, Crocquet,
Proserpine, Pluton, Brocquet.
Carabara, Thisophonés,
5525 Et tous les diables deschainés,
Sallés de vos parfons abismes,
Apportés fourchettes et limes,
Dardes, goudendardes, paffus,
Groués, hocqués rouges que fus,
5530 Et tous instrumens d'ingromances.

SATHAN

Nous vecy en pans et en manches
Pour faire terre et mer croler.

ASTAROTH

J'ay des chaines au fort aller
Qui sont, mais que je les assaie,
5535 Fortes assés pour estrangler
Lucifer au bout d'une haie.

LUCIFER

Tu as la lanterne te taye,
Estranglerois tu ma gargate ?
* Je te promés, mais que je t'aye,
5540 Que tu aras ung tour de pate.

BELZEBUS

Laissons tout en frine et en paste
Et nous mettons sus le biau bout.

LUCIFER

Diables, le cervelle me bout
Des puces que j'ay en l'oreille.

CERBERUS

5545 Se fault que chacun s'apareille
Pour y pourveoir de haulte heure.

LUCIFER

** Diables, escoutés la teneure,
Il y a terrible abatis,
XII enffans qui se sont partis
5550 Puis trois mois des pais romains
Et sont passés par les mains
De Marcellin, ce ribaut pape
Qui sera nostre, s'il n'eschappe ;
Se sont espars par les pais
5555 De Gaule, dont suis esbahis,
Preschans de ce dieu celestin,
Tant qu'entre les aultres Quentin
A converti de ceulx d'Amiens
Grant plenté, qui estoient miens,
5560 Et a fait si crueulx machacles,
Par paroles et par miracles,
Que nos ydoles sont crocquies,
Derrompues et desjoncquies
De gens qui se font baptisier.

LEVIATHAN

5565 Il les fault aller ratisier
Et assommer d'un gros baton.

LUCIFER

Sathan, tu es ung fort luton,
Va bien tost plus fort q'un gros asne,
*** Tout droit sur le bacq de Losenne,

5518 berich. — 5531 paic.

* 89° A. — ** 94° B.

5538 me marguette. — 5549 se mq. — 5551 corr : et
se ? — 5554 le. — 5564 sont baptigier.

* 90 A. — ** 95 B. — *** 90° A.

5570 Fay tant que Maximianus,
     Qui a grant ost est la venus,
     Se dispose a quelque mal faire
     Et envoye Rictiovaire
     Dedens ce pais amiennois ;
5575 Oncque singe ne crocqua nois
     Plus dru qu'il croquera les testes
     De ces meschans cristianois
     Qui vont preschant contre nos gestes.

                    SATHAN

     G'yray faire de grans tempestes,
5580 Mais que j'aye ung fort combatant.

                    LUCIFER

     Berich, cours avec luy batant,
     Tu entens tres bien ma lecon.

                    BERICH

   * Ung morcelet de venisson
     Pour mieulx tempter Francois et Gaules.

                    LUCIFER

5585 Or allés, que tous les grans deaules,
     Qu'on a ceens volu ruer,
     Vous puissent rompre les espaules
     Et le hatereaux desvoués.

                    MAXIMIEN

     Nous devons grandement loer
5590 Les puissans dieux que nous avons,
     Car nous avons passé les mons
     Des Alpes, sans perte et domaige ;
     Pour quoy y convient faire homaige
     A tous nos dieux reveramment.
5595 Si commandons expressement
     A tous barons, consules, dus,
     Centurions a nous rendus,
     Chevaliers, tribuns, seneschaux,
     Legions, prevostz, marisseaux,
5600 Preteurs, senateurs et saudars,
   ** Qui sont dessoubz nos estandars,
     Qu'ilz se disposent a l'office
     Du tres glorieux sacrifice
     De nos puissans dieux immorteulz,

5605 Tant pour les rebelles doubteux
     De Gaule, de franc territoire,
     Comme pour obtenir victoire
     Contre tous cristiens maudis ;
     Se ne transgressés nos edis
5610 Sus paine de mort criminelle.

                    MAXENCE

     Pour ceste feste solennelle,
     Fault il faire provision
     D'aulcune volille nouvelle
     Dont on puist faire occision ?

                    MAXIMIEN

5615 Faicte vostre immolation
     Plus de cuer que de gros bonnetz.
     Vous estes hors de nation
     Se n'avés pas tous vos souhés.

                  * GALICANUS

     Prenons brebis et agnelés,
5620 Se nous y povons avenir,
     Se nous ne povons, laissons lés,
     Nous ferons mieulx au revenir.

                    MAXIMIEN

     Occident, va nous retenir
     Ung prestre qui sache l'usaige
5625 Comment il se fault maintenir
     Pour sacrifier une ymage.

                    OCCIDENT

     Je croy qu'en ce prochain vilaige
     Je trouveray prestre propice,
     Qui est fourny de tel bagaige
5630 Quil appartient a son office.

                    EXUPERE

   ** Quel chose ferons nous, Maurice,
     Pour l'empereur pacifyer ?
     Il fault que chacun povre ou riche
     Voit a ses dieux sacrifyer.

                    MAURICE

5635 Il le fait pour nous deffier
     De la foy dont nous joissons,

En Jhesus nous fault comffier,
C'est du mieulx que faire puissons.

CANDIDE

O les crueux tirans felons,
5640 Seront ilz de leur foy parjures ?
Ilz disoient : nous ne volons
Aux cristiens quelques injures.

VICTOR

De leauté ne de droitures
Ne querés jamais en Romains,
5645 Car par si faites fourfaitures
Tiennent ilz le monde en leurs mains.

INNOCENT

Affin que ne soions ratains
A leur maudite diablerie,
Soions esgarés et loingtains,
5650 Nous et nostre chevalerie.

VITAL

* Mieux vault avoir ire, flatrie,
Ou morir d'un cop de canon,
Qu'a veoir faire idolatrie
Contre nostre loy de renon.

MAURICE

5655 Venés, beaux chevaliers de nom,
Laissiés les ministres du deabie,
Je vous menray vers Aganon
Sus la Rone, ung lieu delitable,
Tres amene, assés convenable
5660 A ma legion de six mille,
Il n'y a de ce lieu manable
D'espace environ que vin mille.

** EMERILLON

Je demouray en ceste ville
Pour regarder leur contenance ;
5665 S'il vous procurent chose ville,
Je vous nonceray l'ordonnance.

MAURICE

Garde toy de leur decepvance,
En fin en serois le plus las.

EMERILLON

Pour don d'argent ne de chevance,
5670 Ne me tenront ilz en leurs las.

OCCIDENT

Neptanabus, este vous pas
En point pour nos dieux consacrer ?
Nostre empereur sus cestuy pas
Nous a trestous fait enancrer.

NEPTANABUS

5675 Je suis en point pour ensencer,
Mon turibulon est assis,
Ainsi que le vora penser,
Nous chanterons a V a VI.
Je suis vestus de tous abis
5680 Pour faire une feste bien grande,
Mais s'il vient par devers nobis,
Fay qu'il apporte bonne offrande.

* OCCIDENT

S'il descent en vostre commande,
Je croy que vous arés bon vent.

NEPTANABUS

5685 Or avant je te recommande
La besace de mon couvent.

RICTIOVAIRE

Noble seigneur, noble regent,
Hault Cesar, hault imperateur,
Vous serés sans ost et sans gent,
5690 Se n'y estes reparateur ;
Maurice, duc et conducteur
De ceulx de Thebes, s'est parti
** Et a perverti par haulteur
Tous ceulx qui sont de son parti.

MAXIMIEN

5695 Ilz ont le cœur tant endurcy
En Dieu qui morut en la croix,
Qu'ilz ne veullent prier mercy
A tous les dieux en qui je crois :
Il convient qu'il croient en no lois

5670 terront. — 5678 et a six. — 5685 Naptanabus.
— 5689 feres.

5700 Pour nostre command assouffire;
Cromacus, aprés tous exploix,
Querés les et menés Prophire.

CROMACUS

Cesar auguste et bruit d'empire,
Je les amenray prestement.

PROPHIRE

5705 Affin que nostre bruit n'empire,
Je vous compaigne franchement.

OCCIDENT

J'ay fait vostre commandement,
Empereur de bruit immortel ;
Le prestre a tout habillement
5710 Qui vous attent a son hostel.

MAXIMIEN

Nous irons tantost a l'ostel,
Mais que Maurice viengne avant.

CROMACUS

* Salut a vous tous, quel ou tel,
Car vous l'estes mal desservans ;
5715 Vous ne volés estre observans
Le command de Maximien
Qui appelle tous ses servans
Au sacrifice terrien ?

MAURICE

Mon amy, je suis cristien,
5720 Aussi sont tous mes compaignons,
Nostre hault Dieu celestien
Ne veult que vous acompaignons.

·· PROPHIRE

Ainsi doncques, nous luy dirons
Que vous ne sacrifirés point ?

EXUPERE

5725 Jamais nous n'y consentirons,
Soiés resolus sur ce point.

CROMACUS

Portons responce tout a point
A Cesaire, nostre empereur.

Sire, si grant orgueil les point
5730 Qu'ilz n'ont ne hide ne terreur,
Ilz s'entretiennent en vigeur
De non sacrifier jamais,
Car ilz sont au fin fons du cuer
Plus fors cristiens c'onque mais.

MAXIMIEN

5735 O seigneurs, nous sommes deffais,
Car le duc Morice et les sciens
Reboutent les dis et les fais
Des Romains et de tous les miens ;
S'il ne sacrifient, je tiens
5740 Que nos dieux en prenront vengance,
Tant de eulx que de moy qui soustiens
Emprés moy telle mesceance.
Ilz y feront sacrifiance,
Cromacus, ralés y, beau sire,
5745 Menés Prophire ou j'ay fiance
Et Agricolan pour vous Juire ; ·
' Faictes signe de les occire
Et d'en executer le disme,
Pour voir s'ilz se voront reduire
5750 A ce sacrifice saintisme.

CROMACUS

Par Pluton qui chut en abisme,
Encore irons nous de rechief.

AGRICOLANUS

Je voy bien que c'est une lime,
Nous n'en venrons jamais a chief.

·· PROPHIRE

5755 Pour y faire un crueulx meschief,
G'y menray deux ou trois saudars.
Salés avant.

SERPENT

Vecy nos dars,
Nos grans cousteaux et nos espees.

DRAGON

Delaissons dont nos estandars,
5760 Il ara les gorges coppees.

LAYANT

Je les aray tantost happees,

5701 expoix. — 5705 que mq. — 5707 fait mq. —
5710 attont. — 5727 apont A.

97° B. — '' 93 A.

5736 morce A — siens. — 5737 odis.— 5743 Ils en.
— 5749 voir mq ms. — voiont A. — 5751 platon. —
5752 nous mq. — 5760 les mq ms. — 5761-5762 mq.
' 98 B. — '' 93° A.

Se je les tiens par les oreilles.

ESCORPION

Nous copperons des plus huppees
Puis le cerveau jusqu'es entrailles.

CROMACUS

5765 Seigneurs, je me donne merveilles,
Se vos raisons ne sont changies ;
S'elles sont encore pareilles,
Vous arés les testes trenchies.

SERPENT

Les espees sont aguisies,
5770 Il ne fault riens que commander.

INNOCENT

Jamais ne volons desister
De nostre voloir nullement ;
Se tu nous veulx decapiter.
Nous sommes content plainement.

*Icy doivent tendre les
colz pour recepvoir
le coup.*

. . . .
. . . .

VICTOR

5775 Sans attendre plus longuement,
Commence a moy premierement.

VITAL

Despeche moy habillement,
Sans y perdre plus de langaige.

INNOCENT

Commence a moy premierement,
5780 Tu as le chief a l'avantaige.

" SERPENT

Que dictes vous ? le copperai je ?
Seront ilz par moy renvoiés ?

CROMACUS

Nennil non.

SERPENT

Harau, vecy raige,
J'estoie si bien avoiés.

PROPHIRE

5785 Or estes vous bien desvoiés,
Plains d'orgeul et de meschanté,
Quant pour tourment que vous voiés
Ne changiés vostre volenté.
Certes nous prendons grant pité
5790 De vostre force ainsi seduite,
Ceste fois serés respité,
Pensés mieulx a vostre conduite.

MAURICE

Triumphant choix, o noble eslite,
Tresor d'onneur chevalereux,
5795 Qui ne doubtés le satallite,
Ne quelque tourment maleureux,
O quan bon, o quan valereux
Serés vous en haultain royame,
Quant de l'aignelet doloureux
5800 Vollés immoler corps et ame.

Chevaliers, que le diable enflame,
Dictes au seigneur romenicque
Que nous ne doubtons feu ne flame,
Torment ne bataille punicque,
5805 Pour deffendre le bien publicque,
Sommes nous prés et apparliés,
Mais de brisier foy catholique
Nous ne sommes point conseilliés.

CROMACUS

Se serés doncques resveillés
5810 Et mis a fin executoire.

EXUPERE

** Pour avoir grace meritoire
Et estre pour parfais tenus,
Ensievons le roy celitoire
Qui en la croix pendi tous nudz,
5815 Sans tournoyer, sans quelque jus,
Sans deffence d'aulcuns bastons,

5763 Layant. — 5764 jusques es ms. — 5774-5775.
Ind. scén. ndre. — voir mq. — Pour compléter le
rondeau dont la suite du texte ne donne que le milieu
et la fin, il faut probablement rétablir ici les vers
5779-5780, qu'Innocent prononcerait ainsi une première fois, pour les répéter ensuite, après que ses deux
compagnons ont parlé.

* 98° B — " 94 A.

5793 triumphant corps. — 5799 de my — l'aiglelet.
— 5806 apparilies.

* 99 B. — " 94° A.

Mettons toutes nos armes jus
Et contre eulx ne nous combatons.

CANDIDE

Soions simples comme moutons
5820 Devant leux fameilleux, rabis,
Affin qu'en sa gloire montons,
Innocens que simples brebis.

CROMACUS

Ilz sont plus durs que mabres bis,
Obstinés en fausses querelles,
5825 Et ne content ung cler rubis
Aux menasses n'aux alemelles ;
Ilz tendoient colz et cervelles
Devant nos espees trenchans,
Courans comme en mer font crevelles,
5830 L'un devant l'autre au col baissans.

MAXIMIEN

Dictes vous qu'ilz sont si meschans
Qu'ilz se veullent a mort livrer ?
Chevaliers, alons sur les champs,
Il est tamps de s'en delivrer.

MAXENCE

5835 Il est tamps de les escrauler,
Tant qu'ils muirent de mort vilaine.

GALICANUS

Que proffite tant reculer ?
Il est tamps de les escrauler.

RICTIOVAIRE

S'on m'y eusist lessié aller,
5840 Ilz n'eusissent ne peau ne laine.

EIULASE

* Il est tamps de les escrauler,
Tant qu'ilz meurent de mort vilaine.

VICTOR

Je vous pry que chascun se paine
De prier Dieu et mains estendre,
5845 Car grief tourment et dure paine
Nous pourchassent sans plus attendre.

MAURICE *a genoulx et les sciens*

O Dieu qui prist nature humaine,
Tu vois que noblesse romaine
Pourchasse, pourgette et pourmaine,
5850 Pour nous tirer a la demaine
De la loy ou ne volons tendre.

De Tebe, nacion haultaine,
De nation oultremontaine,
Vint ceste legion haultaine,
5855 Sus title de cause certaine
Et pour au bien publicque entendre.

Non pas pour sainte foy offendre,
Pour les tiens occir et pourfendre,
Mais pour les garder et deffendre
5860 Contre ceulx qui veullent contendre
De leur mal faire enmy la plaine.

O bonté qu'on ne peult comprendre,
Sapience ou n'a que reprendre,
Tu vois que mort nous vient soupprendre ;
5865 Veulles tes povres ames prendre
Et mettre en gloire ou joie est plaine

Silete.

DIEU

Angles, descendés en la terre,
Allés les saintes ames querre
De la Thebee legion,
5870 Qui tantost par mortelle guerre
Souffriront mort pour gloire acquerre
En ma haultaine region.

MICHEL

Pere de consolacion,
* En joie, en jubilacion,
5875 Les amenrons joieusement.

LE PREMIER ANGLE

Nous allons sans dilacion
Faire vostre preception.

** LE SECOND ANGLE

Faisons son bon commandement.

5825 iter rubis. — 5833 a tous sur. — 5836 mour-
ront.

* 95 A, 99° B.

5851 ou nous volons rendre. — 5865 amis. — 5869
la thebe.

* 95° A. — ** 100 B.

CROMACUS

Vecy le plaisant tenement
5880 Ou est ce malvais garnement.
C'est a Aganon sus la Rone.

MAXENCE

Avisons maniere comment
On les puist occir prestement ;
Il en fault despechier le trosne.

MAXIMIEN

5885 Il convient qu'on les avironne
Et qu'en l'eaue ou on navironne
Les face saillir l'ost romain
Et que si grant cop on leur donne
Que la riviere clere et bonne
5890 En soit tainte de sang humain.

Sus, sergans, mettés y la main,
Sans attendre jusqu'a demain,
Murdrissiés les comme larrons,
Et faictes les saillir au plain
5895 De la Rone et sonnés a plain
A l'assault tubes et clarons.

Clarons, canons.

*Icy les Romains tuent
Maurice et les siens et
ne se deffendent poinct ;
les aulcuns sont tués par
terre et les aultres en l'eaue.*

MICHEL

Anges, il fault que nous prendons
Les ames des vaillans preudons
Qui sont mors et decappités.

LE PREMIER ANGLE

5900 Il fault que nous en aquitons
Et qu'elz cieulx haultains les portons.

LE SECOND ANGLE

La seront de mort respités.

RICTIOVAIRE

* Noble Auguste, ilz sont mutilés,

Murdris, noyés et pestelés,
5905 Ducz, chevaliers et demoiseaux,
Mes sergans les ont esgeulés,
Coppés, perciés et esboulés,
Comme on fait chars en plain maiseaulx.

GALICANUS

* Les veci couchiés par monceaulx,
5910 Vieux et josnes et jovenceaux,
L'ung bee au hault, l'autre sommeille,
Les rivieres et les ruisseaux
Du rouge sang de leurs boyaux
Sont taintes en couleur vermeille.

MAXIMIEN

5915 Ainsi fault il qu'on les exeille ;
Pour tant, seigneurs, je vous conseille,
Ains que soions plus maladieux,
Pour la victoire non pareille,
Venés et chacun s'apareille
5920 De sacrifier a nos dieux.

MICHEL

Tres glorieux pere des cieulx,
Vecy les esperis de cieulx
De qui Maurice estoit ducteur.

DIEU

Colloquiés les es plaisans lieux
5925 De mes sains martirs, pour ung mieulx
Je leur seray retributeur.

BERICH

Sathan, vien cha, senglant bourdeur,
Avise ung peu cy le hideur
Comment ilz sont escarboulliés.

SATHAN

5930 C'a fait ce diable d'empereur ?
Comment s'a fait ce grant horreur,
Sans qu'en soions enfatroulliés ?

BERICH

** Tost, tost, qu'i soient retoulliés,
Autant les secz que les moulliés,

5935 Affin que happons leurs espris.

SATHAN

Ilz sont trop enquoquebillés,
Leurs esperis s'en sont billés
Et aultres que nous les ont pris.

OCCIDENT

* Veci nostre empereur de pris
5940 Qui est venu en ce pourpris ;
Pensons de le bien colloquier.

NEPTANABUS

Je suis tout honteux et souppris,
Tu es ung petit mieulx appris ;
Appointe coussins et bancquier.

MAXIMIEN

5945 Prestre, il te convient invocquier
Les noms de nos dieux immorteulx.

NEPTANABUS

Je le feray sans plus jocquier,
Hault Cesar, n'en soiés doubteux.

*Il fait maniere
d'encenser et dit :*
Glorieux dieux, soiés piteux
5950 A l'empereur Maximien,
Qu'il ne soit remis ne honteux,
Mais tousjours soit victorien,
Jupiter, dieu celestien,
Gardés bien son ost et tant faictes
5955 Qu'il puist occir tout cristien
Qui vos saintes loix ont deffaictes.
Serés, dame de plantelettes,
Belzebus, le dieu des mouchettes,
Bachus, dieu des nobles vignettes,
5960 Nothus, conducteur des ondees,
Vulcain, duc des blanches pierrettes,
Venus, deesse d'amourettes,
Flora, deesse des florettes.
Aurora, dame des rousees,
5965 **Mars, souverain dieu des armees,
Silvan, dieu des forestz ramees,
Eolus, ducteur des marees,

Pan, dieu des belles berbisettes,
Borreas, prinche des gelees,
5970 Neptunus, dieu des mers salees,
Et Pluton, des ames dampnees,
Veuillés exaucier nos requestes.

MAXIMIEN

* Seigneurs, pensons de nos concquestes,
Aprés ces saintes oroisons,
5975 Faictes des cristiens enquestes
Par champs, par bois et par buissons,
Affin que trouver les puissons,
Allons sejourner une espace
Dedens la cité de Soissons,
5980 Pour scavoir se nulz ne despace.

EMERILLON, *soy complaindant autour de Morice*

Maurice, le beau chevalier,
Tu es oultre, helas, que feray je,
Je ne te puis vie baillier,
Ne susciter par conseillier ;
5985 Tu as paié mortel truvaige,
Quel perte, quel doel, quel oultraige,
Quel criminelle occision,
O terrible perdicion.

O terrible perdicion.
5990 Faulx empereurs de Romenie.
Maudite generation,
Pute enge, pute nation,
Pute gent, pute progenie,
Vous avés par grant tirannie
5995 Mis a mort et fait exillier
Maurice, le bon chevalier.

Maurice, le bon chevalier,
Noble duc de hardy coraige,
Tu estois venu batillier,
6000 **Pour le bien publique habillier
De paix et de haultain paraige,
Mais les traitres plains de raige
Ont failly de promission,
O terrible prodition.

6005 O terrible prodition,

5969 galees. — 5970 neptuns *A*. — 5979 dendens.
— 5980 desplace. — 5981 atour.de.meurice. — 5985
bruvaige. — 5993 gente. — 6002 traictes.

Faulx tirans, plains de diablerie,
Destruit avés la legion
De la thebee region
. Et sa noble chevalerie,
6010 *Entre lesquelz la fleur flourie
Estoit pour tous cœurs resveillier
Maurice, le bon chevalier.

Maurice, le beau chevalier,
Que dira ton hault parentaige.
6015 Si tost qu'i poura subtillier,
Qu'on t'a fait ainsi detaillier
Et murdrir en fleur de ton aige ?
Quel desconffort de ce domaige,
Quel pleur, quel lamentacion,
6020 O terrible prodicion.

O terrible prodicion,
As tu fait celle felonie,
Tu en aras pugnission
Et horrible dampnacion
6025 Avec l'infernal maisnie,
La terre est couverte et honnie
Du sang du bon duc famillier,
Maurice, le bon chevalier.

Princes, vous avés par envie
6030 Mis a mort et fait acœullier
Maurice, le beau chevalier.

CRISPIN *estant a Soissons*

Crispinien, frere tres chier,
Arivés sommes a Soissons,
Pensons de querir et trachier
6035 Ung logis ou nous assoichons.

**CRISPINIEN

Crispin, tamps est que nous logons
Meshuy en quelque lieu de bien,
Demandés la s'on y loge homs,
Espoir que nous y serons bien.

CRISPIN

6040 Ou nom de Dieu celestien,
⁻Dame, nous volés vous logier,

Pour avoir pain cotidien,
Lit ou couche, a boire et mengier ?

YOLINE, *femme de Grignart*

Nous logons, mais c'est a dangier,
6045 Nous cremons noises et rihottes.
*Grignart, venés ca sans targier,
Volés vous hesbregier ces hostes ?

GRIGNART, *hostelain*

Comment ont ilz estranges cotes ?
Je croy qu'i sont oultremontains.
6050 Je vous pry, seigneurs, de quelz costes
Estes vous ? de pais loingtains ?

CRISPIN

Mon amy, nous sommes Romains.

GRIGNART

Romains ?

CRISPINIEN

Voire.

GRIGNART

A ce que je tiens,
Vous estes, dont vous valés mains,
6055 Entre vous deux, deux cristiens ?

CRISPIN

Il est vray.

GRIGNART

Arriere, vieux chiens,
Arriere de mon estre, arriere,
De vous, de vos dieux ne des siens,
Ne fay conte en nulle maniere.

POLINE

6060 **En celle chambre de derriere,
Ilz pouroient ilz avoir place ?

GRIGNART

Reboutés vous en vo taniere,
Que vous n'aiés une soufflace.
Si tost qu'il parvient a la face
6065 Du juge qu'on loge telz gens,
Il fault que justice s'en face,
Sans espargnier ne beaux ne gens.

6025 *corr :* infernale ? *ou* avecque ?

* *102 B.* — ** *98 A.*

6047 hesbergier. — 6051 loingtoins.

* *102° B.* — ** *98° A.*

CRISPINIEN

Crispin, frere, a ce que je sens,
Nous n'y serons logiés humais,
6070 Ilz sont durs et hors d'humain sens,
Les plus obstinés de jamais.

CRISPIN

* Jhesus leur pardoint leurs meffais,
Si qu'ilz se puissent convertir,
De povreté portons le fais,
6075 Nous ne scavons ou revertir.

CRISPINIEN

Chier frere, aprenons a souffrir,
Portons ce fait pacianment,
Comme cil qui se vault offrir
En croix pour nostre sauvement.

OCCIDENT

6080 Disposés vous legierement,
Sire prevost, pour recepvoir
L'empereur honorablement,
Qui vient en bruyt plaisant a voir.

VALOIS, *prevost de Soissons*

Nous irons, sans plus remanoir,
6085 Tous ensemble le bienvegnier ;
Genes, partés de ce manoir
Et si me venés compaignier.

MAISTRE GENES, *conseiller*

Affin que je puisse gaignier
Autour de luy comme avocas,
6090 * Je ne me veulx pas espargnier
Pour vous secourir en ce cas.

SAGET, *clercq*

Je ne plainderay point mes pas,
Affin que j'en amende et plucque.
Hé, sergant, ne t'oublie pas,
6095 As tu bien oy, Hurtebucque ?

HURTEBUCQUE, *sergant*

Je n'y gaigneray, j'ay frelucque,
Car il a maint got et magot
Et maint sergant en son embusque

Qui ne valent point ung gigot.

OCCIDENT

6100 Vecy Valois, le bon prevost
De Soissonnois, qui vous salue
Et vous prie de cuer devot
Que n'espargniés pas sa value.

· VALOIS

Noble imperant dessoubz la nue,
6105 Bien vegnant en ce territoire.

MAXIMIEN

Nous debvons nostre bien venue
En ce plaisant reclinatoire ;
Nous n'y fusmes oncquez encoire,
Mais nous y serons tant vaillans,
6110 Ains que partons, que la memoire
En dura jusques deux mille ans.

VALOIS

Moy et vos subgés habitans
Et nostre conseil venerable,
Pour vous et pour vos combatans,
6115 Vous donnons ce lieu honorable.

MAXIMIEN

Le lieu est plaisant et notable,
Nous y prenrons nostre repos.

Prevost, parlons d'aultre notable
Et me respondés a propos.
6120 **Est il ame de nos suppos
Qui tiengne la loy Jhesucrist ?
Or nous en faictes le depos,
Soit par bouche ou soit par escript.

VALOIS

Cesar auguste et de hault bruit,
6125 En ma prevosté je ne criens
Homme portant loy de tel fruit,
S'il y est, se n'en say je riens.
Mais il est verité qu'a Amiens
Ung josne home presche la loy
6130 De Jhesus et fait pis qu'amens,
Il les convertit a son ploy.

6069 ung mais. — 6085 bien vognier.

6130 miens A. — 6130 qua amens *ms.*

* 103 B. — '' 99 A.

* 103° B. — '' 99° A.

MAXIMIEN

Dictes vous dont qu'en ce recquoy
Se tient ung si fait applicquant ?
Par nos dieux, nous scarons pour quoy
6135   Nostre loy va derelinquant.
Sans sejourner ne tant ne quant,
Rictiovaire, entendés nous,
Nous dirons ung bon mot cliquant
* Grandement a l'onneur de vous.
6140   En la presence de vous tous,
Plainement vous establissons
Prevost general a tous boux
De Gaule dont nous joissons ;
Sus toutes riens vous commandons
6145   Que cristiens soient apoés
De mort, nous les habandonons ;
Faites du pis que vous poés.

RICTIOVAIRE

De l'onneur que vous me portés
Je vous remercy grandement,
6150   Tantost y seront transportés,
Mais que j'aye mon mandement.

MAXIMIEN

Nous le vous donrons prestement,
Qui esse qui le grossera ?

** SAGET, clercq

Je le feray notablement,
6155   Si bien que faulte n'y sera.

MAXIMIEN

Abrege toy, si s'en ira,
Tu voy bien qu'il attent aprés.

RICTIOVAIRE

Se g'y vois, tantost renyra
Le dieu qu'i va preschant si prés.

EMERILLON

6160   O duc, fleur de nobilité,
Fleur d'onneur et bruit triumphant,
Entens a la crudelité
Et la perte de ton enffant.

THEBEUS

Emerillon, mon bon servant,
6165   Quel dangier est il advenu ?
Romains vont il point observant
La leauté du contenu ?

EMERILLON

Sire, vostre filz est perdu
Et tous ceulx de sa garnison,
6170   Romains qui n'ont cœur esperdu
* De tousjours forgier traison
Les ont volu, ceste saison,
Contraindre a faire aux dieux homaige,
Se les ont mis contre raison
6175   Tous a mort, dont c'est grant domaige.

THEBEUS

Dieu, mon createur, que ferai je,
Quant j'ay perdu mon enffant chier,
Maurice, mon cuer, mon paraige,
Mon tresor qui tant estoit chier,
6180   Le bon duc, le bon chevalier,
Le bruit de ceste region,
Exupere, mon conseillier,
Et ma thebee legion ?

LYON

** N'en faictos lamentacion,
6185   Il est mort pour le bien publicque,
Pour l'onneur et defension
De la sainte foy catholicque.

LUPPART

Il a concquis gloire angelicque
Par son hault fait victorieux,
6190   Ou il est sans quelque replicque
Coroné martir glorieux.

DESPERT

O les faulx Romains oultrageux,
Ont ilz brisié foy et promesse ?
On dit qu'ilz sont tant courageux
6195   D'armes, de bruit et de proesse.

PERCHEVAL

Ilz sont plains de grant hardiesse

6147 que mq.

* 104 B. — ** 100 A.

6174 ont ains. — 6186 et 6187 occupaient la place
de 6190 et 6191 et interversement ; une indication marginale contemporaine rétablit l'ordre tel que le commande
le système des rimes A ; ou B l'interversion des vers
n'a pas été corrigée.

* 104° B. — ** 100° A.

A faire murdre et tirannie,
Comme on voit, quel fait hardi esse
De faire ceste felonie ?

SAGET, *clercq*

6200 Noble empereur de Romenie,
      J'ay se mandement compilé,
      Vostre conseil et baronie
      L'ont lut et relut et seelé ;
      Il est bien colacioné,
6205 * La cire est chaude, rouge et moiste,
      Affin qu'il ne soit tartiné,
      Il est tamps de le mettre en boiste.

RICTIOVAIRE

Baille le ca, que je l'exploite,
Puis que j'en ay commission.

MAXIMIEN

6210 Je croy qu'elle est assés maloitte,
      Mettés le a execution,
      Et sans faire dilacion
      Partés vous, il est tantost nuit.
      S'on vous fait altercation,
6215 "S'on vous traveille ou s'on vous nuit,
      Rescripvés nous par sauf conduit,
      Nous y remedirons si ferme,
      Que cil qui nostre loy seduit
      Mora de male mort enferme.

RICTIOVAIRE

6220 Je tenray si rigoreux terme
      Que de peur seront abatus
      Et confondus du pieur germe
      Qui sus terre soit espandus ;
      Honoré, Tarquin, Torquatus
6225 Et Pantheon verront l'outraige.

      Sus, Riagal, aux piés tortus,
      Arsenicq, desmellé de raige,
      Isengrin, de pervers coraige,
      Claquedent, de fourdre engelé,
6230 Ragenteste, de vent, d'oraige,
      Et Estorfault, eschervelé.

RIAGAL

De joye suis ratripelé,
Quant j'oys parler de gens murdrir.

ARSENICQ

Ses cristiens aront velé,
6235 Nous les yrons pendre et flatrir.

RICTIOVAIRE

Diamant, pense de courir
Et si retiens ung lieu propice
Ouquel je puisse seignourir
Pour exercer mon grant office.

· DIAMANT

6240 G'iray plus droit q'une escrevice
      Acomplir vostre bon command.

RICTIOVAIRE

Noble guerdon, noble service,
Empereur du pais romant,
Je vous laisse, adieu vous command.

MAXIMIEN

6245 Pensés d'exploitier vostre fait.

RICTIOVAIRE

" Ains que jamais soie dormant
De cuer ne d'euil, il sera fait.

VALOIS

Tres puissant seigneur, s'il vous plait
Chose dont puissiés amender,
6250 Vostres sommes a peu de plait,
      Il ne vous fault que commander.

MAXIMIEN

Valois, allés vous reposer,
Vous moustrés bonne obedience,
Se riens avons a proposer,
6255 Vous venrés a nostre audience.

LE FOL

Chascun pense a sa conscience,
Antecrist preschera ja tos,
Il vous aprenra le science

A tirer les moules des os,
6260 Sans blecier oceaulx ne buhos,
Et si fera, aims qu'il commence,
De trois preudons quatre wihos,
De trois samedis ung dimenche
Et de trois saiges quatre fos,
6265 Pour ce qu'il en est grant semence.

M'amie, affin qu'on ne te tence,
Va toy mucier, on quiert les belles.
Il ne fault plus souffler en l'enche,
On voit cy beacop de rebelles.

DIAMANT

6270 Veci chasteaux, tours, maisoncelles
Pour ce logier sans nuls debas,
Soit pour dames et damoiselles,
A prendre gracieux esbas.

* RICTIOVAIRE

Ung chascun, seloncq son estat,
6275 Pense a soy logier a son het,
Ainsi que se riens ne coustat,
Nous avons logis a souhet.

** LE MAYEUR D'AMJENS

Garin, qui est ce gros cadet,
Nouvel venu en ceste ville ?
6280 Il est crueulx et mausadet
Et a maisnie noire et ville.

GARIN, eschevin d'Amiens

C'est ung prevost de la famille
Maximien, nostre empereur,
Celuy qui cristiens exille
6285 Par tourmens de paine et d'orreur.

FLOURISSE, eschevin d'Amiens

Esse ce terrible preteur
Qui Rictiovaire se nomme ?

GARIN

Oy, le plus grant tempesteur
Qui soit de cy jusques a Rome.

LIMOGES, juré d'Amiens

6290 Ce Rictiovaire est ung home
Qui n'espargne grant ne petit,
Prestre, clercq, ne lay ne preudome,
Quant de mal faire a l'appetit.

HULIN, juré d'Amiens

Puis qu'il est si crueulx qu'on dit,
6295 Il luy fault le vin presenter.

LE MAIEUR

Il n'en sera point escondit ;
Pour sa bonne amour conquester,
Brisebarre, va luy porter
Du vin de la ville deux stiers.

BRISEBARRE, sergant d'Amiens

6300 Affin que j'en puisse amender,
Je le feray tres volentiers ;
Mais envoyés sus les sentiers
Ung homme qui die les mos.

SOUTILLET, clercq d'Amiens

* Tu me verras en ces quartiers,
6305 Entre en l'uis quant parler tu m'os.

BRISEBARRE, sergant

** Vecy mes buires et mes pos,
Allés devant legierement.

LE MAIEUR

Or alés sans prendre repos,
Nous vous sievons presentement.
6310 Eschevins, jurés et suppos,
Allons voir son gouvernement.

FLOURISSE

Sans y tenir plus longz propos,
Nous le ferons joieusement.

SOUTILLET

Chevalier d'empire excellent,
6315 Le mieulx amé de ses affins,
Prevost general precellent
De Gaule et de pais conffins,
Maire, jurés et eschevins
D'Amiens, la cité bone et grace,
6320 Par nous vous presentent les vins,

6261 fais. — 6262 prendrons. — 6263 mq. — 6277
soubhet. — 6286 Floureise. — 6287 ce se A.

* 106 B — ** 102 A.

6290 ung mq. — 6291 et petit. — 6293 a mal. —
6304 Soveillet.

* 106° B. — ** 102° A.

Affin d'acquerir vostre grace.

RICTIOVAIRE

Pour eulx n'est riens que je ne face,
Ou sont ilz, les vaillans seigneurs?

BRISEBARRE

Vous les verrés tantost en face,
6325 Ilz vous seront acompaigneurs.

RICTIOVAIRE

Donnés a boire aux serviteurs,
Puis qu'ilz ont fait si bon devoir.

RIAGAL

Nous servons volentiers tuteurs
Des bien buvans, sachiés de voir.

LE MAIEUR

6330 Palas vous y veuille scavoir
Et vostre belle compaignie.

* RICTIOVAIRE

Juno, la deesse d'avoir,
Soit de vous tous acompagnie.
** Beaux seigneurs, je vous remercie
6335 De vostre gracieulx present.

FLORICE

Nostre cité et policie
Vous recommnandons en present,
Recepvés en gré humblement ;
. Vostre sommes a tout endroit.

RICTIOVAIRE

6340 * Je suis vostre pareillement
Pour vous secourre en tout endroit,
Sees vous tous sans estre a destroit,
Chacun prende lieu a son cuer ;
J'ay ung mandement tres estroit
6345 De qui vous orés la teneur.
Maximien, seul gouverneur
Du monde es partis d'occident,
M'a fait de sa grace ung honneur
De quoy vous orrés l'accident.

6350 Maistre Honoré, mon president,
Desploiés notre executoire.

. MAISTRE HONORÉ

Maieur tres saige et tres prudent,
Voiés ce mand imperatoire.

LE MAIEUR

Je croy qu'il soit assés notoire
6355 Et doublé sans remission.

Soutillet, lisiés nous l'istoire
De ceste grant commission.

SOUTILLET

Oyés l'intitulacion :

Maximien herculien,
6360 Par celestine infusion
Cesar Auguste terrien,
Regnant en domination,
Dominant sus regnation,
Imperateur perpetuel,
6365 Salut a touté nation.
Gloire au climat occidentel.
* Nagaires avons entendu
Qu'en Gaule, la terre fertile,
Aulcunes gens ont contendu
6370 D'extirper nostre loy gentille,
Par aulcune voie subtile
De magicque et d'enchantemens.
Se vollons que par crueulx stille
On pugnisse telz garnemens.
6375 Pour quoy nous avons denommé
Certain prevost, juré notable,
Rictiovaire, nostre amé,
Nostre champion honorable,
Pour livrer a mort detestable,
6380 La plus griefve qu'on puist voir d'ieulx,
Ceulx qui tiennent propos estable
D'injurier la loy des dieux.
Dont pour ce mand corroborer
Et ratiffier plus a plin
. . . .
6385 Donné d'imperiale main,
Present ceulx dont nous assochons,
L'an de nostre empire romain
Premier, au chastel de Soissons.

_____

6329 hien *mq.* — 6336 Forice. — 6350 mo.. *mq.*

* *107 B.* — ** *103 A.*

6364-6366 *mq.*— 6373 *mq.* — 6375 nous *mq.* — 6384-
6385 *La disposition des rimes dans tout ce passage fait
supposer ' une lacune de deux vers rimant, l'un avec*
corroborer, *l'autre avec* plin.

* *103ª A, 107ª B.*

LE MAIEUR

Vostre povoir est pardurable,
6390 De singulier election,
Et nostre empereur seignourable
Vous moustre grant dilection.

RICTIOVAIRE

Vous voiés que sans fiction
Il est certain et veritable.
6395 Affin que par vostre action
L'empereur vous ait agreable,
Dedens ceste cité notable
Scavés vous ame qui contende
De mestre nostre foy creable
6400 A fin ? Il est tamps que g'y tende.

GARIN

* Je dis, et chacun y entende,
Qu'en ceste cité amiennoyse
** Est essourse nouvelle bende
De loy non pas sarasinoise,
6405 Aulcuns l'appellent cristinoise ;
On s'y moulle, baptise et baigne,
Et a mis sus ceste grant noise
Ung jovenceaux qui les compaigne.
Ce jovenceau a fait abatre
6410 Les glorieux dieux de nos temples
Et sont plus pestelés que plastre,
De nefz, d'oreilles et de temples ;
Il fait miracles et examples,
Borgnes, boisteux et escloppés
6415 De leurs maladies tres amples
Sont garis et desvoleppés.

RICTIOVAIRE

Vecy les plus grans cruaultés
De quoy j'oisse oncques parler,
Ceulx qui font telles mauveistés,
6420 Ne les pouroit on point galler ?

LE MAIEUR

Si feroit, ne fault qu'atrapper
Cil qui a commencié la dance,
Brisebarre est prest pour happer
Ung tel gueux, il scet ou il danse.

RICTIOVAIRE

6425 Brisebarre, va, si t'avance,
Prens avec toy sergant egal
Tant en honneur comme en chevance.

Va avecque luy, Riagal,
Querre tant a mont et a val
6430 Qu'il soit tenu et berthequiet,
Soit a piet ou soit a cheval,
Il soit en prison embusquiet.

BRISEBARRE

Je l'aray tantost apoigniet,
Je scay tres bien ou il repaire.

* RIAGAL

6435 De nous deux sera capoigniet,
Nous sommes une belle paire.

** LE MAIEUR

S'il est riens que nous puissons faire,
Commandés, nous l'acomplirons ;
Pour penser du commun affaire,
6440 S'il vous plaist, a l'ostel irons.

RICTIOVAIRE

Or allés, nous vous renvoirons
Se Brisebarre, n'aiés soing.

FLOURISSE

Sire, nous le reconvoirons,
Pour l'eure n'est il nul besoing.

BRISEBARRE

6445 Riagal, avise en ce coing.
Vois tu point ce maistre mitouffle
Qui tient ce livret en son poing ?
C'est celluy dont le grand bruit souffle.

RIAGAL

Prent on bien ung tel cat sans moufffe,
6450 Est il point fel comme ung rouchin ?

BRISEBARRE

Nennil, pren le comme une escouffle
Prent a graux ung petit pouchin.

6401 dis à chacun. — 6402 qu'on. — 6405 lappel-
lont. — 6419 sont. — 6424 cest.

* 104 A. — ** 108 B.

6435 compaigne. — 6444 mest il. — 6445 ainsi en.

* 104° A — ** 108° B.

QUENTIN

O peuple plain d'ingratitude,
Suffocquié en amaritude,
6455 Trop vaxillant sans rectitude,
Obnubilé sans claritude,
Sans savoir, sans mansuetude,
Sans fruit, sans foy, sans fortitude
Et submis a la servitude
6460 Du demoniacque matin.

Prens le sentier de valitude,
En vertu prens sa floritude,
Se parvenras par magnitude,
Par amour, par solicitude,
(6465 * A la glorieuse habitude
D'ung Dieu regnant en celcitude
Et aras la beatitude
De son royalme celestin.

** RIAGAL

Or ca, ca, maistre Alipantin,
6470 Vous serés en prison mené,
S'apprenrés a parler latin
Et a dire *Domine né.*

BRISEBARRE

Il fault qu'il soit bien enchainé,
Et loiés de bons cordelas.

RIAGAL

6475 S'il n'est ung deable deschainé,
Il ne peult issir de nos las.

QUENTIN

Mon Dieu, ne me delaisse pas,
Mais delivre moy de la main
Du malvais tirant en ce pas
6480 Contraire a ta loy soir et main.
Tu es mon espoir souverain,
Ma patience, ma leesse,
De mon tendre age primerain
Que j'estoie en fleur de jonnesse.

BRISEBARRE

6485 Vieng avant, Matagot, ou esse
Qu'on boute les gens en prison ?

MATHAGOT, *chepier*

En celle grosse tour espesse,
Cy devant, n'os tu point le son ?
Il y a belle garnison
6490 De culeuvres et de crapaux.

RIAGAL

Il y fault mettre ce garsson
Que nous avons pris par les paulx.

MATAGOT

Ce me semble ung maigre oiseaulx,
Vous avés pris chetive proye.

* **BRISEBARRE**

6495 Entrés la dedens, demoiseaulx,
C'est ung lieu qui tousjours umbroye.

RIAGAL

Ferme bien l'uis, qu'il ne s'en voye.

** **MATAGOT**

Il n'a garde de saillir hors,
Il est bien mis hors de la voye,
6500 Pour crier ung piteux ahors.

LUCIFER

Deables d'enffer, puans et ors,
Sallés hors de vos barbaquennes,
De vos troux et de vos cavernes,
Qu'on vous puist rompre les museaux ;
6505 Ou sont ces puans larronceaux ?
Sathan et Berich, qu'esse cy ?

SATHAN

Nous vecy, deables, nous vecy,
Plus simples que fondeurs de clocques.

LUCIFER

Vieng avant, Sathan, que tu jocques.
6510 As tu tres mal fait la besongne ?

SATHAN

Nennil, Lucifer, par ma trongne
J'ay tant fait au romain pourpris
Que Marcellinus sera pris
Et renoyera son createur

6469 alipandin.

* 105 A — ** 109 B.

6497 bien *mg.* — 6498 ma. — 6499 le voie. — 6502
sallas. — 6504 vox puis. — 6514 nevoyra.

* 105ᵛ A. — ** 109ᵛ B.

6515 Demain, se je puis par haulteur,
Et s'ay tant fait par mon hutin
Que ce malvais garsson Quentin
Est tenu en prison amere
Pour renoyer Dieu et sa mere.
6520 Ay je point fait ung grant tempeste ?

LUCIFER

Tu es digne d'avoir en teste
Ung heaulme de fu ardant ;
Berich, sanglant dragon dardant,
Vieng avant, vien, fais tu la quuee ?

· BERICH

6525 Lucifer, tout va malle weue,
J'avoie tant envenimé
Maximien, nostre animé,
Qu'il avoit mis a sacquemans
Maurice et ceulx de ses commans ;
6530 Mais quant vint a happer leurs ames,
Ilz s'en alerent es roialmes
De ce bon home au chappelet.

" LUCIFER

Quel bon home ?

BERICH

Ce rousselet.

LUCIFER

Quel rousselet ?

BERICH

Ce crucifis.

LUCIFER

Quel crucifis ?

BERICH

6535 Cil qui fut filz
Au puissant pere de lassus.

LUCIFER

Ne le scés tu nommer ?

BERICH

Jhesus.

BERICH

Ho, vieulx quoquin, as tu nommé
Le nom du grant dieu renommé
6540 Qui fait les bas enffers trambler
Et qui nous fait tous estranler,
Si tost qu'on le moustre l'enseigne ?

Deables, il fault qu'on le mehaigne,
Il soit batus et fessiés,
6545 Prendés le vous deux par les piés,
Ruéz lui deux ou trois palees
A grandes brayes avalees
De carbons ardans sus ses fesses.

· LEVIATHAN

Aprochiés, deables et deablesses,
6550 Il ara le cul ramonné,
Il convient qu'il soit ramené
Des meures, comme il appartient.

BELZEBUS

Frappés, frappés, chascun le tient,
Besongnés quant les fers sont chaulx.

LUCIFER

6555 Deables, craventé le de caupx,
Car il est tres bien deservant,
J'ordonne d'or mais en avant
Quiconcques nommera le non
De ce prophete de renon
6560 " Rué sera au plus parfont
D'enffer, ou les deables parfont
L'office qu'on leur a commis.
Tous ceulx qui telz grant meschief font
Sont reputés nos anemis.

RIAGAL

6565 Sire prevost, nous avons mis
En prison ce fol enchanteur.

RICTIOVAIRE

Vous estes mes deux grans amis,
Cessés meshuy vostre labeur,
Demain, se dieux me donnent beur,
6570 Je feray justice si fiere

6516 scay ms. — 6519 pour y. — 6520 grant mq.—
6524 wee. — 6525 tout la malle. — 6531 arelent ms.
— 6537 Ne ne sces.

· 106 A. — " 110 B.

6541 nous mq — estrangler. — 6543 le mq. — 6550
romonne.

· 106° A. — " 110° B. —

Que tout gendre humain ara peur
De l'orreur, s'il fault que g'y fiere.

RIAGAL

Nous allons faire bonne chiere
Et placquier les culz sus le banc,
6575 Mais demain ferons grant renchiere
De faire effusion de sang.

Pose

ZENON, *pere de Saint Quentin*

Tu es eslomgiet de mes yeulx,
Mon seul filz, mon esjouissance,
Le chief d'œuvre de tous nos dieux,
6580 * L'espairgne et le bruyt, tout le mieulx
Qu'ilz ont sceut faire a leur puissance,

Ou es tu, mon chois, ma plaisance,
Mon bien, ma force et ma vigeur,
Quentin, le desir de mon cuer?

LA MERE SAINT QUENTIN

6585 Quentin, le desir de mon cuer,
Tu m'as laissié en peu d'espace,
Tu m'as laissié en grief doleur,
En gemissement et en pleur,
Comme celle que mort despace.

6590 O noble fleur qui toute passe,
Quentin, mon tres amoureux fieulx,
Tu es eslongié de mes yeulx.

ZENON

Tu es eslongié de mes yeulx,
Mon sang, ma char et ma substance,
6595 Je suis desormais foible et vieulx,
** Tu estois josnes et soubtieux
Pour estre ma grant supportance,

O mon gendre, o mon accointance,
Source d'amoureuse liqueur,
6600 Quentin, le desir de mon cuer.

LA MERE

Quentin, le desir de mon cuer,
Vieng a moy et si me respace,
Vien estaindre la grant ardeur
De regret qui par sa raddeur
6605 M'embrase, sicque je trespasse.

Fin rubis, o clere topasse,
Pur aymant, que tousjours je sieux,
Tu es eslongié de mes yeulx.

ZENON

Tu es eslongié de mes yeulx,
6610 Malgré moy de volenté franche,
Seul me laisses entre gentieulx,
Le plus dolant des maladieux,
* En deul, en paine et en souffrance,

O mon filz, que fais tu en France?
6615 Viens et si garis ma langueur,
Quentin, le desir de mon cuer.

LA MERE

Quentin, le desir de mon cuer,
Mon fruit, ma portee et ma masse,
Je pleure ton cas, ton malheur
6620 Et la perte de ta valeur,
Plus que de nul qu'oncques j'amasse.

Mon filz, voy les plains que j'amasse
Pour toy, quant en estrange lieux
Tu es eslongié de mes yeulx.

ZENON

6625 Prince, donnés moy allegance,
Prendés du malfaicteur vengance
Qui a seduit par sa riguer
Quentin, le desir de mon cuer.

LA MERE

Prince d'onneur, dessoulz les cieulx,
6630 Tu es eslongié de mes yeulx.

PAULINE

* Chiere dame, cessés ce deul,
Car tant tirés de larmes d'œil,
Ce me samble haulte folye.

LA MERE

Laissiés moy plourer a mon veuil,
6635 Je le doy faire et si le veuil,
Car qui bien aime tart oublie.

PAULINE

Puis qu'il a la teste endormie
En loy qui nous est anemye,
Abaissiés ces grandes clameurs.

LA MERE

6640 Ja pour tant ne souffit il mye
Que n'en soie mere et amye,
Il n'est nulles laides amours.

** PAULINE

Prendés de joye les atours.

LA MERE

Il me fault plourer a tous tours.

PAULINE

6645 Reboutés vostre chantepleure.

LA MERE

De plourer sont venus les jours.

PAULINE

Il ne fault pas plourer tousjours.

LA MERE

Tel rit au main qui au soir pleure.

PAULINE

Zenon, ung chacun vous honneure,
6650 Chascun vous salue et bienheure
Comme saiges et plus que prophetes,
Vous ne debvés cesser nulle heure,
N'arés trouvé facon meilleure
De ravoir Quentin a nos festes,
6655 Moustrés vous par fais et par gestes ;
Se j'estoye, comme vous estes,
Homme de port et de facon,
Je rabaisseroye les testes

De ceulx qui vous font ces tempestes
6660 Et on seduit vostre enffancon.

* LA MERE

Vous moustrés a tous leur lecon,
Chacun apprés vous tend l'oreille.
Ne scavés vous nostre rucon
Appaisier, qui tant nous traveille ?

ZENON

6665 Par Palas, vierge non pareille,
Dame, vous dictes verité,
Il convient que je me resveille,
Je suis riche et bien herité
D'amis et de nobilité
6670 Pour me vengier de mes tors fais
Et trouver tour d'abilité,
** Pour quoy nous serons tous reffais,
Ainchois que je dorme jamais,
Je fay veu aux Pans et aux dames,
6675 Tel cuide vivre desormais,
Quilz mouront de mort tres infames.
Prenés plaisir de corps et d'ames
Et vivés ou chasteau d'espoir,
Mon espeuse et toutes vos fames,
6680 Je vois assaier mon povoir.

FLOURETTE

Pensés de vous faire valoir,
Nous entretenrons ma maistresse
En joieux propos et voloir,
Sans avoir ne deul ne tritresse.

ZENON

6685 Sieux moy, Zenet, et ne me lesse.

ZENET

Tres volentiers, sire Zenon,
Car je mengue a grant leesse
Vostre pain et se ay vostre nom.

ZENON

Ysis, deesse de renon,
6690 Vous doint honneur.

QUINTUS FABIUS

Mon tres chier sire,

6663 racon. — 6675 corr : tels cuident ?. — 6676
meurrent. — 6689 Yres.

* 112 B. — ** 108° A.

Pan, mon dieu, ne vous doint sinon
Tout ce que vostre cuer desire.

· ZENON

Je viens icy de radde tire,
Tout formu et tout eschauffé,
6695 Plain de courroux et de martire,
De quoy mon cuer est estoffé.
Vous scavés que par meschanté
Quentin, mon enffant, est perdu
Et celluy qui l'a enchanté
6700 N'est encore prins ne pendu ;
S'en suis en si tres grant argu
" Que boire ne puis ne mengier.
Sy vous pry de cuer tres agu
Que vous m'aidiés a moy vengier.

FAUSTINIEN

6705 Nous le ferons sans plus targier,
Allons a court imperatoire.

EUSTORGIE

Pour vostre grief mal allegier,
Partons de nostre concitoire.

· CATHON

Cibele, dame celitoire,
6710 Vous doint paix, nobles senateurs.

ZENON

Cathon, sans plus d'inclinatoire,
Venés a court des empereurs.

CATHON

Volentiers, notables seigneurs,
Je suis vostre servant indigne,
6715 Dieu doint qu'a vous, mes enseigneurs,
Je face service condigne.

LE FOL

Dictes vous, esse la qu'on digne ?
Il me faura sievyr la tresque,
G'y voray remplir me boudine,
6720 A tout le mains d'une heresque.
Marote a mengié une cresque,
Sa pance bourbeille bientos.
Sa chemise en est toute fresque,
Je cuide qu'elle a le vatos.

6725 Hé, baisecul a deux flagos,
Comment es tu empotinés ?
* Tu es plus camus que singos,
Ton nés est tout estartinés.
Hé, men cousin, moucque ten nés,
6730 On te donra de le fouache,
Tu moras tres mal ordonnés,
Je pry dieu que pardon te fache.

" ZENON

Athlas, qui le hault ciel embrace,
Vous doint de tous bien la monjoye.

QUINTUS

6735 Salut vous doint a plaine brace
Athlas, qui le hault ciel embrace.

DIOCLESIEN

Noble senat, dieu vous doint sa grace
D'avenir a parfaite joye.

FAUSTINIEN

Athlas, qui le hault ciel embrace
6740 Vous doint de tous biens la monjoie.

DIOCLESIEN

Sees vous, seigneurs, affin qu'on oye
Vostre propos.

ESTORGIE

Sans advocas,
Zenon, qui en larmes se noye,
Vous recitera tout le cas.

ZENON

6745 Noble empereur, je suis tant las
De courroux, de soussi et d'ire
Pour Quentin, qui est pris au las,
Qu'a peu se je vous puis riens dire ;
Il est commun par tout l'empire
6750 Que Marcellin, de faulx aloy,
A causé ce deul qui m'empire
Par le convertir a sa loy.
Que ne luy trenchon main ou doy ?
Que n'est il livré a tourment ?
6755 Par le serment que je vous doy,
Se vous n'en prendés vengement,

6694 fournu. — 6697 meschance A. — 6704 madies.
— 6709 Cibile. — 6717 la mq.

' 112° B. — " 109 A.

6727 cas que nus ms. — 6728 escartir es. — 6732
adieu. — 6737 corr : doint grace ?. — 6741 Seres. —
6753 lire trenche on ?

' 113 B. — " 109° A.

Je le pugniray tellement,
* Tant chaudement et de ma main,
Qu'on en parlera plainement
6760 Tout avant l'empire romain.

CATHON

Il y a plus d'ung mois tout plain
** Que ce meschief est advenu,
Je l'ay criet hault et a plain
Et ne vous en est souvenu ;
6765 Je vous requiers que soustenu
Je soye en droit et qu'on efface
Marcellin, s'il est detenu
Devant l'imperialle face.

DIOCLESIEN

Par Boreas, qui fit la glace,
6770 Nous cuidiesmes qu'il fusist mors,
Avant que le jour se deglace,
Nous luy restrainderons ses mors.

GALERIEN

Ne luy soiés misericors,
Faictes faire sans longue attente
6775 Deux ou trois pieces de son corps,
Se n'y faura mire ne tempte.

CONSTANT

Encquerons premier son entente,
Mieulx aimera sacrifier
Aux dieux, dont il ne se contente,
6780 Que soy laissier crucifier.

CONSTANTIN

S'il se veult du tout deffier
De fausse loy ou il se frappe,
C'est plus pour nous gloriffier
Que le prendre a mortel atrappe.

LUCINIEN

6785 Se luy qui est des aultres pape
Fait aux dieux immolation,
Ne sera nul qui nous eschappe, ·
Tous feront adoration.

MIXIMINUS

Ce sera l'exaltation

De nostre loy celestienne
6790 * Et la honte et confusion
De la faulce loy cristienne.

** DIOCLESIEN

Par Tellus, ma dame anchienne,
A nos dieux fera franc homaige,
6795 Ou plus honteux que vielle chienne,
Moura a perte et a domaige.

Sus, sergans, a peu de langaige,
Preparés devant nostre hestel
Jaspar, prochire et tel bagaige
6800 Pour faire ung gracieulx autel.

ESCLISTRE

Il sera tout bon et tout bel,
Nous le vous ferons a l'amy.

TONOIRE

Vecy la piece d'un tombel
Qui vault bien besant et demy.

FOURDRE

6805 Et vecy d'ung marbre poly
Que j'ay trouvé en ung sarcus.

TEMPESTE

L'autel sera gent et joly,
J'en scay biencop de plus quocus.

DIOCLESIEN

Cathon, tu es a point venus
6810 Pour servir au divin oracle ;
Quiers Juppin, Mercure et Venus,
Si les més sus ce tabernacle.

CATHON

Par tous les dieux du zodiaque
Tantost en verrés l'apparence,
6815 Affin que le demoniaque
Y face honneur et reverence.

DIOCLESIEN

Ne reste que avoir la presence
De ce maleureux Marcellin.

SEVERE

Monseigneur, donnés moy liscence

6761 Il lui a. — 6763 applain A. — 6768 l'imperial A. — 6771 jour de silace. — 6773 seres.— 6776 faura nul ne.
* 113ᵛ B. — ** 110 A.

6798 hostel B. — 6799 corr : porphire ? — 6814 venres.
* 114 B. — ** 110ᵇ A.

6820 D'y mener mon faulx harselin,
* J'ay de sergans ung grant couvin,
** Qui le loiront de leurs cordelles,
Et sans avoir le becq ou vin
Il voleront comme arondelles.

DIOCLESIEN

6825 Menés y deux ou trois harcelles
Qui l'appoigneront, il est heure.

SEVERE

Venés ca, deux de mes sequelles,
Il fault aller a sa demeure.

ESCLISTRE

Je vous pry que je le deveure
6830 Et que g'y face mon aumosne.

TONOIRE

Sire, il est tamps que g'y labeure,
Au jour d'huy ne pendi personne.

FOURDRE

Més moy.

TEMPESTE

Més moy, je me cotonne;
Quant je fais des maulx largement.

SEVERE

6835 Esclistre et Tonoire qui tone,
Venés vous deux tant seullement,
Apportés tout habillement
Tant de hars comme de licolz.

ESCLISTRE

Nous le ferons joyeusement,
6840 Pour les pendre tous par les colz.

FOURDRE

Assommer nous puist on de copz,
Quant nous n'alons en ce voiaige.

TEMPESTE

Estranglés soyons comme cocqz
Qui sont pris d'un regnart sauvaige.

CATHON

6845 Vecy le haut representaige
Des dieux, vecy Venus doree
* Que j'ay mis en ce noble estaige,
Affin qu'elle soit adoree.

DIOCLESIEN

Elle sera reverendee
6850 Du pape Marcellin ce jour,
Qui ara la teste esmondee,
Jus des espaulles, sans sejour.

SEVERE

Seigneurs, je croy qu'en ce quarfour
Se tient cil que je voy querant.

ESCLISTRE

6855 S'il estoit bouté en ung four,
Se le trouverons nous errant.

TONNOIRE

Vois tu point ce chetif meschant,
Qui la barbette a deux genoulx?

ESCLISTRE

Voire, estes vous icy marchant?
6860 Il vous faura parler a nous.

TONOIRE

Ca, maistre, je més main a vous
Par l'empereur de Romenie.

ESCLISTRE

Et g'y més cordes a tous bous,
Affin que mieulx je vous manie.

MARCELLIN

6865 Que faictes vous, meschant maisnie?
Oncque riens je ne vous meffis,
Vous me moustrés grant felonnye
De moy ratrapper a vos filz.

MARCELLUS

Lessiés, pervers tirans maudis,
6870 Laissiet l'aignelet innocent.

. . . .

6821 des. — 6833 mes amoy mes amoy. — 6841
nous mq.

* 114° B. — ** 111 A.

6856 erront.— 6870-6871 Le dessin des rimes de tout
le passage fait supposer ici une lacune de deux vers
rimant l'un avec maudis, l'autre avec innocent.

* 111° A, 115 B.

O Marcellin, nostre regent,
Tu es entre les loupz rabis.

En le lyant Esclistre
dit ce qui s'ensuit.

ESCLISTRE

* Taisiés vous, taisiés, faulce gent,
De peur que ne soiés fourbis.

TONOIRE

6875 Ne scay quel leu ne quel brebis,
Se vous ne chantés a bas ton,
Sus le dos dur que mabre bis,
On vous servira d'un baston.

ESCLISTRE

Soit agnelet ou soit mouton,
6880 Menons le tout droit au palais.

TONOIRE

A cop, a cop, trop y metton,
Vecy beau chemin non pas lais.

MELCIADES

Marcellus, nous sommes deffais ;
Marcellin, nostre pape, est pris
6885 Et loyé de cordes de fais
Par gens a tout mal faire espris.

MARCELLUS

Or estoit il sans nul despris
Tres saint homme en meurs et en vie,
Plain d'honneur, de grace et de pris,
6890 Sans orgeul nul et sans envie.

PIERRE, *exorciste*

Frere, a cela ne tient il mye,
Quant de mal faire sont engrans,
Il n'espargnent amant n'amie,
Bons ne malvais, petis ne grans.

CLAUDIEN

6895 Suyvons de loing ces faulx tirans
Qui l'emmainent, pour voir la fin,
S'il nous sont boutans ne tirans,
Ne nous chault, le loyer est fin.

QUIRINUS

C'estoit mon maistre et mon affin,
6900 Mais jamais ne dormiray d'eul,
Tant qu'il sera sievy, affin
De veoir terminer son deul.

* CIRIACUS

Allons ensamble.

SISCINNIUS

Je le veuil.

MARCELLUS

Pareillement je m'y assente.

MELCIADES

6905 Dieu, qui cognoit nostre bon veuil,
Nous veulle conduire en la sente.

SEVERE

Noble empereur, je vous presente
Marcellin, ce faulx papelart,
Qui est plus fin, quant il s'absente,
6910 Qu'ung vieux regnart qui happe lart.

ESCLISTRE

Vecy le maistre patoulart
Patoulant qu'on appelle pape,
Qui de pappeter scet tout l'art,
En son patois papette et palpe.

TONOIRE

6915 Ains que jamais il nous eschappe
Tout juant et tout papetant,
Se nous n'avons part a sa chappe,
Oncques je ne papetay tant.

DIOCLESIEN

Vien ca, povre pape meschant
6920 De folz cristiens estourdis,
Tu contraries par ton chant
Nos dieux. nos lois et nos edis,
Par tes sermons, par tes escrips,
Tu convertis nos familliers
6925 A la loy de ton Jhesucris,
Par mons, par cens et par milliers.

6872-6873 *indic. scèn.* [lyan] t — t ce qui *mq.* —
6875 leu ne leu ne quel. — 6882 non pais.

* *112 A, 115° B.*

6903 Ciriacus *bis.* — 6908 se. — 6914 patoit. — 6917
nous nous.

* *112° A, 116 B.*

Tu as seduit douze escolliers
De Cathon, docteur palatin ;
Maurices et cent bons chevaliers
6930 Furent deceupz par ton latin ;
Encore tout ce grant hutin
* Ne nous va point si pres de l'ame
** Que fait la perte de Quentin
Que tu as mis en basse lame.
6935 Je ne scay quel diable t'emflame
Que tu as nos dieux despité,
Ou tu ne criens ne fu ne flame,
Ne cas d'orreur ne de pité ;
Brief tu seras decapité,
6940 Se tu ne vas sacrifiant
Nos dieux, pour estre respité,
Que tu seras gloriffiant.
Vecy Zenon, nostre puissant
Senateur, qui crie vengance,
6945 Et Cathon, docteur flourissant,
Qui quiert de son deul allegance ;
Poise des deux a la balance
Qui mieulx vault, l'espee ou l'encens,
Choisis l'ung, et l'autre en bas lance,
6950 Je te baille a commun chens.

MARCELLIN

Nobles seigneurs, soiés contens
Qu'entre cy et demain le soir
Je responde sus ces contens.

DIOCLESIEN

Il le nous fault a cop savoir.

MARCELLIN

6955 Baillés moy doncques l'encensoir,
Il me vault mieulx adventurer
Deux grains d'encens, au dire voir,
Que vilaine mort endurer.

DIOCLESIEN

Or t'abrege sans plus parler.

MARCELLIN

6960 Je feray ce qu'on me commande.

DIOCLESIEN

Par ainsi te lairons aller.

6950 *corr :* cheens *ou* chiens ? — 6954 le *mq.* —
6955 lacensoir.

* *113 A.* — ** *116° B.*

MARCELLIN

C'est trestout ce que je demande.

*Icy Marcellin sacrifie
aux ydolles et ses compaignons le regardent
comme tous dolans.*

* DIOCLESIEN

Seigneurs, demenés feste grande,
Quant le plus grant de cristiens
6965 Fait service, homaige et offrande
Aux dieux des clos celestiens.
Regardés, gentilz, esse riens ?
Regardés, cristiens conffus,
Vostre pape et dieu terrien
6970 Sert nos dieux d'encens et de fus.

MARCELLUS

Vray dieu, ou sommes nous venus ?
Que voy je aux yeulx clers et humains ?

MELCIADES

On voit pape Marcellinus
Sacrifier aux dieux romains.

CLAUDIEN

6975 O Marcellin, més tu les mains
Aux dieux et aux fausses ydolles ?

QUIRINUS

Tousjours n'en pensoy-je point mains,
Il fault danser a leurs carolles.

CIRIACUS

Quelz vilenies, quelz paroles,
6980 Quel honteuse confusion
Arons nous par bouche et par roles
Pour ceste desolacion ?

SISINIUS

O maldite immolacion,
Meschant home, meschant corage,
6985 O crueuse presumption,
Tu nous faitz grant honte et dommage.

PIERRE, *exorciste*

Veoir ne puis ce grief oultraige ;

6964 des. — 6981 robes. — 6986 fait — le z est
surajouté A. — 6987 grant.

* *113° A, 117 B.*

Freres, retournons prestement,
Maldit soit l'offrande et l'image
6990 Et qui luy fait encensement.

DIOCLESIEN

Aprochiés, seigneurs, hardiment ;
* Aprochiés ce saint sacrifice ;
Au mains voiés vous clerement
Que Marcellin fait son office.
6995 ** Trop a différé,
Qu'il n'a conferé
Offrande propice.

MARCELLUS

Trop s'est ingeré,
Mais n'est si ferré
7000 Qui souvent ne glice.

DIOCLESIEN

Trop s'est amusé,
Qu'il ne s'est rusé
Au fait ou se paine.

MARCELLUS

Trop s'est abusé,
7005 Mais mal avisé
A souvent grant paine.

DIOCLESIEN

Veuillés vous vertir
Et vous convertir
Au port ou il flote.

MARCELLUS

7010 Pour estre martir,
Jamais. Au partir
Fault conter a l'oste.

DIOCLESIEN

Nostre loy s'amplie,
Tost sera omplie
7015 De vostre couvent.

MARCELLUS

C'est cler feu en gluie,
La petite pluie
Abat le grant vent.

DIOCLESIEN

Nous sommes en bruit.

MARCELLUS

7020 Vous estes sans fruit.

· DIOCLESIEN

Nos dieux sont reffais.

MARCELLUS

Nous avons despit.

DIOCLESIEN

Nous avons respit.

MARCELLUS

Nous sommes deffais.

** DIOCLESIEN

7025 Marcellin nous plait.

MARCELLUS

Son fait nous desplait.

DIOCLESIEN

C'est ung joieux més.

MARCELLUS

Il est ors et lait.

DIOCLESIEN

Nous gaignons le plait.

MARCELLUS

7030 Et qu'en puis je mais ?

MELCIADES

Marcellus, n'en parlons jamais,
C'est honte a nous d'en tenir compte
Et de veoir le dur amés
De Marcellin qui se forconte ;
7035 Ne nous chault de duc ne de conte,
Retournons dedens nos hosteux
Comme cil qui a riens n'a conte,
Mais est en cuer triste et honteux.

Ilz s'en retournent
a leur logis et temple.

6988 presentement. — 6996 quel. — 6998 et 7001
cest. — 7004 amuse. — 7006 grand my.

* 114 A. — ** 117° B.

7027 vieux mos. — 7033 mies. — 7037 cil ua riens.

* 114° A. — ** 118 B.

DIOCLESIEN

Nous debvons estre tous joieux,
7040 Quant Marcellin avons s'acorde,
Les aultres sont fort anoyeulx
Qui ne veullent tendre a sa corde.
Pour ceste nouvelle concorde
Et pour semer envie entre eulx,
7045 Sonnés tost sans misericorde,
Tubes, clarons et menestreux.

Cornes.

* LUCIFER

Deables d'enfer, puans et ors.
Venés sus bout et sallés hors
De vos creusés et de vos muces,
7050 Crocquiés vous poux ? Tués vous puces ?
Dormés vous les geulles beans ?
Laissiés nos serpens, nos laians,
** Nos basilicques, nos dragons
Nos culeuvers, nos vieux mangons,
7055 Nos macquereles, nos curatieres,
Nos plaidoires, nos vilotieres,
Escoutés la feste qu'on maine
En la noble cité romaine,
Pour Marcellin, ce fol novice,
7060 Qui nous fait homaige et service.
Respondés leur ung sileté
Tant doulz et tant bien gringoté
Qu'il puist trespercier les oreilles
Des escoutans.

SATHAN

Joyes pareilles
7065 N'oystes passé a cent ans,
Nous serons tant bien deschantans
Que nous y acquerons honneur.

ASTAROTH

Ca, ca, qui tenra le teneur ?
Je chanteray comme une pie
7070 De ma voix qui a le pepie
Et si feray une triplace
Tant doulce, mais que j'aye place,
Que les enffans qui sont mors néz

En seront de deul atournés.

7075 Belzebus, tu as la voix doulce
Comme ung asne qui se regrouce,
Fay nous tost ung baritonant.

BELZEBUS

Oncquez tonoire en bas tonant
De son crueulx ton ne tonna
7080 Tel ton que mon ton entonna.

* LEVIATHAN

Tonnons, tonnons, qu'on s'en delivre.

CERBERUS

Avant, diables, je tiens le livre,
Chantés trestous a longue alaine.

** TOUS LES DIABLES *ensamble*

Chanson

Quant la chaudiere sera plaine
7085 D'ames et d'esperis dampnés,
Trestous les diables deschainés
Iront dansant enmy la plaine.

LUCIFER

Sathan, que tu as voix vilaine ?
Tousse ung peu, se mouche ton nés.

SATHAN

7090 Maistre, nous sommes estonnés,
Laissons ce motet de beausse
Et allons brasser quelque sausse
Au monde, qu'il soit assailly.

LUCIFER

Diables, vous avés bien failly,
7095 Que vous n'avés le feu soufflé
Quand Marcellin le pape enflé
S'est encliné devant nos trognes.

BERICH

Je luy feray assés d'entrognes,
Mais que j'aye Leviathan,
7100 Je l'eusse assommé des antan,
Se j'eusse eu ung bon compaignon.

7045 tous. — 7048 tout. — 7050 vox — *os. — 7056.
ploidoires. — 7061 silebe.

* *115 A.* — ** *118ᵛ B.*

7075 Belzebut. — 7082 Corberus.

* *115ᵛ A.* — ** *119 B.*

LUCIFER

Prendés licol, hart ou cagon,
Se l'estranglés par le musel.

Sathan, tu es ung fin oisel,
7105 Accompaigne toy d'Astaroth,
Si t'en va, courant le grand trot,
En Amiens que peu desprison :
Quentin est tenu de prison,
Faictes l'estrangler la dedens,
7110 * Roullier les yeülx, grigner les dens
Et se cela ne povés faire,
Faictes tant que Rictiovaire
Le voit livrer a pure honte.

ASTAROTH

Il ne fault si non qu'i luy monte
7115 Au fin couplet de la caboce ;
C'est la plus orgueilleuse boce,
Qui soit dessoulz vostre baniere.

** BELZEBUS

Demouray je en le carboniere
Ainsy q'ung truant quoquibus,
Sans office avoir ?

LUCIFER

7120   Belzebus,
Ceurs au bon pais soissonnois ;
Il y a deux Romionois
Qui meurent de fain et de froit,
Je cuide que s'on leur offroit
7125 Ung couteau effilé sus meule,
Qu'ilz se copperoient la geule.
S'a cela ne peulx avenir,
Si les fais tous deux convenir
Devant nostre Maximien.
7130 C'est Crispin et Crispinien,
Tu cognois assés les visaiges.

BELZEBUS

Je say les tours et les usaiges
Pour les attraire a loy perie,
Nous en alons tous en courie,
7135 Ça, la benichon, s'il vous plet.

LUCIFER

Vous l'arés tous, sans plus de plet,
Pour le dangier de desquerquage.
D'Esclistre, de Fourdre, d'orage
De murdre, de soubite raige,
7140 D'espantement, de laitriaige,
* D'orribile de lieu umbraige,
De rabis et de foursenés,
De mille diable de paraige,
De jalousie en mariaige,
7145 De femme de malvais coraige,
Qui pis vault que cariaige,
Soiés vous conduis et menés.

MARCELLIN

Cesar auguste, vous scavés
Que j'ay fait mon adorement
7150 Aux dieux telz que vous les avés
Selon vostre commandement.
Je vous requiers tres humblement
** Que je puisse en mon repairier
Retourner tout paisiblement,
7155 Franc et quitte, sans encombrier.

DIOCLESIEN

Marcellin, mon amy tres chier.
S'il vous plait avoir retenance,
Sans quelque part ailleurs trachier,
Vous serés de nostre ordonnance,
7160 Apprés nous, arés telle avance
Que vous serés le primerain
A l'onneur et a la chevance.
Sans avoir second ne desrain.

MARCELLIN

Je vous mercie, seigneur haultain,
7165 Je m'en vois sans plus hault monter.

DIOCLESIEN

Allés donc et soiés certain
En nostre loy sans rien doubter.
Ne vous veuillés plus rebouter
En la faulce foy catholique,
7170 Mais pensés de le rebouter

7102 ou tacquon. — 7135 y plet.

* 116 A. — 119° B.

7138 fourde. — 7146 Une syllabe manque ? — 7153 reparoir.

* 116° A — ** 120 B.

Tant par argu que par replique.

Marcellin s'en va.

CONSTANT

Vecy ung fait de hault pratique
Et de grant admiration,
Puis que le grant prestre autentique,
7175 De cristine vocation,
Recongnoit son abusion,
Il est quitte de grant meschief.

GALERIEN

C'est la haulte exaltation
De dieux et de nous de rechief.

LUCINIEN

7180 Puis que nous avons pris le chief,
Les membres venront de legier.

MAXIMIN

Des aultres venrons bien a chief,
N'y ara Marcel ne Legier,
Quant nous les vorrons calengier,
7185 Quil ne viengne baisier le doibt.

CONSTANTIN

Ainsi pourés vous allegier
Le deul Zenon, qui foy vous doit.

ZENON

Mon cuer qui d'ire s'empiroit
Est reduit a compassion.

CATHON

7190 Et le mien qui fort souspiroit
A mitigué sa passion.

ZENON

Hault Cesar, clere vision
D'onneur et de gloire assouvie,
Vous avés par provision
7195 D'une part mon ire assouffie,
Dont grandement vous remercye :
S'il vous plait, chacun paire a paire,
Pour penser de sa policie,
Retournera en son repaire.

DIOCLESIEN

7200 Par Apolin qui nous esclaire,
Orient vous reconvoira.

ORIENT

G'iray partout, pour vous complaire,
Ou vostre povoir m'onvoira.

QUINTUS

Ja nul de nous ne souffrira
Qu'il y viengne.

DIOCLESIEN

7205   Il fault qu'il y voie.

FAUSTINIEN

Sauf vostre grace.

DIOCLESIEN

Si fera ;
Nous volons qu'il vous reconvoye.

EUSTORGIE

Senateurs, mettons nous a voye,
Esculapius nous conduie.

ORIENT

7210 Saturnus, qui les cieulx avoye,
Nous gardent qu'on ne nous seduie.

Les senateurs s'en
revont a leurs places.

CRISPIN

Freres, mettons nostre estudie
A pain gaignier pour vivre au monde,
Ceste gent rude et estourdie
7215 Est sans grace et sans vertu monde,
Celuy s'abuse, qui se fonde
Sur leur aumosne et sus leurs dons,
Tant les tient le diable en sa fonde
Qu'il n'ont cure de nulz preudons.

CRISPINIEN

7220 Mon tres chier frere, regardons
Quelz mestiers nous seront duisans,

7175 cristient. — 7179 derechif. — 7182 Maximien.
7184 verrons. — 7188 sempiroir.

117ᵃ A. — 120ᵃ B.

Se bestes ou brebis gardons,
Merveilles est se n'en perdons,
Car loups famis sont ravissans,

7225 Sy sont gens de praticque usans.
De ceulx la ne nous est mestier.

CRISPIN

S'aprendons ung aultre mestier.

* Se dedens terre labourons,
Trop serons courans et marchans

7230 Et se nous sommes vignerons,
A grant doleur pain gaignerons,
Et se nous devenons marchans
De chevaulx, nous serons meschans ;
Nul n'y gaigne qui n'est ratier.

CRISPINIEN

7235 S'aprendons ung aultre mestier.

Se nous sommes couvreus a massons,
Tainturiers, taverniers, brassans,
Bouchiers, fourniers, potiers, chartons,
Marissaux, charpentiers, foulons,

7240 Orfevres, fondeurs, tisserans,
Parmentiers ou monnyers molans,
On rura sus nostre quartier.

CRISPIN

S'aprendons ung aultre mestier.

Princes taillent les labourans,
7245 Les petis manguent les grans
Et se foullent gens de moustier.

CRISPINIEN

S'aprendons ung aultre mestier.

** CRISPIN

Sur tous aultres mestiers me plaist
L'estat de la cordonnerie ;
7250 On besongne a l'aise, a souhait,
L'un taille, l'un ceut de bon hait,
Sans faulceté ne tricherie,
Et est la plus noble industrie
Qui soit, pour plus d'une raison.

CRISPINIEN

7255 Tousjours solers sont en saison.

Quant on tient le beau pieconnet
Chault et secq, par grant estudie,
Le chief, le cuer, le corps en est
Plus santif, plus gent et plus net
7260 * Et plus durable, quoy qu'on die ;
Du froit piet vient grant maladie
Et enfin mortelle poison.

CRISPIN

Tousjours solers sont en saison.

Le bœuf, l'aigneau, le moutonnet,
7265 De qui peau l'empigne est taillie,
Sont bestes de bruit et de fait
Dont saint March en Dieu tres parfet
Fait figure ; on les sacrifie,
On s'en vest, on s'en vivifie
7270 Et au piet en fait on maison.

CRISPINIEN

Tousjours solers sont en saison.

Princes, roix, ducz et seignourie,
Pour faire leur chevalerie
Prendent houseaux a grant foison.

CRISPIN

7275 Tousjours solers sont en saison.

Le mestier est par tout commun.

CRISPINIEN

Il nous faura trouver quelque ung
Qui nous puist ce noble art apprendre,
Car nous ne sariesmes ou prendre
7280 Le cuir, les cousteaux ne les pointes
Qu'il nous faudra.

** CRISPIN

                    Soions accointes
D'homme qui s'en sache entremettre.

CREPY, cordonnier

Wautrequin ?

WAUTREQUIN, varlet

                    Quopillet, myn mestre ?

7234 nen ratier. — 7236 et massons ; corr : supprimer nous ?

* 118 A. — ** 121* B.

7268 font sigure A, sont B — sacrifice. — 7272 roy duc et seignerie. — 7274 faison.

* 118* A. — ** 122 B.

CREPI

Aprens a coudre ceste empigne,
7285   Que l'une piece a l'autre tiengne,
Sans broullier ne faire fatras.

· WAUTREQUIN

Oche min main, ouche myn bras,
My la pinchet tuten myn doit ;
Bigot Wautrequin tisse doit
7290   My ne sera plus cordofflier.

CREPI

Sus, sus, sans tant watewillier,
Mettés la main a la besongne.

WAUTREQUIN

My la fait pour une carongne,
De solers et de cauchifiers,
7295   Vous baté my toudis si fiers,
Et futi vous si merveilleux
Que myn pance est tout foirilleux,
Bigot en fut point de raison.

CREPI

Beau sire, cesse ton sermon,
7300   Tu es plain de malvais langaige.

CRISPIN

Maistre, se vous avés ouvraige,
Mettés le nous a l'abandon,
Avoir n'en volons quelque don
De vous, de grans ne de petis.

CREPI

7305   Vous estes dont deux apprentis ?

CRISPINIEN

Vous verrés du tout nostre affaire.

·· CREPI

J'ay, comme dient les chetifz,
Tousjours chiens assés a faire
Et se ay de l'ouvraige a parfaire
7310   A grant plenté, bon sans remede,
Et si n'ay personne qui m'ede,
Si non ce petit Brebencon
Qui entent tres mal sa lecon ;

Se vous volés aventurer
7315   Ung pou de tamps a labourer,
Secs vous icy et besongniés,
· Au fort, puis que riens ne gaigniés,
Je ne puis perdre que l'estoffe.

CRISPINIEN

Labourons et chascun s'estoffe
7320   De telz hostieux qu'il appartient.

CREPI

Tout est vostre, s'a vous ne tient,
Vela formes, cousteaux, alennes,
Trenches, temples, pointes, poulennes,
Basenne, cuir et quorions.

CRISPINIEN

7325   Mon maistre, nous besongnerons
De bon cuer et de franc coraige.

CREPI

Enffans, comment vous nommerai je ?
Estes vous deux freres germains ?

CRISPINIEN

Oy, maistre, et tous deux Romains
7330   D'ung ventre et pere terrien ;
Je me nomme Crispinien
Et mon frere est Crispin nommé.

CRISPIN

Vostre bruit sera renommé,
Puis que nous vous accompaignons.
7335   Or, besongnés fort, compaignons.

·· RICTIOVAIRE

Demogorgon, pere des dieux,
Moustre moy la teste gorgone
De Medusa devant mes yeulx,
Tant que Perseus le desgone,
7340   Oeuvre moy ton infernal trosne,
Pluto, pour voir choses horribles,
Proserpine, laide matrosne,
Moustre mon grief tourment visible,
       Dieux tres gens,
7345   Tués gens

7288 pinchot tuton. — 7293 watrequin. — 7301
Crepin. — 7212 brebecon.

· 119 A. — ·· 123ª B.

7317 Auffort ms. — 7323 truples. — 7333 Crispi A.
— 7335 pourrait être dit par Crépi. — 7339 perstus.
— 7341 plustot.

· 119⁰ A. — ·· 123 B.

     ' D'art meschant,
     Car je sens
     Humain sens
     Peu sachant.
7350 Leurs pechiés sont si tres enormes
Et desplaisans aux sains ymaiges,
Que toutes especes difformes
Doibvent vengier ces grans domaiges
Et venir en vifz personnaiges
7355 D'abismes et gouffres hideux
Et estre example et personnaiges,
Pour les faire lais et honteux.
     Je les nuis
     Jours et nuitz,
7360   Se les veul,
     Se je puis,
     Mettre es puis
     De grief deul.

MAISTRE HONORÉ

La nuit passee, oncque de l'œul
7365 Ne peux dormir, tant me soussie,
J'ay traveillié mon sens, mon veul,
Ma memoire et ma phantasie,
Pour ymaginer en partie
Quel mort, quel paine et quel angoisse
7370 Aux cristiens sera partie,
Affin qu'on les rompe et defroisse.

TARQUIN

Mais que le feu soit alumé,
Quelque grant vent le soufflera,
Les glorieux dieux ont limé
7375 "Le fer qui les desemflera,
Pour attemprer que ce sera,
Mandés le prisonnier chetif
Qui grant doleur sans cesser a
En la chartre ou il est doubtif.

RICTIOVAIRE

7380 """Puis que je suis juge seant
En haultain siege tribunal,
Du gré de l'empereur poissant,
Comme on voit par original,
Et creé prevost general
7385 De Gaule et du franc territoire,

Pour tenir terme seignoural,
Icy tenray mon concitoire,
Auquel sans interlocutoire
Il fault mander ce malfaiteur,
7390 Pour oir son excusatoire
Et y pourveoir par haulteur.

RIAGAL

Je vous prie que j'aie tant d'heur
Que de courir jusques a la ;
Je l'amenray de grant radeur,
7395 Oncques mieulx on ne l'escrola.

ARSENICH

Va aux fievres quartaines, va,
Tu t'avance tousjours devant
Pieur de toy.

RIAGAL

     Qui te couva,
Que tu veulx aller si avant ?
7400 Je suis Riagal, le truant,
Le capitaine de Belistre.

ARSENICQ

Je suis Arsenich, le puant,
Le murdrier et le faulx traitre,
D'autant que feu vault pis que esclistre,
7405 Je suis pieur sans estre egal,
Car Arsenich, dont suis ministre,
Vault cent fois pis que Riagal.

'RICTIOVAIRE

Pour parler du bien et du mal,
Ne scay lesquelz sont les plus nés
7410 Pour faire ung lait fait enormal.
" Vous deux estes assés punés,
Mais pour abregier le procés,
Vous deux ensamble a grand effort,
Faictes ouvrir huis et guichés
7415 Et l'amenés courant et fort.

RIAGAL

Par ainsi, sommes nous d'acort ;
Allons, mon amy, mon mignon,
Mon frere, mon joyeulx recort,
Mon desir et mon compaignon.

7353 dobvent *A* — ses. — 7362 *mq.* — 7365 soufflie.
— 7372 Torquin. — 7376 attemper *ms.* — 7380 Rictiovaire *bis.*

' *120 A.* — '' *123° B.* — ''' *120° A.*

7411 pumes.

' *124 B.* — '' *121 A.*

ARSENICH

7420 Allons, mon pareil, mon sochon,
Mon joly cuer, mon dorelot,
Mon chier amé, mon effanchon,
Mon assoté et mon coullot.

RIAGAL

Vieng avant, vieng, hé, Matagot,
7425 Oeuvre l'uis de ta chartre obscure
Et si nous baille ce bigot
Que nous t'avons bailliet en cure.

MATAGOT

La prison, l'uis et la closure
Sont ouvers, entrés la dedens,
7430 Ce croy, seloncq cours et nature,
Qu'il a fain assés en ses dens.

RIAGAL

Ca, maistre, venés sus les rens,
Il vous convient parler a nous.

MATAGOT

Tenés, seigneurs, je le vous rens
7435 Sain d'œil, de ventre et de genoux.

ARSENICH

Menons l'en voye et a tous boux,
Gardons nous de ses faulx abus.

MATAGOT

Seigneurs, comment l'entendés vous ?
Il me fault avoir de quibus.

'RIAGAL

Quel de quibus ?

MATAGOT

7440   Argentibus :
Enmenrés vous mon prisonnier
Sans moy baillier quelque denier ?
Il fault argent ou qu'on me lesse
Gaige aulcun.

ARSENICH

     Sus ma gentillesse,
7445 D'autant que sa despense monte,
Je t'en respons.

MATAGOT

     Que fay je conte
De noblesse ou de gentil gent ?
Mieulx me vault ung denier d'argent
Que tous ceulx qui se dient miens.

RIAGAL

7450 Tu aras l'office d'Amiens
Pour le salaire du chepage.

MATAGOT

Quel office ?

ARSENICQ

     Le desquerquage
De gros batons et de fourchettes,
Et encore se tu bourbettes
7455 Ne bourbin ne demy bourbet,
On te coppera d'un courbet
Les gambes rés a rés du cul.

MATAGOT

Or allés, qu'a ung biau gibet
Soiés pendus sans respit nul.

RIAGAL

7460 Sire prevost, nous deux ensamble
Vous presentons se garnement,
Faictes tout ce que bon vous samble ;
Eschapper ne peult nullement.

RICTIOVAIRE

' Reposés vous donc hardiment
7465 Et me laissiés parler a luy.

Quel est ton nom ?

" QUENTIN

     Cristien suy.
Je tiens la loy de Jhesucrist,
Car de langue et de cuer contrit
Le confesse ; mon propre nom
Est Quentin.

RICTIOVAIRE

7470   De quel progenie ?

QUENTIN

Citoyen suis de Romenie

Et filz du senateur Zenon.

RICTIOVAIRE

Dont vient ce que toy de renon,
Personne tant noble et prospere,
7475 Enffant de tant glorieux pere,
Te boutes es abusions
De meschantes religions
Et tiens cil dieu gloriffié
Qui d'hommes fut crucifié ?
Tu es trop fol.

QUENTIN

7480   En verité,
Souveraine nobilité
Est de servir devotement
Et garder le commandement
De celuy qui fit ciel et terre.

RICTIOVAIRE

7485 Quentin, retire toy grant erre
De la folie qui te tient,
Fais honneur comme il appartient
A nos dieux et les sacriffie.

QUENTIN

Ja n'aviengne que je m'affie
7490 De sacriffier a tes dieux,
  * Qui sont deables fins et soustieux.
Ce que tu dis estre follie
Dont suis tenu, ou je m'alie,
N'est pas folie, mais science,
7495 C'est souveraine sapience
De cognoistre vray Dieu le vif
  ** Et resputer par grant estrif
Les simulacres faulx et mutz ;
De folie sont trop esmus
7500 Quilz s'asservent a telz paroles,
Pour sacriffier aux ydoles,
Sans sens et sans entendement.
Prevost, sache certainement
Que de choses que tu commandes
7505 Riens n'en feray, car paines grandes
Je ne redoubte nullement,
Fay ce que tu veulx prestement ;
Quelque tourment que tu me faces,

Quelque traveil, quelque menaches,
7510 Se Dieu me veult entretenir,
Je suis prest de les soutenir,
Tu ne peux traveillier mon corps,
S'il plait mon Dieu misericors,
De divers destrois et souffrance,
7515 Mais mon ame est en la puissance
D'ung seul Dieu vivant qui l'ordonne.

RICTIOVAIRE

Par Flora, qui les fleurs coronne,
Puis que tu ne crains nul torment.
Je te prometz que rudement
7520 Te feray a paine livrer
·Et je verray se delivrer
Te venra ton maistre Jhesus.

Sallés sus, sergans, sallés sus,
Despoulliés moy ce maistre icy,
7525 Il le fault batre sans mercy;
Trop me tempeste le coraige.

· RIAGAL

Ca, ca, compaignons, a l'ouvraige,
Vecy nostre joieux sabat.

ARSENICQ

Le cuer au ventre me debat
7530 Quant mon musel en sang se toulle.

YSENGRIN

Sus, sus, compaignons, a l'esbat,
Il est grant tamps qu'on le despoulle.

**CLAQUEDENT

Ce n'est rien, s'on ne se combat
Tantost pour avoir la despoulle.

RAGENTESTE

7535 Il est ainsy comme une poulle
Qui se tienne entre six regnars.·

ESTORFAULT

Il est comme ung aignelet doulle
Entre six loupz qui sont pinars.

RIAGAL

Il fault geutteir a toutes pars
7540 S'il n'a or, argent ne monnoye.

ARSENICQ

Se je le treuve et j'en depars,
Je prie a nos dieux qu'on me noye.

RIAGAL

Je cuide moy que j'en aroye
Ossi avant que tu arois.

ARESENICQ

7545 En arois tu, je t'ochiroye
De mes mains, tant que tu mourois.

RIAGAL

Me turois tu ?

ARESENICQ

Oy, tout roix,
Sans abayer le parchemin.

RIAGAL

Va, larron, froisseur de paroix.

ARSENICQ

7550 Va, murdrier, gaitteur de chemin.

RIAGAL

Va, vieux boureau, putier, mentin.

ARSENICQ

Va, vieux tuchien, puant, pillart.

RIAGAL

Va, vieux loudier, vilain matin.

ARSENICQ

Va, vieux quoquin, truant, paillart.

RICTIOVAIRE

7555 Appaisiés vous, qu'a malle hart
Vous puist on le col halotter ;
Le diable vous tient par son art;
Vous fault il ainsi tourmenter ?

RIAGAL

Le ribault veult tout emporter
7560 Et je dis que g'y partiray.

RICTIOVAIRE

Vous en fault il tant quaqueter ?
Bailliés ca, je vous sortiray,

A chacun sa part je donray
De la proye qu'on mania.

ARSENICQ

7565 Sire prevost, je vous diray,
Nul or ne nul argent n'y a,
Ce n'est fort, s'il avenoit ja,
Il le fauroit partir ensamble.

RIAGAL

C'est a cause qu'il le songa
7570 Que ce crueulx debat s'asamble.

RICTIONAIRE

Allés, ribaulx, que d'une cengle
Soient vos lours museaux tatés,
Domaige est qu'on ne vous estrangle,
Quant pour ung riens vous debatés.

YSENGRIN

7575 Rictiovaire, regardés,
Quentin, seducteur nom pareil,
En qui tous maulx si sont fardés,
Est tout nud en povre apareil.

Premier tourment

RICTIOVAIRE

Or l'estendés en ce traveil,
7580 Ysengrin, et toy, Claquedent :
Puis le piet jusques au cheveil
Sera batu.

CLAQUEDENT

Hault president,
Nous le loyrons tant seurement,
Que jamais ne fera tempeste.

YSENGRIN

7585 Il n'eschappera nullement,
Se le diable ne luy fait feste.

RICTIOVAIRE

Arsenicq, et toy, Ragenteste,
Riagal avecq Estorfault,
Allés querir, en quelque mete
7590 De pilory ou d'eschaffault,
Quelques gros batons, il le fault

7543 moy *mq.* — 7545 tu *mq.* — 7551 pitier *A —* mutin. — 7555 que.

* *123° A.* — ** *126° B.*

7578-7579 *indic. marginale mq* A.

* *124 A.* — ** *127 B.*

D'entre vous, raddes combattans,
Tres bien escourre.

RIAGAL

Sans deffault
Tous quatre y serons esbatans.

7595 Nous arons bastons bastonnans,
Affin qu'il soit bien bastonnés.

ARSENICQ

Pour faire bas tous bas tonans.
Nous arons bastons bastonnans.

RAGENTESTE

Oncque mieulx ne bati tonnans
7600 Qui seront cy bas estonnés.

ESTORFAULT

Nous arons bastons bastonnans,
Affin qu'il soit bien bastonnés.

CLUGNET

Mathiolet. frere, venés
Avec moy, se verrons Quentin,
7605 Les satellistes forcenés
* L'ont retiré a ce matin
De crueuse prison, affin
Qu'on le face Dieu renoyer.

MATHIOLET

7610 Clugnet. mon chier frere et affin,
C'est assés pour nous anoyer;
Il le vorront pendre et noyer,
Mon cuer grant deul sans cesser a.

Flourembert, sans point devoier,
Allons veoir que ce sera.

FLOREMBERT

7615 **Jamais mon corps ne cessera,
S'ara veu sa passion.

FROMIONDIN

Jhesus, son dieu, qui ce sara,
Prenra de luy compassion.

FROREMBERT

Pour prendre recreacion,

7620 Voions ce hault fait terminer.

FROMIONDIN

Jhesucrist, qui crea Syon,
Vous veuille conduire et mener.

RENOUUART

Arquembault, gentil bacheler,
Quentin est pris des sacquemans,
7625 S'est, je ne le puis pas celer,
Pour lors bien hors de nos commandz.

ARQUEMBAUT

Nous en devons estre dolans,
A sa foy nous a baptisiés
Et gari par meurs redolans
7630 Les maulx dont fusmes ratisiés.

RENOUUART

Il nous a guari des pechiés
Ou le diable nous enserra,
Venés, frere, et vous despechiés,
Allons veoir qu'on en fera.

*NATALIE

7635 Ysembart, aller nous faura
Veoir Quentin plaier et batre,
Bien scay que le cuer me faura,
Se je le vois par terre abatre.

YSEMBART

Natalie, sans plus debatre,
7640 Allons y tost, car le tirant,
Lequel nostre loy veult rabatre,
Le sera boutant et tirant.

NATALIE

Trop en est mon cuer soupirant.
Allons voir sa doleur amere.

YSEMBART

7645 Dieu, qui les siens n'est empirant,
Nous conduie et sa vierge mere.

** RIAGAL

Par Saturnus, le dieu prospere,
Nous avons tant crueulx batons

7613 a mq. — 7614 Floirrembert. — 7617 que.

' 124° A. — '' 127° B.

7624 espris. — 7630 ratifies . — 7645-7646 mq.—

* 125 A. — ** 128 B.

Qu'il faudra qu'il se desespere,
7650 S'a force de bras le batons.

ARSENICQ

Sus, galans, or nous esbatons
A ruer sus ce pelerin;
Il fault que nous le combatons
Et ruons sus son gorgerin.

RICTIOVAIRE

7655 Clacquedent, et toy, Isengrin,
Tenés le, qu'il ne se desloie.

CLAQUEDENT

Je vous donray ung halegrin.
S'il est home qui mieulx le loie.

YSENGRIN

Dolant suis que je ne m'employe
7660 A le revider d'une torche.

CLAQUEDENT

Autant fait de bien cil qui ploye
Le piet que celuy qui l'escorche.

RICTIOVAIRE

Riagal, Arsenicq, a force,
Ragenteste, Estorfault, batés le,
7665 Chascun de vous quatre s'efforce
A luy faire plaie mortelle.

RIAGAL

Je croy que je luy donray belle,
Mais que je puisse avoir mon lieu.

ARSENICQ

Je luy hausseray sa gabele,
7670 Sa maletote et son tonlieu.

RAGENTESTE

Nous luy ferons renoyer dieu
Et tous les diables deschainés.

ESTORFAULT

Nous le ferons tant maladieu
Que ja ne le verrons sanés.

RIAGAL

Tieng, sus ton col.

ARSENICQ

7675   Tieng, sus ton nés.

RAGENTESTE

Tieng, sus ton dos.

ESTORFAULT

       Tieng, sus ta teste.

YSENGRIN

Il soit des meures ramenés.

RIAGAL

Tieng, sus ton col.

ARSENICQ

       Tieng, sus ton nés.

CLAQUEDENT

Faites qu'il soit bien ramonnés.

RIAGAL

7680 Il ne fut oncques a tel feste.
Tieng, sus ton col.

ARSENICQ

       Tien, sus ton nés.

RAGENTESTE

Tien, sus ton dos.

ESTORFAULT

       Tieng, sus ta teste.

RIAGAL

Vela en despit du prophete,
Son dieu, qui fut en Galilee.

ARSENICQ

7685 Vela en despit de la beste,
Une vielle asnesse pelee.

RAGENTESTE

Vela en despit de Judee
Et de Judas qui le vendy.

ESTORFAULT

Vela en despit de Herodee
7690 Et du sang que cil respandy.

RIAGAL

Vela en despit de celuy

7664 bateste.

* 125° A. — ** 128° B.

7689 herode.

* 126 A.

Pilate qui le pruvosta.

· ARSENICQ

Vela en despit de nulluy
Fors du sang que cil degousta.

RICTIOVAIRE

7695 Sus, ribaudailles, frappés la,
Sa teste soit mole que laine.

RIAGAL

Je fiers tant de ca et de la
Que je n'ay tantost plus d'alaine.

RICTIOVAIRE

Riagal est ung capitaine,
7700 C'est le fort adjutorium.

ARSENICQ

Et il est sa fievre quartaine,
Il ne fit huy beau horion.

RICTIOVAIRE

Pour faire ung tour d'escorpion,
Ragenteste est une lancette.

RAGENTESTE

7705 ·· J'en ay ung genitorium
Plus gros q'une muse a pansette.

RICTIOVAIRE

Estorfault de paine en halette,
C'est celluy qui mieulx le cateille.

ESTORFAULT

J'ay bien gaignet la pintelette,
7710 Pour boire ung cop a la bouteille.

RIAGAL

Le cuer au ventre me ferteille,
Tant sont mes membres forbatus.

ARSENICQ

Nous ne valons une chandeille,
Se nous ne sommes desvestus.

RICTIOVAIRE

7715 Ha, paillars, vous n'en povés plus ?
Rués nous jus vos balesteaux
Et pour achever le surplus

Mettés vous tous en pourpointaux.

· RAGENTESTE

Ostons jacquettes et juppeaux,
7720 Deslacons la panse tesie.

ESTORFAULT

Or moustrons de nos corps les peaulx,
Se soions nudz que une vessie.

QUENTIN

Mon seigneur, mon Dieu triumphant,
Je te remercy humblement,
7725 Quant pour le nom de ton enffant
J'endure tout paciamment ;
Preste moy force et hardement,
Donne moy vertu et me dresse
De ta main dextre tellement
7730 Que je puisse par ton adresse
Surmonter les dars plainement
Des ennemis, plains de tritresse,
Et leur tirant pareillement,
·· Rictiovaire, qui me blesse,
7735 A la gloire et exaucement
De ton nom et de ta haultesse
Bienheuré pardurablement
En joye qui jamais ne cesse.

Silete

NOSTRE DAME

Mon Dieu, mon enffant et mon pere,
7740 Je te pry d'humble affection
Que ta grace benigne appere
A Quentin, ton bon champion ;
Donne luy consolacion
Qu'il puist, par force vertueuse,
7745 Surmonter le crueux pion
Qui le livre a paine honteuse.

DIEU

Ma mere, ma fille et espeuse,
Il me plait bien qu'on le respace,
Il seuffre paine douloureuse
7750 Pour mon nom et point ne despace.

Descendés en la terre basse,

7692 peuvosca. — 7703 adjutorium genitorium *B* —
adjutorium *biffé A*.

· *129 B*. — ·· *126° A*.

7722 fessic. — 7723 tout. — 7738 que.

· *129° B*. — ·· *127 A*.

Raphael, il soit conforté.

* RAPHAEL

Mon pere, ou tout bien se compasse,
Tantost y seray transporté.

RICTIOVAIRE

7755 Sus, sergans, or vous reprenés
A le batre dru et menu,
Il fault qu'a ce cop vous penés,
Puis que vous avés le corps nud.

RIAGAL

Je luy donray ung cop cornu,
7760 Mais que je puisse, a bras tournés.

ARSENICQ

Oncque viel chien, puant, chenu,
Ne fut ossi mal atournés.

RAGENTESTE

Nous sommes tous ensangletés
Du sang qui nous sault par les brognes.

**ESTORFAULT

7765 De sang sommes tous empastés,
Regardés ung petit nos trognes.

RICTIOVAIRE

Se vous faictes bien vos besongnes,
Je vous donray sans nul contraire
A chacun deux vielles charognes
7770 De jumens pelees de traire.

RIAGAL

Moustrons ce que nous scavons faire,
Se irons desormais a cheval.

ARSENICQ

Sus, compaignons de pute affaire,
Frappons fort a mont et a val.

*Les quatre tirans
recommencent a batre.*

RAPHAEL

7775 Quentin, amy de Dieu feal,
Reprens en toy force et vigeur,

Ne criens nul torment desleal
Du tirant, tu seras vainqueur,
Emfforce ton ame et ton cuer
7780 A soustenir ce dur chatoy;
Pour appaisier ceste rigeur,
Je suis envoyé devers toy.

* *Les quatre tirans
doivent choir a
revers soubitement.*

RIAGAL

* Las, Rictiovaire, aide moy:
Je chiech, je brule et si soubite.

ARSENICQ

7785 Je renonce a tout nostre armoy,
Las, Rictiovaire, aide moy.

RAGENTESTE

Je meurs de chault, je meurs d'anoy
Et si ne voy qui me labite.

ESTORFAULT

Las, Rictiovaire, aide moy:
7790 Je chiech, je brule et si soubite.

RIAGAL

Rage molute, rage quite,
Rage sus rage et pis que rage
Me tient et n'en puis estre quite.

**ARSENICQ

Rage molute, rage quite
7795 Me traveille et tres fort s'aquite.

RAGENTESTE

Le murdre, j'erraige, j'arraige,
Rage molue, rage quite,
Rage sus rage et plus que rage
Me brule le corps.

ESTORFAULT

Que feray je ?
7800 Je suis estaint et apaly.

RICTIOVAIRE

Sus, sus, ribaux, alyaly,
Qu'esse cy, dia? vous rendés vous ?

7761-7762 *mq.* — 7774-7775 *indic. scèn. sans* batre *mq.*

* *130 B.* — ** *127° A.*

7785 tous. — 7790 si *mq.*

* *130° B.* — ** *128 A.*

RIAGAL

Sire, le cuer nous est failly,
Car nous ardons et brulons tous.

RICTIOVAIRE

7805 On nous rompera les genoulx,
Se vous ne faictes aultrement.

ARSENICQ

Je vous requiers, partués nous,
Nous languissons piteusement.

RICTIOVAIRE

Dicte moy pour quoy et comment
7810 Il vous fault braire et ululer.

RAGENTESTE

Nous sentons si crueux tourment
Qu'a paines povons nous parler,
Il nous fault tomber et baler
Malgré nous et ne voions ame,
7815 Et chascun sent son corps bruler
Du feu d'enfer qui nous enflame.

RICTIOVAIRE

Par Diana, ma chiere dame,
Je voy bien qu'i sont traveilliés
Et que grant doleur les entasme,
7820 Ils ont les yeulx tous esroulliés.

Ysengrin, or vous desbilliés
Avecq Claquedent et tres bien
De gros bastons me resveilliés
Ce Quentin qui ne veult nul bien.

YSENGRIN

7825 Par Juppin, je n'en feray rien,
Faictes ce que vous commandés,
Se les mains y metons, je crien
Que tantost ne soions mandés.

RICTIOVAIRE

Allés, de par le diable allés,
7830 Allés, courés a tous les diables,
Dictes vous que vous rebellés
A mes conmandemens creables ?

CLAQUEDENT

Ces quatre compaignons notables
En font leur derraine grimace,

7835 Ce sont examples et notables
Merveilleux devant nostre face.

YSENGRIN

S'il me donnoit d'or une mace,
Je n'attenroye a sa personne;
Il quiere ung aultre qui le face,
7840 A tel presse n'a point d'aumosne.

RAPHAEL

Persevere en volenté bonne,
Soie constant et si t'esjoye,
Soies tel exemplaire et bonne
Que cristiens y prendent joye.
7845 Dieu par moy tel confort t'envoye
Que les tirans plains de maleur
Sont reversés enmy la voye
Et tu ne sens mal ne doleur.

*L'angle s'en retourne
en paradis.*

QUENTIN

Facteur des cieulx,
7850 Tres seur facteur,
De coeur t'ensieux,
Facteur des cieulx.
Tu és mon mieulx
Et mon grant heur,
7855 Facteur des cieulx,
Tres seur facteur.

RICTIOVAIRE

Tu és enchanteur,
De gens seducteur,
Par ton oeuvre im monde.

QUENTIN

7860 Je suis serviteur
Du hault plasmateur
Qui forma le monde.

RICTIOVAIRE

Ceulx de mes escolles
Perdent leurs paroles
7865 Par ta faulce envie.

QUENTIN

Prie tes ydoles

7803 nous a. — 7810 uurler. — 7311 cc —
7812 nous nous.

* 131 B. — ** 128° A.

7841 Persevre A — en ta B ; ta *exponctué A.* — 7851
tonsieux. — 7855 yeulx.

* 131° B. — ** 129 A.

Que souvent acoles,
Qu'i leur rende vie.

* RICTIOVAIRE

7870 Se nos dieux ont lace,
Sans vuidier la place,
Tu mouras briefment.

QUENTIN

C'est vent de plouvace.
De grosse menace
Petit vengement.

RICTIOVAIRE

7875 Tu seras rataint,
Pendu ou estaint
Sans quelque dispense.

QUENTIN

Si seront tant maint,
Mais beaucop remaint
7880 De ce que fol pense.

RICTIOVAIRE

** Ton ame paillarde,
Fault qu'en enfer arde,
Ta vie l'appreuve.

QUENTIN

Mon Dieu me regarde
7885 Et qui bien se garde
Tousjours bien se treuve.

RICTIOVAIRE

Se je cuers et trace,
Qui ensieut ta trace
Sera fort constr int.

QUENTIN

7890 Preng a plaine brace;
Qui par trop embrace
Souvent mal estraint.

RICTIOVAIRE

Plaisir m'est langeur.

QUENTIN

Langeur m'est vigeur.

RICTIOVAIRE

7895 Vigeur me desvoye.

QUENTIN

Desvoy m'est rigeur.

* RICTIOVAIRE

Rigeur m'est liqueur.

QUENTIN

Le cuer trop m'esjoye.

RICTIOVAIRE

Ta joye m'est pleur.

QUENTIN

7900 Ton pleur m'est valeur.

RICTIOVAIRE

Ta valeur m'anoye.

QUENTIN

Ton anoy m'est eur.

RICTIOVAIRE

Ton eur m'est doleur.

* QUENTIN

Ta doleur m'avoye.

RICTIOVAIRE

7905 Je vouldroie estre mors
Je suis tout forcené.

Je voudroie estre mors
De cincq cent mille mors,
Par estre empoisonné,
7910 Je suis de mon sens hors.
Je fay plus grans ahors,
Q'ung rabi deschainé ;
Maudis soient les sors
Des deables lais et ors,
7915 Quant ne suis assené
D'une espee ens ou corps.
Je suis tout forcené.

HONORÉ

Sire, vous estes mal mené,
Servés nous de plus beaux accors.

7880 ce quil.

* 132 B. — ** 129ª A.

7909 emprisonne. — 7910 men. — 7911 hors.

* 132ᵇ B. — ** 130 A. —

7920 Se ung garcon vous a volené,
Fault il faire si durs a recors ?

TARQUIN

Quentin luy fait ces grans discors,
C'est sur qui ses doleurs se fondent:
Nos dieux sont trop misericors
7925 Quant en enfer ne les confondent.

·TORQUATUS

Ne scay s'il dorment ou s'ilz songent,
S'ilz n'ont ne sens ne cognoissance,
Quant Quentin en enfer ne plongent
Et prendent de son fait vengance.

PANTHEON

7930 Vela la plus terrible enffance
Qu'il advint oncques sus ce pas,
Quentin ne sent mal ne grevance,
Non plus que je sens mon trespas;
Quelques tormens, quelques debas
7935 Qu'on luy face d'œuvre et de fait,
** Ce luy sont tous joieux esbas,
Il n'en est ne mort ne deffait.

RICTIOVAIRE

Ou est Ysengrin d'oribet?
Ou est Claquedent ly buhis,
7940 Ou sont ilz allés ? au gibet ?
Les ribaulx s'en sont ilz fuis ?

YSENGRIN

Nous vecy ossi estourdis
Qu'est le premier cop de matines.

RICTIOVAIRE

Venés, fieulx de putiers maudis,
7945 Approchiés pres des tormentines,
Trouvés moiens et facons fines,
De desloier ce garcon la,
Qui mes sergans et gens affines
Endort par le faulx art qu'il a.

CLAQUEDENT

7950 Chier sire, on le restitura
En son premier advennement
Et puis on le revestira

7921 corr : durs recors.? — 7946 fenos.

* 133 B. — ** 130° A.

De sa toque et abillement.

LE MAIEUR

J'ay oy grant gemissement
7955 Toute jour par crier et braire,
Dont vient ce grant estonnement ?
Il nous tourne a tres grant contraire.

·GARIN

C'est le prevost Rictiovaire
Qui tourmente les cristiens.

FLORICE

7960 Par celui dieu qui me fist faire
. . . .
C'est le prevost, je le cognois,
Le ju n'est pas a son degois,
Se maisne ung horrible tempeste.

LIMAGE

Il y a quelque gros bourgois
7965 Qui ne veult danser a sa feste.

·· HULIN

Il porte la pieure teste,
Qui soit au mondain matriloge;
S'il a en mains quelque prophete.
Il met a point son oreloge.

LE MAIEUR

7970 Florice, Soutillet, Limoge,
Hutin, Garin et Brisebarre,
Allons au lieu ou il se loge,
Sachons se quelque ung le rembarre.

SOUTILLET

C'est ung galiffre qui se pare
7975 De maint satellite engaigniet,
N'est nul qui a luy s'acompare,
Tant est il lait et rechigniet.

BRISEBARRE

Affin qu'il ne soit capigniet,
Allons voir quel diable il luy fault:
7980 Il y a quelque ung mehagniet,
J'ay oy crier Estorfault.

7960 devait probablement être suivi d'un vers rimant
avec 7959 cristiens. — 7965 sa mq. — 7973 ung se.

* 133* B. — ** 131 A.

CLUGNET

Loons Dieu, nostre createur,
Quant Quentin, nostre bon amy,
Surmonte son persecuteur
7985 Qui est son mortel ennemy.

MATHIOLET

Frere, n'avés vous point oy
Une vois qui l'a consolé ?

'CLUGNET

Mathiolet, mon frere, oy,
Il ne pert qu'i soit desolé.

FLOREMBERT

7990 Quentin n'est blescié n'affolé,
Il a vaincu ses medisans,
Car ceulx qui l'avoient foullé
Sont couchiés a terre gisans.

FROMIONDIN

Ilz sont brulés, chaulx et ardans,
7995 Tresbuchiés, la face souvine,
" Plus boulans que dragons dardans
Par la provision divine.

RENOUART

Gloire en ait la vierge royne
Et son enffant qui le recree,
8000 Quant il fait cesser la ruine
Qui sus Quentin fut enancree.

ARQUEMBAULT

Nostre loy dont est bien heuree
Et nostre Dieu seur et certain
Et loy paienne maleuree,
8005 On le voit a ce fait haultain.

NATALIE

Loons nostre Dieu soir et main
Qui nous demoustre ce miracle
Et veult confondre de sa main
La fausse loy demoniacle.

YSEMBART

8010 Retornons jusques a demain
Ung chascun en son tabernacle,
Affin que le prevost romain
Ne nous face quelque machacle.

*Chascun d'eux retourne
en son lieu.*

HONORÉ

Prevost, vous voiés vos sergans
8015 Qui sont en piteux plois tenus,
Il vous seront fort attargans
Le fait pour quoy estes venus :
Par devers Maximianus
Envoyés vos heraulz courans,
8020 Pour scavoir s'il n'en n'y a nulz
Qui vous puist estre secourans.

'TARQUIN

Ne fault qu'envoier Diamant,
Il cognoit tous gentilz galois.

DYAMANT

Pour acomplir son bon conmant,
8025 Je m'abandonne a tous explois.

" RICTIOVAIRE

Chemine donc en Soissonnois
Et humblement me recommande
A l'empereur que tu cognois,
Qui Gaule tient en sa commande :
8030 Dis luy que j'ay disette grande
D'avoir deux ou trois bons putiers,
S'il a chose qui soit friande,
Si le m'envoye en ces quartiers.

DYAMANT

Je luy diray tres volentiers;
8035 S'il a quelque bon applicquant,
Il s'en venra sus les sentiers,
Je le vous amenray cliquant.

LE MAIEUR

Jupin, qui Venus fut gaignant,
Vous doint honneur et courtoisie.

RICTIOVAIRE

8040 Bien vegnant, maieur, bien vegnant,
Et vostre noble bourgoisie,
Sees vous emprés moy, je vous prie,
Faictes voir vos gens a tous lés.

7998 ruyne. — 8002 dont en est. — 8005 a *maq ms.*

' *134 B. — " 131° A.*

8013-8014 *indic. scén.* rnc *mq.* — 8016 et vous.— 8018
maximinus *A.* — 8023 tout.

' *134° B. — " 132 A.*

LE MAIEUR

Vous on fait quelque tromperie ?
8045 Estes vous des mal adolés ?
Vos yeulx qui sont tains et foulés
Moustrent que santé n'avés point.

RICTIOVAIRE

Mes vallés sont tous affolés,
C'est le deuil qui au cuer me point.

GARIN

8050 Cela vous vient tres mal a point
Pour la cause de vostre office.

FLORISSE

Qui vous a logiet en ce point?
C'est ung douloureux malefice.

· RICTIOVAIRE

C'est Quentin, ce faulx fieux de lice,
8055 ** Qui par son faulx enchantement,
Par magique ou art de malice,
Nous donne cest empeschement ;
Mes gens prinrent esbatement
Pour le batre, mais tous pasmés
8060 Tresbucherent soudainement,
Sans estre plaiés n'entasmés.

BRISEBARRE

Sont ilz mors ? Sont il estonnés ?
Sont ilz en dangier perilleux ?

YSENGRIN

Tu veulz partout bouter ton nés ?
8065 Voy s'il sont chaulx ou ferilleux.

BRISEBARRE

Helas, Riagal, le piteux,
Helas, Arsenicq, l'engelé,
Helas, Ragenteste honteux,
Et Estorfault, le boursoufflé,
8070 On vous a mal afistolé,
Oncque si grant pité ne vy,
Parlés a moy chief desolé
S'on ne vous a l'ame ravy.

RIAGAL

Ha, Brisebarre, mon amy,

8075 Je suis pres mors de mort vilaine.

ARSENICQ

Je n'ay santé tant ne demy,
Ha, Brisebarre, mon amy.

RAGENTESTE

Quentin nous est fort ennemy.

BRISEBARRE

Levés vous, reprenés alaine.

ESTORFAULT

8080 Ha, Brisebarre, mon amy,
Je suis pres mors de mort vilaine,
Plus pesans suis qu'une balaine
Du mal qui me va tempestant.

** RAGENTESTE

Et je m'en vois tout gambetant,
8085 Comme ceulx qui sont esclopés.

BRISEBARRE

Beaux seigneurs, ilz sont eschappés
En assés bon point les trouvai ge,
Il sont sus piés, ossi huppés
Que le gar d'une oye sauvaige.

TORQUATUS

8090 Par mon ame, c'est grant dommaige,
Quant il meschiet a bonne gent,
Je vous plain tres amerement,
Vous valés d'or plaine mesure,
Par ingromance ou aultrement,
8095 Quentin vous fait ceste morsure.

RICTIOVAIRE

Il est ainsy et je vous jure
Par mes dieux et par mes deesses
Que Quentin appelle et conjure
Noms de deables et de deablesses;
8100 Quelques paines, quelques destresses
Que nous fachons a ce ribault,
Il mue joies en tristresses
Et est tousjours de son ris bault.

Ragenteste, et toy, Estorfault,

8105 Vous n'estes point si desgoutés
Que pour mal faire, s'il le fault,
Ne soiés tantost apprestés;
Prenés Quentin et si l'ostés
De mes yeulx, bien loing de la voie,
8110 Et en prison le reboutés
Ou quelque lumiere ne voye,
Sy que nul cristien n'y voye
Et le gardés sus paine d'œil,
Car s'il eschappe ou se devoye,
8115 Vous morés a honte et a deul.

ESTORFAULT

Jamais ne passeray le soeil,
* Se le diable ne le destache,
Mais je ne veil pas estre seul,
Bailliés ung geux qui s'y atache.

" RICTIOVAIRE

8120 Pour bien tenir piet a l'atache,
Ragenteste est hardis et caultz.

RAGENTESTE

Pour faire une pesante tache
De donner horions et caupz,
Jamais n'y puis mettre les graux,
8125 Mais pour garder ou nul ne passe,
Prisons, posternes et vieux traux,
Je croy que nul ne me despasse.

ESTORFAULT en prenant saint Quentin

Allons voir que Matagot brasse
Et luy menons, tout d'une tire,
8130 Ceste proie qui n'est pas grasse,
Pour le tenir en grant martire.

QUENTIN en allant en prison

Delivre moy, sire,
De l'ome malvais,
De l'inique vire,
8135 Delivre moy, sire.
On me veult occire,
En preschant tes fais,
Delivre moy, sire,
De l'ome malvais.

RAGENTESTE

8140 Matagot, qu'esse que tu fais ?
Laisse tout en frine et en paste,
Aide nous a ce pesant fais,
Il t'y fault bien mettre la paste.

MATAGOT

Beaux dieux, que vous avés grant haste,
8145 Lessiés me ung peu querir mes clefz,
S'on vous pendoit par la gargate,
J'attenderoye a vostre lés
* Tant que vous seriés estranglés;
Ne povés vous ung peu jocquier ?

ESTORFAULT

8150 Allés, vieux quoquins reboulés,
Vous commenciés vous a crocquier ?

" RAGENTESTE

Se tu me fais les dens froncquier,
Je te donray tel creponnade,
Que je t'envoiray reconcquier
8155 En une noire carbonnade.

MATAGOT

Je vous voy ouvrir l'uis tout radde,
Que je n'aye une friquendouré.
Or dictes moy, en quel tourade
Il est besoing que je l'entoure ?
8160 En copegeule? en chanteploure?
En desespoir? en aigre fain?
En rabajoye? en la maloure?
En Noirewegne ou en Bruvain ?

ESTORFAULT

Logés le au plus parfon cavain,
8165 Au plus hideux, au plus horrible,
Au plus puant, au plus grevain
Qu'en ce monde il sera possible.

MATAGOT

Il sera mis en invisible;
On n'y voit ne pain ne besace,
8170 Ou au trou d'enffer tres horrible,
C'est le plus noir trau que je sace.

RAGENTESTE

Soit trau d'enffer ou biseglace,

Il le fault bouter en jayolle.

MATAGOT

Or ca, ca, ca, veci sa place,
8175   Boutés l'ens ainsi qu'on briole.

ESTORFAULT

Donnés luy ung cop, s'il parolle
 Quelque peu a l'avaler ens,
Et se luy romps col et canole,
Que plus ne viengne sur les rens.

MATAGOT

8180   Affin de ravoir mes despens,
Il est en la boiste a cailleux,
Entre culeuvres et serpens,
Ou j'ai mis maint aultres poulleux.

RAGENTESTE

Affin que par sort merveilleux
8185   Cristiens n'y mettent les gris,
Prendrons gros bastons newilleux,
Pour tapper sus leurs museaux gris.

ESTORFAULT

J'ay une grande hache pris,
Pour bien garder qu'il ne s'en trotte.

RAGENTESTE

8190   Et vecy ung baston de pris,
Je n'ay garde qu'on le me roste.

Pose d'instrument

PIERRE, *exorciste*

Freres, n'esse pas grant pité
De Marcellinus, nostre pape,
Qui nostre loy a despité
8195   Et est ainsi pris a l'atrape ?
Ne scay comment il nous eschappe,
Je n'eusse cuidié, quoy qu'on die,
Qu'il eust laissié papale chappe
Pour prison ne pour maladie.

CYRIACUS

8200   C'estoit nostre pere et concherge,
Nostre miroir et exemplaire :

Il a rompu le noble cherge
De nostre foy qui nous esclaire
Helas, il luy doit bien desplaire,
8205   Puis qu'ensi est desordonné;
Ja ne sera pour son salaire
Le serviteur hault guerdonné.

CLAUDIEN

S'il a sacrifié d'encens
Aux ydolles des empereurs,
8210   Comme font pluseurs innocens
Qui leur sont faulx obtempereurs,
Pas ne l'a fait pour grans erreurs
Ne pour nostre loy rebouter,
Mais pour crainte de leurs terreurs,
8215   Car l'ome armé doibt on doubter.

SISINIUS

La foy, la renommee et l'œil
Ne peulent souffrir quelque jus ;
Puis qu'il y a pris son escoeil,
Il n'en venra pas ainsi jus.
8220   Il a fait ung mortel abus
Et s'est durement bestourné,
Se peult bien chanter au dessus,
Terriblement suis fortuné.

MARCELLUS

Quirinus, et vous, Claudien,
8225   Vous estes de sa retenance,
Passés le jour cotidien
A voir de loing sa contenance ;
S'il ne retourne a penitance
Et son meffait ne rappareille,
8230   Ce sera terrible inconstance,
Je ne vis oncques la pareille.

QUIRINUS

Nous irons oir ses regretz,
Se verrons quel sente il tenra ;
S'il n'a le cuer plus dur que grés,
8235   Tousjours nostre foy soustenra ;
Ce poise moy qu'il devala
A fausse loy, qui peu m'esjoye,
Car il estoit en ce tamps la

Mon seul plaisir, ma doulce joye.

MELCIADES

8240 Allés son estat regarder
     * Et faictes qu'il se remarie
     A nostre loy qu'on doit garder,
     Laquelle il a trop amenrie ;
     Pour luy prirons Dieu et Marie,
8245 Laquelle au besoing esclairon,
     Disant de volonté marrie :
     Avé regina celorum.

MARCELLIN, *en lieu destourné*

Que feray je, povre pecheur meschant,
Quel cry prechant, quel plainte et quelz
                              [ahors ?
8250 J'ay delaissié ung seul Dieu tout puissant,
     Tout fournissant et voy obeissant
     Et encensant deables puans et ors :
     ** Quelz fors effors, o quelz fors desconfors
     Et plus que fors. J'ay pour gloire azuree,
8255 Deul angoisseux, raige desmesuree.
          Las que doi je dire,
          D'ire qui m'enflame ?
          L'ame qu'on martire
          Tire au bas empire,
8260   Pire que n'est flame,
          La meurs et me pasme
          Ma palme a forfait
          Mon bien imparfait.

     Digne ne suis de lever hault mes yeulx,
8265 Pour voir les cieulx et le soleil saintisme,
     Je doy tomber en enffer pour le mieulx
     Avec les dieulx de mes payens gentieulx
     Et leurs hostieux, qui brullent en abisme;
     Je me use et lime et ay perdu la disme
8270 Et le centisme en bien delicieux,
     Puis que je vis le regart gracieux.
          Oeuvre toy grant erre.
          Terre, et si m'embrace,
          Brach et tout desserre,
8275   Serre l'œil qui erre,
          Et repreng ma face ;
          * Face infer ma place,

Lace mort n'empire,
De cuer je souspire.

CLAUDIEN

8280 Marcellin, je te pry, beau sire,
     Ne te debrise ne deschire,
     Mais retourne a vraie lumiere.

MARCELLIN

Laisse moy murdrir et occire,
J'ay delaissié Dieu qu'on desire
8285 En la tres sainte foy sommiere.

QUIRINUS

Se tu as brisé la verriere,
Il le te fault refaire arriere,
Ne te fault pour tant desconfire.

* MARCELLIN

Je croy qu'il n'est ouvrier n'ouvriere
8290 Qui de ma main fausse et murdriere
     Peusist le meschief assouffire.

CLAUDIEN

Recongnois ung Dieu tres parfait,
Il n'est pecheur, tant soit deffait,
A qui grace ne soit donnee.

MARCELLIN

8295 Ne parlés plus a moy de fait,
     Digne ne suis pour mon meffait
     De veoir creature nee.

QUIRINUS

A quoy passe tu la journee ?

MARCELLIN

A maudire ma destinee.

CLAUDIEN

8300 Il est trop maudit qui Dieu hait.

MARCELLIN

Maudit suis plus qu'ame dampnee.

QUIRINUS

Cesse ta doleur foursenee.

** MARCELLIN

Laissiés moy plourer a mon hait.

8284 Dieu mon sire.—8288 tout.—8289 ouvrir *ms.*—
8295 plus *mq.*

* *135ª A.* — ** *138 B.* — *** *136 A.*

* *138ª B.* — ** *136ª A.*

CLAUDIEN

Frere, nous perdons nostre plait,
8305 Retournons devers Marcellus.

QUIRINUS

Nostre presence luy desplait,
Ses pleurs sont par trop dissolus.

MARCELLUS

Claudien, et vous, Quirinus,
8310 Vous avés fait ung court voiage,
Quel terme tient Marcellinus,
Ou n'a gaire vous envoya ge ?

CLAUDIEN

* Il recongnoit son grief dommaige,
Il fait ses cris et ses complaintes,
8315 Il est dolant qu'il fist homage
Aux ydoles richement paintes.

MELCIADES

Se sont peult estre larmes faintes,
Ou le diable, qui ne vault poire,
Pour parvenir a ses ataintes,
Le tempte affin qu'il desespoire ?

MARCELLUS

8320 Je n'en saroie lequel croire ;
Se g'y cuidoie prouffiter,
A beaux prester et a croire
Je l'iroye resconforter.

QUIRINUS

Nennil, il s'est alé bouter
8325 En ung anglet, ainsi qu'en mue,
Et la ne veult ame escouter,
Nom plus que brute beste mue.

MELCIADES

N'est besoing que ceste avenue,
Que vous ne moy l'en reprendons,
8330 Puis que la chose est la venue,
Assambler fault les sains preudons,
** Auxquelz de ce fait apprendons,
Et affin qu'on nous acompaigne,
Il est besoing que nous prendons

8335 Herasmus qui est en Champaigne.

MARCELLUS

Je ne scay jusques en Espaigne
Home plus ydoine a ce faire,
N'est besoin que pas on espargne
Pour luy mander tout nostre affaire.

MELCIADES

8340 Or y envoyés quelque paire
De gens de nostre foy, affin
Que nous allons en son repaire,
Pour mettre ceste chose a fin.

* MARCELLUS

Ciriacque, et vous, Sisinin,
8345 Il vous fault faire ceste emprise.

CIRIACUS

L'amenrons nous icy ?

MARCELLUS

Nennin,
Nous irons jusques sa pourprise.

CIRIACUS

Pere en Dieu, qu'on aime et qu'on prise,
Du tout vous seray secourant.

SISINUS

8350 Et ma volenté c'est comprise
Qu'avec vous m'en iray courant.

Ilz s'en vont.

VALOIS

Maistre Genés, j'ay grant voloir
D'aler veoir l'imperateur,
Affin qu'en puissons mieulx valoir,
8355 Tirons nous devers sa haulteur.

GENES

De moy, vostre humble serviteur,
Serés jusque la compaignié ;
Autour de vous, comme orateur,
J'ay maint riche denier gaignié.

8322 *vers incomplet ; corr :* a beaux sermons prester
et croire ? — 8327 nuc.

* *139 B.* — ** *137 A.*

8343 affin *ms.* — 8344 sisimin. — 8351 vous *my*
139ᵛ B.

* SAGET

8360 Se l'empereur n'est descouchet,
C'est assés pour mon cuer occire ;
Je suis tané et courrouciet.
Quant il me fault chauffer la cire.

HURTEBUSQUE

Il est levé, j'ay oy ruire
8365 Gens de court tirant vers sa plaine,
Qui veult crestienté destruire,
Il ne dort point sa pance plaine.

GENES

Tirons nous devers sa demaine,
Hurtebusque, aussi Saget.

** SAGET

8370 Je suis bien content qu'on m'y maine.

HURTEBUSQUE

Allons voir en quel point il est.

VALOIS

Bachus, souverain dieu du vin,
Vous doint gloire et parfaicte joye.

GENES

Salut vous doint ou dieu divin,
8375 Bachus, souverain dieu de vin,

MAXIMIEN

Appollo, qui fut grand devin,
Vous doint de tout bien la monjoie.

VALOIS

Bachus, souverain dieu de vin.
Vous doint gloire et parfaite joie.

MAXIMIEN

8380 Sees vous, seigneurs, moult nous esjoye
Vostre service et privauté,
Mais il n'est quelque vent qu'on oye
De l'amiennoise pruvosté.
Rictiovaire a la esté
8385 Longue espasse et ne vient n'envoye,
En ce gracieux tamps d'esté

Qu'on ne plaint ne chemin ne voye.

* MAXENCH

Il n'est pas la sans avoir proye,
Puis qu'il fait longue demouree,
8390 Il se baigne comme lamproye,
Quant char humaine est devouree.
Il a la sausse assavouree
Des charognes des faulx cristiens
Et la noblesse enamouree
8395 Ne luy souvient comme je tiens.

GALICAN

Il y a loing jusques Amiens,
Il est pesant, se plaint ses pas,
Cela say je bien par les miens,
Qui vois pesamment a compas.

**HIULASE

8400 Noble Cesar, ne doubtés pas
Que ne doiés oir nouvelle,
Ains que jamais prendés repas,
Vous orés bruit qui renouvelle.

CIRIACUS

Cil vous doint sa gloire eternelle
8405 Qui pour nous vault en la croix pendre.

HERASMUS, *evesque de Champaigne*

Je lui pry qu'amour supernelle
De sa grace vous puist dependre.
A quel fin volés vous contendre,
Qui querés ma paternité ?

CIRIACUS

8410 Pere en Dieu, veillés y entendre,
C'est ung cas de nouvelité ;
Marcel, pasteur d'auctorité,
Melciades, evesque saige,
Et les plus grans en verité
8415 De l'esglise en romain usaige,
Moy et Sisinin, ce messaige,
Nous envoyent vers vous sans heure,
Pour ung cas d'estrange passage
Dont ilz veullent estre au desseure.

8364 Hurtequcque. *ms.* — 8366 crestience *A.*

* *137* A. — ** *140* B.

8401 ne *mq.* — 8406 crisque A.

* *138* A. — ** *140* B.

* SISINIUS

8420 Le fait est grant, je vous asseure,
Il touche esglise universelle.

HERASMUS

Il n'est besoing qu'on le me cele,
Dicte moy vostre pensement.

SISINIUS

Est advenu, n'a pas grammment,
8425 Que Marcellin, pape de Rome,
Lequel on estimoit saint home,
Convertit XII enffans de nom
Desquels Quentin, le fils Zenon,
Estoit le forment et la fleur.
8430 Zenon, senateur de valeur,
Sa haulte parenté germaine,
Et toute noblesse romaine
Ont prins ce fait en tel fureur
Que Dioclés, leur empereur,
8435 ** A fait sacriffier aux dieux
Marcellin, qui en pleure d'ieux,
Dont c'est honte et confusion,
A nostre loy division
Et double joye et recreance
8440 A ceulx qui font effusion
De sang, contre nostre creance.

HERASMUS

Est-il ainsi ?

CIRIACUS

Crés sans doubtance
Que je luy vis ruer l'encens
Aux dieux qui sont plains d'inconstance ;
8445 Ossi firent mille et cincq cens.

HERASMUS

Vecy les plus crueux contens
Et la plus grande infamité
Qu'oncques advint, soiés contens,
Aux cristiens plains d'amisté.
8450 L'onneur de la papalité,
*** Le chief ce ce monde univers,
Le pere plain de santité,
Le pasteurs des aygnaulx divers,

L'espantement des puans vers,
8455 Le dieu en terre qu'on reclame,
Le faulx ypocrite pervers
Nous fait il cest honte et blasme ?
Foy que je doy la vierge dame,
Il en sera reprimendé,
8460 Discipliné de corps et d'ame,
Capitulé et degardé.

SISINIUS

Je vous pri qu'il soit deposé,
Car ung vieux loup au dens rabis
Qui si lait cas a composé
8465 Ne doit garder nulles berbis.

CIRIACUS

Nous vous prions qu'il soit demis,
Venés en romaine cité,
Nous assamblerons nos amis
Devant lesquelz sera cité.

* HERASMUS

8470 Je suis foible et debilité,
Vuidier ne puis mon domicile,
S'il plait à leur fidelité,
Nous tenrons icy ung concile
De cent, de quarante ou de mile,
8475 Ou Marcellin sera huchiet ;
S'il n'y vient et s'il n'est humile,
Il sera a cop defalquiet,
Mais pour ce qu'il a trebuchiet,
Je luy escripray seullement
8480 Ung mot de lettre bien couchet
Pour le reduire a sauvement.

Sire Aragon, abillement,
Pour faire deux ou trois lignettes,
Sortissié me d'abillement,
8485 De papier et de telz baguettes.

** ARRAGON, chapelain

Beau pere, avés vous vos lunettes ?
N'a gaires que je les queroye.

HERASMUS

Oy, sire, cleres et nettes,
Elles pendent a ma coroye,

8420, 8424 Sisinus *A*. — 8422 qu'on me le.

* *138° A*. — ** *141 B*. — *** *139 A*.

8462 Sisinus *A*. — 8482 gragon habilement. — 8486 vous *ou surcharge A, mq B*.

* *141° B*. — ** *139° A*.

8490 Sans elles jamais n'escriproie,
De les avoir m'est grant mestier :
Long tamps a que je n'escrips roye,
J'ay tout oublié le mestier.

ARAGON

Venimecum, tost, du papier,
8495 Monseigneur veult aller escripre,
Nouvelles rechupt du pape hier,
Si laides qu'il n'y voit que rire.

VENIMECUM, clercq

Que se demande il, le bon sire ?
Il n'y voit sinon a taton,
8500 Il broullera papier et cire
Et se fera ung gros raton ;
J'ay bien peu d'encre en mon coton,
La plume ne vault ung sifflet.

HERASMUS

Tost, tost, clerice, incaustum.

VENIMECUM

8505 Prendés en gré telle qu'elle est.

HERASMUS

Ne scis tu loqui latinum ?
Tu és ung gracieux vallet.

VENIMECUM

Ecce penna scriptorium,
Scabilli, tout ce quil vous plet.

LE FOL

8510 Il n'a point d'encre en son cornet :
Quel gibet veult il fatroullier ?
Je voy un galant au corps net
Qui scaroit mieulx papier bruillier :
Escripvés, qui n'a d'andenier,
8515 Il n'y fera ja bonne paie,
Qui plus doit qu'il ne peult payer,
Il fault qu'il jue de le naye,
Que dieu mette en mal an qui paie
Plus d'argent qu'on ne luy demande,
8520 Je pairay des piés, mais que j'aie
D'andoulles tout plain une mande.

GRIGNART, hostelain

Qui veult mangier bonne viande,
J'ay pour furnir tous appetis,
Rosti, boully, sausse friande
8525 Et pastés chaulx, grans et petis.
J'ay lis, chalis, loges, logis,
Fagos, fagoteaulx, par monceaulx,
Pour eschauffer gens agregis,
Cheminées et chemineaux.

DIAMANT

8530 Bailliés moy deux ou trois morseaux
De pain, que je boive une fie.

GRIGNART

Vous arés le burre et les aulx,
S'il vous plait, la trippe et la fie.

DIAMANT

Nennil non, ne m'en baille mye :
8535 Je vois entre les grans seigneurs,
Pour leur dire chose ennemye
Pour quoy il devenront grigneurs.

Diamant boit.

GRIGNART

Il m'en fault scavoir les teneurs,
Allons a court, je t'y menray,
8540 Pour faire ces menus honneurs,
Entre premier, je te sievray.
Gardés la tant que je vonray,
Yoline.

YOLINE

Or allés, allés,
Quant jamais plus ne vous verroye,
8545 J'aroy joye au cuer a tous lés.

DYAMANT

Chief couronné, bouche imperant,
Bras armatif, cuer amiable,
Tres hault, tres fort, tres prosperant,
Tres redoubté, tres seignourable,
8550 Tres noble et plus que tres loiable,
Nos dieux tres sains, tres glorieux,

Vous donnent bruit tres honorable,
Se serés tres victorieux,

MAXIMIEN

8555 Lieve toi, tu es gracieulx,
Tu poise d'or ung riche gaige,
Tes mos sont doulx et precieux
Pour endormir gens de langaige.

MAXENCE

N'es tu pas herault et messaige
A Rictiovaire ?

DYAMANT

On me nomme
8560 Dyamant, maint cruel passaige
J'ay fait pour luy jusques a Rome.

MAXIMIEN

Comment fait il, le bon preudomme ?
Il est tant fier sus son gautier
Qu'il ne luy chault de nous ne d'omme,
8565 Ne que des botines Gautier.

DIAMANT

A vous, o tres puissant princhier,
Et a vostre grace benigne,
Qu'on ne peult trop hault exaucier,
Se recommande comme indigne
8570 Vous priant, affin qu'il matine
Los cristiens de ses quartiers,
De vostre maison palatine
Luy envoyés de fors routiers.

MAXIMIEN

Comment, ou sont tous ses putiers ?
8575 Ou est Riagal, le geulu ?
Arsenicq, le per des loudiers,
Et Clacquedent, le vermolu ?

DIAMANT

Rictiovaire a tout perdu
Par ung garson du grant prophete,
8580 L'ung est mort, l'autre est confondu,
L'ung plain son piet, l'autre sa teste.

MAXENCE

Il faut qu'il y ait grant tempeste,

S'il a perdu ces oyseaux la.

MAXIMIEN

Conte nous ung peu de la feste
8585 Et comment la besongne ala.

DYAMANT

Lors que Rictiovaire ariva
En Amiens, son lieu ordonné,
Sy bien besongna qu'il trouva
Ung josne filz cristienné,
8590 Lequel fut en prison mené
Et puis par ses fors estorffaulx
Fut batu et bien ramené
De gros bastons et de flaiaux:
Et ainsi que ces gros ribaux
8595 Deschergoyent dessus sa cruppe.
De lanchars ossi gros que vaux,
Comme on doit faire sus tel duppe,
L'ung chut en bas, l'autre s'estupe,
L'ung brule au corps, l'autre s'eschaude,
8600 L'ung brait, l'ung crie, l'autre jupe,
Chascun avoit sa plice chaude.
On ne veoit charbon ne faude,
Qui fesist cest embrasement,
Herbe, racine ne consaude,
8605 Ce n'estoit que l'enchantement
D'un garcon, car quelque tourment
Ne sentoit il, tant estoit baut,
Et si chantoit joieusement
Comme cil a qui riens ne chault.
8610 Mon maistre, voiant ce deffault,
Commenca les dens a grignier,
A soy emffler comme ung crapault,
A soy battre, a soy arignier,
Il sambloit qu'il deust enragier,
8615 Ainsy frongnoit de la narine,
Il eust tué en ce dangier
Patron et parin et marine.

GALICAN

Il ne vault une poitevine,
C'est ung ribault recrant bien fait,
8620 Car luy et toute sa couvine
On trop plus de plait que de fait.

8552 donne. — 8566 pnchier l'abréviation de pri a été omise. — 8574 ses tous en surcharge B ; indication qui rétablit l'ordre A. — 8576 pir.

143 B. — 141 A.

8585 a la mg. — 8594 ses. — 8596 baux B ; baux corrigé en vaux A. — 8614 arragier. — 8617 patron, parin. — 8618 poite mine.

143* B. — 141* A.

MAXIMIEN

Ha, le quoquin paillart qu'il est,
Se rent il vaincu en bataille
D'ung enffant simple et nouvelet
8625 Qui n'a fer n'espee qui taille ?
Quel president, quel garsonnaille,
Quel champion, quel progenie,
Quel conseillier, quel quoquinaille,
Quel senglante pute maisnie.

EIULASE

8630 * Il sambloit qu'en tout Romenie
Il n'y eust home plus propice
Pour faire honte et vilonie
A ceulx qui font ce malefice.

PROPHIRE

S'on eust donné ce benefice
8635 A Galican ou Cromacus,
Il eust mieulx exercé l'office
Contre nos anemis quocus.

CROMACUS

On me puist mettre en ung sarcus,
Se je m'eusse laisié mater
8640 D'ung tel garcon par ses argus;
Je l'eusse fait esgargeter.

" AGRICOLAN

Il devoit par terre ruer
Testes et bras, trippes et vaines
Et faire mere Dieu suer
8645 De tourmens et doleurs grevaines.

MAXENCE

Il devoit ses fievres quartaines,
Il veult tousjours faire le mestre
Et n'est nulz de nos capitaines
Qui mieux ne s'en sache entremettre.

MAXIMIEN

8650 Par Juppin, s'il nous y fault mettre,
Nous l'irons devourer a mains,
Estranglé sera d'ung chevestre
Et les siens n'en aront point mains.
Quilz sont ilz, les fieulx de putains,
8655 Qui nous font si crueulx hutin ?

Il fauldra qu'ilz soient ratains
Par quelque vieulx villain matin.

DYAMANT

Ce n'est seullement que Quentin,
Le fil Zenon le senateur,
8660 Qui prescht ung seul dieu celestin
Ainsi qu'ung devin enchanteur.

* MAXIMIEN

Vien cha, tu nous dis grant horreur ;
Quentin, le fils du Zenonnois,
Est il bouté en cest erreur ?
8665 Se melle il de ses esbanois ?

DYAMANT

Il est au pais amiennois,
Garissant povres indigens,
Destruisant dieux sarasinois
Et convertissant toutes gens.

MAXIMIEN

8670 Seigneurs, c'est pour yssir du sens,
Ce faulx Quentin nous desvoira
Et nos subgés qui sont presens
En Amiens ? qui le souffrira ?

" EIULASE

S'on me croit, on le renvoyra
8675 A Rome avecq sa parenté.

MAXIMIEN

Par Mercurius, non fera ;
Puis qu'ensy nous a rebouté,
La plus doulce nouvelité
Que ses gens en aront jamais,
8680 Ce sera la crudelité
De sa mort en piteux amés.

PROPHIRE

Envoyés deux ou trois gibés,
Avec ung home de facon,
Qui d'espees ou de corbés
8685 Luy decoppent le gorguechon.

MAXIMIEN

Le begauné, le faulx garcon,
Le sorcier, le fin garnement

Nous fera il ceste ruchon ?
Nous y pourvenrons aultrement.

AGRICOLAN

8690 * Donnés moy le commandement,
Avecq deux ou trois larronceaux,
De le despechier prestement,
Ou il laira les hauseaux.

MAXENCE

Rictiovaire et ses bediaux
8695 Sont enchantés ou endormis,
Quant ilz n'emploient nulz cardiaulx
A destruire nos anemis.

AGRICOLAN

Se g'y vois, il seront murdris,
Rostis, forboulis, chauffourés,
8700 Tamisiés, buletés, prestris,
Mieulx que ne sont ratons fourrés.

MAXIMIEN

Or allés doncq et si menés
Avecq vous Dragon et Serpent,
** Tous deux sont bien envenimés,
8705 L'ung testes coppe et l'autre pent.

SERPENT

Nous nous en irons de ce vent,
Pour copper trippes et boielles.

DRAGON

Pour destruire tout le couvent,
Nous nous en irons de ce vent.

SERPENT

8710 Comme char de maisel qu'on vent,
En taillerons larges roelles.

DRAGON

Nous nous en irons de ce vent,
Pour copper trippes et boielles.

LAIANT

Pour enfforcier josnes pucelles,
8715 Irons nous point avec les aultres ?

ESCORPION

Nous avons licolz et harcelles,

Pour enfforcier josnes pucelles.

LAIANT

* Pour perchier pances et fourcelles,
Metrons point lances sus fautres ?

ESCORPION

8720 Pour enforcier josnes pucelles,
Irons nous point avec les aultres ?

AGRICOLAN

Que te fault il, que tu t'espautres ?
A tu le ceur mal a ton aise ?

ESCORPION

Vous prenés meschans espiautres,
8725 Se laissiés l'or en la fournaise ;
Ces deux gars de vielle punaise
Ne vallent point deux porions,
Ne scay pires jusques en Aise,
Que nous pour donner horions.

AGRICOLAN

8730 **Tu mens, ce sont vrais champions,
Serpens et Dragon vallent pis
Que leaves ne qu'escorpions
Pour engloutir ventres et pis.

LAIANT

Demourons nous icy toudis ?
8735 Nous nous tenons a chiens tuer,
Je scay des bourreaux plus de dis
Qui ne peulent les rains trainer ;
Ne porroit on jamais finer
D'impetrer l'office qu'il font
8740 Pour occir et esvertuer
Ces cristiens qui nous deffont ?

MAXIMIEN

Or appaise toy, s'il meffont,
Tu seras des premiers ou role.

LAIANT

Se le diable ne me conffont,
8745 Je me tiens a vostre parolle.

AGRICOLAN

***Sire, je vois tenir escolle
De tyrannye et cruaulté.

8693 en il A. corr : ou il en ? — 8694 bidiaux. —
8706 de vent ms.

* 145 B. — ** 145 A.

8722 tespautes. — 8732 corr : leuves ? — 8743
premieres ms. — 8747 creaulte.

* 145° B. — **143° A. — *** 146 B.

MAXIMIEN

Venus, qui son enffant acole,
Vous maine a guide et a santé.

AGRICOLAN

8750 Serpent, es tu bien atinté
Pour ces cristiens atrapper ?

SERPENT

Tout mon bagaige est apresté,
Ne le fault que desvoleper.

Dragon, es tu prest pour tapper
Ung bon cop ?

DRAGON

8755   N'en soyes en soing,
Je suis prest pour toy decopper,
Jusqu'au dens, s'il estoit besoing.

AGRICOLAN

Herault, nous te sievrons de loing.
Va devant, se moustre la voye.

DYAMANT

8760 Je n'iray en rue n'en coing
Que tousjours bien on ne me voie.

GRIGNART

Va, Diamant, dieu te convoye,
Demain me verras en Amyens.

DIAMANT

Des biens que Mars, mon dieu, m'envoye
8765 Seras rechupt parole aux miens.

GRIGNART, *a sa femme*

Je viens de veoir les maintiens
De la seignourie honourable.

YOLINE

Quelz nouvelles ?

GRIGNART

Ces cristiens
Sont maintenant chose admirable,
8770 Entre lesquelz, qui n'est creable,
" Quentin en Amiens est doubté,

Il fait miracle inenaruable,
Par servir ung dieu de bonté,
Demain sera fort tempesté ;
8775 Se me suis compris d'y aller,
Mais je suis tres mal empieté,
Je n'ay en piet fil de soler.

YOLINE

Il fault au cordoinnier parler.

GRIGNART

Allés doncques en son repaire,
8780 Dictes luy, pour moy consoler,
Qu'il men face une bone paire.

Elle s'en va au cordonnier.

YOLINE

Voisin, il vous convenra faire
Une paire de solers fors
Pour mon mari, sans aultre affaire,
8785 Besoigniés y a grans effors.

CREPI

J'ai cuir de vache et sains de porchz,
Cordain, mouton et forme a point :
Arrivee estes a bon port,
Car mes vallés sont en bon point.

YOLINE

8790 Ceulx nouveaulx ne congnoy je point,
Mais je cognoy bien Wautrequin,
Qui bien boit quant le soif luy point
Et qu'il treuve le quennequin.

CREPI

Ceulx icy font ouvraige fin,
8795 Le meilleur qui soit a Soissons,
Et qui font la plus bone fin
Que nulz solers de nos soichons.

YOLINE

Ilz portent assés les fachons
D'estre venus de lieu de bien.

CREPI

8800 Je ne scay que nous en fachons,
Tant oeuvrent gentement, et bien,

8781-8782 *indic. scén.* onnier *mq A.* — 8777 sil A.
— 8785 despignes. — 8788 pors *B* pors *corrigé en* port
A. — 8792 le soit le.

' 144° A.

Pour vous dire, je n'y say rien
Emprés eulx, il me font grant honte.

YOLINE

Baillés leur quelque curien
8805 A taillier, voir s'on vous surmonte.

CREPI

Crepin, vieng avant et si monte
Sur ce passet et si me taille
Deux soleres fors.

CRESPIN

De quel bestaille ?

CREPI

Il fault que ce soit cuir de vache.
8810 Regardés la s'il s'i attache.

YOLINE

C'est plaisir d'en voir l'appareil
Et l'autre, quoy ?

CREPI

C'est son pareil,
Ilz besongnent bien sans mercy.

CRISPIN

Pour qui sont ces solers icy ?

POLINE

8815 Frere, il seront pour mon baron,
Il dit que pour lors rembarron,
En Amyens, ung enffant nommé
Quentin, tant saige et renommé
Qu'il regarit doleurs ameres,
8820 Et si dient pluseurs commeres,
Qu'il est plains de tres bonnes meurs ;
Aulcunes gens par leurs rumeurs
L'ont livré a paine tres dure,
Mais il ne sent torment n'ardure
8825 Et samble a voir corps impassible.

CRISPIN

A cuer vaillant, riens impossible.

CREPI

Voisine, vous dictes merveille,
Quelque torment dont qu'on luy face,

Il ne s'en change ne traveille
8830 Et ne deult chief ne main ne face ?
C'est dommaige qu'on ne l'efface
Et que brief ne passe par la.

CRISPINIEN

Envis meurt qui apris ne l'a.

POLINE

Les sergans ont pris leur esbas
8835 Au batre, s'ont esté batus,
Brulés au corps, versés en bas
Et les fors bateurs combatus,
S'il sont longuement rabatus,
Nostre loy sera reffusee.

CRISPIN

8840 Commencement n'est pas fusee.

CREPI

Rictiovaire est dur que fer,
Il ne crient nul enchantement
De dieu ne de deable d'enffer,
Il metra Quentin a tourment
8845 Et sans villain encombrement
Retournera en sa pourprise.

CRISPINIEN

Tant va le pot a vin qu'il brise.

POLINE

Il fault que Quentin ait en luy
Esperit saint ou prophetique,
8850 Qu'il ne crient tourment de nulluy
Ne cautele qu'on lui pratique;
Il a bruit et los autentique
Du peuple qui le sieut grant erre.

CRISPIN

Tant vault il hons, tant vault sa terre.

CREPI

8855 On le sieut ainsi qu'ung folatre
Qui se laisse tirannisier
Et batre ainsi comme on fait plastre,
Ainsi se fait il retisier.
Que vient il icy baptisier
8860 Es pais ou sommes marchans ?

8809 sc. — 8816 *lire* rembarre on.

* *147 B.* — ** *145 A.*

8833 Envie — apres. — 8836 verse. — 8840 refusee
— 8846 pourprie *ms.* — 8847 au vin qui. — 8854
le lions. — 8857 ainsi qu'on. — 8858 rotisier, *corr* ;
ratisier ?

* *147° B.* — ** *145° A.*

CRISPINIEN

Par toutes terres vont marchans.

· CRISPIN

En estes vous tant esbahis ?
Il fault router et voir pais
Et souffrir tribulacion
8865 Pour avoir retribucion
En gloire d'ung seul Dieu puissant.

YOLINE

Mon amy, ton dit est plaisant
Et moult volentiers je t'escoute ;
Besongniés tousjours, quoy qu'il couste,
8870 A ces solers entre vous trois,
'' Si ne les faites trop estrois,
C'est chose qui trop luy desplait.

CRISPINIEN

Nous en ferons bien, se Dieu plait,
Demain en verrés quelque signe.

YOLINE

Adieu, Crepi.

CREPI

8875   Adieu, voisine.
Besongniés tousjours radement;
Affin d'avoir joie saisine,
Je voy querir esbatement.

*Il fait samblant d'aler
jeuer en quelque lieu.*

CRISPIN

Vous avés bien oy comment
8880 Quentin, nostre frere et amy,
Par sens dont il a vray comment,
Suppedite son anemy,
Pour lo mieur et avancement,
De nostre loy qu'il a choisi ;
8885 Dieu nous doint force et hardement,
Q'une fois puissons faire ainsy.

CRISPINIEN

Mon frere, il est tant vertueux
Et Dieu tant de grace luy donne,
Que le felon presumptueux

8890 Sera vaincu, quoy qu'il ordonne.
Prions nostre Dieu glorieux
Qu'en ce dangier ne l'abandonne,
Mais soit martir victorieux
Et en son hault ciel le guerdonne.

· HERASMUS

8895 Ciriacus, sachiés de voir
Que j'ay escript de mos pondans
A Marcellin, pour le ravoir
Hors des las des deables ardans.
Partés vous sans estre atendans,
8900 Bailliés luy ceste epistle en main
'' Et me soiés recommandans
A ceux du coliege romain.

CIRIACUS

Nous le ferons, soiés certain.

SISINIUS

Frere, pensons de cheminer.

HERASMUS

8905 Jhesus, nostre pere haultain,
Vous veille conduire et mener.
Faites les sieges preparer
Pour les esvesques anchiens,
Lesquels pour ce fait reparer
8910 Tenront leur concille cyens.

ARRAGON

Les sieges sont joieux et gens
Et fut pour ung roy d'Arragon:
Ne fault pour recevoir telz gens
Que parler a Venimecum.

VENIMECUM

8915 Ego metam coussinum
Hautelicham et bancquibus,
Pro reposare genoullum,
Gambillare con fessibus:
Vos deffulare mitribus,
8920 De testam et cabochare,
Ego tenabo crocibus,
Dominus episcopare.

8865 rebution. — 8878-8879 *indic. scén.* [u] er *mq*
A ; lant — [lie] u *mq B.* — 8883 le mieux.

' *148 B* — '' *146 A.*

8896 mes. — 8919 vous. — 8922 epistolare.

' *148° B.* — '' *146° A.*

VALOIS, *prevost*

Noble empereur, de vostre gré,
S'il vous plait, nous donrés congié,
8925 Q'ung chacun, selonc son degré,
S'en retourne ou il est logié.

* MAXIMIEN

Vous avés ung peu soulagié
Le deuil qui nous pendoit au cuer,
Pour Quentin, qui n'est corrigié,
8930 Dont nostre prevost n'est vaincqueur.

** MAISTRE GENES

On y pourverra par vigueur,
Ne vous chaille d'un tel quoquart,
Pugny sera par tel riguer
Qu'il delaira son magicque art.

MAXIMIEN

8935 Se vous scavés en quelque part
De ceste cité soissonnoise,
Autant grande qu'elle s'espart,
Quelque nation cristinoise,
Si le prenés a basse noise,
8940 S'il ne veullent dieu renoyer,
Par ma gloire romionoise,
Nous les ferons pendre et noier.

SAGET

Nous ne cesserons de guetier
Affin qu'ilz soient empongniés,
8945 Crés, se j'en treuve en mon quartier,
Qu'ilz seront tantost capongniés.

HURTEBUSQUE

Noble Cesar, plus n'en songniés,
Tant que je seray Hurtebusque,
Je seray bien enbesongnié
8950 Se dessus eulx je ne tresbusque.

MAXIMIEN

Allés et faictes bonne embusque.

VALOIS

Mars vous tiengne en prosperité.

MAXIMIEN

Mulciber, qui les siens desbuque,
Vous preserve d'aversité.

CIRIACUS

8955 Pape pasmé, sans santité,
Patron peri, pere perdu,
Pommier pourri par poureté,
Pasteur espave et esperdu,
* Sire Herasmus nous a tendu
8960 Cest escript pour donner briefment
** A vous qui avés contendu
De faire aux dieux encensement.

MARCELLIN

Soit bien soit mal ou aultrement,
Lisiés a plain, que chascun l'oye,
8965 J'ay pechiet plus publicquement
Qu'un larron q'on pend et qu'on loye.

CIRIACUS, *en lisant hault*

a Se je te scavoye nommer, je te donroie salut
decent. Se je te nomme Marcellin, je me abu-
seray trop, car l'interprés de ce nom est celuy
qui choile Mars le batillant et tu le resveille
contre Dieu ton createur. Il samble que tu aies
cassé quatre lettres moyennes de ton nom,
R. C. E. L. dont R. signifie romaine papalité,
C. cristienté, L. esglise, L. leauté Et ces quatre
lettres trassiés de ton propre nom, qui estoit
Marcellinus, demeure seulement Malinus, lequel
b est bien sortissant a ton effect. O malin, malin,
quele chose a tu maline ? Tu as perdu la clef
aureine du celeste regne, qui clooit et deffer-
moit les cieulx, et vilipendé la tres sainte dignité
papale qui estoit ordonnee *Tibi soli*. Tu estois
le souverain prestre ducteur des aultres et toy
meismes és enfangié en la bourbe. Tu estois le
pasteur des simples oeilles et toy mesmes les
boutes es geules de loupz famis. Tu estois le
tres cler soleil illuminant les estoilles et toy
c meismes és suffoquiet de tenebreux eclipse. Tu
estois le saige patron de la galee cristienne et
toy meismes és plongié au parfont gouffre sa-
thannique. O filz de perdicion, recognoy ton
meffait, recognoy ton meffait. O fil de perdicion, confesse toy de touche, pleure de
ceur, bas ta coulpe, ***lieve les yeulx vers le
ciel et dis *Peccavi*. ****Tu as regnoyé ton pere
eternel qui t'a creé a sa divine samblance.

8934 delera. — 8943 queter.

* *146 B* — ** *147 A.*

8966 quon *ms.* — *b* 5 ordonne — estoit. — *c* 2 estoy.

* *149° B.* — ** *147° A.* — *** *150 B.* — **** *148 A.*

Tu as persecuté ta mere sainte esglise dont
d tu fus eslevé au trosne d'onneur. Tu as trahy
tes freres et presté foy a leurs adversaires
qui ne pensent quelque bien, sinon tirannie *Et*
malum. Regarde le ciel, la terre et la mer qui
prendent vergongne a sentir la punaisie de ton
corps polu par ydolatrie. Regarde tes pechiés
detestables qui crient vengance de toy et les
satellites infernaulx avec les abismeux pertruis
aux geules ouvertes qui pour toy engloutir se
presentent *Coram te.* O povre meschant, que
e te diray je plus ? je suis a cause de gravité d'ans
deputé de tres saintz preudomes de nostre foy
catholique pour toy remoustrer ta miserable vie.
Feci. Non pas pour toi apparfondir en desespoir ne pour querir gloire ou joye sus ton
infortune, mais *Ut justificeris.* Et pourtant, povre
aveugle, obnubilé du voile paganicque, retourne
toy a felicité sommiere. Recoy la splendeur
du tres reflamboiant ray et confesse toy cristien
In sermonibus tuis. Affin que soies defferré de
f la tres horrible chartre du deable, sy que pour
avoir gloire sempiterne tu le combates du tres
vertueux signe de la croix *Et vincas cum*
judicaris.

SISINIUS

Reprenés la loi Jhesucrit
De qui vous estes trebuchié,
Vous povés voir par cest escript
8970 Comment vous estes empechié.

MARCELLIN

Enffans, je suis plains de pechié,
Ne scay comment terre me porte,
Que pieca ne suis despechié
Ou que l'ennemy ne m'en porte.

· CIRIACUS

8975 N'est besoing qu'on s'en desconforte,
Dieu aux pecheurs sa grace ordonne;
N'est offence tant grande ou forte,
S'on le requiert, qu'il ne pardonne;
Reconsiliés vostre personne
8980 A vos amis sans plus tarder.

MARCELLIN
N'est ame d'eux, quoy qu'on en sonne,
Qui ja me daignast regarder.

SISINIUS

Si feront, n'en veuilliés doubter ;
Ilz sont humbles, doulz et piteux,
8985 Nous deux vous yrons assister
Devant eulx, sans estre honteux.

Ils l'ennmainnent
avec leurs compaignons.

CIRIACUS

Vecy le povre maleureux
Marcellin, tout obeissant,
Tres contrit et tres douloureux,
8990 Son grant pechié recognoissant.

MELCIADES

Home sans sens, chetif, meschant,
Tu fus yvre ou fol abusé,
Quant le diable allas encensant,
Dont tout le monde est abusé.

MARCELLIN

8995 Je cognoy que j'ay mal usé,
S'en demande punission.

MARCELLUS

Il ne doit estre refusé
Puisqu'il a tel contricion ;
Faire fault congregacion
9000 De plusieurs prelas de l'esglise,
Hors de romaine nation,
Affin qu'on ne nous tirannise.

MELCIADES

Departons de ceste pourprise,
Tenons nostre senne en campaigne.

· PIERRE, *exorciste*

9005 ·· Nous sommes gent assés bien prise,
Sans querir aultre plus estrange.

CLAUDIEN

Nous irons soit perte, soit gaigne,
En Champaigne, lieu delictable.

---

d 7 vengange. — *e* 9 roy.

148ᵃ *A*, 150ᵃ *B*.

9005 bien *mq.* — 9007 nous nous soit.

· *149 A.* — ·· *151 B.*

QUIRINUS

Claudien, je vous y compaigne,
9010 Je vous sieux en arroy notable.

LE FOL

Et moy la, pour mettre la table,
Il fait si vuit dedans mes dens,
Q'ung coursier qu'on tient en l'estable
Courroit bien a barre dedens.
9015 Marotelle, contons ces gens,
Je t'en prie amoureusement,
Car il en y a largement.

*Il fait maniere de conter
les gens tout bas et puis
pose d'instrumens.*

MELCIADES

Bona vita,
Pater santé.

HERASMUS

9020 Vobis ita.

MARCELLUS

Bona vita.

MELCIADES

Dieu qui bruit a
Vous doint santé.

HERASMUS

Bona vita.

MARCELLUS

9025 Pater santé,
Devant vostre paternité
Venons tenir consil et senne,
Car Dioclesien forcenne,
Quant il nous voit parler ensamble
9030 La cause pour quoy on s'assamble,
Vous le scavéz cler et a plain.

HERASMUS

Vous dittes bien, j'en suis tout plain.

Il nous convient proceder ens;
Je vous pri, pasteurs reverendz,
9035 Evesques, prestres et diacres,
Administrans les divins sacres,
Sees vous chascun selon son lieu,
Leisssiés le pecheur au milieu
D'entre nous, que chascun le voye,
9040 Se scarons quel chemin ou voye
Il vouldra tenir desormais.

MARCELLIN

Tres chiers seigneurs, je me submetz
Soulz vostre juridiction,
Pour recepvoir correction
9045 De ce que vous me imposerés,
Je obeiray, vous jugerés
A quel fin il fault que j'en viengne.

MELCIADES

Jamais cela, jamais n'aviengne
Que le souverain prelat soye
9050 D'aultruy bouche que de la soye
Jugié, pour chose qu'il appere ;
Tu as renoyé Dieu ton pere,
Ossi fit saint Pierre, ton maistre,
Quel apostre osa la main mettre
9055 Pour le pugnir et le jugier ?
Ame, il se parti de legier
Pour plourer tres amerement.
Or fais doncques pareillement,
Coeulle ta cause et soyes juge
De toy meismes.

MARCELLIN

9060 Doncques je juge
Que je doy estre deposé,
Quant je fus oncque si osé
D'user de faulce ydolatrie;
Je prenray nouvelle industrie
9065 De vivre et feray penitance
Pour corrigier mon inconstance.
Je delaisse mitre papale,
Toute vesture episcopale
Et si les reméz en vos mains ;
9070 Je ne suis digne soirs ne mains

9017-9018 *Indic. scén.* ter — puis *mq A* ; conter — et *mq B*.

9065 *corr :* Ains ?

* 149° A. — ** 151° B. — *** 150 A.

* De plus porter si saint atour ;
Menés moy en chambre ou en tour
Que je puisse vestir la haire
Et que le chief de mon viaire
9075 Soit chergié de pouldre et de cendre.

MARCELLUS

Puis qu'a ce se veult condescendre,
Son meffait esta pardonner.

HERASMUS

Arragon, veillés le mener
La derriere en cette sallette:
9080 S'il veult haire, cendre ou palette,
Se luy bailliés abillement.

ARRAGON

· Je scay tout son habillement.
Entrés en celle salle painte,
Je revieng a vous une espainte.

9085 Ou es tu, hé, Venimecum ?
Tradé cineres et discum.

VENIMECUM

Cinerés, et que son ce, raines,
Cherens, serises ou seraines ?
Ego non entendure vos.

ARRAGON

9090 Ce sont cendres, hé, cornebos.
C'est latin si bel et si bon.

VENIMECUM

N'i fault il brese ne charbon,
Quid brassare buatibus
Ou mengare carbonibus ?
9095 Quid facetis de cinerés ?

ARRAGON

" Dieu, que tu és sotularés.
Tu n'entens ung seul mot de lettre.
Prens moy des cendres en cel estre,
Se laisse les charbons menus.

VENIMECUM

9100 Ego facere, Dominus,
Non coursatis vos ad michi,

Ego sum esmervillatus
Qu'on fera de ces cendres cy.

· BERICH

Vien ca, diable dampné noircy,
9105 Leviathan, fier et malin ;
Nous perdons pape Marcellin.
Qui fut nostre de pel et d'os.
Il a la haire sus son dos,
Si se croise et se crucifie.

LEVIATHAN

9110 Puis qu'il nous despite et deffie,
Il est hors de nostre gibier,
Allons en nostre colombier.
Il me crieve quant je le voy.

BERICH

Lucifer soit en mon convoy
9115 Et tous les grans diables, amen.

LEVIATHAN

Lucifer, chantés requiem,
Tenebreux chant de deul et pleur.
Nous avons par nostre maleur
Perdu le pape qui fust nostre,
9120 Car il rapprent sa patenostre
Et porte haires et cendrees.

LUCIFER

Diables, venés ca par charrees,
Assommés ces fieulx de putains,
De gresil, de fourdres haultains,
9125 D'esclistre et de feu de tonoire.

Cerberus, prens ta ramonoire,
" Oeuvre leur le noir trau d'enfer,
En frappant comme on fait sus fer,
Ramone les a l'entrer ens.

CERBERUS

9130 Ca, ca, qui menga les herens ?
Vecy me ramonoire en point,
Crés que je ne leur fauray point,
Envoyés les l'ung aprés l'autre.

9074 le *mq.* — 9083 entrer — 9085 est tu. — 9095
facitis. —

' 152 B. — '' 150° A.

9109 croist. — 9121 cendres. — 9131 rue ramonnoire.

' 152° B. — '' 151 A.

LUCIFER

Tout premier, je veuil qu'on espautre
9135 Ce Berich, qui tout a perdu,
Car il a toute jour tendu,
S'est revenu sans proie avoir.

CERBERUS

Ca, Berich, ca, fay ton devoir,
Il te fault saillir en ce trou.

BERICH

9140 Helas, ne me blesse q'ung pou,
N'y a gaires qu'on me greva.

CERBERUS, *en frappant*

Or va, de par le deable, va.

LUCIFER

Leviathan, vieng a l'offrande,
Il te fault recepvoir bien grande,
9145 Aproche pres du deschergaige.

LEVIATHAN

J'avoie enchergiet beau bagaige,
Mais plus fort de moy le sauva.

CERBERUS

Or va, de par le deable, va.

LUCIFER

Sathan, approche la ratiere,
9150 Tu devois mettre a la litiere
Quentin, quant il fut tant batu.

SATHAN

Je l'avoie pres abatu.
Mais ung aultre le releva.

CERBERUS

Or va, de par le diable, va.

LUCIFER

9155 Astaroth, approche la danse,
Tu n'as de superhabondance
Esmut bataille ne hutin.

ASTAROTH

Lucifer, depuis que Quentin
Vint avant, tout me desriva.

CERBERUS

9160 Or va, de par le deable, va.

LUCIFER

Ca, Belzebus, entre en ce baing,
Tu n'as fait travel ne mehaing
A Crispin n'a Crispinien.

BELZEBUS

Oncques ne pos trouver moien,
9165 Ne scay quel diable les couva.

CERBERUS

Or va, de par le deable, va.

Je croy qu'ilz sont bien ramonés,
Lucifer, ilz sont enfournés
Dedens nos abismes tres ors.

LUCIFER

9170 Ferme tout, qu'ilz ne saillent hors,
Leisse les en l'infernal gouffre
Crier et braire a grans ahors
Et ardoir en ploncq et en souffre.

Ilz font grant tempeste
en infer.

MARCELLIN

Mes chiers freres, puis qu'il vous plait
9175 Que je soie mon juge propre
Du grant pechié qui me desplait
Et vous porte honte et oprobre,
Vous voiés a l'oeil que je m'offre
Au fer de penance aguisié,
9180 Car la haire est le propre coffre
Ou mon corps est intronisié.
En ensievant le bon David,
De penitance l'exemplaire,
Et le roy qui eust audivit
9185 En Ninive de hault affaire,
Encore vorray je tant faire
Que poudre et cendre noire et arse,
Affin qu'a Dieu puisse complaire,
Sera dessus mon chief esparse.

9190 Que plus est, je anathematise
Et maudis et excommenie
De propre bouche, sans faintise,
D'auctorité de Dieu munie,
Celle ou cil qui aprés ma vie
9195 Mettra mon corps en sepulture
Et soit ma charogne ravye
Des bestes, pour leur nouriture.
* Las, que j'ay pechié grandement,
Meschant convoiteux, que feray je,
9200 Quant or et riche estorement
M'ont corrompu par leur oultraige?
Au saint sacrement de prestraige
Jamais ne pouray remanoir,
O povre homme, o povre coraige,
9205 Ne scay ou sera ton manoir.

MARCELLUS

Pere saint, vivés en espoir,
Vostre pechié est pardonné,
Puis que seloncq vostre povoir
A penance estes ordonné.

PIERRE, *exorciste*

9210 Je me donne joye et pité
Et me fault plourer larmes d'eul,
Quant je voy qu'il est respité
Et qu'il a deschargié son deul.

CLAUDIEN

Louons Dieu a toute puissance,
9215 Quant nous ravons notre pasteur
Hors des mains du deable enchanteur
Contraire a l'umaine naissance.

" QUIRINUS

Puis qu'il a bonne cognoissance
De Dieu, son haultain createur,
9220 Loons Dieu a toute puissance,
Quant nous ravons nostre pasteur.

CIRIACUS

Il est reduit a penitance
En delaissant son grant erreur,
Ainsi fera honte et terreurs
9225 A diabolique accointance.

SISINIUS

Loons Dieu a toute puissance,
Quant nous ravons nostre pasteur
Hors des las du deable enchanteur,
Contraire a l'humaine naissance.

' HERASMUS

9230 Quant nous voions vostre constance,
Marcellin, pere valoureux,
Nous sommes, sans quelque doubtance,
De vous tres constans et joyeulx.
Retournés, sans estre anoieux,
9235 Avecq vos freres dedens Rome,
Sans tenir termes doloureux,
Servés Dieu et amés vos prosme.

MARCELLIN

Tres saint pere, tres saint preudomme,
Vous tous, mes freres et amis,
9240 Je vous mercy, par vous suis comme
Du tout en seur estat remis.

MELCIADES

A Rome, entre nos ennemis,
Allons maintenir nostre siege.

HERASMUS

Le Dieu qui en la croix fut mis
9245 Vous conduie et tout le colliege.

*Ils s'en revont
a Rome.*

DIAMANT

Sire Prevost, je vous amaine
Agricolan et deux saudars,
" Qui sont de nation romaine
Soubz imperiaulx estandars.

RICTIOVAIRE

9250 Juno vous doint autant de mars
D'argent qu'on en pouroit mener,
Assees vous sans plus sermoner
Et me contés de vos nouvelles.

9215 avons. — 9216 enchateur. — 9217 luminaire.—
9224 sera.

* 154 B. — " 152° A.

9237 prochains.

' 154° B. — " 153 A.

AGRICOLAN

Maximien, sans fourcener
9255 N'en peult plus de doleurs cruelles,
Quant vous ne trouvés les cautelles
D'affiner Quentin, il despaise ;
Pour luy faire guerres mortelles,
Suis venu plus chault que fournaise.

RICTIOVAIRE

9260 * Il en parle bien a son aise.
Quant il tenroit icy son trosne
Pour pugnir ceste gent punaise
Contraire a Venus la matrosne,
Il ne feroit mieulx une prosne
9265 Contre Quentin, ce faulx cornart,
Car son dieu est enclin et prosne
A le secourir par son art.

* 155 B.

AGRICOLAN

J'ay icy ung gentil gascart
Ou deux qui sont bien affinés
9270 Pour luy faire ung crueulx escart,
Mais qu'ilz soient bien desjunés,
Pour crever yeulx, pour copper nés,
Pour tirer dens fors chevilliés,
Pour avoir les dois ensannés,
9275 Ilz sont tous fais et tous veilliés.

RICTIOVAIRE

Vous et eulx estes traveilliés
Du chaut tamps et de fort aller ;
Affin que mieulx les resveilliés
Apres boire et apres galler,
7280 * S'il vous plaist, vous venrés disner
Avecq moy et puis tous ensamble
Revenrons icy matiner
Ce Quentin, pour qui on s'assamble.

* 133ᵉ A.

LA PASSION DE MONSIEUR SAINT QUENTIN

TROISIÈME PARTIE

DIOCLECIEN *a Rome*

Pygmalion, par son art mechanique,
9285 Forge organique et fait protraction
D'ung chief d'œuvre tant bel, tant artifique
Que deyfique, essence mirifique
Y pose et fiche, ame et spiration,
C'est fiction, pour nostre extraction,
9290 Que infusion, divin ray dyaphane
Des dieux se adhere a nostre humain
               {organe.
    Honneur, gloire,
    Haultain loire,
    * Art, memoire,
9295   Santé, joye,
    Bruit, victoire,
    Los notoire,
    Chois d'istoire,
    Qui resjoye,
9300   Or, monnoye,
    Tant qu'on noye
En tout hault bien territoire,
    Nous envoye
    Sus la voye
9305 Grace des dieux celitoire.

Deucalion, le mari de Pira,
Pas n'empira marine projecture,
Quant ou gravier ou Thetis empire a

Ne souspira, conspira n'expira,
9310 Mais inspira divine flouriture,
Par conjecture, en nostre geniture,
Car sus nature et oultre humaine spere,
Sommes ou ciel de triumphant prospere.
    Pucelettes,
9315   Gentillettes
    * Et fillettes
    De bon aire,
    Chansonnettes,
    Sans musettes,
9320   De vois nettes,
    D'ordinaire,
    Doibvent faire
    D'humble affaire
Et beaux chappeaux de flourettes
9325   Pour attraire,
    Sans loing traire,
Nostre cœur en amourettes.

CONSTANT

Ciel, mer, terre et toutes chosettes
De noble espèce elementaire,
9330 Soient gemmes, fleurs ou rosettes,
Vous doibvent honneur tributaire.
Vostre esperit saint, salutaire,
** Est tant vif est cler en sa mode
Que le pesant corps solitaire
9335 Dura sans fin de periode.

GALERIEN

Nos glorieux peres antiques
Deyfiierent en ce clos
Cesaires pour fais autentiques
Dont par vers, bruit. immortel los,
9340 Mais n'eurent tel bruit ne tel los
Ne tel object pour faire mettre
Comme vous, en qui sont enclos
Centre de bien et diametre.

CONSTANTIN

Virgile, en son chant bucolique,
9345 Dit qu'on ne se doit trop fier
En beauté d'enffant angelique,
Qui pretend soy glorifier :
Car on voit souvent trebuchier
La blanche ligustre dolante
9350 *Et le lis au vent espluchier
Qui estoit freche et redolente.

LUCINIEN

Immolons les immortelz dieux
Pour suffoquier ingratitude,
En implorant de ceur et d'ieux
9355 Grace pour avoir altitude.
Denis tirant mist son estude
A rober Esculapius,
Mais depuis ot grant multitude
De maulx, se devint impius.

MAXIMINUS

9360 Noble parent, noble imperant,
Noble per, noble prefecteure,
Noble empereur, noble parant.
Tres noble paternité pure,
Se vostre fin or ne s'apure
9365 Au fourneau des dieux glorieux,
Ja n'arés divine parture
Ne diademe precieux.

" DIOCLESIEN

Qui bien vostre dit incorpore,
S'en estat de convalessence
9370 Volons soir au futur tempoire
Auprés des dieux en relusence
Et avoir celeste influence,

Comme ilz ont sus les corps humains.
Pour avoir de grace affluence,
9375 Prier les fault a jointes mains,
Querons ou climat des Romains,
Pour leur faire obseque et service,
Prestre incontaminé du mains
De pechiet enorme et sans vice.

CONSTANT

9380 Pour faire accepte sacrifice
Aux dieux du hault ciel cristalin,
Desquelz par mirable artifice
* Avons fiertre en troncq metalin,
Ne fault mander que Marcellin,
9385 Son oiroison sera recente,
Devant le hault trosne angelin,
Comme d'une bouche innocente.

DIOCLESIEN

Par Hercules qui nous regente,
Son sacre doit estre capable,
9390 Puis que de nostre loy vigente
A prins son seur appoy palpable.

Orient ?

ORIENT

Triumphe honorable,
Imperateur perlifiet
De fleur, d'onneur inenarable,
9395 Comme ung hault dieu glorifiet,
Que sera il notiffiet
Par vostre elloquence aureyne,
Dont le reson clarifiet
Decore lumiere aerine ?

DIOCLESIEN

9400 Quiers tout avant Rome et chemine
Que tu treuves Marcellinus,
Qui fut pape, mais plus ne domine
Sus cristiens meschans menus.

" ORIENT

S'il plait a mon dieu Neptunus,
9405 Devant vostre face precise
L'amenray brief, car soustenus
Seront nos dieux en leur franchise.

9379 du. — 9380 corr : accepter ? — 9383 au cieulx
— 9389 sacre fo B ; fo biffé A. — 9396 sera mg.

* 155 A. — " 157 B.

Il fault que la maison j'eslise
Ou se tient se grant presidens.

MARCELLIN

9410 Mes freres et amis, je sens
Approchier les fins de mes jours :
Lors que de moy serés absens,
Priés pour moy sans nulz sejours.

· MARCELLUS ·

Dieu prirons qu'il vous doint secours
9415 Pour le tirant suppediter.

MELCIADES

Dieu qui en terre fit son cours
Veille a vostre fait mediter.

ORIENT

Marcellin, sans plus retarder,
Venés a court imperatoire,
9420 Pour nos sains dieux reverender
Par sacrifice inclinatoire.

MARCELLIN

Sans y metre contradictoire.
Je te sieux, chemine a compas.
Las, qui sera mon adjutoire
9425 A mon tres douloureux repas ?

CLAUDIEN

Pere, je ne vous lairay pas,
Je vous sievray comme mon pere.

MARCELLIN

Enffans, verrés vous mon trespas ?

QUIRINUS

Pere, je ne vous lairay pas :
9430 Pour endurer le mortel pas
Et souffrir honte ou vitupere.
Pere, je ne vous leray pas.

CLAUDIEN

·· Je vous sievray comme mon pere ;
Affin que gloire nous appere
9435 Par martir, avec vous irons
Et y viverons et mourons

Tous ensamble, quoy qu'il adviengne.

QUIRINUS

A Dieu nous recommanderons,
En attendant que l'eure viengne.

ORIENT

9440 Haultain Cesar, il vous souviengne
Que Marcellin est expectant
· Vostre audivit, bien luy conviegne
Du propos qu'il est affectant.

DIOCLESIEN

Ca, Marcellin, venés avant
9445 Aupréz de nostre magesté.

MARCELLIN

Cesar, il vous souffisse a tant,
Il me souffit de mon costé.

DIOCLESIEN

Prenés siege en sublimité,
Comme famillier domestique.

MARCELLIN

9450 Je suis a cela limité
Qu'il ne m'est d'onneur autentique.

DIOCLESIEN

Se vous craindés d'art tirannicque,
Pour ce que vous fustes jadis
Prevaricateur erronique,
9455 Complice aux cristiens maudis,
C'est sans raison, car je vous dis,
Puis que nos haulx dieux adorés,
Vous serés nostre amé toudis
Mieulx que nulz chevaliers dorés.
9460 Conjoissiés vous, prosperés
Soubz nostre sceptre infortuné,
Jugiés, commandés, imperés,
Il vous est comme habandonné :
·· Dieux divins nous ont fleuronné
9465 De tant yrradiant lumiere
Que nostre hault chief coroné
Excede humanité sommiere.
Affin que grace coustumiere

9408 le lise. — 9414 sejours. -- 9431 honte et.

· 155ᵇ A. — ·· 137ᵇ B.

9445 pras — de my. — 9430 invite. — 9461 corr :
fortuné ?

· 156 A. -- ·· 158 B.

Puissons adepter sempiterne.
9470 Serés, la deesse premiere,
Mars, nostre saint pere paterne,
Minerve, la doulce materne,
Jupiter, qu'on doit preceller
* Et tout aultre dieu subalterne
9475 Volons d'encens turribuler.
Pour quoy avons fait decreter
En nostre sale palestine,
Sans nul contraire interpreter.
Que vous, Marcellin, estes digne,
9480 Par grace infuse et celestine,
De faire la sacrifiance
Aux dieux de facture argentine,
Ayans au ciel glorifiance.

MARCELLIN

Cassés moy de vostre ordonnance,
9485 Je renonce a vostre baniere.

DIOCLESIEN

Qu'esse cy dia. quel contenance
Nous tiens tu ?

MARCELLIN

Tu vois ma maniere.

DIOCLESIEN

Comment ?

MARCELLIN

Ainsy.

DIOCLESIEN

Quoy ?

MARCELLIN

A l'arriere.

DIOCLESIEN

Esse tout ?

MARCELLIN

Oy.

** DIOCLESIEN

Vecy raige,
9490 Fourvoye tu en la chariere ?

_____

MARCELLIN

A vos dieux ne sacrifirai je.

DIOCLESIEN

Faulx, felon, fier, failli coraige,
Prophane, proterve, parvers,
* Traytre que soudain oraige,
9495 Plus venimé que puans vers,
Nous moustre tu face a l'envers,
En juant de la retrograde ?
Par les dieux du siecle univers
Tu en sera pugny tout rade.

9500 Orient, fay une virade
Aux hostelz de nos senateurs,
Car il est besoing qu'on degarde
Marcellin et ses enchanteurs.

ORIENT

Prince et seigneur des enseigneurs,
9505 Vostre mand voy insignuer.

DIOCLESIEN

Seigneurs, qu'esse cy, beaux seigneurs ?
C'est pour nostre loy desnuer.

CONSTANT

Nous cuidiemmes diminuer
La loy de Crist par son employ,
9510 Mais les faulx quoquins de sa loy
L'ont seduit, n'est riens qu'on ne face.

DIOCLESIEN

Par Boreas qui fit la glace,
Vous en mourés et toy, et toy,
Ains que jamais vuidiés de place,
9515 Par terrible et hideux chastoy.

CLAUDIEN

Tu nous a beau moustrer au doy,
Nous sommes a ce resolus,
** Qu'a tes dieux, ou nul veu ne doy,
Ne serons servans absolus.

QUIRINUS

9520 Jadis furent trop dissolus,
Si est Dioclés et les siens :
Il n'ont de vertu, de salus

_____

9496 ta. — 9503 ses a enchanteurs _B_ ; a biffé _A_. —
9504 seigneurs. — 9514 vuidies la place. — 9519 serous
_mq._

Ne de honte non plus que chiens.

ORIENT

' Silvanus, le dieu, soit chiens,
9525 Genius, le dieu de nature,
Et tous aultres dieux anchiens
Regnans en regale estature.

ZENON

Phebus, Phebé, Pheton, Mercure
Et tous nos dieux stellifiés
9530 Veullent avoir ton ame en cure,
S'en aras en lieux glorifiés.

ORIENT

Sire Zenon, lors renonciés
A particulier policie :
Diligamment vous avanciés
9535 A court ou l'empereur princie.

ZENON

Quelle matere est commencie,
Qu'il me fault estre tant ysnel ?

ORIENT

Elle est pesante et laon couchie,
Pour tourner sus le criminel.

LA MERE QUENTIN

9540 Zenon, mon amy fraternel,
Mon espoux, mon ceur et mon sire,
Au nom du grant dieu supernel
Jupiter, mon souverain mire,
Cheminés tost, car je desire
9545 Oyr nouvelle de mon fil
Quentin, dont en deul je me mire,
Car de joye n'ay ung seul fil.

ZENON

" Chiere amie, ainsi m'en est il,
J'en ay au ceur grief deul mortel,
9550 Si ne scay trouver tour soutil
Pour en deschargier le mantel,
Gardés ma femme et mon hostel,
Pauline et Floure renommee.

PAULINE

"" Sire, nous en ferons autel

Qu'a nostre mere bien amee :
9555 Ja par nous ne sera blasmee,
Tant que mon vif œil y regarde.

FLOURETTE

Elle est preude et saige nommee,
Se n'y fault point avoir grant garde.

ZENON

9560 Quiers Cathon et plus ne retarde.
Orient, je menray Zenet.

ORIENT

G'y seray plus tost qu'on ne darde,
Son hostel est en ce cornet.

ZENET

Allés, gentil home au corps net,
9565 Je serviray sire Zenon
Et le sievray par tout, se n'est
Au conclure des secrés, nom.

ZENON

Dieu gard zenateur de renom.

QUINTUS

Bien vegnant, seigneur tres notable,
Quelz nouvelles ?

ZENON

Ne scay, sinon
9570 Que l'empereur saige et estable,
Ainsi que je seoye a table,
M'envoya querir sans delay.

FAUSTINIEN

Il y a quelque obscur notable
9575 Qu'il ne scet sortir a son lay.

· EUSTORGIE

Zenon, je vous compaigneray,
Allons au palais romion,
Jamais mes pas n'espargneray
Pour bien de pais et union.

ORIENT

9580 ""Avanciés vous, maistre Cathon,
Sieuvés le senat radement,

9525 genius. — 9531 aras y. — 9533 police. — 9542
sempiternel. — 9532 mon mq — 9533 flourie.

: 157ª A. — '' 159ª B. — ''' 158 A.

9578 mos.

· 160 B. — '' 158ª A.

Sans vous quelque bruit ne fait on,
Vous avés grant avancement.

CATHON

9585 C'est tout par l'inconvenient
De Quentin, mon bon escolier,
Je voy saluer haultement
Le senat dont suis familier.

Seigneurs, dieux vous doint ung millier
De mars d'or, en vaisseaux entiers.

ZENON

9590 Cathon, sans tant humilier,
Compaigne nous sus les sentiers.

CATHON

Je le feray tres volentiers
Pour conquerir d'onneur le fruit,
Car j'en vaulx de mieulx pres d'ung tiers,
9595 Puis que je sievy vostre bruit.

ORIENT

Angle Royal au ciel volant,
Prince beat, dieu du bas estre,
Le senat saige et consolant
Vous approche et voudront cy estre.

ZENON

9600 Ray celestin, lune terrestre,
Dieux vous gart de calamité.

DIOCLESIEN

Sees vous a dextre et a senestre,
L'espargne de nostre amisté.
Chascun, seloncq sa qualité,
9605 Prende son lieu et s'administre
Et oiés la crudelité
* Que Marcellinus nous veult tistre.
Le fel, le fol, le faulx traytre,
Le forcené et le folatre
9610 Avoit repudié la mittre
** De papalité cristolatre,
Pour venerander en cest atre
Les dieux des glorieux patres,
Tres sains en leur treseigne enclastre,
9615 Tres glorieux et plus que trés,
Mais il s'est forclos en ses trés,

Car d'encens odoriferant
Leurs ymages des dieux extrés
Ne veult estre turriferant
9620 Et ainsi va pestiferant
Leurs haulx noms par sortilegie
Et contempnent en grant differant
Leur sainte genealogie.
Pour quoy, vous, plains de solercie,
9625 Imbuis a clerical savoir,
Penetrant la roche esclercie
Du ciel pour le secret avoir,
Vous ay mandé pour percevoir
Son faulx cas derrogant au juste :
9630 Dictes s'il doit mort recepvoir,
Pour mitiguier son coeur robuste ?

ZENON

Cler Dioclés, Cesar Auguste,
Je dis, par protestacion,
Qu'il doit finer en paine auguste.
9635 Pour la fausse prodicion
Qu'il fit a la perdicion
De Quentin, dont je suis pres mort.

QUINTUS

Je dis qu'il est digne de mort,
Tant pour Quentinet, vostre filz,
9640 Comme pour Maurice le fort
Et les vassaux de son effort
Qui s'enclaverent en ses filz,
Car pluseurs ceurs sont desconfis
Par l'art prohibé ou s'amort.

FAUSTINIEN

9645 *** Je dis qu'il est digne de mort,
Comme l'ung de nos ennemis,
Pour ce qu'on treuve par rapport
Qu'il encensa en nostre port
Les dieux, nos glorieux amis,
9650 Puis s'en farce et les a remis
Et encore nous point et mort.

EUSTORGIE

Je dis qu'il est digne de mort,
Quant vostre mand et vos escrips
Vilipende par son recort

9589 voisseaux. — 9593 le faut. — 9610 davoir. —
9616 mq.

* 160° B. — ** 159 A.

9625 clarical.

*** 161 B. — *** 159° A.

9655 Et que zizanieux discort
Semme ou peuple pour Jhesucris,
Tant que querimonieux cris
Viennent au cœur qui vous remort.

CATHON

Je dis qu'il est digne de mort,
9660 Princes, puis que de mon pourpris
A seduit douze enffans de pris
Et qu'il est de corps et d'ame ort.

DIOCLESIEN

Je dis qu'il est digne de mort,
Comme herese, s'il ne revocque
9665 Son grief delit, si qu'il invocque
Les noms de nos haulx saintuaires.
Sans falace et sans equivocque,
Par armonieux chantuaires.

CONSTANT

Ce luy seront electuaires
9670 Et respit de mort, s'il le fait.

DIOCLESIEN

Marcellin, or pense a ton fait :
Se tu veulx venir a mercy
Et peniter de ton forfait,
Tu seras rechut més icy ;
9675 Se tu demeures endurcy
En ton faulx et malin propos,
* Tu seras avec les suppos
** Livré a mort, soies en seur.
Il te souviengne du depos
9680 Qu'on fit a ton predicesseur
Gayus, pape et abuseur
De Jhesus et de Mariote.
Il fut nostre compatriote,
Dalmatien comme nous sommes,
9685 Mais nonobstant, pour la rihote
Qu'il fist preschant des fais grans sommes
Du dieu crucifié des homes,
Il fut par nous decapité.
Se tu n'as de ton cas pité
9690 Ainsy que luy termineras,
Sans jamais estre respité,
Et au deable chemineras.

MARCELLIN

Ce que tu determineras
De mort ou d'angoisseux torment,
9695 Je l'enduray paciamment
Pour l'onneur d'un Dieu pardurable.

DIOCLESIEN

Par Castor, mon Dieu venerable,
Tu en seras a mort jugié,
Et vous aultres de son clergié,
9700 Maintenés vous ceste heresie ?

CLAUDIEN

C'est celuy qui nous a forgié
En nostre loy sainte et prisie ;
Point n'y a de controversie
Entre le pere et les enffans.

QUIRINUS

9705 Pour avoir regnes triumphans,
Soustenrons de mort fraction,
Aux temples des dieux n'a leurs fans
Ne volons avoir action.

DIOCLESIEN

* Se arés vostre pugnission
9710 D'une mortelle reprimende.
** Ca, puis que nulz d'eux ne s'amende,
A quel mort fault il qu'on les livre ?

GALERIEN

Il n'est pas decent qu'on les pende
Ne que par feu on s'en delivre,
9715 Mais qui fera le droit du livre
On leur sera doulz et piteux
Pour l'onneur des dieux immorteulx,
A qui Marcellin fit homage.

DIOCLESIEN

Par Minos, dieu du bas limage,
9720 Telle mort est aspre et hastive.

Pour sentence diffinitive
Nous, puissant Dioclesien,
Jugons a mort dure et craintive
Marcellin, pape cristien,
9725 Quirinus avec Claudien,

9656 sommes. — 9659 que. — 9679 lil A.

* 160 A. — ** 161ᵇ B.

9719 minos du du ms — linage.

* 160ᵇ A. — ** 162 B.

Seducteurs du peuple romant,
Rebelles a nostre conmand,
Despecteurs et blasphemateurs
Des dieux du ciel gubernateurs,
9730 A qui chascun se recommand.

CONSTANT

Pour exempler ces enchanteurs
Cristiens, de qui l'art nous trompe,
Faites crier a son de trompe
Que chascun voit a la justice
9735 Et qui defaura, on luy rompe
Le col d'une espee batice.
S'il est ame quil se sortice
De leurs corps mettre en sepulture,
Soit mené a desconfiture :
9740 Leurs charongnes, pour devourer
De chiens comme leur nouriture,
Doibvent sus terre demourer.

· DIOCLESIEN

Pour mieulx ce fait corroborer,
On le publira prestement :
9745 As tu entendu proprement
Le contenu de son edit,
Orient ?

'' ORIENT

Oy plainement,
J'ay tres bien retenu son dit.

DIOCLESIEN

Or le fais dont comme il l'a dit,
9750 Abrege toy et t'en descherge.

SEVERE

Noble empereur, que j'aye cherge
De les mener a la maloure,
Qu'il puissent morir soubz ma verge,
Affin q'ung pou je me remboure.

DIOCLESIEN

9755 Or les menés au champ de Floure
Querir leurz derrains sacremens,
Si n'oubliés les garnemens
Qui sont dessoubz nos estandars.

SEVERE

Je menray putiers et saudars
9760 Qui ont le cuer a la cuisine
Et ne sont sans picqz ne sans dars
Ne sans espees sarasines.

Tempeste, Tonoire, Bruyne,
Gresil, Gelee, Orage, Esclistre,
9765 Fourdre, Tourbillon, Vent, Behistre
Et le haria quaria,
Sallés sus.

ESCLISTRE

Galans du belistre,
A l'assault, grosse guerre y a,
Maistre Severus nous cria
9770 Pour tordre mains, pour rompre eschines,
Pour froissier dos, pour grouer mines,
· Pour fendre coeurs, pour percier trippes,
Pour broquier dois, pour copper lippes,
Pour effondrer pances vessies,
9775 Cervelles, fourcelles tesies
Et faire fin fu de fournaise.

TONNOIRE

Les povres gens sont a mal aise
Ou telz gendarmes logiés sont.
'' Ou sont les ribaulx qui nous ont
9780 Esmut les crapaudes caboces ?
Je leur effonderay leurs boces,
Leurs apostumes, leurs clapoires
Et leurs cloux ossi gros que poires,
Dont s'il fault qu'a l'ouvraige j'entre,
9785 Je leur aracheray du ventre
Le coeur, le pomon et le foie.

FOURDRE

Hé, beaux dieux, se je m'eschoffoie,
Comment ilz seroient ochis ?
Ca, mes mengeurs de crucefis,
9790 Ces ypocrites, ces bigos,
Ces benduins, ces warigos,
Ces turlupins, ces papelars,
Ces freres frappars, ces volars,
Ces gros dampultus, ces rongeurs

9744 preseutement. — 9753 ma mq.

· 161 A. — '' 162ᵃ B.

9765 bihistre. — 9770 torde. — 9772 cours — 9789
mengeux. — 9791 vendinins — waregos. — 9793 fappars A.

· 161ᵇ A. — '' 163 B. —

9795 De pilers et ses flasengeurs,
Qui font a dieu garbe d'estrain,
Se je les ratains en leur train,
Les deables leur chanteront leurs messes.

TEMPESTE

Je renye dieux et deesses.
9800 Nos drois, nos lois et nos ydoles,
Se je treuve telz apostoles,
Je leur sacqueray les boyaulx
De le pance, par gros noyaulx,
Puis les rostiray au charbon
9805 Et leur feray, s'il samble bon,
Mengier, remengier, maquillier,
Desmengier et desgorguillier
Trippes et brouet tout ensamble.

SEVERE

Vecy le peuple qui s'asamble,
9810 Sallés sus, sergans et bediaux,
Prendés espees et bendeaux
Pour decoller ces trois loudiers,
Amenés les, comme putiers,
Au marchié, que chascun les voye.

ESCLISTRE

9815 Or allés tousjours, je m'avoye
D'aguisier mon couteau trenchoir.

TONOIRE

Sus, ribaulx, metés vous a voye,
Il fault aller a l'escorchoir.

*Icy les lient et les
enmainent au lieu dict.*

ORIENT

Oyés, on vous fait assavoir,
9820 De par nostre empereur tres hault,
Que tout home face devoir
De venir avant et de voir
Decoller sus ung eschaffault
Troix cristiens, qui sans deffault
9825 Ont honteuse mort desservie,
Et quiconcques aprés leur vie
En sepulture les metera,
Tant que l'ame en sera ravie,

A mort on les condampnera.

MARCELLUS

9830 Freres, conforter nous faura
Marcellin a sa passion,
Je croy que le cœur me faura
Par pitié et compassion.

MELCIADES

Dieu, qui n'oublia pas Syon,
9835 Lui veuille envoyer pacience
Et prester en ce pas science
D'avoir sainte occupacion.

PIERRE, *exorciste*

Affin qu'en perturbacion
Puist resjoir sa conscience,
9840 Dieu, qui n'oublia pas Syon,
Lui veille envoyer pascience.

CIRIACUS

La sommiere perfection
Regnant en pardurable essence
Luy doint lieu de convalessence
9845 Et preserve d'inffection.

SISINIUS

Dieu, qui n'oublia pas Syon,
Luy veuille envoyer pascience
Et prester en ce pas science
D'avoir sainte occupacion.

MARCELLIN

9850 O tres chiers freres bien amés,
Tres sains preudommes renommés,
O que je vous ay animés
Et ablasmés
Pour mon sacrifice aux faulx dieux,
9855 De quoy j'ay plouré larmes d'ieulx
Et levé mains devers les cieulx,
Si que j'ensieux
La mort qui sourvient sans sejour ;
Je te pry a mon derrain jour,
9860 Marcel, mon amy, mon retour,
Que pour nul tour

9796 barbe. — 9803 samble *mq.* — 9814 le voie. —
9818-9819 *Ind. scén.* dict *mq* A. — 9822 de *mq devant*
venir.

162 A. — 163° B.

9833 petie. — 9855 pour quoy.

162ª A. — 164 B.

De menace ou de grief torment,
N'acomplis le commandement
Dioclés, en l'adorement
9865   D'encensement,
Pour faire a ses dieux sacrifice :
Se tu as papal benefice,
Ne quiers quelque mondain office,
    Mais te souffice
9870 Ung seul Dieu servir et amer.
O que je sens mon ceur amer,
* Quant je vaulx l'encens entamer
      Pour alumer
Le diable ou tout pechié s'atise,
9875 Pour avarice et convoitise.
Encore j'anathematise
      Ceulx sans faintise,
Qui me prenront, recœulleront,
Sepeliront ou enterront,
9880 Gens qui seront et la verront
      Au mains verront
Que j'ay forfait ung grant meffait,
Peu satiffait au Dieu parffait
** Qui tout a fait ; mon corps deffait
9885   Ne doibt, de fait,
Entrer en terre : oyseaulx grant erre
Le doivent querre et livrer guerre,
Pour proie acquerre, au corps qui erre
      Et se desserre.

9890   Freres et filz,
      Quant je meffilz,
      Rompant les filz
      Que je reffis,
      Pres je vous fis
9895   Tous desconfis,
      Pardonnés moy,
      Adieu vous dis,
      Vous noeuf vous dis,
      Jamais mes dis
9900   Ne mes edis
      N'arés toudis,
      S'en paradis
      N'est mon armoy.

         MARCELLUS
Je suis joyeux quant je vous voy

*163 A. — ** 164* B.*

9905 En bon estat et seur convoy,
Sans crainte de mort qui devie.

         MARCELLIN
* Adieu, frere, adieu, je m'en voy,
La vierge soit a mon convoy,
Qui enfanta le fruit de vie.

         MARCELLUS
9910 Ne craindés la quelque ennemye
De payenne gent endormie,
Qui vous a a mort alité.

         MARCELLIN
Endure crainte, ne dors mie,
Je ne le crains heure demie,
9915 Je m'offre a la mortalité.

         MARCELLUS
Adieu, sainte paternité.

         MARCELLIN
Adieu, vraie fraternité.

        ** MARCELLUS
Adieu, pape, pere et pasteur.

         MARCELLIN
Adieu, fil de benignité.

         MARCELLUS
9920 Adieu, maistre en divinité

         MARCELLIN
Adieu, mon leal serviteur.

         ESCLISTRE
Ployés les genoulx sans rigeur.

         MARCELLIN
Nous le ferons de tres bon cœur.

         CLAUDIEN
Laisse nous prier nostre Dieu.

         ESCLISTRE
9925 Ne soiés point long barbeteur.

         QUIRINUS
Ung mot a nostre createur.

163 A. — ** 165 B.*

ESCLISTRE

A cop j'aguise mon hostieu.

MARCELLIN

Dieu eternel, pere puissant,
* L'abisme des puis epuissant,
9930   Je te reclame ;
En ce bas empire empirant,
Prens mon esperit expirant
    En ton royalme,

Si qu'en splendeur resplendissant,
9935 Soye de joye joissant,
    Se obtenray palme
De martire sus le tirant
Qui est nostre tire tirant
    A dure blasme.

CLAUDIEN

9940 Vierge mere, fleur flourissant,
Doulce nourecon nourissant,
    Sentant que balsme,
Garde moy du dur més meschant
" Et du loup rabi ravissant,
9945   Tres chiere dame,

Si qu'en splendeur resplendissant
Soye de joie joissant,
    S'obtenray palme
De martire sus le tirant
9950 Qui va nostre tire tirant
    A dure blasme.

QUIRINUS

Gloire, triumphe triumphant
Au pere, au fil meurs meurissant
    Et a la flame
9955 De haulte lumiere alumant
Ung seul Dieu en regne regnant,
    Recoy mon ame,

Si qu'en splendeur resplendissant
Soye de joye joissant,
9960   S'obtenray palme
De martire sus le tirant
Qui est nostre tire tirant
    A dure blasme.

* ESCLISTRE

Est il tamps que je les entasme,
9965 Entreux que j'ay le bras haussiet ?

SEVERE

Nennin.

ESCLISTRE

    Je l'eusse despechiet,
Il ne fault que lever le doit.

SEVERE

Faisons comme le cas le doit,
Faictes les la dessoulz entrer,
9970 Si les allés administrer
De bendeaux et d'aultres drapoulles,
Se pensés d'avoir les despoulles,
Elles vous venront bien a point.

TONOIRE

A cela ne faudrons nous point,
9975 S'il ont argent en leur boursette,
Aux dés jurons point contre point.

" FOURDRE

A cela ne faudrons nous poiut,
Nous esplucherons le pourpoint.

TONOIRE

Si ferons nous la chemisette.

TEMPESTE

9980 A cela ne faudrons nous point,
S'ilz ont argent en leur boursette.

Silete.

NOSTRE DAME

Sapience haulte et divine,
Regarde en pité Marcellin
Et ceux qui pour ton nom tres digne
9985 Ont le corps a la mort enclin.
Je supplie pour eulx, affin
Qu'aprés grant tribulacion,
Puissent en ta gloire sans fin
Avoir glorificstion.

9942 blasme. — 9946 quon. — 9953 lumire A. —
9958 Si mon. — 9962 iaq.

* 164 A. — " 165" B.

9981-9982 Silence.

* 164" A. — " 166 B.

DIEU

9990 En joye, en jubilacion,
* Sera Marcellin colloquiet,
Car aprés son abusion
A mon divin nom invoquiet
Et confessé son grant pechiet ;
9995 Michel, amene le en mon regne,
Quant il est de mort despechiet
Avec les siens, ou grace regne.

MICHEL.

J'acompliray vostre command,
Mon createur omnipotent.
10000 Descendons ou pais romant,
Angles creés ou firmament.

LE PREMIER ANGLE

D'autant que mon pooir s'estent,
Je feray vostre volenté.

LE SECOND ANGLE

Allons chantant joyeusement
10005 Ung armonieux sileté.

** LUCIFER

Sallés sus, deables sans pité,
De vos traux et de vos demeures,
Diables dampnés, plus noirs que meures,
Sonnés la chaudiere a vollee,
10010 Assamblés toute l'atelee,
S'amenés vaisseaulx, cars carettes,
Traineaulx, civieres et brouettes
Bieres, pannieres, hottes, ravaches,
Mandes, corbelles et besaches,
10015 Allés querir les amelottes,
Par gallees, par grosses mottes,
De ce pape Marcellinus,
De Claudien, de Quirinus,
Qui aront les gorges coppees ;
10020 J'ay oy fourbir les espees
Et aguisier les alemelles.

SATHAN

Vous nous dictes bonnes nouvelles,
*** Deable plus chault que mabre bis,
Il venront par devers nobis,

10025 Je vous promés, sans nul deffault.

ASTAROTH

Nous avons autant qu'il nous fault
D'instrumens pour les atrapper,
Pour les pendre et pour les happer
Et les devourer, s'il le fault.
10030 Or allons a eulx faire ung sault.

*Ilz s'en vont en
faisant grant noise.*

SEVERE

Tost, tost, ung galan bien apert
A tout une espee bien grande.

ESCLISTRE

Ca, ca, mon appetit se pert,
Bailliés moy tost char ou viante.

TONOIRE

10035 Chier sire, je vous reconmand
Mon fait, je suis des attendans
Et vous ay ja servi long tamps
Sans avoir saudee ne gaige,
* Quant il vient ung copon d'ouvraige,
10040 Ung aultre en a tousjours l'avance ;
Je doy d'onneur et de chevance
Preceder tous comme anchien.

ESCLISTRE

Tu ne sarois tuer ung chien.
Veulx tu tuer gens maintenant,
10045 Quand il est en sa main tenant
Une machine a brisier pos ?

SEVERE

Or, laissié me tous vos propos,
De vos langaiges suis lassés,
Avés vous espees assés
10050 D'umain sang rouges et tachies ?

ESCLISTRE

Nous en avons ja deux sachies.
Veci m'espee Rabajoye,
** Mon gaignepain qui me resjoye

Mieulx que marteaulx ne font les fevres,
10055 Pour fendre levres et balevres,
Vieulx cervaulx. lippes et sourlippes.
Arriere, arriere, que les trippes
Ne vous saillent par les museaux,
Je n'en feray que deux morscaulx,
10060 Je l'aray a cop despechie.

Il coppe.

Est elle gentement trenchie ?
Que dictes vous de mon aroy ?

FOURDRE

Qu'en diroit-on ? tu és le roy
De tous les bourreaulx du pais.

TONOIRE

10065 Je ne suis gaires esbahis
De faire mieulx ma jubilee,
Vecy Durendas l'affilee,
Plus clicquant que fine mitaille,
Qui cogne, qui ret et qui taille
10070 Comme ung fin rasoir de Gingaut.
Je mousteray ung tour fringant,
* Pour l'envoyer en Galilee.
Est elle bien affistolee ?
Que dictez vous de ma haultaine ?

Il coppe.

TEMPESTE

10075 Encore es-tu le capitaine
Des putiers et le champion.

ESCLISTRE

Donnés me a boire ung horion
De vin de briesmart ou de quute,
Je suis rebraciet jusque au queuute
10080 Pour faire le deable tout sus.
Je soie confus, desconfus,
Recousus, coppés, decoppés,
Recoppés, pendus, despendus,
Retondus et decapités,
10085 Se je n'envoye testes, tés,
** Yeulx et soursieux, boce et caboce,

Peaulx et capeaux, nés et sournés,
Paille et tripaille, en Papagoce.

Il coppe.

FOURDRE

Crocque ce poix.

ESCLISTRE

Taste s'i hoce,
10090 Il s'en va courant comme loire.

MICHEL

Angles benois, menons en gloire
Les saintes ames bienheurees,
Qui de leur corps sont separees
Par dur martire criminel.

LE PREMIER ANGLE

10095 En haultain trosne supernel
Aront brief consolacion.

LE SECOND ANGLE

Digne remuneration
Aront en gloire pardurable.

SATHAN

Mettés les jus, de par le deable,
10100 Mettés jus l'ame Marcellin.
Il a par son pechié malin
* Regnoyé Dieu et sainte esglise ;
J'ai escript, s'il fault qu'on le lise,
L'an, le jour, l'eure et la minute
10105 Qu'il servi a nostre bigute
Dieux et deesses diffamees.
Astaroth, garde les fumees
De l'encens en ung sacquelet
Plus puant que vent de soufflet
10110 Avec maint aultre grande injure,
En vray tesmoignage qu'il est
Vil apostat et faulx parjure.

ASTAROTH

Il est ainsi, je le vous jure,
Qu'il nous a fait oblacion.

10054 sont. — 10055 lievres. — 10057 arriere *une
seule fois ms.* — 10067 durandat. — 10073 affiscolee.
— 10078 bresmart. — 10080 tu sus.

* *167° B.* — ** *166° A.*

* *168 B.*

BELZEBUS

10115 Il est nostre, sans fiction,
Vecy Sathan qui bien le scet.

SATHAN

Si font de deables plus de sept,
Tenés, lisiés en ce papier.
Jassoit qu'il fusist pape hier,
10120 Il fault qu'il treuve sa quitance.

MICHEL

Il a fait griefve penitance,
S'en ara gloire de renon.

ASTAROTH

Il n'en ploura oncque sinon
Deux larmes et une rouppie,
10125 Baillés ca, qu'elle soit tappie
Dedens mon sacq a geulle bee,
De trois que l'une soit happee,
Juons a dés qui ara tout,
Tu n'enporteras jamais tout,
10130 Il en faut avoir piet ou elle.

MICHEL

Allés tous en paine eternelle,
Sans empechier son sauvement.

SATHAN

Puis qu'ensi est, dont j'en appelle
Devant Dieu, au grant jugement.

10135 Allés vous ent abillement
A tous les grans deables d'enfer,
Recommandés me a Lucifer
En luy racontant ce mehain
Et faictes tirer ung grant baing
10140 De ploncq boulant de puant souffre
Et du venin de nostre gouffre.
Je voy esmouvoir tel hutin,
Que je vous amenray Quentin
Plongier dedens nostre chaudiere.

BERICH

10145 Va si bien tendre ta ratiere
Que Quentin s'en viengne confus,
Car nous alons bouter les fus

Dessoulz nos rouges chemineaulx.

ASTAROTH

Lucifer, roy des bas fourneaux,
10150 Nous revenons, sachiés de voir,
Simples, camus, sans riens avoir :
Michel si a tout atrappé,
Marcellin nous est eschappé,
Qui nous duisoit le mieulx du monde :
10155 Il s'en vole comme une aronde
En paradis.

LUCIFER

Ahors, ahors,
Deables d'enffer puans et ors.
Nous perdons nos possessions
Par vos faulces legations,
10160 Se je me peusse destachier
De ma grosse chaine d'acier,
Je vous escourroie trestous.

LEVIATHAN

Cil fit doncquez bien cop pour nous,
Qui si bien vous y atacha.

BERICH

10165 Roy Lucifer, entendés ca,
Pardonnés nous ces fais meschans,
Sathan le fort est sur les champs
Et m'a juré sur son grouuet
Qu'il esmouvera tel brouet
10170 Devers Quentin, nostre adversier,
Qu'il l'amenra sus son coursier
Bagnier en nostre enfer transy.

LUCIFER

Deables d'enffer, s'il est ainsi
Que Quentin viengne icy de fait,
10175 Je vous pardonne ce meffait :
Nous luy ferons Dieu scet quel feste,
Pour l'onneur de son grant prophete :
Reschoffés nostre baignerie,
De riagal, de sorcerie,
10180 De harpoy, d'arsenicq et de chaulx
Et de mainte aultre deablerie,
Resviciés cuves et plateaux.

10117 sont. — 10120 tienne.

167 A. — 168° B. — 167° A.

10148 gemineaulx. — 10160 me *mq*.

169 B. — 168 A.

MICHEL

Par vos conmandz imperiaulx,
Amenons Marcellin saint pere
10185 Es royalmes celestiaux
Avecq Claudien et son frere.

DIEU

Colloquiés les en haulte spere
Avecq Pierre, Paul, a ma dextre :
En ma gloire, ou tout bien prospere,
10190 Ont concquis mon pardurable estre.

MARCELLUS

Marcellin, nostre dieu terrestre,
A rendu l'ame au hault regent,
Le corps est en place champestre,
En spectacle a toute gent.

MELCIADES

10195 De sa mort suis je tres dolent,
Mais plus m'est la griefve pointure
De ce que corps tant excellent
Ne peult gesir en sepulture.

* PIERRE, *exorciste*

Il n'est humaine creature,
10200 Cristienne ne paganicque,
Qui osast touchier la vesture
De son tres saint corps dominique.
Il en fit comme pape unique
Son anathematisement
10205 Et Dioclés, le Romenique,
En fist publier mandement.

CIRIACUS

** C'est le tres grant reboutement
De la sainte cristienté,
Se cil qui fit le firmament
10210 N'y pourvoit par benignité.

SISINIUS

Aprés ceste crudelité,
Retournons en nostre manoir,
Pensant en qui papalité
Porra desormais remanoir.

*Ilz s'en retournent
a leur logis.*

ESCLISTRE

10215 Nous avons fait si bon devoir,
Comme putiers appariteurs,
Que les corps de ces malfaiteurs
Sont au sang jusques au genoux,
La se baignent ilz a tous boux ;
10220 Pour leur faire plus de meschance,
J'ay dansé des piés sus leur panses
Et crevé le cœur des entrailles ;
S'on ne leur coppe les oreilles,
Je n'en saroie faire plus.

SEVERE

10225 Il vous soufficc du surplus,
Vous avés fait bons personnaiges,
Lessiés testes et corps velus
Es geules des bestes sauvaiges,
Prendés vos bendeaux, vos bagaiges
10230 Et vos espees a deux mains.
Je vous feray recepvoir gaiges
A cours des empereurs romains.

* MELCIADES

Freres, les tirans inhumains
Ont mis Marcellin a mort sure,
10235 De quoy l'ame ne vault point mains ;
Dieu luy pardoint ville morsure.
Posé or que la prelature
De papalité soit submise
Pour lors en tres basse estature,
10240 ** Par les tirans qui l'ont demise
S'est il bien decent qu'on advise
Lequel pape on ordonnera,
Qu'on en parle et qu'on en devise
Et a qui l'onneur on donra

CIRIACUS

10245 Beau pere, l'onneur en ira
A vous ou Marcel, il me samble,
Sauve cil qui mieulx en dira,
Que l'ung assez l'aultre ressamble ;

Nous trois en parlerons ensamble,
10250 S'il vous plait vous deux retirer :
De ce fait, pour quoy on s'asamble,
Conclurons sans nul admirer.

MARCELLUS

Jhesucrist vous veuille inspirer
De grace et divine clemence.

CIRIACUS

10255 Sans flaterie conspirer,
Seigneurs, s'il faut que je commence,
Sans nul blasmer en son absence,
Je dis que Marcellus est digne
D'estre pape, car sa presence
10260 Le vault, qui bien y escrutine ;
Vertu tant bien le morigine
Que grace y prent repositoire,
S'il est de romaine origine,
Ce pou pourfite a nostre histoire ;
10265 Vous scavés, il est tout notoire,
* Que Marcellin, sans quelque envie,
Ne mettoit nul contradictoire
Qu'il ne fut pape aprés sa vie :
Or quant vint a la departie
10270 Que Marcellin glave attendoit
De soy tenir de la partie
Dioclés, il luy deffendoit,
Pour quoy je dis qu'il entendoit
** Que pape devoit succeder,
10275 Dont je conclus en moy qu'i doibt
Tout aultre evesque preceder.

SISINIUS

Avec vous me veuil conceder,
Nul empeschement je n'y vois.

PIERRE, exorciste

Et je n'y veuil point discorder,
10280 Car je luy concede ma voix.

CIRIACUS

Paisiblement, sans nulz desrois,
Denonciés luy sa sainteté.

PIERRE, exorciste

Marcel, du gré du roy des rois,
Vous adeptrés papalité.

----

* 170ᵒ B. — ** 169ᵒ A.

MARCELLUS

10285 Pardonnés moy en verité,
Freres, vous avés mal choisi,
Je ne doy estre aherité
De si hault bien que cestuy cy.

PIERRE, exorciste

Il n'y a pardon ne mercy,
10290 Car nous avons tenu la voie
Du saint esperit, qui ainsy
Veult que de pape on nous pourvoye.

MARCELLUS

De la dignité qu'il m'envoye
Grace et loenge je lui donne.

PIERRE, exorciste

10295 Amenés le, chascun le voie,
Il convient que pape on l'ordonne.

* MELCIADES

Ou nom de Dieu, lequel guerdonne
Ceulx qui veuillent salut acquerre,
De ce tyaire vous couronne
10300 Pape saint, pere et Dieu en terre,
Comme saint Clement ou saint Pierre,
** Ung chascun soit de joye esmus
En basset pour crainte de guerre,
Chantons Te deum laudamus.

SEVERE

10305 Hault Cesar, vous estes tenus
De nous donner haultes offices,
Nous avons mis Marcellinus
A mort, avec ses deux complices :
Les cristiens plains de malices
10310 N'osent recoeullier leurs charognes,
Ilz attendent quayaulx et lices
Qui vont pour rongier a leurs trongnes.

DIOCLESIEN

Tu as si bien fait tes besongnes,
Qu'en ce palais sera ton nom
10315 Escript en or et plus n'en songnes,
Tu aras triumphe et renom.

Que dictes vous, sire Zenon ?

10307 mis *mq.*

* 171 B. — ** 170 A.

ZENON

Noble prince, je suis vengiet
De Marcellin, dont sermonon,
10320 Qui la trayson a forgiet.

CATHON

Tres hault et tres glorifiet
Roy des rois, regnant sus regnant,
Vostre nom soit clarifiet
Es cieulx avec dieux dominans
10325 Les gemissemens ruminans,
Nos coeurs estoffés de simplesse
Sont expulsés et terminans
Par vostre excellente noblesse.

QUINTUS

Vous devés loer la haultesse
10330 Du triumphant gubernateur
Qui discipline la rudesse
De vostre anchien seducteur.

· FAUSTINIEN

·· Trop ne peult loer la valeur
Du tres glorieux imperant
10335 Qui convertit son grief maleur
En ung tres grant bien apparant.

DIOCLESIEN

Joyeulx de coeur et non plourant,
Allés en vostre domicile,
Soyés nostre grace implorant,
10340 Se quelque ame vous anichile.

ZENON

Grace, mercy mille et mille
Et mainte genuflection
A vous et a vostre famille
Doy faire d'humble affection.

EUSTORGIE

10345 Adieu, tres clere vision
D'onneur en vous intronisie,
Chascun tire a sa mansion.

DIOCLESIEN

Or allés, on vous lissencie.

Chascun retourne
en son hostel.

FLOUREITE

Ma tres chiere dame et amie,
10350 Zenon revient liet et joyeulx
Du grant palais, car il n'a myc,
Comme il ot hier, coeur anoyeulx.

PAULINE

Grace aux dieux du ciel glorieux,
Il porte assés joieuse chiere.

LA MERE QUENTIN

Comment va, Zenon ?

ZENON

10355   Dame chiere,
Demenons joye sans renchiere,
J'ai veu Marcellin detrenchier,
Qui par mode estrange et sorciere
Dechut Quentin, nostre enffant chier.

· LA MERE

10360 ··Sa mort me rend vie.

ZENON

Sa vie est finee.

LA MERE

Sa fin je renvie.

ZENON

Sa mort me rend vie.

LA MERE

Sa vie est ravie.

ZENON

10365 Ma vie en est nee.

LA MERE

Sa mort me rend vie.

ZENON

Sa vie est finee.

10336 gant A.

· 171° B. — ·· 170° A.

· 172 B. — ·· 171 A.

LA MERE

Encore n'est pas aminee
La racine de ma langeur,
10370 Car se sa vie est terminee,
Posé que vengance ait vigeur,
Quentin, le desir de mon ceur,
Ne vient pour tant devant ma face,
Encore en monte la liqueur
10375 De larmes a l'oeil qui s'efface.

PAULINE

Qui qui soit, foule ou vainqueur,
Tout s'oublye, quoy qu'on mefface,
Supportés dont vostre rigeur,
Car il convient qu'ensi se face.

GRIGNART

10380 Prendés garde en nostre maison,
Yoline, sus toute riens,
Affin que je n'aye accoison
Qé vous tencier, se je reviens ;
Je voy voir se les solers miens
10385 Sont fais a l'ostel de Crepy ;
De la iray voir en Amiens.
Quel loy Quentin a degerpy.

· YOLINE

Grignart, ne soiés en soussi
De vostre hostel, car je le garde
10390 Si bien et garderay ossy
Que nul malfaiteur n'y regarde.
Cupido, qui tient l'avangarde
A l'assault d'amoureux estour,
Vous maintiengne en sa sauvegarde ;
10395 Aux dieux soiés jusqu'au retour.

GRIGNART

Voisin, il me convient ce jour
Chaussier ; mes solés sont ilz fais ?

CREPI

Vous les arés sans nul sejour,
Crispin en prist des hier le fais.

CRISPIN

10400 Il sont commenciés et parfais
Des hersoir qu'on les mist en forme.

GRIGNART

Mes piés en seront tous reffais,
Qui sont de fachon tres diffourme.

CRISPINIEN

Frere, il convient qu'on les defforme.

CRISPIN

10405 De ce faire je m'entremés.

CREPI

Vien ca, Wautrequin, taille et forme
Deux quorions de cest ainés.

WAUTREQUIN

Bien, maistre, warest myn més
My coppe une gronde brelique
10410 De bisenne, se je myn més,
Escoute myn coustiau qui clicque,
Maistre, my feti vous tout ricque
Tamps est que vous my marions.
Tigneux, tigneux, sont il bien fricque ?
10415 Tigneux, maistre, deux horions.

CREPI

* Horions, ce sont quorions :
Que tu es mal enlangagiet.
** Il ne vallent deux porions.
Le diable t'a bien avanciet,
10420 Tu as coustel et cuir broulliet
Et degasté mon escoffroye.

CRISPINIEN

Il me samble qu'il a tailliet
De vostre cuir large coroye.

Wautrequin, va hors de la voye,
10425 Tu broulles tout.

CREPI

         Ha, le loudier,
Il m'a, dont je crieve et mervoye,
Gasté de cuir ung grant quartier.

10372 je desir. — 10376 sus qui suit soult.

171° A. — 172° B.

10414 bin.

* 172 A. — ** 173 B.

GRIGNART

Crispin, me verrés vous chaussier ?

CRISPIN

Oy, Grignart, sees vous icy,
10430 Vecy ouvraige riche et chier.

GRIGNART

Les solers sont bons sans mercy.
Ce samble ung cler marbre poli,
Tant son noirs et bien encraciés,
Je seray tantost bien joly.

CRISPIN

10435 Baillés le piet et le haussiés.

GRIGNART

Gardés que vous ne me bleciés.

CRISPIN

Pour quoy, vous n'avés point les mules ?

GRIGNART

Long tamps a que je n'en eulx nulles,
Mais j'ay bien pis, soiés contens.

CREPIN

10440 Boutés le tallon, il est ens.

GRIGNART

* Pour dieu, gardés mon nid d'agace.
Vous me feriés grigner les dens.

CRISPIN

Boutés le talon.

GRIGNART

Il est ens ;
Sus, tot, a l'aultre.

** CRISPIN

Je l'estens,
10445 Affin qu'au piet je ne mefface.
Boutés le talon, il est ens.

GRIGNART

Pour dieu, gardés mon nyd d'agace,
Car je feroye une grimace,
Plus laide que ung singe monin.

CRISPIN

Quoy, vous ay je bleciet ?

GRIGNART

10450   Nennin.
Oncques home ne me chaussa
Qu'il ne me bleca la ou la,
Sinon toy, tu as bonne touche,
Mes sollers ne font point le louche,
10455 Ils sont propres, de bonne marge,
Beaux et bons, j'ay le piet au large,
De bon cuir et de bonne vache,
Et brief je m'en los.

CRISPIN

Preu vous face.

CREPI

Ou allés vous a ce matin,
Grignart ?

GRIGNART

10460   Je voy veoir Quentin,
Qu'on patibule et fort tormente
En Amiens, le ceur m'en lamente,
Tant en est mon ame engaignie.

* CREPY

La vous tenray je compaignie,
10465 J'ay oy dire qu'il fait fu.

GRIGNART

Oncques tel merveille ne fu,
Allons y droit comme ung sapin.

CREPI

Crispinien, et vous, Crispin,
Je vous recommande l'ostel,
10470 ** Besongniés d'autant et d'autel
Que se g'y estoye en personne.
Se Wautrequin se desraisonne,
Moustrés luy quelque tour de bien.

CRISPINIEN

Mon maistre, nous en ferons bien,
10475 S'il plait ung Dieu qui tout avoie,
A qui je pry qu'il vous convoye

10438 eulx *niq.*

* *172ⁿ A.* — ** *173ʳ B.*

10471 si je estoye.

* *173 A.* — ** *174 B.*

Au chemin de salvation.

CREPI

Adieu, jusques je vous revoye,
Je me pars sans dilation.

Ilʒ s'ent vont.

Silete.

DIEU

10480 Donnés escout a ma raison,
Raphael, vray consolateur,
Allés hoster hors de prison
Quentin, mon leal serviteur,
Soyés sa garde et protecteur,
10485 Delivrés le de tous anois,
Pour convertir peuple amiennois.

RAPHAEL

Seul createur du firmament,
J'acompliray vostre bon gré.
Angles, chantés joieusement,
10490 Au partir de ce hault degré.

*Ilʒ chantent quelque
motet et Raphael
va a Quentin en prison.*

Quentin, familier bienheuré
De Dieu, le pere omnipotent,
Lieve toy et va hardiment
Ou millieu de ceste cité,
10495 · Consolant par benignité
En foy de Crist peuple univers,
Le corroborant par tes vers,
Affin qu'il croie nostre sire
Jhesucrist, que ton coeur desire,
10500 Et se soient saintifians
De saint baptesme et confians,
Car tamps de delivrance aproche ;
·· Leurs anemis, faisans reproche
Aux cristiens comme esperdus,
10505 Seront pugnis et confondus

Avec le faulx Rictiovaire,
Leur prevost plain de mal affaire.

*L'angle le desloie
et met hors de
prison et le maine
au millieu de marché.*

QUENTIN

Pere puissant, plain pardonneur,
A moy, des aultres le mineur,
10510 Envoyés consolation,
Tu és mon vray illumineur
En tenebreuse mansion.

RAPHAEL

Sieux moy, je seray ton meneur,
Ta garde et ta deffencion.

QUENTIN

10515 Tu és mon vray illumineur
En tenebreuse mansion.

RAPHAEL

Gloire a Dieu, loenge et honneur.
Tu és hors de turbacion.

QUENTIN

Tu és mon vray illumineur
10520 En tenebreuse mansion.

*L'angle retourne
en paradis.*

CLUGNET

Quentin, plain de perfection,
Va faire predicacion ?
Je le cuydoie clos et pris,
C'est oeuvre d'amiracion,
10525 Quant on le voit en ce pourpris.

· MATHIOLET

Il estoit en protection
De deux ou trois sergans de pris.

FLOREMBERT

C'est oeuvre d'amiracion,
Quant on le voit en ce pourpris.

10479-10480 Silence. — 10486 ambiannois, amiennois. — 10490-10491 *Ind. scén.* motet — Quentin *mq.*

· *173ᵛ A.* — ·· *174ᵃ B.*

10507 - 10508 *Ind. scén.* L — m [et] — et — m [millieu] *mq.* — 10511 vray *mq* — illuminaire. — 10520-10522 *Ind. scén.* La — on *mq.*

· *174 A.*

FROMIONDIN

10530 Par glorieuse infusion
Est delivré sans nul despris.

RENOUART

C'est oeuvre d'amiracion,
Quant on le voit en ce pourpris.

ARQUEMBAULT

Quentin est hors de tous perilz.
10535 Angles ou divins esperis
Ont pris son noble fait en cure.
Il est malgré ses anemis
Eschappé de la chartre obscure.

NATALIE

S'il est en son estat remis,
10540 Ce n'ont fait Jupin ne Mercure.
Il est malgré ses anemis
Eschappé de la chartre obscure.

YSEMBART

Gloire a Dieu qui voit ses amis
Et tousjours leur salut procure.
10545 Il est malgré ses anemis
Eschappé de la chartre obscure.

BRISEBARRE

Seigneurs, vela ce papelart
Quentin venu en plain marchiet,
Ne scay par quel bout ou quel art
10550 Il s'est en ce point desmarchiet.

LE MAIEUR

Quentin, non est, tu l'a songiet.
Il ne peult vuidier de la chartre,
Il est au plus parfont logiet.
S'y sont des gardes trois ou quatre.

GARIN

10555 Rictiovaire, qui le fit batre,
Hersoir en chartre l'emprisonne.

FLOURISSE

Il n'est besoing de s'en combatre,
C'est Quentin en propre personne.

LIMOGE

Par Venus, ma dame et matrosne,
10560 Je ne vis oncque tel merveille.

HULIN

Il gouverne trop bien le trosne,
C'est une chose nompareille.

SOUTILLET

Chascun pour l'oyr s'apareille,
Tous y vont, voisins et parens.

LE MAIEUR

10565 Allons avec tendre l'oreille
Et si nous mettons sus les rens.

*Ils s'en vont
vers Quentin.*

RAGENTESTE

Matagot, ou fuyent ces gens
Si fort a grandes engambees ?

MATAGOT

Je n'en scay riens, tres diligens
10570 Y ceurent pour paier les bees.

ESTORFAULT

Les gens y ceurent par bouffees,
Ainsi que s'on couroit au fu ;
Sont nimonés ? sont ce fees ?
Oncque telle course ne fu.

MATAGOT

10575 Que sage que c'est, que fais tu
Que tu n'y ceurs abillement
Sans plumeter cy le festu
Et passer tamps, ne scay comment ?

RAGENTESTE

Comment ? tu l'entens povrement :
10580 Ne vois tu point comment je garde
Quentin, qui nous fait tel torment
Que nous mourons, s'on y regarde ?

ESTORFAULT

Je prie a dieu que mal fu l'arde,
Car je l'ay toute nuit veillet.

10535 devins. — 10540 et mercure. — 10546 *Depuis
le vers 10511, les manuscrits portent en marge, à la
hauteur des trois reprises de chaque refrain, les mots*
respons. verset. gloria.

175 B. — 174 A.

175 B. — 175 A.

10585 S'il eschappe par malle garde,
       Je seray de mort traveilliet.

MATAGOT

* Je seroie pis capoigniet
  Que ne sont vieulx loupz anchiens,
  Affin que ne soye appoigniet,
10590 Je ne vuideray de ciens.

RAGENTESTE

S'on me devoit livrer aux chiens
Comme ung chat rabi qui desvoye,
Malgré le prevost et les siens,
Il fault qu'a la feste je voye.

ESTORFAULT

10595 S'on me devoit de ma coroye
       Pendre ou assonmer d'ung louchet,
       Jamais tenir ne me pouroye
       D'aller veoir quel diable c'est.

MATAGOT

Je demouray faisant le guet ;
10600 Jamais Quentin ne partira
       Que je n'aye robe ou toguet,
       Où le deable l'emportera.

RAGENTESTE

Ains que nous partons, il faura
Visiter nostre prisonnier,
10605 Pour voir se riens ne luy faura,
       Telz gens usent d'art menchonnier.

ESTORFAULT

Matagot, sans plus prolongier,
Oeuvre nous ta prison puante,
Il vient a la fois du dangier
10610 A garder telle gent meschante.

MATAGOT

Se le grant deable ne l'enchante,
Il ne peult hors, j'ay l'uis ouvert,
** Entrés dedens, car je me vante
Qu'il est mieulx planté que tout vert.

RAGENTESTE

10615 Il y fait si brun qu'on s'i pert,

S'il n'est chut en fosse ou en plain,
Je ne scay ou son corps apport.

* ESTORFAULT

Se le huche hault et a plain.

RAGENTESTE

Quentin, larron, fieu de putain,
10620 Garchon tigneux, pendant gibet,
       Fais tu le sourt ? és tu loingtain ?
       Respons nous a ce colibet.

ESTORFAULT

Or regarde en ce noir anglet,
Se jamais n'y seroit jouquiet.

RAGENTESTE

10625 On me pende par le sifflet,
       Se le ribaut n'est desparquiet.

ESTORFAULT

Ahors, je seray mehagniet
De horions et de langaige,
A ce cop avons nous gaignet
10630 De gros bastons le deschergaige.

MATAGOT

Ragenteste, tu nous dis raige.
Est il mort ?

RAGENTESTE

                    Il s'en est fuy.

ESTORFAULT

Que ferons nous ?

MATAGOT

                    Que devenray je ?

RAGENTESTE

Je seray tout vif enfouy.

ESTORFAULT

10635 Querons le pour mettre a mercy.

** RAGENTESTE

Courons, courons.

MATAGOT

                    Aprés, aprés.

10585 mal. — 10601 hoguet. — 10609 a laffois ms.
— 10614 est me mieulx.

* 176 B. — ** 175° A.

10617 cest. — 10619 et fieu. — 10624 siroit. —
10636 apies apics.

* 176ª B. — ** 176 A.

ESTORFAULT

Matagot, attens nous icy ;
Tantost l'amenrons icy prés.

QUENTIN

Freres humains, or m'escoutés
10640 Et convertissiés la maline
Voye, en quoy vous estes boutés,
Faisons penitence condigne,
Baptisiés vous ou nom et signe
Du pere et du fil et du saint
10645 Esprit, ou est en saisine
Ablucion de pechié maint.

Croiés le pere ingenité
Et le fil engendré du pere
Et l'eperit de saintité
10650 Procedant en divine spere
Du pere et du filz qui prospere,
Lequel est vray vivifieur
De vos ames, ou grace appert,
Et tres juste saintifieur.

10655 De rechief je veuil que sachiés
Que la plenitude venant
De tamps pour banir tous pechiés,
Dieu le pere, le tout puissant,
Nous voult envoyer son enffant
10660 Qui fist nostre redemption.
Affin qu'il nous fut recepvant
Ses enffans par adoption.

Du saint esperit fut conchut
Et né de la vierge Marie,
10665 En Jourdain baptesme rechut
Par Jehan et ne donnoit mie
Ouye aux sours, jadis perie,
Lumiere aux cecz tant seullement
N'aux langoureux santé amye,
10670 Mais suscitoit mors plainement.

Pluseurs plain de contagion
Lepreuse d'ung seul mot cura,
Aux femmes ayant grief passion
De sang sanité restaura,
10675 Boisteux fit courir ca et là,

Paralitiques ambuler,
L'eaue en vin, qui gens merveilla,
Fist convertir par son parler.

Ces fais qui furent haulx et grans
10680 Que humain sermon ne peult mirer
Fist il, dont gens sont amirans.
Pour nostre salut procurer.
Enfin, pour pechié surmonter,
Fut fichiet au gibet de croix.
10685 Mis au sepulcre et susciter
Vault au tiers jour, comme je crois.

Et ainsy par quarante jours
Aux disciples manifesta
Ses fais, les confortans tousjours,
10690 Et puis en gloire monta
En promettant que prest sera
A ceulx qui en luy esperont,
Jamais ne les delaissera,
Par vertu delivré seront.

10695 Et s'il permet en chascun tamps
Nous tempter au siecle present,
Point n'est pour nous estre perdans.
Més affin que comme present
Nous rechoive plus purement,
10700 Ainsi que l'or au fu s'affine,
Par adversité et tourment
Acquiers on la gloire divine.

RAGENTESTE

Par Thetis, deesse marine,
Vela Quentin qui la sermone
10705 Pere, parent, parin, marine
Et ung chascun s'i avironne.

ESTORFAULT

Son doulz parler tel bien me donne
Que je n'ay ceur de luy mal faire.

RAGENTESTE

Pareillement, je m'abandonne
10710 A luy complaire en tout affaire.
Son dieu est grant et salutaire
Et sus tous aultres a prisier,
Quant de la chartre salutaire

L'a retiré sans huys brisier.

LE MAIEUR

10715 * Trop ne me puis esmerveillier,
Quant je pense au fait de Quentin ;
Pour gens preschier et resveillier
Vient de prison a ce matin.

GARIN

J'estoye plus dur que ung matin,
10720 Quant je vins devant sa presence,
Mais quant son grant dieu celestin
Met avant, j'aime son essence.

FLORISSE

Sa tres mellifltie eloquence
Mon cœur mabrin fort molifie
10725 Et croy qu'en fin de consequence
Croiray le dieu qu'il gloriffie.

LIMOGE

Il oint, il dore, il pellifie
Mon ame de sa doulce voix.

HULIN

Son doulz regard me saintifie
10730 Corps et ame, quant je le vois.

SOUTILLET .

Maire, eschevins et bourgois,
Veuillons oir son preschement.

BRISEBARRE

" Je vous pry, taisons nous tous quois,
Sans luy donner empeschement.

QUENTIN

10735 Amiens, Amiens, peuple d'Amiens,
Amiens, quant sera tu des miens ?
Ton droit nom est amy et ens,
Mais ton vray amy n'est mye ens.
Tu hais ses amoureux maintiens,
10740 Amour plain d'amer entretiens,
Amer sans amistié soustiens,
Quant pour amis annemis tiens
A toutes pars.

Aime le Dieu des cristiens,
10745 Aime ses fais celestiens,

Aime ses dis et les contiens,
Aime ses biens cotidiens,
Aime ses fins et ses moiens.
* Aime ses divins citoyens,
10750 Aime qui het biens terriens,
Aime ung seul Dieu ou n'aime riens,
Sans estre espars.

Vous estes les gentilz Picars,
Venus de Piquigny par quars,
10755 Par le monde en ses quatre quartz,
Doubtés et cremus trop plus que ars,
Mais les diables, fins esplucquars,
Poindans, malicieux soucquars,
Vous veullent porter par esquars
10760 En enfer, pour estre pis que ardz
En puant fiens.

Que je vous plains, o bons saudars,
Qui tant avés de sens et d'artz,
Tant de dardeurs et tant de dartz,
10765 Et tant de arcz et tant d'estandars,
Vous servés Mars et dieux viellars
Qu'on fait de marcz d'argent gaillars,
Qui furent gars, robeurs, pillars,
" Musars, soullars, raillars, paillars
10770 Et ruffiens.

Laissiés le deable en basse nasse,
Qui toute humaine casse casse,
Qui tousjours nous pourchasse chasse,
Qui de pechiés amasse masse,
10775 Qui amés en sa tasse tasse
Et chascun par falace lasse.
Crés cil qui ne despasse passe,
Dieu qui toute oultrepasse passe
Et qui passa.

10780 Pas a pas la terre qu'on passe,
Qui tout hault bien voit et compasse,
Qui tout cœur desolé respasse,
Qui prent l'ame, quant on trespasse,
Qui sus les cieulx passe et rapasse,
10785 Qui loge tout en peu d'espasse,
Qui resplend que clere topasse,
Qui descendi en terre basse,
Qui trespassa,

10726 croiroy. — 10740 dames. — 10741 aimer *en marge à côté de* amer.

' 178 B. — " 177° A.

10754 pinquigny. — 10755 et ses quattre. — 10762 je *mq.* — 10764 ta | nt. *mq.*

' 178° B. — " 178 A

* Qui vie en pur don nous donna,
10790 Qui noble guerdon ordonna,
Qui le grant pardon pardonna,
Qui la riche aumosne aumosna,
Qui le saint sermon sermona,
Qui de foy boutons boutonna,
10795 Qui d'espoir flairons fleuronna,
Qui d'amour messons messonna,
Qui tout embrace,

Qui le droit chemin chemina,
Qui le cler lume lumina,
10800 Qui la faulce mine amina,
Qui la dure espine espina,
Qui le fort matin matina,
Qui le deable fin affina.
Qui domina, qui nous signa,
10805 Qui nous sava et qui signe a
De toute grace.

** LE MAIEUR

Ou que je fusse, ou que j'alasse,
Oncques par champs ne par chemins
N'oys mos de telle efficace
10810 Lire en papier n'en parchemins.
Qu'en dicte vous, mes eschevins,
Cytoiens, bourgois et marchans ?
Quentin moustre par mos divins
Qu'en fausse loy sommes marchans.

GARIN

10815 Ses mos sont doulz et angelins
Et nous sommes fos et meschans ;
Nous delairons nos dieux malins,
Se vous volés croire en mes chans.

FLOURISSE

J'entens par ses dis tres pondans
10820 Qu'en enfer je suis trebuchiet
Et que par ses fais trop oindans
En pourray estre despechiet.

LIMOGE

Creons ung Dieu qu'il a preschiet,
Se renoyons fausse ydolles.

* HULIN

10825 Affin que soie radrechiet,
Croions ung Dieu qu'il a preschiet.

SOUTILLET

Tout soit rompu, tout soit traciet,
Nos dieux sont bourdes et frivolles.

BRISEBARRE

Creons ung Dieu qu'il a preschiet,
10830 Se renoyons fausses ydolles.

LE MAIEUR

Quentin, j'entends par vos parolles,
Que de loy sommes abusés,
Moustrés nous par dis ou par rolles
Les gros termes les plus rusés
10835 De quoy en vostre loy usés,
Affin que nous puissons oultrer
** Nos dieux, qui sont tous refusés,
Et en tres sainte loy entrer.

QUENTIN

Il vous convient regenerer
10840 Des tres sains lavacres sacrés
Et croire, sans jamais errer,
Ung seul Dieu qui tous nous a crés.
Approchiés, maieur et jurés,
Approchiés, bourgois et commun,
10845 Puis que vos dieux sont parjurés,
Croiés ung Dieu qui est comme ung.
En tamps offusque, opacque et brun,
Avés exercé la police
D'Amiens ventilee de crum
10850 Par trop sedicieux malice,
Mais il est temps qu'on apalice
L'obscure et tenebreuse nue
De heresie, la faulce lice,
Si qu'elle soit chetive et nue.
10855 En vostre cité est venue
Lumiere d'excelse artifice,
C'est la splendeur et bienvenue
Du tres hault soleil de justice ;
Chascun luy face sacrifice,
10860 *** Chascun aime son nom tres chier,
Chascun de sa loy se sortisse
Et veille son erreur trachier.

Moult vault le juste justicier,
Ministre de Dieu par samblance,
10865 Quant le tres souverain princhier
Le benit de sa bienveillance,
Affin dont qu'a juste balance
Pesés equité nettement,
Soyés renovés par vaillance
10870 Du saint spirital lavement.

RAGENTESTE

Recepvons ce saint sacrement
Avec les bourgois de la ville.

* ESTORFAULT

Si ferons nous, le sacre ment
De nos dieux, qui est ort et ville.

QUENTIN

10875 Crés vous ung Dieu qui anichille
Tache de pechié tres amere,
Qui print virginal·domicile
En Marie, sa sainte mere ?

LE MAIEUR *et bourgois ensamble*

Nous le creons.

QUENTIN

Au nom du pere
10880 Du fil et du saint esperit,
Je vous baptise, grace appere
En vous de cil qui ne perit.

CLUGNET

Civile loy, qui seignourit
En ceste opulente cité,
10885 Se tourne a Dieu, qui le nourit,
Par Quentin qui l'a incité.

MATHIOLET

Il a baptisié grant plenté
De gens, par quoy le deable derve,
Six cens hommes ont surplanté
10890 La loy de Mercure et Minerve.

** FLOREMBERT

Loons Dieu, que chascun le serve,
Son commandement observant,

Quant par Quentin, son bon servant,
Reboute deablesse leuserve.

FROITMONDIN

10895 Puis que d'eresie la serve
Est nostre cité preservant,
Loons Dieu que chascun le serve,
Son commandement observant.

RENOUART

Prions Jhesus qu'il nous conserve
10900 Du faulx ennemy desservant,
* Si que nous soions desservans
Sa grace ou tout bon ceur s'asserve.

ARQUEMBAUT

Loons Dieu, que chascun le serve,
Son commandement observant,
10905 Quant par Quentin, son bon servant,
Reboute deablesse leuserve.

NATALYE

Se Rictiovaire proterve
Scet ce nouvel baptisement,
Ainsy qu'on berse cerf ou cerve,
10910 Brisé serons de griefz tourment.

YSEMBART

Retournons tout paisiblement
Un chascun devers sa chascune,
Loons Dieu tout secretement,
Qu'il n'en viengne rumeur aulcune.

LE MAIEUR

10915 De ce hault bien et enfortune
Nous vous remercions, Quentin,
Vous estes cil qui nous fortune
En l'amour d'ung Dieu celestin,
Nostre chier amy, nostre affin,
10920 Miroir de tous bons cristiens,
Le vray espoir de nostre fin,
Aprés Dieu, si comme je tiens.

** QUENTIN

Bourgois et citoyens d'Amiens,
Estes vous miens ?

10865 tres *mq.* — 10866 brut. — 10876 *nu c est*
brouillé avec le d *de* pedhie *A.* pedhie *B.*

* *179* A. — ** *180* B.

10894 lenferve. — 10902 en tout. — 10906 lenferve.
— 10911 tous. — 10914 n.c.

* *180* A. — ** *181* B.

LE MAIEUR

Nous sommes vostres.

QUENTIN

10925 Estes vous maintenant des miens,
Bourgois et citoiens d'Amiens ?

GARIN

Oy, Quentin, tu nous soustiens
Et nous apprens nos paternostres.

* QUENTIN

Bourgois et citoyens d'Amiens,
Estes vous miens?

LE MAIEUR

10930   Nous sommes vostres
Et retournons es hostelz nostres,
Tous joyeulx de cest entremés.

QUENTIN

Amés Dieu, servés desormais
Celuy qui fut crucifiés
10935 Et ne vous aviengne jamés
D'aurer les dieux fondefiés.

RAGENTESTE

Puis que nous sommes baptisiés
En la loy d'ung Dieu debonaire,
Sans doubte d'estre ratisiés,
10940 Allons veoir Rictiovaire.

ESTORFAULT

Allons luy conter et retraire
Ceste nouvelle nonpareille,
Affin que le puissons atraire
Aux biens que Dieu nous appareille.

RAGENTESTE

10945 Resvelle toy, prevost, reveille,
Pour reverser tes dieux en bas,
Escoute l'istoire et merveille
De Quentin qui fait ses esbas.

RICTIOVAIRE

** Comment, ne le gardés vous pas ?
10950 Que faictes vous cy maintenant ?

Se vous ne visés sus ce pas,
Nous y serons la main tenant.

ESTORFAULT

Tu tailles grues en volant
Et si forcontes sans ton hoste,
10955 Tu aras le ceur bien dolant,
Mais que tu entendes la note.

RICTIOVAIRE

* Bon gré en ait Mars et rihote,
Ne scés tu dire l'aventure ?
L'an emporte en biere en hoste
10960 Ou brisier l'uis et l'ouverture.

RAGENTESTE

Nennil non, sans quelque rompure
D'huys, de serrure ou de fenestre
Et sans violente rapture,
Il est issu hors de son estre.
10965 Dieu, qui crea l'erbe champestre,
Delivrance luy a rendu,
Se peult en ville et en champ estre,
Preschant son Dieu qui fut pendu.

RICTIOVAIRE

Vous mentés, vous l'avés vendu
10970 Aux cristiens argent contant :
Cil qui fut en croix estendus
N'a puissance d'en faire tant.

ESTORFAULT

Certes son povoir est plus grant
Et plus puissant en tous enclastres
10975 Que de ceulx dont tu és engrant
De servir, qui sont fais de plastres.

RAGENTESTE

O povres gens, povres folastres,
Meschant prevost, meschant maisnie,
Et vous tous aultres ydolatres,
10980 Que le diable tient et manie,
** Comment mettés vous estudie
En faintes entaillures vaines,
Qui sont sans oir riens qu'on die,
Sans voir ou avoir nerfz de vaines ?

10964 issir. — 10972 autant. — 10978 masnis.

ESTORFAULT

10985 De grans maladies sont plaines
Tes ydoles qu'on fait dorer,
Si sont ceulx qui avant les plaines
Te consentent les adorer.
  * Il nous souffit nous retirer
10990 En ung seul Dieu tout bien dressant,
Lequel terre et mer vault creer,
Que Quentin son serf va preschant.

RICTIOVAIRE

Je soye nos dieux renoyant
En despitant leurs haultains fais,
10995 Se vous, dont je suis anoyant.
N'estes magiciens parfais.

RAGENTESTE

Art magicque, ung tres puant més
Diabolique et maladieu
11000 Ne volons nous a touchier, més
Nous confessons estre ung seul Dieu
Qui fit ciel et terre ou millieu
Du monde et qui crea la mer
Et toute chose en quelque lieu
Qu'elle soit, sans aultre clamer.

RICTIOVAIRE

11005 Paix, vous ne faictes que bourder,
Vous estes, a ce que je sens,
Ivres par trop fort gourmander,
Dervéz, rabis ou hors du sens.
Jamais plus ne soiés presens
11010 Devant mes yeulx, courés en voie,
Si que tousjours soiés absens
Et que jamais plus ne vous voie.

*Icy s'en vont les
deux tirans arriere.*

  ** Seigneurs, je crieve, je mervoie,
J'araige, je meurs, je soubite,
11015 Je desespoire, je desvoye,
Je m'engaigne, estonne et labite.
Quentin, le magique ypocrite,
Le malfaiteur, le papelart,
Convertit a sa loy escripte
11020 Grant et petit, josne et viellart.

Par Tantalus, qui brule et art,
S'on ne treuve tour de l'ataindre,
  * Pour l'occire par aulcun art
Et son nom casser et estaindre,
11025 Il seduira, sans nul remaindre,
L'univers peuple, par son vice,
Et des dieux que nous devions craindre
Anichilera le service.

TARQUIN

Il soit brisié comme une bice
11030 A force de chiens familleux :
Est sa maniere tant rabice
Qu'il ne craint nul tour perilleux ;
S'il estoit ansi orguilleux
Q'ung chenne qui ne peult ploier,
11035 Se trouveran tour merveilleux,
Pour l'adoucir et simploier.

TORQUATUS

Il vous y fauldra desploier
Sens et chevance et tout despendre,
Nous ne savons tour emploier
11040 Qui le puist estrangler ou pendre.

HONORÉ

Qui vouldra mon conseil entendre,
Vous l'arés par beau langagier,
Veu que par batre ou estendre
On ne le peut adommagier :
11045 Se vous le volés corrigier,
Par glaves, par dars ou guisarmes,
Les citoiens pour eulx vengier
Feront tantost crier aux armes.
Il a seduit homes et femmes,
11050 Lesquelz, se vous le martirés,
  ** Sus nous, comme sus gens infames,
Courrons a grans cousteaulx tirés.
Trop mieulx vous le convertirés
Par beau langaige, sans mesdire,
11055 Que quant vous luy departirés
Tout le tourment qu'on poroit dire.
  *** Doulz parler fait mitiguier l'ire
Des dieux des gloires superneles,
Doulz parler, qui le scet eslire,
11060 Apaise fureurs crimineles,

10986 ces. — 10988 ce consentant. — 11017 ypotart.

  * 181° A. — ** 182° B.

11031 et sa. — 11041 vauldera. — 11045 *mg.* —
11059 le *mg.* — 11060 cremireles.

  * 182 A. — ** 183 B. — *** 182° A.

Doulz parler fait les damoiseles
Condescendre a don de mercy,
Doulz parler menra soulz nos eles
Quentin au coraige endurcy.

RICTIOVAIRE

11065 Maistre Honoré, il est ainsi,
Nos dieux ont leissiet leurs vertus
En tres doulz langaige agenci,
Dont pluseurs gens sont abatus.
Affin qu'on le puist ruer jus,
11070 Il fault avoir gens bien en point,
Qu'ilz soient rusés de telz jus
Par gracieux ris, qui trop point.

TARQUIN

Chier sire, n'y envoiés point
Ne Riagal ne Claquedent ;
11075 Qui ne verroit que leur pourpoint
Se tramblerait on dent a dent.
Ilz sont plains de noise et de vent,
S'ont tousjours le diable en la gorge
Et si les crient on bien souvent
11080 Plus que serpent qui fu desgorge.

HONORE

Il fault gent de toute aultre forge,
Torquatus est ung droit mignon
Courtisien, qui beaux mos forge,
N'est pareil jusques Avignon
11085 Et Pantheon, son compaignon,
Parole aux dames face a face,
˙Il ne rougist ne q'ung pignon,
Pour don ne promesse qu'il face.

TORQUATUS

Je ne scay home en ceste place
11090 Qui soit plus ydoine au mestier.

˙˙ PANTHEON

Vous et moy tout en une lace
L'amenrons, s'il vous est mestier.

RICTIOVAIRE

Oy, pensés de le traitier
Doucement, de langaige affable
11095 Et l'amenés en ce quartier,

11067 agenti. — 11083 courtigien.

˙ 183° B — ˙˙ 183 A.

Soit par menchonner ou par fable.

TORQUATUS

Je le feray, prevost notable,
Ne vous donnés plus de soussy.

PANTHEON

Pensés tousjours quelque notable,
11100 Il me samble que le vecy.

LE FOL

Que dictes vous, ay je vecy ?
Encore n'ay je ouvert me fesse.
Ce n'est point mon estat ossy,
C'est l'estat d'une pineresse.
11105 De quel metal est une vesse,
Puis qu'il vous passe par la bouche ?
Repondés la, c'est orde touche.
Men cousin, le veulz tu flerier ?
C'est ung cruel esbalestrier
11110 D'ung cul, puis que nous en parlons,
Il prent sa visee aux talons,
Se va ferir les gens au nés.
Jennin, tu és mal desjeunés.
Tu buverois bien ung caupet,
11115 Au mains deffulle ten touppet
Devant moy, suis je ung flagolleur ?
Deffulle toy, hé, fatroulleur,
˙Tu as les dens tous plains de poux,
Tu portes bonnet de jongleur,
11120 Il y a ung quoquart dessoulz.

TORQUATUS

Quentin, beau fils, je te salue,
Ton nom, ton bruit et ta value
Penetrent les glorieux cieulx.

˙˙ PANTHEON

Quentin, toute hauite advenue
11125 T'est au jour d'ui nee et venue,
Se tu veulx entendre a nos dieux.

TORQUATUS

Quentin, tu és de face et d'ieulx
Tant bien pourtrait qu'on ne peut mieulx,
Tu n'as faulte que de credence.

11108 mon.

˙ 184 B. — ˙˙ 183° A.

PANTHEON

11130 Quentin, aproche et si nous sieux,
       Tous ensemble, josnes et vieux,
       Te donront haulte recreance.

QUENTIN

       Que volés vous que je m'avance ?

TORQUATUS

       Avance toy a la chevance.

QUENTIN

11135 Chevance ne quiers je n'avoir.

PANTHEON

       Avoir fait acquerir savance

QUENTIN

       Savance est souvent decepvance.

TORQUATUS

       Decepvance ne peulx avoir.

QUENTIN

       Avoir mondain ne veulx je avoir.

PANTHEON

11140 Voir te convient nostre manoir.

QUENTIN

       Manoir y veuil sans point fuir.

TORQUATUS

       Fuir ne doibz pour mieux valoir.

QUENTIN

       Valoir peult on par bon voloir.

PANTHEON

       Voloir prens donc de nous sievir.

       Quentin s'en va
       avec eulx a
       Rictiovaire.

' TARQUIN

11145 Sire, je vois Quentin venir
       " Dedens ceste habitacion ;
       Affin que puissiés parvenir
       A vostre fainte intencion

De fable et d'adulacion,
11150 Les mos dorés vous fault semer.

RICTIOVAIRE

       N'en faites plus de mention,
       Je le scaray bien acheminer.

TORQUATUS

       Sire, pensés de coulourer
       Vostre langaige en doulce formes,
11155 Si bien que vous faciés plourer
       Quentin, qui est tristes et mormes.

RICTIOVAIRE

       Quentin, le tres noble des homes,
       J'ay vergoigne et voy rougissant
       Et comme confondu m'assommes
11160 Pour ta nobilité puissant,
       Quant tant de richesse luisant,
       Tant de hault et noble advenir
       Des parens dont tu és issant
       Doibvent a toy appartenir.

11165 Je voy que tu és parvenu
       A tel dangier de povreté
       Que tu és tres povre tenu
       Et chetif par mendicité,
       Par la secte ou tu és bouté,
11170 Qui tant est vaine et detestable
       Que de chascun és debouté,
       Comme digiteux miserable.

       Escoute dont songneusement
       Mon conseil salubre et mes dis.
11175 Une chose veulx seullement,
       C'est sacrifice aux dieux predis.
       J'envoiray legaux et amis
       Aux tres sacrés imperateurs,
       ' Affin que de tes biens obmis
11180 Te soient vrais restituteurs,

       " Priant qu'ilz te veuillent donner
       Tres amples et grans dignités,
       Robe de pourpre habandonner,
       Pour vestir aux solennités,
11185 Si que par toy soient portés
       Riche coler d'or et chainture
       Et que telz haulx bien transportés

11135 quiers *mq.*

' *184ᵇ B.* — '' *184 A.*

11154 douze. — 11158 vergoigne. — 11171 dobouté
A. — 11177 le geulx.

' *185 B.* — '' *184ᶜ A.*

Reviengnent en leur flouriture.

Regarde en pité ta jonesse
11190 Que tu pers en tenant l'usaige
D'ung dieu qui monta sus l'anesse,
Fil d'un fevre et de bas linaige,
Cuide tu seul estre plus saige
Que tes nobles parens romains ?
11195 Tu refuses tout haut bernaige
Et ung chascun y tient les mains.

TORQUATUS

Regarde la tres riche coupe
Presieuse qui sera tienne,
Se tu veulz congnoistre ta coulpe
11200 Et laissier la loy cristienne.

PANTHEON

A toute heure cotidienne
Aras bruit honneur et richesse,
Se crois en Minerve et Dienne
Et en toy la loy de Crist cesse.

RICTIOVAIRE

11205 O Quentin, Quentin, mon enffant,
Veulx tu perdre ta seignourie,
Zenon, ton pere triumphant
Et la mere qui t'a nourie ?
Toute fleur et chevalerie
11210 Te regrette, souspire et pleure ;
Delaisse ceste poullerie
Et reprens nostre loy meilleure.

QUENTIN

* Lou ravissant et comme chien,
** Plain de rabi foursenement,
11215 Quant follement et sans engien
Cognois tu mes sens clerement,
Tu les cuide totalement
Subvertir par dons et promesses
Et malereux assamblement
11220 D'onneur mondain et de richesses.

Mais tes richesses avecque toy
En iront a perdicion :
De la constance de ma foy
Ne puis faire mutacion ;
11225 Elle est en disposicion

De Dieu Jhesucrist, notre sire.
Cil n'est povre en sa mancion
Qui est riche en Dieu qu'on desire.

La richesse de Jhesucrist
11230 Est eternelle et tousjours dure ;
Qui le prent ou qui le merit
Faulte n'indigence n'endure.
J'aime et en convoite l'ardure
Et pour telle richesse grande
11235 Suis prest, non pas a paine dure,
Mais a la mort, s'il le commande.

Vostre honneur et vostre richesse
Et possessions temporelles,
C'est ung plaisir qui tot se cesse
11240 Comme fumee ou estincelles.
Celles que Dieu donnent sont telles
Que œuil humain, oreille ne ceur
Ne vis, n'oyt, ne pensa celles,
Tant sont d'excellente vigeur.

RICTIOVAIRE

11245 Quentin, tu prens dont ce conseil
Que tu aimes mieulx qu'on te livre
A mort, a paine et a traveil,
Que tu ne fais au monde vivre ?

QUENTIN

* J'aime trop mieulx qu'on me delivre,
11250 Par mort pour Crist, par glaive ou fus,
** Que comme malereux ou ivre
Vivre au monde et estre confus.

Ceste mort et ces griefz tourmens,
Qui par toy me sont conferés,
11255 Me sont vie et preparement
De gloire es haulx bien conferés ;
Paiés seront et assenés
Les deus voluntairement,
Lesquelz comme tous assignés
11260 Doy paier naturelement.

Car s'en ceste confession
Demeure perseveramment,
Si qu'a grant tribulacion
De mort me livres durement,
11265 Je cuide vivre heureusement

11206 perde.

* 185ᵇ B. — ** 185 A.

11253 et telx.

* 185ᵛ A. — ** 186 B.

En Jhesucrist, mon esperance,
Et avoir riche estorement
Aprés mortelle delivrance.

RICTIOVAIRE

Par mes dieux et deesses saintes,
11270 Jamais de toy mercy n'aray,
Hastivement, sans nulles faintes,
Mortelement te pugniray.

QUENTIN

Jamais jour je ne crainderay
Tourment d'home persecuteur,
11275 A Dieu me recommanderay,
Qui sera mon bon adjuteur.

RICTIOVAIRE

Chevaliers, vecy grant orreur,
Tousjours chante de pis en pis,
Par beau parler ne par terreur
11280 Ne change le cœur de son pis.

AGRICOLAN

Il le fault assommer de picqz
'Ou le ruer comme ung saumon
En l'eaue, en quelque vieux tapis ;
Que prouffite si long sermon ?
11285 Vecy Serpent, vecy Dragon,
Qui perdent tous leurs appetis
'' Et n'atendent q'ung tel mangon
Pour courre sus ces appatis.

RICTIOVAIRE

Or sus, sergans grans et petis,
11290 Qui qui vive ne qui qui grogne,
Sallés sus de nos appentis
Pour luy tourmenter sa charongne.

DRAGON

Chascun de sa besongne soigne,
Chascun a l'espee happee,
11295 De la mienne qui rogne rogne
Ara une griffoe fee.
Comme toute adoubee bee
Pour tirer de tripaille paille,
Sus sa teste pelee lee
11300 Fera, si je le taille, taille.

SERPENT

Toute jour a la baille baille,
Mon regart sus la rue rue,
Sur tours et sur muraille raille,
J'ay la teste cornue nue,
11305 Plus fort q'une sansue sue,
Mais me glave en ma palme pasme,
De qui main₁e tortue tue,
Ne vient home ne infame fame.

CLAQUEDENT

Comme ung cop de tonoire noire,
11310 Ma glave qui bastone tone,
Clere est comme d'ivoire voire,
Devant mainte personne sonne,
Sus mainte droite bonne bonne,
L'aguise et comme darde darde
11315 'Et quant je l'abandonne, donne
Maint cop, mainte paillarde larde.

YSENGRIN

Puis que c'est a la hucque hucque,
Je prendray marcigaie gaye,
Dont souvent a l'embusque busque,
11320 Et de quoy mainte playe plaie,
Pluseurs de malle paie paie,
Qui ont souvent froidure dure,
Quiconques ne l'assaie aye
Grant peur de sa morsure sure.

'' ARSENICQ

11325 Ma darde mieulx que picque picque,
Ne scay en cest empire pire
Et plus hault q'une clicque clicque :
Il convient qu'a martire tire
Tout homme qui admire mire
11330 Et que tout aine fiere fiere,
Car qui ot son hault bruire ruire,
Il change face et chiere chiere.

RIAGAL

Dieux, encore feray je raige,
S'il fault qu'a la houssoie soie,
11335 N'espargneray messaige saige,
Roy ne rocq, qu'en la voie voie,
Tout home qui fourvoye voie

11282 soumon. — 11288 appetis. — 11296 guffe.

11331 bruire, bruire.

' 186 A. — '' 186ᵃ B.

' 186ᵃ A. — '' 187 B.

Arriere, quand j'escoulle coulle
D'ung coutel qui la roye roye,
11340 Je coppe toute andoulle doulle.

RICTIOVAIRE

Sergans, il fault qu'on le despoulle,
Prendés vous y habillement.

RIAGAL

Comme ung regnart prent une poulle,
Nous prenrons son habillement.

ARSENICQ

11345 Nous le ferons joieusement,
* Il sera pillet, espoulliet
Et desbilliet, dieux scet comment ;
A ce faire sommes veilliet.

RICTIOVAIRE

Seigneurs, avés vous soutilliet
11350 Quelque torment impetueux ?
Sera il tailliet, castilliet ?
Qu'en feran ?

TARQUIN

Prevost vertueux,
Pour son pechié voluptueux
Corrigier par tormens divers,
11355 Sans quelque tour presumptueux,
Il soit loiet en ung travers,
Traversé devers, de revers,
" Reversé sur pointe et pointures,
Tant que ses membres nudz que vers
11360 Soient desjointz de leurs jointures.

RICTIOVAIRE

Il sera fait, sus, creatures
De mal faire, aly, aly,
Ysengrin, pré pi que froidures,
Riagal, egal a gali,
11365 Arsenicq au vis apali,
Serpent rompant, Dragon dardant,
Faictes tost, qu'il soit assailly
Et mis en ce travers pendant.

RIAGAL

Nous le ferons chaut et suant.

11370 Dragon, dardant comme arbalestre,
Et toy, Serpent, ort et puant,
. Loyés le tost en ce chevestre ;
Vous estes venus en cest estre
Des derrains, s'irés au dessoulx.

DRAGON

11375 Comment l'entens-tu ? je suis maistre
Du mestier ausy bien que vous.

* ARSENICQ

Vous n'estes au regard de nous
Que ramonneurs de cheminees,
Loyé la vous deux a tous boux,
11380 Que vous n'aiés des bastonnees.

RIAGAL

Deux bons galans de corvees
Voyent tordre a ce bout de la,
Sy soient tout a cop ruees
Les cordes, qui cordelles a.

YSENGRIN

11385 Par le corde que dieu corda,
Clacquedent et moy tirons cy,
Vieng avant, hé, surson corda,
Rompons ses membres sans mercy.

" CLAQUEDENT

Ne t'en donne point de soussy,
11390 Je feray bien mon personnaige.

RIAGAL

Arsenicq, vieng avant aussi,
Pour luy donner du lopinaige.

ARSENICQ

Rompons luy le nés du visaige
Et desnouons les membres rois,
11395 Espaules et tout son corsaige,
Se luy faisons pluseurs desrois.

YSENGRIN

Chascun face ses esbanois,
Ensamble, ensamble, beaux preudons.

CLACQUEDENT

Nous luy ferons pluseurs anois,   .

11340 couppe tout. — 11346 espaulliet. — 11357
vers et de. — 11364 agal. — 11366 corr : rampant ?

* 187 A. — ** 187° B.

11380 que que B ; q biffé après que A. — bastonniers. — 11381 en marge : II° martir. — 11383
voient. — 11385 qui. — 11388 ces.

* 187° A. — ** 188 B.

11400 Mais que ce mestier aprenons.

RIAGAL

Tordons, cordons,
Retordons, recordons
Cordes, cordons
Et cordeaux et cordele.

ARSENICQ

11405 * Boutons, sacquons,
Reboutons, rassacquons,
Tordons, cordons,
Retordons, recordons.

YSENGRIN

Bourdons, mordons,
11410 Accordons, discordons,
Chantons, dansons.
A note et a viele.

CLACQUEDENT

Tordons, cordons,
Retordons, recordons
11415 Cordes, cordons
Et cordeaux et cordele.

** QUENTIN

Dieu qui crea siecle univers,
Les abres vers ou fruit converse,
Tu vois comment, par gens parvers,
11420 Les bras ouvers, vers le revers,
En ce travers, on me traverse,
On me reverse et rue et verse
En plaine adverse et en torture,
Gloire a toy soit, quant je l'endure.

RICTIOVAIRE

11425 Riagal, vous rendés vous ja ?
Que le laissiés vous quaqueter ?
Par Paris troyen qui songa,
Se vous le laissiés barbeter,
Je vous iray tant craventer
11430 Que vous morés de mort vilaine.

RIAGAL

Sire, il nous convient esventer,
Pour reprendre ung peu nostre alaine.

ARSENICQ

Se nous disons parolles vaines,
Servis serons de vis, de tors.
11435 Tordons, qu'il ne soit nerf ne vaine
* Qui ne soit rompu et detors.
Tirons, tirons.

YSENGRIN

Ahors, ahors,
Ses membres crocquent a tous lés,
Il samblent qu'ilz soient tous hors
11440 Du lieu, tant sont ilz affolés.

DRAGON

Il sont desja tous espaulés,
Je croy qu'ilz sont au vif attains.

SERPENT

Ilz sont si bien affistolés
Qu'ilz sont desja pales et tains.

RIAGAL

Tordons ses bras.

** ARSENICQ

11445 Tordons ses mains.

YSENGRIN

Tordons ses poingz.

CLACQUEDENT

Tordons ses dois.

RIAGAL

Affin qu'il desplaise aux humains,
Tordons ses bras.

ARSENICQ

Tordons ses mains.

YSENGRIN

La teste n'en ara point mains.

CLACQUEDENT

11450 Faisons luy pis qu'a ung Vaudois.

RIAGAL

Tordons ses bras.

---

* 188 A. — ** 188ᵃ B.

* 188ᵇ A. — ** 189 B.

ARSENICQ

Tordons ses mains.

YSENGRIN

Tordons ses poingz.

CLACQUEDENT

Tordons ses dois.

* RICTIOVAIRE

Hé, compaignons, tenés vous quoys,
Ceste paine lui est trop doulce,
11455 Il est plus dur qu'ung arc turquoys
Et ne se plaint d'œul ne de bouche.
On lui jura d'une autre touche,
Pensés tot de le desloier.

RIAGAL

Nous le ferons, chascun y touche,
11460 Pensés de nous mieulx emploier.

RICTIOVAIRE

Beaux seigneurs, je ne puis ploier
Ce Quentin a nostre querelle,
Pour luy rendre ung piteux loier,
Se riens scavés de bon, querés le.

HONORÉ

11465 **Chascun son penser renouvelle,
Pour luy faire quelque tempeste.

ARICOLAN

Tantost arons quelque nouvelle,
J'ay je ne scay quoy en la teste.

*Il fait samblant de
penser et tous les aultres.*

GRIGNART

Que dites vous de ceste feste ?

CREPI

11470 Quentin se moustre tres vaillant,
Il soustient la loy du prophete ;
Que dites vous de ceste feste ?

GRIGNART

Je dis et est tout manifeste
Qu'il ne craint ne fer ne taillant,
11475 Que dites vous de ceste feste ?

CREPI

Quentin se moustre tres vaillant.

RICTIOVAIRE

Qui esse qui va soutillant
Quelque espece de tourment grief
Desordonné, dur et taillant ?
11480 Se le nous die court et brief.
*Les galans vivent a meschief,
Qui sont oyseulx tout longuement,
Il soit tormenté de rechief,
Qu'il ne quiere aulcun ongnement.

ARICOLAN

11485 J'ay ouvert mon entendement,
Phantasie, ymaginative,
Mon memorial pensement
Et ma puissance intellective.
Pour trouver par speculative
11490 Paine tres enorme, inhumaine,
S'en ay une supelative
Ou il est besoing qu'on le maine.
J'ay sievy noblesse romaine
Soulz l'empereur Maximien
11495 Qui me retient en sa demaine,
**Comme cil qui est seigneur mien.
J'ay veu occir maint cristien
Par ses gens fors et acerés,
Mais n'est horreurs comme je tiens
11500 Que de fors resteaulx acerés.
S'il en est servi, vous venrés
A vostre prestolé desir
Et tant affoibli le verrés
Qu'il ne porra soir ne jesir.

RICTIOVAIRE

11505 Meilleur tour ne peult on choisir.
Sus, sergans, qu'il en soit deffait.

11468-11469 *Ind. scén.* de — ltres *mq* A.

* *189 A.* — ** *189° B.*

11488 *mq.* — 11489 pour. — 11501 en *mq.*

* *189° A.* — ** *190 B.*

RIAGAL

Exposés le cas a loisir,
Nous n'entendons point bien le fait.

DRAGON

Arriere dont, j'en suis tout fait,
11510   G'y suis plus chaut que plonc qui bout
Et me suis aultreffois forfait
Affin que j'en venisse a bout.

AGRICOLAN

* Dragon et Serpent scevent tout,
Ce leur est une grosse lettre,
11515   Car ils m'ont sievy tout partout,
Se l'ont fait en maint lieu terrestre.

SERPENT

Nous avons trop dormy en l'estre,
Sans mettre main a la buee,
On nous reboute q'ung cavestre,
11520   Mais enfin nous arons huee.

RICTIOVAIRE

Puis que vous entendés la fee,
Entre vous deux nouveaux venus,
Faictes que sa char soit griffee
D'aulcuns rasteaulx gros ou menus.

DRAGON

11525   Nous les avons grans et dentus,
De cela sommes nous furnis.

** SERPENT

Affin ce qu'il en soit batus,
Querons les, s'en sera pugnis.

RICTIOVAIRE

Sus, Riagal, fais qu'i soit mis
11530   En lieu qu'on le puist rateler.

RIAGAL

Puis qu'a cela m'avés commis,
Je l'iray tantost atheler.
Arsenicq, pour l'entribouler
De ces rasteaulx longz et agus,
Couchons le icy.

ARSENICQ

11535   Pour l'en soler,

Je le feray sans nulz argus.

DRAGON

Sont ilz crueulx ?

ARSENICQ

                 Sont ilz quocus ?

DRAGON

Sont ilz malois ?

* SERPENT

                 Sont il nouveaux ?
Pour larder chas et chiens et culz,
11540   Ne vecy point balesteaux ?

DRAGON

Vecy rasteaux a tuer gens,
Estofféz de fer et d'acier.

RICTIOVAIRE

Soiés de ferir diligens,
Je l'ay fait tres bien atachier.

DRAGON

11545   Nous sommes prestz pour commencier,
J'en ai si grant fain que je raige.

SERPENT

Il me fault manches rebracier
Pour ouvrer de meilleur coraige.

** RIAGAL

Sire, se je n'ay de l'ouvraige,
11550   Je me frapperay avec eulx
Ou par grant argu me turai ge,
Je crieve, quant je vois tel geux
Besongnier et je suis oyseulx
Comme une ymaige qui s'appoye.
11555   Triste seroie ou angoisseux,
Si je ne batoye ou frappoye.

RICTIOVAIRE

Quiers nous dont huyle, crasse et poie,
Si les va fondre tout ensamble
Et tandis qu'il pend a l'apoye,
11560   Qu'on le bat et qu'on le dessamble
Son sang de sa char, il me samble,
S'il est bersé de tel brouet,

11509 Arrier A. — 11525 en marge : Le III° martir.
— 11533 lentrebouter.

* 190 A. — ** 190° B.

11540 me — corr : bons balesteaux ? — 11546 gant A.

* 190° A. — ** 191 B.

Qu'il n'est doleur qui la resamble.

RIAGAL

Nous en ferons plain pot couet,
11565 Tost, Arsenicq, quiers ung trouet,
Poy, harpoy, buche, bois, esteule,
Lanterne, soufflé et mouchet,
Je voy querir le pot a l'eule.

* ARSENICQ

Ne lairay une bague seule,
11570 J'apporteray, pour faire fus,
Les estoupes sans le queneule,
Estenelles et vieux paffus.

YSENGRIN

Sire, fait on de nous reffus ?
A quoy passerons nous le tamps ?
11575 Claquart et moy, comme confus,
Sommes des archiers attendans.

RICTIOVAIRE

Vous deux dont serés esbatans
A querir falos et brandons,
Boutés les en charbons ardans,
11580 Pour le rostir comme lardons.

YSENGRIN

Nous prenderons des charbons bons,
Se sera charbonee nee,
" Nous luy ferons de brandons dons
D'une vielle fusee usee.

CLAQUEDENT

11585 Querons a quelque cheminee
De charbonniere une miniere,
J'aray la face enpotinee
Plus noire q'une pautonniere.

RICTIOVAIRE

Soufflés faiceaux, soufflés fumiere,
11590 Soufflés fagos, soufflés tisons,
Prendés flambeaux, prendés lumiere,
Prendés falos, prendés tronchons,
Rompés cuir, peaulx et quorions,
De vos rasteaulx, de vos rotieres.
11595 Qui donra les beaux borions,
Gaiges ara sus les frontieres.

DRAGON

Ratelons, en nos rateliers,
De nos roux rasteaulx ratelans.

SERPENT

* Comme ras ratains en ratiers,
11600 Ratelons en nos rateliers.

DRAGON

Comme tisserans ou teliers
Ravettent les toiles telans,
Ratelons, en nos rateliers,
De nos roux rasteaulx ratelans.

RICTIOVAIRE

11605 O Quentin, Quentin,
Ton dieu celestin
Te laisse au traveil.

QUENTIN

Tu scés, chien matin,
Qu'aprés brum matin
11610 Luit le bel soleil.

RICTIOVAIRE

Maintenant apert
Que ton corps se pert,
Car a la mort tent.

QUENTIN

Je n'en suis desert,
11615 Qui bon maistre sert
Bon loyer attent.

" RICTIOVAIRE

Doleur assouvie
Jusque ame ravie
Te donra grevance.

QUENTIN

11620 Se le corps devie,
L'ame reprent vie,
Qui chope, il s'avance.

RICTIOVAIRE

Ton dieu, ton chier gaige
Est vent et langaige,
11625 Sans nul recouvrier.

QUENTIN

C'est ung cler parage,
Tousjours a l'ouvrage
Cognoist on l'uvrier.

RICTIOVAIRE

Tu és bien auné.

QUENTIN

11630 Tu és bien dampné.

RICTIOVAIRE

Tu és bien fourbi.

QUENTIN

Tu és forcené.

RICTIOVAIRE

Tu és mal mené.

QUENTIN

Tu és tout rabi.

RICTIOVAIRE

11635 Tu és reprouvé.

QUENTIN

Tu és tout dervé.

RICTIOVAIRE

Tu és affoibli.

QUENTIN

Tu as meschanté.

RICTIOVAIRE

Tu m'as enchanté.

QUENTIN

11640 Tu m'as appali.

RICTIOVAIRE

Par Mars, qui la guerre establi,
Le garçon me fait forcener.
Sus, avés vous le ceur failli ?
Penssés de le bien assener.

DRAGON

11645 Autant que je puis ramonner
De ce merveilleux pine pine.

SERPENT

Je le scay si bien ramener
Des meures, que sa mine mine.

RICTIOVAIRE

Faicte bon feu en la cuisine,
11650 Plaindés vous gros charbons de faude ?
Ceste potacion sarrasine
Deveroit estre toute chaude.

RIAGAL

J'ay tant soufflé que je m'eschaude,
Se me brule levres et lippes,
11655 Il vouldroit mieulx d'une richaulde
Rostir les boiaulx et les trippes.

ARSENICQ

Souffle a droit, souffle que tu niffles,
Scés tu souffler ung bon goubet ?

RIAGAL

Ne scay se tu souffles ou siffles,
11660 Mais tu és ung bien ort gibet.
Tu as desmanchié ton courbet,
Car tu jues de la vireulle.

ARSENICQ

Le vent m'est monté au touppet,
Tu as desmanchié ton courbet.

RIAGAL

11665 Tu as descliquiet ung gros pet.

ARSENICQ

Tu as menti parmy la gueule.

RIAGAL

Tu as desmanchiet ton courbet,
Tu te jeues de la vireulle.

ARSENICQ

Regarde, souffleur de feveule,
11670 Se gresse et uuille et poy se toullent.

RIAGAL

Oy, ilz sont si chaulx qu'i boullent
Boullons ossi gros q'une nois.

RICTIOVAIRE

Ca, ce brouet sarrasinois.
S'il est chault a point, apportéz le.

ARSENICQ

Sire, nous allons.

*RIAGAL

11675   Tu le dois
Verser dedens celle paielle ;
Ouche, quoquin, tu m'ars les dois,
On te puist copper la boielle.

LE FOL

Donnés a boire a marotelle,
11680 Elle a bien gaigniet le chandel.
Pour avaler une croustelle,
Donnés a boire a marotelle,
En lieu d'une grosse cristelle,
Dont elle mache le tourtel,
11685 Donnés a boire a marotelle,
Elle a bien gaigniet le chandel.

RIAGAL

Vecy poye et uuille boullant,
Dictes moy tost que j'en feray.

RICTIOVAIRE

Tu le ruras chault et boullant
Sus son dos.

RIAGAL

11690   Je l'eschofferay.
Je croy que je le braseray
Comme ung cocq roti en brasiere.
Arriere, je le verseray,
Arriere, tost, arriere, arriere.
11695 Est il bien rué par maniere ?
Il en a tout du long l'espaule.

ARSENICQ

Tu és ung droit rueur en maule.
Tu as adreciet sus ses plaies.

**RIAGAL

Il est bien ramené des hayes,
11700 Dieu, quel basme, dieu, quel oincture,

Pour garir cuir, nerf ou joincture,
C'est mal sus mal et pis sus pis,
Deul sus deul et cure sus cure.
Ardure plus dure que picqz.

*RICTIOVAIRE

11705 Quoy qu'on brasse ou broulle toudis,
Soit d'uuille ou de gresse de pos,
Il est ferme en fais et en dis
Et ne veult changier son propos.

Serpent, Dragon, prendés repos
11710 De ces rasteaulx et le mettés
En traveil d'ung aultre compos,
Affin que vous luy tourmentés.

DRAGON

Nous le ferons, ne vous doubtés,
Il sera mis de l'un en l'autre.

SERPENT

11715 S'il n'y est mis, nous soions boutés
En ung tonnel tout plain d'espiautre.

*Ilz le remettent au
traveil.*

YSENGRIN

Je n'en puis plus, s'on ne m'espautre,
La fumee me monte au nés.

CLAQUEDENT

Je suis plus vaillant que tu n'és,
11720 J'alume feu de bonne pousse.

YSENGRIN

Quant je souffle du becq, je tousse
Et tegne comme ung aignelet.

CLACQUEDENT

Fy de lanterne et de soufflet,
Puis qu'on a la panse tesie.

YSENGRIN

11725 Puis qu'on a vent de barillet,
Fy de lanterne et de soufflet.

CLACQUEDENT

Escoute, j'ay si bon sifflet,
Il vient du fons de la vessie.

11677 tu mq. — 11681 grouscolle.— 11690 en marge :
Le VI⁰ martyr. — 11691 brasseray.

* 193 A. — ** 193° B.

11715 supprimer nous ? — 11716-11717 Ind. scén.
Ilz le r — au tr mq. — 11729 de la lanterne.

* 193° A.

* YSENGRIN

Fy de lanterne et de soufflet,
11730 Puis qu'on a la panse tesie.

CLACQUEDENT

J'ay la gorge toute rostie
De souffler icy sus les rens.

** YSENGRIN

J'ameroie mieulx la moitie
A tourner trippes et herens.

LUCIFER

11735 Deables, prendés agus cherens.
Se m'en venés froter le ventre,
J'arraige, je soubite, j'entre
En ma maniere frenaticque.
Sathan, mon vassal autentique,
11740 Nous avoit promis au matin
De nous amener cy Quentin
Baignier en nos chaudes fournaises,
De quoy nous estiemmes bien aises,
Mais le deable ne va ne vient.

BERICH

11745 Ne scay, maistre, s'il luy souvient
De sa promesse.

LUCIFER

Nennil voir,
Bericq, va luy ramentevoir,
Ne revieng ainchois en cest an
Que tu ne ramaines Sathan
Avec son Quentin.

BERICH

11750 Je me house.
Pour bien parler a sa marmouse,
Je m'en vois, je suis tous espains.

LUCIFER

Deables, chauffés tousjours les bains;
A l'aventure qu'il n'amaine
11755 Quentin dedens nostre demaine,
Nous ferons grant gaudeamus.

* ASTAROTH

Tous les deables seront esmus.
Chascun appointe sa baguette,
Pour le tourner a la fourchette,
11760 Ainsi q'ung chault barreau de fer.

BERICH a Sathan

** Sathan, tous les deables d'enfer
Te maudissent quant tu n'apportes
Quentin es infernales portes.
Pense tu point du revenir ?

SATHAN

11765 Encore n'y puis je advenir,
Son dieu l'a tousjours secouru
Jusques cy, se m'en suis couru :
Tantost en arons cul ou pointe,
Car je scay bien qu'on luy appointe
11770 Brandons ardans, qui luy feront
Renoyer Dieu du ciel tout ront,
Et puis y moullerons nos souppes.

BERICH

Boutons donc le feu es estouppes,
Se soufflons par grosses bouffees.

DRAGON

11775 Sont ces feràilles reschauffees ?
Vecy Quentin bien atachiet.

RICTIOVAIRE

Sus, compaignons, qu'il soit touchiet
De ces brandons de feu tous rouges.

Hé, Claquedent, tu ne te bouges ?
11780 Apporte les tous alumés.

YSENGRIN

Les vecy tous enbanfumés,
Plus chaulz que n'est cloche fondant,
Ses membres seront entamés
De ce crueulx brandon ardant.

CLAQUEDENT

11785 Vecy ung grant flambeau flambant
De fin fu fumant de fer fer,
Plus rouge que rubin ruban

11735 prendens. — 11752 espanes.

* 194 B. — ** 194 A.

* 194e B. — ** 194e A.

Et plus chault que le feu d'enfer,

· RICTIOVAIRE

Or pensés dont de l'enflamber
11790 Hault et bas dessoulz les aisseles,
"   Que jamais ne se puist gaber
De nos dieux ne de nos sequelles.

LE FOL

Mes dames et mes demoiselles,
Venés danser a ce behourt,
11795 On va behourder ung balourt
Et puis on le rura en l'eaue.
Qu'en dis tu, dy, ho, mitemaue?
Il vauroit mieulx mengier flamz beaux
Qu'il ne feroit porter flambeaux.
11800 Marote, affin qu'on ne nous quiere,
Boutons nous en une nocquiere,
Se verrons ses bons applicquans
Qui vont passant par ces cliquans,
Romarie, Romarion
11805 Et Robinet et Marion.

DRAGON

Sire, nous nous rendons confus,
Oncques ne vis tel deablerie,
Nos brandons plus rouges que fus,
Dont brulons sa musclerie,
11810 Ne luy samblent que moquerie,
Il ne s'en change ne s'en mue,
Ne plaint, ne deult, ne braie, ne crie
Nes q'une herbisette mue.

RICTIOVAIRE

Par Jupiter, qui fit la nue,
11815 Je ne scay quel saint il reclame,
Il ne sent dessus sa char nue
Brandon ardent, flambeau ne flame,
Il n'est au monde home ne fame,
Quant il seroit plus dur que bricque,
11820 Quil ne criast comme ung infame,
S'il sentoit ce qu'on luy fabricque.

QUENTIN

Filz de fraude diabolique,

Pendant plain de malinité,
·Loingtain, par ton pechiet inique,
11825 "De bien et d'humaine pité,
Cognoy que ceste quantité
De maulx ne me donne anoyance,
Mais me preste en felicité
Refrigere de tollerance
11830 Et me donne ma nourissance,
Comme rousee qui descend
Du ciel dessus la flourissance
Des herbes en leur tamps decent.

RICTIOVAIRE

Seigneurs, s'on luy faisoit ung cent
11835 De gendres de tormens horribles,
Tousjours est il frec et recent,
Il est creé par impossibles.

Dieux divins. deables invisibles,
Je regnoye vostre puissance,
11840 Se par fouldre ou pierres torribles
Ne prendés de son corps vengance.

HONORÉ

Par le dieu qui fit ma substance,
Oncque tel merveille ne fu,
On ne peult brisier sa constance
11845 Par liqueur, par fer ne par fu.

TARQUIN

Sire prevost, s'il n'est vaincu
Par quelque paine ou grief oultraige,
C'est pour fortifier l'escut
Des cristiens, dont vient l'orage.

RICTIOVAIRE

11850 Quel grant deable vous en feray je?
Par mon chief, je n'en scay que faire,
Je crieve de deul et erraige,
Quant je medite a son affaire.

AGRICOLAN

Puis que ne le povés deffaire
11855 Par fer ou par feu sarrasin,
"" Il convient penser du parfaire,
Faictes le morir par venin.
Il est malicieux et fin
"""" Pour tirer gens a sa carolle

11789 en marge: Le VIIᵉ martyr. — 11797 mutimaut
— 11801 boutontons ms. — 11818 fomme.

· 195 B. — ¨ 195 A.

11826 cest ms. — 11854 ne mq ms.

· 195ᵃ A. — ¨ 195ᵇ B. — ¨¨¨ 196 A. — ¨¨¨¨ 196 B.

11860 Et vous en arés une fin,
     Mais qu'il ait perdu la parolle.

RICTIOVAIRE

Affin que jamais ne console
Ceulx dont il resjoist le ceur,
Il fault qu'on l'abreuve et le sole
11865 De venin ou d'aultre liqueur.

Riagal, avec grant deleur,
Tu aras ma fille bastarde,
Brasse ung brouet, plain de maleur,
De vinaigre cruch et moutarde.

RIAGAL

11870 Je le voy faire et point ne tarde,
Il en ara plaine palette.
Tost, Arsenicq, que mau fu t'arde,
Va querir mortier et palette,
J'appointeray ma boutillette
11875 Plaine d'ordure empoisonnee
Et rouge raige vermillette.
Toute molute et farinee.

ARSENICQ

Se tu as raige fourcenee,
J'ay raige toute crapaudine,
11880 Que une vielle noire dampnee
Rue en mes feves quant je disne.
Brasse nous tost une dodine,
Vela tout, pestel et mortier.

RIAGAL

De ce faire suis je droit digne,
11885 C'est pour tuer gens de moustier,
Ca, de le chaux ung grant quartier,
Vinaigre, moustarde, les aulx.

ARSENICQ

* Broye fort, broye, es tu ja saulx ?
J'ay de poison plain une mande.

RIAGAL

11890 Sers moy de ce que je demande,
D'une langue serpentinoise,
D'une queue escorpionoise,
** Des pattes d'ung crappau vestu,
Des trippes d'ung home pendu,

11895 Des crotes d'une curatiere,
De la fesse d'une sorciere,
De l'oreille d'une Vaudoise,
D'ung tourtel nucquart q'on ne adoise
D'ung cocq basile en lieu repus,
11900 De la pourete d'oribus,
De riagal, de galicant,
D'arsenicq, de souffre puant,
De caneson, de chaudepice,
Il me samble, se je n'y pice,
11905 Qu'il n'y peult gaires pis avoir.

ARSENICQ

Tout cela couste grant avoir,
Mais nientmains je ne le plains point,
Quant on y ruroit mon pourpoint,
Puis que Quentin en doit gouster.

RICTIOVAIRE

11910 Riagal, fais nous aporter
Ceste venimeuse poison.

RIAGAL

Tost, tost, appointiés le poison,
Vecy le sausse qui est preste.

RICTIOVAIRE

Dragon, Serpent a langue trette,
11915 Mettés Quentin en aultre amés,
On appointe son derrain més,
A ce cop serai ge vengiet.

DRAGON

Tost. qu'il soit de cy deslogiet,
Desloions cordes et cordeaulx.

* SERPENT

11920 Quoy, somme nous les deux bedeaulx ?
Les aultres n'y daignent venir.

DRAGON

Les fievres les puissent tenir,
Y sommes nous mieulx tenus que eulx ?

** RIAGAL

Verse la, verse, hé, baveux,
11925 Et garde que rien ne degoute.

11864 la brume. — 11888 estu la.

* 196ᵃ A. — ** 196ᵇ B.

11898 nadoise. — 11900 dorbus. — 11904 je ne. — 11908 ny.

* 197 A. — ** 197 B.

ARSENICQ

Beau sire, se j'en respans goutte,
Je soie au feu d'enfer noircy.

RIAGAL

Dieux, dieux, quel brouet esse cy ?
Quel hossepot, quel tripotaige,
11930 Quel galimafree au pot ai ge ?
C'est droit gloria filia.

ARSENICQ

Assaie quel diable il y a,
Se tu as brassé bon brassin.

RIAGAL

Tu n'en as gardé, beau cousin,
11935 J'emffleroye comme ung crapault.
Ca, entreux que j'ay les cras paulx,
Qui humera cest ypocras ?
C'est ung brouet qui est pou cras,
Sarrasinois et barbarin.

RICTIOVAIRE

11940 Sus, Clacquedent et Ysengrin,
Faictes venir Quentin avant.
Il voit ceste poison buvant,
Se n'ara cause desormais
De seduire le peuple, mais
11945 Se taira sans plus sermonner.

YSENGRIN

Ca, ca, il luy fault entonner
Tout ce bruvaige deens la pance,
Qu'il ne nous jue d'ingromance,
Tenés le et le couchiés souvin.

CLACQUEDENT

11950 On me puist copper une mance,
S'il ne trompe tout le couvin
En parlant de son dieu divin.

RIAGAL

Non fera, prenés l'entonnoir,
On me puist estaindre tout noir,
11955 Se je ne le vous fais crever,
Comme ung boudin qu'on veult grever,
Ou comme une grosse vessie.

QUENTIN

Cuidiés vous que je me soussie
A gouster vostre potion ?
11960 Mon Dieu, qui souffry passion,
S'il luy plait, me garandira.

RICTIOVAIRE

Abregiés vous, il vous dira
Tant de choses de son Jhesus
Que n'en venrés point au dessus.
11965 Besongnés, qu'on ne vous bastonne.

YSENGRIN

Verse la, verse.

CLACQUEDENT

            Entonne, entonne.

RIAGAL

Escoutés la dedens tonner.

ARSENICQ

Dieux scet comment on le cotonne.

YSENGRIN

Verse la, verse.

CLACQUEDENT

            Entonne, entonne.

ARSENICQ

11970 Il a une crueuse tonne.

YSENGRIN

Affin qu'on le puist estonner,
Verse, verse.

CLACQUEDENT

            Entonne, entonne.

RIAGAL

Escoutés la dedens tonner.
C'est tout, je n'ay plus que donner,
11975 Laissons le la, nul n'y atouche,
Se jamais tu l'ois gargonner,
Je veuil qu'on me donne une touche.

QUENTIN

Mon Dieu, quan doulz sont en ma bouche
Tes mos plains de benignité,
11980 Il excedent la liqueur doulce
De miel et de suavité.

11930 galimafier. — 11931 filie ms. — 11942 uinant.
— 11947 dedens. — 11948 ne mg.

197° A.

11966 en marge : [VIII°] martyr.

° 197° B. — °° 198 A.

RICTIOVAIRE

* Ahors, ahors, je suis dampné,
Je suis rabi, je voy dervant,
Il fault que je soie enchainé
11985 Comme ung deable d'or en avant.
Il sermonne comme devant,
En reclamant son dieu de gloire.
Il ne cest de chose mouvant
Qu'on luy face sentir ne boire.

11990 Fouldre de ciel, crueux tonnoire,
Confondés moy de corps soudain
Et emportés mon ame noire
En enffer courans comme dains.

HONORÉ

J'ay peur qu'il ne se desespoire,
11995 Tarquin, regardés a ses mains.

TARQUIN

Ha, sire, qui vous vouldroit croire,
Vous juriés de tours inhumains,
Fault il q'ung prevost des Romains
Se tourmente pour ung garcon ?
12000 Vous faictes honte soirs et mains
A tous ceulx de vostre parchon.

RICTIOVAIRE

Vetés le et menés le en prison,
Riagal, Arsenicq, en voye.
Je pers ame, sens et raison,
12005 Si tost qu'il fault que je le voie.

** RIAGAL

Pour l'emmener hors je m'avoye,
Appaisiés vostre deablerie.

ARSENICQ

Sus, a cop, qu'on ne nous convoye
D'ung baston ou d'une escorie.

*Ilz l'emmainent en
prison.*

CREPI

12010 Avéz vous notté, je vous prie,
De Quentin toute l'ordonnance ?

GRIGNART

* Oy, il ne pleure ne crie,
De quelque torment ou penance
Qu'on luy face, il a delivrance
12015 Par ung seul dieu qu'il aime fort.

CREPY

Il y prent si bonne esperance
Qu'il luy donne vie et confort.

RIAGAL

Matagot, Matagot ?

ARSENICQ

Il dort.

MATAGOT

Je fay le lanterne te t'aye.

RIAGAL

12020 Sans lanterner ne parler d'or,
Vieng avant, il fault que je t'aye.
Il est plus plaié q'une raie,
Regarde, le cognois tu point ?

MATAGOT

Beaux dieux, comment le sang luy raie ?
12025 Il en a tout plain son pourpoint.
C'est Quentin, n'est point ?

ARSENICQ

Tout a point,
Oeuvre l'uis et si le nous loge.

MATAGOT

Il vuide hors, quant il luy point,
Il n'y fault garder tour ne loge.

** ARSENICQ

12030 Affin qu'il ne vuide nul porge,
Il convient que nous luy baillons
Une chaine parmy la gorge,
En ses deux poux ung gresillons,
Ung grant chep parmy les talons
12035 Et ung querquant sus sa fourcelle,
Et s'en ce point nos l'estalons,
Ne vuidera court ne courcelle.

11982 dampé A. — 11990 foudre du. — 12010 Aavez
A.

* 198 H . — ** 198⁰ A.

12020 doit. — 12021 je te taye. — 12036 lestrilons.

* 198⁰ B. — ** 199 A.

Ilz le boutent en
prison et luy font
ce qu'ilz veullent.

* AGRICOLAN

Sire, je n'os quelque nouvelle
De Maximien, mon princhier,
12040 En mainte cité renouvelle
Son estat, tousjours veult trachier
Et si proposoit avant hier
D'aller a Rome temprement,
Pour quoy il me sera mestier
12045 Que je soye au departement.

RICTIOVAIRE

Recommandés moy humblement
A sa tres haulte et bonne grace,
Vous voiés mon empeschement,
Quel chose je fay ou je brasse
12050 Et certes, se j'avoye espasse,
G'iroye veoir sa noblesse
Mais tout curieux soing m'embrace
Par ce Quentin qui tant nous blesse.

AGRICOLAN
Adieu.

RICTIOVAIRE

Par Venus, ma deesse,
12055 Dyamant vous reconvoira.

DIAMANT

Volentiers et a grant leesse
De ceur mon corps s'i avoira,
Pour aller ou il vous plaira,
Mes pas ne seront pas lassés.

AGRICOLAN

12060 **Demeure dont, on te laira
Ceste fois, j'ay des gens assés.

Sergans, chergés vous a tous lés
Rasteaux et tous aultres instrumens?

DRAGON

Nous le ferons, car ratelés
12065 Seront pluseurs bien durement.

YSENGRIN

Adieu, Dragon, adieu, Serpent.

CLAQUEDENT

Adieu vous dy, je ne me bouge,
De peur qu'il n'y ait accident,
Adieu, Dragon, adieu, Serpent.

* SERPENT

12070 Adieu, Ysengrin, Claquedent,
Arsenicq et Riagal rouge.

YSENGRIN

Adieu Dragon, adieu Serpent.

CLAQUEDENT

Adieu vous dy, je ne me bouge,
Que mon maistre fier et harouge
12075 Ne me donne une bastonnade.

BERICH

Sus, Sathan, allons nous tout rade
Bouter au fons du fu d'enfer,
Tu seras plus batu que fer
Et tous deables assailli,
12080 A cause que tu as failli
D'atrapper Quentin en nos las.

SATHAN

Las, Berich, que feray je, helas?
On me tura de horions,
G'y lairay cuir et quorions,
12085 Graut et grouet et piés et mains.

BERICH

Qui meurt tantost, il langui mains ;
Tirons en voie de ce vent.

**LUCIFER

Deables, assemblés le couvent
De l'infernale region,
12090 Appointiés la procession
De mes deables cornus, phebus,
Cerberus, Zebus, Belzebus,
Astaroth et Leviathan,
Allés au devant de Sathan,
12095 Il vient hurter a nostre porte
Et je cuide qu'il nous apporte
Quentin dedens nostre pourprise.

BERICH

On a souvent corne sans prise.

BELZEBUS

12100 Ca, ca, celle ame quentinoise,
Moustre le nous, se ferons noise
De vens et de tombissemens,
Nous tourblerons les elemens
De faire fus, cources et vaultes.

SATHAN

Clabaut abaye bien aux faultes.

LEVIATHAN

12105 Comment, n'as tu riens conquesté ?
Le deable t'a bien enchanté,
Que tu n'aporte piet ou ele ?

BERICH

Il n'a riens aporté, tués le,
Lucifer, criés grans ahors
12110 Et si boutés vos cornes hors,
L'ame Quentin est eschappee.

LUCIFER

Deables, je muirs la geule bee,
Je me graffille, je me gratte,
Je me deschire de me pate,
12115 Je me tempeste, je m'engaigne
Et si m'enfle comme une araigne,
Quant je voy qu'en nostre manoir
Quentin ne vient dampné tout noir.
On avoit chauffé les estuves
12120 Pour le plongier dedens nos cuves,
Mais le ribaut nous a dechut :
Deables, comment sera il rechut ?
Le volés vous rosti, bouli
Ou mis en paste ?

ASTAROTH

Donnés ly
12125 Ceste meismes punission
Dont on a fait provision
Pour Quentin que nous n'avons pas,
Il fault et je veuil sus ce pas,
Pour le pugnir de son mehain,
12130 Qu'on le rue dedens ce baing,
Qu'on luy noie et qu'on luy esperge,
Car il a bien coeulli la verge
De quoy il doit estre batu.

LUCIFER

Sus, deables, qu'il soit abatu,
12135 Rués le les gambes levees,
Tant qu'il ait les pates levees,
Et le noiés en son brassin.

SATHAN

Coppe moy le piet d'un coussin,
Je l'aime mieulx que estre baigniet.

ASTAROTH

12140 Belzebus, qu'il soit apoigniet,
Ruons le a plain vol la dedens.

CERBERUS

Il est en l'eaue jusqu'au dens,
Diables, n'en soiés anoyés.

LUCIFER

La, deable, la, noyés, noyés,
12145 Ratisiés le de bon groués,
De fourchettes, de gros foués
Et de vos graux, chascun le grieve,
Se humera ces ors broués
Envenimés, tant qu'il se crieve.

VALOIS

12150 Qui est le milort qui cy vient
Acompaigniet de ses herodes ?

MAISTRE GENÉS

Quant je le voy, il me souvient
De sire Agricolan de Roddes.

SAGET

Sont ilz pas chevaliers de Roddes,
12155 De Tosquasne ou d'Esclavonie ?

HURTEBUSQUE

Nennin, je voy bien a leurs modes
Qu'il sont du crut de Romenie.

AGRICOLAN

Eolus, qui le vent mestrie,
Vous doint honneur, sire Valois.

VALOIS

12160 Dont amenés vous, je vous prie,

Maintenant ces gentilz galois ?

AGRICOLAN

Nous avons fait de beaux explois
En Amiens, la noble cité,
Contre Quentin, qui dieux et lois
12165 Codempne en sa mendicité.

VALOIS

*Beau sire, on nous a recité
Que par son dieu qui fut devot,
Il a pres a mort incité
Rictiovaire, le prevost,
12170 A cause qu'il prise et qu'il lot
Celuy qui fut en la croix mis,
Tel desplaisir prent quant il l'ot
Qu'il bruit que fourdre d'ennemis

AGRICOLAN

Rictiovaire estoit remis,
12175 Se je ne l'eusse secouru,
Mais enfin je m'en suis demis,
Je m'en suis tout radde acouru.

VALOIS

Vous sage, bien soiés venus.

** AGRICOLAN

Et vous bien trouvé.

MAISTRE GENÈS

Maistre oultré,
12180 Vecy ung instrument cornu
Dont vous l'avés administré,
Dieux, et c'est ung rasteau ferré,
Plus affiné qu'ung fin rasoir,
Tout veu et tout consideré,
12185 C'est ung merveilleux espoussoir.

DRAGON

Serpent et moy feismes devoir
De tapper sus ventre et sus nés.

SAGET

Cela scavons nous bien de voir,
Vous en estes tous ensannés.

AGRICOLAN

12190 Sus, sus, compaignons, aportés
Vos instrumens et allons voir

Se le plus grant des redoubtés
Est en point pour escout avoir.

Chief imperant, Mars vous deffende
12195 De criminel bras sagitaire,
Si que jamais ame n'offende
Contre nostre honneur salutaire.

MAXIMIEN

*Bien vegnant nostre commissaire,
Des dieux le bienheuré pion,
12200 Des cristiens dart adversaire
Et nostre vaillant champion.
Approchiés nostre region,
Scees vous auprés des renommés,
S'il en y avoit legion,
12205 Se serés vous des mieux amés.

MAXENCE

Simples, seulés et esgarés
D'extreme bruit suppellatif,
**Forbanis et desemparés
De mondain bien delicatif,
12210 Soubz le mantel d'ennoy craintif.
Avons fait longue demouree,
Mais vostre vis recreatif
Nous presse joye enamouree.

GALICAN

Recités nous, s'il vous agree,
12215 De Rictiovaire l'emprise,
Comment il se porte et congree
Dedens l'amiennoise pourprise.
Vault il bien autant qu'on le prise ?
Qu'esse de son fait et conduite ?
12220 Est il home qui nous desprise ?
Par qui nostre loy soit seduite ?

AGRICOLAN

Rictiovaire a forte luite
Contre Quentin, le fils Zenon,
Il en voudroit bien estre quite
12225 Par fourdre ou par cop de canon
Et, pour vray dire, son regnon
Flourit par toute Picardie
Ou sont gens de sens et de nom
Les plus du monde, quoy q'on die.

MAXIMIEN

12230 Vous nous dictes grant deablerie.
N'est il torment d'engien ne d'art,
D'estour ne de chevalerie,
*Qui le puist percier par son dart ?
N'y proffite oeuvre de saudart
12235 Accumulant paine sus paine ?
Ne veult il soulz nostre estandart
Acquiescer, quant on le paine ?

AGRICOLAN

Toute enormité inhumaine
Qu'on saroit dire ne penser
12240 On luy met devant et amaine,
** Mais riens ne luy peut trop peser.
On l'avoit fait emprisonner,
Mais il fut tantost desmarchiet,
Il se partit sans mot sonner
12245 De nuit, preschant en plain marchiet.
Aprés cela fut traveilliet,
De tous ses membres enversé,
De rasteaux de fer resveilliet,
De chauch, poy et uuille barsé,
12250 De brandons de fu alumé
Et pour bataille desconfite
De fel venin envenimé,
Mais riens qu'on face n'y proffite.

MAXIMIEN

O que nostre vie est maudite,
12255 Quant n y poons mettre la main.
N'estoit ce que, sans contredite,
Il nous fault retourner demain
Au tres noble pais romain,
On l'iroit bouter en tel amble
12260 Qu'il seroit spectacle inhumain
Aux cristiens et vif example.

EIULASE

Je fremis, j'apalis, je tramble,
Je change couleur, je tombis,
Je formide que foeulle en tramble,
12265 D'oir parler des mos rabis.
Dont ces cristiens sont fourbis.
S'ils ne craindent fait tirannicque,
Ils ont ceur dur que mabre bis,

Ou ilz ont vertu dominique.

* PROPHIRE

12270 Pensant a son fait phantastique,
Ne scay que c'est, sinon prodige,
Auspice, cherme sophistique
Ou prophane art, oncq tel ne vis je.
Comment peult vivre ung home lige,
12275 **Sentant si crueulx accident ?
N'est fait pareil jusques en Frige,
Non je croy en tout occident.

CROMACUS

S'on ne remedie aigrement
A sa meschant fatuité,
12280 Les lois decrepiront briefment
Des dieux de perpetuité.
Car desja la tenuité
N'en scaroit on accomparer,
Se nos dieux de gratuité
12285 Ne veullent ce fait reparer.

MAXIMIEN

Or laissiés bande buissonner
Par tous les grans dieu de nature,
Se plus en oyons mot sonner
Contre imperial estature,
12290 Nous y ferons tel signature
De cler sang rayant imprimer,
Que dieux divins en regnature
N'oseront jamais deprimer.

RIAGAL

Sire, nous venons d'enserrer
12295 Quentin en la chartre embuschiet,
Ame ne peult l'uis desserrer
Que cil qui l'uis a trebuschiet.

RICTIOVAIRE

Se de gros fers est empeschiet,
Jamais ne nous peult eschapper.
12300 Il sera demain despieciet,
S'on le devoit vif decopper,
Nous irons ensamble soupper,
Se nous deviserons a table,
Querans tour de l'envoleper,
12305 En quelque torment detestable.

12250 fer.

* 202 B. — ** 202° A.

12304 lenveloper.

* 202ª B. — ** 203 A.

LA PASSION DE MONSIEUR SAINT QUENTIN

QUATRIÈME PARTIE

MARCELLUS

Haut tient Titan, qui tout le monde cerne,
Son doulz regard en dur eclipse opaque,
Que Egloceros, Ganimedes, Piscerne,
Arthophilax et Ursa, sa materne,
12310 Sont umbroyés ou tres hault zodiaque,
Pour ce le dis, que mort, qui chascun sacque,
Voult Marcellin nostre cler lume estaindre,
Dont tenebreux ennuy nous vient ataindre.
        O fiere Atroppos,
12315   Crueuse satrappe,
        Tu prens tous suppos
        Humains a la trappe.

Jadis Cadmus fut camus president,
Quant le serpent englouti ses saudars,
12320 Mais il l'occist et en sema maint dent ;
Armigeres vindrent par accident
Qui ensamble se tuerent de dars
Exeptéz cincq, plains de science et d'ars,
Fondans Thebes et pour ce le propose,
12325 Que sus nous chincq sainte esglise repose.
        O cruel serpent,
        Tu as charpenté
        Doeul soulz ton arpent
        Qui m'a tempesté.

MELCIADES

12330 Le serpent plain de malvaisté,
Dioclés, le persecuteur,

A devoré nostre pasteur
Marcellin, le vaillant preudomme,
Qui douze jovenceaulx si comme
12335 Victorice, Eugene, Quentin,
Piat, Crispinien, Grispin,
Valere, Marcel, Fuscien,
Rieule, Ruffin et Lucien
A convertis a nostre loy
12340 Et pluseurs autres en ce ploy
De grace et de santité plains.

CIRIACUS

O Marcellin, que je te plains,
Que tu ne gis en sainte terre
Et qu'on ne te prent et enterre.
12345 Tu as anathematisiet,
Pour vergoigne de ton pechiet,
Cil ou celle qui metra main
A recoeullir ton corps humain,
Sans demter parent ne parente.
12350 Il y a des jours plus de trente
Que tu gis en commun spectacle
De tout peuple, qui sans obstacle
Tourne sus toy la vision.

SISINIUS

C'est la honte et confusion
12355 De nous et de nostre credence
Et pour tourner a dcridence
Foibles gens tendres de constance.

12310 jodiaque. — 12312 lumiere. — 12314 frere.

203ᵃ A, 203 B.

12344 te my — et my. — 12357 trendre.

204 A, 203ᵃ B.

PIERRE, *exorciste*

Deprions Dieux sans quelque instance
Que de sa grace il y pourvoye.
12360 Trente jours ont jut sur la voie
Sans estre en riens adommagiés
De chiens ne de bestes mengiés,
C'est chose mirable et divine.

MARCELLUS

Dieu, de qui tout hault bien avine,
12365 Veuille leurs ames recepvoir
Et leurs corps sains puissent avoir
Sepulcre en terre et mansion.
Faites luy deprecation,
Qu'en ce cas luy soit adjutoire,
12370 Je voy prendre dormition
Et repos en mon oratoire.

SAINT PIERRE, *en paradis*

O mon vray Dieu, qui pris pité
De mon vice et negation,
Si que par toy fus respité
12375 * Trois jours aprés ta passion,
Prens pité et compassion
De Marcellin, mon successeur,
Qui par sa fole abusion
Des ydoles fut encenseur.

12380 **Il a recouvert ceste blasme
Par penitance, tellement
Que tu en as colloquié l'ame
En ton glorieux firmament,
Mais son corps gist publiquement
12385 Sus la terre, sans sepulture,
Et les aultres pareillement,
Qui pour toy ont de mort rompture.

Si te pry, mon Dieu et mon pere,
Que leur soies misericors,
12390 Que je me demoustre et appere
A Marcel pour prendre leurs corps
Et soient sans quelque remors
De conscience en terre mis
Emprés moy et les aultres mors
12395 A l'onneur de tes bons amis.

DIEU

Allés au monde la dessoulz,
Pierre, et les faictes enterrer
Et ceulx soient par vous absoulz
Qui les voudront sepulturer.
12400 Premier vous convient admoustrer
A Marcel, mon serf, qui prent somme,
Que leurs corps voit administrer,
S'acquerront de grace grant somme.

Silete

SAINT PIERRE

Marcel, dors tu ?

MARCELLUS

Qui es tu, sire ?

SAINT PIERRE

12405 Pierre suis que ton cœur desire,
Prince des apostres de Dieu,
*Que ne més tu en quelque lieu
Mon corps en sepulture sainte ?

MARCELLUS

Sire, je cuidoie sans fainte
11410 Que vous fussiés enseveli
Et mis dessoulz mabre poli
En terre, passé long tempoire :
Ne l'estes vous doncques encoires ?
Dont provient ceste defaillance ?

** S. PIERRE

12415 Jhesucrist par sa bienveillance
Me donna puissance de clore
La gloire des cieulx et desclore.
Tous papes par succession
Ont pris ceste possession,
12420 Desquelz ton bon predicesseur,
Marcellinus, soies asseur,
Avoit pleniere auctorité.
S'il est doncques desherité
De sepulture corporelle
12425 Aprés sa vie temporelle,

Je le suis aussi plainement.
Et s'il te samble aulcunement
Que de sepulcre avoir n'est digne,
Pour sa grande offense maline,
12430 N'as tu pas lut et prononciet
Que celuy doit estre exauciet
Qui s'umilie a son endroit ?
N'est pas doncques selon le droit
Moult humble cil qui s'est jugié
12435 Indigne d'estre herbegié
En sepulture ?

MARCELLUS

Oy, voir, més
Il a anathematisié
Aultres ou moy, se je luy més.

S. PIERRE

* Je vous absolz a tousjours més,
12440 Vous qui enterrés corps et os,
Mettés le auprés de moy, ut quos
Justificavit gracia
Non dividat sepultura.

S. Pierre retourne
en paradis.

MARCELLUS

Vostre command acomplirons,
12445 Tres saint apostle glorieux,
Ensamble les sepelirons,
Comme martirs victorieux.

Mon Dieu, mon espoir precieux,
Je te rens graces maintenant,
12450 Quant a moy pecheur vicieux
As envoyet ton lieutenant.

** Entendés ma relacion,
Mes freres de ce clos romant,
Entendés a la vision
12455 Qui m'est venue en mon dormant.
Le glorieux prince poissant
Des apostles du tres parfait
A moy indigne obeissant
S'est apparut d'oeuvre et de fait

12460 Et m'a commandé par exprés
Que nous enterrons Marcellin
Et les aultres qui sont auprés,
Decolés du tirant malin :
Si nous a tous absolz enfin
12465 De l'anathematisement,
Lequel Marcellin fist, affin
Qu'on en fesist enterrement.

MELCIADES

Louer devons Dieu grandement,
Qui par saint Pierre nous revelle
Son bon voloir.

CIRIACUS

12470 Ceste nouvelle
Nous doit le cœur fortiffier
* En Dieu pour le glorifier
Et craindre et servir a tousjours.

SISINIUS

Il y a pres de trente jours
12475 Qu'ils ont jus sus le pavement.

PIERRE, exorceste

Sans cremir tirant ne tourment,
Allons leur corps sains recoeullier.

MARCELLUS

Saint Pierre m'a volu baillier
Sa benoite absolucion
12480 Et veult pour resolucion
Que Marcellin ait cimentiere
Auprés de luy, plaine et entiere,
Car ilz commirent pareil vice,
S'ont fait agreable service
12485 A Dieu, leurs meffais reparans :
** Se ne les serons separans
L'un de l'autre, car ceulx que grace
Justifie, amplie et embrace
Ne doibvent estre divisés
De sepulture.

MELCIADES

12490 Or avisés
D'acomplir son commandement.

MARCELLUS

Sans sonner mot, prudentement,
Transmetons nous sus les sentiers,
Les enterrons secretement
12495 Pour doubte des tirans putiers.

LUCIFER

Dea‑bles tortus, deables pelus,
Venés avant, n'arestés plus
Plus tost q'ung oeul ne clot et oeuvre,
J'ay en le pance une culeuvre
12500 Qui me ronce tous les boiaux,
Appointiés groués et fiayaux
* Pour le tuer a grans ahors,
Deables, tendés hault les museaux,
Je bee affin qu'elle voit hors.

SATHAN

12505 Vecy boulaies, vis de tors
Pour en assommer une piece,
Toussés fort affin qu'elle chiece,
Nous le festirons a tous lés.

LUCIFER

Deables, j'en suis pres estranlés,
12510 Il n'a tenu qu'a ung festu.
Vien ca, Belzebus, que fais tu,
Que tu demeures en la fangue ?

BELZEBUS

Je viens de pourboulir le langue
D'une quaquetoire punaise,
12515 Que j'ay grillet en la fournaise
Et retoulliet en ung baquet,
Pour ce qu'elle a, par son quaquet,
Deshonoré les jones filles.

** LUCIFER

Dont vient Berich ?

BERICH

Du ju de quilles.
12520 J'ay trouvé deux jueurs de dés
Tant dissolus, tant discordés,
Qu'aprés qu'il ont Dieu renoyet,

L'un s'est pendu, l'autre noyet ;
Les ames sont en nostre gouffre
12525 Ardantes, puantes que souffre,
L'une derve et l'autre rabie.

LUCIFER

Et toy, Astaroth ?

ASTAROTH

D'une abye,
Dont j'ay fait saillir une nonne,
Qui estoit bonne fille a nonne
12530 'Et elle est maintenant commune,
Comme une garcette ou comme une
Pour faire le beste a deux dos.

LUCIFER

Et toy, Leviathan ?

LEVIATHAN

D'ung bos
Ouquel c'est tenu ung hermite
12535 Quarante ans sans cruce et sans mite.
Je l'ay boutés avec bringans
Et a murdry je ne scay quans,
Hommes et femmes enforciet,
Sans dix qu'il en a escorchiet,
12540 Mais enfin s'est coppé la gorge
D'ung coutel.

LUCIFER

Quoy qu'on forge,
Encore ne faitez vous rien,
Se n'amenés cil que je crien,
C'est Quentin, qui tant nous tempeste.
12545 N'en peult on avoir piet ou teste,
Ne pour mordre ne pour griffer ?

** CERBERUS

Que g'y voie, Roy Lucifer,
On me puist coper une pate
Se tellement je ne l'empaste,
12550 Qu'il n'eschappera de mes lices,
Car je scay autant de malices
Que fait ung singe de trente ans.

12500 tronce B, t gratté A.— 12507 sieche. — 12517
quella A.

* 206° A. — ** 206 B.

12524 ostre A. — 12541 Il manque un monosyllabe,
sans doute une épithète à coutel, pour que le vers ait sa
mesure.

* 207 A. — ** 206° B.

LUCIFER

Il y fault deux bons combatans.

BELZEBUS

Prendés Sathan, je le vous nonce.

SATHAN

12555 Ne m'en parle plus, g'y renonce ;
Je fus hersoir trop bien bagniet,
Mais q'ung aultre l'ait capoigniet
* Autant que moy, il s'en lora :
Se je file.

LUCIFER

Ca, qui ira
12560 Avec Serberus qui s'i boute ?

ASTAROTH

Chascun le craint et le redoubte
Comme ung tonoire qui s'asamble,
Pour vous dire, je crains et tramble
Quant j'os nommer son crueux nom.

LUCIFER

12565 Il n'y a que faire, sinon
Souffler en le crapaude oreille
Rictiovaire, il fait merveille
Quant on luy soustient le menton.

Astaroth, tu és fort luton
12570 Pour esmouvoir tel quetinaille.

ASTAROTH

Je suis content, vaille que vaille,
Protestant, se je faulx a traire,
On ne me fera nul contraire
En chaudiere n'en cheminee ?

LUCIFER

12575 "Or courés fort de randonnee
Et retenés vostre lechon ;
Volés vous une benichon
De ma grosse pate ?

CERBERUS

Nennin,
Il ne nous fault que de venin
12580 Honnir nos museaux espantables.

LUCIFER

Or allés dont a tous les deables.

MAXIMIEN

Puis que Appollo, le phebeyque,
Lune de climat aerin,
Et que le dompteur leonicque
12585 * Luy preste son trosne aurein
Et que le tres doulx Zephirin
A nourry fleurs et englentiers
Sans cremir monstres satirins,
Ont peult aller sus les sentiers.

12590 Nostre prosperant imperant,
Nostre contemporain princier,
Per prepotent, pere parant,
Dioclés, le hault justicier,
Voudra son natal exaucier
12595 En ce tamps de joyeux esté,
Auquel nous volons avancier
En triumphe et joieuseté.

MAXENCE

Le jour de sa nativité
Approchera d'or en avant,
12600 Auquel vous serés invité,
Il se convient mettre au devant.

GALERIEN

Ne defaillés au triumphant,
Prince que vertu inorigine,
Car il a vous et vostre enffant
12605 Essours en tres noble origine.

MAXIMIEN

" Par Palas, la doulce virgine,
Nous le secourons en ce cas,
S'on debvoit perdre enffans, regine,
Ducz, chevaliers et advocas.

EIULASE

12610 Sire, je ne plains sus ce pas
Qu'ung point qui tourne a prejudice,
Des cristiens ne povés pas
Extirper la secte et radice.

PROPHIRE

Ne delaissons le benefice
12615 De souverains imperateurs,
Pour gens de meschant malefice,
Povres, chetis et enchanteurs.

· CROMACUS

Par longue espace et jours pluseurs
Avons frequenté ce pourpris,
12620 Mais telz folatres cabuseurs
N'ont la cité flambé n'espris.

AGRICOLAN

Ne fault q'ung chevalier de pris
Obeissant a vos commans,
Tantost seront pendus et pris
12625 Et delivrés a sacquemans.

MAXIMIEN

Leissiés telz folatres meschans,
Sans en empeschier gens de fait,
Ilz craindent nos glaves trenchans,
Se n'osent moustrer leur meffait.
12630 Pour estre excellent et parfait
En bruit, en triumphes tres gens,
Sans estre improveu de meffait,
Ilz fault mener toutes nos gens.

Sus, sergans, soiés diligens
12635 De vestir sus vos pourpointeaulx,
Vos armes, pour servir regens
Ou pour courir sus les crestiaux.

·· DRAGON

Nous porterons nos balesteaux
Crochus, bochus, tortus, becus,
12640 Dentus, pointus, fourchus, quocus,
Cordes, cordelles et cordeaux.

SERPENT

Nous n'oublirons pas les rasteaux,
Dont Quentin sent les dens agus,
Nous porterons nos balesteaux
12645 Crochus, bochus, tortus, becus.

LAYANT

Picqz, picques, picquos, picoteaulx,
Planchons, pouchons, bahus, paffus

Et pos et los a bouter fus
Prenrons avec nos grans couteaulx.

· ESCORPION

12650 Nous porterons nos balesteaux
Crochus, bochus, tortus, becus,
Dentus, pointus, fourchus, quocus,
Cordes, cordelles et cordeaulx.

MAXIMIEN

Pour sauf conduire nos vassaux.
12655 Occident, dresse nous la voye,
S'il est besoing de faire assaulx.
Si le nous dis, qu'on s'en pourvoye.

OCCIDENT

Cheminons a preu et a joye,
S'il y a riens, nous le sarons :
12660 Au depart, affin qu'on s'esjoye,
Sonnés trompettes et clarons.

*Lors se partent et
on sonne les clarons
et trompettes.*

RICTIOVAIRE

Que ferons nous, o chevaliers
Yssus de triumphant demaine ?
Que ferons nous, beaulx consilliers,
12665 De Quentin qui tant dur nous maine ?
N'est il quelque paine inhumaine
Dont vous aiés fait les esgars ?
Fault il que noblesse romaine
Soit remise par ung tel gars ?

HONORE

12670 "Se feu n'y vault, dont il soit ars,
Se fer n'y prent, dont on l'atouche,
Se fort venin n'y tend ses ars,
Se chaux ne poys n'y prendent touche,
Se riens n'y vault parole doulce,
12675 Se dieu ne deable ne deablesse
Ne luy scevent serrer la bouche,
Qu'i fera dont nostre simplesse ?

TARQUIN

Puis que nostre force n'y vault,

12617 choisis. — 12620 cribuseurs. — 12627 en *mq.*
— grens.

· 208ᵃ A. — ·· 208ᵛ B.

12661-12662 *Ind. scén.* [claro] *ns mq* A — *on* — *ns*
mq B.

· 209 A. — ·· 208ᵛ B.

Puis que nostre gent affoiblie,
12680 Puis que nostre sens y deffault,
Puis que sa loy croit et amplye,
*Puis que durement nous charie,
Puis qu'il est deable et non pas home,
Sans ce que plus il nous herie,
12685 Envoyez le en cité de Rome.

TORQUATUS

Se Maximien estoit prés,
Je luy en feroye present,
Mais il est en champ et en prés,
Pour estre a Rome ou lieu present
12690 Ou Dioclesien entend
Celebrer le jour qu'il nasqui,
Chascun y va, chascun y tend,
Envoyés le a je ne scay qui.

RICTIOVAIRE

Je le feray. Sus, Riagal,
12695 Prens ung galant a toy egal,
Sy m'amaine ce prisonnier.

RIAGAL

Je ne scay plus ort pautonnier,
Plus paillart ne teste plus verde
Qu'Arsenicq, destrempé de merde ;
12700 Encore me passe il de trop.

Arsenicq ?

ARSENICQ

Riagal ?

RIAGAL

A cop,
Preng moy par le bras appoyant,
** Si nous en allons jamboyant
Querir Quentin.

ARSENICQ

Je le veuil bien.

LE FOL

12705 Dieu gart ces deux homes de bien,
Quelz admiraulx, quelz corbadas,
Quelz escornifflars, esse rien ?

Quelz deux guliffres de baudas.
*Je cuide qu'ilz ne prenront pas
12710 Le lievre qui est beste soupple,
Pour berser gens jusqu'au trespas,
Vela, je croy, malvaise couple.

ARSENICQ

Matagot, vieng ca, q'une escouffle
Te puist les boyaulx enfachier,
12715 Ne vois tu point comment je souffle
De toy querir et de tracier ?

MATAGOT

Ha, beaux seigneurs, je vous requier
Vos vieux hoseaux : de vos subgés
Ayés pité.

RIAGAL

Sans plus joquier
12720 Et sans y faire plus d'agés,
Oeuvre nous ta prison.

MATAGOT

Tenés,
Vela mes clefz et mon chier coust,
Vostre suis de ventre et de nés,
Mais povre gens n'ont point d'acoust.

RIAGAL

12725 Oeuvre l'uis, se gaite partout
Se Quentin n'est pas eschappé.

ARSENICQ

Par le sang qui au ceur me bout,
Le vecy joieulx et huppé,
Il estoit si bien attappé
12730 Qu'a paine se povoit il paistre.

** RIAGAL

Tire le hors, qu'i soit happé,
Se le menons a nostre maistre.

MATAGOT

Por celuy dieu qui me fit naistre,
Qui me paira de mes salaires
12735 D'entrer et d'issir en mon estre.
Comme font aultres populaires ?

12716 de quoy A. — 12720 y mq. — 12722 Vecla A.
— 12728 volt vecy B, vole vecy, vo exportiné A.

* 210 A. — ** 209* B.

* RIAGAL

Tousjours tes gaiges ordinaires
Te seront donnés pour tes paines,
Pour chandelles, pour luminaires
12740 Et pour le soing ou tu te paines.

ARSENICQ

S'on te donne gaiges haultaines,
Il nous en fault avoir partie.

MATAGOT

Bien, se j'ay les fievres quartaines,
Je vous en donray la moitie.

Ils s'en vont.

RIAGAL

12745 Prevost en qui grace est nourie,
Vecy Quentin, vostre adversaire,
Qui dessus vostre seignourie
A rué maint dart traversaire.

RICTIOVAIRE

Vieng ca, Quentin, que veulz tu faire ?
12750 Veulz tu souffrir paine et terreur ?
Pense ung petit a ton affaire
Et delesse ton grant erreur.

QUENTIN

Ce n'est erreur ne grant orreur
De servir mon Dieu et mon sire,
12755 Mon createur, mon recreeur
Et mon espoir que tant desire.
Que fault il tant penser ou dire ?
Tu vois qu'a tous tormens nuisans
Je m'offre, sans plus contredire,
12760 Es mains de tes obeissans.

RICTIOVAIRE

" Par mes dieux qui sont tres puissans,
Se sont Jupiter et Mercure,
Soleil et lune reluisans,
Asclepe et Ypocras qui cure,
12765 Je proteste, afferme et adjure
Aux empereurs qu'on doit doubter,
A Rome comme fol parjure

*Loiet te feray presenter,
Devant lesquelz de maint torment
12770 Seras tres fort crucifiet,
Pour tes merites dignement,
Car tu as leurs dieux deffiet.
Par eulx fuitif et dechassiet
Te muches en ces regions,
12775 Mais tant avons nous pourchassiet
Que tu verras leurs legions.

QUENTIN

Je ne formide pas aller
A Rome et d'y passer le pas,
Car cy et la, a brief parler,
12780 Est mon Dieu, je n'en doubte pas,
Qui surmontera par compas
Les raiges des imperateurs
Et les tiennes, dont sans repas
Contraries ses serviteurs.

12785 Neantmains je me confie et tien
Pour esperance tres certaine
Que le cours et le terme mien
De mon labeur et de ma paine
En ceste province loingtaine
12790 Et non ailleurs termineray :
Je suis tres content qu'on se paine
De m'y mener.

TARQUIN

Je luy menray,
S'il vous plait, tant chemineray
En ces beaux longz jours non pas lais
12795 Qu'en fin de cause parvenray
" Jusques au romion palais.
Baillés moy deux ou trois vallés
Habilles, appers et mondains,
Remouvans que beaux chevalés
12800 Et courans comme par mons dains.
Devant les empereurs romains,
""" Les senateurs et ses parens,
Enchainés de corps et de mains.
Le feray venir sus les rens
12805 Et berser d'infinis tourmens,
En recitant sa malvesté,
Ses forfais, ses enchantemens

12764 asclipe.

' 210ᵇ A. — " 210 B.

12788 ma labeur.

' 211 A. — " 210ᵃ B. — """ 211ᵃ A.

Et comment on l'a tempesté.

RICTIOVAIRE

Tarquin, tenés pour vérité
12810 Que je vous cree maintenant,
D'imperiale auctorité,
Mon prefect et mon lieutenant ;
Se j'ay riens qui vous soit duisant,
Soyent sodoyés ou heraulx,
12815 Pour estre ce fait conduisant
N'espargniés... et bourreaulx.

TARQUIN

Je ne veul de vos demoiseaulx
Que Pantheon, vostre escuier,
Avec deux ou trois fins oyseaulx,
12820 Pour l'enchainer et l'engluyer.

PANTHEON

Partout vous iray compaignier,
Puis qu'il plait a mon president,
Pour richesse et honneur gagnier,
Tant que la seray resident.

TARQUIN

12825 Ysengrin et toy, Clacquedent,
Allés en ces rues prochaines,
Se nous querés de grosses chaines
Pour luy loier autour du col.
La hart, la corde et le licol
12830 Luy sont trop doulz et catillans,
" Il fault instrumens plus tillans,
Pour luy serrer membres et nerfz.

YSENGRIN

Nous defferrons les prisonniers,
" Les portes, les pons et les puis,
12835 Ains que nous n'en aions, et puis
L'enferrons que deable d'enfer.

CLACQUEDENT

Tost, tost, a ces chaines de fer,
Querons en celiers, en carfours,
En cavernes, bourgz et chaufours,
12840 Ou les faisons meismes forgier,
Ains que nous en aions dangier,
Nous arons largement les vins.

BRISEBARRE

Seigneurs, maieur et eschevins,
Citoyens et tous habitans,
12845 Les satellites lapidans
Quentin, qui nous a convertis,
Sont par toutes rues vertis,
Querans grosses chaines pesantes
Et aultres ferailles meschantes.
12850 Pour enchainer le glorieux
Quentin, martir, le vertueulx.
Et pour le renvoyer a Rome.

LE MAIEUR

O le tirant et pervers home,
Qui sang humain boit et agouste,
12855 Il voit bien, ou il ne voit gouste,
Qu'i ne le peult suppediter
Par paine qu'on puist mediter.
Ne lui peult il souffire a tant ?

GARIN

Tousjours est batant, tempestant
12860 Et pense de gens enverser
Et ne scet quel deable brasser
Pour reverser Quentin en bas.

FLORISSE

Tiranniser sont leurs esbas,
Ne scay pire jusqu'en calvaire.

LIMOGE

12865 "C'est bien son nom, Rictiovaire,
Il est, qui bien l'entent et note,
Avaricieux de rihote
Et mouveur de noise et hutin.

HULIN

Seigneurs, allons veoir Quentin
12870 Et son doloreux partement,
Nous cognoissons que plainement
Il nous a estaint la lumiere
D'enfer et moustré la lumiere
Des haultains lieux celestiens.

SOUTILLET

12875 Mes freres et bons cristiens,
Retirons nous icelle part,

12816 suppléer : tirans ? — 12838 celiers et en.

' 211° B. — " 212° A.

' 211° B. — " 212° A.

Parlons a luy a son depart,
Affin que devant le grant juge
Soit nostre advocat et refuge
12880 Et nostre bon intercessans.

Ilz se partent tous
ensamble.

YSENGRIN

Prince, prevostz et seigneur grans,
Regardés la quelz besongnettes,
Vecy de chaines, de chainettes,
De cavestreaulx et de cagnons
11885 Assés pour hocquier ces trognettes
Et pendre tous mes compaignons.

CLAQUEDENT

Regardés la que prins avons
Aux fourches et aux vieux gibés,
Pluseurs larrons que bien scavons
12890 Y ont pendu par les toupés.
Vecy de bucqz et de clacqués
Et de nocqués rués en maules
*Assés, sans les aultres hocqués,
Pour enchainer ung cent de deaules.
12895 J'en ay plus mal en mes espaules
Que s'on m'assommoit d'ung batrel.

RICTIOVAIRE

** Tu es ung gentil cavestrel,
S'on ne le pent parmy la gorge,
Més luy tout autour du haterel
12900 Une chaine d'estrange forge
Et affin qu'en porte n'en porge
Ne se sauve, bien te ramembres
De luy avironnés ses membres
De pesante chaines de fer.

YSENGRIN

12905 Oncq on ne vit deable d'enfer
Mieulx enserré qu'on l'enserra,
Ne Burgibus ne Lucifer,
Ne tous ceulx qu'en son enfer a.

CLAQUEDENT

Je ne scay comment il yra

12891 clicques. — 12894 enchancer.

* 212 B. — ** 213 A.

12910 En portant ce pesant coler,
J'ay espoir qu'i s'umilira,
Se venra nos dieux accoler.

RICTIOVAIRE

Tarquin, veulliés vous disposer
D'acomplir ce romant voiaige ;
12915 Il vous convendra proposer,
Devant l'imperial ymaige,
Le senat et tout le linaige,
De Quentin, que je leur renvoye :
Moustrés par foy de tesmoniage
12920 Comment tout le monde desvoye,
En protestant que je l'avoye
Fait mettre en chartre, en lieu serré,
Mais de fait s'en courut sa voie,
. Sans rompre huis ne barreau ferré ;
12925 Puis fut des membres descerné
Et batus de rasteaulx d'acier,
Flambé et puis empoisonné,
Mais riens n'y vault le menacier.
* Ne pour batre ne pour tencier,
12930 Il ne se mue ne se change,
** C'est tousjours a recommencier,
Il est ou dieu ou diable ou ange.
S'ilz scevent quelque paine estrange,
Je pry qu'on le veulle deffaire,
12935 S'on me devoit bruler en lange,
Si n'en saroy je plus que faire.
Vous cognoissiés tout nostre affaire,
N'y fault missive ne credence,
Veuilliés le demourant parfaire,
12940 Selon vostre sens et prudence,
Et par vostre benivolence
Et armonieuse faconde
Recommandés me a l'excellence
Des empereurs de tout le monde.
12945 Pantheon, joieulx, net et monde,
Mon escuier et mon gascart,
Et Ysengrin, courant qu'aronde,
Vous compaignent avec Clacquart.
Donnés y curieux regart,
12950 Se le precedés tres souvent,
Tant qu'il vous sieve et q'on le gart

12910 potant A. — 12912 verra. — 12933 scavent.—
12938 misse. — 10946 gastart.

* 212* B. — ** 213* A.

Haulx et bas, soubz pluie et soubz vent.

TARQUIN

J'en feray bien et saigement,
Attendés vous du tout a moy.
12955 Sus, Ysengrin, abillement,
Et toy, Claquedent, en arroy,
Pantheon, prendés nostre armoy.
Seigneur, vecy au congié prendre.

RICTIOVAIRE

Jupiter, mon dieu et mon roy,
12960 Vous veuille conduire et deffendre.

YSENGRIN

Affin qu'on ne me puist soupprendre,
Nous allons descouvrir pais,
Car s'on voloit sus nous emprendre,
Nous seriesmes trop esbahis.

· PANTHEON

12965 Ne faisons noises ne frouchis,
Tant que serons hors de la porte.
Que des siens ne soions occis,
Il fault qu'un pou on le supporte.

TARQUIN

Affin ce qu'il ne se transporte
12970 Hors de nos mettes et nos royes,
De loing a l'oeul qui le guet porte,
Le guidons comme on fait telz proyes.

QUENTIN

Sire Dieu, moustre moy tes voies
Et si m'enseignes tes sentiers,
12975 Maine moy, sire, qui m'avoies,
En ta voie et chemins entiers
Et j'ambuleray volentiers
En ta verité et monjoye,
Je te pry que mon cœur s'esjoye,
12980 Affin ce qu'il crainde ton nom
Benoit, en pardurable joye,
In secula seculorum.

BRISEBARRE

Vecy Quentin en piteux ploy,

De quoy je suis moult desplaisant.
12985 Sire, mettés vous en employ
De luy dire ung mot en passant.

SOUTILLET

Prendés congiet en traversant
Ce coing de rue et s'on s'amort
A vous faire riens d'aversant,
12990 Ne vous lairons jusqu'a la mort.

LE MAIEUR

O Quentin, nostre resconfort,
Nostre champion, nostre effort,
Nostre solas, nostre support
Et nostre adresse,
12995 Nous laisse tu en desconffort,
Plourans et gemissans tres fort
· En la mer de deul et au port
De grief tristesse ?

·· QUENTIN

Freres, il fault que je vous lesse
13000 Et qu'aultre pais je reslesse
Et que le cours de ma jonnesse
Soit terminé.
En aultre ville ou je m'adresse,
Mais non pas trop loing d'ici n'esse,
13005 Dieu par sa divine promesse
L'a ordonné.

GARIN

Adieu dont, nostre bien amé,
Nostre luisant cierge alumé,
Nostre bon pasteur renommé,
13010 Nostre esperance,
Es mains du tirant venimé
Plus rabi que loup affamé
Nous laisse chascun desarmé,
Sans asseurance.

QUENTIN

13015 Jhesucrist soit vostre creance,
Vostre bien, vostre recreance,
Vostre refuge en doleance,
Vostre seur fons.
Portés pour luy paine et souffrance,

12968 quon pou A, quon peu B. — 12980 cil qui.

· 213 bis A, 213 B.   · 213ª bis A. — ·· 213ª B.

13020 Servés le de volenté franche,
      Il vous'donra la delivrance
      De pleurs parfons.

FLORISSE

      Adieu, l'espoir que nous avions,
      Ne scay plus que faire doyons,
13025 En pleurs et en cris nous noyons,
            O tres cler home.
      Se plus ne te voyons n'oyons,
      Prie ton Dieu que nous soyons
      En sa gloire et la te voyons,
13030   Tres saint preudome.

·QUENTIN ·

      Adieu, adieu, Amiens sus Somme,
      J'ay espandu de sang grant somme
      En toy, par celuy qui m'assomme
            Et me detire,
13035 "Adieu te dis et si te somme
      Que jamais n'y demouray somme,
      Car allieurs fault que je consomme
            Mon grief martire.

LIMOGE

      Que ferons nous ? trop je m'admire,
13040 Nobles citoyens de bon aire,
      Car nous perdons nostre bon mire,
      Nostre vif et cler exemplaire.

LE MAIEUR

      O faulx tirant Rictiovaire,
      C'est par toy que nous le perdons,
13045 Au dieu du ciel nous complaindons
      De ta maudite felonnie
            Et si disons
      Par desespoir, sans armonie,
            En nos chansons.

13050   Tirant plain de tirannie,
            Ta vie est peu tirannee.

            Tirant plain de tirannie,
            Tu es plain de zizanie,
            Vesanie foursenee,

13055   Ta maisnie trop honnye,
            Mal bonnye progenie,
            Nous manie ceste anee
            . . . .
            Nostre cité reunye
            De Quentin illuminee,
13060   Tu aras rage infinie, ·
            Ta vie est pou tirannee.

GARIN

            Ta vie est pou tirannee,
            Tirant plain de tirannie.
            Ta vie est pou tirannee,
13065   · Mais une fois la journee
            Sera nee, que punie,
            Forbanie, malmenee,
            Hutinee, matinee,
            Bastonnee et finee
13070   '' Sera ta loy payennee.
            Ta charogne verminee
            Avec ta faulce obanie
            Ara pute destinee,
            Tirant plain de tirannie.

HULIN

13075 Se le prevost de Romenie
      Nous voit plourer ou larmoyer,
      Il mandera sa baronnye
      Pour nous faire pendre et noier.
      Puis que Quentin vous veult lessier,
13080 Querons nos maisons et nos cours,
      En Dieu nous convient relecier,
      Je n'y voy point milleur secours.

CREPY

      Or a Quentin parfait son cours
      Dedens ce pais amiennoys.
13085 Ains que les jours soient plus cours,
      Allons au pais soissonnois
      Raconter les durs esbanois
      Et le tourment honteux et ville
      Que luy, doulz que noyaux de nois,
13090 A enduré en ceste ville.

13024 debvons. — 13027 te mq. — 13054 ,vesenie. —
13056 ma.

· 214 A. — '' 214 B.

13057 - 13058 lacune et altération de texte probables ;
au lieu d'un vers rimant en toe, on devrait avoir deux
vers rimant en i e, pour que les deux strophes du fatras
double fussent symétriques.—13068 mutinee, matinee.—
13070 la loy. — 13071 chorogne ms. — 13089 que de
B, que expouctué A.

· 214° A. — '' 214° B.

GRIGNART

C'est la nompareil entre ung mile,
De quoy j'oysse oncques parler,
Il est saige, atrempré, humile
Et prompt pour chascun consoler.
13095 De l'oyr ne me puis soler,
Toute joye m'en renouvelle,
Je vous pry, hastons nous d'aler,
S'irons raconter la nouvelle.

* MAXIMIEN

Seigneurs, il nous fault raffrechir,
13100 Nous avons cheminé long tamps,
Le jour se prent a esclercir
Et les raix sont chaulx et ardans.
** Ains que soyons plus haulx montans,
Recreons corps et esperis
13105 Et soyons partout regardans
Pour doubte de morteux peris.

OCCIDENT

Reposés soubz ce pavillon,
Tres noble empereur redoubtable,
Pour rompre de faim l'aguillon,
13110 Il est plaisant et delitable,
Chascun scet par ceur son notable,
Dont il doit servir desormais,
Lavés et puis seés a table,
On cornera le premier més.

Maximien demeure
grant tamps au pavillon
jusque ce que Valois le
mande.

MAXIMIEN
13115 Nous sommes le mieulx de jamés.

GALICAN
Tost, escuier, a la viande.

CROMACUS
De ce faire je m'entremés.

GALICAN
Nous l'arons nouvelle et friande.

LE FOL

Voire, fait on feste si grande
13120 Et se ne nous y huchons point ?
Ça, puis qu'on ne nous y demande,
G'iray pour remplir mon pourpoint.
On scet bien q'ung sot quoquidé
Va partout sans estre mandé,
13125 Soit en chambre, en pale ou en tour
Et peult parler devant son tour
Et dire des besongnes sept
Plus avant bien cop qu'il ne scet ;
Marote, allons y par accord

*BAYON, chevalier, seigneur de Viller

13130 Mort, sure mort, mort qui tout point et
[mord,
Pour quoy s'amort ta morsure a mon vis ?
Je vis envis, trop vivre me remort,
Je meurs sans mort, sans morir je suis mort,
Lait, infame, ort je suis et mors et vifz
13135 Ad mon advis, en la mort suis ravis ;
Oncques ne vis ne vie ne mort telle,
C'est mort en vie et vie trop mortelle.
    Je pers mon entendre,
    Ma jonesse tendre,
13140   Mon ploy, mon estendre,
    Mon vol, mon hault tendre,
    Ma chevalerie.
    Riens ne puis apprendre,
    Scavoir ne comprendre
13145   Ne riens entreprendre,
    Synon tout despendre
    Par meselerie.

Murdri, meschant, miserable, mesel,
Pourry sans sel, sans sur et sans salé,
13150 Pery, pelé, plus plumé q'ung oysel,
Ort demoisel, puant, povre de pel
Suis sans rappel, plain ladre mesalé ;
J'ay tant parlé, tant venu, tant allé
Du long, du lé, pour garir corps et face,
13155 Mais n'ay trouvé chose qui bien me face.
    J'ay servi les dieux
    De ceur, de corps, d'ieulx,

13093 atrempe. — 13114 couvra. — 13114-13115
Ind. scén. ure — illon — le *mq A* ; long — jusque —
[mand] e *mq B.*

*215 A. — ** 215 B.

13125 palais. — 13131 a morsure. — 13149 sel sur.
— 13152 ladre. — 13156 servir.

* 215ᵛ A, 215ᵛ B.

Levant vers les cieulx
Et chief et sourcieux
13160   Et tout je leur donne,
Querant en tous lieux
Fontaines et rieulx
Et medecins vieulx,
Mais je n'aray mieulx,
13165   Chascun m'abandonne.

Se dieux sont dieux, se Mercure est Mercure,
*Que ne me cure a cop sa main curant ?
Que ne m'escure Appollo ma marcure,
** Mon corps, ma cure et ma brochure obs-
            [cure?
13170   Nul ne procure a mon meschief courant,
N'ay nul garant, nul ne m'est secourant,
Ne decorant mon corps peu secourable,
Vivant, mourant, je demeure incurable.
Piteux cris et plains
13175   Que je pleure et plains
En chaux et en plains,
D'amertume plains,
Gemir hault et bas,
Maudire du mains
13180   Le deul ou je mains,
Tordre soirs et mains
Cheveulx, poingz et mains
Sont tous mes esbas.

Gays, papegays, cardonnés et sansons
13185   Ne sont sans sons, sans sens ne sans son-
            [nettes,
En leurs saisons, en champz et en maisons
Sont chans resons, natureulx sans raisons,
Doulces chansons et belles chansonnettes,
Sansonnettes tant en leur chant sont nettes
13190   Et honnestes, que le ciel en resonne.
Mais moy dolant je ne chante ne sonne.
Puant suis je mais
Plantelettes gentes,
Gentelettes entes,
13195   Nettes, fort recentes,
Flairans desormais.

    PLAISANT, escuier de Bayon

Serés vous tousjours gemissant ?

Prendés de joyes quelques sommes,
Vous estes chevalier puissant,
13200   Seigneur de Viller ou nous sommes,
De noble estocq, de riche prosmes,
Plain de richesse et de monnoye,
*Par le siecle sont cent mille hommes
Qui n'ont point d'or si grant monjoye.

    ** BAYON

13205   Que vault richesse, qui n'a joye ?
Ma maladie est nompareille.

    PLAISANT

S'il vous en desplait et anoye,
Je ne m'en donne point merveille.

    BAION

J'ay grant besoin qu'on m'apareille
13210   Une chemise nette et blanche.

Dors tu, Muguet ?

    MUGUET, serviteur

        Sire, je veille
Pour faire vostre bienveullance,
Ou je desploiray ma vaillance.

    BAYON

Huche Sophie, ma chambriere.

    MUGUET

13215   Je le feray sans defaillance.

Sophie, este vous la derriere ?

    SOPHIE, chambriere

Oy, oy, Muguet, quel chiere ?

    MUGUET

Tost, tost, mon seigneur vous demande.

    SOPHIE

Bayette, m'amiette chiere,
13220   Il te fault mettre en celle mande
Nostre buce noire et grande,
Affin qu'on la puist ressincier.

    BAIETTE, meschine

Je feray ce qu'on me commande,
Il n'y ara que repinchier.

13185 mes mq.— 13185 sons sans.— 13186 leurs mq.

* 216ᵃ A. — ** 216 B.   * 216ᵇ A. — ** 216ᶜ B.

SOPHIE

13225 Sire, vous m'avés fait huchier ?
Quelle sera vostre devise ?

BAYON

*Ha, Sophie, je vous requier,
Baillés moy nouvelle chemise.

SOPHIE

Sire, je ne puis, quant g'y vise,
13230 J'assis des hersoir la buee
Ou j'ay toute chemise mise,
Mais elle est des pieca levee.

** BAYON

Faictes tost qu'elle soit lavee,
Affin que j'en aye une nette.

SOPHIE

13235 Vous l'arés, s'elle est essuee,
Nous allons a la fontainette.

Més mains a la mande, Baiette,
Nostre buee soit blanchie,
Se le mettrons sus la hayette
13240 Essuer, s'elle est ressincie.

BAIETTE

Regardés, j'en suis rebracie
Pres jusqu'aux queutes, combien
Que gaire ne soie avancie.

SOPHIE

Tu és une femme de bien.

TARQUIN

13245 Pantheon, qu'on ne se fourvoye,
Regardés ou nous fault aller.

PANTHEON

Nous sommes bien en nostre voye,
Nous sommes tantost a Viller.

TARQUIN

Maistre Ysengrin, faictes gingler
13250 Quentin avant en ce passaige.

YSENGRIN

Il sue comme ung porcq sengler,
Il a grant chault en son visaige,
Pour luy emploier mon voiage,
Je luy donray ung crocquepoix.

* BAYETTE

13255 Hahay, que j'ay mal en mes dois
A respasmer ces ors drappeaulx.

SOPHIE

Prens ce bout la, tordre le doibs,
S'on devoit rompre cuir et peaulx.

BAIETTE

Il vouldroit mieulx faire houppeaulx
13260 Pour donner a son amoureulx,
Qui souvent dessoulz leurs chappeaulx
Portent ung grief mal doloureux.

** SOPHIE

Laissons languir les langoureux
Et amer amant et amie.
13265 Vecy ung povre maleureux
Lequel, je croy, n'y pense mye.

BAIETTE

Regardés ung peu quel maisnie,
Quelz garnemens, quelz cœurs faillis.

SOPHIE

Vecy terrible progenie :
13270 Dont sont ilz maintenant saillis ?

BAIETTE

Las, ilz ont en piteux ploy mis
Ceste home dont estes prochaine,
S'il estoit pire qu'ennemis,
Sy ont ils mis horrible chaine.

QUENTIN

14275 Ma mie, vous voiés la paine
Que ces tirans me veullent faire
Et que la sueur qui me paine
Me degoute par le viaire :

13225 fait mq. — 13238 buee A. — 13240 Manque une syllabe.

* 217 A. — ** 217° B.

13259 huppeaulx. — 13262 ma.

* 217° A. — ** 217° B.

Bailliés moy drap, linge ou suaire
13280 Pour l'essuer, car ces routiers,
Pervers tirans de pute affaire,
Me traveillent sus les sentiers.

SOPHIE

Amy, vous l'arés volentiers.
'Tenés, essués vostre face,
13285 S'il en y avoit dix quartiers,
Je suis contente qu'il se face.

  Elle luy baille la chemise.
  Bayon et Quentin en essue
  son visaige et luy rend.

QUENTIN

Grant mercis, Jhesus par sa grace
Le vous face valoir a l'ame
Et vous moustre chemin et trace
13290 Pour parvenir a son royalme.

BAYETTE

Par Juno, ma tres chiere dame,
J'ay compassion et pité
De voir cest home en basse lame
Si crueusement lapidé.

" SOPHIE

13295 Le povre home m'a demandé
Plus doulcement q'une pucelle
Ung drap pour estre respité
Et essuer face et macele.

BAYETTE

Je te pry, belle jovencelle,
13300 Quel chose lui a tu baillie ?

SOPHIE

La chemise Bayon, c'est celle
Qui de sa sueur est mouillie ;
Elle estoit icy entoullye,
Si l'ay prins par cas d'aventure.

BAIETTE

13305 N'en est elle pour tant soullie ?

SOPHIE

Nennil, car elle est sans ordure.
Tandis que le beau tamps nous dure

Nous essurons nappe et lincheux
Et metterons sus la verdure
13310 Nos chemises et escourceulx.

  Elles estendent la
  buee ensamble.

PANTHEON

Gallans, cheminons de bon hait,
Je voy la cité de Vermans,
'En laquelle, s'on ne nous hait,
Nous serons couchans et dormans.

TARQUIN

13315 Y trouverons nous vins frians,
Chapons cras et bien apointiés ?

PANTHEON

Oy, et compaignons buvans,
Dont nous serons bien festiés.

TARQUIN

Affin que bien soions logiés,
13320 Allés les chambres retenir
Et de ce lieu ne vous bougiés,
Nous vous sievons pour y venir.

PANTHEON

" Laisse nous faire et convenir,
J'en feray bien a vostre gré.
13325 Jupin seant en hault degré
Vous doint d'onneur le bruit soutil.

LE CHASTELAIN DE VERMANS

Bien vegnant, escuier gentil,
Quelz nouvelles ?

PANTHEON

                    Le lieutenant
Du grant prevost vient maintenant
13330 En vostre chastel hesbregier :
Ung geux amaine sans targier
Pour mettre en prison tenebreuse.

LE CHASTELAIN

De ce ne serés en dangier,

13284 essueur. — 13286-13287 *Ind. seén.* mise — sue
— end *mq A.* — 13301 elle.

' 218 A. — '' 218 B.

13308 esseurons.' — 13319 que nous soions. — 13322
sieurons. — 13323 Lassies.

' 218ᵛ B. — '' 218ᵛ A.

J'en ay une parfonde et crueuse,
13335 Tres terrible, horrible et honteuse,
Ou j'ay oy, n'a pas ung an,
Une culeuvre moult hideuse,
Elle est du tamps du roy Basan ;
Vecy mon home, Barbasan,
13340 Qui volentiers vous y menra.

BARBASAN, *varlet*

*Sire, quant le cas advenra,
Je seray prompt et diligent.

TARQUIN

Jupiter, des cieulx le regent,
Vous soit du tout bien enseigneur.

LE CHASTELAIN

13345 Bien vegnant, notable seigneur
Et tous les gentilz hasebains.

TARQUIN

Nous sommes sus les champs espains
Pour mener ce fol enchanteur
A Rome, dont suis conducteur
13350 Et des aultres le chief et maistre ;
Se volons ung petit repaistre
Et prendre ung precieulx sejour ;
** Se serés nostre hoste ce jour
Et nous resterés lieu et place
13355 De chartre plus froide que glace
Ou vous logiés meschans chetis.

LE CHASTELAIN

J'ay fait ouvrir huis et pestis.
Barbasan, moustre la prison.

BARBASAN

Vecy le lieu que pou prison,
13360 Appellé par grant felonnie
Le grant gouffre de Sathanie,
Mais qu'il soit la dedens souvent,
Il n'ara garde que le vent
Luy voit sifflant par les oreilles.

YSENGRIN

13365 Or, entrés ens, que les entreilles
Vous puissent griffer les griffons.

CLACQUEDENT

Est il bouté jusques au fons ?
Pour dieu, qu'il soit bien avalé.

BARBASAN

Ne te chaille, il est bien galé,
13370 *Allés vous bien refaucillier,
Je le scaray bien estrillier,
S'il plait a Mars, mon dieu divin.

LE CHASTELAIN

Seigneurs, assaiés de mon vin,
Vela du crut de ce pais,
13375 Buvés bien sans estre esbahis,
Il est tres bon et resveillant.

YSENGRIN

A cela seray je vaillant,
J'ay ung charbon en mon gorguet
Qui est ardant, chault et boulant,
13380 Se m'y convient faire le guet.

Icy boivent tous.

HONORÉ

Je cuide que nous fourvoyons
De directz sentiers et justes,
Quant a Rome nous envoyons
Quentin, vers les Cesars augustes.
13385 **Se ses parens fors et robustes
Le complaindent comme martir,
Ilz nous feront paines augustes,
Jamais bon sang ne peult mentir.

TORQUATUS

Empereurs par commission
13390 Vous ont leur prevost denommé
Pour mettre a execution
Tous faulx cristiens venimé ;
S'ilz voient Quentin entamé
De martire et morir ne peult,
13395 Sire, vous en serés blasmé,
Qu'a l'eul ne voit au ceur ne deult.

HONORÉ

On ne tenra gaire de compte

13396 de deult.

De vostre fait ne de vos ventz,
Qui ne scavés, dont c'est grant honte,
13400 Maistrier ung jone morveux,
Se par vostre dart rigoreux
* Ne veult desister sa coustume,
Prometés luy dons plentureux,
Tant pri on malade qu'il hume.

TORQUATUS

13405 Il est maleureux et confus,
Qui s'espante pour escondire :
Aprés ung dedagneux refus
Qui scet promettre et beaux mos dire,
Parvient on a ce qu'on desire.
13410 Quentin dont selone mon devis
Nous est eschappé trop tost, sire,
En car hastieu n'a point d'avis.

RICTIOVAIRE

Je me concorde avec vous deux
Que je me suis trop tost hasté,
13415 J'estoye lors furibondeux,
Plain du deable qui m'a gasté :
Tout oy et tout disputé,
J'envoyrai courant aprés, mais
Que j'aye ung home deputé,
13420 Car il vault mieulx tart que jamais.

** HONORÉ

Le cas est hatif et tres grief,
Aux dieux du glorieux couvent,
Sans escripre lettre ne brief,
Dyamant voit courant que vent
13425 Dire a Tarquin, le president
De Quentin, ce crueulx pendant,
Qu'en Aouste soit resident
Et droy la nous soit attendant.

RICTIOVAIRE

Dis luy dont qu'il ne voit avant.
13430 As tu bien oy, messaigier ?
Demain serons la, dieu devant,
Pour Quentin batre et corrigier.

DIAMANT

Ne querés aultre voiagier,

* G'iray courant avant la plaine,
13435 Si prenray pour moy solagier
Une bouteille de vin plaine,
Pour reprendre ceur et alaine,
Je seray legier q'ung especq,
Je suis plus pesant que balaine,
13440 Se de vin n'arouse mon becq.

RICTIOVAIRE

Il fait gracieux tamps et secq
Pour cheminer abillement.

DYAMANT

Affin que je n'aye ung essecq
De retourner tout radement,
13445 Donnés moy quelque ensaignement
De vostre gracieux corps net,
Pour adjouster foy radement,
Je n'ay lettre, encre ne cornet.

RICTIOVAIRE

Tien la, porte luy mon signet,
13450 Mon nom est empraint en la taille,
Il porte credence et si n'est
Lettre missive qui le vaille :
Mais garde bien que chetivaille
Ne le te tirent hors des dois,
13455 Il y aroit grosse bataille
De nous deux, se tu le perdois.

** DIAMANT

Par Jupiter, le roy des rois,
Vecy ung tres precieux gaige,
On ne m'en fera nulz desrois,
13460 Tant que j'aye sens et langaige.

HONORÉ

Tu as le vent a l'avantaige,
Chemine radement en voye.

DIAMANT

A dieu command vostre heritaige,
Priés luy que beau tamps m'envoye.

Il s'en va

13412 corr : cas t. — 13426-13427 mq.

* 220 A. — ** 220 B.

13463 Diamant mq.

* 220ᵐ A. — ** 220ᵒ B.

SOPHIE

13465 Baiette, il est tamps que je voie
Se la chemise est essuee.
Ou se josne home qu'on desvoye
A sa doulce sueur suee.

BAIETTE

Ne fut elle point respamee
13470 Depuis en fontaine courant ?

SOPHIE

Nennil, voir, elle est embasmee,
Tant est doulce et souef flairant.
Oncque nul jour de mon vivant
Je ne senti si bonne odeur.

BAIETTE

13475 Toute joye m'est ravivant,
Tant sent fort et de grant ardeur.
C'est grant bonté.

SOPHIE

C'est grant valeur.

BAIETTE

C'est fin balsme.

SOPHIE

C'est fin espece.
Oncques je ne senti meilleur.
13480 Plus doulz ne de plus digne espece.

BAYETTE

Oncque ne senti fleur de cesse
Plus doulce ne plus odorant.

SOPHIE

Baiette, m'amie, ne cesse
De parsequier le demourant ;
13485 A Bayon qui s'en va morant
Je voy raconter la nouvelle.

BAIETTE

Allés, soiés le secourant,
Elle est digne qu'on luy revelle.

SOPHIE

Oncques ne vis chemise telle,

13490 Tant et souefve et doulz sentant.
Tenés, sire Bayon, vetés le,
Oncques rose ne flaira tant.

BAION

C'est pigment odoriferant,
Fleur de graine, mirre ou enchens.
13495 Dictes moy, sans nul differant,
Dont vient la doulceur que je sens ?
J'en ay veu mile et cincq cens,
Mais oncquez ne vis tel mistere.

SOPHIE

C'est la vostre, boutés vous ens,
13500 Je vous en diray la matere.

*On luy vest sa
chemise et doit
choir sa meselerie.*

PLAISANT

Par Juno, ma deesse et mere,
Vostre face est clere et luisante,
Sans avoir quelque tache amere
D'ordure honteuse ou meschante.

BAYON

13505 Comment, clere ? s'on ne m'enchante,
J'ay le viaire tenebreux
Et la charogne tres puante,
Comme ont aultrez ladres lepreux.

SOPHIE

Oncques Hector qui fut des preux
13510 N'eust la face ossi rouvelente,
Vous estes reffais et heureux,
Par ceste chemise excellente.

BAYON

Par Venus, ma dame regente,
Entendre ne scay ce merveille ;
13515 Bailliés me ung miroir, fille gente,
Pour voir se j'ay face vermeille,
Se je dors ou se je sommeille,
Ou se je suis sain et deffait.

*Il se mire en
touchant son visaige.*

---

221 A. — 221 B. — 221ᵃ A.

SOPHIE

* C'est une chose nompareille
13520 Que de penser a vostre fait.
Mirés vous, vous estes reffait.

BAYON

Je suis de viaire et de chief
De bras et de mains tres parfait
Et regary de mon meschief.

MUGUET

13525 Or estes vous venu a chief
De vostre grant mesclerie
Et puissant assés de rechief
Pour exercer chevalerie.

BAYON

Mon corps, mon cœur, ma char perie
13530 Sont pour lors en bonne santé.

PLAISANT

Affin qu'elle soit regerie,
Boutés vous ens a tous costé.

BAION

Je me suis tout dedens bouté
Pour estre gary hault et bas,
13535 Jamais ne seray debouté
Ne bany de joyeulx esbas.

PLAISANT

Sophie ne nous conte pas
Ou la chemise a esté prise.

BAYON

Desclariés nous sus cestui pas
13540 Dont ceste grace m'est esprise.

"SOPHIE

Je partis de ceste pourprise
Avec Baiette, ensamble alasmes
A ceste fontaine qu'on prise
Ou notre buee lavasmes
13545 Et en cela faisant trouvasmes
Ung josne home qu'on formenoit,
Lequel en pité regardasmes
"""Pour les grans coupz qu'on lui donnoit ;
De corps et de face suoyt,

13550 Dont humblement nous demanda
Ung linge dont il s'essuoit,
Car tantost on luy acorda
Et par fortune on luy presta
Vostre chemise icy presente,
13555 Laquelle si bien appointa
Qu'elle est precieuse et recente.

BAYON

Dictes moy, affin que je sente
Quelz gens ce sont, sont ce Romains ?

SOPHIE

Oy, ilz n'ont point pris la sente
13560 Devers Paris ne devers Mans ;
Il s'en vont tout droit a Vermans.

BAYON

Je fay vœu aux dieux que jamés
Ne serons couchans ne dormans,
N'arons nous parlé a luy, més
13565 Il me fault, puis que je m'y més,
Vestir d'abis et de pourpoint,
Je suis radde et fort desormais.

PLAISANT

Or abilliés vous de tous poins.
Avant ce qu'ilz soient plus loing,
13570 J'espiray sente et cheminet.

MUGUET

Et moy ossy, s'il est besoing,
Je prenray lance et bachinet.

*Il se vest de tout
point.*

DIAMANT

En l'ombre de ce buissonnet
Je crocqueray une noisette ;
13575 Se mengeray tarte et flannet.
*En l'ombre de ce buissonnet.
Ma boutelle ou le vin bon est
Penderay a ceste branchette ;
** En l'ombre de ce buissonnet
13580 Je crocqueray une noisette.

13550 demande ms. — 13559 point mq. — 13565 je
mq. — 13567 suis fort et radde desormais.

* 225ᵛ B. — ** 225 A.

* 222 A. — ** 222 B. — *** 222ᵛ A.

Que vecy bonne tartelette.
Foy que je doy au Roy divin,
J'en bouteray en ma malette.
Il me convient boire ung tatin.
13585 Sainte lanterne, le bon vin.
Il m'a ja monté au toupet,
Ca, me convient ad ce matin
Cheminer et courre de het.

BAION

Plaisant, beau filz, et vous, Muguet,
13590 Estes vous en point pour querir
Aux champs et trouver par aguet
Celuy qui m'a volu garir ?

PLAISANT

Nous sommes en point pour courir
Hault et bas ! tant qu'on le verra.

MUGUET

13595 Pour vous complaire et secourir,
Je suis en point quant la venra.

BAYON

Dame Sophie, il vous faura
Garder partout, je le vous somme,
Car ainchois le ceur me faura
13600 Que je ne treuve le saint home
Qui m'a gary tout ainsy comme
Je fusse en l'age de trente ans.

SOPHIE

Tenés le grant chemin de Rome,
Vous y venrés assés a tamps.

*Ils s'en vont aprés
Quentin.*

TARQUIN

13605 Chastelain, les dieux tous puissans
Vous facent retribucion
Des biens dont entre nous passans
Avés fait la reception.

LE CHASTELAIN

Seigneurs, vostre refection
13610 Est povre et de petit amés,
Prendés en gré, l'affection
Est plus grande que l'entremés.

TARQUIN

Or sus, sergans et gros varlés,
Faictes Quentin desprisonner.

LE CHASTELAIN

13615 Va la, Barbasan, maine lés
Au lieu ou tu l'as fait mener.

BARBASAN

Je le vous voy desbuissonner,
J'ay desir d'en estre delivré
Entrés, galans, sans plus sonner,
13620 Vela Quentin, je le vous livre.

YSENGRIN

Tu as gaigné d'or une livre
A garder cil que nous batons.

CLAQUEDENT

J'ay tant but que j'en suis tout yvre,
Je n'y vois sinon a tatons,
13625 Quel train fault il que nous prendons ?

TARQUIN

Vers Aouste, sans fourvoyer.

PANTHEON

Sire, aux dieux vous recommandons.

LE CHASTELAIN

Nos dieux vous veuillent convoier.

Ilz s'en vont.

BAYON

Mes beaux enffans, je vous requier,
13630 Regardés s'on peult percevoir
Le tres saint home que je quier,
Qui santé m'a fait recepvoir.

PLAISANT

Sire, nous ne le poons voir,

13604-13605 *Ind. scén. es mq A.*

* 225° A, 223 B.

Se n'avons passé la valee
13635 De Vermans, mais sachiés de voir
Que tantost l'arons avalee.

'MUGUET

" Je vois de gens grant assamblee.
Hastons nous, se les attaindons,
Pour parler a eulx a l'emblee,
13640 Il fault que nous nous espoindons.

BAION

Ce sont chevaliers romions,
Je cognoy leurs armes luisantes.

PLAISANT

Ilz n'ont chevaulx ne camions,
Ilz vont sus messeigneurs des plantes.

BAION

13645 Seigneurs, ou nom de gentillesse,
Dictes moy par vos joyeulx chans,
Quel home povre ou gentil esse
Que vous convoiés par les champs ?
De picqz et de bastons perchans
13650 Le persecutés durement.

,TARQUIN

C'est le chetif des meschans,
Quentin se nomme proprement,
De noble sang, de saige gent ;
Des haulx romains est il issus,
13655 Mais il est povre et indigent
A cause qu'il croit en Jhesus.

BAION

Ou le menés vous ?

TARQUIN

Es palus
De Rome, pais triumphant,
Pour ses grans pechiés dissolus.

BAION

13660 Seigneurs, ce n'est qu'ung josne enffant ;
Ou nom de Phebus le levant,
Dont toutes gens sont luminés,
Ne le menés non plus avant,
Je vous pri que le me donnés.

TARQUIN

13665 'Je ne scay comment vous avés
La langue en bouche si hardie
De le demander, qui scavés
Qu'en Jhesus met son estudie.

" BAYON

Ne me chault quel chose on en die,
13670 Cela ne me deshaite point.

TARQUIN

Sire, il fault que je l'escondie
Et me pardonnés sur ce point.
Rictiovaire m'a enjoint,
Sus paine de chief et de main,
13675 Qu'avecq nous soit serré et joint,
Tant que serons au clos romain.

BAION

Seigneurs, vous reffusés mon clain ?
Desservi l'eusse icy aprés,
Chevalier suis, dru, riche et plain.
13680 Seigneur de Viller icy prés.

PANTHEON

Ne scay que vous nous demandés
De requerir ung tel paillart,
Vous qui estes recommandés
D'estre noble, riche et gaillart.

YSENGRIN

13685 Sire, se n'est qu'ung papelart :
Fait on feste de sa laidure ?

CLAQUEDENT

Que ferés vous d'ung tel lolart ?
Vous volés vous hourder d'ordure ?

BAION

Il a fait la plus belle cure
13690 En mon corps qui soit faicte au monde,.
Appole, Jupin ne Mercure
N'ont fait si nette ne si monde :
Ne scavoye en la terre ronde
Plus puant mesel que j'estoye,
13695 '''Mais je suis plus gent q'une aronde,
Par son fait qui mon cœur nestoye.

13644 messieurs. — 13651 suppléer plus devant chetif ? — 13664 que mq.

* 224 A. —" 223° B.

13678 jeusse. — 13691 appolo.

' 224° A. — '' 224 B — ''' 225 A.

Quant ma chambriere relavoit,
Au ruisseau ou estes passé,
Ma chemise que lors lavoit,
13700 Cest home qui estoit lassé
Queroit pour estre respassé
* Ung linge drap, on luy bailla,
Car son viaire estoit cassé
De sueur qui le traveilla.
13705 Ne scay quel sueur il sua,
Mais j'ay vestu la chemisette,
Dont sa grant doleur ressua,
Sentant que tres doulce rosette,
Laquelle par grace parfaicte
13710 A regary ma char pourrie
Et ma peau est toute reffaicte,
Qui estoit infame et perie.

YSENGRIN

Se vous croyés sa jenglerie,
Vous estes home rués jus,
13715 Ce n'est riens q'une deablerie
De ses œuvres et de ses jus.

BAION

Soit maleureux ou soit confus,
Povre de cœur, triste ou simplet,
Donnés le moy, sans nul reffus,
13720 Il me souffit bien tel qu'il est.

TARQUIN

Sire, vous perdés vostre plait,
Pour promesse ne pour avoir
Vous ne l'arés et nous desplait
Qu'il le fault tant ramentevoir.

BAION

13725 Puis que je ne le puis avoir,
Je vous requiers, seigneurs de bien,
Souffrés que je le puisse voir
A mon loisir.

**TARQUIN

Je le veuil bien.

PANTHEON

La veue ne nous couste rien,
13730 Voiés le tant que vous vaudrés,

Jamais au monde terrien
De plus prés vous ne le verrés.

BAION

* Home divin, home angelique,
Benoit et plus que raisonnable,
13735 Tu és augure phebeicque
Ou dieu de gloire permanable,
Quant de ma lepre abhominable,
Tu as fait la curation,
Ton povoir est inestimable,
13740 Sy est ta procuration.

QUENTIN

Regracie mon Dieu Jhesus,
Non pas moy, car par sa valeur
Parviens de ton fait au dessus,
C'est cil qui garit ta doleur,
13745 Je n'en suis qu'administrateur,
C'est l'espoir que tant je desire,
C'est ton Dieu, c'est ton createur,
Ton pere, ton maistre et ton sire.

BAYON
(A Dieu)
Glorieux dieu, pere puissant,

(A Quentin)
13750 Bon serviteur santiffiet,

(A Dieu)
Tres cler soleil resplendissant,

(A Quentin)
Planette au ciel pelliffiet,

Ensamble avés vivifiet
Et suscité mon corps puant,

(A Dieu)
13755 Eternel Dieu glorifiet,
Noble maistre,
(A Quentin)
O noble servant.

QUENTIN

Se tu és de mort suscité,
Suscite en toy ton susciteur,
Ton cœur vers luy soit incité

13760 Et de sa foy inquisiteur.
      S'il a guery ton corps d'horreur,
      Sy pense de guerir ton ame,
      Delesse ta mauldite erreur,
      Se sers celuy que je reclame.

BAYON

13765 Ton Dieu est d'excellent valoir,
      G'y veul mettre mon esperance,
      Ce poise moy qu'a mon voloir
      Ne te puis donner delivrance,
      Tu as delivré ma grevance,
13770 Mais je ne te puis delivrer,
      Car pour grant don ne pour chevance
      Ne te veullent a moy livrer.

QUENTIN

      Laisse faire l'altissonnant,
      Le puissant Dieu des cristiens,
13775 Tout ce fait a point consonant
      Par les secrés celestiens,
      Se tu le crois et sa loy tiens,
      Voisins serons et for me samble
      Que une fois les miens et les tiens
13780 Seront amis encore ensamble.

BAION

      Espoir repose en ma demaine,
      Jassoit ce qu'il soit fort a croire
      Que toy qui vas en court romaine
      Puisses icy prendre ton loire.
13785 Touteffois j'en aray memoire
      Et s'il fault qu'aultrement se face,
      Prie a ton Jhesus qu'en sa gloire
      Te puissons veoir face a face.

YSENGRIN

      Ca, ca, vecy bonne grimace,
13790 Ne feront ilz més huy que ruire ?

CLAQUEDENT

      Donne luy ung grant coup de hache,
      Pour l'anoyer et le conduire.

BAION

      Adieu, mon tres souverain mire.

QUENTIN

      Adieu, chevalier tres vaillant.

BAION

13795 Adieu, l'espoir ou je me mire.

QUENTIN

      Adieu, champion bateillant.

BAION

      Adieu, saint home flourissant.

QUENTIN

      Adieu, mon heureux avenir.

BAION

      Adieu, mon pere nourissant.

QUENTIN

13800 Adieu, mon voisin a venir.

*Ils l'emmainent
tres rudement.*

BAION

      Se la mer estoit encre noire,
      Se la terre estoit parchemin,
      Se l'erbe estoit plume d'ivoire,
      Se tout art estoit par chemin,
13805 Se tout sens humain et divin
      Se povoit en moy seul comprendre,
      Se ne scaroy je escripre enfin
      Les graces que je te doy rendre.

TARQUIN

      Sus, cheminons sans plus attendre,
13810 Il nous font trop long preschement.

PANTHEON

      Ilz ne veulent sinon contendre
      A nous donner empechement.

BAION

      Beaux enffans, que je suis dolent,
      Que ne puis cest home emmener.
13815 Pour cognoistre ung Dieu excellent,
      Qui m'a volu illuminer.

_____

13768 ne 1 puis.

* 226 A. — **225ᵛ B. — ***226ᵛ A.

* 226 B.

PLAISANT

Leissiés le son cours terminer,
*J'ay entendu que par sa vois,
Ou qu'on le fache cheminer,
13820 Deca seront ces haulx convois.

BAION

Voit a Rome, a Tours ou a Fois,
Je suis a cela resolut
Et me gist au ceur q'une fois
Sera cause de mon salut.

"MUGUET

13825 Puis que Romains ne l'ont volut
Despechier pour nul benefice,
Retournons ung mot absolut
A l'ostel et a tant souffice.

DYAMANT

Celuy dont exercés l'office
13830 Comme souverain lieutenant,
Tesmoignant son signe aurificque,
A vous cent fois se recommant,
Vous priant que des maintenant
Adjoustés credence a mes dis.

TARQUIN

Qu'esse qu'il y a ?

DYAMANT

13835   Je vous dis
Que Rictiovaire, prevost
De Gaule, le pais devot,
Veult qu'a Rome point ne menés
Ce malfaiteur, mais sejournés
13840 En Aouste et si vous commande
Que la soit tenu en commande,
Jusques demain que la sera
Et que par tourmens lassera
Celuy que vous tenés si court.

TARQUIN

13845 Nous le ferons : conseil de court,
Se me samble, est tost changiet.

_____

13841 suq.

* 227 A. — ** 226° B.

PANTHEON

*Au mains serés vous deschergiet
Du grant soing qui estoit en vous.

TARQUIN

Diamant, reconmande nous
13850 A sa bonne grace humblement.
Nous ferons son commandement,
En Aouste allons le grant pas.

DIAMANT

Je retourne legierement,
Sans boire et sans prendre repas.

" TARQUIN

13855 Chemines fort, nous n'irons pas
A Rome ceste fois icy.

YSENGRIN

J'en suis bien aise, car aussi
Redoubtoy je a passer les mons,
Jassoit ausi que nous l'amons
13860 Mieulx que France ne qu'Engleterre.

QUENTIN

Vecy le pais et la terre
Ou je doy terminer mes jours,
Ou peuple, petit et grant, erre,
Vecy le pais et la terre
13865 Mon vray Dieu, secours moy grant erre,
Soies mon protecteur tousjours,
Vecy le pays et la terre
Ou je doy terminer mes jours.

PANTHEON

Vecy le chastel valoureux
13870 D'Aouste, la cité tres forte,
Le bon chastelain seignoureux
Et les sciens si sont a la porte.

TARQUIN

Juno, qui les sciens resconforte,
Vous doint d'onneur ung trosne plain.

SALADIN, chastelain d'Aouste

13875 Janus, qui les clefz du ciel porte,

_____

* 227° A. — ** 227 B.

Vous garde en chemin et en plain.

*TARQUIN

Je vous requiers, beau chastelain,
Que par vous soions recoeulliés,
Que vous soiés nostre hostelain,
13880 Que belle chambre nous bailliés,
Que se prisonnier herbegiés,
Que nous puissons boire bon vin,
. . . .
Se serés nostre amy divin.

SALADIN

Seigneurs, s'il y a riens de fin
13885 Au marchiet, nous en finerons,
Esturgon ne bar ne doffin,
De si fais més nous finerons.

** YSENGRIN

Sire, logiés nous ce quoquin,
Ains que plus avant nous bougons.

SALADIN

13890 Il sera fait. Sus, Malaquin,
Maine ossi droit qu'on trait bougons,
A tout ces chaines et quagnons,
Ce prisonnier a Mausongneux.

MALAQUIN, serviteur

Je le feray ; ca, compaignons,
13895 Baillés moy ce meschant tigneux ;
Dedens ung trou bien perilleux
Sera bouté.

CLACQUEDENT

Beau sire, voire,
Quant tu as logiet ce poulleux,
Baille nous le pot et le voire.

QUENTIN, en alant en prison

13900 Aouste, cité de renon,
De mon sang seras arousee,
Cy aprés porteras mon nom,
Aouste, cité de renon,
Plus ne seras Aouste, non,
13905 Tu seras aultrement nommee ;
Aouste, cité de renon,
De mon sang seras arousee.

* MALAQUIN

Maine grant joye et grant risee,
Mausongneux, vecy ung galant
13910 Qui a rué ung cop vaillant
Et s'a fait des maulx plus de vingt.

MAUSONGNEUX, chepier

Long tamps y a que riens ne vint,
Je suis chetifz et familleux,
Oncque si grant bien ne m'advint
13915 Que d'avoir ung tel mouquilleux.
Est il bien ossi merveilleux.
Que vous l'avés fort enchainé ?
S'il est rebelle et orguilleux,
Je seray de mal heure né.

** MALAQUIN

13920 Il vault pis que ung deable dampné,
Loge le bien et seurement.

MAUSONGNEUX

Je croy qu'il sera bien vané,
Leissiés moy faire hardiment.

CREPI

Grignart, allons veoir comment
13925 On se porte en nostre maison
Depuis nostre departement.

GRIGNART

Voisin, il y a bien raison.

CREPI

Dieu gard Crepin et son sochon.

CRISPIN

Mon maistre, bien soiés venus.
13930 Este vous en toute facon
Sain et haitié ?

CREPI

D'argent tout nud
Suis je, sans ung denier menu,
Mais cras comme ung pourcel en cave.

WAUTREQUIN

Mym mestre got, qui voit gain nave,

13935 'Raporté vous my une brot ?
My je hume tant de brouet,
Plain min pance, a va se te lave.

GRIGNART

Et beau sire, va, se te lave,
Tu és noir et empotinés.

CREPI

13940 Vous estes bien gouvernés,
Sans riens avoir de mal songniet ?

CRISPIN

Nous avons tousjours besongniet
Comme il y pert, regardés la.

CREPI

Par Pain qui Serés acola,
13945 Enffans, vous estes vaillans gens ;
" Pluseurs solers fors beaux et gens
Avés fait, dont n'en suis mary.

*Il regarde et tient
les solers.*

YOLINE

Il me samble que mon mari
Est a l'ostel de mon voisin.

13950 Bachus, qui forma le roisin,
Soit chiens. Grignart, en quel point ?

GRIGNART

Tres bon, mais d'argent n'avons point
Grant plenté.

YOLINE

C'est bien vostre usaige,
Quant en ariés plaint ung pourpoint,
13955 Se n'esse riens pour ung maisnaige.

CREPI

Voisine, regardés l'ouvraige
Que mes gens sans moy ont mis sus.

YOLINE

Les solers sont moult bien cousus
Et Crispinien et Crispin,

13960 Qui les ont fait nés que pepin,
Sont de bon conseil convenables,
' Paisibles, doulx et amiables,
Sans estre enduppés ne pompeux ;
Pleusist a Dieu que mon espeux
13965 Fusist d'autel condicion,
Nous ariesmes grant portion
De biens, dont n'avons une buque.

VALOIS

Sus, Saiget, prenés Hurtebusque,
Qui est plus fin q'ung fin regnart,
13970 Sachiés dont Crepi et Grignart
Sont revenus si eschauffés.

SAGET

Nous le ferons.

VALOIS

Or l'estoffés
De quelque beau mot pour scavoir
Leur entente.

" HURTEBUSQUE

Faisons devoir
13975 D'enquerre de leur revenue.

SAGET

Pairés vous vostre bienvenue,
Hau, beaux voisins ?

CREPI

Quant vous vorés.

HURTEBUSQUE

Dont venés vous si empoudrés ?

.GRIGNART

Nous venons de cité d'Amiens.

SAGET

13980 Vous n'avés veu ame des miens ?

CREPI

Nennil, il y a tant de monde,
Pour voir la paine dure, immonde,
Qu'on veult a Quentin machiner,
Qu'ame ne s'y peult retourner.

13935 my vous my — *corr : bret ?* — 13937 vase-
telant. — 13938 te *mq.* — 13942 *mq.* — 13948 Poline,
P *corrigé en* Y— mon *mq.* — 13954 en *mq.* — 13958
Yolenie.

' 229 A. — " 226° B.

' 229° A. — " 229 B.

HURTEBUSQUE

13985 *Dictes vous, Crepi ?

CREPI

Oy, certes,
Et tout sans coulpe et sans desserte,
Il endure ce grief tourment.
On l'a batu villainement,
On l'a detors de grans cordeaux,
13990 On l'a pigniet de grans rasteaulx.
On l'a brasé de fort cyment,
On l'a flambé hideusement,
On l'a abeuvré de venin.

SAGET

Et enfin est il mort ?

GRIGNART

Nennin,
13995 Il est plus sain et plus haitié
Que vous ne moy, Dieu l'a aidié,
Qu'il demeure en ferme constance.

HURTEBUSQUE

Et je vous pry, quel contenance
Tient le prevost Rictiovaire ?

** GRIGNART

14000 Il bestourne sa veue vaire
Et escume que ung porcq sengler,
A peu s'il se veult estrangler,
Tant est raby et forcené,
Et de fait l'a habandonné :
14005 A Rome l'envoye batant.

SAGET

Beaux dieux, et comment vit il tant ?
Oncques tel merveille ne fu.

CREPY

Il ne craint eaue, fer ne fu
Non plus q'ung anemy dardant.

CRISPIN

14010 Cil qui par dedens est ardant
De la flame spirituelle
*** Ne craint la flame corporelle
Dont on luy enflame le corps.

HURTEBUSQUE

Vecy les plus crueulx recors
14015 Que j'oïsse oncque en ma vie.
Comment n'est point l'ame ravie
De cil qui tel paine soustient ?

CREPI

Il dit que le dieu l'entretient
Lequel cristiens ont en cure
14020 Et qu'i n'est Jupin ne Mercure
Qui ne doient estre cassés
Et certes il appert assés,
Car il a gari en passant
Bayon, ung ladre languissant,
14025 Chevalier de nom et de bruit,
Par la vertu et par le fruit
De son dieu appellé Jhesus,
Ou tous nos dieux nommé dessus
Ne scevent donner santé nulle.

SAGET

14030 De ce fait la suis je incredule.
Je ne puis passer telz raisons.

· CRISPIN

Soissons, Soissons, povre Soissons.
Povre avugle en mendicité,
Povre prevost, povre sochons,
14035 Povre peuple et povre cité,
Recognoy ta fragilité,
Recognoy ton hault nourrissant,
Ung seul Dieu, une deité,
Dont tout bien te vient flourissant.

CRISPINIEN

14040 Flourissant bled, vin de vignoble
Croissent en ton hault clos de pris,
Tu és sur toutes la plus noble,
Qui soit en ce gaulois pourpris.
**Tu as mal lut ou mal appris,
14045 Mal pointiet ou mal escript,
Quant en ton ceur tu n'as compris
La loy de ton Dieu Jhesucrist.

CRISPIN

Jhesus est Dieu de par son pere,

Par sa haulte immortalité,
14050 Et vray home de par sa mere,
De sa pure virginité,
Du pere sans mere donné,
De mere sans pere nasqui,
Il a le monde illuminé
14055 Et tu ne cognois quant ne qui.

CRISPINIEN

Qui est Dieu, sinon l'eternel
Enffant du pere tres puissant,
Qui fut du ventre maternel
Home sans semence naissant ?
14060 Par son pere es cieulx habitant
Fut il commencement de vie
Et par sa mere, fleur sentant,
Fut fin de mort qui tout devie.

CRISPIN

Devie de ton fol desroy,
14065 Soissons, cognoy le bon forment
Qu'on a semé en bas terroy
Et recoeullié en tamps decent.
Loyé, batu piteusement,
Vané et porté au molage,
14070 Comme ung aignelet innocent,
Endura ce cruel oultraige.

CRISPINIEN

Oultraige de mort endura,
Quant pour notre redemption
En ce monde ou grande froidure a
14075 Souffri crueuse passion,
De corps fit resurection,
A ses disciples s'amoustra,
Au ciel fit son ascencion
Et enfin jugier nous venra.

GRIGNART

14080 Par celuy Dieu qui nous forma,
Beaux enffans, vous dictes merveilles,
Quentin en Amiens informa
Les gens de doctrines pareilles.

YOLINE

Vostre parolle me resveille
14085 Le ceur et si le molifie,

En si grant ardeur m'apareille,
Que vostre grant Dieu magnifie.

CREPI

On doit prisier cordonnerie
Et honnourer sus tous mestiers,
14090 Sans que nul art soit amenrye,
Quant on scet trouver cordonniers
Qui par vrais argumens entiers
Demoustrent ung seul Dieu puissant
Et les dieux estre menchoniers,
14095 Ou le peuple est obeissant.

GRIGNART

Saget, qui avés sens clicquant
Et cler engin sus les humains,
Vous ne respondés tant ne quant ?

SAGET

Non, mais je n'en pense point mains.

HURTEBUSQUE

14100 Leurs paroles ont piés et mains,
A peu que le ceur ne m'enyvre.

SAGET

Je voy regarder en mon livre,
S'il peult estre vray ce qu'il dient.

HURTEBUSQUE

Il me samble qu'ilz contredient
14105 Grandement a nos enseigneurs.
Adieu, galans.

GRIGNART

Adieu, seigneurs,
Je voy a mon cotidien.

YOLINE

Et je vous sieux. Crispinien,
Et vous, Crispin, je vous mercie,
14110 Vous m'avés toute resjoye
A parler de vostre Jhesus,
Mais que je soye au lit couchie,
Je penseray ung peu dessus.

14050 par *mq*. — 14061 commencement. — 14071 on
cruel oultrage. — 14077 se moustra.

' 230° B — '' 231° A.

14109 cripin.

' 231 B. — '' 232 A.

VALOIS

Saget, je vous pri, quelz nouvelles ?

SAGET

14115   Les plus terribles de jamais,
C'est assés pour rompre cervelles
Et pour tuer gens desormais.

VALOIS

Comment ?

SAGET

Crepi a deux varlés,
Bons ouvriers, saiges et sciens,
14120   Faisans solers non pas trop lés,
Qui sont deux parfais cristiens.

VALOIS

Par tous nos dieux celestiens,
Saget, tu nous dit grant orreur.
Beaux dieux, ou est nostre empereur,
14125   Pour en faire execution ?

MAISTRE GENÉS

N'avés vous pas commission
De les copper et despecier ?

VALOIS

Nennil, on me puist detrenchier,
Quant je ne l'osay demander.

MAISTRE GENÉS

14130   Il ne vous fault sinon mander
Rictiovaire a face noire,
Il vendra bruyant que tonoire,
Escumant que ung home dervé.

SAGET

Il est pour lors tant emblavé
14135   Qu'on oroit bien ses dens croler
D'icy.

VALOIS

Il a bien a souffler,
Car Quentin si fort le guerroye
Qu'il en est au bout de sa roye ;
Il fault trouver aultre moyen.

MAISTRE GENÉS

14140   Envoyés vers Maximien
Bien tost a course de chevaulx ;
Il n'a passé ne mons ne vaulx,
N'y a gaire qu'il s'est party.
S'il est de ce fait adverty,
14145   Il envoira ung commissaire
Pour tele gent, nostre adversaire,
Essorber par fer esmolu ;
Il hait tout pechiet dissolu
Qui la loy de nos dieux deffait.

SAGET

14150   Hurtebusque est home de fait,
Je l'espreuve dru et souvent,
Il chevauche courant que vent,
Il samble qu'il doie voler.

HURTEBUSQUE

Ne fault que le cheval seler,
14155   Je n'espargneray sang ne vaine.

VALOIS

Or lui va donner son avaine
Et si te house et te dispose,
Car nous ferons ung peu de pose,
Tant que Saget ara grossee
14160   Une missive bien glosce
De ce qu'il a veu et oy.
Le ferés vous, Saget ?

SAGET

Oy,
Lessiés moy faire l'escripture,
Vous serés du tout resjouy
14165   Quant vous en orés la lecture.

Il escript.

DYAMANT

Hault prince, noble prefecture,
Tarquin, nostre grant vicigere,
Vous attent dedens la closture
D'Aouste, pais armigere,
14170   De plus loing aller ne s'ingere
Oultre vostre conmandement,

S'a mis en lieu de refrigere
Quentin, se malvais garnement.

RICTIOVAIRE

Departons nous legierement,
14175 Sans espargnier ne mon ne val.

HONORÉ

Nous le ferons joieusement,
Soit a piet ou soit a cheval.

TORQUATUS

Mon voloir est au vostre egal,
Je ne demouray pas derriere.

RICTIOVAIRE

14180 Sus, Arsenicq et Riagal,
Aux champs, aux champs.

RIAGAL

Arriere, arriere.
Se je treuve sus la frontiere
Quelque demoiselle huppee,
S'elle n'est tres fine ratiere,
14185 Elle ara la bourse coppee.

ARSENICQ

Je ne sacqueray point m'espee,
De quoy j'ay perciet mainte entraille,
Que ce ne soit, s'elle est happee,
Pour ung piet ou pour une oreille.

˙ RICTIOVAIRE

14190 Gent Dyamant, je te conseille
Que tu nous moustre le sentier.

˙˙ DIAMANT

Le vecy vert que jus d'oseille
Et droit que ligne de quartier.

Ilz s'en vont.

HURTEBUSQUE

Je suis monté sus mon morel,
14195 Donnés moy expedicion,
Puis que je suis sus le quarel,
Je feray ma legation.

VALOIS

Bailliés luy sans dilacion
Nostre missive, elle est seellee.

SAGET

14200 Ne fault que superscription,
Vela lettre bien assamblee.

VALOIS

La matere soit bien celee.

HURTEBUSQUE

Je m'y conduiray saigement,
Jamais ne sera ventilee.

VALOIS

14205 Or, chevauce dont radement,
Recommande moy humblement
A Cesar des fois ung milier
Et ne va pas si rudement
Que tu reviegnes chevalier.

Il s'en va.

DYAMANT

14210 Le tres hault prevost general
Descent en vostre territoire.
Tout ensamble, noble et rural,
Venés luy faire inclinatoire.

SALADIN

Nous y ferons nostre accessoire,
14215 Il me samble que je le voy.
Allons sans longue dimissoire,
Tost, Malaquin.

˙ MALAQUIN

Je voy, je voy,
Je tramble ja comme ung beffroy,
˙˙ Car on dit qu'il est si cruel
14220 Que je redoubte son effroy
Plus que tonnoire ou que gruel.

TARQUIN

Hercules, mon dieu immortel,
Vous acroisse honneur et santé.

14172 refugere A. — 14177 soit *my après* ou. — 14185
sa.

˙ 232ᵉ B. — ˙˙ 233ᵉ A.

14218 beuffroy. — 14221 grelle

˙ 233 B. — ˙˙ 234 A.

LE CHASTELAIN

Bien vegnant dedens nostre hostel,
14225 Pruvost en Gaule redoubté,
Votre pubitre est apresté
Pour tribunal siege tenir,
Puis que cy estes apresté
Pour haulte equité maintenir.

RICTIOVAIRE

14230 Je suis a mon appartenir
Bien logiet au plin et au large.

MALAQUIN

Par Triton qui meut mainte barge,
Clacquedent, ton maistre est hideux,
Il a de galans ung ou deux
14235 Qui sont merveilleux vistremans.

CLACQUEDENT

C'est pour tout mettre a sacquemans,
Sans avoir pité ne pitace.

MALAQUIN

Et je te prie que je sace
Lequel est Riagal nommé.
14240 On dit qu'il est tant venimé,
Tant fumeux, tant fier, tant terrible,
Tant lait, tant fel et tant horrible
Qu'i ne redoubte mort ne biere.

CLAQUEDENT

Or esraille ung peu ta paupiere ;
14245 Vois tu cest oeul esbourbelé,
Ce rechingnet, ce reboulé,
Ce lait musel, ce narinart,
* Ce crochu bochu, ce hinart
** Et celle tigneuse caboce ?
14250 C'est Riagal de Papagoce,
Qui tousjours veult morde ou griffer.

MALAQUIN

Je croy qu'il y a sans reproche
De milleurs deables en enffer.

RICTIOVAIRE

Avés vous fait emprisouner
14255 Quentin, qu'on remenoit a Rome ?

TARQUIN

Oy, sire.

RICTIOVAIRE

Faites le venir,
Tarquin, envoyés y quelque home.

RIAGAL

Je vous requiers que je l'assome
Par ferir ou par chevillier,
14260 Car j'ay long tamps dormy grant somme,
Se le fault ung peu resveillier.
Ou est il, le crueulx murdrier ?
Ou est il, le fumeuse araigne ?
Ou est ce fort abalestrier,
14265 Que je ne le tiens et mehaigne ?

TARQUIN

Va, ce demande le cepier,
Commens fait tu si l'orde quaigne ?

RIAGAL

Tu és des premier au papier,
Arsenicq, vieng, se me compaigne.

ARSENICQ

14270 Allons, allons, car je me baigne,
Quant je voy cler sans esquiter.

RIAGAL

Vieng avant sans plus papeter.

Tourier, maubué, gros malot,
Got, magot, maillot, martelot,
14275 Morveux, poulleux, foyreux, rogneux,
Comment est ton nom ?

* MAUSONGNEUX

Mausongneux.

Comment rebouffés vous les gens ?
Il samble que soyés regens
Du grant roy, l'amiral Bacquin.

ARSENICQ

14280 Baille nous bien tost ce quoquin
Qu'on boute hersoir la dedens.

14227 sige. — 14238 tre.

* 233* B. — ** 234* A.

14271 esquicer.— 14281 qu'on boute, a eu surcharge
aprés quon ; corr : bouta ?

* 235 A. 234 B.

MAUSONGNEUX

Vous me faictes trambler les dens
De la gueule, tant ay je peur.
Tenés, vela vostre trompeur,
14285 Je vous pry qu'i soit despechiet,
Se ne seray plus empeschiet
De garder ung si fel pinart.

RIAGAL

Sus, avant, sus, maistre ponart,
Tantost vous verrons estrangler.

ARSENICQ

14290 Regardés quel maistre monnart.
Fait il bien le baston trambler ?

RIAGAL

S'il vous plait, sans tout assambler
De parlemens ne de consaulx,
Nous sommes prés pour escroler
14295 Quentin et le mengier aux aux.

RICTIOVAIRE

Quentin, frere, tu és scient
Et home de bonne esperance,
Encore suis je pacient
En toy veuillant ta delivrance,
14300 Croy mon conseil sans deffiance,
Soyes a nos grans dieux enclin,
Fais seullement sacrifiance
A Jupiter et Appollin.

S'a Rome ne veulx retourner,
14305 En ce province te feray
De tres grans honneurs atourner,
Dont noblement t'enrichiray.
* Ma legacion envoiray
Aux tres sacrés imperateurs,
14310 Si bien ton fait intimeray
Qu'ilz te feront coadiuteurs.
Ilz te seront constituteurs
En ce lieu president et prinche
Et pour pugnir les malfacteurs
14315 Juge magnificque ou province.

QUENTIN

Je t'ay tant de fois respondu,
Encore te responderay je
Qu'a tes dieux, tout bien entendu,
Ne sacrifiray pour nul gaige,
14320 Desquelz l'entaillure et l'ouvraige
Est de bois, d'argent ou de pierre
Et vous, dechupz par grif oultraige,
Cuidiés qu'il soient dieux en terre.

Simulacres sont mutz et nudz,
14325 Insensibles, ayant creance
De toute raisons, eulx ne nulz
N'aident a leur grant indigence,
Desquelz le prophete en sentence
Dit que ceulx soient fais samblables
14330 A eulx qui en font l'aparence
Et se confient en leurs fables.

RICTIOVAIRE

Or, va doncques a tous les diables,
Puis que tu demeure constant
En telz erreurs desraisonnables,
14335 Le diable te soit emportant.

HONORE

On ne peult estre supportant
Son fait par demonstration,
Mais ne nous tenons pas a tant
Qu'il n'ait grant tribulacion.

RICTIOVAIRE

14340 Il en ara sa poreïon,
G'y ai pensé tout en parlant
* Et m'est venu en vision
Ung tourment tout chault et boulant.

** Chastelain, querés ung galant,
14345 Qu'il soit bon forgeur entre mille,
Viengne a moy tost que oysel volant,
Pour desploier son art fabrile.

SALADIN

Je n'en scay nul en ceste vile
Digne de porter le martel :
14350 Il fault aller a Marteville,
S'on en veult recouvrer d'un tel,

Car la se tient le plus nouvel
Quil soit jusques en Barbarie,
Voire et si n'a fil de cervel,
14355 Le plus du tamps est en farie.

RICTIOVAIRE

Puis qu'il en congnoit l'industrie,
Mandés le nous, sans plus tarder.

SALADIN

Je le feray, car il maistrie
Moult bien fer, se le veuil mander.

14360 Malaquin, quiers nous Maillefer,
C'est le meilleur fevré du monde.

MALAQUIN

, Au courir me veuil eschoffer,
G'y vois volant comme une aronde.

MAXIMIEN

Trop avons tenu table ronde,
14365 Cheminons tousjours a compas
Vers Rome, la cité feconde,
Nous avons pris joyeulx repas.

OCCIDENT

Cesar, ne vous departés pas,
Vecy ung chemineur virant
14370 Qui vient acourant le grant pas
Devers vostre face jmperant.

HURTEBUSQUE

Triumphe d'onneur reluisant
' Par l'univers siecle mondain,
Valois, vostre humble obeissant
14375 Pour ung cas enorme et soudain
A vostre pooir tres haultain
Se recommande et vous envoye
Ceste lettre.

MAXIMIEN

'' Il fault qu'on le voye.
Eiulase, lisiés le brief,
14380 Regardés ce le cas est grief.

EIULASE, en lisant la superscription

A tres illustre et glorieux
Cesar auguste, aux dieux germains
Maximien victorieux,
Tres noble imperateur Romain.
14385 Tres hault Cesar, tres redoubté,
Tres glorieux prince invincible,
A vostre excellent magesté
Me recommande a mon possible.
Est advenu ung cas horrible
14390 A Soissons puis vostre depart,
Le nom de Jhesus incredible
S'exauce tres fort celle part.

Deux cordonniers, beaux josnes filz,
Tres gracieux, dont c'est domaige,
14395 Faisans solers pointés et filz,
Seduisent gens de leur langaige
Et dient qu'on doit faire homaige
Au dieu qui fut en Galilee
Et que ceulx dont tenons l'usaige
14400 Ont piecha fait leur jubilé.

Pour quoy, tres resplendissant lume,
Je vous pry que provision,
Ains que le fu plus fort s'alume,
Y mettés sans dilation.
14405 J'envoye ma narration
Devers vostre conseil gentil.
' Escript en vostre mansion
Le derrain jour du mois quintil,
Valois, vostre humble a vous cité,
14410 Pruvost de Soissons la cité.

MAXIMIEN

O la faulce et maudite secte,
Devant les dieux orde et puante,
Prophane, sterile et infecte,
Faulce cristieneté meschante,
14415 Que le diable tient et enchante,
'' Seduisent ilz le peuple ainsi ?
Par Venus, dont on lit et chante,
Nous les yrons mettre a mercy.

MAXENCE

Ilz se commencent a rebeller,
14420 Si tost que nous sommes absens,

14375 car A — et mq.
' 236° A. — '' 235° B.

14381 en marge : uperscription A, ription B — et
mq. — 14386 invicible. — 14405 jenvoy A. — 14417
on mq.

' 237 A. — '' 236° B.

Mais ilz n'osent mot reveler,
Si tost que la sommes presens.

MAXIMIEN

Chevaliers, soyés diligens
De regarder lequel vault mieulx
14425 De complaire aux rois ou regens
Ou d'exaucier la loy des dieux ?

GALICAN

Vous estes party sus espoir
D'aller a Rome droite voye
Pour complaire a vostre pooir
14430 A Dioclés qui nous avoye,
Affin de celebrer a joye
Le jour de sa nativité,
Ou vous arés toute monjoye
D'onneur et de sublimité.
14435 Mais ceste grant solennité
Ne se tenra dedens vint jours
Et la faulce inhumanité
Des cristiens acroist tousjours,
Retournons plus tost que le cours
14440 *Devers Soissons, nous qui cy sommes,
Car il vault mieulx donner secours
A nos dieux qu'il ne fait aux homes.

EULASE

Tousjours appaiserés vous bien
Dioclesien cy aprés,
14445 Mais tant qu'il touche au commun bien
Des dieux, il nous est de plus prés,
Se conseille par mos exprés
Que nous retournons a Soissons
Et envoiés marchant sus prés
14450 Maxence a Rome, et ses sochons.

MAXIMIEN

** Par Achillés, nous le ferons.
Telz consaulx sont fins et subtilz,
Par ainsi nous assouffirons
Les dieux et les homes gentilz.

14455 Maxence, le ceur de mon vis,
Parfaictes ce romain voiaige,
Vous n'en poés valoir de pis,
Servés l'empereur en josne aaige.

MAXENCE

Mon per, mon pere et mon paraige,
14460 Je le feray tres volentiers.

PROPHIRE

Volentiers vous compaigneray je,
Ensemble irons sus les sentiers.

MAXIMIEN

Prendés deux ou trois vieux routiers
Pour mettre a mort au chemin vert
14465 Cristiens qui sont fin ratiers,
S'on les trouvoit a descouvert.

MAXENCE

Dragon, tu és assés appert,
Vieng avant.

DRAGON

Me vecy en point.
*Vecy Serpentin qui se pert
14470 D'y venir, ne l'oubliés point.

MAXENCE

Vieng ossi, tout nous vient a point,
N'oubliés point vos grans couteaulx.

SERPENT

Nous y porterons les rasteaulx,
De quoy Quentin fut heraudés.

DRAGON

14475 Ce sont estranges balesteaulx,
Crés qu'ilz seront bien regardés.

MAXENCE

Se riens vous plait, si commandés,
Je m'en vois joieux et plaisant.

** MAXIMIEN

Allés et me recommandés
14480 A l'empereur, moi excusant.

Chevaucheur, chevauche devant,
N'attens lettre ne parchemin,
Dedens demain soleil levant
Nous serons tous mus a chemin,
14485 Fay provision de bon vin,
S'on en peult finer au pais.

14422 In mq. — 14442 en marge non souligné A. —
14451 Maxence B : Maxence corrigé en Maximien A
— achiller A.

* 237ᵃ A. — ** 236ᵃ B.

14469 que. — 14472 n'oubles A. — 14484 mis.

* 238 A. — ** 237 B.

HURTEBUSQUE

Vous l'arés bon, sain et divin,
De ce ne soiés esbahis.

MAILLEFER, *fevre a Marteville*

Souffle, Gosset, que mau fu t'arde,
14490 Ces charbons sont tous engelés.
Tu és ossy fin que moustarde,
Ne scéz tu souffler a tous lés ?

GOSSET, *varlet*

Mes membres sont tous afolés
De soufffer ces paillars soufflés,
14495 En soufflant sont tous boursoufflés,
Se n'y gaigne point deux sifflés.

MAILLEFER

Ho, ne souffle plus, laisse lés,
Se m'aide a forgier celle chaine,
Les bourreaux qui sont ors et lés
14500 Sont en ceste ville prochaine
Pour pendre ung fort larron q'on maine
Au gibet, se la chayne est faicte.

GOSSET

Dieu les mette en malle sepmaine,
En sera sa vie deffaicte.

MAILLEFER

14505 C'est une moult belle chainette
Pour mettre au tour d'ung hasterel.

GOSSET

Elle sera joyeuse et nette.

MAILLEFER

Or forge, forge, martelet.

MALAQUIN

Dieu gart le maistre et le varlet.

GOSSET

14510 Arriere, pour les espringures,
Que vous n'aiés ung tourtelet,
Car elles sont chaudes et dures.

MALAQUIN

Vous forgiés estranges ferrures,

Quel chose esse, je vous requier ?

MAILLEFER

14515 C'est une chaine pour hocquier
Ung larron qu'on va tantost pendre.

MALAQUIN

Hola, maistre, il vous fault joquier
Et ung aultre ouvraige entreprendre,
Venés parler sans plus attendre
14520 Au grand pruvost Rictiovaire.

MAILLEFER

Quel grant deable me veult il faire ?
Me veult il pendre ou escorchier ?
C'est le plus cruel penancier
Qui soit jusques en Castelogne.

MALAQUIN

14525 Nennil, c'est pour aultre besongne,
De cela ne soiés en soing.

GOSSET

Prenés ung maillet en vo point,
Qu'il ne vous donne ung cop de pele,
Et s'il vous veult ferir, tapé le,
14530 Se le rembarrés en son porge.

MAILLEFER

Parfay celle chaine et le forge,
Je n'y puis plus mettre le doit.

GOSSET

Je le feray d'estrange forge,
Pour l'amour de vous, se c'estoit
14535 Pour vous pendre parmy la gorge.
Se le feray je, ainsi qu'on doit.

Il s'en va a Rictiovaire.

SAGET

Hurtebusque a fait son exploit.
Il approche nostre demaine.

HURTEBUSQUE

Maximien, qui s'en alloit
14540 En la grande cité romaine

14492 souffler. — 14498 ma haide. — 14508 forge
forg A.

238ᵇ A. — 237ᵃ B.

14535 le.

239 A. — 238 B.

Pour livrer doleur inhumaine
A tout cristien qui nous nuit,
Sera icy ains qu'il soit nuit
Et venra logier en cel val.

VALOIS

14545 Or fay pourmener ton cheval
Affin ce qu'il ne se reffroide,
Tu as eust dure encontre et roide
A cheminer si grans journees.

HURTEBUSQUE

Mes grans doleurs seront sanees,
14550 Je rafreschiray corps et vaine
De boire grandes narinees,
Se mon cheval a de l'avaine.

MALAQUIN

Haultain pruvost, vecy le fevre
De Marteville, qui fait fer,
14555 S'on veult percier ou pance ou levre,
Il est pour broches estoffer.

MAILLEFER

Tout a trait, sans moy eschoffer,
Je fay de fer ce que je veuil
Et si ne crains deables d'enfer
14560 Qui m'en boute la pourre en l'oeil.

RICTIOVAIRE

Il fault doncques que tu me faces
Deux taringes grandes et fortes.

MAILLEFER

Quelz instrumens, sont ce la haches ?

RICTIOVAIRE

Ce sont grans cloux, estranges sortes,
14565 Durs que le martel que tu portes,
Longs comme pelz, fiers et pointus,
Gros que verraulx a fermer portes,
Rons en chief que bougons testus.
'' Vois tu ce garcon la dessus ?
14570 C'est pour luy fichier ens ou corps,
Pour ce qu'il tient la loy Jhesus
Contre nos dieux misericors.

MAILLEFER

Sire, j'entens bien vos recors,
Ce sera pour le trespercier,
14575 Tout au long, tant qu'il sera mors.

RICTIOVAIRE .

Tout juste, va les commencier,
Fais ent deux grans, sans prolongier,
Prens la mesure et si nous doibz
Dix aultres petis cloux forgier
14580 Pour luy bouter au bout des dois.

MAILLEFER

J'entens vostre fait et cognois
Que c'est pour luy faire martire,
Je vois passer mes esbanois
A besongnier de chaude tire.

· MAXIMIEN

14585 Affin que nostre loy n'empire
En Soissons, la cité de bruit,
Allons y tenir nostre empire,
Pour y cocuillier oeuvre de fruit.

CROMACUS

Je suis du chemin mal instruit,
14590 Il est long et moult le resongne,
Avec maint bon pais destruit,
Il nous fault passer par Bourgongne.

AGRICOLAN

Sus, Layant, sus, orde charogne,
Vieng avant, que songe tu la ?

LAYANT

14595 Leissiés me espluchier une rogne
Grande et grosse que ma pel a.

AGRICOLAN

Ossi vois tu bien qu'on s'en va,
Escorpion, més toy avant.

ESCORPION

'' Sire, le gibet me couva,
14600 Je deveroie estre devant. ·

14593 orde de charongne.

MAXIMIEN

Occident, nostre poursievant,
Va devant, que nul ne s'abuse.

OCCIDENT

Je voy, seigneurs, venés sievant,
Soufflés clarons en vostre buse.

*Ils partent et les
clarons sonnent.*

MAILLEFER

14605 Helas, Gosset, je pense et muse
Par quel bout nous venrons a chief
D'ung oeuvre qui la teste m'use,
Se je faulx, j'aray grant meschief
Et se j'adresse de rechief,
14610 Nous arons plumes et penas.

GOSSET

Aventurés tout le harnas,
Affin que soions remplumés,
* Nos charbons sont tous alumés
Sans rostir trippes ne herens,
14615 Boutés ung barreau de fer ens,
Se ferons ung copon d'ouvraige.

MAILLEFER

Souffle, Gosset.

GOSSET

Maistre, ossy feray je,
J'en suis plus noir q'ung charbon-
⸢ nier

MAILLEFER

Que tu n'aye du deschergaige,
Souffle, Gosset.

GOSSET

14620 Maistre, ausi feray je.
Je souffle de mon gros visaige
Et du becq, quant il est mestier.

MAILLEFER

Souffle, Gosset.

GOSSET

Maistre, aussy feray je,

Je suis plus noir que ung charbon-
⸢ nier.

*Il₂ font maniere
de forger.*

* MAXENCE

14625 Triumphant prinche renommé,
Des dieux soyés vous soustenu.

PROPHIRE

Par le monde estes reclamé,
Triumphant prinche renommé.

DIOCLESIEN

Maxence, nostre bien amé,
14630 Vous soiés le tres bien venu.

MAXENCE

Triumphant prince renommé,
Des dieux soiés vous soustenu.

DIOCLESIEN

Sans faire tant d'honneur menu,
Maxence, beaux filz, aprochiés,
14635 Vous devés bien estre exauciés
** Et soir en triumphe prospere,
A cause de vostre bon pere
Est nostre amy comtemporain.

CONSTANT

Ce doit estre le souverain
14640 Aprés les empereurs du monde.

MAXENCE

Il me souffit bien le desrain.

GALERIEN

Ce doit estre le souverain,
L'excellent et le primerain.

CONSTANT

Par Juno, ma deesse monde,
14645 Se doit estre le souverain,
Aprés les empereurs du monde.

DIOCLESIEN

Affin d'oir vostre faconde
Des nouvelles de ces Gaulois,

14604-14605 *Ind. scéu.* ent *my* . — 14606 verrons.
— 14617, 14620, 14623 *corr* : fay ? — 14624-14625 *Ind.
scéu.* iere *mq.*

* 240ᵇ A.

* 239ᵇ B — ** 241 A.

De vos fais et de vos explois
14650 Seez vous la, je le vous commande.

MAXENCE

Tres humblement se recommande
Mon seigneur, mon pere et mon ceur
A vous imperial vainceur,
Lequel estoit mis sus les champs
14655 *Pour veoir les jus et les chans
De vostre glorieuse feste,
Mais la loy de ce grant prophete
S'exauce en Gaule tellement
Qu'il retoure soudainement
14660 Pour pugnir ces faulx ypocrites
Et acquerir dons et merites
De dieux seans en hault degré.

DIOCLESIEN

Nous luy en scavons tres bon gré ;
De santé, d'onneur, de richesse
Prosper il tres fort ?

** MAXENCE

14665   Il ne cesse
D'augmenter la loy de nos dieux,
Car il n'en dort de ceur ne d'ieulx,
Chascun le craint, chascun le doubte
Et tant ces cristiens reboute
14670 Que les fleuves en sont sanguinés,
La terre rouge et les racines
De sang et de plaies rayans,
Culeuvres, serpens et layans
En citernes et basses fosses
14675 S'en vivent et sont toutes grosses ;
Chascun craint sa chiere et sa face.

CONSTANT

S'en acquerra faveur et grace
Des dieux et du peuple de Rome.

DIOCLESIEN

Et comment se porte nostre home,
14680 Ce vassal, qui bien se rebarbe,
Ce prefect a la noire barbe,
Le plus redoubté des camus,
Cest esblare, ce nés cremus,
Ces gros yeulx et ce noir grenon ?

MAXENCE

14685 Qui, maistre Honoré ?

DIOCLESIEN

              Nennil, non,
Ce demy deable deschainnés,
Cest escumeur, ce fourcenés,
*Ce raby, ce cruel example
Qui derve, qui grigne, qui s'emffle
14690 Ainsy que font crapaux vestus ?

MAXENCE

Volés vous dire Torquatus ?

DIOCLESIEN

Nennil, il vault pis que deux cens ;
C'est ce grant craventeur de gens,
Cest escorcheur, cest tempestant,
14695 **Ce cruel, ce fel, ce pendant
Ort et tachiet que penne vaire ?

MAXENCE

Ho, je scay bien, Rictiovaire ?

DIOCLESIEN

Voire, voire, c'est cestil la.
Recités nous quel bruit il a,
14700 S'il se paine et s'il se traveille
A tuer gens.

MAXENCE

              Il fait merveille,
C'est ung fourdre, ung persecuteur
Et le plus terrible abbateur
De cristiens qui oncques fu.

CONSTANT

Se porte il vaillant ?

MAXENCE

14705   Il fait fu,
Il plaie, il flaye, il ret, il rogne,
Il pent, il fent, il gringne, il grongne,
De brocq, de hocq, de quant, de hanse,
Et vieux et vierge, et chascun danse
14710 A sa note et a son hutin.

GALERIEN

Quelz gens sont en ses mains ?

14659 retourre.

* 240 B. — ** 241* A.

14696 mq.

* 240* B. — ** 242 A.

MAXENCE

Quentin.

DIOCLESIEN

Qui ? Quentin, le filz de Zenon ?

MAXENCE

Oy, noble Cesar, son nom,
Sa fame et langue hardie
14715 *A esmut toute Picardie
De croire en dieu qui fut pendus ;
Tous ceulx d'Amiens en sont perdus
Et seduis par ses faulx esgars.

DIOCLESIEN

" Dictes vous que le malvais gars
14720 Fait en ce point ses fuseaux ruire ?

LUCINIEN

Il poura nostre loy destruire
Et des dieux la sainte clemence,
C'est une maudite semence
Que de telz gens, quoy qu'on en die.

MAXIMINUS

14725 N'est il ame qui remedie
A son crueulx enchantement ?
Comment peult ung tel garnement
Vivre en pais sans estre rataint ?
Il debveroit ore estre estaint
Ou noyés.

MAXENCE

14730   Ne vous soussiés,
Il a esté bien ratisiés.
Rictiovaire, le boulant,
Plus cremu que ung dragon volant.
L'a fait batre comme ung coquin,
14735 Flamber, flatrir, boire venin
Et faire tout le maulx qu'il scet
A quatre. a V, a VI, a sept,
Mais il n'en fait plainte ne deul
De corps, de cœur, de chief ne d'oeul,
14740 Il est sain comme l'un de nous.

DIOCLESIEN

Maxence, que nous dites vous ?

N'est il tourment quil le defface,
De piés, de jambes ne de face,
De froit fer, de feu ne de flame ?

MAXENCE

14745 *Nennin, car celuy qu'on reclame
Le plus criminel des humains
S'est rendu de bras et de mains
Et en est au bout de sa roye.

SEVERE

" Dieux. comment je le housseroye ?
14750 S'il le me faloit regenter,
Se je l'avoye a craventer,
Je croy qu'il me seroit peu rois,
Car je luy feroye hurter
Sa teste contre les parois.

DIOCLESIEN

14755 Par Hectorin, qui n'est pas rois,
Ce sons merveilleuses enffances,
Oncques si cruelles grevances
N'avindrent soulz nostre baniere.
Orient, treuve nous maniere
14760 Que Zenon et les anchiens
Du senat viengnent cheens
Pour oir ces dures nouvelles.

ORIENT

Aigle d'or, qui dessoulz vos ellez
Embraciés le rengne mondain,
14765 Je m'en voy courant comme dain
Assambler du senat le sens.

Maistre Cathon. soiés presens
Au palais avecque les saiges.

CATHON

Ou va tu faire tes messaiges ?

ORIENT

14770 A l'ostel Zenon, droite voye.

CATHON

Ateng, ateng, je te convoye,
Allons ensamble par acort.

Salut, honneur, paix sans discort
Vous octroit Palas, ma maistresse.

ZENON

14775 ·Cathon, Dieu vous gart de tristresse
Et Orient pareillement.

ORIENT

·Chier sire, j'ay commandement
De vous dire que vous soiés
" A court, affin que vous oyés
14780 Nouvelle de vostre enffant chier.

ZENON

Or, fay les aultres avancier,
Nous te sieurons sans nul sejour.
S'i plait a Jupiter ce jour,
Arons de plaisir la monjoie.

LA MERE QUENTIN

14785 Ne scay quel plaisir ne quel joye
De quelque nouvelle que j'oye,
Mon deul n'est en riens despechié,
En mon dormant de nuit songoie
Que mon ceur qui bien peu s'esjoye
14790 Comme rompu et despecié
Estoit pourfendu, pourhacié,
Navré a mort et trespercié
De douze dars que je sentoye,
Tant amerement fut lanchié,
14795 Fort blecié et entretaillé,
Que par pité je lamentoye.

FLOURETTE

Madame, parlés a Pauline
Qui scet les songes exposer,
Elle est prudente et angeline
14800 Pour bien vostre fait proposer.

LA MERE

Je ne peulx anuit reposer
De doleur et de passion,
Pauline, veulliés y poser
Quelque significacion.

PAULINE

14805 Pour avoir exposicion

De votre songe et vision,
Vostre ceur perciet et navré
· Est Quentin, vostre affection,
Vostre amour et dilection,
14810 Dont le desir n'est dessevré.
" Les dars dont il estoit serré
Sont douze cloux de fer agus
Dont il ara le corps ferré
Pour luy corrigier ses argus.

ZENON

14815 Ho, Pauline, n'en parlés plus.
Vous dictes le pis de jamais.
Il vous souffice du surplus,
Que mort ne soit son desrain més.

CATHON

Aux songes ne faictes arestz,
14820 Ilz fallent, s'en est on trompé,
Sompnia   ne curés,
Nam falunt sompnia sepé.

ZENON

Vostre ceur ne soit espanté
De songes qui sont deceptoires,
14825 Vivés en espoir de santé,
Je voy vers les imperatoires.

ZENET

Pour faire les inclinatoires
Et bien cop de menus honneurs,
Dont je suis l'ung des repertoires,
14830 Je vous sieulx, s'en serons donneurs.

ORIENT

Quintus et aultres senateurs,
Venés Zenon aoompagnier
Aux palais des gubernateurs,
Se pourés grant honneur gaignier.

QUINTUS

14835 S'il a de nous a besongnier,
Nous le secourons au besoing.

FAUSTINIEN

Pas ne nous volons espargnier,
S'il a de nous a besongnier.

147⁸4 du.

· 242 B. — " 243° A.

14821 suppléer vana après sompnia ?

· 242° B. -- " 244 A.

EUSTORGIE

*S'il a trop grant fais a songnier,
14840 Tantost l'arons mis hors de soing.

**QUINTUS

S'il a de nous a besongnier,
Nous le secourons au besoing.

ORIENT

Le vecy, il n'est gaires loing.

ZENON

Dieu vous gart, seigneurs.

QUINTUS

                              Bien vegnant,
14845 Nous vous serons acompagnant,
Jusques en la salle doree.

ORIENT

Haulte majesté adoree,
Vecy le senat assamblé.

ZENON

Triumphe d'honner acomblé
14850 Vous doint la belle Polixenne.

DIOCLESIEN

Bien vegnant, nostre prudent senne,
Le fondement de nostre bien,
Ung chascun d'entre vous scet bien
Ou il doit estre colloquié,
14855 Sees vous, on vous a invocquié
Ensamble et par especial,
Zenon, seigneur provincial,
Pour ce que nous avons oy,
Dont bien peu serés resjouy,
14860 Nouvelle de Quentin, son fil,
Qui est du tout bouté ou fil
De Jhesus, dont il nous desplait ;
Car il seduit a peu de plait
Les Picquars qui sont gens feroces
14865 Et aultres gens plus durs que roches
Contre nostre bien excellent.

ZENON

Sire, j'en suis le plus dolent

_____

14863 apleu.

* 243 B. — ** 244° A..

Et en ay le plus dur remors :
Je vouldroye avoir esté mors
14870 *A l'eure que je l'engendray ;
**A mon povoir amenderay
La coulpe que g'y puis avoir.

QUINTUS

Est il home qui pust scavoir
Au vray de son gouvernement ?

CONSTANT

14875 Ne fault que parler seullement
A Maxence, il scet tout par ceur,
Il scet reciter la rigeur
Que Rictiovaire luy fait.

FAUSTINIEN

Maxence, nostre amy parfait,
14880 Soit bien, soit mal ou aultrement,
Recités nous totalement
De ses oeuvres et de ses gestes.

MAXENCE

Ce sont choses a brisier testes,
Oultre humaine narracion
14885 Et de grande admiracion,
Diverses, dures et estranges,
A peu s'il ne fauroit estre anges
A reciter le mendre signe.

EUSTORGIE

Hault prince, en qui vertu domine.
14890 Dictes ent ung seul en passant,
Affin que soies respassant
Zenon, qui de deuil a foison.

MAXENCE

Quentin fut bouté en prison
Dedens une espesse muraille,
14895 Serree de grosses ferailles
Et bonnes gardes tout au tour ;
De nuit saillit hors de la tour
Sans rompre huys, barreau ne loyen,
S'ala, ne scay par quel moien,
14900 Preschier en plain marchiet d'Amiens
Et la disoit : ceulx cy sont miens
Et a mon Dieu que j'aime et prise.

_____

14873 puist. — 14892 faison. — 14896 tour au. —
14897 mg.

* 245° B. — ** 245 A.

GALERIEN

* Ce fut la plus terrible emprise
De quoy j'oisse oncques parler.
14905 Comment s'en povoit il aller
Sans que les huis fussent ouvers ?

MAXENCE

Quentin fus mis en ung travers
Ou il fut de membres detors,
De long, de travers et de tors,
14910 Mais revint en santé pristine.

LUCINIEN

Il fault que grace celestine
Luy donne puissance et vertu.

MAXENCE

Quentin par avant fut batu,
Mais ceulx qui le persecutoient
14915 Churent pasmés et lamentoient
Comme personne qu'on deserte.

MAXIMINUS

Ce fut une povre desserte
Pour ceulx qui firent tel labeur.

MAXENCE

Quentin n'a ne honte ne peur
14920 De paines, tant soient cruelles,
On l'a flambé soubz les aisselles,
On l'a bassé de chault ciment,
On luy a donné largement
A boire venin et poison,
14925 Mais si tost qu'il fait oroison
A son dieu, qui les gens enivre,
Il est de tout quite et delivre,
Il samble qu'il s'estime et baigne,
Et Rictiovaire s'engaigne
14930 Et s'emflle comme une sanssue.

QUINTUS

N'est pas merveille s'il en sue,
On luy donne bien a souffrir.

MAXENCE

** Quentin se veult tousjours offrir
A tous griefz tourmens perilleux ;

14935 * Entre les aultres merveilleux,
On luy a les nerfz deschirés
De rasteaulx de fer acherés,
Les plus terribles de jamais.

FAUSTINIEN

Y estiés vous lors ?

MAXENCE

                    Nennil, mais
14940 Les rasteaulx dont on le lassoit
Sont en ce palais, ou que soit,
Et ceulx qui donnerent les cops.
Mes gens plus resvilliéz que coqz
En firent la crudelité,
14945 Dont pour grande nouveleté
Lez apportent pour faire moustre,
Car ilz sont crimineulx tout oultre,
S'il fault que nous les desploions.

DIOCLESIEN

Beau sire, que nous les voions,
14950 Puis qu'il sont dessoulz notre arpent.

MAXENCE

Venés ca, Dragon et Serpent,
Moustrés nous ces rasteaulx de fer.

DRAGON

Soit pour batre, mordre ou griffer,
Les vecy crueulx et trenchans.

SERPENT

14955 Se c'estoit ung deable d'enffer,
Se les serons nous trespercans.

ESCLISTRE

Voire, dia, dicte vous, marchans,
Que vous portiés soubz vos manteaulx,
Au palais ou estes marchans,
14960 Ces cenophageux balestiaulx ?

CONSTANTIN

** Vela les plus crueulx rasteaulx
Que je vis oncque en mon vivant,
Ne scay comment ung josne enffant
Attent le cop sans estre mort.

EUSTORGIE

14965 ' Ils sont fins et poindans a mort,
    Acerés, cliquans et bastis.

CATHON

Les verges dont je le bastis
N'estoient pas si criminelles.

SEVERE

Dieux, quelz pointes, quelz alemelles,
14970 Comment il sont cler esmolus ?

MAXENCE

Sont il crueulx et dissolus ?
Qu'en dit on, que nous le sachons ?

CONSTANT

Qui n'en verroit que les fachons
C'est pour trambler que feulle en arbre,
14975 Ne scay glave jusqu'en Calabre
Que mieulx vaille, tant soit fourbie.

TONNOIRE

Que nous en aions la coppie,
S'on en peult finer pour avoir,
Car, par tous nos dieux, j'arabye
14980 De les tenir et de les voir.

DRAGON

Tenés, galans, faictes devoir
De les voir, car ilz sont mortelz.

ESCLISTRE

Il en fault le patron avoir,
Affin qu'on en face de telz.

FOURDRE

14985 Tate qu'ilz sont bien affilés,
    Comment il sont grans et dentus.

TEMPESTE

Ilz sont merveilleux a tous lés,
Taste qu'ilz sont bien affilés.

'' FOURDRE

Les geulx sont bien affistollés,
14990 Qui en ont les brochons sentus.

TEMPESTE

Taste qu'i sont bien affilés,
Comment ilz sont grans et dentus.

DIOCLESIEN

' Saudars, moustrés aprés tous jus
A Zenon ces rasteaulx crestés.

DRAGON

14995 Regardés, ils sont sus et jus
    Du sang Quentin ensangletés.

ZENON

Prince puissant, digne de gloire,
Souffrés que je me aille en voye.
Je pers engien, sens et memoire,
15000 Prince puissans, digne de gloire,
Le sang mon filz il tient encore,
Ostés les que plus ne les voye,
Prince puissant, digne de gloire,
Souffrés que je me aille en voye.

Icy se part Zenon moult
dolant et Zenet son serviteur.

QUINTUS

15005 Zenon, qui de plourer s'anoie,
    A pris ung brief congié et court.

DIOCLESIEN

Beaux senateurs, nul ne s'en voye,
Vous dignerés a nostre court.

ZENON

Povre dolant, o meschant home,
15010 Zenon, le senateur de Rome.
Que tu és de mal heure né,
Tu vois le rastel ensanné
Dont on bat ton filz et assome.

O maleureulx infortuné,
15015 Que voy je en ceur que deuil me somme ?

ZENET

Tu vois le rastel ensanné
Dont on bat ton filz et assome.

15004-15005 *Ind. scén.* moult — *son serviteur* mq A.
— 15009 *et suiv. Peut-être faudrait-il mettre les vers*
15009-15013 *dans la bouche de Zenet, et n'attribuer à*
Zenon que les vers 15014-15015 ? — 15009 meschante
heure. — 15010 *en marge :* respons ms.

' 245ᵒ B.

· ZENON

Triste ceur a mal destiné,
Que feras tu ?

ZENET

Pour toute somme,
15020 Tu vois le rastel ensanné
Dont on bat ton filz et assome.
" Povre dolant, o meschant home,
Zenon, le senateur de Rome,
Que tu és de mal heure né.

OCCIDENT, *a Soissons*

15025 Valois, mettés vous en arroy
Pour saluer Maximien.
Il approche en estat de roy
Par le grant chemin romien.

VALOIS

Occident, nous le scavons bien,
15030 Nous luy ferons honneur condigne.

MAISTRE GENÈS

Departons nous, nous ferons bien,
Il est tantost heure qu'on digne.

SAGET

Pour avoir sa grace benigne,
Faictes luy grant chaperonnee.

HURTEBUQUE

15035 Il scet d'honneur plaine chopine,
Sa face en est avironnee.

VALOIS

Tres noble fleur des dieux donnee,
Glorieuse rose serie,
Vostre sale est bien ordonnee
15040 De tres riche tapisserie,
Pour vostre estat et seignorie
Pontiffier de part en part
Et pugnir gent qui s'est nourie
En Soissons puis vostre depart.

MAXIMIEN

15045 Valois, nostre joyeulx conffort,
*** Nous entendons bien vostre fet,

Nous avons cheminé treffort,
Se sommes ung petit deffet,
Si tost que nous serons reffet,
15050 Venés nous voir aprés disner,
Nous besongnerons au parfait
Que vous scavés, sans mot sonner.

VALOIS

· Appolio, qui fait luminer,
Doint que brief soiés soullagié :
15055 Pour bien publicque ruminer
Departons par vostre congié.

MAILLEFER

Au mains avons nous tant songié,
Tant fabriquiet entre nous deux,
Tant martelé et tant forgié
15060 Que nous avons deux clous hideux ;
Aux aultres dix serons songneux
De les faire, affin qu'on ne hongne.

Souffle, Gosset, souffle, tigneulx,
Autant du becq que de la trogne.

GOSSET

15065 Il fault, avant que je besongne,
Taillier de pain une grant leche
Et que j'arouse ung peu me brongne
De bonne biere qui soit freche.
J'ay si soif que je me deleche
15070 De ces vieulx soufflés manier,
Car j'en ay la langue plus seche
Que n'est la pelle d'un fournier.

LUCIFER

Vieng ca, Sathan, mon charbonnier,
Belzebus, mon noir chaudronnier,
15075 Leviathan, mon boutefu,
Et Berich, mon fevre qui fu,
Sallés de vos troux et abismes,
Apportés soufflés, marteaulx, limes,
" Pour forgier et pour feu souffler,
15080 Allés aidier a marteler

Les cloux, les broches et les pointes,
Affin qu'el ne soient trop ointes
Pour enfferrer sus les espaules
De ce Quentin, que tous les deaules
15085 D'enfer vous puissent emporter.

· SATHAN

Allons aidier et conforter
Le marissal de Marteville,
Affin que par son oeuvre ville
Mette Quentin en basse lame.

LEVIATHAN

15090 Voire, voire, s'en arons l'ame,
N'oublions soufflés ne soufflaces,
Pinces, marteaulx, grosses mouflaces,
Pour forgier, s'il en est mestier.

BELZEBUS

Je me congnois bien au mestier.
15095 Je fis le feu quant on forga
Les clous du Dieu qu'on ledenga,
Dont le nom commence par Y.

BERICH

Allons tost, que faisons nous cy ?
On n'y peult riens faire sans nous,
15100 Souffler nous convient sans mercy
Et bouter le feu a tous boux.

> *Ilz s'en vont en*
> *faisant grant noise.*

RICTIOVAIRE

Chastelain, envoyés quelque ung
Vers Maillefer, si qu'il apporte
Ces cloux et instrument aulcun
Pour les fichier.

MALAQUIN

15105   Je m'y transporte ;
Ne me fault que vuidier la porte,
G'iray ossi droit q'ung louchet.

SALADIN

** Or va dont, il fault qu'on supporte
Ces gens qui ne scevent ou c'est.

RICTIOVAIRE

15110 Riagal, quiers nous sans arrest
Ung traveil pour le bouter ens.

RIAGAL

Monseigneur, vency ung tout prest
Que j'ay fait mettre sus les rens.

RICTIOVAIRE

* Avés vous chaines, instrumens
15115 Et ce qu'il luy fault par les bras ?

ARSENICQ

Pour luy faire assés de tourmens,
Nous avons tous menus fatras.

MALAQUIN

Dieu gard ce maistre.

GOSSET

       Parlés bas,
Que vous ne rompés son propos,
15120 Vous cognoissiés mal ses esbas,
A peu ne prist anuit repos.

MAILLEFER

Que vous plait il, sire ?

MALAQUIN

       Deux mos ;
Ces douze cloux sont il forgiés ?

MAILLEFER

Il seront tantost abregiés,
15125 Je n'ay qu'a limer une brocque.

MALAQUIN

Delivrés vous, monseigneur Jocque.

GOSSET

Arriere, arriere, maistre Ysaac,
Avés nous apporté ung sacq ?

MALAQUIN

A quoy faire ?

GOSSET

       A ces cloux porter.

---

* MAILLEFER

15130. Pais, tu nous feras craventer ;
Vois tu point que c'est une duppe
De la court ? porte sus ta cruppe
Ces deux cloux de pesant ouvraige.

GOSSET

Vray dieu, comment les porterai ge ?
15135 Je suis ja a demy recrans :
Que dieu mette en senglante raige
Cil qui les fit forgier si grans.

Maistre, abregiés vous.

** MALAQUIN

Il est tamps.

MAILLEFER

Je m'en voy a peu de langaige,
15140 Je prenray marteaulx tempestans,
Pinches, limes et tel bagaiges
Qu'il fault pour avoir avantaiges
A cil qui sera le bourrel.

LE FOL

Et je porteray le fourel
15145 Ou vous trois bouterés vos nés.
Maistre marissal, cha venés,
Marotte, porte ung dent qui vesse,
Se luy faura pinchier la fesse
Et luy donner une saignie ;
15150 Ma pance est toute mehaignie,
Maistre, fy, fy, je croy que j'ay
Le cul ossy foireux que ung gay.
Je suis des marchans de Champaigne,
Je voy de foire en foire et gaigne
15155 Ung tresort de pance esvuidie.

Qui veult boire ?
Se le die.
J'ay la foire,
Qui veult boire ?
15160 Blanche et noire,
Bien delie,
Qui veult boire,
Se le die.

MALAQUIN

Sire, vecy le marissal
15165 * De Marteville et son varlet
Qui comme tres gentil vassal
A fait ouvraige qui me plet.

MAILLEFER

Recepvés en gré tel qu'il est
Et vous requiers qu'on nous revide
15170 D'or et d'argent ung tantinet,
J'ay dens agus et bource vuide.

GOSSET

Secours, secours, aide, aide,
Aidiés me a deschergier ce fais
Ou je mouray comme je cuide,
15175 Je suis boiteux et contreffais.

RICTIOVAIRE

** Riagal, qu'esse que tu fais ?
Aide a deschergier ce garcon.

RIAGAL

Or ca, ca, nous sommes reffais,
Vecy denree de fachon,
Dieux, quel brocquart.

ARSENICQ

15180   Dieux, quel tronchon.

RIAGAL

Sont ilz fins pour passer a moustre ?

ARSENICQ

Pour trespercier ung haubregon
Il sont fiers et poindans tout oultre.

RICTIOVAIRE

Marissal, tu és ung fin loutre,
15185 Tu as fait ouvraige vaillant.

MAILLEFER

J'ay fait de fer maint cruel coustre,
Mais oncques ne fis si taillant.

RICTIOVAIRE

Je veuil que soies maintenant
De mon hostel toy et les tiens

15143 le mg. — 15152 ossoy ms. — 15156 En marge :
Rondel. Deux vers écrits sur chaque ligne ms.

* 249° A. — ** 248 B.

* 250 A. — ** 248° B.

15190 Et tu seras la main tenant
Aux grans richesses que je tiens.

· GOSSET

Sire, le souffleur n'ara riens ?
J'en ay les paupieres bien rouges.

RICTIOVAIRE

Tu seras des belistriens
15195 Marissal, gouverneur des gouges
Et aras se tu ne te bouges
De l'argent pour toi rabillier.

RIAGAL

Sire, lessiés ces deux aucouges,
Il fault Quentin assemillier.

RICTIOVAIRE

15200 Vous deux le vous fault despoullier,
Ysengrin et toy, Clacquedent.

YSENGRIN

A ce ne me fault il veillier,
Je suis ung mortel president.

·· RICTIOVAIRE

S'il est despoulliés prestement,
15205 Le bouterés en ce traveil.

CLACQUEDENT

Nous avons tout abillement
Pour luy faire ung joieulx resveil.

RICTIOVAIRE

Riagal, entens mon conseil :
Sans luy estre misericors,
15210 Luy ficherés parmy son corps
Ces deux grans cloux, mais que tu puisse,
Puis le cervel jusques aux cuisses.
Aprés cela fait, tu luy dois
Fichier dix cloux en ses dix dois
15215 Entre les ongles et la char.

RIAGAL

Je soye ennemy a Cesar
Se g'y faulx d'une seulle dache,
S'il est despoullié, on l'atache
En ce traveil.

YSENGRIN

· Il est tout nud,
15220 Il y sera bien court tenu
Et loiés de bras et de piés.

CLACQUEDENT

Touteffois se vous nous frappiés,
Nous en ariesmes les morsures.

RIAGAL

Laissiés moy prendre mes mesures
15225 Pour aller droit comme une vire.

QUENTIN

Mon vray Dieu, mon sire,
Que tant je desire,
Vois ces cloux divers
Du tirant parvers
15230 Qui me veult occire.

Tu és mon vray mire,
Ou mon ceur se mire,
Regarde icy vers,
Mon vray Dieu, mon sire,
15235 Que tant je desire,
Vois ces cloux divers.

·· Ad ce grief martire
L'un fiert, l'autre tire
De tors, de travers,
15240 Expulce les vers
De ma povre tire,

Mon vray Dieu, mon sire,
Que tant je desire,
Vois ces cloux divers
15245 Du tirant parvers
Qui me veult occire.

RIAGAL

Je ne scay quel fu ne quel cire,
Mais vecy ung grant clou mortel
Pour t'enfferrer, ca, ce martel,
15250 Arsenicq, tiens la pointe droite
Sus s'espaule qui est estroite,
···Affin qu'il ne voit ca ne la.
Oncques homes ne martela
Si bien sus coutel ne sus coustre.

ARSENICQ

Tappe fort.

RIAGAL

15255   Regard s'il est oultre.

ARSENICQ

Nennil, il s'en fault ung quartier.

RIAGAL

Je lui donray ung cop de ploustre.

ARSENICQ

Tappe fort.

RIAGAL

        Regard s'il est oultre.

ARSENICQ

Vecy la pointe qui se moustre.

RIAGAL

15260 De l'autre se fault acquitier.

ARSENICQ

Tappe fort.

RIAGAL

        Regard s'il est oultre.
    * Nennil, il s'en fault ung quartier.
    Tu n'és pas maistre du mestier,
    Il pert bien que tu n'és point fevres.

RIAGAL

15265 Je ne suis ung pet sus tes levres.
    Ce n'est a cause qu'il rencontre
    L'autre clou qui hurte et rencontre,
    Mais il convient que je m'acquitte.

ARSENICQ

    Abregre toy, le sang m'esquite
15270 Parmy le nés, frappe a deux mains,
    Affin que tu y mettes main.
    Il n'y fault que ung cop de maillet.

** RIAGAL

Je lui voy donner bien doullet.

Avise se je l'ay bleciet.

Il frappe a deux mains.

ARSENICQ

15275 Hola, ho, il a tout perciet.
    Trippes, boyaulx, ventre et panciere.

RIAGAL

    Monseigneur, faictes bonne chiere,
    Je croy qu'il sera bien lardés.
    Regardés, seigneurs, regardés
15280 Ung peu comment je l'affistole :
    C'est ung merveilleux apostole,
    Est il bien croisié par la pance ?

RICTIOVAIRE

    Oncque ne sentit tel penance.
    C'est grand hideur comment tu songles.
15285 Or sus, besongniés a ces ongles,
    Parachevés le demourant.

ARSENICQ

    Je voy bien qu'il s'en va mourant,
    Abrege toy, qu'il ne s'en voit
    Sans sentir ce mal.

RIAGAL

                    * Puis qu'il voit,
15290 Il n'est ne mort n'oultrepassés,
    Encore arai ge tamps assés.

    Ça, ce martel, ça, ces espinces,
    Ça, ces choses de quoy tu pinches
    Et ces dix petis cloux forgiés.
15295 Il ara les dois ralongiés
    De fer poindant, se je ne faulx.

ARSENICQ

    On ferre aux piés les bons chevaulx,
    Mais cestui est ferré aux pates,
    Or garde bien que tu ne gastes
15300 La besongne, dy, hé, crappaulx.

RIAGAL

    Nennil non, tiens luy dois et paulx,
    Il en sentira cul et pointe.

** RICTIOVAIRE

Ysengrin, tandis qu'on appointe

Quentin en ce dolant chatoy,
15305 Prens ung compaignon avec toy
Et me va drecier ung gibet :
S'il respont meshuy quolibet,
Je le feray pendre souvin,
Affin que ceulx de son couvin
15310 Viengnent voir sa dure grevance.

YSENGRIN

Je le feray, vieng, si t'avance,
Clacquedent, tu és lours et bauchz.

CLACQUEDENT

Va, va, je voy querir les baux.
Nous le ferons a contrepoint,
15315 Mais gardons que ne faisons point
Comme ung carpentier de Terache :
Ung gibet fit si bien a point
Que premier y fit la grimace.

MAILLEFER

Helas, il n'est riens qu'on ne face
15320 Pour acquerir hault benefice.

RICTIOVAIRE

* Maillefer, tu aras office,
Quiers nous grosses chaines de fer
Et puis se les va reschoffer
Plus rouges que metal coulant,
15325 Car vous en serés acolant
Ce garçon, s'il ne se repent.

MAILLEFER

Je le feray, s'on ne me pent.

Vieng, Gosset, il te fault souffler.

GOSSET

Je suis prest comme ung chandeler,
15330 Car jamais ne suis a mon aise
Que quant j'ois marteaulx marteler
Et que je voy fu en fournaise.

RIAGAL

** Sire, est il plus riens qui vous plaise ?
J'ay acomply les furnitures
15335 De ces cloux et de ces pointures,
Dont il quiert les eschappatoires.

ARSENICQ

Regardés ung peu quelz patoires
Et les cloux que la sont boutés.

RICTIOVAIRE

Allés arriere et escoutés
15340 S'il fera predicacion.

QUENTIN

Dieu de paix, de compassion,
J'endure ceste passion
Pour ton nom et volenté franche,
En joye, en exultacion.
15345 Pour donner exaltacion
A ta foy, au pais de France :
Tu veulx par divine ordonnance
Que ceste ville et nation
Soit dediee en ta creance
15350 De mon sang par effusion.

Douze enffans somme nous partis
De Rome et venus es partis
* De Gaule, en qui ta loy se part ;
Douze cloux me sont departis,
15355 Douze membres me sont partis
Et des douze nul ne se part.
Chacun de moy douze au depart
Queroit avoir doleur partie,
Mais je suis sorty pour ma part,
15360 J'ay douze cloux de ma partie.

Que sont ces douze cloux pointus,
Sinon douze nobles vertus,
Que j'aprins en mon aige tendre,
Ou douze articles bien agus
15365 Que Marcellin par grant argus
Vault dedens mon gros sens estendre ?
** Par douze cloux peult on entendre
Les douze apostres de Jhesus,
Qui en douze lieux voudrent tendre
15370 Pour mettre sa loy au dessus.

RICTIOVAIRE

Beaux seigneurs, nous sommes confus,
Riens n'y vault copper ne trenchier :
Quentin, du monde le reffus,
Que j'ay fait de gros cloux perchier,

15317 appoint A. — 15327 me *my*.

* 251 B. — ** 253 A.

15340 predicacon. → 15357 *corr :* de nous ?

* 251° B. — ** 253° A.

15375 Commence a ruire et a preschier
De son Jhesus qui fut pendu :
Il me fait les cheveulx drechier,
Oncques ne fus si esperdu.

HONORÉ

Depuis que je fus né de mere,
15380 Ne vis chose si mervilleuse :
Ce m'est paine dure et amere
Et suis en fureur perilleuse.
Quant je voy sa paine anoieuse,
Tant terrible et tant detestable,
15385 Car il porte chiere joyeuse
Sans crainte de mort redoubtable.

TARQUIN

* Trouvés tormens plus angoisseux,
Car cestuy cy luy est trop doulx,
Et ne soyés jamais vuiseux,
15390 Tant qu'il fuie par aulcuns bous.

TORQUATUS

Faictes le pendre devant tous
Par les piés ou par les costés,
Si que ceulx qui sont contre nous
Soient honteux et espantés.
15395 Combien que ne soient lassés
Ses membres de sa paine dure,
Se sera il du mal assés
A ceulx qui verront sa laidure.

RICTIOVAIRE

** Nous sommes tous d'une pensee,
15400 Moy et vous, et nous le ferons :
Je croy la chose bien pesee,
A ceste fois l'assouffirons.

Est ce gibet prest, compaignons ?

YSENGRIN

Ouy, se n'en savons ou prendre
15405 Les hars, les chaines, les cagnons
Et la fliche qu'on y doit pendre.

RICTIOVAIRE

Maillefer, as tu fait esprendre
Ces chaines en charbons de faudes ?

MAILLEFER

Chier sire, n'y a que reprendre.
15410 Elles sont mortellement chaudes.

GOSSET

Elles sont rouges que gringaudes,
Regardés quel appointement.

MAILLEFER

Or garde que tu ne t'eschaudes,
Tu les manies rudement.

RICTIOVAIRE

15415 Pendés ces chaines chaudement
A ce gibet icy emprés,
Vous arés Quentin prestement,
Vous ne tarderés point aprés.

Riagal, Arsenicq, mettés
15420 Quentin a tous ces clous poindans
A ce gibet et le pendés
En air sus ces chaines ardans.

* RIAGAL

Mettes icy la main, galans,
Ysengrin, Arsenicq, Claquart,
15425 Ces chaines sont toutes boulans.
Allons y mettre ce quoquart.

MAILLEFER

Approchiés, que Dieu y ait part,
Mon fer commence a reffroidier.

*Icy pendent Quentin
sus les chaines ardans.*

** GOSSET

Avant, avant, maistre Agrippart,
15430 Pendés nous a cop ce loudier.
Il ne vous fault aultre putier
Que vous qui en prendés le soing,
Je ne scay home en ce quartier
Qui ne pendesist au besoing
Son compaignon.

RIAGAL

15435   Et par mon groing,
Je croy qu'il est bien balanciet.

15375 Rruire A, revire B.

* 252 B. — ** 254 A

15409 *placé aprés* 15410 *en* A, *mais l'ordre véritable
tel que le commande la disposition des rimes est rétabli
en marge :* en B 15409, 15411, 15413 mq.— 15415 sas.
— 15418 pas. — 15428-15429 ind. scén. ans mq A. —
15429 en marge : [le X]e martyr. — 15430 baulanciet.
* 252 B. — ** 244 A.

Regardés s'il est bien logiet,
Prevost en qui vertu s'amplie.
Est justice bien acomplie,
15440 N'y a il riens a requipoler ?

RICTIOVAIRE

Il est tres bien, laissiés le aller,
Voient les aultres cristiens
Ce cristien, lequel je tiens
A mes tormens habandonné,
15445 Aux paines qu'on luy a donné
Prendent example et le regardent.

HONORÉ

Ilz seront saiges, s'ilz s'en gardent.
Car on en feroit tout ainsy :
S'il ne meurt a ce cop icy.
15450 Jamais nous n'en ferons delivre.

TARQUIN

Il est impocible de vivre
Et sentir ces broches dardans
Et ces rouges chaines ardans.

QUENTIN

Sachiés, mes freres et amis.
15455 A qui je suis vif exemplaire,
Que le tourment ou on m'a mis
Ne me peult grever ne desplaire :
J'ay le ceur sain, la face hylaire,
Le chief rouvelent, non pas mort,
15460 Car le vray soleil qui m'esclaire
Oste les tenebres de mort.

RICTIOVAIRE

Regardés Quentin,
En quel point il est.
Tout home cristin,
15465 Regardés Quentin.
Il couche souvin
Dessoubz le gibet,
Regardés Quentin.
En quel point il est.

QUENTIN

15470 Regardés Quentin.
En quel point il est,

Tout ocul celestin.
15475 Regardés Quentin.
Ils ne crient matin.
Ne fer ne maillet,
Regardés Quentin,
En quel point il est.

RICTIOVAIRE

Il couche souvin,
Dessoubz le gibet,
15480 Comme ung fol badin,
Il couche souvin.
Ainsy q'ung quoquin
Paillart et deffait,
Il couche souvin
15485 Dessoubz le gibet.

QUENTIN

Il ne craint matin
Ne fer ne maillet.
Ne feu ne venin,
Il ne crient matin
15490 Car son Dieu divin
Le garde de fet.
Il ne craint matin
Ne fer ne maillet.

RICTIOVAIRE

Regardés Quentin,
15495 En quel point il est.
C'est ung fel boudin,
Regardés Quentin.
Ung seducteur fin,
Ung deable tres let,
15500 Regardés Quentin,
En quel point il est.

QUENTIN

Regardés Quentin,
En quel point il est,
Il est sain enfin,
15505 Regardés Quentin.
Il est o chemin
De Dieu tres parfet,
Regardés Quentin,
En quel point il est.

15440 n'y a eu une syllabe. — 15448 feront ont ainsy
ms. — 15450 corr : serons ?

15506 au.

253 B. — 255 A.

255 A. 253 B.

TORQUATUS

15510 Sire, vous perdés vostre plet,
Vous voiés qu'il ne vous admire,
Plus a de mal et plus luy plet,
Il ne luy fault tente ne myre.

RICTIOVAIRE

Harau, seigneurs, je criesve d'ire,
15515 Je meurs de grant forcenerie.
Je me taix, je ne scay que dire,
Oncques ne vis tel ragerie.
Riagal, plain de sorcerie,
Baille moy ton espee ague,
15520 Quelque poison ou derverie
Pour moy occir, car je m'argue.

RIAGAL

Sire, il vault mieulx que je vous tue,
Vous en mourer bien cop plus aise,
Je n'ay ne venin ne tortue,
15525 Ne quelque potion punaise.

SATHAN

"Deables d'infernale fournaise,
Nous avons tres mal besongniet,
Quentin estoit tout mehaigniet,
Mais il est tout ravigoré.

ASTAROTH

15530 Allons courant que vent de oré
En l'infernaille balochoire,
Nous arons maint cop de cachoire
Avant que nous soions sauvés.

BERICH

Roy Lucifer, vous ne scavés.
15535 Nous avons toute jour tendu
Sans rien prendre, tout est perdu,
Nous sommes mis en basse lame.

LUCIFER

Ce faulx Quentin est il pendu ?
N'avés vous point happé son ame
15540 Et l'apporté en ce royalme ?
A quoy tient il ?

LEVIATHAN

Ils sont cuis, cuis,
Tous les grans deables sont seduis
Par son art et par son malice.

LUCIFER

On vous en escoura la plice,
15545 Pour tant ainsy n'en demoura.

BELZEBUS

Quel grant deable nous escoura ?
Nous sommes tous du fait coupables.
Se n'avés deablesses ne deables
Qui nous puist tordre la gargate.

LUCIFER

15550 Dictes vous, dia ? et par ma paste.
Puis qu'il n'y a deables par voye
Qui vous batte, il fault que g'y voye :
Se n'y ara charbon ne cendre,
Puis que de hault me fault descendre,
15555 Que je ne vous toulle trestous.

Lucifer descend.

RIAGAL

Sire provost, vous rendés vous
A Quentin, ce pauvre huron ?
Pendera il comme ung larron,
Sans bouter en maison n'estable ?

RICTIOVAIRE

15560 Mettés le jus, de par le deable,
Et si le boutés en prison,
Ne soit home tant favourable
Qui m'en parle humais mot ne son.

ARSENICQ

Nostre maistre a ung grant crinchon
15565 Ou cervel, mais après disner
Il chantera d'aultre lechon,
Le vin fait aller et parler.

Ilz le despendent.

15529 est *mq.*

' 254 B. — '' 256 A.

15654 du. — 15655-15656 *ind. scèn. ad mq.* —
15557 huron huron.

' 256* A, 254* B.

LUCIFER

Ca, deables, sans plus sermoner,
Je vous donray de ma boulaye,
15570 Autant que j'en pourray sengler,
Ne tenra fors, mais que je l'aye,
Vecy de quoy je bas et plaie
Trestous les grans deables d'enfer.

TOUS LES DEABLES
ensemble à genoulx

Mercy, mercy, roy Lucifer.

LUCIFER

15575 Il n'y a mercy ne mercier,
Tant que j'en pouray embracier,
Vous arés sus teste et canole.
Tieng, ce cop, tieng, ceste norole,
Tieng, ce tatin, tieng, ce hinet.
15580 Il convient que je vous affole,
Tieng, ce cop, tieng, ceste norole.
Vous dansserés a ma carole,
S'arés sur vostre bachinet.
Tieng, ce cop, tieng ceste norole,
15585 Tieng, ce tatin, tieng, ce hinet.

* RIAGAL

Mausongneux, oeuvre ton guichet.

** ARSENICQ

Abrege toy, ho, que tu jocques.

MALSONGNEUX

Laissiés moy regarder quil c'est.
Ho, c'est Quentin, il a les brocques,
15590 Domaige est que tu ne l'embrocques,
Puis que tu l'as si bien lardé.

ARSENICQ

Or fais qu'il soit tres bien gardé
Et se luy fay boire son sang :
Affin que n'en soie essourdé,
15595 Nous allons disner sus le bancq.

Pose.

13570 senger. — 13577 sus *sq*. — 13579 hinet A. —
13583 scares *ms*. — 13585 hinet.

* 255 B. — ** 257 A.

ZENON

Argus, Argus, avance toy, Argus
Aulx yeulx agus, quiers Quentin,
            [mon effant ;
Phebé levant et Phebus triumphant,
N'alés avant, regardés mes argus.

LA MERE

15600 Avecq Polus, Castor et Pegasus,
Volant lassus au haultain ciel mouvant,
Argus, Argus, avance toy, Argus,
Aux yeulx agus, quiers Quentin,
            mon enffant.

ZENON

Vole, Ycarus, et laisse Dedalus
15605 Es bas palus, soies les mons passant.
Mon fils plaisant amaine maintenant
Hors du tenant du faulx lerre Cacus.

LA MERE

Argus, Argus, avance toy, Argus
Aulx yeulx agus, quiers Quentin,
            [mon enffant,
15610 Phebé levant et Phebus triumphant,
N'allés avant, regardés mes argus.

ZENON

Helas, certes, je n'en puis plus,
Mon cœur est navré durement,
* Quant Quentin, mon filz, rudement
15615 Je sens foulé en sa jonnesse.
Par tirannie felonnesse,
**Doloir m'en fault piteusement.
Posé qu'il erre grandement
Contre la majesté des dieux,
15620 Nientmains, quant j'ay regardé d'ieulx
Son tres doulx rouge sang effus,
Je suis mourme, triste, confus,
Et pers tout sens, force et vigeur.

LA MERE

Fait on a mon filz tel rigeur,
Mon tres doulx espeux ?

ZENON

15625   Oy, certes.

15608 aurgus.— 15621 ouge sans. — 15625 tos doulx
A.

* 255° B. — ** 257° A.

J'ay veu son sang et sa licqueur,
Des passions qu'il a souffertes.

LA MERE

O quel abisme de langeur,
Quelles dolleurs me sont offertes.

15630 Pleure, mon oeuil, fons toy, mon ceur,
Remés avant tes dures pertes,
Voyes de mort soyent ouvertes
A moy, la maleureuse dame,
Toute oultrepasse des desertes
15635 Plongye, non pas sans dessertes,
En desespoir de corps et d'ame.

ZENON

Sans ce que mort vous en entasme,
Nous penserons a le ravoir.

LA MERE

Est il mort, mon filz ?

ZENON

Nennil voir,
15640 Il est plus sain que tel qui m'ot.

LA MERE

Je vous pry, tenés vostre mot.
Desploiés sens, corps et vaillance
A le ravoir.

ZENON

Sans defaillance
Nous prirons la magnificence
15645 Imperialle, que licence
Nous donne de le pourchassier.

LA MERE

Affin que puissons abaissier
Son ceur a nostre escout begnin,
Par doulz langaige feminin,
15650 Ensamble ferons remoustrances
Des piteulx cris et des oultrances,
Dont nous sommes avironnés.

ZENON

Venés doncques et amenés
Pauline et Flourette avecq vous.

LA MERE

15655 Je le feray, departons nous,
Pauline, ma tres chiere amye.

PAULINE

Dame, a cela ne tenra mye,
Volentiers vous compaignerons,
Espoir que maris gaignerons.
15660 Sans trop long aller ne tracier.

FLOURETTE

Il ne tenra qu'a l'adrecier,
Nous sommes desormais en point.

ZENET

Demoiselles, vous n'yrés point
Sans escuier, tant que g'y soye :
15665 Pour vous servir, j'ay ung pourpoint
Nouveau vestu, bendé de soye.

*Ilz s'en vont a la cour
de l'empereur.*

ZENON

Jupin, des cieulx gubernateur,
Vous octroit joies suppernelles.

DIOCLESIEN

Bien vegnant, nostre senateur,
15670 Mes dames et mes demoiselles,
Levés vous a cop, quelz nouvelles ?

·ZENON

Devant votre haulte excellence,
Implorant la benivolence
De vostre face precieuse,
15675 Par plainte querimonieuse,
Confite en desespoir mortel,
Narrons nostre cas, qui est tel.
Il est commun par tout l'empire
Que Quentin, pour qui deul m'empire,
15680 Fut seduit de foy et dechut
Par Marcellin, qui en rechut
Capitale execucion,
Et que pour ceste abusion

15626 song A. — 15640 sain *inq.* — 15643 Zenon *mq.*
15645 lessence.

· 258 A, 256 B.

15666-15667 *ind. seen. ut mq.* A, [cou] т *mq.* B. —
15668 octroyes.

· 258ᵇⁱˢ A, 256° B.

Mon enffant, mon seul heritier.
15685 En Gaule, en quelque bas quartier,
Soeuffre penance intollerable,
Incredible et menarrable,
Dont le ceur nous est angoisseux
A moy, aux miens et et a tous ceulx
15690 De mon noble germe et semence.
Si deprions vostre clemence,
A face triste et esplource,
Moy et la povre malheuree,
Qui grief deul sans nul support a,
15695 C'est la mere qui le porta,
Que par vostre grace et congié,
Affin que soions allegié,
Il reviengne es pais romains
Et soit retiré hors des mains
15700 Du criminel juge et preffect,
Car j'ay espoir que par l'effect
De materne adulation
Et caulte persuasion
Retournera de son meschief

LA MERE

15705 Face imperant, triumphant chief,
Coroné de gloire excellente,
Regardés ma face dolente,
Trop chargie de larmes d'œul,
* Quant j'ay perdu le bel acœul
15710 De ma tres doulce nourreture,
Et se pité prent flouriture
En vostre gracieulx manoir,
Desploiés le, sans remanoir,
Pour paistre ung ceur de noble fame,
15715 Qui en honteuse mort infame
Termine la fin de ses jours.

DIOCLESIEN

Vivés en bon espoir tousjours
Et ne vous desconfortés pas,
Nous aresterons sur ce pas
15720 Et en deviserons ensamble.

Constant Cesar, que vous en samble ?
Accorderons nous sa requeste ?

CONSTANT

Jamais plus n'en feroye enqueste,

Par mandement ne sauf conduit.
15725 Ou propre lieu ou il seduit
Le peuple par malignité
Rechoive tel mort quil luy duit,
Sans en faire ambiguité.

GALERIEN

S'il revient de captivité
15730 A franc arbitre, lige et quite,
Protestant que tres bien s'aquitte
De repudier son scrupulle,
N'y a dangier ne faulte nulle,
S'il se repatrie ung petit.

DIOCLESIEN

15735 Constant est d'ung aultre appetit.

Maxence, nostre bien amé.
Qu'en dictes vous ?

MAXENCE

Tres renommé
Cesaire, je le manderoye
Et son couraige amoderoie
15740 * Par doulz mos, sans maniere amere,
Madame sa tres chiere mere
En fera bien, s'elle s'en cherge,
** Car elle est doulce q'une vierge,
Pour atraire ceur a sa face.

PROPHIRE

15745 Il n'est riens que femme ne face.
Femmes par force de parolles
Font dansser gens a leurs carolles.
N'est home tant saige ne fort,
Quil ne soit rompu par l'effort
15750 De cauteleuse solercie.

CONSTANTIN

Pour eviter controversie
De vos chevaliers et cesaires,
Vos senateurs sont necessaires
Pour le reduire a union.
15755 Demandés par oppinion
S'il seroit bon qu'on l'amena ?

DIOCLESIEN

O nostre glorieux senat.

15690 gericie. — 15692 desplource. — 15698 en ce.
— 15711 si petit prend. — 15714 pour pordre.

* 250 A, 257 B.

15728-15729 Valerien. — 15730 quicte. — 15742 celle.
— 15743 doulce comme — 15751 controversie.

* 250° A. — ** 247° B.

Du monde l'excellent regime,
Qui est le plus juste saintisme
De ces bons conssaulx ?

QUINTUS

15760   Je vous dis,
Ne desplaise aux seigneurs predis,
Qu'il est raisonnable et licite
D'avoir Quentin, si qu'on l'incite
Par vif, melliflueux langaige
15765 A nostre loy, et je me gaige
Qu' delaira son mortel vice.

FAUSTINIEN

Considerés le bon service
Agreable que vous a fait
Sire Zenon, d'œuvre et de fait.
15770 Pour soustenir le bien publicque,
    ° Vous estes tenus sans duplicque
D'obtemperer a sa demande.

EUSTORGIE

Chier sire, je vous recommande
Sa mere, dame de noblesse.
15775 Elle est plaine de grant humblesse,
    °° D'honneste conversation,
Qui griefve tribulacion
En a porté jusques icy.

CATHON

Sire, recepvés a mercy
15780 La deprecation humile
De Zenon, tres saige entre ung mille,
Tres noble et vaillant chevalier,
Si que Quentin, mon escollier.
Reviengne a vray port de salut.

DIOCLESIEN

15785 Nous le ferons, c'est tout conclut,
Le conseil est juste et tres sade,
Qui furnira ceste embassade ?
Il fault avoir gens de grant moustre,
Prudens et scienceulx tout oultre,
15790 Plains d'une couleur flactatrice,
Doulce q'une plume doctrice,
Pour le dorer de fine gome.

LUCINIEN

Pour l'onneur du tres bon preu-
                              |domme,
Je m'y offre totalement.

MAXIMIN

15795 Nous ramenrons Quentin a Rome,
Pour l'onneur du tres bon preu-
                              [domme,
Et se prenrons encore ung home.

SEVERE

Ne parlés qu'a moi hardiment,
Pour l'onneur du tres bon preu-
                              ¦domme,
15800 Je m'y offre totalement.

DIOCLESIEN

° Greffier, escrips ung mandement
A Rictiovaire adrechant,
Toute excusation cessant,
Le teneur lut, il nous renvoye
15805 Quentin a Rome droite voye,
Sans nesune alteration,
Aultrement l'indignation
De nous incourra plainement.

°°LE GREFFIER

J'entens le cas tout clerement,
15810 C'est pour l'emporter par chemin.
J'ay plume, ponce et parchemin
Pour l'expedier, car Zenon
Est home de port et de nom,
Pour me donner gracieulx vin.

*Icy escript le
mandement.*

ZENON

15815 Tres noble imperateur divin,
Je vous remercye humblement.
Quant vostre hault consentement
Est acordés a nos querelles.

DIOCLESIEN

Nous le faisons joieusement,

15773 est *mq.* — 15776 honnestete. - 15783 que *mq.*

° 260 A. — °° 258 B.

15795 ramenrons.— 15806 nulles altercation.— 15809
plainement.

° 260° A. — °°258° B.

15820 Vous en arés bonnes nouvelles.
Pour tant, dames et demoiselles,
Retournés en vostre demeure,
En bon espoir, Zenon demeure
Avecque nous jusque au parfaire.

LA MERE

15825 Imperateur de noble affaire,
Palas, pour vous solacier,
Vous veuille le bien satisfaire
Dont je vous doy regracier.

ZENON

Zenet, va les reconvoyer
15830 Et se prens bien garde partout.

ZENET

Sire, je me veuil avoier
De moy mettre sus le beau bout.
Cheminons fort, trout avant trout,
Je croy que nous allons aux festes.

PIERRE, *exorcistes*

15835 Mes chiers freres, qui de Dieu estes
Les enffans par adoption,
Donnés moy l'exposition
D'ung songe qui m'est advenu.
Ung aignelet estoit tenu
15840 En une taniere de leux,
Lesquelz rabis et familleux
Le tirerent de la dedens
Et le devourerent aux dens
Par criminelle occision.
15845 Dont me vient ceste illusion
De songe tant frec et recent ?

MARCELLUS

A mon ymagination,
Le simple aignelet innocent
Denote qu'en ce tamps decent
15850 Quelque champion catholique
Que par quelque loup deabolique
Doibt faire sans dilation
De son corps immolacion
Au createur du firmament.

15855 Faisons priere incessamment
Qu'il entretiengne en sa creance
Tous ceulx qui griefve doleance
Endurent pour son nom saintin.

MELCIADES

Faisons priere pour Quentin,
15860 Qui flourit au pais de France,
Affin qu'aprés dure souffrance
Puist avoir regne celestin.

MARCEL

Puis que le pape Marcellin
M'a laissiet papalité franche,
15865 Faisons priere pour Quentin,
Qui flourit au pais de France.

CIRIACUS

Pour Crispinien, pour Crispin,
Faisons devote ramembrance,
Affin qu'il obtiengnent la branche
15870 De martire au trosne divin.

SISINIUS

Faisons priere pour Quentin,
Qui florist au pais de France,
Affin qu'aprés dure souffrance
Puist avoir regne celestin.

BRISEBARRE, *à Amiens*

15875 Rictiovaire, chien matin,
A fait en Aouste arester
Quentin, qui dés hier au matin
Au chemin se vault aprester.

FLORISSE

On disoit qu'il devoit aller
15880 A Rome devers ses parens :
Le veult le prevost flageller
De divers tirans sus les rens ?

LIMOGE

Il a souffert de grans tourmens
En Aouste, cité prochaine,
15885 De cloux, de fers et d'instrumens
Et de mainte diverse paine.

15833 tient avant tient.— 15843 devourent *ms.*— 15846 fier.

261ᵃ A. — 259ᵇ B.

15874-15875 *ind. scén. mq. B. a mq. devant* amiens A.

261ᵃ A. — 259ᵇ B.

SOUTILLET

Pour voir comment on le pourmaine
Et traveille par accidens,
Envoyés de nostre demaine
15890 Deux bourgois saiges et prudens.

LE MAIEUR

Garin, Hulin, vous estes gens
Pour demener ceste matiere,
Sans doubter prevostz ne regens,
Allés y pour voir le mistere.

GARIN

15895 S'il plaist a Jhesucrist, mon pere,
Je scaray quel fin il fera.

HULIN

Allons y nous deux, mon compere,
Il me samble qu'il souffira.

LE MAIEUR

Regardés quelz tormens il a,
15900 Quel paine, quel mort et quel fin.

GARIN

Ne vous soussiés de cela,
Je suis en ce cas assés fin :
Allons legierement, affin
Que nous sachons toute l'istoire.

HULIN

15905 Or allons, mon tres chier affin,
Soubz la main du roy celitoire.

Garin et Hulin
vont en Aouste.

RICTIOVAIRE

Triste de ceur, simple de face,
Foible de corps, emplouré d'œul,
Dolant de chief, privé de grace,
15910 Vuit de soulas et plain de deul,
Je me murdris, je me defface,
Je me brule et pendre me veuil,
Quant je ne puis a plaine brace
Tourmenter Quentin a mon veuil.

15915 Plus a de paine, mains se griesve,

Plus a grant fu, mains s'en eschoffe,
Plus boit d'ordure, mains se criesve,
Plus sent de fer, mains s'en estoffe,
Nous perdons conclusion brieve,
15920 Sens, gens, fer, eaue et estoffe,
Tousjours est il sans deleur griesve,
Saige comme ung beau philozophe.

Plus a, pis va, plus vit, plus nuit,
Plus vault, mains deult, plus sent, mains
                                    [prent,
15925 Plus rompt, mains font, plus frit, mains
                                    [cuit,
Plus chiet, mains siet, plus pend, mains
                                    [tend,
Il lit, il rit, il bruit, il luit,
Nous dervons et chascun se rend,
Sa loy monte en fleur et en fruit
15930 Et la nostre abaisse et descent.

HONORÉ

Tant plus lui ferés de traveil,
Tant plus nous fera soubiter,
Tant plus sera en son resveil,
Tant plus voudra suppediter,
15935 Pour tant, se vous crés mon conseil,
Sans plus en avant mediter,
Couchier le ferés au soleil
Et prestement decapiter.

TARQUIN

S'il convient qu'il soit decolé,
15940 Il mora par trop a son aise
Et s'il est encore acolé
De chaines ou de fu de fournaise,
Tantost sera resuscité,
On croira en sa loy punaise,
15945 Ne scay, quant j'ay tout recité,
Des deux voies la plus malvaise.

TORQUATUS

Puis qu'il a fait des maulx assés,
Puis qu'il ne craint ne roy ne rocq,
Puis qu'au tormenter vous lassés,
15950 Puis que n'y vault ne pic ne brocq,
Puis qu'aultre chose n'y scavés,
Puis qu'il vous convient dire cocq,
Puis qu'en ce point conclut avés,

15900-15907 *Ind. scén.* ut *mq.* A. — 15909 dalant
A. — 15910 hors de soulas.

262 A. — 260 B.

15933 fera. — 15934 vaudora.

262ᵃ B. — 260ᵃ A.

Coppés luy le chief sus ung blocq.

HONORÉ

15955 Pour toute resolucion,
Sans que plus vous reprende ou tence,
Metés le a execution,
Decapité le par sentence.

RICTIOVAIRE

Honoré, par ma conscience,
15960 J'en feray selonc vostre advis.

HONORE

Chier sire, vous ferés science,
Telz gens vallent mieulx mors que vifz.

·RICTIOVAIRE

Il fault deux fors putiers rabis
Qui le voient desprisonner.

15965 Riagal, fais tu le grobis ?
Arsenicq, m'os tu point tonner ?

RIAGAL

Mon becq commence a pappeter,
Plus dru que ung singe qui barbette,
Du soing que j'ai de tempester
15970 Quentin qui contre nous bourbette.

ARSENICQ

Le ceur du ventre me halette
De desir que j'ay de remplir
Mon sacq, ma pance et ma malette
D'humain sang qu'on doit pourboulir.

RIAGAL

15975 Allons pour justice acomplir
Tirer Quentin hors de prison.

ARSENICQ

S'il veult nostre loy abolir,
Il fault que nous le desprisons.

LUCINIEN, a Rome

Il est grant tamps que nous allons
15980 En Gaulle, la terre fertille,
Chemins sont vers et jours sont longz,
N'est pluie n'eaue quil distile.

·DIOCLESIEN

As tu grossé en haultain stille
Ce mandement ?

LE GREFFIER

Noble empereur,
15985 Il a passé sans quelque erreur
Devant vostre chancelerie
Et toute la chevalerie,
Qui l'ont visité tout au long
Et corrigié.

DIOCLESIEN

Baille le doncq
15990 A Maximin, nostre legat.

·· MAXIMIN

Sire, s'il avoit quelque gast,
J'en seroye tres doloureux.

SEVERE

Pour tenir termes seignoureux,
Il nous fault quatre ou cinq saudars
15995 A tout bastons, flesches et dars
Ou quelque espee ramonnoire.

DIOCLESIEN

Prendés dont Esclistre et Tonoire
Et se menés Fourdre et Tempeste :
Au monde n'est si fiere beste
16000 Qui devant eulx ne se desbuche.

Aux champs, aux champs.

ESCLITRE

A l'escarmuche,
Nous y menrons ung grant wacar-
　　　　　　　　　　　　[me.

TONNOIRE

Nous y jurons de muce muce,
Aux champs, aux champs.

FOURDRE

A l'escarmuche,
Ca, mon baston.

TEMPESTE

16005 Ca, mon aumuche.

15956 reprendre.— 15962 mieulx mq. — 15969 tempeste ms.

' 263 A. — ' 261 B.

15999 biere A. — 16000 deshouche. — 16003 muce
mmte. -- 16003 bouton.

'' 263ᵃ A.

ESCLITRE

Ca, mon coutel.

TONOIRE

Ca, ma guisarme.

Aux champs, aux champs.

· FOURDRE

A l'escarmuche,
Nous y meurons ung grant wacarme.
N'y ara turluppin ne carme
16010 Qu'on ne face traisner et pendre.

LUCINIEN

Seigneurs, vecy au congié prendre.

DIOCLESIEN

** Nos dieux soient a ce depart :
De joye vous convient esprendre.
Sonnés, clarons, de part en part.

*Ilz s'en vont en Aouste
et clarons sonnent
au partir.*

RIAGAL

Hé, Malsongneulx ?

MALSONGNEULX

16015   Maistre Aggrappart,
Dont venés vous si eschoffé ?

RIAGAL

Baille nous tost cest home fé,
Ce fin deable et se fin regnart.

ARSENICQ

Delivre toy, maistre ponart,
16020 Vois tu point que nous langueton
Aprés sa peau et barbetons
Qu'ung singe aprés ung gras morsel ?

MAUSONGNEUX

Tenés, rompés luy le musel
Et si l'estranglés d'ung licol.

RIAGAL

16025 Nous luy allons rompre le col
Et acourer comme une poulle,

Se partir veulx a la despoulle,
Vieng au gibet, tu becheras
Avecques nous.

MALSONGNEUX

Happe ce cra
16030 Car je n'y attens point grant cur.

QUENTIN

· Dieu, mon redempteur,
Ne m'oublie pas,
Mon seul createur,
Dieu, mon redempteur,
16035 Soyes mon ducteur
A mon desrain pas,
Dieu, mon createur,
Ne m'oublie pas.

** RICTIOVAIRE

Cha, Quentin, cha, ton dur trespas
16040 Gist en ma bouche et ne me fault
Que dire ung mot, mais sans deffault,
Se tu veulx ta loy anyentir
Et de ton meffait repentir,
Tu seras de mort respité,
16045 Et se ce non, decapité
Seras a paine et a doleur :
Choisir ton eur ou ton maleur
Qui mieulx te vault ?

QUENTIN

Et je te dis,
Comme j'ay fait par plusieurs dis,
16050 Que j'aime mieulx morir au monde,
Expectant vie pure et monde
Que vivre en taiche de pechié.

HONORÉ

Atfin qu'il soit tost despechié
Par sentence diffinitive,
16055 Pour avoir paine infinitive,
Chargiés luy la mort sus l'espaule.

RICTIOVAIRE

Nous, pruvost general de Gaule,
Ministrateur de verité,
D'imperialle auctorité

16011 pendre A.— 16014-16015 *ind. scén.* uste — nt
mq A.— 16020 languissons.

· 261° B. — ** 264 A.

16038 ouble A. — 16035 *mq.* — 16057 *en marge :*
sentence. — 16059 auctorie A.

· 262 B. — ** 264° A.

16060 Condampnons sans point respiter
      A morir et decapiter
      Quentin, ung citoien romain,
      Contraire, adversaire, inhumain
      Aulx dieux, aux princes et aux homes,
16065 Qui de maulx infinies sommes
      A perpetré en ce pais.

YSENGRIN

      *Y voudroit... estre enfouis,
      Morir de chaude maladie,
      Pendre au gibet, quoy q'on en die,
16070 Et aprés le laissier aller,
      **Qu'il ne fait a le decoler :
      Il mora trop legierement.
      Nous perdons nostre esbatement
      Et ne scarons a qui combatre.
16075 Il nous faura l'ung l'autre batre
      Et tourmenter hideusement.

QUENTIN

      J'appelle de ce jugement
      Devant Dieu qui me voit et ot.

TARQUIN

      Aller ne poult contre son mot.
16080 Il en a jetté son decret
      Par conseil tres saige et discret,
      Qui en a visité maint livre

RICTIOVAIRE

      Sus, Riagal, je te le livre,
      Je veuil que la teste ait trenchie
      De ta main.

RIAGAL

16085   Je vous remercye
      Du grant bien que vous me volés.
      Ordonnés moy gens de vos lés,
      Qui m'aident a l'executer,
      Pour oir et pour escouter,
16090 Que ceulx qui tiegnent de Jhesus
      Ne le seccurent.

RICTIOVAIRE

      Sallés sus,

      Ysengrin avec Clacquedent
      Et Arsenicq, le president,
      Aprés Riagal, nostre amé :
16095 Chascun de vous soit bien armés,
      Affin que ces faulx ypocrites
      De bourgz, de tours ne de garittes,
      Ne saillent sus pour le rescourre,
      Gardés le vif et mort en pourre,
16100 Qu'il n'en viengne quelque reproche.

ARSENICQ

      *Se je voy home qui aproche,
      Je leur romperay les machoires.

YSENGRIN

      Je leur croqueray la caboce,
      Se je voy home qui aproche.

** CLAQUEDENT

16105 Je luy perceray d'une broche
      Le vessie et les genitoires:
      Se je voy home qui aproche,
      Je luy romperay les machoires.

RICTIOVAIRE

      Moustrés ces fais executoires
16110 En plain spectacle et lieu publique
      Et affin que chascun s'applicque
      A le beer comme ung larrons
      Qu'on maine a hart, sonnés, clarons,
      Que jamais plus je ne le voye
      Qu'il ne soit mort.

RIAGAL

16115   En voye, en voye,
      Sus, au gibet, sus, quoquinaille.
      Sonnés, clarons, vaille que vaille,
      Pour le menu peuple assembler.

      On sonne les
      clarons.

GARIN

      Hulin, frere, on va decoler
16120 Quentin, nostre amy et regent.

16067 *vers incomplet : suppléer* mieulx ? — 16097-
16078 *terminent la tirade d'Ysengrin, ms : il n'est pas
téméraire de les attribuer à Quentin.* — 16089-16092
mg.

* *262° B.* — ** *265 A.*

16115 qu'il ne soit mort *mq.*

* *265° A.* — ** *263 B.*

HULIN

Boutons nous en presse de gent
Pour le voir ou pour le touchier.

GARIN

O Quentin, mon amy tres chier,
On te va le chief detrenchier,
16125 Dont il nous poise grandement.

QUENTIN

C'est ce que j'aime et que je quiers,
Pour tant, freres, je vous requiers,
Donnés vous bon appaisement.

* HULIN

Ta mort et ton deffinement
16130 Nous fait plourer amerement
A la dolente departie.

QUENTIN

Freres, ne plourés nullement,
Mais chantés de cœur liement,
Car leesse est de ma partie.

GARIN

16135 **Adieu, l'apoy de nostre vie.
Adieu, nostre joye assouvie,
Pour qui nous plourons grosses larmes.

QUENTIN

Adieu, Vermendois, Picardie,
En Jhesus soit vostre estudie.
16140 C'est le plus beau pan de vos armes.

HULIN

Adieu, le miroir et la flamme,
L'exemple du corps et de l'ame
De Gaule et de nobles Franchois.

QUENTIN

Je pry le Dieu que je reclame
16145 Qu'aprés la mort, en son royalme,
Vous puisse veoir a mon chois.

RIAGAL

Ne scay quel chois ne quel hochois,
Mais vous en morrés sans arest.

Ca, maistre, ployés le garest,
16150 Que je puisse avoir ma vollee,
Je vous donray telle collee
Que jamais mot ne sonnerés,
Baisse le col.

QUENTIN, a genoux

Vous me donrés,
S'il vous plait, ung petit de lieu
16155 D'aurer et de prier mon Dieu
Et jamais plus nulle requeste
Ne vous feray.

* RIAGAL

M'espee est preste,
Luy copperay je le cherubin ?
Qu'en dictes vous, galans ?

TOUS LES TIRANS. ensamble

Nennin.

RIAGAL

16160 **Mal gré en ait tout le couvent,
Je l'eusse envoyé de ce vent,
Tout papetant sus le quarrel,
Tousjours serai ge le bourrel,
N'est nul qui m'en oste l'office.

16165 Fay a ton Dieu ton sacrifice,
Disant tes bourbotorions.
Pour donner plus beaulx horions
Je voy affillé mon espade,
Ne scay plus clere jusqu'en Prade,
16170 Il samble que je soie escript
Ou taillant.

QUENTIN

Sire Jhesucrist,
Dieu de Dieu, lume de lumiere,
Qui és et qui estois somniere,
Donnant la constitution
16175 Du monde en sa creation,
Je fais ma priere sans fainte
A ta miseration sainte,
De qui je fais confession,
De qui je fais retention

16127 frere. — 16135 la paix. — 16136 joy a souvie.

* 260 A. → ** 263° B. —

16157 mon espee. — 16165 dieu mq. — 16166 bour-
borions. — 16172 lumere des lumieres. — 16176 saius
saincte.

* 266° A. — ** 264 B.

16180   En ceur et qu'a voir je desire.
Pour ton amour, mon Dieu, mon sire,
J'ay tout ce corps habandonné
A tout torment desordonné
Et j'offre l'ame maintenant :
16185   Rechoy donc en ta main tenant
Mon esperit et ame offerte
A toy pour qui paine ay soufferte,
Ne me laisse, roy debonaire.
'Roy tres clement et salutaire,
16190   Qui vifz avec ton pere et regnes
Par tous siecles et par tous regnes
En unité, qui ne perit,
Du divin et saint esperit.

Faictes maintenant le debvoir
16195   De quoy vous estes commandés.

RIAGAL, *en haussant l'espee*

"Je le feray, sachés de voir,
Tu seras a cop esmondés.

ARSENICQ, *en courant a l'espee*

Ateng qu'il ait les yeulx bendés,
S'il s'espantoit du horion,
Tout iroit mal.

RIAGAL

16200   Que d'atendés,
Mal gré en ait Mercurion,
Se teste n'est que ung porion.
Devant ma glave fiere et roide,
Je pers mon fain et me reffroide.

16205   Se vous n'abregiés ces bendeaulx,
J'esprouveray sus vos cerveaulx
M'espee qui est nette et clere.

QUENTIN

Tu scés mon Dieu et mon pere,
Triumphant en haulte spere,
16210   Que par ta bonté prospere,
     Qui impere
Sus tes servans et amis,
Je fus champion commis,
Affin que fussent remis
16215   Ennemis,
Suffocans tes lois saintismes.

Nous douze freres partismes
De Rome, en France venismes,
     Puis ne veismes
16220   L'un l'autre ne rencontrasmes,
'En divers lieux nous alasmes,
Au congié prendre plorasmes,
     Grosses larmes,
Ce furent piteulx depars.

16225   Ou qu'ilz soient n'en quelz pars.
Ou pais de Gaule espars,
     Or leur pars
De grace lez haulx bien fais,
Si que aprés le pesant fais
16230   "De tourmens, dont il sont fais,
     Tous reffais
Soient lassus comme tiens.

Ta sainte fois que je tiens.
Ay exaucie en Amiens,
16235   Qui tous miens
Au departir se disoient,
Entretiens les, ou qu'il soient,
En grace et en tes cieulx voient,
     La te voient
16240   Ou regne que je demande.

Mon Dieu, je te recommande
Bayon, qui, par ta commande,
     Doleur grande
Perdit de lepre pourrie,
16245   Son ame ne soit perie,
Soit sauvee, je te prie,
     Et garie,
Si qu'il puist ta gloire acquerre.

Mon Dieu, je te veul requerre
16250   Pour Aouste ou le peuple erre,
     C'est la terre
Dont j'ay fait election,
Par vraye respiracion,
Pour avoir par portion
16255   Passion
Et en fin de corps rompture.

16198 pendes.— 16200 Sire descendes.— 16207 mon
espee. — 16212 les. — 16216 vois.

267 A. — " 264° B.

16235 *my.* — 16254 part et portion.

' 267° A. — " 265 B.

G'y choisis ma sepulture,
*Ma celle en saison future,
    Ma closture,
16260 Mon temple et ma mansion.
O Jhesus, filz de Sion,
Tiens en ta protection
    Nation
Vermendoise ou mort j'endure.

16265 Toute humaine creature,
De venin plaine d'ordure
    Ou d'ardure,
Empeschant les corps humains
Et tous ceulx qui soirs et mains
16270 Me reclament ou je mains,
    Par tes mains,
Garis les d'ame et de corps.

**Mon vray Dieu misericors,
Ne veulles estre recors
16275   Des discors,
Des injures, des laidures.
Des morsures, des tortures,
Des nauvrures, des batures,
    Des arsures,
16280 Des paines et des tirans,

Qui a mort me sont tirans.
Pardonne leurs pechiés grans,
    Maulx parans,
Leur rudesse, leur radesse,
16285 Leur simplesse, leur haultesse,
Leur jonesses, leur finesse
    Felonnesse,
Ignorans ta loy certaine.

O estoille tres montaine,
16290 Royne en celle loingtaine,
    Tres haultaine,
Tres saintisme, tres divine,
Tres benigne, tres encline,

Tres saudine et tres digne,
16295   *Fleur virgine.
Marie tres souveraine,

Conduis en gloire angeline
Mon ame a l'eure desraine.

NOTRE DAME

Mon Dieu, mon haultain createur,
16300 Exauce ton bon serviteur
Quentin, qui pour ton excellence
Et ton hault nom mettre en valeur
Attend derreniere doleur
De mort, par dure violence.
16305 Mon filz, par ta benivolence,
Conforte le a l'extremité,
Affin qu'il ait equivalence
De gloire et de sublimité.

DIEU

**Mere, je prens de luy pité,
16310 Ses prieres sont exaucie,
G'y menray une quantité
D'angles de haultes zerarchies.

Descendés de vos monarchies,
Potestés, dominacions,
16315 Trosnes, vertus es cieulx prisies,
Allons es basses regions.

MICHEL

Nous y allons par legions
A vostre bon commandement.

GABRIEL

Quentin verra grans visions,
16320 Nous y allons par legions.

RAPHAEL

Il ara consolacions
De nous a son definement.

LE PREMIER ANGLE

Departons du hault firmament,
Faisans grans jubilacions.

16312 zearchies.

* 268 A. — **265° B.

* 268ª A. — ** 266 B.

LE SECOND ANGLE

16325 *Nous y allons par legions
A vostre bon commandement.

LUCIFER

Sus, deables, sus, a l'arme, a l'arme,
Criés et plourés larme a larme,
J'ay grant peur que nous ne perdons
16330 Nostre povoir. Ce grant preudons,
Ce bon pater, ce dieu de gloire,
Ce crucefis, ce mandegloire
Descent avec ses angelos
De son hault empire, je l'os
16335 Faire trambler saintes es cieulx
Et m'a crevé yeulx et sourcieulx
De sa lumiere nette et monde
Et crés qu'il ne va point au monde
Que ce ne soit contre le bien
De nostre court.

SATHAN

16340 Je pense bien
Que c'est pour enmener Quentin
En son hault regne celestin.
**On le doit decoler tout radde,
Il y fault faire une virade
16345 Et luy donner empeschement.
Baillés moy ung fin garnement,
Ung fil de lice curratiere,
Nous yrons tendre une ratiere
Et s'il bestourne ou s'i descoce
16350 Il s'en venra que vent d'Escoce
En nostre infernale chaudiere.

ASTAROTH

Pour avoir ung filz de loudiere,
Ne fault que parler a ma trongne,
Je veuil qu'on me bertaude et rogne
16355 Se j'entreprens le frain aux dens
Et nous ne l'avons cy dedens,
Pour le tormenter a tous lés.

*** LUCIFER

Vous estes tres bien acouplés
Pour ung grant tempeste esmouvoir,

16360 Or faictes bien vostre devoir,
Ou je vous torderay les boyaulx.

*Ilz s'en vont en faisant
grant noise.*

RIAGAL

Arriere, mes amis loyaux,
Arriere, que je ne vous fiere.
Vecy tost fourbie la fiere
16365 Qui taille, qui sonne et qui clicque
Plus hault que une bien grosse clicque,
Qui des poingz ne m'est eschappee,
Dont j'ay maintes gorges coppee,
C'est ung baston que j'ay moult chier,
16370 Je l'ay tiré pour esmouchier
Ceste laide et lourde caboce
D'ung seul cop, sans y faire boce,
Je l'envoyray nettement jus.

Qu'en dictes vous ?

ARSENICQ

Ce n'est pas jus.

Il couppe la teste.

16375 Le vela mort comme je tiens.

DIEU

Quentin, mon bon famillier, viens
Et prens la couronne laquelle
Je t'ay preparee moult belle,
*Vecy partout d'angles les choeurs
16380 Qui toy vainqueur que je secours
Conduiront jusque en la celeste
Jherusalem.

MICHEL

Vie modeste,
Vertueuse a volu mener,
Pour quoy son ame au deffiner
16385 Se part de son col en samblance
D'ung coulon comme nege blanche,
En signe de pure innocence.

*Il doit issir ung blanc
coulon de son corps
et Michel le prent.*

16351 parter. — 16339 ne *mq.* — 16349 destourne.

* 269 A. — ** 266* B.— *** 269* A.

16374 Ind. scén. *mq.* A. Il cou -- la t —*mq.* B : en
marge : le XI* martyr. — 16384 quon. — 16385 sam-
blace.

* 267 B.

DIEU

'Menons le en lieu de reluisence,
Je luy feray retributeur.
16390 Michel, soies mon protecteur
Contre Sathan, qu'i ne le griesve.

SATHAN

Harau, harau, le ceur me criesve,
L'ame de Quentin nous eschappe,
Le prophete a la grande chappe
16395 Le maine malgré nos museaulx.

ASTAROTH

Monte a cheval, prens tes houseaulx
Et se cours vistement aprés.

SATHAN

Je n'oseroye aprochier prés,
Il est trop cler et triumphant,
16400 Croy que ce n'est poing ung enffant
Pour appaisier de hosterolles.
Promesses, bourdes ne parolles
Ne l'abateroient jamais,
Il cognoit bien les marchans, mais
16405 S'il ne fut venu sur les rens,
Nous nos aliesmes fourrer ens,
Je l'eusse gripé de ma pate.

ASTAROTH

Laisse tout en fleur et en paste,
Nous perdons nostre proie et gaigne,
16410 Je meurs, je criesve, je m'engaigne,
J'en mors mes pastes et mes gris
Et deschire mes cheveulx gris.

'' DIEU, *en paradis*

Angles, archangles, cherubins,
Potestés, vertus, cheraphins,
16415 Haulx trosnes, dominacions,
Principautés, spirations,
Apostles des saintes monarches,
Prophetes divins, patriarches,
Martirs, conffés, vesves, virginnes,
16420''' Tous glorieux sains et saintines,

Recepvés consolacion
A la glorificacion
De Quentin de bonne heure né.

Icy le couronnent.

Pour moy a souffert passion,
16425 S'en ara retribution
Au regne ou je l'ay amené,
Car je veuil qu'il soit coronné
De noble aureole tres digne
Et des haulx biens avironné
16430 Qui sont en ma gloire divine.

QUENTIN, *in spiritu et in albis*

Gloire a toy, sainte trinité,
Trois personnes en unité,
Ung seul Dieu, pardurable essence,
Quant en lieu d'immortalité
16435 Me donnes en ma qualité
Hault siege de manificence.

GARIN

Puis que Quentin a rendu l'ame,
Allons en Amiens droite voie.

HULIN

Ne scay a qui je me reclame,
16440 Puis que Quentin a rendu l'ame,
Nous serons mis en basse lame.

GARIN

Je pry a Dieu qu'il nous convoie,
Puis que Quentin a rendu l'ame,
Allons en Amiens droite voye.

*Icy se partent pour aller
en Amiens et en passant
il arestent a l'ostel
Baion.*

RIAGAL

16445 Seigners, demenés feste et joye,
Quentin a la teste trenchie :
Des maulx dont il a fait monjoye

16389 rebruteur. — *corr:* seray ? — 16401 hoserolles.
— 16402 prouesses. — 16406 aliesmer *A* — aliesme *B*.

' 270 *A.* — '' 267° *B.* — ''' 270° *A.*

16423-16424 *Ind. scén. mq.*— 16430-16431 *Ind. scén:
et spiritu et abbis.* — 16444-16445 *Ind. scén.* se *mq.*

*Nostre loy est du tout vengie.
Mon espec est tainte et rougie
16450 Du sang raiant a son deffaire,
Il couche la sur la chaucie,
Dictes nous plus qu'il est de faire.

**RICTIOVAIRE

Gardés sons corps de pute affaire
Toute la nuit jusqu'a demain,
16455 Que cristiens n'y mette main
Pour l'enterrer.

RIAGAL

Toute la nuit.
Le garderons, mais s'on nous nuit,
Nous crirons que deables rabis,
Pour dieu, dormés en vos abbis,
16460 Sus le beau bancq, sans desbillier,
Affin que vous puissiés veillier
A la rescousse, se la vient.

RICTIOVAIRE

Nous le ferons.

HONORÉ

Il le convient ;
Une nuit est tantost passee,
16465 La char de mon corps est lassee,
Se me fault dormir ung petit.

TARQUIN

J'en ay aussi grant appetit,
Dormons tout d'ung acord ensamble,
Chascun sus son siege.

*Icy dorment en leur
siege.*

VALOIS. *a Soissons*

Il me samble
16470 Que nostre empereur adisne.
Affin que ne soie indigne.
De sa grace noble et haultaine,
Tirons nous pour cause certaine
Devers sa face imperiale.

MAISTRES GENÈS

16475 Pour voir la mode curiale,
Je vous compaigne.

*SAGET

Et moy aussi,
En simple robe feriale,
Pour voir la mode curiale.

**HURTEBUSQUE

Divinité mercuriale
16480 Nous conduic et tiengne a mercy.
Pour voir la mode curiale,
Je vous compaigne.

MAISTRE GENÈS

Et moy ossi.
Monseigneur, partons nous d'icy,
Il est tamps, ad ce que je vois.

VALOIS

16485 Les dieux de qui tenés vos lois
Vous entretiengnent en noblesse.

MAXIMIEN

Vous soiés bien venus, Valois,
Sees vous, dictes nous qui nous blesse,
Sus vostre foy et gentillesse,
16490 Quelz gens se sont mal atournés,
Quel home vil ou gentil esse,
Pour qui nous sommes retournés.

VALOIS

Dedens Soissons sont avolés
Deux cristiens, gracieulx filz,
16495 Seduisant ceulx que vous voles
Tirer a vous, rompans les filz
De nos saintuaire precis
Et sacree adoracion.

MAXIMIEN

Il convient qu'ilz soient occis
16500 Et mis a execution :
Qui en prenra commission ?

Galican, pour y gagnier fruit,
C'est vostre fait.

16449 esperee. — 16455 la main.— 16469 *Ind. seën.*
[leu] r *my us.* — 10471 *corr :* soious ?

* 268 B. — ** 271 A.

* 268* B. — ** 271* A.

GALICAN

Sont il de bruit,
De noble sang et de bon eur ?
16505 Pouroit on acquerir honneur
A leur livrer une esclemie ?

'MAISTRE GENÈS

"Sire, il ne vous desplaise mie,
Ce sont deux cordonniers cousans
Solers de cuir, assés plaisans.
16510 Tres bons ouvriers.

GALICAN

A brief parler,
Jamais ne m'en voray meller,
Puis qu'il font tel cordonneries.

EIULASE

S'ilz manient cuir ou solers.
Jamais ne m'en verrés merler.

CROMACUS

16515 Ce seroit pour tost desoler
L'onneur de la chevalerie.
Jamais ne m'en verrés merler.
Puis qu'il font tel cordonnerie.
Solers fais par saveterie
16520 Sont puans, ossi sont les hostes
Qu'on loge dedens.

GALICAN

Pour telz notes
N'y vouldroy je mettre la main,
Mais en tout l'empire romain
Pour ung tel fait emprendre et faire,
16525 N'est home que Rictiovaire,
Il n'espargne roy ne regens,
C'est ung fourdre, ung tueur de gens,
Ung baston pour ruer aux bustes :
Qui a toutes ses hontes butes :
16520 Vous ne povés mieulx adrecier.

MAXIMIEN

C'est ung merveilleux penancier,
Nous l'avons pour recommandé,
Il est besoing qu'il soit mandé
Sur ung petit mot de cedule.

EIULASE

16535 'Il n'y fault escripture nulle,
Ne fault riens que lever le doit,
Car ossi tost qu'il sent qu'il doit
"'Tuer gens pour nos dieux vengier,
Il laisse le boire et mengier
16540 Et s'en accourt ferrant batant.

MAXIMIEN

Sus, aux champs. Occident, fay tant
Que nostre grant prevost gaulois
Accompaignié de ses galois
Devant nos yeulx se represente.

OCCIDENT

16545 Tant iray par voie et par sente
Que je l'amenray temprement
Dedens ceste sale presente,
S'il n'a trop grant empeschement.

RICTIOVAIRE

Resvelle toy abillement,
16550 Pantheon, te peulz tu bougier ?

PANTHEON

Ha, sire, lessiés moy songier,
Mon corps reposoit droit a l'aise,
Mais s'il est chose quil vous plaise,
J'en feray le commandement.

RICTIOVAIRE

16555 Vieng avec moy secretement
Et te garde de resveillier
Tes compaignons.

PANTHEON

Sans sommillier
Je vous compaigneray, allons.

*Ilz s'en vont vers le
corps saint Quentin.*

RIAGAL

Je crains les cristiens felons,
16560 On approche pres de nos tentes.

ARSENICQ

Prenons bastons et cousteaux lons,
Je crains les cristiens felons.

·YSENGRIN

Je vous serviray des talons,
S'il y a froicis de potentes.

CLACQUEDENT

16565 ''Je crains les cristiens felons,
On aproche pres de nos tentes.

Qui vive ? qui és tu qui temptes
Les saudars qui sont endormis ?

RIAGAL

Qui esse qui nous vient ?

RICTIOVAIRE

Amis.

RIAGAL

16570 Ha, maistre, il me soit pardonné,
A peu que ne vous ay donné
D'une espee travers le corps.

RICTIOVAIRE

Enffans, entendés mes recors,
Je viens de nuit comme a l'emblee,
16575 Delaissant des miens l'assamblee,
Reposans en leur premier somme.
Car en la riviere de Somme
Vous fault le corps Quentin jetter.
Il se fait moult a redoubter
16580 Que cristiens religieux,
Comme ung saint martir precieulx,
Luy voudront donner sepulture
Et honorer par adventure
De haulte veneracion.
16585 Mais de ceste operacion
Vous convient tous estre secrés,
Vous estes mes amis discrés
Qui jurés, pasmes estendues,
Vers les ymaiges et statues
16590 Des glorieux dieux immorteulx,
Desquelz nous avons les auteulx,
Que jamais mot n'en sonnerés ?

RIAGAL et les siens ensamble

Nous le jurons.

·RICTIOVAIRE

Vous le prenrés.
Riagal, Arsenicq, Claquart,
16595 Ysengrin, chascun a son quart,
'' Et Pantheon prendra la teste :
Ne faictes noise ne tempeste,
Affin que n'esveilliés personne.

RIAGAL

N'est besoing que plus on en sonne,
16600 Prenons le par piés et par manches,
Le chief qui fit les ingromances
Prenra Pantheon.

PANTHEON

Je le veulx,
Je le prenray par les cheveulx,
Portés son corps en basse lame.

LE FOL

16605 Mes bonnes gens, priés pour l'ame,
Je cuide qu'il soit pertrassé,
On le noira en rouge flame,
Mes bonnes gens, priés pour l'ame,
Jamais ne portera healme,
16610 Car son cherubin est cassé.
Mes bonnes gens, priés pour l'ame,
Je cuide qu'il soit pertrassé.

RICTIOVAIRE

Or ca, le plus fort est passé,
Puis que nous sommes au rivaige.
16615 Mettés son corps et son visaige
En ceste petite nacelle.
Sus, Riagal, entre en icelle
Et le va en l'eaue esconser,
Affin qu'il se puist affonsser.
16620 Arsenicq, quiers nous des plommees,
Pierres, ferailles englumees
Et telz bagaiges.

ARSENICQ

Sans deffault,

16574 A la hauteur de ce vers, B porte en marge : Icy fut jetté en la riviere de la somme. — 16587 mq.

·273 A. — ·· 270 B.

16599 noise mq. — 16600 par les pies et par los. — 16604 et basse. — 16606, 16612 trespasse. — 16614 en rivaige. — 16619 effonser.

· 273° A. — ·· 270° B.

*J'ay trouvé tout ce qu'il nous fault.
Vecy plommees bien pesantes
16625 Et aultres ferailles puissantes,
Pour l'envoyer au plus parfont.

RIAGAL

**Or baille ca, se tout ne font,
Je luy loiray tout ce fatras
Au corps, aux jambes et aulx bras
16630 Et puis ruray en la riviere
Teste et tout, visaige et baniere,
Mais j'ay grant peur que je ne face
De mon cul souppe et de ma face.
Ce seroit pour moy anoier.

YSENGRIN

16635 Qui doit pendre, il ne peult noyer,
Tu n'a garde de ceste flote.

CLAQUEDENT

Non voir, se le gibet ne flote,
Mais enpendant bien se noyon.

RIAGAL

J'ay grant peur d'aller a Noyon,
16640 Car je biloche a tous endrois.
Gibet, gibet, sauve tes drois.
Pour ce grant fardeau soulagier,
J'envoiray Quentin sans nagier,
Au fin fons sera enfouys.

RICTIOVAIRE

16645 Or en despeche le pais,
Oncq milleur tour on ne trouva.

RIAGAL

Or va, de par le deäble, va,
Il est au fons ou a peu prés
Et puis vela la teste aprés
16650 Qui faisoit a nos dieux la maue.

ARSENICQ

Est-il droit au millieu de l'eaue ?

RIAGAL

***Oy, l'ung la et l'autre cha,
Vecy ou le corps trebucha

Et vecy ou la teste chut.

RICTIOVAIRE

16655 Affin qu'il ne soit apperchut,
Coeuvre les de bourbe et d'ordure.

RIAGAL

Garde n'ara de la froidure,
Se je scay assener ou c'est,
* Je le couveray d'un loucet.
16660 Ho, je l'ay sentu, g'y aviens.

RICTIOVAIRE

Quant tu as fait, si t'en reviens,
Nous allons tous paisiblement
Au logis.

RIAGAL

Allés hardiment,
Je vous sievray sans plus tarder.

*Ilz s'en revont en
leurs logis et siege.*

GARIN

16665 Hulin, il nous fault demander
Se nous sommes bien au chemin
D'Amiens.

HULIN

Je cuide que nennin.
Se je vois home en ce chastel,
Qui boute la teste au crestel,
16670 Je demanderay le sentier.

Resveille qui dort, hau, portier,
En quel vilaige sommes nous ?

PLAISANT

Helas, seigneurs, que faictes vous
Par les champs, quant il fait si noir ?
16675 Vous estes au noble manoir
De Bayon, seigneur de Viler.
Entrés ens, tant qu'il fera cler,
En attendant l'obe du jour.

16629 fratras. — 16632 ne *mq.* — 16635 doibt.

* 274 A. — ** 271 B. — *** 274° A.

16656 dordure et du la bourbe. — 16660 *à côté de* chastel, *en marge:* chasteau.— 16669 cretel *et en marge* creneau.

* 271° B.

GARIN

* Nous y ferons nostre sejour.
Puis qu'il vous plaist.

BAYON

16680   Vieng ca, Plaisant,
Quelz gens se vont la reposant ?
Fay les venir, que je les voye.

PLAISANT

Ce sont gens demandans la voye,
Il vendront a vostre commande.

16685 Seigneurs, mon maistre vous demande,
Entrés layens.

** GARIN

            Dieu vous doint joye.
Sire Bayon, moult je m'esjoye
De vous voir en bonne santé.
On a, n'a gaire, desmonté
16690 Cil qui garison vous donna.

BAYON

Comment dernier on le mena
A Rome, je sievy la trace.

HULIN

Sire Bayon, sauf vostre grace.

BAION

Je cuide qu'il soit ore la.

GARIN

16695 Je vous certeffic qu'il a
Porté cloux en corps et en dois
Dedens Aouste en Vermendois,
Et hier, non plus loing, rechut mort,
Car nous l'avons veu vif et mort
16700 Et l'ame comme ung coulon blancq
Partir de son corps plain de sang,
Perchant les cieulx et oy vois
Qui luy disoit : Quentin, tu vois
Que les cieulx te sont preparés :
16705 Et lors fusmes nous emplourés
De joye qui nous vient au cœur,
** Car vray champion et vainceur

Demoura sus cil qu'on redoubte.

BAYON

Est il vray ?

HULIN

          Oy, sans doubte,
16710 Dont pluseurs souspirent treffort.

BAION

O Quentin, mon seul resconfort,
Par qui j'ay santé valereuse,
As tu souffert mort douloureuse
Si pres de mon propre heritaige
16715 Et si n'ay eu quelque avantaige
De le scavoir par quelque edit ?

O Quentin, tu m'avois bien dit,
A la dolente departie,
Que tu tenrois nostre partie
16720 * Et seriesmes voisins ensamble,
Or est il ainsi se me samble,
Ta parolle est vraye et certaine.

O Quentin, lumiere haultaine,
Que feray je d'angoisse et d'ire ?
16725 Je doy bien ma vie maudire '
Quant tu m'as le corps respité
Et je n'ay peu voir la pité
De ta mort en ce territoire
Ne le tres glorieux histoire
16730 De ton joyeulx deffinement.
Puis qu'il ne s'a fait aultrement,
Jamais heure ne finiray
Ne venray la place et n'aray
Ton gent corps, s'on le peult avoir,
16735 Pour beau parler ou pour avoir.

Plaisant, beau filz, et vous, Muget,
Partons nous, soions en aguet,
Allons recouvrer ceste perte.

PLAISANT

** Ma force legiere et apperte
Vous secourra.

MUGUET

16740   Je suis en point

16680 Entres dedens. — 16688 ver. — 16690 celuy qui. — 16691 dernierement. — 16699 mq. — 16705 nous mq. — 16706 joy A.

* 275 A. — ** 272 B — *** 275° A.

16708 coluy.— 16710 suppléer : nul ? — 16733 corr : verray ?

* 272° B. — ** 276 A.

Pour vous servir, amour me point,
Je suis noury dessoubz vos elles.

GARIN

Nous allons conter ces nouvelles
En nostre cité amiennoyse,
16745 Dont grant cry, grant pleur et grant noise
Seront fait pour ce cop mortel.

BAYON

En vostre command mon hostel
A toutes heures, pour l'amour
De Quentin, de qui la clamour
Me gist au ceur.

HULIN

16750   Je vous mercy.

BAYON

Sophie, demourés icy
Et se gardés nostre maison.

SOPHIE

Noble seigneur, c'est bien raison
Que je prende le soing et garde,
16755 Car j'ay esté mainte saison
Tenue en vostre sauvegarde.

BAIETTE

Je veuil bien estre l'avangarde,
Soir a l'uis, et voir les passans,
J'en prens plaisir, quant je regarde
16760 Ces amoureulx qui sont plaisans.

Bayon et les siens
s'en vont.

LUCINIEN

Seigneurs, nous approchons Vermans,
Vecy Aouste en ce bas piege,
Ou se tiennent pluseurs Romans,
Rictiovaire il tient son siege.

MAXIMIEN

16765 **Allons visiter le colliege,
Se presentons ce mandement.

SEVERE

Vecy le plaisant tenement,
Auquel il se tient, salués le.

LUCINIEN

Palas, vierge perpetuelle,
16770 Vous doint honneur celestien.

RICTIOVAIRE

Bien vegnant, sire Lucinien,
Severus et vous, Maximin.

MAXIMIN

Ung mandement en parchemin
Vous envoye nostre imperant
16775 Dioclesien prosperant,
Vous priant ossy tres a certes
Que pour gaigner haultes dessertes
Y besongniés a vostre honneur.

RICTIOVAIRE

Laissiés moy veoir la teneur,
16780 Pour scavoir la fin du mistere.

Il lit le mandement
bas et dit :

Seigneurs, j'entens bien la matere,
La besongne est haulte et ardue,
Mais ce seroit paine perdue
De la lire jusqu'en derrain.
16785 *Nostre imperateur souverain
Me mande que je luy renvoye
Quentin, qui le monde desvoye,
Que je feroye volentiers,
Mais n'y a pas deux jours entiers
16790 Que je l'ay fait decapiter.

LUCINIEN

Harau, vecy pour despiter
Nos dieux et toutes nos deesses,
Mal gré en aient les deablesses,
Quant nous avons perdus nos pas.

MAXIMIN

16795 **Et ne recouveroit on pas
De son tres noble corps le chief,

16742 nourrir.

* 273ᵃ B. — ** 276ᵇ A.

16774 envoy A. — 16795 point ms.

* 273ᵇ B. — ** 277 A.

Affin que de ce grant meschief
On peust assouffire Zenon ?
Aultre chose ne quiert, si non
A le veoir.

RICTIOVAIRE

16800   Nennil, je tiens
Que les religieux cristiens
L'ont sepulturé dignement :
S'il est en leur commandement,
Il est bien hors de nostre main.

SEVERE

16805   O quel plainte et deul inhumain
Ara sa mere au ceur transsi ?

RICTIOVAIRE

Ce poise moy qu'il est ainsy ;
Se j'eusse sceut ces advenues,
J'eusse plus tost sailly aux nues
16810   Que je l'eusse a la mort jugié.
Je l'ay pluseurs fois soullagié,
Mais en fin riens n'y a valut,
Car aultreffois je l'ay volut
Renvoyer devers ses parens.
16815   Tant a seduit de gens par rens,
Qu'il en est peris par mes mains,
Si n'en povoie faire mains,
Pour subvenir au bien publique.

OCCIDENT

Minerve, ma dame angelique,
16820   Vous doint joyes sempiternelles.

· RICTIOVAIRE

Bien vegnant, herault, quelz nouvelles ?

OCCIDENT

L'empereur Maximianus
Vous mande que sans secours nulz
Venés vers sa nobilité,
16825 "Pour tirer a crudelité
Deux quoquins cristiens meschans.

RICTIOVAIRE

Tost, tost, aux armes , sus les champs,
Sans sejourner jour ne demy.

Adieu, chastelain, mon amy,
16830   Grans mercis de vostre connive.

SALADIN

Quoy, est la chose si hastive
Qu'i s'en fault aller si en haste ?

RICTIOVAIRE

Oy, oy, mon rost se gaste,
Les nouvelles sont dieu scet quelles.
16835   Toutes mes gens et mes sequelles,
Venés a cop, sans point hongnier.

LUCINIEN

Au mains irons nous bien vegnier
Avec vous le noble empereur,
Nous ne serons point empireur
16840   De vostre joieulx advenir.

RICTIOVAIRE

Or vous hastés dont de venir,
Je m'en iray courant que ung dain.

MAXIMIN

Bieaux dieux, comment est il soudain ?
Il s'en va bruyant que tempeste.

SEVERE

16845   Il a le vertin en la teste,
Sieuvons le sans plus prolongier
Et pour resjouir nostre feste
Sonnés, clarons, au deslogier.

Clarons.

PLAISANT

Nous commenchons fort approchier
16850   Aouste, on le voit tout a plain.

BAION

Allons parler au chatelain,
Pour voir le saint corps redolent
· Du benoit martir excellent
Decolé en ceste pourprise.

16855 "Le Dieu par qui j'ay santé prise
Vous doint de vertus ung millier.

16836 hocquier et au-dessus, d'encre plus pâle : jocquier. — 16844 comme tempeste.

SALADIN

Bien vegnant. noble chevalier.

BAION

Moustrés moy le corps precieulx
Que le fault tirant vicieux
16860 Avec sa meschant villenaille,
Proterve et maudite chiennaille,
A meurdry par grant ragerie,
Par traison, par deablerie
Et par envye detestable.

SALADIN

16865 Certainement, seigneur notable,
Se je scavoy ou il repose,
Tout a cop, sans y faire pose,
Je vous y menroye de fait,
Mais oncque puis qu'il fut deffait
16870 N'est home tant soit chier tenu
Qui sache qu'il est devenu
Et si l'ay queru a tous lés.

BAION

Beau sire, ne le me cellés,
S'on en peult finer pour argent
16875 Ou force d'amour, qui art gent,
Je n'y plains richesse n'avoir,
Se je ne l'ay peu vif avoir,
Je l'aye mort.

SALADIN

Sire Baion,
Se vous m'estiés pere ou taion,
16880 Se ne le scaroy je moustrer.

BAION

Au mains, pour ma doleur oultrer
Faictes que je voye la place
* Ou son saint corps cler comme glace
A rechut angoisse inhumaine.

SALADIN

16885 Tres volontiers. Va, se lui maine,
Malaquin.

MALAQUIN

** Sievés moy, seigneur,
J'en seray le vray enseigneur.

Vecy le lieu tout affaitié
Et le sang de son corps foitié
16890 Sur terre et sus l'erbette drue.

BAION

Dieu puissant, Dieu, dont santé m'est venue,
Cherge la nue, en sa region franche,
De larmes d'oeul et de pluye menue,
Ma face nue en moisteur soit tenue
16895 Et soustenue en plaintive souffrance,
En doleance, en deul sans recreance,
En mescheance et en dolent envoy,
Pour lamenter la pité que je voy.
       La terre est couverte,
16900   Qui fut descouverte,
       De son sang tres digne
       Et l'erbette verte
       De sa plaie ouverte
       Est toute sanguine.

16905 Las, quel dommaige, o vray Dieu, quel
                                   [terreur,
       Quel grant horreur, quel criminel, oul-
                                   [traige,
       Quel desconfort, quel perte, quel rigueur,
       Quel dur langueur, quel souspir et quel eur,
       Quel plait, quel pleur, quelz plaintes en
                                   [feray je ?
16910 Puis qu'au passaige a gary mon corsaige
De son suaige, ensievant mon grief dœul,
Je moulleray son sang de larmes d'œul.
       Il me consola,
       Il adnichila
16915   Mes doleurs enfermes
       * Qu'il desmoncela,
       Puist qu'il fit cela,
       J'emploiray mes larmes.

Que te donray je, o Quentin luminant,
16920 Pour remenant de satifacion ?
Avec une ame et ung corps desplaisant,
Triste et pesant, te donne maintenant
Tout mon tenant et ma possession
Prens action, prens fin, prens caussion
16925 Et portion de tout, je le te livre.
       * Car de mon mal m'as fait quite et delivre.
       Bien me doy baissier

16867 my. — 16873 ne me le. — 16874 finer sou argent. — 16882 mg. — 16883 corps est comme.

* 278° A. — ** 274 bis B.

16888 effutie. — 16897 meschance ms. — 16904 sanguine bis. — 16908 et my. — 16910 remenant, et au-
dessus remersant. — 16924 Le don de Bayon, seigneur
de Villers en marge.

* 279 A. — ** 274° bis B.

Pour voir et baisier
La terre ou tu marches
16930   Et le sang puissier
Qu'on vault depuis hier
Espandre en ces marches.

Sainte terre bien heuree,
Tu és de Dieu boneye
16935   Et de cler sang coulouree,
Arousee et decoree
Vermeil que rose espanie.
Ta bonté est infinie,
Puis qu'au lieu ou je me mire,
16940   Tu as rechut le bon mire.

Tu as rechut le bon mire
En ton clos, ceste saison,
Qui par grace Dieu lui mire,
Dont tout le monde s'admire,
16945   M'a restauré garison ;
Pour tant esse bien raison
Que tu soies honoree,
Sainte terre bien heuree.

Sainte terre bien heuree,
16950   Long tamps as esté perie,
Sterile, non labouree,
Plaine de poindant bourree,
* Zisanieuse et pourrie,
Mais la rosette flourie
16955   Donra fruit au bas empire,
Tu as rechut le bon mire.

Tu as rechut le bon mire.
Lequel destruit le poison
Du faulx anemy plain d'ire,
*16960   Qui par mortel entredire
Tuoit gens a grant foison,
Mais l'armonieux reson
De Quentin t'a restauree,
Sainte terre bien heuree.

16965   Sainte terre bien heuree,
Sainte cité anoblie,
Sainte riviere apuree,

Sainte maison assuree,
* Sainte salette polye,
16970   Sainte chambrette jolie,
Sainte plus qu'on ne scet dire.
Tu as rechut le bon mire.

Tu as rechut le bon mire,
Dedens ta forte prison,
16975   Pour le batre et pour l'occire
De glave qui tout deschire.
A tort et par mesproison,
Non sans cause te prison,
Car tu dois estre adoree,
16980   Sainte terre bien heuree.

Sainte terre bien heuree,
Tu as rechut le bon mire.

Sainte terre bien heuree,
Inspiree, reparee,
16985   Defferree de la tire
Du Sathan qui t'a navree,
Deffloree, devorce
Et livree a grief martire,
** Mais cil pour qui je souspire
16990   Et espire a rembarré
Sa tres fiere et poindant vire,
Dont ta doleur est curee,
Tu as rechut le bon mire.

Tu as rechut le bon mire,
16995   Sainte terre bien heuree.

Tu as rechut le bon mire.
Qui scet lire et escripre
Et eslire la denree
Pour chascun sans escondire
17000   Assouffire Dieu, son sire,
Qui desire la duree
De grace en nous engendree,
La congree et la tire
En ceste ville muree
17005   Qui est sans y contredire
Sainte ville bien heuree.

16936-16937 *intervertis ms; l'examen des rimes dans les autres couplets autorise à rétablir l'ordre que nous proposons.* — 16948 *mq.* — 16953 *zinasieuse ms.* — 16967 *epuree.*
* 279° A.

16974 *ta sainte prison.*
* 275 B. — ** 280 A.

PLAISANT

Que vault chaude larme plouree
Ne ceur fondu par lamenter,
Quant on ne les peult racheter
17010 De la mort dont l'ame est ravie ?

BAION

Ha, Plaisant, il me donna vie
De ceur, de corps, d'ame et de vis
Et pour tant je me pars envys
Du noble sang qui tant j'amoye :
17015 Se j'en pleure, crie et larmoye,
Ce n'est pas merveille.

MUGUET

Non voir,
Vous avés fait trop bon devoir,
Mais tousjours s'en fault il partir.
Il est tamps de nous revertir
17020 A l'ostel tout paisiblement.
Accoisiés ce gemissement,
Sans tordre poingz ne rompre mains.

*Icy s'en retourne Bayon
sans plus parler.*

OCCIDENT

Chief imperant sus les humains,
Vecy le pruvost d'ung costé
17025 Et les ambassadeurs romains
Veullant voir vostre magesté.

LUCINIEN

Salut soit en vous limité
Et en tous vos leaulx amis.

RICTIOVAIRE

Avecq gloire et sublimité,
17030 Salut soit en vous limité

MAXIMIEN

Bien vegnant l'ome sans pité,
Le flaeau de nos ennemis.

MAXIMIN

Salut soit en vous limité
Et en tous vos leaulx amis.

17035 Dioclés nous avoit commis
Pour emmener Quentin a Rome,
Mais Rictiovaire, vostre home,
Qui ne craint ne deable ne mort,
L'a fait passer oultre.

MAXIMIEN

Est il mort ?

RICTIOVAIRE

17040 Oy, chier sire, teste et tout,
Son sang tout chault encore bout,
N'a gaire que je l'envays.

MAXIMIEN

Puis que nous en avons le bout,
C'est ung grant bien pour le pais.
17045 Ou sont ces cristiens hais
Qui nous font tant de tromperie ?
Apprehender les fault.

RICTIOVAIRE

J'en prie,
Se poise moy qu'on y mest tant,
Baillés moy ung bon combatant
17050 Avant que je tiengne mon siege,
Que je les puisse prendre au piege
Tout chauldement.

MAXIMIEN

Prenés Valois
Et des siens deux ou trois galois,
Il vous menront en la ville.

VALOIS

17055 Nous le menrons au domicile
Ou il tienne leur residence.

MAISTRE GENES

Affin ce qu'on les adnichile,
Nous le menrons au domicile.

SAGET

Chascun d'eux est fort et agile,
17060 Si convient aller par prudence.

HURTEBUSQUE

Nous les menrons au domicile

17021 mq. — 17056 voir mq.

* 275° B. — ** 280° A.

17040 chier mq. — 17042 je mq. — 17054 en mq B ;
suppléer droit ou tost devant en ?

* 276 B. — ** 281 A.

Ou il tiennent leur residence.

RICTIOVAIRE

Riagal, fay moy assistence
Avecq Arsenicq.

RIAGAL

President,
17065 Ne volés vous point Claquedent,
Ysengrin ne tel ribaudailles ?

RICTIOVAIRE

Nennil.

ARSENICQ

Demourés, merdailles,
Il ne veult avoir que nous deux. *

VALOIS

* Si tost que nous venrons pres d'eulx,
17070 Vous le scarés secretement,
Allés y cauteleusement,
Si les espiés au chemin.

MAXIMIEN

Vous, Lucinien, Maximin
** Et Severus, sees vous a l'aise,
17075 C'est raison que je vous complaise
Pour l'onneur du contemporain
Dioclés.

SEVERE

Prince souverain,
Nous sommes logiés haultement.

VALOIS

Pruvost, vecy le tenement ;
17080 Ou sont ces cristiens maudis ?

RICTIOVAIRE

Ne fault que deux bons estourdis
Qui les voient saisir layens
Et quand il sont en nos lyens
Les amainent sans nul arests.

RIAGAL

17085 Arsenicq et moy somme prests
Pour les prendre et les apoingnier.

ARSENICQ

Plus tost que ung oeul ne scet cluguier
Les agripperons a nos filz.

RIAGAL

Ca, ces mengeurs de crucefis,
17090 Lesquelz sont ce, quant je regarde ?
Vieng ca, hé, broude quaquenarde,
És tu cil qui fais ces grans vices ?

WAUTREQUIN

De quoy, parlé vous d'escrevices ?
Hic vrestaye ment bimartraiue.

ARSENICQ

17095 Je congnois tres bien a sa maue
Que c'est ung flameng tute bier.
Qui est le puant savetier
Ennemy de nostre baniere ?

WAUTREQUIN

* Zié, zié, hé, minnehiere.
17100 T'est Crispin et Crispinion.
** Il parlent du crucifion
Pilatibus qui le jugy.

RIAGAL

Voire, estiés vous la, maistre ougnon ?
Vous serés prestement saisi.

ARSENICQ

17105 Ossi sera ce compaignon,
Ilz seront tenus a mercy.

CRISPI

Dieux, quelz menestrés sont ce cy ?
Suis je point rois en mon palés ?
Prendés vous mal gré moy ainsy
17110 Mes serviteurs et mes varlés ?

RIAGAL

Taisiés vous, n'en parlés jamés,
Se vous bourbetés peu ne point,
On vous donra pour entremés
D'ung gros baston sus vo pourpoint.

ARSENICQ

17115 Or sus, sus, metés vous en point
Pour venir parler au grant deable.

CRISPIN

Loé soit mon Dieu pardurable,
Quant le jour poons percevoir
Que pour son nom incomparable
17120 Devons passion recepvoir.

RIAGAL

Sachiés de vray sans decepvoir
Qu'i n'y ara jusqu'en Poitau
Gens ossi bien batus.

WAUTREQUIN

Watau,
My l'a si peur en my roreille
17125 Et en min pance qui bourbaille,
Que min cul parolle trout, trout.

CREPI

Beau sire, prens garde par tout,
Je voy voir Grignart, mon voisin.

WAUTREQUIN

Vati vous, besingen, besin,
17130 Puis que vati vous et my gaune,
My la veu l'espee qui traue
Gote qui vit goduaue my mestre.

CREPI

Il est advenu en mon estre
Une adventure bien soudaine,
17135 De quoy je pers joye mondaine.
Deux merveilleux appotiquaires,
Du prevost sans pité viccaires,
Ont Crispin et Crispinien,
Son frere germain cristien,
17140 Emmené pour mettre a mort sure.

GRIGNART

Se leur feront par leur morsure
Du mal assés et du hutin,
Ainsi qu'ilz firent a Quentin
En Amiens et cité auguste,
17145 A paine et a traveil augustè
Seront livrés d'or en avant.

YOLINE

Jhesus, leur Dieu, qu'i vont servant,

Veuille estre leur garand et guide,
Car ilz sont, si comme je cuide,
17150 Plains de graces et de vertus
Et de pluseurs biens advestus,
S'en sont plus dignes et plus nés.

RIAGAL

Vecy deux savertiers punés,
Que nous avons prins chavetant
17155 Aux povres gens savatés, tant
Que nous venons droit q'ung sapin
Devant vostre face.

RICTIOVAIRE

Crispin
Et Crispinien, dictes nous,
A quel dieu sacrifiés vous ?
17160 'Ou de quelle religion
Faictes vous veneration ?
Servés vous le grant dieu Jupin,
"Dame Dyane ou Appolin,
Mercure ou le viel Saturnus ?

CRISPIN

17165 Nous ne servons n'adorons nulz
De ceulx dont entre vous gentilz,
Dechupz, dervés et peu soubtilz,
Appellés dieux, comme Mercure,
Jupiter, Appolo qui cure
Et Saturne.

RICTIOVAIRE

17170 Ho, il soufft.
Vous ferés telle fin que fist
Quentin, le romain citoyen ;
Il nous convient trouver moien
D'avoir grosses chaines de fais
Pour les enchainner.

HURTEBUSQUE

17175 J'en suis fais
Il me vint ore en vision
D'en faire grant provision,
S'en ay assés pour les changler,
Pour les pendre ou les estrangler,
S'il est besoing.

' 282' A. — '' 277' B.

' 283 A. — . '' 278 B.

RIAGAL.

17180   Or, baille ca,
Car par leur dieu qui sang picha,
Ilz seront tous deux enchaînnés.

Ilz les enchainent.

ARSENICQ

Croy qu'ilz seront bien bacinés,
Ilz n'aront pas tous leurs solas.

17185   Chier sire, ilz sont pris a nos las,
Nous les avons loiet bien court.

RICTIOVAIRE

Or les amenés a la court,
Je veuil que l'empereur les voie.

· RIAGAL

Allés avant, moustrés la voie.
17190   Nous vous sieuvons a pas d'abbés,
Ilz sont si tres bien adoubés
Qu'ilz ne nous peuent eschapper.

·· RICTIOVAIRE

Noble Cesar, prince sans per,
Volés vous voir ces malfaiteurs ?

MAXIMIEN

17195   Je vous pri, sont il contempneurs
Des imperiaulx mandemens ?

RICTIOVAIRE

Oy, tous deux, leurs fondemens
Sont en Jhesus de Nazaret.

MAXIMIEN

Faictes les venir sans arest.

17200   De quel gendre este vous enffans ?
Auquel de nos dieux triumphans
Servés vous ?

CRISPINIEN

       Nous sommes natifz
Des nobles de Romme et partis
Pour venir en Gaule preschier

17205   Et le nom de Crist exaucier,
Qui est vray Dieu et createur
De tout et nostre redempteur,
Regnant lassus en trinité
Avecq le pere en l'unité
17210   Du sommier et saint esperit,
A qui servons de ceur contrit,
En foy et en dilection,
Comme devotz sans fiction,
Auquel saint service divin
17215   Convoitons jusques en la fin
Perseverer, querans les cieulx.

MAXIMIEN

Par les vertus de tous nos dieux,
S'en tel folye pardurés,
·Pluseurs grans tourmens endurrés,
17220   Dont vous perderay mallement,
Affin que soiés plainement
Example aux aultres demourés,
De tres male mort vous morrés.
Mais si de moy vous confiés
17225   Et a nos dieux sacrifiés,
Je vous feray de grans richesses
Enrichir et sans nulles cesses
En tres haultain honneur monter.

·· CRISPIN

Jamais ne nous peulx espanter
17230   Par menaces de grief torment :
C'est en nous le nourrissement
De Crist et la mort endurer
Pour luy nous est vie adurer.
Donne aux tiens pecune et honneur,
17235   Dont tu nous veulx estre donneur ;
Ces choses jadis pour l'amour
De Crist, tous joyeulx sans clamour,
Avons relenqui et prins chois
De luy ; se tu le congnoissois
17240   Et amois de ceur fermement,
Tu ne voudrois pas seullement
Tres devotement renoncier
Aux richesses que tu as chier,
Mais delairois entierement
17245   Des deables le cultivement,

Car de Dieu hault remunerant
Perceverons ung loyer grant
De la vie sempiternelle.
S'en ceste vanité cruelle
17250 Demeures sacrant tes ydoles,
Toy samblable et de leurs escoles
Seras pour ton hault sacrefice
Plongié en enffer.

MAXIMIEN

Il souffice
*Que jusques icy sont peris
17255 Pluseurs par vostre malefice.

CRISPINIEN

Cruel tirant, plain de perilz,
Tu ignores par ton malice
Le Dieu misericors, sans vice,
Qui te permet indeuement
17260 Regner sans pité, durement,
Duquel estrivant par tes forces
Son regne destruire t'efforces.

MAXIMIEN

Ilz nous font subiter ahors.
Sergans, dechassiés les dehors,
17265 Que jamais plus ne les voyons,
**Nous fourcenons, nous desvoyons,
Nous maugroyons dieux et deesses,
Appellans deables et deablesses
De courroux qui nous vient au ceur,
17270 Quant nous, qui sommes le vainqueur
Du monde entier a nous submis,
Sommes villainnement remis
De deux ors chavatiers puans.

RICTIOVAIRE

Donnés les moy les deux truans,
17275 Se je ne les tue ou cravente,
Je veuil qu'au gibet on m'esvente
Mieulx que cil qui au soleil baille.

MAXIMIEN

Or prens les dont, je le tes baille
A tourmenter, fais ton debvoir.

RICTIOVAIRE

Et se je faulx ?

MAXIMIEN

17280   Sache de voir
Que tu moras de mort honteuse,
La plus laide et la plus honteuse,
Qu'onque creature ennemye
Endura.

· RICTIOVAIRE

Se ne faudray mie :
17285 Je vengeray la grant injure
Qu'i vous ont fait.

MAXIMIEN

Je te conjure,
Par la vertu dame Diane,
Qui la region terrienne
A submis a sa dicion.
17290 Que par diverse affliction
A tres malvaise mort consommes
Ces paillars et ces meschans homes.
Contraires a nos dieux haultains.

RICTIOVAIRE

S'ilz ne sont vivement attains,
17295 Tués moy, je le vous pardonne ; .
**Mais il est besoing qu'on me donne
Deux ou trois compaignons de moustre,
Pour les bien pourboudir tout oultre,
Car les miens ont les bras lassés
De tourmenter Quentin.

MAXIMIEN

17300   Assés.
Sus, Leant et Escorpion,
Secourés nostre champion
A ce besoing.

LEANT

Nous gaignerons
Nostre pain par honneur ce jour ;
17305 Les faulx coquins engagnerons
Par les tourmenter sans sejour.

ESCORPION

S'on me donnoit d'or une tour,

17274 le mes A. — 17278 je te les baille.

* 284° A. — ** 279° B.

17306 ce jour.

* 285 A. — ** 280 B.

Je n'aroie autant de solas
Que j'ay quand je prens a mon tour
17310 Ces cristiens dedens mes las.

RICTIOVAIRE

Valois, j'ay de gens ung grant tas,
Ne scay ou nous porons logier.

VALOIS

Vous venrés tenir vos estas
A mon hostel, sans point bougier,
17315 Pour reposer, boire et mengier,
Je ne scay place qui le vaille.

RICTIOVAIRE

Hault Cesar, je m'en vois vengier
De ceste meschant chetivaille

MAXIMIEN

Allés, se j'ay riens qui vous faille,
17320 Il ne le fault que demander.

RIAGAL

Arsenicq, il nous fault guider
Ces deulx vaillans jusqu'a la trappe.

ARSENICQ

Ossi nous fault il bien garder
Que sus nos cruppes on ne frappe.

*Cy s'en va Rictiovaire
et les siens tenir a
l'ostel Valois.*

GARIN

17325 Allons raconter les nouvelles
De Quentin aulx bourgois d'Amiens.

HULIN

Allons les dire telles quelles,
J'ay grant desir de voir les miens.

GARIN

Maieur, eschevins, citoiens,
17330 Oés la dure adversité
Que Quentin par divers moyens
A souffert en perplexité
En Aouste, noble cité.

De deux grans cloux en lieu d'esbas
17335 Fut tresperciet jusques en bas,
Du long le corps et de travers
Et de dix petis cloux divers
Fut brochiés es dois rudement :
En ce point fut piteusement
17340 Au gibet de chaines pendu,
Dont gaires ne fut esperdu.
Enfin le pruvost sans pité
Par courroux l'a decapité
Et son esperit glorieux
17345 Comme martir victorieulx
A rendu a Dieu tres parfait.

LE MAIEUR

Mercions Dieu qui tout a fait,
Il est en eternel royalme :
Recommandons luy corps et ame,
17350 Quant il y a riens de forfait.

FLORISSE

Amiens ou il prescha de fait
Veulle garder de noire flame.

LIMOGE

Mercions Dieu qui tout a fait,
Il est en eternel royalme.

SOUTILLET

17355 Il a nostre pais reffait,
C'est bien raison qu'on le reclame,
Nous estiesmes en basse lame
Par l'ennemy qui tout deffait.

BRISEBARRE

Mercions Dieu qui tout a fait,
17360 Il est en eternel royalme :
Recommandons luy corps et ame,
Quant il y a riens de forfait.

RICTIOVAIRE

J'ay grant besoing qu'on me conseille,
Tres nobles chevaliers gentilz,
17365 Par quel bout il faut qu'on exeille
Ces meschans maleureulx chetis.

17318 quennaille. — 17319 se je riens.

* 285ᵇ A. — ** 286ᵇ B.

17352 veult.

* 286 A. — ** 281 B.

HONORÉ

S'on fait selonc mes appetis,
Ilz seront batus de batons.

TARQUIN

Pendus seront soubz appentilz,
17370 S'on fait celon mes appetis,
Pour donner coups grans et petis.

TORQUATUS

A cela point ne debatons,
S'on fait selonc mes appetis,
Ilz seront bastus de bastons.

RICTIOVAIRE

17375 Il fault que nous les combatons,
Soit en ville, en champs ou en prés.

LAYANT

Ha, sire, nous irons apprés,
On leur escousse leur plicon.

ESCORPION

Chargiés a chascun sa lechon,
17380 Nous avons les deux familleux.

RICTIOVAIRE

Querés de gros bastons noulleux,
Vous deux, pour le tres bien escourre.

LAYANT

Jamais ne cesserons de courre,
Tant que serons enbastonnés.

ESCORPION

17385 Nous les vous escourons a pourre
Il en seront tous estonnés.

RICTIOVAIRE

Riagal et l'autre, entendés
A ce que vous avés affaire,
Je veuil que vous les estendés
17390 En ung traveil de pute affaire.

RIAGAL

Noble pruvost Rictiovaire,
Vency deux tous fais et veilliés,
Ne scay pire jusqu'en Calvaire,
Tantost y seront chevilliés.

ARSENICQ

17395 Il fault qu'il soient desbilliés,
Pour mieulx sentir les horions,
S'ilz ne sont robés et pillés,
Nous ne gaignons deux porions.

*Ils les despoullent
tres rudement.*

YSENGRIN

Sire, se nous ne besongnons,
17400 Comme ces aultres avolés,
Et en sueur paine gaignons,
Nous crirons le murdre a tous lés.

CLACQUEDENT

Commandés ce que vous volés,
Nous n'espargnerons pos ne quennes,
17405 Ilz seront bien affistolés,
S'ilz beent a nos barbaquennes.

RICTIOVAIRE

Faictes provision d'alennes
Pour leur brochier dedens les dois.

YSENGRIN

S'on ne devoit coeudre poulennes,
17410 En Soissons n'en tout Vermendois,
Dix et sept en aront et trois
Pour leur brochier pates et nerfz.

CLACQUEDENT

Gens qui font ces solers estrois
Les ont ; querons ces cordonniers.

RIAGAL

17415 Sire, vecy ces pautonniers
Desvestus ossi nudz que vers,
Il ne fault que ces bastonniers
Pour ruer a tors et travers.

LAYANT

Vecy bastons pesans et vers,
17420 Pour leur rabatre leurs coustures.

ESCORPIONS

Pour leur donner coups de revers,
Vecy bastons pesans et vers.

17377 rious *A.* — 17381 des — bastons plains de
noeux.

* 286° *A.* — '' 281° *B.*

17404 queugnes. — 17406 barbaquengnes.

' 287 *A.*

* RIAGAL

Puis qu'ilz sont nudz et descouvers,
Frappons a toutes aventures.

ARSENICQ

17425 Vecy batons pesans et vers,
Pour leur rabatre leurs coustures.

'' RICTIOVAIRE

Faictes vous quatre ces bastures,
Frappés grans coups tout en lourdois.

RIAGAL

Crocque ce poul.

ARSENICQ

Crocque ce poix.

LAYANT

Baille luy beau.

ESCORPION

17430 Baille luy belle.

RIAGAL

Il fault frapper a contrepoix.
Crocque ce poul.

ARSENICQ

Crocque ce poix.

LAYANT

Garde moy ; se tu me frappois,
Je te donroye ung cop de pelle.

RIAGAL

Crocque ce poul.

ARSENICQ

17435 Crocque ce poix.

LAIANT

Baille luy beau.

ESCORPION

Baille luy belle.

CRISPIN

Sire Jhesus, tourne ta face
Envers tes servans qu'on efface,

Voy les oeuvres que nous faisons,
17440 Aide nous affin que puissons
Parfaire ton oeuvre sans tache.

CRISPINIEN

'Nous te louons et benissons
Du grant tourment qui nous embrace.

CRISPIN

A ton command obeissons
17445 Pour acquerir ta sainte grace.

'' CRISPINIEN

Aide nous, affin que puissons
Parfaire ton oeuvre sans tache.

RICTIOVAIRE

Rens n'y vault tourment qu'on leur face,
Je cuidoie qu'ilz deussent braire
17450 Par doleurs qui leur est contraire
Et faire ung grant gemissement,
Mais ilz prient devotement
Leur dieu qui les coups rompt et ploye,
J'en ay pris tel forcenement
17455 Que je m'ochis, s'on ne me loye.

HONORE

De rechief il fault qu'on s'employe
En aultre torment sans jocquier.

RICTIOVAIRE

Lessiés le batre et le busquier
Et soiés a moy entendans.
17460 Ou sont ces allennes poindans
Pour leur faire aultre doleance ?

YSENGRIN

Nous en avons fait pourveance,
Vency vint tres bien affilees.

CLACQUEDENT

Oncques aguilles enffillees
17465 N'eurent ossy cruelles pointes.

RICTIOVAIRE

Il convient que tu les appointes,
Claquedent, et que tu leur chongles
Ces alennes entre les ongles

17441 une œuvre *ms.* — 17455 je me turay. — 17460
allencies. — 17463 en vecy vinegz.

' 282ª B. — '' 288 A.

Et la char de leurs dois crappoulx,
17470 N'espargnies jointures ne poulx,
Ilz ont par leurs losengeries,
En faisant leurs cordonneries,
Brochié nos dieux de gros langaiges ;
S'en aront par grans rageries
17475 Les dois brochiés de leurs bagaiges.

'YSENGRIN

** Je renonce a vos haultains gaiges,
S'ils n'ont au vif les dois perciés.

CLAQUEDENT

Mes membres soient detrenchiés,
Se de doleur ne vont beeant.

RICTIOVAIRE

17480 Escorpion, et toy, Layant,
Aidiés Ysengrin et Clacquart.

LAYANT

Chascun de nous quiere son quart,
Une main preude a gouverner.

ESCORPION

Je luy donray si grant broquart
17485 Que les dois luy feray sanner.

*Yci boutent alennes
es dois.*

RIAGAL

Pruvost, pensés de moy donner
Avecq Ysengrin quelque office,
Ou nous irons sans mot sonner
Copper a chascun une cuisse.

ARCENICQ

17490 De nous meismes feront justice,
Se nous trouvons riens en nos voies.

RICTIOVAIRE

Il convient que je te sortisse,

. . . .

Prenés cousteaulx, taillés par royes
Char de leurs dos sans desroier
17495 Et en ostés larges couroies
Pour faire leur dieu renoyer.

RIAGAL

Je les saray bien escorchier
Et les taillier par grant morseaulx.

ARSENICQ

J'ay esté aultre fois bouchier,
17500 S'ay escorchié vaches et veaulx.

RIAGAL

J'ay tué truyes et pourceaulx
De quoy j'ay gaigniet les vessies.

* ARSENICQ

Or sus, que ces deux larronceaulx
Ayent leurs deux peaux escorchies.

*Ilz taillent larges couroyes
de leurs dos.*

" RICTIOVAIRE

17505 Sus, compaignons, chascun s'atacque
A faire du mieulx qu'il poura.

LAIANT

Nous tenrons le piet a l'estacque,
Tout autant que pieche en dur

ESCORPION

Regardés quelz pates vela.

RIAGAL

17510 Regardés quelz lardons vecy.

YSENGRIN

Regardés quelz longz dois il a.

CLACQUEDENT

Regardés quel patoire ossy.
Nos dieux ont broquiet sans mercy
Mais brocquiés seront de leurs brocques,
17515 En brocquetant trestout ainsi.

ARSENICQ

Se de brocquars tu les embrocques,
Perces, tresperces et embrocques,
De cousteaulx seront coustilliés,
Tailliés et freloquiés par locques.
17520 Locquetés et dur castilliés.

17478 detenchies A. — 17479 voict beant. — 17492-
17493 Il doit manquer ici un vers rimant avec 17491
voies. — 17496 regnyer.

* 283 B. — ** 288ᵇⁱˢ A.

17500 scay ms.— 17504-17505 Ind. scén. ouroyes mq.
A : rgas — ur mq. B. — 17508 au long que piece.

* 289 A. — " 283ʳ B.

CRISPIN

Mon Dieu, que nous soions jugiés
Seloncq nostre vray jugement.

CRISPINIEN

Affin que soions soullagiés,
Mon Dieu, que nous soions jugiés.

CRISPIN

17525 Nous soions a cop despechiés
De l'ome inicque plainement.

CRISPINIEN

Mon Dieu, que nous soions jugiés
Selonc nostre vray jugement.

*YSENGRIN

Harau, quel paine et quel tour-
     [ment ?
Secours, secours.

LAYANT *cheant mort*

17530   Aide, aide.
Je meurs de grant fourcenement,
Harau, quel paine et quel tourment.

ESCORPION *en cheant mort*

**Je meurs ossy pareillement,
Je n'en puis plus, mon ame vuide.

CLAQUEDENT

17535 Harau, quel paine et quel torment ?
Secours, secours,

RIAGAL

    Aide, aide.
Clacquedent, a ce que je cuide,
Se trespasse, il ne peult parler.

ARSENICQ

Je ne scay a quel bout aller,
17540 Les vecy ossy dru couchiés
Que poix en pot.

RIAGAL

    Sont ilz bleciés ?

ARSENICQ

Bleciés, oy, les deux sont mors,

Ne scay quel deable les a mors,
Mais Laiant et Escorpion
17545 On but le desrain sapion,
On n'y voit plus ne fu n'alaine.

RIAGAL

Par Venus qui d'amour est plaine,
Ilz font leurs derraines grimaces.
Deables plus cornus que limaces
17550 En aront leurs fosses remplies,
Ces allennes leur sont saillies
Parmy les membres et le corps.

ARSENICQ

Par tous nos dieux misericors,
*Vecy merveilleux accident.
17555 Helas, mon amy Clacquedent.
De tous nos dieux il vous souviengne.

CLAQUEDENT

Metés me ung peu le becq au vent.
Affin que le ceur me reviengne.

RIAGAL

Helas, Ysengrin, Mars vous tiengne
17560 En sa foy avec Pegasus.

YSENGRIN

**Pour dieu, l'ung de vous me soustiengne,
Je me commence a mettre sus.

RICTIOVAIRE

Sus, sergans, n'en ferés vous plus ?
Vous rendés vous a ces godons ?

CLACQUEDENT

17565 Querés qui face le surplus,
Ysengrin et moy nous rendons ;
Malle joye ait on des lardons,
Des allennes et des picquos,
Quant en brochant nous nos perdons,
17570 Nous sommes assommés de cops.

RICTIOVAIRE

Comment ?

YSENGRIN

    Regardés sus mon dos,

Les broches dont on les poindoit
Ont dessus nous pris leurs raddos,
J'en ay une grosse en mon doit.
17575 Layant, Escorpion tout droit
En ont les ames desrobees :
Ilz sont mors, l'ung froit, l'autre roit,
Ilz gisent la lez geulles bees.

RICTIOVAIRE

Maulditcs raiges foursenees,
17580 Venés a moy soudainement,
Que mes doleurs soient senees,
Se mouray plus legierement.
Voiés vous pas l'enchantement
De ces deux prevaricateurs,
17585 Comment ilz ont piteusement
Mis a mort mes bons serviteurs ?

HONORÉ

Ha, les faulx pervers seducteurs.
Ilz ont par leur grant deablerie
Enchanté les coadjuteurs
17590 De nostre grant chevalerie.

TARQUIN

Sans faire longue songerie,
Quant le fer est si chault qu'i bout,
Vengiés vous de leur sorcerie,
Une fois en arons le bout.

TORQUATUS

17595 Querés gens de fait et de coust
Qui les puissent bien matiner,
Ceulx la perdent sens et escout,
Ilz ne peulent plus hutiner.

RICTIOVAIRE

Or ne cesse de cheminer,
17600 Diamant, prie au hault Cesaire
Qu'il m'envoye pour les miner
Des bouchiers, il est necessaire

DIAMANT

Pruvost begnin et debonaire,
Je les aray, s'il sont en place.
17605 Je vois son palais ordinaire
Doré d'or, plus cler que n'est glace.

ASTAROTH

Sathan, as tu point de besace ?
Il nous fault ces ames sacquiers :
Se tu as riens, que je le sace,
17610 Affin qu'on les puist ensacquier.

SATHAN

Il n'y fault aultre besachier
Que moy qui les recoeulle et glenne,
On doit prisier ung fer d'alenne
Qui telz tirans nous rend conffus.

ASTAROTH

17615 Portons les es infernaulx fus,
Dessoulz nostre chaudiere noire,
Bruyans, soufflans comme tonnoire,
En faisant de maulx ung grant tas.

SATHAN

Deables, attolité portas,
17620 Beés les geule, ouvrés les dens,
Leissiés nous ruer cy dedens
Ces deux ames noires que tauppes,
Assamblés toutes fines gauppes,
Truandes, paillardes, sorcieres
17625 Et macquerelles quilz sont grans chieres
Pour festoier nostre butin.

LUCIFER

Que vous menés ung grant hutin
La dessoulz, qu'esse de nouvel ?
Apportés vous l'ame Quentin
17630 Pour faire ung gracieulx revel ?

ASTAROTH

Nennil, nennil, le laroncel
Nous est eschappé de pieca,
Le roy qui crea le ront ciel
Le prist, se nous en depescha,
17635 Mais depuis ung peu en encha
Nous avons happé a Soissons
Ces deux galans qui sont sochons
De Riagal, le despité,
Varlés du pruvost sans pité
17640 Plus puant que vielle charongne.

17577 roidde. — 17578 lez mq. — 17581 fenees. —
17592 si mq.

17608 en sacquiers. — 17611 ne. — 17618 des. —
17637 en marge : compaignons.

* 290° A. — ** 285 B.

* 291 A. — ** 285° B.

LUCIFER

Vous avés bien fait la besongne,
Donnés leur des biens de chiens,
Boullés les en fu et en fiens,
Qu'elles soient bien matinees.

*BELZEBUS

17645 Boutons le feu es cheminees,
Affin qu'on les puist reschauffer.

SATHANT

Avant, avant, deables d'enffer,
Demenés grant gaudeamus,
Entreux que nous sommes esmus,
17650 Sans sejourner et sans repaistre,
Nous vous allons querre le maistre,
Faictes bien fermer nostre porte.

LUCIFER

Allés, le deable vous emporte.

DIAMANT

Venus, qui les amans supporte,
17655 Vous veille enflamber de son dart.

Soudainement je me transporte
Soubz vostre imperant estandart,
Suppliant que quelque saudart
A vostre pruvost envoyés,
17660 Car les sciens sont tous desvoiés
Et piteusement atournés.

**MAXIMIEN

Ou sont ceulx qu'il a enmenés
Puis nagaires de nostre hostel ?

DIAMANT

Il ont paié tribu mortel
17665 Pour estre trop fiers et trop baulx.

MAXIMIEN

Comment sont ilz mors, les ribaulx ?
Quel grant deable les a tués ?

DIAMANT

Ilz ont estés esvertués
Et reversés sus les gautiers

17670 Par ces deux puans savetiers
Que mon maistre fait craventer,
Les vostres, pour les tormenter,
Poindans allennes leur boutoient
Es dois qui cler sang degoûtoient,
17675 *Lesquelles prestement saillirent
Sur ceulx qui les persecutoient,
Desquelz les ungz a mort metoient
Et aulx aultres les ceurs faillirent.

MAXIMIEN

Nous renoyons dieux qui nous firent
17680 Et les deables qui les calengent,
Se de ceulx quil les desconfirent
Tout soudainement ne se vengent.
Comment scuffret ilz qu'ilz laidengent
Leur tres sainte loy dominicque
17685 Par les crueulx mos qu'il desrengent,
Parlans de leur dieu erronicque ?

GALICAN *

Ilz sont premunis d'art magicque,
Dont ilz sont ducteurs et regens.

EULASE

Vous avés perdu de vos gens
17690 Deux saudars a testes houssues,
Qui estoient grosses machues
Pour assommer ces gros villains.

CROMACUS

**Helas, Layant, que je te plains,
Helas, Escorpion poindans,
17695 Tu estois archier attendans,
Mais ta gloire est tantost estainte.

AGRICOLAN

On doit faire une grosse plainte
Sy tost que bonnes gens ont mal.

MAXIMIEN

Pour vengier ce fait anormal
17700 Il fault deux ou trois aggrippars
Fors que lyons, fiers que luppars
Et hideux pour gens espanter.

17642 de mq. — 17649 entrement B. — 17660 corr :
siens ?— 17662 vou.— 17664 prie A.— 17665 trop mq.

* 291° A. — ** 286 B.

17681 qui.— 17683 souffres vous.— 17690 sourdars.
— 17701 fors que hours.

* 292 A. — ** 286° B.

LUCINIEN

Sire, je m'ose bien vanter
Que nous en avons quatre espars,
17705 *Les plus malgracieux poupars
Quilz soient en la terre ronde.

MAXIMIN

Ilz sont legiers comme une aronde,
Ne demandent que le hutin,
Le sang de gens et le butin,
17710 Car ilz sont d'argent assés cours.

MAXIMIEN

Envoiés les dont a secours
Au pruvost, qu'il se puist ressourdre.

SEVERE

Sus, Esclitre, Tonoire, Fourdre
Et Tempeste, il vous fault aller
17715 Avecq ce noble bacheler
Pour tourmenter les cristiens.

ESCLISTRE

Ou sont il, que je ne les tiens
A dix graus de mes noires pates ?

TONNOIRE

Puis qu'en santé je me soustiens,
17720 Ou sont ilz, que je ne les tiens ?

FOURDRE

Il aront, se je m'entretiens,
Les testes plus molles que pastes.

"TEMPESTE

Ou sont ilz, que je ne les tiens
A dix graux de mes noires pates ?

ESCLITRE

17725 A dix graux de mes noires pates
Seront ilz pourboulis en fiens.

TONNOIRE

Je leur torderay les gargates
A X graux de mes noires pates.

FOURDRE

Je rempliray quatre ou V gattes
17730 Du sang de ces faulx ruffiens.

TEMPESTE

*A X graux de mes noires pates
Seront ilz pourboulis en fiens.

DIAMANT

Cesar, ne vous plait il plus riens ?
Je voy mener ces sacquemans
17735 Devers le pruvost que je criens.

MAXIMIEN

A tous nos dieux te recommandz.

RICTIOVAIRE

Desloiés ces deux vuitremans
Pour leur donner nouvel chatoy,
Ysengrin, je le te commans
17740 Et prens Clacquedent avecq toy.

YSENGRIN

Parlés a ung aultre qu'a moy,
Je sens ces allennes perchans,
Je renonce a tout vostre armoy
Sans aller par bois ne par champs.

CLAQUEDENT

17745 En josnes tamps fusmes engrans
D'obeir a vostre cautelle,
Dont nous serons ribaux recrans
En nos vieulx jours, no fin est telle.

RICTIOVAIRE

Bouche a court ou riche cotele
17750 D'honneur vous sera delivree.

YSENGRIN

Se nous avons playe mortelle,
Il souffit, c'est assés livree.

CLAQUEDENT

"Dens agus, chausses dechiree
Nous convient avoir desormais,
17755 Mol lit et parffonde esculee
Nous seroit meilleur entremés.

DIAMANT

Vecy quatre galans bien fais
Pour ces cristiens exillier.

17725-17726 mq. — 17729 o A.
* 292* A. — " 287 B.

17748 nostre fin.— 17753 deschirees B ; s final biffé
A.
*293 A. — " 287° B.

'RICTIOVAIRE

Sont il dont malvais, bien malvais ?

DIAMANT

17760 Les pires qu'on m'a sceut baillier.

ESCLISTRE

Vous le scarés a l'essaier,
Bailliés nous quelque chose en main.
Soit pour mordre ou pour abaier,
Nous nous emploirons soir et main.

RICTIOVAIRE

17765 Je veuil, sans attendre a demain,
Que ces deux cristiens maldis,
Pour vengier le tort inhumain
Qu'ilz font a nos dieux plus de dis,
Soient par vous V ou vous VI
17770 Rués en la riviere d'Enne :
La seront noyés et transsis,
Sans trouver rive ne dodenne.

TONNOIRE

S'ilz ne sont plus durs que dos d'asne,
Nous les scarons bien corrigier,
17775 Mais s'il scevent l'art de nagier
Au revenir seront enclins.

RICTIOVAIRE

Vous querrés moeulles de molins
Que vous leurs penderés au colz,
De cordelles et de licolz,
17780 Affin que chascun se deglace
Au fons ainsi que dessoubz glace
Et noyés en grief desconfort
Sans respit nul.

FOURDRE

''C'est le plus fort
De trouver ces meulles pesantes.
17785 Ce sont chose moult empeschantes
Qu'on ne peult porter a chiviere.

VALOIS

Allés juer sus la riviere,
'''Vous trouverés moeulles assés,
Se ne serés gaires lassés
17790 Pour les porter ne manier.

TEMPESTE

Querons ces moeulles de mannier,
Nous nouveaux venus seens.

RIAGAL

Nous vous menrons les paciens,
Arsenicq et moy.

ARSENICQ

Trestous nudz
17795 Seront menés et court tenus,
Nous les allons prendre et deffaire.

RICTIOVAIRE

Chascun face ce qu'il doit faire
Pour acquerir honneur et proye.

ESCLISTRE

Or ca, chascun de noús s'aroie
17800 A mettre avant ces grandes meulles,
Mieulx souhaidier je ne saroie,
Les vecy espesses que feulles.

TONNOIRE

Il ne nous en fault que deux seules,
Mettons les, qu'on les puist espoindre
Dedens l'eaue.

FOURDRE

17805 Il ne s'i fault faindre,
Ceste poise plus que balaine.

ESCLITRE

Sus.

TONNOIRE

Sus.

FOURDRE

Ensamble d'une alainne.

'ESCLITRE

''Une goute me sault en l'aine,
Sus.

TONNOIRE

Sus.

FOURDRE

17810 Ensamble d'une alainne.

17764 et matin.— 17765 a mq. — 17769 ou par vous.

' 293ᵃ A. — '' 288 B. — ''' 294 A.

17792 suppléer: tous ? — 17798 acquirer. — 17801 saroire A.— 17802 escesses.— 17803 que mq.— 17806 que mq. — 17809 ma.

' 288ᵇ B. — '' 294ᵇ A.

Nous les maistrirons comme lamme.

ESCLITRE

A l'autre, ne nous faindons point,
Sus.

TONNOIRE

Sus.

FOUEDRE

Ensamble d'une alainne.

TEMPESTE

Elle sera tantost en point.
17815 Le vela mise a contrepoint,
Ne fault que ces deux guifaudeurs.

RIAGAL

Les vecy simples que fondeurs
De clocques

ARSENICQ

Il fault qu'on les loye
A ces moeulles, chascun s'emploie
17820 A leur donner oppression.

CRISPIN

Jhesus qui souffry passion,
S'il te plaist, par compassion,
Nous secourras
Et aprés ceste affliction
17825 De l'eaue de refection
Nous norriras.

CRISPINIEN

Nostre refrigefaction
En doulce calefaction
Tu changeras.

CRISPIN

17830 *Jhesus qui souffris passion,
S'il te plait, par compassion,
Nous secouras.

CRISPINIEN

**Joye pour tribulacion,
Confort pour desolacion
17835 Tu nous donras

Et aprés ceste affliction
De l'eaue de refection
Nous nouriras.

RIAGAL

Je cuide que point ne ruiras,
17840 Mais que tu soies la rués.

ARSENICQ

Affin qu'ilz soient bien bués,
Boutons les au fin fons de l'eauc.

RIAGAL

On me puist estordre le maue,
S'en boutant je ne les espautre.

ARSENICQ

17845 Or en boute l'ung et moy l'autre,
Ensamble chascun a son lés.

RIAGAL *en boutant*

Allés de par le diable, allés,
Crevés vous et se vous noyés.

ARSENICQ

Croy qu'ilz seront bien avoyés,
17850 Ilz ce sont rompu les visaiges.

ESCLISTRE

Ne sont ce point les personnaiges
De ceulx que vous avés gettés
Dedens ce parfont marescage ?

TONNOIRE

Si sont, ilz sont ressuscités
17855 Par tous nos dieux qui sont limages,
Vecy grandes habilités.

FOUDRE

*Ilz sont arivés aux rivaiges
Sans avoir de leurs corps dommaiges
Et sans estre debilités.

TEMPESTES

17860 Ils ont deffait de leurs corssaiges
Les grandes moeulles de molaiges
Dont ilz estoient attintés.

RIAGAL

'Or sommes nous tous espantés,
Oncques nę vis chose parelle,
17865 Les quoquins nous ont enchantés
· Et bouté le deable en l'oreille.

ARSENICQ

Je voy raconter la merveille
Au maistre dont je suis sequelle.

CRISPIN

Loenge eternelle,
Gloire supernele
17870 Soit au bon Jhesus,
Quant par sa tutele,
Sans paine mortele,
Nous a remis sus.

CRISPINIEN

17875 L'espirituele
Grace, Dieu scet quelle,
Nous a soustenus.

·CRISPIN

Loenge eternelle,
Gloire supernele
17880 Soit au bon Jhesus.

CRISPINIEN

Sans vent, sans nacele,
Sans picq, sans acele,
Sans cordeaulx menus,
Sans doleur cruele,
17885 Sans mort criminele
Sommes revenus.

''CRISPIN

Loenge eternele,
Gloire supernele
Soit au bon Jhesus,
17890 Quant par sa tutele,
Sans plaie mortele,
Sommes remis sus.

ARSENICQ

Ho, pruvost, nous sommes confus,
Criés le harau a tous bous,

17895 Allumés vous plus chaulx que fus,
Brayés, urlés, tempestés vous,
Car oncque mais ne fusmes nous
Si bien reiny comme nous sommes.

'RICTIOVAIRE

Comment va ?

ARSENICQ

Ces deux deables d'hommes
17900 Qu'on avoit de grans cavestreaulx
Acouplés par leurs ors hatreaulx,
A meules de molins bien grosses,
Et rué es parfondes fosses
De la riviere icy emprés
17905 Sont revenus marchans sus prés,
Sans mort, sans plaie, sans froidure,
Bagniés comme en noble verdure,
Tous joieulx et tous consolés
Et les meules a l'autre lés
17910 Ne leur ont fait quelque grevance.

RICTIOVAIRE

Viens, deable d'enffer, et m'avance
La mort soubite tres soudaine,
Car en ceste vie mondaine
Je n'ay plaisance ne solas
17915 Venés, deables, tendés vos las,
Perciés mon cœur plain de venin.

SATHAN

Le turay je, Astaroth ?

''ASTAROTH

Nennin,
Il mouroit trop legierement,
Mieulx vault que de cruel torment
17920 Il ait les membres capigniés,
Car s'il avoit les yeulx clugnés
Il n'amasseroit point de paine,
Laquelle il ara s'il se paine
De tourmenter ces cordonniers.

SATHAN

17925 Affin que par ses pautonniers
Quelque torment leur renouvelle,

Boutons lui tost en la cervelle
Quelque espece de paine roide.

ASTAROTH

Soufflons fort, qu'il ne se refroide,
17930 C'est la chose que plus je criens.

ARSENICQ

Sire, vous ne respondés riens,
Pensés vous quelque phantasie ?

'RICTIOVAIRE

Je suis ainsi qu'en extasie
Du courroux qui me monte au chief.
17935 Allés moy garder de rechief
Ces deux garchons qui nous seduient,
Loyés les bien qu'ilz ne s'en fuient
Et m'envoyés ces quatre hars
Nouveaulx venus, ilz seront ars,
17940 Se je vieng a fin de propos.

ARSENICQ

Je feray venir vos suppos,
Ilz venront que tous forcenés.

RICTIOVAIRE

Seigneurs, comment suis je menés
De ces deux cavetiers vilains ?

HONORÉ

17945 Ilz sont de l'art du deable plains,
Puis qu'ilz ont eschappé ce dacq.

''TARQUIN

Qui les eust bouté en ung sacq,
Ilz ne fussent pas sally hors.

TORQUATUS

Il n'y a riviere ne bacq
17950 Qui vaille riens contre leurs sors,
Mais puis qu'ilz n'ont point estés mors.
Par eaue qui point ne les noye,
Par grant fu, se je les tenoye,
Mouroyent ilz plus tost ung tiers.

RICTIOVAIRE

17955 Or leissiés venir mes putiers.

Je scay bien que j'ay en la teste.

ARSENICQ

Esclitre, Tonnoire, l'empeste
Et Fourdre, allés a nostre maistre,
Il vous donra bien a repaistre
17960 Et a souffler dru et souvent.

ESCLITRE

J'espanteray tout le couvent.

TONNOIRE

Je m'en vois bruyant que tonnoire

FOURDRE

Je m'en iray soufflant que vent.

TEMPESTE

Et je m'en vois plus fort que loire ;
17965 La terre sera toute noire
De nos crueulx espantemens.

'ESCLISTRE

Sire preyost, dieu vous doint gloire.
Quelz seront vos commandemens ?

RICTIOVAIRE

Puis qu'eaue ne purs elemens
17970 Ne pevent riens adomagier
Ces quoquins, ilz s'en fault vengier
Par metal ; assamblés du ploncg,
Se le fondés et tout du long
Les plongerés en leurs chaudieres.

''ESCLITRE

17975 Destruisons teraces, gouttieres
Et machues a tuer chiens.

TONNOIRE

Sans querir ploncg par les gaquieres,
Destruisons teraces, goutieres.

FOURDRE

Faisons cler fu, faisons fumieres,
17980 Faisons deable tout sus cheens.

TEMPESTE

Destruisons teraces, goutieres·
Et machues a tuer chiens.

17935 de *mg.* — 17949 rivire A.

' 290ᵇ B. — '' 297 A.

17977 *placé après* 17980. — 17978 *mg.*

' 291 B. — '' 297ᵃ A.

ESCLITRE

Pour boulir Crispin et les siens,
Vela je croy assés d'estoffe.

TONNOIRE

17985 Soufflons fort, affin qu'il s'eschoffe,
Quant il doit boulir, si regarde.

Ilz soufflent le ju
soubz la chaudiere.

ARSENICQ

Riagal, il fault prendre garde
A nos ribaulx, qu'ilz ne s'en voyent.

RIAGAL

Ilz ont tel peur, quant il nous voient,
17990 Qu'ilz commencent a s'imploier.

ARSENICQ

Touteffois les fault il loyer,
Aultrement je seroy infame.

ESCLITRE

Regarde cy la grande flame,
Or soufflons, le ploncg s'avoye
17995 A boulir, il s'en va sa voie
Par gros boullons qui sont saillans.

RICTIOVAIRE

*Est ce ploncg chaulx et boullans ?
Faictes vous bon fu sur les rens ?

FOURDRE

Le plonc est cler, frecq et moullant,
18000 Il ne les fault que ruer ens.

**RICTIOVAIRE

Or soiés doncques diligens
D'y plongier ces villains felons.

TEMPESTE

Riagal, amenés vos gens
A cop, tandis que nous soufflons.

RIAGAL

18005 Sus, ribaulx, picquiés des talons,
Vous serés bagniés sans deffault.

CRISPIN

Tres volentiers nous y allons,
C'est tout le souhait qu'ilz nous fault.

ARSENICQ

Entrés dedens, le baing est chault,
18010 Vela le plonc qui bout et font.

CRISPINIEN

De tres bon ceur, soit bas, soit hault,
Nous plongerons au plus parfont.

RICTIOVAIRE

Or regardés quel chiere il font,
S'il se noient ou se mehaignent.

RIAGAL

18015 Par Mars, il samble qu'ilz se baignent
En roses et en violettes,
Ilz ne se tempestent n'engaignent
Non plus que belles pucelettes.

RICTIOVAIRE

Ilz sont aussi a leurs gogettes,
18020 Pour ce que mal vous emploiés,
Ratisiés le feu de fourchettes,
Hault et bas, a bras desploiés.

ESCLITRE

Cent mille deable desloyés
Ne feroient devoirs si bons,
18025 Nous soufflons tant en ces charbons
Que nos culz sont tous esventés.

*RICTIOVAIRE

Ha, vieulx quoquins, vous en mentés,
**Il n'y a ne charbon ne cendre,
Je voy bien qu'il me fault descendre
18030 Pour vous resveillier a tous boux.
Vous gastés tout.

HONORÉ

Ou allés vous ?
Ilz font si bien leur personnaige.

RICTIOVAIRE

Je voy resveillier le maisnaige,
Mais que j'aye baston ou fourche.

17986-17987 *Ind. scén.* ut le — la *mq. B.* — 17994
suppléer : ca *après* or ? — 17997 *suppléer :* sus / —
18000 dedens.

* 291° *B.* — ** 298 *A.*

18009 et *A.* — 18011 *en marge :* [4°] martyr. —
18017 ne te *A.* ne ce *B.*

* 292 *B.* — ** 298° *A.*

18035 A peu que je ne vous enfourche,
Ribaulx, vous lessiés tout estaindre ?
Or me leissiés ung peu attaindre
Vos cervelles qui sont bien dures.
Tenés ces coups et ces hurtures
Or, vieulx larrons.

ESCLITRE *et les siens ensamble*

18040   Mercy, mercy.

RICTIOVAIRE

Regardés, quoquins, c'est ainsi
Qu'on doit ratisier feu et flame
Dessoubz cristiens qu'on enflame.
Regardés, sergans, a tout bout,
18045 Je cuide et croy que le plonc bout,
Ils ne sont gaire resleciés.

CRISPIN

Aide nous, Dieu, nostre salut,
Pour l'amour de ton nom eslut,
Et nous pardonne nos pechiés.
18050 Fay que nous soions despechiés
De ce grant torment dissolut.

CRISPINIEN

Que gens ne dient par meschief,
Ou est leur dieu qui tant valut ?
Fay que nous soions despechiés
18055 De ce grant torment dissolut.

CRISPIN

'Affin que nous soions vengiés
Du faulx tirant noir et polut,
Fais que nous soions despechiés
De ce grief torment dissolut.

*Icy doit saillir une goute
de plonc en l'oeul Rictiovaire.*

RICTIOVAIRE

18060 ''Harau, harau, deables dampnés,
Deables maudis et deschainés,
Venés a moy qui voy morant.
En emportés le demourant,
J'arraige, je suis tout dervé.

RIAGAL

Comment va ?

RICTIOVAIRE

18065   J'ay ung oeul crevé,
Je ne voy ville, champs ne prés.

ARSENICQ

Se n'eussiés point allé si prés,
On se passoit tres bien de vous.

RICTIOVAIRE

Helas, sergans, que ferons nous ?
18070 Je suis trop pis que mis en biere.

RIAGAL

Esraillés ung peu la paupiere,
Je croy que ce n'est q'une busque,
Il m'y fault souffler.

*Il souffle en l'oeul
de Rictiovaire.*

ARSENICQ

   Busque, busque.
Il ne s'en va point pour escourre.

RIAGAL

18075 Il n'y a ne busque ne pourre.
L'oeil est trestout esbourbelé.

RICTIOVAIRE

Deables, je vous ay appelé,
Qui vous tient que vous ne venés ?
Venés, deables tous forsenés,
18080 Venés moy le corps fourdrier.

HONORÉ

'On oit nostre pruvost crier,
Allons voir quel gibet il a.

TARQUIN

Ho, pruvost, qu'esse qu'il y a ?
Vous estes en piteux amés.

RICTIOVAIRE

18085 Je suis perdus a tousjours més,
Nobles seigneurs, ou que je soye.

18040 [ensamb] le *mq B.*— 18052 ne gens.— 18059-
18060 *Ind. scèn.* e goute — Rictiovaire *mq A ;* e de —
ire *mq B.*

' 299 A. — '' 202° B.

18066 ne champs. — 18070 suis *mq.* — 18078 vous
le.

' 299° A.

Ainsi que le fu ratisoie,
*En ce fourneau comme vaillant,
Une goute de plonc boullant
18090 M'a sailly en l'oeul qui le criesve.
Je n'eulx oncque doleur plus griefve,
Je suis borgne et ma veue vaire
Est perdue.

HONORÉ

Rictiovaire,
18095 Aiés esperance en vos dyeulx,
S'ils garissent malades d'ieulx,
Vous arés des premier santé.

TORQUATUS

Les garchons vous ont enchanté,
Vengiés vous d'eulx.

RICTIOVAIRE

Ossi feray je,
Affin ce qu'en mortel oraige
18100 Finent leurs jours, Tonnoire, Esclitre,
Fourdre et Tempeste, leur ministre,
Querés moy huyle, ploncq et crasse,
Entremellés ainsi qu'on brasse
Et faite boullir tout ensamble.

ESCLITRE

18105 Ca, Tonnoire, affin qu'on assamble
Ce brouet, tieng moy compaignie.

FOURDES

Allés vous deux d'une partie,
Tempeste et moy ferons le fu,
Du baing qui est chault a moitié.

**TEMPESTE

18110 Oncques si bon brassin ne fu.

RIAGAL

Vieng ca, Arsenicq, que fais tu ?
Tirons ces gars hors de ce ploncq.

ARSENICQ

Il ne leur vault point ung festu,
Nostre maistre en a tout du long.

---

*Icy les retirent hors
de la chaudiere.*

QUENTIN *in spiritu*

18115 *Roy des roys, puissant des puissans,
Regarde tes obeissans
Crispinus et Crispinien,
Mes deux confreres en mon tamps,
Qui griefz tormens sont attendans
18120 Pour ton hault nom celestien :
Delivres les par ton moien
De leur paine qu'on leur apreste
Et les tire de ton loyen
En ta gloire ou tout bien s'areste.

DIEU

18125 Quentin, mon tres leal servant,
Ilz seront des ore en avant
En tous leur besoingz confortés.

Michiel, mon angle et mon enffant,
Partés de ce lieu triumphant
18130 Et leurs grans doleurs supportés
Et aprés leur mort aportés
Leurs ames en lieu celitoire.

MICHIEL

Celestien imperatoire,
Nous ferons vostre bon voloir.

LE PREMIER ANGLE

18135 Allons au bas lieu territoire
Ensamble pour en mieulx valoir.

ESCLITRE

Le feu est dedens la fournaise,
Bien ratisié et bien ardant,
La poie et la gresse punaise
18140 **Mellés avec huylle fondant,
Boullant, saillant, crocquant, cracquant,
Comme le tonnoire espantable.

RICTIOVAIRE

Rués les dont boutant, sacquant,
En ce grief torment espantable.

18090 griesve *carrigé en* criesve *A* ; grieïve *B*.

* 293 *B*. — ** 300 *A*.

18114-18115 *Ind. scèn.* 18 *mq ms.*— 18118 et mon.—
18123 ton *mq.* — 18135 en bas.

* 293ᵇ *B*. — ** 300ᵃ *A*.

RIAGAL.

18145 Or entrés ens, de par le diable,
Entrés en ces paines horribles,
Vecy vostre mort condampnable,
Se vous n'avés corps impacibles.

'ARSENICQ

S'ilz ne sont fais par impossibles
18150 Comme sont lutons et chimeres,
Ou comme deables invisibles,
Ilz mouront en paines ameres.

CRISPIN

Tu és puissant, Dieu, nostre sire,
Pour nous delivrer du torment
18155 Du faulx tirant qui nous deschire.
Comme dont tu veulx plainement
Pour ton nom et avancement
Que nous endurons passion,
Veulle a la confusion
18160 Du deable et de son satellite
De celle paine non petite
Nous tirer comme non bleciés.

MICHIEL.

Enffans, vous estes essauciés,
Yssiés hors de ceste penance,
18165 Car la divine provenance
Veult que ne sentés la doleur
Du feu ne de quelque chaleur,
Mais ayés consolacions.

CRISPINIEN

Mon Dieu, nous te remercions,
18170 Qui par ton saint et divin angle
''Nous visites et donnes change
De chaleur et de refrigere.

RIAGAL.

Haultain pruvost, noble armigere,
Tués vous maintenant, tués,
18175 Esragiés et vo sang sués,
Fronquiés de nés et de narine,
Appellés la gent tartarine,
Berich, Burgibus, Cerberon,
Crocquet, Rocquet, Pluton, Noiron
18180 Et toute sa pute couvee.

Il y a cause bien prouvee,
Vela Crispin et Crispinet,
Gens de corps, il n'est riens si net,
Malgré nos dens, hors de labite,
18185 Sans mal avoir, dont j'en soubite,
Respités de mort angoisseuse.

'ARSENICQ

Ilz ont face et chiere joieuse
Et j'ay ceur triste et desconfit.

RICTIOVAIRE

Las, que diray je en plaintis et en dis,
18190 Chetif, maudit, o tres maleureux home ?
Mettre povoie a mort par mon edit
Grant et petit, tout home sans respit,
Qui contredit au saint sacre de Rome.
Mais je n'assomme en paine ne consomme
18195 Ces deux en Somme, eschappés de la mort,
Ne moy ossi qui vouldroie estre mort.
        Rouge raige,
        Fourdre, oraige,
        Murdre, oultraige,
18200   Grief armoy,
        Vent, umbraige,
        Eschtraige,
        Tost j'arraige,
        Tués moy.
18205 ''Vivre m'est mort et morir je ne puis,
Ne choir es puis du bas roy Lucifer,
Je fris, je cuis, je suis demy murdris,
Honnis, noircis et flatris et pestris
Ou bas fournis, pour m'ardoir et chaufter,
18210 Par feu, par fer, venés, deables d'enffer,
Venés griffer mon ame et ma charongne,
C'est vostre proye et conquest, qui qui
                                grongne.
        Venés ducz.
        Descendus
18215   Es palus
        De Pluton,
        Eacus,
        Sisiphus.
        Tantalus.
18220   Ysion.

18145 dedens. — 18152-18153 en marge : potens es
domine etc . ms. — 18162 tires ms ; corr : tirer ? —
18166 ne mq. — 18175 vostre. — 18176 froingnies.

' 294 B. — '' 301 A.

18189 plaintes.— 18211 charonge A.— 18217 racus.

' 294° B. — '' 301° A.

Ratisiés ces fus
De fer, de paffus,
Faulx tirans conffus,
Du monde reffus.
18225   Tous camus,
    *Tous esmus,
    Esperdus
    Et perdus,
Par gent papelarde,

18230 Car puis que venus
Ne sont les cornus,
Ennemis chenus.
Sans attendre nulz,
    Ne crochus,
18235   Ne bochus,
    Ne houssus,
    Ne fourchus,
Il fault que je m'arde,

Et que je me darde
18240 En flame paillarde,
Soubz l'arrieregarde
Sathan, qui m'esgarde,
    **Qui m'escarde,
    Qui me larde,
18245   Qui me farde
    Et raffarde.
Se fault au surplus

Que l'ame pinarde.
Puant que laisarde,
18250 De tout bien bastarde,
Maudite musarde,
    Trop courarde,
    Trop couarde,
    Voit sans tarde
18255   En la garde
Des deables velus.

*Icy se boute Rictiovaire
en la fournaise.*

ARSENIC

Tost, tost, Riagal, sallons sus,
Nostre maistre se va bruller.

RIAGAL

Ne te chault, non, laisse le aller,
18260 Il n'y a point trop grant dommaige.
Il est de si malvais plumaige
Que le fus ne le peult esprendre.

HONORÉ

Regardés la, qu'on vous puist pendre
Et estrangler d'un fin chevestre.
18265 Vous laissiés ardoir vostre maistre
Qui s'embrase et art a tous bous ?

RIAGAL

*Par Jupin, ossi faictes vous.
Mais s'il vous samble que trop art,
Si en rescoués vostre part,
18270 Je veuil la mienne avoir rostie,
Et ossi fait il en partie,
Car de sa franche volenté
Il s'est en se fourneau bouté
Pour soy estimer a son aise.

TORQUATUS

18275 **Regardés en ceste fournaise
Nostre maistre qui brule en flamme,
Je fay tres grant doubte que l'ame
Se soit mises en voyes dampnables,
Il samble que cent milles deables
18280 Soient la dedens athelés ;
Ainsi tonnent ilz a tous lés.

TARQUIN

Harau, je ne puis plus veoir
Ceste home cy, faisons devoir
De raconter cest accident
A l'empereur.

PANTHEON

18285   Hault president,
Ce nous est infame reproche.

18246 *mq.* — 18253 *ou.* — 18236-18237 *Ind. scén.*
Rictiovaire *mq.*

* 295 B. — ** 302 A.

18258 *sen va.* — 18266-18267 Riagal *mq.* — 18269
recouvres. — 18270 *avoir placé après* veuil. — 18272
ca de. — 18277 doubte de.

* 295° B. — ** 302" A.

Tarquin et Pantheon
vont conter les
nouvelles a Maximien.

SATHAN

Tost, Astaroth, aproche, aproche,
Il nous fault juer de nos jus,
Vecy son ame qui descoche.

ASTAROTH

18290 Atteng ung peu qu'elle soit jus.
Penssons d'avoir sausse et vergus.
Nous arons tantost notre proye,
Trop plus riche que une lamproie,
Gardons bien qu'elle nous eschappe.

SATHAN

Elle s'en volle.

ASTAROTH

18295   Happe, happe,
Que nous en aions piet ou elle.

SATHAN

En penance perpetuelle
S'en venra, puis que je le grippe.

ASTAROTH

Et je happeray quelque trippe
18300 De son corps, se je ne m'eschaude.
Pour souvenance toute chaulde,
Portons dedens nostre pourprise
A grant triumphe nostre prise,
Faisons corner les menestreulx
18305 D'enffer et se viengnent entre eulx
Contre l'ame, trippe et vessie.

LUCIFER

Deables, je sent grant pugnaisie
Qui approche en ces manssions,
Appointiés vos processions,
18310 Sonnés chaudieres a volee,
Toute fiertre soit avalee
Pour faire grant gaudeamus.

BELZEBUS

Maistrés, nous sommes tous esmus,

Vecy vostre infernal couvent.
18315 De quel lés apporte le vent
Ceste pugnaisie et ordure ?
Dictes le nous, par grant ardure
Y courrons, moy et mes sochons.

LUCIFER

Deables, il vient devers Soissons,
18320 Je croy que c'est Rictiovaire.

BERICH

Encore se peult il bien faire,
Ce n'est aultre, comme je cuide.

SATHAN

Deables d'enfer, aide, aide,
Vecy le plus riche present
18325 Qu'il arriva au lieu present,
Puis que Dieu fut crucifiet.

LUCIFER

Il en est tout fondefiet,
Pour dieu, soustenés luy les bras,
Il le fault couchier en nos draps,
18330 C'est Rictiovaire, n'est mye ?

SATHAN

Je n'ay pas la teste endormie,
Quant j'ay pechiet une tel troite,
Dedens une fournaise estroitte,
Apprés qu'on luy a l'oeul crevé,
18335 L'ay fait saillir comme dervé
Et ardoir en pourre et en cendre,
Tant qu'en fin je l'ay fait descendre
Dedens cest infernal manoir.

LUCIFER

Sathan, freres, tu és mon hoir,
18340 S'en aras pour toutes saudees
Le cul et fesses eschaudees
Et aras pour ton haultain fet
Le chief couronné d'ung truvet
Rouge et boullant comme metal,
18345 Ainsi qu'ung juge capital,
Ou comme ung roy de Torcloire,
Seant en triumphe et en gloire,
Sus ung dragon de feu ardant.

18294 elle ne *A.* — 18301 souverance *A.*

* 296° *B.* — ** 303 *A.*

18318 mes compaignons

* 296° *B.* — ** 303° *A.*

SATHAN

Je te mercy, deable dardant.
18350 Que feran de ceste ame immonde ?
Elle a fait tant de mal au monde
Qu'il nous la fault sepulturer.

LUCIFER

Il nous fault tout adventurer
Pour festoier ung tel novice.

18355 Deables, sonnés luy son service
Et boutés hors de nostre casse
Le gonfanon de la ducasse ;
Il le nous faura castillier,
Grillier, toullier. soullier, moullier,
18360 Toter, froter, huter, larder,
Traisner, bruller et tormenter,
Dont, pour nostre fait augmenter,
Puis que le ceur tant joyeulx ay,
Je descenderay pour chanter.
18365 Long tamps a que je ne danssay.

Icy descent Lucifer.

ASTAROTH

Venés, venés, je fay l'assay
Sus ung parchemin d'une graffe,
Pour mettre en escript l'epitaphe
Rictiovaire, le pruvost,
18370 Affin que tout deable devot,
En passant, en lieu de priere,
Luy donne ung grant coup par derriere.

LUCIFER

Deables plus velus que singos,
Appointiés pippes et flagos
18375 Pour faire une note cornue,
Nous dansserons a la venue
Du pieur de ce bas empire
Et de qui toute bouche empire
Qui de luy sermonne et parolle.

CERBERUS

18380 Danssés une ronde carolle,
Sans avoir pipe ne musette,
Je feray une chansonnette

Au son du bachinet clicquant.

*Icy danssent les deables
et Cerberus fiert sus
ung bassin.*

LEVIATHAN

Que brasse ce maistre applicquant,
18385 Qu'il ne vient dansser a la feste ?

ASTAROTH

J'escrips du grant sens de ma teste
Qui me degoute par l'oreille
Une epithaphe non pareille
Pour atachier dessus la tomble
18390 Ou ce Rictiovaire tombe,
Affin qu'il en soit ramembrance.

LUCIFER

Or conte nous de branche en branche
La lecture du parchemin.

ASTAROTH, *en lisant*

Cy gist dampné a tousjours mais sans fin,
18395 Rictiovaire, ung pruvost sans pité,
Le faulx, le fier, le felon et le fin,
L'effroy des Frans, le fourde despité,
Le ravisseur de paix et de unité,
L'ardan dragon, spectacle detestable,
18400 Le chien raby, plain d'inhumanité,
L'orreur d'enffer et la fierté du
                                [deable.

Cy gist le rude ennemy de Quentin,
Flayau terrible en la cristienté,
Gouffre de guerre, abisme de hutin,
18405 Roche de murdre et troncq de cruaulté,
Le bras de fer, le poing ensanglenté,
Le grant glouton, de sang insaciable,
Le sacq puant, remply de malvaisté,
L'orreur d'enffer et la fierté du
                                [deable.

18410 Cy gist en cendres et tres orrible arsin
L'oyr de Sathan et son enffant gasté,
Le gros crapault, le venimeux farsin,

18358 le *mq.* — 18359 toullier *mq,* soulliet *bis.*

* 304 A. — ** 297 B.

18383-18384 *Ind. scén.* ables — [s] us *mq* A, cables — sus *mq* B. — 18384 on biasso. — 18395 *en marge* : Epitaphe de Rictiovaire. — 18411 oyt.

* 304* A. — ** 297* B.

L'ombre de mort, le tirant redoubté,
Qui pour avoir les bons persecuté
18415 Art et bruyt en flame pardurable,
De Dieu maudit, du monde rebouté,
L'orreur d'enffer et la fierté du
[deable.

Prince dampnés, il a tant disputé
Pour trouver chois de torment miserable,
18420 Qu'i se noye ens et en est reputé
L'orreur d'enffer et la fierté du
[deable.

LUCIFER

L'epithaple est belle et notable,
De grans biens plaine et bien couchie,
Il fault qu'elle soit atachie
18425 Sus son sepulcre desplaisant,
Et tous deables qui en passant
Luy donront en lieu de salut
Ung cop de canon dissolut,
Ilz aront en lieu de pardon
18430 Fievres quartaines en pur don.
Le mal des yeulx, la main crochue
Et L cop de machue.

'CRISPIN, a genoulx

Nous te louons devotement,
Mon Dieu, mon pere glorieulx,
18435 Qui sus le tirant plainement
Nous fais estre victorieulx.

CRISPINIEN, a genoulx

Mon Dieu, mon bien delicieux,
Il te plaise, aprés ceste luite,
Dedens ton regne precieux
18440 Nous appeller soubz ta conduite.

CRISPIN

"Vous voiés que le jour anuyte,
Frere, reposons ung petit;
Les tirans qui sont mis en fuite
De mal faire n'ont appetit.

Ilz dorment.

18415 huvt. — 18419-18420 *intervertis B ; ordre
rétabli apres coup A.* — 18437 delicieulx.

' 305 A. — '' 298 B.

TARQUIN

. 18445 Prince exalté jusque a la nue,
Glorieux Cesar dominant,
Oyés la piteuse advenue
De vostre gentil lieutenant.

MAXIMIEN

Qu'esse qu'il y a ?

TARQUIN

Maintenant
18450 Rictiovaire tourmentoit
Ces cordonniers, on les mettoit
Boullir en huille toute chaude,
Mais nul ne s'en brule n'eschaude,
Ilz sont, je ne scay par quelz sors,
18455 Sans estre bleciés, saillis hors,
Pour quoy le pruvost descendit,
Voiant ce miracle maudit,
Par courroux, comme tout fumé,
Sailli au brasier alumé
18460 Et s'est brulé en cendre noire.

MAXIMIEN

Par Vulcan, qui fit le tonnoire,
Vecy merveillese aventure,
'La plus estrange et la plus dure
Qu'il advint passé a mille ans.
18465 O le plus vaillant des vaillans,
Nostre filz, nostre bien amé,
Nostre bon vassal renommé,
La verge et le reboutement
Des cristiens.

GALICAN

Certainement,
18470 Nous perdons le bon champion,
Le bon rocq, le vaillant pion,
Cil qui les batoit plus que plastre.

EIULASE

"Quoy, plaindiés vous ung tel folatre,
Qui s'est ainsi laissiet bruler ?
18475 Ne vous chault, non, laissiés le aller,
Il est pugny pour ses meffais.
Les aultres seront bien malvais,

18452 wille A. — 18459 saillir. — 18472 celuy. —
18473 vous *mq.* — 18477 bien *mq.*

' 305° A. — ''298° B.

Se vous ne trouvés ossi bon.

CROMACUS

Il s'est brulé en son charbon,
18480   Plus desesperé que ung jaloux.

AGRICOLAN

A char de chien sausse de loups,
Tout son desir, aprés espees,
Estoit de fus et de flambees,
Il en a pour lors plain son coffre.

MAXIMIEN

18485   Qui luy meschief, il luy mesoffre.
Nos dieux luy veuillent pardonner
Son pechiet et le guerdonner
Selonc ses glorieux merites.

TARQUIN

Que ferons nous des ypocrites
18490   Qui sont en ce point respités ?

MAXIMIEN

Ilz en seront decapités.
*Par Palas, la tres saige vierge,
Tarquin, nous vous en donnons cherge,
Par forme de commandement.

TARQUIN

18495   Je le feray joieusement,
Vous en orrés tantost nouvelles.

Pour faire trenchier ces cervelles,
Pantheon, metons nous a voie.

PANTHEON

Allons, Jupiter nous convoye
18500   Pour conquerre honneur et vaillance.

LUCINIEN

S'il plait a vostre bienveullance,
De vostre court departirons
Nous trois et nous repatrirons
Pour aller au palais romain.

MAXIMIEN

18505   Il nous convient tenir la main
A ces faulx papelars meschans.

*Cela fait, nous tenrons les champs
Pour tenir nostre gravité
Au jour de la nativité
18510   Dioclés, la serons en bruit.

MAXIMIN

Serés, qui fait croistre le fruit.
Vous y amaine a sauveté.

SEVERE

Pour opprimer la malvaisté
Des cristiens par cruculx dars,
18515   Nous vous laissons quatre saudars
A vos plaisirs et volentés.

MAXIMIEN

Allés, seigneurs, ne vous doubtés,
Ilz seront bien entretenus.

Icy s'en revont a
Rome les dessusdits.

MICHIEL

Crispin et Crispinianus,
18520   Le jour venu perceverés
** Et le loyer recepverés
De vos labeurs, soiés certains.
Comme triumphateurs haultains,
De Jhesus serés guerdonnés.

Crispin et Crispinien
s'esveillent et l'ange
se tire arriere.

CRISPIN

18525   Nos loyers nous seront donnés :
Je scay par revelacion
Divine, faisant mention
Que celuy jour qui ja commence
Dieu par sa tres sainte clemence
18530   En son ciel nous appellera.

CRISPINIEN

Il fera ce qu'il lui plaira.
Ceste pareille vision

18518-18519 *Ind. scèn.* sdits *mq.* — 18524-18525
Ind. scèn. nge *mq.*

* 290 B. — ** 306'' A.

Dont vous faictes narration
M'est advenue en mon dormant.

CRISPIN

18535 Dieu qui tout tient en son command
Nous entretiengne en bon espoir.

TARQUIN

Seigneurs, j'ay obtenu povoir
Par l'empereur Maximien
De mettre a mort Crispinien
18540 Et Crispin, son frere germain.

'HONORÉ

Querés ung putier inhumain
Qui a cop les despechera.

TARQUIN

Qui esse qui leur trenchera
Les testes jus, d'ung seul revers ?

TORQUATUS

18545 Pour ung bourreau dur et pervers,
Il n'est home que Riagal.

RIAGAL

Je vous requier, beau cheneschal,
A jointez mains et a genoulx,
Ne les bailliés a nulz qu'a nous,
18550 **Arsenicq et moy, qui cy sommes,
Fusmes les mignons et les homes
Rictiovaire au tamps passé ;
Dieux ait l'ame du trespassé ;
Je fus l'ung des plus avanciés.

TARQUIN

18555 Allés doncq, se le despechiés,
Arsenicq et toy.

ARSENICQ

Tout a cop ;
Encore avons nous jocquiet trop,
J'en ay bien grant mal en ma teste.

RIAGAL

Esclitre, Tonoire, Tempeste
18560 Et Fourdre, qui le ciel espart,

Se vous volés ou hart ou part
Avoir a la despoulle d'eulx,
Si les amenés deux a deux,
Que je les puisse administrer.

ESCLITRE

18565 Querons les, qu'on les puist oultrer
Deux et deux, de la et de ca.
Or ca, de par le deable, ca,
Nous vous menrons a l'escorchoir.

TONNOIRE

Mors devés estre des piecha,
18570 Or cha, de par le deable, cha.

FOURDRE

Celuy qui Quentin despecha
Vous servira de son trenchoir.

'TEMPESTE

Or ca, de par le deable, ca,
Nous vous menrons a l'escorchoir.
18575 D'espee ou de coutel michoir
Arés les testes escrollees.

RIAGAL

Baissiés vous, s'arés les collees,
Je les vous es donray gaillardes.

**ARSENICQ

Ateng un peu que nos taillardes
18580 Soient cleres et aguisies ;
Elles sont taintes et musies
Du sang de ceulx dont nous avons
Trenchiés les chiefz.

RIAGAL

Or fourbissons
Dont ung petit nos alemeles,
18585 Pour trenchier coppeurs de semeles,
Il en mouront plus gentement.

CRISPIN

Sire Dieu, puissant, tres clement,
Grace te rendons humblement,
Par vraie amour qui nous emflam-
[me,
18590 Quant du ciel et bas element

Tu nous delivres plainement
Pour venir a ton hault royalme.

CRISPINIEN

Ton nom par ton commandement
Avons exaucié plainement
18595 A Soissons, ou mort nous entasme.

CRISPIN

Sire Dieu, puissant, tres clement,
Grace te rendons humblement,
Par vraie amour qui nous enflame.

CRISPINIEN

Veullies a ce departement,
18600 Par ta bonté, benignement,
De chascun recepvoir son ame,
Quant du siecle et bas element
Tu nous delivres plainement
Pour venir a ton hault royalme.

RIAGAL

18605 *Mon espee est clere que flame
Et clicquant que cop de bombarde,
Apprens, Arsenicq, et regarde
Comment on ceppe ung gorgueton.
**Tu verras ung tour de Breton,
18610 Se fortune ne m'est contraire,
Et pappeter et langue traire
Et sang suer et cuer faillir
Et la teste bien loing saillir.
Regarde la, car je te moustre,
Se je suis clericus.

Il coppe.

ARSENICQ

18615   Passe oultre.
Je voy juer mon personaige.
Ha, maugré nos dieux, que n'en ay je
Deux ou trois tout d'une rengie,
Nostre loy en seroit vengie,
18620 D'ung cop de revers seullement
Tout iroit sus le pavement.
Vecy Brisepierre, ma glave,
Qui de maint larroncel esclave
A livré la teste a martire.

18625 Arriere, chascun se retire,
Car je voy juer de mes jus.
Je croy que la vela bien jus.

Il coppe.

MICHIEL.

Portons es trosnes azurés
Les ames des corps bienheurés
18630 Qui ont souffert mort tres dolente.

LE PREMIER ANGLE

Il ont mery gloire excellente
En qui toute joie s'amplie.

RIAGAL

Seigneurs, justice est acomplie,
Leurs charrongnes et leurs museaux
18635 Sont habandonnés aux oyseaux
Et aux chiens pour les engloutir.

TARQUIN

Penssons dont de nous revertir
Au palais Maximianus,
*Tous ensamble, grans et menus,
18640 Arrivons y a grande flotte.

**HONORÉ

Sire, prendés congié a l'oste
Qui nous a presté mansions.

TARQUIN

Valois, nous vous remercions.
Se jamais vous trouvés en Rome,
18645 Demandés Tarquin et son prosme,
Logié serés en hault degré.

VALOIS

Beaux seigneurs, aiés pris en gré,
Le logis est vostre a toute heure.

*Icy s'en vont tous vers
le logis Maximien.*

MICHIEL.

En ceste angelique demeure
18650 Amenons du lieu terrien

18605 *en marge :* Le Vs martyr. — 18610 *nest ms.* —
18620 *cop inq ms.*

* 300° B. — ** 308 A.

18631 merite. — 18647 *en mg.*

301 B. — ** 308° A.

Crispinus et Crispinien,
Qui pour vostre nom benedict
On souffert maint torment afflict
En Soissons le bas tenement.

DIEU

18655 Colloquiés les triumphamment
Avecq Quentin, mon bon servant.
Chascun d'eulx est bien desservant
D'avoir participacion
A mon regne et reception
18660 D'aureole treble et divine
Et gloire qui jamais ne fine.

TARQUIN

Roy des roys, Cesar des Cesaires,
J'ay fait maintenant decoler
Ces deux cordonniers traversaires
18665 Aux dieux que devons immoler.

MAXIMIEN

Nous vous donrons riche coller
De gemmes, pour vous accoller,
Car vous l'avés bien deservi,
Puis que vous avés desservi
18670 Par mort la secte ravalee
En la soissonneuse valee.
* A Rome nous fault retourner,
Chascun pensse de s'atourner
D'onneur et de richesse aulcune,
18675 Seloncq son estat et pecune.
Nous irons en triumphant bruit ;
Affin qu'on en oye le ruit
Par aulcuns melodieux signes,
Sonnés, trompettes et busines.

*Icy s'en retourne Maximien a Romme
et tous ces gens, et les
trompettes sonnent.*

LUCINIEN. *a Rome*

18680 Seul empereur sus imperant,
Pere sans per, prince invincible,
De nos dieux vous soit apparant
L'immortele gloire invisible.

DIOCLESIEN

Lucinien, vassal paisible,
18685 Maximin, aussi vous, Severe,
Sees vous. Se Quentin persevere
En sa loy, si le nous contés.

MAXIMIN

Glorieux princes, escoutés
Ce que de luy est advenu,
18690 Ainsy comme je fus venu
En Aouste, vostre cité,
Ou vostre pruvost fut cité,
Pour le delivrer en nos mains,
Deux jours devant, ne plus ne mains,
18695 Le loudier l'avoit mis a mort
Et avoit, ains qu'il fusist mort,
Souffert tant de torment en conte
Qu'il n'est roy, duc, prince ne conte,
Tant ait dur ceur, qui ne larmoye
18700 D'oyr l'orreur dont on l'armoye
Et dont il fut brasé et point.

ZENON

Or, beaux seigneurs, faites la point,
Jusque je seray la dehors,
Car souspirs et piteux rihors
18705 * Me viennent le ceur agresser,
Lesquelz je ne puis transgresser,
** Quant j'os sa doloureuse fin.
Vieng, Zenet, vieng, mon chier affin,
Vieng moy conduire en mon hostel,
18710 Pour plourer d'otant et d'otel,
Sans plus espargnier larmes d'oeul.

ZENET

Chier sire, appaisiés vostre deul
Et le mettés en nonchaloir.

*Zenon s'en va
en son hostel.*

CONSTANT

Puis qu'il n'avoit aultre voloir,
18715 Il n'y a pas trop grant domaige.

GALERIEN

Par Venus, dont j'aime l'imaige,

18654 la *ms.* — 18679 tromppes *ms.* — 18679-18680
Ind. scén. cMaximien a Romme et les — nnent *mq* A.
— 18681 sans pere.

' 309' A. 301' B.

18707 joy. — 18711 plus *mq.* — 18714 navoir A.
— 18715-18716 galeriel *ms.*

' 309' A. — '' 302 B.

Je l'aime autant mort qu'aultrement.

DIOCLESIEN

Comment fait nostre garnement,
Ce tres criminel espantaille,
18720 Rictiovaire, qui detaille
Ces maudis cristiens sus Somme ?

SEVERE

Il est mort, le vaillant preudome.

MAXENCE

Il est mort, voire, d'une puce,
Comment est il mort ne quant fut ce,
18725 Ne de quel mort ? Qu'on le nous die.

SEVERE

De mort de chaude maladie :
Il fit Crispin et Crispinet
Boullir en poy, non pas trop net,
En huille et en aultre bagaige,
18730 Lesquelz par magicque langaige
Saillirent hors, sains et haitiés.
Le pruvost qui les a gaitiés
En si grant desespoir en fu,
Qu'il sailli en flambe et en fu
18735 Et la se brula char et os.

CONSTANT

Vela l'un des plus meschans sos
Qui oncques porta couleur jaune.

DIOCLESIEN

Ho, le quoquart, balourt, infame,
Se devoit il bruler pour tant ?
18740 Ilz sont de tormens tant et tant
Pour tous cristiens corrigier.

PROPHIRE

Puis qu'il s'est la volu logier,
Jamais je n'en prendroye envie,
Il fut de si paillarde vie
18745 Que la fin n'en peult estre belle.

LA MERE

Zenon, je vous pry, quel nouvelle ?
Vous souspirés amerement.

ZENON

Ha, dame, il va piteusement :
Oncques ne fus si desconfis.
18750 Quentin, nostre tres amé filz,
Est mort de mort la plus honteuse,
La plus laide et la plus hideuse
Qu'oncques fit home.

*Icy la mere Quentin
chiet comme pasmee.*

PAULINE

O povre mere,
Quelle plainte dure et amere
18755 Poura ce grief deul confacier ?

LA MERE

O Quentin, mon enffant chier,
Je te soloie embracier,
Nourrir, tenir, appaisier,
Couchier, lever et baisier,
18760 Bouche a bouche, face a face ;
As tu volu delaissier
Amour de mere et tracier
Pour toy faire detrenchier,
Lancier, percier et troncier,
18765 D'ung tirant qui tout defface ?
O plaisant figure,
Beauté de nature,
Doulce nourriture,
Riche flouriture,
18770 Fleur tres gente et monde,
Noble geniture,
Humble creature,
Fine pourtraiture,
Tres vive painture,
18775 Es tu morte au monde ?

S'il est dame maleuree,
Au monde plus emplouree
De moy, d'angoisse paree,
Infame, desesperee,
18780 Plus perdue et plus deserte,
Viengne et gaigne sa journee
A plourer ma destinee,
Maudissant la matinee

18718 gouvernement. — 18719 cruminel. — 18729 wille A. — 18731 hors *mq*.

* 310 A. — ** 302* B.

18753 vit. — *Ind. scén.* [pasme] e *mq A:*

* 310* A. — ** 303 B.

Qu'oncques je fus matinee
18785 De tel anoy sans desserte.
Dames, damoiselles,
Bourgoises, pucelles,
Virgines, ancelles,
Belles jovencelles,
18790 Soyez en larmoy :
Plourés mes morteles
Doleurs criminelles,
Poindans, dieu scet quelles,
Mes gens, mes sequelles,
18795 Plourés avecq moy.

O mort, angoisseuse mort,
Mort qui chascun point et mord,
Mort qui a chascun s'amort,
Mort par qui mon filz est mort,
18800 Ta glave soit apportee,
Se tu as pooir n'effort,
Perce mon ceur dur et fort
· Et le plonge pour confort
En biere de desconffort,
18805 Avec ma doulce portee.
O ceur desplaisant,
Desplaisir meschant,
Meschante poindant,
Pointure fendant,
18810 Fens ma doleur griesve,
Grive toy plourant,
Pleure en souspirant,
·· Souspire en morant,
Meurs en expirant,
18815 Expire et te criesve.

MAXIMIEN

Entrons en la cité romaine,
En triumphant bruit et demaine,
Chascun en point pour gorgier
Et pour nos ceurs solacier,
18820 Sonnés clarons a l'entrer ens.

ORIENT

Maximien est sus les rens,
Noble Cesar, je croy qu'on ot
Son triumphant bruit et son ost

Approchant vostre grant palais.

DIOCLESIEN

18825 Par nos dieux qui ne sont pas lais,
Ensamble l'irons bienvegnier,
Venés nous tous acompaignier,
Car nous le serons guerdonneurs
De haulx triumphes et d'honneurs
18830 Qu'il a concquis sus les Gaulois :
Sonnés clarons, gentilz galois,
Et menés grant bruit solennel.

*Icy s'en vont au devant
de Maximien et claron
a sonner.*

MAXIMIEN

Gloire et honneur sempiternel
Soit a vous, prince paternel,
18835 Qui du monde avés la gouverne.

· DIOCLESIEN

Bien vegnant, nostre amy charnel,
Nostre compaignon fraternel,
D'occident la clere lucerne.

MAXIMIEN

En Gaule, pais de renon,
18840 Avons destruit le meschant nom
De Jhesus et des ypocrites.

DIOCLESIEN

C'est bien fait, ne plaindons sinon
Quentin le filz qui fut Zenon
Mis a mort pour ses demerites.

·· MAXIMIEN

18845 Nous venons plus tost que le pas
Affin qu'au jour ne faillons pas
De vostre naissance avenue.

DIOCLESIEN

Demain en tenrons les esbas,
Mais premier ferons hault et bas
18850 Grant feste a vostre bien venue.

18832-18833 *Ind. scén.* vant — laron *mq A* — 18850
Après ce vers : Et fin de la passion saint Quentin *A*,
s'ensicut l'invencion monsieur saint Quentin *A.* Est
fin *etc.* — s'ensuict *etc. B.*

· *311 A.* — ·· *304 B.*

L'INVENCION DU CORPS

DE

MONSIEUR SAINT QUENTIN

PAR EUSEBE

---

*SAINT-QUENTIN *en paradis*

Glorieux Dieu, refulgente lumiere,
Cause premiere, essence pardurable,
Tu m'as logié en ta gloire sommiere,
Mais en riviere, en palus, en bourbiere,
18855 Mon corps sans biere est gisant lors dura-
[ble.
Par ta loable ordonnance admirable.
Gent, net, palpable est il et sans romp-
[ture,
Puis J. ans : donne luy sepulture.

DIEU

Quentin, amy, la bonté de mon ame,
18860 En mon royame, estoille reluisant,
Sera cognue en glorieuse fame
D'home et de fame, et veuil q'on te reclame
En basse lame, ou ton corps est gisant,
Maint languissant : tu seras guerissant
18865 Et souffissant pour santé impetrer
D'ame et de corps sans vice perpetrer.

EUSEBE, *en son oratoire*

Dieu eternel, divine sapience,
Ta providence ou ciel suppellative
Regit soleil, lune et toute influence,
18870 Dont l'affluence, en germe et en semence,
Par ta clemence, est en terre cultive,
Mais la chetive, estrange, maladive,
Fresle et doubtive humaine creature
Dechiet souvent de loy et de droiture.
18875   Nature regente
Arbrisseaux croissans,
Floriture gente,
Poissonceaux nagans,

Mais l'home cré a la divine ymage,
18880 De hault linnage et d'excelse facture,
Vit soubz la main de fortunal dimage,
Dont c'est dommaige et trop j'en plains
[l'ommaige,
Car trop ramaige en est la couverture,
Tres dure ardure et ordure et froidure,
18885 Quant le froit dure, endurent miserables,

---

* Mais aulx ungz sont ses grans dons favou-
| rables.

    ** Fortune rabaisse
    Meschans et chetifz,
    Pecune et richesse
18890   Puissans ont toudis.

Loenge a toy, car de tous biens mondains
Assés soudains tu m'as habilitee
Et fait naistre des plus grans des Romains,
Mais soirs et mains, de corps, de bras, de
| mains,
18895 Sus tous humains je suis debilitee,
Precipitee a mort et alitee,
Peu respitee, aveugle de mes yeulx,
Depuis IX ans, sans voir terre ne cieulx.
    Tristesse m'est joie,
18900   Langueur m'est vigeur,
    Destresse m'est proye,
    Maleurs m'est valeur.

Dieu tout puissant, o clarté supernelle,
Pure, eternelle, immobile, impartie,
18905 Donne a mes yeulx force spirituelle,
Ma corporelle organe sensuelle
Soit actuele et puissante en partie,
Pour voir l'ostie et digne eucaristie,
Plus que saintie ou temple catholicque,
18910 Et je loray ta bonté magnificque.
    Marie benigne,
    Secours et confort,
    Flourie virgine,
    Tousjours vray support.

*Elle doit faire semblant
de dormir.*

NOSTRE DAME

18915 Mon createur, mon filz, mon pere,
Je te pry que ta grace appere
A Eusebe, noble matrosne,
Donne luy sanité prospere
De corps et d'ame qui espere
18920 Parvenir en ton haultain trosne.

DIEU

Mere, ma tres chiere mere,
*En change de doleur amere,
Elle ara prosperité bonne :
Par hault et divin ministere.
18925 Le corps Quentin sera matere
** De son bien, l'adresse et la bone.

Gabriel, je vous preordonne
Pour ceste nouvelle exaucier :
A Eusebe vous fault noncier
18930 Que pour appaisier sa souffrance
Il convient qu'elle quiere en France
Le corps Quentin rué en Somme,
Apprés qu'il a rechut grant some
De tormens en pourprise auguste :
18935 Cela fait, sa doleur auguste
Prendra fin par santé pristine.

GABRIEL

Sainte deité celestine,
Par moy sera toute esjouye.

Eusebe, ta voix est oye,
18940 Lieve toy et va promptement
En Gaule et quiers songneusement
Ung lieu ou sejourner tu dois,
Nommé Aouste en Vermendois,
Emprés Somme, ung fleuve autenticque,
18945 Ou passe la voie publicque
Venant d'Amiens, noble cité.
Contre Laon : ou lieu recité
Diligamment tu encquerras
Et finalement trouveras
18950 Le precieux corps saint Quentin,
Martir de Crist, Dieu celestin,
Ja pieca bouté es palus
De l'eaue par tirans polus,
Lequel se par toy est osté
18955 Et au peuple manifesté
Tantost recepvras la veue
Par tes yeulx et seras proveue
*** Sans avoir imbecilité
Au corps de vraie sanité.

. 18885 *en marge :* A revers qui veult *ms.* — 18899 *en marge :* A revers A, A revers qui veult *B.* — 18904 inmobile A.

* 305* B. — ** 312* A.

18926 jadresse. — 18958 imbelcilite.

* 313 A. — ** 306 B. — *** 313* A.

18960 Toy ainsi doncques restauree
De santé, comme bienheuree,
Avec ce qui est pertinent,
Retourneras incontinent
En ton propre lieu.

EUSEBE, *en soy esveillant*

'Sadinette,
18965 Regardés en ce lieu honeste
S'on y perçoit personne estrange.

SADINETTE, *chambriere*

Nennil voir.

EUSEBE

Porroit ce estre ung ange,
Qui ces nouvelles me raporte ?

VIRGINE, *chambriere*

Je ne voy en sale n'en porte
18970 Ame partant de ce pourpris.

EUSEBE

Touteffois, n'ay je point apris
De songier choses si haultaines ;
Elles samblent estre certaines
Pour restaurer mon grant meschief.

SADINETTE

18975 Ce n'est que vuidenge de chief
Qui s'espurge par maladie,
Pour venir d'ung tel mal a chief
Le humer est bon, quoy qu'on die.

VIRGINE

Ne penssés a quelque estudie,
18980 Car grande ymagination
Traveille fort la phantasie
Et samble a la fois d'extasie
Que ce soit clere vision.

SADINETTE

Dame, ce n'est que illusion
18985 Qui de vostre grant mal provient.

"EUSEBE

Sadine, puis qu'il m'en souvient,
Dictes a mon maistre d'ostel

Qu'il donne d'otant et d'autel
De mes biens a tous indigens.

SADINETTE

18990 Il en sera bien diligens.
Reposés, soiés hors de soing,
De ce qu'il leur sera besoing
On leur donra sans nul remede.

GAUVAIN, *maistre d'ostel*

Comment fait madame ?

'VIRGINE

Elle redde
18995 En disant qu'elle a veu merveille.

SADINETTE

Or, parléz bas, qu'on ne l'esveille,
Someil l'oppresse et fort l'entasme.

GAUVAIN

O la tres bonne et vaillant dame,
Elle endure grant doleance,
19000 Dieu par divine proveance
Luy veuille son mal allegier.

DROGUET, *povre*

Minchet, nous sommes en dangier
De nostre vie, beau compain.

MINCHET, *povre*

Il nous fault abatre le pain
19005 Par faire le baston trambler,
Penssons de brebes assambler,
Nous tenons tous deux de l'abye.

DROGUET

Allons a l'ostel Eusebie,
Droit la ne faudrons nous point, més
19010 On nous servira de tous més,
Se nous scavons venir a point.

MINCHET

Dont ne le perderons nous point
Par faulte de piteux mos dire,
"Car pour une fois escondire
19015 Je ne me pars jamais d'ung lieu.

18973 sambles. — 18975 que une. — 18983 que *mq*
— ce ce.

* 306° *B.* — '' *314 A.*

19006 brbes *A.* — 19009 fauderons. — 19012 per-
drons *A.*

* 307 *B.* — '' *314° A.*

DROGUET ET MINCHET, *ensamble*

L'aumosne, pour l'amour de Dieu ?

GAUVAIN

Tenés, enffans, il vous souviengne
De prier qu'en santé reviengne
Eusebe, nostre chiere amye.
19020 Sachiés de vray qu'elle n'a mie
Sa plaisance delicieuse.

DROGUET

Dieu et la vierge precieuse
Luy doint santé, de mains, de bras,
D'ieulx et de corps.

MINCHET

Happe ce cras,
19025 Nous avons assés pour humais.

'GABRIEL

Eusebe, ne cesse jamais
Jusques tu ara achevé
Le voloir de Dieu et levé
La glorieuse corpulence
19030 Saint Quentin, de qui l'excellence
Est absconse en fleuve courant,
Car il te sera secourant
En tes doleurs.

EUSEBE

Dieu qui tout vois,
Dont procede la sainte voix
19035 Que j'ay en mon dormant oye ?
J'en suis a demy resjouye
Et croy que c'est chose divine.

Appellés moy Gauvain, Sadine,
Je lui veul raconter mon fait
Tout au long.

SADINETTE

19040 Dame, il sera fait.

Gauvain, parlés a ma maistresse.

''GAUVAIN

Dame, devers vous je m'adresse
A vostre command.

EUSEBE

En secret
Je vous dis, mon amy discret,
19045 Que j'ay oy en mon dormant
Une voix qui m'est affermant
Qu'emprés Aouste, ville grande,
Gist ung corps saint, dont suis engrande
De trouver la digne presence,
19050 Car la veue dont j'ay carence
Me restaura comme devant.

GAUVAIN

Dame, vous ne povés avant.
Vous scavés la fragilité
De vostre corps debilité.
19055 Aouste est ville tres loingtaine
Et nation oultremontaine
Et peult estre este vous dechupte
De ceste voix qu'avés conchupte ;
C'est phantosme, grant redderie
19060 ' Ou quelque faulce enchanterie
De quelque anemy anormal ;
S'i peult avoir autant de mal
Que de bien, le deable est subtil.

EUSEBE

Vous dictes tres bien, tel est il,
19065 Mais j'ay oy ja par deux fois
Ceste merveille, mais touteffois
G'y ajouste foy et credence
Et me donnent grant recreance
En haulte esperance de bien.

GAUVAIN

19070 Je vous conseilleray tres bien,
Pour oster toute abusion,
Affin que par infusion
Obtenés grace meritoire.
'' Priés a Dieu, roy celitoire,
19075 Que du fait au vray vous informe ;
Se c'est chose estrange ou difforme,
Jamais plus n'en sera nouvelle,
Et se la voix se renouvelle
En meisme persecucion,
19080 Mettés a execution
Le fait, soit joyeulx ou moleste,

19030 Quentin qui d'excellence *ms*. — elxcellence
A. — 19031 flame A.

' 307 B. — '' 315 A.

' 308 B. — '' 315 ' A.

Car se sera chose celeste
Pour adjouster foy et credence.

EUSEBE

Dieu me doint tel sens et prudence
19085 Que dignement le puisse faire.

GAUVAIN

Dame, pensés a vostre affaire,
Je voy regir vostre maisnaige.

EUSEBE

Mon Dieu, tu cognois mon coraige,
J'ay prins voloir en aage tendre
19090 De toy servir et encore ay je,
Tant que je pouray les mains tendre,
Et tousjours y voray entendre
De corps, de biens et de chevance.
Autant qu'elle se peut estendre,
19095 Mais garde moy de decepvance.

GABRIEL

Chemine, Eusebe, et si t'avance
D'aller en Gaule droite voie :
Jhesucrist, qui les siens pourvoye,
Veult que le glorieulx corpsage
19100 De Quentin, misericors, saige,
Viengne par toy a cognoissance
Et que vermendoise naissance
Soit de son ray illuminee,
Tu és ad ce preordonnee
19105 Du celestin gubernateur.

EUSEBE

O mon souverain createur,
A toy servir mon ceur s'applicque,
Quant me transmés voix angelique
Pour le corps de ton saint trouver,
19110 Auquel je me veuil esprouver,
Jassoit ce que j'en soie indigne.

Faictes venir Gauvain. Virgine.

VIRGINE

Gauvain, ma dame vous appelle.
La vela dedens sa chappelle,
19115 Qui fait assés joieuse chiere

GAUVAIN

Comment vous est, ma dame chiere ?
Est il quelque chose advenue ?

EUSEBE

Gauvain, la chose est revenue
La tierce fois signifiant
19120 Que je soie confiant
En la sainte bonté divine
Et non pas que je la devine :
M'a sommé par trois divers mandz
Que je voye devers Vermans
19125 Et la trouveray le saint corps
Que mon vray Dieu misericors
Veult manifester en ce monde,
Puis ara clarté nette et monde
Et seray de santé doee.

GAUVAIN

19130 La trinité en soit loee
De la grace qu'il vous envoye :
Il est bon, avant qu'on s'en voye,
D'en advertir nostre saint pere,
Affin que devers vous s'appere
19135 Sa sainte benediction,
Pour avoir introduction
Comment conduire il nous faudra.

EUSEBE

J'ay espoir qu'il ne nous faudra
En ce cas, allons a sa court
19140 Et si prenons le chemin court,
A cause que je n'y voy goute.

Lucquet, vieng avant, si m'escoute,
Maine moy le beau cheminet.

LUCQUET, serviteur

Madame, vecy le plus net,
19145 Marchiés aprés moy pas a pas.

EUSEBE

Gauvain, ne vous oubliés pas,
Compaigniés moy a ce besoing.

GAUVAIN

Madame, n'en soiés en soing,
Je vous secourray.

EUSEBE

Virginette,
19150 Et vous, tres belle Sadinette,
Venés avant, se bon vous samble.

VIRGINE

Ma dame, nous irons ensamble,
Vous en serés trop mieulx prisie.

SADINETTE

Puis que de nous chascun s'assamble,
19155 Ma dame, nous irons ensamble.

VIRGINE

N'est Romaine qui vous ressamble,
Tant estes vous auctorisie.

LE FOL

Ma dame, nous yrons ensamble,
Vous en serés trop mieulx prisie.
19160 Je m'en iray, gambe croisie,
Devant tous faisant la priere.
Sus l'escaillon d'une chiviere.
* Et ma demoiselle Marote,
Ainsi qu'une belle chambriere,
19165 Verra tout haussant par derriere
** Sa chemise, qu'el ne se crote.

Beaussire Jennin, va, se frote
Tes yeulx qui sont estartinés,
Il y a bien deux poux de crote
19170 Qui te pendent au bout du nés.

GAUVAIN

Nostre saint pere est il en point ?
Porroit on avoir audience ?

OVIDIANUS, *cubiculaire du pape*

Oy, seigneurs, quant il vous point,
Vous luy ferés obedience,
19175 Mais je luy donray advertance
Que ciens estes arivés,
Affin telle qu'il ne me tence,
Quant il sera a son privé.

Bone pater santissimé,

19180 Vecy Eusebe et sa maisnie
Qui en ce saint lieu renommé
Attent vostre grace benye.

JULIUS, *pape de Rome*

Fay le venir.

OVIDIANUS

Dame Eusebie.
Entrés au lieu de saintité.

GAUVAIN

19185 Glorieuse paternité,
Vecy Eusebe, la tres noble,
Tres riche d'or et de vignoble,
Mais tres povre de santé,
Qui pour cas de divinité
19190 Est venu avec sa famille.

JULIUS, *pape*

Eusebe, ma tres chiere fille,
Levés vous et puis me dirés
Vostre fait.

EUSEBE

Vous me pardonrés
* Se je suis difforme de vis,
19195 IX ans y a que je ne vis
Et que je n'eulx jour de santé,
Pour tant je dis, pater sancté,
Que n'a gaires fis oraison
A Dieu, querant ma garison,
19200 Mais ung angle resplendissant
Me vint consoler en disant :
Eusebe, se tu veulx avoir
Santé qui vault mieulx qu'avoir,
En Gaule quiers le corps precis
19205 De saint Quentin qui fut ochis
En Aouste et rué en Somme,
En fange qui ne le consomme,
Vers le chemin qui vient d'Amiens
Contre Laon : cela fait, les miens
19210 Et moy, comme toute garie
Du cruel mal qui me guerrie,
Retournerons a nostre marche :
Pour tant, ains que plus loing je marche,
Saint lieutenant de Dieu en terre,

19153 series.— 19168 escartines.

* 309° B. — ** 317 A.

19184 en.— 19188 de *my.* — 19213 loing ne marche

* 310 B, 317° A.

19215 Je vieng par devers vous grant erre
Pour avoir conseil et advis
Sur cestui fait, car se je vis
Par vostre bon commandement,
Je le feray.

JULIUS

Tres grandement,
19220 Vous et moy et tout cristien,
Devons le Dieu celestien
Regracier, quant il luy plait,
Comme j'entens, par vostre plain,
Revelé le corps du saint home.

LYON, cardinal

19225 Gardés que ce ne soit phantosme
Ou vision deabolicque.

EUSEBE

J'ay oy la voix angelique
Trois fois continuant propos,
Lors qu'en dormant prens mon repos ;
19230 Mais par avant cest accident,
Aouste, ville en Occident,
Ou de Somme, ou je doy aller,
N'avoye a nul oy parler :
Regardés en vos sains chapitles
19235 Ou sont les baulx fais et les titles
De Dieu les tres loyaulx amis,
Vous verrés bien s'on y a mis
Quentin que je vous ay nommé.

TAMASIUS, evesque

Quentin fut de Dieu bien amé ;
19240 Nous trouvons en ce matrologe,
Ou maint glorieux saint on loge,
Que Quentin fut natif de Rome,
Filz de Zenon, de noble prosme,
Il exauca le nom Jhesus
19245 En Amiens nommé dessus
Et rechut mort honteuse et vile
En Aouste, la gente vile,
Et fut son corps rué de nuit
En Somme et fange qui le nuit :
19250 Ainsy l'avons ratiffiet.

EUSEBE

Tu soies dont manifiet,
Mon Dieu, quant la lettre consone
A la voix de qui ma personne
A eu la revelacion.

LYON

19255 N'en fault aultre aprobation
Que de ceulx qui encoire vivent,
Qui recitent et qui escripvent
Les signes et fais glorieux
Que le martir victorieux
19260 Moustroit devant ceulx clerement,
Et que bien scay, n'a pas grammeut,
Que Zenet, le bon serviteur
Zenon, son pere senateur,
Trespassa du monde et encoire
19265 Vivent gens dignes de memoire.
Qui le cognurent en josne aige.

JULIUS

Il n'y fault plus de tesmoignaige,
La chose est assés averie.

EUSEBE

De cela plus je ne varie,
19270 Mais je redoubte ung pou le fais,
Je ne me cognois en ces fais.
Pour quoy je vous pry maintenant
Affin qu'on soit la main tenant
A ce fait honeste et tres gent :
19275 Ordonnés moy de vostre gent
Quelque legat ou secretaire
Qui sache nostre secret taire
Pour nous mieulx informer du cas.

JULIUS

Se vous donniés mille ducas,
19280 Vous ne pouriés mieulx adroscier
Qu'a Felix, mon amy tres chier,
Il est austere, solitaire
Et aime tout bien salutaire ;
Pour ces besongnes encquerir
19285 Nous l'avons fait prothonotaire.
Se vous porra bien secourir.

19217 ca. — 19224 chapeles. — 19235 et titles.

318 A. — 310ᵃ B.

19267 ne.

318ᵃ A. — 311 B.

FELIX. *prothonotaire*

Je le feray pour acquerir
L'amour de Dieu premierement
Et d'Eusebe.

EUSEBE

            Tres humblement
19290   Je vous mercy, noble seigneur.

JULIUS

        * Soiés luy pere et enseigneur,
En cestui cas je vous ordonne
Mon vicaire et povoir vous donne
De disposer du saintuaire,
19295   De sepulture et de suaire,
Tout a vostre discretion.
Recepvés benediction,
Tous ensamble ains le congié prendre.

Jhesucrist qui pour nous vault pendre
19300   En l'abre de la vraye crois,
Qui fut trouvee, ainsi le crois,
** De Helaine entour Jherusalem,
Vous face trouver de sourcroix
Le corps de saint Quentin.

EUSEBE *et les siens ensamble*

                    Amen.

FELIX

19305   Pour querir francoise partie
Tamps est de faire departie :
Chascun s'i dispose et habille.

EUSEBE

Adieu, pere saint.

JULIUS

            Adieu, fille.

GAUVAIN

Adieu, colliege venerable.

EUSEBE

19310   Priés pour toute ma famille.
Adieu, pere saint.

JULIUS

            Adieu, fille.

Vivés selonc sainte euvangille.

EUSEBE

Je tenray chemin honorable,
Adieu, pere saint.

JULIUS

                Adieu, fille.

* FELIX

19315   Adieu, colliege venerable.

EUSEBE

Gauvain, mon ami favorable,
Solicités sans plus d'arest
Que nostre chariot soit prest
Et furny par voies subtiles
19320   De choses propres et utilles,
Je veuil partir incontinent.

GAUVAIN

Tout ce qui sera pertinent,
Vous l'arés sans quelque deffault.

EUSEBE

Felix, mon chier amy, il fault
19325   Que ung petit vous me soustenés.

**FELIX

Je vous pry que vous me tenés
Par le bras, venés ou je voy.

EUSEBE

Pardonnés moy, car je ne voy
Chemin, sente ne pierre bise.
Dieu en soit loé.

GAUVAIN

19330   Hurtebise,
Tost, tost, abille tes chevaulx
Pour charier bas en ces vaulx ;
Ma dame veult son car user.

HURTEBISE

Madame veult toujours beser :
19335   En quel pais le charirai ge ?

GAUVAIN

En France.

19304 de *mq ms.* — 19308 ma fille.

* 319 A. — ** 311* B.

19314 ma fille *ms.*

* 319* B. — ** 312 A.

HURTEBISE

En France, vecy raige,
En France, benoit sire Dieux,
Ce n'est mie au bout des courtieux.
J'aroye plus chier a mengier
19340 Du lait bouly, sans moy bougier,
Qu'aler en France ou vous tendés.

*GAUVAIN

Abrege toy.

HURTEBISE

Heu, attendés,
Sambieu que vous estes hastieux,
Mais cuidiés vous que mes hostieux
19345 Soient ossi pretz que les vostres ?
On diroit bien dix paternostres
Ains que j'aye toutes mes bagues,
Car il me fault chaussier mes wagues,
Affourrer Grison et Moreau
19350 Et rembourrer mon vieux gorreau
Qui n'a locque tenant ensamble.

GAUVAIN

Maistresse dame, il me samble
Que vostre chareton s'appointe.

EUSEBE

Mettés cousins et quieutepointe
19355 En nostre chariot plaisant.

**LUCQUET

Tout ce qui nous sera duisant
Y sera mis.

EUSEBE

Et vous, femmes,
Prenés coeuvrechief et achemmes,
Heures, paternostres, joyaulx
19360 Et tous atours especiaulx,
Qui sont de salut et de fruit.

SADINETTE

Ma dame, nous yrons en bruit
En France, le joieux repaire.

EUSEBE

Allés, querés deux ou trois paire
19365 De drapz linges les plus delis,
Odorans comme fleurs de lis,
Qui soient dedens nostre coffre,
Il sera besoing qu'on les offre
Au corps saint pour l'ensevelir.

*VIRGINE

19370 Dame, g'y vois sans point faillir,
Se je les puist tenir en palme,
Nous les arons sentans que balsme,
Blans et nés, legiers a porter.

GAUVAIN

Madame, vous plait il monter ?
19375 Vela les chevaulx attelés.

EUSEBE

Or aidiés moy a tous lés,
Je ne voy amis ne parens.

*Elle monte au
chariot.*

Vous plait il ossi entrer ens,
Felix ?

FELIX

Nennil, ma chiere dame.
19380 Pour grace avoir de corps et d'ame,
J'acompliray ce saint voiaige
De piet, puis que tel ennoy ay je
A sueur de face et de bras.

VIRGINE

Dame, vela les linges drapz,
19385 Les meilleurs que j'ay sceut trouver,
Vous le scarés a l'esprouver,
Je ne saroie mieulx choisir.

**EUSEBE

Il sont tres bien a mon plaisir,
Je les cognois bien a sentir.

LUCQUET

19390 Ma dame, il est tamps de partir.
Je tenray main au chariot,

---

* 19355 *corr :* tost mis ?

* 310 A. — ** 312** B.

19364 quieres.

* 320ᵇ A. — **313 B.

Qu'il ne tresbuche en ung ruyot,
En bourbe, en herbette ou en wain.

GAUVAIN

A l'aventure voit Gauvain,
19395 Mais que ma dame soit guerie.

LUCQUET

Charie avant, charton, charie.

HURTEBISE

'Est tout mis a point ? a, jo, jo.
Hureho, ha, da, hureho,
Tire, Moreau, tire, Grison,
19400 Hay avant, os tu point le son
De celle terrible escorie ?
Ho que du.

EUSEBE

La vierge Marie
Et son filz nous veuille conduire.

LUCIFER

Tout le monde nous veult seduire,
19405 Deables dampnés, noirs que chavates,
Grignés les dens, mordés vos pates,
Roulliés les yeulx et boutés hors
Les langues pour crier ahors,
Eusebe, la noble romaine
19410 Se fait charier et se maine
Sa maisnie au pais de Gaule
Pour trouver le corps et l'espaule
De Quentin, nostre ennemy noir,
De qui l'ame est au hault manoir.
19415 Deables d'enfler, allés apprés,
Vollés en l'air, courés aux prés,
Rompés charios et roelles,
Tués dames et damoiselles
Et le haria quaria.

SATHAN

19420 "Oncques nulz ne les charia,
Si bien que nous les charirons,
Car moy et Astaroth irons
Reverser tranœaulx et charettes.

ASTAROTH

Il s'en venront les langues trettes
19425 En nostre infer le cul devant.

BELZEBUS

Ains que vous allés plus avant.
Demandés a Rictiovaire
'Dont l'ame noire, non pas vaire,
Repose en nostre cimentiere,
19430 Ou est la pel du corps entiere
De ce Quentin qu'i vont querant.

LEVIATHAN

Attendés moy, g'y vois courant.
Tantost le vous saray a dire.

BERICH

Deables, vecy pour crever d'ire :
19435 Se son corps est manifesté
Au monde, nostre poesté
S'anientira en tous endrois,
Car les boiteux demouront drois.
Crochus, bochus seront onnis
19440 Et les nostre seront honnis,
S'il fait miracles a plenté.

LEVIATHAN

Deables, j'ay esté bien planté,
Car je reviens du plus parfont
D'infer, ou les deables parfont
19445 Grant paine au pruvost sans pité,
Rictiovaire despité.
Lequel m'a dit bas en l'oreille
En ung fu ou il se traveille,
Qu'aprés qu'il ot fait decoller
19450 Quentin, qu'on ne peult acoller,
Il fist ruer corps et caboce
En Somme et puis la fiere boce
Le fit couvrir de grant ordure.

LUCIFER

"Deables d'enfler, plains de lourdure,
19455 Il fault nagier entre deux eaues
Ainsi que font loutres et aues,
En gardant qu'on ne le descoeuvre ;
Mieulx vaudroit perdre ung pot de coeuvre

Ou ung chauderon plain de raige,
Que le trouver.

'SATHAN

19460   M'espainderay je
Avec Astaroth, le harouge,
Pour y tapper ung clou tout rouge
Et brasser deux deables cornus?

ASTAROTH

Vous n'en avés encore nulz
19465 Ossi vaillans comme nous deux.

LUCIFER

Allés dont et en despit d'eulx
Faictes du pis que vous povés,
Si qu'il soient tous appovés
De fourdre et de mendicité.

CERBERUS

19470 Faictes le benedicité,
Ains qu'on serve du premier més,
Affin que chascun desormais
Soit de hardiesse adoubé.

LUCIFER

Sus, deables, sus, dictes jubé.

SATHAN et tous les deables ensemble

19475 Domine, benediceré.

LUCIFER

D'ung haubregon tout deschiré
De mors soubites et soudaines,
Enmaillet de fievres quartaines,
Avecq ung healme de tigne,
19480 Du mal saint Jan de quoy on grigne,
Des gambieres de saint Anthoine,
Du mal saint Achaire ung noir moisne,
Puissiés vous porter gorgias
Et escut.

SATHAN et les deables ensemble

Deo gracias.

''FELIX

19485 Long tamps a que nous sommes jus

19474-19475 ble *maj.* — 19477 et de.

' 322 A. — '' 214° B.

Des Alpes et mons de Monjus
Et sommes aprés grant souffrance
'Arrivés au pais de France,
Mais quel chemin nous devons prendre,
Je n'en scay plus.

EUSEBE

19490   Il fault apprendre
A quelque ame, s'on le rencontre,
Ou est Vermendois.

GAUVAIN

          A l'encontre
De nous vient ung viel preudommel,
Issus de ce petit hamel :
19495 Espoir qu'il cognoit le teraige.

ERACLE

Dieux, que vecy grant cariage
De dames et de damoiselles,
Dieu mette en mal an les plus belles,
Il faura que je me deffule
19500 A grant paine, ou que je recule
Arriere du quaribary,
J'aprocheray tout le hari,
Et fussent d'Inde la maiour.

Mes dames, Dieu vous doint bon jour
Et bon matin.

EUSEBE

19505   Vien ca, bon home,
Ou est le lieu lequel on nomme
Aouste ?

ERACLE

En Vermendois :
Tenés tousjours envers mes dois
La bonne main, sans tromperie,
Vous irés prés.

EUSEBE

19510   Et je te prie,
Dis moy se tu as aultreffois
Cognu par renom et par voix
Ung home Quentin appellé,
''En ce lieu jadis decolé
Par les payens.

19488 arvives *A.* — 19501 carivari. — 19508 mon
corrigé en mes *A.*

' 322° *A.* — '' 323 *A.*

ERACLE

19515   'Ma dame, oy,
Je vous promés que je l'oy,
Mais il y a si loing tempoire,
Que de son fait je n'ay memoire,
Ne riens au vray je n'en propose.

EUSEBE

19520 Scés tu point ou son corps repose ?

ERACLE

Nennil voir.

EUSEBE

               En l'onneur de Dieu,
Je te pry, moustre moi ung lieu
Lequel on dit voie publicque
Venant d'Amiens, allant sans plique
19525 A Laon, en laquelle espace
La riviere de Somme passe,
Car droy la je descenderay.

ERACLE

Sievés moy, je vous y menray :
Ma dame, ad ce que mon ceur sent,
19530 Vous demandés l'adolescent
Quentin, le prudent et le saige,
Qui fina prés de ce passaige ?
Jamais parler je n'en saroie,
Que plourer mon ceur ne s'aroye :
19535 Tousjours me cheent larmes d'oeul,
Quant il me souvient de son deul
Vecy le lieu que vous querés,
Ma dame, vous y enquerrés
Tout ce que vostre ceur desire.

EUSEBE

19540 Grammercis, mon amy, beau sire,
Nous sommes en vostre command.

ERACLE

"Or a Dieu je vous recommand,
Je voy parfaire mon emprise.

EUSEBE

Vecy le lieu et la pourprise

19517 il *nq.*

' 315 B. — '' 323° A.

19545 Que l'ange m'a signifié,
Mon Dieu en soit magnifié,
Je m'esjouye de corps et d'ame.

GAUVAIN

"Vous plait il descendre, ma dame ?

EUSEBE

Oy, Gauvain, vostre secours.

LUCQUET

19550 Hurtebise, cesse ton cours :
Ma dame descent du charoy,
Més ton chariot en arroy
Et si va desteler tes bestes.

HURTEBISE

Hurcho, que Dieux en ait festes,
19555 Mes chevalés baillent de soif :
S'il ont but dessoubz une souf,
Leur donray deux ou trois fais d'orge
Et puis les menray a la forge,
Ilz sont ainsi que defferrés.

FELIX

19560 Je vous diray que vous ferés,
Ma chere dame gracieuse,
L'eaue est tres large et spacieuse,
Se fault avoir une naicelle
Et vous enterés en icelle,
19565 Attendant la misericorde
De Dieu et du saint.

EUSEBE

               Je l'accorde :
Gauvain, querés ung navieur,
J'aray tousjours de ma vie eur,
Se nostre fait peult adrecier.

GAUVAIN

19570 ''Venés, ca, mon amy tres chier,
Vous gaignerés vin de vignoble
A mener ceste dame noble
Juer en l'une de vos nefz.

MATHELOT, *navieur*

J'ay bouche, dens et vis et nés
19575 Et la langue toute essappie,

19547 mesjouyr, *corr :* m'esjouis ?

' 315° B. — '' 324 A.

Tous mes sens seront fortunés
Se je ne crocque celle pie.
Ou est celle dame jolye ?
Faicte moy gaigner demi lot.

GAUVAIN

19580 Dame, vecy ung matelot :
Pour vous servir du tout s'areste.

'MATHELOT

Quant on veult, ma nacelle est preste,
Mes crocqz et tous mes navirons :
Entrés ens, montés sus la creste
19585 Et puis a cop nous navirons.

LUCQUET

Ma dame, nous vous servirons
A l'entrer ens.

EUSEBE

Il est besoing,
Si aprés le desservirons
Grandement, n'en soiés en soing.

Elle entre en la nef.

MATHELOT

19590 Dame, volés vous aller loing ?

EUSEBE

Nennil, naviés ung petit.
Si tost que j'aray appetit
De sejourner, vous ferés point.

MATHELOT

A cela ne faudray je point,
19595 Il ne fault que lever le doy.

EUSEBE

Il souffit : vecy ou je doy
*"Trouver le glorieux martir,
Pour qui nous a falu partir
De Rome, imperiale marche,
19600 Et venir en Gaule ou je marche,
Endurant les grandes froidures
De neges et de roches dures.
Pour tant, mes amys chiers tenus,

Qui grans fais avés soustenus
19605 Avec moy de paine et mesaise,
Je vous pry que pour lors vous plaise
Implorer la grace divine
De Dieu, en qui tout bien s'avine,
Si qu'en fin nous puissons saisir
19610 Le parfait de nostre desir,
Et moy la povre femmelette
Feray mon oroyson simplette,
Disant au millieu de ce bacq :

Sire Dieu d'Abraham, d'Ysacq,
19615 Dieu de Jacob, Dieu createur
De toute chose et largiteur,
*A qui tout haultain bien pretend,
Je te pry, Dieu omnipotent,
Exauce l'humble pecheresse
19620 Et me moustre par quelque adresse
Le corps du martir que je dis,
Comme tu acomplis jadis
Le desir de ta serve Helaine
En luy moustrant emmy la plaine
19625 De ta sainte croix la baniere,
Je te pry qu'en telle maniere
Il te plaise moy maintenant
Moustrer en ce present tenant
Le saint venerable tresor
19630 Des long tamps muchié et tres or
Ou corps du martir glorieux,
Qui pour ton saint nom precieux
A souffert mort et ne me lesse
*"Partir de ce lieu qui m'eslesse,
19635 Jusques j'aray aulcunement
De mon desir l'ensaignement,
Affin que par moy soit cognu
A tout peuple, gros et menu,
Ce qui est passé long tempoire,
19640 Mussiet en ce lieu, a la gloire
Et loenge de ton saint nom,
Qui est benoit comme on doit croire
In secula seculorum.

*Lors se doit fort mouvoir
l'eaue ou le corps est.*

19587 a entrer dedens. — 19589-19590 *Ind. scén.*
nef *mq A : f mq B.*

* 316 B. — ** 324* A.

19608 saminne. — 19643-19644 *Ind. scén.* ouvoir —
est *mq. A.*

* 316* B. — ** 325 A.

MATHELOT

O Jhesus, nostre bon patron,
19645 Que devenrons nous ? Que feray je ?
Il ne fait vent, pluye n'oraige
Et touteffois l'eaue se meut
Plus fort que d'ung molin qui meut
Et vont croissant wages et ondes
19650 L'une sus l'autre, toutes rondes,
Oncques ne fus si merveilliés.

FELIX

Chiere dame, or vous apparliés
Au glorieux corps recepvoir,
On le commence a percevoir,
19655 Blanc que nege, tout descouvert
Et sentant qu'englentier tout vert.
Le plus bel de tous les humains
Vous approche, tendés les mains,
Affin que vous le puissiés prendre.

EUSEBE

19660 O Jhesus, je te doy bien rendre
Graces, loenges et mercis,
Quant je tiens le saint corps precis
Ou gist mon singulier espoir.

MATHELOT

Dame, se vous avés pooir,
19665 Il convient que vous le bougiés,
Eslevé le et si le logiés,
En ceste nacelle plaisante.

**EUSEBE

Il fault que vous me soulagiés,
Car je suis tres foible et meschante.

*A l'aide de Mathelot
elle met le corps
en la nacelle.*

19670 Gloire a la trinité puissante,
Nous en sommes venus a chief.

GAUVAIN

Dame Eusebe, vela le chief
Tres glorieux, saint et beat,

Venant par ung aultre noat,
19675 Nagant dessus l'eaue et flotant.

MATHELOT

Ma dame, soions nos hastant,
Affin que le puissons avoir,
C'est le plus gracieulx avoir,
Que je vis oncques en ma vie.

FELIX

19680 Navie, Mathelot, navie,
Affin ce qu'elle le puist prendre.

MATHELOT

Ne luy fault que les mains estendre
Et mestre avec sa corpulence.

EUSEBE, *en prenant le chief*

O glorieux chief d'excellence,
19685 Sainte face doulce et benigne,
Je scay bien que je suis indigne
De toy prendre et, de toy touchier,
Mais puis que le hault justicier
A ce faire m'a ordonnee,
19690 Je me tiengz la mieulx guerdonnee
Qu'il en soit nulle au present monde.

*FELIX

O chiere dame, pure et monde,
Amenés a port de salut
Le martir qui tant a volut
19695 De tourmens pour Jhesus souffrir.

MATHELOT

Tantost le vous allons offrir.
Nous navyons sans desriver
Devers vous.

**GAUVAIN

Faictes arriver
Devers nous son plaisant corsage.

EUSEBE

19700 Virgine, ma fille très saige,
Allés moy querir les drapz linges,
Blancqz et netz, sans tache et sans fringes,
Lesquelz je vous fis apporter
Du clos romain pour supporter

19705 Cestui fait et l'ensevelir.

VIRGINE

Ma dame, je voy acomplir
Vostre commandement et gré.

EUSEBE

Vecy le saint corps bienheuré,
Quentin, champion immortel.

19710 Felix, or estes vous sacré,
Mettés le hors de ce batel :
Tantost ara riche mantel
De drapz flairans soef que graine.

FELIX

Ma chiere dame souveraine,
19715 Je le prenray entre mes bras.

VIRGINE

Vecy gracieux linges drapz,
Deliz que soie.

FELIX

Estendés lés,
Le saint corps qui n'est pas des lés
Y feray poser et gesir.

EUSEBE

19720 Lucquet, aide moy pour issir
Hors de ce navire present.

LUCQUET

Volentiers.

EUSEBE

Tenés ce present,
Nostre beau pere bien amé,
C'est le chief du corps renommé
19725 Trouvé miraculeusement.

FELIX

C'est ung vaissel qui dignement
A bien desservi qu'on l'onneure.

MATHELOT

Ne vous plait il plus riens pour l'eure ?

GAUVAIN

Nennil, mon amy, s'il te plait
19730 Avoir le vin a pou de plait,
Tu l'aras.

MATHELOT

Nennil, quite, quite,
Je ne veuil une pome quite,
Car au benoit saint suis soumis.

EUSEBE

Mes freres et loyaux amis,
19735 A Dieu devons rendre loenge,
Quant champion de si noble enge
Avons trouvé par fait mirable.
Ains que ce tresor honorable
Soit volepé en drap de soie,
19740 Je vous pry que pres de luy soie
Pour le sentir et l'atouchier,
Car posé que point ne le voie,
L'odeur de son corps en la voie
M'a fait grant bien a le touchier.

FELIX

19745 Son corps, pour le vray anoncier,
Plain de suavité fragrant,
Nous rend vive odeur si tres grant
Que nous oublions tous delis
Mondains de roses et de lys,
19750 Jassoit ce qu'il fusist souillié,
De pervers tirans enroullié
Qui le ruerent en la bourbe,
Il n'a tache qui le destourbe,
Mais sent que rose redolente
19755 Et a blancheur tant redolente
Qu'i samble mieulx divin que humain.

EUSEBE

Helas, sire, mettés ma main
Dessus son chief que je l'atouche
Et que j'en raporte la touche
19760 De mes mains et dois affoiblis
A mes yeulx qui sont aveuglis.
O bienheurees creatures,
Vous voiés ces belles faitures,

Son precieux corps et ymaige,
19765 A qui je quiers a faire homaige,
Et moy, maleureuse chetive,
Qui en suis premiere inventive,
N'en voy ne corps ne chief ne face,
Car je n'ay oeuil qui bien me face.
19770 Neautmains en mon ceur solitaire
Esperant grace salutaire
Et santé en saison future,
Par son divin electuaire
Je diray en mon chantuaire
19775 Par joye et sans desconfiture :

    O glorieux saintuaire,
    Digne chief, digne viaire,
        Debonnaire,
    Tres doulce et plaisant figure,

19780   Vif soleil, vif luminaire,
    Vif miroir, vif exemplaire.
        Qui doit plaire,
    N'est riens qui te deffigure.

    Dieu, seigneur dessus nature,
19785   A gardé ta portraiture
        De rompure,
    O glorieux saintuaire,

    Digne corps sans corrumpure,
    Ou formosité s'apure,
19790   'Nette et pure,
    Digne chief, digne viaire.

GAUVAIN, *a genoux*

**Chascun te doit honneur faire,
Car ton corps de noble affaire
A beaulté sans mespresure :
19795 Tu n'as tache ne morsure
Qui en riens te puist deffaire.

LUCQUET, *a genoulx*

Se tu as rechupt mort sure,
Jhesus l'a volut reffaire,
Tu n'as tache ne morsure
19800 Qui en riens te puist deffaire.

VIRGINE

Gloire a Dieu qui tout mesure,
En toy n'est riens a parfaire.
Tu n'as tache ne morsure
Qui en riens te puist deffaire.

SADINETTE

19805 Chascun te doit honneur faire,
Car ton corps de noble affaire
A beaulté sans mespresure :
Tu n'as tache ne morsure
Qui en riens te puist deffaire.

FELIX

19810 Beaux seigneurs garnis de vertus,
Regardés les deux cloux pointus
Que le tirant plains de discors
Luy fit fichier dedens le corps,
Vecy rudde et grosse feraille,
19815 Se c'estoit pour percier muraille,
Se sont ilz crueulx et terribles.

GAUVAIN

Je ne vis oncques si horribles.
Ma dame, sentés quel barrel.

EUSEBE

Ne scay comment corps naturel
19820 Povoit porter ce grief oultraige.

'GAUVAIN

Chiere dame, ou les meteray je ?

EUSEBE

Gauvain, boutés les en mon coffre,
Nous en ferons present et offre
A la sainte esglise romaine,
19825 Ou il convient qu'on me remaine,
**Pour donner foy et tesmoignaige,
Qu'en l'eaue de Somme, ou on naige,
J'ay trouvé ce tresor tres gent.

FELIX

Chascun de nous soit diligent
19830 De l'ensevelir, il est tamps.

SADINETTE

Nous y serons les mains metans,

17766 moi *mq.* — 19769 *mq.* — 19788 digne *do.* —
19792 *en marge :* respops *ms.* — 19793 tache de *A.*—
19796 de puist *A.* — 19797 *en marge :* vers [et] *ms.* —
19800 de puist *A.*

' 327ᵃ *A.* — '' 319 *B.*

19801 *en marge :* gloria *ms.*

' 328 *A.* — '' 319ᵇ *B.*

Nous avons aguille enfilee,
Bien poindante et bien affilee,
Dont le suaire couserons.

VIRGINE

19835 Espoir que tout a cop serons
Au debout de ceste lisiere.

EUSEBE

Chascune de vous soit legiere
Et apperte en cela faisant.
Son tres saint chief resplendissant
19840 Sera par moy en ce drap mis,
Puis que mon vray Dieu m'a transmis
A ce faire. Hé, Sadinette,
Voy se mon œuvre est toudi nette,
Je ne voy riens qu'a l'aventure.

SADINETTE

19845 N'y fault q'une seulle cousture,
L'ouvraige est plaisant et joly.

FELIX

Ma dame, il est enseveli :
Tamps sera de le mettre en terre.

EUSEBE

Il nous fault quelque part enquerre
19850 'Ou est la cité de Vermans :
C'est du pays la clef fermans
Et le chief de ceste contree,
Se veuil qu'elle soit rencontree
De ce glorieux corps saintisme,
19855 Qui sera patron legitime,
Sauvegarde et protection
De vermendoise nation,
Car puis que nous avons trouvé
"Tresor tant riche et esprouvé
19860 Dessoubz sa haute seignourie.
C'est raison qu'elle en soit nourrie
Et que droy la gise et repose.

FELIX

Vous dictes bien : sans longue pose,
Ma dame, entrés premierement
19865 Au chariot et promptement
Vous donrons le reliquiaire.

Le saint corps a tout le suaire
Pour mener au noble chastel.

EUSEBE

Lucquet, et vous, maistre d'ostel,
Secourés nous.

GAUVAIN

19870 Nous y courons.

LUCQUET

Madame, nous vous secourons,
Face pluye ou grant vent de bise.

GAUVAIN

Lieve sus, lieve, Hurtebise.
Va athelés tes chevalés,
19875 Car madame avec ses varlés
Yra a Vermans droite pointe.

HURTEBISE

Se fault que mon harnois j'appointe,
Je n'ay roe qui soit trop ointe.
Il me fault estre gent et cointe
19880 Puis qu'au dames suis charton.

On met le corps seigneur
Quentin au chariot.

·QUENTIN

Jhesus, nostre redemption,
Par divine operation,
Concheupte eu perdurable celle,
Tu as fait demonstracion
19885 De mon corps sans corruption
A Eusebe, ta bonne ancelle,
Qui du tout s'enforce et est celle
Qui le veult a Vermans mener :
Ne le soeuffre oultre cheminer
19890 Du lieu auquel mort enduray,
Car puis que je le consacray
"De mon sang, a mon desrain pas.
Mon vray Dieu, ne delaisse pas
Que mon corps n'y ait sepulture.

DIEU

19895 Quentin, c'est raison et droiture

19868 menel. — 19880 suppléer : je on écrire : que
aux ?. — 19880-19881 Ind. scén. cigneur uq.

' 329 A. — '' 320'' B.

' 328'' A. — '' 320 B.

Qu'en Aouste aiés mansion,
Illec ferés vous stacion.

Angles, partés en noble arroy,
Faictes arester le charroy
19900 D'Eusebe, la noble matrone.

GABRIEL

Pere triumphant en hault trosne,
Tantost luy donrons arestance.

RAPHAEL

Deppartons nous sans quelque instance,
Affin qu'il ne voient avant.

EUSEBE

19905 Mes tres chiers amis, Dieu devant,
Nous menrons ce corps precieulx
Au noble chastel gracieux
Dessusdit.

GAUVAIN

Ainchois qu'on voit oultre,
Il fault que quelque ame nous moustre
19910 De Vermans la ville et paroche.

Vieng cha, vieng, mon amy, aproche,
*Combien conte on jusqu'a la ville
De Vermans ?

ORENGOIS, serviteur au seigneur d'Aouste

Il y a cinq mille :
Prumier vous fault monter ce mont
19915 Et comme le chemin se mont,
Tirés en voie.

GAUVAIN

Grand mercis.

ORENGOIS

Seigneurs, qu'esse la de precis
Que vous venés ? esse butin ?

FELIX

C'est le corps monsieur saint Quentin,
19920 Dont on a fait l'invention.

ORENGOIS

* O Jhesus, pere de Sion,
Avés vous ce tresor conquis ?
Les plus grans du païs l'ont quis
Et ne l'ont sceut trouver jamés :
19925 Vous avés le plus riche més
De Vermendois.

EUSEBE

Quant il te plest,
Charle avant.

HURTEBISE

Hurho, Baillet,
Hay, avant, ou tu l'aras belle.

ORENGOIS

Chier sire, entendés la nouvelle
19930 Qui maintenant est advenue.
Une dame aveugle venue
En ung beau chariot de Rome,
Acompagnie de son prosme,
A trouvé le corps redolent
19935 De Quentin, martir excellent,
Rué dedens Somme jadis.

" LE SEIGNEUR D'AOUSTE

S'il estoit ainsi que tu dis,
Heureuse seroit la journee.

SANSON, escuier

Ce n'est que bourde empenee,
19940 Je ne puis croire telle histoire.

BALAN, escuyer

C'est chose moult contradictoire :
Comment pouroit femme aweuglee
Romaine ici estre enanglee
Et trouver, quant el ne voit goutte,
19945 En Somme, fleuve qui degoute,
Ung corps abscons des L ans ?

ORENGOIS

Beaulx seigneurs, n'en soiés doubtans,
J'ay veu ce que je vous compte,
Dont pour mieulx averer mon compte,
19950 Maintenant devant vostre porte

19911 amy *mq.* — 19912 conton A. — 19913 cineq
mq.

* 329° A.

---

* 321 B. — '' 330 A.

Passera le car qui le porte
A Vermans, pour sepulturer.

GUICHAR, *serviteur*

* Il dit voir, je l'ois tamburer,
Vecy chevaulx, car et harnas,
19955 Dames sus et romains penas
Et le corps dont il vous parla.

LE SEIGNEUR D'AOUSTE

Beaulx seigneurs, que menés vous la ?

FELIX

Noble seigneur, hault, somptueux,
C'est le tres saint corps vertueux .
19960 De Quentin, le fils de Zenon.
Que ceste dame de renom
A quis par miracle evident.

LE SEIGNEUR D'AOUSTE

Est il ainsy ?

GAUVAIN

Hault president,

N'en doubtés.

** LE SEIGNEUR D'AOUSTE

Ou le menés vous ?

GAUVAIN

19965 A Vermans, la l'enterrons nous.

LE SEIGNEUR

Pleust a Dieu qu'il me fut cousté
L'espee que j'ay au costé
Et il n'alast avant d'icy :
Aouste en vauroit mieulx ossy,
19970 Plus redoubté on m'en tenroit.

GAUVAIN

Charie avant, le mont est roit.

GABRIEL

Raphael, arestons ce car
Ou est le precieulx corps, car
Le voloir de l'altissonant
19975 Est du tout a ce consonant.

19970 au mien terroir.

* 321° B. — ** 330° A.

Qu'il repose en celle pourprise.

RAPHAEL

Achevons dont nostre entreprise
Affin que de cy ne se part.

*Lors arestent les
angles les chevaulx.*

HURTEBISE

'Hay, avant, que Dieu y ait part.
19980 Tire, Moreau, tire, carongne,
Tire, Grison, senglante rongne.
Que mau leu te puist estrangler
Et que tous deux puissiés baller
Du mau saint Jehan tout a plain.

FELIX

19985 Tu és ung rebelle villain,
Ne scés tu parler doulcement ?

HURTEBISE

Quel grant deable d'empechement
Poons nous maintenant avoir ?
Le charoy ne se peult mouvoir
19990 Avant n'arriere de ce lieu :
Hureho, ung cop, de par Dieu
Qui pour nous souffrit mort amere.
**Il n'y a ne Dieu ne sa mere,
Il n'en bouge car ne rouet.

GAUVAIN

19995 Frappe du gros de ton fouet
Tes chevaulx, se les fais hichier.

LUCQUET

Chiffle, chiffle, ilz veullent pissier.

HURTEBISE

Ilz veullent les senglante fievres.
Ilz estoient ores plus mievres
20000 Que ne sont singes nouveaulx nés :
Gauvain et Lucquet, cha, venés.
Boutés avant a la carette.

GAUVAIN

Ensamble que plus ne s'areste,

19994 ne fouet, rouet.

* 322 B. — ** 331 A.

Moustre a ceste fois ta maistrise.

HURTEBISE

20005 Hureho, Moreau, fieu de Grise,
       Hureho, Grison, fieu de Baye,
       Hureho, que soubz une haye
       Vous puist on tous deux escorchier.

       Riens n'y vault batre n'emfforcier,
20010 Ilz ne s'en bougent peu ne point.

EUSEBE

       Ho, mes amis, faictes la point :
       J'entens nostre fait clairement,
       *Mettés moy jus et prestement
       Je vous en diray mon entente.

       Lors descent Eusebe.

FELIX

20015 Ne scay se l'ennemy nous tempte,
       Comme envieulx de nostre bien.

EUSEBE

       Nennin certes, mais je voy bien
       Que Dieu rengnant en hault degré
       Veult qu'en ce saint lieu consacré
20020 Du sang de son martir tres or,
       Ne soit privé de son tresor,
       ** Mais en possesse a tousjours mais
       Et pour tant n'alons avant, mais
       Deschergés le et si l'enterrons
       En ce saint lieu.

FELIX

20025   Nous le ferons,
       Je cuide que Dieu nous inspire
       De son celestial empire,
       Car vostre conseil est loable.

GAUVAIN

       Chascun de nous soit prompt et able
20030 A mettre jus ce saintuaire.

ORINGOIS

       Sire, se saint reliquiaire
       Qui passoit ore icy devant

Se retarde et ne peult avant,
Je ne scay pour quelle raison.

LE SEIGNEUR D'AOUSTE

20035 Guichart, Baulan, et vous, Sanson,
       Allons, veoir que ce veult estre.

       Serés vous en ce lieu terrestre
       Maishuy ? Dont viennent ces obstacles ?

FELIX

       Ha, sire, ce sont vrais miracles,
20040 Nostre intencion et propos
       Estoit de mener en repos
       A Vermans ce glorieux saint,
       Mais non plus que s'on l'avoit chaint
       De cent chaines, pour plus peser,
20045 Nous ne povons avant passer
       * Et dit ma dame souveraine
       Qu'en ce lieu, ou l'eure derraine
       Par mort vault terminer ses jours,
       Il y doit faire ses sejours
20050 Et non ailleurs : s'avons conchut
       Qu'en ce saint lieu de Dieu eslut
       Luy ferons sepulcre honnourable.

**LE SEIGNEUR D'AOUSTE

       Louenge en gloire pardurable
       Devons a Dieu rendre et donner.
20055 Quant il nous veult guerredonner
       De ce hault tresor venerable
       Par miracle vray et creable
       Dons pluseurs seront esbahis.
       C'est l'onneur de nostres pais,
20060 Le cler lume et soleil luisant
       Et le protecteur tres puissant
       Contre tout l'infernal couvin.

EUSEBE

       Pour reposer son corps divin
       En ce lieu honorablement,
20065 Il fault querir ung monument
       Qui soit tout plaisant et tout bel.

LE SEIGNEUR D'AOUSTE

       Chiere dame, j'ay ung tombel
       Moult bel et riche en ma maison,
       De quoy j'ay fait provision

20070 Pour mon corps, quant la mort venra :
Se bon vous samble, on le verra
Pour vous secourir sus ce pas.

EUSEBE

Sire, nous n'y refflusons pas,
S'on en peult finer pour argent,
Que nous l'aions.

LE SEIGNEUR D'AOUSTE

20075   Il est tres gent.
Alés le querir, Orengier,
Et vous, Guichart.

ORENGOIS

        Sans prolongier,
Chier sire, nous l'aporterons.

GUICHART

Or alons tost, nous partirons
20080 En portant ceste pierre bise
A ses merites.

GAUVAIN

        Hurtebise,
Destoille, car en ceste place
Nous demourons.

HURTEBISE

        Plus frois que glace
Sont mes chevaulx de tant jocquier,
20085 On ooroit bien les dens clacquier,
C'est de trop tirer au coller,
Il le mes convient acoller
D'une flassarde sus leurs dos
Et les pourmener au rados,
20090 Qu'ilz ne deviengnent morfondus.
Helas, Moreau, tu és perdus,
Helas, Grisonnet, tu te rens.

ORENGOIS

Apporté avons sus les rens
Ung sarcus joieulx et plaisant.

GUICHART

20095 Il est bel, mais il est pesant,
Nous suons de paine et doleur.

LE SEIGNEUR D'AOUSTE

Regardés s'il est de valeur.

FELIX

C'est ce qu'il nous fault justement.

EUSEBE

Or y mettons devotement
20100 Ce glorieux saint reposer.

FELIX

Ma dame, je luy voy poser :
De cela ne vous fault songnier.

LE SEIGNEUR D'AOUSTE

Se vous volés bien besongnier,
Il fault faire une fosse en terre.
20105 Affin qu'on luy mette et enterre
Gentement, comme il appartient.

Lors le mettent
en sepulture.

HURTEBISE

Beaulx seigneurs, s'a cela ne tient,
Volentiers je m'y emploiray,
L'eschine de mon dos ploiray
20110 A faire une fosse parfonde,
J'ay peur que je ne me morfonde,
Pour ce que je suis reffroidié.

EUSEBE

Mon amy, tu seras aidié,
Bailliés luy hauel et louchet
20115 Et puis se luy moustrés ou c'est
Qu'il doit fouir.

GAUVAIN

        Droit au millieu
De ce parquet, c'est le saint lieu
Ou le chariot s'aresta,
Picq et hoel sans arest a,
Face debvoir.

HURTEBISE

20120   Ossi ferai ge,
Pour avoir merite et souffraige

20087 *corr : les me ?*

* 323° B. — ** 332° A.

20119 hoiaulx.

* 324 B. — ** 333 A

Du saint dont je puis mieulx valoir.

EUSEBE

Encore n'est il prins voloir
De faire lever une celle
20125 Sur sa tombe, ce sera celle
Qui le garandira souvent
De nege, de pluye et de vent.

LE SEIGNEUR D'AOUSTE

Ma dame, ce sera bien fait :
Pour commencier ce noble fait,
20130 Guichart, quiers machons et telz gens
Que charpentiers, et diligens
Soient d'apporter leurs bostieux.

GUICHART

Je le feray, beau sire Dieux.

Ou trouveray je la maison
20135 De Watebos ? hau, beau sochon,
Ou est l'ostel du charpentier ?

*LE FOL

Demandés vous ung carpe entier ?
Par saint Jehain, c'est bonne viande,
**Mainte personne bien friande
20140 Prisent pour tres riche amés
La teste d'ung carpe entier, més
Je n'aime que les papillons,
Ilz vallent mieulx que pavillons,
Qui vont volant a val la rue.

GUICHART

20145 Tu n'entens non plus que une grue,
Se sont carpentiers et machons.
Que je demande.

LE FOL

Or en machons :
Ung carpe entier est bonne beste,
Il vault mieulx que ces limechons
20150 Qui ont les cornes en le teste.

GUICHART

Ha, que tu és une orde beste,
Tu n'as de sens nes q'une mande.

Vecy l'oste! que je demande.

Estes vous a l'ostel, Taillant ?

TAILLANT, carpentier

20155 Guichart, nostre escuier vaillant,
Que vous plaist ?

GUICHART

          Sans prendre repos,
Allés, s'amenés Watebos
Avecq vous devers mon seigneur
Tout vostre ouvraige.

TAILLANT

          Je m'en vois,
20160 Watebois, nous arons l'envois,
Prens tes broches et tes cuignies
Et aultres fatras par pugnies,
Je prendray mes hostieux menus.

*WATEBOS, varlet

20165 Maistre, je n'en oubliray nulz,
Allés marchander de l'ouvraige,
Je vous sievray.

GUICHART

          **Ou trouveray je
Brisepierre, ung machon gentil ?

WATEBOS, varlet

Le vela a tout son outil.

GUICHART

20170 Brisepierre, peult on finer
De vous meshuy pour machonner ?

BRISEPIERRE, masson

G'y pense.

GUICHART

          Beau sire, octroié le,
Prendés ligne, marteau, truelle
Et trestout vostre abillement.

BRISEPIERRE

20175 Or allons dont abillement,
J'ay trestout ce quil m'est mestier.

20125-20126 intervertis.— 20133 beauchon.— 20143,
20151 etc, Guisart.

* 333° A. — '' 324° B.

20172 octroielle ms.

* 334 A. — '' 325 B.

GUICHART

Sire, vecy gens de mestier
Bien expers que je vous amaine.

LE SEIGNEUR D'AOUSTE

Enffans, ceste dame romaine
20180 Veult icy faire une chapelle
Et pour cela je vous appelle,
Volés vous ce fait entreprendre ?

TAILLANT

Volentiers, mais il fault apprendre
De quelle altitude et grandeur.

EUSEBE

20185 De long, de large et de haulteur
De douze piés il souffira,
Cela fait, on l'ediffira
De couverture en son estaige,
Allés faire le charpentaige
20190 Et je vous pairay tout content.

TAILLANT

Chiere dame, nous ferons tant
Que vous serés toute contente.

WATEBOS

Allons, maistre, sans longue attente,
Premier nostre ouvraige esblocquier.

HURTEBISE

20195 Ma dame, j'ay de cuer entier
Fay ceste fosse longue et large,
Faictes collocquier en la marge
Le corps que vous avés trouvé.

EUSEBE

Machon, se tu és esprouvé,
20200 Besongne ung petit tout autour
De ceste fosse, que le retour
De la terre jamais n'empesche
Nostre sarcus.

FELIX

Or, te despeche,
Tant est de le sepulturer.

BRISEPIERRE

20205 Sire, je vois adventurer

Mes houstieux a faire ung chief d'œuvre,
Avant que terre le descœuvre :
La tombe en sera plus durable.

*Ils commenchent a
besongnier.*

LUCIFER

Sathan, faulx deables miserables,
20210 Et Astaroth, ton compaignon,
Venés avant, que d'ung caignon
Vous puist on le col estrangler.

ASTAROTH

Sathan, je commence a trambler
De peur que je ne soie escous.

SATHAN

20215 Se nous deux ne sommes rescous,
Nous serons batus.

ASTAROTH

Nous vecy,
Maistre Lucifer, le noircy,
A tout nos ors museaulx de faces.

LUCIFER

Venés ca, vielles chicefaces,
20220 Qu'avés vous tant brassé sus Somme
Sans nous raporter quelque some
De ces Picars ?

SATHAN

Par mon grouvet,
On a brassé ung ort brouet
Contre nous, de quoy j'esrabie.
20225 Celle faulce vielle Eusebie
A pechiet en Somme ung poisson,
C'est Quentin, ce malvais garson,
Qu'elle a bouté en ung sarcus,
Se garira boiteux tortus,
20230 Car de fait elle luy fabricque
Chappelle de bois et de bricque,
La fera miracles a tas
Et pluseurs gens de tous estas
Seront garis incontinent.

20182 vous *mq.* — 20190 content *corrigé en* contant.
20204 *corr :* Tamps ?.

* 334ᵃ A. — ** 325ᵇ B.

20208 tomble. — 20224 asrabie.

'335 A. — '' 326 B.

LUCIFER

20235 Deables, il fault viser comment
On pourra reverser par terre
Ceste chapelle ou on enterre
Quentin, nostre ennemy cornu.
Cerberus, tu és tout chenu
20240 De viellesse et congnois l'usaige
D'enfer, comme tout le plus saige,
Conseille moy sus cest affaire.

CERBERUS

Lucifer, on ne peult mieulx faire
Que de mettre en jeu les Romains,
20245 Ilz sont maintenant en nos mains,
L'empereur, filz de Constantin.
Ne demande que le hutin :
Julien, apostat indigne,
*A regnié la loy cristine
20250 Et ne demande que combatre,
S'il se scavoit sur quoy embatre
Ne fault q'une seulle estincelle
De feu pour ardoir une celle
Et leur souffler en la gargate
20255 Qu'ilz saillent avant, si qu'on gaste
La franchoise cristienté.

LUCIFER

Sus, deables, c'est ma volenté.
Que ces Franchois aient l'assault,
Faictes soudainement ung sault
20260 Jusqu'en Rome et si desbocquiés
Julien, tant qu'il soit crocquiés.
** Astaroth, Cerberus, Sathan,
Belzebus et Leviathan,
Courés y sus piés ou sus mule,
20265 Mais je veuil que Sathan recule
Avecq moy, que je ne m'anoye.

BELZEBUS

Donnés moy, que je ne me noye,
Vostre benichon sus me hure,
De venin, de fourdre, d'arsure
20270 Ou de maleureux advenir.

LUCIFER

Vous humerés au revenir

Ung chaudelet de tormentine,
Ung brouet d'une serpentine.
Ung humitis deabolique
20275 Et ung potaige basilicque :
Allés, que deables et deablos
Vous puissent assommer de blos.

CONSTANTIN. *filz de Constantin le grant emperenr de Rome*

Or est le saint septre sacré
Que tint Constantin, nostre pere,
20280 En nostre beau point enancré,
*Imperant sus mondaine spere,
Gloire, honneur et salut prospere
Seroit en triumphant empire.
S'on reversoit en vitupere
20285 La loy Jhesus qui nous empire.

JOVINIEN

Vous ne le prendés pas a cuer,
Comme on fait vos predicesseurs.
Maximien, le fort vainceur,
Dioclesien et plusieurs
20290 Qui avoient pruvostz, pretcurs
Felons de chiere et veue vaire,
Dont la fleur des persecuteurs
Fut le vaillant Rictiovaire.

VALENTINIEN

Constantin, vostre pere, fu
20295 Hardi au prumier en ce cas,
Mais Silvestre estaindit le fu
Par preschier trop mieulx qu'avocas :
Vous estes rescoux de ce pas
**Par la secte des Arreans :
20300 Louenge aux dieux, vous n'estes pas
De ces cristiens mescreans.

VALENT. *frere a Valentinien*

Faictes tombir, faictes voler
Vostre fame par le pais,
Rougir caue, terre croler
20305 Et susciter les enfouys,
Se ces faulx cristiens maudis
Ne craindent vos grahs horions,

20244 jus.

*335" A. — **326" B.

20281 mondain *ms.* — 20284-20285 *mq.* — 20299 le
secte. — 20301-20302 en *mq.* — 20307 craindes.

*336 A. — ** 327 B.

De vos lois ne de vos edis
Ne tenront ilz deux porions.

HECTORIN. *chevalier Constancius.*

20310 Mettés sus vos centurions,
Vos consules et vos pruvos,
Abatés les tugurions
Des cristiens qui sont devos.

PARISET, chevalier a Constancius

Par mon dieu Jupiter, qui m'ot,
20315 Je couroie leurs appatis
Secretement, sans dire mot,
Sans espargnier grans ne petis.

LEONET, *chevalier a Constancius*

Nous sommes icy assourdis
Sans guerroier ne militer,
20320 Josnes sommes et estourdis,
Se nous y fault habiliter.

LUPARDIN, *chevalier a Constancius*

Il nous fault honneur conquetter,
Puis que nous sommes fors et rades,
Trouver, querir et enquester
20325 Ou nous pourons faire virades.

CONSTANCIUS

Sans faire longues ambassades,
Dictes nous par quelle raison
Ces cristiens qui sont mausades
Seront occis a grant foison.

VALERIEN

20330 Sire, vous avés accoison :
Dame Eusebie, citoienne
Romaine, tres noble, ancienne.
Acompaignie de ses gens,
En Gaule, ou sont pluseurs regens,
20335 Est allee secretement
Pour trouver ung fin garnement
Nommé Quentin, filz de Zenon,
Jadis grant senateur de nom.
Il est mort passé cincquante ans.
20340 Mais par aulcuns deables chantans
Dont le sort sur elle degoute,
Et se n'y voit ne grain ne goutte :

Maintenant est en la contree
De Vermendois, car rencontree
20345 L'ont pluseurs sergans et vallés
Qui cognoissent ses chevalés.
S'est besoing qu'on y remedie.
Elle destruit, quoy qu'on en die,
La loy de nos dieux seurement.

CONSTANCIUS

20350 Par tous les dieux du firmament,
Nous en verrons tres bien a chief,
Se vous eussiés dit ce meschief
Plus tempre, il fut ore fait.

Aigle d'or, va querir de fait
20355 Julien, nostre beau cousin,
Et s'il a quelque Sarrasin,
Barraguin de Tartarie
Ou Beduin de Barbarie,
Amaine tout a nostre court :
20360 Abresge toy et le fais court,
Il est temps de s'en despechier.

AIGLE D'OR. *messager*

Tres noble et puissant justicier,
Je voy tant faire qu'on l'ara.

Il s'en va a Julien.

BRISEPIERRE

Ma dame, quant il vous plaira
20365 D'avaler ce sepulcre en bas,
J'ay emploié tamps sans esbas
A faire ung joieux artifice.

EUSEBE

Beau pere, faictes vostre office.
Prendés livre, asperge et estolle.
20370 Comme vicaire a l'apostole,
Et faictes vos cerimonies.

Seigneur d'Aouste, baronies
Et vous, mes serviteurs privés,
Affin que ne soiés privés
20375 De grace et divin sauvement,
Mettés main a ce monument,

20308 ne vos. — 20342 corr.: Elle n'y ?

' 336ᵛ A. — '' 327ᵛ B.

20348 drestuit. — 20363-20364 *Ind. scéu, uiq.* —
20374 *mg.*

' 337 A. — '' 328 B.

Et moy, qui n'ay veue, lumiere
Ne santé, toute la premiere,
M'y emploiray sus bon espoir.

·GAUVAIN

20380 Ma dame, vous n'avés povoïr
A pou de lever ung festu,
Que ferés vous ?

EUSEBE

Dia, la vertu
De mon ceur n'est pas affoiblie,
Mon vray Dieu, qui les siens n'oublie.
20385 Par le merite glorieux
De son martir victorieux,
M'envoira le tres riche don
De lumiere, pour mon guerdon,
Seloncq l'angelique recort.

LE SEIGNEUR D'AOUSTE

20390 Cha, beaux seigneurs, tout d'ung accort
Devalons ce tombel ensamble.
Il est bien et bel, ce me samble,
Ne fault que ruer terre sus.

*Icy devalent le sepulcre
en terre et lors Eusebe
recœuvre la veue.*

EUSEBE

O mon tres doulx sauveur Jhesus,
20395 Exelse ray de relucense,
Loer doy ta magnificence,
De toy et de ton familier
Quentin, le vaillant chevalier,
Car en la faveur et merite
20400 De ceste gemme et marguerite,
Luisant en gloire celestine,
J'ay recouvré santé pristine
Et suis garie, si m'ait dieux,
De bras, de mains, de corps et d'ieulx,
20405 Dont j'ay la speciosité.

GAUVAIN

Vecy grant preciosité,
Eusebe, pour son benefice,

*En faisant ce saint sacrifice,
Recœuvre a toujours mais santé :
20410 Elle a perdu la meschanté
De maladie qu'elle avoit
**A cause des yeulx, elle voit
Aussi bien ou mieulx que devant.

FELIX

20415 Regraciés d'or en avant
Le vray Dieu qui mort a soufferte,
Au nom de Quentin, son servant,
Par qui santé vous est offerte.
De la terre et de l'erbe verte
20420 Sera sa tombe avironnee,
Puis qu'elle sera recouverte
Et notablement ordonnee.

EUSEBE

Noble splendeur, o glorieux Quentin,
Ray celestin, angelicque fenestre,
Tu és mon eur, mon attente, ma fin,
20425 Mon medecin, mon hault espoir divin,
Mon pain, mon vin, mon retour et mon
                                    estre ;
Tu m'as donné en ce bas lieu terrestre
Santé de corps, d'ieulx, de mains et de dois,
Tres cler soleil, patron de Vermendois.
20430   Feu, eaue, ayr, terre
        Et tout element,
        Devant toy grant erre,
        Font enclinement.

Esjoys toy, franchoise region,
20435 Esjois toy, Vermendoise naissance,
Esjois toy, par admiracion,
Noble Aouste, salubre mansion,
Divin climat, fais ton esjoissance,
Tu as l'onneur, le chois, la joissance
20440 D'ung champion gisant en basse lame,
Sauveur du corps et protecteur de l'ame.
        Benoit est ton ventre,
        Ta semence est sainte,
        Puis que tel fruit entre
20445   Dedans ton enchainte.

Doulce liqueur, o riviere de Somme.

20393-20394 *Ind. scèn.* I [cy] — e [u] — r[ecœuvre]
mq. A. — 20404 et de corps et des yeulx.

· 337° A.

20428 des yeulx. — 20441 *mq.*

· 328° B. — ·· 328° A.

'Eaue benoite, eaue tres clere et saine,
Puis qu'en ton plain a reposé graut
                                    [somme,
Ce hault tresor, tu és, je le te somme,
20450 Plus excellente et plus digne que Saine,
Tu m'as livré et moy, de toy prochaine,
Ay recoelliet le saint corps sans amende,
De qui ma bouche au parler en amende.
          Dieu le veult doer
20455   De si haulte gloire
          Qu'a le bien loer
          Pers sens et memoire.

          TAILLANT

Chiere dame, vostre oratoire
Est toute preste et charpentee.

          EUSEBE

20460 Faictes qu'elle soit apportee
Et drechie ains que je m'en voye.

          TAILLANT

Il est tamps dont que je m'avoie
Pour la besongne expedier :
Cha, Watebos, vieng moy aidier
20465 A porter tout ce carpentaige.

          WATEBOS

Vous me verrés de bon couraige
Tantost le tres bien manier.

          AIGLE D'OR

Saturne, de grace ausmonnier,
Vous doint bruit et grace ensievant.

          JULIEN, apostat

20470 Bien vegnant, gentil poursievant,
Quelz nouvelles ?

          AIGLE D'OR

                    L'impereteur,
De ce monde gubernateur,
Vous mande que sans sejourner
Venés a court et attourner
20475 Faictes vos gens de piet en chappe,
    **Qu'il ne soit nulz qui en eschappe,

Soient Mores, Turcqz ou Pragois,
Ilz joyront a leurs degois
Des gaiges, se la sont cités.

          JULIEN

20480 *Nous serons tous resussités
Par armes et force de guerre,
Se pourons bruit et los acquerre
Soubz l'empereur Constancien,
Galican et Terencien.
Estes vous prestz ?

          THERENCIEN, chevalier a Julien

20485   Je suis en point.

          GALICAN, chevalier a Julien, princeps milicié

Et moy ossy, n'en doubtés point.
Pour occir tous faulx cristiens,
Despitans dieux celestiens,
Je n'ay pas la chiere endormie.

          JULIEN

Et vous, Martin ?

          MARTIN, militant soubz Julien, qui depuis fut saint Martin
                    evesque de Tours

20490   Je ne dors mye
Pour courir a mont et a val ;
Monter me fault sus mon cheval.

Maillotin, et vous, Martelet,
Regardés ou mon mantel est
20495 Et si m'aiderés a houser.

          MAILLOTIN, serviteur

Sire, je ne veuil reffuser
A vostre bon commandement.

          MARTIN

Seelés mon cheval prestement,
Martelet.

          MARTELET

              S'il a son avaine,
20500 Tout a cop sans parolle vaine,
Je le vous brideray tout net.

          **JULIEN

Rubis, Blanchardin, Griffonet,

20449 to *mq.* — 20461 dechie A, dressce B ; *corr :*
drechie ? — 20471 nouulles A.

* 338* A, 329 B. — ** 339 A.

20490 *Ind. scèn.* fut *mq.* — 20502 Rabis — Guisso-
net.

* 329° B. — ** 339° A.

Ilz vous fault mettre main aux armes.

RUBIS, *chevalier a Julien*

'Ne nous fault lances ne guisarmes,
20505 Nous sommes le mieulx de jamés.

THERENCIEN

Or soiés en point desormés,
Salpetre et Canon.

SALPETRE, *serviteur a Terencien*

Si feray je,
Je seray bien pres du pillaige
Et bien loingtain des horions.

CANON, *serviteur*

20510 Soit a plains champs ou au vilaige.
Je seray bien pres du pillaige.

SALPETRE

J'aray or argent ou bagaige,
Ou g'y laray les corions.

CANON

Je seray bien pres du pillaige
20515 Et bien loingtain des horions.

JULIEN

Puis que de nos centurions
Et tribus l'armee s'apointe,
Romarin, dresse toy en pointe,
Va dire au duc de la Moree
20520 Qu'il viengne icy sans demouree
Avecq sa noire progenie.

''ROMARIN, *messager*

J'amenray toute sa maisnie,
Noble prince, je voy aprés,
Son logis doit estre icy prés.

20525 Morillon, hault duc renommé, '
Je suis messaigier renommé
De Julien, prince invincible,
'''Lequel vous prie en son possible
Que vous venés a sa demeure
20530 Et amenés plus noir que meure
Vostre ost, plain de brune merdaille.

MORILLON, *duc de la Moree*

Je le feray, sus, crapaudaille,
Maubué, Noiroul, Brusnefer,
Huruburu, noir comme fer,
20535 Caramara et Brunehault,
Sallés, venés de bas en hault,
Aussi drus que sont fromions,
Plus remouvans que camions.

BRUNEHAULT, *Morien*

Ne nous fault que chascun ung
|dart|
20540 Et ung pavais devant nos faces,
Nous ne cremons deux cicefaces,
Trait de canon ne de saudart.

MAUBUÉ, *Morien*

Furnis sommes de sens et d'art,
Pour resister a coups de haches,
20545 Ne nous fault que chascun ung
|dart|
Et ung pavois devant nos faces.

BRUNEHAULT, *Morien*

Ne nous fault harnois ne cuirasses,
Ne locquette ne jacquemart,
Nous ne cremons deux cicefaces
20550 Trait de canon ne de saudart.

NOIROULET, *Morien*

Nous sommes noirs de part en part,
Pres aussi cornus que limaches,
Quant on voit nos laides grimaches,
On s'espante et fait on depart.

'TARAMARA, *Morien*

20555 Ne me fault que mon bracquemart
Pour fendre nasses et crevaces,
De batures ne de menaces
Ne me chault ung lot de briesmart.

HURUBURU

''Ne nous fault que chascun ung
|dart|
20560 Et ung pavais devant nos faces
Nous ne cremons deux cicefaces,
Trait de canon ne de saudart.

20524 estre *mq.* — 20529 a son.

170 *B.* — ''340 *A.* — '''170° *B.*

20549 cicofaces. — 20558-20559 Hurubaru. — 20559
ung chascun dart.

' 340° *A.* — '' 311 *B*

MORILLON

Brunehault, porte l'estandart,
Allons voir les haulx terriens.

LE FOL

20565 Sang bleu, quelz noirs de Moriens,
Qu'ilz ont les mains empotinees,
Quelz galans, quelz belitriens,
Quelz sanglantes crapaudinees.
Comment ilz vont jambes levees ?
20570 Se sont noirs dehors et dedens,
Ilz ont les braies avallees,
Se n'ont riens de blanc que les dens.

ROMARIN

Vecy Morillon et ses gens
Assés bien en point, ce dit on.

MORILLON

20575 Vecy mes saudars fors et gens,
Prouveus d'escut et de baston,
Plus drus que pilers de leston
Et puissans selonc leur degré.

JULIEN

Hault duc, je vous en scay bon gré,
20580 Ilz seront vaillant au butin.
Cha, estes vous montés, Martin ?
Partirons nous de cest hostel ?

MARTIN

Quant il vous plaist, j'ay mon mantel
Pour doubte de froit et de pluye.

JULIEN

20585 Archiers devant, Mars nous conduie,
Sonnés trompettes et clarons,
Au departir.

*Ilz s'en vont et trompettes
sonnent.*

TAILLANT, *charpentier*

Tantost arons

Achevé nostre chappelette,
N'y fault riens que une chevillette,
20590 Que nous parferons tout d'ung train.

EUSEBE

Il fault, soit de treulle ou d'estrain,
Qu'on le nous cœuvre a grant effort.

TAILLANT

Dame, l'ouvraige n'est pas fort
Pour soustenir treulle n'adoise,
20595 Il tramble, quant on y adoise,
Je vous conseille qu'on le coeuvre
De tres bon gluy, on le recoeuvre
A grant plenté en ceste marche,
Et sans que plus avant on marche,
20600 Pour avoir ces manifestus
Couvreurs d'estrain qui desvestus
Coeuvrent fournos et maisoncelles,
Or me bailliés gluy et harcelles.
Noblement je le couveray.

WATEROS

20605 Mon maistre, je vous serviray
De tout, je seray recouvreur.

Bonnes gens, je sers le couvreur,
Se mort vient, je n'y puis entendre.

GROSSET, *malade de Saint-Quentin*

Se grace se voloit estendre
20610 Sus nous, comme elle a fait sus elle
Qui edifie ceste celle,
Je priseroie nostre affaire.

MAIGRET, *malade de Saint-Quentin*

Las, frere, se pouroit il faire ?
Nos maladies sont diverses,
20615 Tu és tant enflé que tu verces
Et je suis plus secq que une atele,
Sus le dos et dessoubz l'aisselle
A peu se soustenir me puis.

GROSSET

Vecy la fontaine et le puis
20620 De grace et de fruit celestin,
C'est le corps monsieur saint Quentin,
Qui repose en ce territoire.

20564 haulx mores terriens. — 20569 lentes.— 20574 et dict.— 20587 *Ind. scèn.* ompettes *mq A.*— ettes *mq B.*

* 341* A.

20594 *corr :* ardoise ? — 20599 *mq.* — 20616-20617 *à intervertir ?* — 20619 Gosset.

* 331* B. — ** 341* A.

MAIGRET

Impetrons grace celitoire,
Tant que pardon nous soit donné.

'GROSSE

20625 Precieux martir couronné,
Subvieng aux povres maladis.

MAIGRET

Tu és d'honneur avironné,
Precieux martir coroné.

GROSSET

Par toy je soye acoronné
20630 Du mal que j'endure toudis.

MAIGRET

Precieux martir coroné,
Subviens aux povres maladis.

GROSSET

Mon frere, nous sommes garis,
Remercions Dieu de bon coeur.

MAIGRET

20635 Oncques ne fusmes si maris,
Mon frere, nous sommes garis.

GROSSET

Je fus plus gros que deux baris,
Mais je ne sens quelque langueur.

MAIGRET

Mon frere, nous sommes tous
[garis],
20640 Remercions Dieu de bon coeur.

"AIGLE D'OR

Dompteur de ce monde et vainceur,
Je vous amaine Julien.

JULIEN

Gloire et honneur celestien
Vous octroit ma dame Venus.

CONSTANCIEN

20645 Beau cousin, bien soiés venus,
Vous et moy sommes, ce me samble,
Tout d'ung sang et parans ensamble

Aussi pres que cousins germains,
De quoy vous ne valés pas mains.
20650 Pour doubte de la mort Galus
Long tamps avés esté renclus,
Moinne et cristien que pis vault.
Mars vous pardonne de deffault.
Nous ne sommes pas anoyé
20655 Que vous avés tout renoyé,
'Mais sommes joieux en coraige,
Que vous les hoés plus que raige.
Presens consules, ducz, haulx princes
Et barons de divers provinces,
20660 Nous vous creons nouvel Cesaires
A cause qu'il est necessaires
De subjuguier les faulx Gaulois,
Qui vont vilipendant nos lois,
Nous volons que vous y allés
20665 A grant ost et que vous brulés
Moustiers, temples, hommes et fames
De tous faulx cristiens infames,
Autant qu'on en treuve par voie.

JULIEN

Par Pluton, il fault que g'y voie,
20670 G'y feray si terrible essecq,
Que de cy jusque l'arbre secq,
Vous en orrés le bruit courir.
Baillés mey pour moy secourir
Gens seloncq mon equivalent.

"CONSTANCIEN

20675 Valentinien et Valent
Vous compaigneront volentiers.

VALENTINIEN

Je garderay bien mes quartiers,
S'on me vient gaires tempestant.

VALENT

Mon frere, je n'aime riens tant
Que bataillier.

CONSTANCIEN

Vous, Hectorin,
20680 Pariset, Lyon, Lupardin,
Fourrés vous dedens ceste armee.

HECTORIN

Il seront tous mis a l'espee,
Sans espargnier grans ne petis.

PARISET

20685 Sans espargnier teste huppee,
Ilz seront tous mis a l'espee.

LEONET

'Mainte geule y sera coppee,
Se nous en avons appetis.

LUPARDIN

Ilz seront tous mis a l'espee,
20690 Sans espargnier grans ne petis.

JULIEN

Nous courrons sus leurs appatis,
Puis que la chose est la venue,
Vous, seigneurs de ma retenue,
Mettés vous aux champs en bataille,
20695 Pour ferir d'estocq et de taille,
Il est besoing qu'on les mehaigne,
Tant en France qu'en Alemaigne.
Adieu, Auguste.

CONSTANCIEN

Adieu, Cesar,
Le dieu du saige Albumasar
20700 Vous ramaine au port sans dangier.

"JULIEN

Sonnés clarons au deslogier.

*Ilz sonnent trompettes
et clarons au partir.*

TAILLANT

Ma dame, nous avons couvert
De secq gluy, qui vault mieulx que vert,
Ce tugurion bel et gent.

EUSEBE

20705 Maistre d'ostel, tirés argent,
Si les paiés.

GAUVAIN

Que leur donrai ge ?

EUSEBE

Trente ducas pour tout ouvraige,
Ilz les prenront bien volentiers.

GAUVAIN

Machons, couvreurs et charpentiers,
20710 Tenés, vela pour aller boire.

TAILLANT

Grand mercis : Dieu en qui j'espoire
Le vous face a l'ame valoir.

EUSEBE

Seigneur d'Aouste, mon voloir
Est de laissier riche doaire
20715 Au glorieux saint debonnaire,
'Que j'aime, regrette et appelle,
Pour entretenir sa chapelle ;
Nous vous lairons trois cens besans
D'une parure assés pesans.

20720 Maistre d'ostel, faictes debvoir
De les baillier.

GAUVAIN

Sachiés de voir
Qu'il sont tirés, je les vous lesse.

LE SEIGNEUR D'AOUSTE

Crés sus ma foy et gentillesse
Que bien les saray convertir.

GAUVAIN

20725 A Rome nous fault revertir :
"Hurtebise, sont attelés
Tes chevaulx ?

'HURTEBISE

Oy, fardelés,
Ne fault que tourner mes timons,
Montés, dame, nous estimons
20730 D'avoir le vent a l'avantaige.

EUSEBE

Jusques a mon propre heritaige,
Iray de piet sans chariot.

20689 seron. — 20697 Almaigne *ms.* — 20699 albu-
maser. — 20701-20702 *Ind. scèn.* ttes — II *mq. A* ;
ottes *mq. B.*

' 333 *B.* — '' 343 *A.*

20719 *en marge : ...*] sens. *et au-dessous ;*] tirs.

* 333' *B.* — ** 43' *A.*

FELIX

Et moy, vostre compatriot,
Vous compaigneray volentiers

LUCQUET

20735 Servir nous veuil sus les sentiers
En tous cas licite et honneste.

EUSEBE

Mes filles, je vous ammoneste
Que vecy le departement.

SADINETTE

Ensamble irons joieusement,
20740 Chantans tres doulces chansonnettes.

VIRGINE

Nous dirons fables et sornettes,
En lieu de souffler en nos dois.

EUSEBE

Adieu, noble seigneur courtois.

LE SEIGNEUR D'AOUSTE

Adieu, dames et demoiselles.

FELIX

20745 Adieu, Aouste en Vermendois.

LE SEIGNEUR D'AOUSTE

Adieu, nobles seigneurs courtois.

GAUVAIN

Chareton, fais ce que tu dois.

HURTEBISE

Hureho, chevaulx et roelles.

SADINETTE

Adieu, nobles seigneurs courtois.

LE SEIGNEUR D'AOUSTE

20750 Adieu, dames et demoiselles.

Ilz s'en vont.

JULIEN

Gloire aux deesses immortelles,

20747 charton *ms* : *corr* : chareton ?

* 334 B. — ** 344 A.

Nous sommes arivés en France :
Visons a quel paine et souffrance
Menrons ceulx qui ont despité
Les lois de nos dieux.

VALENTINIEN

20755   Sans pité
A l'espee les fault conquerre,
Mais premier envoyés encquerre,
Par espies secretement,
S'ilz ne font nul preparement
20760 De guerre pour nous rembarrer.
Pour fortiffier et barrer
Leurs fors, attendant le hutin.

JULIEN

Therencien, et vous, Martin.
L'ung de piet, l'autre de cheval.
20765 Courés pais icy aval,
Secretement, sans faire noise.
Entour la cité amiennoise
Et les confines territoires,
Vous verrés leurs preparatoires
20770 Et la conduite du pais.

THERENCIEN

Nous ne serons pas esbahis
D'entrer dedens tout bandement,
S'il est besoing.

CANON

           Pareillement,
Salpetre et moy vous compaignons.

MARTIN

20775 Cheminés devant, compaignons.
Tout droit au portes d'Amiens,
Je vous sievray avecq les miens
Par ung chemin couvert tout rade.

SALPETRE

Chevauchiés ung peu a l'estrade,
20780 Se vous trouvés a ce matin
Quelque ribaut vilain matin,
Si le perciés travers le corps.

MARTIN

Mes serviteurs, soiés recors

---

* 334 B. — ** 344 A.

De repaistre les indigens,
20785 Les mendians et povres gens
D'argent ou de biens temporeux.

MAILLOTIN

Sire, nous n'avons rien pour eulx,
Nous sommes tous nés de monnoye.

MARTELET

C'est la chose dont il m'anoye.
20790 Que vous donnés ainsi le vostre.

MARTIN

Nous n'avons chose qui soit nostre,
Dieu le preste et nous luy rendons,
Par ausmones et aultres dons,
Pour gaignier son regne immortel.

MAILLOTIN

20795 Martin, prendés vostre mantel
Contre la pluie et la froidure

Il vest son mantel.

MARTIN

Je scay tres bien que le froid dure,
Je l'ay vestu tout a propos :
Compagnons, sans prendre repos
Sievons nos gens.

BERTRANDON, *chevalier au comte de Vermendois*
20800   Tres noble conte,
J'entens par veritable compte
Que Julianus, l'apostat,
Avecq Romains de hault estat,
Descend en France en grant effort,
20805 *Laquelle il demolist tres fort.
S'a se fait on ne remedie,
Il destruira, quoy qu'on en die,
Vostre conté entierement.

LE CONTE DE VERMENDOIS

Beaulx seigneurs, regardons comment
20810 Nous remedirons sur ce pas.

CLARENTIN, *chevalier*

Faictes tant qu'ilz ne mettent pas
Le piet en vostre seignourie,
Ou la loy Jhesus est nourrie,
S'il peult trouver tour ou passaige,
20815 Il brulera par son haussaige
Esglises et sains monasteres,
Ou nous faisons divins m'steres,
Et fera grant effusion
De sang humain.

GRACIEN, *escuier*
              Provision
20820 Doit on mettre au hault bien publique,
Touchant sainte foy catholicque,
Dont nostre Dieu fut enseigneur.

HUTIN

Mandés d'Aouste le seigneur :
Il a gens assés bien en point.
20825 Qui, je croy, ne vous faudron point,
Avecq ceulx de vostre ordonnance.

GORGUET

Desploiés argent et chevance
Pour donner gaiges et saudees,
Vous arés sans quelque grevance
20830 Villes et terres bien gardees.

RICARDIN, *escuier*

Les Romains font grans assamblees
Pour courir sus nos appatis,
Ilz nous vendront prendre aulx emblees
Dessoubz nos tois et appentis.

LE CONTE

20835 Pour garantir grans et petis,
Affin que nul ne soit deffait,
Mouchet, tu en iras de fait
Au seigneur d'Aouste nonchier
Qu'il se veuille icy adrechier,
20840 *Avecq ses nobles et fievés,
Car par eulx seront achevés
Les armes de nostre entreprise.

MOUCHET, *messaiger*

Je m'en vois devers sa pourprise.

Affin que vers vous se trasporte.

THERENCIEN

20845 Martin, nous sommes a la porte
D'Amiens, la cité de grant moustre.

MARTIN

Entrons dedens et passons oultre.
Pour regarder leur contenance,
Sans y demander retenance
20850 Affin que ne soions souppris.

THERENCIEN

Sievés moy, serviteurs de pris,
Allons devant et luy derriere,
Il sera nostre garde arriere
Et bon compaignon secourable.

POVRET, *und mendiant a la porte*

20855 O chevalerie honorable,
L'ausmone a moy qui murs de fain,
L'aumosne au povre miserable.
Qui la nuit couche sus le fain.
Aiés pité du corps humain
20860 Qui n'a quelque bien terrien,
Je suis aussi nud que ma main,
Je n'ay ne vestement ne rien.

THERENCIEN *et les siens dient*

Mon amy, Dieu te face bien.

CANON

Nous n'avons argent ne pecune.

'POVRET

Las, je suis tout nud

SALPETRE

         Je le voy bien,
20865 Mon amy, Dieu te face bien.

''POVRET

Donnés moy, ne me chault combien,
Mais qu'on me donne aulmone aulcune.

MAILLOTIN

Mon amy, Dieu te face bien.

MARTELET

20870 Nous n'avons argent ne pecune.

POVRET *a saint Martin*

Las, regardés mon infortune.
Noble chevalier bien monté,
En l'onneur de cristienté
Et du Dieu qui morut en croix.
20875 Se vous avés riens de surcroix.
Donnés aux mains qui vers vous tendent.

MARTIN

Je voy bien que mes gens s'atendent
A moy et ne te ont rien donné,
Tu ne seras habandonné,
20880 Je penseray a ton affaire.

Tiens la.

Saint Martin tire son
espee pour luy departir
mantel et luy baille a le
tenir pour le copper.

POVRET

        Las, que volés vous faire ?
Sire, me volés vous ferir ?
J'ay du mal assés a souffrir,
Sans atendre le cop mortel.

MARTIN

20885 Je te donray de mon mantel,
Pour toy vestir, une partie,
L'autre me sera departie,
Prie pour moy et prens en gré.

POVRET

Jhesus qui siet en hault degré
20890 Le vous rende en son saint royalme.
'Il n'y a dessoubz le roy ame
A qui il ne deuist souffire.

THERENCIEN

''Regardés, esse bien pour rire ?
Martin, le bon chevalereux
20895 A donné a ce malereux
De son mantel l'une des pieces.

20845 Cherencien *ms.* — 20856 a moy *mq.* — 20865 supprimer le ?

' 346 A. — '' 346 B.

20881 *Ind. scén.* son — ir — le a le — er *mq* A ; [espe] e — anteau — tenir *mq* B. — 20888 en *mq.*

' 346' A. — '' 376' B.

MAILLOTIN

Croy qu'il ne leur fauldroit a pieces,
Quant il treuve telz gens meschans,
Soit par la ville ou par les champs,
20900 Tousjours en emportent les plumes.

MARTELET

S'il n'avoit riens que deux alumes,
Se l'emportent telz quetinailles.

THERENCIEN

De leur donner chose qui vaille
Pour en avoir disette aprés,
C'est folye.

MAILLOTIN

20905 Il y a de si prés
Coppé, qu'il n'en a point d'honneur.

THERENCIEN

Cha, maistre Martin, le donneur,
Que dictes vous des Amiennois ?

MARTIN

Ilz n'ont armures ne harnois *
20910 Et ne sont encore advertis
Que nous soions ossy vertis.

THERENCIEN

Au mains sommes nous eschappés
Du dangier, sans estre occupés,
En voiant toute leur condruite.

MARTIN

20915 Affin qu'on ne nous mette en fuite
Et qu'on leur puist tourner le dos,
Querons quelque cense ou rados
Ou nous puissons passer la nuit.

MAILLOTIN

Il est tamps, car le froit nous nuit,
20920 Couchons vestus soubz ce hangart.

MARTELET

Maistre Martin, se Dieu vous gard,
Descendés de ce chevalet,
Nous trouverons en ce vallet
Fourraige assés pour le repaistre.

THERENCIEN

20925 Dormons chascun. Mars, nostre maistre,
Nous tiengne en sauveté et garde
Et qui fait le guet se regarde
Que ne soions souppris dormans.

*Ilz font samblant
dormir.*

MOUCHET, *messaiger*

Sire, le conte de Vermans
20930 Vous mande que sans nul arrest
Le venés voir et soiés prest
D'amener gens de fait autant
Qu'on en pourra finer, pour tant
Qu'il touche la tuicion
Du pais.

LE SEIGNEUR D'AOUSTE

20935 Sans dilacion,
Je feray mes gens arrengier
Pour le servir. Sus, Orengier,
Baalam, Guichart, et vous, Sanson,
Partons secretement sans son,
20940 Estoffés d'armures gaillardes,

SANSON

Nous avons bastons et taillardes
Pour rembarrer nos ennemis.

BAALAM

Sans avoir canon ne bonbardes.
Nous avons bastons et taillardes.

ORENGOIS

20945 Nous copperons testes lombardes,
Puis qu'a cela sommes commis.

GUICHART

Nous avons bastons et taillardes
Pour combattre nos anemis.

LE SEIGNEUR D'AOUSTE

Or sus doncq, sans estre endormis.
20950 Servons le conte palatin,
Dieu et Monseigneur saint Quentin
Nous garde qu'on ne nous traveille.

20899 soit ou par — 20902 lemprtent A. — 20910 advertir *ms.*

* 347 A. — ** 337 B.

20928-20929 *Ind. scén.* ant *mq B* — de dormir. — 20933 pourroit. — 20947 Guysart.

* 347* A. — ** 337* B.

LE MAIEUR D'AMIENS

Seigneurs, je me donne mervcille
Qui sont ces chevaliers pietons,
20955   Portans armures et bastons,
Lesquelz passoient devant nous,
Maintenant. Les congnoissiés vous,
Fromiondin ?

FROMIONDIN. eschevin d'Amiens

C'est la baronie
De l'empereur de Romenie,
20960   Il y a L ans passés
Que j'en ay veu de telz assés,
Des le tamps que Rictiovaire,
Le faulx tirant de pute affaire,
Tormentoit en ceste cité
20965   Quentin a qui sommes cité :
Si fais chevaliers romions
Plus rechigniés que camions
Oppressoient fort le pais.

JUSTIN. eschevin d'Amiens

Toutteffois, je suis esbahis
20970   Du chevalier de hault effroy,
Monté sus ce beau pallefroy,
Il sambloit qu'on luy eust tolu
Et coppé d'ung dart esmolu
Le riche mantel qu'il portoit.

RODIGON. bourgois

20975   Cela tres fort me deshaitoit,
Je ne scay s'il l'aroit perdu.

DESIRE. bourgois

*Frere, n'en soiés esperdu.
Ainsi qu'il entroit en la ville,
Ung povre home nud, lait et ville
20980   Luy demandoit au nom de Crist
L'aumosne et celui tantost prist
**Son espee et luy decoppa
Son mantel, dont l'enveloppa :
Je vis le tu autem du fait.

ARTUS. bourgois

20985   C'est ung vray cristien parfait,
Droit en ceur, qui point ne se moustre,
Luy et les siens sont passés oultre,

Ne scay quel chemin vont tirant.

HARDEMTIM. bourgois

Ilz sont complices au tirant
20990   Julien. cesaire romain,
Qui veult subjugier soubz sa main
François. Picars et Alemans,
Les pais d'iceulx alumans,
Reboutans la loy de Jhesus,
20995   Que saint Quentin nommé dessus
Nous apporta du romain clos,
S'ils pevent, nous serons enclos
Et livrés a dolent meschief,
Car Julien qui est leur chief
21000   Het nostre loy oultre mesure.

FLORIMOND. bourgois

Pour eviter ceste morsure,
Je n'y voy millieure maniere
Que nous bouter soubz la baniere
Du conte de Vermans cy prés.

HEMART. bourgois

21005   Il est humble et doubz que ciprés
Et fait assamblee de gens
Qui sont apprés et diligens
D'y mettre obstacle et resistence.

LE MAIEUR

*Il lui faura faire assistence
21010   Et donner confort et secours :
Allés y plus tost que le cours,
Artus, Desiré. Rodigon,
Hardentum, Emart d'Aragon
Et Florimond, il est besoings.

RODIGON

21015   *Nous sommes armés de tous poins
Pour tost courir a la rescousse.

DESIRE

Attains seront au vif et poins,
Nous sommes armés de tous poins.

ARTUS

Nous avons haubers, fors pourpoins,
21020   Salades, bastons, arcz et trousse.

2096r vou my.

* 348 A. — ** 358 B.

21006 assambler des.

* 348a A. — ** 338a B.

HARDENTUM

Nous sommes armés de tous poins
Pour tost courir a la rescousse.

EMART

Il ne nous aront pas d'escousse
De bras ne par beau langaigier.

FLORIMONT

21025 Allons et pensons de vengier
La mort de nostre redempteur.

LE MAIEUR

Allés, soiés leur conducteur,
Rodigon, en tout leur affaire.

RODIGON

Chier sire, j'en saray bien faire,
21030 Nous en courons plus fort que loire.

DIEU *et doit avoir vestu la partie du manteau
saint Martin et dit :*

Angles bien heurés en ma gloire,
Demenés jubilacion,
Joieuse modulacion
Par son musical, car Martin
21035 Encore estant cathecumin
Me couvrit de ce vestement.

·LE PREMIER ANGLE

Angles, chantons joieusement,
Puis que Martin, le noble enffant,
A couvert le Roy triumphant
21040 De son mantel nouvellement.

MARTIN *en soy veillant*

Je te remercye humblement,
Jhesucrist, Dieu des cristiens,
Qui daignes mon abillement
Porter es cieulx celestiens.
21045 ''C'est le mantel dont l'ung des tiens
En passant le revestis hier,
Tu és mon Dieu, a toy me tiens
Et si me feray baptisier.

THERENCIEN

Levons nous sans plus sommeillier,
21050 Car l'aube du jour est crevee.

21041 remecye.

* *349 A. — ** 319 B.*

MAILLOTIN

Pensons de nous assemillier,
J'ai fait une laide levee.

MARTELET

J'ay cheval et bride trouvee,
Venés monter sus ce destrier.

MARTIN

21055 De cheval, d'armes ne destrier
Ne m'est il maintenant besoing.
Monte sus et en prens le soing,
G'iray de piet.

MARTELET

Puis qu'il vous plet,
Je monte sus a peu de plet,
21060 Car du piet sui ge trop pesant.

THERENCIEN

Vostre maistre va fort penssant :
A quoy tient il, hé, Martelet ?

MARTELET

Oneque puis que son mantelet
Donna au maleureux chetif,
21065 'Il ne fust de bon trait natif
Ainsi qu'il estoit.

THERENCIEN

Cha, Martin,
Vous voiés a ce cler matin
Que cytoiens et paisans
Et gens d'armes obeïssans
21070 S'assamblent par tas et par mons
Contre nos gens que nous amons.
Ilz scevent de nostre venue ;
Ains que perte en soit advenue,
Retournons a nostre princhier.

MARTIN

21075 ''Ung seul Dieu, le vray justicier,
Nous doint sa lumiere certaine.

EUSEBE

Moiennant la grace haultaine
De Dieu qui souffry passion,

---

* *349 A. — ** 339 B.*

En nostre propre mansion
21080 Sommes retirés sans dangier.
Je ne veuil boire ne mengier
Jusque ce que nostre saint pere
Ara veu la sancté prospere
Que j'ay acquis puis mon partir
21085 Et les grans cloux dont le martir
Ot corps et membres tresperciés.

FELIX

Ma dame, je les ay chergiés
Et mis en precieuse toille
Pour les porter.

GAUVAIN

Va, se destoille,
21090 Hurtebise, il est tamps humais.

HURTEBISE

Je croy qu'il est tamps ou jamais,
Aultre chose je ne desire.

Pose.

EUSEBE

Pere saint, Jhesus, nostre sire,
Vous donne en fin son haultain trosne.

JULIUS, *pape*

21095 Bien vegnant, tres noble matrone,
Bien vegnant, Eusebe, ma fille,
Bien vegnant, tres noble famille,
Mes dames et mes demoiselles :
Sergans et varlés, quelz nouvelles ?

EUSEBE

21100 Par saincte revelacion
Et angelicque vision
J'ay trouvé au fleuve de Somme
Le corps saint Quentin qui la somme
De cincquante cincq ans avoit
21105 Avec le chief, comme on le voit,
Reposé en basse bourbiere.
Net, odorant, sans mettre en biere,
Envelopé en noble arroy,

Le chargay dessus mon charroy,
21110 Pour mener a Vermans tout droit,
Mais quant nous fusmes a l'endroit
Du lieu ou passion souffry,
Quant son corps a la mort offry,
Les chevaulx ne vouldrent tirer,
21115 Pour batre ne pour martirer :
Ainsy fust glorieusement
En Aouste honnorablement·
Sepulturé sans vanité
Et lors je recouvray santé
21120 De corps, de membres et de veue :
Si reviens, grace Dieu, pourveue
De precieux reliquaire.
C'est des cloux que Rictiovaire
Luy fist percier parmy le corps.

FELIX

21125 Pour verifier ses recors,
Vecy les cloux et les taringes
Envelopés en ces sains linges.
Dont elle fit invencion :
C'est tres vive approbacion
21130 De ce qu'a volut proposer.

JULIUS

Ma fille, veuillés vous reposer
A salut, a gloire et a joye,
Vous avés concquis la monjoie
De bien et de salvation.

*Elle s'en retourne
a son logis.*

MOUCHET

21135 Vers vostre dominacion
Vient le noble seigneur d'Aouste,
Qui vous secoura, quoy qu'il couste,
En tout cas licite et possible.

LE SEIGNEUR D'AOUSTE

Dieu vous gard, hault prince invincible.

LE CONTE

21140 Bien vegnant, seigneurs, tous ensamble.

21086 avoit au corps.— 21092-21093 *Ind. scén.* Pose
placé à la hauteur du vers 21100. — 21107 ordoiant.

350 A. — 340 B.

21114 voulurent. — 21132 a joye et a gloire. —
21134-21135 *Ind. scén.* ne *my.*

350a A. — 340 B.

J'entens et assés il me samble
Que les Romains veullent entreprendre
Sur nous, ou n'a riens que reprendre,
Destruisans cristiens et temples
21145 De Dieu dont tenons les examples :
Se nous y fault remedier.

LE SEIGNEUR D'AOUSTE

D'autant que je vous puis aidier,
Je suis vostre.

RODIGON

            Prince haultain,
Ceulx d'Amiens, soiés tous certain,
21150 Nous envoye vers vous courant,
Pour vous estre brief secourant
En forte guerre encommencee.

LE CONTE

Humblement je vous remercye,
Nobles bourgois, c'est du bien d'eux.
21155 Contre Romains furibondés
Nous convient gardés les passaiges,
Aultrement ne serons pas saiges.
S'ilz ont une fois le piet ens,
Ilz feront tant par leurs contens,
21160 Qu'ilz nous tenront en leur loyen,
Car c'est l'apostat Julien ;
Est plus rabi et forcené
Que n'est ung anemy dampné.
Gardons les passaiges sommois,
21165 Avant qu'il ait parfait son mois,
Il reploira ses romains signes.

Sonnés trompettes et busignes.

Trompettes sonnent et
vont sus le rivage
garder le passaige.

THERENCIEN

Prince invaincu, cuer de lion,
Nous avons veu ung milion
21170 Des plus nobles de Picardie,
Qui pour entreprise hardie

Gardent les passaiges et pons
Pour vous donner ung brief respons
Et garder rivieres et fors.

JULIEN

21175 Tousjours serons nous les plus fors
Et des plus rouges de la taille.

VALENTINIEN

Sire, ordonnés vostre bataille
Et vous pourvés de sens et d'art.

JULIEN

Martin portera l'estandart,
21180 Il est vert, josne : ai ge le point ?

MARTIN

Cesar, tracés moy de ce point,
Je n'ay ne cœur ne volenté
De destruire cristienté,
Dont le precieux fondement
21185 Est Jhesus, dieu du firmament,
En qui j'ay mis ma vaillandise.

JULIEN

"Martin, Martin, la couardise
De vostre corps vous fait parler,
Car vous commenciés a trambler
21190 De piet en chappe, de plaine brace.

MARTIN

Noble Cesar, sauf vostre grace,
Pardonnés moy pour ceste fois,
Je suis a cela.

JULIEN

            Touteffois
Fault il desploier la baniere.

HECTORIN

21195 J'en scay trestoute la maniere,
J'en prens le soing et y regarde.

JULIEN

Morillon tenra l'avangarde
Avecq les siens d'estrange marche.

MORILLON

Sire, quant on veult que je marche,

21142 *cors* : emprendre ? *ou supprimer* : les ? —
21167-21168 *Ind. scen.* nt et — ge — [passaig] e *mq*
A ; sus *mq B*. — 21168 inmanien.

* *351 A*.

21178 pourvoies. — 21180 vert *mq*. — 21183 dres-
truire.

* *340 B*. — ** *351* A.

21200　Faictes signe, je m'abandonne.

JULIEN

Therencien, je vous ordonne
Que vous soiés ma sauvegarde
Et Valent, mon arriere garde.
Ainsi povons nous assaillir
21205 *Les cristiens et puis saillir
Oultre la Somme et tout tuer :
Pensons de les esvertuer
Sy qu'ilz soient a nous submis.

LE CONTE DE VERMENDOIS

Seigneurs, vecy nos ennemis,
21210　Soiés moy loiaux et preudons.
Car vous scavés que nous prendons
Bastons pour nostre loy deffendre
Contre ceulx qui tout veullent fendre :
. . . .
Sonnés trompettes a l'assault.

*Lors combatent les ungz a ung
lés de l'eaue et les aultres a
l'autre a la volenté du wainceur
sans adommagier l'un l'autre.*

JULIEN

21215 **Ho, seigneurs, reprenés coraige,
Ils ont sentu le grant oraige
De nostre puissance romaine,
Il fault entrer en leur demaine,
Quoy qu'on face par aulcun tour.
21220　S'on devoit brisier une tour,
Soit par ponceaulx ou par planchettes,
A l'assault, clarons et trompettes.

*Lors combatent de rechief,
les Romains passent l'eaue
et ruent aulcuns des cristiens
dedens et les aultres sont
reversés par terre et dit Julien :*

Avant, enffans, deffendés vous,
Ilz sont nostres, metés les tous

21225　Aux espees et faictes rens.

LE CONTE DE VERMENDOIS

Helas, seigneurs, que ferons nous ?
Nous sommes vaincus a tous bous,
Sauvés vous, amis et parens.

THERENCIEN

Rendés vous, seigneur.

LE CONTE

Je me rens :
Estes vous chevalier ?

*THERENCIEN

21230　　　　　　Oy,
Redoubté, cremu et oy
Dedens l'imperial palés :
Salpetre et Canon, mes varlés,
Mettés main a ce prisonnier.

SALPETRE

21235　Nous y concquerrons main denier,
C'est le conte de Vermendois.

CANON

S'il peult venir devers mes dois,
Il sera ainsi qu'une poulle
Entre regnars.

JULIEN

A la despoulle,
21240 **Prenés armures, brigandines,
Bastons qui sont aux bringans dignes,
Se les tués ainsi qu'aingnaulx.

BRIMEFER

Coppons dois, s'arons les agneulx,
Se leurs mains ne veullent baillier.

MAUBUE

21245　Se j'en voy ung tout seul baillier,
Derraine grimace faisant,
Je le turay comme ung faisant,
Et puis en prenray le plumaige.

JULIEN

Regardons quel perte et dommaige
21250　En la bataille est demouree.

21213-21214 *Le vers 21214 est sans rime ; pour le sens et pour la rime, il faudrait supposer un vers de ce genre ci :* Contre eux point defaillir ne fault.

* 341ᵇ B. — ** 352 A.

* 342 B. — ** 352ᵃ A.

GALICAN

Le noble duc de la Moree
Et grant partie de ses Mors,
Plus noirs que taupes, sont tous mors :
Mais cristiens sont tous peris,
21255 Noiés, navrés, en grand perilz
De mort et comme tous confus.

JULIEN

Avant, saudars, boutés les fus,
Se brulés pais et contés,
Vermans, Aouste, a tous costés :
21260 Ne soit esglise ne chappelle,
Ou le nom de Jhesus s'apelle,
Qui ne soit en cendre et en pouldre.

· BRIMEFER

Cha, Maubué, faisons grant fourdre
De feu, se seront desconfis,
21265 Ardons moustiers et crucefis.
Sains et saintes et marioles.

MAUBUÉ

Leurs clochiers et leurs banerolles
Seront mis en feu et en flamme.
Regardés la comment j'enflamme
21270 Temples fais de caillaux cornus.

*Lors doibvent bouter le fu
en la chapelle que fit faire
Eusebe.*

·· LE FOL

Benedicité dominus,
Escoutés ruire ces malos.
On met a mort grans et menus,
Se coppon testes et cifflos.
21275 Je cuide qu'on fait le fu d'os
Pour ce que la saint Jehan aproche,
Se brullons pourceaulx sus le dos
Pour rotir andoulles en broche.
Le monde, qui va tres mal, cloche,
21280 Dieu en recharpente ung nouvel ;
Cestui qui si tres fort biloche

21281 viloche A.

· 342ᵃ B. — ·· 353 A.

Ne tient qu'a la queue d'ung vel.

SATHAN

Deables, menons joyeulx revel,
Emportons ces ames dampnees,
21285 Noires que vielles cheminees,
Nous en arons pour mestre en rost
Et pour boullir.

LEVIATHAN

Hé, Astaroth,
Boutons les en pans et en manches,
Tantost leur fourbirons leurs pances
21290 De nos terribles ramonnoires.

ASTARÓTH

Deables, ne prendons que les noires,
Laissons les blanches au grant maistre.

CERBERUS

Vecy viande pour repaitre
Tous les senglens deables d'enffer.

· BELZEBUCH

21295 Demenés joye, Lucifer,
Et se riés du bout du dent,
Car ung tres joieulx accident
Nous est trebuchiet sus les bras.

LUCIFER

Comment va ?

(BELZEBUCH)

·· Nous sommes tous cras,
21300 Il fault rehaucier nostre estat.
Julien, ce fier apostat,
S'en est venu a grant puissance
En Gaule pour donner nuisance
A ceulx qui tiennent du prophete ;
21305 S'avons esmut si orde feste
Que pluseurs de ses demoiseaulx
Y ont laissiet corps et houseaulx :
Les aultres qui sont eschappés,
Sans estre blaciés n'escloppés,
21310 Boutent fus, s'ont brulé de fait
La celle qu'Eusebe avoit fait

21288 panches. — 21299 Belzebuch *ung ms* : *mais* N
de Nous *est teintée de rouge commi aus débuts des tira-*
des ; il faut attribuer celle-ci à Belzebuch, à moins
que ce ne soit à Sathan. — 21300 nostre est.

· 343 B. — ·· 353ᵃ A.

A Quentin, qui faisoit miracle ;
De luy ne de son tabernacle
Ne souvenra dedens mille ans.

LUCIFER

21315 Deables, vous estes tres vaillans,
Roulliés les yeulx, grignés les dens,
Rués ces ames la dedens
En tenebres exterioires
Et les livrés aux presidens
21320 Des regions inferioires.

JULIEN

Puis que sus nostre glave et pointe
Sont tumbés Francois et Picars,
Et que par feu on desapointe
Leurs temples qui valent pis que ars,
21325 Retournons es romions parcqs,
A tout prisonniers et butins,
Desquelz vous arés grande pars,
Sans faire noises ne hutins.

*Lors retournent les
Romains o Rome.*

DIEU

Descendés des lieux celestiens,
21330 Michel, archangle, et allés querre
Les ames de ceulx qui par guerre
" Ont passé les fins de leurs jours
Pour exaucer mon nom tousjours
Et la foy de cristienté.

MICHEL

21335 Je feray vostre volenté,
Mon glorieux pere eternel.

LE PREMIER ANGLE

Partons de ce lieu supernel.
Michel, je vous compaigneray.

LE SECOND ANGLE

Espoir que gloire gaigneray,
21340 Se je vous tiens societé.

Ilz s'en vont.

LE SEIGNEUR D'AOUSTE, *couchié entre les murs*

O glorieuse trinité,
Trois personnes en unité,
Ung seul Dieu, une deité,
Divinité
21345 Sans fin et sans commencement,

Regarde la crudelité,
La guerre, la mortalité
Du tirant d'infidelité,
Dont alité
21350 Je suis au lit de grief tourment,

Plourant, souspirant tendrement,
Navré a mort piteusement,
Sans espoir, sans amendement
Et tellement
21355 Qu'a la mort je suis limité.

Je pers ma vie, mon corps gent,
Mon pays, mon roy, mon regent,
Ma femme, mon estat, ma gent
Et mon argent
21360 Pour acquerre sublimité.

* Je suis d'Aouste le seigneur,
Des Vermendois vray enseigneur,
" Apres le conte, le grigneur
Et le gaigneur
21365 De noblesse au siecle mondain.

En ma seigneurie et haulteur,
Gist Quentin, mon vray protecteur,
Filz de Zenon, le senateur,
Mais ce hault eur
21370 Est chut en ung moment soudain.

Julien, tirant inhumain,
Acompagniet de l'ost romain,
A brulé le lieu de sa main
Ou soir et main
21375 Reposoit du pais l'onneur.

21313 *de* mq *après* ne. — 21312ᵇ-21329 *Iud. scén.* |rom| e *mq.*

* 143ᵛ B. — " 354 A.

21348 du grant d'infidelite.

* 144 B. — " 354ᵛ A.

O Quentin, mon espoir certain,
Tire mon ame au lieu haultain
    Du feu chaudain,
Dont Sathan est guide et meneur.

MICHEL

21380 Menons au tres hault guerdonneur
Ces ames des corps separees,
S'en seront les salles parees
De glorieuse court celeste.

LE PREMIER ANGLE

Ilz ont souffert paine et moleste
21385 Pour la sainte foy catholicque.

LE SECOND ANGLE

Menons les au trosne angelicque
Pour les merir et releschier.

JULIEN, a Rome

Aigle volant, hault justicier,
Bruit vous doint Palas, ma princesse.

CONSTANTIN

21390 Noble Cesar, noble princhier,
Gloire a vous, honneur et richesse.

JULIEN

'J'ay subjuguiet par ma haultesse
Gaule, Vermendois, Picardie
Et fait trambler conte et contesse
21395 '' Devant mon espee hardie,
Mis en flambe et cendre pourrie
Les temples et les artifices
De Crist, dont la loy est perie,
Sans jamais avoir sacrifices.

CONSTANCIEN

21400 Vous arés pour vos benefices
Triumphe d'honneur et guerdon,
Dignités de Rome et offices
En particulier habandon,
Pour les octroier en pur don
21405 Aulx vostres qui les acquerront
Et pour faire grace et pardon
A tous ceulx qui le requerront.

21384 souvert. — 21389 doint *mq.*

21390 princher *A.* — 21394 tambler.

' 355 *A.* — '' 394 *B.*

FIN DE L'INVENCION DU PRECIEULX

CORPS SAINT QUENTIN

L'INVENCION DU CORPS

DE

SAINT QUENTIN

PAR ELOI

---

*DAGOBERT. *Roy de France*

Franchiolus, de troienne origine,
Apres ruyne et auguste souffrance,
21410 France afranchit, de francise y mist signe,
Une racine, odorant medecine,
Doulce, tres digne, y planta, lige et france ;
Ainsy est France en fleur, en flourissance,
En acroissance. en triumpheur franchois,
21415 France est honneur du monde et le francq
[choix.

France est l'eritaige,
La terre et paraige
De promission,
En qui jardinaige,
21420 Manne du ciel naige
Par emission.

France fust France et non franche et fust
[serve
A la leuserve et prophane heresie,
Dieu y transmet angelicque conserve
21425 Qui la preserve et veult qu'elle desserve
Grace ou s'aserve et soit auctorisie :

France est begnie et faulce zizanie
En est banye et Crist y est enté :
France est le fruit de toute cristienté.
21430 France se illumine
De foy qui domine,
Dont elle est paree,
Et est si divine
Que pute vermine
21435 En est separee.

France est l'effroy des Saxons, des Ger-
[mains
Qui soirs et mains l'ont a glave incitee :
France est la verge et flayau des Romains,
Qui de ses mains bat tirans inhumains
21440 Et est du mains Troye ressussitee,
Excercitee, a guerre habilitee,
Nobilitee, autant que peult terre estre :
France est au siecle ung paradis terrestre.
*France prent delis
21445 En rainceaux de lis,
**Trop plus doulx en voie
Que plumes de lis :

Ce sont fleurs de lis
Que Dieu luy envoye.

EREMBERT, *seneschal de France*

21450 France est dont on doit faire joye,
Chef d'oeuvre de mondaine fabricque,
Tant en sanctité qù'en monjoye,
D'honneur et d'armes qu'on fabricque,
Puis que erreur paganicque
21455 Abolit par haulte influence
Et prent sainte foy dominicque.
De tous biens arons affluence.

CONEBERT, *marissal de France*

Dieu moustra grant signe d'amour
A l'avé de vostre grant pere,
21460 Quant luy envoya sans demour
L'ampoule de sa saincte spere,
Que rechupt a joye prospere
Saint Remy qui le baptisa :
Ce fist Dieux affin qu'il apere
21465 Qu'amour aux Frans sans faintise a.

SIGEBERT, *souverain du palais*

N'a gaire que le roy Lotaire,
Vostre pere, dont Dieu ait l'ame,
Maintint nostre loy salutaire,
Dont il ot glorieuse fame :
21470 Maint sarcus, mainte riche lame
Fist forgier pour repositoire
Aux sains corps qui par mort infame
Gisent au francois territoire.

DAGOBERT. *Roy*

Nobles barons, tout nostre espoir
21475 Est d'augmenter la loy de Crist,
Autant seloncq nostre pooir
'Que nul dont vous avés descript.
''Et est assés nostre appetit
D'avoir mainte fiertre et forgier.
21480 S'on treuve ouvrier grant ou petit
Qui les sache faire ou forgier.

BOBBON, *tresorier du Roy*

Pour avoir ung soubtil ouvrier,
Il ne fault parler que d'Eloy :

C'est le patron et recouvrier
21485 De tous ceulx qui forgent d'aloy,
Vostre pere l'a mise em ploy
D'honneur par son orphaverie.
On voit son oeuvre et riche employ,
La chose en est toute averie.

DAGOBERT. *Roy*

21490 Il est vray, nostre tresorie
Est garnie de ses haulx fais,
De vaisseaux, de riche pierrie
Et joyaulx qui par luy sont fais,
C'est l'oultrepasse des parfais.

21495 Fleur de lis, va le nous querir.

FLEUR DE LYS. *messagier*

Chier sire, j'encharge le fais
Pour hegnigne grace acquerir.

ELOY. *forgant*

Vandericq, pense de brunir
Ceste croix richement doree,
21500 Affin ce qu'on le puist benir
Pour estre du peuple adoree.

VANDERICQ. *serviteur a Eloi*

Se de dorure est achevee,
Propre sera comme de cire.

FLEUR DE LIS

Dieu gard celle noble assamblee.

ELOY

21505 Bien vegnant, Fleur de lis, beau sire.

FLEUR DE LIS

Le roy, nostre sire, desire
A parler a vous.

'ELOI

Je m'en voy.

Tbillion ?

''THILLION, *famillier d'Eloi*

Maistre ?

21451 *corr :* mondain ? — 21453 honner **A**. — 21454 *suppléer :* toute ? — 21456 sancte. — 21460 nagaire vostre per lotaire.

'357 *A :* — '' 346 *B*.

21486 mist; *corr :* en ung ploy ? *ou :* en bon ploy ? — 21490 Roy *mg*. **A**.

' 357° *A*. — '' 346° *B*.

ELOY

Romps et deschire
La masse d'argent que j'envoy
21510 Pour le fondre, s'aras l'envoy
De faire ung precieulx vaissel
Je voy a court.

THILLION

Vostre convoy
Voye le haultain roy du ciel.

FLEUR DE LYS.

Vecy l'orfevre solennel
21515 A vous servir tout resolut.

ELOY

Chier sire, le roy supernel
Vous acroisse honneur et salut.

DAGOBERT

Eloy, pour ung mot absolut,
Levés sus et donnés escout
21520 A ce que nous avons conclud,
Qui sera de grant frait et coust :
Vous estes renommés par tout
Nostre royalme en l'art fabrile,
Tres imbuit et expert sur tout
21525 Aultre qui se veult faire habille.
S'en avés acquis grace humile
Devant les yeulx de nostre face,
Bien amé fustes entre mille
De mon pere que Dieu parface.
21530 Celles de mirable artifice
Et riche speciosités,
Vaisscaulx a faire sacrifice
A sainctez preciosités,
Ymaiges et formosités
21535 *Et maint aultre joiel d'argent
Avés fait. dont famosités
Et bruit vous donnent toute gent.
Pour quoy desirons exaucier
Nostre saincte foy catholicque,
21540 Nous ferons lever et haussier
**De mainte esglise et basilicque
Les sains corps, de qui la cronicque

Nous demoustre narracion,
Abatus par fais tirannicque
21545 En la francoise nacion.
Se volons que vous fabricquiés
Casses, fiertres et sains vaisseaulx
Esquelz ilz seront colloquiés,
De corps, de membres et d'osseaulx :
21550 Vous arés gemmes par monceaulx,
Or, argent, fretin plus qu'assés,
Hennas brisiés et larges seaulx
Esquelz ilz seront encassés.

ELOY

Tres noble roy, j'acompliray
21555 Vostre desir et bon voloir :
Sens et force multipliray
Pour merir grace et mieulx valoir.

DAGOBERT, Roy

Donnés luy finance et avoir,
Tresorier, qu'il puist besongnier.

BOBBON

21560 Assés luy en feray avoir,
De ce ne luy en fault songnier.

Venés, Eloy, venés chergier
D'or et d'argent une grant masse,
Prenés icy sans prolongier
Ce qui est bon.

ELOY

21565 Je l'amasse.

BOBBON

*S'il y a turquoise, topasse,
Fins rubis, saphir, diamant.
Ou escarboucle qui tout passe,
Elles sont en vostre command.

ELOY

21570 J'ay trouvé ce qui m'est duisant,
C'est la pesanteur de cent mars,
Lesquelz, se Dieu m'est conduisant,
Seront mis, ains qu'il soit my mars,
**En oeuvre en plus de mille pars.

21509 que je vous *ms : corr :* que j'envoy ? — 21510 seras. — 21535 loiel.

* 358ᵃ A. — ** 347ᵇ B.

21546 vous *aig.* — 21558 Roy *mq* A. — 21563 suppléer : Or devant Je ?

* 358ᵃ A. — ** 347ᵇ B.

21575 Tres excellente majesté.
       A vostre command je me pàrs :
       En la tresorie ay je esté
       Ou j'ai tout mon fait pourjetté :
       J'ai de fraitin et de chevance,
21580 De maint riche coffre argenté
       Pour besongnier sans decepvance.

                DAGOBERT. *Roy*

       Or desploiés sens et savance
       Au fabricquier.

                ELOY

                Sachiés de voir
       Qu'affin que nostre fait s'avance
21585 Je voy bien tost faire devoir.

                VANDERICQ

       Grand soing nous convient recepvoir
       Pour labourer de grant coraige,
       Car je commence apercevoir
       Eloy qui nous aporte ouvraige.

                ELOY

21590 Le roy, a qui on fait homaige,
       M'a fait baillier riche tresor,
       Pour emprainter maint bel ymaige,
       Se nous fault commencer tres or :
       Emplissiés la fournaise d'or,
21595 Autant qu'on en poura finer,
       Jhesus a qui on fait ador
       Nous doint grace de l'affiner.

                THILLION

       Souffle pour le feu alumer,
       Je m'en voye a la charbonniere,
21600 Sans plus marteler n'englumer.

                VANDERICQ

       De souffler sai ge la maniere.

                MORANT, *chantre du Roy*

       Le roy par largesse aumonniere
       Au tres vaillant Eloy or donne
       Et fin argent pris en miniere

       ───────────────

       21582 Roy *mq* A.

       * 359 A.

21605 'Affin que fiertres luy ordonne,
       Pour y collocquier en personne
       Des martirs les bienheurés corps,
       Comme le bruyt en apert sonne
       Et qu'on scet par communs recors.

                AMOURET. *chantre du Roy*

21610 O que ceulx seront bien amés
       Qui leur sens vouldront exposer
       A trouver ces sains renommés
       Pour mettre en fiertre reposer.

                MAURIN. *chantre du Roy*

       Se je me voloye esprouver,
21615 Je scay tel corps saint par le monde
       Qui m'est tres legier a trouver,
       Gisant en fosse bien parfonde.

                MORANT

       Querés le et gloire pure et monde
       Arés du roy et de son prosme
21620 Et serés enfin, je me fonde,
       Cardinal ou pape de Rome.

                AMOURET

       Avanciés vous, ains que nul home
       Y mette main pour y houer,
       On vous tenra pour bon preudome
21625 Et chascun vous vora louer.

                MAURIN

       Se le roy nous veult avouer,
       "Nous irons le fait entreprendre.

                AMOURET

       Oy, et richement doer,
       Alons devers luy congié prendre.

                MAURIN

21630 Dieu qui recheut maint hostelain
       Vous doint rengne en haulte demaine.

                DAGOBERT. *Roy*

       Morin, nostre beau chapelain,
       Et vous aultres, qui vous amaine ?

                MAURIN

       J'entens par parolles certaines
21635 Qu'Eloy, sans prendre nulz esbas,

       ───────────────

       21605 fiertes. — 21610 [R]oy *mq.* — 21614 [Ro] y
       mq. — 21623 la main. — 21625 lour. — 21626 alouer.
       — 21627 entreprenderay.

       ' 348 B. — " 359" A.

Forge mainte fiertre haultaine,
Pour les corps sains gisans en bas,
Desquelz, je croy, vous n'estes pas
Asseuré d'y povoir ataindre :
21640 Si vous requiers que sus ce pas
Puisse besongnier sans moy faindre.

DAGOBERT. *Roy*

Morin, vous samble il par vostre ame
Que vous en venrés bien a chief ?

MAURIN

Non plus que de boire une drame,
21645 Je ne me doubte du meschief
A trouver le corps et le chief
Du tres glorieux saint Quentin
Et de maint aultre de rechief,
Dont l'ame est au lieu celestin.

EREMBERT

21650 Maurin entent bien son latin ;
Il n'est pas de ces clers royés
Qui contreffont le viellautin
Et sont parfois tous desroiés.
Il est sur tous auctorisiés.
21655 Bon artiste et samblablement
En vertus, dont gens sont prisiés,
Bien instruit, ou son samblant ment.

CONEBERT

Maurin est le treffort piler
Ou s'apoie dame musicque,
21660 Querant doulceur pour compiler,
Exedant art pictagoricque,
Proporcion trepple, duplicque
Et tout ce que scavoir on doit :
De son conquave et organicque
21665 Il scet tout sus le bout du doit.

DAGOBERT. *Roy*

Pour ce que chantres par usaiges
Sont plains du vent de vaine gloire,
Presumptueux et fort volaiges,
A peu ce nous le poons croire.

SIGEBERT

21670 Il a prudence, art et memoire

Et est conté entre les saiges :
Il tire bien d'ung autre loire
Que ceulx dont on voit les visaiges.

DAGOBERT

Maurin, Morant et Amouret,
21675 Dictes une seulle chansson,
En ceste salle ou amour est,
Moustrés vostre resonant son.

MORANT

Nostre sire, c'est bien raison,
Vous orés nostre melodie.

MOURET

21680 Par bien chanter les gens prison.

MAURIN

Chantons dont par grant estudie.

Lors ilz chantent une
chanson devant le Roy.

DAGOBERT

Vela tres joieuse armonie,
Maurin est digne qu'on le prise.

MAURIN

Ensamble allons d'amour vive
21685 En la vermendoise pourprise.

DAGOBERT. *Roy*

Se vous falés a vostre emprise,
Vous n'y arés gaire d'honneur
Et se vous adreciés a prise,
Nous vous serons guerredonneur.

LUCIFER

21690 Deables loingtains, deables privés,
Dyables de lumiere privés,
Faictes ciel et terre mouvoir,
Tonner, venter, negier, plouvoir,
Gresillier, tombir, esclitrer
21695 La mer et les eaues rentrer
Dedens leurs abismes partons ;
Nous perdons le chief et le fons

21642 samblil *A.* — 21652 viellatin. — 21655 sam-
blablent. — 21663 ce quon. — 21664 conquaire. —
21666 Roy *mq A.*

* 360 *A.* — '' 349 *B.*

21679 oies. — 21681-21682 *Ind. scén.* [un] c *mq A* ;
ent — ant le *mq B.* — 21686 Roy *mq A.* — 21694
grisillier — esclitter *A.*

* 36.° *A.* — '' 340'' *B.*

De nostre heritaige mondain ;
Le roy de France moult soudain
21700 Fait forgier fiertres et relicques
Et aultres riches mirificques
Par Eloy, qui fait feu et fer
Et plus fort q'un deable d'enfer :
Car luy et aulcuns josnes fos
21705 Font casses a bouter les os
Des corps ja enterré, pourris ;
S'en venront terribles espouris
Contre tous faulx demoniacles,
S'ilz font nulz apparans miracles,
21710 Gens y courent plus fort que lievres.

SATHAN

Ilz feront vos senglante fievres,
Nous cuidions vous esmerveillier,
Lessiés dormir, leissiés veillier,
Vous n'avés garde de ce cop,
21715 Il aront du meschief biencop
Ains qu'ilz en viennent a choron.

LUCIFER

Je voy ung maistre Aliboron
Ossy emflé q'une sansue,
Qui goutte d'eaue et cler sang sue
21720 De force d'aler en Aouste,
'Il emportera quoy qu'il couste
Du corps Quentin ung grant esquart.

ASTAROTH

Lessiés le aller, c'est ung coquart,
Ung clerc royé de burelure
21725 Aussy creux q'une turelure
Et ung orguilleux demoisel,
Que nous arons par le musel
S'il se va bouter au brouet.

BERICH

Se g'y vois a tout mon grouet,
21730 J'en aporteray piet o ele.

"BELZEBUS

Il ara pis que d'ung fouet,
Se g'y vois a tout mon grouet.

LEVIATHAN

Boutés sa teste en ung coet
Et s'il veult rebeller tués le.

CERBERUS

21735 Se g'y vois a tout mon grouet,
J'en aporteray piet ou ele.

LUCIFER

Courés plus tost q'une arondelle,
Sathan, Astaroth, Belzebus,
Vous trois estes assés phebus,
21740 Il soit par pieces despeciés,
Il est tout emflé de pechiés.

SATHAN

Se le grant maistre le permet,
Soit par chimere ou soit par met,
Nous l'amenrons a vostre porte.

LUCIFER

21745 Alés, le deable vous emporte.

MAURIN

Saint Quentin en ce propre lieu
Fust enterré par Eusebie,
On y a fait droit au meillieu
Une tres belle et riche abye.

'MORANT

21750 Se vous tenés de ma partie,
Vous et moy ne serons si niches
Que n'y logons ceste nuitye,
Si mengerons des chaudes miches.

AMOURET

Ilz sont tenus pour les offices
21755 Que nous avons dessoulz le roy
De nous faire grans benefices
Et nous logier en grant arroy.

MAURIN

Entrons dedens a peu d'effroy.

MORANT

Il fault demander au portier,
21760 Qui garde portail et beffroy,

Ou est l'abé de ce moustier.

MAURIN

Vien ça, portier, je te requier,
Fay venir abbé et couvent.

LE PORTIER D'AOUSTE

S'il vous plaist ung petit jocquier,
21765 Il venra, je vous ay couvent.

Seigneurs, vecy un president
De Paris ou de court realle,
Qui veult estre icy resident :
Moustrés luy chere tres lealle.

L'ABBÉ D'AOUSTE

21770 Ma societé parciale
Luy sera preste, s'i luy plaist.
C'est pour besongne especiale
Qui vient, s'irons a peu de plest.

LE PRIEUR D'AOUSTE

Ho, je congnoy tres bien que c'est,
21775 C'est ung chantre de la chapelle
Du roy, que j'ay veu bien minchet
Et je croy que Maurin s'apelle.

LE TRESORIER D'AOUSTE

**Comment il vole de haulte ele ?
Se samble ung roy de Torelore,
21780 Il a vestu riche cotelle,
Qui vault l'argent d'ung mandeglore.

LE SOUPRIEUR D'AOUSTE

Puis que du roiail territoire
Est en nostre hostel descendu,
Faisons luy honneur transitoire,
21785 Plus que tant avons nous perdu.

L'ABBÉ

Monseigneur, bien soiés venu.

MAURIN

Et vous bien trouvé, mettés sus.

LE PRIEUR

De Dieu soiés vous soustenu,
Monseigneur,

LE TRESORIER

Bien soiés venu.

MAURIN

21790 **Que vous scavés d'honneur menu,
Couvrés vous au nom de Jhesus.

LE SOUPRIEUR

Monseigneur, bien soiés venu.

MAURIN

Et vous bien trouvé, mettés sus.

L'ABBÉ

Nous ferons alumer les fus,
21795 S'il vous plaist, et mettre les tables,
Tirer les vins, perchier les fus,
En grant chiere avecq gens notables.

MAURIN

Nennin, seigneurs, il me fault faire
Prumiers ung glorieux mistere
21800 Qui touche grandement l'affaire
De vous et de ce monastere
Et pour entendre la matere,
Je viens icy pour eslever
**Quentin, qui fust de vie austere,
21805 Qu'on vault en ce lieu enclaver.

L'ABBÉ

Noble seigneur, tant qu'a ce point,
Bien scavés qu'il est en ce clos
Pres ou loings, mais ne scavons point
Le vray centre ou il est enclos.
21810 Eusebe l'esleva des flos
De Somme et fust en ce lieu mis,
Depuis Romains, qui quierent los,
Vindrent fendant comme ennemis,
Par qui nos gens furent remis
21815 Et le pais tout alumé :
Ainsi fust ce saint lieu obmis
Qui lors estoit moult renommé.
Ce saint monastere est fondé
Au plus pres qu'on a peu choisir,
21820 Que le martir recommandé
De Dieu peult couchier et gesir ;
Chascun en parle a son plaisir,

'L'ung dit qu'il n'y a corps ne cuer,
L'autre dit qu'on le vault assir
21825 Entre le portail et le coeur.
Nienmains pluseurs de leurs langueurs
Ont esté garis sans sejours,
Qui ont de bouche et de langue heurs
Et encore advient tous les jours :
21830 Ainsi quant veons si fais tours,
Nous disons qu'il y est, combien
Qu'on ne scet soit en murs n'en tours
Le vray du lieu.

MAURIN

Je le scay bien,
Car je ne me doubte de rien,
21835 Que je ne le vous moustre au doy.
Cha, hoel, picq et tel marien,
''G'iray faire ce que je doy.

LE PRIEUR

Tousjours arés vous bien de quoy,
Mais ains que facés ce saint oeuvre,
21840 Priés Dieu en quelque requoy,
Que sa grace, qui clot et oeuvre
Tout coeur, qui a luy se descoeuvre,
Vous veille des cieulx envoyer,
Pour trouver cil ou on recoeuvre
21845 De santé sans luy desvoyer.

MAURIN

Ne me fault saingnier ne croisier
Jeunes ne benedictions,
Que me fault il plus ensegnier ?
Je scay par coeur mes actions,
21850 Mais preparés processions
Et sonnés cloches a volees ;
Toutes gens faisans cessions
Venront a mont de la valee.

LE TRESORIER

Fais que la croix soit apportee,
21855 Eaue benoite et comphanons.
Clericé, a tu aprestee
La procession ?

'''LE CLERCQ D'AOUSTE

Nous venons.

Portier, je te prie, prendons
Ceste esperge et ce benoitier
21860 Et allons voir les sains preudons
Qui le corps saint veullent guettier.

LE PORTIER

Clericé, je te vois aidier,
Pour tant suis je icy affuy,
Nous arons tamps a souhaidier,
21865 Se le corps saint est deffouy.

LE SOUPRIEUR

'Vecy picq et houel ossi,
Bien affilé, je vous asseure.

MAURIN

Seigneurs, ne soiés en soussi,
Je venray bien a mon desseure.

AMOURET

21870 Vostre fait ne vault une meure,
Se ne desvestés vostre robe.

MAURIN

Se je meurs, elle vous demeure,
Gardés qu'on ne le vous desrobe.

Il se desvet.

ASTAROTH

Vien ca, Sathan, je me desobe,
21875 Quant je voy ce maistre emplumé,
Si oultrageux, si presumé
De cuidier trouver ce corps saint :
Il est bon a voir qu'il est chaint
D'orgueil et de presumption.

SATHAN

21880 S'il mest main au manubrion
Et le grant maistre de la hault
Le permet, il ara le sault,
Nous enterons dedens son ventre.

LEVIATHAN

On me pende, se je n'y entre,
21885 Pour luy tormenter les boyaulx
Et cent mille maux desloyaulx

21835 ne *mq.* — 21839 mains *ms.* — 21842 descou-
vre A.

' 351ᵉ B. — ''363 A. — '''352 B.

21864 a *mq.* — 21873-21874 *Ind. scén. et mq.* —
21884 my.

' 363ᵉ A.

Luy feray gehir et congnoistre.
*Il n'y ara moisne en ce cloistre
Qui s'ose trouver sus les rens.

SATHAN

21890 Soie tout prest de sallir ens
Et si le fais plus frois que glace.

MAURIN

Vecy le saint lieu et la place
Ou le vray martir fut posé,
**Pour quoy je me suis disposé
21895 Et de le querir suis engran.

*Icy hoe sus la terre et le
fer du hoeau doit sallir
contre terre.*

Seigneurs, vecy merveille grant,
Le fer du picq qui le desterre
Est sailli a cop contre terre
Et la manche me tient es mains.
21900 O le plus confus des humains,
Meschant, malheureux, qu'ay je fait ?
Deables d'enffer, venés de fait,
Si me partués, car j'esraige
De feu et de senglante raige,
21905 Qui me tourmentent. Ahors, ahors,
Vecy les vers qui saillent hors
De mon corps et sont en mes poins :
Je meurs, je brule, je suis poins
De forcenerie eternelle,
J'arage, j'arrage.

L'ABBÉ

21910 Tené le, tené le,
Il est tout plain de l'anemi.

MORANT

Que ferons nous, helas, amy ?
Nous et luy sommes fortunés.

AMOURET

Les vers luy saillent hors du nés
21915 Et s'a la langue toute noire.

LE PRIEUR

Je le crains plus que le tonnoire,
Pour Dieu, gardons qu'il ne nous blesse ;
Il a volut de sa noblesse
Trouver le saint corps mort par fer,
21920 Se treuve l'anemy d'enfer,
Qui l'art comme feu en brasier.

*LE TRESORIER

Donnés luy la croix a baisier,
Le diable le tient en ses filz.

**MAURIN

Arriere, arriere, crucefis,
21925 Arriere que je ne vous traune,
Bigot, breladis, bimartraune,
Venité, ma doulce amya.

*On le doit mener
hors de l'esglise.*

LE SOUPRIEUR

Je cuide que l'anemy a
Dedens le corps, en sept anglés,
21930 Car il parle latin, anglés,
Ensamble flament et lombart.

LE CLER

C'est ung malgracieux poupart,
Il porte veue appre et fiere.

LE PORTIER

Tenés le bien, qu'il ne nous fiere ;
21935 Vray Dieu, qu'il a la langue grosse,
Asseons le dessus ceste fosse,
Affin que s'il rent l'esperit,
Il soit boutés ens.

MAURIN

Berich, Berich,
Bal, Bel, Baratron, Belzæbus,
21940 Minos, Eacus, Cerberus,
Lethés, Acheron, Flegeton
Stix, Cochitus, Noiron, Pluton,
Proserpine, Astaroth, Sathan,
Danaydes, Leviathan,

21895-21896 *Ind. scén.* [sabli] r *mq A.* — 21912 emy *A.*

* 352ᵛ *B.* — ** 364 *A.*

21917 ne *mq.* — 21919 touver — de fer.— 21927-21928
Ind. scén. ner — se *mq.* — 21934 ne *mq.* — 21938
dedens : *corr :* dedens *et hiffer une fois* Berich ? —
21941 glegeton.

* 353 *B.* — ** 364ᵛ *A.*

21945 Ceyx, Ysion, Sisiphus,
Ydra, Megera, Thicius,
Thisophoné, Roth, Lucifer
Et tous les grans deables d'enfer,
Si m'emmenés les langues traictes.

LE PORTIER

21950 Je cuide qu'il fait ses aprestes
Pour morir et riens ne gaignons
A le garder.

LE CLERC

*Ses compaignons
**L'emporteront en basse lame : .
Le vela mort.

LE PORTIER

Dieu en ait l'ame :
21955 S'il veult qu'on en face priere,
Desvalon le en ceste quarriere,
Puis qu'il n'est digne d'estre en latre,
Il vault autant en celle enclastre
Qu'emmy les champs.

Ilz avallent en la fosse.

LE CLERC

Laissons le la.
21960 Allons conter la fin qu'il a
Au couvent de nostre maison.

LE PORTIER

Sans sens, sans foy et sans raison
Est Maurin mort cheant, batant,
Maugroiant Dieu et appellant
21965 Deables par cens et par milliers.

L'ABBÉ

Dieu qui aime ses familliers
Luy a donné pugnission
De sa faulce presumpcion :
C'est ung merveilleux exemplaire.

MORANT

21970 Seigneurs, ne vous veuille desplaire,
Se poise nous qu'il est ainsy,
Nous estionmes venus icy

Pour cuidier qu'il eust inventé
Le saint corps dedens terre enté,
21975 Mais il a miserablement
Finé ses jours, dont grandement
Il nous desplait.

LE PRIEUR

Si fait il nous.

AMOURET

Adieu, je prens congiet a vous,
Nous alons pour le faire court
21980 *Porter les nouvelles a court
De ce piteux advennement.

**LE TRESORIER

Dieu vous conduie seurement.

LE DOYEN DE NOYON

Freres, il y a ja passé
Ung mois que le bon Acquarie
21985 Et no pasteur est trespassé.
Du siecle qui tousjours varie :
Jhesucrist, le filz de Marie,
Luy doint de ses meffais pardon,
Noion en est triste et marrie,
21990 Si sont pluseurs vaillans preudons.

AUBERTIN, *chanoine*

Il est tamps que nous aprendons
A faire quelque election
Et que l'ung d'entre nous prendons
Pour evesque et prelacion.

MOYSET, *chanoyne*

21995 Sauve meilleur oppinion,
Mieulx vault que le roy nous pourvoye ;
Il aime paix et union
De l'esglise et peu se fourvoye
Et me samble, s'on y envoye
22000 Maistre Alphons pour luy requerir
Qu'i nous mette ung preudons en voye,
Grant pourfit pourons acquerir.

MAISTRE ALPHONS

S'il vous plait doncques consentir

21957 digne *mq.* — 21963 seant.

* 353ᵛ B. — ** 365 A

21984 acquart.

* 365ᵛ A. — ** 354 B.

A ce que Moyset propose,
22005 Je vois de ce fait advertir
Le roy sans faire longue pose.

LE DOYEN

Oy, maistre Alphons, je suppose
Que vous sarés bien besongnier.

Va avecq luy et te dispose,
22010 Zelandrin, pour l'acompagnier.

'ZELANDRIN, notaire .

Je ne veuil mes pas espargnier
Pour le bien de ceste contree,
Espoir que je pouray gaignier
Ung marcq d'argent a son entree.

MORANT

22015 Nostre sire, oiés la nouvelle
La plus piteuse qu'onque fu.

''DAGOBERT

Je te pry qu'on le nous revelle,
Soit dommaige d'eaue ou de fu.

MORANT

Maurin, vostre chantre, est perdu ;
22020 N'est ame qui l'en puist aidier,
Il vault, comme fol esperdu,
Plain d'orgueil et d'oultrecuidier,
Eslever de terre et vuidier
Le corps monseigneur saint Quentin :
22025 S'est mieulx pugny qu'a souhaidier,
Il est mort des huy au matin,
Raby comme ung viel chien matin ;
Desesperé et hors du sens,
Le glorieux Dieu celestin
22030 L'a pugny, a ce que je sens.

DAGOBERT

Entendés vous, seigneurs presens ?
Vous teniés Maurin pour discret,
Vaillissant d'or mille presens,
Et vous en voyés le secret.

EREMBERT

22035 Par les sains, ou j'ay mes regrés.

Oncque ne fus sy abusé
D'omme, tant sceut de decret :
Se n'estoit q'ung fol amusé.

CONEBERT

Il estoit tant fort eslevé
22040 En son chant, dont il scavoit l'art,
Qu'il est maintenant devalé
En feu eternel, ou il art.

'SIGEBERT

C'estoit ung tres fin papelart,
Ung butor et ung ypocrite,
22045 Ung gros boudin et ung paillart,
Sans avoir vertu ne merite.

DAGOBERT

Allés, Morant, sans contredicte,
Priés pour nous et soiés saiges.

MORANT

Mainte orison en sera dicte.

''AMOURET

22050 Nous en scavons bien les usaiges.

MAISTRE ALPHONS

Chier sire, doyen et chapitle
De Noyon, la noble cité,
A vostre grace dont le title
Est icy dessus recité,
22055 Soubz crainte et en humilité,
Se recommandent humblement
Et a la grant nobilité
De vos barons pareillement.
Acharius, n'a pas grandement,
22060 Evesque de predit Noyon,
A paié naturelement
Tribu de corps, dont s'anoyon,
Si prient que provision
Veuillés mettre a ce benefice,
22065 A la saincte exaltacion
De Dieu et du saint sacrifice.

DAGOBERT

Lessiés nous faire et vous souffice :
Nous y pourverrons de pasteur,

22015 les nouvelles.

' 366 A. — '' 354ª B

22050 Mouret. — 22059 corr : grammont ?

' 366ª A. — '' 355 B.

Saint home et expert en l'office,
22070 S'il plait Dieu, nostre createur.

MAISTRE ALPHONS

Je seray bon solliciteur
Vers vostre grace, tres chier sire.

ZELANDRIN

Et pour estre vostre inciteur
'Content suis de choffer la cire.

DAGOBERT

22075 Nobles chevaliers, je desire
A voir Eloy fiertres forgier
Et passer tamps joieulx sans ire
Et querir d'esbat le forgier.
Seneschal, et vous, tresorier,
22080 Alons y a prive maisnie ;
Il rechut tresor hier,
Voions comment il se manie.

EREMBERT

Roy des Frans, que honneur glori-
        [fie,
Je vous serviray Joyaument.

"BOBBON

22085 Vostre humble suis, en vous me fie,
Roy des Frans, que honneur glorif-
        [fie.

DAGOBERT

Monjoye, va, et signifie
Que nous venons presentement.

MONJOYE

Roy des Frans, que honneur glorif-
        [fie,
22090 Je vous serviray loyalment.

MAISTRE ALPHONS

Sievons le roy habillement,
Zelandrin, querons delivrance.

ZELANDRIN

Boutés vous avant hardiment,
Tant qu'il ait de nous ramembrance.

MONJOYE

22095 Eloy, vecy le roy de France.
Qui descent en vostre closture.

DAGOBERT

Besongniés de volenté franche,
Enffans, sans quelque entrerompure.

ELOY

Noble sang, noble geniture,
22100 Roy regnant au monde mortel,
Comment daigne vostre estature
Arriver en si povre hostel ?

' DAGOBERT

Tout y est bien gent et tout bel,
Vostre ouvraige est net et plaisant.

ELOY

22105 Chier sire, voiés se tombel
D'or et d'argent, s'il est duisant.

DAGOBERT

Il est riche, resplendissant,
Bien pourtrait et bien entailliet,
Combien peult il estre pesant,
22110 Ains qu'il soit ainsi abilliet ?

ELOY

"'Il poise autant qu'on m'a baillet
De matere totalement,
Cent mars, je n'y ay riens pilliet,
Votre poix y est largement.

DAGOBERT

22115 Tresorier, pesés sagement
Celle fiertre excellente la.

BOBBON

Elle poise tout justement
Cent mars, autant qu'on luy bailla,
Par ainsi voit on bien qu'il a
22120 Tres bien emploié vostre argent.

EREMBERT

Oncques mieulx nul ne soutilla,
Elle est faicte de vif art gent.

22081 suppléer : ung ? — 22085 Bobbon.

' 367 A. — " 355° B.

22098 entrepure. — 22117 Bobbon.

' 367° A. — " 356 B.

DAGOBERT

Tu és des fevres le regent.

ELOY

Est elle bien ?

DAGOBERT

Bien a merveille,
22125 C'est un chief d'oeuvre a toute gent,
Qui tout aultre passe et resveille,
Ou toute beauté s'apareille,
Au monde n'en est une telle.
*Regardés, vela sa pareille,
22130 De meisme estoffe et ossy belle.

DAGOBERT

Vecy chose la plus nouvelle
Que je vis oncques, si m'ait Dieux,
Bonté sus bonté renouvelle,
La plus belle qu'on puist voir d'ieux.

EREMBERT

22135 Chier sire, il vous emploie mieulx
Que ne cuidiés vostre pecune,
Par le voloir du roy des cieulx,
Il vous en livre deux pour une.

BOBBON

**Vecy la plus belle fortune
22140 Qu'il avint, passé a cent ans.
Il a divinité aulcune
En son fait, n'en soiés doubtans.

DAGOBERT

Ce sont miracles vrais et grans
Par le voloir du roy divin.

TILLION

22145 Sire, nous sommes moult engrans
De vous servir, pensés du vin.

DAGOBERT

Vous l'arés, nostre chier affin.

Tresorier, donnés luy dix frans,
Pour recreer ensamble, affin
22150 Qu'ilz soient saiges et souffrans.

BOBBON

Tenés, vela pour boire, enffans,

Faictes ensamble bonne chiere.

VANDERICQ

Jhesus, roy des roys triumphans,
Le vous rende en sa gloire chiere.

MAISTRE ALPHONS

22155 Realle magesté sommiere,
Souviengne vous de l'evesché
*De Noyon, dont ja la premiere
Requeste vous ay pronuncé.

DAGOBERT

Tu seras a cop despeché.

ZELANDRIN

22160 Nostre fait je vous recommande.

DAGOBERT

Tu és innocent de pechié,
Eloy, que Dieu tient en commande,
· Je veuil ossy, je te commande,
Que pasteur soies en l'esglise
22165 De Noyon, que cestuy demande,
Et que nul aultre on n'y elise.

ELOY

**Noble roy de haulte franchise,
Je n'ay en moy divinité,
Grace ne science precise.
22170 Pour avoir telle dignité,
Je suis rude, inhabilité,
Sans lettre et sans vertu qui point,
Pour tant, fleur de nobilité,
Excusés mon fait sur ce point.

DAGOBERT

22175 Eloy, Eloy, Dieu ne t'a point
Donné si grant art sensuel,
Que ce ne soit si chiet a point
Pour regir l'espirituel.

ELOY

Il me souffit de mon martel,
22180 Sans embrasser mittre ne croche.

DAGOBERT

S'il plait a mon Dieu immortel,

22158 que vous. — 22167 franchise **A**.

A l'eveschié terés aproche.

Huissier, quiers en quelque paroche
Bien tost l'evesque de Paris.

MONJOYE

22185 Il venra par mon ou par roche,
Se ce non, je n'aray pas ris.

· EREMBERT

Eloy est ung gracieulx filz
Pour avoir croche episcopalle.

MONJOYE

Sa haulte majesté royalle
22190 Vous mande que le venés voir,
Pour besongne juste et lealle
Et tres sainte, sachiés de voir.

L'EVESQUE DE PARIS

Amis, je feray mon devoir,
Va devant et je te sievray.

EMANUEL, clerq de l'evesque

22195 Pour la grace du roy avoir,
Avecq vous je m'aventuray.

" MONJOYE

Sire, j'ay tant randy que j'ay
Amené le parisien.

L'EVESQUE DE PARIS

Salut au roy.

DAGOBERT

Je vous diray
22200 Nostre fait, beau pere ancien.
Nostre chapitre et le doyen
De Noyon, cité de grant heur,
Nous prie que trouvons moien
De leur donner ung bon pasteur :
22205 Se volons que mon serviteur
Eloy ait la croche en saisine,
Car Jhesus, nostre createur,
Moustre pour luy moult haultain signe.
De grace, de bonté divine
22210 Est il du tout avironné,
Toute sainte vertu s'avine

En luy, dont il est couronné.
Se volons qu'il soit ordonné
Des sainctes ordres de prestrises
22215 Et quant ce luy arés donné,
Sacré sera en grant maistrise.

L'EVESQUE DE PARIS

Eloy, venés en ma pourprise,
· Je vous donray ensaignement
De la messe qu'on chante et prise.

ELOY

22220 J'en suis indigne vraiement.

DAGOBERT

Faictes nostre commandement,
Car grans biens en pourons sentir,
Nous envoirons hastivement
A Rome pour le consentir.

ELOY

22225 Enffans, veuilliés entretenir
Mon ouvroir en prosperité
Et la main a l'euvre tenir.

THILLION

Nous ferons vostre volenté.

" L'EVESQUE DE PARIS

Adieu, haulte regalité.

DAGOBERT

22330 Eloy, pensés a vostre affaire.
Fondés vous en humilité.

ELOY

Dieu doint que je le puisse faire.

DAGOBERT

Pensés doncques de vous retraire,
Vous, de Noyon les supplians,
22235 Eloy scra sans nul contraire
Evesque, tous biens amplians.

MAISTRE ALPHONS

Noyon et tous les habitans
Feront crier joye gaingnye,
Qui priront pour vous en tous tamps
22240 Et pour vostre noble lignie.

22184 evesuc A.

' 369 A. — '' 337' B.

22220 indigne. — 22235 sans met. — 22339 vous
joye en. — 22240 noblic.

' 369° A. — '' 338 B.

DAGOBERT

Puis que la chose est la couchie,
Retournons en nostre palais.

ZELANDRIN

Noble roy, je vous remercye,
Puis que la chose est la couchie.

·MAISTRE ALPHONS

22245 Allons de piet sus la chaucie
A Noyon.

ZELANDRIN

Le fait n'est pas lais,
Puis que la chose est la couchie.

LE FOL

Retournons en nostre palais,
Se metons le siege a Calais.
22255 On dit qu'il y a ja venus
Six navees de cas cornus.
Arivés sus le mont de Laon.
Qui ne bougeront de cel an
Et c'est venue une Escochoise
Sus ung beau mimonnet joly.
Toute armee de lait bouly,
Qui a mandé au roy Basac
Qu'il boute sa teste en ung sac,
Ou il ara guerre a journee. ..
22260 ''Les bledz seront chiers ceste anee.
Car on les a mengié si vers
En ce dur haresme divers,
Pour faire celle verde sausse.
Qu'il convenra courir en Beausse
22265 Pour en trouver, s'ycy ne croit :
Dieu mette en mal an qui ne croit
Ce que je dis et en mal heur
Que je puisse morir tout roit.
Se je mens non plus q'un jongleur.

MAISTRE ALPHONS

22270 Nous arons pasteur de valeur,
Seigneurs, demenés feste et joye,
De Franchois l'eslite et la fleur

Et de tout hault bien la monjoye,
De quoy le roy tres fort s'esjoye.

LE DOYEN

Et son nom, comment ?

MAISTRE ALPHONS

22275   C'est Eloy.

LE DOYEN

Tout ainsy que je le pensoye,
'Est il advenu par ma loy.

AUBERTIN

Il est saige, de bon aloy
Et a souverain bien pretent.

MOISET

22280 Puis qu'il est bouté en ce ploy,
Gracions Dieu omnipotent.

ZELANDRIN

L'evesque de Paris l'aprent
Et le fait prestre en sa chapele
Et le roi Dagobert emprent
22285 D'en avoir bulle sollempnelle.

DAGOBERT

Vien cha, Monjoye, et nous apelle
Trois freres germains, c'est Adon,
Radon et Dadon.

MONJOYE

                    ''L'eternelle
Majesté vous octroit guerdon,
22290 Noble roy, qui donnés pardon :
Je les vous amenray tous trois.

Adon, Radon, et vous, Dadon,
Lessiés labeur en ces destrois,
Car le tres redoubté de roys
22295 Veult que venés a luy parler.

DADON, *refferendaire du Roy qui depuis fut saint Avain*
Va devant, sans faire desrois,
Nous te sievons.

22289 ortoit.

' 370ᵉ A. — '' 359 B.

' 370 A. — '' 358ᵃ B.

RADON, *frere a Dadon*

Veuillons aler
Devers le roy sans rebeller.

ADON, *frere*

Obeir nous fault soirs et mains
. . . .

MONJOYE

22300 Le Dieu qui regit les humains
Vous acroisse joye et honneur.

"DAGOBERT

Bien vegniés, vous, freres germains,
Nous vous avons pris en faveur
. . . .
D'Eloy, nostre tres bien amé,
22305 Qui de grace a plaine saveur
Et est saint home reclamé,
Car par son moyen fut formé
Dadon, nostre refferendaire,
Discret, sage, bien informé
22310 En toute vertu solitaire,
Pour quoy vous ly devés complaire,
Desirant sa promocion.
Dont affin qu'il soit exemplaire
De bien et de salvacion
22315 Et prende la possession
De Noyon, royal eveschiet,
Il convient sans dilacion
Que vostre chemin soit dreciet
A Rome, ou le saint pere siet,
22320 Pour impetrer qu'il puist avoir
Telle bulle qui luy eschiet,
Sans esparguier tresor n'avoir.

"DADON

Nous sommes content de mouvoir
Toutes les fois qu'il vous plaira.

RADON

22325 Affin qu'on le veuille recepvoir,
Nous sommes contens de mouvoir.

ADON

Vous pourés bien apercevoir

Comment chascun s'i emploira.

DADON

Nous sommes content de mouvoir
22330 Toutes les fois qu'il vous plaira.

DAGOBERT

Le tresorier vous bailliera
Deux couppes d'or, faictes du stille
D'Eloy, futur pasteur utile.
Donnés l'une au pape Martin,
22335 Pour qui le hault roy celestin
'Demoustre maint signe et miracle,
Et l'autre a l'empereur Eracle,
Nostre regnant contemporain,
Du monde seigneur souverain,
22340 A qui nous recommanderés.
Baillés leur ces vaisseaux dorés,
Tresorier.

BOBBON

Les vecy polis.

DAGOBERT

Portés ces couppes, Fleur de lis,
Et Monjoye, d'aultre partie,
22345 En compaignant, sans departir
Ces trois vassaulx icy presens.

FLEUR DE LIS

Nous porterons ces deux presens,
Puis qu'il vous plait qu'ensy se face.

MONJOYE

Il seront mis devant la face
22350 Du pape et de l'empereur.

DAGOBERT

Vous serés chief embassadeur,
Dadon, vous avés eloquence,
Besongniés tant en consequence
Que nous aions bulle papale
22355 Car c'est la cause principale
Pour quoy a Rome on vous envoye.

"DADON

Nous le ferons.

22299 matins. — 22299-22300 *Le dessin des rimes,
pour être régulier, exigerait-il ici deux vers rimant
respectivement avec* rebeller *et* mains ? — 22303-
22304 *Le dessin des rimes et le sens semblent exiger
ici un vers rimant avec* saveur ? — 22318 deciet *ms* ;
corr :* dreciet ?

' 371ᵃ A. — '' 359ᵃ B.

22329 commes *ms.* — 22342 Bobbon. — 22357
serons.

' 371ᵇ A. — '' 360 B.

RADON

Tirons en voye.

ADON

Nous prenons congié par humblesse.

DAGOBERT

Nous prions Dieu qu'il vous convoye.

DADON

22360 Adieu, haulte fleur de noblesse.

' ERACLE, *empereur de Rome*

Haultains barons, qui soustenés
Avecq nous la chose publicque,
Qui le certain chemin tenés
De Crist, sans tenir voye oblicque,
22365 En ce palais salomonicque,
Paré de glore et de hault bruit,
Oyés ung record tirannicque
Ou nous n'arons gaire de fruit.
Nous avons visité les cours
22370 Des planettes du firmament,
Les chambres, les lieux et les cours
Ou ilz se logent plainement.
Se trouvons par vray jugement
Que gens meschans et circuncis
22375 Degasteront villainnement
Nostre empire sains et precis.

CONSTANTIN, *filz d'Eracle*

Noble empereur, n'ajoustés pas
Grant foy au fait d'astronomye,
De guerre, de mort, de trespas
22380 Ne de quelque chose anemye.
Mettés en Dieu vostre estudie,
Rompés de sors les brunes toilles :
L'omme sapyent, quoy qu'on die,
Dominera sus les estoilles.

HERACLANAS, *prince*

22385 Prince benoit, de Dieu donné,
Bienheuré homme glorieux,
Dieu ne vous a pas ordonné
D'estre sur tous victorieux,
Pour estre en la fin maleureux

22390 ' Et piteusement heraudés,
Vos puissans fais chevalereux
Sont par trop fort recommandés.

HELENON, *chevolier*

Vous avés conquis Cosdroé
Qui comme Dieu se fist aourer,
22395 Par vous fust de la mort groé
Au temple qu'i fist suraurer
" Et avés volut restaurer
La croix de Crist qu'il emporta
Et mainte esglise reparer
22400 Qui pour lors tres grant raport a.

MIRMIDON, *conseillier*

Vous avés conquis Medasam,
Filz de Cosdroé dessus dit,
Plus orguilleux q'un roy Basam
Et maint aultre payen maudit :
22405 Tout home entretient vostre edit :
Dieu conduit vostre fort bras dextre,
Fortune craint vostre heur et dict
Et s'encline devant vostre estre.

ERACLE, *empereur*

On doit cremir la retrograde
22410 Des divines permissions,
Il n'est rengne qu'on ne degrade
Par guerres et divisions :
Les haultes constellacions
Moustrent a l'oeul tout clerement
22415 Que nos grans exaltacions
Iront brief a declinement.

CONSTANTIN

Pere, vivés en bon espoir,
Soulz crainte de Dieu pure et monde,
Encore avons nous le povoir
22420 De resister a tout le monde :
Lessiés ruer canons et fonde
De Persans et de Barbarins,
Avant que ce hault palais fonde,
Les vens serons durs et marins.

DADON

22425 Freres, vecy la basilicque

Saint Pierre, des cieulx janitoire,
Ou le saint pere apostolicque
Tient son hault siege meritoire,
 *De qui nous ferons repertoire,
22430 Monjoye et moy, querans pardons.
 **Allés a court imperatoire,
Vous aultres, porter vostre don.

ADON

Nous y allons, moy et Radon.

DADON

Pensés bien de genoulx ploier.

RADON

22435 Nous le ferons de grant randon.

MONJOYE

Je vois mon joiau desploier,
Affin qu'on le puist emploier
Au saint pere en divinité.

DADON, *a genoulx*

Glorieuse paternité,
22440 Dieu en terre, en dignité chois,
Dagobert, le roy des Franchois,
Tres humblement se recommande
A vostre sanctité tres grande,
Vous priant que prenés en gré
22445 Se joyel, seloncq son degré,
Tel qu'il est.

MARTIN, *pape*

        Je vous remercye ;
La couppe est d'or moult enrichie,
Jasoit ce que de biens mondains
Qui sont muables et soudains
22450 Je ne face gaire de conpte ;
Nientmains dont de roy et de conte
Doit on tenir pour hault estime.

DADON

Verité est, pere saintisme,
Qu'il a a sa court autenticque
22455 Ung sien famillier domestique
Nommé Eloy, que nous clamons
Le plus expert de la les mons,

Qui jamais puist porter martel
En art fabrile et aultre tel
22460 Et s'il est en art mecanicque
 *Subtil, singulier et unicque,
Aussi est il en sapience,
 **En vertu, en obedience,
En charité de povres nudz,
22465 Le plus large qu'il en soit nulz.
Pluseurs miracles apparans
Moustre Dieu par mois et par ans
A sa seulle intercession,
Pour quoy le roy sans cession.
22470 Veant en luy maint haultain signe
Et le bien qui en luy resine,
Nous envoye vers vous courant
Et vous est par nous requerant
Que luy octroiés l'eveschié
22475 De Noyon, ou il est huchié,
Car le lieu est pour lors vacant
De propre evesque et souffragant :
Tout le pais de Vermendois
Veult estre benis de ses dois
22480 Et luy dira proficiat
A sa bien venue.

MARTIN, *pape*

        Fiat.

DADON

Je vous remercy humblement.
Tres saint pere, certainement
Vous y acquerrés grant merite.

EUGENE, *cardinal*

22485 Vostre bulle sera escripte
A cop et arés delivrance,
Car pour l'honneur de roy de France.
Qui aultrefois grant bien m'a fait,
Je m'en charge et emprens le fait.
22490 Ysore, prens ton parchemin :
Escrips, sans aller par chemin,
Ceste bulle.

** ***YSORE,** *secretaire du pape*

        Je me dispose
A cop, sans faire longue pose :

---

 * 361 B. — ** 373 A.

22458 puist *mq.* — 22485 scripte. — 22489 emprens :
lire : en prens ?

 * *373* A. — ** *361* B. — *** *374* A.

Je suis tout informé du cas,
22495 G'y gaignerai quatre ducas
Et deux gros que j'eux du pape hier,
C'est pour avoir encre et papier.

ADON, a l'empereur

*Aigle volant au cercle d'or,
Septre de vertu flouronné,
22500 A qui tout homme fait ador,
Tant soit d'honneur avironné,
Dagobert, le roy couronné
En France, terre utile et grasse,
Ou maint fait est acoronné,
22505 Se recommande en vostre grace,
Querant soubz fais triumphal
Acquerre vostre bienveuillance,
Sans vous envoyer Bucifal
N'aultre cheval de grant vaillance,
22510 Par forme de recognoissance
A vous, tres vertueulx sans coulpe,
Imperant sus toute naissance
Il vous envoye ceste couppe.

ERACLE, empereur

Nous sommes au roy Dagobert
22515 Tout sien de corps et de puissance,
D'escut, de lance et de haubert ;
S'on luy faisoit quelque nuisance,
Puis qu'il a de nous souvenance,
Tout est sien et tout on luy offre.

22520 Tresorier de nostre finance,
Mettés ce riche don en coffre.

HELENON, tresorier

Noble auguste, il y sera mis,
Il est bien digne qu'on le garde,
**Grans dons multiplient amis,
22525 Comme on voit, qui bien y regarde.

ERACLE

Donnés a boire a l'embassade,
Aportés vaisseaulx, dragioir,
Vin frés et espice d'Engade,
Escuiers, allés au drechoir.

* 362ª B. — ** 374ª A.

BUCIFAL, escuier

22530 Vecy vin frés en plain godet,
Plus odorant que n'est fin basme.

GALIOT, escuier

Et vecy friant mouscadet
Et doulz a boire qu'on se pasme.

* BUCIFAL

Chascun apoingne en lieu de palme
22535 Une tasse clere et serie.

ERACLE

Seigneurs, dictes nous, je vous prie,
Des nouvelles de vostre marche.

RADON

La loy du diable y est perie,
La foy de Jhesuscrist y marche,
22540 Dagobert, qui tient la monarche
De la franchoise region,
A mis foy catholicque en l'arche
De tres sainte religion,
Tout par la predicacion
22545 De preudommes de saint couvent.
Aubert prent pour sa porcion
Cambray et Amant, aultrement,
Landelin, Hainnault et souvent
Presche Oain, mon frere, la loy ;
22550 Vast en Arras, mais le solvent
De tous aultres se nomme Eloy,
Tres humble, vertueux et quoy,
Plain de celeste infusion
** Et du saint esperit, pour quoy
22555 Evesque est par election,
Pour tenir la prelacion
Flandre, Vermendois, Tournesis
Et maint aultre habitacion.
Marchant auprés de Cambresis.

ERACLE

22560 Loé soit Dieu de paradis
Que la loy catholicque y court :
Fait on joustes ou behourdis
Ou mal tournoy, a vostre court ?

22532 muscadet. — 22533 poire A. — 22548 lande-
lain.

* 362ª B. — ** 375 A.

ADON

Nennil, sire, car lors y sourt
22565 Tout bien tres honneste et utile ;
Orgeul y est tenu pour sourt,
On l'abat par voie soubtille,
Maurin qui estoit entre ung mile
   * Chantre du roy, grant et pompeux,
22570 Presumptueux sans estre humile,
De pechié tachiet et ripeulx,
S'avancha comme despiteux
Et trouver saint Quentin en terre,
S'en est mort meschant et honteux,
22575 Ainsy qu'un fol mecreant erre.

ERACLE

Quentin doncques ala conquerre
Les Vermendois au tamps jadis ?

RADON

Oy, sire, on luy vient requerre.
Il y garist tous maladis.

ERACLE

22580 Le roy ne tient il nulz juifz
En son rengne ?

RADON

Oy, par treuvaige.

ERACLE

Au cours du ciel sommes imbuis,
Ou nous veons ung tour sauvaige ;
   ** Nous trouvons par vray calculage
22585 Que circuncis, fiers que lyons,
Nous debouteront en viel aige
Du hault regne ou nous triumphons :
Pour quoy expressement volons
Que le roy face baptisier
22590 Ces juifz de quoy nous parlons,
Qu'ilz ne nous viengnent ratisier.

RADON

Il ne nous fault que souhaidier :
Le roy le fera liement,
S'en ce cas nous povons aidier,
22595 Nous ferons le commandement.

HEROCLONAS

Pour faire plus honnestement,
Envoyés au roy qui regente
Une embassade prestement,
Qui vostre desir diligente.

ERACLE

22600 La chose en sera trop plus gente,
Sire Helenon et Mirmidon,
   * Bucifal, plain d'honneur vigente,
Et Galiot de mont guerdon,
Compaigniés Adon et Radon,
22605 Allés en France embassader
Et lessiés Rome en habandon,
Nous le ferons tres bien garder.

HELENON

Il ne vous fault que commander,
Nous acomplirons le voiaige.

MIRMIDON

22610 S'il vous y plait plus riens mander
Il ne vous fault que commander.

BUCIFAL

Affin que j'en puisse amender,
G'iray q'ung cheval de louaige.

GALIOT

   ** Il ne vous fault que commander,
22615 Nous acomplirons le voiaige.

ERACLE

Portés au roy la noble ymaige
Et la representacion
De la croix, ou on fait homaige,
Mise en haulte exaltacion :
22620 Se sera recordacion
De nostre excellente victoire
Sus le filz de perdicion,
Par la croix, signe celitoire.

HELENON

Nous luy reciterons l'istoire
22625 De Cosdroé, vecy la croix
Que nous portons, dont on lit ore :
Donner luy faura des surcrois.

22573 corr : de trouver ? ou : et vault trouver Quentin ? — 22581 treuvaige. — 22590 plons A. — 22594 sans ce.

* 363ᵇ B. — ** 275ᵇ A.

22627 des des ms.

* 363ᵇ B. — ** 376 A.

FLEUR DE LIS

Sievés moy, sans faire desrois.

ADON

Adieu, excellente lumiere.

ERACLE

22630 Adieu, seigneurs ; le roy des rois
Vous doint du ciel grace sommiere.

Ilz s'en vont.

EUGENE

Selong la mode coustumiere
D'escripre en nostre court romaine,
* Escuier de franchois demaine.
22635 Vela vostre grace bullee,
N'est vicieuse, maculee
Ne de quelque tache empeschie.

DADON

Tien, clercq, tu le m'as despechie,
Je te donray pour ton salaire
XII ducas.

YSORE

22640 Je vous mercye :
Dieu doint qu'au roy elle puist plaire.

** DADON

Monjoye, il nous est necessaire
De rataindre nos compaignons.

MONJOYE

Sievés moy, gentil commissaire,
22645 Il fault que chemin nous gaignons.

L'EVESQUE DE PARIS

Eloy, frere, vous estes prestre :
N'a gaires avés celebré
Tout secretement en mon estre.
Sans estre du peuple encombré.
22650 Vous serés evesque sacré,
Mais que la bulle soit venue.

ELOI

Loés soit Dieu en son degré
De ceste joieuse avenue.

EMANUEL

Tirons nous vers la maintenue.
22655 Du roy et nouvelles oyons ;
Il ara en sa main tenue
La bulle, ains que nous y soions.

L'EVESQUE DE PARIS

De cheminer nous avoions
Au palais, ou le roy impere :
22660 J'ay grant desir que nous voions
La grace de nostre saint pere.

RADON

Salut, joye et sancté prospere
Vous doint le roy du hault empire.

* ADON

Dieu vous doint de sa haulte spere
22665 Salut, joye et santé prospere.

DAGOBERT

Gloire des cieulx a vous appere.

HELENON

Affin que vostre bruit n'empire,
Salut, joye et santé prospere
** Vous doint le roy du hault empire.
22670 A vous mille fois, tres chier sire.
Se recommande l'empereur
Eracle, qui tres fort desire
Vostre bien, dont il espoire eur :
Par moy, son humble serviteur,
22675 Vous donne la similitude
De la croix, quise par haulteur
Sus Cosdroé et multitude
Des siens hors de beatitude,
Laquelle a piet nuldz, sans chemise.
22680 Sans orgueil et sans altitude,
En Jherusalem l'a remise.

DAGOBERT

La croix est tres digne et exquise :

22638 clercq.

* 364 B. — ** 376 A.

22674 par mon.

* 364 B. — ** 377 A.

C'est ung joiaulx moult somptueux
Et l'empereur qui l'a conquise
22685 Est sur tous aultres vertueux,
Car par ses fais victorieux
A concquis le precieux signe
Ou le roy des rois glorieux
Vault paier nostre medicine.
22690 Seigneurs Romains, ou la rachine
De haulte noblesse est nourrie.
Prenés lieu, estat et saisine
En nostre court et seignourie.

Bobbon, porte en la tresorie
22695 Ceste croix sainte et amirable.

BOBBON

Elle est d'or et d'azur flourie,
Riche, plaisant et moult durable.

DADON

Roy tres cristien, honorable,
En qui honneur a pris sa tente,
22700 Nostre saint pere venerable
* Par moy vous salue et presente
Ceste grace et bulle patente
Pour conferrer Eloy evesque.

DAGOBERT

** Nous envoirons sans plus d'atente
22705 A Rains pour avoir l'arcevesque
Saige et prudent comme Senecque.

Fleur de Lis, quiers le bon preudomme.

FLEUR DE LIS

Roy sapient comme Rebecque,
Je l'amenray avecq son prosme.

L'EVESQUE DE PARIS

22710 Sire, vecy Eloy, vostre home,
A qui j'ay fait messe chanter.

DAGOBERT

Et vecy la bule de Rome
Que nous avons fait aporter.
Beau pere, veuilliés visiter
22715 Cest escript sellé et bullé.

L'EVESQUE DE PARIS

Tout ce qui se fait a noter

Sera veu du long et du lé.

DAGOBERT

Sire Eloy, vous serés sacré
Et mis en estat pontificque.

ELOY

22720 Loenge a Dieu qui nous a cré,
L'estat m'est par trop autenticque.

DAGOBERT

Seigneurs du pais romanicque,
Quel heur a vostre court, quel bruit ?
Nostre sainte foy catholicque
22725 Y croist elle en fleur et en bruit ?

MIRMIDON

Nennil, chier sire, on le destruit
Vers orient, dessoubz le rengne
Eracle Auguste, car lors rengne
Une heresie magnifeste
22730 Par le moien d'ung faulx prophete,
Lequel s'apelle Machomet,
Vray Messias comme il se met,
* Du hault ciel au monde envoyet
** Pour adrechiet maint devoyet.
22735 Ce Machomet est descendu
D'Ismael, dont j'ay entendu
Que premier menoit sus cameaulx
Mercerie en pluseurs hameaulx
Et se hantoit, comme je tiens,
22740 Entre juifz et cristiens,
Desquelz il aprist plainement
Le viel et nouvel testament.
Il veult par son command precis
Que ses gens soient circuncis
22745 Et deffent a mengier pourceaulx
Ors de groing, gastés de morceaulx,
De toute ordure le refuge
Et creés aprés le deluge
Et dit pour donner recreance
22750 A nostre excellente creance
Que Moyses prophetisoit
Grandement, mais Crist le passoit,
Et presche ung seul Dieu triumphant
Disant que Jhesus, son enffant,

22755 Nasquit de la vierge Marie
Entiere, sans estre amenrie.
Mais il dit en son Alcoran
Que j'ay veu, n'a pas encore an,
Que pas ne rechut mort penable,
22760 Mais fut ung aultre a luy samblable.
Ainsy par faulce ypocrisie
Seduit a sa loy peu prisie
Cristiens, Juifz, Sarasins,
Et paiens. qui font leur arsins
22765 De bestes, quant ilz font omaige.

DAGOBERT

Vela le plus cruel domaige
Qu'il avint passé a cent ans.
Est il vray ?

HELENON

        * N'en soiés doubtans :
Dessoubz nostre empereur Eracle
A fait ce meschief.

"DAGOBERT

            Quel miracle
22770 Faisoit il pour prendre a son mors
Simples gens ? suscitoit il mors
En samblance de Lazaron ?

HELENON

Nennil, il avoit ung coulon,
22775 Tant bien affaitié que merveille,
Qui luy bechoit dedens l'oreille
Grains de bled, qu'il y avoit mis
Et disoient ses bons amis
Que le saint esperit parloit
22780 A luy toutes fois qu'il voloit :
Par quoy de peuple infinité
Cuida qu'il eust divinité.
Caducam, la vesve matrosne,
L'espousa pour avoir son trosne :
22785 Il fut grant maistre en Arrabie,
Mais le mal dont on esrabie,
Epilence apellé caducque,
L'asailly, dont la terre busque,
Et sa femme, quant entechié
22790 Le vit de ce mal trebuchié,

Demanda comment peult il estre
Que ung dieu de paradis terrestre
Puist porter ung mal tant estrange ?
Et il respondit que l'archange
22795 Gabriel parloit face a face
A luy, se fault qu'ensi se face,
Ne povoit porter la splendeur
De son viaire plain d'ardeur
Sans choir et tumber enmy l'estre.
22800 Ainsi dechoit par faulce lettre
Pluseurs gens simples que brebis,
Durs d'engiens plus que mabre bis.
Enclins a volupté charnelle,
Privés de lumiere eternelle
22805 * Et veult que par ses lois infames
Ung home espouse quatre femmes
Et les reprende quatre fois
S'elles meffont, mais touteffois
Il en ot plus de X et VII,
22810 * En disant que Dieu qui tout scet
Lui avoit octroié le don
D'en avoir en son habandon
Et promit aux siens paradis,
Qui tenront ces commandz predis,
22815 Ou il buveront miel et let
Et vin friant et nouvelet .
Et aront abit bel et gent
De soye et sainture d'argent
Et espouseront saintes vierges
22820 Qui de paradis sont consierges
Et verront les angles des cieulx
Si grans, qu'ilz ont entre deux yeulx
De long bien prés d'une journee.

DAGOBERT

Vela la loy pis ordonnee
22825 Qui soit escripte en nul edict,
Car totalement contredit
A raison et philosophie :
Est il noble home qui s'i fye
En tel faulx prophete indiscret ?

MIRMIDON

22830 Je vous dis icy en secret
Que nostre empereur exaucié
En est ung petit entechié,

22760 samblabe A. — 22770 Dagodebert. — 22787
silence.

* 378ᵛ A. — "* 366ᵃ B.

22808 feffont *corrigé en* meffont. m *à l'encre rouge
au-dessus de* f. A, fessont B. — 22810 que dieu *bis*.

* 379 A. — "* 307 B.

Jassoit que de Dieu tout puissant
Par hault miracle flourissant
22835 Luy ait donné victoire plaine
Sus Cosdroé, enmy la plainne
Desploiant banniere croisie.
Neantmains après guerre accoisie.
Il se commence a deffier
22840 De Dieu qu'on doit glorifier
* Et craint que de gens circuncise
Sa lignie ne soit occise :
Pour quoy nostre legacion
Faisons en vostre mansion,
22845 Prians de par luy qu'il vous plaise
Faire baptisier tout a l'aise,
Juifz, profugues et fuitis,
En ce rengne, en pluseurs partis ;
Il a ymaginacion
22850 Qu'ilz metront a destruction
Son sacré sceptre imperial.

DAGOBERT

Seigneurs du palais curial,
En ce faisant n'y a que bien
Et ainsi le ferons, combien
22855 Que Juifz sont lors fors dispers,
Mal convenables et apers
Pour faire une si folle emprise
Et seroit tant plus tost comprise
La gent de circumcision
22860 Par ceste renovacion
De loy que Machommet charpente
Que pour Juifz d'estrange pente,
Car, comme on entent par leurs sors,
Ces Machomistes lais et ors
22865 N'ont pas le circuncir estaint.

HELENON

Sire vous avés tout ataint,
Il y a trop plus d'aparence
Qu'i lui donront ceste carence
Que Juitz menans vie austere.

DAGOBERT

22870 Passons oultre ceste matere,
Tant qu'Eloy sera prelaté,
Duquel vous orrés le mistere,

Se dirés la nouveleté.

FLEUR DE LIS

* Sancté pater reverendé,
22875 Plains d'ans, de meurs et de science,
De cil soiés reconmandé
Qui pour nous souffry pascience.
Le roy qui tient sa residence
A Paris, en estat royal,
22880 Desire avoir vostre prudence
En noble atour pontifical.

L'ARCHEVESQUE DE RAINS

Fleur de Lis, va tousjours devant,
Nous te sievrons incontinent.

*Fleur de Lis retourne
à Paris.*

Pharon et Sortés, mon servant,
22885 Prenés ce qui est pertinent,
Servons le roy abillement
Pour avoir sa begnivolence.

** PHARON, *secretaire a l'archevesque*

Nous le ferons joieusement,
Pour veoir sa haulte excellence :
22890 Vien avant, Sortés, car je pense
Qu'a Paris, se va nostre maistre.

SORTÉS, *clercq a l'archevesque*

Je serai clerc de la despense,
Se vouldray les povres repaistre,
Affin que Dieu me face naistre
22895 En sa gloire excellente et ronde :
Sievés le, il est pesant qu'ung aistre,
Je suis legier comme une aronde.

FLEUR DE LIS

J'ay cheminé le mieulx du monde
Et me suis hasté de venir,
22900 Car vecy sente nette et monde :
Se le me convient bien tenir.

22841 circuncist. — 22842 lignie.

* 379" A. — ** 367" B.

22883 Rrains A. — 22883-22884 *Ind.* scén. ourne
mq A. — 22888 le *mq.*

* 380 A. — ** 368 B.

Sagement me fault maintenir
Et me moustrer gent non pas lais,
Car le roy est en son palais.

22905 Roy regnans sus ducz souverains,
Vecy l'arcevesque de Rains
Qui presentement vous salue.

L'ARCHEVESQUE

Puissant roy de haulte value,
Dieu vous doint de pais recouvrance.

DAGOBERT

22910 Bien vegnant, noble per de France.
Reverend pere en Dieu tres digne.

L'ARCHEVESQUE

Je vous viens servir d'amour franche.

L'EVESQUE DE PARIS

Bien vegnant, noble per de France.

L'ARCHEVESQUE

A traveil de corps et soufIrance,
22915 Acquiers vostre grace begnigne.

ELOY

Bien vegnant, noble per de France.

DAGOBERT

Reverend pere en Dieu tres digne,
En ceste sale palatine
Presens barons, contes et princes
22920 De divers pais et provinces,
Volons qu'Eloy soit consacré
Evesque de Noyon, au gré
Du pape, qui l'esglise esclaire,
De nous et de tout populaire,
22925 Qui luy tendra foy et promesse.

L'ARCHEVESQUE

Est il prestre ?

L'EVESQUE DE PARIS

Il a chanté messe
Dedens ma chapelle ordinaire,
Il est tres humble et debonnaire
Pour possesser tel benefice.

L'ARCHEVESQUE

22930 Secretaire, et vous, de l'office,
Preparés nous tous ornemens
Qu'i nous fault.

PHARON

Pour commencement,
Vecy sarot, mittre autentique,
Croce, tunicque et domaticque.
22935 Casule, aigneaulx, estolle et gans,
Bien gens, bien beaulx et bien fringans,
Pour luy donner et departir.

L'ARCHEVESQUE

Eloy, il vous convient vestir
Ces beaux aornemens de soye.

ELOY

22940 Jassoit ce qu'indigne je soye,
Puis que l'esglise s'i consent,
Mettés moy en estat decent
En l'onneur de Dieu.

L'ARCHEVESQUE

Tout premier,
S'il plait au createur sommier,
22945 Vestirés ce blancq sarot net,
Lequel aultre chose si n'est
Que vous devés estre entre ung cent
Simple, caste, pur, ignocent,
Sans pechié, vice ne macule.
22950 Estole, tunicque, casule
Sont les armes du hault princier,
Jhesucrist, le hault justicier
Contre tout ennemy temptant,
Senefiant et devotant
22955 La passion de branche en branche
Dont on doit avoir ramembrance.
Prenés les gans et les aneaulx,
Eloy, bon pasteur des aigneaulx,
Il fault qu'espoux je vous eslise
22960 De nostre mere saincte esglise,
Pour le garantir et deffendre
Contre ceulx qui vouldront offendre
Sa majesté auctorisie
Par sortilege ou heresie.

22965 Eloy, affulés ceste mittre,
       Car vous serés juge et arbitre
       *En la court espirituelle
       . . . .
       Ce mosayque affullement
       Denote le viel testament
22970 Qu'au nouvel on doit comparer,
       Qui de vertu se veult parer.
       Prenés ce baston pastoral,
       Dont le sens est grant et moral,
       C'est la digne et benoite croche,
22975 La verge d'Aron sans reproche,
       Laquelle est au debout pointue,
       Affin qu'on poinde et esvertue
       Les heresies et loupz famis
       A nos oeilles anemis,
22980 Et est tortue a l'autre lés.
       Affin que soient rapellés
       Les moutons et aigneaulx petis
       Et remis en leurs vrais pastis :
       La saincte benediction,
22985 Garde et sanctification,
       Que Dieu voult donner a Jacob
       Et aux patriarches a cop,
       Dessus vous descende et apore
       Comme rousee, ou nom du Pere,
22990 Du Filz et du Saint Esperit.
       Pour avoir regne en haulte spere
       Ou rengne qui point ne perit.

               L'EVESQUE DE PARIS

       ** Roy de vertus glorifié,
       Vostre evesque est pontifié
22995 Et consacré tres dignement.

               DAGOBERT

       Jhesus en soit magnifié
       Et haultement glorifié
       A son joieux advennement.

               L'ARCHEVESQUE

       Sire Eloy, vivés saintement
23000 Et vous maintenés tellement
       Que vous y acquerés honneur.

               *ELOY

       Beau pere, mon entendement
       Sera fichiet totalement
       En Dieu, mon espoir et mon coeur.

               L'ARCHEVESQUE

23005 Je vous donne ce serviteur
       Qui sera vostre conducteur
       Et ung tres vaillant secretaire.

               ELOY

       J'ay besoing d'ung tel enseigneur.

               PHARON

       Je suis tout vostre, monseigneur,
23010 Et bien saray le secret taire.

               SORTÈS

       Au puissant roy de noble affaire
       Prenés congié pour depart faire,
       Alieurs fault faire residence.

               L'ARCHEVESQUE

       Adieu, noble roy salutaire.
23015 Je vois en mon lieu solitaire
       Pour donner aux miens assistence.

               DAGOBERT

       Adieu, circunspecte prudence.

               L'ARCHEVESQUE

       Adieu, honneur sans decadence.

               DAGOBERT

       Adieu, vaissel d'election.

               L'EVESQUE DE PARIS

23020 **Adieu, illustre relucense.

               DAGOBERT

       Adieu, tres haulte sapience.

               L'EVESQUE DE PARIS

       Adieu, paisible vision.

               L'ARCHEVESQUE, a Eloy

       Adieu, haulte prelacion.

               ELOY

       Adieu, sainte perfection.

22965 mettre A — 22967 est sans rime ; il manque
aprés lui un ou peut-être trois vers. — 22979 oeilleis A.
22987 partriaches.

* 381* A. — ** 369* B.

* 382 A. — ** 370 B.

L'ARCHEVESQUE

23025 Adieu, de tous biens le larris.

* ELOY

Adieu, des fois ung milion.

L'ESVEQUE DE PARIS

Adieu, monseigneur de Noyon.

ELOY

Adieu, monseigneur de Paris.

ENMANUEL

Pluseurs gens ont esté marris
23030 Ou nous faisons nostre diette ;
Orphenins, vesves sans maris
Aront de vous tres grant disette.

L'EVESQUE

Prenons ceste gente voiette,
Nous irons a nostre demeure.

DAGOBERT

23035 Eloy, ce soit a la bonne heure,
Vous estes crochés et mittrés ;
Le peuple qui en vain labeure
Doit par vous estre administré :
Aultre fois m'avés vous moustré
23040 Fiertres et casses bien polies,
Chief d'oeuvre d'art riche et oultré,
Se fault qu'elles soient emplies.
Tout premier, ferés vostre entree
En Noyon, royale cité,
23045 Et menrés par vostre contree
Ce tresor par nous recité :
S'il y a corps saint suscité
Es mettés de vostre eveschié,
** Sans gesir en mendicité,
23050 La sera mis et redrecié.
De nostre tresorier Bobon
Arés vous la societé
Et de Radon, l'escuier bon
Singulier de vostre amité.

BOBON

23055 Chier sire, j'ay grant volenté
De le compaignier lealment.

23025 biens *mq.* — 23038 estre *mq.*

' 382ᵃ A. — '' 370ᵃ B.

* Mon coeur dedens luy est enté,
Tant l'aimmé je parfaitement.

RADDON

Sire, a vostre commandement
23060 G'iray querir le charton,
Qui nous menra joieusement
Les fiertres sur qui s'areston.

DAGOBERT

Or les alés querir, Radon,
Se les chargés presentement.

RADDON

23065 Sire, je voy de grant randon.

Se tu as cheval ou jument,
Vien avant, dy, hé, Taillevent,
A tout chariot et charette.

TAILLEVENT, *charton*

Pour servir le royal convent.
23070 Vecy le charroy que j'apreste,
Je n'ay ne Margot ne Mourette,
Galathee ne Buchifal,
Mais j'ai ung tres vaillant cheval
Qui se nomme Trenchemontaigne,
23075 Le coursier, le jevet d'Espaigne,
Celuy dont encore parlon,
Regardés quel thuribulon,
Comment il s'estricque et se dresche,
Crés que ce n'est point par presche,
23080 C'est par fine force d'avaine
Qui luy remplit du corps la vaine,
Ce n'est point ung foible escorfault.

**RADON

Or l'amaine dont sans defflault
A l'ostel Eloy.

TAILLEVENT

Si feray je,
23085 G'y menray tout le chariaige.
Dechargiés, soiés diligent.

Ilz s'en vont a l'ostel Eloy.

23060 *Peut-être faut-il lire* charcton *pour la mesure
du vers ?* — 23071 Margot *et* ne. — 23075 cousier. —
23079 *suppléer :* ung ?

' 383 A. — '' 371 B.

RADON

* Bailliés moy ces fiertres d'argent
Qu'Eloy fabricquoit avant hier.

TILLION

Tres volentiers, s'il est mestier,
23090 Nous les porterons avecq vous.

RADON

Nennin, faictes vostre mestier.
Sus ce car les chargerons nous.

BAUDRICH

Se son cheval estoit rebous,
Il le nous pouroit donner belle.

TAILLEVENT

23095 Nennil non, chargiés a tous bous,
Il n'est catilleux ne rebelle.

RADON

Or single ung peu de ta cordelle,
Se va a Noyon droite voye.

TAILLEVENT

G'iray plus tost qu'une arondelle,
23100 Il ne fault fors que je m'avoye :
Hureho hay, que je te voye,
Trenchemontaigne, en ce vallet,
Tu és le plus franc chevalet
Qui jamais puist servir le roy.

RADON

23105 Sire, vela vostre charroy
Qui tire a Noyon le bon pas.

ELOY

Sievons le et si n'arestons pas :
Vous qui estes de ma parture.
Trosne asuré et flouriture
23110 Du ciel transmise en ce franc chois,
Roy regnant sus nobles Franchois,
De nous se fait la departie,
Je vois labourer en partie
Sus ce que m'avés commandé.

'' DAGOBERT

23115 A Dieu soiés vous commandé,

Vivés si gracieusement,
* Priant pour nous devotement.
Sicques aprés la mort quelle ou telle
Vous puissons voir visiblement
23120 Lassus en la gloire immortelle.

FLEUR DE LIS

Pour vous raporter la nouvelle .
De quelque miracle joly,
Se Dieu par grace luy revelle,
Souffrés que je voye avec ly.

DAGOBERT

23125 Or va dont, il me plait ainsy,
Fay sonner cornes et busines
A son depart, car sans nul cy
Moustrer fault de joye les signes.

Cornes.

FLEUR DE LIS

Nostre evesque vient pesanment:
23130 En l'ombre de ce vert buisson
L'atenderay joieusement
Et si m'endormiray au son
Du roussignol et du pinchon.
Mon dart au poing pour les peris :
23135 Cil me gart de faulx esperis
Qui de la mort nous rapella.

Il dort.

LE FOL

Voire, galant, dormés vous la,
La guelle bee sans ronquier ?
Saint Jehan, je pouray bien drinquier
23140 A la boutaille pour recourse
Et regarder en vostre bourse
Pour scavoir s'il y a nulz dés :
Il fault qu'il soit debrigandés
De sa lance et que je luy rotte
23145 Et puis luy planteray marotte
Entre deux bras, le vela bien.

*Le Fol luy oste son baton
et luy met sa marotte
en sa main.*

Je suis ung messaiger de bien
* Pour dire les mos sans escripre.
** Marote, tien toy bien de rire,
23150 Au mains tant que je sois arriere,
Je me tiray ung peu arriere
Pour gaitier s'il ara houchue.

FLEUR DE LIS, *en soy esvillant*

Dieu, dont me vient celle machue
Dedens mes poins, quant je m'esveille ?
23155 Benedicité, quel merveille ?
Suis je ung bennis ? suis je ung cocart ?
Suis je ung dervé ? suis je ung chouquart ?
Suis je ung fol en char et en os,
Ou suis je au paradis des sos ?
23160 Dieu mest en mal an qui ce fait,
Je ne scay entendre ce fait,
On luy puist rompre les deux bras
D'ung gros baston.

LE FOL

Happe ce cras.

FLEUR DE LIS

Se je vois en ce point a court,
23165 Le roy me tenra pour ung lourt,
Pour ung asne et pour ung folatre.
Je seray bastu plus que plastre
Et de horions revidé.

LE FOL

Hé, bona jourmis coquidé.
23170 Baillare michi machuas.
Ego donavit lancias
Cum gladiorum fustibus.

FLEUR DE LIS

Voire, dia, maistre Coquibus,
Tu m'as volu prendre a la trappe,
23175 Cha mon baston, qu'on ne me frappe.

LE FOL.

Cha, dont, demoiselle Mehault,
Ou je sauray des piés en hault
Et sy vous diray grant reproche.

*FLEUR DE LIS

L'evesque de Noyon aproche,
23180 Il entre tantost es fourbours.
Je voy crier par les carfours
Sa venue en riche estature,
**Affin que toute creature
Face honneur chascun endroy soy.

23185 Esjoys toy, prospere sans anoy,
Noble Noyon, o cité bienheuree,
En ton vergier, en ton plaisant annoy
Vient ton pasteur prendre son esbanoy,
Pour toy donner leesse incomparee ;
23190 Rechoy en choeur de l'esglise paree
Le fort pilé de foy ou s'apoion,
Eloy te quiert, avance toy, Noyon.

L'onneur des Frans, le tres cristien roy,
Armoyé d'or sus couleur asuree,
23195 Te donne espoux de si tres saint arroy
Que tu ne peulx sentir quelque desroy,
Tant est sa vie en vertu mesuree :
Cité benoiste, or és tu asseuree
De grace avoir dont Sathan anoyon,
23200 Eloy te quiert, avance toy, Noyon.

Tu és Noyon, nom de tres riche aloy,
Sainte cité, diocese mittree,
Ton nom contient grant part du nom Eloy.
Dieu en a el et ton nom en a oy :
23205 De Eloy, l'eslut, seras administree :
Noyon trouvon en fin et en entree,
Tant tournoyon qu'en ton nom se noyon,
Eloy te quiert, avance toy, Noyon,

Doyen, chapitre ou grace est apuree,
23210 Venés avant, et toy, cité muree,
Encline toy devant ton champion,
Eloy te quiert, avance toy, Noyon.

23146-23147 *Ind. scén. A écrit :* son p [?] ; tte *mq. A.*
— 23156 ung venus — 23168 ruide.

* 384° A. — ** 372 B.

23181 crier *mq.* — 23190 resjoir toy en. — 23206 et entree.

* 385 A. — ** 372° B.

LE DOYEN

Seigneurs, faisons devoir,
'Car je scay bien de voir
23215 Que nostre prelat vient.
Bienvegnier le convient
Pour son bon gré avoir.

AUBERTIN

Puis que le cas advient,
N'espargnons or n'avoir.

MOYSET

23220 Bien vegnier le convient
Pour son bon gré avoir.

"MAISTRE ALPHONS

Tandis qu'il en souvient,
Alons le recepvoir.

ZELANDRIN

Bienvegnier le convient
23225 Pour son bon gré avoir.

LE DOYEN

Bienvegnant, nostre bon pasteur,
Nostre support, nostre recteur,
Et l'espoir de nostre contree.

ELOY

Et vous bien trouvé, beau seigneur,
23230 Dieu doint que chascun soit gaigneur
De son salut a mon entree.

LE DOYEN

Vecy vostre esglise loee,
A Dieu par charité noee,
Temple de Dieu sempiternel.

ELOY

23235 De Dieu soit benoite et doee,
Ma promesse luy ay voee,
Pour avoir loier supernel.

AUBERTIN

Crions tous ensamble Noel.

*Ilz crient Noel tous
ensamble.*

ELOY, *devant l'autel*

Pere plentureus, puissant,
23240 Precieulx pasteur plaisant,
Par pluseurs pastis passant
'Et paissant
Aignelés en haulte closture,

Ta grace nous est duisant,
23245 Soiés nous tous conduisant,
Que l'ennemy seduisant
Trop nuisant
Ne fiere en nostre pasture.

Garde nous de corrumpure,
23250 De clavel, de rompeture :
Donne nous la nourreture
Et Fointure
De vertu resplendissant,

Affin qu'aprés la mor sure
23255 Ou cielz, ou nul n'a morsure,
"Nous aions sans mespresure
Grant mesure
De biens, dont joye est issant.

LE DOYEN

Sire, s'il vous plest arester,
23260 Je feray tables aprester
Et vous seray humble et courtois.

ELOY

Nennil, il nous fault visiter
En nostre office et visiter
Les esglises de Vermendois
23265 Fleur de lis, fay ce que tu dois,
Dresse en Aouste le chemin.

FLEUR DE LIS

Je le vous mousteray au dois,
Il est blanc comme parchemin.

TAILLEVENT

Demourons nous icy ?

23215 mq. — 23230 ay mq. — 23238-23239 *Ind.
scén.* ous mq.

' 383ª A. — '' 373 B.

23243 curr : aigneaux ? — 23256 nous bis — aions
mq.

' 386 A. — '' 373ª B.

RADON

Nennin,
23270 Tire en Aouste droit coler.

TAILLEVENT

J'ameroie mieulx acoler
Ung pot plain de vin par la manche
Et faire plouvoir en me pance
'Que charier icy a val.
23275 Trenchemontaigne, mon cheval
Est moult douloureux qui se part.
Hureho, que Dieu y ait part
Et le bon sain ou nous alons :
Il nous fault broquier des talons
23280 Hastivement, sans dire adieu.

ELOY

Alons visiter le saint lieu
Ou le corps saint Quentin repose.

BOBBON

Je vouldroie ore estre au millieu,
Alons visiter le saint lieu.

RADON

23285 Il garit tout coeur maladieu
Qui pour le servir se dispose.

"PHARON

Alons visiter le saint lieu
Ou le corps saint Quentin repose.

ELOY

Nous departons sans faire pose,
23290 Messeigneurs, doyen et chapitle,
Mercy Dieu, le nom et le title
De vostre esglise est en bon gien ;
Se n'est besoing que mon engien
Pour lors plus avant se traveille,
23295 Mais convient qu'altre part je veille,
S'il y avient quelque accident,
A vous, doyen et president,
En baille la commission
D'en faire a la discrecion
23300 De chapitle, soit mal ou bien.

LE DOYEN

Pere en Dieu, nous ferons si bien

Que nulz maulx n'en serons passibles.

ELOY

Adieu, seigneurs, soiés paisibles
En chapitle et en vostre choeur
23305 Et en toutes choses possibles
Amés l'ung l'autre de bon coeur.

·AUBERTIN

Adieu, nostre vray protecteur,
Nostre vif et cler luminaire,
Nostre pere et gubernateur
23310 Et nostre prelat debonnaire.

Ilz s'en vont en Aouste.

HELENON

Septre real intronisié
De gloire et de vertu celeste,
Prince inclit, prince intronisié
En l'arche de francois majeste,
23315 Nous avons faicte nostre enqueste
Devers vostre magnificence,
S'il vous plait, par vostre licence,
Retournerons au saint empire.

MIRMIDON

Chier sire, ains que la chose empire,
23320 Faictes baptisier les Juifz
"En vostre realme affuis,
Affin ce que nostre empereur
Soit hors de l'extreme fureur
Qui voit par constellacion.

DAGOBERT

23325 Vous voiés que l'eslection
D'Eloy, nostre recommandé,
Nous a grandement retardé,
Mais ains que viengne le doulz tamps,
Les Juifz, n'en soiés doubtans,
23330 Seront reduis a nostre loy,
A vray centre et cristien ploy.

HELENON

Adieu, tres noble roy francois,
Le plus redoubté des humains.

23310-23311 *Ind. scén.* ste *mq* A, te *mq* B. — 23317 lecture.

' 388 A. — '' 374ᵛ B.

DAGOBERT

Adieu, haulx chevaliers romains.
23335 Du monde l'eslite et le chois.

MIRMIDON

Dompteur d'Englés et d'Escochois,
Dont on craint les bras et les mains.
Adieu, tres noble roy francois,
Le plus redoubté des humains.

'EREMBERT

23340 Adieu dont, les gentilz galois
Des bons pais oultremontains.

BUCIFAL

Adieu, contes, barons haultains
Et nobilité des Gaulois.

GALIOT

Adieu, tres noble roy franchois.
23345 Le plus redoubté des humains.

DAGOBERT

Adieu, haulx chevaliers romains.
Du monde l'eslite et le chois.

Ilz s'en vont.

FLEUR DE LIS

Venerable abbé et convent
Et vous aultres du pais plat,
23350 Venés tost en estat solvent
Reverender vostre prelat.

"L'ABBÉ

Nous serons tantost en estat
Pour faire ce que nous debvons.

LE PRIEUR

Il seroit bon qu'on apointat
La procession.

LE CLERCQ

23355 Nous avons
Baniere et croix que nous portons,
Sievés nous ensamble a compas.

LE PORTIER

Je te pry que nous nous hastons,
Affin que nous n'y faillons pas.

LE MAIEUR D'AOUSTE

23360 Ains que jamais prenons repas,
Eschevins, bourgois et manans,
Hastons nous plus tost que le pas,
Ensamble soions cheminans,
Comme catholicque servans,
23365 Pour bienvegnier nostre pasteur,
Affin que soions deservans
L'amour de nostre createur.

'AUDEMER, *eschevin d'Aouste*

Recevoir le convient a joye
Sans luy moustrer face ennemye.
23370 Car c'est la perle et la monjoye
De vertu et de preudommie.

FAUTILLIETTE, *sergant d'Aouste*

Perchant, ne nous oublions mie,
Vien avant et sievons le tresque,
Nous devons gaingnier crouste et mie
23375 A la venue de l'evesque.

PERCHANT, *sergant d'Aouste*

Tu dis voir, car qui va, il lecque,
Qui siet, il secque aulcunement :
Se nous n'avons une herecque,
La chose ira piteusement.

L'ABBÉ D'AOUSTE

23380 Pere en Dieu, seigneur reverend,
Vous soiés le tres bien venu.

LE PRIEUR D'AOUSTE

A vous nostre esglise se rend,
Pere en Dieu, seigneur reverend.

'LE MAIEUR

La ville ou je suis adherend
23385 Est vostre et tout peuple menu.

AUDEMER

Pere en Dieu, seigneur reverend,
Vous soiés le tres bien venu,
Chascun de nous est bien tenu

23337 crins.

' 388^m A. -- '' 375 B.

' 389 A. -- '' 375^v B.

A vous servir, se vous honneure.

ELOY

23390 Enfans. Dieu doint qu'a la bonne heure
Je soie entré en vostre ville,
Pour faire oeuvre saincte et non ville :
Entrons en l'esglise premier,
Prions au createur sommier
23395 Qu'il nous doint sa grace benigne,
Sicques par moy. pasteur indigne,
Aiés le vray chemin eslut
Pour venir a port de salut.

A genoulx.

Mon Dieu, mon desir,
23400 Vecy la pourprise.
Ou je dois choisir
Le corps saint qu'on prise,
Conduis mon emprise
Tant qu'a mon plaisir
23405 J'aye place aprise
Ou il veult gesir.

L'ABBÉ

Pere en Dieu, vous prenrés loisir
S'il vous plaist de refection.

ELOY

Beau pere, mon affection
23410 Est aultre que vous ne cuidiés,
De Noyon nous sommes vuidiés
Pour trouver, sans point departir,
Le corps du glorieux martir
Saint Quentin, bien amé de Dieu,
23415 Lequel n'est pas au propre lieu
Ou le peuple fait reverence,
Mais ailleurs est son apparence ;
S'enquerray ains qu'on chante ou lise
Par le pavement de l'esglise,
23420 Cha et la, partout atemptant,
Diligentement, jusques a tant
A ray trouvé le saint tombel.
Tout gent. tout gracieux, tout bel,
Ou Eusebe le tumula.

23425 Se regarderay cha et la
Pour ma haulte emprise parfaire.

L'ABBÉ

Pere en Dieu, que volés vous faire ?
Il vous souviengne du desroy
Que Maurin, le chantre du roy,
23430 Acquist par sa presumpcion
En cuidant faire invencion
Du tres saint corps ou vous tendés.
Il morut, se bien l'entendés,
De mort miserable et honteuse,
23435 Tant detestable et tant honteuse
Que bouche au parler en ordoye
Et ne scay home qui lors doye
Emprendre ung si cruel oultraige,
S'il n'est hors d'enffance ou oultre aige,
23440 Oncques puis home tant fust saint,
De grace ne de vertu saint,
N'y osa mettre main ne doit
Et aussi chascun savoir doibt
Que puis trois cens XXV ans,
23445 Avecq des jours je ne scay quans,
Que le corps saint tres renommé
Fust icy mys et consumé
Et reduit en pouldre et en cendre.

LE PRIEUR

Noble pasteur, veilliés entendre
23450 A vostre salubre conseil,
Car aultrement arés exil
De corps et de vie perie.

ELOY

Ne veilliés, freres, je vous prie,
Ne veilliés en riens empecher
23455 Ma devocion ne blecier,
Car je croy que mon createur
Me fera certain inventeur
Et ne me daignera frauder
De mon desir, que sans tarder
23460 Je ne treuve ce saint tresor :
Pour ce je commande tres or
Que tout home moien ou grant,
S'il est en estat, soit engrant
De juner trois jours continus.

23398-23399 *Ind. scén.* a *mq.* — 23421 diligenment.

* p84° A. — ** 376 B.

23427 vous *mq.* - 23430 et ordoie.— 23444 *suppléer*
a *après puis* ? — 23445 dix jours.- - 23461 *mq.*

* 340 A. - ** 376° B.

LE TRESORIER D'AOUSTE

23465 Puis que nous y sommes tenus,
Nous ferons le commandement.

LE SOUPRIEUR

Il n'en convient excepter nulz,
Puis que nous y sommes tenus.

' LE MAIEUR

Tous ensamble, gros et menus,
23470 Junerons tres devotement.

AUDEMER

Puis que nous y sommes tenus,
Nous ferons le commandement.

ELOY

Soiés aussi pareillement
En orison, je le vous cherge,
23475 Et priés a la doulce vierge
Que son doulz enffant vous revele
Vostre patron et vray consierge,
Advocat de vostre querelle,
En la court espirituelle
23480 Et qui tant vous a honoré
Que son corps vous est demouré
Comme vray tresor et chevance :
C'est vostre bien, c'est vostre avance
Et vostre ducteur celitoire.

GADEBERT

23485 Pere en Dieu, l'oeuvre est meritoire,
Se ferons devoir, se Dieu plaist.

TAILLEVENT

Helas, mon gentil chevalèt,
Tu és plus heureux que ton maistre,
Juner me fault, sans moy repaistre
23490 Trois jours entiers, enmy la plaine,
Mais par celuy qui me fist naistre
Tu mengeras ta pance plaine.

ELOY

'' Mon Dieu, pour ta grace implorer.
Je veue a ta divinité,
23495 En larmes d'oel qu'on doit plourer,
Qu'en ceste corporalité

N'entera quelque qualité
De vivre pour ma nourissance,
N'aray perchut et medité
23500 Le vray desir de ma plaisance.
Sire Jesus, qui toute chose
Cognois avant ce qu'on le face.
Tu scés qu'en coeur proposer j'ose
Que ce ne me moustre en face
23505 ' Le saint corps, qui en ceste marche
Pour ton hault nom fust detrenchiet.
Je ne suis digne que je marche
Plus avant en ton eveschié,
Se ne me veulx magnifester
23510 Ton tesmoing et mon examplaire.
Je ne suis digne d'accepter
L'eveschié de ton populaire,
Mais forbani me vœul soustraire
De ce province ou je demeure
23515 Et avecq les bestes moy traire
Bien loing ou il fault que je meure.
Saint Quentin, martir glorieux,
Qui arousas par ta bonté
De ton sang meritorieux
23520 La terre ou ton corps est bouté.
Regarde ton peuple en pité,
En pleur, en lamentacion,
Fay luy voir en necessité
Ton sepulcre en ta mansion.

Silete.

SAINT QUENTIN, *en paradis*

23525 Mon Dieu, qui par bonté divine
Me donnas Aouste en ma part,
Pour exaucier ta loy divine,
Qui par tout le pais s'espart,
Voy ton peuple et y prens regard
23530 Et luy soie misericors,
Sicque Eloy, qui ton command gard,
Puist estre inventeur de mon corps.

'' DIEU

J'aperchoy la devocion
Du peuple qui fait abstinence
23535 Et la loalle affection

D'Eloy vivant en continence :
Se veuil que vostre corpulence
Luy soit plainement demoustree
Et exaucie en excellence
23540 Par la vermendoise contree.

Gabriel, vous savés la place
Ou il a reposé grant somme,
· Moustrés le, ains que la nuit deplace,
Au tres saint et vaillant preudomme.

GABRIEL.

23545 Mon vray Dieu, qui creastes l'omme
A vostre divine samblance,
Je voy en Aouste sus Somme
Acomplir vostre bienveillance.

Gabriel s'en va vers Eloy,
mais il ne se moustre
point encore.

ELOY

Peuple devost, de Dieu amé,
23550 Il est tamps que nous commenchons
A querir ce corps reclamé
Ains que nous buvons ne mengons.

L'ABBÉ

Il n'est riens que nous ne fachons
Pour vous complaire, si m'aist Dieux,
23555 Dictes nous par quelles fachons
Nous emploirons de corps ou d'ieulx.

ELOY

Il fault fouir en pluseurs lieux
De ce pavement bas et hault,
Tant aulx deboux comme au millieux,
23560 Prenés ostieux telz qu'ilz vous fault
Pour faire devoir.

LE CLERCQ

Sans deffault
J'ay trouvé en ceste chapelle
Houel, loucet, fer, picq et pelle,
Les vecy tous amoncellés.

ELOY

23565 ·Commence a fouir a ce lés
Pour voir s'il est en ces quartiers.

LE CLERCQ

Reverend pere, volentiers,
Je feray la prumiere espreuve :
Se d'aventure je le treuve,
23570 Je vous feray crier Noel.

Il hoe a ung bout.

ELOY

" Radon, prenés picq et hoel,
Atemptés a ce debout la,
S'i y est pas.

RADON

Je croy, s'on l'a
Dessoulz ceste pierre muchiet.
23575 Qu'il sera tantost desbuchiet.
J'en prendray la cure et le soing.

Ilz hoe a l'autre lé.

GADEBERT

Noble pasteur, s'il est besoing,
Je me metray aussi en point,
Soit en jacquette ou en pourpoint,
23580 Pour trouver la sacree lame
Du glorieux corps de qui l'ame
Regne es cieulx.

ELOY

Devers ce piler
Fault fouir et terre piller,
Pour y trouver sa sepulture.

GADEBERT

23585 Je feray premier ouverture
D'ung cisel comme machons font,
Puis feray ung trou bien parfont
De picq, de fer ou de barreaux.

LE CLERCQ

Nous levons pierres et quarreaux
23590 Pour faire fosses et fossettes.

23542 gant *A.* — 23553 nest nest. — 23554 mest. —
23563 loucel.

· 391ᵉ *A.*

ELOY

Chascun face ces apparaux.

RADON

Nous levons pierres et quarreaux.

GADEBERT

' Nous sommes ouvriers non paraulx,
Nous avons toutes nos chosettes.

LE CLERCQ

23595 Nous levons pierres et quarreaux
Pour faire fosses et fossettes.

ELOY

'' Et vous aultres, qui riens ne faictes,
Priés a Dieu du firmament,
Createur des choses parfaictes,
23600 Qu'il nous demoustre ensaignement
Par lequel trouvons promptement
Ce saint corps en ce territoire :
Pour le servir secretement,
Je vois dedens mon oratoire.

*Il entre en son
oratoire et prie Dieu
a genoulx et tous les
religieux.*

GABRIEL

23605 Eloy, Dieu prent misericorde
De toy et du peuple junant
Et a ta volenté s'acorde
Le roy des rois lassus rengnant :
Emprés ung huis le chœur fermant,
23610 X'piés en terre, a main senestre,
Trouveras, je suis affermant,
Le saint corps qui gist en cest estre.

*Gabriel s'en reva
en paradis.*

LE CLERCQ

Quant j'ay fouy plus d'une destre,
A grant paine et a grant meschief.

23615 Je ne treuve ne corps ne chief :
Seigneurs, nous labourons en vain.

RADON

Nous ne venons de riens a chief,
Je ne treuve ne corps ne chief.

GADEBERT

Que ferons nous plus de rechief ?

LE MAIEUR

23620 N'est il pas en ce bas cavain ?

LE CLERCQ

' Je ne treuve ne corps ne chief :
Seigneurs, nous labourons en vain,
Ce fait cy nous est fort grevain
Et se n'est riens qu'on y conqueste.

L'ABBÉ

23625 Riens n'y vault, jeune ne requeste,
De sain cœur ne de cler engien,
Eloy nous a mis en ce gien,
'' En ce fait et en ce grant coust :
Si j'eusse peu avoir escout,
23630 Il eusist fait ung tres grant bien,
Car tousjours luy disoye bien
Qu'il estoit perdu et pery.

RADON

Dictes luy que tout est pourry
Et qu'on n'y voit corps ne chevel,
23635 Affin que plus n'aions travel
Desormais de servir au temple.

LE MAIEUR

Ou est nostre evesque ?

BOBON

Il contemple
Et prie pour vous et pour nous
A nulz queutes et a genoulx,
23640 Comme tres vertueux et bon.

LE MAIEUR

Tres noble tresorier Bobon,
Vous estes son tres chier amy,
Soit veillant ou soit endormy,

23612-23613 *2nd. seen. son jeua.*

' 378ᵛ B. — '' 392ᵛ A.

23630 *gram A.* — 23632 *peril.* — 23635 *travail.*

' 379 B. — '' 393 A.

Nunciés luy ceste dure perte
23645   Qui est evidente et aperte
Entre ces compaignons gentilz.

BOBON

Sievés moy a tout vos oustilz ;
Tout a cop y remedira.

LE CLERCQ

Alons oir qu'i nous dira,
23650   Affin que sa grace gaignons.

BOBON

Sire, vecy ces compaignons
Sur le terme de desespoir :
Il ont fouy a leur povoir,
Sans trouver corps ne residence.

ELOY

23655   Mes freres. aiés confidence
En Dieu, nostre souverain sire
Et ne mettés en decadence
Espoir, le tres gracieux mire,
Car on a point ce qu'on desire
23660   Tousjours a son premier voloir,
Mais ung vray coeur qui riens n'admire
Pense tousjours a mieulx valoir.
Le saint tresor que vous querés
Est une richesse tant chiere
23665   Que quant en querant l'acquerrés
En Dieu ferés joieuse chiere :
Il est bien digne qu'on le quiere
Et de gens bien recommandés :
S'est besoing que je vous requiere
23670   Que pour si peu ne vous rendés :
Venés, mes chiers amis, venés,
Venés et sieves mon escolle,
Par moy serés bien assignés,
Je scay le lieu et m'en recole.

GADEBERT

23675   Vostre doulz parler nous recole
Et nous donne ferme esperance,
Sans que quelques riens nous desole,
D'en avoir vraye recouvrance.

ELOY

Adjoutés foy dont et creance
23680   A mon dit, car il est notoire
Que cy gist nostre recreance,
Le saint corps dont avons l'istoire.

L'ABBÉ

Pere en Dieu, nous ne povons croire
Qu'i soit icy dedens includz,
23685   Sus tous lieux dont on a memoire,
Cestuy cy en doit estre exclus.

LE PRIEUR

Il n'est devine ne renclus,
Tant soit saigne ne tant bien mente,
'Qui nous ait dit par mot exclut
23690   Qu'il y ait quelque osselemente.

LE MAIEUR

''Je vous pry. seigneurs, qu'on attempte,
S'il est vray.

ELOY

Il est tout certain.

LE CLERCQ

G'y vois fouir sans longue attente,
Pour avoir merite haultain.

RADON

23695   Ainchois baurons jusques a demain,
Que nous n'aions quelque relicque.

ELOY

Mettés y dont tous trois le main.

GADEBERT

On voit comment je m'y aplicque.

LE CLERCQ

En ceste place romaticque
23700   Ferons fosse parfonde et large,
Pour querir le corps autenticque
Dont on ne scet trouver la marge.

*Ilz feuent tous trois
en ung lieu.*

23652 despoir. — 23655 *bis* A (au recto et au verso du folio 393). — 23661 querer A.

' 393° A, 379° B.

23684 ainsi. — 23688 signe — mence.

' 394 A. — '' 380 B.

HELENON, *a Rome*

Chief d'honneur, auguste Cesaire.
Dieu vous doint pardurable joye.

MIRMIDON

23705 Dieu vous doint tout heur necessaire,
Chief d'honneur, auguste Cesaire.

BUCHIFAL

Dieu vous doint sur tous adversaire
Victoire, qui le coeur resjoye.

GALIOT

Chief d'honneur, auguste Cesaire,
23710 Dieu vous doint pardurable joye.

ERACLE, *empereur*

Seigneurs, Dieu vous doint la monjoye
De vertu, se serés souffrans,
'Humbles, aimables, offrans,
Larges, doulz a tous indigens.

HELENON

23715 Dagobert, noble roy des Frans,
A vous, dompteur de toutes gens,
Roy rengnans sur roys et regens,
Se recommande des fois mille :
Il nous a moustré face humile
23720 Comme a ses chiers et bons amis
Et de bon coeur nous a promis
Qu'avant qu'il soit ung mois entier
N'y ara Juifz sus sentier
"Qui ne soit tenus sus les fons :
23725 Ses affaires sont moult parfons
Et grans sus ce nouvel esté.

CONSTANTIN

Je vous pry, quel nouvelleté
Dit on en ce pais franchois ?

MIRMIDON

Nous avons veu le plus franc chois
23730 D'onneur qu'on puist dire de levre ?
Eloi, le souverain orphevre
De tous les climas francigenes,
Ne scay si bon jusques a Gennes,
Est prelat mittré et crochié
23735 De Noyon et son eveschié

Visette en estat pontificque
Et quiert le corps saint magnificque
De Quentin, romain citoyen,
Jadis trouvé par le moien
23740 Dame Eusebe aux yeulx cacieux.

HEROCLONAS

O le saint martir precieux,
Il endura mort tirannicque
Par Dioclés, le vicieux,
Comme on treuve en nostre cronicque.

ERACLE

23745 'Chevaliers du clos romenicque,
Reposés vous tout a loisir
En ce palais tres magnificque.

HELENON

Monseigneur, a vostre plaisir.

Pose petite.

LE MAIEUR

Gentilz sergans, je voy venir
23750 La nuit qui sera tres obscure
Et si ne povons avenir
Au saint corps dont on prent la cure.
Pour doubte de male adventure,
Allés veillier a mon hostel,
23755 Prenés garde a la fermeture,
Je demouray vers cel autel.

PERCHANT

Nous veillerons sus le crestel,
Pour atrapper les larronceaux.

"FAUCILLETTE

Pour faire bon guet au castel,
23760 Nous veillerons sus le crestel.

PERCHANT

Je prenderay espee ou coustel,
Pour les tuer comme pourceaux.

FAUCILLETTE

Nous veillerons sus le crestel,
Pour atrapper les larronceaux.

23705-23706 mq. — 23707-23708 *attribués à Mir-midon.* — 23730 lheure. — 23732 francegenes.

'394ª A. — " 380ª B.

23737, 23747 manifique.

'395 A. — '' 380 bis B.

AUDEMER

23765 Gardes, portés pons et ponceaux.
Je sejourneray une espasse
Avecq bourgois et jovenceaux
Pour voir ce qu'on fait et compasse.

Le coq chante une fois
ou deux.

LE CLERCQ

Je n'ay membre qui ne me casse
23770 A ces caillaux que je desserre,
Nous ne trouvons ne corps ne casse,
S'avons fouy X piés en terre.

RADON

*Je ne scay qu'on nous y fait querre :
Se ne me samble q'une folie,
23775 N'est chose qu'on y puist conquerre,
Mon esperance y est faillye.

GADEBERT

Vecy la troisime nuitie
Que nous junons et travéillons
Nos corps par labeur et sotie,
23780 Dont nous sentons les aguillons.

LE CLERCQ

Les cocqs chantent et nous veillons
Et si sera tantost minuist,
De fain et de froit nous baillons
Et de froidure qui nous nuit.

ELOY

23785 Pharon, devestés mon abit
Pontifical et mittre et croche.
Car pour besongnier en soubit.
Sus cestuy fait fault que j'aproche.

PHARON

Pere en Dieu, gardés que reproche
23790 Ne nous enviengne aulcunement
Et n'y boutés ne picqz ne broche,
Se vous redoubtés nullement.

ELOY

*Je m'y conduiray saigement,
S'il plait a mon Dieu debonnaire,
23795 Aportés moy hastivement
Lampes, cierges et luminaire.

LE CLERCQ

Devot prelat, vif exemplaire,
Pour vous nostre corps deschirons,
Nous porterons pour vous complaire
23800 Des boux de torces et cirons.

GADEBERT

Vecy ce que nous desirons,
Alumons torches et flambeaux,
Puis ensamble tous deux irons.

**LE CLERCQ

Mieux vauroit a mengier flans beaux.

L'ABBÉ

23805 Freres et amis principaux,
Regardés la, nostre pasteur
Devest abis episcopaux
Pour y besongnier de radeur.

LE MAIEUR

S'il plait a Dieu, mon createur,
23810 Mon refuge et mon seul garant.
Il sera le propre inventeur
Du corps que nous alons querant.

ELOY

Bailliés moy louchet souffissant,
Pour nostre queste parfurnir.

RADON

23815 Vela ce qui vous est duisant,
Dieu vous en doint bien convenir.

ELOY

J'aray la fin de mon desir,
S'il plait a mon Dieu sempiterne :
Pour mieulx a mon gré le choisir,
23820 J'enteray en ceste caverne.

Eloy se devale en la
caverne.

23768-23769 *Ind. scén.* ne mq. — 23774 *corr :* qune
en que ?

* 395° A.

23820-23821 *Ind. scén.* mq. B ; [1] a mq A.

* 380° bis B. — ** 396 A.

L'ABBÉ

Aportés lumiere et lanterne,
S'eclarons se seigneur tres chier,
Car haultement il se gouverne
Pour voloir ce fait atouchier.

ELOY

23825 *Enffans, veillés vous releschier,
Je treuve ung ancien tombel
Qui tout coeuvre, sans rien lessier,
Le saint corps tout gent et tout bel.

L'ABBÉ

Gloire a Dieu, mon pere eternel,
23830 Le tombel est de gros marlon ;
Rompés son sarcus solempnel,
Si regardés s'il y a rien.

ELOY

**S'il plait au Dieu celestien,
Brisié sera de ce hoel.

*Eloy doit brisier
le sarcus.*

LE MAIEUR

23835 Je voy son sain corps castien,
Menons joye et crions Noel.

*Ilz crient tous Noel
et doit issir globel de
feu et fumee d'encens.*

ELOY

Vela le saint corps et sarcus
Dont ist odeur inenarrable
Et la clarté dont suis parcus,
23840 Partant du sepulcre admirable.
Louons Dieu du ciel admirable.
Louons son champion saintisme,
Quant en ce saint lieu honorable
Trouvons tresor de hault estime.

L'ABBÉ

23845 Je sens l'outrepasse et l'abisme
D'odeur par tout le monument,

Oncques ne senti a la disme
Rose tant doulce ne pieument.

LE PRIEUR

Mirre, enchens sentant doulcement,
23850 Cynamoine, basme flairant
Ne chose qui soit d'element
Ne sont plus odoriferant.

LE TRESORIER

Or est moult aromatisant
La suavité que je flaire.

LE SOUPRIEUR

23855 *Aussi est moult resplendissant
La lumiere qui nous esclaire.

AUDEMER

N'a gaires qu'on ne veoit ame,
Picq, loucet, hoel et palot,
Mais haulte splendeur nous entasme,
23860 Ne nous fault torce ne falot.

ELOY

**Gracions Dieu, peuple devot,
Ensamble sans nulz excepter,
Qui nostre jeune et nostre vot
A daignié prendre et acepter,
23865 Quant il luy plait manifester
Le saint corps, le tresor exquis
Du bon martir qu'on doit fester,
Que nous avons trouvé et quis.
N'esse pas ung miracle grant
23870 Quant de sa tombe basse et creuse
Ist odeur tant basse et parant
Et que coste nuit tenebreuse,
Tres obscure et caligineuse,
Est plainement illuminee
23875 De splendeur plus clere et ygneuse
Que n'est cler feu en cheminee ?
Clercq, Gadebert, et vous Radon,
Puis que vous avés commencié,
Faictes pour acquerir pardon
23880 Que ce tombel soit desmucié.

LE CLERCQ

Nous l'arons tantost despechié,
Il sera mis sus une table.

23823 *a.* — 23830-23837 *Iud. scén.* [glob] el — ons
mq. — 23840 mouvement.

* 381 B. — ** 396ʳ A.

23850 eslaire A. — 23858 louchet. — 23866 et le
tresor. — 21871 ost ··· tant mq. — 23873 maligniouse.

* 381ᵛ B. — ** 397 A.

RADON

Il nous garira de pechié.

GADEBERT

Metons le en hault atour notable.

ELOY

23885 Bobon, tresorier venerable,
Querés fiertre et reliquiaire
Pour mettre en hault lieu venerable
Ce saint corps avecq le suaire.

'BOBBON

Reverend pere salutaire,
23890 Je le feray joieusement.

Fleur de lis ?

"FLEUR DE LIS

Seigneur solitaire,
Quel est vostre commandement ?

BOBBON

Querons casse d'or et d'argent
Pour ce saint corps intronisier.

FLEUR DE LIS

23895 Il le fault, affin que la gent
Le viengnent servir et baisier.

ELOY

Pere abbé, seigneur et menistre
De ceste esglise et monastere,
Prenés casule, croche et mittre
23900 Pour nous aidier a ce mistere.

L'ABBÉ

Si feray je, reverend pere,
Tantost seray en estat mis.

*L'abbé prent croce et
mittre et les moisnes
chascun une chappe.*

LE PRIEUR

Affin qu'en noble estat j'appere,
Si feray je, reverend pere.

LE TRESORIER

23905 Je porteray ce jour prospere
Chappe de soye en lieu d'amis.

LE SOUPRIEUR

Si feray je, reverend pere,
Tantost seray en estat mis :
Il n'est service que d'amis,
23910 Quant ils se veullent emploier.

PHARON

Pere en Dieu, j'ay mis vos abis
Episcopaux, sans les ploier,
Sus ung autel de mabre bis.
Je suis prest, sans moy simploier,
23915 Pour vous secourir et aidier.

ELOI

Aidiés moy doncques a vestir.

*Eloi se met en abit
pontificque.*

PHARON

'Vous avés tamps a souhaidier,
Pour eslever le saint martir.

TAILLEVENT

Bleau Dieu, vecy grant desplaisir.
23920 Heu, comment est il si tost jour ?
Je me cuidoie aller gesir,
Mais la nuit n'a point de sejour,
Par le Dieu du trosne majour,
Je ne me congnois en ce tamps.

*Le cocq chante une fois
ou deux.*

23925 Il n'est riens que les cocqz chantans
Et le soleil est en midy.
Je suis fol, ivre ou estourdy,
Ou le tamps est fort desnoiet.

BOBBON

L'evesque nous a envoiet
23930 Pour porter ces fiertres dorees.

23885 Robon.— 23889 Robbon — 23900-23903 *Ind.
scèn* [moisne] s *mq A* ; et [mittre] — [moisn] es *mq B.*

' 382 B. — '' 397 A.

23916-23917 *Ind. scèn.* [abi] t *mq.* — 23921-23925
Ind. scèn. mq B ; fois *mq A.*— 23926 en *mq.*— 24929
Rabbon.

' 398 A. 382 B.

FLEUR DE LIS

Ce sont precieuses denrees
Qui d'argent poisent mainte busque.

TAILLEVENT

Hola, ho, qui esse qui busque
A mon chariot par derriere ?

BOBBON

Ce n'est riens. non.

TAILLEVENT

23935   Arriere, arriere,
Que vous n'aiés dure souffrance.

FLEUR DE LIS

Pais, c'est le tresorier de France.
Ton maistre qui point ne te nuit.

BOBBON

Amy, Dieu te doint bonne nuit.

TAILLEVENT

23940   Bonne nuit, il est jour assés
Pour dire, puis que le soleil luit,
Bonjour a ceulx qui sont passés.

FLEUR DE LIS

*Esse tout ce que tu en scés ?

TAILLEVENT

Oy, dont vient ceste lumiere ?

FLEUR DE LIS

23945   **C'est ung ray de clarté sommiere
Que Dieu par sa begnivolence
Transmet dessus la corpulence
Saint Quentin sus terre gisant.
Ce n'est pas le soleil luisant,
Comme tu dis.

TAILLEVENT

23950   Je le cuidoye ;
Bonne nuit dont, jusques a tant
Que le soleil lever se doye.

FAUCILLETTE

Resveille qui dort.

PERCHANT

       Je dormoye
Comme ung lou sans estre esbahis.

FAUCILLETTE

23955   Regardés cy la grosse moye
De feu qui lume le pais.

PERCHANT

Glorieux Dieu de paradis,
Esse point l'ung des XV signes ?

FAUCILLETTE

Ce sont visions celestines
23960   Et riches dons que Dieu envoye
Aux bons preudomes qui sont dignes
D'ambuler, affin qu'on les voye.

BOBBON

Vecy tres riche fiertre et casse
Que meismes avés fabricquiet,
23965   Assés entiere et non point casse,
Ou ce corps sera colloquiet.
J'ay porté riche drap de soie
Ou il sera mis et plicquiet,
*S'il fault qu'on les desmembre et soie.

ELOY

23970   Il est besoing qu'on le desploie
Pour l'eslever sans plus tarder,
Premier le veuil reverender
Et dire en mon sens qui s'imploye :
"Quentin, je pleure et larmoye,
23975   Quant je voy ta doulce face.

Quentin, je pleure et larmoye,
Tu és l'onneur et la moye
De Vermendois, quoy qu'on face.
Pour l'amour dont jo t'amoye,
23980   Mon Dieu que je reclamoye
Me demoustre la sainte arche
Ou tenoit la monnarche
De ton corps qui me resjoye
Et qui tout emmy m'efface,
23985   Car je souspire de joye,
Quant je voy ta dulce face.

23935. 23939 Rahbon.

* 396* A. — ** 383 B.

23956 alume. — 23961 preudomes. — 23982 suppléer
se ?

* 399 A. — ** 383* B.

Quant je voy ta doulce face,
Quentin, je pleure et larmoye.

Quant je voy ta doulce face,
23990 Je pry Dieu qu'i me parface,
Affin que ton ame voye
Ou saing du bon patriarche,
Car tu és en ceste marche
De foy cler pont et l'apoye
23995 Ou mon eveschié s'apoye :
Se convient que je t'embrasse,
Que je te baise et reploye,
Quant j'atouche chief et brache,
Quentin, je pleure et larmoye.

L'ABBÉ

24000 Si tost qu'i vous plait eslever
Ce saint corps en joiaux entiers,
Ainsi qu'on la volut trouver,
Je vous aideray volentiers,
Soit par moitié ou par quartiers,
24005 Ainsi que bon vous samblera,
L'odeur sent trop mieulx qu'englentier
Qui pluseurs gens assamblera.

*ELOY

Devote gens, vecy le corps
Saint Quentin, qui anciennement
24010 Pour nostre Dieu misericors
Endura mort paciamment.
**Je le veul mettre entierement
En ceste casse, fors ung bras
Que je reserve seullement
24015 Pour mettre en aultre fiertre et draps.
Pareillement, j'ay advisé,
Puis que j'ay maint riche vaissel,
Que le chief sera divisé
En aultre precieux vaissel,
24020 Mains ains qu'i soit mis sus l'autel
Je vouldray separer les dens,
Pour garir de peril mortel
Ceulx qui aront durs accidens.
Premier vorai ge destachier
24025 Ce plaisant dent de sa rachine.

Regardés le cler sang lancier,
Vecy ung tres merveilleux signe.

*Lors sault sang
par le trou du dent.*

L'ABBÉ

O tres glorieuse virgine,
Vecy haulte admiracion,
24030 Quant par la volenté divine
Le sang y prent effusion.

LE MAIEUR

C'est certaine approbacion
De nostre foy, puis q'une goutte.
Comme on le voit par vision,
24035 De son dent distille et degoutte.

ELOY

Les cheveux aussi, quoy qu'il couste,
Reluisans comme or precieux,
Seront mis par ordre et par route
Dedens ces joiaux gracieux.

L'ABBÉ

24040 Couvrons le saint corps glorieux
En sa fiertre de drap plaisant
Et soions tres laborieux
De le servir tout quoy taisant
Et qui volra estre baisant
24045 *Le chief au nud et descouvert
A tout pelerin et passant
Sera moustré, mis et offert.

**ELOY

Freres, portons ce sainctuaire
Vers le grant autel de l'eglise,
24050 Le chief et le reliquiaire
Avant ce qu'on y chante ou lise.

LE PRIEUR

La fiertre y sera tantost mise,
Prenez ce debout, souprieur.

LE SOUPRIEUR

J'ay ceur et volenté submise
24055 A luy servir et suis prieur

24047 *le manuscrit A continue ici avec une écriture
du XVIIIe siècle.—* 24050 reliquaire A.— 24051 co mg.A.

* 384° B . — ** 400 A

Qu'il soit mon vray mediateur
Vers mon Dieu, pour en mieulx valoir.
Je ne sens point la pesanteur,
Tant le fais de joyeulx voloir.

*Lors portent la fiertre et les
reliques emprés l'autel.*

ELOY

24060 Colloquiéz tres honnestement
Ce tres saint et precis tresor
En place bien devotement,
Qu'on luy face honneur et ador
Et je vous promets que tres or
24065 Sa tombe feray fabriquier
Tant de gemmes, d'argent que d'or
Pour son tres saint nom invocquier.
C'est mon voloir et appetit
D'amplier ceste eglise en temple,
24070 Pour ce que le lieu est petit
Et de plusieurs pelerins s'emple :
Ce je fais ce que je contemple,
J'y feray mirable artiffice
Qui sera miroir et exemple
24075 De tout somptueux edifice.
Venéz baisier et faire umaige
Au chief du glorieux martyr,
Venés voir le corps et l'imaige
Dont on voit miracle partir.
24080 Vecy celuy qui vault issir
De la romaine region
Et foy catholique obtenir

De ceste basse nacion.
Vecy la splendeur et lumiere
24085 Que votre grant pere et tayon,
Par la grace de Dieu sommiere,
Illumina de son rayon.
Il garit le noble Bayon,
Il recheut les grans cloux divers
24090 En ce terroir, dont s'esmaion
Tourmens de chaines et de travers.
Enfin vostre ville arousa
De son propre sang a la mort,
En Somme son corps on mucha,
24095 Mais par Eusebe vint a bort,
Et par ainsi ne vif ne mors
Oncques il ne vault passer oultre.
Aimer debvéz ung tel support,
Puis que tant d'amour il vous moustre,
24100 Noble pays de Vermandois,
Et toy, France, chief du royaulme,
A grant joye posseder dois
Ung tel tresor sentant que basme.
Tu as son corps, Dieu a son ame,
24105 Son corps vif ne mort ne te lesse,
Se tu n'as ceur plus dur que lame,
Tu dois plourer de grant leesse.
Aime celui qui t'a aimé,
Sers celui qui peut guerdonner,
24110 Aime celui qui t'a lumé,
Donne a celuy qui peut donner,
Affin que tu puisse regner
En haultain regne celestin,
Ens ouquel nous veuille mener
24115 Le benoit martyr saint Quentin.

24059-24060 *Ind. scén.* Ils portent — vers l'autel *A.*
— 24069 et temple — 24071 pelerinei *A.* — 24080
tissir.

24090 sesmaison *A.* — 24102 possesser. — 24114 ou
ce lequel *A.* — 24115 Amen *mq. A* ; Fin de l'invencion, *etc. suq B.*

400 *A.* 385 *B.*

AMEN

FIN DE L'INVENTION DU CORPS DE SAINT QUENTIN

PAR SAINT ELOI

GLOSSAIRE

Ce glossaire ne contient, en règle générale, que les mots et les acceptions qui ne se retrouvent pas dans le français de nos jours. Les substantifs, adjectifs, verbes s'y trouvent sous le nombre, le genre, le temps et la personne qu'ils avaient dans le texte. Les mots précédés d'une astérisque manquent dans le dictionnaire de Fréd. Godefroy.

Le signe « : » devant un mot entre parenthèses signifie « qui rime avec ».

A

abalestes, arbalètes, 1685.

abalestrier, homme d'armes, 14264.

abayer, abaillier, atteindre (?), 7548.

abillement, rapidement, 20175.

abillement, ensemble des outils, 20174.

abilles, rapides, 478.

abillier (: chevalier), équiper, 549.

abis, habits, 23807.

abismeux, p. 146, *d*, l. 8.

abiasmés (: animés), déshonorés, 9853.

able (: loable), habile, 20029.

aboutis (: departis), serrés, 4431.

abregier, (s') (: prolongier), aller vite pour terminer, 1349 ; *v.* 475.

absconsa (: esconsa), rendit invisible, 3109 ; absconse, cachée, 19031 ; abscons, 19946.

abuseur (: predicesseur), qui trompe, 9681.

abusion (: exaltation), erreur, 7176 ; 7476 ; 9992 (abusions : religions) ; *v.* 12378.

abye (: Corbie), abbaye, 1260 ; 4872.

accointes de, *adj.* (: pointes), en relations avec, 7281.

accoisie (: croissie), 22838, *part. passé fém. du suivant.*

accoisier, calmer, faire taire, 17021.

accoison, occasion, 2393, 10382, (: foison) 20330.

acele (: nacele), *pour* hachelle *ou* hastelle ? 17882.

achasse, poursuit, obsède, 1102.

acerés, fermes comme l'acier, 11498.

acerés, d'acier, 11500.

achemmes (: gemmes), parures, 2443, de femme ; 19358.

achemmer (: semer), couvrir de fleurs *(fig.)*, flatter, 11152.

acherés, acérés, 14937.

Acheron, *nom de diable*, 21941.

achilienne (: herculienne), d'Achille, 13.

acoeuil (: oeuil) (de bel —), d'abord agréable, 604.

acoeuillier (: chevalier), prendre, attaquer, 6030.

acointable (: notable), d'abord facile, 1242.

acointance (: constance), compagnie, 369 ; 618.

acolle (: escole), embrasse, 2915 ; 7867 (ydoles : acoles).

acoller qqⁿ (de qqᵉ), garnir le cou de quelqu'un, 20087.

acompaigneurs (: seigneurs), 6325.

acompare (: pare), compare, 7976.

acomblé (: assemblé), achevé, parfait, 14849.

acompignié, accompagné, 2000.

acoronné (: coroné), débarrassé, quitte, 20629 ; accompli, 22504.

acostés (: costés), accompagnés, flanqués, 4335.

acouchie (: despechie), accouchée;193,(: reslecie)838.

acouré (: devouré), percé au cœur, 4302 ; *cf.* acourer, 16026.

acoust (avoir) (: coust), être écouté, 12724.

acoutans (: habitans), écoutant, 1316.

acouvettés, frappés d'une escouvette, d'un balai, 4452.

acquere (: terre), acquérir, 3007.

ad, à, 559.

adepter, obtenir, 9469 ; *v.* adeptrés, recevrez, 10284.

'**adisne** (: indigne), approche (?), 16470.

adjuteur (: persecuteur), aide, 11276.

adjutoire (: concitoire), aide, secours, 281, (: excusatoire) 695 ; 12369 ; 9424.

adjutorium (: horion), auxiliaire, 7700.

admoustrer (: administrer), avertir, 12400.

adnichila (: consola), détruisit, 16914 ; adnichile, 17057.

adoise, ardoise, 20594.

adoise à (*de* adeser), touche à, 20595.

adolés (: lés), affligés, 8045.

adomagier (: vengier), endommager, 17970 ; *v.* 4651.

ador (: d'or), adoration, *et en général*, culte, déférence, 399 ; 22500, 24063.

adorement (: commandement), *id.*, 7149.

adoubé (: jubé), armé, 19473.

adreciet (: dreciet), bien conformé, 603.

adresse (: tristesse), guide, 12994.

adurer (: endurer), prolonger, 17233.

advennement (: longuement), arrivée, 2743.

adversier (: coursier), adversaire, 10170.

advertance *et* **advertence** (: sentence), notification, rapport, 1075, 3829.

advestus (: vertus), pourvus, ornés, 17151.

aerin (: aurein), aérien, 12583 ; *v.* aerine, 9399.

affaire (: faire), condition sociale, 3211.

affaitié, arrangé, 22775.

'**affamenterie** (: idolatrie), mensonge (?), 4623.

affecte (s') (: infecte), s'occupe, 1022.

affermant, affirmant, 19046.

afficques (: manificques), bijoux fixés par une broche, 2162.

affie (: philozophie), affirme, assure, 2988.

affie (m') à (: sacriffie), m'engage à, me risque à, 7489.

affin (: affin, *à fin*), parent, 289 ; ami, 2334.

affiner (: finer), accomplir, 2941.

affistole, arrange, accommode, 15280.

affistolés (: affilés), trompés, 14989.

afflict (: benedict), misérable, 18653.

affoiblie (: amplye), s'affaiblit, 12679.

affonsser (: esconser), enfoncer, 16619.

affourrer, fournir de fourrage, 19349.

affreans à (: crians), disposés, bons à (*de* s'afroier, avoir affaire avec quelqu'un ?), 4404 ; *peut-être faut-il lire effreans*, effrayants ?

affricquans, africains, 2245.

affulement (: testament), vêtement, 22668.

affulé (: compilé), revêtu, 1163 ; *v.* 1140 ; *verbe pronom.*, 4498 (t'affule : nulle).

affuy (: deffouy), accouru, 21863, 23321 (affuis : Juifz).

afistolé (: desolé), trompé, 8070.

agace (: mefface), pie, 10441.

Aganon (: nom), 5657, *sus la Rone, nom de lieu*.

agencil (: ainsi), agencé, 11067.

agés (: subgés) (*p.* agait), vigilance, 12720 (*sans y faire plus d'agés*, sans y mettre plus de défiance).

aggrappart (: part), larron, 16015.

agrippars (: luppars), larrons, 17700.

agneulx (: aingnaulx), anneaux, 21243.

agoubilles (: billes), chiffons, bibelots, 4337.

agouste (: gouste, *goutte*), goûte, 12854.

agregis (: rafrechis), rassemblés, 1941.

agressee (: pensee), frappée, atteinte, 3616 ; *cf.* 4451.

Agricolan de Roddes, 12153.

agrippe (: trippe), attrape, 2030.

agu (: argu), aigu, 3843 ; *cf.* 6703, *prie de cuer tres agu*.

aguet (: nuguet), par aguet, en guettant, 13591 ; en aguet, 16737.

aguille, aiguille, 19832.

aguillonnés, aiguillonnés, 4450.

aguisier (s'), s'exciter, 1637.

aherité (: verité), héritier, 10287.

ahors, (: hors : ors), *s. m.*, clameur, 3691, 6500.

aigneaulx (: aneaulx), agneaux, 22958.

ainchois, avant, 129.

aingnaulx (: agneulx, *anneaux*), agneaux, 21242.

ains, avant, 19298.

aisance (: plaisance), 622.

Aise (: punaise), Asie, 8728.

aisier (s') (: baissier), se mettre à l'aise, 2212.

aistre (: naistre), porche d'église, 22896.

ajutte (: juste), couchée (*de* agesir), 831.

Albumasar (: César), *astronome arabe du IX° siècle*, 20699.

Alcoran, 22757.

alemelle (: cervelle), lame d'épée, 1872 ; 4255.

alenne (: barbaquenne), alène, 1638.

alexandrine (: hectorine), d'Alexandre, 12.

alicier (: remercier), attirer, 816.

Alipantin (: latin) (maistre —), *sobriquet*, 6469.

altissonant (: consonant), 13773, 19974.

'**alume**, *s. f.* (: plume), torche (?), 20901.

alumee (: enfermée), « teste alumee », 1248.

aly, *cri de guerre*, 7801, 11362 (répété).

amant à, affectionné pour, 815.

amaritude (: ingratitude), amertume, 6454.

ambuleray, avancerai, 12977 ; *v.* 10676.

amé, aimé, 191.

amelottes (: mottes), ames, 10015.

amene, agréable, 5659.

amenrie (: Marie), amoindrie, 3107, 4924 (amenrir : remerir).

amer, *s. m.* (: amer, *aimer*), amertume, 3679.

amés (: jamais), piège, ruse, 7033 ; 10775.

'amés, bout de cuir (?), 10407 ; (: entremés) *povre et de petit amés*, 13610.

amiennoise (: noise), 4821.

amiette, 13219, amic.

aminer (: examiner), détruire, 1399 ; amince, 10368.

amisté (: magnanimité), amitié, 2577.

ammoneste (: honneste), avertis, 20737.

amoderoie (: manderoye), modèrerais, 15739.

amolié (folié), amolli, 5473.

amort (s') à (: mort), se risque à, s'applique à, 12988.

amourette (: flourette), 637.

amplians (: supplians), augmentant, 22236.

amplie (s') (: emplie), s'accroît, 7013 ; amplye, s accroît, 12681.

amy, droit a l'amy (: demy), 3983, de la bonne façon ; 6802.

anathematisement (: mandement), excommunication, 10204 ; (: enterrement) 12465.

ancelle (: celle), servante, 19886.

anchiseurs (: predicesseurs), ancêtres, 123.

'andenier (: payer), *lire* un denier (?), 8514.

aneaulx (: aigneaulx), anneaux, 22957.

angelin : Marcellin), angélique, 9386.

angeline : Pauline), égale aux anges, 14799.

angles, anges, 2660 ; *cf.* 9596, 10489.

anichilee (: brulee), réduite à néant, 2080, *cf.* 4451.

anientie (: convertie), anéantie, 3264.

animé (: envenimé), fâché, irrité, violent, 6527 ; *cf.* 9852.

anitallié (: taillié), *p.* envitaillé, approvisionné, 3789.

anoy (: esbanoy), ennui, 3585 ; *v.* anois, 10485.

anoyer (: desvoyer), ennuyer, 1111.

anoyeulx (: joieux), ennuyeux, 7041.

antecedentes, *adj.* (: consequentes), précédentes, 406.

antan (: Leviathan), des antan, il y a un an, 7100.

anteceder a (: exceder), prévenir, obvier d'avance à, 1041.

antrognes (: trognes), moquerie, 4395 (entroigne).

anuit (: nuit, *lat. nocet*), cette nuit, aujourd'hui, 3649, 4946.

anuyeuse (: armonieuse) ennuyeuse, 2177.

anuyte (le jour) (: conduite), le jour tombe, 2754.

aombre (s') (: encombre), se reflète, 3125.

aornemens, ornements, 22939.

aourés, adorés, 1565.

apairient (: remarient), apparient, 978.

apaly (: alyaly), pâle, consterné, 7800 ; apalice (: malice), dissipe, 10851.

'apareux (: corporeux), d'apparence ? *ou* appareillés pour ? 4023.

apert, en apert, d'une façon évidente, 21608.

aperte (: perte), adroite, 3598.

apoés (: vous poés), frappés, 6145 (*pour* apoiés).

apoiaige (: voiaige), appui, soutien, 4975.

apoion (s') (: Noyon), nous appuyons, 23191.

apoigniet (: capoigniet), empoigné, 6433 ; apoignier (: clugnier), 17086.

apointe (: pointe), commande, dispose, 2710.

apostle, apôtre, 1407, 3318.

apostole (: capitole), apôtre, 3917, (: estolle) 20370 ; (apostoles : ydolles), 9801.

apostumes, abcès, 9782.

appalis (: assaillis : assourdis), 4451, *v.* apaly.

apparaux (: quarreaux), préparatifs, 23591.

apparfondir, enfoncer, p. 146, *e*, l. 4.

appariteurs (: malfaiteurs), 10216.

apparliés (: conseilliés), préparés, 5806.

apparliés (vous) (: merveilliés), préparez-vous, 19652.

apparoir (: povoir), 741.

appartenir (: maintenir), a mon appartenir, pour ma part, 14230.

appatis (: appetis), appât, butin, 11288, (: petis), do maines, 20691, (: appentis), *id.*, 20832.

appentis (: petis), 11291, 20834.

appere (: pere), apparaisse, 305 ; 4768.

appers, adroits, 456.

appetis (rihoteux —), 791.

appointement (: rudement), arrangement, 15412.

appointier, 216, *v.* apointe.

Appole, Apollon, 13691.

Appollin (: enclin), Apollon, 14303.

appotiquaires (: vicaires), suppôts, 17136.

appovés (: povés), 19468, *lire* apoès *et* poés. *v.* apoès.

appoye (: monjoie), appui, 3423 ; *écrit* appoy, 9391.

aprestes (: traictes), préparatifs, 21950.

arabyer (j'arabye : coppie), enrager, 14979.

araigne (: engaigne), araignée, 4186.

arch, arc, 1138.

arcigayes (*p.* archegayes), sorte de javelot, 1674.

ardoir (: povoir), être en flammes, 749.

ardresciés (: merciés), droits, de bonne conformation, 863 ; *v.* adreciet.

ardure (: endure), désir brûlant, 3493, (: froidure) 4251 ; 4810.

arecques (: flamecques), arêtes, 2061.

arestance (: instance), donner arestance à, arrêter, 19902.

arester, tarder, 1331.

argu, peine, angoisse, 3411, 6701 (: agu) ; *cf.* 15599 ; raisonnement, 3730, 3844.

Argus (: Pegasus), 15596.

arignier (: enrager), *pour* araisnier, interpeller, gourmander, 8613.

armatif, bras armatif, bras guerrier, 8547.
armigere (: ingere), de guerre, 317, 12321.
armoy (: moy), armée, 4721 ; combat (?), 7785 ; écu, 12957.
armoyé, portant comme écusson, 23191.
aronde (: monde), hirondelle, 10155.
arondelle (: cordelle), hirondelle, 470.
arpent (: serpent), 14950.
arragier (j'arraige : rage), enrager, 7796.
arraisonner, interpeller, 1100.
Arreans (: mescreans), Ariens, 20299.
arroy (: roy), équipage, 588 ; 4772.
arroient (s') (: roye), s'équipent, 1776 (*lire* s'arroie? *avec* maint *au singulier* ? ; *cf.* 4515 (arroiès : croyès).
arsin (: farsin), incendie, 18410 ; (arsins : Surasins), sacrifices aux dieux, 24764.
arsure (: me hure), brûlure, 20269 ; *v.* 16279.
Arthophilax, 12309.
Asclepe, Esculape, 12764.
asperge, aspersoir, 20369 (*ms.* esperge).
assaie (: haie), essaie, 5534 ; 6680.
assavouree (: enamouree), goûtée, 8392.
assegiet, assiégé, 2219.
assemilliés (: atrenquilliés), prêts de pied en cap, 568 ; s'assemille (: famille), s'apprête, 4244.
assenat (: senat), saisit, attrapàt, 3714.
assenter (s') (*je m'y assente : la sente*), consentir, 6904.
asseur (: predicesseur), assuré, 12421.
assir (: plaisir), établir, installer, 21824.
assochons (: Soissons), associons, 6386, 6035 (assoichons).
assoté, petit sot, 7423.
assouffire (: l'rophire), contenter, 3734, 5700 ; *p. passé* assouffie (: assouvie), 7195.
assourdis (: appalis), rendus sourds, 4452.
ataintes (: faintes), entreprises, 8318.
atele (: aisselle), *pour* acele, eselle, latte, 20616.
atelee (: brulee), attelage, 2077.
atempré (: réglé, 2106.
atendés (: bendés), retards, 16200.
athelés, *pour* atteler, 19874.
atinté (: pruvosté), équipé, 556, *cf.* 1703, 4267.
atournee (: tournee), équipée, parée, 543, *cf.* 704, 711.
atrempré, 13093, *v.* atempré.
atrenquilliés (: assemilliés), tranquillisés, 569.
Attroppos (: suppos), 12314.
attaintes (: saintes), obtenues, 2048.
attappé (: huppé), blotti (?), 12729.
attargans (: sergans), empêchant, retardant, 8016.

attemprance (2574, attrempance (2583), atrempance (: brance) 2600), tempérance.
attemprer, machiner, régler, 7376.
attendeurs (: ambassadeurs) ma relation, attendant mon rapport, 4523.
attenroye, attenterais, 7838.
attendre (s') à quelqu'un, compter sur lui, 12954.
attraire, attirer, 67.
* aucouges (: bouges), *terme d'injure*, 15198.
audience (: science), réputation, 128.
audivit, *s. m.* (: creavit), audience, 2400, (: David) 9184 ; 9442.
aues (: eaues), oies, 19456.
augurienne (: mercurienne), d'augure, 25.
aultruy, d'un autre, 9050.
aumosner, *v. tr.*, 10792.
aumuche (: escarmuche), aumusse, 16005.
auné (: dampné), mesuré, 11629.
aureine, d'or, 778 ; aurein (: aerin), 12585.
aurificque (: office), 13831.
aurer, adorer, 5486, 16155.
autel, tel, 9554, *v.* otel.
autenticque (: publique), 18944.
auteulx, *plur. d'*autel, 16591.
aux (: consaulx), *plur. d'*ail, 14295.
avaine (: vaine), avoine, 662.
aval, reculez l'aval, redescendez en arrière, 1238.
avalée (: valée), descendue, 13636.
avance, progrès, avancement, 766.
avant, parmi, 5199, *cf.* 6760.
avantageux (: courageux), 3970.
avantaige de (: potaige), faculté de, 2859.
avaricieux, avide, 12867.
avé, salut, 21459.
averer, vérifier,19949.
averie (: tresorie), prouvée, 21489, (: varie) 19268.
avine (s') (: divine), s'incorpore (*comme la divinité du Christ dans le vin de la Messe*), 4637, 19608, 22211.
avironné, environné, 4176, avironnee (: nec), 1836.
avoia (: envoia), mit *ou* remit dans la voie, 3274, *cf.* 7210 (avoye : voye).
avoier (s'), se mettre en route,1342, 4122.
avoiés (: desvoiés), en bon point, 5784.
avolés (: volés), arrivés, 16493, 17400.

B

bacheler (: appeller), bachelier, 355.
bachinet (: cheminet) *comme* bassinet, 13572, 15583 ; au son du bachinet clicquant, 18383.

Bacquin (: quoquin), l'amiral Bacquin, 14279.

bagnie (: gaignie, en couches), alitée, 1958.

bahus, coffres, 12647.

bahutes (: flehutes), *sorte d'armes*, 4132.

baignerie (: sorcerie), bain, 10178.

baille (: tel conseil baille), palissade, 3758, 11301·

baisecul, *terme d'injure*, 6725 (*baisecul a deux flagos*).

baisier (: baissier) paix, conclure la paix, 1446.

balaines, 3510. .

Bal. *nom de diable*, 21939.

baler (: parler), sauter, 7813; *cf. baler du mau Saint Jehan*, 19983.

balesteaux (: cresteaux), arbalètes, engins, 1505, *cf· bolesteaux d'artillerie*, 1655, 4282, 7716, 11540 ; *peut-être pour* batestaux?

balevres (: fevres) levres et —, 10055.

balochoire (: cachoire), balançoire, 15531·

balourt (: behourt), 11795.

balsme (: palme), baume, 19372.

bancquier (: colloquier), housse de banc, 5944·

bandement, 20772, *lire* baudement.

banerolles (: marioles), banderolles, 21267.

baniere (rivicre), *lire* baviere, menton, 16631·

baptisement (: tourment), baptême, 10908.

bar, poisson, 13886.

Barathron (: Noiron), *nom de diable*, 5520, *écrit* Baratron, 21939.

barbaquenne (: alenne), barbacane, *ouvrage de fortification*, 1639, 17406, (: caverne) 6502.

barbarine (: marine), *adj.*, barbare, 3522.

Barbarins (: marins), Barbares, 22422.

barbeter, grommeler, 1782, 5514, 6858, 11428.

barbeteur (: createur), qui murmure des prières, 9925·

bardes (: bombardes), *instrument de charpentier*, 1673, *id.* 1828 ?

barge (: large), barque, 14232.

barillet, 11725.

baris (: garis), barils, 20637·

baritonant, *s. m.*, chant de baryton, 7077.

Barraguin de Tartarie, 20357.

barrel (: naturel), barre, barreau, 19818.

barrette (: apreste), 210.

barronie (: Romenie), ensemble des nobles, 779.

barsé, 12249, *v.* berser.

Baruch, *nom de diable*, 5518.

Basac (: sac), Bajazet, sultan des Turcs, 22257.

Basam (: Medasam), *roy Basam*, 22403

basenne, basane, 7324·

basile, un cocq basile, 11899.

basilicque, *adj.* (: diabolique), fait avec du venin de basilic, 20275.

basilique (: catholique), basilic, 79.

basme, baume, 4637.

bassé, saturé, 14922.

basset, voix de basse, 10303.

baston (: pouroit un), commandement, 3986.

bastonnades (: espringades), canonnades, 1675·

bastonnees (: cheminees), coups de bâton, 11380.

bastonniers (: pautonniers), 17417.

bastures (: coustures), action de battre, 17427.

batant (: esbatant), immédiatement, 1224, 4731·

batel (: mantel), bateau, 19711.

bateurs, frappeurs, 8837.

batice, *adj.* (: sortice), de métal battu, 9736.

batiller (: quiller) 1903, *et* batillier (: habillier) 5999, batailler.

'batrel (: cavestrel),« assommer d'un batrel » (?),12896.

batures (: arsures), assauts, 16278, 20557.

bauchz (: baux), *adj.*, pesant comme poutre (balc), 15312.

'baudas (: corbadas), « galiffres de baudas », 12708.

baudement, allègrement, 20772.

bault (: ribault), joyeux, 8103 ; *écrit* baut, 4962, 8607.

baux (: corbaux), bouts, 491.

Beausse (motet de) (: sausse), 7091.

bechier, becqueter, 22776.

becqs de fauquons, armes terminées en forme de bec de faucon, 1663.

becus (: quocus), en forme de bec, 12639.

bediaux (: cardiaulx), soldats pillards, 8694.

bedons (: clarons), *instrument de musique*, 3534·

Beduin, Bédouin, 20358. ·

bees (engambees), paier les bees, attendre la bouche ouverte, 10570.

begaune, bec jaune, niais, 8686.

begnin (: affin), bénin, 1098.

'behistre, dispute, 986 ; (: Esclistre) 9765.

behitre (: belistre), *id.*, 4388.

behourder, faire brûler, 11795.

behourdis (: paradis), combat de lances, 22562.

behours (: tours), *id.*, 677 ; behourt (: balourt), luttes, réjouissances, 11704.

Bel, *nom de diable*, 5518, 21939.

belistre (: behitre), 4390 ; belistres, 493.

belistriens (: riens), belistre (*tu seras des — marissal*, 15194) ; belitriens (: Moriens), 20567.

Bellial, *nom de diable*, 5519.

Belzebus (: Cerberus), *nom de diable*, 5518, 21939.

bemol, 160 (*sos de bemol, sos de nature*).

bendeaux, nippes, 10229 ; *jeu de mots avec le sens du suivant*, 9971.

bendeaux (: bediaux), coups violents (*de* bandel) ; 9811 ; 9971.

Benduins, Bédouins, 9791, *terme d'injure*.

benedicité (: cité), prière, requête, 4553 ; (*exclamation*). Dieu nous bénisse, 23155.

benedicité, *part. passé* (: mendicité), béni, 5331.

benedict (: afflict), *adj.*, béni, 18652.

benedictionés (: passionés), bénis, 3314.

benichon, bénédiction, 7135, (: lechon) 12577.

benignité (: divinité), 9919 ; 10210.

benivolence (: pestilence), bienveillance, 1936.

'bennis, 23156, *pour* banni ?

benoit, béni, 1991, 2198.

bequarre (sos de), 161, *v.* bemol.

berbis, brebis, 5118 ; berbisettes (: requestes), 5968 ; 11813.

Berith, *nom de diable*, 5518.

bernaige (: charbonnage), ensemble de barons, 751 ; *v.* 11195.

bersandés, frappés de flèches, 4442.

berser, frapper, 12711, 12805.

bertaudés, rasés, tondus, 158, 4442, 16354, (*comme* bertousés, bestondus).

Berte, *nom de femme*, 1651.

berthequiet (: embusquiet), enchaîné, (*comme* breteschié), 6430.

besachier (: ensacquier), porteur de besace, 17611.

besans, boutons, agrafes, 2258, (: pesans) 20718. .

beser (: user), 19334.

besongnettes (: chainettes), 12882 ; *v.* 1378, 2544.

bestaille (: taille), bête, 8808.

bestourne, tourne à l'envers, 14000.

bestourné (: fortuné), *de* se bestourner, apostasier, 8221.

bien cop, *peut-être lire* bieucop, beaucoup ? 3702.

bienheure (: heure), rend heureux, 1355.

bien vegnant, bienvenu, 1095.

bienvegnier (: compaignier), accueillir amicalement, 6085.

bienveullance (: vaillance), bienveillance, 4564.

bigot (: Matagot), *terme d'injure*, 7426 ; 21926.

bigute (: Auguste), maison, 834, (: minute) 10105.

biller (sc), s'en aller, 5937 (billés : cnquoquebillés).

biloche, chancelle, 16640, (: cloche) 21281.

'bimartrauue, *terme d'injure*, 21925 (: trauue, *troue, transperce*).

bis (: brebis), *dans* mabres bis, 5823 ; *cf.* pierre bise, 19329.

bisenne, *pour* basane ? 10410.

biseglace (: place), glace, 8172.

blanc « tirer au » (: estang), 4259.

blaphemes (: femmes), paroles outrageantes, 2889.

blasme, *s. f.*, 9339, 12380.

blasphemateurs (: gubernateurs), 9728.

blos (: deablos), blocs de pierre *ou* troncs de bois, 20277.

bochus, bossus, 12639.

boielle (: paielle), 11678, *v.* boyelles.

bombardes (: lombardes), bombes, 1672.

bonbardes (: taillardes), *id.*, 20943.

bonhommaille (: lopinaille), troupe de gens, 4278.

bonne, plaisir, 11313.

borbotorions *et* bourbotorions '(: hurions), borborygmes, 1781.

borgnet (: Clugnet), borgne, 5221.

Borreas, Borée, 5669.

bos (: singos), bois, 1254.

bouchette (: fossette), 858.

boudin (Quentin), fel boudin, *terme d'injure*, 15496.

boudine (: digne), bedaine, 6719.

bouffees (: fees), troupes, masses, 10571.

bougons, 13891, 14568, *v. le suivant*.

boujon(: boujon, *de* bouger),gros trait d'arbalète,1138.

boulant, bouillant, 1024.

boulaies, 12505, *v. le suivant*.

boulaye (: l'aye), fouet à lanières, 15569.

boulir, bouillir, 4198 ; boulans, 15425.

boullis, *part. de* bouillir, 1004 ; bouly, 19340 ; 12123.

bourbeiller, 6722, *comme* bourbeter.

bourbet (: courbet), *s. m. dérivé de* bourbeter, 7455.

bourbeter, bégayer, marmotter, 7454.

bourbiere (: sommiere), 18854, *cf.* 15970.

bourbin, *s. m.*, *comme* bourbet, 7455.

bourbotorions, 16166, *v.* borbotorions.

bourde empennee, tromperie fourrée, 19939, *v.* 10828.

bourder (: gourmander), se tromper, 11005. -

bourdeur (: hideur), sot, trompeur, 5927.

bourdon, bâton de pèlerin, 3285.

bouriaux (: broulleriaux), bourreaux, 5300.

bourlette (: malette), gourdin, 5509.

bourree (: labouree), branchages, fagots, 16952.

bourrel (: fourel), bourreau, 15143.

boursoufflés, 4431.

boutefu, boutefeu, 15075.

bouter sus, 571 ; *v.* 661.

boutillerie (: prie), cellier, 246.

boutillette (: vermillette), bouteille, 11874.

bouyon, 1661, *v.* boujon.

boyelles (: paielles), boyaux, 1982.

brach (: moncach), bras, 4795, 8274.

bracquemars, épées à deux tranchants, 1662.

branchette (: noisette), 13578.

branloier, brandir, 1626.

braserai, ferai rôtir sur la braise, 11691.

brasiere, foyer de braise, 11692.

brassin (: cousin), 11933.

brayes (: hayes), pièce de vêtement, 1746, 5091, 6547.

brebencon (: lecon), brabançon, 7312.

brebes, bribes, miettes, 19006.

bregeries (: peries), bergeries, 2792.

breladis, *terme d'injure,* 21926 (*pour* brelandis, *joueurs de brelans ?*).

brief, bref, écrit, 2316.

brelique (: clicque), tranche, morceau, 10409.

briefment, bientôt, 4534.

briesmart, bière forte de Brême, 10078, (: bracque-mart) 20558.

brigade : rade), troupe de gens, 4232.

bringand, brigand, 4789, 21241 ; *v.* 12536.

bringandaille (: ribaudaille), troupe de brigands, 4275.

bringandines (: gaillardines), pourpoints cuirassés, 1680, 21240.

brioler (briole : parolle), courir avec agitation, 8175.

brique (: fabrique), 278.

Brisemoustier, *nom de tyran,* 5040.

brochon, arme pointue, 14990.

brochure, hémorroïdes, (?), 13169.

brocq, fourche de fer, 14708, (: rocq) 15950.

brocquart, pointe, broche, 15180.

brocque (: jocque), dague, 15125.

Brocquet (: crocquet), *nom de diable,* 5523.

brocquetant, frappant d'un brocq, 17515.

brognes (: trognes), 7764, *pluriel du suivant.*

brongne (: besongne), 15067, grosse tunique.

broquiés, piqués d'un brocq, d'une broche, d'une pointe, 4441 ; 17513-4; broquier des talons, piquer des talons, 23279.

broude, brode, lâche, mou, 17091.

broudier (: sentier), cul, 1214.

brouet, *fig.,* mauvais tour, niche, 10169.

brouettes (carettes), 10012.

brouiler oraige, troubler l'air en produisant un orage, 3517.

broulleriaux (: bouriaux), sorciers, 5298.

broulleur (: meilleur), sorcier, 1303.

brouuet, brouet, 5307.

Bruch, *nom de diable,* 5521.

bruhis (: pourboulis), brûlés, grillés, 1003, 4441.

bruit, gloire, ambition, 59 ; bruyt, 540.

brullier (: fatroullier), brouiller, barbouiller, 8513.

Bruvain (: fain), 8163.

bruyne (bru-yne : marine), 3519.

Buchifal (: cheval), Bucéphale, 23072.

bucqz, cadenas, serrures, 12891.

buee (: huee), lessive, 11518, 13544.

bués (: rués), lavés, 17841.

buffe (: truffe), soufflet, 3304.

'buhis (: fuis), *terme d'injure, (comme* buisart?), 7939.

buhot, *à corriger en* wihot, 485.

buhos (: wihos), artères, 6260.

buire, cruche, 6306.

buissonner (: sonner), vagabonder, 12286.

buissonnet (: flannet), 13573.

buleter, bluter, bluter, 8700.

bullee (: maculee), rédigée sur bulle, 22635.

buque (: Hurtebusque), 13967, *v.* busque.

burelure (: turelure), tromperie, 21724.

Burgibus, *nom de diable,* 12907, 18178.

'buriau, burial, tas (?), 2447.

buse (: abuse), trompette, 14604.

busines : signes), *sorte de* clairons, 1722, 5085.

busques (: hurtebusques), bûches, coups de bâton, 4373.

busque, petit morceau de bois, 18072, *comme* buque.

busquer, frapper, 18073; *v.* 11319; *écrit* busquier, 17458.

bustes (: butes), cabarets de bas étage ?, 16518.

butor, 22044.

C

caboce (: boce), caboche, 7115.

cabuseurs (: pluseurs), imposteurs, 12620.

cachoire (: balochoire), lanière, 15532.

cacieux (: precieux), chassieux, 23740.

Cacus (: Dedalus), 15607.

cadet (: maussadet), 6278.

Cadmus, 12318.

Caducam, femme de Mahomet, 22783.

cagnon, chaînon, corde, 471, (: compaignon) 12884, 15405.

cagrue, instrument de guerre, 1678.

caignon (: compaignon), 20211, *v.* cagnon.

caillaux, cailloux, 21270.

calculage (: aige), calcul, 22584.

calefaction (: refrigefaction), chaleur, 17828.

calengier (: jugier), *v. tr.,* disputer, 3193, (: legier) 7184, 17680.

caligineux, obscur, p. 23, *c,* l. 4.

calis, chalis, 1738.

cameau, chameau, 2934.

camions (: fromions), charrettes (?), 20538.

camuse, 4150.

caneson, camomille puante, 11903.

canole (: parolle), chenole, commissure des clavicules, 8178, (canoles : caroles) 4324.

canonceaux (: chasteaulx), petits canons, 1497.
capeluche (: coqueluche), capuchon, 1140.
capigniet (: mehagniet), roué de coups, 7978 ; (capigniés : clugnés) 17920.
capitles (: titles), chapitres, 322.
capitulé, chapitré (?), 8461.
capoigniet (: apoigniet), 6435, v. capigniet.
capongniés (: songniés), 8946, v. capigniet.
cappee (: espee), veue —, yeux qui froncent les sourcils, 4193.
capteurs (: imperateurs), preneurs, 1287.
car, char, 19954, 19972.
Carabara, nom de diable, 5524.
'carbonnade (: crepunnade), charbonnière (?), 8155.
'cardiaulx (: bediaux), pour cordiaux? 8696.
cardonnés (: sansonnés), chardonnets, 3539, 13184.
carence (: presence), privation, 19050.
carette (: areste), charrette, 20002.
carfours (: fourbours), carrefours, 23181.
caroles (: maroles), danses, 4323, (: ydolles) 6978, (carole : norole) 15582.
carongne (: besongne), charogne, 7293, (: rongne) 19980.
carpentaige (: couraige), charpente, 20465.
cas (: advocas), procès, affaire, 266.
casses, châsses, 21547, 23040.
cassoire : croire), 2356, v. cachoire.
castes, chastes, 3235.
casteté, chasteté, 3091.
castien (: celestien), chaste, 23835.
castille (: subtille), querelle, 2928.
castilliés (: galés), maltraités, querellés, 4446, (: coustilliés) 17520; v. 11351.
castoy (: toy), instruction (comme chasti), 2963.
casule, chasuble, 22935, 23899, (: macule) 22950.
cateille (: bouteille), harcèle, 7708.
' cathecumin (: Martin), cathécumène, 21035.
cathoire (: concitoire), ruche, et p. ext., repaire, 162, (: quaquetoire) 5504.
catillans (: tillans), agaçant, chatouillant, 12830.
catilleux (: morvilleux), irritable, 1192, 23096.
' cauchifiers (: fiers), chaussures (?), 7294.
Cauchon (: limechon), maistre —, sobriquet, 2382.
caulte (: vaulte), prudente, 1375 ; 15703.
caultz (: caupz, p. coups), prudent, 8121.
caupet (: touppet), petit coup, 11114.
caupz (: chaulx), coups, 1593, 6555 (écrit caupx).
cauteile (: cordelle), ruse, 4045 ; 9256.
cauteleux, rusé, 4749 ; cauteleuse, 15750.
caux (: deschaux), coups, 4980 ; v. caupz et copz.
cavain (: grevain), trou, 8164, (: vain) 23620.
cavestraille, gens bons à insulter, 4277.

cavestre (: estre), coquin, 11519, (cavestres : mestres(1561.
cavestreaulx, cordes, 12884, (: hatreaulx) 17900.
cavestrel (: haterel), coquin, 12897.
cavetiers, p. chavetiers, savetiers, 17944.
cavilacion (: relacion), fourberie, 5388.
caze, maison, 917.
cecz, aveugles, 10668.
cedulle (: nulle), 4495.
celestial, céleste, 20027 ; p. 23, a, l. 1.
celestien (: Lucinien), céleste, 16770.
celestine (: argentine), 26.
celitoire (: imperatoire), céleste, 687 ; 19074.
celle, chambre, 3033.
cendrees (: charrees), porter —, signe de pénitence, 9121.
cengle (: estrangle), sangle, 7571.
' cenophageux balestiaulx, gobelets d'escamoteur, de sorcier, 14960 (cenofegie, fête juive).
cense, ferme, 20917.
centisme, centième, 8270.
cepier (: papier), geôlier, 14266.
Cerberon, nom de diable, 18178.
cerimonie, cérémonie, 724.
cerve (: proterve), fém. de cerf, 10909.
cesaires (: necessaires), 445.
cesse (: ne cesse), merise, 13481.
cessions (: processions), relâche, 21852.
cestes, ces lettres, 1287.
cestil la, celui-là, 14698.
ceut, coud, 7251.
Ceyx, nom de diable, 21945.
cha, ça, 2266, 16039, 21836, etc.
chainture, ceinture, 11186.
chaille, de chaloir, 2086.
chalemelles (: doucemelles), chalumeaux, 3536.
chalis, 8526, comme calis.
chandeille (: ferteille), chandelle, 7713.
changler (: estrangler), sangler, 17178.
chantepleure (: pleure), lamentation, 6645.
chanteploure (: entoure), id., 8160.
chanter, revenir à dire ; nostre proposicion chante d'avoir gens a grant quantité, 4601.
chantuaires (: saintuaires : electuaires), chants, 9668, (chantuaire : electuaire), 19774.
chaperonnee (: avironnee), révérence, 15034.
chapitle (: title), chapitre, 1049.
chappe (: eschappe), de piet en —, 20475, 21190.
chappelette (: chevillette), chapelle, 20588.
char, chair, 415.
charbon (: bons) (lire charbons), cendres, 678.
charbonnage (: linage), cendre, 748.

charbonnee, *s. f.*, 11582.
charbonniere (: derriere), 5047.
chareton, charretier, 20747, 23060 ; *v.* chartons.
chariere (: arriere), carriere, 9490.
charognes (: rongnes), 4311.
charpentaige (: estaige), charpente, 20189.
charrees (: cendrees), charretées, 9122.
chartons (: foulons), charretiers, 7238 ; 19880.
chartres, chartes, 1383.
chastelet, château, 1278.
chastoy (: toy), 9515, *comme* castoy.
chatoy (: toy), 3717, 7780, *id.*
chauch, chaux, 12249.
chaudain (: haultain) *adj.*, chaud, 21378.
chaudel (: tourtel), chaudeau, *boisson*, 11680.
chaudele', *s. m.*, petit chaudeau, 20272.
chaudepice (: pice), chaudepisse, 11903.
chauffourés (: fourrés), mis au four, 8699.
chaufours (: carfours), 12839.
chault, chaleur, 13252.
chavates (: pates), savates, 19405.
chavatier, savetier, 17273.
chavetant, savetant, 17154.
chayere (: pleiniere), chaire, 772.
chemineaulx (: fourneaux), chenets, 10148 ; *v.* 8529.
cheminet (: net), chemin, 19143 ; 13570.
chemineur, voyageur, 14369.
cheneschal, seneschal, 18547.
'chens (: contens), *lire* cheens *ou* chiens *ou* cens ?, 6950.
chenus (: nudz), blanchis, 494.
chep, cep, chaîne, 12034.
chepage (: desquerquage), office de geôlier, 7451.
cheraphins, séraphins, 16414.
Cherberus, Cerberus, *nom de diable*, 5519.
cherens (: herens), sarants, scies; 11735 ; *cf.* 9088.
chergaige (: terraige), *pour* deschergaige ?, 4979.
cherge, charge, 4479.
cherme, charme, 12272.
cherubin (: Nennin), couper le cherubin, couper le cou (?), 16158.
chetivaille (: bataille), troupe de malheureux, 13453 ; *v.* 4272, 17318.
chevalés (: Herculés), chevaux, 4583 ; *v.* 1086, 1183, 19555.
chevalereux, chevaleresque, 3244 ; *v.* 1484.
chevance (: avance, ordonnance, decepvance), ce qu'on possede, 58, 555, 4567.
chevaucheur, 1124, 1224.
cheveil (: traveil), tête, 758, *écrit* chevel (: travel), 23634.

chevestre, *s. m.* (: mettre), corde, 8652, (: maistre) 18265 ; *v.* 11372.
chevillette (: chappelette), cheville, clou, 20589.
chevillier (: resveillier), supplicier avec des chevilles, 14259.
chicefaces (: faces), animal fantastique, *terme d'injure*, 20219 ; *cf.* cicefaces.
chiece (: piece), *subj. de* choir, 12507.
chiech, tombe, 7784 (*de* choir).
chief, venir a chief romain, parvenir au trône impérial, 333.
chiennaille (: villenaille), 16861.
chiens, céans, 13951.
chiere, visage, 649, bon visage, 353.
chiet, choit, 15926.
chiffler, siffler, 19997.
chifflos (: diablos), sifflets, 4391.
chincq, cinq, 12325.
chiviere (: riviere), civière, 17786, (: priere) 19162.
choiler, cultiver, p. 145, *a*, l. 4.
cholés (: Dioclés), choux, 340.
chongles (: ongles), sangles, serres (?), 17467 ; *cf.* songles.
chopine (: benigne), 15035.
choron (venir a) (: Aliboron), venir à bout, 21716.
chosette (: doulcette), 857.
'chouquart (: cocart), choucas (?), 23157, *terme d'injure*.
chuyne (: bruyne), cigogne, 3791.
cicefaces (: faces), animal fantastique, *terme d'injure*, 20541, *cf.* chicefaces.
ciens (: anchiens), céans, 10590.
cieulx, ceux, 5922.
cieux (: cieulx), celui, 5426.
cifflos (: malos), sifflets, 21274.
cimbales, 3532.
cimentiere, *s.f.* (: entiere), sépulture, 12481, 19429.
cions (: condicions), baguettes, 2349.
cirons (: deschirons), bouts de cire, 23800.
cisel, ciseau, 23586.
'clacqués (: hocqués), coups bruyants (?), 12891.
clain (: plain), prière, 13677.
clapoires (: poires), abcés, 9782.
clappans, frappant avec un grand bruit, 4403.
claritude (: rectitude), gloire, clarté, 6456.
clarons, clairons, 683.
clavel, tache, 23250.
cliquans (: applicquans), bruits (?), 11803.
cliquant (: quant), *adj.*, retentissant, 6138, 14966 ; brillant, 14096 (*écrit* clicquant).
cliquant (: applicquant), « batant », immédiatement, 8037.

clicque, loquet, 11327.

cloistre (: croistre), paradis, 2893.

Cloquans, *nom de lieu*, 1258.

clos (: enclos), 3676 ; *clos celestiens*, 6966.

closure (: nature), clôture, 7428.

clouppans, boitant, 4403.

clugnés (: capignés), *yeux* —, fermés, 17921 ; clu-gnier: apoingnier, 17087.

cochevieux (: vieux), imbécile, 5423.

Cochitus, *nom de diable*, 21942.

cocq (: brocq), « dire cocq » (?), 15952.

coeur, chœur, 21825.

coeudre, coudre, 17409.

coeuvre, cuivre, 1739, (: descoeuvre) 19458.

coeuvrechief, couvrechef, 19358.

cognitives (: sensitives), « puissances cognitives », facultés de l'intelligence, 2548.

cointe (: ointe), bien arrangé, 19879.

colacioné (: tartiné), relu, contrôlé, 6204

coler (: acoler), collier, 23270.

collaudace (: audace), louange, gloire, 2598.

collee (: vollee), coup sur le col, 16151.

collocquier, placer, 20197.

comedies, 322.

command, commandement, 233 ; « ceux de ses com-mans », ceux de sa suite, 6529.

commande, *s. f.*, (: on luy commande), autorité, protection, 5023.

commant, recommande, 212.

compagner, accompagner, 237.

compasser, rédiger, 1107.

compatriot (: chariot), compatriote, 20733.

comphanons(: venons), gonfanons, bannières, 21855.

compilé (: affulé), rédigé, composé, 1165 ; 6201.

complaindre, *v. tr.*, plaindre, 3640.

complaise (: solaise), 631.

complixes, p. 23, *d*, l. 1, complices.

compos (: repos), arrangement, 11711.

computee (: putee), réputée, 1414.

concherge (: charge), concierge, défenseur, 789, (: cherge) 4477.

concitoire (: cathoire), assemblée, 163 ; (: adjutoire) 282; *v.* 6708.

condigne (: digne, *dîne*), digne, 6716.

condoloir (: valoir), plaindre, 3640.

confacier (: enffant chier), adoucir, 18755.

conferer, communiquer, 1070.

confermee, fortifiée, 4633.

conffés, confesseurs, 1408, 16419.

conffins (: affins), limitrophes, 6317.

conforter (: supporter), réconforter, 202.

congié, permission, 1234.

congiet (: despechiet), permission, 4075.

congreer (se), (se) plaire, 12216.

congree, *(pour congrege ?)*, réunit, 17003.

congrecacion (: nation), assemblée, 8999.

conjoissiés vous, réjouissez-vous, 9460.

conjuré (a mort), condamné à mort, 1021.

connive (: hastive), concours, connivence, 16830.

conquave, concave. 21664.

conquest, *s. m.*, conquête, 18212.

conquetter (: enquester), conquérir, 20322.

consaude (: faude), plante, 8604.

consaulx (: saulx, *de* saillir), conseils, 2150, (: vas-saux) 4972; 15760.

conseilliés a (: veilliés), déterminés à, 4064.

consentir, « se consentir a », 104.

consequentes (: antecedentes), 407.

conserve (: desserve), conservation, sauvegarde, 21424.

consierges (: vierges), habitantes, 22820 ; consierge, défenseur, 23477.

consoner a, s'accorder avec, 19252 ; 2921.

consorte (: sorte), compagnie, 4115.

constans, *pour* contents, 9233.

constituteurs (: malfaiteurs), 14312.

consules, consuls, 444.

contempneurs (: malfaiteurs), *pour* contempteurs, 17195.

contendre a (: attendre), s'efforcer de, 4125 ; 4547 ; contendre de, *id.*, 6369.

contens (: ens), querelles, 21159 ; 6953.

contradictoire (: adjutoire), contradiction, objec-tion, 9422 ; 10267.

contrepoix (par), (: poix), (avec) gravité, 304.

controversie (: solercie), lutte, 15751.

converse, se trouve, 11418.

convoye (: monjoye), escorte, accompagne, 537.

copegeule, coupegorge, 8160.

copon, morceau, partie, 10039.

coppeurs de semelle, savetiers, 18585.

copz, coups, 4996, *v.* caupz *et* caux.

coquart (: esquart), sot, 21723, *cf.* cocart, 23166.

coqueluche (: capeluche), capuchon, 1142.

coquibus (: fustibus), nigaud, 23173, *sobriquet, cf. miracles de N.-D.*, VIII, 381.

Corbadas, *nom de diable*, 5522.

corbés (: gibés), courbets, serpes, 8684.

cordain, fil de savetier ?, 8787.

cordeaux, 11404, *comme* cordiaux.

cordelas (: las), cordes, 6474.

cordelle (: arondelle), corde, 471 ; 4245 ; (: cautelle), bande, parti, 4044 ; 1498.

cordiaux (: bediaux), lacets, cordes, 8696 (*pluriel de* cordel); *v.* cordeaux.

'cordofflier (: watewillier), cordonnier, 7290.

corions (: horions), morceaux de cuir, 1778 ; *j'y larai les corions* (: horions), j'y laisserai ma peau, 20513 ; *v.* curien.

Cornaille (: merdaille), Cornouailles, 489.

cornars, sots, 4430.

cornebos (: vos), *terme d'injure*, 9090.

cornet (: Zenet), coin, 9563.

cornet (: net), encrier, 13448.

cornus, coupz cornus (: menus), guet-apens, 4487.

cornus, qui ont des cornes, 156, 918.

coroie (: vorroie), sac de cuir, 167 ; 1210.

corporeux (: apareux), solides de corps, 4022.

corpulence (: excellence), nature, 2999.

corone, couronne, 780.

corroborant, réconfortant, 10497.

corrompure, souillure, 3069, (: nature) 5157.

cors, instruments de musique, 3537.

corsage (: saige), corps, 19699, *écrit* corsaige, 16910, 11395.

Cosdroé (: groé), 22393 ; 22625, 22677.

cotelettes (: malettes), petites cottes, vêtement, 3295.

cotelle (: immortelle), vêtement de femme, 2505.

cotidien, *s. m.*, travail quotidien, 14107.

'coton (: raton), pochette (?), 8502.

cotonner, arranger, traiter quelqu'un, 11968.

cotonner (se), (se) réjouir, 6833.

couardise (: vaillandise), 21187.

'coublettes (daguettes a), *pour* coullettes, goulot ?, 1670.

couet (: trouet), muni d'une queue, 11564.

couffés, *v.* conffés.

coullars, machines de guerre, trébuchets, 1677.

coulle (: doulle), testicule, 11338.

coullot (: derclot), *nom d'affection*, 7423.

coulon (: Lazaron), pigeon, 22774.

coulonceaux (: rainceaux), petits pigeons, 3300.

coulpe (: coupe), faute, 11199.

couplet (de la cervelle), 1868, (de la caboce), 7115.

couraige, de bon couraige (: maisnaige), 913.

courarde (: couarde), coureuse, 18252.

courbet (: quolibet), serpe, 2657, (: bourbet) 7456.

courbetés, frappés d'un courbet, 4444.

courcelle (: fourcelle), petite cour, 12037.

courdinette, petite courtine, 906.

'courie (: perie), course, 7134.

court, cour, 157.

court, faictes le court, 183.

courtaux (: chasteaux), mortiers, 1500 ; 1677.

courtieux (: Dieux), *plur. de* courtil, cour, 19338.

courtisien, courtisan, homme aimable, 11083.

'coussin (: brassin), *pour* cosin, dupe ?, 12138.

'coust (: acoust), panier, *comme* costé ?

coust (: escout), dépense, 21521.

couste, *s. m.* (: il... couste), coude, 3750.

couster, valoir, 2499.

coustille, sabre à deux tranchants, 1671, (coustilles: d'oustilles', 4340.

coustilliés (: racachiés), frappés d'une coustille, 1002 ; 4444, 17518.

coustre (: loutre), 15186.

' couvans, 4403 (?).

couvent (avoir) (: couvent, monastère), avoir promis, 21765.

couvin (: vin), bande, réunion, 6821, (: divin) 11952, 20062.

couvine (: poitevine), *id.*, 8620.

couvreus, couvreurs, 7236.

Cracquart, *nom de tyran*, 5036.

crapaudaille, *terme d'injure*, 4276.

crapaudes, *adj.*, 9780.

crapaudine, *adj.*, 11879.

crapaudinees (: empotinees), bande de crapauds, *terme d'injure*, 20568.

crapaudines (: bringandines), canons,1681.

crappoulx (: poulx), atteints de la maladie de la crape, 17469.

cras (: bras), graisse, 19024.

cras (: ypocras), gras, 905 ; 13933.

crasse (: brasse), graisse,18102.

craventer (: barbeter), écraser, meurtrir, 11429;4445.

craventeur, bourreau, tyran, 14693.

cré, créé, 18879.

creable (: diable), croyable, 1247.

creance, foi, 1114.

credence (donner), (donner) créance, p. 23, *d*, l. 3, (: magnificence), lettres de —, lettres pour accréditer quelqu'un, 4481 ; missive de credence, 4068.

cremu (: venu), redouté, 4849 ; 4392 ; cremir, 12476, 22409.

cremus, 14683, *à échanger avec* camus *de* 14682, *même sens*.

crennequin, arbalète à pied, 1676.

'creponnade (: carbonnade), coup sur le crepon, sur l'échine, 8153.

cresque (: heresque), prunelle, 6721.

creste (: areste), troupe révoltée (?), 1012.

crestel (: chastel), crête, sommet, 1669.

cresteaux (: cousteaux), *plur. du précédent*, 1768, *écrit* crestiaux, 12637.

crestés, dressés (?), 14994.
creusés, petits creux, 7049.
crevelles (: cervelles), caravelles, 5829.
crimineulx, *plur. de* criminel, 14947.
crinchon, *s. m.*, (: lechon), grillon, 15564 (*avoir un crinchon au cervel*, avoir du souci).
Crispinet (: net), Crispinien, 18182.
Crispinianus (: entretenus), Crispinien, 18519.
Crispinion (: crucifion), Crispinien, 17100.
cristelles (: mortelles), onguents, 5299 ; (cristelle : marotelle) 11683.
cristianois (: nois), chrétiens, 5577.
cristienné (: ordonné), converti à la religion chrétienne, 8589.
cristine (: divine), chrétienne, 5457.
cristinoise (: sarasinoise), chrétienne, 6405.
cristolatre (: folatre), adorateur du Christ, 9611.
croche (: aproche), crosse, 1364.
Crocquepoulet (: Boulet), *nom de tyran*, 5038.
Crocquet, *nom de diable*, 18179.
Crocquet (: Brocquet), *nom de tyran*, 5522.
crocquies (: desjoucquies), écrasées, mises en pièces, 5562.
crolacion (: immolacion), tremblement, 5397.
croler (: trambler), branler, 4194.
croniquier, raconter, 20.
croquepois (: contrepois), bâton armé d'un croc, 1867.
croquiés, maltraités avec un croc, 4444.
croquignoles (: canoles), coups, 4326.
crouppans, accroupis, 1556, *du verbe* **crouppir**, 5047.
croustelle (: marotelle), petite croûte, 11681.
cruce, 12535, *pour* crosse.
crucefis (: filz), crucifix, 1851 ; (: ochis) 9789.
cruch, cru, 11869.
crucifie (se) (: deffie), (se) signe de la croix, 9109.
crucificié (: deffichié), crucifié, 3044.
crucifion (: Crispinion), crucifix, 17101.
crucifixus (: sus), Jésus crucifié, 3858.
crucifis (: fis), 4313.
crueuse, cruelle, 7067.
crut, pays, 12157.
cuer, cœur, 21823, etc., *écrit* cœur, 21842.
cuidriaux (: friaux), présomptueux, 4288.
cuignies (: pugnies), cognées, 20162.
cuiraches, cuirasses, 1660.
culeuvres, couleuvres, 6490.
culeuvrines (: serpentines), couleuvrines, 1682.
cultive, *adj.*, (: maladive), arable, cultivée, 18871.
cultivement (: entierement), commerce, culte, 17245.
'curatieres (: vilotieres), ordures (?), 7055.

curee (: bienheuree), guérie, 16992.
curial (: imperial), du sénat, 3823 ; (curialle : imperialle), 705.
curien (: rien), morceau de cuir, 8804 ; *v.* corion.
curratiere, lice curratiere (: ratiere), boîte d'ordures (?), 16343.
'cussuche (: escarmuche), trou, chaudière, 1480.
cy, *s.m.*, (: ainsy), si, objection, (*sans nul cy*, sans discuter, 23127).
cynamoine, parfum, 23850.

D

da, dia, *cri de charretier*, 19398.
dache (: atache), paille, fétu, 15217.
dacq (: sacq), coup, 17946.
daguettes (: jacquettes), petites dagues, 1669.
dalmatien, 9684.
'dampultus, *terme d'injure*, 9794.
Danaydes, *nom de diable*, 21944.
darde, *s. f.*, dard, 11314.
dardeurs, qui lancent des dards, 10764.
dea, *exclamation d'étonnement*, 3884.
deables, diables, p. 23, *b*, l. 6-7.
deablerie, diablerie, 3873.
deaules (: espaules), diables, 5585.
debourbette (*verbe*) (: barbette), murmure, 1780.
debout, bout, 19836, 22976 ; (deboux, *plur.*, 23559).
deboutee (: tormentee), évincée, 3559.
debrigandés (: dés), débarrassé, 23143.
debriser (se), tomber de chagrin, 8281.
decadence, faire — des ydolatres, 3454.
decapital, de mort, 3830.
decapités, 4453.
deceptoire (: receptoire), trompeur, 1459 ; *cf.* 14824.
decepvance (: avance), tromperie, 2905.
dechoivent, déçoivent, trompent, 3887.
decours (: cours), cours des astres, 2902.
Dedalus (: Cacus), 15604.
deduit, plaisir, 2108.
deens, dans, 11947.
defalquiet, défalqué, supprimé, 989 ; (: huchiet) 8477.
defension (: lamentacion), défense, 6186.
defface (: brace), défigure, 15911.
defferme (: lerme), ouvre, 3394 ; (deffermee : fermee, 5324).
defferrons, dégarnirons des fers, 12833.
deffichié (: crucificié), détaché, 3045.
deffinement (: amerement), fin de vie, 16129.
defformer, retirer des chaussures de la forme, 10404.
deffulle, retire (*un vêtement*), 11115.

deffurnis (: pugnis), désapprovisionné, 4209.

definer, finir sa vie, 1882.

defloracion, viol, p. 23, *c*, l. 8.

defroisse (: angoisse), brise, 7371.

degaber, tourner en ridicule, 3305.

degardé (: reprimendé), surveillé, 8461 ; *v.* 9502.

degerpy (: Crepy), abandonné, 10387.

degois (: bourgois), plaisir, 7962 ; (: Pragois) 20477.

dehechiés, hachés, fendus, 4456.

deleche (me) (: seche), me promets une grande joie, 15069.

deleur, douleur, 4761, 11866, 15921.

delicatif (: craintif), délicat, 12209.

delictables (: estables), délectables, 2013.

delie (: die), liquide, 15161.

delis (: lys), plaisirs, 19748.

delis (: fleurs de lys), 19365, *v.* deliz.

delitable (: deable), délectable, 5658.

delitans (: militans), delicieux, 1912.

delivre (: enivre), délivré, 14927 ; *cf.* 15450.

deliz, doux, 19717.

demainé, action conduite, cours d'une affaire, 1426, 11495.

demaine, *s. f.*, (: amaine), domaine, 1272, 21631.

demaine, *s.f.*,(: romaine), place *dans les préséances*, 4357.

demener, conduire, manifester, 6963.

demenre, amoindrisse, 4820.

Demogorgon, 7336.

demoniacle (: tabernacle), démoniaque, 1415, 3884.

demonstratif, 263.

demour (: amour), retard, 21460.

demouree (: devouree), séjour, 8389 ; (: Moree), retard, 20520.

demter, exempter, excepter, 12349.

dent, *s. m.*, 1158.

dentu, qui a de longues dents, 3299, 11525.

depars (j'en) (: toutes pars), (j'en) partage, 7541.

departement (: enseignement), départ, 3326, 20738.

departie (: partie), partage, 784, 19306, départ, 2378.

departis (: aboutis), mis en pièces, 4429.

depos, *s. m.*, (: suppos), exposé, 6122.

deprecation (: dormition), prière, 12368.

deprions, prions, 12358.

derelinquant (: applicquant), abandonnant, 6135.

derelinquiet (: evoquiet), abandonné, 988.

deridence (: credence), dérision, 12356.

derrain (: souverain), en derrain, à la fin, 16784.

derve (: Minerve), enrage, devient fou, 10888 ; *cf.* dervant, 11983.

dervé (: emblavé), fou furieux, 14133.

derverie (: sorcerie), folie furieuse, 15520.

desapointe (: pointe), destitue, 21323.

desbilliés (: resveilliés), déshabillez, 7821 ; 11347, (desbilliés : pillés) 17395.

desbocquiés (: crocquiés), ébranchez, abattez, 20260.

desbringandé, mis en déroute, 4454.

desbuche (se, (: escarmuche), sort du bois, 16000.

desbuchiet(: muchiet), débarrassé de ce qui l'attache, 23575.

desbuissonnés, qu'on fait sortir d'un buisson, rechassés, 4455.

descerné (: empoisonné), décharné, disloqué, 12925.

deschans (: trenchans), chants à deux parties, 3544.

deschantans (: cent ans), chantant à deux parties, 7066.

deschaux (: assaulx), déchaussés, 4978.

deschergaige (: language), déchargement, 1522 ; 10630 ; *v.* desquerquage.

desclicquiet, lâché, lancé, 11665.

descoce (: Escoce), (*de* descochier, *v. n.*), s'élance, 16349.

descomfiture (: adventure), malheur, 2082.

desconfis (: vis), 848.

desconfort, *s. m.*, découragement, p. 23, *b*, l. 1, 12995.

desconfus (: sus), confus, 10081.

desconfortee (: emportee), découragée, 3557.

desdaigneurs (: enseigneurs), 126.

desertes, *s.f.*, (: dessertes), abandonnées, 15634.

'desgone (: gorgone), déboîte, 7339, (*comme* desgonde ?).

desgorge (: forge), crache, 11080.

desgorguillier (: maquillier), vomir, 9807.

deshaitier, indisposer, 13670, 20975.

desheuré (: asseuré), privé du bonheur, 3625.

desister, *v. tr.*, quitter, 13402.

desjoints, disloqués, 11360.

desjoucquies (: crocquies), déjuchées, jetées en bas, 5563.

desleaux, déloyaux, p. 23, *a*, l. 8.

desmarchier (: marchier), reculer, s'éloigner de, 2785.

desmarchiet (: marchiet), délivré de prison, 12243 ; il s'est desmarchiet, 10550.

desmellé de raige, plein de rage, 6227.

desmengier, vomir, 9807.

desmoncela (: cela), débarrassa, 16916.

desmontés, chassés des monts, 4455.

desnoiet (: envoiet), *lire* desvoiet, changé, 23928.

desnouer (: ruer), rompre, détacher, 5582.

'desobe (: desrobe), deshobe (?), remue, agite, 21874.

despace, *v. tr.*, (: passe), trouble, met en pièces, 6589, (*de* despecier ?).

despace, v. n., (: respace), recule, 7750.
despaise, v. n.,(: fournaise), s'agite, 9257, (de despai-
    sier).
desparquiet (: jouquiet), parti d'un enclos, 10626.
despechie (: acouchie), délivrée, 195 ; (: tranchie),
    rédigée, 4072.
despecteurs, qui méprisent, 9728.
despendu, dépensé, 5290, 5434.
despense (: pense), petit vin, piquette, 245.
despis (: picqz), méprisés, 1854.
despité (: méprisé), 4320.
desplaisance (: malaisance), déplaisir, 3568.
despris (: pris), dédain, 6887, où on attendrait le
    sens de restriction ; prière contraire (?), 10531.
desprison (: prison), méprisons, 7107.
desprisonner (: donner), délivrer de prison, 15964.
desquerquage (: orage), 7137, (: chepage) 7452, v.
    descherchaige.
desrain (: souverain), dernier, 3075 ; (: haultain)
    7163 ; 19892.
desraison (: meurison), insulte, 4901.
desraisonner (se), déraisonner, 10472.
desriver (: arriver), 19697, v. le suivant.
desrivés (: arrivés), écartés du bon chemin, 3438.
desrois (: rois), dommage, 3306 ; 11396 ; désordre,
    10281.
desrompre, briser, 4314, 5563.
dessamble (: samble), disloque, désassemble, 11560.
dessertes (: desertes), préjudice, 15633.
desservi, mérité, 2071.
desseure, s. m. (: heure, asseure), dessus, 8419,
    21869.
destoille, dételle, 20082 ; (: toille) 21689.
destourbe (: bourbe), endommage, 19753.
destre (: estre), mesure de longueur, 23613.
destrois (: trois), détresse, 5443, 7514.
destroit (estre a) (: endroit), étroit (être à l'), 6342.
desvoiet (: envoiet), dévié, mal conformé, 602.
desvoleper (: happer), développer, 1175.
desvoués, lire desnoués (: ruer), détacher, rompre,
    5588.
desvoy, ruse, fraude, 7896.
detaillier (: subtillier), tailler en pièces, 6016 ; 4453.
detire (: martire), opprime, 13034.
detors, tourmenté, 13989.
detrenchier (: chier), décapiter, 10357.
Deucalion, 9306.
deuil, chagrin, 4083.
deult, de doloir, souffre, 11812.
devalés (: galès), 4455, v. desmontés.
devine, 23687.
devise (: chemise), volonté, 13226.

devolle (se), court, 2767.
devotant (: temptant), lire denotant, 22954.
deyfique, divine, 610.
dia, v. dea, 2715, 14957, 15550, 20382.
diablerie, 943, diableries (: poulleries), 925, séjour
    des diables.
diablesses, 923, s. ; 950, adj.
diabliés, du v. diablier, faire le diable, 928.
diablos (: senglos), petits diables, 923.
dialetical, adj., (: rethorical), dialectique, 2359, et
    dyalectique, adj., (: sophisticque), id., 264.
diametre (: mettre), 9343.
diauliant, diabliant, 951, 969, v. diabliés.
diaulois (: exploits), équipage, façon de faire diabo-
    lique, 954.
diette (: disette), séjour, 23030.
differant (: odoriferant), retard, 13495.
diffinie (: infinie), définie, 4945.
diffinitive (: disputative), définitive, 434.
digiteuse (: vertueuse), diseteuse, malheureuse, 2865.
digiteux (: boiteux), malheureux, mendiant, 5098 ;
    11172.
dilacion (: ciacion), délai, 5395 ; (: execussion) 4932.
diligente, exauce en diligence, 22599.
dimage (:ymage), servitude de la dîme, 18881.
diminuer (: insignuer) Quintus, faire un diminutif de
    Quintus, 882.
dimissoire, s. f., (: accessoire), retard, 14216.
directive (: perceptive), directrice, 2586.
discorde (: recorde), 116 (mille pour nulle).
discorder (: conceder), contredire, 10279.
disette (: visette), besoin, 207.
disme (le) (: saintisme), la dixième partie, 5748 ; la
    disme (: abisme) et le centisme, 8269 ; à la disme
    (: abisme), au dixième, 23847.
dispers (: expers), dispersés, 4754.
disputative (: diffinitive), discussion, 435.
disputer, discuter, 299.
doctrice (: flactatrice), de docteur, 15791.
dodenne (: dos d'asne), revers d'un fossé, 17772.
dodine (: disne), sorte de sauce, 11882.
doel, deuil, 5986.
doffin (: fin), poisson, 13886.
doiens (: loyens), officiers, 1313.
domaticque (: autentique), dalmatique, 22934.
dominés (: nés), damnés, 973.
dominicque (: erronicque), du seigneur, 17684,
    v. 10202.
doncques (: quelconques), 3161.
dongon (: boujon), donjon, 1136.
dont, donc, 3145 ; peut-être dont, de cela ?

dont, d'où, 1226, 7473.

dont, don, 22451.

dorelot (: coullot), mignon, *terme d'amitié à un enfant*, 7421.

dormant, sommeil, 19035.

dormition (: deprecation), repos par le sommeil, 12370.

dosiere (cruppe) (: dossiere), dorsale, 4289.

dossiere, écran à mettre devant le feu, 4291.

doubtance faire (: acointance), doute, crainte, 3471.

doubte, v. (: reboute), craint, 14668.

doubté (: bonté), craint, 8771 ; 10756.

doubtif (: chetif), craintif, 7379.

doubtive (: ententive), difficile, sujette à discussion, 4573 ; craintive, 18873.

doucemelles (: chalemelles), *instruments de musique*, 3537.

douchaines (: seraines), hautbois percés de six à huit trous, 3529.

doulcette (: oeullette), 635 ; 855.

'doulle (: poulle), un aignelet doulle (?), 7537 ; v. 11340.

'doullet (: maillet), un coup doullet, fortement assené, 15273.

doustieux, *lire* d'oustieux, d'outils, 4342.

doustilles (: coustilles), *lire* d'oustilles, d'outils, 4342.

doyons (: noyons), devions, 13024.

dragioir (: drechoir), dragcoir, 23527 (dragioir *est trissyllabe*).

drame (: ame), pierre précieuse, 21644.

drapoulles (: despoulles), drapailles, vêtements, 9971.

drappeaulx (: peaulx), draps, 13256.

drechie, dressée, 20461.

dreciet (: adreciet), dressé, 605.

drinquier (: ronquier), trinquer, boire, 23139.

droy, droit, 19862.

dromedaire, dromadaire, 4119.

ducasse (: casse), fête, 18357.

ducteurs, guides, 4775 ; 17688, 23484.

duisant (: souffissant), approprié, 873 ; 21570.

duit (: seduit), instruit, 3722.

duplicque (: pictagorique), double, 21662.

durette (: fierette), 1008.

E

Eacus, *nom de diable*, 18217, 21940.

eclipse, s. m., p. 145, c.

ede (: remede), aide, 7311.

effabilité, affabilité, franchise, 2620.

Egloceros, 12308.

elacion (: constellacion), orgueil, arrogance, 2119 ; 5394.

electeurs (: senateurs), 294.

electuaires (: chantuaires), *comme* electoire, ellébore noire (?), 9669.

electuaire (: chantuaire), élection, choix, 19773.

elence, argument sophistique, 2360.

embassade (: rade), ambassade, 4057.

embassader (: garder), être en ambassade, 22605.

embatre (s') (: debatre), se precipiter, 3663.

embatus (: batus), *part. passé du précédent*, 1521 ; embatu, chassé, égaré, 3428.

embesognié (: songnié), occupé, 3381.

emblavé (: dervé), embarrassé, 14134.

emblees (aux) (: assamblees), dérobée (à la), 20833 ; à l'emblee (: assamblee), 16574.

embrouilliés (: escailliés), enfoncés, 4464.

embusque (: relucque), repaire, 6098.

emfforcie (: vie), enlevée de force, 1951.

emission (: remission), faire — d'une prière, 1911.

empennee (: journee), garnie d'une fourrure appelée panne, 19939 (bourde empennée, tromperie fourrée).

empieté (: tempesté), chaussé, 8776.

empigne, empeigne, 7265.

empire (: empire), fasse tort à, 503.

empirer (s'), s'endommager, 7188.

empireur (: empereur), 16839.

emple (s') (: example), s'emplisse, 5119.

emplouree (: malcuree), en larmes, 3563.

empongniés (: capongniés), empoignés, 8944.

empotinés (: estartinés),estropié, 6726 ; 13939.

empoudrés (: vorés), couverts de poussière, 13978.

empprendre (: comprendre), embrasser, adopter, 3171.

emprainter, façonner, 21592.

emprés, près de, 4360.

emprise (: prise), entreprise, expédition, 1612 ; 4020 ; (entreprise : pourprise) 19977.

en apres, ensuite, 3855.

enancrer (: consacrer), jeter l'ancre, s'arrêter, 5674 ; enancré, assujetti, 20280.

enanglee (: aveuglee), établie, 19943.

'enbanfumés (: entamés), enfumés (?).

enbastonnés (: estonnés), pourvus de bâtons, 17384.

encassés (: assés), enchâssés, 21553.

encensement (: prestement), faire —, encenser, 6960.

encha (en) (: depescha), dans le temps passé, 17635.

enche (: tence), tuyau, instrument de musique, 2268.

enclastres (: ydolatres), monastères, 3281 ; (enclastre : atre), *id.*, 9614 ; (: latre) 21958.

enclaver (s'), entrer, 9642.

encliné, incliné, 7097.

enclinement (: element), faire —, s'incliner, 20433.

encombre (: aombre), obstacle, 3127.

encombrement (: tourment), 8845.

encombrier (: repairier), encombre, obstacle, 7155.

encontre, aventure, 14547.

encourir sur, fondre sur, p, 23, c, l. 9.

encqueste (: queste), interroge, 4055.

'**encraciés** (haussiés), graissés, 10433.

endoctrineur (: honneur), 311.

enduppés, parés de plumes, 13963.

enfangié, sali, p. 145, b, l. 7.

enfatroulliés (: escarboulliés), trompés, 5932.

enferme (: terme), infirme, 6219 ; 16915.

enffance (: acointance), enfant, 617.

enffancon (: facon), 650 ; 2375 ; écrit enffanchons (: pochons), 1739.

'**enffenoulliés**, escrotés, esbaudis, 4461; cf. Molinet, Faicts et Dicts, 1531, f° 51 v°, enfenoullez, essourdez, assaillis.

enfforciés, 4460, v. emfforcie.

enfiler, si m'enfiloye en leur filz, 4318.

enflamber, enflammer, 2845 ; (: gaber), 11789.

enflame (: reclame), 5164.

enforce (s'), efforce (s'), 19887.

enfortune (: fortune), bonheur, 10915.

Engade (espece d'), 22523.

engaigne (s') (: araigne), (se) fâche, 4187 ; 14929.

engaignie (: compaignie), fâchée, 10463.

enge (: loenge), race, 19736 ; 5992.

engelé (: eschervelé), engourdi, 6229.

engens, engins, 1856.

engien, facilités, dons d'intelligence, 2113, 2137.

engin, intelligence, 1394.

englentiers (: sentiers), églantiers, 12587 ; 19656.

englumees (: plommees), frappées sur une enclume, 16621.

englumer (: alumer), frapper sur l'enclume, 21600.

engluyer (: escuier), attacher, 12820.

Engoullemortier, nom de tyran, 5039.

engourdinee (: destinee), entourée, 2323.

engrande (: grande), désireuse, 2220 ; 19048.

engrant (: grant), désireux, 97, 2979.

enlangagiet (: avanciet), instruit à parler, 10417.

enmaillet, revêtu (comme d'une cotte de mailles), 19478.

Enne (: dodenne), Aisne, 1770.

ennoy, ennui, 12210.

enormal (: mal), énorme, 7410.

enormité, situation irrégulière, 5334.

enpotinee (: cheminee), estropiée, 11587.

enquerre (: conquerre), rechercher, s'appliquer à, 2637.

enquesté (: hasté), fait des recherches, 2302.

'**enquoquebilliés** (: billés), rusés comme des gens de mauvais lieu (coquebillet, mauvais lieu), 5936.

enrachier (: tracier), arracher, 12714.

enrachiés, 2069.

enroullié (: souillé), 19751.

ens, dedans, 909; (: doiens) 1315.

ensaingne, enseigne, étendart, 4721.

ensangletés (: empastés), ensanglantés, 7763.

ensannés (: venés), ensanglantés, 5204 ; (: nés) 9274 ; (ensanné : né), 15012.

enseigneurs (: seigneurs), 513 ; 127.

ensencer (: penser), encenser, 5675.

ensieut (s'), ensuit (s'), 2680 ; ensieux (: cieulx), 7851.

ensiewés, suivez, 1721.

ensorcelés, 4460.

entaillure, sculpture, 14320 ; v. 10982.

enté (: majesté), établi, 4384.

entechiés de (: redrescies), attachés, dévoués à, 4027.

entendeurs, 4515.

entendre a, écouter, 2403.

entendre, s. m., (: tendre), intelligence, 13138.

entente (: attente), intention, 40, (: patentes) 1046.

ententieu de (: gentieu), attentif à, 5210.

ententis de (: subtis), attentifs à, 3001.

ententive (: doubtive), attentive, 4572.

entes (:gentes), greffes, rejetons, 13194.

entonner, absorber, 11946.

entoullye (: soullie), mêlée, 13303.

entrapelle (: apelle), interpelle, apostrophe, 891.

entrebucher, trébucher, 4389.

'**entredire** (: plain d'ire), proscription (?), 16960.

entremener, diriger, conduire, 2960.

entremés, entremets, intermède, 490, (: desormais) 10932.

entremettre (s') (: mestre), s'accommoder de.

entrepreneur (: son eur), entreprenant, hardi, 77.

entrerompure (: closture), interruption, 22098.

entresaluer, ind. scén., 684-5.

entretenir (s'), se mêler à une chose, 17721.

entretaillé (: lanchié), mutilé, 14795.

entreux que, pendant que, 9965, 11936, 17649.

entribouler (: atheler), tourmenter, 11533.

entrognes (: trognes), moqueries, 7098 (écrit antrognes, 4395).

envays (: pays), pressai, opprimai, 17042.

envenimés, tués par le poison, 4435.

enversé (: barsé), démoli, 12247.

envis, à contre-cœur, 13132, écrit envys, 17013.

eperit, pour esprit, 10649.

epilence, épilepsie, 22787.

épitaphes (: historiographes), saintes épitaphes, 320.

Errachecuer, *nom de tyran*, 5038.

erragiés (: racachiés), enragés, 999.

erraige (j'), enrage (j'), 7796 ; *v.* arrage.

errant (: orant), immédiatement, 4030 ; 1115 ; 6856.

errant (sentier —), où l'on marche, 1117.

erre (grand) (: terre), en hâte, 7485.

erronicque (: dominicque), d'erreur, 17686. *écrit erronique*, 9454.

'erum (: brun), Erin, Ecosse (?), 10849, (Amiens, ventilee de —).

es, dans les, 49.

esbahis (: pays), 4117.

esbalestrier (: fierier), arbalestrier, 11109.

esbanois (: dardanois), amusements, 1336, 11397,
1609, (esbanoy : anoy) 3586.

esbatans (: expectans), s'amusant, 4532.

esbatement (: saigement), occupations, 4780.

esbatemens, divertissements, 3593.

esbaudis (: estourdis), agités, 4461.

esblaré, bouffi, 14683.

esblocquier (: entier), tailler en blocs, 20194.

'esboulés (: galés), éventrés (?) *pour* éboelés ? 4435.

esbourbelés, effondrés, 4462 ; 5510 ; 18076.

escaille (: chaille), ardoise, 4466.

escailliés, écorchés, 1002, (: embrouillés) 4463.

escaillon, ardoise, 19162.

escallie (: esrallie), couverte d'ardoises, 1190 (*ici de
croûtes ?*).

escallié (: anitallié), (oiseau) sorti de l'escaille, 3790.

escarbouilliés, écrabouillés, 4466.

escarde (: esgarde), carde, 18243.

'escarmuche (: cussuche), escarmouche, 1478.

escart (: gascart), écartèlement, 9270.

eschappatoires (: patoires), 15336.

escharbote (: rabote), escarbot, 2673.

eschaudés (: bertaudés), 159.

eschecq (: secq), 3962.

eschelle (: laquelle), escalade, 5011.

esclandre (: espandre), déshonneur, 1054, 2025.

'esclemie (: mie), accommodement (?), 16506.

Esclistre, *nom de tyran*, 460.

esclitraige (: umbrage), éclairs, 18202.

esclitrer (: rentrer), faire des éclairs, 21694.

esclopés (: desveloppés), éclopés, 2209.

Escochois (: chois), Ecossais, 23336.

Escochoise, Ecossaise, 22254.

escoffroye (: coroye), établi, 10421.

escole (on l') (: escolle), (on l') instruit, 2110.

escondie (: die), contredise, 13671.

escondire (: dire), refuser, 13406, 19014, (: sire) 16999.

escondit (: dit), refusé, 6296.

esconser, cacher, *ind. scén.*, 219-20, 1961-2, (escon-
su : absconsai 3108, (esconssant : passant) 3123.

escorche (: efforce), écorce, 4263.

escorchiés, écorchés, 4434.

escorchoir (: trenchoir), abattoir, 18568.

escorfault (: defflault), 23082, et

escorfaulx (: corbaulx), espèce de faucon, 488 ; (escorfault : fault) 4154.

escorie (: deablerie), courroie, 12009.

escorie (: Marie), écurie (?), 19401 (*pour* escurie ?).

escoriés, écorchés, 4434.

escorniffiars, écornifleur, 12707.

escornifflés, écornifflés, 4463.

Escorpion, *nom de tyran*, 565 ; tirans escorpions
(: champions), 2806.

escorpionoise (: serpentinoise), de scorpion, 11892.

Escoufflan, *nom de tyran*, 5039.

escouffle (: souffle), milan, oiseau de proie, 12713,
(: mouffle) 6451.

escoullier (: baillier), châtrer, 3351 ; (escoulliés :
embrouilliés), 4466 ; *v.* 11348.

escourceulx (: lincheux), tabliers, 13310.

escourray, secourrai, 2293 ; *cf.* 10162.

escourre, secouer, 7593.

escousse (: rescousse), secousse, 21023.

escout (: prestés), (prêtez) l'oreille, 4497 ; 15648 ; *cf.*
10480 ; *abaissier a notre escout*, nous faire écouter
de, 15648 ; 12193.

escoux (: coustz), secoués, 1572.

escrauler (: reculer), secouer, 5835.

escrevice (: office), 6240.

escrolés (: galés), secoués, 4145.

escrolés, battus, 4461.

escrutine (: digne), examine, 10260.

escucons (: haubregons), boucliers, 1657.

Esculapius (: impius), 9357.

esculee (: dechiree), écuellée, 17755.

esculette (: cotelette), petite écuelle, 5107

escumeur, 14687.

escure, lave, 13168.

esgargeter (: mater), égorger, 8641.

esgarguetés (: égorgés), égorgés, 4459.

esgars (: gars), (faire —), décider, 12667.

esgeulés (: esboulés), égorgés, 5906.

esgratinés (: nés), égratignés, endommagés, 5513.

eslesse (: lesse), réjouit, 19634.

eslomgiet, éloigne, 6577.

esmondee, tranchée, 6851.

esmouchier, maltraiter, 4399.

esmouvoir (: povoir) une guerre, 752.

espade (: Prade), épée, 16168.

espainderay, lancerai, 19460.

espains (: bains), lancé, 11752, (: hasebains) 13347.
*espainte (: painte), je revieng une espainte, 9084, dans une minute ? le temps d'un saut ?
espandeürs, répandeurs, p. 23, b, l. 8.
espandre (: esclandre), répandre, 1052.
espanie (: infinie), épanouie, 16937.
espantables (: deables), épouvantables, 12580.
espantaille (: taille), épouvantail, 18719.
espantement, épouvante, 7140.
espanter (s'), (s') épouvanter, 13406.
esparpilliés (: despouilliés), dispersés, 4456.
espasse, s. f. (: passe), espace de temps, 1104.
espaulés (: galés), meurtris, disloqués des épaules, 4465.
espautrer (s'), briser (se), 8722, (espautre : autre) 9134, (: espiautre) 11716.
espautrés, fracassés, 4435.
espave, adj., 8958.
espece (: espece), épice, 13478.
especialle (: parcialle), spéciale, 709.
especq (: becq), pivert, 13438.
esperge, aspersoir, 21859, 20369.
espeux (: poimpeux), époux, 13964.
espiautres (: espautres), espiots, épieux ? 8724 ; 11716, aspics ?
espicier, 4216, 2037 (fin —, habile homme).
espie, espion, 1143 ; 20758.
espinces, s. f. (: pinches), pinces, épinçoirs, 15292.
espirituelle, spirituelle, 22967.
espluchier, (: espicier), glaner, fouiller, 2038.
esplucquars (: soucquars), voleurs, 10757.
espoantement, p. 23 d, l. 1. v. espantement.
espoanter, 1763, v. espanter ; (poan en une syllabe).
espoindons (: attaindons), excitions, 13640.
espoinilliés, à qui l'on a enlevé le pénil, 4464.
espoitronnés, ayant les fesses décharnées, 4465.
espoulliet (: veilliet), nettoyé de ses poux, 11346.
espouris, s. m. (: pourris), mêlées, 21707.
espoussoir (: rasoir), instrument à épousseter, 12185.
esprendre (: pendre), enflammer, 18262.
espringades (: esturguades), petits canons, 1676.
*espringures (: dures), charbons qui sautent, 14510.
espris (: pourpris), part. passé d'esprendre, 12621.
esprise (: prise), enseignée ? 13540.
esquart (: coquart), quartier, morceau pris après écartèlement, 21722.
esquartelés, écartelés, 4429.
esquiter (: papeter), jaillir, 14271 (cler sans —, clair sang jaillir).
esrabie (: Eusebie, Arabie), enrage, 20224, 22786.
esragiés (: vengiés), enragés, 1567 ; v. erragiés, arragiés.

esrailliés, éraillés, 159, (: traveilliés) 4434.
esrifflés, égratignés, 4463.
esroulliés (: traveilliés), yeux —, retournés, 7820
*essapie (: pie), abîmée (?), 19575.
essecq (: secq), échec, assaut, 13443, 20670.
essecquiers (cors —), tambourins, 3537.
esservelés, écervelés, 4446.
essorber, détruire, 14147.
essourdé (: gardé), assourdi, 15594.
essourdre, hausser, élever, 269.
essours, mis au monde, 12605.
essourse, née, 6403.
essuee (: lavee), séchée, 13235.
essuer (: suer), se dessécher, 4327.
estabarie (: Barbarie), establerie, devanture, 4213.
estable (: estable), ferme, 663 ; 2011, 6381, 9571.
estacque (: atacque), poteau, 17507.
estaige (: racointaige), demeure, 899.
estain, étain, 1739.
estartinee (: matinee), entartinée, écrasée, plate comme une tartine, 4149.
estat, ordonner l'estat d'empereur, 443.
estature (: descomffiture), état, situation, 1427, (: escripture) 1645, (: geniture) 22101 ; 9527 ; 12289.
estendre, s. m. (: tendre), revenu, 13140.
estenelles, tenailles, 11572.
esteule (: eule, huile), paille, chaume, 11556.
estiemmes, étions, 21972.
estocq, souche, lignée, 13201.
estoeuf, balle de paume, 464.
estoffe, approvisionne, 3979.
estorement (: firmament), lignée, famille, 1091 ; (estoremens : garnemens), armures, 5092 ; équipage, 11267.
estorfaulx, v. escorfaulx.
estouppés, bouchés d'une étoupe, 5086.
estourdis (: esbaudis), 4462.
estours (: tours), combats, 674, (: atours) 1598 ; v. 10393, (estour : tour) 4663.
estrade (: rade), troupe, 20779.
estrain (: train), paille, 9796, 20591.
estranier (: trambler), étrangler, 6541, (estranlés : lés) 12509.
estre (: terrestre), séjour, 256, 22648 ; au sens ordinaire, 796.
estres (: lettres), maison, 1556 ; 3448, 6057.
estricque (s'), remue (se), 23078.
estrif (: vif), débat, 7497.
estroitement, avec rigueur, 1290.
estudie (: Lombardie), soin, 4782, (: estourdie) 7212.
estupe (s') (: jupe), (se) coupe le toupet, 8598.
esturgon, poisson, 13886.

'esturguades (: espringades), *peut-être* esturguales, *de* esturquer, heurter ? 1677.

esventer (s'), reprendre haleine, 11431.

esvertuer (: essuer), éprouver, 4328, 21207.

eucaristie (: partie), 18908.

eule (: esseule), huile, 11568, (huyle 11557).

eur (: entrepreneur), bonheur, 80.

eutrapelie (: multiplie), honnêteté, 2578, 2622.

euvangille (: fille), évangile, 19312.

example. *s. f.* (: ample), exemple, 5121.

exaucement (: pardurablement), exaltation, élévation, 7735.

exaucerés, augmenterez, 737 ; exauciés, 868, 946.

excelse, 18880, *écrit* exelse, 20395.

excusatoire (: adjutoire), qui sert à excuser, 694 ; excusatoire (: interlocutoire), excuse, 7390.

executoire, *s. m.* (: imperatoire), acte qui donne le pouvoir de contraindre au paiement des frais et dépens, 6351.

exedant, surpassant, 21661.

exeille (: conseille), exile, 5915.

exemplaire (: complaire), 761.

exempler, servir d'exemple à, 9731.

exens (: sens), exempts, 2661.

exillés (: conseillés), exilés, 1547.

expectans (: esbatans), attendant, 4530 ; expectant, 9440.

experimentés de, habiles en, 3967.

expert, 511.

exploite (: maloitte), exécute, 6208.

extasie (: phantasie), extase, 17933, 18982.

exterioires (: inferioires), extérieures, 21318.

extorcion (: correction), sottise, 2357.

extraction (: nation), 393, (: generation) 645.

extrés (très), extraits, 9618.

F

fabricque (: brique), *s. m.*, mondain —, gouvernement du monde, 277.

fabrile (: habille), du forgeron, 21523, 22459.

facon (: enffancon), 652 ; *corriger* son *en* sa?

fagoteaux, petits fagots, 8527.

faillie (: follie), manquée, 4020.

'fain, 16204 ; *lire* sens ?

fain (: fain, faim), foin, 20858.

fais, charge, 10399.

fait, faix, 64, (*peut-être aussi* 201), 19705.

faitures (: creatures), traits, formes du corps, 19763.

falace, tromperie, 9667, 10776.

falans, trompant, 4400.

fallent, découvrent, trompent, 14820.

fallourdaille, bande d'hommes grossiers, *terme d'injure*.

falot (: palot), 23860 ; 11578.

fame, réputation, 14714.

famee (: amee), renommée, reputée.

fameilleux, affamés, 5820.

familleux (: leux), affamés, 3299.

famis, affamés, 7224.

famosités (: formosités), réputation, 21536.

fans (: triumphans), sanctuaires, 9707.

farcer (se), moquer (se), 9650.

farcis, 922.

fardel, fardeau, 3694.

fardelés (: attelés), équipés, 20727.

farie (: garie), fête, cérémonie, 5235.

farinee (: fourcence), réduite en farine, 11877.

fars, farceurs, 4401.

farsin (: arsin), rusé, 18412.

fatras, attirail d'outils, 15117, 20163.

fatrouillés (: coustilliés), tâtés, maniés (?), 4443.

fatrouilleur, 11117.

fatroulllier (: brullier) un gibet, bâcler, 8511.

faude (: chaude), étincelle, 8602 ; *cf.* 15408.

fauquons (: pouchons) (becqs de), arme terminée en forme de bec de faucon, 1663.

fautres (: aultres), instrument d'appui pour la lance, 8719.

favourable, partiale, 432.

feaulx, fidèles, p. 23, *a*, l. 4.

fee (: griffee), appointement (?) 11521 ; *v.* 11296.

fel, félon, perfide, 6450.

felle. *id.*, 1105.

felonnesse (: jonnesse), 395, 4127.

felons (: talons), 4400.

femmelette (: simplette), 19611.

fendant (: attendant), tranchant, 1265.

fendre, se fendre, 3594.

'fer (tu dis), *lire* voir ; tu dis vrai ? 5234.

feraille (: quetinaille), 4269.

feriale, robe feriale (: curiale), robe de fête, 16477.

ferilleux (: perilleux), *pour* foirilleux ?, 8065.

ferir (fierent), tomber, 5089.

ferteille (: chandeille), frétille, 7711.

fessiés (: piés), fessés, 6544.

festoier, 17626.

festu, (: fais tu), 10577, *v.* plumeter.

feveule (: vireulle), fève, 11669.

fichés, transpercés, 4443.

fevre, forgeron, 14361.

fie, 8531, fois.

fie, 8533, figue.

fiens (: ruffiens), fumiers, 10761 ; 17726.

fierette (: durette), 1007.
fiertre, châsse, reliquaire, 9383, 18311, 21479.
fieu, fils, 20005.
fieux, garçons, 1503, fils, 4964.
fievres, 4196.
figure (; nourriture), 613.
finable, finale, 2931.
finé, fini, 2783.
finer de (: machonner), trouver, obtenir, 20170.
finesse (: felonnesse), mauvais coup, ruse, 4126.
flactatrice (: doctrice), flatteuse, 15790.
flaeau, 17032 ; v. flayau.
flagellés, 4132.
flagolaige (: soufflaige), façon de jouer de la flûte, 3803.
flagolleur (: fatrouilleur), joueur de flûte, 11116.
flagos (: singos), flageolets, 6725, 18374.
flairons, pour fleurons, 10795.
flambe, flamme, 748, 2771.
flamecques (: arecques), flammèches, 2062.
flament, flamand, 21931.
flannet (: buissonnet), petite tarte, 13575.
flasengeurs (: rongeurs), 9795.
flassarde, couverture, 20088.
flatrir (: murdrir), marquer au fer, 6235 ; 14735.
flayau, fléau, 22, 4400.
flayer, frapper du fléau, 14706.
Flegeton (: Pluton), nom de diable, 21941.
flehutes (: bahutes), flûtes, 4135.
flerier, (: esbalestrier), flairer, 11108.
fleur d'aige, 641.
fleuves, s. f., 14670.
fliches (de lart), tranches, 491 ; cf. 15406.
floriture, fleurs, 18877.
flourette (: amourette), 638 ; écrit florettes, 5963.
flourissance (: naissance), mise en—, épanouie, 7.
flouriture (: nature), dons florissants, 2128.
flouronne (: couronne), fleuronne, fleurit, 276.
foire, 15158.
foirilleux (: merveilleux), foireux, 7207.
foitié (: affaitié), figé, coagulé, 16889.
folia (: il y a), fit des folies, 5236 ; p. p. folié, 5475.
fonde, fondement, 22.
fonde (: fonde de fonder), entrepôt, 7218.
fonde (: monde), fronde, 22421.
fondefles, sorte de canons, 1659.
fondefiés (: crucifiés), renversés, 10936; fondefiet (: crucifiet), 18327.
fons (: parfons), fontaine, 13018.
fontainette (: nette), 13236.
forbanie (: baronie), bannie, 1327, 3021 ; forbanis, 4442.

forbatus (: desvestus), battus, 7712.
forboulis, bouillis, 8699.
force, acte de violence, 4258.
forcenement (: devotement), folie, rage, 17454.
forclos, 9616.
forconte (se) (: compte), fait mal son compte, se trompe, 7034 ; v. 10954.
forfaire, commettre, 1525.
forgier (: forgier), coffre, 21479 ; 22078.
formenoit (: donnoit), malmenait, 13546.
forment, froment, 8429 ; 14065.
forment, fortement, 3703.
formider, trembler, 12264 ; v. 12777.
formosité (: preciosité), beauté, 5452 ; 19789.
formu, agité, 6694.
fort, au fort, après tout, au demeurant (?), 7317.
fortunal, adj., 18881.
fortune, favorise, 10917.
fossette (: bouchette), 860.
fouache (: fache), galette de froment, 6730.
fouir, bêcher, 3255.
fouler, maltraiter, 7246.
foulés (: adolés), yeux—, abimés, 8046.
fourbir, nettoyer, 4255 ; « fourbissiés », 4269.
fourbis (: brebis), frottés, 6814.
fourbours (: carfours), faubourgs, 23180.
fourcelle (: celle, courcelle), poitrine, 3685, 12035, (fourcelle : pucelle) 8718; 9775.
fourcenement (: tourment), 17531, v. forcenement
fourcenons, devenons fous, 17266.
fourchu (: menu), fort, 3410.
fourde, foudre, 18397.
fourdre, foudre, 411.
fourdriés, foudroyez, 1831, (fourdrier: crier) 18080.
fourdroiés, foudroyès, 4443.
fourdroieur, 3516.
fourel (: bourrel), pour foural (?), mesure de capacité, 15144.
fourfaitures (: droitures), 5645.
fourfette (: fette), forfaite, violée, 4997.
fourniers, boulangers, 7238.
fournir, munir, fortifier, 1822.
foursenement (: clerement), frénésie, 11214.
foyreux, 14275.
fraction (: action), rupture, 9706.
fragrant (: grant), odorante, 19746.
frait, dépense, 21521.
fraitin, fretin, 21579.
france (: souffrance), franche, 4917.
franchiolus, Francus, 21408.
Francigenes (: Gennes), français, 23732.
frappars (freres —), terme d'injure, 9793.

frauder (: tarder), frustrer, 23458.

frecqz, frais, 4401 ; *cf.* 15846.

freloquiés, mis en pièces, en chiffons, 17519.

frelucque (: embusque), petite monnaie, 6096.

Frenago, *nom de diable*, 5522.

frenaticque (: autentique), frénétique, furieuse, 11738.

fresque (: cresque), fraîche, 6723.

friandeaux (: leisardeaux), gourmands, 4273.

frians (: crians), appétissants, 4401.

friaux (manches a) (: cuidriaux), manches de poêle à frire, 4287.

fricque (: Auffricque), vif, pétillant, 382, 763.

Frige (: lige), Phrygie, 12276.

frine, farine, 5541, 8141.

fringes (: linges), franges, 19702.

frions, oiseaux, 3540.

friquendoure (: entoure), blessure par frottement, 8137.

frivolles, *s. f.* (: ydolles), fariboles, 1438.

froicis, heurt, 16564.

froidure (: laidure), froid, 4249.

froisser la voie, frayer la voie, 4123.

froisseur, briseur, 7549.

fromions (: camions), fourmis, 20537.

fronciés, ridés, 4443.

froncquier (: reconcquier), grincer, 8152.

frongnoit, reniflait, 8615.

fronquiés, reniflez, 18176.

front, tête, 1049.

frouchis (: occis), heurt, 12965, *v.* froicis.

fruyssion (: vision), jouissance, 3166.

frustree, trompée, 3107.

fuitif (2 *syll.*, fugitif, 12773.

fuitis (: partis), fuyards, 22847.

fumiere (: lumiere) d'enfer, 12872 ; 17979 ; 11589.

fumé (: nommé), enfumé, 4181.

fumeux, *comme* fumé, 14241, « fumeuse araigne », 14263.

furibondeux (: deux), 13415.

fusees (: osees), longs bâtons de défense, 1534.

futi, futes, estes, 7296.

G

gabelles (: rebelles), impôts, 4041 ; 7669.

gabé, moqué, raillé, 3042, (gaber : enflamber) 11791.

'gade (: brigade), (?) 4834 (trop plus loing qu'une gade).

'gadrus (: drus), garçons (?), 1775.

gaignaige (: lignage), gain, profit, 1973.

gaigne (: engaigne), récolte, 16409 ; gain, 9007.

gaigneur (: seigneur), 23299.

gaillardines (: bringandines), *espèce d'arme*, 1679.

gaitteur de chemin, voleur de grand'route, 7550.

galans, 4417, *v.* galins.

Galathee, 23072.

galees (: avalees), galéres, 5093.

galer, frotter, 4343 ; galés (: ravalés), frottés, 4417.

gali (: alvaly), homme débauché, 11364.

'galicant (: puant), *nom de poison* (?), 11901.

galiffre, glouton, 7974 ; 12708.

galimafree, ragoût fait de restes de viande, 11930.

galins galans, menant joyeuse vie, 4417, etc.

gallans, 1182, *v. le précédent*.

galler (: parler), 6420, 9279; *v.* galer.

galois (: Gaulois), joyeux compagnons, 16543.

galos (: chifflos), Gaulois, Français, 4389.

gambe, jambe, 19160.

gambetant (: tempestant), boitant, 8084.

gambieres, jambières, 19481.

ganimedes, 12308.

gaquieres (: goutieres), jachères, 17977.

gar d'une oye, jars, 8089.

garbe, gerbe, 9796.

garest (: arest), jarret, 16149.

gargates (: pates), gosiers, 2070 ; 5538 ;15549.

gargonner (: donner), jargonner, 11976.

garittes (: merites), guérites, 1821.

garnemens, 6374.

garnison (: traison), entourage, 6169.

gars (en champz n'en –) (: gars), jars, jardins, 2049.

garsonaille, troupe d'hommes, 2749, 4274, *écrit* garsonnaille, 8626.

'gascart (: escart), gascon (?), 9268.

gast (: legat), dommage, 15991.

gattes (: pates), jattes, 17729.

gauppes (: tauppes), femmes de mauvaises vie, 17623.

Gautier, *les bottines Gautier*, 8565.

gautiers (: savetiers), bois d'une arme, 17669 ; *cf.* 8563.

gautiers (: pautonniers), bons vivants, 4311 ; 8563.

Gayus, pape, 9081.

gehir, rapporter, 21887.

gemmes, pierres précieuses, 2166.

gencieus, compatriotes, 384, *peut-être faut-il lire quingentiens*, les cinq cents? — *v.* gentieu.

gendre, genre, 2499, 6571 ; 11835.

generation (: malediction), espèce animale, 2492, progéniture, 647.

genitoires (: machoires), testicules, 16106.

genitorions (: horions), testicules, 3354.

genitorium (: escorpion), 7705.

geniture (: pourtraiture), rejeton, 609.

Genius « le dieu de nature », 9525.

gentelettes, 13194, *et* gentillettes, 9315.
gentieu (: ententieu), de ce pays, 5212.
gentieulx (: maladieux), compatriotes, 6611, (: mieulx), 8267.
gerir, *pour* gerer (?), gouverner, 5279.
geron, giron, 3645.
geule (: vireule), gueule, 1693.
geulu (: vermolu), *pour* gueulu, 8575.
geulx, gueux, 978.
geuttier, guetter, 7539.
gien (: engien), tout a —, tout à souhait, 2372 ; *en bon gien*, en bon état, 23292 ; *cf.* 23627.
Gingant (: fringant) (rasoir de), Guingamp, 10070.
gingembre, 489.
gingler (: sengler), cingler, partir, 13249, (*ou* sangler, battre de cordes ?)
glaive, 11250 ; *plus souvent* glave, 13, 1033, 10270.
gloria filia, 11931.
glenne (: alenne), glane, 17612.
glorifiance (: sacrifiance), 9483.
gluie (: pluie), chaume, 7016.
gluy, id., 20597 ; 20603 ; 20703.
godons (: rendons), *terme d'injure. (de l'anglais* Goddam), 17564.
gogettes (: fourchettes), aises, plaisir, 18019.
gome (: preudomme), fard, 15792.
gonfanon, étendard, 18357 ; *v.* confanon.
gorgerin (: pelerin), gorgeri, camail de mailles qu'on portait sur le cou, 7654.
gorgias, élégant, 2163.
gorgias (: racias), collet, pièce d'habillement, (porter gorgias et escut) 19483.
Gorgone, 7337.
gorguechon (: facon), gorge, 8685.
gorguet (:guet), gorge, 13378.
gorgueton (: baston), gorge, 1687, (: Breton) 18608.
gorgyas, élégant, 548.
gorgyer, faire des gorges chaudes, 534.
gorreau (: Moreau), « rembourrer mon vieux gorreau », 19350, partie du harnachement d'un cheval, *cf.* 3302.
Got, Goth, 6097.
goubet (: gibet), morceau, pièce, 11658.
goudendardes, godendarts, arme d'hast pour les fantassins, employée en Flandre, 5528.
gouges fines, instruments de fer, 1684 ; « gouverneur des gouges » (: bouges), 15195, (: des servantes ?).
goulardeaux (: leisardeaux), débauchés, 4277. (*de* gouliard).
gourdine, courtine, 220-1, *indic. scén.;* (courtine, 598).
gouverne (:taverne), de malle gouverne, de mauvaise conduite, éducation, 1970.

gracier, remercier, 22281.
graffe (: epitaphe), poinçon, stylet, 18367.
graffilliés (: rossilliés), égratignés, 4413 ; *cf,* 12113.
graine (: souveraine), cochenille ?, 19713, 13494.
grammént, longtemps, 19261.
gratinés, grattés, 4413.
graut, croc, 12084.
graux (: hateriaux), crocs, fourches, 4965, (: traux) 8124 ; *cf.* 12146; griffes, 6452 ; *cf.* 17718.
gregoize, grecque, 14.
grenieres (: bieres), *lire* grevieres, jambières (?) 2207.
grenon (: non), moustache, 14684.
gresil, grêle, 9124.
gresillier, grêler, 21694.
gresillons (: baillons), menottes, 12033.
gresse, graisse, 18139, *v.* crasse.
grevain (: cavain), pénible, 8166.
grevaines (: vaines), pesantes, 3507.
grevance (: enffance), dommage, 7932.
grever, nuire, 1729.
grevieres, *v.* grenieres.
griffee, *s. f.*, 11296.
grifz (: gris), griffes, 2063.
grigneur (: gaigneur), plus grand, 21363.
grigneurs (: seigneurs), grognons, 8537.
grignier (: arignier), grincer (des dents), 8611.
gringaudes (: eschaudes), rouges que gringaudes, 13411.
gringne, grogne, 14707.
gringoté (: sileté), chanté, 7062.
gris (: escrips), griffes, 4411, (: gris) 8185, 1166 ; 16411.
gris (fourré de), petit gris, 1164.
grobis (: rabis), *faire le grobis*, faire des manières, faire l'important, 15965.
groé (: Cosdroé),secoué, 22395,
grosser, rédiger, écrire, 6153 ; 14159.
grouer, secouer, ébranler, 9771.
groués (: foués), crochets, 12145 ; 12501 ; 5529.
grouet (: fouet), croc, crochet, équipement de tyran ou de diable, 21729 ; *cf.* 12085.
grouuet (: fouet), id., 10168, jurer sur son —; *par mon grouuet* (: brouet), 20222.
gruel (: cruel), grêle (?), 14221 (tonnoire et gruel).
gubernateurs (: senateurs), gouverneurs, 122 ; 23309.
guerdon (2 *syll.*) (: bon), récompense, 1512 ; *cf.* 1993, 2049.
guerdonneur, 1341, *v.* guerredonneur.
guerredon (3 *syll.*), 3256, *v.* guerdon.
guerredonnés (: donnés), récompensés, 1994.
guerredonneur (: teneur), rémunérateur, 1341 ; (: honneur), 2595.

guerrie (: garie), combat, fait souffrir, 19211.

guichés (: procés), guichets, 7414.

guifaudeurs (: fondeurs), *lire* guisandeurs, escrocs, 17816.

guisarmes (: carmes), arme d hast, au fer tranchant et recourbé, 1491.

guise (: esglise), manière, 1300 (en bonne guise).

guisternes, instrument à cordes pincées, dérivé de la cithare et de la rote, 3535.

H

habandon (: don), garde, (en vostre —), 2329.

habandonne, abandonne, 422.

habillier (: batillier) le bien publique, préparer, 6000.

habilité (: nobilité), préparé, apte, 374 ; habilitee (: debilitee) 18892.

habonde (: redonde), abonde, 18.

hachettes (: houlettes), 1665.

haie (: assaie) (estrangler au bout d'une —), 5536.

haire (: viaire), vêtement de mortification, 9073.

hairient (: s'apairient), tourmentent, 979.

hait (: plait), envie, désir, souhait, 4308 ; (: souhait), courage, ardeur, 7251.

haitié (: wetié), bien portant, 5463 ; cf. 13931.

'halegrin (: Isengrin), monnaie (?), 7657.

halette (: malette), halète, 15971.

halotter (: tourmenter), trancher, 7556.

hanas (: harnas), coupes, 4293.

hanse (: danse), *sorte de mesure*, 14708.

happaille, happeurs, voleurs, 4285.

happees (: espees), saisies, 1686.

harau (: oiseau), haro, 1146 ; cf. 5783, 17894.

harcelles (: sequelles), harceleurs, 6825.

harcelles (: pucelles), liens d'osier, 8716 ; (: maisoncelles) 20603 ; 6825.

harcellin (: Mercellin), piège de liens d'osier (*au figuré*, 3864) ; 6820 (*écrit* harselin).

hardaille, troupe de vauriens, 4285.

hardement (: teilement), hardiesse, 7727.

hardy de la main, 4191.

haresme, caresme, 22262.

hari (: quaribary), troupe, presse, 19502.

haria quaria (: guerre y a), grand tumulte, 9766.

harnas, harnais, équipement, 544, (: hanas) 4295.

'harouge (: rouge), *terme d'injure*, 19461, (: bouge) 12074.

harpoy, poix, 10180, 11566.

hars, cordes, 4245.

'hars (: ars), *pour* gars ? 17938.

harselin, *v.* harcellin.

hart (: art), corde, 7555.

'hasebains (: espains), compagnons (?) 13346.

hasterel (: martelet, *corr.* mon martel?), nuque, 14508.

hastieu, hâtif, précipité, 13412 ; hastieux (: hostieux), 19344.

hatereaux, nuque, 5588.

haterel (: cavestrel), nuque, 12899.

hateriaux (: graux), nuques, 4969.

hatreaux (: cavestreaulx), id., 17901.

'hatutes, 4132 *ms.* (?) (: flehutes).

hau, ho !, 1183.

haubregon (: boujon), haubergeon, 1141 ; (: escucon) 3240 ; (haubregons : escucons) 1658.

hauel, hoyau, 20114 ; *écrit* hoel, 20118.

haulte (de haulte heure), de bonne heure, 5546.

haultain, haut, 21, 48.

haultaine (: quiquaudaine), affront, insolence, 1474.

haultesse (: cesse), grandeur, dignité, 7736 ; 10329.

haurons, bêcherons avec le hoyau, 23695.

hauseaux (: larronceaux), houseaux, 8693.

haussaiges (: passaiges), arrogances, 1121, 739 ; *v.* 20815.

hay, *interjection*, allons, 19928, 19979.

hayette (: Baiette), haie, 13439.

healme (*probablement 3 syllabes* : royame), heaume, 3242 ; *écrit* heaulme, 6522.

hectorine (: alexandrine), d'Hector, 10.

heés, haïssez, 20657.

hennap, coupe, 1388, cf. hanas.

heraudés (: regardés), mis en haillons, 14474 ; (: recommandés) 22390.

herbees, traitement par les herbes, 5227.

herbette, 19393.

herculienne (: troyenne), d'Hercule, 11.

herecque (: lecque), arête (?), 23378.

herens (: entrer ens), harengs, 9130, (: cherens) 11734, (: fer ens) 14614.

herie (: charie), tourmente, 12684, *v.* hairient.

herese, hérétique, 9664.

heresque (: tresque), 6720, *comme* herecque.

heritaige (: davantaige), domaine, 902.

herodes (: Roddes), comparses, complices, 12151.

hersoir, hier soir, 832.

hesbregier, héberger, 6047.

hestaux, tréteaux ou gradins, 1749, (: cuidriaux) 4290.

hestel (: autel), estrade, 6798.

het (: souhait), *v.* hait, 6275 ; (: toupet) 13588.

hetal (: vital), estal, tréteau, 3073.

heurs (: langueurs), bonheurs, 21828.

hichier (: pissier), exciter, 19996.

hide, peur, 5730.

hideur, laideur, 15284.

hinart (: narinart), qui est de travers, 14248.
hinet (: bachinet), coup qui fend, 15579.
historiographes (: epigraphes), 321.
hoce, bouge, remue, 990.
hoche (: Antioche), id., 4171, (: approche), vacille, 1154.
hochois (: chois), action de hocher, 16247.
hocq, troupe, escadron, 14708.
hocqués (: clacqués), crochets, 12893 ; 5529.
hoel, hoyau, 21836 ; v. hauel.
hoir (: noir), héritier, 830, (: manoir), 18339.
homeaux (: aigneaux), bonshomeaux, *plur. de* bon-homel, 1706.
homs (*régime*) (: logons), homme, 6038.
hongne (: trogne) gronde, 15062 ; hongnier, grondier, 16836 (: bienvegnier).
honnie (: maisnie), souillée, 6026.
honnir, souiller, 12580.
hons, homme, 1573.
. hoquer, secouer, 498.
horion (: champion), coup de vin, 10077.
horions (: borbotorions), coups, 1779.
'horreade !: rade), nymphe horreade, 2648.
hoseaux (: houseaux (?), 12718.
hossepot, hochepot, 11929.
hoster, *pour* ôter, 10482.
hosterolles (: parolles), hochets pour enfants, 16401.
hostieu (: dieu), 9927, outil.
hostieux (: dieux, 2763, 20132, : hastieux, 19344), outils, épées.
hostilliés (: conseilliés), èquipés, 4468.
hot (: wihot), troupeau, 484.
houchue (: machue), pour gaitier s'il ara houchue, secousse (*dérive de* hocher, secouer), 23152.
houer (: louer), creuser la terre, 21623.
houlettes (: hachettes), bâtons pour combattre, 1666.
houppeaulx (: chappeaulx), petites houppes, 13259.
hourder (se), (se) couvrir, 13688.
hourdés (: demandés), fournis (de), 4153.
hours (: behours), échafauds, estrades, 679.
houseaux, 7274.
houser (: refuser), se botter, 20495 ; je me house (: marmouse), 11759 ; *cf.* 14157.
houssoie, lieu planté de houx, 11334.
houssues (: machues), à testes houssues, couvertes (?), 17690.
houssus (: bochus, fourchus), habillés, èquipés, 18236.
houstieu (: Dieu), outil, 2031, *cf.* hostieu.
hucher, appeler, 890, 4405.
huchiés (: courbetés, coustillies, 4444, *lire* hochiés, secoués.
huchiet (: defalquiet), appelé, 8475.
hucque, cri, 11317 ; « puisque c'est a la hucque, hucque », puisqu'il faut crier, crie.

huee (: buee), réputation, 11520.
huis pectoral, 259.
humais (: desormais), maintenant, 1354, 6069 et 21090 (: jamais), 15563.
humile (: mile), humble, 8476, 13093 ; 15780, 22570, 23719.
humitis, bouillon (*dérivé de* humel), 20274.
hunettes (: jaquettes), poutres, 1667.
hureho (: jo), *interjection pour faire marcher les chevaux*, 19398 ; *cf.* 19554, 19991, 20005-7.
hurho, v. hureho, 19927.
huron (: larron), homme grossier, *terme d'injure*, 15557.
Hurtebucque (: plucque), *nom de* « sergant », 6095.
hurtebusques (: busques), plaies et bosses faites en frappant, 4374.
hurtures (: dures), chocs, 18039.
hutinés (: obstinés), harcelés, 1846.
hutins (: Constantins, patins), combats, 372, 966.
huy, aujourd'hui, 22026 (des huy au matin).

I et Y

Ycarus, 15604.
ydoine, capable, 95.
ydolateries (: diableries), idolâtreries, 3183.
Ydra, *nom de diable*, 21946.
Ygneuse (: caligineuse), brillante comme une flamme, 23875.
il, y, 13001, 16764.
illecque, là, 1186 ; illec, 19897.
illuminer (: ymaginer), instruire, 2142.
illumineur (: mineur), 19511.
image, s. m., 695.
ymaginative, 11486.
imbuis, instruits, experts, 2990; imbuit et expert, 21523 ; « imbuis a clerical savoir », 9625.
imcomparee (: paree), 23189.
imfers, enfers, 3027.
impartie (: partie), indivisible, 18904.
impassibles (: penibles), intolérables, 995.
imperatoire (: celitoire), impérial, 690, 6353.
imperatoire (: territoire), s. m., souverain, 18133.
imperés (: prosperés), donnez des ordres, 804, 9462.
impetrer, obtenir, 8739.
impetueux (pochiés — : vertueux), 3232.
impolue (: salue), sans tache, 504.
improveu, dépourvu, 12632.
incessables, incessantes, 2687.
inciteur (: solliciteur), 22073.
inclinatoire, *adj.*, 9421.
inclinatoire (: celitoire), révérence, façon cérémonieuse, 6711, *cf.* 14213, 14827.

incontaminé, non souillé, 9378.

incorpore (: tempoire), s'assimile, comprend, 9368.

incourra, encourra, 15808.

incredible, 3118.

indeuement (*4 syllabes*), 17259.

infamité (: amisté), infamie, 8447.

infection (: perfection), 642.

inferer, conclure par ordonnance, 1073.

inferioires (: exterioires), des enfers, 21320.

inflacion (: sufflacion, emulacion), orgueil, 5392.

'ingenité (: saintité), non engendré (*en parlant de Dieu le père*), 10647.

ingere (armigere), 316.

ingromances (: manches), magie, 5530, 16601 ; *v.* 11948.

ingromancie (: genealogie), magie, 334.

inhabilité (: dignité), incapable, 22171.

inhumanités (: atintés), actes cruels, 4265.

insignuer (: diminuer), insinuer, 884.

insolus (: resolus), arguments —, arguments péremptoires, invincibles, 1078.

intellective (: supellative), « puissance intellective», 2555.

intellectuel (: manuel), 4100.

intercessans (: grans), intercesseur, 12880.

interlocutoire, 7388.

interprés, interprétation, p. 145, *a*, l. 3.

intimerai, informerai, 14310.

intitulacion (: infusion), libellé d'une suscription, 6358.

introductions, 132.

intronisié (: aguisié), enchâssé, 9181.

intronisier (: baisier) mettre en châsse, 23894.

invente (: enté), découvert, 21973.

invoqueurs, p. 23, *b*, l. 6.

invocquié (: collocquié), convoqué, 14855.

ypocras (: cras), 903, vin sucré où l'on a fait infuser de la cannelle.

Ypocras, Hippocrate, 12764.

ypocrites (: descriptes), 412.

irechon (: fasson), hérisson, 2450.

yrradiant, 9465.

Ysion, *nom de diable*, 18220, 21945.

Ismael, ancêtre de Machomet, 22736.

ysnel (: criminel), rapide, 9537.

issant (: resplendissant), originaire, 874, *cf.* 5173.

issir, 1838, 6476.

issu, sorti, 10964.

ist, sort, jaillit, 23838, 23871.

J

jacquemart (: saudart), instrument de guerre, 20548.

jacques, habillement court et serré, 1658.

jacquettes, *dimin. de* jacques, 1668.

jamboyant (: appoyant), marchant, 12703.

janitoire (des cieux) (: meritoire), portier, 22426.

jarbe (vin de) (: rebarbe), 1644.

jardineur (: haultain cur), jardinier, 339.

'jaspar, jaspe (?), 6799.

jayolle (: briole), geôle, 8173.

jenglerie (: deablerie), charlatanisme, 13713.

jesir (: desir), être étendu, 11504.

jeuant, jouant, 2181.

jevet d'Espagne, *lire* jenet, genet, petit cheval, 23075.

jherarcie (: monarchie), hiérarchie, 274.

jo (: hureho), cri d'un charretier à ses chevaux, 19397.

Jocque (Mgr) (: brocque), 15126, *comme* Josse.

jocquier (: picquier), rester inactif, 597, (: requier) 21764 ; tu jocques (: clocques), 6509.

joiel, joyau, 21535.

joinbarbe (: barbe), joubarbe, *plante*, 1649.

jonne, jeune, 5172.

jouquiet (: desparquiet), juché, placé, 10624.

jour, *s. f.*, toute jour, 7955.

joustes, luttes, 677.

jovencelle (: cele), jeune fille, 894.

joyeuseté (: costé), réjouissance, 2006.

juant, jouant, 454.

jubé (: adoubé), 19474.

jubilé (: Galilee), 14400.

jubilee (: affilee), jubilé, 10066.

junant (: rengnant), jeûnant, 23606 ; (juner) 23464.

jupe (: s'estupe), crie, 8600.

Jupin, Jupiter, 13691.

juppeaux (: peaux), tuniques, robes, 2510, 7719.

Juppette (: barbette), « il n'y a Jupin ne — », 5512.

juppons (: plancons), tuniques à manches, 1660.

juridiciaux (: officiaux), juridiques, 1040.

jus, *adv.*, à bas, par terre, 2014-6, 5502, 5817, 8219, 10099, *jus et sus* (: crucifixus), de côté et d'autre, 3857, *jus des espaulles*, au ras des épaules, 6852.

jus, *s. m.*, jeu, (8219 ne peulent souffrir quelque —), (sans tournoyer, sans quelque —, 5815), 18288.

jusques a la, 4118.

justicier, *verbe*, (: trachier), 10863.

jut, *part. passé de* gésir, 12360, 12475.

L

labitans (: habitans), tourmentant, destructeurs, 1909.

labite (: soubite), peine, tourment, 18184.

labite (: habite), tourmente, 4166 ; (: soubite), 7788).

labourer (: aventurer), travailler (pour un cordonnier), 7315.

lace (: place), lassitude, 7869.

lace (: place), lacs ?, 11091.

'laians (: beans), s. m., nom d'animal (?), 7052, (layans : rayans), 14673 ; v. 5517.

laidengent (: desrengent), maltraitent, 17683.

laidure (: dure), mettre à —, maltraiter, 4248 ; v. 16276.

laies (: hayes), coffres, 1749.

laisarde (: pinarde), lézard, 18249.

laitriaige (: raige), ordures, 7140.

lamproye (: proye), 8390.

lancettes (: hachettes), lances, 1664 ; 7704.

lanchars, pièces de bois, 8596.

lanchié (: entretaillé), 14795, v. le suivant.

lanciés, frappés de la lance, 1000.

langaigier, s. m. (: vengier), parler, 21024 ; v. 11042.

langoureux (: douloureux), malade de langueur, 5264.

langueton (: barbetons), tirons la langue, de désir, 16020.

laniere (: derriere), 482.

lardons, tranches, 17510, 17567.

larenaille, bande de larrons, 4275.

largiteur (: createur), 19616 ; 2907.

larmion (: romion), pleurons, 4581.

laroncel (: ciel), larron, 17631.

larronceaux, 459.

larris (: Paris), champ, terrain, séjour, 23025.

las (: pas), lacs, 6476.

lassoit, (?) 3797.

lassus, là-haut, au ciel, 2027, 2900.

lasus, c. lassus, 2682.

'latre (: enclastre), (?), 21957.

lavacre (: simulacre), baptème, 3853 ; 10840.

lay, laïc, 6292.

layans, v. laians.

layens (: lyens), là, 17082 ; 16686.

lé (: scelé), côté, 1162.

leal (: real), loyal, 236.

Leant, Layant, 17301.

leauté (: verité), loyauté, 4700.

leaves, pour leuves, louves, 8732.

leche (: freche), tranche mince, 15066.

ledenga (: forga), tourmenta, 15096.

lee (: bec), large, 11299.

leesse (: noblesse), liesse, 2188.

legier, « de legier », facilement, 7181, vite, 9056.

leisardeaux (: goulardeaux), troupe de lézards, 4276, terme d'injure.

lente (: sente), 3397.

leonicque (: phebeycque), léonin, 12584.

lerme (: defforme), larme, 3395.

lés (: voullés), côté, 671, (: volés, 1250).

lés, larges, 4402.

lés (: les, pronom), laids ?, 19718.

leston (: baston), et

leton (: son), laiton, 20577, 2176.

Lethés, nom de diable, 21941.

lettraige (enteray je), document, lettre de messager, 1229.

leuserve (: serve), loup cervier, 3808, 10894 ; adjectivement, 21423.

leux, luths, 3534.

leux, loups, 5820.

Leviathan, nom de diable, 5520.

lice, fieux de lice, enfant de chienne, 8054 ; lices, 10311.

lices, coffres, 16347.

lices (: malices), frontières, 12550.

licite (: incite), 433.

licolz, 4245.

liement (: nullement), gaiement, 16133.

liet, gai, 10350.

lige (: Frige), exempt de toute obligation, 1528 ; 15730.

lignettes (: baguettes), lignes, 8483.

ligustre, troène, 9349.

limaches (: grimaces), 156.

limage (: homage), lignage, 9719 (lire linage ou linnage).

limages, 17855, lire images ?

limechon (: cauchon), limaçon, 2384.

linage (: charbonnage), lignage, 747 ; écrit linnage, 18880.

liscencier (: solacier), licencier, 811 ; écrit lissencier, 10348.

litture, texte écrit, 2526.

locque, massue, 1666.

locquetés, mis en loques, 17520.

locquette, massue, 20548.

loee (: doee), louée, 4893.

loiet, lié, 12768.

loire (: gloire), courant comme —, 2034, 10090, comme l'erre.

'loire (: gloire), prudence, 9293.

loire (: croire), ton —, argent ? 13784 ; il tire bien d'ung autre loire (: memoire), 21672.

lolart (: papelart), pour loliard, hérétique, terme d'injure, 13687.

lopinaige (: personnaige), mauvais traitement, 11392.

lopinaille (: bonhomaille), bande de gourmands, terme d'injure, 4280.

los, gloire, 31, 2087.

los, engin de pêche, 2089, 12648.

losengeries (: cordonneries), tromperies, 17471.

loucet, bêche, 23563, comme louchet, 15107 (: c'est).

loudier (: broudier), vaurien, 1212.
loudiers (: volentiers), 455 ; (: putiers) 4228.
loudiere (: derriere), femme de rien, 5050.
lourdin, lourdaud, 1217.
lourdois (: poix), lourdaud, rustre, 17428.
lourdure (: ordure), bévue, 19454.
loutre (: coustre), un fin loutre, un malin, 15184.
loutres, 19456.
louyer, récompense, 2053.
loyen (: moien), lien, 67, (: Julien) 21160.
loyés, liés, 1003.
lucerne (: gouverne), lampe, 18838.
luite (: quite), lutte, 12222, (: conduite) 18438.
lume, s. m., lumière, 10799, 12312, 20060.
lume, éclaire, 29356 ; lumé (: aimé), éclairé, 24110.
luminaire (: aire), lumière, 2704 ; sens de la vue, 5140 (: debonnaire).
luminoit (: reprenoit), rendait la lumière aux aveugles, 3038 ; luminés, éclairés, 13662.
luppars (: agrippars), léopards, 17701.
luton (: baton), lutin, 5567 ; lutons et chimeres, 18150 ; lutteur, 12569.
luy, le, pronom, 12792, 20101, 20105, etc.
ly, lui, 22311.

M

mabres, marbres, 5823 ; (marbre, 12411, etc.).
mabrin, pour marbrin, 10724.
macelle (: pucelle), joue, 13298 ; cf. 3303.
machacle (: tabernacle), boucherie, 8013.
machacles (: miracles), 5560.
Machomet, 22731.
Machomistes, Mahométans, 22864.
machonner (: finer), faire le maçon, 20171.
macquerelles, proxénètes, 7055, 17625.
macrelaige (: raige), 3788.
magicque, magic, 6372.
magot (got et — : gigot), pour Gog et Magog, gros singe, 6097.
Mahieu, Mathieu, 2810.
mailés, 1855, comme mailliés.
maillés, id., 1505.
mailliés, frappés de maillots, 1002.
maillot, terme d'injure, 14274.
main, matin, 6648.
mains (: mains), moins, 37, 1139, 1759.
mains, maints, 1775.
mains (: remains), matins, 41 ; 1400.
mainte, « plus de mainte », plus que mainte, 3574.
maintenant, dans un instant, 19950.

maintenue (: tenue), résidence, 22654.
maintiens (: cristiens), forces, importance, 8766.
mais que, étant donné que, à la condition que, 650, 5283, 5539, 6151 ; a toujours mais, pour toujours désormais, 20409.
maiseaux (: monceaux), bouchers, 4215 ; 5908.
maisel, boucher, 8710.
maishui, 20038, v. meshuy.
maisnaige (: couraige), maison, 911.
maisnie (: baronie), troupe; 1324, 1539.
maisnie, ai en mains, 1541.
maisoncelles (: damoiselles), maisons, 6270.
maistrier, maîtriser, 13400, 14358.
majeste (: celeste), majesté, 23314.
majour (: jour), Inde le —, 3974.
mal fu, mauvais feu, feu de l'enfer, 10583.
maladieu (: Dieu), maladif, 1917, 3437, 6612.
maladis (: toudis), maladifs, 20626.
malaisance (: souffrance), malaise, gêne, 3569.
malefice (: prejudice), 3879.
malereux, malheureux, 1197.
maletote, impôt extraordinaire, 7670.
malette (: jupette), voile, 5511 ; bourse, 13583, 15973.
malettes (: cotelettes), voiles, 3294.
maleuree (: emplouree), affligée de malheur, 3562.
malice, s. m.?, son malice, 15543, ton malice, 17257, 10850.
maline (: Pauline), maligne, 3587 ; (: condigne) 10640.
malle, mauvaise, 1237.
malois, maudits, 11538.
maloite, maudite, 3936 ; écrit maloitte, 6210.
malos, frelons, 1795.
malot (: martelot), pourceau, terme d'injure, 14275.
maloure (: chanteploure), calamité, 8162, (: remboure) 9752.
malvaisté (: tempesté), méchanceté, 12330.
mamelette (: alaitte), 628.
manable (: convenable), habitable, 5661.
mance (: ingromance), manche, bras, 11950.
manche, s. f., (d'un hoyau), 21899.
mand, message, ordre, 6353.
mande (: demande), corbeille, 8521, 11889, (: grande) 13220, 20152.
mandegloire (: gloire), mandragore, 1456 ; (: memoire) 2666, 16352, épithète appliquée à Dieu par Sathan.
mangon (: Dragon), goinfre, 11287 ; v. 7054.
manicordions (: psalterions), sorte d'instrument de musique, 3531.
manifestus (: desvestus), ouvriers qui manient la paille?, 20600.
manifiet (: ratiffiet), magnifié, glorifié, 19251.

manoir (: manoir, *résidence*), rester, 829.

mansion (: mention), maison, 2269 ; (: generation), séjour des élus (eternelle —), 3022.

manubrion (: presumption), dépouille mortelle, 21880

manuel, *adj.*, (: intellectuel), original, autographe, 4101.

maquillier (: desgorguillier), mâcher, 9806.

marches, provinces, 1168.

marcigaye, *pour* m'archegaie, mon javelot, 11318.

marcure (: Mercure), *pour* marcheure, capacité de marcher?, 13168.

marge (: large), en la marge, sur le bord, 20197 ; *cf.* 20702.

'marien (: rien), instrument, outil ?, 21836 ; le tombel est de gros marien (: rien), 23830.

marine (: narine), marraine, 8617 ; 5088.

marioles (: banerolles), figures de la Vierge ou des Saints, 21266.

Mariote (: compatriote), la Vierge Marie, 9682.

marissal (: senechal), maréchal, 4511.

marisseaulx (: museaux), *comme le précédent*, 496 ; marissaux (: chevaulx), vétérinaires, 5295.

marmousaiges (: visaiges), figures de marmousets, 1402.

marmouse (: tartemouse), visage, 3348 ; 11751.

maroles (: caroles), *pour* marioles, figures de Vierge, 4321.

marotelle (: croustelle), marote, 11679.

marry (: amy), dépité, 191.

mars (: Mars), marcs, 401.

martelés, suppliciés à coups de marteau, 4440.

martelot (: malot), terme d'injure, 14794.

martirés, martyrisez, 11050.

masse, lingot, trésor, 6618.

matele (: cele), *lire* maccle, joue, 3303 ; 13298.

materne (: subalterne), maternelle, 808 ; 15702.

matinee (: obstinee), matin, 2328.

matiner (: disner), mater, tourmenter, 9282.

matines, 4664.

matriloge (: orcloge), *comme* martyrologe, *au sens de* liste, catalogue, 7967.

matrologe (: loge), martyrologe, 19240.

mattés, abattus, 5006.

mats, abattus, 1865.

mau (fu), mauvais (feu de l'enfer), 11872 ; mau leu, 19982, mau Saint Jean, 19984.

maubué, mal lavé, 14273.

maue (: eaue), visage, 17843.

maugroyons, maugréons, 17267.

'maule (: espaule), « rucur en maule » (?), 11697.

maumenés (: nés), malmené, 1253.

mausadet (: cadet), peu agréable, 6280.

mauveistés (: cruaultés), méchancetés, 6419.

Medasam (: Basam), fils de Cosdroès, 22401.

Megera, *nom de diable*, 21946.

mehagniet (: capigniet), blessé, meurtri, 7980.

mehaigne (: enseigne), tourmente, mutile, 6543.

mehaing (: baing), dommage, blessure, 9162 ; *écrit* mehain (: baing), 10138, 12129.

Mehault (: hault), demoiselle —, 23176.

melliflue, *adj.*, douce, 10723.

mellifluence (: influence), douceur, 3826.

melliflueux, doux, 15764.

memorial pensement, faculté de la mémoire, 11487.

menchonner, mentir, 11096.

menchonnier (: prisonnier), mensonger, menteur, 10606.

mendicité (: incité), 4909.

mendre, moindre, 3832, 4527.

menestrés, mènestrels, joueurs de musique, 683.

meneur, guide, 5251, 10513.

menotelles (: telles), mains, 5304.

mercy (: icy), récompense, salaire, 8813 ; noble sans mercy (: aussy), 363.

merciés, remerciez, 599.

mercurienne (: terrienne), 27.

Mercurion (: porion), Mercure, 16201.

merdaille (: cornaille), 487 ; 4284 ; 17067, 20531.

merir, récompenser, 21387.

mery, mérité, 18631 ; *v.* 11231.

meritorieux (: glorieux), méritant, 23519.

merveille, *s. m.*, (: vermeille), 13514.

mervoye (: voye), enrage, 10426, 11013.

més (: jamais), bien, propriété, valeur, 19925.

més, mets, 9943.

més, mais, 12436, 12439.

més avant, (j') expose, 3831.

mesaise (: plaise), malaise, malheur, 19605.

mesalé (: alé), égaré, 5268, qui n'a pas réussi, 13152.

mesceance (: vengance), infortune, 5742.

meschance, infortune, p. 23, *a*, l. 10.

meschante, mal portante, 19669.

meschanté (: enchanté), infortune, 6697,

mesel (: oysel), lépreux, 13148, 13604.

meselerie (: pierrie), lèpre, 3138.

meshuy, aujourd'hui, 1544, 6037, 6568.

mesoffre (: coffre), adresse des insultes, 18485.

mespresure (: morsure), faute, imperfection, 19794.

mesproison (: prison), méprise, erreur, 16977.

messaiges (: passaiges), messagers, 135.

mestier, besoin, 186, 1101, 4241 ; service, fonction, 1099, 4243, 1719.

mestrie (: pric), maîtrise, dompte, 12158.

metalin (: cristalin), métallique, 9383.

mete (: Ragenteste), endroit, 7589.

metropolitaine (: haultaine), 771.

mettes (: estes), frontières, extrémités, 1199 ; cf. 23048 (lire mettes au lieu de mettés).

mettés sus, coiffez-vous, 2311.

meure, « la none toute meure», la neuvième heure sonnée, 3313.

meures, ramené des meures, réprimandé, 6551-2, 7677.

meures (demeures), mûres, baies, 10008.

meurison (: desraison), maturité, 4898.

meurs, morale, 2125; 329.

meurs redolans, 7629, lire mots ?

meutin, mutin, 7551.

mey, moi, 20673.

michoir (: escorchoir), couteau à mincer le pain, 18576.

mignon (: compaignon), 548.

milicie (: policie), service militaire, 285.

milyté, 49.

mimonés, lutins (?), 10573, lire minonnés, mignonnets.

mimonnet, cheval (?), 22255.

minchet (: c'est), un peu mince, 21776.

ministrateur, 16058.

Minos, 9719, 21940.

mire, médecin, 13793.

mire (me), réfléchis, 9546.

mirer, refléter, exprimer, 10680.

mirificques (: reliicques), merlificques, ornements, choses merveilleuses, 21701.

misericors (de) (: corps), miséricordieux (à), 933, 1937.

missive de credence, lettre de créance, 4068.

mistere (: matere), fonction, charge, 16780.

mitaille (: taille), monnaie de métal, 10068.

mitemaue (: caue), mitemoue, douceur hypocrite, sobriquet, 11797.

mitidité, douceur, 2617.

mitiguiés, adoucissez, atténuez, 4083 ; v. 7191.

mitouffle (: souffle), hypocrite, 6446.

moiste (: boiste), moite, 6205.

molage (: oultraige), monture, 14069.

molans (monnyers —) (: tisserans), monnayeurs qui moulent les pièces, 7241.

moleste (: honneste), peine, dommage, 4698.

moleste (: celeste), adj., pénible, 19081.

molicion, machine de guerre, p. 23, c.

molifie (: magnifie), amollit, 14085 ; 10724.

molue, 7797, molute, 7791, 7794, tranchante.

molz (: mos), indulgents. 150.

mon, mont, 144

monarches (: patriarches), monarchies, 16417.

monarchie, 273.

'moncach (: brach), petit mont (?), 4793.

monde (: au monde), pure, nette, 7215.

monin, singe monin (: nennin), cf. monne, guenon, 10449.

monjoye (: convoye), quantité, 535, (: j'oye) 5290 ; perfection, 12978.

Monjus (: jus), 19486.

monnarche (: arche), comme monarche, 23982.

monnart (: ponart), maistre monnart, sobriquet (de monne, guenon ?), 14290.

monnyers, monnayeurs, 7241.

moral (: seignoural), sage, 511.

morcelet, petit morceau, 5583.

morfondus (: pourfendus), 4440.

morel (: quarel), cheval noir, 14194.

morigine (: origine), commande, instruit, 3838.

moriginé (: ordonné), discipliné, éduqué, 2118.

moriginer, instruire, élever, 2147.

mormes (: homes), morne, 11156.

morphees (: fees), divinités, 2646.

Mors (: mors), Mores de Morée, 21252.

mortier (: mestier), dessoubz le mortier, cf. sous le boisseau, 4240.

mortiers, machines de guerre, 1675.

morvilleux (: catilleux), morveux, 1194.

motet de Beausse, 7091.

motions (: constellacions), mouvements des astres, 2687 ; sens moderne, 431 (: promotion).

mouche (: couche), maistre mouche, sobriquet, homme fin, 1277.

mouchet (: trouet), mouchettes, ciseaux, 11567.

mouchettes (: plantelettes), 5958.

moucque ten nés, mouche ton nez, 6729.

mouffle (: escouffle), gant, 6449.

'mouflaces (: soufflaces), gants de forgeron, 15092.

moules, moelles, 6259.

moulié (: acoullié), mouillé de l'eau du baptême, 5478.

moullant (: boullans), malléable, 17999.

moulle, mouille, 6406.

mouquilleux (: familleux), morveux, 13915.

mourme, morne, 15622.

mouscadet (: godet), vin muscat, 22532.

mousteray, pour monstreray, 10071.

moustier, monastère, 1972.

moustre, s. f. (: oultre), montre, parade, 4217, 20846.

moutonnet (: fait), mouton, 7264.

mouveur de noise, fauteur de querelles, 12868.

moye (du feu) (: dormoye), gerbe (de feu), 23955.

moye (: amoye), 23977, *lire* amoie, accommodement, arrangement (*de* amoier) (?)

muce (: escarmuche), jouer de muce muce, jouer à cache cache, 16003.

muces (: puces), cachettes, 7049.

mucha, cacha, 24094.

muchié, caché, 19630.

mucier, cacher, 6267.

mues, muettes, 2552.

mues, lieux secrets, 2553 ; 8325.

muer (se muer de qqch.), s'inquiéter de qqc., 3709.

muirs, (je), meurs, 12112.

Mulciber, 8953.

murdre, meurtre, 4258,

murdris, meurtris, 3710, 4440.

musars, 10769.

murés, petits murs, 1496.

murs, meurs, 20856.

muse, musette, 7706.

musel, museau, 14247, (: oisel) 7103.

musies (: aguisies), moisies, souillées, 18581.

mussiet, caché, 19640.

mutz (: esmus), muets, 7498 ; 14324.

my, je, moi, *dans le patois brabançon de* Wautrequin, 7288, 7290, 7293.

myn, mon, *ib.*, 7283.

N

naissance (: puissance), race, 4382.

narinart (: hinart), qui a de larges narines, 14247.

narinees (: sanees), gorgées, 14551.

nasses, 20556.

natal, anniversaire de naissance, 12594.

nativité (: deité), naissance, 5404.

nauvrures, navrures, blessures, 16278.

navee, charge d'un vaisseau, 22251.

navie, rame, avance en ramant, 19680.

naviés, ramez, 19591.

navieur (: eur), passeur, 19567.

navironne (: avironne), navigue, 5886.

navirons, avirons, 19583.

'naye (: paie), « jouer de la naye », (?) 8517.

nefz, nez, 6412.

nennin, 20017.

nés, nets, dépourvus, 20788, nés que papin, 13960.

nes qu'une mande, plus qu'une mande, 20152 (*lire* mais ?).

ne, ni, 301.

negation (: passion), reniement, 12373.

neges, neiges, 19602.

nesune, aucune, 15806.

neu, nœud, 4054.

newilleux (: merveilleux), *pour* nervilleux, nerveux, 8186.

niches (: miches), sots, niais, 21751.

nienmains, néantmoins, 21826, *écrit* neantmains, 22838.

niffler, 11657.

noat (: beat), courant, vague, 19674.

nobilité (: habilité), noblesse, 375, 4559.

nobilitee, anoblie, 21442.

nobis, par devers nobis (: marbre bis), 10024.

nocqués, claquements de dents, 12892.

nocquiere (: quiere), gouttière, 11801.

Noiron, *nom de diable*, 18179, 21942.

nommoit (: armoit), exposait, 2838.

nompareille, 2835.

non est, non, 503.

nonchaloir (: nonvaloir), 4638.

noncier, annoncer, 1251 ; nonceray, annoncerai, 5666 ; nonciat (: proficiat), 451.

nonne, neuvième heure, 3343.

nonvaloir (: nonchaloir), 4641.

norole (: canole), brioche ou pâté, *par ext.* coup, 15578.

notable (: delectable) *adj.*, 660.

notable, *s. m.*, fait important, 6118 ; *cf.* 7835, 9574.

Nothus, *nom de dieu*, 5960.

noulleux (: familleux), noueux, 17381.

nourecon, *s. f.* (: enfancon) nourrisson, 2379 ; 9941.

nourrissance (: plaisance), subsistance, 23498 ; 11830.

nourrissant (: flourissant), père nourricier, 14037.

nourrissement (: torment), 17231.

nouveleté (: rehabilité), nouveauté, 5462.

nouvelité (: auctorité), id., 8411.

'nucquart, tourtel nucquart, *lire* micquart, michart, (?), 11398.

nuire, *v. tr.*, 7358.

nuisans, *s. m.*, (: duisans), adversaires, 4686.

nuitye (: partie), nuit, 21752.

nutritives, succès avec le lait, 2541.

O

o, au, 15506.

obanie (: tirannie), armée, 13072.

obedience (: science), obéissance, 3015.

obnubilé, obscurci, 6456, p. 146, *e*, l. 7.

obseque, service, culte, p. 23, *b*, l. 9 ; 9377.

obtemperer, 15772 ; obtemperurs (: empereurs), 8211.

occidentel (: mortel), d'occident, 1777, 6366.
occir, tuer, 3761.
ochis (: crucifis), occis, tués, 9788.
occoison (: trayson), querelle, 4906.
oceaulx, os, ossements, 6260 ; v. osseaulx.
oche, aïe, *en patois brabançon*, 7287.
odoriferant (: turriferant), 9617.
oeilles, ouailles, 2793 ; (: oreilles) 3865.
oeullette (: vermillette), regarde, 634.
offendre (: deffendre), commettre une offense, 3324 ;
    v. 11196.
office, *s. f.*, (: service), 757, 4103 ; 10306.
officiaux (: juridiciaux), officiers publics, 1042.
offusque, obscur, 10847.
Ogier (: messagier), 1451.
oindans (: pondans), guérissant, 10821.
oignement (: seullement), ce qui sert à oindre, 5230.
ointure (: nourreture), onction, 23252 ; *écrit* oincture,
    11700.
oyr, hoir, héritier, 18411.
oire (: purgatoire), il y a un instant, 2695.
ois, entends, 11976.
oiseuse *et* oyseuse, oisiveté, 1598, (: joyeuse) 2180.
ombroye, mets à l'ombre, 43.
ondees (: rousees), ondes, eaux, 5960.
ongnement (: longuement), action d'oindre, 11484.
onnis (: honnis) ?, 19439.
ooroit, *ms.*, 20085, *lire* orroit, entendrait.
opiné (: déterminé), 287.
opulente de, 35.
or (: tresor), maintenant, 3506.
oratoire, *s. f.*, 17, 20458.
orde, sale, 1894.
ordonnance (: souvenance), ordre, 554.
ordoye (: doye), s'emplit d'ordure, 23436.
ordres, les saintes ordres, 22214.
ore, tout à l'heure, 2841.
oré (: ravigoré), vent de oré, 15530.
oreloge (: matriloge), horloge, 7969.
organe, *s. f.*, organisme, 18906.
'oribet (: gibet), Ysengrin d'oribet, d'oribus (?) 7938.
oribus (poudre d') (: quoquibus), (poudre de) chan-
    delle de résine, remède sans vertu, 3360.
originé (: moriginé), prédestiné, 2120.
oroison (: raison), oraison,, 1916, *écrit* orison, 23474.
orphaverie (: averie), orfèvrerie, 21487.
orphenins, orphelins, 23031.
orribile, horrible, 7141.
ors '(: ahors), sales, 6501.
osseaulx (: vaisseaulx), ossements, 21549.
osselemente (: mente), ossement, 23690.
ost, armée, 1799.

otant, autant, 18988.
otel (: hostel), la même chose, 3642, d'otant et d'otel,
    18710 ; *écrit* autel, 18988.
ou, au, 3207, 16161, etc.
ouche, aïe, *en patois brabançon*, 7287, 11677.
ougnon, maistre ougnon (: compaignon), *sobriquet*,
    17103.
oultrecuidier (: aidier), outrecuidance, 22022.
oultremontains (: loingtains), d'au-delà des monts,
    6049.
oultrer (: entrer), exterminer, tuer, 10836, 18565.
outil (: gentil), 20169 ; *v.* hostieu.
outrepasse, merveille, nec plus ultra, 775.
oustieux, 4342, oustilles (: coustilles), 4342, outils,
    v. hostieu, houstieu.
ouvrer (*infinit. subst.*), travail, 1323.
oyr, hoir, héritier, 18411.
oyseuse, *v.* oiseuse.

P

paffus (: fus, feux), *comme* espafut, espadon, 5528,
    12647, 18222 ; 1664, 11572.
paganicque, païen, p, 146, *e*, l. 7, (: dominicque)
    10200.
paielles (: vaisselles), poêles, 1981 ; 11676, *écrit*
    payelles, 1738.
paillarde, *s. f.*, 11316.
paillardeaux (: goulardeaux), bande de paillards,
    4279.
paillars, 1561 ; paillart, 485.
paille, *pour* paile, manteau, 10088.
palatine (: argentine), honneur palatine, 30.
pale, dais, 13125.
palees (: sallees), pellées, pelletées, 3514 ; (: avalees)
    6546.
paleffroy (: effroy), 591.
palés (: varlés), palais, 21232.
palestine (: digne), du palais, 9477.
palette (: salette), psautier, 9080.
palette, petite pelle, 11873 ; pelletée, 11871.
palot (: falot), sorte de pelle, 23858.
palpe (: pape), mâche, 6914.
palus, marais, 18854, (: polus) 18952.
pance (: ordonnance), panse, 1236.
panciere (: chiere), panse, 15276.
pannieres, paniers, 10013.
pans, partie de l'armure, 5531.
pansette (: lancette), panse, 7706.
Papagoce (: hoce-caboce), 10088.
papalité, papauté, 4893, (: crudelité) 10213.

papegaulx, perroquets, 3541.

papegays, perroquets, 13184.

papelars (: paillars), *terme d'injure*, 3885, 9792.

papette, babille, 6914 ; *cf.* 6916, 6918.

papier (: pappier, *s. m.*), bégayer, balbutier, 1304 ; *cf.* 14268.

papier (: pape hier), 8494.

pappeter, papeter, 6913.

paraige (: raige), égalité de noblesse, 6001 ; (: fera je) parent, 6178, 14459 ; famille, 7143.

paraulx, pareils, égaux, 55.

parchon (: garçon), parti, groupe, 12001.

parcialle (: especialle), particulière, 710.

parcus (: sarcus), parchu, frappé, renversé à terre, 23839.

pardonneur (: mineur), 10508 ; 1340.

pardurable (: durable), 18852.

parentaige (: aige), famille, 6014.

pareurs (: empereurs), préparateurs, 4615.

parfait (: fait), accomplissement, 429, 4680.

parfatte, parfaite, 2821.

parfont, profond, 2074.

parfurnir (: advenir), au parfurnir, au bout du compte, à tout prendre, 103.

parmentiers, 7241.

paroche (: croche), paroisse, 1362 ; 4872.

pars (: espars), parties, 3756.

parsequier, faire sécher, 13484.

parsonnier, collègue, 1017.

partement (: firmament), départ, 3478.

partir, se partager, se séparer, 1724.

partiray, aurai part, 7560.

partir, *s. m.*, 684.

partués, tuez tout à fait, 7807.

parture (: geniture), partie, 4830, 23108 ; (: apure), partage, 9366.

parvers (: revers), pervers, 4749.

pasciens (: sciens), patients, 149.

pasmes, paumes, 16588.

passade (: ambassade), course à faire, 453.

passé a, il y a, 7065, 18464.

passet, tabouret, 8807.

passible (: possible), désagréable, 5432.

passionés (: benedictionès), tourmentés, 3315.

pastis (: petis), pâturage, 22983, 23241.

pasture (: corrumpure), pâturage, 23248.

patenostre, 2018, *et* paternostres, 10928, 19346.

paterne (: lanterne), parent, 1967.

paterne (: sempiterne), paternel, 805, *v.* materne.

patibulés, pendus, 1051, 4439 ; 10461.

patins (: hutins), souliers, 967.

patoires (: eschappatoires), pattes, 15337 ; *cf.* 17512.

patoulant, marchant dans un bourbier, 6912.

patoulart (: lart), qui marche dans un bourbier, 6911.

patronaiges, 1587.

patroullés (: esraillés), salis, 4436.

patues (: revestues), qui ont des pattes, 2483.

paturaiges (: avantaiges), 2484.

paulx (: crapaux), bâtons, 6492 ; 11936.

pautonniere (: miniere), femme de tripot, coquine, 11588.

pautonniers (: gautiers), scélérats, 4312.

pavement (: tourment), 12475.

pavillons (: papillons), sorte d'oiseaux (?), 20143.

payelles, *v.* paielles.

Pegasus, 15600.

pel, peau, 9107, 14596, 19430.

pelliffiet (: santiffiet), 13757, *et* pellifyés (: glorifiés), orné de perles, 2438 ; *v.* 10727.

pelz, *pour* pelles ?, 14566.

penable (: semblable), pénible, 22759.

penances, châtiments, 997 ; *cf.* 5226 ; 18164.

penancier (: escorchier), punisseur, 14523, 16531.

penas (: harnas), plumage, 14610, (: harnas) 19954, 19955.

pendaille (: merdaille), gens bons à pendre, 486 ; 4284.

penez (: reprenés), fassiez souffrir, 7757.

peniter, avoir repentir, 9673.

penne vaire, plume hachetée, 14696.

penniers, paniers, 3365.

penon (: canon), étendard, 1784.

pensement (: grammment), pensée, 8423, *v.* 11487.

penser a, 5792, penser de, 192, 247, 519.

pepie (: pie), 7090.

pepin (: Crispin), nés que pepin, propres comme pépin, 13960.

per, pair, 14459.

perceptive (: directive), 2587.

'perfilz (: filz), aller au perfilz, 1602 (?).

perlifiés (: glorifiés), ornés, 1564.

permanable (: raisonnable), perpétuelle, 13736.

personnaige (: linage), représentation figurée, 744 ; rôle, 4062.

perspectif de (: speculatif), qui regarde bien, 2635, 3841.

pert, apparait, 15264.

pertrassé (: cassé), *pour* trespassé, 16606.

pertruis, *pour*, pertuis, gouffre, p. 146, *d*, l. 8.

perturbacion (: Syon), 9838.

pesach (: poitronnach), fourrage de pois, 4798.

pestel, pilon, 11883.

pestelé (: martelé), pilé, écrasé, 5505 ; pestelés : mutilés, 5904 ; 6411.

pestiferant (: differant), détruisant, ruinant, 9620.
pestis (:chetis), *pour* pestris(?),*plur. de* pestril, 13357.
*petaudes, (?), 3358.
*petriaux (: friaux), *terme d'injure*, 4285.
peuplus (: Jhesus), nombreux, 1445.
phantasie, imagination, 11486.
phantosme (: home), fantôme, 19225.
phebeyque (: leonicque), *épithète d'Apollon*, 12582, *cf.* 13735.
Pheton, 9528.
philofoliens (: liens), amis des fous, 154.
phisonomie (: mie), physionomie, 114 ; 2322.
picquos (: cops), 17568.
picqz, 1663, picqz, picques, picquos, picoteaulx, 12646.
pictagoricque (: musicque), de Pythagore, 21661.
pieca, il y a longtemps, 18952.
pieconnet (: en est), petit pied, 7256.
piege (: siege), race, origine, 331.
pierrettes (: amourettes), 5961.
pierrie (: meselerie), pierrerie, châsse précieuse, 3136 ; 21492.
piessa, depuis longtemps, 4840.
pieument (: monument), piment, 23848.
pieurs, pires, 577, 1437.
pigment, piment, 13494.
pigniet, peigné, 13990.
pilé, pilier, 23191.
pillerie (: tapisserie), pillage, 673.
*pinars (: regnars), *terme d'injure*, 7538.
pinart (: ponart), 14287, pinarde (: laisarde), 18248.
pinchet, pincé, 7288.
*pine pine ? (: mine), 11646.
*pineresse (: fesse), *fém. de* pinart, 11104.
pintelette (: halette), 7709.
pion * (: Escorpion), fantassin, 563 ; 7745, (: champion), armée (*singulier collectif*), 4594.
pippes, pipeaux, 18374.
Pira : empire a), femme de Deucalion, 9306.
pires, 2057.
pis (: pis, *pejus*), poitrine, 3684, 11280.
Piscerne (: materne), 12308.
*pitace (: sace), « pité ne pitace », pitié, 14237.
pité, pitié, 934.
placquier, plaquer, poser, 6574.
plaidoires, disputeuses, 7056.
plaiés, blessé, 3662.
plainderons, épargnerons, ménagerons, 4063.
plains (: plains, pleins), plaines, 56.
plains, plaintes, 6622.
plaisance (: aisance), plaisir, 621.
plait (: se dieu plait), procès, 4307 ; parole, langage 14863.

plancons (: haubrejons), épieus, 1659 ; 1689 ; *écrit* planchons, 12647.
planetés (: translatés), transformés en planète, 2901.
plantelettes, 5987, 13193.
plantureuse (: vertueuse), magnifique, 646.
plasmateur (: serviteur), créateur, 7861.
platelee, platée, 1905.
plebes (: Thebes), gens, 3989.
pleiniere (: chayere), plénière, 770.
plenté, quantité, 3798.
plentureux, 257.
plice (*pour* pelisse), peau, corps, 8601 ; (: malice) 15544.
plicon (: lechon), peau, 17378.
plique (: publicque), détour, 19524.
plisson (: venisson), peau, 2293.
plommees (: englumees), morceaux de plomb, 16620, 16624.
ploustre (: oultre), cadenas, 15257.
plouvace (: menace), grande pluie, 7872.
plouvoir (: mouvoir), pleuvoir, 21693.
ploy (: loy), pli, état, situation, 3213 ; parti, 6131 ; (: employ) 5114 ; *cf.* 8015, 13140.
plucque (: Hurtebucque), profite, 6093.
plumeter le festu, s'amuser à fendre une paille, 10577.
Pluton (: Flegeton), *nom de diable*, 21942.
pochons (: enffanchons), pots, 1738.
poesté (: manifesté), puissance, 19436.
poie (: apove), poix, 11557.
poindans, piquants, pointus, 1638.
point (faites), arrêtez-vous, 18702.
pointe, droite pointe, en droite ligne, 19876.
pointure (: sepulture), blessure, 10196 ; *v.* 11358.
pois (: contrepois), (je) pèse, 3800.
poix, charge, 17429.
poissant (: scant), puissant, 7382.
poissonceaux, poissons, 18878.
poitevine (: couvine), monnaie du Poitou, 8618.
poitronnach (: pesach), du derrière, 4796.
policie (: remercie), gouvernement, 6336 ; 286 ; affaires particulières, 7198,9533.
Polus (: Romulus), Pollux, 3.
pome, pomme d'or, 23, 715.
pomon, poumon, 9786.
ponart, maistre — (: monnart, pinart), *sobriquet*, 14288, (: regnart), 16019.
ponceaulx, ponts, 21221, (ponceaux : juvenceaux), 23765.
poncier, polir avec une pierre ponce, 10822.
pondans (: oindans), qui ont du poids, de l'autorité, 10819.

populaire (: examplaire), peuple, 23512 ; populaires, gens, 12736.

porge, porche, 3676, (: loge) 12030, (: forge) 12901.

porions (: quorions), portions (?), 3355, (: horions) 8727, 20308 ; *cf.* 16202, 17398.

port, homme de port et de courage, 410.

portée, rejeton, 617.

posé que, encore que, 3703.

possesse, possède, 2559.

possesser, posséder, 22929.

posternes, poternes, 8126.

potacion, boisson, 11651.

potentes (: tentes), puissances, 16564.

potestés, puissances, 16414.

pou, peu, 20381.

pouchin (: rouchin), poussin, 6452.

pouchons (: fauquons), pots, 1662 ; 12647.

pouillons (: pavillons), poux, 4792.

poul, pouls, coup, 17429 ; poulx (: crappoulx) 17470.

poulennes (: alennes), pointes de souliers, 7323, 17409.

poulleries (: diableries), vermine, 924 ; *v.* 11211.

poupart (: lombart), 21932 ; *v.* 17705.

pourboudir, *lire* pourbondir, assommer, 17298.

pourboudis, *lire* pourbondis, assommés, 4439.

pourboulis (: bruhis), bouillis entièrement, 1004, 4439.

poureté (: santité), pourriture, 8957, pourri par poureté.

pourete *et* **pourette**, poudre, 3360, 5310, 11900.

pourfendus, 1004, (: morfondus) 4438.

pourgette, jette dehors, 5849.

pourjetté (: argenté), ébauché, 21578.

pourhacié (: despechié), haché complètement, 14791.

pourmaine (: romaine), poursuit, 5849.

pourpointeaux (: crestiaux), pourpoints, 12635 ; *écrit* pourpointaux, 7718.

pourpris (: pris), enclos, 2343.

pourprise (: reprise), enclos, 1617, pays, 4144, 18934.

pourre, poudre, 2081, 14560 ; (:courre) 17385 ; 18075 ; *écrit* pouldre, 9075, poudre, 9187.

poursievant, serviteur, appariteur, 138.

pourtraiture (: nature), image, 610.

pourveance (: retenance), service, 60.

pourvés, pourvoyez, 21178.

poux, tempes, 12033, *ou lire* poings (?)

poy, 11566, 11670, *comme* poic.

Pragois (: degois), gens de Prague, de Bohême, 20477.

pré pi, presque pis, 11363.

preception (: dilacion), commandement, ordre, 5877.

precise (: ocise), déterminée, distinguée, 1839.

predicesseurs (: anchiseurs), prédécesseurs, 124.

prefecteure (: pure) préfet, 9361.

prefection (: infection), pouvoir de commander, 5378.

preference (: circonference), 120.

prelacion (: election), prélat, 21994 ; 23023.

prelature (: estature), 10237.

premunis, 17687.

prendre a femme, prendre pour femme, 350.

preordonne (: bone), désigne, 18927 ; preordonnee, designée, 19104.

preparatoires (: territoires), préparatifs, 20769.

preparement (: tourmens), *pour* preparemens, préparatifs, 11255.

prepareur (: empereur), 70.

prepotent, plus puissant que les autres, 12592.

prés, presque, 1519 ; *v.* pré.

preschement (: commencement), sermon, 2925.

prescher de, 5556.

prestraige (: coraige), sacerdoce, 9202.

prestolé, attendu, 11502.

prestris (: murdris), *pour* petris, 8700.

preu, a preu, en prospérité, 12658 ; preu vous face, profit vous fasse, 10458.

preudommel (: hamel), prudhomme, 19493.

preudons (: prendons), hommes sages, 5898.

previleges, priviléges, 736.

prier a Dieu, 2805.

primerains (: souverains), 46.

princhier (: exaucier), prince, chef, 8566.

princialle (: provincialle), de prince, 712.

princie (: policie), gouverne comme prince, 9535.

principaument, principalement, 3889.

pristine (: celestine), 14910, 18936.

privés, particuliers, 3439.

'prochire (?), 6799.

procure, honore d'un culte, 5421.

procure, fournit, 5419.

prodition (: occision), trahison, 6004.

profés, initiés, 5490.

proficiat (: nonciat), don gratuit que l'on fait à l'avénement d'un prince, 450.

profugues, bannis, 22847.

progenie (: renie), progéniture, engeance, 4393, (: tirannie) 5993, (: Romenie) 7470.

projecture (: fleuriture), avance, saillie (?), 9307.

promission (: prodition), promesse, 6003.

promotion (: motion), élection, 430.

propette (: preste), *lire* proprette, propre, 5110.

propice (: office), appropriée, 4102.

proposer (: reposer), délibérer, décider, 1545.

Proserpine, 21943.

prosme (: Rome), prochain, 9237.

prosmes (: sommes), parentèle, 13021.

prosne (: prosne), prune, 9264.

prosne, enclin, 9266.

proterves, effrontés, 1802 ; 9493 ; 10907.

prothonotaire (: salutaire), prélat de la cour romaine, 19285.

protraction (: spiration), représentation, 9285.

proveance (: penance), providence, 18165, (: doleance) 19000.

province, s. m., 1530, au bon province ; 23514.

prudens, s. m., 4053.

prudentement, 12492.

prumier, premièrement, d'abord, 19914.

pruvosta (: degousta), condamna par sentence de prévôt, 7692.

pruvosté (: atinté), prévôté, 558.

psalterions (: clarons), instrument de musique, 3532.

puans, 2054 ; puant (: truant), 7402.

pubitre, pupitre, estrade, 14226.

publicque (le bien —) (: aplicque), 284 ; (: replique) 71.

pucelettes (: violettes), jeunes filles, 18018 ; 9314.

puissier (: baisier), puiser, 16930.

pulente, puante, 3397.

punaise (: fournaise), mauvaise, 1026 ; cf. 8726.

punaisie, puanteur, p. 146, d, l. 5.

punés (: nés), laids, dégoûtants, 7411, 17153.

purgatoire (: oire), 2694.

pupitre (tribunal pupitre), 983, (: arbitre) 4385.

putains, 4964.

pute, mauvaise, 459, 5992-3.

putee (: disputee), bande de débauchés, 1416.

putiers (: loudiers), hommes débauchés, 4229, (: quartiers) 8031 ; 7551 ; 10216.

Q

Quagnons, 13892, v. cagnons.

'quaigne (: compaigne), oride quaigne (?), 14267.

quan, combien, 5797, 11978; quans, combien de gens, 12537.

quanques, tout ce que, 3426.

quant, après que, 1442.

quant, instrument ?, 14708.

quaquenarde (: regarde), terme d'injure, 17091.

quaqueter (: emporter), bavarder, 7561.

quaquetoire (: cathoire), babillard, 5506 ; cf. 12514.

quarel (: morel), carreau, 14196.

quaria, 19419, v. haria.

quaribary (: hari), charivari, 19501.

quarrel (: bourrel), carreau, 16162.

quars (: Picars), chars, 10754.

quartaine (: capitaine), fievre quartaine, fièvre quarte, 1477.

quartier (: mortier), 4238.

'quayaulx (— et lices) (?), 10311.

que, comme, 859, 948, 1064.

que, qui, 2252; que plus est, 9190, que pis vault, 20652.

quelque (sans quelque moien), 66.

queneule (: seule), chenelle, canal en bois, 11571.

quenne (: barbaquenne), chêne, 1641.

quenne (: barbaquenne), tuyau, 1643; quennes, 17404, pieus.

quennequin (: Wautrequin), canette, pot a boire, 8793.

querimonieuse (: precieuse), plainte querimonieuse, 15675 ; v. 9657.

querquant, carcan, 12035.

queru, quis, cherché, 16872.

queste (: encqueste), expédition, 4054.

quetinaille (: ferraille), 4272, lire quetivaille, chetivaille, troupe d'hommes chétifs, terme d'injure.

queutes, coudes, 13242, 23639.

queuute (: quute), coude, 10079.

qui qui, quoi qui, 4756.

quieutepointe (: appointe), courtepointe, 19354.

quil, qui, 374.

quiller (vuidons le-)(: batiller), quittons la partie, 1902.

quintil (: gentil), le mois quintil, 14408.

quiquaudaine (: haultaine), menace de coups, 1476.

quis (: conquis), cherche, 19923, trouvé, 19962.

quite (: quite), cuite, 7791, 19732.

quite, quitte, 14927, 15730.

quocus (: sarcus), cornus (?), 6808, 12652 (: becus).

quois (: bourgeois, pour cois, 10733.

quolibet (: courbet), question à discuter, 2636.

quoquardaille, troupe de niais, 4273.

quoquart (: magicque art), niais, 8932.

quoquibus (: oribus), comme coquibus, niais, 3361 ; (: Belzebus) 7119.

quoquidé (: mandé), nigaud, 13123.

quoquin, coquin, 1478.

quoquinaille (: aille), bande de coquins, 4034, 4272 ; 8628.

quorions (: porions), morceaux de cuir, 3357.

quoy (: Eloy), calme, 22552 ; v. 11453.

quoyson (: accoison), calme, 2392.

'quute (: queuute), chuite ?, baril ?, 10078.

R

rabajoye, chagrin, tristesse, 8162.

rabice (: bice), enragée, 11031.

rabis, enragés, 156, 3299, 4176.

racachiés (: erragiés), rechassés, 1001.

rachiés, arrachés, déracinés, 1001.

racinettes (: besongnettes), 2545.

racointaige (: heritaige), acte de renouveler connaissance, 901.

racrocquebillés (: rossilliés), recroquevillés, 4416.

raddes (: viraddes), rapides, violents, 384 ; 456 ; cf. 6693.

raddeur (: ardeur), violence, 6604.

raddos (: dos), 17573, v. rados.

rade (: brigade), rapide ou violent, 1628 ; 4056, 4233 ; v. radement, 4039.

radesse (: haultesse), violence, 16284.

radeur (: pasteur), diligence, rapidité, 23808.

radice (: prejudice), racine, 12613.

rados (: dos), abri, 20917.

raffarde (: farde), raille, 18246.

Ragenteste (: feste), 5041.

ragerie (: forcenerie,) 15517 ; 16862.

raiant, ruisselant, 567, 16450.

raillier, battre à coups redoublés, 567; raillics, 1001; 4421.

ralés y, retournez-y, 5744.

rainceaux (: jovenceaux), rameaux, 2730 ; (: coulonceaux), fagots, 3301.

ramees (: armees), forestz ramces, 5966.

ramonné (: ramené), frappé, frotté, 6550 ; ramonnés (: nés) 7679.

ramonnoire (: Tonoire), espee ramonnoire, 15996 ; écrit ramonoire, 9126, 9131.

ramonoires (: noires), 21290.

ramonselés, balayés, 4425.

randon (: Radon), rapidité, 23065.

randonnee (: cheminee), rapidité, 12575.

randy, couru, 22197.

rappareille, répare, 8229,

rapture, enlèvement, 10963.

rarons, aurons de nouveau, 3749.

rasachiés, tirés en arrière, 1001.

rasibus (: retondus), tout ras, 4420.

rasieres, mesure de capacité, 3799.

rassanetés, rejoints, retrouvés, 4414.

rataine (: estainte), touchée, 3576.

ratelés, passés au rateau, 4415.

rateliers, 11597.

ratier (: mestier), voleur, 7234 ; (: routier) 4738 ; cf. 14465.

ratiers (: teliers), trous à rats, 11599.

ratisiés, comme ratelés, 4424 ; ratisier (: baptisier), 5565.

raton (: taton), bourde, sottise, 8501.

ratripelé (: velé), mis sens dessus dessous, 6232.

ratrippelés, 4416.

ratrumelés, qui ont les jambes mises au supplice, 4424.

ravaches (: besaches), lire rabaches, engins de pêche, 10013.

ravalés (: gales), jetés bas, 4415.

'ravettent, recouvrent ?, 11602.

ravigoré (: oré), réconforté, 15529.

ravoia (: envoia), remit en état, 3029.

ravoir, v. rarons.

real, royal, 23311, (: leal) 238 ; realle (: lealle) 21767.

realme, royaume, 23321.

rebarbatifz (: rostis), 4422.

rebarbe (: jarbe), regimbe, 1640.

Rebecque (: Senecque), sapient comme Rebecque, 22708.

rebellans (: mellans), rebelles, 4592.

rebelles, 3535.

rebeller (: parler), se révolter, 1540 ; cf. 3912.

rebouffez, rebufféz, 14277.

reboulé (: esbourbelé), roulé en boule, 14246.

reboutement (: certainement), action de repousser, 18468 ; 10207.

reboutés (: domptés), repoussés.

reboux (: trestoux), rebours, 4019 ; (: bous), rétif, 23093.

rebracie (: ressincie), retroussée, 13241 ; v. 11547.

rebraciet, à manches retroussées, 10079.

recelee (: anichilee), cachette, endroit secret, 2798.

receptoire (: deceptoire), action de recevoir, 1457.

recharpente, reconstruit, 21280.

rechigniet (: engaigniet), maussade, 7977.

reclinatoire (: encoire), lieu de repos, 6107.

recœuillier, recueillir, 10310.

recoil (: œil), refuge, 3148.

recole (: desole), je m'en recole, je m'en souviens, 23674.

recole, réconforte ? 23675.

recommandee (: fondee), 5.

reconcquier (: froncquier), (se) tapir ?, 8154.

reconvoiray, reconduirai, 914.

recorder, rarranger des cordes, 11402.

recorderay, repasserai (ma leçon), 2294.

recorde (: discorde), se souvient, 113.

recorps (: corps), comme recors, 2501.

recors (: corps), récits, rapports, 5217; 2854; v. 9654.

recors, adf. (: corps), qui se souvient, 20783.

recort (: accort), témoin, 7418.

recourse (: bourse), retraite, 23140.

recouvreur (: couvreur), 20606.

recouvrier (: ouvrier), homme de ressource, de remède, 1384, remède, ressource, 11625.

recquoy (: quoy), endroit retiré, 6132.
recrans (: grans), fourbus, 457, 15135.
recreance (: creance), relâche, 4644.
recreé (: creé), réélu, 1018.
recreeur (: orreur), rédempteur, 12755.
redde (: remede), rêve, extravague, 18994.
redderie (: enchanterie), rêve, déraison, 19059.
redolans (: dolans), parfumés, 7629.
redolente, parfumée, 19754.
redonde (: monde), rebondit, 21, retombe, 2459.
refaucillier (: estrillier), réconforter, 13370.
refferendaire (: solitaire), 22308.
reffés (: deffés), refaits, 4587.
reffroidié (: aidié), refroidi, 20112 ; cf. 14546.
reffus (: confus), rebut, 15373.
reflamboiant, resplendissant, p. 146, e, l. 9.
refrigefaction (: calefaction), froideur, 17827.
refrigere (: ingere), refroidissement, 14172 ; (: armigere) 18172.
refrinchonnés, saisis de frissons, 4415.
refulgente, brillante, 18851.
regarissant (: languissant), guérissant de nouveau, 5185 ; v. regary, 13524.
regeneré (: bienheuré) par le baptême, 5479.
regerie (: perie), comme regarie ? 13531.
regine (: virgine), pour regime ?, 12608 ; cf. 15758.
regnant des regnans (: souvenans), 785.
regnars, renards, 21239.
regnation (: dampnacion), patrie, 5344 ; 6363.
regnature (: signature), 12292.
regnon (: non), royauté, 5142, 12226.
regrilliés (: recoeuilliés), passés au gril, 4424.
regrouce (se) (: doulce), grogne, 7076.
rehabilité (: debilité), remis en état, 5257.
relacion (: violacion), pour relapsion, allusion à la trahison de Judas ?, 5387.
relemquist, renia, 2874.
relenqui, renié, 3708, 17238.
releschier (: justicier), absoudre, 21387 ; se releschier (: lessier), s'arrêter, faire relâche.
relevacion (: revelation), action de relever, 5398.
reliquiaire (: suaire), reliquaire, 19866.
relucense (: magnificence), v. le suivant.
relusence (: expérience), éclat, 3103.
remaindre (: estaindre), 11025 ; sans nul remaindre, sans arrêt ?
remaine (: seraine), reconduis, 2093.
remains (: soir et mains), séjourne, 44.
remanoir (: manoir), séjourner, 6084, 15713.
rembarrer, 4369 ; rembarrés, 2808.
rembarrons (: barons), 1032.
remede (: ede, aide), restriction, 7310.

remenant (: maintenant), reste, 3113.
remengier, 9806.
remerir (: amenrir), payer de retour, 4923.
remis (: anemis), détruits, 1065 ; remise, repoussee, 12669 ; v. 12174.
remort, 3396.
remouvant (: avant), remuant, 463 ; 12799.
remunerer, 759.
renacque, renifle, 4394.
renchiere (: chiere), abondance, 6575 ; sans renchiere, sans faire le difficile, 10356.
renclus (: exclut), 23687.
renova, renouvela, 3853.
renovations (: introductions), 133.
renoyé (: esbanoyé), renié, 4320.
rens, rangs, 20093.
rentrongnés pour renfrongnés ?, 4421.
renvie, envie, 10362.
repaire (: paire), a son gîte, 6434.
repairier, s. m. (: encombrier), gîte, demeure, 7153.
repatrie, rapatrie, 15734.
repertoire, 20.
repeux (: espeux), nourri, soigné, 2100.
repinchés, pincés, tourmentés, 4425.
repinchier (: ressincier), retrancher, 13224.
replique (: publique), 74.
repositoire, trésor, lieu de dépôt, 18 ; siège, 10262.
representaige (: estaige), image, 6845.
reprise (: pourprise), reproche, 1615.
reputee (: disputee), reniée, 1419.
requenne, regimbe, rechigne, 1640, 1646.
requerre (: acquerre), requérir, 1923.
requipoler (: cler), renvoyer, riposter, 4503 ; requipolés, 4423, renvoyés comme une balle, équipollés (?).
rés a rés, tout ras, 4420.
resalés (: galés), salés, 4425.
resambler (: estrangler), ressembler, 4199.
rescoués, rachetez, 18269.
rescourre (: courre), délivrer, dégager, 2041 ; 16098.
resident (: prudent), présent, 2283.
resine (: signe), pour racine, 22471, c'est à dire prend racine.
resjoie (: joye), réjouit, 849.
reslescie (: acouchie), remise, revenue à la santé, 840.
reslesse (: lesse), réjouisse, 13000.
reson, bruit, son, 9398, 16962 ; resons, 13187.
resongne (: Bourgongne), appréhende, 14590.
respace (: trespasse), guéris, 6602 ; (: despace), soulage, 7748.
respasmer, battre dans l'eau (le linge), 13256 ; 13469.
respassant (: passant), réconfortant (?), 1102.

respassé (: lassé), réconforté, soulagé, 13701.

respité (: pité), sauvé, 5461 ; 5791.

resplend, resplendit, 276.

resputer, *pour* respuer?, renoncer à, rejeter, 7197 ; *v.* reputee.

ressincier (: repinchier), rincer, 13222.

ressourdre (se) (: Fourdre), recommencer, 17712.

ressua (: sua), essuya, sécha, 13707.

resteaulx, rateaux, 11500 ; rasteaulx, 11524.

restituteurs (: imperateurs), 11180.

restor (: Hector), remplaçant, 378, 3504.

restrainte (: contrainte), épreuve dure, 2877.

restraintes (: saintes), pressées, serrées, 2045.

resumption (: disputacion), résumé, 2725.

resviciés, 10182, *pour* resinciés, rincez.

ret, rase, 4008.

retenance (: pourveance), restriction, reproche, 61 ; (: contenance), entretien, séjour, 20849.

retention (: confession), 16179.

rethorical (: dialetical), de rhétorique, 2361.

retondus (: Rasibus), tondus, 4418 ; 157.

retornés, retournés, 4414.

retoulliés (: regrilliés), enfoncés, 4426 ; (: moulliés) 5933.

retoure, *pour* retourne, 14659.

retraint (: ataint), retiré, 3751.

retraire (: contraire), raconter, 2836 ; 10941.

retrais (: trais), retirés, 1878.

retributeur (: largiteur), 2909 ; 5926.

retrograde (: rade), marche en arrière, 9497 ; (: degrade), 22409.

revalue (: value), donne en échange, 509.

revel (: vel), réveil, 21283.

revenue (: bien venue), retour, 13075.

reveramment (: expressement), avec révérence, 5594.

reverendee (: esmondee), honorée, 6849 ; *cf.* 23351.

reverser, renverser, 10946.

reversés, renversés, 7847.

revertir (: convertir), retourner, 6075, 17019, 20725.

revider, 7660, (d'une torche).

riagal, réalgar, sulfate rouge d'arsenic, 10179; 11901.

ribaudaille (: brigandaille), troupe de ribauds, 4274.

ribaudequins, engins de guerre, 1673.

ribaux, ribauds, 457.

rice, riche, 1091.

'richaulde (: eschaude), instrument (?) 11655.

riens, chose, 3629 ; 6144.

rieulx (: vieulx), ruisseaux, 13162.

Rifflandoulle, *nom de tyran*, 5036.

rihors (: dehors), souspirs et piteux rihors, 18704.

rihottes (: hostes), querelles, 6045.

rihoteux, querelleurs, 791.

ripeulx (: pompeux), souillé, ulcéreux, 22571.

riray (je m'en) (: maintenray), je m'en irai de nouveau (*du verbe* s'en raller), 2464.

ris, rire, 2457.

rober, voler, 9357.

robeurs, voleurs, p. 23, *b*, l. 5.

Robinet et Mariom, 11805.

Rocquet, *nom de diable*, 18179.

roelles (: damoiselles), roues de chariot, 19417.

rogne (: charogne), croûte sur la peau, 14595.

rogneux (: Mausongneux), 14275.

rogniés, rognés, 4419.

roide (: refroide), 16203, *fém. de* roit.

roiés (*écrit* royés) (: desroyés), bien arrangés, 21651.

rois (: parois), roide, 14752.

roisin (: voisin), raisin, 13950.

roit (: tenroit), roide, 19971.

roix (: paroix), *id.*, 7547.

romant (: command), romain, 257 ; *cf.* Romans (: Vermans) 16763.

Romarie, Romarion, 11804.

'romaticque (: autenticque), où il y a un fossé (*de* rume, fossé ?), 23699.

romenicques (: cronicques), romains, 2159 (*cf.* romenicque : punicque, 5802) ; 23745 ; 10205.

romien (: Maximien), romain, 807, 15027.

romion (: larmion), romain, 4580 ; *cf.* 1285, 20966, 21325.

Romionois (: soissonnois), Romains, 7122 ; *v.* 8941.

rompure (: sepulture), 12387, 18857, rompeture, 23250.

rompure, *pour* rompture, 10961.

Rone, *sf.*, Rhône, fleuve, 6568.

rongiés, rongés, 4419.

rongne (: carongne), sorte de gale, 19981.

rongnes (: charognes), *pour* trongnes (?), 4343 ; ou peaux galeuses (?).

ronquier (: drinquier), ronfler, 23138.

rossilliés (: graffilliés), *pour* rostilliés, rôtis, 4415.

roste (: trotte), ôte de nouveau, 8191.

Roth, *nom de diable*, 21947.

rotieres (: frontieres), *pour* ratieres ? 11594.

rouchin (: pouchin), roussin, 6450.

roucins (: voisins), roussins, 527.

rouelles (: boyelles), tranches en rond, 1984.

rouet (: fouet), roue, 19994.

roulliés, 4466.

roupie (: pic), rougegorge, 5066.

rouppie, deux larmes et une rouppie, 10124.

rousselet (: chappelet), 6533.

router, cheminer, 8863.

routier (: ratier), 4737.

routiers (: mestiers), 1720.
rouvelent, rouge, 15459.
rouvelente (: excellente), rose, rougissante, 13510.
royame (: healme), royaume, 5243 ; *cf.* 24, 1929.
royaulme (: basme), royaume, 24101.
roye (: vorroie), sillon, chemin, 1211.
roye (: escriproie), raie, ligne, 8492.
royés, *v.* roiès.
rubin, rouge, 11787.
Ruch, *nom de diable*, 5520.
ruchon, *s. f.* (: sochon), bruit, 5211 ; (: garcon) 8688.
rucon (: lecon), *id.*, 6663.
rudical (: radical), rude, grossier, 2651.
rué, précipité, 18932.
ruer (: juer), faire du désordre, 2747.
ruffiens (: fiens), libertins, 10770.
ruire (: destruire), faire du tumulte, 8364.
ruit (: bruit), fracas, tumulte ,18677.
ruyans (: bruyans), faisant du tumulte, 1795.
ruyot (: chariot), fossé, ruisseau, 19392.

S

sachant (: meschant), savant, instruit, 2127.
sachies (: tachies), contenances d'un sac, 10051.
sacque (: zodiaque), met à sac, 12311, sacquons, (: communicons), 2550 ; sacqueray, tirerai, 9802.
sacquelet (: soufflet), sac, 10108.
sacquemans (: commans), pillage, 2215, 6528 (mis à sacquemans).
sacquemans (: commandz), pillards, hommes de sac et de corde, 7624, 17734.
sacrement (: serment), chose consacrée, 716.
sacres (: simulacres), choses saintes, 267.
sacrifiance (: deffiance), sacrifice, 14302 ; 5743, 9481.
sade (: ambassade), agréable, gracieuse, 4831.
sagitaires (: salutaires), 50.
saignie (: mehagnie), saignée, 15149.
saingnier, signer, 21846.
sains, graisse, 8786.
saintie, sanctifiée, 18909.
saintifiant, sanctifiant, 10500.
saintifieur (: vivifieur), *id.*, 10654.
saintin (: Quentin), saint, 15858 ; saintines, saintes, 16420.
saintisme (: abisme), très saint, 2073 ; (: regime) 15759.
saintuaire (: viaire), chose sainte, reliques, 19776, (: reliquiaire), 20030 ; 16497 ; *cf.* chantuaire.
saisine, *adj.* (: voisine), établie, sûre, 8877.
saisine (: signe), possession, 10645, 22206, (: rachine) 22692.

salades, casques, 2207, 21020.
salés, sautez, 462.
salette, petite salle, 16969 ; 9079.
sallans, sautant, 919; sallir, 21890.
salomonicque (: tirannicque), de Salomon, 22365.
salutaires (: sagitaires), 47.
salvacion (: nation), salut, 4836 ; *écrit* salvation, 10477.
sambieu, *juron*, 19343.
samblance, image, apparence, 3131 ; (: enffance), ressemblance, 616 ; (: lance), pensée, avis, 1713.
samblant, extérieur, apparence, 21657.
sancté, santé, 5437.
sanctité, sainteté, 22443.
sanctus dominus, *s. m.* (: venus), 4994.
sanés (: nés), guéris, 5198, (: deschainés), 5672 ; 7671.
sanglants, *terme d'injure*, 5927, etc.
sanguinés (*lire* sanguines) (: racines), couleur de sang, 14670 ; *cf.* 16904.
sanité (: beauté), santé, 2856, (: resuscité) 5449 ; 18918, 18959.
sanner (: gouverner), saigner, 17485.
sansonnerie (: seignourie), cellier, 243.
sansonnés (: cardonnés), sansonnets, 3540 ; sansonnettes, 13189.
sansons (: maisons), sansonnets, 13184.
santif, en bonne santé, 7259.
santité, sainteté, 8452.
sapience (: semence), sagesse, 4814.
sapient, sage, 22383.
sapion (: scipion), un grant sapion d'honneur (?), 4596, boire le derrain sapion, 17545.
saquemans (: recommans), pillards, hommes de sac et de corde, 4205.
sarasinoise (: cristinoise), sarrasine, 6404.
sarcus (: quocus), châsse, 6886 ; 21470.
sarot, surplis, 22933, 22945.
satallite (: eslite), satellite, 5795, (*écrit* satellite, 5014).
Sathanie (: felonnie), 13361.
satirins (: Zephirin), de satyre, 12588.
saudars, soudarts, 1500.
saudart, soudart, 563.
saudee (: recommandee), solde, 4730 ; 20828.
saudine, sadine, gracieuse, 16294.
sault (: assault), jaillit, 1827.
saulx (: aulx), saoul ?, rassasié (de fatigue), 11888.
saulx (: consaulx), saute, *imperatif*, 2152.
saurois, sauterais, 1480.
sauve correction, 2471.
sauvegine (: racine), odeur d'une bête sauvage, 5308.
sauvement (: lavemen), salut, guérison, 5229 ; 8481.

sauveté, 20926 *et* **sauvetté** (: pressé), sûreté, 1741.

sava, *pour* sauva, 10805.

savance (: decepvance), science, 11136, 21582.

saveterie (: cordonnerie), état de savetier, 16519.

scabelles (: belles), escabelles, sièges, 777, (: rebelles) 3956.

scabilli, *lat.*, tabouret, 8509.

scelé (: lé), scellé, 1160.

sceut, connu, 22037.

scienceulx, savant, 15789.

sciens (: pasciens), savants, 152 ; (: ccens) 2317.

scipion (: sapion), homme brave, 4595.

se, si, 184, 193, 199, 203, etc.

se, ce, 22038, 22105, 22445.

Sebile, Sibylle, 3086.

secque, seche, 23377.

secret (: decret), décision secrète, 296.

seignoural (: moral), seigneurial, 510.

seignoureux (: dangereux), cérémonieux, 301.

seignourie (: nourrie), 111.

seignourir (: courir), gouverner, 6238.

semblance (: blanche), corps, 5190.

semont, indique, 19915.

sempiterne (: paterne), 803, p. 146, *f*, l. 2.

Senecque (: Rebecque), 22706.

senees (: foursenees), débarrassées, 17581.

senefiant, signifiant, 22954.

senestre (: estre), gauche, 794.

senglante, sanglante, 461, 479.

sengle, *v.* cengle.

senglos (: diablos), solitaires (?), 922.

senne (: Polixenne), assemblée, 14851 ; *cf.* 9004, 9027.

sensitives (: cognitives), puissances sensitives, facultés de la sensibilité, 2549.

sente, route, 798.

sentement (: vegetativement), sensibilité, 2547.

sentenciés, prononcez-vous, 295.

sepelirons, ensevelirons, 12446 ; *v.* 9879.

sepulturé, enseveli, 16802.

sequelles (: eschielles), suivants, disciples, 1858, (: lesquelles), 2995, 3548 ; *v.* 17868.

seraines (: raines), sirènes, 9088.

Serberus, 12560, *pour* Cerberus.

Seres, 13944, *pour* Ceres.

serte (: prie), douce, 22535 ; 15038.

seriesmes, serions, 12964.

serpentines (: culeuvrines), engins de guerre, 1683.

serpentinoise (: escorpionnoise), de serpent, 11891.

serve, servante, 19623.

serviau, cerveau, 1158.

sexte, *pour* sexe, 2233.

si, ci, 413.

siecle univers, 2768.

sievés, suivez, 665,

sievir, suivre, 3783.

signacle (: tabernacle), manifestation, preuve, 1412.

signifier (: glorifier), annoncer, 592.

sileté (: volenté), chant, 10005 ; 7061.

sillonnent, 1568, *lire* villonnent.

simplesse (: noblesse), 10326.

simploier (: ploier), rendre simple, humble, 11036 ; sans moy simploier, sans déguiser?, 23914 ; *cf.* simploye, s'humilie, 23973 ; *v.* 17990.

simulacres (: sacres), statues, 268 ; 14324.

singesse (: sagesse), guenon, 4150.

singos (: bos, bois), petits singes, 1256.

Sisiphus (: Thicius), *nom de diable*, 18218, 21945.

situe (: statue), place, établisse, 720.

sochons (: Soissons), compagnons, 3266 ; 7420.

socon (: lecon), compagnon, 2338.

sodoyés, soldats, 12814.

soef, suave, 19713.

soichons (: Soissons), compagnon, 8707.

soie (: soie, sois), scie, 3665, (: drap de soie) 23969.

soier, scier, 3665,

soiés, sciés, 1003.

soir, être assis, 4290.

solacier (: liscencier), distraire, 813.

solagier (: voyagier), soulager, 13435.

solaise (: taise : complaise), console, amuse, 630.

solas, consolation, 12993.

sole (: console), saoule, cnivre, 11864.

solempnité (: fraternité), 701.

soler (: entribouler), saouler, rassasier, 11535, (: aler) 13095.

solercie (: controversie), habileté, 13750.

solers, souliers, 7255.

solle (: consolle), saoule, rassasie, 5408.

solvent (: souvent), capable, 22550; (: couvent) 23350.

somme, assomme, frappe, 13015.

somme, sommeil, 5316.

Somme, *rivière*, 5314.

sommier (: premier), suprême, 4491 ; sommiere (: premiere) 2697, (: lumiere) 18853.

sommois (: mois), de la Somme, 21164.

songles (tu) (: ongles), sangles, serres?, 15284 ; *cf.* chongles.

songnes (: besongnes), soignes, prends souci, 10315.

songnié (: embesongnié), soigné, 3380.

sophisme (: assouffis me), 3733.

sophisticque (: dialeticque), syllogistique, 263.

sorcerie (: rageric), sorcellerie, maléfice, 15518 ; (: songerie), 17593.

sorés, harengs saurs, 4412.

soris (: gris), roussis, 4412.

sornus (: cornus), tapés (?), 1919 (*de* sorner).

Sortés, 2143.

sortice (se) de, s'avise de, 9737.

sortilegie (: genealogie), sorcellerie, 9621.

sortissié me, assortissez-moi, munissez-moi, 8484 ; *v.* 10861.

sortit, convient, 4204.

sorty, muni, 3288.

sotaille (: maille), troupe de sots, 4284.

sotularés (: cinerés), sots, 9096.

soubit (en) (: abit), tout de suite, 23787.

soubite (: labite), 7784, 11014, *v. le suivant.*

soubiter (: suppediter), mourir de mort violente, 15932.

soubtieux (: vieulx), adroit, 6596.

soucquars (: esplucquars), compagnons ? 10758.

'souf (: soif). (?), 19556.

souffissant (: duisant), approprié, 871.

soufflace (: place), soufflet, 6063 ; 15091.

soufflaige (: flagolaige), 3801.

soufflasses (: places), soufflets, 4156.

souffleur (: doleur), vent, 4897.

souffraige (: fera ge), suffrage, approbation, 20121.

souffrete (: preste), misère, 2862 ; « souffrette », 1011·

souhaidier (: aidier), souhaiter, 3972.

soulas, plaisir, 622.

soullars, qui maltraitent, 10769.

souppe, 16633.

sourcroyx (: croix), surcroît, 1812, *écrit* sourcroix, 19303.

sourdy, jaillit, 3705.

sourlippes (: trippes), « lippes et— », 10056.

sournés (: tés), « nés et— », 10087.

sours, sourds, 938.

soursieulx, sourcils, 10086.

sourvenans (: regnans), descendants, 1783.

soustenance (: souvenance), 65.

souvenant (: venant), souvenir, mémoire, 3628.

soustieux (: dieux), habiles, adroits, 7491.

soutillant (: taillant), imaginant, 11477 ; soutilla, 22121.

souvenance, 68, 18301.

souvenant (: venant), souvenir, mémoire, 3628.

souvin (: divin), jeté à la renverse, 11949 ; 15466.

souvin (pendu—) (: couvin), saisi brusquement pour être pendu, 15308.

souvine (: divine), jetée à la renverse, 7995.

soye, soit, 9049.

soye, sienne; 9050.

spacier (: congier), promener, 4857.

speciosité (: preciosité), 20405.

speculatif (: perspectif), facile à observer, 2634, 3842.

speculative (: supelative), réflexion, 11489.

specule, réfléchit, 2597.

spere (: pere), sphère, 3051 ; (speres : prosperes) 2192.

spirations (: dominacions), 16416 ; spiration, souffle vital, 9288.

spirital, spirituel, 10870.

stellifiés, mis au nombre des étoiles, 2901, 9529.

stiers (: volentiers), setiers, 6299.

Stix, *nom de diable,* 21942.

suaige, sueur, 16911.

subiter, souffrir, 17263.

sublimité (: limité), 9448.

subtillier (: chevalier), imaginer, se représenter, 6015.

subvertir, convertir, 11218.

sufflacion (: inflacion), orgueil excessif, 5391.

supelative (: intellective), suprême, supérieure à tout, 2554 ; *écrit* supelative. 11491.

superhabondance (: danse), surabondance, excès, 9136.

supernelle (: renouvelle), suprême, 1094 ; *v.* 17870.

superscription (: dilacion), suscription, 14200.

suple, « voire suple » (?), 1517.

suppediter (: mediter), fouler aux pieds, 9415, *v.* 8882.

suppellative (: cultive), 8868, *v.* supellative.

supportance (: substance), soutien, appui, 6597.

suppos (: propos), subordonnés, 143.

sur, « sans sel, sans sur et sans salé », 13149, sans saure, sans salaison.

suraurer (: aourer), parer d'or, 22396.

surette (: durette), 1009.

surplanté (: plenté), supplanté, 10889.

susciter, ressusciter, 3115, 16685.

suscitoit, ressuscitait, 3039.

susciteur (: inquisiteur), 13758.

sustance (: acointance), substance, 619.

sy (: ainsy), objection, 3151.

T

tabernacle (: machacle), demeure, maison, 8011.

taillant (: vaillant), arme tranchante, 11474, 16171.

taillardes (: bardes), épées pour frapper de taille, 1674 ; (: gaillardes 18579.

tainte (: ensainte), changée de couleur, 188.

taion (: Baion), grand père, 16879.

tamburer (: sepulturer), faire du bruit, 19953.

tamburins, tambourins, 3333.

taniere, 972.

tant qu'a, pour ce qui est de, 380, 21806 ; tant plus... tant plus, 1221-2.

Tantalus, *nom de diable,* 11021, 18219.

tapis (: picqz), 11283.
tarde (: garde), retard, 18254.
targier (: dangier), tarder, 6046, (: allegier) 6705.
tarie (: Tartarie), provoquée, 3976.
tarins, *nom d'oiseau*, 3540.
taringes (:linges), grands clous, 20186 ; 14562 *(défini-tion détaillée)*.
tartarin (: marin), 799
tartelette (: malette), 13581.
tartemouse (: marmouse), *terme d'injure*, 3349.
tartiné (: colacioné), écrasé, abimé, 6206.
tatin (: divin), boire ung tatin, boire un coup, 13584 ; coup donné, 15579.
taye (: je t'aye), grand'mère, 5537, « la lanterne te taye », la lanterne de ta grand mère ?
tayon (: rayon), grand père, 24085, *v.* taion.
tegne, bêle, 11722.
teliers (: rateliers). qui tissent la toile, 11601.
tempestee (: despitee), meurtrie, 3560.
tempesteur (: preteur), 6288.
temples (: temples, templa), tempes, 6412.
'temples, instrument de cordonnier (?), 7328.
tempoire (: memoire), temps, 2588, 19517.
temporalités (: qualités), choses de l'ordre temporel, 2933, 5361.
tempre, tôt, 20353.
temprement (: departement), promptement, 12043, 16545.
tempte (: attente), appareil chirurgical, 6776.
tenant (: maintenant), bien, propriété, 900, 16923.
tence (: enche), gronde, tance, 6266.
tenement (: rudement), empire, propriété, 1785 ; (: garnement), séjour, 5879 ; (: haultement) 17079.
teneur (: honneur), 73.
teneure (: heure), teneur (?) 5547.
tenrette (: flourette), tendrette, 639.
tensson (: plisson), dispute, 2291.
tente, appareil chirurgical, 15513 ; *v.* tempte.
teraige (: cariage), pays, 19495.
termes seigneureux, 301.
terraige (: apoiaige), terre possédée, 4977.
terrestiens (: cristiens), habitants de la terre, 994, *pour* terrestriens.
terrienne (: mercurienne), 28.
territoire (: oratoire), monde terrestre, 19, 20768.
tés (: décapités), pots, caboches, 10085.
tesie (: vessie), gonflée, 7720 ; tesies : vessies, 9775.
thebee (: tombee), thébaine, 4881 ; 4835.
Thicius (: Sisiphus), *nom de diable*, 21946.
Thisophoné, 21947, *et.*
Thisophonés (: deschainés), *nom de diable*, 5524.

thuribulon (: parlon), cheval qui fait les mouvements d'un encensoir ? 23077.
tigne (: grigne), teigne, 19479 ; *v.* tigneux, 13895 ; tigneuse, 14249.
tillans (: catillans), ficelant, liant, 12831.
tille (: subtille), écorce de tilleul, 4245.
timpanes, sorte de tambour, 3529.
tirant tirant), (:opiniâtre, 1114.
tire (: martire), manière, 6693, parti, secte, 9928, 16985 ; peine, misère, 15241.
tisse, tisser ?, 7289.
tistre (: administre), tisser, tramer, 9607.
title : chapitle), titre, 1047.
toguet (: guet), petite toque ?, 10601.
tollir, enlever, 4903.
tolu (: esmolu), enlevé, 20972.
tombel (: tel), tombeau, 3117.
tombir, retentir, 20302, 21694.
tombis (: rabis), tombe en défaillance ?, 12263.
tombissement (: tourment), retentissement, 3964.
tombissemens (: clemens), fracas, 12101.
tonlieu (: lieu), impôt de marchands, 7670.
topasse (: trespasse), topaze, 6606.
torche (: escorche), 7660.
Toreloire (: gloire), 18346.
Torelore (: mandeglore), 21779.
tormentines (: fines), instrument de supplice, 7945.
tors (: tors), taureau, 5218.
tors, boiteux, mal conformé, 5220 ; de tors de travers, 15230 ; *cf.* 14909.
toter, griller, 18360.
touche, atteinte, épreuve, 3897 ; touche d'une monnaie, 5111.
toudi, toujours, 19843.
toudis (: maudis), toujours, 920 ; a toudis (: paradis), à perpétuité, 2822.
Toulette, 3461.
toulle (: despoulle), barbouille, 7530 ; 15555.
tourade (: radde), manière, 8158.
tourier, portier, 14273.
tournelles (: cordelles), tours, 1495.
tourtel (: chaudel), sorte de marc ?, 11684.
tourtelet (: varlet), brûlure, 14511.
toussus, tousseux (?), 921.
trachier (: chier, cher), découvrir, 6034 ; effacer, 10862.
traine, écartèle, 4261.
Tramblebeffroy, *nom de bourreau*, 5041.
translatés (: preslatés), transportés, 2682.
trassier (: chier, cher), effacer, 3700 ; faire des recherches, 4081 ; *v.* trachier.

traveil (: cheveil), poutre, instrument de torture, 7579.

traveillés (: reveillés), épuisé de fatigue, 1544.

travers, poutre, 14907.

travers, à travers, 20782.

traversaires (: Cesaires), ennemis, adversaires, 18664 ; 50.

traverse (: l'erse), traversée, 356.

treble, triple, 18660.

trebuschiet, renversé (pour fermer une porte), 12297.

Trenchemontaigne (: Espaigne) nom de cheval, 23074.

trenches, tranchoirs, 7323.

trenchoir (: escorchoir), 18572.

trepiés (: piés), 215.

trepple, triple, 21662.

trés (: pauperés), traits, coups, 2808.

tresmontaine (: loingtaine), d'au-delà des monts, 16289.

tresperceroye, transpercerais, 1641.

tresque (: heresque), tresce, sarabande, 6718 ; (: evesque) 23373.

treseigne, pour tres sainte ?, 9614.

tresorie (: pierrie), trésorerie, 21490.

trestous (: vous), tous au complet, 935.

trestoux (: reboux), id., 4018.

tret, trait, manière, 1386.

trettes (: charettes), traites, tirées, 19424.

treulle, tuiles ?, 20591, 20594.

treuvaige (: sauvaige), 22581, v. truvaige.

triangle, groupe des trois parties du monde, 764.

tribus, impôts, 4041.

tributaire (: salutaire), 272.

tripaille, 10088.

'triplace ', place), (?), 7071.

trippes, se tenir a trippes, 939.

tritresse (: maistresse), tristesse, 6684 ; cf. p. 23, σ, l. 10.

triumphamment (: plainement), triomphalement, 538.

triumphans (: enffans), pompeux, 3337.

triumpheur, pour triomphe ?, 21414.

trogne, 1250 ; 4396.

trognettes (: chainettes), 12885.

troite (: estroitte), truite, 18332.

trompaiges (: paiges), tromperies, 1586.

trompille, trompette, 2175.

tronchon (: haubregon), tronçon, billot, 15180 ; v. 11592.

trotignons, pieds de porc, p. ext. pieds, 1901.

trouet, trou ?, 11565.

trousse (: rescousse), équipement militaire, 21020.

trout, trot, 15833.

truandaille, troupe de truands, 4280.

truans, 494 ; truandes, 17624.

truant (: avant), gueux, mendiant, 7400 ; 7119.

truffe (: buffe), raille, ridicule, 3305.

truvaige (: oultraige), mauvais traitement, 5985 (paié mortel —).

truvet (: fet, fait), coiffure, 18343.

tu autem, point essentiel, 4679, 20984.

tube, trompette, 2176 ; cf. 3533.

tuchien, tueur de chiens, terme d'injure, 7552.

tugurion, cabane, 20704.

tugurions (: centurions), huttes, cabanes, 20312.

tuicion (: dilacion), protection, 20934.

tumula (: cha et la), enterra, 23424.

turbacion (: mansion), trouble, 10518.

turelure (: burelure), cornemuse, 21725.

turibulon, encensoir, 5676.

turlupins, faux dévots, 9792 (terme d'injure).

turluppin, faux dévot, 16009.

turquoys (: quoys), turc, 11455.

turribuler (: proceller), encenser, 9475.

turriferant (: odoriferant), encensant, 9619.

tuten, tout en ?, 7288.

tyaire, s. m. tiare, 10299.

U

uis, porte, 5122.

ululer (: parler), se lamenter, 7810.

umaige (: imaige), hommáge, 24076.

Ursa, 12309.

user une chose, user d'une chose, 19333.

usiter (: visiter), s'exercer, 23262.

uuille, huile, 12249.

V

vaillandise (: couardise), vaillance, 21186.

vaillissant, valant, 22033.

vaine (: avaine), veine, 664.

vaire (: Rictiovaire), changeante, 18092.

vaisselles (: paielles), 1979.

valence (: violence), valeur, puissance, 5456.

valeton (: ton), valet, 1269 ; (: Cathon), petit garçon, 3369.

value (: revalue), valeur, 508.

Vasetepent, nom de tyran, 5040.

vasselaiges (: personnaiges), faits de prouesse, 4650.

vatos (: tantos), diarrhée, 1259, (: bientos) 6724.

Vaudois (: dois), 11450, hérétique.

vaulte (: haulte), volte, 1373 ; vaultes : faultes, 12103.
vaxillant, vacillant, 6455.
veaurre, toison, 2495.
vecy, vessé, 5087.
vegetativement (: sentement), 2546.
veir (: obeir), voir, 2300.
vel (: nouvel), veau, 21282.
velé (: ratripelé), 6234.
vency, en voicy, 15112, 17392, 17463.
vengement (: tourment), vengeance, 6756, (: briefment) 7874.
venimé (: affamé), venimeux, 13011 ; 9495.
venisson (: leçon), venaison, 5583.
ventilee (: celee), ébruitée, divulguée, 14204.
verde (: merde), verte, 12698.
verge (: vierge), 790 ; vergettes, 2349.
vergoigne, 11158.
verminee (: payennee), 13071.
verrés, viendrez, 10428.
vertin, maladie, vertige, 16845.
vermillette (: œullette), légèrement rouge, 633.
vesanie, folie, 13054.
vessir (: jesir), vesser, 4799.
vestir, à qq'un, qqc., 707.
veue, voue, 23494.
veugleres, pièces d'artillerie, 1672.
veuil (: si le veuil), gré, caprice, volonté, 6634, 6905.
veul (: œul), comme veuil, 7366.
viaire (: haire), visage, 9074.
vicaire, lieutenant, 561.
vicigere (: armigere), chef victorieux, 14167.
victorien (: Maximien), victorieux, 5952.
vieillautin (: latin), petit vieux, 21652.
vielles (: alemelles), 4253.
vigente (: regente), florissante, 9390.
vignette, vigne, 4629 ; 5959.
vignoble (: noble), pays, 359.
villenaille, troupe de vilains, 4278 ; 16860.
villonnent, outragent, 1568.
vilonie (: Dardanie), vilenie, 1536 ; p. 23, a, l. 9 ;
   8632.
vilotieres (: curatieres), femmes de mauvaise vie,
   7056.
violiers (: escolliers), champs de violettes, 2255.
viraddes (: raddes), tours, expéditions, 385, écrit
   virades (: rades), 20525 ; 9500.
vire (: sire), homme, 8134.
vire (: sire), flèche, 15225 ; 16991.
vireulle (: geule), virole, 1689.
virgine (: regine), vierge, 12606.

vis (: ne vis), visage, 846.
viser, aller voir, 1115 ; viserons, 4499.
visette (: disette), examine avec soin, 205.
vistement, 16397.
vistremans (: sacquemans), terme d'injure, 14235.
vitupere (: prospere), blâme, 20284 ; 9431.
vivifie (: sacrifie), nourrit, 7269.
vivifieur (: saintifieur), 10652.
voiagier (: solagier), voyageur, 13433.
voiette (: disette), petit chemin, 23033.
voirre (: voire), verre, 2351 ; écrit voire, 13899.
voit, aille, 11942.
volars (: papelars), voleurs, 9793.
volené (: mené), pour vilené ?, violenté, outragé,
   7920.
volenté, volonté, 98.
volepé, enveloppé, 19739.
volille, volaille, 5613.
voult, voulut, 10659.
vuidenge, 18975, « vuidenge de chief », délire.
vuide hors, part, sort, vide les lieux, 12028.
vuiseux (: angoisseux), oiseux, 15389.
vuit, vide, 9012, 15910.
vuitremans (: commans), 17737, v. vistremans.

W

wages, vagues, 19649.
wagues (: bagues), bottes ?, 19348.
wain (: Gauvain), gain, terre labourable, 19393.
warigos (: bigos), varigaux, vagabonds, 9791.
watewillier (: cordofflier), bavarder, 7291.
wautier (: sentier), gautier, bon vivant, 1218.
wetié (: haitié, cuidie), guetté, vu, 5465.
wihos (: fos), maris trompés, terme d'injure, 6262.

Y

Pour les noms commençant par **Y**, *voir à* **I**

Z

Zabda, evesque de Jherusalem, 4634.
Zenonnois (: esbanois), « le fils du Zenonnois », le
   fils de Zénon, 8663.
Zephirin (: satirins), zéphyr, 12586.
zerarchies (: exaucie), hiérarchies, 16312.
zizanie, chicane, p. 23, b, l. 8, 21427.
zizanieuse, couverte d'ivraie, 16953.
zizanieux, querelleur, 9655.
zodiaque (: demoniaque), 6813.

NOTES ET CORRECTIONS

Légende : Les chiffres renvoient aux vers : le mot *lire* précède la correction d'une erreur typographique ; le mot *corriger* précède une correction proposée au texte que portent les manuscrits.

PREMIÈRE PARTIE

1. Ces couplets de seize vers, deux huitains construits sur des mètres différents, forment ce que j'ai appelé ailleurs des *groupes lyriques ;* il y a ici rime intérieure, c'est-à-dire effet de *batelage ;* voir sur les groupes lyriques de ce modèle, soit de notre *Mistere,* soit des *Faictz et Dictz,* ou de modèles analogues, chez Gréban, Cretin, G. Flameng, nos *Recherches sur le vers français au XVᵉ siècle,* p. 105 ; les autres références touchant la question des *groupes lyriques* se lisent *ib.,* p. 266.

57-8. *vostre,* lire *nostre.*

90. *tors fais* pourrait s'écrire en un seul mot.

116 *mille,* lire *nulle.*

136-7. Remplacer l'un par l'autre la virgule et le point.

140. Tel est le texte de A ; *sont* est dans les deux manuscrits ; peut-être faut-il lire *seront,* et préférer la leçon *quel* de B.

147. Le vers est faux ; il faudrait lire *sans nul repos.*

156. Gringore connaissait peut-être ce couplet sur les sots : Sotz lunatiques, sots estourdis, sotz sages, etc., v. Hecq, ouvr. cité, p. 69.

167. M. A. Jeanroy propose de lire *dans* au lieu de *de.*

Au bas de la page 5 (variantes), le chiffre *171* doit se lire 169-70.

232. Ce saint Firmin est le 3ᵉ évêque d'Amiens ; les *Actes des Martyrs* lui donnent en effet pour père Faustinien ; un autre saint Firmin, 1ᵉʳ évêque d'Amiens, fut martyr au 2ᵉ siècle ; il était de Pampelune et son père s'appelait Firmus.

236. Eustorge fut en effet, d'après les *Actes des Martyrs,* le père de Panthaléon, médecin chrétien de Nicomédie, décapité le 27 juillet 303 ; sa femme Eubule était chrétienne fervente, mais lui resta paien.

384. Nous respectons partout les chiffres du manuscrit ; au lieu de lire *cinq genciens,* M. A. Jeanroy propose de lire *quingenciens* (quinquagentani).

397. Corriger *se* en *je* (M. A. J.).

403-4. Ponctuer *J'ordonne l'extreme noblesse A Maximien, tout conclut* (M. A. J.).

416. Lire *vous* (M. A. J.).

426. Lire *demainé* (Id., M. A. Thomas).

479. M. A. Jeanroy propose de ponctuer *vons, estés, vos...*

488. var. Lire *estorfaulx* (texte de B).

489. Lire *Cornaille* (pour *Cornouaille*).

566. M. A. J. propose de lire *Gayant ;* mais *Layant* est la forme constante pour le nom propre et pour le nom commun ; v. le glossaire.

567. Type de rondeau à quatrain, v. *Recherches,* p. 205-6.

609. La scène de la naissance de Quentin rappelle celle de la naissance de Jésus, telle qu'elle est traitée dans la *Passion,* ms. d'Arras, v. 2348 et s.

616. Réminiscence de la Genèse (I, 26), placée dans la bouche d'une femme païenne.

652. Corriger *son* en *sa* (M. A. J.).

680. Lire *histoires.*

701. Lire *promcut* (M. A. J.).

704 et 711. Lire *A l'atourner* (M. A. J.).

726-7. Lire *Maximien.*

831. Lire *ajuté* en un seul mot (M. A. J.).

843. Lire *delivre* sans accent.

863. Tel est bien le texte des deux manuscrits ; voir au glossaire.

870. Cette scène rappelle d'assez près celle où l'on donne à l'enfant Jésus son nom, *Passion d'Arras,* v. 2742 et s.

914. *Adieu* est mal aligné et doit commencer le vers.

979. M. A. J. propose de corriger *qui* en *que.*

994. M. A. J. propose de corriger *terrestiens* en *terrestrieus ;* mais la correction *d'impassibles* en *impossibles* ne s'impose pas.

1035. Lire *l'avons* (M. A. J.).

1139. Lire *bouffou* (M. A. J.).

1158. Corriger *ans* en *dens* (M. A. J.).

1274. Lire *touche.*

1329. Échanger le texte (pris à B) contre la variante (de A) qui est préférable.

1360. Ce chiffre est à reporter en face du vers précédent.

1397. var. Lire *1391*.

1408. Lire *confés*.

1467. Lire *ne* (id.).

1469. Lire a *l'aler cut* ; cf. a *l'entrer ens*, v. 18820.

1476. Lire *quiquandaine*.

1495. Rondeau à quatrain ; v. plus haut la note au vers 567.

1496. 1502 et 1508. Lire *murés*.

1505. M. A. J. propose de corriger *balesteaux* en *batestaux*, avec le sens, non attesté encore, de « arme, engin de guerre », qui conviendrait aussi à 1655 et 1767 ; voir au glossaire.

1505. Lire *estre*.

1568. Lire *villnunent*.

1661. Corriger en *boufons ?*

1603. Supprimer la seconde virgule.

1672. Lire *vengleres*.

1706. Ponctuer *mengiés*. (M. A. J.).

1759. Lire *estain*.

1845. var. Lire *assiegeis A*.

1907. Lire *habitans*.

1921. Lire *oroyson*.

1936. Là aussi commence le folio 38^v en *B*.

1998. Saint Michel est l'introducteur des âmes au ciel : « cui tradidit Deus animas sanctorum ut perducat eas in paradisum exsultationis » (Office romain de S. Michel, 2e nocturne. 2e répons).

2000. Lire *anges*.

2034. M. A. J. propose de lire *l'oire* au sens de *l'erre* ; mais cette assimilation de *l'oire* à *l'erre* n'est pas partout possible ; v. au glossaire.

2064. *Mateau*, texte des deux manuscrits ; dans les miniatures, d'ordinaire (par exemple dans le *Livre d'Heures* de Fouquet), Dieu le père est représenté avec un manteau blanc (M. E. Mâle).

2215. M. A. J. propose de corriger *icy* en *cy*, apparemment parce qu'il pense que *seez* doit être dissyllabe ; mais *seez*, comme *crés*, ne compte que pour une syllabe chez notre auteur :

Sees vous, seigneurs, affin qu'on oye
Vostre propos... (v. 6741)
Sees vous emprés moy, je vous prie (v. 8042)
Sees vous chascun selon son lieu (v. 9057)
Oy, Grignart, sees vous icy (v. 10429)
Assces vous sans plus sermoner (v. 9252).

2343. Lire *nostre*.

2307. Supprimer la seconde virgule.

2375-6. Lire *ZENON*.

2592. Lire *quoysou* (M. A. J.).

2401. Lire *Voire*.

2535. Bref exposé de la théorie aristotélicienne (le *microcosme*).

2535. Corriger le chiffre imprimé en marge.

2569. Cf. Aristote, *Ethique*, liv. 3, 4, 5, 6, passim. Thomas d'Aquin, *Somme*, II. 11, quæstiones XLVII-CLXX ; v. plus loin au vers 15301.

2661-6. Type de syllogisme en *Baroco*.

2671-7. Quentin passe à un type de syllogisme en *Bocardo*.

2726. Lire *que*.

2749. Corriger *avant* en *a van* (M. A. T.).

2767. Il faut bien lire *devolle* et non *devoile*.

2791-3. Matth., XV, 24 ; Non sum missus nisi ad oves quæ perierunt domus Israel.

2869. Texte de Luc, VI, 20 ; Matth., V, 3.

2865. M. A. J. ne voyant pas de sens possible à *digiteuse*

proposait *diseteuse* ; mais la forme *digiteuse* est constante ; v. au glossaire.

2883. Psaume CXI, 9,

2889. Lire *oprohres*.

2902. Lire *S'ont* (M. A. J.).

2934. Matth., XIX, 24 ; Marc, X, 25.

2946. Terminaison d'une hymne ancienne, apparemment.

2948. var. Lire *corrigé en ce*.

2971 et s. Réminiscences de la philosophie d'Aristote.

2993-4. Dans des peintures contemporaines, les apôtres sont représentés tenant chacun à la main un article du credo (M. E. Mâle).

3006-27. Genèse. I. II. III.

3024-34. Mélange des données du Symbole des Apôtres et des Évangiles.

3029. Lire *savoia*.

3100. *Octovien* pour *Octavien*. Selon une légende du XIe ou XIIe siècle, Auguste vieillissant et inquiet de l'avenir de son œuvre, se serait fait porter un jour au Temple d'Apollon Capitolin et aurait demandé à la Sibylle : « Apres moi qui sera le maitre du monde ? » Le dieu resta muet. Par deux fois Octavien Auguste renouvela sa requête, y joignant une hécatombe. Apollon aurait alors dicté ces paroles à sa prêtresse : « Un enfant Juif, Dieu lui-même et plus fort que tous les dieux, m'ordonne de lui céder la place. Ne m'invoque donc plus ; car c'est aux enfers que désormais j'habiterai tristement ».

Selon une autre tradition, l'empereur, dont le Sénat voulait faire l'apothéose, aurait reçu de la sibylle de Tibur la révélation de la naissance du Christ et aurait été ensuite favorisé d'une vision de la Vierge et de l'Enfant-Jésus.

A la suite de cette vision il aurait fait ériger, sur le lieu où se trouve actuellement l'église dite Sta-Maria in Ara Cœli, un autel avec cette inscription : *Ara primogeniti Dei*. C'est sans doute à ces légendes que fait allusion l'auteur du *Mistere*.

3103-9. Analogie souvent usitée par les Pères de l'Eglise pour « illustrer » le fait de la conservation de l'intégrité de Marie dans son enfantement. La prose « Lætabundus », chantée au temps de Noël dans l'Eglise catholique, exprime cette comparaison en ces termes :

Strophe 5.   Sicut sidus radium,
        Profert virgo Filium,
        Pari forma.

Strophe 6.   Neque sidus radio
        Neque mater Filio
        Fit corrupta.

Même comparaison avec les mêmes rimes. *verriere, entiere*, dans la *Nativité* jouée à Rouen, t. I. p. 198.

3114. Il n'est pas nécessaire de corriger *povoit* en *poroit*.

3158-60. S. Paul. *ad Hebræos*, XI, 1. Est autem fides sperandarum substantia rerum, argumentum non apparentium.

3165-8. Satiabor cum apparuerit gloria tua. Ps. XVI, 15.

Lætificabis eum in gaudio cum vultu tuo. Ps. XX, 7.

Gaudebit cor vestrum et gaudium vestrum nemo tollet a vobis. Joann., XVI, 22.

Hæc est autem vita æterna : ut cognoscant te, solum Deum verum et quem misisti, J. Christum. Joan., XVII, 3.

3174. Corriger *Se* en *Je* (M. A. J.).

3184. Proposition abrégée des articles du *Symbole des Apôtres* ; Quentin rappelle cette circonstance au vers 15364.

3199-208. Demandes et réponses analogues à celles que font le prêtre et les parrain et marraine au nom de l'enfant, d'après les prescriptions du rituel romain.

3239-42. S. Paul, I° *Thessal.*, V, 8 : Nos autem qui... sobrii simus, induti loricam fidei et caritatis galeam spem salutis (cf. Isaï., LIX, 17, *Ephesiens*, VI. 14).

3244. Lire *haulx*.

3245. Corriger le chiffre en marge.

3249-50. Luc, IX, 23 : Si quis vult post me venire, abneget semetipsum et tollat crucem suam quotidie et sequatur me.

3270. Allusion à la parabole des ouvriers de la vigne. Matth., XX, 1-16.

3297-8. Luc, X, 3 : Ite : ecce ego mitto vos sicut agnos inter lupos.

3300-1. Matth., X, 16 : Estote ergo prudentes sicut serpentes et simplices sicut columbæ.

3302. Marc, IV, 21 : Num quid venit lucerna ut sub modio ponatur aut sub lecto? Nonne ut super candelabrum ponatur ? (Matth., V, 15. — Luc, VIII, 16).

3303-4. Luc, VI, 29 : Qui te percutit in maxillam, praebe et alteram (Matth., V, 39).

3303. Lire *macele* (M. A. J.).

3309. Matth., V, 44 : Ego autem dico vobis : Diligite inimicos vestros : benefacite his qui oderunt vos et orate pro persequentibus et calumniantibus vos.

3330. Suppléer *tous* (M. A. J.).

3343. La correction de *la* en *ja* n'est pas indispensable.

3397. Spécimen de couplet de « rhétorique à double queue » ; cf. texte très analogue dans l'*Art de rhétorique* de Molinet, *Recueil des Arts de seconde rhétorique*, p.p. M. Ern. Langlois, p. 235 : « Guerre, la pulente lente ... ».

3404 et s. Spécimen de « double fatras », avec un effet de batelage, procédé rarement employé dans des vers si courts. Cf. nos *Recherches*, p. 222-4.

3420. Corriger en *qui larmoie*.

3575-6. Inquirite ut faciatis quæ placita sunt illi (Tobie, XIV, 10) ; mandata ejus custodimus et ea quæ sunt placita coram eo facimus (I. *Epist. s. Joann.*, III, 22).

3477. « Je vous requiers que je la baise », *La Nativité* représentée à Rouen en 1474, t. II, 164.

DEUXIÈME PARTIE

3492. Sur cette pièce lyrique composée de strophes disposées en chaîne sans fin, voir nos *Recherches*, p. 87-8.

3559. Supprimer la seconde virgule.

3710. Probablement il faut corriger *Je* en *Ne*.

3853. S. Paul, *Epist. ad Titum*, III, 6 : Secundum suam misericordiam salvos nos fecit (Deus) per lavacrum regenerationis et renovationis.

3948-65. Cf. le passage d'Aurelius Victor cité par les Bollandistes, t. XIII, page 731 : « Ubi comperit (*Diocletianus*) *Carini discessu Aelianum Amandumque per Galliam, excita manu agrestium ac latronum, quos Bagandas incolæ vocant, populatis late agris, plerasque urbium tentare, Maximianum*

statim *fidum amicitia, quamquam semiagrestem militiæ tamen atque ingenio bonum imperatorem jubet...»* (De Cæsaribus, cap. 39, pag.421 seqq. edita a J. Arntzenio) ; v. aussi Boll., tome XI, page 496 et suivantes, pour la discussion touchant la chronologie de ces faits (prolégomènes aux actes SS. Crépin et Cr., 25 octob.).

3985. Chiffre marginal à remonter d'un vers.

3990-4007. Diocletianus quondam Romanæ reipublicæ princeps... *Maximianum*... contra Amandum et Ælianum qui in Bagaudarum nomen præsumptione civili arma commoverant *ad Gallias destinavit* ; cui ad supplementum exercitus Legionem Thebæorum ex Orientalibus militibus dedit. Quæ Legio sex millia sexcentos sexaginta viros, validos animis et instructos armis, antiquorum Romanorum habebat exemplo. (Ex Passione interpolata SS. Mauricii et Thebæorum martyr, apud Bolland., Septemb., tome VI, page 345).

4269. Type de « fatras simple », v. *Recherches*, p. 222.

4324. Lire *testes*.

4408. Ballade à six couplets, avec effets de batelage à chaque couplet, v. *Recherches*, p. 175.

4442. Lire *bersaudés*.

4445. Lire *escrolés*.

4497-8. Lire *Thebeus*. L'auteur du *Mistere* prête gratuitement à Maurice un père qu'il appelle *Thebeus*.

4611. Voir sur Maurice, *Epistola Eucherii episcopi ad Salvium episcopum de passione SS. Mauricii et sociorum*, dans dom Ruinart, *Act. des martyrs*, p. 290 ; Paul Allart, *La persécution de Dioclétien*, t. I, p. 25-32.

4613-25. Les propos tenus ici par Maurice semblent empruntés à l'allocution qu'il est dit avoir prononcée devant l'empereur, lorsque ses soldats ayant refusé de sacrifier aux idoles furent décimés une première fois : « Milites sumus, imperator, tui, sed tamen servi, quod libere confitemur, Dei. Tibi militiam debemus, illi innocentiam... Sequi te imperatorem in hoc nequaquam possumus ut auctorem negemus Deum... » ex *Epistola Eucherii episc. ad Salv.* (apud Boll., sept., Tom. VI, p. 342).

4616-7. S. Paul, *Ep. aux Romains*, ch. XIII.
v. 1. Omnis anima potestatibus sublimioribus subdita sit...
v. 2. Itaque qui resistit potestati, Dei ordinationi resistit. Qui autem resistunt ipsi sibi damnationem acquirunt...
v. 5. Ideo necessitate subditi estote non solum propter iram sed etiam propter conscientiam.
v. 6. Ideo enim et *tributa* praestatis..
v. 7. Reddite ergo omnibus debita ; cui tributum, tributum : cui vectigal, vectigal ; cui timorem, timorem ; cui honorem, honorem.

4626-30. S. Jérôme (*Catalog. Scriptor. ecclesiasticor.*, Tom. IV, 2° partie, col. 101) dit : « Jacobus qui appellatus frater Domini. »

4647-8. Matth., XXII, 21, Marc, XII, 17, Luc, XX, 25.

4679. *C'est à dire :* Ecoutez la fin du propos. *Tu autem*, expression empruntée aux usages liturgiques. Quand le lecteur a achevé la lecture prescrite du passage (leçon) tiré d'un livre de l'Ancien Testament, au chœur, *il termine* en disant : Tu autem, Domine, miserere nobis.

4692-9. « Offerimus nostras in quemlibet hostem manus, quas sanguine innocentium cruentare nefas ducimus. Dexteræ istæ pugnare adversum impios atque inimicos sciunt, laniare pios et cives nesciunt... habes hic nos confitentes Deum Patrem auctorem omnium et Filium ejus J. C. Deum credimus... Christianos nos fatemur, persequi christianos non possumus... » *Epist. Eucherii ad Salvum*, apud Boll., sept., t. VI, page 343.

4717, 4724. Erat in eadem legione primicerius Mauritius, signifer Exuperius et Candidus senator. Ex passione interpolata *S. Mauricii*, apud Boll., sept., tom. VI, p. 345.

4890-2. Hi in auxilium Maximiano ab Orientis partibus asciti venerant, viri in rebus bellicis strenui et *virtute nobiles* sed *nobiliores fide*, erga imperatorem fortitudine, erga Christum devotione certabant. *Ep. Eucherii ad Salv.* ap. Bolland., sept., tome VI, p. 342, n. 3.

4911. *C'est à dire :* En forme de pieux souhait que Dieu veuille exaucer.

4994. *Sanctus Dominus.* Appellation honorifique du Souverain Pontife de l'Eglise catholique, qui a pu avoir été surprise par un païen sur l'adresse d'une lettre ou dans un écrit quelconque où se trouvaient ces mots « Sanctus Dominus Marcellinus Papa Eccl. Romanæ ».

Ou bien ces termes désigneraient-ils le Dieu des chrétiens ? le sens pourrait être : Ils sont près de leur Dieu. Et ces deux mots pourraient être une allusion au « Trisagion » qui se chante après la préface de la messe : Sanctus (ter) Dominus Deus Sabaoth.

5020. Peut-être *vostre* ?

5094. Tout cet épisode parait inventé par le dramaturge

5142. Nouvelle proposition abrégée des articles du *Symbole des Apôtres*.

5167. Allusion à la guérison de l'aveugle-né par Jésus-Christ. Ev. selon S. Jean, chapitre IX.

5181. Premier article du Credo ou Symbole des Apôtres.

5183-4. Allusion à la guérison opérée par J.-C. du malade qui gisait près de la piscine Probatique à Jérusalem (Ev. selon S. Jean, V, 2-9).

5191-3. Action de grâces et louange renouvelées de l'histoire évangélique. C'étaient les termes par lesquels une femme du peuple célébra à haute voix la louange de Jésus : Beatus venter qui te portavit et ubera quæ suxisti (Luc, XI, 27).

5326. Sur cette forme de strophe, voyez nos *Recherches*, p. 166, 247.

5494. Formule rituelle du sacrement de baptême.

5496. Si diligitis me, mandata mea servate (Joann., XIV, 15).

5499. Merces vestra copiosa est in cælis (Matth., V, 12).

5563. Lire *desjonequins*.

5589-5610. Transconsis igitur Alpibus, Maximianus Cæsar Octodorum venit ibique sacrificaturus idolis suis, convenire exercitus jussit atroci apposita jussione ut per aras dæmonibus consecratas jurarent æqualibus sibi animis contra Bagaudarum turbas esse pugnandum, Christianosque, velut inimicos diis suis, ab omnibus persequendus. *Ex Pass. interpolata SS. Mauricii et Thebæor.* (Apud Bolland., septemb., Tome VI, page 345 D).

5603. Maximien Hercule venait d'ordonner à toute l'armée de se concentrer à Octodure pour prendre part avec lui à un sacrifice solennel... Au lieu de se mettre en marche vers Octodure, les Thébains demeurèrent à Agaune. (P. Allard, *La persée. de Diocl.*, t. I, 25-32, passim).

5655-63. Suite immédiate du texte de l'avant-dernière note : Quod ubi primum pervenit ad notitiam Thebaidæ legionis, praeteriens Octodorum oppidum, ad locum cui Aguano nomen est celeriter properavit ut duodecim millium spatio ab Octodoro separata necessitatem committendi sacrilegii praeteriret.

Aganum accolæ interpretatione gallici sermonis saxun dicunt ; quo in loco ita vastis rupibus Rhodani fluminis

cursus arctatur ut commeandi facultate subtracta, constratis pontibus viam fieri itineris necessitas imperaret. Undique tamen imminentibus saxis, parvus quidem *sed amœnus* irriguis fontibus *campus* includitur...

5687-703. Suite du texte précédent : Maximianus Cæsar dum ad sacramenta superius memorata cunctos in exercitu suo cogeret, agnovit praetergressam, ut diximus, Legionem, subito iracundiae furore repletus, satellites mittit ut Legionem ad sacramentorum suorum sacrilegia revocaret...

5713-27. *Ibid.*, E : Dictum est ad his quos Cæsar miserat, milites omnes immolàsse hostias, libâsse sacrificia et sacramenta fanatici ordinis praebuisse. Tunc hi qui praeerant Legioni, *miti affatu* dedere responsum.... Fas sibi visum esse ne dæmonum aras Christianorum videret obtutus. Esse sibi in animo Deum vivum colere, traditam orientali more religionem usque ad diem vitæ ultimum perenniter custodire, ad bellorum usum paratam esse Legionis virtutem, ad committenda sacrilegia, sicut Cæsar praecepit, ad Octodurum non redire. Reversi itaque satellites nunciaverunt...

5729-34. ...obstinatos esse animos Legionis nec velle praeceptis Imperatoris obedire.

5735-50. — Ex *epistola Eucherii episc. ad Salvum* (Bolland., tome VI, Septemb., p. 342 E) : Cognito Maximianus Thebaeorum responso, praecipiti ira fervidus, ob neglecta imperia, decimum quemque ex eadem Legione gladio feriri jubet, quo facilius ceteri, regis praeceptis territi, metu cederent...

5772-80. (Bolland., sept., t. VI, page 343 F) : ad Legionem velociter properatur ; crudelia praecepta reserantur. Traduntur neci quos ordo reperit numerandi. Lecti percussoribus cervices praebent solæque inter eos est de gloriosæ mortis occupatione contentio.

5793-800. *Ibid.*, p. 343 F : Tunc Mauricius, primicerius... convocat Legionem et hac oratione sancti oris alloquitur : « Gratulor virtuti vestræ, commilitones optimi, quod amore religionis nullam vobis Cæsaris praecepta attulere formidinem. Gaudentibus quodammodo animis tradi ad necem gloriosam commilitones vestros vidistis.... Jam certo uno tribunal Christi stantes eos quos neci paulo ante satelles regius deputavit. Illa vero gloria est quae æternitatem beatam vitæ hujus brevitate mercatur....

5801-08. *Ibid.*, p. 346 C : Mciminimus nos pro civibus potius quam adversus cives arma sumpsisse. Pugnavimus semper pro justitia, pro pietate, pro innocentium salute... Si quid in nos ultra statueris, si quid adhuc jusseris, si quid admoveris *ignes, tormenta, ferrum subire parati sumus.* (cf. v. 5803-04) Christianos nos esse fatemur, persequi Christianos non possumus ».

5811-19. cf. *Passio interpolata S. Mauricii* (apud. Bolland., septemb., tom. VI, pag. 346 E) : Tum Exsuperius quem principem seu campiductorem superius memoravi, correptis Legionis suae signis, hac circumstantes oratione confirmat : « Tenere me, Commilitones optimi, saeculivium quidem bellorum arma perspicitis, sed non ad haec arma provoco, non ad haec bella animos vestros virtutemque compello.

Aliud nobis genus eligendum est praeliorum. Non per hos gladios potest ad regna caelestia properari. Robur nobis opus est animorum, invicta sed defensio, fidem quam Deo promiseris in ultimis custodire... *Proficiant dexteræ nostræ arma ista cum signis militaribus.*

Praestabit hoc Christus ut mox in ipso caelesti, sicut

promittitur regno, alia vobis Exsuperium vestrum videatis
signa monstrare... »

5852-62. In *Epist., Eucherii ad Salv.* (Boll.. t. VI. Septemb.,
p. 342-3), extrait de la harangue de Maurice à l'empereur :
« Sequi te imperatorem in hoc nequaquam possumus ut
auctorem negemus Deum, utique auctorem nostrum,
Dominum, auctorem, velis, nolis, et tuum. Si non ad tam
funesta compellimur ut hunc offendamus, tibi ut fecimus
hactenus, adhuc parebimus, sin aliter, illi parebimus
potius quam tibi... Dexteræ istæ pugnare adversum impios atque inimicos sciunt, laniare pios et cives nesciunt...»

5885-97. Dans le même passage (page 343, B, C), il n'est pas
rapporté que les victimes aient été jetées au fleuve. Suit
le texte : Cum hæc talia Maximianus audisset, obstina-
tosque in fide Christi cerneret animos eorum,.. una sen-
tentiâ interfici omnes decrevit et rem confici *circumfusis
militum* agminibus jubet. Qui cum missi ad beatissimam
Legionem venissent, *stringunt in sanctos impii ferrum*,
mori non recusantes vitæ amore.

Cædebantur itaque passim gladiis, non reclamantes saltem aut repugnantes sed, depositis armis, cervices persecutoribus praebentes et jugulum persecutoribus vel in-
tectum corpus offerentes.... Operta est terra illic procum-
bentibus in mortem corporibus piorum fluxeruntque pre-
tiosi sanguinis rivi...

5926. Ps. 137, 7, 8 : Si ambulavero in medio tribulationis....
Dominus retribuet pro me : cf. XVII, 21; *Deuteron.,*
XXXII, 35 : Mea est ultio et ego retribuam in tempore.

5981. Ballade fatrisée, à six couplets, v. *Recherches*, p. 180-1,
les types de G. Flameng et de Molinet, cf p. 185. les
conclusions sur les ballades de formes particulières.

6328. Corriger *servous* en *serous.*

6430-2. Passage correspondant de l' « Authentique » (*Acta
Sanctorum Bollandiana*, octobris, tom. XIII, p. 594) :
« Rictiovarus... famâ beati Quintini audita quod et prædicationibus et signis ac virtutibus clarus haberetur, statim *comprehensum et catenatum in carcerem jussit retrudi*».

6477-85. Cf. *ibid.* : « Ducentibus autem eum ministris, Davidi-
cum illud psallebat dicens: Deus, ne derelinquas me, sed eripe
me de manu peccatoris et de manu contra legem agentis
et iniqui ; quoniam tu es patientia mea, Domine, spes
mea a juventute mea. (*Ps.* LXX, 4-5).

6538-48. Il faut restituer à Lucifer cette tirade.

6577. Nouvelle ballade fatrisée. v. la note ci-dessus, v. 5981.

6631-48. Sixains terminés chacun par un proverbe ; ils suppo-
sent une récitation aussi cadencée et rythmée de gestes
que la ballade qui précède.

6955 et s. Sur le pape Marcellin, qui gouverna l'Eglise de 296
à 304, et sur son apostasie, v. M. Duchesne, *Histoire ancienne de l'Eglise*, t. II, chap. III, p. 93 et s. (Fontemoing,
1907) : « L'église romaine avait, au temps de Constantin, un calendrier où étaient marqués les anniversaires des
papes et des principaux martyrs. Depuis Fabien (250),
jusqu'à Marc (335), tous les papes y figurent, sauf une
exception, celle de Marcellin. Une telle omission, pour
laquelle il est impossible de faire valoir des erreurs de
copie ou autres excuses du même genre, ne peut avoir été
sans motifs... En somme il a dû y avoir quelque chose de
fâcheux, mais nous ne savons au juste quoi ». Voir aussi
P. Fedele Savio, *Breve storia della Chiesa, Il primo evo,
1-476*, Turin 1903. p. 84-5. L'apostasie de Marcellin serait
une invention des hérétiques Donatistes du IVe siècle.

« Les savants modernes expliquent ainsi l'origine de ces
fausses allégations. Il est certain que pendant la persécution de Dioclétien il y eut à Rome 2 diacres qui se ren-
dirent coupables du crime de « tradition » (c'est à dire
qui livrèrent aux persécuteurs les livres sacrés). Or,
comme les diacres étaient souvent les ministres et comme
les secrétaires des évêques, les Donatistes ou d'autres
hérétiques ennemis de l'Eglise romaine attribuèrent au
pape Saint Marcellin la faute de ses deux diacres. On
conclut ensuite à sa repentance du fait qu'il mourut martyr et qu'il fut honoré à Rome comme un saint... »

Quant au concile de Sinuesse. Il aurait été impossible
de le tenir en un temps de si violente persécution. On
croit que la réunion prétendue de ce concile est une invention d'un ou de plusieurs écrivains qui, vers l'an 500,
répandirent à Rome plusieurs bruits de même nature.

6995-7018. Sixains terminés par des proverbes : v. au v. 6631.

7011. La ponctuation choisie est préférable à cette autre : *ja,
mais au partir fault couter a l'oste*, qui est la ponctuation ordinaire quand Molinet cite ce proverbe (il se présente plusieurs fois dans ses œuvres).

7051. Lire *culeuvres.*

7091. Lire *Beausse.*

7102. Lire *cagnon.*

7146. La syllabe à suppléer pourrait être *mal* ou *mau* devant
cariaige.

7212-7250. A propos de la résolution de Crépin et de Crépinien
de s'adonner au métier de cordonnier, les Actes des
Saints contiennent ce document qui semble avoir été connu
de l'auteur du Mistère : « Cr. et Cr. Suessionis civitatem
hospitam suæ peregrinationis elegerunt : in qua ita præ-
valuerat error Gentilium ut, sequentes Doctoris gentium
magisterium, labore manuum sibi præsentis vitæ necessa-
riæ providerent. *sutoriam artem, quæ quiete exerceri
solet, didicerunt...* » (*Acta Sanctorum... illustrata..,* a
Josepho van Hecke, etc., V. Palmé, 1870, t. XI, p. 535).

7220-75. Deux ballades d'une forme qui est curieuse en ce que
le refrain qui termine le couplet lyrique de ballade a été
détaché du huitain et fait corps, dans la façon dont le
dialogue est distribué, avec les sept premiers vers du
couplet suivant. V. sur cette disposition de rimes. *Recherches*, p. 101-2-3, conclusion 4. 173, n° 12. 263. conclusion 4.

7337. Lire *Gorgone.*

7466. Actes des M. *L'Authentique* : « Ait ad eum præses :
Quod tibi nomen est ? »

7466-69. « Christiano nomine censeor quia Christianus sum et
Christum credo corde et ore confiteor : proprie tamen
Quintinus vocor ».

7470. Actes. (*L'Authentique*) : « Ex quâ, inquit, progenie es ? »

7471. « Civis romanus sum, filius vero Zenonis senatoris. »

7473-9. « Quidnam est, ait, quod persona tam nobilis et tanti
viri filius, tam superstitiosis religionibus te tradideris ut
colas eum qui ab hominibus est crucifixus ? »

7480-4. Beatus Q. respondit: « Summa etenim nobilitas est fac-
torem cæli et terræ colere ejusque devotissime obsequi
mandata ».

7485-8. « Quintine, recede ab hac stultitia qua teneris et sacrifica diis ».

7489-7502. Q. respondit : « Diis tuis numquam sacrificabo quos
constat esse dæmonia. Stultitia vero qua me teneri asseris,
non stultitia, sed ut vere fatear. summa sapientia est, vide-
licet cognoscere Deum vivum et verum et simulacra muta
et falsa respuere; nam illi profecto stulti sunt qui eis sacri-
ficando tibi obediunt ».

7502-16. « Certissime scias, præses, quia quod jubes non faciam : quod minaris non timeo. Celerius fac quod vis. Quidquid, Deo permittente, intuleris, sustinere paratus sum. Nam corpus meum, permissu Dei mei diversis tormentis usque ad mortem affligere potes ; anima vero mea in solius Dei potestate, qui eam dedit, consistit ».

7516-30. Dans l'Authentique, c'est avant les propos tenus par Quentin aux vers 7502-16 que Rictiovare *fait* cette menace : « Nisi nunc accesseris et diis nostris sacrificaveris, per deos deasque juro quia diversis cruciatibus te *ad mortem usque torquebo* ».

7523, 7563-6, 7579. Tunc R. immani furore commotus, jussit eum a *quaternionibus extensum caedi*.

7723-38. « Cumque diutius acriter cæderetur, elevatis in cœlum oculis, orans dixit : « Domine Deus meus, gratias ago tibi quia propter nomen sanctum Filii tui D. J. Christi haec patior. Et nunc, Domine, praesta mihi fortitudinem, concede virtutem, porrigens auxiliatricem dexteram tuam qualiter possim omnia tela inimicorum cum tyranno eorum Rictiovaro superare, ad laudem et gloriam nominis tui quod est benedictum in secula seculorum ».

7752. Raphaël est choisi de préférence à Michel et à Gabriel parce qu'il s'employa efficacement à rendre la vue au vieux Tobie affligé de cécité ; la tradition catholique lui attribue par appropriation le pouvoir d'obtenir la guérison de toutes les maladies tant de l'âme que du corps.

7775-80. *L'Authentique* : « Et cum hujuscemodi verba inter flagella orans compleret, protinus de cœlo vox facta est, dicens : Quintine, constans esto, viriliter age ; ego assum tibi ».

7784-7816. Suite immédiate : Dilapsa autem hac voce, apparitores qui eum cædebant, in terram ruentes standi facultatem amiserant seque acerrime torqueri sentientes, cum clamore auxiliari sibi Rictiovarum exorabant, dicentes : « Domine noster, Ric.°, adjuva nos quia immensis cruciatibus torquemur et cremamur ignibus adeo ut consistendi ac pene loquendi officia amiserimus ».

7849. Sur ces rondeaux en vers courts dans le S. Q. et chez les contemporains de Molinet, v. *Recherches*, p. 200.

7796. Lire *Je* murdrie.

7849. Forme de rondeau plus particulierement lyrique ; v. *sur les rondeaux et l'action dans les Misteres, les rondeaux et la musique*, nos *Recherches*, p. 219-20.

7856. « Haec nequissimus præfectus R. cernens, truculentiori irâ permotus, coram astantibus dixit : « Per deos deasque juro quia Q. iste *magus* est et maleficia ejus praevalent... » (*L'Authentique*).

7869. À partir de ce vers jusqu'au vers 7892, les sixains se terminent par un proverbe.

7903. Patras simple, v. *Recherches*, p. 223.

8072. Corriger *moy* en *mon* ?

8208-11. *L'Authentique* : « Nunc ergo ejicite eum a facie mea et in nimia carceris obscuritate recludite ubi nec lumine perfrui nec ullus ad eum christianorum ingredi possit ».

8132-39. Cumque ad obscuriora ergastuli loca duceretur, *dulci modulamine* psallebat dicens : « Eripe me, Domine, ab homine malo, a viro iniquo eripe˜ me ». *Ps*. 139, 1. V. ci-dessus la note au vers 7849.

8170. Apparemment il faut corriger : *Mais qu'an*, c'est à dire *pas plus qu'an*.

8247. Début de l'antienne à la Vierge, qu'on récite à la fin de l'office canonial, du 2 février au jeudi saint exclusivement.

8248. Sur ces groupes lyriques, v. plus haut la note du vers 1. Ici, il y a encore effet de batelage au huitain de décasyllabes ; mais au huitain en vers de cinq syllabes, il y a effet de « rhetorique enchainee » ; v. l'introduction.

8462-6. La question de savoir si un pape qui viendrait à commettre le crime d'*apostasie* ou à professer le *schisme* ou l'*hérésie* pourrait ou devrait être déposé par un Concile, a été longtemps agitée dans les écoles théologiques. Le problème étant encore *sub judice* à l'époque où écrit l'auteur du Mistere, on s'explique sans peine qu'il imagina un projet d'assemblée conciliaire afin de procéder à la déposition de Marcellin, qu'il représente comme ayant failli dans sa foi.

8686. Lire *bégnune, béjanue, bécjanue*.

8719. Suppléer *nous* après *melrons*, pour compléter le vers.

8781. Lire *m'en*.

8808. Lire *solers*.

8826. Ce premier proverbe termine une série de rimes plates ; mais les suivants (8833, 8840, 8847, 8854, 8861) terminent des septains du type *abahbee*, dont nous avons étudié ailleurs l'histoire (*Recherches*, p. 143-5, 146, conclusion 2, 244, 250, 257-9, 261-3). Ici Molinet detache le 7° vers des six précédents, comme il a fait déjà pour le refrain de deux ballades, v. plus haut la note au vers 7220.

8915. Vers incomplet ; suppléer *hic* ?

P. 145, après 8906. Les mots latins intercalés font partie d'un verset du Ps. 50, Miserere mei Deus — et que voici intégralement : Tibi soli peccavi et malum coram te feci ut justificeris in sermonibus tuis et vincas cum judicaris.

Tu estois le pasteur de simples, oeilles, allusion au pouvoir de juridiction suprême et universelle conféré à Pierre et à ses successeurs par Jésus-Christ : Pasce agnos, pasce oviculas (τὰ προβάτια), pasce oves. Év. « S. Jean, XXI, 15-17.

Confesse-toi de bouche... etc. Ep. S. Paul aux Romains, X, 10 : « Corde enim creditur ad justitiam, ore autem confessio fit ad salutem ».

P. 145, a, l. 8. Lire *E. englise*.

9048-50. Affirmation explicite de l'adage ecclésiastique : *Suprema sedes a nemine judicatur*.

9053-7. Rappel du reniement de saint Pierre, rapporté par Luc Évangeliste (XXII, 55-62).

9086. Les cendres et le plateau qui les contient. Les Italiens appellent encore *disco* la patène.

9143. Le premier vers du sixain que ce refrain termine fait partie de la repartie de Lucifer (9134-7). Ce n'est qu'à partir du vers 9143 que la ballade prend une forme plus régulière ; elle est de 4 couplets sans envoi : elle rappelle une ballade de la *Passion d'Arras*, dont la référence a été donnée dans nos *Recherches*, p. 108, n° 2 ; c'est par erreur que cet exemple de notre *Mistere* n'a pas été relevé à la même page. Molinet ajoute au modele qu'il a pu voir dans la *Passion d'Arras*, une modification que nous avons notée déjà aux vers 7220 et 8826.

9180. *Rois*, liv. II, chap. XII, 13-8.

9184-5. *Jonas*, III, 6-8.

9215. L'auteur suppose en toute simplicité que Marcellin repentant n'a pas besoin de nouvelle investiture pour recouvrer ses prérogatives et son pouvoir suprême.

9214-29. Type de rondeau à quatrain, v. *Recherches*, p. 206.

9264. Corriger sans doute en *qu'une*.

9280. Chiffre marginal à corriger.

TROISIÈME PARTIE

9284. A propos de ces groupes lyriques. v. la note au vers 1. Ici effet de batelage ou huitain ; le huitain est suivi d'une strophe de 14 vers, dont la disposition (pour les rimes, non pour les metres) se retrouve dans les *Faictz et Dictz* et là seulement, au temps de Molinet, autant que nous pouvons en juger en l'état de nos lectures. V. *Rech*. p. 148, bas. p. 178, strophe de 14 vers. n° 1. et p. 266.

9301. Corriger *noye* en *oye*.

9385. *B* porte *oroison*.

9367. Corriger en *senateur*.

9600. Il faut probablement corriger *lune* en *lune*.

9632. Ballade en septains. v. *Recherches*. p. 169, haut ; v. pour la separation du refrain les notes aux vers 7220. 8826. 9143.

9834. Rondeau à quatrain.

9856. Sur cette chaine de strophes. v. *Recherches*, p. 86.

9890. Sur ce type de quatorzain. v. *Recherches*. p. 144. aaaaaab. et p. 247. haut.

9948-63. Sur cette sorte de chant à refrain, apparenté au rondeau. v. *Recherches*, p. 227.

9932. Saint Etienne lapidé par les Juifs : « Domine Jesu, suscipe spiritum meum » (*Act. des Ap.*, VII, 58).

9934. Cf. *Sapient*, III, 7 : Fulgebunt justi et tamquam scintillae in arundineto discurrent.

9942. L'Eglise applique à la Vierge ce texte de l'Ecclésiastique. XXIV, 20 : Sicut cinnamomum et *balsamum* aromatizans odorem dedi.

9952-55. Doxologie terminale des hymnes liturgiques.

10034. Corriger *viande* en *viande*.

10021. On peut suppléer en *r* : *moustreray*.

10160. Lucifer est le seul des diables qui n'aille jamais sur terre. Il reste enchaîné depuis que Dieu l'a châtié à l'origine du monde.

10182. Corriger en *resuciés*.

10360. V. *Recherches*. p. 200. les types de rondeaux en vers courts : la référence à cet exemple-ci doit y être ajoutée ; sur le morcellement des rondeaux de dialogue. ib., p. 217-8.

10376. Lire *qui qu'i soit, foulé*...

10451. Texte des *Actes des Ap*. sur l'habileté professionnelle de Crépin et de Crépinien : « Cum omnibus paene elegantius operarentur artificibus... »

10491-509. « Nam nocte sequenti, cum membra beata quieti dedisset, astitit ei angelus Domini per visum, dicens : « Quintine, famule Dei, surge et perge fiducialiter et sta in media civitate, consolans in fide Christi et corroborans universum populum ut credant in Dominum J. C. sanctificantes se baptismate sacro quia appropinquat et eorum liberatio et ut confundantur inimici christiani nominis cum impio R. eorum praefecto ».

10508-20. 10521-33. 10534-46. Sur ces chants à refrains. v. *Rech*. p. 226.

10531-2. Dominus illuminatio mea et salus mea : quem timebo ? Ps. 26.

10573. Suppléer *ce* devant *mimonés* ?

10639-703. Confluentibus undique ad eum populis, dixit : « Viri fratres, audite me et convertimini a viis universis mali-

gnis, paenitentiam agentes et baptizemi in nomine Patris et Filii et Spiritus Sancti in quo est ablutio et remissio peccatorum ; credentes Patrem ingenitum, Filium unigenitum, Spiritum quoque sanctum a Patre et Filio procedentem, vivificatorem et sanctificatorem animarum nostrarum. Porro scire vos volo quia, veniente plenitudine temporum, misit Deus Pater Filium suum ad redemptionem nostram ut in adoptionem filiorum reciperemur. Hic namque concoeptus ex Sp. Sto et ex Maria Virgine natus et a Joanne in Jordane baptizatus, non solum caecis visum, surdis auditum, languentibus sanitatem impertivit, sed etiam mortuos suscitavit, a contagione leprae solo verbo plurimos curavit. et a fluxu sanguinis mulierem pristinae sanitati restituit ; claudos currere, paralyticos ambulare, aquam in vinum converti jussu admirabili fecit. Haec et alia multa quae humanus sermo enarrare non sufficit, mirabiliter agens, ad ultimum voluit pro salute nostra crucis patibulo affigi, in sepulcro poni et tertia die resurgere. Sicque per dies quadraginta discipulis suis manifestatus. ascendens in caelum promisit sperantibus in se, sed a tribulationibus virtute sua eliberat. Quod si aliquanto tempore eos praesentis saeculi adversitatibus permittit tentari, non idcirco ut pereant, sed ut eos veluti aurum quod per ignem transit, puriores recipiat ».

10733. Sur ces neuvains assemblés en deux groupes de trentesix vers. v. *Recherches*, p. 154, au type aaaaaaab ; le second de ces groupes présente à chaque vers un effet de « rhétorique à double queue ».

10805. On pourrait aussi lire *sans*.

10869. Renovamini autem spiritu mentis vestrae (*Ephésiens*, IV, 23).

10871-74. Unde magno terrore magnaque admiratione permoti, ad fidem Christi sunt conversi...

10875-82. Abrégé d'une cérémonie rituelle de baptême.

10889-90. Haec et his similia loquens, cum sermo eum longius protraheretur, crediderunt in Dm. J. C. ferme 600 viri.

10976 et s. Nuntiantes etiam praefecto quae de beato Q. facta fuerant diis suis irrogare coeperunt et universis eorum cultoribus, dicentes : « Vere magnus est Deus Christianorum, in quem credere oportet. Nam Dii tui figmenta et sculptilia vana sunt qui nec sentiunt, nec vident, nec audiunt ; ipsi etenim infirmi sunt et hi qui tibi consentiunt adorare eos. Nobis enim jam indicatum est unus et verus Deus, creator caeli et terrae per quem famulum suum Q. cognovimus ».

10993-6. His auditis, R. praefectus, immani furore turbatus, dixit : « Ergo, ut video, et vos magi effecti estis ?

10997-11005. Illi vero constanter responderunt, dicentes : « Nos mag nequaquam sumus sed confessores unius et veri Dei qui fecit caelum et terram, mare et omnia quae in eis sunt ».

11005-12. Quibus R. ait : « Insanitis : nihil enim est vestrae credulitatis assertio. Abite quantocius et a conspectu meo abscedite ». Qui statim abscesserunt ab eo.

11022 : « Nisi hunc magum Q, et maleficum interfecero et nomen exstinxero, populum hunc universum seducet et culturam deorum nostrorum penitus adnihilabit ».

11123-44. Effet de « rhétorique enchainee ».

11157-88. « Quintine, virorum nobilissime, fateor quia crubesco et admodum confundor pro tua nobilitate quod de tantis opibus divitiarum quae tibi dignissime congruunt parentali et nobilitatis sorte, ad tantam paupertatem causa vanissimae tuae sectae deremisti ut egenus et pauperrimus mendicus videaris. Audi ergo nunc meum salubre consilium meisque te accommoda dictis ; unum etenim est tantum ut facias. Diis nostris sacrifica et statim mittam festinato legationem ad sacratissimos imperatores ut omnes facultates quas dereliquisti tibi restituant, insuper et amplissimas conferant dignitates scilicet ut purpura et bysso induaris atque zona auri circumderis ».

11213-14. « Lupe rapax et tamquam canis, vesania plenus, quam stulte et insipienter sensus meos intelligis, quos putas te posse evertere per donorum multitudinem promissorum et infelicem opum congeriem ! Nam opes tuae tecum ihunt in perditionem. Constantiam enim fidei meae mutare non possum quae est in Christo Jesu Dom. nostro ; sed dives, infelix, quia non est pauper qui in Christo dives est. Divitiae enim Christi aeternae sunt et qui eas accipere meruerit nullatenus postmodum indigebit nec eisdem unquam carebit. Has divitias desidero, has amplecti cupio et pro his paratus sum non solum acriter affligi, verum etiam, si ipse jusserit, mori. Nam honor et potestas ac divitiae vostrae temporales sunt et fugitivae et tamquam fumus evanescunt nec permanere aliquando noverunt : ea vero quae Christus dilectoribus suis tribuit, aeterna sunt et talia quae nec oculus vidit, nec auris audivit, nec in cor hominis unquam ascenderunt ». (Cf. aussi S. Paul, Corinth., II, 9, pour les vers 11247-5)..

11245-9. « Ergone, Quintine, hoc consilium elegisti ut mori magis quam vivere velis ? »

11249-69. Beatus Q. respondit : « Ego magis desidero mori pro Christo quam infeliciter vivere mundo ; haec enim mors et tormenta quae a te nunc mihi inferuntur, gloriam praeparant, non vitam adimunt ; ac per hoc, quod debeo ex debito, cupio solvere ex voto, nam si in hac confessione permanens, a te morti traditus fuero, tunc me in Christo victurum fiducialiter credo ». V. les mêmes propos au vers 16050.

11269-72. « Iterum iterumque, Quintine, juro quia jam tui non miserebor sed celerius te puniri jubebo ».

11273-6. Cui Quintianus illud beati David intulit, dicens : « Dominus mihi adjutor est : non timebo quod tu mihi facias homo ».

11293-340. Série de six huitains avec effet de rhétorique à double queue pour chaque vers.

11401. Rondeau à quatrain en vers coupés, d'un type rare ; cf. Recherches, p. 268, n° 4.

11603. Série de quatre sixains terminés chacun par un proverbe, et suivis de deux autres sixains morcelés en reparties d'un vers, comme plus haut, v. 6693-7030, 7869, 11680, 11686. Lire chandel.

11756. Gaudeamus, peut-être refrain d'une chanson bachique, rappelant l'Introit de certaines messes solennelles de l'Eglise catholique : « Gaudeamus omnes in Domino, diem festum celebrantes... » etc.

11812-13. Cf. Isaïe, LIII, 7, la prophétie appliquée au Christ souffrant :... sicut ovis ad occisionem ducetur et quasi agnus coram tondente se obmutescet et non aperiet os suum. — Peut-être faudrait-il corriger nes en mais ?

11822-3. « Furcifer et fraudis diabolicae filius, atque ab omni humana pietate remotus, cognosce quia ista omnia quae a te mihi irrogantur, non doloris taedium sed tolerantiae refrigerium praestant tamquam si ros de coelo descendat et herbarum viriditatem suis saluberrimis inficiat guttis ». (L'Authentique).

12086. Proverbe qu'on rencontre aussi dans les Facetz et Dictz, comme les deux suivants, v. 12098 et 12104.

QUATRIÈME PARTIE

12306-29. Dans ce groupe lyrique, les huitains ne comportent pas d'effet de batelage ; mais la disposition des rimes est toujours celle que préfère Molinet, que pratiquait déjà Chastellain et que Gréban paraît n'avoir pas goûtée (v. Recherch., p. 101-2, 103, conclusion 4).

12305. Cf. l'antienne du bréviaire romain : Tu es pastor ovium, princeps apostolorum...

12416. Cf. Matth., XVI, 18.

12431-2. Luc, XIV, 11.

12438. Peut-être devrait-on corriger luy en l'y.

12441-3. Incise empruntée probablement à un décret pontifical ou à un canon ancien.

12638. Rondeau à quatrain.

12761-775. Version du texte suivant de l'Authentique : « Per potentissimos deos, Jovem et Mercurium, Solem et Lunam, Asclepium et Hyppocratem juro quia vinctum te Romae imperatoribus faciam praesentari coram quibus immanibus tormentis cruciaberis digne pro meritis quibus tu fuga lapsus in his regionibus latitas ».

12776-790. Ad quod S. Q. : « Romam ire non reformido quia Deum hic et illic esse non dubito qui tuas et imperatorum qui adversus christianos saevitis superabit insanias. Ego tamen confido et spe certissima teneo quod mei cursum laboris in hac provincia terminabo ».

12973-834. « Domine, vias tuas notas fac mihi et semitas tuas edoce me » et subjungens aiebat : « Deduc me, Domine, in via tua et ambulabo in veritate tua. Laetetur cor meum, Deus, ut timeat nomen tuum quod est benedictum in secula seculorum ! »

13091-13049. Types de strophes lyriques, en vers coupés, qu'on rencontre sous des formes approchées, sinon identiques, dans des compositions dramatiques du temps ; v. Recherches, p. 96-7.

13050-74. Double fatras ; v. Recherches, p. 223.

13130. Groupe lyrique à trois couplets, avec effet de batelage dans le couplet ; v. Recherch., p. 155 ; le quatrième couplet devait être semblable aux précédents ; le dizain de vers de cinq syllabes aura perdu les vers 1 à 4 et le vers 6.

13130. Sur Bayon, cf. Fimmeré, Ang. Virom., p. 194 et s. et p. 340. De fundo Bayonvillari traditio vetus est, eum esse a Baione quodam loci dynasta donatum B. Quintino, ista ut eleemosyna recordari se beneficium recuperatae sanitatis ille profiteretur. Cum enim esset Baion elephantiasi foedatus, cum per illum tractum Martyr Ambianis Augustam traheretur, eumdem ferunt lepra mundatum contactu linteorum quibus sudorem vultu Quintinus abstersisset...

13176. Lire chaux.

13187. Virgule après chma.

13379. Lire chault.

13381-420. Série de cinq huitains terminés par des proverbes ; cf. plus haut 6695, 7869, 8833, 11603.

13573. V. *Recherch.*, p. 219, *Les Rondeaux et le dialogue.*

13618. Lire *delivre*, sans accent.

13729. Lire *vous.*

13861, 13900. V. la note ci-dessus, v. 13573.

14296-315. « Frater Quintine qui es bonae spei vir, adhuc patiens sum in te. Consenti ergo mihi ut sacrifica magnis diis tamquam Jovi et Apollini et si Romam nolueris reverti, in hac provincia magnis te honoribus ditabo. Mittam et legationem de te ad sacratissimos imperatores, intimans eis ut constituaris in hoc loco princeps et magnificabilis judex ». (*L'Authentique*).

14316-31. «Jam saepius tibi talia persequenti respondi et modo respondeo, quia diis tuis numquam sacrificabo quorum sculptilia aut aere aut ligno aut lapidibus constat esse compacta ; quae et vos, nimio errore decepti, deos esse putatis, cum sint simulacra muta et insensibilia omnique ratione carentia, nec sibi nec aliis opitulari valentes ; quibus, secundum prophetam,(similes fiunt qui faciunt ea et omnes qui confidunt in eis ».) Ps. 113 ; 16 pour la parenthèse.

14345. Jussit vocari fabrum ferrarium... praecipiens ei ut faceret duas sudes ferreas quae gallica lingua taringae vocantur.

14579.... Decem clavos qui inter ungulos et carnem digitis omnibus mitterentur.

14670. Lire *sanguines*, sans accent.

14682-3. Les mots *canus* et *cremus* doivent être mis l'un à la place de l'autre.

14997. V. plus haut la note du vers 13573.

15009. Rondeau à cinquain d'un type irregulier dont le scheme serait *aabba baba bauaabba*, et aurait dû être mentionné dans nos *Recherch.*, p. 210, bas.

15150. V. la note du vers 13573 et la référence.

15226. Rondeau à cinquain régulier, v. *Recherch.*, p. 208.

15341. Série de dizains du type *aabaabbaba*, v. *Recherch.*, p. 135.

15362. Rappel de ce qui a été dit aux vers 3184-98.

15462. Suite de six rondeaux, dont les deux premiers et les deux derniers ont tous quatre les mêmes vers de refrain ; cf. *Recherches*, page 200 ; plus haut, v. 8132, 10360.

15506. Rondeau à quatrain, en vers de dix syllabes, avec effet de batelage à la quatrième syllabe.

15839-40. Luc. X, 3 : Ite, ecce ego mitto vos sicut agnos inter lupos.

15859. Rondeau à quatrain.

15907-30. Série de trois huitains sur la disposition *ababahab*, assez rare dans le *mistere*, et avec effets d'antithèses et d'allitérations : v. *Recherch.*, p. 90.

16031. v. 13573.

16050. v. 11249.

16172-93. *L'Authentique* : « Domine, J. Christo, Deus de Deo, lumen de lumine, qui es et qui eras ante mundi constitutionem, te deprecor in miseratione tua sancta, quem confiteor, quem corde retineo, quem videre desidero, pro cujus amore hoc corpus meum suppliciis tradidi, et nunc animam meam offero. Suscipe ergo spiritum meum et animam meam tibi toto cordis desiderio oblatam et ne derelinquas me, rex pie, rex clementissime, qui vivis et regnas cum Patre, in unitate Spiritus sancti per omnia secula seculorum ! »

16208-46. Ne pas confondre cette disposition de rimes avec celle qu'on voit au v. 9850 ; ici la disposition rappelle celle de 3491 (v. *Recherch.*, p. 87, 2e type, et 88, conclusion 2).

16312. Cf. S. Paul, *Ephésiens*, I, 21 ; *Coloss.*, I, 16.

16376-88. Cumque proprii sanguinis corpus roseis undis perfunderetur, statim felix ejus anima, carnea mole soluta, visa est velut columba candida sicut nix de collo ipsius exiisse et liberrimo volatu caelum penetrasse et vox de caelo dilapsa est, dicens : « Quintine, famule meus, veni et accipe coronam quam tibi praeparavi. Ecce assunt undique angelorum chori qui te victorem perducant in caelestem Jerusalem ».

16424-30. Sic igitur b. Q. caelos ingreditur et pro cruciatibus hic patientissime toleratis inaestimabiliter coronatus, in sanctorum martyrum sedibus collocatur.

16620... Adjectione terrae, plumbi...

16631. Lire *baviere.*

16635... Coenique supplumbare...

16671. « Resville qui dort », v. le traité portant ce titre publié par M. A. Piaget, *Romania*, XXXIV, 1905, p. 567.

16764-5. Lire *Maximin.*

16891. Triple groupe lyrique, avec effet de batelage, v. *Recherch.*, p. 155.

16933. Ballade fatrisée à six couplets, v. *Rech.*, p. 181 ; au lieu d'un envoi, le double refrain se présente après la ballade et commence un double fatras, v. *Rech.*, p. 223.

17014. Corriger *qui* ou *que* ?

17157-64. *Actes des SS. Cr. et Cr.:* « Crispine et Crispiniane, cujus Dei cultores cujusque religionis vos veneratores fatemini ? Utrum Jovem an Dianam, Apollinem colitis, aut Mercurium vel Saturnum ? »

17165-70. Sancti vero C. et C... dixerunt : « Jovem et Apollinem, Mercurium aut Saturnum aut quemlibet eorum quos gentiles (vos) deos colitis, erroie decepti, nec colimus, nec adoramus ».

17195. Corriger en *contempteurs.*

17200. « Ex quo genere estis, aut cui deorum famulatum impenditis ? »

17202-16. « Romae nobili progenie (nati) in Gallias autem pro Christi nomine et amore fatemur nos venisse, qui est verus Deus, creator omnium, cum Patre Sanctoque regnans in Trinitate Spiritu, cui servimus in fide et dilectione devote; in cujus etiam usque in finem perseverare cupimus servitio sancto ».

17217-58. « Per virtutes deorum! quia si in hac stultitia perduraveritis, multis vos afflictos male perdam tormentis ut sitis caeteris in exemplum, mala morte consumpti. Nam si resipiscentes diis meis sacrificaveritis, ditare vos opibus multis et honore sublimi vos jubeo insigniri ».

17229-53. « Non potes nos illatis minis terrere quibus vivere Christus est et mori lucrum. Pecuniam vero tuam et honores quos pollicerris tuis dona; nam ista olim pro Christi amore nos gaudentes fatemur reliquisse; quem et si ipse cognoscens, ista reliquieres, non solum divitiis et imperio, verum etiam vanae daemonum renuntiares culturae et illi te subderes devotissimae a quo, remunerante te, praemium vitae perciperes sempiternae; nam si in istis vanis persisteris similis simulacrorum, cum diabolo cruciandus in infernum demergeris ».

17253-5. « Sufficiat hactenus vestris plures perisse maleficiis ».

17256-62. « Misericordem, impie, ignoras Deum qui te regnare impium permisit indebite, cujus regnum vane in terris decertans destruere ».

17287-93. « Per virtutem Dianae quae orbem terrae suae subdidit ditioni, te conjuro ut hos furciferos diversis pœnis affligens, pessimo morte consumas ».

17298. Lire *pourbondir* ; v. au glossaire.

17347. Rondeau à quatrain.

17437-41. « Respice in servos tuos, Domine, et in opera tua et adjuva nos ut perficiamus opus tuum sine macula » (*Ps.* 89, 16).

17437-48. Sur ce refrain, v. *Rech.*, 226.

17508. Lire *dura*.

17521 et s. « Judica, Domine, judicium nostrum et libera nos ab homine malo et doloso ».

17619. Attollite portas, principes, vestras (*Ps.* 23, 7 et 9).

17816. Lire *guisandeurs*.

17831. Voir sur ce chant à refrain qui tient du rondeau et du fatras, nos *Recherches*, p. 225.

17835-6. « Super aquam refectionis educabis nos, Domine ».

17869. Rondeau à refrain de six vers : v. *Recherches*, p. 211.

17882. Corriger en *atele* ?

17990. Lire *simploier*.

18047-59. « Adjuva nos, Deus salutaris noster, et propter gloriam nominis tui, Domine libera nos et propitius esto peccatis nostris propter nomen tuum ne forte dicant gentes : Ubi est Deus eorum ? » (Psaume LXXVIII, 9,10).

18050. Sur ce refrain, v. *Recherches*, p. 226, bas.

18133-62. « Potens es, Domine Deus noster, de illatis nos ab impio liberare tormentis ; et sicut voluisti nos pro confessione sancti nominis tui pati, ita ad confusionem diaboli et satellitis ejus, ab hac pœna digneris illaesos revocare ! »

18189. Groupe lyrique avec batelage aux vers de 10 syllabes, v. *Recherches*, p. 104-5.

18221-50. Trentesixain en vers coupés, v. *Recherches*, p. 154 et plus haut, 10733.

18256-7... sese concite furens iniquus præcipitavit in ignem.

18394. Ballade de huitains de vers de 10 syllabes avec envoi, à ajouter au répertoire donné dans les *Recherches*, p. 171.

18585-92. « Gratias tibi agimus, Domine, qui nos de hoc seculo eripiens, ad te venire præcipis clementissime ». Rondeau à cinquain.

18756. Sur ce groupe lyrique, v. *Recherches*, p. 139, bas.

L'INVENCION PAR EUSEBE

—

18851. Huitains du type *ababbcc* ; v. *Rech.*, p. 101.

18807. Groupes lyriques ; v. *Rech.*, p. 102-2. Roger de Collerye en présente du même genre, p. 153-6 de l'édition de la *Bibliothèque Elzévirienne*.

18939. Quadam vero nocte... angelus Domini per visum ei apparuit, eamque consolans, dixit : « Eusebia, exaudita est oratio tua. Surge itaque et perge in Gallias ac perquire locum qui Augusta Viromanduorum nuncupatur, juxta fluenta Somenæ, ubi via publica transit ad Ambianensium civitatem, veniens contra Laudunum Clavatum. Eo igitur loco diligenter perquire et invenies corpus beati Q. martyris Christi diu jam paludibus et aquis tumulatum ; quod ubi fuerit evectum et per te populis manifestatum, oculorum tuorum recipies visum et imbecillitatis corporeæ pristinum statum. Sicque plenius sanitate restaurata. cum omnibus ad te pertinentibus ad propria reverteris ».

19065. Cumque semel, bis terque (19096) ei visio eandem rem probabilem astrueret ac referret, in nihilo natabunda...

19183. Jules Ier pape de 337 à 352 ; or nous sommes en 340 (55 ans après le martyre, qui a eu lieu en 285).

19455. Corriger le chiffre marginal.

19496. Senex quidam. Heraclianus nomine, in via ei obvius fuit.

19510-4. « Dic, inquit, rogo te, si cognovisti aliquando illo in loco virum quemdam nomine Quintinum a paganis interfectum ».

19515-19. Cui senex respondit : « Audivi præsertim sed multum jam esse tempus hujus facti pro certo noveris ».

19570. Et Eusebia : « Numquid scis, ait, corpus illius ubi repositum fuerit ? »

19511. Senex resp. : « Nescio ».

19511-28. Eusebia vero preces precibus jungens : « Per Dominum, inquit, te rogo ut hoc saltem mihi ostendas ubi via publica Ambiannis veniens et Laudunum pergens, Somenæ flumen transeat ».

19512. Et senex : « Veni, ait, et ostendam tibi locum ».

19614-43. « Domine Deus Abraham, Deus Isaac, Deus Jacob, Deus Creator omnium, cujus nutu cuncta agitantur, te deprecor ut exaudias humilem peccatricem famulam tuam et ostendas mihi sancti martyris tui corpus : sicut, Domine, complevisti Helenæ famulæ tuæ desiderium ostendens ei vexillum adorandæ crucis tuæ absconditum, ita et mihi nunc ostendere digneris diu occultatum venerabilem thesaurum in glorioso martyris tui corpore qui propter nomen sanctum tuum passus est. Ne me patiaris, Deus omnipotens, ab hoc loco discedere quoadusque desiderii mei indicia tribuas, innotescens per me in plebe quod diutius latet in gurgite et ad laudem et gloriam nominis tui quod est benedictum in secula ».

19643-4... Moveri cœpit locus ille...

19657-8... Dorsum unda præbente evectum mira natatione ad manus usque fœminæ delatum est.

19734-36... Niveo candore et inæstimabili odore fragrans, circumstantes tanto suavitatis nidore replevit ut cunctis obliviscerentur mundi oblectamentis...

19976. Variété de fatras, en vers coupés. invention propre de Molinet, v. *Recherch* , p. 224.

19792. Rondeau à cinquain, avec refrain intérieur répété une fois de plus que de coutume : à ranger dans les *Recherch.*, p. 210 ; le schème en est *anbba baba baba aabba*.

19811, et s... sudes ferreas... inveniens extraxit...

19913. Lire *semont*.

20009.... longius ire non valentes substiterunt.

20277-8. Corriger en *Constantius* ?

20393-4... ab oculis ejus tamquam squamæ albugo exiit.

20490. « Martinus... sub rege Constantio, deinde sub Juliano Cæsare, militavit » (*Vita beati Martini*, à Sulp. sev., *Patrol. latine*, Migne, XX, col. 163, n° 2).

20539-62. Rondeau à quatrain, d'une forme spéciale, v. *Recherch.*, p. 207, milieu.

20546-7. Au lieu de Brunehault, il faudrait corriger en Brunefer qu'on lit au vers 20533.

20610. On peut corriger *elle* en *celle*.

20713-21. L'Authentique : Donaria quippe non parvi pretii in eodem loco derelinquens...

20772. Lire *baudement*.

20847. *Vie de Martin* par Sulp. Severa : Obvium habet in porta Ambianensium civitatis pauperem nudum...

21031-6. *Ib.* : Nocte igitur insecuta, cum se sopori dedisset, vidit Christum chlamydis suae qua pauperem texerat, parte vestitum. Intueri diligentissime Dominum vestemque quam dederat jubetur agnoscere. Mox ad angelorum circumstantium multitudinem audit Jesum clara voce dicentem : « Martinus adhuc catechumenus hac me veste contexit... »

21055. Lire *d'estrier*.

21181-6. « Hactenus, inquit ad Caesarem, militavi tibi : patere ut nunc militem Deo : donativum tuum pugnaturus accipiat : Christi ego miles sum : pugnare mihi non licet ».

21201-339. Sur cette bataille, v. *Acta Sanctorum Bollandiana*, octobris, t. XIII, p. 803, n° 3.

L'INVENCION PAR ELOY

—

21408. Groupes lyriques, avec effet de batelage dans le huitain, v. *Recherch.*, p. 150.

21482 et s. *S. Eligii episcopi Novio. vita, a Sancto Audoeno Rhotomagensi episcopo scripta* (*Patrol. latine*, Migne, t. 87, col. 482; sur l'habileté d'Eloi dans son métier : « factus est notus cuidam regis thesaurario, Bobboni vocabulo... »

21550. *Ibid....*, copiosam molem argenti et auri vel gemmarum absque ulla pensa a rege acciperet...

21614 et s. Exstitit quidam vir improbus, vocabulo Maurinus, ut videbatur populis, habitu religiosus, cantor in regis palatio laudatus... coepit verbis extollere a se corpus martyris Quintini et inquiri posse et inveniri (col. 515, cap. VI).

21899. *Ibid....* manubrium fossorii manibus ejus inhaesit.

21910.... sequenti quoque die in manibus suis vermibus ebullientibus miserabiliter exspiravit.

22059. Decesserat enim in ipso anni circulo Acharius praefatae urbis antistes (col. 511, cap. II).

22296-300. « Florebant in Francia hoc tempore tres fratres, Ado, Rado, Dado qui et Audoenus dictus est ». Ex Chronico Sigeberti Gemblac. monachi, *Recueil des Historiens des Gaules et de la France*, tome III, page 343', —Horum... major natu, Ado nomine... secundus *Rado* thesaurum praedicti Regis sub cura sua habens... Junior quoque venerabilis Audoenus cognomento Dado, praefato Regi pietate cunctis amabilis atque Referendarius (Ex vita Sti Agili abbat. Resbacensis, ab anonymo subaequali scripta, cap. 14).

22393 et s. Sur Cosdroës, Chosroes, Medasam = Mardesam et Mardasams, v. Baronius, années 621-7, dans les *Ann. Eccl.*, tome XI, éd. P. Anton. Pagius, 1742 ; voir aussi *Chroniques de S. Denis*, liv. V, chap. XII ; *Aimoni monachi Floriacensis de gestis Francorum*, l. IV, chap. XXI; (*Rec. des Historiens des Gaules et de la France*, t. III, p. 138).

22487. Martin fut pape de 649 à 654. L'empereur n'était plus Heraclius (mort en 641), mais Constans; Dagobert est mort en 647 ; donc il y a ici synchronisme erroné.

22506. Suppléer *ce* devant *fais*?

22582-91. Chron. S. Denis, V, chap. XII : Icils Empereour

Eracles..., bien connut par les signes des estoilles que ses Empires devoit estre essilliez par un peuple circoncis; et pour ce que il cuida que ce deussent estre li Juif, pria il par ses messages Dagoubert le roi de France que il feist bauptizier touz les Juifs des provinces de son roiaume et que tuit cil qui ce refusseroient, fussent dampné par essill. Einssi fist lo Roi Dagouberz (car) tuit cil qui bauptesme ne voudrent recevoir furent essillié et chascié du roiaume de France. Cf. aussi *Aimoini monachi Floriacensis de Gestis Francorum*, liv. IV, ch. 22

22679-81. V. Baronius, *Ann. Eccl.* ad ann. 628, 11 : Rediens Hierosolymam Heraclius solemni celebritate suis humeris retulit sanctissimam crucem in eum montem quo eam Salvator tulerat.

22945-50. Cf. ce texte de S. Paul, *Epist. ad Titum*, I, 7, 8 : Oportet enim episcopum sine crimine esse, sicut Dei dispensatorem, non superbum, non iracundum... sed hospitalem, benignum, sobrium, justum, sanctum, continentem...

22950-56. « Sacerdos celebraturus sacro et peculiari utitur habitu, amictu scilicet, alba, cingulo, manipulo, stola, casula sive planeta, quibus et passio Christi ante sacrificium recolenda repraesentatur et ejusdem virtutes exprimuntur quibus ornari celebrantem par est... »
Extrait du *Manuale ordinandorum de sacrificio missae*, artic. 11. Parisiis, apud Jouby, MDCCCLX.

22957-93. Rappel des paroles du rituel romain.

23048. Lire *mettes*.

23075. Lire *jenel*.

23191. Cum *fortis armatus custodit atrium suum, in pace sunt ea quae possidet.* Luc. XI, 21.

23204. Les formes du nom de Dieu en hébreu sont Elohim, Eloah, dont le radical est *El* qui signifie puissance.

23216. Sur ce triple refrain, v. *Rech.*, p. 220.

23233. Cf. Paul, *ad Ephesios*, V, 25, : « Viri, diligite uxores vestras *sicut et Christus dilexit Ecclesiam* et seipsum tradidit pro ea ut illam sanctificaret.. »

23362. Corriger *visiter* en *nister* ?

23281-2. Cf. *Vita beati Eligii* par S. Ouen, Lib. II, cap, VI B : Eligius ergo, cura pastorali suscepta, *statim in exordio suae ordinationis coepit assiduare erga locum illum* (où l'on croyait que reposait le corps de S. Q.) ; est enim haud procul ab urbe Vermandensi in eo scilicet loco ubi quondam martyr ex fluvio elevatus ab Eusebia in monte fuerat tumulatus.

23371-2. Lire *Fauciillette*.

23431-18. Cf. *Vita b. Eligii* ab Audoeno, Lib. II, c. VI, B : Eligius itaque divino nutu instigatus, (ce qui explique la prière faite par lui à 23399-406) volvebat in animo sed et libere proclamabat populo non illic haberi corpus quo eum loco venerabatur populus sed esse potius in parte ulterius.

23418-26. Cumque diu hujusmodi conditio mentem ejus stimularet, coepit tandem sagaci inquisitione per basilicae pavimentum huc illucque tentare sicubi sacratum tumulum posset deprehendere (*ibid.*)

23427-448. Sed cum nullatenus indicium tumuli reperiret, coepit a fratribus destitui prosequentibus cum tremore interitum illius qui dudum investigationem superba mente concipiens, lugubri morte vitam finisset (cf. note sur 21162 — 899) : necnon et antiquitatem corporis longinquitate jam temporis consumpti atque ad nihilum in pulverem redacti objicientes, conabantur eum a coepto mentis proposito revocare (*ibid.*, B, C).

23444. Pour compléter le vers, suppléer *et* devant ou après *vingt*.

23453-64. Cumque ei istius modi impedimenta a fratribus objicerentur. altius ille ingemiscens aiebat : « Nolite, fratres, quæso, nolite impedire devotionem meam, nam ego credo in Creatorum meum quod me non dignabitur tanto thesauro tantumque mihi desiderato fraudare ». Tunc ergo attentim persistens levavit triduanum jejunium. (*ibid.*, C.)

23473-4 — 23493-524... atque enixius Christi divinitatem cum lacrimis exorans,..... dicebat : Tu, inquit, Domine Jesu, qui omnia nosti priusquam fiant, tu scis quod nisi manifestatum ostenderis mihi Corpus hujus sancti tui testis, qui propter nomen sanctum tuum passus est, quamquam sim indignus, nunquam tamen plebis hujus episcopatum geram sed exsul potius ab hac provincia procul secedam ubi. ut dignum est, inter bestias moriar » (*ibid.*, D).

23350-2. Cf. *ibid.*, C : ... vovit non se *prius quidquam alimoniæ accepturum* quam mereretur desideratum percipere votum...

23557-584. Quid multa ? cœpto operi persistens. cum *adjutores ejus* per diversa ecclesiæ loca tentando discurrerent, nullamque inveniendi spem caperent. leniter ille omnes compescens...

23659. Corriger en *n'a*.

23679-703. *Unum eis locum* quo nulla esse suspicio poterat, in posteriore ecclesiæ parte effodiendum designat (*ibid.*, col. 517 A).

23741. Cf. *Chroniq. de S. Denis*, liv. V, chap. XII : « Apres li fu Empereour un sien filz qui aveit non *Eraclonas* ; ... id. (*Aimoini monachi Floriacensis de Gestis Francorum*, lib. IV, cap. XXII) cui (Heraclio) successit Heraclona filius cum matre Martina.

23769-80. Tunc omnium labore ibi converso libenter jussi obtemperant *defossaque* jam in *altum ultra pedis decem* seu amplius terra, ab spe iterum inveniendi corporis destituuntur et cum *tertia jam nox* media fluxisset ... (*Vita S. Elig.*. col. 517, A).

23835-40... Confestim forato tumulo. tanta odoris fragrantia cum immenso lumine ex eo manavit ut etiam ipse S. Eligius fulgore luminis odoreque incnarrabili perculsus vix subsistere potuisset (*V. S. Eligii*, col 517. B).

23855-6. Nam et globus splendoris qui ex tumulo ad ictum ferientis processit, tantam vim suæ claritatis sparsit, ut cunctorum astantium obtutibus oculorum retusis, partem maximam regionis illius in diei claritatem mutaret (*Ibid.*).

23869-76 et 23944... unde omnes quos eadem hora vigilare contigerat, quique rei causam ignorabant, magnum quoddam datum cœlitus signum æstimabant. Erat enim transacta media nox, et nox quidem obscura valde et caliginosa sed procedente fulgore quasi lux diei ad tempus resplenduit. (*Ibid.*, col. 517, B).

23975. Lire *simploye*.

23074. Fatras simple. v. *Rech.*, p. 203.

24021-3... segregavit, dentes etiam pro languentium medela e maxilla sancta abstulit.

24024-033... atque in radice dentis gutta sanguinis exivit.

24036-40... Capillos etiam pulcherrimos reliquis separatos delegavit.

24064-67... tumbam denique ex auro argentoque et gemmis miro opere desuper fabricavit (*Vita S. Eligii*, *Patrol. lat.*, 87, col. 517).

24068-75. Ecclesiam quoque quæ exigua conventibus populi videbatur, eximio opificio ampliatam decoravit (*ibid.*).

TABLE DES MATIÈRES

GRAVURES

ACHEVÉ D'IMPRIMER PAR
LA SOCIÉTÉ ANONYME DU
JOURNAL DE SAINT-QUENTIN,
LE 30 DÉCEMBRE 1908.

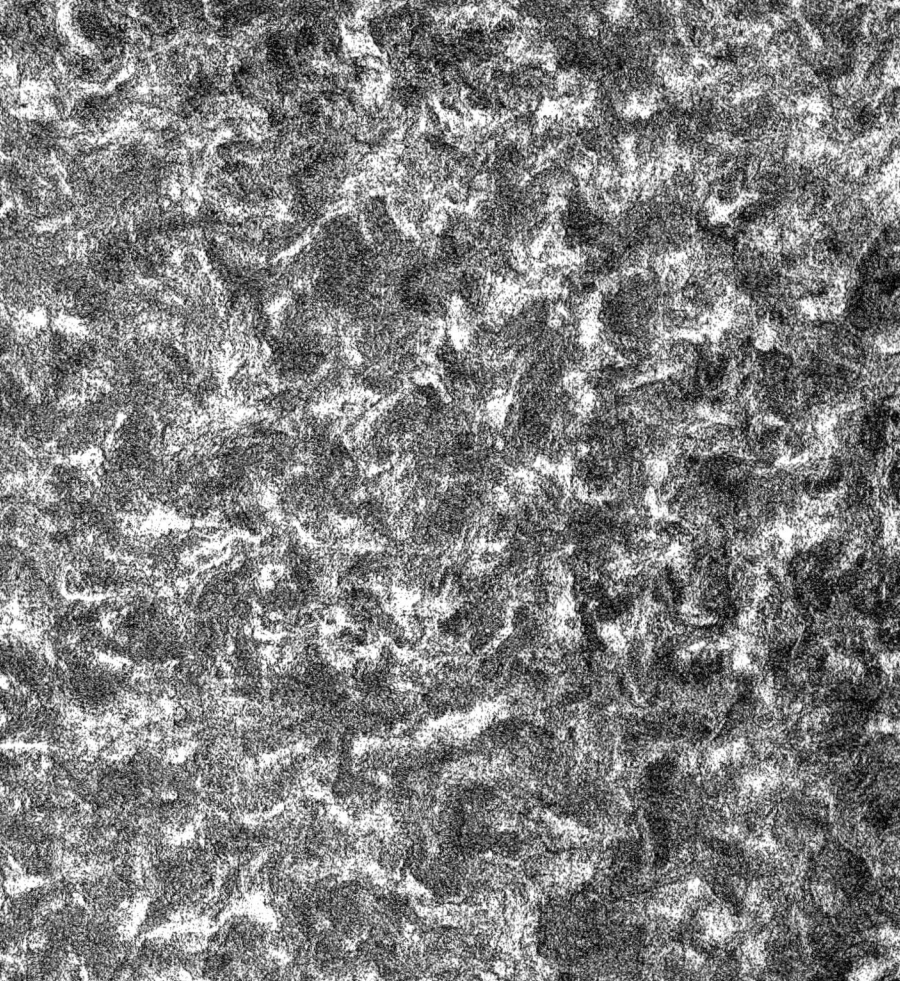

www.ingramcontent.com/pod-product-compliance
Lightning Source LLC
Chambersburg PA
CBHW070353030726
47504CB00001B/168